Inhalt

PETER STRAUB
Blaue Rose

Für Rosemary Clooney

1

An einem schwülen Sommertag saßen die beiden jüngsten der fünf Kinder der Beevers, Harry und Klein Eddie, auf Rohrstühlen auf dem Dachboden ihres Hauses in der South Sixth Street in Palmyra, New York. Ihr Vater nannte es ›den Müllraum oben‹, da der große, unregelmäßige Raum für Kisten voll mit Tischtüchern, ganze Stapel von zu klein gewordenen Mädchenwintermänteln sowie muffige alte Kleider reserviert war, welche Maryrose Beevers als Zeugen, wie ungleich größer ihre Vergangenheit verglichen mit der Gegenwart gewesen war, mumifiziert hatte.

Ein hoher Spiegel, welcher im Rahmen gekippt werden konnte, Überbleibsel des einstigen Ruhmes ihrer Mutter, zeigte Harry nun den Hinterkopf Klein Eddies. Dieser Gegenstand, der verformbarer aussah als ein Kopf aussehen sollte, ein längliches Bündel Pla-Doh, mit verstreuten Federn bedeckt, lugte gerade eben noch über der Rückenlehne hervor. Sogar Klein Eddies Hinterkopf machte auf Harry einen nervösen Eindruck.

»Kannst mir ruhig glauben«, sagte Harry. Klein Eddie rutschte auf dem Stuhl hin und her, und der wackelige Stuhl rutschte mit ihm. »Meinst du, ich mache Witze? Ich hatte sie letztes Jahr.«

»Immerhin hat sie dich nicht umgebracht«, sagte Klein Eddie.

»Natürlich nicht, weil sie mich mochte, du kleiner Dummkopf. Sie hat mich nur ein paarmal geschlagen. Sie hat jeden Tag ein paar der Kinder geschlagen.«

»Aber Lehrer können doch niemanden *umbringen*«, sagte Klein Eddie.

Mit seinen neun Jahren war Klein Eddie nur ein Jahr jünger als er, aber Harry wußte, sein kleinwüchsiger mürrischer Bruder sah ihn ebenso als Bestandteil der Erwachsenenwelt an wie ihre älteren Brüder.

»Die meisten Lehrer nicht«, sagte Harry. »Aber was, wenn sie direkt im selben Haus wie der Rektor wohnen? Was ist, wenn sie *Unterrichts-Preise* gewonnen haben, hey, und was, wenn jeder andere Lehrer an der Schule starr vor Angst vor ihnen ist? Glaubst du, die können nicht mit einem Mord davonkommen? Meinst du tatsächlich, jemand vermißt einen rotnäsigen kleinen Balg – einen kleinen

Balg wie dich? Mrs. Franken nahm diesen Jungen, diesen albernen kleinen Tommy Golz,, mit in die Garderobe, und dort hat sie ihn umgebracht. Ich hörte ihn schreien. Am Ende klang es nur noch wie Röcheln. Er versuchte zu kreischen, aber er hatte zuviel Blut in der Kehle. Er kam nie zurück, und keiner verlor jemals ein Wort darüber. Sie hat ihn umgebracht, und nächstes Jahr wird sie deine Lehrerin sein. Ich hoffe, du hast Angst, Klein Eddie, denn das solltest du haben.« Harry beugte sich nach vorne. »Tommy Golz sah dir sogar ein wenig ähnlich, Klein Eddie.«

Klein Eddies ganzes Gesicht zuckte, als wäre ein Blitzstrahl darüber hinweggehuscht.

Eigentlich hatte der Junge der Golzens einen epileptischen Anfall gehabt und hatte die Schule verlassen müssen, wie Harry wußte.

»Ganz besonders haßt Mrs. Franken eigensinnige kleine Bälger, die mit niemandem ihr Spielzeug teilen.«

»Aber ich teile mein Spielzeug doch«, wimmerte Klein Eddie, und Tränen rannten ihm über die staubverschmierten Wangen. »Jeder *nimmt* meine Spielsachen, darum.«

»Dann gib mir deinen Ultraglide Roadster«, sagte Harry. Das war Klein Eddies Geburtstagsgeschenk gewesen, das er vor drei Tagen von einem strahlenden Vater und einer finster blickenden Mutter bekommen hatte. »Sonst sage ich es Mrs. Franken, sobald ich diesen Herbst wieder in die Schule komme.«

Unter der Staubschicht nahm das Gesicht von Klein Eddie fast denselben weiß-grauen Farbton an wie sein Haar.

Ein geheimnisvoll klopfender Laut ertönte unten an der Treppe.

»Kinder? Macht ihr euch schon wieder auf dem Dachboden zu schaffen? Kommt herunter!«

»Wir sitzen nur auf den Stühlen, Mom«, rief Harry hinunter.

»Daß ihr mir nicht die Stühle kaputt macht! Kommt augenblicklich herunter!«

Klein Eddie glitt von dem Stuhl und wollte hinuntereilen.

»Ich will das Auto«, flüsterte Harry. »Und wenn du es mir nicht gibst, dann werde ich Mom sagen, daß du in ihren Kleidern herumgestöbert hast.«

»Ich habe nichts getan!« heulte Klein Eddie und stürmte die Treppe hinunter.

»Hey, Mom, ehrlich, wir haben nichts kaputt gemacht!« rief Harry. Er erkaufte sich noch ein paar Minuten mit den Worten: »Ich komme gleich«, und stand auf und ging zu dem Pappkarton voll interessanter Bücher, der ihm am Tag vor dem Geburtstag seines Bruders aufgefallen, und der sein Ziel gewesen war, bevor er sich an den Roadster erinnerte und Klein Eddie heraufllockte.

Als Harry kurze Zeit später zu der Tür herauskam, welche zur Dachbodentreppe führte, hatte er ein zerlesenes Taschenbuch unter dem Arm. Klein Eddie stand vor Elend und Wut zitternd vor dem Zimmer, das sich die beiden Jungen mit ihrem älteren Bruder Albert teilen mußten. Er hielt ihm ein kleines blaues Spielzeugauto aus Metall hin, das Harry sofort ergriff und in der Tasche seiner Jeans verschwinden ließ.

»Wann bekomme ich es zurück?« fragte Klein Eddie.

»Nie«, sagte Harry. »Nur egoistische Leute wollen Geschenke zurückhaben. Weißt du denn überhaupt nichts?« Als Eddie das Gesicht wieder zum Weinen verzog, deutete Harry auf das Buch in seiner Hand und sagte: »Ich habe hier etwas, das dich vor Mrs. Franken schützen wird, also hör auf zu jammern.«

Seine Mutter trat ihm entgegen, als er die Stufen zum Hauptgeschoß des kleinen Hauses herabkam – wo Küche und Wohnzimmer, beider Böden mit ausgetretenem Linoleum belegt, sich befanden, vom tatsächlichen ›Müllraum‹ durch einen steifen Wollvorhang getrennt, eine behelfsmäßige Kammer, wo Edgar Beevers schlief, und schließlich das größere Schlafzimmer, das für Maryrose reserviert war. Kinder durften nie mehr als ein paar Schritte in dieses ehrfürchtige Gemach hinein, sie konnten ja Maryroses geheimnisvolle ›Papiere‹ durcheinanderbringen oder die Reihen antiker Puppen verwüsten, welche auf dem Fenstersims saßen, der einzigen architektonischen Besonderheit des Hauses der Beevers.

Maryrose Beevers stand am Fuß der Treppe und betrachtete ihren vierten Sohn argwöhnisch. Sie sah nicht immer wie eine Frau aus, die mit Puppen gespielt hatte, und jetzt schon gar nicht. Ihr Haar war im Nacken zu einem Knoten zusammengefaßt. Rauch von der Zigarette kräuselte sich an der großen Schmetterlingsbrille vorbei, hinter der ihre Augen aufgequollen aussahen.

Harry steckte die Hand in die Hosentasche und legte sie schützend um den Ultraglide Roadster.

»Die Dinge dort oben sind der Besitz der Familie«, sagte sie. »Zeig mir, was du genommen hast.«

Harry zuckte die Schultern und streckte ihr das Taschenbuch hin, als er in Reichweite ihrer Arme gekommen war.

Seine Mutter entriß es ihm und neigte den Kopf, um es durch den Zigarettenrauch zu betrachten. »Oh. Ist das aus der kleinen Schachtel dort oben? Dein Vater pflegte immer so zu tun, als würde er Bücher lesen.« Sie betrachtete blinzelnd die Schrift auf dem Umschlag. »*Hypnose leicht gemacht*. Schund aus dem Drugstore. Das möchtest du lesen?«

Harry nickte.

»Ich glaube kaum, daß dir das schaden kann.« Sie gab ihm das Buch unachtsam zurück. »Leute aus besseren Kreisen lesen Bücher, weißt du – ich habe viel gelesen, bevor ich hier bei dieser Bande von Dummköpfen hängenblieb. Mein Vater besaß viele Bücher.«

Maryrose tätschelte dem Jungen beinahe den Kopf, aber dann zog sie die Hand zurück. »Du bist mein Schüler, Harry. Du bist derjenige, der es zu etwas bringen wird.«

»Ich werde nächstes Jahr in der Schule gut sein«, sagte er.

»*Sehr gut*. Du wirst sehr gut sein. Solange du dir nicht sämtliche Chancen verdirbst, indem du wie dein Vater sprichst.«

Harry verspürte diesen besonderen Schmerz, eine Mischung aus Abscheu, Scham und Entsetzen, der ihn überkam, wenn Maryrose so von seinem Vater sprach. Er murmelte etwas, das wie Zustimmung klang, dann ging er in einem Bogen um sie herum.

2

Die Veranda vor dem Haus der Beevers erstreckte sich zu beiden Seiten der Tür sechs Schritte und diente als Unterstellraum für Möbelstücke, die entweder so groß waren, daß man sie nicht mehr in den Müllraum quetschen konnte, oder zu ärmlich, um sie auf dem Dachboden unterzubringen. Eine durchhängende Hollywood-Schaukel stand unter dem Wohnzimmerfenster, links davon ein uraltes Sofa, dessen grüner Lederbezug mit schwarzem Klebeband ausgebessert worden war; auf der anderen Seite der Eingangstür, durch die Harry Beevers gerade kam, standen ein nutzloser Kühlschrank, der noch aus den frühesten Tagen der Ehe der Beevers datierte, sowie zwei wackelige Campingstühle, die Edgar Beevers bei einem Kartenspiel gewonnen hatte. Diese hatte er nie ins Haus bringen dürfen. Inoffiziell gehörte diese Seite der Veranda Harrys

Vater, daher hatte sie eine völlig andere Atmosphäre – besiegt, gesetzlos und beschämt – als die Seite mit Schaukel und Sofa.

Harry kniete auf neutralem Boden direkt vor der Eingangstür nieder und angelte den Ultraglide Roadster aus der Hosentasche. Er legte das Buch über Hypnose auf die Veranda und ließ das kleine Metallauto darüberrollen. Dann gab er dem kleinen Wagen einen festen Schubs und sah zu, wie er Kühler voraus auf das Holz fiel. Das wiederholte er mehrmals, bevor er das Buch weglegte, sich flach mit dem Bauch nach unten auf den Boden preßte und dem Auto einen nachdrücklichen Stoß in Richtung Schaukel und Sofa versetzte.

Der Roadster rollte ein paar Schritte, bevor ein unregelmäßig hervorstehendes Brett ihn umfallen und schlitternd zum Stillstand kommen ließ.

»Blödes Auto«, sagte Harry und nahm es wieder auf. Er gab ihm wieder einen Stoß, tiefer ins Gebiet seiner Mutter hinein. Ein steifer, spröder Farbsplitter, welcher vom zugehörigen Brett abgeblättert war, brach in der Mitte durch und blieb wie eine Miniaturmatratze auf dem festgefahrenen Roadster liegen.

Harry schnippte den Farbsplitter fort und ließ das Auto auf die Veranda zurückrollen, wo es sich erneut überschlug und gegen den Kühlschrank schlitterte. Der Junge lief die Veranda hinab, und diesmal warf er das Auto einfach in Richtung der Schaukel. Es prallte vom Polster der Schaukel ab und fiel auf die Holzdielen. Harry kniete keuchend vor dem Kühlschrank.

Sein Kopf fühlte sich seltsam an, als wären feuchte Handtücher hineingestopft worden. Harry richtete sich auf und ging zu der Stelle, wo das Auto vor der Schaukel lag. Er haßte die Art, wie es aussah, klein und hilflos. Er trat probehalber darauf und spürte, wie es sich in die Sohle seiner Mokassins preßte. Harry hob den anderen Fuß an und stand auf dem Auto, aber nichts passierte. Er sprang auf das Auto, aber die Mokassins waren nicht wirksamer als sein nackter Fuß. Harry beugte sich hinab, um den Roadster aufzuheben.

»Blödes kleines Auto«, sagte er. »Du taugst überhaupt nichts, billiges, kaputtes kleines Ding.« Er drehte es in der Hand um. Dann preßte er den Daumen zwischen den Rahmen und einen der winzigen Reifen. Als er drückte, bewegte sich der Reifen. Sein Gesicht wurde heiß. Er drückte den Daumen gegen den Reifen, und das kleine schwarze Rund sprang ins dichte Gebüsch vor der Veranda.

Schwer atmend, allerdings mehr aufgrund der Aufregung denn Anstrengung, ließ Harry auch den zweiten Reifen ins Gebüsch springen. Harry wirbelte herum und rammte das Auto auf den Boden unter dem Fenster des Schlafzimmers seines Vaters. Lange, tiefe Kratzer zerfurchten die Farbe der Dielen. Als Harry sich die Vorderseite des Autos ansah, war auch sie zerkratzt. Er fand einen Nagelkopf, der einen Viertelzoll aus der Fassade des Hauses herausragte, und damit schabte er einen langen Striemen blauer Farbe von der Fahrerseite des Roadsters ab. Graues Metall schimmerte durch. Harry hämmerte das Spielzeugauto mehrmals gegen den Nagelkopf, wobei jedesmal winzige Farbsplitter abblätterten. Keuchend ließ er die beiden Hinterreifen wegspringen und steckte sie in die Tasche, weil ihm ihr Aussehen gefiel.

Ohne Reifen, zerkratzt und verbeult, hatte der Ultraglide Roadster den Großteil seiner Faszination eingebüßt. Harry betrachtete ihn mit bitterer, tiefer Befriedigung, ging über die Veranda und schob ihn weit unter das Gebüsch. Graues Metall und blaue Farbe leuchteten zwischen den Stengeln und Blättern hervor. Harry schob die Hand dazwischen und schwang sie hin und her. Das Auto rollte fort und fiel in die Unsichtbarkeit.

Als Maryrose mit finsterer Miene auf der Veranda erschien, saß Harry gelassen auf der ächzenden Schaukel und überflog die ersten Seiten des Taschenbuchs.

»Was treibst du denn? Was war das für ein Klopfen?«

»Ich lese nur. Ich habe nichts gehört«, sagte Harry.

3

»Nun, wenn das nicht der Scheißkerl ist«, sagte Albert, der dreißig Minuten später die Stufen zur Veranda hinaufsprang. Gesicht und T-Shirt waren mit breiten schwarzen Schmierestreifen verschmiert. Der dreizehnjährige, kleinwüchsige und muskulöse Albert verbrachte jede freie Minute damit, in der zwei Blocks von ihrem Haus entfernten Tankstelle herumzuhängen. Harry wußte, daß Albert ihn verabscheute. Albert hob die Faust und machte eine ruckartige Drohgebärde in Harrys Richtung, der zusammenzuckte. Albert hatte ihn schon oft blutig geprügelt, wie ihre beiden älteren Brüder auch, Sonny und George, die sich nun in Armeestützpunkten in

Oklahoma und Deutschland befanden. Wie Albert, hatten auch die ältesten Brüder ihre Mutter schwer enttäuscht.

Albert lachte, und dieses Mal schwang er die Faust bis wenige Zentimeter vor Harrys Gesicht. Als er sie zurückfallen ließ, schlug er Harry das Buch aus der Hand.

»Danke«, sagte Harry.

Albert grinste gehässig und verschwand durch die Tür. Fast im selben Augenblick konnte Harry hören, wie ihre Mutter sich über die Schmiere im Gesicht und auf dem T-Shirt beschwerte. Albert stapfte die Treppe hinauf.

Harry öffnete die geballten Fäuste und spreizte die Finger, ballte die Hände zu Fäusten und spreizte sie wieder. Als er oben die Schlafzimmertür zufallen hörte, konnte er von der Hollywood-Schaukel aufstehen und das Buch holen. Wenn Albert in der Nähe war, kam er sich wie eine in einer Schachtel zusammengedrückte Sprungfeder vor. Im oberen rückwärtigen Teil des Hauses stieß Klein Eddie einen geisterhaften Schrei aus. Maryrose kreischte, sie würde anfangen ihn zu verprügeln, wenn er nicht damit aufhörte, und das war das. Die drei unglücklichen Leben im Haus verstummten wieder. Harry setzte sich, schlug die Seite auf und begann wieder zu lesen.

Ein Mann namens Dr. Roland Mentaine hatte *Hypnose leicht gemacht* geschrieben, und sein Wortschatz war viel größer als der Harrys. Dr. Mentaine gebrauchte Wörter wie ›orchestrieren‹ und ›unaussprechlich‹ und ›übertreiben‹, und manche seiner Sätze mußten sich durch so viele Nebensätze schlängeln, daß Harry den Faden verlor. Dennoch fand Harry, der ohnedies in der Erwartung, es nur zur Hälfte zu verstehen, zu lesen begonnen hatte, daß es ein wunderbares Buch war. Das Kapitel mit der Überschrift ›Geisteskraft‹ hatte er schon fast durch.

Harry hielt es für ganz ordentlich, daß man mit Hypnose Rauchen, Stottern und Bettnässen heilen konnte. (Bis Monate vor seinem neunten Geburtstag hatte er selbst fast jede Nacht das Bett genäßt. Das Bettnässen hörte in jener Nacht auf, als Harry einen schönen Traum hatte. In dem Traum hatte er schrecklich urinieren müssen und er eilte einen Schloßflur aus Steinen hinab, an Rüstungen und an der Wand flackernden Fackeln vorbei. Schließlich kam Harry an eine offene Tür, durch die er das prachtvollste Badezimmer seines Lebens sah. Der Boden bestand aus poliertem Marmor, die Wände waren weiß gekachelt. Kaum hatte er das glänzende Badezimmer betreten, kam ein Butler in Livree und winkte ihn zu einem der Pissoirs. Harry zog den Reißverschluß hinab, machte sich an sich zu schaffen und bekam den Penis gerade noch rechtzeitig aus der Unterhose. Als der Traum-Urin aus ihm herausgeströmt war, war Harry glücklicherweise erwacht.) Mit Hypnose konnte man mitten in den Verstand von jemandem gelangen und dort Sachen machen. Man konnte Personen dazu bringen, in jeder Fremdsprache zu reden, die sie jemals gehört hatten, auch wenn sie sie nur ein einziges Mal gehört hatten, und man konnte sie sich wie ein Baby benehmen lassen. Harry stellte sich vor, wie spaßig es sein würde, seinen Bruder Albert kreischend und mit rotem Gesicht auf dem Boden liegen zu sehen, unfähig zu laufen, während er sich von oben bis unten vollpißte.

Außerdem, und das war für Harry ein neuer Gedanke, konnte man eine Person zu der ganzen Reihe von Leben zurückführen, welche sie geführt hatten, bevor sie als die Person geboren worden war, die sie jetzt war. Diesen Prozeß der Wiedergeburt nannte man Reinkarnation. Einige von Dr. Mentaines Patienten waren Könige in Ägypten oder Piraten in der Karibik gewesen, manche Mörder, Romanciers und Künstler. Sie erinnerten sich an die Häuser, in denen sie gelebt hatten, an die Namen ihrer Mütter und Diener und Kinder, an die Lage von Geschäften, in denen sie Kuchen und Wein gekauft hatten. Brauchbar, dachte Harry. Er überlegte, ob jemand, der vor langer Zeit ein berühmter Mörder gewesen war, sich daran erinnern konnte, wie er mit dem Dolch zustieß oder mit dem Hammer zuschlug. Eine Menge der Bücher, die noch oben in dem Karton waren, war Harry aufgefallen, schienen von Mördern zu handeln. Allerdings würde es kaum etwas nützen, Albert in ein früheres Leben zurückzubringen. Wenn Albert überhaupt ein früheres Leben gehabt hätte, dann sicher als unbeweglicher Gegenstand auf der Ebene von Felsbrocken oder Ambossen.

Vielleicht war Albert in einem früheren Leben eine Mordwaffe gewesen, dachte Harry.

»He, Schlauberger! Schlauberger!«

Harry sah zum Gehweg und erblickte den mit Baseballmütze und T-Shirt bekleideten Oberkörper von Mr. Petrosian, der in einem kleinen Haus neben der Kneipe Ecke South Sixth und Livermore Street wohnte. Mr. Petrosian rief Kindern immerzu nette Sachen zu, aber Maryrose duldete nicht, daß Harry oder Klein Eddie mit ihm sprachen. Sie sagte, Mr. Petrosian wäre so gewöhnlich wie

Dreck. Er arbeitete als Hausmeister im Gebäude der Telefongesellschaft und trank jeden Abend einen Kasten Bier, während er auf seiner Veranda saß.

»Ich?« sagte Harry.

»Klar! Wenn du Bücher liest, kannst du aufs College gehen, nicht?«

Harry lächelte unverbindlich. Mr. Petrosian hob einen Arm und torkelte weiter die Straße zu seinem Haus neben der ›Mußestunde‹ hinab.

Innerhalb von Sekundenbruchteilen kam Maryrose zur Tür herausgeschossen und legte ein altes weißes Geschirrtuch in den Händen zusammen. »Wer war das? Ich habe eine Männerstimme gehört.«

»Er«, sagte Harry und deutete auf den breiten Rücken von Mr. Petrosian, der sein Haus schon fast erreicht hatte.

»Was hat er gesagt?« Als könnten die Worte eines armenischen Hausmeisters von Interesse sein!

»Er nannte mich Schlauberger.«

Maryrose verblüffte ihn, indem sie lächelte.

»Albert sagt, er möchte heute abend wieder zur Tankstelle zurück, und ich muß bald zur Arbeit gehen.« Maryrose arbeitete als Sekretärin im St. Joseph's Hospital in der Nachtschicht. »Gott allein weiß, wann dein Vater auftauchen wird. Mach dir und Klein Eddie etwas zu essen, ja, Harry? Ich muß mich einfach um zu vieles kümmern, wie üblich.«

»Ich werde uns etwas bei Big John's holen.« Das war eine Hamburger-Bude, für Harry ein magischer Ort, die vorigen Sommer auf einem freien Platz in der Livermore Street errichtet worden war, zwei Blocks von der ›Mußestunde‹ entfernt.

Seine Mutter gab ihm zwei sorgfältig zusammengefaltete Dollarscheine, und er verstaute sie in der Tasche. »Laß Klein Eddie nicht im Haus allein«, sagte seine Mutter, bevor sie wieder hineinging. »Nimm ihn mit. Du weißt, wie sehr er sich ängstigen kann.«

»Klar«, sagte Harry und widmete sich wieder seinem Buch. Er las das Kapitel über ›Geisteskraft‹ zu Ende, während zuerst Maryrose zur Bushaltestelle an der Ecke ging, und dann Albert sich lärmend entfernte. Klein Eddie saß gebannt vor seinen Seifenopern im Fernsehen. Harry blätterte eine Seite um und begann das Kapitel ›Techniken der Hypnose‹.

4

Um acht Uhr dreißig an diesem Abend saßen sich die beiden Jungen an entgegengesetzten Seiten des mit gelber Bambusmusterfolie bespannten Tischs gegenüber. Aus dem Wohnzimmer konnte man Sid Caesar hören, der sich mit Imogene Coca in ›Ihre Show der Shows‹ in vorgeblichem Deutsch unterhielt. Klein Eddie behauptete, vor Sid Caesar Angst zu haben, aber als Harry mit einem Big Johnburger (mit ›der Beilage‹) für sich selbst, sowie einer Mama Marydog für Eddie, einer doppelten Portion Pommes und zwei Schokoshakes zurückkam, saß er vor dem Fernseher und hatte Tränen moralischer Entrüstung im Gesicht. Normalerweise mochte Eddie Mama Marydogs, aber er hatte nur ein paar spärliche Bissen von der vor ihm genommen, und er zog lustlos eine Pomme frite durch einen Klecks Ketchup. Ständig rieb er sich die Augen, wobei er fast symmetrische Ketchupspuren hinterließ, die auf seinen Wangen trockneten.

»Mom hat *gesagt*, du sollst mich nicht allein im Haus lassen«, sagte Klein Eddie. »Ich habe es gehört. Es war während *Am Rande der Nacht*, und du warst auf der Veranda. Ich glaube, ich werde dich verpetzen.« Er sah verstohlen zu Harry, dann rasch wieder zu der Pommes frite, die er aus dem Ketchupklecks herauszog, »Ich habe Angst allein im Haus.« Manchmal war Eddies Stimme wie eine seltsam beschleunigte mechanische Version von der Maryroses.

»Sei nicht so dumm«, sagte Harry fast freundlich. »Wie kannst du in deinem eigenen Haus Angst haben? Du wohnst doch hier, oder nicht?«

»Ich hab' Angst vor dem Dachboden«, sagte Eddie. Er hielt die tropfende Pomme frite vor den Mund, dann schob er sie hinein. »Der Dachboden macht Geräusche.« Ein winziger Tropfen Rot erschien in seinem Mundwinkel. »Du solltest mich mitnehmen.«

»Himmel, Eddie, du hältst nur auf! Ich wollte nur Essen holen und gleich wieder hier sein. Ich habe dir doch das Essen gebracht, oder etwa nicht? Habe ich dir nicht gebracht, was du so gerne magst?«

In Wahrheit hing Harry gerne allein bei Big John's herum, weil er sich dann mit Big John unterhalten und sich seine Theorien anhören konnte. Big John nannte sich selbst einen ›Papisten-Renegaten‹ und hielt Hitler für den größten Mann des zwanzigsten Jahrhunderts, gefolgt von Paul XI., Padre Pio, der aus den Handflächen blutete, und Elvis Presley.

All diese Ereignisse fanden in einer für gewöhnlich, aber dennoch irrtümlich so genannten besseren Zeit statt, vor Kennedy und Feminismus und Ökologie, vor Nixon und Watergate, und bevor amerikanische Soldaten, unter ihnen auch der einundzwanzigjährige Harry Beevers, nach Vietnam geschickt wurden.

»Ich werde es trotzdem sagen«, meinte Klein Eddie. Er tunkte eine weitere Pomme frite in den Ketchup. »Und das Auto war mein Geburtstagsgeschenk.« Er fing an zu schniefen. »Albert hat mich geschlagen, und du hast mir mein Auto gestohlen und mich allein gelassen, und ich hatte Angst. Und ich möchte Mrs. Franken nächstes Jahr nicht haben, weil ich glaube, daß sie mir weh tun wird.«

Harry hatte schon fast vergessen, daß er seinem Bruder von Mrs. Franken und Tommy Golz erzählt hatte, und diese Erwähnung rief unvermittelt die Erinnerung daran wieder wach, wie er Eddies Geburtstagsgeschenk zerstört hatte.

Eddie drehte den Kopf zur Seite und wagte einen erneuten raschen Blick zu seinem Bruder. »Kann ich meinen Ultraglide Roadster zurückhaben, Harry? Du wirst ihn mir doch zurückgeben, nicht? Ich werde Mom nicht erzählen, daß du mich allein gelassen hast, wenn du ihn mir zurückgibst.«

»Mit deinem Auto ist alles in Ordnung«, sagte Harry. »Es befindet sich an einem geheimen Ort, den ich kenne.«

»Du hast mein Auto kaputtgemacht!« heulte Klein Eddie. »Das hast du!«

»Sei still!« brüllte Harry, und Klein Eddie zuckte zusammen. »Du machst mich wahnsinnig!« kreischte Harry. Er merkte, daß er sich über den Tisch beugte und Klein Eddie gleich wieder zu weinen anfangen würde. Er setzte sich. »Schrei mich nicht so an, Eddie.«

»Du hast etwas mit meinem Auto gemacht«, sagte Eddie mit fassungsloser Gewißheit. »Ich wußte es.«

»Paß auf, ich werde dir beweisen, daß mit deinem Auto alles in Ordnung ist«, sagte Harry und nahm die beiden Hinterradreifen aus der Tasche, worauf er sie auf die Handfläche legte.

Klein Eddie riß die Augen auf. Er blinzelte, dann griff er zögernd nach den Reifen.

Harry schloß die Faust darum. »Sehen sie aus, als hätte ich etwas damit gemacht?«

»Du hast sie *abgenommen!*«

»Aber sehen sie nicht gut aus, sehen sie nicht unbeschädigt aus?« Harry öffnete die Faust, ballte sie wieder und ließ die Reifen in der

Tasche verschwinden. »Ich wollte dir nicht das ganze Auto zeigen, Eddie, weil dich das so aufgeregt hätte, und du hast es mir doch gegeben. Erinnerst du dich? Ich wollte dir die Reifen zeigen, damit du siehst, daß alles in Ordnung ist. Okay? Kapiert?«

Klein Eddie schüttelte kläglich den Kopf.

»Außerdem werde ich dir helfen, wie ich gesagt habe.«

»Mit Mrs. Franken?« Ein Teil des Elends verschwand aus Klein Eddies verschmiertem Gesicht.

»Klar. Hast du schon einmal von etwas gehört, das Hypnose heißt?«

»Ich habe von Hypmose gehört.« Klein Eddie schmollte. »Jeder auf der Welt hat davon gehört.«

»Hypnose, Dummkopf, nicht Hypmose.«

»Klar, Hypmose. Habe ich im Fernsehen gesehen, in *Wie die Welt sich dreht* haben sie es gemacht. Ein Mann ließ eine Frau einschlafen und so tun, als bekäme sie ein Baby.«

Harry lächelte. »Das ist doch nur im Fernsehen, Klein Eddie. Echte Hypnose ist viel besser als das. Ich habe alles darüber in einem der Bücher vom Dachboden gelesen.«

Klein Eddie war immer noch verstimmt wegen seines Autos. »Was macht sie denn besser?«

»Weil man erstaunliche Dinge damit vollbringen kann«, sagte Harry. Er zitierte Dr. Mentaine. »Hypnose setzt das geistige Potential frei und läßt allen Kräften freien Lauf, über die man tatsächlich verfügt. Wenn du jetzt damit anfängst, wirst du echt alle Bücher kennen, wenn die Schule wieder anfängt. Du wirst jeden Test bestehen, den Mrs. Franken dir aufgibt, so wie ich auch.« Er griff über den Tisch und umklammerte Klein Eddies Handgelenk, wodurch er eine dicke braune Pomme frite auf dem Weg zum Ketchupklecks aufhielt. »Aber sie wird dich nicht nur in der Schule gut machen. Wenn du es mich mit dir versuchen läßt, dann kann ich dir ganz sicher zeigen, daß du viel stärker bist als du selbst denkst.«

Eddie blinzelte.

»Und ich wette, ich kann machen, daß du vor nichts mehr Angst hast. Dafür ist Hypnose echt gut. Ich las in diesem Buch hier von einem Mann, der vor Brücken Angst hatte. Wenn er nur daran dachte, eine Brücke zu überqueren, wurde ihm schwindlig und er bekam Schweißausbrüche. Schreckliche Sachen passierten ihm, er verlor seinen Job, und einmal mußte er mit dem Auto über eine Brücke fahren und machte sich dabei vor Angst in die Hosen. Er ging zu Dr. Mentaine, und Dr. Mentaine hypnotisierte ihn und sagte ihm, er würde nie mehr im Leben vor Brücken Angst haben, und so kam es.«

Harry zog das Taschenbuch aus der Gesäßtasche. Er legte es flach auf den Tisch und beugte sich über die Seiten. »Hier. Hör dir das an. ›Die positiven Auswirkungen ließen sich in allen Lebensbereichen des Patienten feststellen, und Resultate wurden erzielt, für die er jeden Preis bezahlt hätte.‹« Harry las die Worte stockend, aber er verstand ihren Sinn.

»Hypnose kann mich stark machen?« fragte Klein Eddie, der sich diesen Punkt offensichtlich besonders eingeprägt hatte.

»Stark wie ein Bulle.«

»Stärker als Albert?«

»Viel stärker als Albert. Sogar viel stärker als ich.«

»Und ich kann größere Jungs verprügeln, die mir weh tun?«

»Du mußt nur lernen wie.«

Eddie sprang von seinem Stuhl auf und kreischte unsinnige Worte. Er spannte den kümmerlichen Bizeps und nahm eine Zeitlang typische Muskelmänner-Haltungen ein.

»Möchtest du es tun?« fragte Harry schließlich.

Klein Eddie ließ sich auf den Stuhl fallen und sah Harry an. Der Kragenstreifen seines T-Shirts hing bis zum Brustband herab, ohne die Brust tatsächlich einmal zu berühren. »Ich möchte anfangen.«

»Okay, Eddie, guter Junge.« Harry stand auf und legte die Hand auf das Buch. »Auf zum Dachboden.«

»Aber ich will nicht auf den Dachboden«, sagte Eddie. Er sah Harry immer noch an, aber er hatte den Kopf wie eine unheimliche kleine Nachbildung von Maryrose geneigt, und seine Augen blickten voller Argwohn.

»Ich werde dir nichts wegnehmen, Klein Eddie«, sagte Harry. »Es ist nur, wir sollten unsere Ruhe haben, und auf dem Dachboden ist es wirklich ruhig.«

Klein Eddie schob die Hand ins T-Shirt und ließ sie am Gelenk herunterbaumeln.

»Du hast das T-Shirt in eine Schlinge verwandelt«, sagte Harry.

Eddie zog die Hand aus der Schlinge.

»Albert könnte hereinkommen und alles kaputtmachen, wenn wir es im Schlafzimmer tun.«

»Wenn du zuerst hochgehst und das Licht einschaltest«, sagte Klein Eddie.

5

Harry hielt das offene Buch auf dem Schoß und sah von ihm zu Klein Eddies nervösem, verschmiertem Gesicht. Diese Seiten hatte er viele Male gelesen während er auf der Veranda saß. Hypnose ließ sich auf wenige einfache Schritte zurückführen, wobei jeder auf dem vorhergehenden aufbaute. Zuerst mußte er sich darum kümmern, daß sein Bruder ›entspannt und empfänglich‹ wurde, wie Dr. Mentaine schrieb.

Klein Eddie bewegte sich in dem Korbsessel und knetete die Hände ineinander. Sein Schatten, den die über ihnen baumelnde Glühbirne warf, imitierte ihn wie ein an einen Stuhl gefesseltes Äffchen. »Ich will anfangen, ich will stark sein«, sagte er.

»Hier in diesem Buch steht, daß du dich entspannen mußt«, sagte Harry. »Leg einfach die Hände auf die Beine, ruhig und gelassen, so daß die Finger ausgestreckt sind. Dann schließ die Augen und atme mehrmals ein und aus. Stell dir vor, du wärst müde und erschöpft und kurz vor dem Schlafengehen.«

»Ich möchte nicht schlafen!«

»Das ist nicht wirklich Schlaf, Klein Eddie, nur so ähnlich. Du wirst immer noch richtig wach sein, aber entspannt und angenehm. Sonst funktionieret es nicht. Du mußt alles tun, was ich dir sage. Sonst wird jeder dich verhauen können, wie sie es jetzt alle tun. Ich möchte, daß du genau auf alles hörst, was ich dir sage.«

»Okay.« Klein Eddie unterenahm sichtliche Anstrengungen, sich zu entspannen. Er legte die Hände auf die Oberschenkel und atmete zweimal ein und aus.

»Nun schließ die Augen.«

Plötzlich wußte Harry, daß es funktionieren würde – wenn er alles tat, was in dem Buch stand, würde er wirklich imstande sein, seinen Bruder zu hypnotisieren.

»Klein Eddie, ich möchte, daß du nur auf den Klang meiner Stimme hörst«, sagte er und zwang sich selbst dazu, ruhig zu bleiben. »Du wirst bereits ruhig und entspannt, so friedlich und gelassen als würdest du im Bett liegen, und je länger du auf meine Stimme hörst, desto entspannter und müder wirst du werden. Nichts kann dich berühren. Alles Schlechte ist weit weg, und du sitzt nur hier, atmest ein und aus und wirst immer schläfriger.«

Er warf einen Blick auf die Seiten, ob er es auch richtig machte, dann fuhr er fort.

»Es ist, als würdest du im Bett liegen, Klein Eddie, und je mehr du meine Stimme hörst, desto müder und schläfriger wirst du, immer müder, je länger du mir zuhörst. Alles andere verblaßt irgendwie, und du kannst nur noch meine Stimme hören. Du fühlst dich müde und gut, wie du dich kurz vor dem Einschlafen fühlst. Alles ist prächtig, und du läßt dich ein wenig treiben, du treibst langsam davon, und du bereitest dich darauf vor, deine rechte Hand zu heben.«

Er beugte sich nach vorne und streichelte sehr sanft über den Rücken von Klein Eddies verschmierter rechter Hand. Eddie saß mit geschlossenen Augen zusammengesunken in dem Sessel, sein Atem ging flach. Harry sprach sehr langsam.

»Ich werde nun von zehn an rückwärts zählen, und mit jeder Zahl wird deine Hand leichter und leichter. Während ich zähle, wird deine rechte Hand so leicht werden, daß sie nach oben schwebt und deine Nase berührt, wenn ich bei ›eins‹ angelangt bin. Und dann wirst du tief schlafen. Ich fange jetzt an. Zehn. Deine Hand fühlt sich bereits leichter an. Neun. Sie möchte nach oben schweben. Acht. Jetzt fühlt sich deine Hand wirklich leicht an. Sie wird sich gleich heben. Sieben.«

Klein Eddies Hand hob sich gehorsam einen Zentimeter über den Oberschenkel.

»Sechs.« Die verschmierte kleine Hand hob sich wieder ein paar Zentimeter. »Sie wird jetzt leichter und leichter, und jedesmal, wenn ich eine weitere Zahl sage, kommt sie deiner Nase etwas näher, und du wirst schläfriger und schläfriger. Fünf.«

Die Hand glitt mehrere Zentimeter näher an Eddies Gesicht.

»Vier.«

Nun hing die Hand wie ein schlafender Vogel auf halbem Weg zwischen Eddies Knie und seiner Nase.

»Drei.«

Sie stieg bis fast an Eddies Kinn.

»Zwei.«

Eddies Hand hing wenige Zentimeter von seinem Mund entfernt.

»Eins. Jetzt wirst du einschlafen.«

Der sanft gekrümmte, ketchupverschmierte Zeigefinger berührte zart Eddies Nasenspitze und verweilte dort, während Eddie gegen die Lehne zurücksank.

Harrys Herz klopfte so laut, daß er befürchtete, sein Schlagen würde Eddie aus seiner Trance aufwecken. Eddie blieb bewegungslos. Harry atmete einen Augenblick leise durch. »Nun kannst du die Hand wieder in den Schoß sinken lassen, Eddie. Du wirst tiefer und tiefer schlafen. Tiefer und tiefer und tiefer.«

Eddies Hand sank anmutig nach unten.

Auf dem Dachboden schien es für Harry so heiß wie in einem Ofen zu sein. Seine Finger hinterließen Abdrücke auf den offenen Seiten des Buches. Er wischte sich das Gesicht mit dem Ärmel ab und betrachtete seinen kleinen Bruder. Klein Eddie war so sehr auf dem Stuhl zusammengesunken, daß sein Hinterkopf nicht mehr im Spiegel zu sehen war. Der Dachboden erstreckte sich vollkommen still zu beiden Seiten von ihnen und wartete darauf (so jedenfalls schien es Harry), was als nächstes passieren würde. Maryroses Koffer standen in einer Reihe unter den Dachsparren weit hinter dem Spiegel, ihre alten Kleider hingen stumm in dem staubigen Schrank. Harry rieb die Hände an den Jeans, um sie abzutrocknen, dann blätterte er mit der Anmut eines Gelehrten, der sein Leben in Bibliotheken verbracht hat, eine Seite um.

»Du wirst aufrecht auf dem Stuhl sitzen«, sagte er.

Eddie richtete sich auf.

»Ich möchte jetzt, daß du mir zeigst, daß du wirklich hypnotisiert bist, Klein Eddie. Das ist wie ein Test. Ich möchte, daß du den rechten Arm gerade ausstreckst. Mach ihn so steif wie du kannst. Das wird dir zeigen, wie stark du sein kannst.«

Eddies blasser Arm hob sich und streckte sich bis zum Handgelenk steif aus, die Finger hingen herab.

Harry stand auf und sagte: »Das ist ausgezeichnet.« Er ging zwei Schritte bis an Eddies Seite, packte den Arm seines Bruders und strich daran entlang, wobei er behutsam Eddies Hand ausstreckte. »Ich möchte jetzt, daß du dir vorstellst, dein Arm wird härter und härter. Er wird so hart und fest wie ein Stahlträger. Dein ganzer Arm ist ein Stahlträger, und niemand auf der Welt könnte ihn biegen. Eddie, er ist stärker als Supermans Arm.« Er nahm die Hände weg und trat zurück. »Gut. Der Arm ist so stark und starr, daß du ihn nicht biegen kannst, so sehr du es auch versuchen magst. Er ist ein Stahlträger, und niemand auf der Welt könnte ihn biegen. Versuch es. Versuch, ihn zu biegen.«

Eddies Gesicht verkrampfte sich, der Arm hob sich etwa fünf Zentimeter. Eddie grunzte unter unsichtbarer Anstrengung, war aber außerstande, den Arm zu beugen.

»Okay, Eddie, das war sehr gut. Jetzt wird dein Arm wieder lokkerer werden. Wenn ich bei *eins* bin, wird dein Arm wieder normal sein.« Er begann zu zählen, und dabei wurden Eddies Finger entspannter, und schließlich ruhte der Arm wieder auf seinem Oberschenkel.

Harry ging zu seinem Stuhl zurück, setzte sich und sah Eddie mit großer Zufriedenheit an. Nun war er sicher, daß er auch die nächste Demonstration durchführen konnte, die Dr. Mentaine die ›Stuhlübung‹ nannte.

»Jetzt weißt du, daß das alles wirklich funktioniert, Eddie, daher wollen wir etwas Schwieriges versuchen. Ich möchte, daß du aufstehst und dich vor deinen Stuhl stellst.«

Eddie gehorchte. Harry stand ebenfalls auf und rückte seinen Stuhl vorwärts und zur Seite, so daß er Eddie in einer Entfernung von etwas mehr als einem Meter gegenüberstand.

»Ich möchte, daß du dich zwischen diesen Stühlen ausstreckst, den Kopf auf deinem und die Füße auf meinem. Und ich möchte, daß du dabei die Hände an den Seiten hältst.«

Eddie kauerte sich wortlos nieder und legte den Kopf auf die Sitzfläche seines Stuhls. Er stützte sich mit den Armen ab, dann hob er ein Bein und legte den Fuß auf Harrys Stuhl. Danach hob er das andere Bein. Augenblicklich sah man seinem Gesicht die Anstrengung an. Er hob die Arme und klammerte sie ineinander, so daß er durchhing.

»Und nun wird dein ganzer Körper allmählich so fest wie Stahl, Eddie. Dein ganzer Körper ist eines der kräftigsten Dinge auf Erden. Nichts kann ihn biegen. Du könntest dich ewig dort halten und würdest nie auch nur den kleinsten Schmerz oder das kleinste Unbehagen spüren. Es ist, als würdest du auf einer Matratze liegen, so stark bist du.«

Der angestrengte Ausdruck verschwand von Eddies Gesicht. Langsam streckte er die Arme aus und entspannte sich. Er lag starr wie ein Stab zwischen den beiden Stühlen, so entspannt, daß er nicht einmal zu atmen schien.

»Während ich zu dir spreche, wirst du stärker und stärker. Du könntest alles halten. Du könntest einen Elefanten halten. Ich werde mich auf deinen Bauch setzen, um das zu beweisen.«

Behutsam setzte sich Harry auf den Bauch seines Bruders. Er hob die Beine an. Nichts geschah. Nachdem er langsam bis fünfzehn gezählt hatte, ließ Harry die Beine sinken und stellte sich wieder hin. »Jetzt werde ich meine Schuhe ausziehen, Eddie, und auf dich stehen.«

Er eilte hinüber zu einem mit gestickten Rosen verzierten Klavierhocker und trug ihn her; dann schlüpfte er aus seinen Mokassins und stand auf den Hocker. Als Harry auf Eddies entblößten Bauch trat, kam der Stuhl, der seines Bruders Kopf stützte, ins Wanken. Harry stand einen Augenblick stockstill, aber der Stuhl hielt. Er hob das andere Bein vom Hocker. Der Stuhl rührte sich nicht. Er stellte auch den anderen Fuß auf seinen Bruder. Klein Eddie hielt ihn mühelos.

Harry stellte sich versuchsweise auf die Zehenspitzen und ließ sich wieder auf die Fersen absinken. Eddie schien völlig unberührt. Dann sprang Harry etwa zwei Zentimeter in die Luft, und da Eddie nicht einmal grunzte, als er landete, sprang er weiter, fünf-, sechs-, sieben-, achtmal, bis er schwer atmete. »Du bist erstaunlich, Klein Eddie«, sagte er und trat wieder auf den Hocker. »Jetzt kannst du anfangen, dich zu entspannen. Du kannst die Füße auf den Boden stellen. Dann sollst du wieder auf dem Stuhl Platz nehmen. Dein Körper ist nicht mehr steif.«

Klein Eddie hatte zögernd einen Fuß herabgenommen, doch als Harry aufgehört hatte zu sprechen, knickte er in der Mitte ab und fiel mit dem Po auf den Boden. Harrys Stuhl (Maryroses Stuhl) kippte entsetzlicherweise um, landete aber lautlos auf einem ordentlichen Stapel abgetragener Wintermäntel.

Klein Eddie, der sich wie ein Roboter bewegte, setzte sich langsam auf dem Boden aufrecht hin. Die Augen hatte er offen, doch ihr Blick verschwamm.

»Jetzt kannst du aufstehen und dich wieder auf den Stuhl setzen«, sagte Harry. Er erinnerte sich nicht daran, vom Hocker heruntergestiegen zu sein, aber er war heruntergestiegen. Schweiß rann ihm in die Augen. Er preßte das Gesicht gegen den Ärmel. Einen Augenblick lang war helle Panik in ihm aufgeflackert. Klein Eddie schlafwandelte zu seinem Stuhl zurück. Als er sich gesetzt hatte, sagte Harry: »Schließ die Augen. Du schläfst immer tiefer und tiefer. Tiefer und tiefer, Klein Eddie.«

Eddie ließ sich auf dem Stuhl nieder als wäre nichts geschehen, und Harry stellte ehrerbietig den Stuhl wieder auf. Dann griff er nach dem Buch und öffnete es. Die Buchstaben verschwammen ihm vor den Augen. Harry schüttelte den Kopf und sah wieder hin, aber die Zeilen schlängelten sich immer noch über die Seite. (Als

Harry im ersten Jahr am Adelphi College war, mußte er mehrere Gedichte von Guillaume Apollinaire lesen, und die wabernden Zeilen auf dem Papier riefen ihm diesen Augenblick mit schrecklicher Präzision wieder ins Gedächtnis.) Harry preßte die Handflächen gegen die Augen, rote Muster explodierten hinter den Lidern.

Er nahm die Hände vor den Augen weg, und wenngleich er nun feststellen konnte, daß sich die gedruckten Zeilen benahmen, hatte er plötzlich keine Lust mehr, weiterzumachen. Auf dem Dachboden war es zu heiß, er war zu müde, und das Umkippen des Stuhls war einer echten Katastrophe zu nahe gekommen. Aber eine Weile blätterte er noch zielstrebig durch das Buch, während Eddie in Trance saß, bis er die Überschrift ›Posthypnotische Suggestion‹ gefunden hatte.

»Klein Eddie, wir werden jetzt nur noch eines tun. Wenn wir das wiederholen wollen, dann wird es uns helfen, damit es schneller geht.« Harry klappte das Buch zu. Er wußte genau, wie das ging; er würde sogar denselben Ausdruck verwenden wie Dr. Mentaine bei seinen Patienten. *Blaue Rose* – Harry wußte selbst nicht warum, aber der Ausdruck gefiel ihm.

»Ich werde dir nun einen Ausdruck sagen, Eddie, und von nun an wirst du, wann immer du mich diesen Ausdruck aussprechen hörst, auf der Stelle wieder im Tiefschlaf versinken und hypnotisiert sein. Der Ausdruck lautet ›Blaue Rose‹. Blaue Rose. Wenn du mich ›Blaue Rose‹ sagen hörst, dann wirst du wieder einschlafen, so wie jetzt, und wir können dich wieder stark machen. ›Blaue Rose‹ ist unser Geheimnis, Eddie, denn niemand sonst weiß davon. Wie heißt es?«

»Blaue Rose«, sagte Eddie mit erstickter Stimme.

»Okay. Ich werde jetzt von zehn an rückwärts zählen, und wenn ich bei ›eins‹ angelangt bin, dann wirst du wieder hellwach sein. Du wirst dich an nichts von dem erinnern, was wir getan haben, aber du wirst dich glücklich und stark fühlen. Zehn.«

Während Harry rückwärts zählte, begann Klein Eddie sich zu räkeln und zu regen, ließ die Arme an die Seite sinken, polterte mit einem Fuß achtlos auf den Boden, bei ›eins‹ öffnete er die Augen.

»Hat es funktioniert? Was habe ich getan? Bin ich stark?«

»Du bist ein Bulle«, sagte Harry. »Aber es ist spät, Eddie – wir müssen nach unten gehen.«

Harrys Zeitplan war so akkurat, daß es schon unheimlich wirkte. Kaum hatten die beiden Jungs die Tür des Dachbodens hinter sich geschlossen, hörten sie, wie die Eingangstür mit einer Kakophonie lauten Hustens und gemurmelter Worte geöffnet wurde, gefolgt von schwankenden Schritten, die ins Badezimmer gingen. Edgar Beevers war heimgekommen.

6

Spät in dieser Nacht lagen die drei Jungs der Beevers in ihren Betten in dem mittelgroßen Raum im zweiten Stock neben der Treppe zum Dachboden. Er befand sich direkt über dem Schlafzimmer von Maryrose und war beinahe identisch mit diesem, abgesehen davon, daß das Zimmer der Jungs, der ›Schlafsaal‹, keinen breiten Fenstersims hatte und die Dachbodentreppe ein Stück von Harrys Ende kostete. Als die beiden anderen Jungs noch zu Hause gewohnt hatten, hatten Harry und Klein Eddie zusammen geschlafen, Albert in einem Bett mit Sonny, und lediglich George, der, als man ihn zur Armee eingezogen hatte, einen Meter achtzig groß gewesen war und zweihundertundein Pfund gewogen hatte, schlief allein. In jenen Tagen hatte Sonny es oft fertiggebracht, daß Albert mitten in der Nacht laut aufschrie. Und die bloße Erinnerung an George reichte aus, Harry das Blut in den Adern gefrieren zu lassen.

Obwohl es schon ziemlich spät war, fiel von der Straße hinreichend Licht durch die weißen Netzvorhänge herein, daß die Muskelpakete von Alberts Oberarmen, während er ausgestreckt auf dem Bettlaken lag, in komplexe Schatten gehüllt waren. Die Stimmen von Maryrose und Edgar Beevers, sie nur leicht angeschwipst, er eindeutig betrunken, drangen deutlich die Treppe herauf und durch die offene Tür.

»*Wer* sagt, daß ich meine Zeit vergeude? Ich sage das nicht! Ich vergeude meine Zeit nicht.«

»Ich nehme an, du bist der Meinung, du hättest ein gutes Tagwerk verrichtet, wenn du ein paar Stunden als Barkeeper gearbeitet hast – um dann deinen Lohn zu vertrinken! Das ist die Geschichte deines Lebens, Edgar Beevers, und es ist eine traurige Geschichte von V-E-R-G-E-U-D-U-N-G. Wenn mein Vater mit ansehen müßte was aus dir geworden ist ...«

»So schlimm ist es auch wieder nicht.«

»Aber auch alles andere als gut.«

»Albert«, sagte Eddie leise in seinem Bett zwischen denen der beiden Brüder.

Wie von Eddies Stimme galvanisiert, richtete Albert sich plötzlich im Bett auf und hob die Hand, um Eddie mit der Faust zu schlagen.

»Ich habe nichts getan!« sagte Harry und wich ans äußerste Ende seiner Matratze zurück. Der Schlag hatte ihm gegolten, das wußte er, nicht Eddie, nur war Albert zu müde, um aufzustehen.

»Ich hasse deine Feigheit«, sagte Albert. »Wenn ich nicht müde wäre, würde ich hier aus diesem Bett aufstehen und dir die Fresse blutig schlagen.«

»Harry hat mein Geburtstags-Auto gestohlen, Albert«, sagte Eddie. »Mach, daß er's mir zurückgibt.«

»Eines Tages«, sagte Maryrose unten, »am Ende des Sommers, als ich siebzehn war, sagte mein Vater spätnachmittags zu meiner Mutter: ›Liebes, ich glaube, ich werde mit unserer kleinen Maryrose spazierengehen und ihr etwas ganz Besonderes kaufen‹, und er rief mir aus dem Ankleidezimmer zu, ich sollte mich recht hübsch machen und zu ihm kommen, und weil mein Vater ein Gentleman war, der stets Wort hielt, war ich in null Komma nichts fertig. Mein Vater trug einen sehr hübschen braunen Anzug, eine rote Krawatte und seinen Strohhut. Ich erinnere mich noch daran, als wäre es erst gestern gewesen. Er wartete am Fuß der Treppe auf mich, und als ich hinunterkam, nahm er mich am Arm, und wir gingen zusammen zur Vordertür hinaus wie ein frischvermähltes Paar. Den Steinweg hinunter, den mein Vater höchstpersönlich in Ordnung hielt,, obwohl er im weißen Hemd arbeitete, dann die Majewski Street entlang und Arm in Arm die Palmyra Avenue hinab. Damals kauften die besten Leute, alle, die etwas galten, in der Palmyra Avenue.«

»Ich würde dir am liebsten die Zähne die Kehle runterschlagen«, sagte Albert zu Harry.

»Albert, er hat mein Geburtstags-Auto genommen, das hat er wirklich, und ich möchte es wiederhaben. Ich habe Angst, daß er's kaputtgemacht hat. Ich wünsche es mir so sehr zurück, daß ich sterben möchte.«

Albert stützte sich auf einen Ellenbogen und sah Klein Eddie zum erstenmal wirklich an. Eddie wimmerte. »Du bist so ein Knülch«, sagte Albert. »Ich wünschte, du *würdest* sterben, Eddie, ich wünschte, du würdest einfach tot umfallen, damit wir dich im Boden verscharren und endlich vergessen können. Ich würde bei deiner Beerdigung nicht einmal weinen. Wahrscheinlich würde ich mich nicht einmal an deinen Namen erinnern. Ich würde nur sagen: ›O ja, er war dieser komische kleine Junge, der die ganze Zeit herumhing und weinte, bin froh, daß er tot ist, wie auch immer er geheißen haben mag.‹«

Eddie hatte Albert den Rücken zugekehrt und weinte leise, sein ungewaschenes Gesicht wurde von den Schatten zu einer verunstalteten tragischen Maske verzerrt.

»Weißt du, es würde mir wirklich nichts ausmachen, wenn du tot umfallen würdest«, überlegte Albert. »Und du auch nicht, Scheißkerl.«

»... klar wurde, daß er mich zu Allouette's führte. Ich bin sicher, als kleiner Junge hast du in ihr Schaufenster gesehen. Du erinnerst dich doch an Allouette's nicht? Nie hat es etwas so Schönes wie diesen Laden gegeben. Als ich ein kleines Mädchen war und in diesem großen Haus lebte, gingen nur die besten Leute dorthin. Mein Vater legte den Arm um mich und ging schnurstracks mit mir hinein, und wir fuhren mit dem Fahrstuhl hoch und gingen schnurstracks zu der Frau, die die Kleiderabteilung unter sich hatte. ›Geben Sie meinem kleinen Mädchen das Beste‹, sagte er. Der Preis spielte keine Rolle. Nur auf die Qualität kam es ihm an. ›Geben Sie meinem kleinen Mädchen das Beste.‹ *Hörst du mir überhaupt zu, Edgar?*«

Albert schnarchte mit dem Gesicht nach unten in sein Kissen; Klein Eddie wälzte sich herum und schniefte. Harry lag so lange wach, er dachte schon, er würde nie einschlafen. Er sah das Gesicht von Klein Eddie vor sich, schlaff und ausdruckslos in Hypnose – Klein Eddies Gesicht machte ihn heiß und unbehaglich. Nun, da Harry im Bett lag, schien es ihm, als wäre alles, seit er von Big John's zurückkam, in Wahrheit von jemand anderem getan worden, oder in einem Traum. Dann merkte er, daß er ins Badezimmer mußte.

Harry sprang aus dem Bett, durchquerte lautlos das Zimmer, trat hinaus in den dunklen Flur und ertastete sich den Weg die Treppe hinab ins Bad.

Als er herauskam, sah er im Licht aus dem Badezimmer die flache schwarze Form des Telefons auf dem Telefonbuch von Palmyra. Harry ging zu dem kleinen Telefontisch neben der Treppe. Harry nahm das Telefon vom Telefonbuch und öffnete das Buch, das die Ausmaße eines Big-5-Tabletts hatte, mit der anderen Hand. Wie in so vielen anderen Nächten, wenn seine Blase ihn gezwungen hatte, herunterzukommen, beugte Harry sich über die Seite und suchte sich eine Nummer aus. Er behielt die Nummer im Kopf, während er das Telefonbuch zuklappte und das Telefon wieder darauf stellte. Er wählte. Es klingelte so oft, daß Harry nicht mehr mitzählte. Schließlich meldete sich eine heisere Stimme: Harry sagte: »Ich beobachte dich, du bist ein toter Mann.« Dann legte er leise den Hörer wieder auf die Gabel.

7

Am nächsten Nachmittag holte Harry seinen Vater ein, als Edgar Beevers begonnen hatte, die South Sixth Street zur Kreuzung Livermoore hochzugehen. Sein Vater trug das übliche Kostüm aus verbeulten grauen Hosen, weit über der Taille von einem Gürtel mit doppelter Schnalle gehalten, einem rot-weiß karierten Hemd, sowie einem braunen Filzhut, den er dicht über die Augen gezogen hatte. Seine lange, fleischige Nase schwamm vor ihm, vom Schatten der Hutkrempe in zwei Hälften geschnitten.

»Paps!«

Sein Vater sah ihn ungläubig an, dann schob er die Hände wieder in die Taschen. Er wandte sich zur Seite und ging weiter die Straße hinab, wenn auch vielleicht eine Spur langsamer. »Was ist denn, Junge? Keine Schule?«

»Es ist Sommer, da ist keine Schule. Ich dachte mir, ich komme ein Stück mit dir.«

»Nun, ich habe nicht viel vor. Deine Mutter hat mich gebeten, ein paar Hamburger aus der Livermoore zu holen, und ich dachte mir, ich gehe auf einen raschen Schluck in die ›Mußestunde‹. Du wirst mich doch nicht verraten, nicht?«

»Nein.«

»Bist ein guter Junge, Harry. Deine Mutter hat eine Menge Sorgen. Manchmal mache ich mir auch ein wenig wegen Klein Eddie Sorgen.«

»Klar.«

»Was ist mit den Büchern? Liest du beim Spazierengehen?«

»Ich habe sie mir nur so angesehen«, sagte Harry.

Sein Vater fuhr mit der Hand unter Harrys angewinkelten Ellbogen und zog zwei Taschenbücher mit grellen Umschlagbildern hervor. Sie trugen die Titel *Mörder GmbH* und *Hitlers Todeslager*. Harry hatte sich bereits in beide Bücher verliebt. Harrys Vater grunzte und gab ihm *Mörder GmbH* zurück. Das andere Buch hielt er sich bis fast an die Nasenspitze und studierte das Umschlagbild, das eine nackte Frau zeigte, die sich gegen einen Stacheldrahtzaun preßte, während ein uniformierter Nazi mit einem Gewehr auf ihren Rükken zielte.

Als er zu seinem Vater aufsah, erkannte Harry, daß unter der scharfen Schattenlinie, welche der Hutrand hervorrief, seines Vaters Schnurrbart in verschiedenen Farben und Mustern wuchs. Schwarz und braun, rot und orange, so erstreckten sich die schimmernden Stacheln über die Wangen seines Vaters.

»Ich habe dieses Buch gekauft, aber so hat es nicht ausgesehen«, sagte sein Vater und gab ihm das Buch zurück.

»Was?«

»Dieser Ort. Dachau. Das Todeslager.«

»Woher weißt du das?«

»Ich war da, oder etwa nicht. Du warst noch nicht einmal auf der Welt. Es sah überhaupt nicht aus wie das Bild auf dem Buch. Ich fand, es sah einfach wie ein Stück Scheiße aus, wie fast alle Orte, die ich in meiner Zeit in der Army gesehen habe.«

Harry hörte eben zum erstenmal, daß sein Vater bei den Streitkräften gewesen war.

»Du meinst, du warst im Zweiten Weltkrieg?«

»Klar, ich war beim Großen Krieg dabei. Sie machten mich zum Obergefreiten. Und einen Spitznamen hatte ich auch. ›Beans‹. ›Beans‹ Beevers. Und als ich eine Infektion bekam, erhielt ich das Verwundetenabzeichen.«

»Du hast Dachau mit eigenen Augen gesehen?«

»Verdammt richtig, das habe ich.« Er beugte sich plötzlich herab. »Laß dich aber von deiner Mutter nicht dabei erwischen, wenn du dieses Buch liest.«

Innerlich erfreut schüttelte Harry den Kopf. Nun waren das Buch und das Todeslager ein Band zwischen ihm und seinem Vater.

»Hast du jemals jemanden getötet?«

Sein Vater strich sich mit einer langen Hand über Mund und beide Wangen. Tief im Schatten der Hutkrempe sah Harry ein nachdenkliches Auge.

»Einmal habe ich einen Mann getötet.«

Lange Pause.

»Ich schoß ihn in den Rücken.«

Sein Vater wischte sich wieder über den Mund, dann nickte er mit dem Kopf. Er mußte innerhalb eines sorgfältig ausgeklügelten Zeitplans in die Kneipe, zum Metzger und wieder zurück. »Möchtest du das wirklich hören?«

Harry nickte. Er schluckte.

»Ja, das kann ich mir denken. Okay – wir wurden in dieses Lager geschickt, Dachau, das war gegen Ende des Krieges, um die Freilassung der Gefangenen zu überwachen und die Wachen und den Lagerkommandanten festzunehmen. Alles war bestens vorbereitet. Ein paar Lamettaträger von der Division wollten zur Inspektion vorbeikommen, daher mußten wir ein paar Tage dort warten. Weißt du, wir ließen die Wachen in einer Reihe antreten, und diese knochigen alten Wracks konnten daherkommen und ihnen die Hölle bereiten. Wir durften sie allerdings nicht zu nahe kommen lassen.«

Sie kamen an Mr. Petrosians kleinem Teerpapierhaus vorbei, und Harry war erleichtert, daß Mr. Petrosian nicht auf seiner kleinen Veranda saß und seinen Kasten Bier wegtrank. Die ›Mußestunde‹ war nur noch wenige Schritte entfernt.

»Wie dem auch sei, plötzlich beschließt einer der Wachen, einer der schlimmsten, es auf einen Fluchtversuch ankommen zu lassen. Er springt auf und läuft wie verrückt auf den Wald zu. Was soll ich tun? frage ich mich. Keiner weiß, was er tun soll. Erschießt ihn, sagt jemand. Also schieße ich ihn in den Rücken. Und das war alles.«

Nun hatten sie die Flügeltür erreicht, die in die ›Mußestunde‹ hineinführte, und der Geruch von Malz und Hopfen erfüllte die Luft. »Wir sehen uns im Haus«, sagte sein Vater und verschwand wie ein Zauberer durch die Flügeltür.

8

Nachdem Harry hundert Seiten von *Mörder GmbH* gelesen hatte, waren seine Lieblingsmörder Louis ›Lepke‹ Buchalter und Abe ›Kid Twist‹ Reles. Sie waren verläßliche Profis. Eine Art Schwarzlicht umgab sie und ließ sie strahlen. Lepke Buchalter und Abe Reles betrachteten die Welt aus dem Schatten unter ihren Hutkrempen

pen hervor. Sie lebten in schattigen Zimmern und spähten durch die Vorhänge hinaus. Sie tauchten an einer dunklen Ecke vor ihrem entsetzten Opfer auf, erledigten ihre Arbeit und gingen wieder weg, wobei sie die Mantelkrägen hochschlugen.

Angenommen, man hätte einen Job, der einen durch das ganze Land führen würde, etwa ein Vertreter, dachte Harry, während er nachmittags auf der Hollywood-Schaukel lag und las; angenommen, man hätte einen Job, der einem von einer Stadt zur nächsten führen würde. Angenommen, man ermordete in jeder dieser Städte jemanden leise und sorgfältig und versteckte die Leichen, damit es lange dauerte, bis sie gefunden wurden. Die Arbeit würde einem nie ausgehen.

9

»Blaue Rose«, sagte Harry.

Klein Eddie sackte mit offenem Mund gegen die Stuhllehne, die Hände lagen entspannt in seinem Schoß.

Es hatte funktioniert. Harry sah sich um, als erwartete er Applaus, und ihm war, als würden alle Gegenstände auf dem Dachboden mit gütiger Zustimmung zu ihm aufschauen. Es war einundzwanzig Uhr dreißig; er und Eddie waren allein im Haus und damit auf dem Dachboden in bester Sicherheit. Harry wollte wissen, ob er auch andere Menschen beeinflussen und sie Dinge tun lassen konnte, aber für heute war er zufrieden, mit Eddie zu experimentieren.

»Du schläfst tiefer und tiefer, Eddie, tiefer und tiefer, und du hörst auf jedes Wort, das ich dir sage. Du sinkst immer tiefer und hörst meine Stimme zu dir durchdringen,, und mit jedem Wort sinkst du tiefer und tiefer, und nun schläfst du wirklich ganz tief und bist bereit anzufangen.«

Klein Eddie saß auf Maryroses Korbstuhl, sein Kinn berührte die Brust, der sabbernde Mund stand offen. Er sah wie ein etwas zu klein geratener Siebenjähriger aus, ein Zweitkläßler, und nicht wie ein Viertkläßler, der er sein würde, wenn er im Herbst Mrs. Franken als Lehrerin bekam. Plötzlich erinnerte er Harry an den Ultraglide Roadster, zerkratzt und zerbeult und ohne die Reifen.

»Heute nacht wirst du erfahren, wie stark du wirklich bist. Setz dich aufrecht, Eddie.«

Eddie richtete sich auf und schloß in fast komischem Gehorsam den Mund.

Harry dachte, es könnte komisch sein, Klein Eddie glauben zu machen, er wäre ein Hund, und ihn auf allen vieren auf dem Dachboden herumstreunen und das Bein heben zu lassen. Dann sah er Klein Eddie über den Dachboden stolpern, die Zunge aus dem Mund hängend, während seine eigenen Hände seine Kehle zudrückten. Vielleicht würde er auch das tun, nachdem er verschiedene andere Übungen durchgeführt hatte, die er in Dr. Mentaines Buch gefunden hatte. Zum schätzungsweise fünften Mal an diesem Abend überprüfte er die Unterseite seines Kragens und fühlte den langen, dünnen Schaft der Hutnadel mit dem Perlmuttkopf, die er aus Maryroses Schlafzimmer geschmuggelt hatte, als sie zur Arbeit gegangen war, wobei er gerade lange genug aufgehört hatte, *Mörder GmbH* zu lesen.

»Eddie«, sagte er, »jetzt schläfst du sehr fest und wirst alles tun, was ich dir sage. Ich möchte, daß du den rechten Arm von dir ausstreckst.«

Eddie streckte den Arm wie einen Schürhaken von sich.

»Das ist gut, Eddie. Nun sollst du feststellen, daß der Arm vollkommen gefühllos wird. Er wird taub, taub. Er fühlt sich nicht mehr wie aus Fleisch und Blut an. Er fühlt sich an, als wäre er aus Stahl oder so etwas gemacht. Er ist so taub, daß du gar nichts mehr darin spüren kannst. Du kannst nicht einmal mehr Schmerzen spüren.«

Harry stand auf, ging zu Eddie und strich mit den Fingern an seinem Arm entlang. »Du hast nichts gespürt, oder?«

»Nein«, sagte Eddie mit langsamer, knirschender Stimme.

»Spürst du jetzt etwas?« Harry kniff Eddie in den Unterarm.

»Nein.«

»Jetzt?« Harry kniff Eddie mit den Fingernägeln in den Bizeps, so daß purpurne Ränder zurückblieben.

»Nein«, wiederholte Eddie.

»Wie ist es damit?« Er schlug Eddie so fest er konnte mit der Hand auf den Unterarm. Es gab einen peitschenden, klatschenden Laut, und seine Finger kribbelten. Wäre Klein Eddie nicht hypnotisiert gewesen, hätte er versucht, die Wände niederzukreischen.

»Nein«, sagte Eddie.

Harry zog die Hutnadel aus dem Kragen und inspizierte den Arm seines Bruders. »Das machst du großartig, Eddie. Du bist stärker als alle in deiner Klasse – wahrscheinlich bist du stärker als der ganze Rest der Schule.« Er drehte Eddies Arm so, daß die Handfläche nach oben gerichtet und der weiße, leicht von Adern durchzogene Unterarm ihm zugewendet war.

Harry strich mit der Nadelspitze leicht über Eddies blassen, venendurchzogenen Unterarm. Die Spitze hinterließ einen schmalen, kalkweißen Kratzer in ihrem Kielwasser. Einen Augenblick spürte Harry den Boden der Dachkammer unter seinen Füßen schwanken; dann schloß er die Augen und stieß die Nadel so fest er konnte in Klein Eddies Haut.

Er öffnete die Augen. Der Boden schwankte immer noch unter ihm. Sechs Zoll der acht Zoll langen Hutnadel ragten aus Klein Eddies Unterarm hervor, der Perlmuttkopf glänzte ein wenig im Licht der Glühbirne. Ein Blutstropfen von der Größe eines Wassermelonenkerns stand auf Eddies Haut. Harry ging zu seinem Stuhl zurück und ließ sich schwer hineinfallen. »Spürst du etwas?«

»Nein«, sagte Eddie wieder mit dieser überraschend tiefen Stimme.

Harry starrte die in Eddies Unterarm steckende Hutnadel an. Der ovale Blutstropfen wurde allmählich länger auf der weißen Haut und begann dann in Richtung des Handgelenks zu rinnen. Harry sah zu, wie er über die blasse Unterseite von Klein Eddies Unterarm kroch. Schließlich stand er auf und kam wieder an Eddies Seite. Der längliche Blutstropfen hatte aufgehört sich zu bewegen. Harry beugte sich hinab und bog die Hutnadel. Eddie konnte nichts spüren. Harry legte Daumen und Zeigefinger um den glänzenden Kopf der Nadel. Sein Gesicht war so heiß, er hätte vor einem offenen Feuer stehen können. Er bohrte die Nadel einen Zentimeter tiefer in Eddies Arm, und ein weiterer Blutstropfen quoll an der Basis heraus. Die Nadel schien sich in Harrys Griff zu bewegen, sie pulsierte hin und her als würde sie atmen.

»Okay«, sagte Harry. »Okay.«

Er festigte den Griff um die Nadel und zog. Sie glitt mühelos aus der Wunde. Harry hielt die Hutnadel vors Gesicht, so wie ein Doktor ein Thermometer hochhält, um die Temperatur abzulesen. Er hatte sich vorgestellt, der ganze untere Teil würde rot getränkt sein, aber er sah, daß nur ein einziger gewundener Reif getrockneten Blutes an der Nadel klebte. Eine benommene Sekunde lang dachte er daran, das Ende der Nadel in den Mund zu nehmen und es sauberzulecken.

Er dachte: Vielleicht war ich in einem anderen Leben Lepke Buchalter.

Er zog sein Taschentuch, ein schmutziges Rechteck aus roten Paisley, aus der Tasche und wischte den Reif aus Blut vom Schaft der Nadel ab. Dann beugte er sich nach vorne und wischte sanft den roten Striemen von Eddies Unterarm. Harry legte das Taschentuch so zusammen, daß kein Blut zu sehen war, wischte sich den Schweiß vom Gesicht und schob das zerknitterte Tuch wieder in die Tasche.

»Das war gut, Eddie. Jetzt werden wir etwas tun, das ein wenig anders ist.«

Er kniete neben seinem Bruder nieder und hob Eddies fast schwerelosen, feingeäderten Arm. »Du kannst in diesem Arm immer noch nichts spüren, Eddie, er ist völlig gefühllos. Er schläft tief, und er wird erst erwachen, wenn ich es ihm befehle.« Harry verlagerte das Gewicht, um einen festen Halt zu haben, während er kniete, dann legte er die Spitze der Hutnadel fast flach gegen Eddies Arm. Er stieß sie so weit vorwärts, daß sich eine kleine Hautfalte bildete. Die Spitze der Nadel bohrte sich in Eddies Haut, durchstieß sie aber noch nicht. Harry drückte fester, die Nadelspitze hob den kleinen Fleischberg um ein kleines, aber beachtliches Stück.

Haut war entschieden schwerer zu durchbohren, als sich jemand vorstellen konnte.

Die Nadel begann in seinen Fingern zu schmerzen, daher öffnete Harry die Hand und preßte den Kopf gegen die Basis des Mittelfingers. Er verzog das Gesicht und stemmte die Handflächen gegen die Nadel. Die Spitze der Nadel durchbrach die aufgeschobene Hautfalte.

»Eddie, du bist aus Bierdosen gemacht«, sagte Harry und zog den Kopf der Nadel zurück. Die Falte wurde wieder flach. Nun konnte Harry die Nadel wieder nach vorne schieben, wobei er den Schaft tiefer und tiefer unter Klein Eddies Haut schob. Er konnte sehen, wie die durch die Nadel hochgeschobene Hautspur am Unterarm seines Bruders hinabkroch, was so aussah, als würde ein Zeichentrickrasen von einem Zeichentrickhasen aufgebuddelt worden. Als der Perlmuttkopf sich noch etwa drei Zoll vom Einstichloch entfernt befand, stieß Harry ihn in Klein Eddies Fleisch hinab, wodurch die Spitze der Nadel angehoben wurde. Er versetzte dem Kopf einen heftigen Stoß, und die Spitze wurde am Ende der Furche in Eddies Haut sichtbar, wo sie sich durch einen Blutstropfen bohrte. Harry schob die Nadel noch weiter hinein. Nun war an beiden Enden etwa eineinhalb Zoll graues Metall zu sehen.

»Spürst du etwas?«

»Nein.«

Harry wackelte am Kopf der Nadel, eine Kugel aus Blut quoll aus der Wunde hervor und begann Eddies Arm hinabzulaufen. Harry setzte sich neben Eddie auf den Boden der Dachkammer und begutachtete sein Werk. Sein Verstand schien auf angenehme Weise frei von Gedanken und lediglich von einer Vielzahl von Empfindungen erfüllt zu sein. Er *spürte* ein Summen in seinem Kopf, konnte es aber nicht hören, ein unscharfer Film schien seine Augen zu bedecken. Er atmete durch den Mund. Die lange Nadel, die Eddies Unterarm durchbohrte, schien auf eine Weise monströs zu sein; auf eine andere aber war sie wunderschön. Haut, Blut und Metall. Harry hatte noch nie vorher etwas Ähnliches gesehen. Er streckte den Arm aus und drehte die Nadel, worauf eine weitere Blutschlange aus der Ausstichöffnung hervorkroch. Harry sah das alles wie durch Milchglas, aber das störte ihn nicht. Er wußte, das verschwommene Bild war nur geistig. Er berührte den Kopf der Nadel wieder und bewegte ihn von einer Seite zur anderen. Weiteres Blut tröpfelte aus beiden Öffnungen. Dann schob Harry die Nadel weiter hinein, zog sie teilweise heraus, so daß die Spitze fast wieder in Klein Eddies Fleisch verschwand, und stieß sie wieder vor; das wiederholte er mehrmals, hin und her, hin und her, eine ganze Weile, als wollte er seinen Bruder aufsägen.

Schließlich zog er die Nadel aus dem Unterarm seines Bruders heraus. Zwei lange Rinnsale Blut hatten beinahe dessen Handgelenk erreicht. Harry drückte die Handballen in die Augen, blinzelte und stellte fest, daß sein Blick sich geklärt hatte.

Er fragte sich, wie lange er und Eddie schon auf dem Dachboden waren. Es konnten Stunden sein. Er konnte sich kaum daran erinnern, was vorgefallen war, bevor er die Hutnadel in Eddies Haut gebohrt hatte. Nun war die Verschwommenheit tatsächlich geistig, nicht sehbedingt. Ein lauter, unbehaglicher Puls pochte in seinen Schläfen. Wieder wischte er das Blut von Eddies Unterarm. Dann stand er mit wackeligen Knien auf und ging zu seinem Stuhl zurück.

»Wie fühlt sich dein Arm an, Eddie?«

»Taub«, sagte Eddie mit seiner erdigen, schläfrigen Stimme.

»Diese Taubheit verschwindet jetzt allmählich. Ganz, ganz langsam. Du fängst wieder an, deinen Arm zu spüren, und er fühlt sich sehr gut an. Du hast keine Schmerzen. Er fühlt sich an, als hätte den ganzen Nachmittag die Sonne darauf geschienen. Er ist stark und gesund. Das Gefühl kehrt in deinen Arm zurück, und du kannst die Finger und alles wieder bewegen.«

Als er aufhörte zu sprechen, lehnte Harry sich an den Stuhl zurück und schloß die Augen. Er rieb sich die Stirn mit der Hand und wischte die Feuchtigkeit an seinem Hemd ab.

»Wie fühlt sich dein Arm an?« fragte er, ohne die Augen zu öffnen.

»Gut.«

»Das ist großartig, Klein Eddie.« Harry preßte die Handflächen gegen sein erhitztes Gesicht, wischte sich die Wangen ab und öffnete die Augen.

Ich kann das jede Nacht tun, dachte er. Ich kann Klein Eddie jede einzelne Nacht hier heraufbringen, zumindest bis die Schule wieder anfängt.

»Eddie, du wirst mit jedem Tag stärker. Dies hilft dir wirklich eine Menge. Und je öfter wir es tun, desto stärker wirst du. Verstehst du mich?«

»Ich verstehe dich«, sagte Eddie.

»Heute nacht sind wir fast fertig. Ich möchte nur noch eines versuchen. Aber dafür mußt du wirklich ganz tief und fest schlafen, damit es funktioniert. Ich möchte daher, daß du tiefer und tiefer gehst, so tief du nur kannst. Entspanne dich, und jetzt schläfst du wirklich tief und fest, tief, tief, und du bist entspannt und bereit und fühlst dich großartig.«

Klein Eddie saß schlaff auf dem Stuhl, er hatte den Kopf zurückgelegt und die Augen geschlossen. Zwei winzige dunkle Blutströpfchen standen wie Moskitostiche an seinem rechten Unterarm hervor.

»Während ich mit dir spreche, Eddie, wirst du langsam jünger und jünger, du gehst in der Zeit zurück, das heißt, du bist jetzt nicht mehr neun Jahre alt, sondern acht, es ist letztes Jahr und du bist in der dritten Klasse, und jetzt bist du sieben, und jetzt bist du sechs Jahre alt... und nun bist du fünf, Eddie, und es ist der Tag deines fünften Geburtstags. Heute wirst du fünf Jahre alt, Klein Eddie. Wie alt bist du?«

»Fünf.« Zu Harrys angenehmer Überraschung schien Klein Eddies Stimme tatsächlich jünger zu sein, und auch seine zusammengesunkene Haltung auf dem Stuhl wirkte jünger.

»Wie fühlst du dich?«

»Nicht gut. Ich hasse mein Geschenk. Es ist gräßlich. Paps hat es besorgt, und Mom hat gesagt, es hätte niemals ins Haus kommen dürfen, weil es nur Müll ist. Ich wünschte mir, ich müßte nie mehr Geburtstage haben, weil die so schrecklich sind. Ich werde weinen.«

Sein Gesicht verzerte sich. Harry versuchte sich zu erinnern, was Eddie zu seinem fünften Geburtstag bekommen hatte, aber er konnte es nicht – er hatte lediglich eine unklare Erinnerung an Scham und Enttäuschung. »Was für ein Geschenk hast du, Eddie?«

Mit weinerlicher Stimme sagte Eddie: »Ein Radio. Aber es ist kaputt, und Mom sagt, es sieht aus, als käme es von der Müllhalde. Ich will es nicht mehr. Ich will es nicht einmal mehr *sehen.*«

Ja, dachte Harry: ja, ja, ja. Jetzt erinnerte er sich. An Klein Eddies fünftem Geburtstag hatte Edgar Beevers ein gelbes Plastikradio herbeigeschafft, das selbst in Harrys Augen unvorstellbar häßlich gewesen war. Die Skala war gesprungen, und hier und da trug es braune, kreisförmige Male, wo jemand seine Zigarette daran ausgedrückt hatte.

Das Radio war schon längst im Müllraum begraben worden, wo es heute unter mehreren geologischen Schichten von Abfall lag.

»Okay, Eddie, du kannst das Radio jetzt vergessen, weil du wieder rückwärts gehst, du wirst jünger, du gehst zurück und bist vier Jahre alt, und jetzt bist du drei.«

Er betrachtete Klein Eddie voller Interesse, dessen ganze Erscheinung sich verändert hatte. Anstatt unglücklich und den Tränen nahe zu sein, stellte Eddie nun eine selbstzufriedene Fröhlichkeit zur Schau; Harry konnte sich nicht erinnern, sie jemals an ihm gesehen zu haben. Er hatte die Arme über der Brust verschränkt. Er lächelte, und seine Augen waren hell und klar und kindlich.

»Was siehst du?« fragte Harry.

»Mama-ma-mma.«

»Was macht sie?«

»Mami sitzt an ihrem Schreibtisch. Sie raucht und sieht ihre Papiere durch.« Eddie kicherte. »Mami sieht komisch aus. Sieht aus, als würde Rauch aus ihrem Kopf kommen.« Eddie senkte das Kinn und verbarg sein Lächeln hinter einer Hand. »Mami sieht mich nicht. Ich kann sie sehen, aber sie sieht mich nicht. Oh! Mami arbeitet hart! Sie arbeitet hart an ihrem Schreibtisch!«

Eddies Lächeln erlosch unvermittelt. Sein Gesicht erstarrte einen Augenblick in einem komischen gummiartigen Fehlen jeglichen Mienenspiels, dann riß er entsetzt die Augen auf, sein Mund klappte auf und wurde schlaff.

»Was ist passiert?« Harrys Mund war trocken geworden.

»Nein, Mami! wimmerte Eddie. »Nicht, Mami! Ich habe nicht spioniert, nein, ich verspreche es...« Seine Worte verloren sich in einem Kreischen. »NEIN, MAMI! NICHT! NICHT, MAMI!« Eddie sprang auf, der Stuhl kippte polternd um, dann rannte er blind in den hinteren Teil des Dachbodens. Eddies Kreischen hallte in Harrys Kopf wider. Er hörte das scharfe *Knack*! von brechendem Holz, jedoch nur als Bestandteil allen Lärms, den Eddie machte, während er auf dem Dachboden herumrannte. Eddie hatte sich in einem Bündel hängender Kleider verfangen, wirbelte herum, verhedderte sich noch tiefer in den Kleidern, riß sich aus dem Netz der Kleider los, wobei er sie von der Stange zog. Ein langarmiges purpurrotes Kleid mit riesigem Spitzenkragen hatte sich wie ein geisterhafter Tanzpartner um Eddie geschlungen, ein weiteres Kleid, dieses aus weinrotem Samt, schlängelte sich um sein rechtes Bein. Eddie kreischte erneut und riß sich aus dem Gewühl los. Der gesamte Kleiderständer erbebte und kippte dann mit ohrenbetäubendem Poltern um.

»NEIN!« kreischte er. »HILFE!« Eddie lief direkt in einen Querbalken, welcher aus einer Dachverstrebung hervorragte, prallte ab und kam mit wie Windmühlenflügel rudernden Armen auf Harry zugerast. Harry wußte, daß sein Bruder ihn nicht sehen konnte.

»Eddie, hör auf«, sagte er, doch Eddie konnte ihn nicht mehr hören. Harry versuchte, Eddie aufzuhalten, indem er die Arme um ihn schlang, aber Eddie prallte ungebremst mit ihm zusammen, traf ihn mit der Schulter an der Brust und stieß den Kopf schmerzhaft gegen Harrys Kinn; Harrys Arme schlossen sich ins Leere, sein Blick verschwamm, und Eddie prallte laut klirrend gegen den Kippspiegel. Der Spiegel neigte sich seitwärts. Harry sah ihn mit traumhafter Langsamkeit dem Boden entgegenkippen, dann fiel er innerhalb eines Sekundenbruchteils und zerschellte. Glassplitter wurden über den ganzen Boden geschleudert.

»AUFHÖREN!« brüllte Harry. »BLEIB STEHEN, EDDIE!«

Eddie kam zur Ruhe. Ein zerrissenes und schmutziges weinrotes Samtkleid hing immer noch an seinem rechten Bein. Aus einem häßlichen Schnitt über dem Auge rann Blut seine Schläfe hinab. Er atmete schwer und stieß die Luft in knappen, wimmernden Stößen aus.

»Ach du Scheiße«, sagte Harry und sah sich auf dem Dachboden um. Innerhalb weniger Sekunden hatte Eddie etwas angerichtet, was auf den ersten Blick völliger Verwüstung ziemlich nahe kam. Maryroses alte Kleider lagen zu einem Haufen staubigen Stoffs verschlungen, aus welchem Drahtkleiderbügel skelettartig hervorragten; graue Eddie-große Fußabdrücke lagen wie ein Muster über der verstummten Explosion von Farben, die die Kleider nun bildeten. Als der Kleiderständer umgefallen war, hatte er ein Stück von der Größe eines Serviertabletts aus einem runden Kaffeetisch herausgeschlagen, den Maryrose ganz besonders geschätzt hatte, weil er aus einem einzigen Stück Teakholz hergestellt worden war – ›ein einziges Stück *Teak*, das seltenste Holz der Welt, wurde eigens von Ceylon hierher geschafft!‹ Der wertvolle Spiegel war in tausend Scherben zerschellt, die über den ganzen Boden verstreut waren. Mit wachsendem Entsetzen sah Harry, daß der Holzrahmen wie ein Knochen gebrochen war und eine knochenbleiche, schockierend weiße Bruchstelle in dem dunkel gebeizten Rahmen zeigte.

Harrys Blut sackte in seinem Körper abwärts, und er wäre beinahe umgekippt wie der Spiegel. »O Gott o Gott o Gott.«

Er drehte sich langsam um. Eddie stand blinzelnd zwei Schritte von ihm entfernt und wischte vergeblich das Blut ab, das aus seiner Stirn rann und inzwischen fast die ganze linke Gesichtshälfte verschmiert hatte. Er sah wie ein Indianer in Kriegsbemalung aus – ein besiegter, verlorener Indianer, denn seine Augen waren trüb, und er drehte den Kopf rastlos von einer Seite zur anderen.

Ein paar Schritte von Eddie entfernt lag der Stuhl, auf dem er gesessen hatte. Eine der dünnen, zierlichen Armlehnen lag brutal abgebrochen daneben. Sie sah wie ein Insektenbein aus, dachte Harry, wie eine Spielzeugpistole.

Einen Augenblick glaubte Harry, auch sein Gesicht wäre rot von Blut. Er strich sich mit der Hand über die Stirn und betrachtete seine glitzernde Handfläche. Es war nur Schweiß. Sein Herz schlug wie eine Glocke. Neben ihm sagte Eddie: »Aaah... was...?« Die Kopfverletzung hatte ihn aus der Trance zurückgeholt.

Die Kleider waren ruiniert, zertreten, durcheinander, zerrissen. Der Spiegel war zersplittert. Der Tisch war verstümmelt. Maryroses Stuhl lag auf der Seite wie ein Mordopfer, der abgetrennte Arm endete in einem Bausch von Korbgeflecht.

»Mein Kopf *tut weh*«, sagte Eddie mit schwacher, zitternder Stimme. »Was ist passiert? Ah! Ich blute, Harry! Ich bin ganz voller Blut!«

»Du bist ganz voller Blut, du bist ganz voller Blut?« brüllte Harry. »Alles ist voller Blut, du Dummkopf! Sieh dich doch nur um!« Er kannte seine eigene Stimme nicht mehr, die schrill und dünn klang und von anderswo zu kommen schien. Klein Eddie wich einen vergeblichen Schritt vor ihm zurück, und Harry wollte ihn anspringen, seinen blutigen Kopf zu einem Pfannkuchen prügeln, ihn vernichten, zerschmettern...

Eddie hielt die blutverschmierte Handfläche hoch und starrte sie an. Er wischte sie abwesend an seinem T-Shirt ab und machte einen weiteren unsicheren Schritt. »Ich habe Angst, Harry«, stieß seine piepsige Stimme hervor.

»Sieh dir nur an, was du getan hast!« kreischte Harry. »Du hast alles kaputtgemacht! Verdammt! Was glaubst du, wird nun mit uns passieren?«

»Was wird Mom tun?« fragte Eddie mit einer Stimme, die kaum mehr als ein Flüstern war.

»Das weißt du nicht?« brüllte Harry. »Du bist tot!«

Eddie fing an zu weinen.

Harry ballte die Hände zu Fäusten und schloß die Augen. Sie waren beide tot, das war die Wahrheit. Harry öffnete die Augen, die sich heiß und seltsam schwer anfühlten, und starrte seinen schluchzenden, rotverschmierten nutzlosen kleinen Bruder an. »Blaue Rose«, sagte er.

10

Klein Eddies Hände sanken an seine Seite. Sein Kinn sank herab, der Mund stand offen. Blut lief in einem anmutigen Bogen an der linken Seite seines Gesichts herab, dem Umriß des Unterkiefers entlang und verschwand in einem schmalen Rinnsal in seinem T-Shirt. Blut aus der linken Braue tropfte unaufhörlich zu Boden, wie aus einem Wasserhahn.

»Du wirst *tief* schlafen«, sagte Harry. Wo war die Hutnadel? Er sah zurück zu dem einzigen noch stehenden Stuhl, wo der Perlmuttkopf auf dem Boden glänzte. »Dein ganzer Körper ist *taub*.« Er ging hinüber zu der Nadel, bückte sich und hob sie auf. Der Metallschaft fühlte sich warm in seinen Fingern an. »Du kannst keine Schmerzen spüren.« Er ging wieder zu Klein Eddie. »Nichts kann dir weh tun.« Harrys Atem schien von allein zu gehen, schien sich mit keuchenden Zügen selbst in seine Kehle zu zwingen, dann stieß er sich hinaus.

»Hast du mich verstanden, Klein Eddie?«

Mit seiner erdigen, langsamen, hypnotisierten Stimme sagte Klein Eddie: »Ich habe dich verstanden.«

»Und du kannst keine Schmerzen spüren?«

»Ich kann keine Schmerzen spüren.«

Harry zog den Arm zurück, die Spitze der Nadel ragte aus seiner Faust heraus, dann ließ er die Hand so schnell er konnte nach vorne schnellen und stieß die Nadel durch das blutgetränkte T-Shirt in Eddies Unterleib. Er atmete schwer aus und bemerkte einen üblen sauren Nachgeschmack in seinem Atem.

»Du spürst nichts.«

»Ich spüre nichts.«

Harry öffnete die rechte Hand und hämmerte mit der Handfläche mehrmals gegen den Kopf der Nadel, wobei er sie stets ein Stückchen weiter hineintrieb. Klein Eddie sah wie eine Voodoopuppe aus. Eine Art funkelndes Licht umgab ihn. Harry umklammerte den Kopf der Nadel mit Daumen und Zeigefinger und zog sie heraus. Er hielt sie hoch und begutachtete sie. Auch die Nadel war von funkelndem Licht umgeben. Der lange Schaft war blutverschmiert. Harry schob die Nadel in den Mund und schloß die Lippen um das warme Metall.

Er sah sich selbst, einen Mann in einem anderen Leben, der mit anderen Männern, wie er selbst einer war, in einer Reihe in einer kahlen grauen Landschaft stand, welche von Stacheldraht eingezäunt war. Ausgezehrte Menschen, in Lumpen gekleidet, schlurften zu ihnen hoch und spien ihnen auf die Kleidung. Der Gestank von totem Fleisch und verbrennendem Fleisch hing in der Luft. Dann war die Vision verschwunden, und Klein Eddie stand vor ihm, umgeben von Schichten strahlenden Lichts.

Harry schnitt eine Grimasse oder grinste, er konnte es selbst nicht sagen, und trieb den langen Stachel tief in Eddies Magen.

Eddie gab ein leises *uuh* von sich.

»Du spürst nichts, Eddie«, flüsterte Harry. »Du fühlst dich rundherum wohl. In deinem Leben hast du dich nie besser gefühlt.«

»Ich habe mich nie besser gefühlt.«

Harry zog die Nadel langsam heraus und säuberte sie mit den Fingern.

Er konnte sich plötzlich an jede Einzelheit erinnern, die ihm jemals jemand über Tommy Golz erzählt hatte.

»Jetzt wirst du ein komisches Spiel spielen«, sagte er. »Dieses Spiel heißt Tommy Golz, weil es dich vor Mrs. Franken beschützen wird. Bist du bereit?« Harry verbarg die Nadel sorgfältig unter dem Hemdkragen, während er Eddies blutüberströmte, eingesunkene Gestalt ununterbrochen ansah. Vibrierende Lichtbänder pulsierten rhythmisch und konstant um Eddies Gesicht.

»Bereit«, sagte Eddie.

»Ich werde dir jetzt deine Anweisungen geben, Klein Eddie. Wenn du genau auf alles achtest, was ich dir sage, wird alles gut werden. Alles wird gut werden – wenn du das Spiel ganz genau so spielst, wie ich es dir sage. Du hast verstanden, nicht?«

»Ich habe verstanden.«

»Sag mir, was ich gerade gesagt habe.«

»Alles wird gut werden, wenn ich das Spiel genau so spiele, wie du es mir sagst.« Ein großer Blutstropfen löste sich von Eddies Braue und fiel auf das bereits blutüberströmte T-Shirt.

»Gut, Eddie. Nun, als erstes wirst du hinfallen – noch nicht, erst dann, wenn ich es dir sage. Ich werde dir alle Instruktionen geben, und dann werde ich von zehn rückwärts zählen, und wenn ich bei eins angelangt bin, wirst du anfangen, das Spiel zu spielen. Okay?«

»Okay.«

»Als erstes fällst du also, Eddie. Und du fällst ziemlich heftig. Und dann kommt der komische Teil des Spiels. Du schlägst den Kopf auf den Boden. Du fängst an, verrückt zu werden. Du windest dich und hämmerst mit Händen und Füßen auf den Boden. Das machst du lange Zeit. Ich denke, du machst es, bis du bis hundert gezählt hast. Du hast Schaum vor dem Mund und du windest dich überall. Du wirst ganz steif, und dann wieder locker, und ganz steif, und dann wieder locker, und die ganze Zeit schlägst du Hände, Kopf und Füße auf den Boden, und du windest dich überall. Und nachdem du im Kopf bis hundert gezählt hast, tust du das letzte. Du verschluckst deine Zunge. Und das ist das Spiel. Wenn du deine Zunge verschluckt hast, bist du der Sieger. Und dann kann dir nichts Schlimmes mehr passieren, und Mrs. Franken wird dir nie, niemals weh tun können.«

Harry hörte auf zu reden. Seine Hände zitterten. Nach einigen Augenblicken stellte er fest, daß auch sein Innerstes zitterte. Er führte die zitternden Finger zum Kragen und berührte die Hutnadel.

»Sag mir, wie du das Spiel gewinnen wirst, Eddie. Was wirst du als letztes tun?«

»Ich schlucke meine Zunge.«

»Richtig. Und dann werden Mrs. Franken und Mom dir nicht mehr weh tun können, weil du das Spiel gewonnen hast.«

»Gut«, sagte Klein Eddie. Das glitzernde Licht umspielte ihn.

»Okay, wir fangen jetzt gleich an zu spielen«, sagte Harry. »Zehn.« Er ging zur Treppe. »Neun.« Er erreichte die Stufen. »Acht.«

Er ging eine Stufe hinunter. »Sieben.« Harry ging zwei weitere Stufen hinab. »Sechs.« Als er zwei weitere Stufen hinuntergegangen war, rief er mit etwas lauterer Stimme: »Fünf.«

Nun war sein Kopf unterhalb der Ebene des Dachbodens, und er konnte Klein Eddie nicht mehr sehen. Er konnte nur noch das leise, regelmäßige Plopp hören, wenn Flüssigkeit auf den Boden tropfte.

»Vier.«

»Drei.«

»Zwei.« Nun war er an der Tür zur Treppe. Harry öffnete die Tür, trat hindurch, atmete schwer und rief »Eins!« die Treppe hinauf.

Er hörte den Aufschlag, dann schloß er rasch die Tür hinter sich.

Harry ging über den Flur in den ›Schlafsaal‹. Im Flur herrschte eine seltsame Abwesenheit von Licht. Einen Augenblick sah er – war ganz sicher, daß er es sah – eine Reihe dunkler Bäume hinter einem Stacheldrahtzaun. Harry schloß auch diese Tür hinter sich, ging zu seinem schmalen Bett und setzte sich. Er konnte das Blut hinter seinem Gesicht pulsieren fühlen, seine Augen schienen seltsam warm zu sein, als wären sie von Glühfäden erwärmt. Langsam, fast feierlich zog Harry die Hutnadel unter dem Kragen hervor und legte sie auf sein Kissen. »Hundert«, sagte er. »Neunundneunzig, achtundneunzig, siebenundneunzig, sechsundneunzig, fünfundneunzig, vierundneunzig...«

Als er bei ›eins‹ angelangt war, stand er auf und verließ das Schlafzimmer. Er ging rasch nach unten, ohne zu der Tür zu sehen, hinter der die Treppe zum Dachboden lag. Im Erdgeschoß schlüpfte er in Maryroses Schlafzimmer, ging zum Schreibtisch und zog die untere rechte Schublade auf. Aus dieser Schublade nahm er eine samtbezogene Schachtel. Diese öffnete er und stieß die Nadel ins Nadelkissen, in dem noch viele andere steckten, aus dem er sie geholt hatte. Er stellte die Schachtel wieder in die Schublade, schob die Schublade in den Schreibtisch und verließ rasch das Zimmer und ging wieder nach oben.

In seinem eigenen Schlafzimmer zog Harry die Kleidung aus und legte sich ins Bett. Sein Gesicht brannte immer noch. Er mußte sehr rasch eingeschlafen sein, denn als nächstes hörte er Albert, der ins Schlafzimmer gestapft kam und seine Kleidungsstücke und Stiefel überall hinwarf. »Schlaft ihr schon?« fragte Albert. »Ihr habt das Dachbodenlicht angelassen, ihr verfluchten Dummköpfe, aber wenn ihr glaubt, ich werde eure verdammten Ärsche retten und hinaufgehen und es abschalten, dann seid ihr noch dümmer als ihr ausseht.«

Harry achtete sorgsam darauf, keinen Finger zu bewegen, nicht einmal ein Haar.

Er hielt den Atem an, während sich Albert auf das Bett warf, und als Alberts Atem langsamer und regelmäßiger wurde, folgte er seinem Bruder in den Schlaf. Er erwachte erst wieder, als er seinen Vater halb kreischend, halb schluchzend oben auf dem Dachboden hörte, und das war sehr spät in der Nacht.

11

Sonny kam von Fort Sill, George aus Deutschland. Zwischen sich hielten sie einen gebrochenen Edgar Beevers am Rand des Grabes, während ein Pfarrer, den Harry noch nie gesehen hatte, aus einer Bibel las, die so rissig und brüchig war wie ein alter brauner Schuh. Zwischen seinen beiden ältesten Söhnen sah Harrys Vater gramgebeugt und uralt aus, ein knochiger alter Mann, der selbst nur noch Schritte vom Grab entfernt war. Sonny und George verachteten ihren Vater, das sah Harry – sie hielten ihn in seinem Kummer aufrecht, teilweise aber wohl nur deshalb, weil sie jeder dreißig Dollar zusammengelegt hatten, um ihm einen Anzug zu kaufen, und nun nicht wollten, daß er mit seinem neuen Besitz auf dem nassen Lehm des Friedhofs zusammenbrach. Sein Schnurrbart glänzte in der Sonne, Feuchtigkeit glitzerte in den Augen und den Mundwinkeln. Er hatte so stark gezittert, daß weder Sonny noch George ihn rasieren konnten, und er hatte sich erst gerade fortbewegen können, als Sonny ihm ein paar Schlucke aus einer lederbezogenen Flasche gab, die er aus seinem Rucksack holte.

Der Pfarrer sprach einige feierliche Worte zum Thema Epilepsie.

Sonny und George sahen in ihren Uniformen so solide wie Backsteinmauern aus, wie Gefängniswärter oder tatsächlich sogar Gefängnisse selbst. Neben ihnen wirkte Albert eingesunken und unfertig. Albert trug die grüne karierte Sportjacke, in welcher er in der achten Klasse graduiert war, seine Handgelenke hingen deutlich sichtbar und rot etwa vier Zolle aus den Ärmeln heraus. Die Motorradstiefel waren unter der hellgrünen Hose zu sehen, aber auch sie hatten, wie die grüne Jacke, ihr glänzendes Erscheinungsbild verloren. Wie Albert selbst: Seit Eddies Leichnam entdeckt worden war, war Albert im Hause herumgeschlichen, als hätte er sich gerade eben die Zungenspitze abgebissen und wüßte nicht, ob er sie nun ausspucken sollte oder nicht. Er sah keinem direkt in die Augen, und er sagte kaum etwas. Albert verhielt sich, als wäre ihm ein gewaltiges Vorhängeschloß vor die Brust geschnallt worden und als wäre er verdammt, würde er es jemals abnehmen. Er hatte Sonny und George keine einzige Frage nach der Armee gestellt. Ab und an gab er eine Bemerkung zur Tankstelle ab, allerdings so tonlos,, daß sie jegliche Erwiderung erstickte.

Harry betrachtete Albert, der neben ihrer Mutter stand und seine Hände knetete und den Blick wie unter einem Bann auf den Boden gerichtet hielt, auf den Quadratdezimeter Boden direkt vor ihm. Albert sah herüber zu Harry, bemerkte, daß er angestarrt wurde, und tat etwas für Harry sehr Außergewöhnliches. Er erstarrte. Sein Gesicht wurde ausdruckslos, die Hände verhakten sich untrennbar ineinander. Es sah aus, als könne er so wenig hören und sehen wie eine Statue. Er ist so, weil er Klein Eddie gesagt hat, er wünschte, er würde sterben, dachte Harry zum zehnten oder elften Mal seit ihm das klar geworden war, und mit nicht geringer gewordener Ehrfurcht. Hatte er gelogen? fragte sich Harry. Und wenn er sich wirklich gewünscht hat, Klein Eddie würde tot umfallen, warum ist er dann jetzt nicht glücklich? Hat er nicht bekommen, was er wollte? Albert würde dieses Stück Zunge niemals ausspucken, dachte Harry, während er seinen Bruder betrachtete, der langsam und blicklos zu Boden blinzelte.

Harry richtete den Blick unbehaglich auf seinen Vater, der immer noch zwischen George und Sonny hing, hörte, daß der Pfarrer endlich zum Ende seiner Predigt kam und warf seiner Mutter einen raschen Blick zu. Maryrose stand aufrecht in ihrem schwarzen Kleid und mit der schwarzen Sonnenbrille und hielt die Schlaufe ihrer Handtasche mit beiden Händen vor sich. Abgesehen von der Farbe ihrer Kleidung, hätte sie Zuschauerin bei einem Tennisturnier sein können. Harry erkannte an der Art, wie sie das Gesicht hielt, daß sie wünschte, sie könnte rauchen. Sterben für eine Zigarette, dachte er, ha, ha, Qualm und Zigarettenrauch bringt dich auf den Friedhof auch.

Der Pfarrer hatte aufgehört zu reden und machte eine rhetorische Geste mit den Händen. Der Sarg sank an Seilen in die ausgehobene Erde. Harrys Vater begann laut zu weinen. Zuerst nahm George eine Schaufel und warf von dem feuchten Lehm in das Grab, dann Sonny. Nach seinem Schaufelwurf wäre Edgar Beevers fast hineingestürzt, aber George riß ihn verächtlich zurück. Maryrose trat nach vorne, bückte sich und hob ein beiläufiges Stück Lehm mit Daumen und Zeigefinger auf, wie mit einer Pinzette, das sie hineinwarf und sich abwandte, noch bevor es unten aufschlug. Albert richtete den Blick auf Harry – sein eigener Lehmklumpen war entzweigebrochen und ihm unter den Fingern zerbröckelt. Harry schüttelte den Kopf. Nein. Er wollte keine Erde auf Eddies Sarg werfen und dieses Geräusch machen. Er wollte Eddies Sarg nicht mehr ansehen. Es war genügend Erde ringsum, die Sache zu erledigen, auch ohne daß er sie auf die Metallkiste warf als würde er an Eddies Tür klopfen. Er trat zurück.

»Mom sagt, wir müssen ins Haus zurück«, sagte Albert.

Kaum saßen sie in dem schwarzen Wagen, den sie beim Bestattungsunternehmer geliehen hatten, zündete Maryrose sich eine Zigarette an und blies den ätzenden Rauch über alle, die sich auf dem Rücksitz zusammengedrängt hatten. Der Wagen verließ den schmalen Friedhofsweg und bog auf den Hauptweg ein, der zum Tor führte.

Auf dem vorderen Beifahrersitz, neben dem Fahrer, sank Edgar Beevers zur Seite und lehnte den Kopf gegen die Scheibe, wo er eine fettige Schliere auf dem Glas hinterließ.

»Wie zum Teufel konnte Klein Eddie Epilepsie haben, ohne daß es jemand wußte?« fragte George.

Albert erstarrte und sah zum Fenster hinaus.

»Nun, so ist das eben mit der Epilepsie«, sagte Maryrose. »Eddie hätte noch Jahre leben können, ohne einen Anfall zu haben.« Daß sie im Krankenhaus arbeitete, verlieh ihren Bemerkungen zusätzlichen Nachdruck, fast so, als wäre sie Ärztin.

»Muß ja ein heftiger Anfall gewesen sein«, sagte George, der sich zwischen Harry und Albert gezwängt hatte.

»Grand mal«, sagte Maryrose und nahm einen weiteren gierigen Zug von ihrer Zigarette.

»Armer kleiner Bastard«, sagte Georg. »Tut mir leid, Mom.«

»Ich weiß, du bist bei der Armee, und Angehörige der Armee sprechen frei heraus, aber ich wünsche nicht, daß du diese Art von Sprache pflegst.«

Harry, der gegen Sonnys steinharte Seite gedrückt wurde, spürte, wie seines Bruders Körper unter einem geheimen Lächeln erbebte, aber seinem Gesicht war nichts anzusehen.

»Ich sagte, daß es mir leid tut, Mom«, sagte George.

»Ja. Fahrer! Fahrer!« Maryrose beugte sich nach vorne und legte dem Fahrer eine Hand auf die Schulter. »Livermoore ist die nächste rechts. Kennen Sie die South Sixth Street?«

»Ich bringe Sie hin«, sagte der Fahrer.

Das ist nicht meine Familie, dachte Harry. Ich komme von anderswo, und meine Regeln unterscheiden sich von ihren.

Kaum hatten sie das Haus betreten, murmelte ihr Vater etwas Unverständliches und verschwand in seiner durch einen Vorhang abgeteilten Kammer. Maryrose schob die Sonnenbrille in die Handtasche und ging in die Küche, um den Kaffeekuchen und die Makkaronikasserolle, die sie beide an diesem Vormittag vorbereitet hatte, im Ofen zu wärmen. Sonny und George gingen ins Wohnzimmer und nahmen an entgegengesetzten Enden des Sofas Platz. Sie sahen einander nicht an – George nahm den Reader's Digest vom Tisch und begann ihn von hinten durchzublättern, und Sonny faltete die Hände im Schoß und starrte seine Daumen an. Alberts Schritte polterten die Treppe hoch, überquerten den Flur und verschwanden im Schlafsaal.

»Weshalb ist sie in der Küche?« fragte Sonny, der zu seinen Händen sprach. »Niemand wird kommen. Niemand kommt jemals hierher, weil sie es nicht haben wollte.«

»Albert nimmt dies alles sehr schwer, Harry«, sagte George. Er drückte das Magazin gegen die steifen Bügelfalten seiner Uniform und sah durch das Zimmer zu seinem kleinen Bruder. Harry hatte hinter der Tür Platz genommen, so weit abseits wie möglich. Georges Aufmerksamkeit jagte ihm Angst ein, obwohl sich George seit seiner Ankunft zwei Tage nach Eddies Tod mit großer Freundlichkeit verhalten hatte. Sein Bürstenschnitt knisterte immer noch, und er schien immer noch Felsbrocken mit dem Kinn spalten zu können, aber irgendein gewalttätiger Dämon schien ihn verlassen zu haben. »Glaubst du, er wird es verkraften?«

»Der? Klar.« Harry neigte den Kopf und verzog das Gesicht.

»Er hat Klein Eddie nicht als erster gesehen, nicht?«

»Nein, das war Paps«, sagte Harry. »Ich denke, er sah das Licht auf dem Dachboden, als er nach Hause kam. Aber ich glaube, Albert ging auch hinauf. Ich glaube, da oben war soviel Blut, daß Paps glaubte, jemand wäre eingebrochen und hätte Klein Eddie getötet. Aber er hat sich nur den Kopf angeschlagen, daher das Blut.«

»Kopfwunden bluten teuflisch«, sagte Sonny. »Einmal hat mir in Tokio ein Bursche mit einer Flasche auf den Kopf geschlagen. Ich dachte, ich würde auf der Stelle verbluten.«

»Und Moms Sachen sind alle durcheinandergekommen?« fragte George leise.

Diesmal sah Sonny auf.

»Schon ziemlich, glaube ich. Der Kleiderständer ist umgefallen. Paps hat am nächsten Tag saubergemacht, so gut er konnte. Einer der Rohrstühle ist zerbrochen, und aus dem Teakholztisch ist ein Stück herausgebrochen. Und der Spiegel ist zu tausend Scherben zerschellt.«

Sonny schüttelte den Kopf und stieß ein leises, pfeifendes Geräusch zwischen den geschürzten Lippen hervor.

»Sie ist ein zähes altes Mädchen«, sagte George. »Aber ich höre sie kommen, daher müssen wir aufhören, Harry. Aber wir können uns heute nacht unterhalten.«

Harry nickte.

12

An diesem Abend, nach dem Essen, nachdem Maryrose zu Bett gegangen war – das Krankenhaus hatte ihr zwei Nächte freigegeben–, saß Harry am Küchentisch einem George gegenüber, der ganz eindeutig etwas zu sagen hatte. Sonny hatte allein ein Sechserpack Bier vor dem Fernseher getrunken und war dann hinauf in den Schlafsaal gegangen. Albert hatte sich kurz nach dem Abendessen zurückgezogen, und ihr Vater war überhaupt nicht aus seiner Kammer neben dem Müllraum herausgekommen.

»Ich bin froh, daß Pete Petrosian herübergekommen ist«, sagte George. »Er ist ein guter alter Kerl. Und er hat zwei Portionen verdrückt.«

Harry war erstaunt, daß sein Bruder den Vornamen ihres Nachbarn benützte – er war nicht sicher, ob er ihn zuvor schon einmal gehört hatte.

Mr. Petrosian war an diesem Nachmittag der einzige Besucher gewesen. Harry hatte gesehen, daß seine Mutter dankbar war, daß jemand gekommen war, und sie wollte eindeutig trotz ihrer Vorbereitungen keinen Besuch mehr, nachdem Mr. Petrosian gegangen war.

»Ich denke, ich hole mir ein Bier, das heißt, wenn Sonny nicht alles getrunken hat«, sagte George, stand auf und öffnete den Kühlschrank. Seine Uniform sah aus, als wäre sie auf seinen Körper gemalt worden, und seine Muskeln wölbten und bewegten sich wie die eines Pferdes. »Zwei sind noch da«, sagte er. »Zum Glück bist du noch zu klein dafür.« George schnippte die Kronkorken von beiden Flaschen ab und kam an den Tisch zurück. Er zwinkerte Harry zu, dann führte er die erste Flasche an die Lippen und nahm einen kräftigen Schluck. »Was, zum Teufel, hatte Klein Eddie überhaupt dort oben zu suchen? Wollte er sich Kleider anziehen?«

»Ich weiß nicht«, sagte Harry. »Ich habe geschlafen.«

»Verflucht, ich habe den Kontakt mit Klein Eddie ziemlich verloren, aber ich hatte immer den Eindruck, als würde er sich vor seinem eigenen Schatten fürchten. Ich bin überrascht, daß er den Mut aufbrachte, dort hinaufzugehen und sich mit Moms wertvollen Besitztümern abzugeben.«

»Ja«, sagte Harry. »Ich auch.«

»Du bist doch nicht mit ihm gegangen, oder?« George nahm die Flasche zum Mund und blinzelte Harry wieder zu.

Harry sah ihn nur an. Er konnte spüren, wie sein Gesicht heiß wurde.

»Ich dachte mir nur, vielleicht hast du gesehen, was mit Klein Eddie passiert ist, und hattest zu sehr Angst, es jemandem zu erzählen. Niemand wäre dir böse, Harry. Keiner würde dir die Schuld geben. Du konntest nicht wissen, wie man jemandem helfen kann, der einen epileptischen Anfall hat. Klein Eddie hat seine Zunge verschluckt. Selbst wenn du neben ihm gestanden und die Geistesgegenwart besessen hättest, einen Krankenwagen zu rufen, wäre er gestorben, bevor der hergekommen wäre. Es sei denn, du hättest gewußt, was da passiert, und hättest die Möglichkeit gehabt, es zu ändern. Was keiner von dir erwarten konnte, in einer Million Jahren nicht. Niemand könnte dir die Schuld geben, Harry, nicht einmal Mom.«

»Ich habe geschlafen«, sagte Harry.

»Schon gut, schon gut. Ich wollte nur, daß du es weißt.«

Sie saßen eine Weile schweigend da, dann sprachen sie beide gleichzeitig.

»Hast du gewußt, daß...«

»Wir hatten dieses...«

»Tut mir leid«, sagte George. »Sprich weiter.«

»Hast du gewußt, daß Paps bei der Army war? Im Zweiten Weltkrieg?«

»Ja, das wußte ich. Natürlich wußte ich das.«

»Hast du gewußt, daß er einmal einen perfekten Mord begangen hat?«

»Was?«

»Paps hat den perfekten Mord begangen. Als er in Dachau war, dem Todeslager.«

»Himmel, davon sprichst du. Du hast eine komische Art, die Welt zu sehen, Harry. Er hat einen Feind erschossen, der einen Fluchtversuch unternahm. Das ist kein Mord, es ist Krieg. Da besteht ein gewaltiger Unterschied.«

»Ich würde auch eines Tages gerne den Krieg erleben«, sagte Harry. »Ich wäre gern in der Army, wie du und Paps.«

»Sachte, sachte«, sagte George, der nun lächelte. »Auch darüber wollte ich mich mit dir unterhalten.« Er stellte die Bierflasche ab, schloß die Hände darum, neigte den Kopf und sah Henry an. Es war offensichtlich eine ernste Sache. »Weißt du, ich war verrückt und dumm, anders kann man es nicht ausdrücken. Ich habe immer Streit gesucht. Ich hatte einen Holzkopf auf den Schultern, so groß wie ein Haus, und einen Klugscheißer ins Koma zu prügeln war meine Vorstellung von einem schönen Abend. Die Army hat mir viel Gutes getan. Ich bin dort erwachsen geworden. Aber ich denke nicht, daß du das brauchst, Harry. Dafür bist du zu klug – wenn du gehen mußt, dann wirst du gehen, aber ich denke, du bist der einzige von uns, der es wirklich auf der Welt zu etwas bringen könnte. Du könntest ein Doktor werden. Oder Rechtsanwalt. Du solltest die beste Ausbildung erhalten, die du bekommen kannst, Harry. Du mußt dich aus allem Ärger raushalten und aufs College gehen.«

»Oh, College«, sagte Harry.

»Hör mir gut zu, Harry. Ich verdiene eine Menge Geld und habe keine Gelegenheit, es auszugeben. Ich werde nicht heiraten und Kinder bekommen, das steht fest. Daher möchte ich dir einen Vorschlag machen. Wenn du eine saubere Nase behältst und die High-School schaffst, dann werde ich dir helfen, das College zu besuchen. Vielleicht bekommst du ein Stipendium – ich glaube, du bist klug genug, Harry, und ein Stipendium wäre großartig. Aber wie auch immer, ich werde zusehen, daß du es schaffst.« George leerte die erste Flasche, stellte sie weg und sah Harry rätselhaft an. »Soll wenigstens einer aus dieser Familie auf den rechten Weg kommen. Was meinst du dazu?«

»Ich denke, ich werde lieber weiterlesen«, sagte Harry.

»Ich hoffe, du liest dir den Arsch ab, kleiner Bruder«, sagte George und griff nach der zweiten Flasche Bier.

13

Am Tag nachdem Sonny gegangen war, stapelte George alle Spielsachen und Kleidungsstücke Eddies in eine Kiste und verstaute diese Kiste im Müllraum; zwei Tage später brach George selbst mit dem Bus nach New York auf, damit er von Idlewild nach München fliegen konnte. Eine Stunde bevor der Bus fuhr, ging George mit Harry zu Big John's und stopfte ihn mit Hamburgern und Pommes frites voll und sagte: »Du vermißt Eddie wahrscheinlich sehr, nicht?«

»Denke schon«, sagte Harry, aber die Wahrheit war, daß Eddie inzwischen nur noch ein Nichts war, ein leerer Fleck. Manchmal fiel eine Tür ins Schloß, und Harry wußte, daß Klein Eddie gerade hereingekommen war; aber wenn er sich umdrehte, sah er nur ins Leere. Als George vor einer Woche diese Frage stellte, hörte er zum letzten Mal jemanden seines Bruders Namen aussprechen.

In den sieben Tagen seit jenem zauberhaften Nachmittag bei Big John's und George Beevers' Abschied mit dem südwärts fahrenden Bus, schien alles wieder zu sein wie früher, aber Harry wußte, daß sich eigentlich alles verändert hatte. Sie waren eine zusammenhaltlose, entfremdete fünfköpfige Familie gewesen, zwei Eltern und drei Söhne. Nun schienen sie eine dreiköpfige Familie zu sein, und Harry dachte, daß die tatsächliche Familie auf zwei geschrumpft war, ihn selbst und seine Mutter.

Edgar Beevers hatte das Haus verlassen – auch er war ein leerer Fleck. Nach zwei Besuchen von Polizisten, die mit ihren Autos direkt vor dem Haus parkten, nachdem er die geflüsterten verächtlichen Bemerkungen seiner Mutter gehört hatte, nach dem Schauspiel seines bleichen, triefäugigen, aber nüchternen und glattrasierten Vaters, der immer wieder versuchte, sich vor dem Badezimmer eine Krawatte zu binden, mußte Harry schließlich akzeptieren, daß sein Vater bei einem Ladendiebstahl erwischt worden war. Sein Vater mußte vor Gericht, und er hatte Angst. Seine Hände zitterten so unkontrolliert, daß er sich nicht selbst rasieren konnte, und am Ende mußte Maryrose seine Krawatte binden – was sie mit einer, zwei, drei ruckartigen Bewegungen tat, so brutal wie das Zustoßen mit einem Messer, ohne dabei die Zigarette aus dem Mund zu nehmen.

Vom Kummer gezeichnetem Mann aus der Gegend wurde Strafe wegen Ladendiebstahls erlassen, lautete die Schlagzeile der kleinen Meldung in der Abendzeitung, welche endlich das Verbrechen seines Vaters erklärte. Edgar Beevers war auf dem Gehweg vor dem Livermore Avenue National Tea aufgehalten worden, T-Bone-Steaks unter dem Hemd verborgen und eine Flasche Rhinegold-Bier in jeder der beiden Taschen. Er hatte zwei Steaks gestohlen! Er hatte sich Bierflaschen in die Taschen gesteckt! Harry fühlte sich, als würde er innerlich schwitzen. Der Richter hatte ihn heimgeschickt, aber er ging nicht heim. Kurze Zeit, dachte Harry, hatte er an der Oldtown Road herumgehangen, dem Armenviertel Palmyras, und mit Pennern und Wermutbrüdern auf Bänken geschlafen. (Dann, sagte man, hatte ihn eine Frau zu sich genommen.)

Auch Albert war ein dauerndes Rätsel. Es war, als hätte ein Wesen aus dem Weltall ihn übernommen und würde seinen Körper benützen, wie in *Invasion der Körperfresser*. Albert sah aus, als glaubte er, ständig würde jemand hinter ihm stehen und jede seiner Bewegungen genau verfolgen. Er schleppte, dachte Harry, immer noch diese Zungenspitze mit sich herum, und bald schon würde er sich so sehr daran gewöhnt haben, daß er sie völlig vergessen würde.

Drei Tage nachdem George Palmyra verlassen hatte, schlich Albert sogar Harry auf dem Weg zu Big John's nach. Harry drehte sich auf dem Gehweg um und sah Albert in seinen schwarzen Jeans und dem von Wagenschmiere verunstalteten T-Shirt einen halben Block weiter unten, wo er die Hände in die Taschen steckte und konzentriert zu Boden sah. Das war Alberts Methode, so zu tun, als wäre er unsichtbar. Als er sich das nächste Mal umdrehte, knurrte Albert: »Geh weiter.«

Kaum hatte er Big John's betreten, machte sich Harry am Flipperautomaten zu schaffen. Albert schlurfte wenige Minuten später herein, ging schnurstracks zur Theke und nahm eine der Speisekarten vom Regal zwischen dem Serviettenspender, und die starrte er an, als habe er noch niemals zuvor eine gesehen.

»Hey, gestatten, daß ich euch vorstelle, Jungs«, sagte Big John, der sich am anderen Ende auf die Theke aufstützte. Wie Albert trug auch er schwarze Jeans und Motorradstiefel, aber sein dunkles Haar fiel, gewagt für die fünfziger Jahre, bis über die Ohren. Unter der schmutzigen weißen Schürze trug er ein schwarzes Hemd mit einem Muster aus azurnen Palmen. »Ihr beiden seid die Beever-Jungs, Harry und Bucky. Begrüßt euch, Kameraden.«

Bucky Beaver war ein langzähniges Nagetier in einem Fernseh-Werbespot von Ipana. Albert errötete, starrte aber immer noch grimmig auf die Speisekarte.

»Nennen Sie mich ›Beanes‹«, sagte Harry und spürte, wie Alberts verwunderter Blick auf ihm ruhte.

»Beans und Bucky, die Beevers-Jungs«, sagte Big John. »Nun, Buck, was darf's denn sein?«

»Hamburger, Fritten, Shake«, sagte Albert.

Big John drehte sich ein wenig zur Seite und brüllte die Bestellung durch die Klappe in Mama Marys Küche. Eine Weile standen die drei in unbehaglichem Schweigen da. Dann sagte Big John: »Wie ich gehört habe, hat euer alter Herr einen neuen Haken gefunden, an den er seinen Hut hängen kann. Seine neue Freundin scheint ja eine echte Kanone zu sein, was man so hört. Hat eine Weile im County Hospital verbracht. Angeblich, weil sie Nachrichten aus dem Weltall mit ihrem guten alten Philco empfing. Habt ihr das auch gehört?«

»Er wird bald wieder nach Hause kommen«, sagte Harry. »Er hat keine neue Freundin. Er ist bei einer alten Bekannten. Sie ist eine reiche Dame, und sie möchte ihm helfen, weil sie weiß, daß er ziemliche Schwierigkeiten gehabt hat, und sie wird ihm einen neuen guten Job verschaffen, dann wird er nach Hause kommen, und wir werden bald in ein besseres Haus umziehen können und so weiter.«

Er sah nicht, wie Albert sich bewegte, aber plötzlich stand er neben ihm. Wut, Zorn und Elend verzerrten sein Gesicht. Harry konnte nur einmal aufschreien, dann schlug Alberet ihm die Faust gegen die Brust und rammte ihn rückwärts gegen den Flipperautomaten.

»Ich glaube, das hat dir echt gutgetan«, sagte Harry, der seine eigene Wut nicht beherrschen konnte. »Ich wette, du würdest mich gerne umbringen, was? Was, Albert? Wie wäre es damit?«

Albert wich zwei Schritte zurück und ließ die Hände sinken, er sah bereits wieder teilnahmslos und selbstversunken aus.

Eine Sekunde, während sein Atem versagte und tanzendes Licht seine Augen erfüllte, sah Harry Klein Eddies leeres, vertrauensvolles Gesicht vor sich. Dann tauchte Big John aus dem Nichts mit einem großen Hamburger und Pommes frites auf einem Teller auf und sagte: »Ruhig Jungs. Zeit, daß Rocky sein Essen zu sich nimmt.«

In dieser Nacht sagte Albert überhaupt nichts zu Harry, während sie in ihren Betten lagen. Und er schlief auch nicht ein. Harry wußte, den größten Teil der Nacht hatte Albert nur die Augen geschlossen und tat so, wie ein Opossum in Gefahr. Harry versuchte wachzubleiben und festzustellen, wann Alberts vorgetäuschter Schlaf echtem Schlaf weichen würde, aber er versank lange vorher in Träume.

Er eilte einen Steinkorridor entlang, in dem Rüstungen standen und Fackeln an den Wänden flackerten. Seine Blase platzte, er mußte dem Druck nachgeben, er konnte es nicht mehr lange halten, nur noch ein paar Sekunden... schließlich erreichte er die offene Badezimmertür und lief in das prachtvolle, glänzende Badezimmer hinein. Er begann, an seinem Reißverschluß zu ziehen, und sah sich nach dem Butler und der Reihe marmorner Pissoirs um. Dann erstarrte er. Klein Eddie stand vor ihm, nicht der uniformierte Butler. Blut rann in stetigem Strom aus einer Platzwunde über der Stirn, über die Wangen und den Nacken hinab, wie aufgemalt, Klein Eddie winkte Harry aufgeregt zu, seine Augen waren hell und hysterisch, sein Mund bewegte sich lautlos, weil er seine Zunge verschluckt hatte.

Harry richtete sich im Bett auf und wollte schreien, dann merkte er, daß er sich im Schlafsaal befand und Klein Eddie fort war. Er eilte nach unten ins Bad.

14

Um zwei Uhr am Nachmittag des darauffolgenden Tages mußte Harry Beevers wieder pinkeln, ebenso dringend, aber diesmal war er noch weit vom Badezimmer entfernt, das sich gegenüber vom Müllraum und der alten Kammer seines Vaters befand. Harry stand im feuchten Sonnenlicht gegenüber von 45 Oldtown Way. Diese kurze Straße verband die Kneipen, Durchgangshotels, Bars und heruntergekommenen Kinos der Oldtown Road mit den respektableren Hotels, Warenhäusern und Restaurants der Palmyra Avenue – der echten Altstadt. 45 Oldtown Way war ein vierstöckiges Backsteingebäude mit einem Exoskelett von Feuerleitern. Schwarze Eisenstäbe versperrten die Fenster im Erdgeschoß. An einer Seite von 45 Oldtown Way befanden sich die großen, seifeverschmierten Fenster eines bankrotten Schuhgeschäfts, an der anderen lag ein unbebauter Platz, wo sich lose Ziegel und zerbrochene Flaschen zwischen Löwenzahn und Mohrrüben verteilten. Harrys Vater lebte jetzt in diesem Haus. Alle wußten das inzwischen, und seit Big John es ihm gesagt hatte, wußte Harry es auch.

Er hüpfte von einem Bein aufs andere, während er darauf wartete, daß seine Frau herauskam und durch die Eingangstür ging. Sie war so rissig wie seine, und die Farbe blätterte ab, und ein zerbrochenes Hoflicht hing wie trunken darüber. Harry hatte die Reihe verbeulter Briefkästen entlang der Ziegelsteinwand neben der Tür überprüft, ob er den Namen seines Vaters fand, aber keiner trug überhaupt eine Aufschrift. Big John hatte den Namen der Frau nicht gekannt, die Harrys Vater zu sich genommen hatte, aber er sagte, sie war groß und schwarzhaarig und verrückt, und sie hatte zwei Kinder in Pflege gegeben. Vor etwa einer halben Stunde war eine schwarzhaarige Frau aus der Tür herausgekommen, aber Harry war ihr nicht gefolgt, weil sie ihm nicht besonders groß zu sein schien. Nun kamen ihm Zweifel. Was meinte Big John überhaupt mit ›groß‹? So groß wie er selbst war? Und wie konnte man feststellen, ob jemand verrückt war? Zeigte sich das? Vielleicht hätte er dieser Frau folgen sollen. Dieser Gedanke machte ihn noch ängstlicher. Sein Vater war jetzt in diesem Haus, dachte er. Harry stellte sich seinen Vater vor, wie er auf einem ungemachten Bett lag, den braunen Wintermantel um sich geschlungen, den Hut tief in die Stirn gezogen, und wie Lepe Buchhalter an einer Zigarette ziehend und verträumt zum Fenster hinausschauend.

Dann mußte er so dringend pinkeln, daß er es nicht mehr als ein paar Sekunden lang zurückhalten konnte, und daher ging er über die Straße auf den unbebauten Platz. In der Nähe des hinteren Zauns gaben ihm die hochgeschossenen Gräser einen gewissen Schutz vor der Straße. Er machte hektisch den Hosenladen auf und ließ den gelben Strahl in einen Haufen zerbrochener Ziegel spritzen. Harry sah an dem Haus neben sich hinauf. Es war sehr groß und schien sich ihm zuzuneigen. Die vier Fenster jeder Etage sahen auf ihn herab, leer und vaterlos. Gerade als er den Reißverschluß wieder zumachte, hörte er, wie die Eingangstür ins Schloß fiel.

Sein Herz klopfte. Harry kauerte sich hinter dem hohen Unkraut nieder. Die Angst, sie könnte in die andere Richtung gehen, in die Altstadt, ließ ihn die Finger ineinander verschlingen. Wenn er etwa fünf Sekunden wartete, überlegte er, konnte er sicher sein, daß sie in Richtung Palmyra Avenue ging, und er konnte den Platz noch rechtzeitig überqueren, um herauszufinden, in welche Richtung sie einbog. Seine Knöchel knackten. Er fühlte sich wie ein Soldat, der sich im Wald versteckte, eine tödliche Waffe.

Er stellte sich auf Zehenspitzen und schickte sich an, über die Straße zurückzulaufen, denn ein leerer Einkaufswagen, dicht gefolgt von einem wackelnden Bauch mit winzigem Kopf und Basketballschuhen, eine Zigarre wie eine Flagge im Mundwinkel, tauchte vor der Häuserfront auf. Harry duckte sich wieder und sah dem Bauch nach, wie er auf dem Gehweg an ihm vorbeiging. Dann löste sich ein Schatten auf der Straßenseite des dicken Mannes, und dieser Schatten wurde zu einer schwarzhaarigen Frau in langem Kleid, die nun an dem Einkaufswagen vorbeiging. Sie schüttelte das Haar zurück, und Harry konnte sehen, daß sie groß wie eine Königin und ihre Hautfarbe dunkler als Oliv war. Tiefe Falten zerfurchten ihre Wangen. Das mußte die Frau sein, die seinen Vater zu sich genommen hatte. Ihre ausgreifenden Schritte hatten sie bereits am Einkaufswagen des Mannes vorbeigebracht. Harry lief über das Geröll auf dem Platz und folgte ihr auf dem Gehweg.

Seines Vaters Freundin ging mit hartem, zielstrebigem Gang. Sie trat auf die Straße, um an Gruppen vorbeizukommen, die ihr zu langsam gingen. An der Ecke der Oldtown Road bahnte sie sich einen Weg durch eine Gruppe von Männern in zerlumpter Kleidung, die eine in eine braune Papiertüte verpackte Flasche herumgehen ließen, und wich zwei farbigen Kindern aus, die mit einem Basketball zwischen sich die Straße entlangtrippelten. Sie sputete sich, und Harry mußte sich beeilen, wenn er sie nicht aus den Augen verlieren wollte.

»Ich wette, sie glauben mir nicht«, sagte er probeweise, als er an der Gruppe von Pennern an der Ecke vorbeiging. Er beschleunigte seinen Schritt, bis er fast Trott ging. Die beiden schwarzen Kinder mit dem Basketball achteten nicht auf ihn, als er neben ihnen hereilte und dann weiter. Weiter oben am Block ging die große Frau mit dem wippenden schwarzen Haar am Neonschild im Fenster einer Bar vorbei. Ihr Po bewegte sich unter dem weiten Kleid hin und her, wann immer er den Stoff berührte, schien er erstaunlich groß zu sein; ihr Rücken schien so lang wie der eines Löwen. »Was würden Sie sagen, wenn ich es Ihnen verraten würde?« sagte Harry zu sich selbst.

Eineinhalb Blocks weiter machte die Frau auf den Absätzen kehrt und ging durch die Tür des A&P-Ladens. Harry lief den Rest des Weges, stieß die gelbe Holztür mit der Aufschrift EINGANG auf und ging in die stickige, feuchte Luft des Lebensmittelladens. Andere A&P-Läden mochten klimatisiert sein, aber nicht der in Oldtown Road.

Was war überhaupt ›in Pflege‹? Bekam man Geld, wenn man die eigenen Kinder weggab?

Die Kinder eines guten Menschen sollten niemals zur Pflege weggegeben werden, dachte Harry. Er sah die Frau in den dritten Gang neben der Registrierkasse gehen. Mit einer Art Schock wurde ihm klar, daß sie größer als sein Vater war. Wenn ich es Ihnen sagen würde, würden Sie es mir vielleicht nicht glauben. Langsam ging er um die Ecke des Gangs herum. Sie stand etwa fünfzehn Schritte entfernt auf dem hellen Boden und hatte einen Drahtkorb in einer Hand. Er ging einen Schritt nach vorne. Was ich zu sagen habe, könnte... Er berührte die Hutnadel unter seinem Kragen, damit sie ihm Glück bringen sollte. Sie studierte eine Reihe mit Kartoffelchips in grellen Verpackungen. Harry räusperte sich.

Die Frau beugte sich hinab, nahm eine große Tüte und legte sie in den Korb.

»Entschuldigen Sie«, sagte Harry.

Sie wandte ihm den Kopf zu. Ihr Gesicht war so lang wie breit, und im weichen Licht der leuchtschwachen Glühbirnen des Supermarkts schien ihre Hand fast hellbraun zu sein. Harry wußte, daß er einen ebenbürtigen Gegner gefunden hatte. Sie sah aus, als könnte sie zaubern, als könnte sie Feuer und Blitze aus ihren stechenden schwarzen Augen versprühen.

»Ich wette, Sie glauben mir nicht, aber ein Kind kann Menschen ebensogut hypnotisieren wie ein Erwachsener.«

»Was soll das?«

Seine einstudierten Worte hörten sich unsinnig an, aber er hielt sich an seinen Text.

»Ein Kind kann Menschen hypnotisieren. Ich kann Menschen hypnotisieren. Glauben Sie das?«

»Ich glaube, das ist mir einerlei«, sagte sie und ging weiter den Gang hinunter.

»Ich wette, Sie denken, ich könnte Sie nicht hypnotisieren«, sagte er.

»Junge, schwirr ab.«

Harry wußte plötzlich, wenn er weiter von Hypnose sprach, würde die Frau sich in den nächsten Gang wenden und auf nichts mehr achten, was er sagte, oder sie würde mit sehr lauter Stimme sagen, daß sie den Geschäftsführer holen würde. »Mein Name ist Harry Beevers«, sagte er. »Edgar Beevers ist mein Vater.«

Sie blieb stehen und drehte sich um und sah ihm ausdruckslos ins Gesicht.

Harry sah benommen einen Stacheldrahtzaun vor sich, und dahinter eine dunkelgrüne Mauer aus Bäumen am anderen Ende eines kahlen Feldes.

»Ich frage mich, ob Sie ihn vielleicht Beans nennen«, sagte Harry.

»Oh, großartig«, sagte sie. »Einfach großartig. Du bist also einer seiner Jungs. Beans will Kartoffelchips. Und was möchtest du?«

»Ich möchte, daß Sie fallen und den Kopf auf den Boden schlagen und Ihre Zunge schlucken und sterben, damit die Leute Erde auf Sie werfen«, sagte Harry. Die Frau machte den Mund auf. »Dann möchte ich, daß Sie von Gas aufgebläht werden. Ich möchte, daß Sie verfaulen. Ich möchte, daß Sie grün und schwarz werden. Ich möchte, daß sich Ihre Haut von den Knochen schält.«

»Du bist verrückt!« schrie die Frau ihn an. »Deine ganze Familie ist verrückt! Meinst du denn, deine Mutter will ihn jetzt noch?«

»Mein Vater hat uns in den Rücken geschossen«, sagte Harry, der sich plötzlich fühlte, als müßte er sich übergeben, und drehte sich um und stürmte den Gang entlang zur Tür.

Draußen begann er, schnellen Schrittes die verkommene Oldtown Road hinabzugehen. Am Oldtown Way wandte er sich nach links. Als er an Nummer 45 vorbeilief, betrachtete er jedes leere Fenster. Sein Gesicht, seine Hände, sein ganzer Körper fühlten sich heiß und naß an. Bald hatte er Seitenstechen. Harry blinzelte und sah eine dunkle Baumreihe und einen Stacheldrahtzaun vor sich. Am Ende des Oldtown Way bog er in die Palmyra Avenue ein. Von dort lief er ohne Unterbrechung an den mit Brettern vernagelten Fenstern von Allouette's vorbei, an den alten und neuen Geschäften vorbei, bis zur Ecke Livermore, und von dort, wie er erst jetzt erkannte, zu dem kleinen Haus, welches Mr. Petrosian gehörte.

15

An einem schwülen Nachmittag, elf Jahre später in einem Lager im zentralen Hochland von Vietnam, schloß Leutnant Harry Beevers die Zeltklappe wegen der Moskitos und nahm auf der Kante seines Feldbettes Platz, um einen längst überfälligen Brief an Pat Caldwell zu schreiben, die junge Frau, die er heiraten wollte – und mit der er eine Zeitlang verheiratet sein würde, wenn er aus dem Krieg in den Staat New York zurückkehrte.

Dies schrieb er nach einigem Zögern und Durchstreichen. Später vernichtete Harry diesen Brief.

Liebste Pat,
zuerst möchte ich Dir sagen, Liebling, wie sehr Du mir fehlst, und daß ich Dich, sollte ich jemals aus diesem wunderbaren und schrecklichen Land herauskommen, was ich tun werde, gnadenlos verfolgen werde, ohne Unterlaß, bis Du sagst, daß Du mich heiraten wirst. Vielleicht in der Euphorie der Erleichterung (JA!!!), habe ich die Zukunft perfekt ausgearbeitet, Pat, und Du bist ein entscheidender Teil davon. Ich habe noch sechsundachtzig Tage bis DEROS, bis sie mir auf die Mütze klopfen und mich an Bord dieses großen Vogels bringen, der mich von hier fortbringt. Nun, da meine Unterlagen wieder klar sind, habe ich keinen Zweifel daran, daß mich die Anwaltsschule von Columbia aufnehmen wird. Wie Du weißt, waren meine

Zensuren in Rechtskunde immer beachtlich (wie bescheiden ich bin!), als ich dieses Fach an der Adelphi belegte. Ich könnte mir vorstellen, daß ich sogar nach Harvard gehen könnte, aber ich habe mich für Columbia entschieden, denn dann können wir beide in New York sein.

Mein Bruder George hat mir bereits versichert, daß er alles Geld zur Verfügung stellen wird, das ich – das Du und ich brauchen werden. George hat mir den Besuch von Adelphi ermöglicht. Ich glaube nicht, daß Du das gewußt hast. Eigentlich weiß es niemand. Wenn ich an meine Zeit am College zurückdenke, muß ich gestehen, daß ich ein Tölpel war. Ich wollte, daß jeder denkt, meine Familie wäre begütert, oder zumindest Mittelschicht. Die Wahrheit ist, wir waren verdammt arm, was, denke ich, meine Errungenschaften noch wertvoller, noch bewundernswerter macht!

Du siehst, dieses Erlebnis, mit all seinen häßlichen und demütigenden Augenblicken des Zweifels an mir selbst, hat mir viel Gutes getan. Ich hatte recht, hierher zu kommen, auch wenn ich nicht wußte, wie es wirklich sein würde. Ich glaube, ich brauchte die Erfahrung des Krieges, um zu mir selbst zu finden, und das sage ich Dir, obwohl ich weiß, daß Dir diese Vorstellung mißfallen wird. Tatsächlich muß ich Dir sagen, daß es einem großen Teil von mir sehr gefällt, hier zu sein, und daß dieses Jahr trotz aller Mißlichkeiten stets ein Höhepunkt in meinem Leben sein wird. Pat, wie Du siehst, habe ich die Absicht, ehrlich zu sein – ein ehrlicher Mann zu sein. Wenn ich Anwalt werden möchte, dann sollte ich ehrlich sein, findest Du nicht auch? (Oder vielleicht ist es umgekehrt!) Eines, das mir viel bedeutet hat, während ich hier war, kann ich nur die enge Kameradschaft meiner Freunde und meiner Männer nennen – tatsächlich mag ich die Mannschaft lieber als die Offiziere, was natürlich bedeutet, daß meine Männer loyaler zu mir stehen und größere Leistungen vollbringen als die Männer der gewöhnlichen Leutnants. Ich möchte, daß Du eines Tages Mike Poole und Tim Underhill und Pumo den Puma kennenlernst, und natürlich den erstaunlichsten von allen, M. O. Dengler, der natürlich auch an dem Zwischenfall an der Ia-Thuc-Höhle beteiligt war. Diese Jungs halten zu mir. Ich habe sogar einen Spitznamen, ›Beans‹. Sie nennen mich ›Beans‹ Beever, und das gefällt mir.

Das Kriegsgericht hätte mir unmöglich etwas anhaben können, denn alle Tatsachen, und natürlich meine eigenen Männer, sprachen für mich. Außerdem, könntest Du Dir vorstellen, daß ich tatsächlich Kinder umbringe? Dies ist Vietnam, und wir töten Menschen, das tun wir hier – Charlies abknallen. Aber wir töten keine Babys und Kinder. Nicht einmal in der Hitze des Gefechts – und bei Ia Thuc war die Hitze besonders groß!

Nun, damit will ich Dich wissen lassen, daß ich vor dem Kriegsgericht selbstverständlich vollkommen rehabilitiert worden bin. Auch Dengler. Man munkelte sogar inoffiziell davon, daß wir Orden bekommen sollten, aufgrund der besonderen Leistungen, die wir in den zurückliegenden sechs Wochen gezeigt haben – einschließlich dieser außerordentlichen Geschichte in Time. Bevor die Leute anfangen, von Grausamkeit zu schreien, sollten sie alle Fakten kennen. Glücklicherweise hat die Ausgabe der letzten Woche endgültig mit diesem Unsinn Schluß gemacht.

Außerdem wußte ich bereits zuviel darüber, was ein Todesfall aus Menschen machen kann.

Ich habe Dir nie gesagt, daß ich einst einen kleinen Bruder hatte, der Edward hieß. Als ich zehn Jahre alt war, ging mein kleiner Bruder auf den Dachboden unseres Hauses, wo er einen fatalen epileptischen Anfall hatte. Dieses Ereignis hat meine Familie buchstäblich zerstört. Es führte direkt dazu, daß mein Vater das Haus verließ. (Im Zweiten Weltkrieg ist er ein Held gewesen, auch das habe ich Dir nie erzählt.) Es veränderte auch meinen Bruder Albert sehr, ich würde sogar sagen, es fügte ihm bleibenden Schaden zu. Er meldete sich 1964 zur Army, aber sie nahmen ihn nicht, weil sie ihn für psychologisch untauglich hielten. Auch meine Mutter nahm es eine Zeitlang sehr schwer. Sie ging auf den Dachboden und weinte und wollte nicht mehr herunterkommen. Man kann also sagen, daß meine Familie vernichtet, auseinandergebracht oder ruiniert, wie immer man es nennen möchte, wurde, und das durch einen einzigen Todesfall. Das, und das Weggehen meines Vaters, habe ich auch sehr schwer genommen. So etwas überwindet man nicht leicht.

Das Kriegsgericht dauerte ganze vier Stunden. Große Sache, was?, wie wir damals in Palmyra zu sagen pflegten. Wir hatten einen Nachbarn namens Peter Petrosian, der solche Sachen zu sagen pflegte, und der, bei einer Chance von eins zu einer Million, etwa zwei Wochen nach meinem Bruder denselben Tod starb. Ein Unglück kommt selten allein, sagt man. Ich glaube, es ist albern, jetzt an ihn zu denken, doch der Krieg macht einen mit dem Tod vertraut. Wie er geschieht, was er den Menschen antut, was er bedeutet, wie alle Toten im Leben irgendwie vereint sind, Teil Deiner ewigen Familie. Das ist ein ehrfurchtgebietendes Gefühl, Pat, und kein aufgeblasenes mißratenes Kriegsgericht kann es einem nehmen. Und selbst wenn unschuldige Kinder in dieser Höhle waren, dann gehören sie nun ewig meiner Familie an, wie Klein Edward und Peter Petrosian, und der Rest meines Lebens ist ein Gedicht an sie. Aber die Army sagt, es waren keine dabei, und ich sage das auch.

Ich liebe Dich, ich liebe Dich, ich liebe Dich. Du kannst jetzt aufhören, Dir Sorgen zu machen, und Du kannst daran denken, mit einem Jurastu-

denten in Columbia verheiratet zu sein, der die besten Zukunftsaussichten hat. Ich werde Dir nicht mehr Kriegserlebnisse schildern, als Du hören möchtest. Und das ist ein Versprechen, ob die Geschichten nun in Palmyra spielen oder in Nam.

Immer Dein
Harry
(alias ›Beans‹!)

DEAN R. KOONTZ
Die Hellseherin

Dieses Buch ist Claire M. Smith
in Liebe und Dankbarkeit gewidmet.

1

MONTAG, 21. DEZEMBER

»Handschuhe aus Blut.«

Die Frau starrte auf ihre Hände – starrte durch sie hindurch.

Sie sprach leise, aber ihre Spannung war hörbar. »Er hat Blut an den Händen.« Ihre eigenen Hände waren sauber, die Hautfarbe blaß.

Ihr Mann beugte sich vom Rücksitz des Streifenwagens zu ihr vor. »Mary?«

Sie gab keine Antwort.

»Mary, hörst du mich?«

»Ja.«

»Wessen Blut ist es?«

»Ich bin mir nicht sicher.«

»Das Blut der Ermordeten?«

»Nein. Es ist... es ist sein eigenes.«

»Das Blut des Mörders?«

»Ja.«

»Du meinst... an seinen Händen klebt sein eigenes Blut?«

»Ja, das stimmt«, sagte sie.

»Hat er sich verletzt?«

»Ja, aber nicht schlimm.«

»Wie hat er das gemacht?«

»Das weiß ich nicht.«

»Versuche mal, dich in ihn hineinzuversetzen.«

»Ich bin schon in ihm.«

»Noch tiefer.«

»Ich bin kein Gedankenleser.«

»Ich weiß, Liebling. Aber du bist fast einer.«

Der Schweiß auf Mary Bergens Gesicht glänzte wie die Keramikglasur einer Altarfigur in der Kirche. Das grüne Licht vom Armaturenbrett spiegelte sich auf ihrer glatten Haut wieder. Ihre dunklen Augen waren ins Leere gerichtet.

Plötzlich lehnte sie sich vor und begann zu zittern.

Neben ihr, auf dem Fahrersitz, rutschte Polizeichef Harley Barnes unruhig hin und her. Seine großen Hände krampften sich um das Lenkrad.

»Er lutscht an seiner Wunde«, sagte sie. »Lutscht sein eigenes Blut ab.«

Nach dreißig Jahren im Polizeidienst gab es nicht mehr viele Situationen, die Barnes überraschen oder ihm gar Angst einjagen konnten. Heute jedoch hatte er an einem einzigen Abend bereits mehrere Überraschungen erleben müssen und spürte, wie sein Herz vor Angst schneller schlug.

Die von Bäumen gesäumten Straßen, durch die sie fuhren, waren ihm so bekannt, wie seine eigenen Gesichtszüge. Dennoch machten sie heute bei dem nächtlichen Gewitter einen fast drohenden Eindruck. Die Reifen zischten über den nassen Asphalt. Die Scheibenwischer klopften im gespenstischen Rhythmus.

Die Frau neben Barnes war offensichtlich verstört, doch beunruhigte ihn das weniger als der Wechsel, der sich mit ihrer Anwesenheit vollzogen hatte. Von dem Augenblick an, wo sie sich in Trance versetzt hatte, war die feuchte, dunstige Luft klarer geworden. Er war ganz sicher, daß er sich das nicht nur einbildete. Ein gespenstisches Summen, wie von einer Geisterfrequenz, übertönte das Fahrgeräusch und das Brausen des Sturmes. Eine unbeschreibliche Macht schien von der Frau auszuströmen. Barnes war ein nüchterner, praktisch veranlagter Mann und keineswegs abergläubisch. Aber er konnte sich diesen starken Eindrücken nicht verschließen.

Sie lehnte sich zum Armaturenbrett vor, soweit der Sicherheitsgurt es erlaubte. Dabei umklammerte sie stöhnend ihre Schultern.

Max Bergen streckte die Hand nach ihr aus und berührte sie.

Sie murmelte etwas vor sich hin und beruhigte sich ein wenig.

Seine Hand nahm sich auf ihrer schlanken Schulter riesenhaft aus. Er war ein hochgewachsener, athletisch gebauter Vierziger mit harten Gesichtszügen, zehn Jahre älter als seine Frau. Das Auffallendste an ihm waren seine Augen: grau, kalt und humorlos.

Der Polizeichef hatte ihn noch nie lächeln sehen. Zweifellos hegte er starke und irgendwie verwickelte Gefühle für Mary, doch für den Rest der Welt schien er nur Verachtung zu empfinden.

»Biegen Sie an der nächsten Kreuzung ab«, sagte die Frau.

Barnes tippte leicht auf die Bremse. »Nach links oder rechts?«

»Rechts«, sagte sie.

Zu beiden Seiten der Straße lagen stuckverzierte, dreißigjährige Häuser und Bungalows, die meisten im kalifornisch-spanischen Stil und gut erhalten. Gelbliches Licht drang hier und dort durch die zum Schutz gegen die feuchte Dezembernacht zugezogenen Gardinen. Die Straße war bedeutend dunkler, als die, von der sie gekommen waren. Nur an den Kreuzungen standen Straßenlampen, und die Abschnitte dazwischen waren in regennasse, schwarz-rötliche Schatten gehüllt.

Hinter der Biegung verlangsamte Barnes die Fahrt auf fünfzehn Stundenkilometer. Nach dem Verhalten der Frau mußten sie fast am Ziel sein.

Mary setzte sich gerade auf. Ihre Stimme klang lauter und klarer, als zu Anfang, wo sie zuerst ihre eigenartigen hellseherischen Fähigkeiten ins Spiel gebracht hatte. »Ich sehe etwas vor mir... einen... einen Zaun. Ja, jetzt ganz deutlich... er hat sich die Hand aufgeschnitten... an einem Zaun.«

Max strich ihr übers Haar. »Und es ist keine ernste Verwundung?«

»Nein... nur eine Schnittwunde... am Daumen... tief... aber es behindert ihn nicht ernstlich.« Sie hob ihre Hand, vergaß, was sie damit tun wollte und ließ sie auf ihren Schoß zurückfallen.

»Aber wenn er aus einer tiefen Schnittwunde blutet, wird er dann nicht für heute abend aufgeben?« fragte Max.

»Nein«, sagte sie.

»Bist du sicher?«

»Er macht weiter.«

»Der Dreckskerl hat bis jetzt fünf Frauen umgebracht«, sagte Barnes. »Einige von ihnen haben sich mit aller Kraft gewehrt, ihn gekratzt, ihn geschnitten, ihm sogar Haare ausgerissen. Der gibt so leicht nicht auf.«

Ohne den Polizeimenschen zu beachten, versuchte Max, seine Frau zu beruhigen. Er streichelte ihr Gesicht, drang aber mit weiteren Fragen in sie. »Welche Art von Zaun siehst du?«

»Drahtmaschen«, erwiderte sie. »Scharf und spitz und oben ungesäumt.«

»Wie hoch?«

»Anderthalb Meter.«

»Was umschließt dieser Zaun?«

»Einen Hof.«

»Ein Warenlager?«

»Nein. Im Hinterhof von einem Haus.«
»Kannst du das Haus sehen?«
»Ja.«
»Wie sieht es aus?«
»Es ist zweistöckig.«
»Stuck?«
»Ja.«
»Und das Dach?«
»Spanische Schindeln.«
»Irgend etwas Außergewöhnliches?«
»Ich kann es nicht richtig sehen...«
»Hat es eine Veranda?«
»Nein.«
»Vielleicht einen Vorgarten?«
»Nein. Aber ich sehe... einen gewundenen Gehsteig.«
»Vorne oder hinten?«
»Vor dem Haus.«
»Irgendwelche Bäume?«
»Zwei gleiche Magnolien zu beiden Seiten des Gehsteigs.«
»Sonst noch etwas?«
»Ein paar kleine Palmen... weiter hinten.«

Harley Barnes starrte konzentriert durch die regenbespritzte Scheibe. Er hielt Ausschau nach Magnolien.

Zu Anfang war er äußerst skeptisch gewesen. Er hatte sogar mit ziemlicher Sicherheit angenommen, daß die Bergens nichts als Schwindler waren. Er machte dieses Spielchen nur deshalb mit, weil der Bürgermeister daran glaubte. Der Bürgermeister hatte die beiden kommen lassen und bestand auf der Mitarbeit der Polizei.

Barnes hatte natürlich schon von hellseherisch begabten Detektiven gelesen –, besonders von dem berühmten holländischen Hellseher Peter Hurkos. Aber mit übernatürlichen Kräften einen psychopathischen Killer auf frischer Tat ertappen? Daran wollte er nicht recht glauben.

Oder vielleicht doch? dachte er. Vielleicht hatte ihn diese charmante, entzückende Frau, die das alles so ernst nahm, wirklich bekehrt. Wenn nicht, dachte er sich, warum suche ich dann nach Magnolienbäumen?

Sie gab einen Laut von sich wie ein Tier, das schon längere Zeit in einer scharfgezahnten Falle festsaß. Kein Schmerzensschrei, sondern ein fast unhörbares Winseln.

Wenn ein Tier solche Töne ausstieß, hieß das: Es tut weh, aber ich habe mich damit abgefunden.

Vor vielen Jahren, als Kind in Minnesota, war Barnes auf die Jagd gegangen und hatte auch Fallen gestellt. Das gleiche mitleiderregende Wimmern der verletzten Tiere hatte ihn dazu bewogen, den Blutsport aufzugeben. Bis heute hatte er noch nie einen Menschen solche Töne von sich geben hören. Ihre übernatürliche Gabe, die irren Gedanken des geisteskranken Killers zu erfassen, schien ihr physische Schmerzen zu bereiten.

Ein Schaudern lief Barnes über den Rücken.

»Mary«, sagte ihr Mann, »was hast du?«

»Ich sehe ihn ... an der Hintertür des Hauses. Er hat seine Hand auf der Klinke ... und Blut ... sein Blut ist auf dem weißen Türrahmen. Er spricht mit sich selbst.«

»Was sagt er?«

»Ich ... nein ...«

»Mary?«

»Er macht schmutzige Bemerkungen über die Frau.«

»Über die Frau hier im Haus – die, der er nachstellt?«

»Ja.«

»Kennt er sie?«

»Nein, sie ist ihm fremd. Ein zufälliges Opfer. Aber er ... er hat sie beobachtet ... ein paar Tage schon ... er kennt ihre Gewohnheiten und ihren Tagesablauf.«

Nach diesen Worten sank sie kraftlos gegen die Tür und holte mehrmals tief Luft. Zwischendrin war sie immer wieder gezwungen abzubrechen, um frische psychische Kräfte zu sammeln. Manchen Hellsehern machten ihre Visionen, wie Barnes wußte, keinerlei Mühe und erforderten kaum Kraftanstrengung. Bei dieser Frau war es offenbar nicht so.

Über das Funkgerät des Streifenwagens kamen Geräusche wie das Wispern und Ächzen von Phantomstimmen.

Der Wind fegte den strömenden Regen über die Straße.

Die schlimmste Regenperiode seit Jahren, dachte Barnes. Noch vor zwanzig Jahren wäre soviel Niederschlag ganz normal gewesen. Aber im Laufe der Zeit war Kalifornien ein recht trockener Staat geworden. Derartige Regenfälle waren unnatürlich. So wie alles, was heute nacht passierte, dachte er.

Er wartete darauf, daß Mary weitersprechen würde und drosselte die Geschwindigkeit auf acht Stundenkilometer.

– Magnolienbäume am Eingang zu beiden Seiten eines gewundenen Gehsteigs –

Er hatte Mühe den Straßenabschnitt zu sehen, der im Scheinwerferlicht vor ihm lag. An den Seiten war fast nichts zu erkennen. Möglicherweise waren sie längst an den Magnolien vorbeigefahren.

Marys kurzes Zögern veranlaßte Dan Goldman, der seit über einer Stunde kein Wort gesagt hatte, zum Sprechen. »Es bleibt uns nicht mehr viel Zeit, Mrs. Bergen.«

Goldman war ein tüchtiger junger Polizeibeamter, der verläßlichste Mitarbeiter des Chefs. Er saß hinter Barnes, neben Max Bergen, und hielt seine Augen auf die Frau geheftet.

Goldman glaubte an übernatürliche Kräfte. Er war beeindruckt. Im Rückspiegel konnte Barnes erkennen, daß die Ereignisse des Abends einen verstörten Ausdruck auf dem breiten, sonst so gleichmütigen Gesicht des jungen Mannes hinterlassen hatten.

»Wir haben nicht viel Zeit«, sagte Goldman nochmals. »Wenn dieser Verrückte schon an der Hintertür ist...«

Mary drehte sich abrupt zu ihm um. In ihrer Stimme lagen Sorge und Angst. »Steigen Sie keinesfalls aus dem Auto, bis der Mann festgenommen ist.«

»Was soll das heißen?« fragte Goldman.

»Wenn Sie helfen, ihn festzunehmen, geschieht Ihnen etwas.«

»Wird er mich töten?«

Sie zuckte zusammen und begann zu zittern. An ihrem Haaransatz bildeten sich Schweißperlen.

Auch Barnes spürte, wie ihm der Schweiß am Gesicht herunterlief.

Sie sagte zu Goldman: »Er wird auf Sie einstechen... mit demselben Messer, mit dem er all die Frauen erstochen hat... Sie schwer verletzen... aber nicht töten.« Sie schloß die Augen und stieß zwischen zusammengepreßten Zähnen hervor: *»Bleiben Sie im Auto!«*

»Harley?« fragte Goldman besorgt.

»Geht schon in Ordnung«, versicherte ihm Barnes.

»Hören Sie lieber auf sie«, sagte Max zu Goldman. »Verlassen Sie den Wagen nicht.«

»Wenn ich dich brauche«, sagte Barnes, »kommst du mit. Keiner wird verletzt werden.« Er durfte nicht zulassen, daß diese Frau seine Autorität untergrub. Er sah sie an. »Wir brauchen eine Hausnummer – die genaue Adresse des Hauses, das Sie beschrieben haben.«

»Drängen Sie sie nicht«, sagte ihr Mann in scharfem Ton. Außer wenn er mit Mary sprach, klang seine Stimme wie zwei Stahlplatten, die sich aneinander rieben. »Es hat überhaupt keinen Zweck, sie zu drängen. Das stört sie nur.«

»Ist schon gut, Max«, sagte Mary.

»Aber ich habe es Ihnen doch schon x-mal gesagt«, brummte Max.

Sie wandte sich wieder nach vorne. »Ich sehe ... die Hintertür eines Hauses. Sie ist offen.«

»Wo ist der Mann, der Killer?« fragte Max.

»Der steht in einem dunklen Zimmer ... einem kleinen Raum ... die Waschküche ... ja, es ist die Waschküche.«

»Was macht er dort?«

»Er macht eine Tür auf ... zur Küche ... es ist niemand dort ... ein mattes Licht über dem Herd ... auf dem Tisch schmutziges Geschirr ... er steht dort ... ja, er steht und lauscht ... die linke Hand hat er zur Faust geballt, um die Blutung zu stoppen ... er lauscht ... aus dem Wohnzimmer kommt Benny-Goodman-Musik vom Stereogerät ...« Sie berührte Barnes am Arm. Ihre Stimme klang jetzt klar und eindringlich: »Noch zwei Querstraßen. Rechts. Das zweite Haus hinter der Kreuzung ... nein, das dritte.«

»Sind Sie sicher?«

»Nun beeilen Sie sich schon, um Gottes willen!«

Mache ich mich jetzt zum Narren? fragte sich Barnes. Wenn ich sie ernst nehme und nachher stimmt es nicht, wird man für den Rest meiner Dienstzeit über mich Witze machen.

Trotzdem schaltete er die Sirene ein und trat das Gaspedal durch. Mit quietschenden Reifen schoß der Wagen vorwärts.

Mary sagte atemlos: »Ich sehe ihn noch immer ... er geht durch die Küche ... ganz langsam ...«

Wenn sie mir was vormacht, dachte Barnes, ist sie die beste Schauspielerin, die ich je gesehen habe.

Der Ford raste die schwachbeleuchtete Straße hinunter. Der Regen peitschte gegen die Windschutzscheibe. Sie überfuhren ein Halteschild, dann noch eines.

»Er lauscht ... lauscht nach jedem Schritt ... vorsichtig ... nervös ... jetzt zieht er ein Messer aus der Manteltasche ... betrachtet die scharfe Klinge und lächelt ... so ein großes Messer ...«

Vor dem Haus, das sie angegeben hatte, kam der Wagen schlitternd zum Stehen. Das dritte von rechts. Zwei gleiche Magnolienbäume zu beiden Seiten eines sich windenden Gehsteigs, ein zweistöckiges Stuck-Gebäude, Licht im Erdgeschoß.

»Verdammt noch mal«, sagte Goldman fast ehrfürchtig. »Paßt genau auf Ihre Beschreibung.«

2

Das Heulen der Sirene flaute ab, während Barnes aus dem Wagen stieg. Das rotierende rote Licht auf dem Dach des Polizeiwagens spiegelte sich auf dem nassen Pflaster wider. Ein zweiter Streifenwagen hielt dicht hinter ihnen, und die Warnlampen der beiden Fahrzeuge bildeten eine Kaskade von blutrotem, flackerndem Licht.

Mehrere Männer entstiegen dem zweiten Wagen. Zwei uniformierte Polizisten, Malone und Gonzales, eilten auf Barnes zu. Bürgermeister Henderson, rundlich und glitzernd in seinem Regenumhang aus Kunststoff, wirkte wie ein Luftballon, der über die Straße hüpfte. Direkt hinter ihm kam Harry Oberlander, spindeldürr und Hendersons schärfster Kritiker im Stadtrat.

Der letzte in der Prozession war Alan Tanner – Mary Tanner-Bergens Bruder. Eigentlich hätte er im ersten Wagen mitfahren sollen, doch hatte er Streit mit Max gehabt, und die beiden gingen sich lieber aus dem Wege.

»Malone, Gonzales... verteilt euch«, befahl Barnes. »Flankiert das Haus und trefft euch an der Hintertür. Ich komme von vorn. Los jetzt!«

»Und ich?« fragte Goldman.

Barnes seufzte auf. »Du bleibst besser hier.«

Goldman war sichtlich erleichtert.

Barnes zog seine Magnum .357 aus dem Holster und eilte den Gehsteig hinauf aufs Haus zu. Er klingelte an der Haustür. Der Regen ließ plötzlich nach. Es rieselte nur noch.

Durch die Sirenen aufgeschreckt, hatte die Frau im Haus ihn kommen sehen und öffnete sofort die Tür.

»Mrs. Harrington?«

»*Miß* Harrington. Nach meiner Scheidung habe ich meinen Mädchennamen wieder angenommen.«

Sie war eine zierliche Blondine Anfang Vierzig mit üppiger Figur, aber nicht dick.

Offenbar bestand ihre Hauptbeschäftigung daran, sich zu pflegen. Zwar trug sie nur Jeans und ein T-Shirt, war also nicht im Begriff auszugehen, doch war ihre Frisur tadellos gepflegt, ihr Make-up und ihre künstlichen Wimpern perfekt, und der orangefarbene Nagellack frisch aufgetragen.

»Sind Sie allein im Haus?« fragte Barnes.

Sie warf ihm einen höchst sinnlichen Blick zu und fragte: »Warum möchten Sie das wissen?«

»Polizeiliche Nachforschung, Miß Harrington.«

»Wie schade.« Sie hielt einen Drink in der Hand, und er war sicher, daß es nicht ihr erster an diesem Abend war.

»Sind Sie allein?« fragte er nochmals.

»Ich wohne allein.«

»Alles in Ordnung bei Ihnen?«

»Nun, es macht mir nicht viel Spaß, allein zu leben.«

»Das meinte ich nicht. Ist bei Ihnen alles in Ordnung? Irgendwelche Schwierigkeiten?«

Sie blickte auf den Revolver, den er in der Hand hielt. »Vermuten Sie Schwierigkeiten?«

Irritiert durch die albernen Antworten und die laute Swing-Musik im Haus, die er übertönen mußte, sagte er: »Wir haben Grund zu der Annahme, daß Ihr Leben in Gefahr ist.«

Sie lachte.

»Ich weiß, daß das etwas melodramatisch klingt, aber...«

»Wer soll mir denn nach dem Leben trachten?«

»Die Zeitungen nennen ihn ›Den Schlitzer‹.«

Sie runzelte die Stirn, schien sich aber dann zu erinnern, daß Stirnrunzeln Falten verursachte, und gab es sofort wieder auf. »Sie machen wohl Witze.«

»Wir nehmen an, daß er es heute auf Sie abgesehen hat.«

»Wer hat Ihnen denn das eingeredet?«

»Eine Hellseherin.«

»Eine was?«

Malone kam durch die Hintertür ins Wohnzimmer und schaltete das Stereogerät ab.

Erstaunt drehte sie sich zu ihm um.

»Wir haben da was gefunden, Chef«, sagte Malone.

Ohne Aufforderung betrat Barnes das Haus. »Ja, was denn?«

»Die Hintertür war offen.«

»Haben Sie die offengelassen?« fragte Barnes die Frau.

»Doch nicht bei dem Wetter.«
»War sie abgeschlossen?«
»Weiß ich nicht.«
»Am Türrahmen klebt Blut«, sagte Malone. »Und noch mehr an der Tür zwischen der Küche und der Waschküche.«
»Aber der Mann ist weg?«
»Der muß davongelaufen sein, als er die Sirenen hörte.«
Barnes kam ins Schwitzen. Er spürte, daß sein Herz zu schnell schlug und überlegte sich, wie er wohl diese Hellseherin auf einen Nenner mit seiner sonst so simplen Arbeitsmethode bringen sollte. Er folgte dem jüngeren Beamten in die Küche und ignorierte Miß Harringtons Fragen.
Hector Gonzales wartete an der Hintertür.
»Da ist eine Gasse hinter dem Drahtzaun. Suchen Sie die mal ab – zwei Häuserblocks weit in beiden Richtungen.«
»Ich bin ganz verwirrt«, sagte die Frau.
Ich auch, dachte Barnes.
Zu Malone sagte er: »Sie suchen an beiden Seiten des Hauses die Büsche ab. Auch die am Zaun.«
»Alles klar.«
»Und halten Sie Ihre Waffen schußbereit.«

Vor dem Haus neben den Streifenwagen war Harry Oberlander damit beschäftigt, den Bürgermeister in Wut zu bringen. Er betrachtete ihn kopfschüttelnd, als ob sein bloßer Anblick schon eine Zumutung darstellte. »Was sind Sie doch für ein Bürgermeister«, sagte er sarkastisch, »der eine Hexe für den Polizeidienst anwirbt!«
Henderson reagierte wie ein müder Riese, der einen größenwahnsinnigen, lästigen Zwerg beiseite schiebt. »Sie ist keine Hexe.«
»Wissen Sie nicht, daß es gar keine Hexen gibt?«
»Das sagte ich ja, Herr Stadtrat, sie ist keine Hexe.«
»Alles Schwindel, nichts weiter.«
»Sie ist Hellseherin.«
»Hellseherin, Schnellseherin.«
»Wie gescheit Sie sich ausdrücken.«
»Ein eleganter Ausdruck für Hexe.«
Dan Goldman hörte ihnen zu, der Diskussion ebenso überdrüssig wie der Bürgermeister. Es gibt keine schlimmeren Feinde, dachte er, als zwei Männer, die einstmals die engsten Freunde wa-

ren. Er war darauf vorbereitet, zwischen sie zu treten, falls Oberlander wieder mal handgreiflich werden würde. Es war schon vorgekommen, daß der Stadtrat den Bürgermeister mit Faustschlägen auf den dicken Bauch traktiert hatte, die allerdings nicht sehr heftig ausgefallen waren.

»Wissen Sie, warum ich Ihnen seinerzeit meinen Anteil an unserer Möbelfirma verkauft habe?« fragte Oberlander Henderson.

»Weil Sie keinen Weitblick haben«, sagte Henderson schmunzelnd.

»Weitblick – Quatsch. Weil ich wußte, daß ein abergläubischer Idiot wie Sie die Firma früher oder später in Grund und Boden wirtschaften würde.«

»Das Geschäft läuft besser denn je«, sagte Henderson.

»Reine Glücksache. Idiotenglück.«

Bevor noch die ersten Faustschläge ausgetauscht werden konnten, erschien glücklicherweise Barnes in der Haustür und rief: »Alles okay, kommen Sie rein.«

»Jetzt werden wir gleich mal sehen, wer hier der Idiot ist«, sagte Henderson. Mit der besonderen Gelenkigkeit mancher korpulenter Männer rannte er über den Gehsteig und über das glitschige Gras.

Oberlander lief ihm nach wie eine Maus auf den Fersen eines Mammuts.

Goldman unterdrückte ein Lachen und folgte ihnen.

Alan Tanner hatte sich hinter das Steuer des ersten Streifenwagens gesetzt, um seiner Schwester nahe zu sein. Als er Harley Barnes an der Haustür sah, fragte er: »Haben sie den Killer erwischt, Mary?«

»Ich weiß es nicht«, erwiderte sie. Ihre Stimme klang hohl, und sie schien völlig erschöpft.

»Ist kein Schuß gefallen?«

»Ich weiß nicht.«

»Irgendein Gerangel muß doch stattgefunden haben.«

»Das ist anzunehmen.«

Max auf dem Rücksitz fragte besorgt: »Mary, ist Goldman jetzt in Sicherheit?«

Sie stieß einen Seufzer aus, schüttelte den Kopf und preßte die Fingerspitzen an die Augen. »Ich kann es dir wirklich nicht sagen. Ich habe den Faden verloren. Ich sehe nichts mehr.«

Max rollte das Fenster herunter. Seine Stimme trug weit in der feuchten Luft. »He, Goldman!«

Der Beamte war schon auf dem halben Weg zum Haus. Er stoppte und wandte sich um.

»Vielleicht sollten Sie doch lieber hierbleiben«, rief Max.

»Harley braucht mich«, sagte Goldman.

»Denken Sie daran, was Ihnen meine Frau gesagt hat.«

»Alles in Ordnung«, sagte Goldman. »Mir passiert schon nichts. Sie haben ihn geschnappt.«

»Sind Sie sicher?« fragte Max.

Aber Goldman war schon weitergegangen.

Alan sagte: »Mary?«

»Hmmmm?«

»Wie fühlst du dich?«

»Ganz gut.«

»Du hörst dich aber nicht so an.«

»Ich bin nur müde.«

»Er nimmt dich viel zu hart ran«, meinte Alan besorgt. Er blickte Max nicht einmal an, sondern sprach, als sei er mit seiner Schwester allein. »Er macht sich nicht klar, wie empfindlich du bist.«

»Alles okay«, sagte sie.

Aber Alan wollte nicht aufgeben. »Er hat keine Ahnung, welche Fragen er dir stellen muß, damit du klarer siehst. Er hat nicht die geringste Finesse. Er drückt einfach drauf los.«

Du mieses kleines Miststück, dachte Max und starrte seinen Schwager hart an.

Marys wegen sagte er jedoch nichts. Es regte sie immer auf, wenn die beiden Männer, die sie liebte, sich stritten. Sie gab sich lieber der Illusion hin, daß sie sich im Grunde mochten. Zwar ergriff sie niemals gänzlich Partei für Alan, doch schob sie immer Max die Schuld zu, wenn der Streit besonders erbittert ausfiel.

Um sich von Alan abzulenken, betrachtete Max das Haus. Ein Lichtstrahl fiel durch die offene Tür. Davor zeichneten sich die Umrisse der Büsche und Sträucher ab. »Vielleicht sollten wir die Wagentüren absperren«, sagte er.

Mary wandte sich halb zu ihm um. »Die Türen absperren?« fragte sie erstaunt.

»Zum Schutz.«

»Das verstehe ich nicht.«

»Zum Schutz wovor?« fragte Alan.

»Die Bullen sind alle oben im Haus, und keiner von uns hier hat eine Waffe.«

»Glaubst du, daß wir eine brauchen?«

»Möglicherweise.«

»Entwickelst du jetzt auch schon hellseherische Fähigkeiten?«

Max zwang sich zu einem Lächeln. »Das wohl kaum. Ganz einfach Verstand.« Er verriegelte die Türen auf seiner und auf Marys Seite. Als Alan keine Anstalten machte, es ihm gleichzutun, verschloß er auch die anderen zwei.

»Fühlst du dich jetzt sicher?« fragte Alan.

Max versenkte sich in den Anblick des Hauses.

Barnes, Henderson und Oberlander drängten sich in die schmale Waschküche, um die Blutspuren, die der Killer hinterlassen hatte, zu untersuchen.

Miß Henderson hatte sich an den Polizeichef angehängt, um ja nichts zu verpassen. Sie schien begeistert zu sein, daß der geistesgestörte Killer sie zum Opfer erwählt hatte.

Dan Goldman zog es vor, in der Küche zu bleiben. Während Barnes erklärte, daß die wenigen Beweisstücke genau mit den Visionen der Hellseherin übereinstimmten, würde der Bürgermeister seine Befriedigung deutlich zum Ausdruck bringen. Das wiederum würde zweifellos Harry Oberlander in Rage bringen, und der Austausch bissiger Bemerkungen würde bald in einen lauten und handfesten Krach ausarten. Davon hatte Goldman nun wirklich genug.

Aber ganz abgesehen davon war die geräumige Küche es wert, betrachtet und bewundert zu werden. Offensichtlich war sie von jemand entworfen und eingerichtet worden, der etwas vom Kochen verstand und sich das Beste leisten konnte.

Doch nicht von Miß Harrington, dachte Goldman. Sie machte nicht den Eindruck einer Frau, die sich gern stundenlang an den Herd stellte. Der Koch im Haus war zweifellos ihr geschiedener Mann gewesen.

Man hatte eine Menge Geld dafür ausgegeben, eine Küche im rustikalen Stil zu schaffen, die gleichzeitig professionellen Ansprüchen gerecht wurde. Der Fußboden war mit braunen mexikanischen Kacheln ausgelegt. Schränke und Regale aus Eichenholz enthielten Porzellangeschirr. Die Abstellflächen waren aus weißer Keramik. Neben zwei Standard-Öfen gab es einen Mikrowellenofen, zwei große Kühl- und Gefrierschränke, zwei doppelte Abwaschbecken, einen runden Küchentisch mit eingebauten Geräten sowie eine Vielfalt zusätzlicher Apparaturen.

Goldman kochte selbst gern, mußte sich jedoch mit einem abgenutzten Gasherd und den billigsten Töpfen und Pfannen begnügen.

Seine neidische Bewunderung der tollen Einrichtung wurde jäh unterbrochen, als sich dicht neben ihm eine Tür öffnete. Sie befand sich etwa einen Meter entfernt und halb hinter seinem Rücken. Die Tür hatte offengestanden, als er hereinkam, doch hatte er sich nicht weiter darum gekümmert. Als er sich jetzt umdrehte, sah er einen Mann im Regenmantel aus der Speisekammer treten, deren Regale mit Konserven gefüllt waren. Die linke Hand des Fremden war blutig, und er hielt den Daumen mit der Faust umschlossen.

Sie hat also doch recht gehabt, dachte Goldman. Herrgott im Himmel!

In der erhobenen Rechten hielt der Killer ein Schlächtermesser mit dickem, hölzernem Griff.

Goldman verlor jeden Zeitsinn. Die Sekunden wurden zu Ewigkeiten, und er fühlte sich vom Rest der Welt abgeschnitten.

Wie aus weiter Ferne hörte er Henderson und Oberlander miteinander streiten. Es schien kaum möglich, daß sie sich im Nebenzimmer befanden. Ihr Gespräch hörte sich an, als sei es mit achtundsiebzig Umdrehungen pro Minute auf Tonband aufgenommen worden und als würde es jetzt im Tempo von fünfundvierzig Umdrehungen abgespielt.

Der Fremde trat auf ihn zu. Das Licht spiegelte sich auf der scharfen Klinge seines Messers wider.

Wie gegen einen unerklärlichen Widerstand ankämpfend griff Goldman nach dem Revolver an seiner Hüfte.

Der Killer stieß ihm das Messer in die Brust. Links oben. Unglaublich tief.

Seltsamerweise verspürte er keinen Schmerz, aber sein Hemd war über der Brust plötzlich von Blut durchtränkt.

Mary Bergen, dachte er. Wie konntest du das voraussagen? Wer bist du? Er knöpfte seine Revolvertasche auf.

Zu langsam. Viel zu langsam, verdammt noch mal!

Es war ihm nicht zum Bewußtsein gekommen, daß der Killer ihm die Klinge wieder aus der Brust gezogen hatte, und jetzt sah er voll Entsetzen, wie er ein zweitesmal zustieß. Dann riß der Fremde das Messer wieder heraus, und Goldman sackte blutüberströmt gegen die Wand.

Er verspürte noch immer keinen Schmerz, aber alle Kraft floß aus ihm heraus, wie aus einem offenen Hahn.

Ich darf nicht umfallen, sagte er sich. Nur nicht umfallen. Dann hätte ich keine Chance mehr.

Aber der Killer war mit ihm fertig. Er wandte sich ab und rannte ins Eßzimmer.

Mit immer schwächer werdendem Griff preßte Goldman die linke Hand auf seine Wunden und wankte hinter dem Mann her. Als er am Durchgang zum Eßzimmer ankam und sich an den Türrahmen lehnte, um Luft zu schöpfen, hatte der Killer schon fast das Wohnzimmer erreicht. Goldman hatte seinen Revolver aus dem Halfter gezogen, besaß jedoch nicht mehr die Kraft, ihn hochzuheben. Er feuerte einen Schuß in den Fußboden, um Harley aufmerksam zu machen. Kaum war der Schuß verhallt, kehrte sein normaler Zeitsinn zurück. Er spürte einen stechenden Schmerz und konnte kaum atmen. Seine Knie klappten unter ihm zusammen, und er sank zu Boden.

Alan unterbrach sich mitten im Satz. »Was war denn das?«

»Ein Schuß«, sagte Max.

Mary sagte: »Irgendwas ist mit Goldman passiert. Ich weiß es, so wahr ich hier sitze.«

Jemand kam aus dem Haus gerannt. Sein Regenmantel blähte sich im Wind wie ein Cape.

»Das ist er!« rief Mary.

Als der Mann die Polizeiwagen sah, hielt er an. Verwirrt blickte er sich nach links und rechts um, sah keinen Ausweg in diesen Richtungen und wandte sich wieder dem Haus zu.

In der offenen Haustür erschien Herley Barnes. Trotz Regen, schlechtem Licht und beschlagenen Fensterscheiben konnte Max den großkalibrigen Revolver erkennen, den der Bulle in der Faust hielt. Die Waffe spuckte gemein aussehendes Mündungsfeuer von sich.

Der Irre machte einen Satz wie ein ungeschickter Balletttänzer, fiel zu Boden und rollte über den Gehsteig. Dann erhob er sich erstaunlicherweise und lief auf die Straße zu. Er war nicht getroffen. Mit einer Schußwunde aus der Magnum .357 wäre er liegen geblieben.

Dessen war sich Max ganz sicher. Er verstand eine ganze Menge von Feuerwaffen und besaß selbst eine beachtliche Sammlung davon.

Barnes feuerte nochmals.

»Verdammt noch mal«, ärgerte sich Max. »Kleinstadtbullen! Überbewaffnet und saumäßig ausgebildet. Wenn er den Kerl verfehlt, bringt er als nächstes einen von uns um.«

Der dritte Schuß traf den Killer in den Rücken, als er den Gehsteig erreichte.

Max, als Waffenexperte, kam zu folgenden Erkenntnissen: Die Tatsache, daß das Geschoß nicht durch die Brust des Killers ausgetreten war und das Wagenfenster zerschmettert hatte, wies auf eine ungenügende Ladung Schießpulver hin. Es war zur Verwendung auf belebten Straßen bestimmt und würde den Schuldigen niederstrecken, ohne andere zu gefährden. Zweitens: Nach der Art, wie der Schuß den Mann in die Höhe gerissen hatte, war anzunehmen, daß die Kugel an der Spitze angeflacht war.

Der getroffene Killer wurde durch die Luft geschleudert, prallte auf den Polizeiwagen auf und hielt sich einen Augenblick lang an Marys Tür fest. Dann rutschte er tiefer hinunter, wo er ihr ins Gesicht sehen konnte. »Mary Bergen«, seine Stimme klang heiser. Er versuchte, sich ans Fenster zu klammern. »Mary Bergen.« Blut quoll ihm aus dem Mund und verschmierte das Glas.

Mary schrie auf.

Die Leiche fiel auf den Gehsteig.

3

Der Krankenwagen, der Dan Goldman wegbrachte, nahm die Kurve so schnell es ging, ohne auf die Seite zu kippen.

Max hoffte, daß das Leben des jungen Polizeibeamten sich nicht ebenso schnell verflüchtigte.

Draußen auf dem Gehsteig lag der Tote auf dem Rücken. Er starrte zum Himmel und wartete geduldig auf den Leichenbeschauer.

»Sie regt sich darüber auf, daß der Killer ihren Namen kannte«, sagte Alan.

»Wahrscheinlich hat er ihr Foto in der Zeitung gesehen«, sagte Max. »Und hat gehört, daß sie hergekommen ist, ihn zu finden.«

»Aber davon wußten doch nur der Bürgermeister und der Stadtrat. Und die Bullen.«

»Irgendwie hat der Kerl es eben erfahren. Er wußte, daß sie in der

Stadt war, und dann erkannte er sie. Das ist doch kein übernatürlicher Vorgang. Oder glaubt sie das?«

»Gewiß gibt es eine ganz einfache Erklärung dafür. Das weiß ich, und du weißt es auch. Im Grunde ist sie sich auch darüber klar. Aber wenn man bedenkt, was sie in ihrem Leben schon alles gesehen und durchgemacht hat, ist es kein Wunder, wenn sie sich Gedanken macht. Ich habe eben mit Barnes gesprochen. Er gibt uns einen Wagen und einen Fahrer. Da bringen wir Mary ins Hotel, damit sie sich hinlegen kann.«

»Machen wir«, sagte Max, »sobald ich alles mit dem Bürgermeister geregelt habe.«

»Das kann Stunden dauern.«

»Höchstens eine halbe Stunde«, erwiderte Max. »Also, wenn das alles ist, was du mit mir besprechen wolltest...«

»Sie ist todmüde.«

»Das sind wir alle. Es wird ihr schon nichts passieren.«

»Der rücksichtsvolle Gatte.«

»Scher dich zum Teufel!«

Sie standen neben dem ersten Streifenwagen. Drinnen saß Mary mit geschlossenen Augen, die Hände im Schoß gefaltet.

Es hatte aufgehört zu regnen. Die Luft war feucht und klar.

Alan blickte sich nervös nach den Menschen um, die aus den Nachbarhäusern herbeigeströmt waren, das makabre Schauspiel zu betrachten. Er sagte: »Jeden Moment kommt die Presse. Mary sollte sich heute nicht mehr mit einem Haufen Reportern herumärgern müssen.«

Max wußte, worauf es seinem Schwager ankam. Morgen trat er einen zweiwöchigen Urlaub an. Davor wollte er noch ein ungestörtes Gespräch mit seiner Schwester führen. Ein Stündchen allein mit ihr, um sie zu überzeugen, daß sie den falschen Mann geheiratet hatte.

Seine Fäuste waren die einzigen Waffen, die Max im Kampf gegen diese Art häuslicher Intrigen zur Verfügung standen. Er war um achtzehn Zentimeter größer und vierzig Pfund schwerer als Alan. Trotzdem war ihm klar, daß gespaltene Lippen, ausgeschlagene Zähne und eine angeknackte Kinnlade seinen Schwager nur vorübergehend zum Schweigen bringen würden. Wenn er ihn nicht gerade umbrachte, war seine ewige Einmischung auch durch nichts zu verhindern.

Jedenfalls hatte es Max aufgegeben, seine Probleme mit Hilfe seiner Fäuste zu lösen. Er hatte Mary versprochen und es sich selbst fest vorgenommen, daß Schlägereien ein Ding der Vergangenheit bleiben sollten.

Außer physischer Kraft und dem Willen sie anzuwenden besaß Alan in der persönlichen Fehde zwischen ihm und Max die stärkeren Waffen. Nicht zuletzt sein gutes Aussehen. Wie Mary, hatte er schwarzes Haar und blaue Augen. Er war ein schöner Mann, während Max so ungeschlacht wirkte, daß man ihn fast häßlich nennen konnte. Alans starke, sinnliche Gesichtszüge, hervorgehoben durch einen Ausdruck jungenhafter Unschuld, verfehlten sogar auf seine Schwester ihren Eindruck nicht.

Besonders auf seine Schwester.

Alans Stimme war so sanft und einschmeichelnd wie die eines Schauspielers. Mit ihr konnte er jede gewollte Stimmung schaffen oder dramatische Szenen heraufbeschwören. Er verstand es meisterhaft, Marys Mitgefühl zu erwecken und sie dazu zu bringen, ihren Gatten mit einer Art unbewußtem Mißvergnügen zu betrachten.

Max besaß ein überdurchschnittlich gutes Denkvermögen, doch wußte er, daß Alan ihm intellektuell überlegen war. Es war nicht seine Stimme allein, mit der er sich durchsetzte. In den süßtönenden Worten lagen Witz und Intelligenz.

Und Charme?

Wenn Alan es wünschte, ließ er seinen Charme wie Honig fließen.

Den würde ich am liebsten ausdrücken wie eine Tube Zahnpasta, dachte Max. All den verdammten Charme aus ihm herausquetschen und mal sehen, wieviel Wahrheit dahintersteckt.

Was den Ausschlag gab, waren dreißig gemeinsame Jahre, die Mary und Alan hinter sich hatten. Er war dreiunddreißig und als älterer Bruder durch Blutbande, gemeinsame Erfahrungen, nicht wenige Tragödien sowie drei Jahrzehnte täglichen Zusammenlebens eng mit ihr verbunden.

Die Menschenmenge wurde immer größer, und Max bemerkte, daß noch ein Streifenwagen zu ihnen stieß. Er sagte: »Du hast recht. Sie sollte nicht länger als nötig hierbleiben.«

»Natürlich nicht.«

»Ich fahre sie jetzt gleich ins Hotel.«

»Du fährst sie?« fragte Alan. »Du mußt doch hierbleiben?«

»Wozu?«

»Das weißt du doch genau.«

»Sag es mir trotzdem.«

»Du kannst das hier besser als ich«, sagte Alan unwillig.

»Was kann ich besser?« fragte Max.

»Weißt du, warum du das immer wieder hören mußt? Weil es alles ist, was du kannst. Nur damit bist du imstande sie zu halten.«

»Also, was kann ich besser?«

»Ganz schön unsicher.«

»Was kann ich besser?«

»Das Geld einkassieren. Bist du jetzt zufrieden?«

Mary verdiente recht gut als Journalistin mit ihrer eigenen Spalte über psychische und übernatürliche Erscheinungen. Auch die drei Bücher, in denen sie Ereignisse ihrer Laufbahn geschildert hatte, waren Bestseller, und hatten ihr viel Geld eingebracht. Allein von den Honoraren ihrer Vorträge hätte sie bequem leben können.

An den zahlreichen Reisen, die sie auf Bitten verschiedener Behörden unternahm, um Mordfälle und andere Verbrechen aufzuklären, verdiente sie dagegen nichts. Für ihre Visionen nahm sie kein Honorar. Einmal hatte sie einer berühmten Schauspielerin geholfen, ein verlorenes Diamantenhalsband im Werte von hunderttausend Dollar wiederzufinden und keinen Pfennig dafür angenommen. Sie berechnete lediglich ihre Spesen – Flugkarten, Mietwagen, Mahlzeiten und Unterkunft – und manchmal nicht einmal das, wenn sie glaubte, nicht genügend Leistungen erbracht zu haben.

Bis Max in ihr Leben trat, war es Alans Aufgabe gewesen, die Spesengelder einzutreiben. Doch hatte ihr Bruder weder das Talent noch die Neigung mit Bürgermeistern, Stadträten und anderen Bürokraten zu feilschen. Wenn Mary ihre Aufgabe beendet hatte und der Schuldige gefunden war, geschah es nicht selten, daß ihre Auftraggeber – Beamte oder Lokalpolitiker – sich vor der Rückzahlung der Spesen zu drücken versuchten. In solchen Fällen bestand Alan nur selten auf Zahlung, und auf diese Weise gingen jährlich Zehntausende von Dollar verloren. Obwohl Mary glänzend verdiente, rückte sie immer näher an den Rand des Bankrotts.

Innerhalb von zwei Monaten nach ihrer Hochzeit hatte Max ihre Finanzen wieder in Ordnung gebracht. Er hatte mit ihrer Agentur einen neuen Vertrag abgeschlossen und Marys Honorar für Vorträge verdoppelt. Als die Erneuerung ihres Vertrags mit dem Zeitungssyndikat fällig wurde, erzielte Max bedeutend günstigere Bedingungen, als sie für möglich gehalten hätte. Und was die Spesenvergütung betraf, bekam er stets seinen Scheck.

»Also?« sagte Alan.

»Also gut. Fahre du sie zurück ins Hotel. Aber denke daran, was du eben gesagt hast. Geld kassieren kann ich besser als du. Und ich werde es immer können.«

»Natürlich. Dafür hast du einen Riecher«, sagte Alan. Sein Lächeln entbehrte jeder Wärme. »Du hast ja auch Marys Geld recht schnell gerochen.«

»Mach, daß du wegkommst«, sagte Max.

»Kannst wohl die Wahrheit nicht vertragen?«

»Hau ab, bevor ich dir ein für allemal den Kopf in den Arsch stecke.«

Alan blinzelte mit den Augen.

Max blinzelte nicht zurück.

Alan ging hinüber zu Harley Barnes.

Mit der Zeit fiel es Max auf, daß ihn mehrere Leute in der Menge anstarrten. Er starrte zurück. Einer nach dem anderen wandte sich geniert ab, blickte ihn aber sofort wieder an, sobald Max woanders hinschaute.

Keiner stand nahe genug, um sein Gespräch mit Alan überhört zu haben. Dann wurde ihm klar, warum man ihn anstarrte. Sein Gesicht war vor Wut verzerrt, seine Schultern hochgezogen und angespannt wie die eines Panthers vor dem Sprung und seine riesigen Hände zu Fäusten geballt. Er versuchte, sich zu beruhigen und seine Schultern in ihre normale Lage fallen zu lassen. Die Hände steckte er in die Taschen seines Regenmantels. So konnte keiner sehen, daß er zu wütend war, die Fäuste zu öffnen.

4

In dem Hotelzimmer gab es vier häßliche Lampen mit gräßlich gemusterten Lampenschirmen, aber nur eine war eingeschaltet.

Alan saß auf einem schwarzen Kunstledersessel mit drehbarem Sockel, die Hände um ein Glas Scotch gefaltet, von dem er nicht trank. Das Licht zu seiner Linken zeichnete scharfe Schatten auf seinem Gesicht.

Mary lag auf dem Bett, außerhalb des Lichtkreises. Sie wartete darauf, daß Max endlich zurückkommen würde, damit sie ausgehen und irgendwo noch ein verspätetes Abendessen und ein paar Drinks einnehmen konnten. Sie war hungrig und müde und seelisch erschöpft.

»Hast du immer noch Kopfschmerzen?« fragte Alan.
»Das Aspirin hat mir etwas geholfen.«
»Du bist so bleich... so blaß.«
»Mir fehlt nichts, was acht Stunden Schlaf nicht wieder in Ordnung bringen würden.«
»Ich mache mir Sorgen um dich.«
Sie lächelte ihn liebevoll an. »Das hast du schon immer getan, Schätzchen. Auch als wir noch Kinder waren.«
»Ich habe dich eben sehr gern.«
»Ich weiß.«
»Du bist meine Schwester, und ich liebe dich.«
»Das weiß ich, aber...«
»Er treibt dich zu hart.«
»Fang nicht wieder davon an, Alan.«
»Aber er tut es.«
»Ich wünschte, du und Max würdet euch vertragen.«
»Das wünsche ich mir auch. Aber er wird es nie tun.«
»Aber *warum* denn nicht.«
»Weil ich ihn als das erkannt habe, was er ist.«
»Und was ist das?«
»Zunächst einmal seid ihr so verschieden«, sagte Alan. »Er ist nicht so feinfühlig wie du. Du bist so sanft, und er...«
»Er kann auch sanft sein.«
»Wirklich?«
»Mit mir ist er es. Er ist furchtbar nett.«
»Nun, du hast ein Anrecht auf deine eigene Meinung.«
»Herzlichen Dank«, sagte sie sarkastisch. Ärger wallte kurz in ihr auf, legte sich aber sofort wieder. Sie konnte nie länger als eine Minute mit Alan böse sein. Auch das kam nicht oft vor.
»Mary, ich will mich nicht mit dir streiten.«
»Dann laß es doch.«
»Wir haben uns in dreißig Jahren niemals gezankt... bis er erschien.«
»Ich habe heute wirklich nicht die Kraft dafür.«
»Du hast zu nichts mehr Kraft, weil er dich zu hart antreibt, wenn er dich durch deine Visionen leitet.«
»Er macht das sehr gut.«
»Nicht so gut, wie ich es tat.«
»Zu Anfang war er viel zu eifrig«, gab sie zu. »Zu bestrebt. Aber jetzt nicht mehr.«

Alan setzte sein Glas ab, erhob sich und wandte ihr den Rücken zu. Er trat ans Fenster und wünschte, Max würde zurückkommen.

Nach einer Weile kam Alan vom Fenster zurück. Er stellte sich ans Fußende ihres Bettes und blickte auf sie hinab. »Ich habe Angst, in Urlaub zu fahren.«

Ohne die Augen zu öffnen, sagte sie: »Angst wovor?«

»Ich will dich nicht allein lassen.«

»Ich bin doch nicht allein. Ich bin bei Max.«

»Das meine ich ja – allein mit Max.«

»Alan, also wirklich!«

»Es ist mein voller Ernst.«

Sie öffnete die Augen und setzte sich auf. »Du machst dich lächerlich. Ich will solchen Quatsch nicht hören.«

»Wenn es mir gleichgültig wäre, was mit dir geschieht, könnte ich ja jetzt gleich gehen. Aber – ob du es hören willst oder nicht –, ich werde dir die Wahrheit über ihn sagen.«

Mary seufzte.

»Er ist ein Opportunist«, sagte Alan.

»Na und?«

»Er liebt das Geld.«

»Ich auch. Und auch du.«

»Aber er liebt es zu sehr.«

Sie lächelte nachsichtig. »Kann man das Geld denn zu sehr lieben, Schätzchen?«

»Verstehst du denn nicht?«

»Erkläre es mir.«

Alan zögerte. Traurigkeit lag in seinen schönen Augen. »Max liebt das Geld *anderer Leute* zu sehr.«

Erstaunt starrte sie ihn an. »Hör mal... wenn du damit andeuten willst, daß er mich meines Geldes wegen geheiratet hat...«

»Genau das meine ich.«

»Dann bist du derjenige, der mich zu hart bedrängt.« Ihre Stimme war stahlhart.

Er änderte seine Taktik und sprach in sanftem Ton auf sie ein. »Ich will doch nur, daß du die Tatsachen erkennst. Ich...«

»Bin ich denn so häßlich, daß mich niemand genommen hätte, wenn ich arm wäre?«

»Du bist eine Schönheit. Das weißt du.«

Aber sie ließ nicht locker. »Dann bin ich also so ein hirnloses kleines Geschöpf, das die Männer zu Tode langweilt?«

»Schreie nicht«, sagte Alan. »Beruhige dich. Bitte.« Es schien ihm ehrlich leid zu tun, daß er ihr weh getan hatte. Aber er blieb beim Thema. »Viele Männer würden alles geben, um dich zu heiraten. Und aus überzeugenden Beweggründen. Warum du dir gerade diesen Max ausgesucht hast...«

»Er war der erste richtige Kerl, der mir einen Antrag gemacht hat.«

»Das ist nicht wahr. Ich weiß von vier anderen, die dir einen Antrag machten.«

»Die ersten zwei waren rückgratlose Jammergestalten«, sagte sie. »Der dritte war ungefähr so sanft und rücksichtsvoll im Bett, wie ein Stier in der Arena. Und der andere war praktisch impotent. Max hatte nichts von alldem. Er war anders – interessant und aufregend.«

»Du hast ihn aber nicht geheiratet, weil er aufregend war oder intelligent oder geheimnisvoll oder romantisch. Du hast ihn genommen, weil er groß und stark war und ein Rauhbein. Die perfekte Vaterfigur.«

»Seit wann praktizierst du Psychiatrie?«

Sie wußte, daß Alan nicht die Absicht hatte, sie zu ärgern. Er sprach nur aus, was er glaubte ihr sagen zu müssen. Der gewissenhafte große Bruder. Er lag völlig falsch, aber seine Absichten waren die besten. Wenn sie dessen nicht ganz sicher gewesen wäre, hätte sie ihn auf der Stelle hinausgeworfen.

»Man braucht kein Psychiater zu sein, um zu sehen, daß du jemand nötig hast, auf den du dich stützen kannst. Das war immer so. Seitdem du deine hellseherischen Fähigkeiten entdecktest und dir klar wurde, was es bedeutete, hattest du Angst davor und konntest nicht allein damit fertig werden. Eine Zeitlang war ich deine Stütze. Aber ich war wohl nicht groß und breitschultrig genug, es lange zu bleiben.«

»Alan, zum erstenmal in meinem Leben habe ich das Bedürfnis, dir eine runterzuhauen.«

Er setzte sich zu ihr auf die Bettkante und umfaßte ihre linke Hand mit seinen beiden. »Mary, er war nichts als ein verkrachter Zeitungsreporter, der seit zehn Jahren keine größere Story mehr veröffentlicht hatte. Du kanntest ihn ganze sechs Wochen, als ihr geheiratet habt.«

»Das war lange genug.« Sie entspannte sich und drückte Alans Hand. »Es klappt prima mit uns, Liebes. Du solltest froh und glücklich darüber sein.«

»Aber ihr seid doch erst vier Monate verheiratet.«

»Und er gefällt mir heute noch besser als damals.«

»Er ist ein gefährlicher Mann. Ich kenne seine Vergangenheit.«

»Die paar Raufereien in der Kneipe... und er geht heute in keine Kneipen mehr.«

»So harmlos war das gar nicht. Bei diesen Schlägereien hat er fast ein paar Leute umgebracht.«

»Wenn Leute besoffen sind, werden sie oft streitsüchtig und legen sich mit dem größten und stärksten Mann im Lokal an. Max hat nie angefangen.«

»Sagt er.«

»Keiner hat jemals Anzeige erstattet.«

»Vielleicht hatten sie Angst.«

»Er hat sich geändert. Er brauchte jemanden, der ihn liebte, für den er sich verantwortlich fühlen konnte. Er brauchte mich.« Alan nickte gleichmütig. »Willst du einen Drink?«

»Ich warte bis Max kommt.«

Er trank seinen Scotch in drei Zügen aus. »Bist du ganz sicher?«

»Was Max betrifft? Absolut.«

Er trat wieder ans Fenster und sah in die Nacht hinaus. »Ich werde nach meinem Urlaub wohl nicht mehr mit dir arbeiten.«

Sie stand auf, packte ihn an der Schulter und drehte ihn um. »Wie bitte?«

»Ich bin doch jetzt nur das fünfte Rad am Wagen.«

»Unsinn. Du erledigst so viel...«

»Nichts, was nicht jede Sekretärin tun könnte«, sagte Alan. »Bis Max kam, war ich unersetzlich. Für die Führung bei deinen Visionen. Jetzt gibt es für mich nichts Wichtiges mehr zu tun. Und die ewigen Reibereien mit Max will ich auch nicht.«

»Aber was wirst du tun?«

»Ich weiß noch nicht. Zunächst könnte ich zwei Monate Urlaub nehmen, statt zwei Wochen. Ich kann es mir leisten. Du warst immer sehr großzügig und...«

»Keineswegs. Du hast dir deinen Anteil redlich verdient. Alan...«

»Von dem, was ich zur Seite gelegt habe, kann ich jahrelang leben. Vielleicht nehme ich mein Studium an der Universität wieder auf... mache endlich mein Diplom in Politischen Wissenschaften.«

»Willst du denn aus dem Haus in Bel Air ausziehen?«

»Es wäre wohl das beste. Ich kann mir ja eine Wohnung suchen.«

»Wirst du mit Jennifer zusammen leben?«

»Die hat mir den Laufpaß gegeben.«
»Was?«
»Wegen eines anderen Mannes.«
»Das wußte ich gar nicht.«
»Ich wollte nicht darüber sprechen.«
»Das tut mir aber leid.«
»Es braucht dir nicht leid zu tun. Sie war nicht mein Typ.«
»Aber ihr zwei scheint doch so glücklich zusammen zu sein.«
»Zu Anfang.«
»Was ging denn schief?«
»Alles.«
»Aber du wirst doch nicht weit weg ziehen, oder?«
»Wahrscheinlich nur nach Westwood.«
»Dann wären wir ja praktisch Nachbarn.«
»Stimmt.«
»Kommst du dann wenigstens einmal die Woche zu Mittag?«
»Gern.«
»Und ab und zu mal zum Abendessen?«
»Ohne Max?« fragte er.
»Nur du und ich.«
»Hört sich gut an.«
Eine kindliche Träne rollte ihr die Wange herunter.
Er wischte sie weg. »Das ist doch überflüssig.«
»Ich werde dich vermissen.«
»Bruder und Schwester können nicht ewig im selben Haus leben. Das ist unnatürlich.«
Sie hörte das Geräusch eines Schlüssels im Schloß und wandte sich zur Tür.
Max kam herein und streifte seinen Regenmantel ab.
Mary lief auf ihn zu und küßte ihn auf die Wange.
Ohne Alan zu beachten, legte Max seinen Arm um sie. »Fühlst du dich besser?« fragte er.
»Nur ein bißchen müde«, sagte sie.
»Alles glatt gelaufen«, sagte Max. »Trotz Oberlander. Den Scheck für die Reisespesen habe ich.«
»Den holst du doch immer heraus«, sagte Mary stolz.
Während des Gesprächs hatte sich Alan zur Tür begeben und sie aufgemacht. »Ich gehe jetzt«, sagte er.
Erst vor ein paar Minuten hatte sie gehofft, er würde gehen, bevor Max zurückkam, damit es nicht wieder zum Streit kam. Jetzt

spürte sie, daß Alan im Begriff war, aus ihrem Leben auszuscheiden, und wollte ihn noch nicht gehen lassen. »Kannst du nicht noch auf einen Drink bleiben?«

Er blickte zu Max hinüber und schüttelte den Kopf. »Ich glaube nicht, daß das klug wäre.«

Max sagte nichts. Er machte keine Bewegung. Kein Lächeln, nicht einmal ein Augenzwinkern. Sein Arm, mit dem er Mary umfaßt hielt, war wie ein Steingeländer, auf das sie sich stützte.

Sie sagte: »Wir haben noch gar nicht besprochen, was heute abend passiert ist. Es gibt noch so viel zu besprechen.«

»Ein andermal«, sagte Alan.

»Und du willst wirklich in deinem Urlaub nur die Küste hinauffahren?«

»Ja. Ich bleibe einige Zeit in San Francisco. Ein Mädchen dort hat mich zu Weihnachten eingeladen. Vielleicht fahre ich anschließend noch nach Seattle.«

»Rufst du mich an?«

»Gewiß.«

»Wann?«

»In etwa einer Woche oder so.«

»Zu Weihnachten?«

»Gut.«

»Du wirst mir fehlen, Alan.«

»Paß auf dich auf.«

»Ich werde auf sie aufpassen«, sagte Max.

Alan beachtete ihn nicht. »Sei vorsichtig«, sagte er zu Mary. »Und denke daran, was ich dir gesagt habe.«

Er ging hinaus, schloß die Tür hinter sich und ließ sie mit Max allein.

In der kleinen, matt beleuchteten Taverne in der Innenstadt herrschte kurz vor Mitternacht noch reger Betrieb. Trotz des Gedränges war es gemütlich. Max und Mary saßen in einer Ecknische bei zwei perfekt gemixten Wodka-Martinis. Anschließend verzehrten sie ein paar Roastbeef-Sandwiches und teilten sich eine Flasche Rotwein.

Mary aß nur die Hälfte ihres reichlich belegten Brotes, schob dann den Teller von sich und schenkte sich ein drittes Glas Wein ein. »Ich würde gern wissen, wer Dan Goldmans Krankenhausrechnung bezahlt«, sagte sie.

»Die Stadt hat eine umfassende Unfallversicherung für ihre Polizeibeamten abgeschlossen«, erklärte ihr Max. »Goldman wurde in der Ausübung seiner dienstlichen Pflichten verwundet und braucht keinen Pfennig der Kosten selbst zu tragen.«

»Woher weißt du das so genau?«

»Ich sah diese Frage kommen.«

»Was meinst du damit?«

»Ich wußte, du würdest nach Goldmans Krankenhausspesen fragen, also habe ich mich beim Bürgermeister danach erkundigt.«

»Aber auch wenn die Spesen gedeckt sind«, meinte sie, »wird er doch wohl einen Verdienstausfall haben, während er krankgeschrieben ist.«

»Nein«, sagte Max. »Danach habe ich auch gefragt.«

Sie blickte ihn erstaunt an. »Bist du ein Gedankenleser?«

»Ich kenne dich zu gut. Du bist das weichherzigste Geschöpf, das mir je untergekommen ist.«

»Nein, das bin ich nicht. Ich glaube nur, daß wir etwas für ihn tun sollten.«

Max legte sein Sandwich weg. »Wir könnten ihm entweder einen neuen Elektroherd kaufen oder vielleicht auch einen Mikrowellenofen.«

Sie starrte ihn verdutzt an. »Was?«

»Ich habe einige seiner Kollegen gefragt, was er brauchen könnte. Goldman ist ein begeisterter Amateurkoch, nur seine Kücheneinrichtung läßt viel zu wünschen übrig.«

Sie lächelte ihn an. »Wir werden ihm einen Herd und einen Ofen kaufen und eine Garnitur der besten Töpfe und Pfannen...«

»Moment mal«, unterbrach sie Max, »er hat eine kleine Apartmentküche, kein Restaurant. Und warum glaubst du, daß du ihm überhaupt etwas schuldest?«

Sie blickte in ihr Glas und sagte: »Wenn ich nicht hergekommen wäre, würde er nicht verletzt sein.«

»Mary Bergen, der weibliche Atlas, der die Welt auf den Schulter trägt.« Er streckte den Arm über den Tisch und ergriff ihre Hand. »Erinnerst du dich an unser erstes Gespräch, als wir uns trafen?«

»Wie könnte ich es vergessen? Ich hielt dich für ziemlich eigenartig.«

Bei ihrer ersten Begegnung war er ungewöhnlich scheu gewesen. Sie trafen sich auf einer Party. Allen anderen Gästen gegenüber war er ungezwungen und selbstsicher aufgetreten, nur nicht mit ihr. Seine Annäherungsversuche waren so schüchtern und tapsig ausgefallen, daß er ihr leid tat. Es hatte mit einem jener Gesellschaftsspiele begonnen, bei dem jeder sich selbst analysieren mußte.

Sie lächelte bei der Erinnerung. »Du fragtest mich, wie meine Wahl ausfallen würde, wenn ich eine Maschine sein müßte und mir aussuchen könnte, was für eine. Blödsinnige Idee.«

»Die letzte Dame, die ich gefragt hatte, antwortete, sie wäre gerne ein Rolls-Royce, der immer zu den besten Gesellschaften fuhr. Aber du sagtest, du wärest lieber ein Stück medizinischer Apparatur zur Rettung von Menschenleben.«

»War das eine gute Antwort?«

»Damals kam sie mir gekünstelt vor«, erwiderte Max. »Aber später, als ich dich besser kennenlernte, wurde mir klar, daß du es ernst meintest. Heute weiß ich genau, wer du bist.«

»Und wer bin ich?«

»Jemand, der immer fragt, wem die Glocke schlägt, und der im Kino heult wie ein Schoßhund, wenn der Film auch nur ein bißchen traurig ist.«

Sie nippte an ihrem Wein. »An dem Abend habe ich mich aber noch revanchiert und dich gefragt, was für eine Maschine du gerne wärest. Erinnerst du dich?«

Max nickte. Er schob sein unaufgegessenes Sandwich zur Seite und nahm sein Weinglas zur Hand. »Ich sagte, ich wollte ein Computer bei einem Heiratsvermittlungsbüro sein, damit ich uns zusammenbringen könnte.«

Sie lachte hell auf. »Das gefiel mir damals, und heute gefällt es mir auch. Ich war überrascht, unter diesem rauhen Äußeren einen Romantiker zu entdecken.«

Max lehnte sich über den Tisch und sagte zärtlich: »Weißt du, was für eine Maschine ich heute am liebsten wäre?« Er deutete auf den Musikautomaten am Ende der Bar. »Diese Musikmaschine da drüben. Und auf welchem Knopf man auch drückte, würde ich dir ein Liebeslied spielen.«

»Aber, Max, das ist doch pures Schmalz.«

»Aber es gefällt dir.«

»Und wie! Schließlich bin ich die Lady, die im Kino heult wie ein Schoßhund, auch wenn der Film nur ein ganz kleines bißchen traurig ist.«

5

Der Alptraum hatte sie aus dem Schlaf geschreckt, aber er hörte nicht auf. Eine volle Minute lang, nachdem sie angstvoll aus den Kissen hochgefahren war, zogen einzelne Szenen des Alptraums in grellen Farben an ihren Augen vorbei. Ätherische Schnappschüsse. Blut. Zerschmetterte Körper. Aufgebrochene Schädel. Klarer und deutlicher, als alle Visionen, die sie je gehabt hatte.

Dann umfing sie wieder das Dunkel des Hotelzimmers. Sobald ihre Augen sich an die Dunkelheit gewöhnt hatten und sie die Umrisse des Mobiliars erkennen konnte, erhob sie sich.

Das Zimmer drehte sich um sie wie ein Karussell. Um sich festzuhalten, griff sie nach einem Messingständer, den es nicht gab.

Als sie ihr Gleichgewicht wiedererlangt hatte, ging sie ins Badezimmer. Sie ließ die Tür hinter sich offen, um Max nicht zu wecken. Aus demselben Grund unterließ sie es, Licht zu machen. Statt dessen schaltete sie den elektrischen Heizkörper an, der ein orangefarbenes Licht ausströmte.

Sie erschrak, als sie bei der geisterhaften Beleuchtung ihr Spiegelbild betrachtete: Dunkle Ringe unter den Augen, die Haut schlaff und feucht. Was sie im Spiegel zu sehen gewohnt war, war ein Anblick, um den sie die meisten Frauen beneidet hätte: Seidenartiges schwarzes Haar, blaue Augen, feingeschnittene Gesichtszüge, einen makellosen Teint. Jetzt starrte ihr eine Unbekannte entgegen.

Sie fühlte sich persönlich gefährdet durch das, was ihr in ihrem Alptraum erschienen war. Die Toten bildeten eine Kette, in der sie das letzte Glied sein konnte.

Sie füllte sich ein Glas Wasser aus der Leitung und trank es gierig aus. Dann ein zweites. Das Wasserglas stieß klappernd an ihre Zähne. Sie mußte es mit beiden Händen festhalten.

Jedesmal, wenn sie die Augen schloß, sah sie die gleiche Szene des Alptraums vor sich. Ein schwarzhaariges Mädchen, das aus einem toten Auge sichtlos an die Decke starrte. Das andere Auge war zugeschwollen und schien auf makabre Art zu zwinkern. Das Gesicht war zerschlagen, aufgerissen und verquollen.

Das Schlimmste: Mary war ganz sicher, daß sie das Mädchen erkennen würde, wenn man das Blut abwusch und sein Gesicht wiederherstellte.

Sie setzte das Wasserglas ab und lehnte sich ans Waschbecken.

Wer war es? Wer war dieses Mädchen?

Das entstellte Gesicht verriet nichts.

Als ob die Angst, die ihr Traum ihr eingeflößt hatte, noch nicht ausreichte, erinnerte sie sich jetzt an den psychopathischen Killer, der heute nacht getötet worden war: Sein verzerrtes Gesicht; seine brüchigen Zähne; seine Hände, ans Fenster des Streifenwagens gekrallt; seine Flüsterstimme, kühl wie Kellerluft, als er ihren Namen sprach.

Es mußte ein Omen gewesen sein, eine Warnung an sie.

Aber ein Omen für was?

Der Tatsache, daß er sie erkannt hatte, mußten nicht unbedingt mysteriöse Ursachen zugrunde liegen. Er konnte gewußt haben, daß sie in der Stadt war, obgleich diese Information nur einer kleinen, erlesenen Gruppe zugänglich war. Oder er konnte sie nach ihrem Bild in der Zeitung erkannt haben, das allerdings sechs Jahre alt und nicht sehr gut war. Das war Alans Erklärung.

Es bestand kein logischer Grund, Alans Erklärung abzulehnen, doch spürte Mary instinktiv, daß sie nicht ausreichte.

Vielleicht hatte der Irre in den Sekunden vor seinem Tod seine erste (und zwangsläufig letzte) telepathische Eingebung gehabt.

Oder vielleicht war es auch eine Erscheinung, die sich nicht rationalisieren ließ. Wenn sie sich an die dämonische Fratze des Irren erinnerte, kam ihr nur ein Gedanke: *Er ist ein Bote der Hölle ... ein Bote der Hölle ...* Sie wußte selbst nicht, was sie sich darunter vorstellte. Aber sie war nicht gewillt, den Gedanken abzuweisen, nur weil er einen übernatürlichen Klang hatte.

Auf ihren ausgedehnten Reisen hatte Mary Gespräche mit Hellsehern wie Peter Hurkos und Gerard Croiset geführt. Sie stand auch in persönlicher und brieflicher Verbindung mit anderen Menschen, die übernatürliche Gaben besaßen, und war zu der Einsicht gelangt, daß nichts unmöglich war. Sie hatte Häuser besucht, wo Poltergeister ihr Wesen trieben, wo Geschirr, Bilder und Möbelstücke unvermittelt durch die Luft segelten und an die Wand krachten, ohne daß jemand sie berührt hätte oder ihnen nahe gekommen wäre. Sie konnte nicht entscheiden, ob dabei Geister an der Arbeit waren oder ob jemand im Hause unwissentlich telekinetische Kräfte besaß, – sie wußte nur, daß *irgend etwas* da war. Sie war dabeigewesen, wie Ted Serios einige seiner berühmten spiritistischen Fotos anfertigte, welche *Time* und *Popular Photography* sowie andere große Zeitschriften, vergeblich zu diskreditieren versuchten. Vor den Augen skeptischer Wissenschaftler projizierte Serios seine Gedanken auf unbelichteten Film. Sie hatte gesehen, wie ein indischer Fakir das Unmögliche vollbrachte. Er pflanzte ein Saatkorn in einen Topf mit Erde, bedeckte ihn mit einem dünnen Musselintuch und versetzte sich in Trance. Während Mary zuschaute, ging innerhalb von fünf Stunden die Saat auf, und ein Bäumchen mit winzigen Mangofrüchten sproß aus der Erde. Nach zwei Jahrzehnten, in denen sie in stetem Kontakt mit dem Unglaublichen gestanden hatte, hielt sie nichts mehr für unmöglich. Bis jemand den klaren Beweis dafür erbrachte, daß spiritistische Erscheinungen purer Schwindel waren (was keinem jemals gelingen würde), würde sie an unnatürliche, übernatürliche und suprarationale Dinge ebenso glauben, wie an das, was Dogmatiker für die einzige, wahre, natürliche Welt hielten.

... Bote der Hölle.

Obgleich sie halb davon überzeugt war, daß es ein Leben nach dem Tod gab, glaubte sie nicht, daß es die im jüdisch-christlichen Mythos beschriebene Form annahm. Die allgemein üblichen Vorstellungen von Himmel und Hölle akzeptierte sie nicht. Das war übervereinfacht. Wenn sie jedoch nicht daran glaubte, woher dann die feste Überzeugung, der Irre sei ein satanisches Omen gewesen? Warum formulierte sie dann ihre Vorahnung in religiösen Begriffen?

Mary erschauerte. Sie war bis auf die Knochen durchgefroren.

Als sie ins Schlafzimmer zurückging, ließ sie das Licht im Badezimmer brennen. Die Dunkelheit beunruhigte sie. Sie zog sich ihren Morgenmantel über.

Max schnarchte friedlich vor sich hin. Sie streichelte seine Wange mit den Fingerspitzen.

Er war sofort wach. »Was gibt es?«

»Ich habe Angst. Ich muß mit jemand sprechen. Allein ertrage ich es nicht.«

Er umfaßte sanft ihr Handgelenk. »Ich bin ja da.«

»Ich habe etwas... etwas Schreckliches gesehen.« Die Erinnerung ließ sie wieder erschauern.

Er setzte sich auf, schaltete die Lampe an und sah sich im Zimmer um.

»Ich hatte Visionen«, sagte sie.

Sie immer noch am Handgelenk haltend, zog er sie aufs Bett.

»Sie begannen im Schlaf«, erklärte sie ihm, »und gingen dann weiter, nachdem ich aufgewacht war.«

»Im Schlaf? Das ist doch noch nie passiert, oder?«
»Nein, noch nie.«
»Dann war es vielleicht nur ein Traum.«
»Nein, ich kann das unterscheiden.«
Er ließ ihr Handgelenk los und strich sich das Haar aus der Stirn. »Was für Visionen waren es?«
»Ein Unfall?«
»Mord. Erschlagene und Erstochene.«
»Wo?«
»Ziemlich weit weg.«
»In welcher Stadt?«
»Südlich von hier.«
»Ist das alles, was du weißt?«
»Ich glaube, es war in Orange County. Vielleicht Santa Ana. Oder Newport Beach. Laguna Beach. Anaheim. Irgendwo da unten.«
»Wieviel Tote?«
»Eine Menge. Vier oder fünf Frauen. Alle an einem Ort. Und...«
»Und was?«
»Es sind nur die ersten von vielen.«
»Spürst du das?«
»Ja.«
»Spürst du es spiritistisch?«
»Ja.«
»Die ersten von wie vielen sind es?«
»Ich weiß nicht.«
»Hast du den Mörder gesehen?«
»Nein.«
»Nicht einmal seine Haarfarbe?«
»Nichts, Max.«
»Sind diese Morde bereits geschehen?«
»Ich glaube nicht. Aber ich bin nicht sicher. Die Erscheinung hat mich so überrascht, daß ich keinen Versuch machte, sie festzuhalten. Ich bin ihr nicht nachgegangen, wie ich es hätte tun sollen.«
Er erhob sich vom Bett und schlüpfte in seinen Bademantel. Sie stand ebenfalls auf und schmiegte sich an ihn. »Du zitterst ja«, sagte er.
Sie spürte das Bedürfnis nach Zärtlichkeit und Schutz. »Es war schrecklich.«
»Das ist es immer.«

»Diesmal war es schlimmer als sonst.«

»Es ist vorbei.«

»Nein. Vielleicht ist es für diese Frauen schon vorbei oder wird es bald sein, aber nicht für uns. Diesmal sind wir darin verwickelt. O Gott, so viele Leichen, soviel Blut. Und ich glaube, daß ich eines dieser Mädchen kannte.«

»Wer war es denn?«

»Das Gesicht war so entstellt, daß ich sie nicht erkennen konnte, aber irgendwie kam sie mir doch bekannt vor.«

»Es muß ein Traum gewesen sein«, versicherte er ihr. »Deine Visionen kommen doch nicht einfach aus heiterem Himmel. Du mußtest dich immer erst konzentrieren und ihnen deine ganze Aufmerksamkeit widmen, bis sie dir klar erschienen. Wenn du zum Beispiel beginnst einen Mörder zu verfolgen, mußt du immer erst einen Gegenstand betasten, der seinem Opfer gehörte, bevor du ihn vor Augen siehst.«

Er sagte ihr nichts, was sie nicht bereits wußte und beruhigte sie wie ein Vater, der seinem verängstigten Töchterchen erklärt, daß die Geister, die es im dunklen Schlafzimmer gesehen hatte, nur die Gardinen waren, welche der Wind bewegt hatte, wovon sie sich jetzt bei eingeschaltetem Licht selbst überzeugen konnte.

Im Grunde spielte es keine Rolle, was er sagte. Allein der Klang seiner Stimme und das Gefühl, ihm nahe zu sein, beruhigten Mary.

»Sogar wenn du nur einen Ring oder eine verlorene Halskette suchst«, sagte Max, »mußt du zuerst die Schachtel oder die Schublade betrachten, in der das Schmuckstück aufbewahrt war. Was du heute nacht gesehen hast, *mußte* ein Traum sein, weil du die Vision nicht herbeigewünscht hast.«

»Es geht mir schon besser.«

»Das ist gut.«

»Aber nicht, weil ich glaube, daß es ein Traum war. Ich bin ganz sicher, es war eine Vision. Die Frauen waren Wirklichkeit. Entweder sind sie bereits tot oder werden es bald sein.« Sie dachte an die brutal zerschlagenen Gesichter, die sie gesehen hatte, und sagte: »Gott hab Erbarmen.«

»Mary...«

»Es war echt«, versicherte sie ihm. Sie ließ seine Hand los und setzte sich aufs Bett. »Und wir werden in die Sache verwickelt werden.«

»Meinst du damit, daß die Polizei uns um Hilfe bitten wird?«

»Mehr als das. Es wird uns persönlich berühren. Es ist der Beginn eines Geschehens, das unser ganzes Leben verändern wird.«

»Wie kannst du das wissen?«

»So wie ich alles darüber weiß. Ich fühle es spiritistisch.«

»Ob es nun unser Leben verändern wird oder nicht«, sagte er, »können wir diesen Frauen irgendwie helfen?«

»Wir wissen so wenig. Auch wenn wir die Polizei benachrichtigen, könnte ich ihr kaum Hinweise geben.«

»Und da wir noch nicht einmal wissen, in welcher Stadt es geschehen wird – wo könnten wir die Polizei einschalten? Kannst du die Vision nicht noch einmal zurückbringen?«

»Es hat keinen Zweck, es zu versuchen. Sie ist weg.«

»Vielleicht kehrt sie spontan wieder, so wie beim erstenmal.«

»Vielleicht.« Der Gedanke machte sie schaudern. »Hoffentlich nicht. Es gibt ohnehin schon zu viele schaurige Visionen in meinem Leben. Ich will damit nicht überfallen werden, wenn ich sie nicht selbst herbeirufe. Wenn so was öfters passiert, komme ich noch ins Irrenhaus.«

»Wenn es nichts gibt, was wir tun können«, sagte Max, »sollten wir die Sache für heute vergessen. Du brauchst erst mal einen Drink.«

»Ich habe schon etwas Wasser getrunken.«

»Würde ich dir jemals Wasser anbieten? Was ich im Sinn hatte, war etwas Stärkeres.«

Sie lächelte. »Zu dieser frühen Morgenstunde?«

»Es ist noch gar nicht Morgen. Wir sind doch früh zu Bett gegangen und haben kaum eine halbe Stunde geschlafen.«

Sie blickte auf ihren Reisewecker. Elf Uhr zehn. »Mir kam es vor, als hätte ich schon stundenlang gepennt.«

»Nur minutenlang«, sagte er. »Wodka und Tonic?«

»Scotch, wenn du mittrinkst.«

Er ging zu dem kleinen Frühstückstisch vor dem Fenster. Dort standen Flaschen, Gläser und Eiswürfel. Trotz seiner Größe war Max nicht ungeschickt. Er bewegte sich wie ein Raubtier – gleitend und geräuschlos. Sogar wenn er Getränke mixte, wirkten seine Bewegungen graziös.

Wenn alle so wären wie er, dachte Mary, würde man das Wort ›schwerfällig‹ aus dem Lexikon streichen.

Er setzte sich neben sie auf die Bettkante. »Wirst du weiterschlafen können?«

»Das bezweifle ich.«

»Trink erst mal aus.«

Sie nippte an ihrem Scotch. Er brannte ihr in der Kehle.

»Worum machst du dir Sorgen?« fragte er sie.

»Um nichts weiter.«

»Denkst du immer noch an deine Vision?«

»Nein, gar nicht mehr.«

»Sorgenmachen bringt nichts«, sagte er. »Vor allem darfst du nicht an die blaue Giraffe denken, die mitten auf der Apfeltorte steht.«

Sie starrte ihn verdutzt an.

Er grinste. »Woran denkst du jetzt?«

»Na, an eine blaue Giraffe auf einer Apfeltorte.«

»Siehst du! Schon habe ich dich von der Vision abgelenkt.«

Sie lachte. Er besaß so ein ernstes, abweisendes Gesicht, daß seine Anflüge von Humor sie stets überraschten.

»Apropos blau«, sagte er. »In diesem Morgenmantel siehst du entzückend aus.«

»Ich habe ihn doch schon oft getragen.«

»Und jedesmal verschlägt es mir den Atem. Perfekt.«

Sie küßte ihn zärtlich. Dabei ließ sie ihren Zungenspitze über seine Lippen gleiten und neckte ihn, indem sie sie gleich wieder zurückzog.

»Ja, du siehst entzückend aus in deinem Morgenmantel, aber noch viel besser ohne ihn.« Er setzte sein Glas neben ihrem auf der Konsole ab und öffnete ihre blaue Robe. Seine riesigen Hände waren federleicht, als er jetzt ihre Brüste umfaßte, sie sanft zusammenpreßte und sie mit langsamen, kreisförmigen Bewegungen massierte. Er ließ sich vor ihr auf die Knie nieder und küßte ihre Brustwarzen.

Sie nahm seinen Kopf in beide Hände und ließ ihre Finger durch sein dichtes, glänzendes Haar gleiten.

Alan hatte sich bestimmt in ihm geirrt.

»Mein herrlicher Max«, sagte sie.

Sie legte sich zurück. Er strich mit den Lippen über ihre gespannten Bauchmuskeln, küßte ihre Schenkel und leckte zart ihre Mitte. Dann schob er ihr die Hände unter das Gesäß und hob sie an.

Viele köstliche Minuten später, während sie sich stöhnend seinen Liebkosungen hingab, hob er den Kopf und sagte: »Ich liebe dich.«

»Dann liebe mich doch.«

Er streifte seinen Bademantel ab und legte sich zu ihr aufs Bett.

Es war gegen Mitternacht, als sie sich, angenehm geschwächt, voneinander lösten. Mary lag mit geschlossenen Augen und gab sich verzückt dem Zauber des Augenblicks hin. Das Gefühl, das sie erfüllte, war jetzt sogar noch stärker als während des Liebesaktes.

Minuten später jedoch kehrten die Erinnerungen an ihre Vision zurück: Blutige, zerfetzte Gesichter. Ihre geschlossenen Augenlider waren wie Bildschirme, auf denen nichts als Mord und Abschlachtung zu sehen war.

Sie schlug die Augen auf, und das verdunkelte Zimmer schien voll schattenhafter Gestalten. Sie wollte Max nicht aufwecken, brachte es aber nicht fertig, still liegen zu bleiben und wälzte sich von einer Seite auf die andere.

Schließlich knipste Max das Licht an. »Du brauchst ein Beruhigungsmittel.« Er schwang seine Beine vom Bett.

»Ich hole mir schon eins.«

»Bleib liegen.«

Kurz darauf kam er aus dem Badezimmer mit einem Glas Wasser und einer der Kapseln, die sie in letzter Zeit viel zu häufig benötigte.

»Vielleicht sollte ich das nach all dem Alkohol jetzt nicht einnehmen«, sagte sie.

»Du hast doch nur die Hälfte von deinem Scotch getrunken.«

»Aber abends hatte ich Wodka.«

»Den hat dein Körper längst verarbeitet.«

Sie schluckte das Beruhigungsmittel. Die Kapsel blieb ihr im Hals stecken. Sie mußte sie mit einem Schluck Wasser hinunterspülen.

Als sie sich wieder hingelegt hatten, hielt er ihre Hand. Er hielt sie immer noch, während das Schlafmittel zu wirken begann.

Noch beim Einschlafen dachte sie daran, wie sehr sich Alan in Max geirrt hatte. Wie schrecklich falsch hatte er ihn eingeschätzt.

6

DIENSTAG, 22. DEZEMBER.

»Polizeiwache Anaheim.«

»Sind sie Polizeibeamtin, Fräulein?«

»Ich bin die Empfangsdame.«

»Könnte ich bitte einen Polizeibeamten sprechen?«

»Welcher Art ist Ihre Beschwerde?«

»Oh, ich habe keine Beschwerde vorzubringen. Meiner Ansicht nach macht ihr euren Job großartig.«

»Ich meine, wollen Sie ein Verbrechen melden?«

»Da bin ich mir nicht ganz sicher. Etwas ganz Eigenartiges ist hier passiert.«

»Ihr Name?«

»Alice. Alice Barnable.«

»Anschrift?«

»Peregrine Apartments, Euclid Avenue. Ich wohne im Apartment B.«

»Ich verbinde Sie mit jemand.«

»Sergeant Erdman am Apparat.«

»Sind Sie wirklich ein Sergeant?«

»Wer spricht da bitte?«

»Mrs. Alice Barnable.«

»Und was kann ich für Sie tun?«

»Sind Sie auch wirklich ein Sergeant? Ihre Stimme klingt so jung.«

»Ich bin seit zwanzig Jahren Polizeibeamter. Wenn Sie...«

»Ich bin achtundsiebzig, aber noch lange nicht senil.«

»Das habe ich nicht behauptet.«

»So viele Leute behandeln uns Senioren, als ob wir kleine Kinder wären.«

»Das tue ich bestimmt nicht, Mrs. Barnable. Meine Mutter ist fünfundsiebzig und hat ihre Sinne besser beisammen als ich.«

»Dann sollten Sie mir glauben, was ich Ihnen zu erzählen habe.«

»Und was wäre das?«

»Da sind vier Krankenschwestern, die sich die Wohnung über mir teilen. Bei denen ist was passiert. Ich habe oben angerufen, und keiner meldet sich.«

»Und woher wissen Sie, daß denen etwas zugestoßen ist?«

»In meinem Badezimmer ist eine Blutpfütze.«

»Wessen Blut? Ich verstehe nicht ganz, fürchte ich.«

»Also, das ist so: Die Wasserrohre der Wohnung über mir laufen außen an der Wand entlang und in der Ecke meines zweiten Badezimmers nach unten. Jetzt dürfen Sie aber nicht annehmen, daß ich in irgendeiner billigen Bude wohne. Die Rohre sind weiß gestrichen und kaum zu bemerken. Das Haus ist zwar alt, aber auf seine Weise elegant. Keineswegs billig. Malerisch, würde ich sagen. Mein verstorbener Charlie hat mir genug vererbt, daß ich davon bequem leben kann.«

»Davon bin ich überzeugt, Mrs. Barnable. Was ist nun mit dem Blut?«

»Ja. Also, diese Rohre laufen durch ein Loch in der Decke. Das Loch ist ein klein wenig größer, als nötig. Etwa einen Zentimeter weiter als das Rohr. Das ganze Rohr ist verschmiert damit, und auf meinem Fußboden ist ein klebriger Fleck.«

»Sind Sie sicher, daß es Blut ist? Es könnte doch zum Beispiel Rostwasser sein oder…«

»Jetzt behandeln Sie mich auch wie ein Kind, Sergeant Erdman.«

»Entschuldigung.«

»Ich erkenne doch noch Blut, wenn ich es sehe. Und da kam mir der Gedanke… also der Gedanke, daß Ihre Leute vielleicht mal nachsehen sollten.«

Die Streifenbeamten Stambaugh und Pollini fanden die Wohnungstür offen. Sie war mit Fingerabdrücken aus verklebtem Blut bedeckt.

»Glaubst du, daß er noch drin ist?« fragte Stambaugh.

»Man kann nie wissen. Gib mir Deckung.«

Pollini stürmte mit gezogener Schußwaffe hinein, und Stambaugh folgte ihm.

Das Wohnzimmer war mit Korb- und Rattanmöbeln bescheiden, aber nett eingerichtet. An den weißgestrichenen Wänden hingen gerahmte Drucke von Palmen, Eingeborenendörfern und barbrüstigen, nußbraunen Mädchen in gestreiften Sarongs.

Die erste Leiche lag in der Küche. Es war eine junge Frau im schwarz-grünen Schlafanzug. Sie lag auf dem Fußboden. Auf dem Rücken. Langes blondes Haar, mit roten Streifen verklebt, umrahmte ihren Kopf wie ein Fächer. Sie war erstochen worden und hatte Verletzungen im Gesicht.

»Mein Gott«, sagte Stambaugh.

»Allerhand, was?«

»Wird dir nicht übel?«

»Hab' das alles schon mal gesehen.«

Pollini deutete auf einige Gegenstände auf der Abstellfläche neben dem Becken – ein Pappteller, zwei Scheiben Brot, ein Töpfchen Senf, eine Tomate, ein Päckchen Käse.

»Ist das wichtig?« fragte Stambaugh.

»Sie ist nachts aufgewacht. Vielleicht litt sie unter Schlaflosigkeit. Als er hereinkam, machte sie sich gerade was zu essen. Sieht nicht so aus, als wenn sie sich gewehrt hätte. Entweder hat er sie überrascht, oder sie kannte ihn und vertraute ihm.«

»Sollten wir hier stehen und reden?«

»Warum denn nicht?«

Stambaugh wies auf die Zimmer, die sie noch nicht durchsucht hatten.

»Du meinst den Killer? Der ist längst weg.«

Stambaugh bewunderte seinen Kollegen sehr. Er selbst war acht Jahre jünger als Pollini. Er war erst seit sechs Monaten im Polizeidienst, während sein älterer Kollege schon sieben Jahre dabei war. Nach Stambaughs Ansicht besaß Pollini alle Attribute eines guten Polizisten – Intelligenz, Mut und gründliche Kenntnis der Straße.

Am wichtigsten: Pollini ließ sich durch seinen Job nicht unterkriegen. Der Anblick zerfetzter Leichen schreckte ihn nicht – nicht einmal das Schlimmste von allen, tote Kinder. Pollini war ein Felsen.

Obgleich Stambaugh stets bemüht war, seinem Vorbild alles nachzumachen, wurde ihm doch beim Anblick von zuviel vergossenem Blut regelmäßig übel.

»Los jetzt«, sagte Pollini.

Er ging Stambaugh durch die Vorhalle voran ins Badezimmer, wo die grelle Deckenbeleuchtung auf blutbespritzte Kacheln und eine entsetzlich verschmierte weiße Kommode fiel.

»Hier hat es einen Kampf gegeben«, sagte Stambaugh.

»Keinen sehr heftigen. Nicht länger, als ein paar Sekunden. Dann war alles vorbei.«

Eine junge Frau, nur mit einem Schlüpfer bekleidet, lag zusammengerollt wie ein Embryo in der Ecke des Badezimmers. Sie wies tiefe Stichwunden in Brust und Bauch sowie im Rücken und im Gesäß auf.

»Komisch«, sagte Pollini.

»Komisch?« Stambaugh hatte noch nie im Leben ein derartiges Blutbad gesehen. Er war unfähig zu begreifen, was den Täter motiviert haben konnte.

»Komisch, daß er keine der beiden vergewaltigt hat.«

»Tun die das im allgemeinen?«

»Neunzig Prozent von ihnen.«

Ein Gästezimmer auf der anderen Seite der Halle enthielt zwei ungemachte Betten, aber keine Leiche.

Im Schlafzimmer fanden sie eine nackte, rothaarige Frau. Sie lag auf dem Bett neben der Tür. Man hatte ihr die Kehle durchgeschnitten.

»Auch hier keine Anzeichen eines Kampfes«, sagte Pollini. »Er hat sie im Schlaf überrascht, und auch die hat er anscheinend nicht vergewaltigt.«

Stambaugh nickte stumm. Er war nicht imstande zu sprechen.

Beide Frauen im Schlafzimmer waren offenbar Katholiken gewesen. Wenn nicht fromm, so doch gläubig. Eine Anzahl religiöser Requisiten war über den Fußboden verstreut.

Ein beschädigtes Kruzifix lag neben dem Nachttisch der Rothaarigen. Das hölzerne Kreuz war in vier Stücke gebrochen. Die Christusfigur aus Aluminium war an der Hüfte nach vorne gebogen, so daß der Kopf mit der Dornenkrone die Füße berührte.

»Das ist auch nicht bei einem Handgemenge passiert«, sagte Pollini und beugte sich über das zerbrochene Kruzifix. »Das hat der Kerl von der Wand heruntergerissen und sich dann die Zeit genommen, es in Stücke zu brechen.«

Zwei kleine Heiligenbilder hatten ebenfalls auf dem Nachttisch der Rothaarigen gestanden. Auch diese hatte man zerbrochen. Einige der Scherben hatte der Killer mit dem Fuß zermalmt. Die Abdrücke seiner Absätze waren auf dem Teppich noch sichtbar.

»Er scheint etwas gegen Katholiken zu haben«, meinte Pollini. »Oder gegen Religion überhaupt.«

Zögernd folgte Stambaugh ihm zum letzten Bett.

Der Mörder hatte mehrmals auf sein viertes Opfer eingestochen und es dann mit einem Rosenkranz erwürgt.

Im Leben war die Frau offenbar sehr schön gewesen. Sogar jetzt, kalt und starr mit verkrustetem Blut im Haar, wies sie noch Spuren ehemaliger Schönheit auf. Im Leben mußten ihre blauen Augen klar wie ein Bergsee gewesen sein. Gewaschen und gekämmt wäre ihr Haar dicht und glänzend gewesen. Sie hatte lange, gutgeformte Beine, schmale Hüften und herrliche Brüste.

Solche Frauen kenne ich, dachte Stambaugh traurig. Aufrechte Haltung, Schultern zurück, Frohsinn und Selbstbewußtsein in jedem Schritt.

»Sie war Krankenschwester«, sagte Pollini.

Stambaugh blickte auf die Schwesterntracht, die neben dem Bett über einem Stuhl lag. Seine Knie gaben nach.

»Was hast du?« fragte Pollini.

Stambaugh zögerte mit der Antwort und räusperte sich. »Na ja, meine Schwester ist auch Krankenpflegerin.«

»Aber das ist doch nicht deine Schwester, oder?«

»Nein, aber sie ist im gleichen Alter.«

»Kennst du sie? Arbeitete sie mit deiner Schwester zusammen?«

»Ich habe sie noch nie gesehen«, sagte Stambaugh.

»Na also. Was hast du dann?«

»Dieses Mädchen könnte meine Schwester sein.«

»Fall mir bloß nicht um.«

»Ist schon gut. Alles okay.«

»Mit der Zeit gewöhnst du dich daran.«

Stambaugh antwortete nicht.

»Die ist vergewaltigt worden«, sagte Pollini.

Stambaugh schluckte. Ihm war schwindlig.

»Siehst du das?« fragte Pollini.

»Was?«

»Hier auf den Schamhaaren. Das ist Sperma.«

»Oh.«

»Ich möchte wissen, ob er es vorher oder nachher getan hat.«

»Vor oder nach was?«

»Bevor er sie ermordet hat oder hinterher.«

Stambaugh rannte ins Bad, kniete vor der Toilette und erbrach sich.

Als sein Magen wieder zur Ruhe kam, wurde ihm klar, daß er in den letzten zehn Minuten etwas Wichtiges über sich selbst erfahren hatte. Trotz allem, was er sich bisher eingeredet hatte, wollte er *niemals* so werden wie Ted Pollini.

7

Max kam um halb zwölf ins Hotelzimmer zurück, als Mary gerade mit dem Ankleiden fertig war. Er küßte sie sanft auf die Lippen. Der Geruch von Seife, Rasierwasser und dem Pfeifentabak mit dem kirschartigen Aroma, den er bevorzugte, strömte von ihm aus. »Spazierengegangen?« fragte Mary.

»Wann bist du aufgewacht?«

»Erst vor einer Stunde.«

»Ich war schon um halb neun auf.«

»Du, ich habe zehn volle Stunden geschlafen. Als ich mich endlich dazu aufraffte, aus dem Bett zu kriechen, war ich noch ganz benommen. Ich hätte nach dem vielen Alkohol nicht auch noch das Schlafmittel nehmen dürfen.«

»Du hattest es aber nötig.«

»Diese Benommenheit am Morgen habe ich durchaus nicht nötig.«

»Jetzt siehst du aber großartig aus.«

»Wo warst du denn?«

»Unten in der Cafeteria. Ich habe mir Orangensaft und Toast bestellt und Zeitung gelesen.«

»Irgendwas in der Zeitung von gestern abend?«

»Eine nette Geschichte im Lokalanzeiger. Wie du und Barnes den ›Schlitzer‹ erwischt habt. Goldman soll außer Lebensgefahr sein.«

»Das meine ich nicht. Diese toten Frauen, die mir erschienen sind. Was ist mit denen?«

»Davon steht nichts in der Zeitung.«

»Die Abendzeitungen werden es bringen.«

Sein Gesicht nahm einen besorgten Ausdruck an. Er legte ihr die Hand auf die Schulter. »Du mußt dich ab und zu mal entspannen. Lauf dieser Nacht nicht nach, Mary. Bitte. Tue es für mich. Vergiß es.«

»Ich kann es aber nicht vergessen«, sagte sie unglücklich. »Ich wünschte so sehr, ich könnte es.«

Bevor sie die Stadt verließen, gingen sie noch in ein Geschäft für Elektroartikel und suchten für Dan Goldman einen Mikrowellenofen und einen elektrischen Herd aus.

Auf halber Strecke bogen sie bei Ventura von der Schnellstraße ab und aßen zu Mittag in einer Gaststätte, die sie kannten. Sie bestellten sich Salat, Manicotti und eine Flasche Cabernet Sauvignon der Kellerei Robert Mondavi.

Von ihrem Tisch hatten sie Ausblick auf das Meer. Der dunkle, stürmische Himmel spiegelte sich auf der schiefergrauen See wieder. Die Brandung war hoch und heftig. Ein paar Möwen flitzten am Ufer entlang.

»Es wird schön sein, wieder nach Hause zu kommen«, sagte Max. »Wir dürften noch vor zwei in Bel Air sein.«

»So wie du fährst, sind wir lange vor zwei da.«

»Eigentlich könnten wir über Beverly Hills fahren und Weihnachtseinkäufe machen.«

»Nein, wenn wir schon zeitig ankommen, würde ich lieber noch meinen Psychoanalytiker aufsuchen. Ich habe einen Termin um halb fünf. Gerade in letzter Zeit habe ich viel zuviele Termine ausgelassen. Meine Einkäufe kann ich morgen erledigen. Außerdem habe ich mir über Weihnachtsgeschenke noch gar keine Gedanken gemacht. Ich habe keine Ahnung, was ich dir schenken könnte.«

»Ich verstehe dein Problem«, sagte er. »Schließlich bin ich ein Mann, der alles hat.«

»Oh, bist du das?«

»Natürlich. Ich habe dich.«

»Schon wieder Schmalz.«

»Aber es ist mir ernst.«

»Jetzt bringst du mich zum Erröten.«

»Das war noch nie schwer.«

Sie legte die Hand an ihre Wange. »Ich fühle es. Ich wünschte, ich könnte dieses ewige Rotwerden unterdrücken.«

»Ich bin froh, daß du es nicht kannst«, sagte er. »Ich finde es reizend. Ein Zeichen deiner Unschuld.«

»Was? Ich unschuldig?«

»Wie ein Baby.«

»Erinnerst du dich noch an heute nacht im Bett?«

»Wie könnte ich es vergessen?«

»War das so unschuldig?«

»Es war paradiesisch.«

»Na also.«

»Aber du errötest noch immer.«

»Ach, trink doch deinen Wein aus und halte den Mund.«

»Du bist immer noch rot.«

»Das ist der Wein.«

»Du errötest.«

»Zum Teufel mit dir«, sagte sie zärtlich.

»Immer noch.«

Sie lachte. Geballte schwarze Wolken rollten vom Meer her auf die Küste zu.

Sie nahmen Spumoni und Kaffee zum Nachtisch, und Mary fragte: »Was hältst du von Adoption?«

In gespielter Verzweiflung schüttelte Max den Kopf. »Wir sind zu alt, um noch Adoptiveltern zu finden. Wer will schon so große Kinder haben?«

»Sei doch mal ernst«, sagte sie.

Er sah sie längere Zeit schweigend an. Dann legte er seinen Löffel weg, ohne die Spumoni zu essen. »Meinst du wirklich, du und ich... wir sollten ein Kind adoptieren.«

Das Erstaunen in seiner Stimme ermutigte sie. »Wir haben doch schon davon gesprochen, eine Familie zu gründen. Und da ich kein eigenes Kind haben kann...«

»Vielleicht doch.«

»Nein, nein, der Arzt hat das mit Bestimmtheit gesagt.«

»Auch Ärzte haben sich schon geirrt.«

»Diesmal nicht.« Sie sprach so leise, daß er sie kaum hörte. »Bei mir ist zuviel kaputt... da drinnen. Ich kann nie ein Kind bekommen, Max. Nie.«

»Adoption...« Max nippte nachdenklich an seinem Kaffee. Allmählich begann er zu grinsen. »Ja. Das wäre doch nett. Ein niedliches kleines Mädchen.«

»Ich hatte eher an einen kleinen Jungen gedacht.«

»Da gibt es leider keinen Kompromiß.«

»Aber doch. Wir adoptieren ganz einfach ein Mädchen *und* einen Jungen.«

»Du hast schon an alles gedacht, nicht wahr?«

»Ach, Max, du bist doch auch dafür. Ich sehe es dir an. Wir können uns noch diese Woche an die Agentur wenden und...«

»Moment mal.« Das Lächeln schwand von seinem Gesicht. »Wir sind doch erst vier Monate verheiratet. Wir sollten uns Zeit lassen, uns besser kennenlernen. Abwarten, bis wir so weit sind, daß wir Kinder haben sollten.«

Sie verbarg ihre Enttäuschung nicht. »Und wie lange wird das dauern?«

»Solange es eben dauert. Sechs Monate... ein Jahr.«

»Schau mal – ich kenne dich. Du kennst mich. Wir lieben uns, und wir mögen uns. Wir besitzen Intelligenz und Verstand und jede Menge Geld. Was brauchen wir denn noch, um gute Eltern sein zu können?«

»Wir müssen inneren Frieden finden«, sagte er.

»Ich habe aufgehört zu kämpfen. Und du besitzt auch inneren Frieden.«

»Nur zur Hälfte«, erwiderte er. »Und du hast auch Probleme, die auf dich zukommen.«

Obgleich sie die Antwort wußte, fragte sie trotzig: »Was zum Beispiel?«

»Du mußt erst mit dem fertig werden, was dir vor vierundzwanzig Jahren passiert ist. Die Erinnerung, die dir dein Unterbewußtsein verweigert. Jede Einzelheit... die Schläge... alles, was dir dieser Mann angetan hat, als du sechs Jahre alt warst. Bis du damit fertig wirst, werden diese Alpträume immer wiederkehren. Du wirst nie zur Ruhe kommen, bis die Erinnerungen herausgebracht und ausgelöscht sind.«

Sie warf den Kopf zurück, daß ihr langes Haar ihr über die Schultern fiel. »Ich brauche mich nicht an damals zu erinnern, um heute eine gute Mutter zu sein.«

»Ich glaube doch.«

»Aber Max, es gibt so viele Kinder ohne Heim, ohne jede Hoffnung für die Zukunft. Wir könnten sofort zwei von ihnen...«

Er drückte ihre Hand. »Du spielst schon wieder Atlas. Mary, ich verstehe dich ja. Du hast mehr Liebe in dir, als irgend jemand, den ich je gekannt habe. Du willst Liebe schenken, das gehört zu deinem Wesen. Ich verspreche, dir die Gelegenheit dazu zu geben. Aber Adoption ist ein großer und ernster Schritt, den wir erst tun werden, wenn es soweit ist.«

Sie konnte ihm nicht böse sein. Lächelnd sagte sie: »Ich werde dich schon mürbe machen. Ich verspreche es dir.«

Er seufzte. »Das befürchte ich auch.«

Mary fuhr ungern schnell. Als sie neun Jahre alt war, war ihr Vater bei einem Verkehrsunfall ums Leben gekommen. Sie war dabei gewesen, und seither betrachtete sie das Automobil als ein heimtückisches Mordinstrument.

Als Beifahrerin ertrug sie hohe Geschwindigkeiten nur, wenn Max am Steuer saß. Wenn sie mit ihm fuhr, war sie entspannt und fand sogar Vergnügen daran, die Landschaft am Fenster vorbeiflitzen zu sehen. Er war ihr Schutzengel, der über sie wachte und sie behütete. Nichts konnte ihr geschehen, solange sie bei ihm war.

Es machte ihm großen Spaß, seinen Mercedes mit Höchstgeschwindigkeit über die Schnellstraße zu jagen und gleichzeitig den Fallen der Verkehrspolizei zu entgehen. Er liebte sein Auto ebenso sehr wie seine Waffensammlung, und wenn er fuhr, tat er es mit der gleichen Hingabe und Konzentration wie bei einer Frau im Bett. Auf der schnurgeraden, nur mäßig befahrenen Schnellstraße, wo seine ganze Aufmerksamkeit auf sein Fahrzeug gerichtet war, ließ er sich nur ungern durch Gespräche ablenken. Schweigsam und scharfäugig über das Lenkrad gebeugt, sah er aus wie ein Raubvogel.

Wenn er so fuhr, konnte Mary verstehen, wie er durch seinen Spaß an tollen Wagnissen und Gewaltanwendung immer wieder in Raufereien verwickelt worden war. Merkwürdigerweise bereitete ihr diese Seite seines Charakters überhaupt keine Angst. Im Gegenteil – es machte ihn eher anziehender.

Mit hundertfünfzig Stundenkilometern rasten sie in Richtung Los Angeles.

Ihr Bewußtsein kehrte zurück, als er sie in ihrem Schlafzimmer im zweiten Stock aufs Bett legte. Zitternd klammerte sie sich an ihn.

»Wieder alles in Ordnung?«

»Halte mich fest«, bat sie ihn.

Er hielt sie im Arm. »Schon gut, schon gut.«

Sie spürte seine starken, ruhigen Herzschläge. Nach einer Weile sagte sie: »Ich habe Durst.«

»Ist das alles? Tut dir nichts weh? Soll ich einen Arzt rufen?«

»Gib mir nur ein bißchen Wasser zu trinken.«

»Du bist ohnmächtig geworden.«

»Es geht schon wieder.«

Er brachte ihr Wasser aus dem Badezimmer und half ihr, sich aufzusetzen. Wie einem kranken Kind hielt er ihr das Glas an die Lippen und flößte ihr das Wasser ein. Als sie ausgetrunken hatte, fragte er: »Was ist denn passiert?«

Sie lehnte sich gegen die Kopfstütze des Bettes. »Wieder eine Vision, die ich nicht selbst herbeigeführt habe. Nur... war sie diesmal ganz anders als sonst.«

Er sah, wie blaß sie wurde, und sagte: »Beruhige dich. Es ist ja vorbei.«

Wie gut er aussah. Fantastisch. So groß und zuverlässig.

In der Tat wurde sie etwas ruhiger, nur weil er es ihr gesagt hatte.

»*Gesehen* habe ich überhaupt nichts, Max. Nur *gefühlt*, verdammt noch mal. Ein Messer. Ein Messer, das mir in den Leib stach und mich auseinanderriß...«

Sie legte ihre Hand auf den Bauch. Es war keine Wunde zu sehen. Kein Bluterguß. Nicht einmal eine Abschürfung.

»Erkläre mir das mal genau«, sagte Max. »Du hast gesehen, wie man dich erstach?«

»Nein.«

»Was hast du dann gesehen?«

Sie stand auf und winkte ab, als er sie stützen wollte. Sie stellte sich ans Fenster und blickte hinunter auf das dreizehn Meter lange Schwimmbecken hinter dem Hauptgebäude und auf das kleine Häuschen der Churchills am Ende des Grundstücks. Gewöhnlich erfreute und beruhigte sie der Anblick ihres Anwesens, aber heute verfehlte die herrliche Aussicht auf die gepflegten Anlagen – Zeugen ihres Wohlstands – ihre Wirkung. »Ich sah eine andere Frau. Nicht mich selbst. Aber ich fühlte ihren Schmerz wie meinen eigenen.«

»Das ist dir doch noch nie passiert.«

»Aber diesmal.«

»Hast du jemals gehört, daß andere Hellseher die gleiche Erfahrung gemacht haben? Hurkos? Croiset? Dykshoorn?«

»Nein.« Sie wandte sich vom Fenster ab. »Was heißt das? Was passiert mit mir?«

»Nichts wird dir passieren.« Nachdem er sich vergewissert hatte, daß sie nicht krank war, begann er die übliche Befragung, mit der er sie durch ihre Visionen führte oder anschließend ihre Erinnerung auffrischte. »Ist das, was du eben gesehen hast, schon geschehen?«

»Nein.«

»Diese Frau, die erstochen werden wird... war das eine von denen aus deinem Alptraum von gestern?«

»Nein, eine Neue.«

»Hast du ihr Gesicht deutlich gesehen?«

»Ja, aber nur ganz kurz.«

Mary setzte sich in den großen Lehnstuhl am Fenster. Ihre Hände hoben sich bleich, fast durchsichtig, von dem braunen Samtpolster ab. Es kam ihr vor, als sei sie leichter als Luft, als würde sie sich auflösen.

»Wie sah die Frau aus?« fragte Max.

»Hübsch.«
Er schritt vor ihr auf und ab. »Haarfarbe?«
»Brünett.«
»Augen?«
»Grün oder blau.«
»Jung?«
»Ja. Etwa in meinem Alter.«
»Hast du ihren Namen gefühlt?«
»Nein. Aber ich habe sie schon mal gesehen, glaube ich.«
»Das hast du gestern auch von einer geglaubt.«
Sie nickte.
»Warum glaubst du, sie zu kennen.«
»Ich weiß es nicht. Nur ein Eindruck.«
»War der Tatort der gleiche, wie der von gestern?«
»Nein. Diese Frau wird ... in einem Schönheitssalon ermordet.«
»Bei einem Friseur?«
»Ja. Der Inhaber ist ein Mann.«
»Und was geschieht mit ihm?«
»Er wird auch ermordet.«
»Noch irgendwelche Opfer?«
»Ein drittes. Noch eine Frau.«

In den wenigen Sekunden, in denen die spiritistischen Erscheinungen aufgetreten waren, hatten sich ihr viele Einzelheiten eingeprägt. Doch mit jeder von ihnen kehrte jetzt die grausige Erinnerung an das Messer zurück, das sie mystisch mit der sterbenden Frau verband.

»Wie heißt dieser Friseurladen?« fragte Max.
»Ich weiß es nicht.«
»Wo liegt er?«
»Nicht weit von hier.«
»Auch in Orange County?«
»Ja.«
»In welcher Stadt?«
»Das weiß ich nicht.«

Er seufzte und setzte sich in einen Sessel ihr gegenüber. »Ist der Mörder derselbe, den du gestern gesehen hast?«

»Kein Zweifel.«

»Also ist er ein Rückfalltäter, ein Psychopath, ein Massenmörder. Er wird an einem Ort vier oder fünf Menschen ermorden und weitere drei woanders.«

»Und das ist vielleicht erst der Anfang«, sagte sie leise.
»Wie sieht er aus?«
»Das weiß ich immer noch nicht.«
»Ist er groß oder klein?«
»Ich weiß nicht.«
»Wie heißt er?«
»Ich wünschte, ich wüßte es.«
»Ist er jung oder alt?«
»Noch nicht einmal das weiß ich.«
Das Zimmer war stickig. Die Luft war verbraucht und übelriechend. Sie stand auf und öffnete das Fenster.
»Wenn du keine Vorstellung von seiner Erscheinung hast, woher weißt du dann, daß es derselbe Killer ist?«
»Ich weiß es ganz einfach.«
Sie ließ sich wieder in ihrem Lehnstuhl nieder, das Gesicht zum Fenster gewandt.
Sie kam sich vor wie ausgehöhlt. So leicht, so als ob der leiseste Luftzug sie davonwehen würde. Die unfreiwilligen Visionen hatten an ihr gezehrt und einen guten Teil ihrer Energie verbraucht. Lange würde sie es nicht mehr ertragen können. Keinesfalls ein Leben lang.
»Was können wir tun, ihn daran zu hindern, weiter zu morden?« fragte Max.
»Nichts.«
»Dann sollten wir jetzt nicht an ihn denken.«
Ihr Gesicht verfinsterte sich. »Weißt du, was das Schlimmste ist? Wenn mir so dreckig zumute ist, daß ich kaum noch weiterleben möchte?«
Max schwieg.
Sie hielt die Hände im Schoß, die Finger ineinander verkrampft. »Es ist, als wenn ich fühle, daß etwas Entsetzliches passieren wird und nicht genug Einzelheiten weiß, es verhindern zu können. Wenn ich schon diese Gabe besitze, warum nicht uneingeschränkt? Warum kann ich mich nicht ein- und ausschalten wie einen Fernseher? Warum verschwimmt die Erscheinung immer dann, wenn ich sie am nötigsten brauche? Warum werde ich auf die Folter gespannt? Ist das alles ein grausamer Scherz? Menschen müssen sterben, weil ich nicht klar sehen kann. Verdammt, verdammt noch mal!« Sie sprang auf und schaltete den Fernseher ein, dann wieder aus. Ein, aus, ein, aus. Fast brach sie dabei den Schaltknopf ab.

»Du kannst dich doch für die Visionen, die dir erscheinen, nicht verantwortlich fühlen«, sagte Max.

»Aber ich tue es.«

»Du mußt deine Einstellung ändern.«

»Will ich nicht. Kann ich nicht.«

Er erhob sich, ging auf sie zu und zog ihre Hand vom Fernsehgerät weg. »Mach dich doch ein bißchen frisch, und dann gehen wir einkaufen.«

»Keine Zeit«, sagte sie. »Ich habe einen Termin bei Dr. Cauvel.«

»Erst in zweieinhalb Stunden.«

»Mir ist nicht danach. Geh du nur. Ich mache morgen meine Einkäufe.«

»Ich kann dich jetzt nicht allein lassen.«

»Ich bin nicht allein. Anna und Emmet sind hier.«

»Du solltest aber nicht Auto fahren.«

»Warum nicht?«

»Weil du noch einen Anfall bekommen könntest, während du am Steuer sitzt.«

»Oh. Dann kann Emmet mich fahren.«

»Und was willst du inzwischen tun, bis du zu deinem Psychoanalytiker fährst?«

»Einen Artikel schreiben.«

»Wir haben erst vorige Woche ein ganzes Bündel an die Redaktion geschickt. Du bist deinen Einsendeterminen um zwanzig Artikel voraus.«

Trotz ihres Unwohlseins schlug sie einen leichten Ton an. »Dann werden es eben einundzwanzig sein. Davon hast du fünfzehn geschrieben. Es wird Zeit, daß ich auch mal was tue.«

»Ich habe da Material auf meinem Schreibtisch über die Frau in North Carolina, die das Geschlecht eines ungeborenen Babys bestimmen kann, indem sie der Mutter die Hand auflegt. Sie ist zur Zeit unter Beobachtung an der Duke-Universität.«

»Dann schreibe ich darüber.«

»Also gut, wenn du glaubst...«

»Ganz bestimmt. Du zieh nur los in all die teuren Geschäfte, zu Gucci, Giorgio, The French Corner, Juel Park, Courrèges, Van Cleef und Arpels – und kaufe mir schöne Geschenke zu Weihnachten.«

Er unterdrückte ein Lächeln und sagte: »Dabei habe ich schon bei Woolworth etwas für dich ausgesucht.«

Sie ging auf seinen Scherz ein. »Dann wird es dir ja nichts ausmachen, wenn du von mir einen Gutschein für einen Hamburger bei MacDonald's bekommst.«

Er mimte Enttäuschung. »Na ja, ich könnte ja mal eben bei Gucci und Edwards Lowell vorbeischauen und etwas besorgen, was zu dem Woolworth-Geschenk paßt.«

Sie grinste. »Mach das nur. Vielleicht lasse ich dich dann heute nacht hier schlafen, statt auf der Couch nebenan.«

Er lachte und küßte sie auf den Mund.

»Mmmmmm«, sagte sie. »Wiederholung bitte.«

Sie wußte, wie sehr er sie liebte, und das tröstete sie ein wenig über die Schrecknisse der letzten Tage hinweg.

8

Das Auffälligste in Dr. Cauvels Sprechzimmer war eine Sammlung Hunderter von Glashunden, die auf Regalen aus Glas und Chrom neben seinem Schreibtisch aufgebaut waren. Keines der Glastiere in dieser Menagerie war größer als Marys Hand – die meisten erheblich kleiner. Es gab blaue Hunde, rote Hunde, braune Hunde, durchsichtige Hunde, solche aus Milchglas, schwarze Hunde, orangefarbene Hunde, gelbe und grüne, gestreift oder getupft, handgeblasen oder aus massivem Glas. Einige in liegender Stellung, andere saßen aufrecht, standen, sicherten oder rannten. Verschiedene Rassen waren vertreten: Bassets, Windhunde, Airdales, Schäferhunde, Pekinesen, Terrier, Bernhardiner und Dutzende anderer. Eine Hündin mit einem Wurf zerbrechlicher Glaswelpen stand neben einer lustigen Gruppe von Hunden, die auf winzigen Glasinstrumenten spielten – Flöten, Trommeln und Jagdhörnern. Besonders eigenartig machten sich in diesem schweigsamen Zoo ein paar Höllenhunde aus – Dämonen mit Hundegesichtern und gespaltenen Zungen.

Glas war auch das Auffallendste an Dr. Cauvel selbst. Er trug eine Brille mit besonders dicken Linsen, die seine Augen außergewöhnlich groß erscheinen ließen. Er war ein kleiner, sportlich aussehender Mann – überpedantisch, was seine Erscheinung betraf. Seine Augengläser waren niemals trübe, da er sie dauernd polierte.

Mary und der Doktor saßen sich an einem Klapptisch in der Mitte des Sprechzimmers gegenüber.

Der Psychiater mischte ein Päckchen Spielkarten. Er legte zehn Karten in einer Reihe umgekehrt auf den Tisch.

Mary nahm eine achtzehn Zentimeter lange Drahtschlinge zur Hand, die er ihr gegeben hatte, und hielt sie über die Karten.

Langsam schwenkte sie die Schlinge über dem Tisch von einer Seite zur anderen. Zweimal zuckte der Draht, als wenn unsichtbare Finger ihn ihr aus der Hand nach unten zu reißen versuchten. Nach knapp einer Minute legte sie die Drahtschlinge weg und zeigte auf zwei Karten. »Das sind die beiden höchsten.«

»Wie hoch?« fragte Cauvel.

»Eine könnte ein As sein.«

»Welche Farbe?«

»Das weiß ich nicht.«

Er drehte die zwei Karten um. Ein Pik-As und eine Herz-Dame.

Mary entspannte sich.

Cauvel deckte die anderen Karten auf. Die höchste war ein Bube.

»Unglaublich«, sagte er. »Dies ist eines der schwierigsten Experimente, die wir bis jetzt gemacht haben. Bei zehn Versuchen haben Sie neunmal richtig getippt. Haben Sie schon mal daran gedacht, nach Las Vegas zu gehen?«

»Um beim Blackjack die Bank zu brechen?«

»Warum nicht?«

»Da hätte ich nur eine Chance, wenn sie alle Karten vor mir ausbreiten würden und ich die Drahtschlinge anwenden könnte.«

Wie alle seine Bewegungen und Äußerungen fiel auch sein Lächeln sparsam aus. »Das wohl kaum.«

Seit zwei Jahren hatte sie regelmäßig jeden Dienstag und Freitag von vier Uhr dreißig bis sechs Uhr eine Verabredung bei ihm. In der ersten Dreiviertelstunde nahm sie an seinen Versuchen auf dem Gebiet übernatürlicher Wahrnehmungen teil, die er in medizinischen Fachzeitschriften zu veröffentlichen gedachte. Während der zweiten fünfundvierzig Minuten behandelte er sie in seiner Eigenschaft als Psychiater. In Anerkennung ihrer Mitarbeit verzichtete er auf ein Honorar.

Sie hätte es sich ohne weiteres leisten können, ihn zu bezahlen, doch hatte sie dieser Regelung zugestimmt, weil die Experimente sie interessierten.

»Brandy?« fragte er sie.

»Ja, bitte.«

Er schenkte ihnen beiden Remy Martin ein.

Sie wechselten vom Kartentisch zu zwei bequemen Sesseln hinüber, die sich vor einem Cocktailtischchen gegenüberstanden.

Cauvel wandte bei der Behandlung seiner Patienten keine Standardmethoden an. Sein Stil war eher eigenwillig, und Mary mochte seine ruhige, freundliche Art.

»Womit möchten Sie anfangen?« fragte er sie.

»Ich weiß nicht.«

»Nehmen Sie sich Zeit.«

»Ich möchte überhaupt nicht anfangen.«

»Das sagen Sie immer, und dann fangen Sie doch an.«

»Heute nicht. Ich möchte ganz einfach hier sitzen.« Er nickte und nippte an seinem Brandy.

»Warum mache ich es Ihnen immer so schwer?« fragte sie.

»Das kann ich nicht beantworten. Nur *Sie* können es.«

»Warum will ich nicht mit Ihnen sprechen.«

»Aber Sie wollen es ja. Sonst wären Sie nicht hier.«

Mary runzelte die Stirn. »Helfen Sie mir einen Anfang zu machen.«

»Woran dachten Sie auf dem Weg hierher?«

»Das ist kein Anfang.«

»Versuchen Sie mal.«

»Na ja. Ich dachte darüber nach, was ich bin.«

»Und was ist das?«

»Eine Hellseherin.«

»Na und?«

»Warum gerade ich? Warum nicht jemand anders?«

»Die größten Experten auf diesem Gebiet glauben, daß wir alle die gleichen paranormalen Fähigkeiten besitzen.«

»Vielleicht stimmt das«, sagte sie. »Aber die meisten Menschen besitzen es nicht im gleichen Maße wie ich.«

»Wir kennen ganz einfach unser Potential nicht«, sagte er. »Nur wenige Menschen können diese Gabe praktisch anwenden.«

»Warum kann ich es?«

»Haben nicht einige der bekanntesten Hellseher eine Kopfverletzung erlitten, bevor sie ihre spiritistischen Kräfte entdeckten?«

»Bei Peter Hurkos war es so«, sagte sie. »Und bei einigen anderen auch. Aber nicht bei uns allen.«

»Bei Ihnen?«

»Eine Kopfverletzung? Nein.«

»Aber doch.«

Sie kostete ihren Brandy. »Schmeckt wundervoll.«

»Sie wurden verletzt, als Sie sechs Jahre alt waren. Ein paarmal erwähnten Sie es schon, wollten aber nie genauer darauf eingehen.«

»Ich will auch jetzt nicht darauf eingehen.«

»Das sollten Sie aber«, sagte Cauvel. »Ihr Widerstand beweist...«

»Sie reden heute zuviel.« Ihre Stimme war hart und schrill. »Ich zahle Ihnen dafür, daß Sie mir zuhören.«

»Sie zahlen mir überhaupt nichts.« Wie immer, sprach er in sanftem Ton.

»Ich kann ja aufstehen und gehen.«

Er nahm seine Brille ab und polierte sie sorgfältig mit einem Taschentuch.

Seine unerschütterliche Ruhe irritierte Mary. »Ohne mich«, sagte sie scharf, »hätten Sie kein Material für Ihre Artikel, die Sie zu einem großen Mann unter den anderen Klugscheißern machen.«

»So wichtig sind mir die Artikel nun wieder auch nicht. Wenn Sie unbedingt gehen wollen, tun Sie es doch. Wollen wir unsere Vereinbarung rückgängig machen?«

Sie sank in ihren Sessel zurück. »Verzeihung.« Mary erhob selten die Stimme, und es war ihr peinlich, ihn angeschrien zu haben. Sie errötete heftig.

»Sie brauchen sich nicht zu entschuldigen«, sagte er. »Aber sehen Sie nicht ein, daß dieses Ereignis vor vierundzwanzig Jahren die grundliegende Ursache Ihrer Probleme sein könnte? Der Grund für Ihre Schlaflosigkeit, Ihre Depressionen, Ihre gelegentlichen Anfälle von Beklemmung.«

Mary fühlte sich schwach und erschöpft. Sie schloß die Augen. »Wollen Sie, daß ich darüber spreche?«

»Ich halte es für eine gute Idee.«

»Helfen Sie mir anfangen.«

»Sie waren sechs Jahre alt.«

»Sechs...«

»Ihr Vater hatte Geld.«

»Ziemlich viel.«

»Sie lebten auf dem Land und hatten Grund und Boden.«

»Zwanzig Hektar«, sagte sie. »Das meiste davon waren Gartenanlagen. Wir hatten einen vollberuflichen... einen vollberuflichen...«

»Gärtner?«

»Ja, einen Gärtner«, sagte sie. Ihr Gesicht war nicht mehr gerötet, Wangen und Hände eiskalt.

»Wie hieß er?«

»Ich weiß nicht mehr.«

»Natürlich wissen Sie es.«

»Berton Mitchell.«

»Mochten Sie ihn?«

»Zuerst ja.«

»Sie haben mal erzählt, daß er Sie zu necken pflegte.«

»Nur zum Spaß. Er hatte einen Namen für mich erfunden.«

»Wie nannte er Sie denn?«

»Er nannte mich ›Contrary‹. – Widerspenstig.«

»*Waren* Sie widerspenstig?«

»Überhaupt nicht. Das stammt aus einem Kinderlied: ›Mary, Mary, quite contrary‹.«

»Wann hörten Sie auf, ihn zu mögen?«

Mary sehnte sich nach Max. Sie wollte von ihm im Arm gehalten werden.

»Wann hörten Sie auf, Berton Mitchell zu mögen, Mary?«

»An jenem Tag im August.«

»Was ist da passiert?«

»Das wissen Sie doch.«

»Ja, ich weiß es.«

»Na also.«

»Es scheint, als ob wir nie tiefer in diese Sache eindringen können, wenn wir nicht ganz von vorne anfangen.«

»Ich will aber nicht tiefer eindringen.«

Er ließ nicht von ihr ab. »Was geschah an jenem Tag im August, als Sie sechs Jahre alt waren?«

»Haben Sie sich in letzter Zeit nicht ein paar neue Glashunde angeschafft?«

»Was hat Ihnen Berton Mitchell an dem Tag im August angetan?«

»Er hat versucht, mich zu vergewaltigen.«

Sechs Uhr abends. Winter. Die Luft war kühl und frisch.

Er ließ das Auto vor dem Café stehen und ging die Straße hinunter, den Rücken dem Verkehr zugewandt.

In der einen Tasche hatte er ein Messer, in der anderen einen Revolver. Beide Waffen hielt er mit den Händen umschlossen.

Seine Schuhe knirschten auf dem Kies.

Der Luftzug der vorbeifahrenden Autos drängte ihn auf die Seite, zerzauste sein Haar und schlang ihm den Mantel eng um die Beine.

Der Friseursalon ›Hair Today‹ befand sich in einem kleinen Einzelhaus an der Main Street, knapp außerhalb der nördlichen Stadtgrenze von Santa Ana. Mit seinem künstlichen Schieferdach, den freiliegenden Holzbalken, den Fensterläden und dem Stuck war es die Imitation eines englischen Bauernhauses. Alles, außer den Scheinwerfern, die es anstrahlten, und der Bemalung in Rosa und Grün.

Es war eine reine Geschäftsgegend. Tankstellen, Imbißstuben, Maklerbüros und Dutzende kleiner Firmen mit Neonleuchten, umrahmt von Hecken und Zierpalmen, lagen dicht beieinander. Südlich von ›Hair Today‹ erstreckte sich das Grundstück eines Autohändlers, wo chromblitzende Neuwagen in langen Reihen aufgestellt waren. Auf der anderen Seite neben dem Friseursalon lag ein Lichtspielhaus, dahinter ein Einkaufszentrum.

Ein verschmutzter weißer Cadillac und ein blankpolierter Cadillac und ein blankpolierter Triumph waren vor dem Eingang von ›Hair Today‹ geparkt.

Er schlenderte über das Grundstück des Autohändlers zwischen den ausgestellten Fahrzeugen hindurch, öffnete die Tür des Friseursalons und ging hinein.

Der schmale Raum hinter dem Eingang diente als Wartezimmer, wo sich die Kundinnen die Zeit vertrieben, bis sie an die Reihe kamen. Der dicke Teppich war purpurrot, die Stühle grellgelb, die Gardinen weiß. Abstelltische mit Aschenbechern und Stapeln von Zeitschriften standen herum, doch zu dieser späten Stunde warteten keine Kunden mehr.

Am hinteren Ende des Raumes stand ein Kassentisch in Purpur und Weiß. Eine junge Frau mit platinblond gefärbtem Haar saß an der Kasse.

Ein verhängter, bogenförmiger Eingang hinter dem Kassentisch führte in den eigentlichen Frisierraum. Das Geräusch eines handbetätigten Haartrockners drang durch den Vorhang, wie das ärgerliche Summen eines Bienenschwarms.

»Wir haben geschlossen«, sagte die Platinblonde.

Er ging an den Kassentisch.

»Suchen Sie jemand?« fragte sie.

Er zog den Revolver aus der Tasche. Er fühlte sich gut an, wie ein Werkzeug der Gerechtigkeit.

Sie starrte auf die Waffe, dann in seine Augen. Nervös fuhr sie sich mit der Zunge über die Lippen. »Was wollen Sie?«

Er schwieg.

»Nicht doch«, sagte sie.

Er drückte auf den Abzug. Der Schuß wurde von dem Geräusch des Haartrockners teilweise übertönt.

Sie fiel vom Stuhl und blieb liegen.

Der Haartrockner wurde abgeschaltet. Jemand sagte: »Tina?«

Er ging um die tote Frau herum, zog den Vorhang auf und trat ins Frisierzimmer.

Drei der Frisierstühle waren unbesetzt. Die letzte Kundin des Tages saß auf dem vierten Stuhl. Sie war jung und hübsch und besaß einen zauberhaften Teint. Ihr Haar war klitschnaß.

Der Friseur war ein kräftiger Mann mit einer Glatze und buschigem Schnurrbart. Er trug eine purpurfarbene Jacke. Auf der linken Brusttasche war sein Name – Kyle – in Gelb eingestickt.

Die Kundin tat einen tiefen Atemzug, fand aber nicht den Mut zum Schreien.

»Wer sind Sie?« fragte Kyle.

Der Mann gab zwei Schüsse auf ihn ab.

»Mein Vater war an dem Tag nicht zu Hause«, sagte Mary.

»Und Ihre Mutter?«

»Die war im Hauptgebäude. Betrunken wie immer.«

»Und Ihr Bruder?«

»Alan war in seinem Zimmer und bastelte an seinen Flugzeugmodellen herum.«

»Der Gärtner, Berton Mitchell?«

»Seine Frau und sein Sohn waren auf eine Woche weggefahren. Er lockte mich ins Haus.«

»Wo war das?«

»Ganz am Ende des Anwesens, ein kleines Häuschen mit einem grünen Schieferdach. Er hatte mir oft erzählt, daß Elfen bei ihnen wohnten.«

Sie spürte einen entsetzlichen Druck von allen Seiten. Wie lederne, furchtbare starke Flügel, die alle Wärme und Lebenskraft aus ihr herauspreßten.

»Weiter«, sagte Cauvel.

Die Wärme floß aus ihr heraus, wie Quecksilber aus einem zerbrochenen Thermometer. Sie fror. »Kann ich noch etwas Brandy haben?«

»Wenn Sie mir alles erzählt haben«, sagte Cauvel.

»Dazu brauche ich Hilfe.«

»Ich bin hier, um Ihnen zu helfen, Mary.«

»Wenn ich es sage, tut er mir weh.«

»Wer? Mitchell? Das können Sie doch nicht wirklich glauben. Sie wissen doch, daß er tot ist. Er wurde wegen unsittlicher Handlungen an einem Kind und wegen versuchten Mordes verurteilt. Darauf erhängte er sich in seiner Zelle. Ich bin der einzige Mensch hier und werde nicht zulassen, daß man Ihnen weh tut.«

»Ich war allein mit ihm.«

»Sie sprechen zu leise. Ich kann Sie nicht hören.«

»Ich war allein mit ihm«, wiederholte sie. »Er hat mich... angefaßt... und... sich entblößt.«

»Hatten Sie Angst?«

»Ja.«

Der Druck wurde immer stärker... unerträglich.

Cauvel sprach nichts, und sie sagte: »Ich hatte Angst, weil er verlangte, daß ich... etwas tue.«

»Was sollten Sie tun?«

Die Luft war stickig. Obgleich nur sie und Cauvel anwesend waren, spürte sie, daß irgendeine Kreatur den Mund auf ihre Lippen gepreßt hielt und ihr einen stinkenden Atem in die Lunge blies.

»Ich brauche einen Brandy«, sagte sie.

»Was Sie jetzt brauchen, ist, mir alles zu erzählen, sich an jede Einzelheit zu erinnern und sich ein für allemal alles vom Herzen zu reden. Was verlangte er von Ihnen? Was sollten Sie tun?«

»Helfen Sie mir. Sie müssen mich führen.«

»Er wollte Geschlechtsverkehr, nicht wahr?«

»Ich weiß nicht genau.«

Ihre Hände waren empfindungslos. Sie fühlte nur, wie die Stricke in ihre Gelenke einschnitten. Aber es gab keine Stricke.

»Oralverkehr?« fragte Cauvel.

»Nicht nur das.«

Ihre Fußgelenke taten weh. Sie spürte die Stricke, die es nicht gab. Als sie die Füße bewegte, waren sie schwer wie Blei.

»Was wollte er noch?« fragte Cauvel.

»Ich erinnere mich nicht.«

»Sie können sich erinnern, wenn Sie wollen.«

»Nein. Wirklich – ich kann es nicht. Ich kann es nicht.«

»Was wollte er noch von Ihnen?«

Die Umklammerung der unsichtbaren Flügel war jetzt so stark, daß sie kaum atmen konnte. Sie konnte die Flügel in der Luft flattern hören ... wicka ... wicka ... wicka. Sie stand auf und ging vom Sessel weg. Die Flügel hielten sie umklammert.

»Was wollte er noch?« fragte Cauvel.

»Etwas Entsetzliches, Unaussprechliches.«

»Eine sexuelle Handlung irgendwelcher Art?«

Wicka ... Wicka ... Wicka.

»Nicht nur Sex. Mehr als das.«

»Was denn?«

»Schmutzig, dreckig.«

»Auf welche Art?«

»Augen, die mich ansahen.«

»Mitchells Augen?«

»Nein, nicht seine.«

»Wessen Augen dann?«

»Ich kann mich nicht mehr erinnern.«

»Doch, Sie können es.«

Wicka ... Wicka ... Wicka ...

»Flügel«, flüsterte sie.

»Übel? Sie sprechen wieder zu leise.«

»Flügel«, sagte sie. »Flügel.«

»Was soll das heißen?«

Sie zitterte – schüttelte sich. Sie fürchtete, ihre Beine würden unter ihr nachgeben und setzte sich wieder in den Sessel. »Flügel. Ich höre sie flattern. Ich *fühle* sie.«

»Hielt sich Mitchell einen Vogel im Haus?«

»Das weiß ich nicht.«

»Vielleicht einen Papagei?«

»Keine Ahnung.«

»Versuchen Sie, sich daran zu erinnern, Mary. Lassen Sie diesen Gedanken nicht los. Sie haben noch nie etwas von Flügeln gesagt. Es könnte wichtig sein.«

»Die waren überall.«

»Die Flügel?«

»Überall auf mir. Kleine Flügel.«

»Denken Sie nach. Was hat er mit Ihnen gemacht?«

Sie schwieg längere Zeit. Der Druck begann nachzulassen. Das Flattern der Flügel verstummte.

»Mary?«

Schließlich sagte sie: »Das ist alles. Ich kann mich an nichts weiter erinnern.«

»Es gibt eine Methode, diese Erinnerungen zu erschließen.«

»Hypnose?« sagte sie.

»Das funktioniert tadellos.«

»Ich fürchte mich vor den Erinnerungen.«

»Sie sollten sich eher davor fürchten, sich *nicht* erinnern zu können.«

»Wenn ich mich erinnere, sterbe ich.«

»Das ist kompletter Unsinn.«

Sie strich sich das Haar aus dem Gesicht. Cauvel zuliebe zwang sie sich zu einem Lächeln. »Jetzt höre ich die Flügel nicht mehr, und fühle sie auch nicht. Wir brauchen nicht mehr darüber zu sprechen.«

»Doch, wir müssen es.«

»Ich *will* aber nicht, verdammt noch mal!« Sie schüttelte den Kopf, erstaunt über ihre heftige Reaktion. »Wenigstens nicht heute.«

»Also gut«, sagte Cauvel. »Ich akzeptiere das. Es ist nicht dasselbe, als wenn Sie sagen würden, Sie *brauchen* nicht darüber zu sprechen.« Er polierte wieder einmal seine Brillengläser. »Kommen wir zurück zu dem, an was Sie sich erinnern. Hat Berton Mitchell Sie geschlagen?«

»Ich nehme es an.«

»Man fand Sie in seinem Haus.«

»In seinem Wohnzimmer.«

»Brutal zusammengeschlagen?«

»Ja.«

»Und später erzählten Sie, daß er es getan hat.«

»Ich erinnere mich nicht mehr, wie es passierte. Die Schmerzen sind mir noch in Erinnerung – schreckliche Schmerzen. Aber nur einen Moment lang.«

»Möglicherweise sind Sie nach dem ersten Schlag bewußtlos geworden.«

»Das sagten sie alle. Er muß mich noch weiter geschlagen haben, nachdem ich schon bewußtlos war. Lange hätte ich es nicht ertragen können. Schließlich war ich nur ein kleines Mädchen.«

»Hat er auch ein Messer benutzt?«
»Ich hatte überall Schnitte.«
»Wie lange waren Sie im Krankenhaus?«
»Über zwei Wochen.«
»Wieviel Nähte hatten Sie für Ihre Wunden?«
»Alles zusammen mehr als hunderrt.«

Der Friseursalon roch nach Shampoo, Creme und Eau de Cologne. Er konnte auch den Schweiß der Frau riechen.

Abgeschnittenes Haar lag auf dem Fußboden herum und wirbelte zur Seite, als er sich auf sie warf und in sie eindrang.

Sie zeigte keinerlei Reaktion. Weder kooperierte sie, noch wehrte sie sich. Sie lag ganz still da. Ihre Augen waren starr und leblos.

Ihm machte das nichts aus. Er mochte keine leidenschaftlichen Frauen. In den ersten paar Monaten einer neuen Liebschaft ertrug er ihre Leidenschaft und ihr sexuelles Entgegenkommen. Auf kurze Zeit konnte er zärtlich sein. Dann aber wollte er die Angst in ihren Augen sehen. Das brachte ihn zum Höhepunkt. Je mehr sie ihn fürchteten, um so besser gefielen sie ihm.

»Mitchell hat Sie also mehrmals auf den Kopf geschlagen«, sagte Cauvel.

»Mein ganzes Gesicht war grün und blau. Mein Vater nannte mich seine Flickenpuppe.«

»Hatten Sie eine Gehirnerschütterung?«

»Ich weiß, worauf Sie anspielen. Aber ich muß Sie enttäuschen. Keine Gehirnerschütterung. Absolut nicht.«

»Wann fingen Sie an, Visionen zu haben?«

»Etwas später im selben Jahr.«

»Vorhin fragten Sie mich, warum gerade Sie ausersehen wurden, hellseherische Gaben zu besitzen. Im Grunde ist das gar nicht so verwunderlich. So wie bei Peter Hurkos, manifestierten sich Ihre spiritistischen Fähigkeiten als Folgle einer schweren Kopfverletzung.«

»Die war nicht so schwer.«

Er war mit dem Polieren seiner Brille fertig, setzte sie auf und betrachtete Mary mit seinen ins Überdimensionale vergrößerten Augen. »Wäre es nicht möglich, daß ein schwerer psychologischer Schock, ebenso wie gewisse Kopfverletzungen, spiritistische Fähigkeiten wecken könnte?«

Sie zuckte mit den Schultern.

»Wenn Ihre übernatürlichen Fähigkeiten nicht durch ein physisches Trauma geweckt wurden, dann sind sie vielleicht die Folge von dem *psychologischen* Trauma. Halten Sie das für möglich?«

»Das könnte sein.«

»Wie auch immer«, sagte er, mit seinem knochigen Zeigefinger auf sie zu stoßend, als klopfe er an eine Fensterscheibe, die zwischen ihnen stand, »wie auch immer, führt uns Ihre hellseherische Gabe zu Berton Mitchell zurück. Zu dem, was er Ihnen getan hat und woran Sie sich nicht erinnern können.«

»Vielleicht.«

»Und Ihre Schlaflosigkeit ist auch darauf zurückzuführen. Ihre regelmäßigen Depressionen ebenfalls. Was er Ihnen antat, ist die versteckte Ursache für Ihre Anfälle von Beklemmung. Ich sage Ihnen ganz offen, Mary – je früher Sie dieses Problem anpacken, um so besser. Lassen Sie mich Hypnose anwenden und Sie in die vergessene Vergangenheit zurückführen – und Sie werden nie wieder meine Hilfe brauchen.«

»Ich werde immer Ihre Hilfe brauchen.«

Er blickte sie finster an. Sein sonnengebräuntes Gesicht war von tiefen Falten durchzogen, wie von Duellnarben. Ein ehrgeiziger Porträtmaler hätte sich gefreut, diesen Ausdruck einzufangen und auf die Leinwand zu bannen. Grimmig, aber stark und zuverlässig. Auf einer Party vor drei Jahren hatte sich Mary von diesem Gesicht angezogen gefühlt. Es war seine distanzierte und doch väterliche Art, die sie bewogen hatte, ihn aufzusuchen, als ihre Abhängigkeit von Schlafmitteln ihr Sorge zu bereiten begann.

»Wenn Sie immer meine Hilfe brauchen sollten, habe ich Ihnen überhaupt nicht geholfen. Als Psychiater ist es meine Aufgabe, Ihre eigenen inneren Kräfte zu wecken.«

Sie ging an die Bar und griff nach der Karaffe mit dem Brandy. »Sie haben versprochen, ich könnte noch einen haben, wenn ich weiterspreche!«

»Ich breche nie ein Versprechen.« Er trat zu ihr. »Der Tag ist fast vorüber. Da werde ich mir auch noch einen genehmigen.«

Sie schenkte ihnen ein und sagte: »Bei Mitchell haben Sie sich geirrt.«

»In welcher Hinsicht?«

»Ich glaube nicht, daß alle meine Probleme zu ihm zurückführen. Einige davon begannen an dem Tag, wo mein Vater starb.«

»Diese Theorie haben Sie mir auch schon vorgetragen.«

»Ich war mit ihm im Auto, als er getötet wurde. Ich saß im Fond und er am Steuer. Ich sah, wie er starb. Sein Blut bespritzte mich. Ich war erst neun. Und die Jahre, nachdem er starb, waren auch nicht leicht. In drei Jahren hatte meine Mutter die ganze Erbschaft durchgebracht. Zwischen meinem neunten und meinem zwölften Geburtstag wurden aus wohlhabenden Leuten arme Schlucker. So etwas hinterläßt auch Narben, glauben Sie nicht?«

»Bestimmt.« Er nahm sein Brandyglas zur Hand. »Aber die *schlimmsten* Narben stammen nicht davon.«

»Woher wissen Sie das?«

»Sie können darüber sprechen.«

»Und?«

»Aber Sie sind nicht imstande, darüber zu sprechen, was Ihnen Mitchell getan hat.«

Als er mit der Frau fertig war, stand er auf, zog sich die Hosen hoch und machte den Reißverschluß zu. Er hatte sich nicht einmal den Mantel ausgezogen.

Er trat einen Schritt zurück und betrachtete sie.

Auch jetzt machte sie keinen Versuch, sich zu bedecken. Ihr Rock war um ihre Hüfte gebündelt. Ihre Bluse war aufgeknöpft, eine rundliche Brust sichtbar. Die Hände hielt sie zu Fäusten geballt. Die Handflächen waren blutig, wo ihre Fingernägel sie aufgerissen hatten. In diesem Zustand – voller Terror und kaum mehr, als ein zu Tode geängstigtes Tier – war sie die ideale Frau für ihn.

Er zog das Messer aus der Manteltasche.

Er hatte erwartet, daß sie schreien würde und versuchen würde, ihm zu entkommen, als sie sah, daß er sie töten wollte – aber sie lag da, als sei sie bereits tot. Sie war nicht länger imstande etwas zu fühlen; nicht einmal Angst.

Er kniete sich neben sie und setzte ihr das Messer an die Kehle. Die Haut gab etwas nach, aber sie zuckte nicht einmal.

Er erhob das Messer und richtete die Klinge auf ihre Brust.

Keinerlei Reaktion.

Er war tief enttäuscht. Wann immer Zeit und Umstände es gestatteten, zog er es vor, langsam zu töten. Um volle Befriedigung zu finden, brauchte er eine lebhafte Frau als Opfer.

Wütend darüber, daß sie ihm den Spaß verdorben hatte, stieß er mit voller Kraft zu.

Mary Bergen stöhnte auf.

Die Klinge riß ihre Haut auf, drang durch den Muskel bis tief an die Stelle, wo Schmerz und Blut waren...

Sie lehnte sich in die Ecke am Ende der antiken Bar aus Eichenholz, ohne zu merken, daß sie dabei eine ungeöffnete Flasche Scotch umstieß.

»Was ist Ihnen?« fragte Cauvel.

»Es tut so weh.«

Er faßte sie an der Schulter. »Ist Ihnen schlecht? Kann ich Ihnen helfen?«

»Mir ist nicht schlecht. Es ist die Vision. Ich fühle sie.«

Wieder das Messer. Der tiefe Stich.

Sie preßte beide Hände an den Leib und versuchte, den Schmerz zu unterdrücken. »Diesmal werde ich nicht wieder ohnmächtig. Keinesfalls!«

»Was für eine Vision?« fragte Cauvel besorgt.

»Der Friseursalon. Derselbe, der mir vor ein paar Stunden erschienen ist. Aber jetzt passiert es! Dieses Gemetzel... allmächtiger Gott... irgendwo passiert es... jetzt, in dieser Minute.« Sie schlug die Hände übers Gesicht, konnte aber die Vision nicht verdecken. »O Gott. Lieber Gott. Hilf mir!«

»Was sehen Sie?«

»Einen toten Mann auf dem Fußboden.«

»Auf dem Fußboden des Friseursalons?«

»Er hat eine Glatze... Schnurrbart... rotes Hemd.«

»Was fühlen Sie?«

Das Messer.

Sie begann zu schwitzen – weinte.

»Mary? *Mary?*«

»Ich fühle... wie die Frau... erstochen wird.«

»Welche Frau? Ist dort eine Frau?«

»Ich darf jetzt nicht umfallen.«

Sie begann umzusinken, und Cauvel hielt sie an beiden Schultern fest.

Wieder sah sie, wie das Messer ins Fleisch schnitt, fühlte jedoch diesmal keinen Schmerz. Die Frau war tot. Es gab keinen Schmerz mehr, den sie mit ihr teilen konnte.

»Ich muß sein Gesicht sehen, seinen Namen erfahren«, sagte sie.

Der Killer, neben seinem Opfer stehend, in einem Cape, nein, einem langen Mantel...

»Ich darf jetzt den Faden nicht verlieren. Ich muß sie festhalten, herausfinden, wo er ist, wer er ist, *was* er ist, ihn von diesen entsetzlichen Morden abhalten.«

Da steht der Killer, steht mit dem Fleischermesser in der Hand. Sein Gesicht ist im Schatten, aber jetzt dreht er sich um, sehr langsam und bedächtig, gleich kann sie sein Gesicht sehen, er wendet sich ihr zu, als ob er nach ihr suchte...

»Er weiß, ich bin bei ihm«, sagte sie.

»Wer?«

»Er weiß, daß ich ihn beobachte.«

Sie begriff nicht, wie das alles kam. Aber der Killer wußte, daß sie da war. Dessen war sie ganz sicher, und sie fürchtete sich.

Auf einmal sprangen sechs oder acht gläserne Hunde von den Regalen, flogen durch die Luft und krachten mit beträchtlicher Kraft dicht neben Mary gegen die Wand.

Sie schrie auf.

Cauvel drehte sich um, zu sehen, wer sie geworfen hatte.

»Was, zum Teufel...«

Als ob sie lebendig geworden und ihnen Flügel gewachsen wären, hoben ein Dutzend Glashunde vom oberen Regal ab. Wie bunte Fragmente zersplitternder Prismen schossen sie zur Zimmerdecke empor. Dort prallten sie ab und stießen klirrend aneinander, wie chinesische Windglocken.

Dann rasten sie im Sturzflug auf Mary zu.

Sie hob die Arme und verdeckte ihr Gesicht.

Die Miniaturhunde trafen sie härter, als sie erwartet hatte. Sie stachen auf sie ein wie Bienen.

»Aufhören«, rief sie, wobei sie nicht sicher war, wen sie damit ansprach.

Ein Höllenhund mit spitzen Hörnern traf den Doktor auf die Stirn zwischen den Augen. Die Stelle begann zu bluten.

Cauvel wandte sich vom Regal ab und versuchte Mary mit seinem Körper zu decken.

Weitere zehn bis fünfzehn Hunde schossen durch den Raum. Zwei von ihnen durchschlugen die Glasscheibe an der Bar. Andere zerschlugen sich an der Wand dicht neben Mary und besprühten ihr Haar mit bunten Glassplittern.

»Es will mich töten«, schrie sie. Sie kämpfte erfolglos gegen einen Anfall von Hysterie an.

Cauvel drückte sie in die Ecke.

Immer mehr Glashunde zischten durch die Luft, stießen auf den Schreibtisch des Psychiaters nieder und verstreuten einen Stapel Papiere im Zimmer. Ohne zu zerbrechen, prallten die Figuren an den Rolladen vor den Fenstern ab, kreuzten wie irre durch den Raum und attackierten mit voller Kraft Cauvels Rücken und Schultern. Scherben und Splittern regneten auf Marys eingezogenen Kopf hinunter.

Dann stieg das nächste Geschwader auf. Die Figuren schwärmten aus, flatterten um Mary herum, flogen wieder davon und kehrten zum Angriff zurück. Sie hingen in der Luft wie Heuschrecken und stachen und schlugen mit unglaublicher Kraft auf sie ein.

So plötzlich, wie der makabre Angriff begonnen hatte, hörte er auf. Fast hundert Glasminiaturen standen noch auf den Regalen, bewegten sich jedoch nicht.

Mary und Cauvel kauerten in der Ecke. Sie trauten der Ruhe nicht und warteten auf den nächsten Angriff.

Alles blieb ruhig.

Schließlich ließ er sie los und trat zurück.

Mary war nicht imstande, ihr Zittern zu unterdrücken.

»Alles in Ordnung?« fragte er sie, ohne die blutigen Wunden auf seinem Gesicht zu beachten.

»Ich sollte ihn nicht sehen«, sagte sie.

Cauvel war noch immer benommen. Er starrte sie verständnislos an.

»Sein Gesicht«, sagte sie. »Ich durfte sein Gesicht nicht sehen.«

»Wovon sprechen Sie eigentlich?«

»In meiner Vision«, erklärte sie ihm. »Als ich versuchte, den Killer zu sehen, wurde ich davon abgehalten. Wer oder was hielt mich ab?«

Cauvel betrachtete die Glasscherben, die überall herumlagen. Er begann die Splitter von seiner Jacke zu entfernen. »Haben Sie das gemacht? Haben Sie die Hunde zum Fliegen gebracht?«

»Ich?«

»Wer sonst?«

»Aber nein! Wie könnte ich so was tun?«

»Irgend jemand hat es offenbar getan.«

»Irgend *etwas*.«

Er starrte sie an.

»Es war ein... ein Geist«, sagte sie.

»Ich glaube nicht an ein Leben nach dem Tod.«

»Ich war mir auch nicht ganz sicher. Bis heute.«

»Also spukt es hier?«

»Was sonst?«

»Es gibt viele Möglichkeiten.« Er blickte sie besorgt an.

»Ich bin nicht verrückt«, sagte sie.

»Das habe ich nicht behauptet.«

»Wir haben eben einen Poltergeist in Aktion gesehen.«

»Daran glaube ich auch nicht.«

»Aber ich. Ich habe schon gesehen, was sie anstellen. Dabei war ich nie sicher, ob es Geister waren oder nicht. Jetzt bin ich es.«

»Mary...«

»Es war ein Poltergeist. Er kam, um mich daran zu hindern, das Gesicht des Mörders zu sehen.«

Das Regal hinter ihnen kippte um und krachte donnernd zu Boden.

9

Max war nicht zu Hause.

Ohne ihn kam Mary das Haus wie ein Mausoleum vor. Ihre Schritte hallten lauter als sonst auf dem Hartholz-Fußboden und erschienen ihr wie das Echo unheimlicher Stimmen.

»Er hat vorhin angerufen«, berichtete Anna Churchill, sich die Hände an ihrer Schürze abwischend. »Er bat mich, das Abendessen um eine halbe Stunde zu verschieben.«

»Warum denn?«

»Ich soll Ihnen ausrichten, daß er erst um acht zurückkommt, weil Woolworth zum Weihnachtsverkauf länger offen hat.«

Sie wußte, daß Max sie mit dieser Nachricht verulken und zum Lachen bringen wollte, aber sie brachte nicht einmal ein Lächeln zustande. Das einzige, was sie aufheitern konnte, war seine Anwesenheit. Sie wollte nicht allein sein.

Sie ging durchs Wohnzimmer zu der breiten Mahagonitreppe, die nach oben führte. Die schweren altamerikanischen Möbel engten sie ein. Der Poltergeist war ihr noch zu frisch in Erinnerung. Wie sollte sie sich davor retten, wenn die einzelnen Möbelstücke, Stühle, Sofas, Eckschränke, jetzt in mörderischer Absicht auf sie einstürmen würden?

Die Möbel rührten sich nicht.

Oben im Badezimmer nahm sie ein Fläschchen Valium aus dem Medizinkasten. Emmet und Anna gegenüber hatte sie sich beherrscht und ihre Nervosität niedergekämpft. Jetzt zitterten ihre Hände so heftig, daß sie fast eine Minute benötigte, bis sie den Sicherheitsverschluß gelöst hatte. Sie goß sich ein Glas kaltes Wasser ein und schluckte eine der Kapseln. Nicht genug, dachte sie. Sie brauchte zwei. Vielleicht drei. »Mein Gott, nein«, sagte sie und stellte das Fläschchen schnell auf seinen Platz zurück, bevor die Versuchung zu groß wurde.

Als sie das Badezimmer verieß, fiel das leere Wasserglas auf den Fußboden und zersplitterte in kleine Teile. Erschrocken fuhr sie herum. Sie war ganz sicher, daß Glas nicht an den äußersten Rand des Beckens gestellt zu haben. Es war nicht einfach heruntergefallen, sondern gestoßen worden.

»Max, bitte, komm nach Hause«, flüsterte sie vor sich hin.

Sie wartete auf ihn in seinem Studio im zweiten Stock. Es war sein Lieblingszimmer, vollgestopft mit Büchern und Waffen verschiedener Art. Antike Gewehre, fachmännisch restauriert, hingen in Glaskästen an der Wand neben Sonderauflagen von Hemingway, Stevenson, Poe, Shaw, Fitzgerald und Dickens. Ein Paar Nr. 3 Colt Derringers aus dem Jahr 1872 in einer seidengefütterten, messingbeschlagenen Tragtasche. Es gab Romane von John D. MacDonald, Clavell, Bellow, Woolrich, Levin, Vidal sowie Bände van Gay Talese, Colin Wilson, Hellman, Toland und Shirer. Dazwischen Schrotbüchsen, Gewehre, Revolver und automatische Pistolen. Dann wieder Bücher von Raymond Chandler, Dashiell Hammett, Ross MacDonald, Mary McCarthy, James M. Cain und Jessamyn West.

Eine eigenartige Zusammenstellung von Waffen und Büchern, dachte Mary. Aber außer ihr waren es diese Dinge, die Max am meisten liebte.

Sie nahm einen Bestseller zur Hand, den sie seit Wochen lesen wollte, konnte sich jedoch nicht auf das Buch konzentrieren. Sie setzte sich an Max' Schreibtisch und nahm einen Schreibblock und Kugelschreiber aus der mittleren Schublade.

Eine Zeitlang starrte sie die leere Seite an. Schließlich begann sie zu schreiben:

Seite 1
Fragen:
Warum habe ich diese Visionen, wenn ich sie nicht selbst herbeiführe?
Warum kann ich plötzlich und zum erstenmal den Schmerz der Opfer in meinen Visionen mitfühlen?
Warum hat noch kein anderer Hellseher diesen Schmerz jemals gefühlt?
Wie konnte der Killer im Friseurladen wissen, daß ich ihn beobachtete?
Warum sollte ein Poltergeist mich daran zu hindern versuchen, das Gesicht des Mörders zu sehen?
Was hat das alles zu bedeuten?

Schon als Kind, in großen und kleinen Krisen, hatte sie gefunden, daß es ihr half, ihre Probleme niederzuschreiben. Wenn sie sie schwarz auf weiß vor sich sah, erschienen sie ihr oftmals nicht mehr so unlösbar. Nachdem sie die Liste zusammengestellt hatte, las sie jede Frage mehrmals durch. Erst still, dann laut. Auf die nächste Seite schrieb sie: *Antworten.*

Sie dachte eine Weile nach. Dann schrieb sie: *Ich habe keine Antworten.*

»Verdammt noch mal«, sagte sie und schleuderte den Kugelschreiber quer durchs Zimmer.

»Harley Barnes am Apparat.«

»Chief Barnes, hier spricht Mary Bergen.«

»Oh, hallo! Sind Sie noch in der Stadt?«

»Nein, ich rufe aus Bel Air an.«

»Was kann ich für Sie tun?«

»Ich schreibe einen Artikel über das, was gestern vorgefallen ist, und hätte ein paar Fragen an Sie. Dieser Mann, den wir erwischt haben... wie hieß der noch?«

»Als Hellseherin sollten Sie das doch wissen.«

»Ich kann leider nicht alles sehen, was ich will.«

»Er heißt Richard Lingard.«

»Ein Einwohner der Stadt, oder ist er von außerhalb eingereist?«

»Hier geboren und aufgewachsen. Ich kannte seine Eltern. Er besaß eine Apotheke.«

»Wie alt?«

»Anfang dreißig oder so.«

»Ist er... war er verheiratet?«

»Vor Jahren geschieden. Keine Kinder, Gott sei Dank.«

»Sind Sie sicher...?«

»Sicher, daß er keine Kinder hat? Ja, absolut.«

»Nein. Ich meine... ist er wirklich tot?«

»Tot? Natürlich ist er tot. Sie haben ihn doch gesehen?«

»Ich dachte nur... haben Sie irgend etwas Ungewöhnliches über ihn herausgefunden?«

»Etwas Ungewöhnliches? Wie meinen Sie das?«

»Ist er seinen Nachbarn irgendwie komisch vorgekommen?«

»Die mochten ihn. Alle mochten ihn.«

»Haben Sie bei ihm zu Hause etwas Ungewöhnliches gefunden?«

»Nichts. Ein Normalverbraucher wie jeder andere. Fast beängstigend, wie normal der war. Wenn Dick Lingard sich als psychopathischer Killer entpuppte, wem kann man dann noch trauen?«

»Niemand.«

»Mrs. Bergen...« Barnes zögerte. »Haben Sie das Messer mitgenommen?«

»Welches Messer?«

»Lingards Messer.«

»Können Sie es nicht finden?«

»Es ist vom Tatort verschwunden.«

»Verschwunden? Kommt das öfters vor?«

»Mir ist so was noch nie passiert.«

»Also ich habe es nicht.«

»Vielleicht hat Ihr Bruder es aufgehoben.«

»Alan würde das nicht tun.«

»Oder Ihr Mann?«

»Chief, wir haben schon sehr oft mit der Polizei gearbeitet. Wir kennen uns zu gut aus, um Beweisstücke als Andenken mitzunehmen.«

»Wir haben Mrs. Harringtons Haus von oben bis unten durchsucht. Da ist das Messer auch nicht.«

»Vielleicht hat es Lingard auf dem Rasen vor dem Haus fallen lassen.«

»Da haben wir auch jeden Zentimeter abgesucht.«

»Vielleicht fiel das Messer in den Rinnstein, als er gegen den Streifenwagen prallte.«

»Oder auf den Gehsteig. Wir haben nicht sofort nach dem Messer gesucht, was wir hätten tun sollen, und es standen eine Menge Leute herum. Vielleicht hat einer von denen es aufgehoben. Wir werden uns mal umfragen. Ich nehme an, wir finden das Ding früher oder später. Es wird ja keinen Prozeß geben, für den wir es brauchen. Dieses Problem hat der Tod bereits gelöst. Auch der gerissenste Anwalt kriegt Richard Lingard nicht wieder frei.«

Um sieben Uhr dreißig berichteten alle Sender in Los Angeles in den Nachrichten von dem Fall der vier jungen Krankenschwestern, die in ihrer Wohnung in Anaheim erstochen und erschlagen aufgefunden worden waren.

Beverly Puchalski.

Susan Haven.

Linda Proctor.

Maria Sanzini.

Mary kannte keine von ihnen.

Erstaunt schob sich Mary von der Stuhlkante zurück. Sie erinnerte sich an das zerschlagene Gesicht in ihrer Vision von gestern abend: Eine schwarzhaarige Frau mit blauen Augen. Sie war ganz sicher, daß sie dieses Gesicht kannte.

Acht Uhr abends. Sie erwartete Max an der Eingangstür. Er kam herein, machte die Tür hinter sich zu und schloß Mary in die Arme. Sein Anzug fühlte sich kalt an von der frischen Abendluft, aber sie konnte durch den Stoff die Wärme seines Körpers spüren.

»Sechs Stunden Einkäufe und keine Pakete?« fragte sie.

»Die bekommen alle eine schöne Geschenkverpackung. Morgen hole ich sie ab.«

Mary grinste. »Ich wußte gar nicht, daß Woolworth Geschenkverpackungen hat.«

Er küßte sie auf die Wange. »Ich habe Sehnsucht nach dir gehabt.«

Sie lehnte sich in seinen Armen zurück. »Sag mal, wo hast du denn deinen Mantel? Du wirst dir eine Grippe holen.«

»Der war ganz mit Dreck bespritzt. Ich habe ihn zur Reinigung gebracht.«

»Wie ist der denn so schmutzig geworden.«

»Ich hatte einen Platten.«

»Das passiert doch nicht bei einem Mercedes.«

»Bei unserem doch. Die Stelle, wo ich den Reifen wechseln mußte, war ziemlich schlammig, und ein vorbeifahrender Wagen bespritzte mich von oben bis unten.«

»Hast du dir die Nummer gemerkt? Dann werde ich...«

»Leider nicht«, sagte Max. »Nachher fiel mir ein: ›Wenn ich die Nummer von diesem Arschloch hätte, würde Mary herausfinden, wer er ist, und ihn fürchterlich verdreschen‹.«

»Niemand tut ungestraft meinem Max etwas an.«

»Den Finger habe ich mir auch aufgeschnitten, als ich den Reifen wechselte«, sagte er und hielt seine rechte Hand in die Höhe. Seine Hemdmanschette war mit Blut durchtränkt, und um den Finger hatte er ein blutiges Taschentuch gebunden. »Da ist so eine scharfe Kante am Wagenheber«, sagte er.

Sie faßte ihn am Handgelenk. »Soviel Blut. Laß mich mal den Schnitt sehen.«

»Ach, es ist gar nichts.« Er zog seine Hand weg, bevor sie das Taschentuch abwickeln konnte. »Es hat schon aufgehört zu bluten.«

»Vielleicht muß die Wunde genäht werden.«

»Ich brauche nur einen Druckverband. Der Schnitt ist tief, aber zu klein, um ihn zu nähen oder zu klammern. Und der Anblick würde dir nur den Appetit verderben.«

»Laß mal sehen. Ich bin schon ein großes Mädchen. Außerdem muß die Wunde gereinigt und verbunden werden.«

»Das kann ich selber. Geh du nur zu Tisch. Ich komme in ein paar Minuten nach.«

»Das kannst du aber nicht allein machen.«

»Natürlich kann ich es. Schließlich war ich nicht immer verheiratet. Ich habe jahrelang allein gelebt.« Er küßte sie auf die Stirn. »Wir wollen doch Mrs. Churchill nicht aufregen. Wenn wir nicht bald zu Tisch kommen, löst sie sich in Tränen auf.«

Mit seiner gesunden Hand schob er Mary aufs Eßzimmer zu.

»Wenn du verblutest«, sagte sie, »verzeihe ich dir das nie.«

Lachend ging er zur Treppe und eilte, zwei Stufen auf einmal nehmend, hinauf ins Obergeschoß.

Das Abendessen war ganz nach Marys Geschmack, herzhaft, aber nicht schwer. Es gab Zwiebelsuppe, Salat, Chateaubriand mit Sauce Béarnaise und Zucchini-Streifen in Öl und Knoblauch mariniert und dann kurz überbacken.

Beim Kaffee, den sie in der Bibliothek tranken, war Mary entspannt – fast heiter. Die zweite Valiumkapsel, welche sie kurz vor Max's Ankunft eingenommen hatte, wirkte beruhigend. Sie erzählte ihm alles, was sich während des Tages ereignet hatte: Von

Cauvel, von ihrer schmerzerfüllten Vision und von dem Poltergeist, der sie daran gehindert hatte, das Gesicht des Mörders zu sehen und seine Identität aufzudecken. Sie besprachen die Nachrichten im Radio über die ermordeten Krankenschwestern in Anaheim, die Max ebenfalls gehört hatte, und dann erzählte sie ihm noch von ihrem Telefongespräch mit Harley Barnes.

»Warum machst du so ein Aufheben von dem fehlenden Messer?« fragte Max. »Was Barnes sagt, klingt doch recht überzeugend. Einer der Zuschauer könnte es an sich genommen haben.«

»Er hätte es tun *können*, aber er hat es nicht getan.«

»Wer denn sonst?«

Mary saß neben ihm auf dem Sofa. Sie streifte ihre Schuhe ab und zog ein Bein an und ließ sich Zeit, die richtigen Worte zu finden. Sie war in einer prekären Lage. Wenn Max nicht glauben konnte, was sie ihm zu erklären hatte, würde er sie bestenfalls für *ein wenig* verrückt halten.

»Diese Visionen sind völlig verschieden von allen, die ich je hatte«, sagte sie schließlich. »Das heißt, daß der Killer – also die Quelle der spiritistischen Ausstrahlung – anders ist, als jeder, den ich bisher aufgespürt habe. Er ist kein gewöhnlicher Mensch. Seit gestern zerbreche ich mir den Kopf nach einer vernünftigen Erklärung dafür, was mir passiert ist, und mein Gespräch mit Barnes gab mir den Schlüssel. Der Schlüssel ist das verlorene Messer. Verstehst du nicht? Richard Lingard hat das Messer in seinem Besitz?«

»Lingard? Der ist doch mausetot. Barnes hat ihn erschossen. Lingard kann doch das Messer nicht mitgenommen haben – es sei denn ins Leichenschauhaus.«

»Er kann es mitgenommen haben, wohin er wollte. Barnes hat lediglich Lingards Körper getötet. Lingards Geist nahm das Messer mit.«

Max war völlig verblüfft. »Ich glaube nicht an Geister. Selbst wenn es sie geben sollte, haben sie keine Substanz. Wenigstens nicht nach unseren Begriffen. Wie hätte also Lingards Geist, ein Ding ohne Substanz, ein sehr wirkliches und konkret vorhandenes Messer mitnehmen können?«

»Ein Geist hat keine Substanz, aber er besitzt Macht«, sagte sie mit Nachdruck. »Vor zwei Monaten, bei dieser Story in Connecticut, hast du selbst einen Poltergeist in Aktion gesehen.«

»Na und?«

»Na eben. Ein Poltergeist hat auch anscheinend keine Substanz, trotzdem wirft er mit massiven Gegenständen um sich. Stimmt das nicht?«

»Ja«, gab er widerwillig zu. »Aber ich glaube nicht daran, daß ein sogenannter Poltergeist der Geist eines Verstorbenen ist.«

»Was sonst könnte er sein?« Bevor Max etwas erwidern konnte, sagte sie: »Lingards Geist hat das Fleischermesser mitgenommen. Ich *weiß* es.«

Er trank seinen Kaffee in drei langen Schlucken aus. »Angenommen das stimmt. Wo befindet sich der Geist jetzt?«

»In einer lebenden Person.«

»Was?«

»Als Lingard starb, verließ ihn sein Geist und ergriff Besitz von einem lebenden Menschen.«

Max stand auf und ging hinüber zu den Bücherregalen. Er betrachtete Mary mit forschendem, abwägendem Blick. »Mit jedem Besuch bei Cauvel kommst du der Erinnerung näher, was Berton Mitchell dir angetan hat.«

»Du glaubst also, daß ich jetzt, wo ich am Rande dieser Erinnerung stehe, vor der Wahrheit davonlaufe und mich in den Irrsinn flüchte.«

»*Kannst* du dich denn dem stellen, was er getan hat?«

»Ich habe seit Jahren damit gelebt, auch wenn ich es unterdrückte.«

»Damit leben und es verkraften können sind zwei verschiedene Dinge.«

»Bin ich also in deinen Augen eine Kandidatin für die Gummizelle? Da kennst du mich schlecht.« Trotz des Valiums konnte sie ihren Ärger nicht zügeln.

»Das glaube ich nicht. Aber an dämonische Besessenheit glaube ich auch nicht.«

»Nicht dämonisch. Das ist ein zu großartiges Wort. Ich spreche von einem lebenden Menschen, der vom Geist eines Toten besessen ist.«

Sein kantiges, fast häßliches Gesicht war von Besorgnis gezeichnet. Er breitete die Arme aus, Handflächen nach oben, wie ein bettelnder Bär. »Und wer ist dieser lebende Mensch?«

»Der Mann, der die Krankenschwestern von Anaheim ermordet hat. Er ist von Lingards Geist besessen und darum sind seine spiritistischen Ausstrahlungen so verschieden.«

Max kehrte zum Sofa zurück. »Ich kann das nicht akzeptieren.«

»Das beweist noch lange nicht, daß ich unrecht habe.«

»Diese Poltergeisterscheinungen in Cauvels Sprechzimmer... glaubst du...«

»Das war Lingard«, sagte sie mit Bestimmtheit.

»Deine Theorie hat ein Loch«, sagte er.

Sie zog fragend die Augenbrauen hoch.

»Wie konnte Lingards Geist an zwei Orten gleichzeitig sein?« fragte er. »Wie konnte er in einem Mann stecken, den er zum Morden zwang, und zur gleichen Zeit in Cauvels Sprechzimmer mit Glashunden um sich werfen?«

»Keine Ahnung. Wer weiß, was so ein Geist alles kann?«

Gegen zehn Uhr kam Max ins Schlafzimmer. Er war nach unten gegangen, sich aus der Bibliothek etwas zu lesen zu holen. Jetzt kam er mit einem dicken Buch unter dem Arm zurück – nicht das, was er gesucht hatte. »Ich habe eben mit Dr. Cauvel gesprochen«, sagte er.

Mary saß aufrecht im Bett. Sie gebrauchte den Schutzumschlag ihres Buches als Lesezeichen und markierte damit die Seite, die sie gerade las. »Und was hat der hochgelehrte Herr Doktor dir zu sagen?«

»Er glaubt, du bist der Poltergeist.«

»Ich?«

»Er sagt, du warst im Streß...«

»Sind wir das nicht alle?«

»Du besonders.«

»War ich das?«

»Ja, weil du dich an die Sache mit Berton Mitchell erinnertest.«

»Ich habe mich doch schon früher daran erinnert.«

»Aber diesmal mehr als sonst. Cauvel sagt, daß du diesmal unter besonders schwerem psychologischen Druck standest, und daß *du* die Glashunde zum Fliegen brachtest.«

Sie lächelte ihn an. »Ein Mann von deiner Figur sieht im Schlafanzug saukomisch aus.«

»Mary...«

»Besonders in einem gelben Schlafanzug. Du solltest nur einen Morgenmantel tragen.«

»Du weichst mir aus.« Er trat ans Fußende des Bettes. »Wie war das nun mit den Glashunden?«

»Cauvel will ja nur, daß ich sie ihm ersetze«, sagte sie leichthin.

»Er hat nichts von Geld erwähnt.«
»Aber darauf läuft es hinaus.«
»Er ist nicht der Typ dazu«, meinte Max.
»Ich zahle ihm die Hälfte des Wertes.«
»Mary, das ist vollkommen unnötig«, sagte er gereizt.
»Ich weiß«, sagte sie gleichmütig. »Ich habe sie ja auch nicht zerbrochen.«
»Ich meine, Cauvel hat keinen Schadenersatz verlangt. Du versuchst lediglich, mich vom Thema abzubringen.«
»Okay, okay. Also *wie* soll ich die Hunde zum Fliegen gebracht haben?«
»Aus dem Unterbewußtsein heraus. Cauvel sagt...«
»Psychiater schieben dem Unterbewußtsein immer die Schuld für alles zu.«
»Und wer sagt, daß das nicht stimmt.«
»Sie sind blöd.«
»Mary...«
»Und du bist auch blöd, weil du Cauvel glaubst.«
Sie hatte nicht die Absicht, sich mit ihm zu streiten, konnte sich aber nicht länger beherrschen. Das Thema, das er angeschnitten hatte, beängstigte sie, obgleich sie nicht sagen konnte warum. Irgend etwas in ihr, ein Wissen, das sie selbst nicht definieren konnte, versetzte sie in Schrecken.
Er stand mit seinem Buch am Fußende des Bettes, wie ein Prediger mit der Bibel in der Hand. »Willst du mir bitte zuhören?«
Irritiert schüttelte sie den Kopf, als fände sie sein Gerede unerträglich. »Wenn ich für diese zerbrochenen Glasfiguren verantwortlich bin, dann trage ich auch die Schuld für das schlechte Wetter an der Ostküste, für den Krieg in Afrika, die Inflation, die Armut und die letzte Fehlernte.«
»Alberner Sarkasmus.«
»Du bringst mich dazu.«
Das Beruhigungsmittel, das sie genommen hatte, wirkte überhaupt nicht. Sie war aufs äußerste angespannt und zitterte am ganzen Leib. Eine unbekannte Macht war darauf aus, sie zu vernichten.
Mit einmal fühlte sie sich von Max bedroht.
Das ist doch Unsinn, dachte sie. Max ist doch keine Gefahr für mich. Er will mir doch nur helfen, die Wahrheit zu finden.
Verwirrt und benommen lehnte sie sich in die Kissen zurück.

Max schlug sein Buch auf und las ihr mit ruhiger, aber eindringlicher Stimme vor: »›*Telekinesis* ist die Fähigkeit, durch geistige Einwirkung allein, Gegenstände zu bewegen oder ihre Form zu verändern. Nach zuverlässigen Berichten tritt dieses Phänomen am häufigsten bei schweren nervlichen Krisen und in Streß-Situationen auf. Als Beispiel werden Fälle angeführt, bei denen Fahrzeuge, unter denen Verletzte lagen, oder Trümmer von eingestürzten oder ausgebrannten Gebäuden, die Menschen unter sich begraben hatten, durch telekinetische Kraft angehoben wurden.«

»Ich *weiß*, was Telekinesis ist«, sagte Mary.

Ohne sich von ihr unterbrechen zu lassen, las Max weiter: »Telekinesis wird oft mit dem Erscheinen von Poltergeistern verwechselt. Diese jedoch sind verspielte, gelegentlich bösartige Geister. Die Existenz von Poltergeistern als überirdische Wesen ist bestritten und keineswegs erwiesen. Dazu ist zu bemerken, daß sich in den meisten Häusern, in denen Poltergeister in Erscheinung traten, ein Jugendlicher mit ernsten Identitätsproblemen aufhielt *oder eine Person, die unter beträchtlichem nervlichen Druck stand*. Es ist mit großer Wahrscheinlichkeit anzunehmen, daß das Auftreten von Poltergeistern gewöhnlich durch unbewußte Telekinesis hervorgerufen wird.«

»Das ist lächerlich«, sagte Mary. »Warum sollte ich gerade in *dem* Augenblick, wo ich Gelegenheit hatte, das Gesicht des Killers zu sehen, diese Hunde durchs Zimmer werfen?«

»Weil du es in Wirklichkeit gar nicht sehen wolltest. Dein Unterbewußtsein zwang dich, diese Figuren herumfliegen zu lassen, um dich von deiner Vision abzulenken.«

»Das ist absurd! Ich *wollte* ihn doch sehen. Ich will diesen Mann aufhalten, bevor er weitermordet.«

Max' harte graue Augen waren wie Messerspitzen. »Bist du ganz sicher, daß du ihn aufhalten willst?«

»Was soll diese Frage?«

Er seufzte. »Weißt du, was ich glaube? Ich glaube, du spürst durch dein Hellsehen, daß dieser Mann dich umbringen wird, wenn du ihn weiterverfolgst. Du hast ein mögliches Zukunftserlebnis gesehen und versuchst jetzt mit allen Mitteln, diesem Ereignis auszuweichen.«

»Nichts dergleichen«, sagte sie erstaunt.

»Der Schmerz, den du gefühlt hast...«

»Das war der Schmerz des Opfers, aber doch nicht die Vorahnung meines eigenen Todes.«

»Vielleicht hast du die Gefahr nicht bewußt erkannt«, sagte Max. »Aber im Unterbewußtsein hast du dich selbst als Opfer gesehen, falls du der Sache nachgehst. Das wäre eine Erklärung dafür, warum du dich selbst mit Poltergeistern in die Irre führst.«

»Ich werde aber nicht sterben«, sagte sie schrill. »Und ich verstecke mich vor nichts.«

»Warum hast du dann Angst, mal darüber nachzudenken?«

»Ich habe keine Angst.«

»Ich glaube doch.«

»Ich bin kein Feigling. Und ich bin keine Lügnerin.«

»Mary, ich will dir doch bloß helfen.«

»Dann solltest du mir glauben.«

Er blickte sie nachdenklich an. »Du brauchst nicht so zu schreien.«

»Du hörst mir ja nie zu, wenn ich nicht schreie.«

»Mary, warum willst du dich streiten?«

Das will ich doch nicht, dachte sie. Halte mich doch ab davon. Nimm mich in den Arm.

»*Du* hast angefangen«, sagte sie.

»Ich habe dich nur gebeten, über eine alternative Möglichkeit nachzudenken. Deine Reaktion ist maßlos übertrieben.«

Das weiß ich, dachte sie. Und ich weiß nicht warum. Ich will dir doch nicht weh tun. Ich brauche dich so sehr.

Aber alles, was sie sagte, war: »Wenn man dir so zuhört, habe ich noch nie mit etwas recht gehabt. Entweder ist meine Reaktion immer maßlos übertrieben, oder ich bin getäuscht worden, oder ich bin verwirrt. Du behandelst mich wie ein Kind.«

»Du behandelst dich doch selbst mit Herablassung.«

»Nur ein dummes kleines Kind.«

Umarme mich doch, liebe mich, dachte sie. Bring mich doch dazu aufzuhören. Ich will mich nicht streiten. Ich habe Angst.

Er drehte sich um und ging zur Tür. »Es hat keinen Sinn, jetzt etwas besprechen zu wollen. Du bist nicht in der Stimmung für konstruktive Kritik.«

»Weil ich mich wie ein Kind benehme?«

»Ja.«

»Weißt du, manchmal kotzt du mich an. Scheiße!«

Er hielt an und wandte sich zu ihr um. »Recht kindisch, meinst du nicht?« sagte er ganz ruhig. »Wie ein kleines Kind, das die Erwachsenen mit schmutzigen Redensarten beeindrucken will.«

Sie schlug ihr Buch auf der Seite auf, wo das Lesezeichen war, und schenkte ihm keine weitere Beachtung.

Sie hätte lieber die schlimmsten Schmerzen ertragen, als auch nur eine vorübergehende Entfremdung von Max. Wenn sie sich zankten, was nicht oft vorkam, fühlte sie sich ganz elend. Die zwei oder drei Stunden Stille nach dem Krach, an dem sie gewöhnlich die Schuld hatte, waren ihr unerträglich.

Heute blieb sie für den Rest des Abends im Bett mit einem Buch von Colin Wilson. ›The Occult.‹ Wann immer sie eine neue Seite anfing, konnte sie sich nicht an den Inhalt der vorigen erinnern.

Max lag auf seiner Seite des Bettes, las einen Roman und rauchte Pfeife. Er hätte ebenso gut tausend Kilometer weit weg sein können.

In den Elf-Uhr-Nachrichten brachte das Fernsehen, das sie vom Bett aus per Fernsteuerung eingeschaltet hatte, die Story des dreifachen Mordes in Santa Ana. Der Film zeigte den blutverschmierten Friseursalon und Interviews mit Polizeibeamten, die nichts zu sagen wußten.

»Siehst du«, sagte Mary, »ich hatte recht mit diesen Krankenschwestern und mit dem Friseursalon. Und, bei Gott, ich habe auch mit Richard Lingard recht.«

Noch beim Sprechen bereute sie ihre Worte – besonders den Ton, in dem sie gesprochen hatte.

Max blickte sie an, sagte aber nichts.

Sie sah weg und steckte die Nase wieder in ihr Buch. Es war nicht ihre Absicht gewesen, neuen Streit heraufzubeschwören. Im Gegenteil. Sie wollte ihn nur zum Reden bringen. Seine Stimme hören.

Obgleich sie oft diejenige war, die ein Streitgespräch begann, konnte sie es niemals von sich aus beenden. Psychologisch war sie unfähig, als erste eine Friedensgeste zu machen. Das überließ sie den Männern. Immer. Sie wußte, es war nicht fair, aber sie konnte es nicht ändern.

Wenn sie darüber nachdachte, kam sie zu dem Schluß, daß der gewaltsame Tod ihres Vaters die Ursache war. Er war ihr so plötzlich genommen worden, daß sie bis heute oft noch das Gefühl hatte, von ihm verlassen worden zu sein. In ihrem ganzen Leben als Erwachsene hatte sie immer befürchtet, der jeweilige Mann würde sie verlassen, bevor *sie* das Verhältnis zu beenden beschloß.

Selbstverständlich dachte sie nicht im Traum daran, ihre Ehe zu beenden. Die war für immer. Jedesmal, wenn sie mit Max Streit hatte, und fürchtete, er könnte sie verlassen, brachte sie ihn dazu, seinerseits die Versöhnung einzuleiten. Es war ein Test, bei dem er mehr von seinem Stolz aufgeben mußte als sie, was der Beweis dafür war, daß er sie liebte und sie niemals verlassen würde, wie ihr Vater es getan hatte.

Der Tod ihres Vaters war ein ungleich wichtigerer Faktor in ihrem Leben, als alles, was Berton Mitchell ihr angetan hatte.

Warum wollte Dr. Cauvel das nicht einsehen?

Als es beiden klar wurde, daß keiner von ihnen imstande war zu schlafen, streckte Max im Dunkeln die Hand nach ihr aus. Seine Berührung wirkte auf Mary wie die einer Stimmgabel auf ein Stück feines Kristall. Am ganzen Körper zitternd warf sie sich an ihn und brach in Tränen aus.

Er sagte nichts. Worte erübrigten sich.

Ein paar Minuten lang hielt er sie fest im Arm und fing dann an, sie zu liebkosen. Er ließ seine Hand über ihren Seidenpyjama gleiten, streichelte ihre Hüfte und ihr Gesäß mit langsamen, warmen Bewegungen. Dann knöpfte er ihre Bluse auf und befühlte ihre bebende Brust, wobei seine Finger nur für einen kurzen Augenblick an ihrer Brustwarze verweilten. Sie preßte ihren offenen Mund gegen die harten Muskeln an seinem Nacken. Mit den Lippen fühlte sie seinen kräftigen Puls. Er entkleidete erst sie, dann sich selbst. Der Verband an seiner Hand streifte ihre nackte Hüfte.

»Dein Finger«, sagte sie.

»Macht nichts.«

»Die Wunde kann aufbrechen und wieder anfangen zu bluten«, sagte sie.

»Schhh.«

Er war voller Ungeduld und, obgleich sie kein Wort gesagt hatte, spürte er, daß sie ebenso begierig war. Er erhob sich über ihr in der Dunkelheit und legte sich auf sie. Obwohl sie nicht mehr als eine zärtliche Umarmung erwartet hatte, gelangte sie in einer Minute zum Höhepunkt. Kein intensiver Orgasmus, nur ein kurzer, genußvoller Moment. Als sie jedoch gleich darauf ein zweites Mal kam, Sekunden bevor er sich tief in sie ergoß, schrie sie vor Lust auf.

Eine Zeitlang kuschelte sie sich an ihn und hielt seine Hand. »Du darfst mich nie verlassen«, sagte sie. »Bleib bei mir, solange ich lebe.«

»Solange du lebst«, versprach ihr Max.

Mittwoch morgen gegen fünf Uhr dreißig wurde Mary in der Mitte einer Alptraum-Vision von dem nächsten Verbrechen des Killers durch einen Schuß aus dem Schlaf gerissen. Eine ohrenzerreißende Explosion, ganz dicht neben ihr. Noch während der Knall von den Wänden des Schlafzimmers widerhallte, warf sie ihr Bettzeug von sich und fuhr hoch. »Max! Was ist los? Max!«

Er knipste die Nachttischlampe an und sprang mit einem Satz aus dem Bett. Benommen und blinzelnd versuchte er sich zu orientieren.

Das plötzliche Licht tat ihren Augen weh. Obgleich sie halb geblendet war, konnten sie sehen, daß sich außer ihnen niemand im Zimmer befand.

Max griff nach der geladenen Waffe, die er immer auf seinem Nachttisch liegen hatte. Sie war nicht an ihrem Platz.

»Wo ist die Pistole?« erwiderte sie.

Dann, als sich ihre Augen ans Licht gewöhnten, sah sie die Pistole. Sie schwebte in der Luft über dem Fußende des Bettes in einer Höhe von anderthalb Metern, als hinge sie an einem Draht. Nur gab es keinen Draht. Die Mündung war auf Mary gerichtet.

Der Poltergeist.

»Mein Gott«, sagte Max.

Obwohl kein Finger den Abzug berührte, löste sich ein zweiter Schuß. Das Projektil schlug am Kopfende des Bettes ein, wenige Zentimeter neben Marys Kopf.

Panik erfaßte sie. Keuchend und wimmernd rannte sie durchs Zimmer, gebückt wie ein Krüppel. Die Pistole machte eine Wendung nach links und blieb auf sie gerichtet. Mary erreichte eine Ecke des Zimmers und saß dort fest, wie in einer Falle. Jetzt fiel ihr ein, sie hätte in die entgegengesetzte Richtung laufen müssen, wo sie sich ins Badezimmer retten konnte.

Der dritte Schuß schlug in den Fußboden vor ihr ein. Teppichfetzen und Holzsplitter spritzten umher.

»Max!«

Er griff nach der Waffe, aber sie entglitt ihm, wich ihm aus, schwebte auf und nieder und von einer Seite zur anderen. Seine Bemühungen wirkten wie ein ungeschickter Tanz.

Mary sah sich nach einem Versteck um.

Es gab keines.

Der vierte Schuß ging über ihren Kopf hinweg und zersplitterte ein gerahmtes Aquarell, das den Hafen von Newport Beach darstellte.

Endlich bekam Max die Pistole zu fassen. Sie wand sich in seiner Hand, bis die Mündung auf seine Brust gerichtet war. Schwitzend und fluchend mühte er sich ab, jemandem, den er nicht sehen konnte, die Waffe zu entreißen. Überraschenderweise gab sein unsichtbarer Gegner nach wenigen Sekunden auf, und Max stolperte ein paar Schritte rückwärts – die Waffe in seinem Besitz.

Mary stand mit dem Rücken zur Wand, die Hände auf den Mund gepreßt. Sie konnte die Augen nicht von der Pistole abwenden.

»Du bist jetzt sicher«, sagte Max. »Es ist alles vorbei.« Er ging auf sie zu.

»Um Gottes willen, entlade das Ding doch«, rief sie, auf die Pistole in seiner Hand deutend.

Er hielt an, starrte einen Moment auf die Waffe und zog den Ladestreifen aus dem Griff.

»Du solltest alle Patronen aus dem Ladestreifen nehmen«, sagte sie.

»Das ist nicht nötig wenn ich...«

»Tue es!«

Seine mächtigen Hände zitterten, als er die Patronen herausnahm. Er legte alles aufs Bett. Die Pistole, den leeren Ladestreifen, die unverbrauchte Munition. Eine Zeitlang betrachteten sie beide die einzelnen Teile auf dem Bett in der Erwartung, daß sie sich wieder selbständig machen würden.

Nichts rührte sich.

»Was war denn das?« fragte er.

»Der Poltergeist.«

»Was immer es war – ist es noch hier?«

Mary schloß die Augen, versuchte sich zu entspannen und konzentrierte sich. Nach einer Weile sagte sie: »Nein. Es ist weg.«

10

Percy Osterman, der Sheriff von Orange County, hielt Max und Mary die Tür auf und bedeutete ihnen, sie möchten vorangehen.

Der Raum war grau. Die Wände waren grau gestrichen, der gekachelte Fußboden war grau, und grau war auch der Staub an den Fensterrahmen. Eine Reihe grauer Metallregale war mit Bolzen an der Wand befestigt. In die gegenüberliegende Wand waren zahlreiche Aktenschränke aus poliertem Stahl eingebaut. Die wenigen Möbelstücke waren aus Stahl und grauem Kunststoff. Fluoreszenzlampen hinter grauen Schirmen tauchten die Szene in ein surrealistisch anmutendes Licht.

Die einzigen hellen Punkte im Raum waren die sorgfältig geschrubbten Porzellanbecken und der schräge Obduktionstisch, schneeweiß und mit blitzendem Zubehör aus rostfreiem Stahl.

Der Sheriff selbst schien aus harten Ecken und Kanten zu bestehen. Er war fast so groß wie Max, aber um die vierzig Pfund leichter und nicht annähernd so muskulös. Trotzdem machte er nicht den Eindruck eines schwachen oder verbrauchten Mannes. Seine Hände waren groß und knochig, fast fleischlos, seine Finger krallenähnlich. Er hatte abfallende Schultern und einen dünnen Hals mit hervorstehendem Adamsapfel. Die flinken, unruhigen Augen in dem faltigen, sonnengebräunten Gesicht besaßen eine eigenartige, bernsteinfarbene Tönung.

Ostermans Stirnrunzeln wirkte unheilverheißend, sein Lächeln frei und freundlich. Als er jetzt einen der großen Metallbehälter ausrollte und das Gesicht des Leichnams aufdeckte, lächelte er nicht.

Mary ließ Max stehen und trat näher an den Toten heran.

»Kyle Nolan«, sagte Osterman. »Er war der Besitzer des Friseursalons und arbeitete selbst dort als Haar-Stylist.«

Nolan war untersetzt und breitschultrig. Großer Brustkorb. Glatze. Buschiger Oberlippenbart. Wenn man den abrasiert, dachte Mary, sieht er aus wie der Schauspieler Edward Asner.

Sie berührte den Behälter mit der Hand und wartete auf spiritistische Impressionen. Obgleich sie keine Erklärung dafür hatte, wußte sie, daß Tote für einige Zeit nach ihrem Ableben eine besondere Energie ausstrahlten, wie eine unsichtbare Kapsel, die Erinnerungen an bedeutende Ereignisse und im Besonderen an die letzten Minuten vor dem Tod enthielt. Für gewöhnlich erweckte eine Berührung des Toten oder eines Gegenstandes, der ihm gehört hatte, einen Strom hellseherischer Erscheinungen in ihr. Meist waren sie klar und deutlich, oft aber auch verschwommen und ergaben keinen Sinn. Fast immer jedoch vermittelten sie den Augenblick des Todes und die Identität des Mörders.

Heute, zum erstenmal in ihrer Karriere, spürte sie absolut nichts. Nicht einmal ein formloses Flackern oder einen Farbfleck.

Sie berührte das kalte Gesicht des Toten.

Immer noch nichts.

Osterman schob den Behälter zurück und rollte den nächsten aus. Er zog das Leichentuch weg und sagte: »Tina Nolan, Kyles Ehefrau.«

Tina war nicht unattraktiv, hatte jedoch harte Gesichtszüge und sprödes, gebleichtes Haar – keine gute Reklame für das Geschäft ihres Mannes. Ihre Augen hatten sich wieder geöffnet, obgleich der Leichenbeschauer sie schon vor Stunden zugedrückt hatte. Die toten Augen starrten Mary an, als ob sie ihr etwas Wichtiges und Schreckliches mitteilen wollten. Aber schließlich erfuhr Mary auch von ihr nicht mehr als von Kyle.

Die Frau im dritten Behälter war Ende zwanzig. Sie war einmal sehr schön gewesen.

»Rochelle Drake«, erklärte Osterman. »Nolans letzte Kundin an dem Tag.«

»Rochelle Drake?« sagte Max. Er trat näher heran und blickte in den Behälter. »Ist mir dieser Name nicht bekannt?«

»Erkennen Sie sie?« fragte Sheriff Osterman.

Max schüttelte den Kopf. »Nein. Aber... Mary? Sagt dir der Name etwas?«

»Nein«, erwiderte sie.

»Als du diese Morde voraussagtest, dachtest du doch, daß dir eines der Opfer bekannt vorkam.«

»Ich habe mich geirrt«, sagte sie. »Ich kenne keinen dieser Leute.«

»Eigenartig«, bemerkte Max. »Ich könnte schwören... ich weiß nicht recht, *was* ich schwören könnte... aber dieser Name... Rochelle Drake... der kommt mir sehr bekannt vor.«

Mary hörte ihm nicht zu, weil sie in diesem Moment den erwarteten Strom verspürte – die Bewegung spiritistischer Kräfte. Diese Drake würde ihr die Einsicht vermitteln, die sie von den anderen Toten nicht erhalten hatte. Mary ließ die spiritistischen Ausstrahlungen voll auf sich einwirken und legte der Toten die Hand auf die Stirn.

Wicka-Wicka-Wicka!

Wieder die Flügel!

Erschrocken zog Mary ihre Hand zurück, als sei sie gebissen worden.

Sie spürte die Flügel – lederartige Flügel, die bebten, wie die Membrane einer Trommel.

Das ist doch nicht möglich, dachte sie entsetzt. Die Flügel haben doch mit Berton Mitchell zu tun. Nicht mit dieser toten Frau hier. Und nicht mit dem Mann, der sie ermordet hat. Die Flügel gehören der Vergangenheit an, nicht der Gegenwart. Berton Mitchell kann nichts damit zu tun haben. Er hat sich doch in seiner Zelle erhängt vor fast vierundzwanzig Jahren.

Aber jetzt konnte sie die Flügel nicht nur fühlen, sondern auch riechen. Die Flügel und die Kreatur, der sie gehörten – ein feuchter, modriger Moschusgeruch, von dem ihr übel wurde.

Vielleicht war der Mörder von Rochelle Drake und den anderen gar nicht vom Geist Richard Lingards besessen? Vielleicht statt dessen von der Seele eines anderen Psychopathen – von Berton Mitchell? Wäre es nicht möglich, daß Lingard selbst von Berton Mitchell besessen war? Und als Lingard von Barnes erschossen wurde, schlüpfte Mitchell möglicherweise in einen anderen Körper. Vielleicht hatte Mary unwissentlich den Pfad einer alten Nemesis gekreuzt und würde zeit ihres Lebens Berton Mitchell verfolgen müssen. Vielleicht war sie jetzt gezwungen, ihm von einem Opfer zum anderen zu folgen, bis er eines Tages die Gelegenheit benutzte, sie zu töten.

Nein. Das war Wahnsinn. Die Gedanken einer Irren.

»Ist dir was?« fragte Max.

Die Flügel streiften ihr Gesicht, ihren Nacken, Schultern und Brüste und Bauch, flatterten um ihre Fußgelenke, ihre Waden und dann an der Innenfläche ihrer Schenkel hoch.

Sie war entschlossen, sich nicht einschüchtern zu lassen, war aber halb überzeugt, wenn sie nicht aufhörte daran zu denken, würden die Flügel sie in die ewige Dunkelheit entführen. Ein lächerlicher Gedanke. Trotzdem wandte sie sich von dem Leichenbehälter ab.

»Empfängst du etwas?« fragte Max.

»Jetzt nicht«, log sie.

»Aber vorhin?«
»Nur für einen Moment.«
»Was hast du gesehen?« fragte er.
»Nichts von Bedeutung. Nur eine undeutliche Bewegung.«
»Kannst du den Kontakt wieder aufnehmen?« fragte Max.
»Nein.«
Sie durfte der Sache nicht nachgehen. Sonst würde sie sehen, was sich hinter den Flügeln verbarg. Und das durfte sie niemals sehen.
Osterman rollte den Behälter auf seinen Platz zurück.
Mary seufzte erleichtert.
Sheriff Osterman begleitete sie zum Parkplatz vor dem Rathaus, wo sie ihren Wagen abgestellt hatten.
Der Dezemberhimmel war wie das Leichenschauhaus – verschiedene Schattierungen von Grau. Die schnell vorbeiziehenden Wolken spiegelten sich auf der polierten Motorhaube des Mercedes.
Fröstelnd steckte Mary die Hände in die Manteltaschen und stemmte sich gegen den Wind.
»Habe tolle Dinge von Ihnen gehört«, sagte Osterman in seiner knappen Sprechweise zu Mary. »Schon oft daran gedacht, Sie heranzuziehen. Mich gefreut, als Sie heute kamen. Hatte auf einen Hinweis gehofft.«
»Darauf hatte ich auch gehofft«, erwiderte sie.
»Sie haben diese Morde vorausgesehen, was?«
»Ja.«
»Auch die Krankenschwestern in Anaheim?«
»Ja, die auch.«
»Glauben Sie, es ist derselbe Killer?«
»Ja.«
Osterman nickte. »Glauben wir auch. Haben Hinweise.«
»Was für eine Art von Hinweisen?« fragte Max.
Osterman sprach präzise und schnell. »Als er die Schwestern umbrachte, hat er allerhand zerbrochen. Religiöse Gegenstände. Zwei Kruzifixe. Marienfigur. Hat sogar eine mit einem Rosenkranz erdrosselt. War was ähnliches im Friseurladen.«
»Was denn?« fragte Mary.
»Ziemlich häßliche Sache. Vielleicht wollen Sie das gar nicht hören.«
»Ich bin schon daran gewöhnt, häßliche Dinge zu sehen und zu hören«, sagte sie.

Er blickte sie einen Moment lang an. Seine Bernsteinaugen waren von den Lidern halb verdeckt. »Das wird schon so sein.« Er lehnte sich an den Mercedes. »Diese Frau im Friseursalon. Rochelle Drake. Trug eine Halskette. Mit einem Kruzifix. Er vergewaltigte sie, tötete sie. Riß ihr das Kruzifix ab.«

Mary wurde übel. Sie preßte die Arme über der Brust zusammen.

»Dann muß es ein Psychopath mit einem religiösen Tick sein«, sagte Max.

»Scheint so«, meinte Osterman. Er sah Mary an und fragte: »Wo geht es jetzt hin?«

»An die Küste«, sagte sie.

»King's Point«, sagte Max.

»Warum gerade dorthin?«

Sie zögerte mit der Antwort und blickte Max an. »Dort finden die nächsten Morde statt.«

Osterman schien nicht überrascht. »Wieder eine Vision, was?«

»Heute früh«, sagte sie.

»Wann passiert es denn?«

»Morgen nacht.«

»Am Weihnachtsabend?«

»Ja.«

»Wo denn in King's Point?«

»Im Hafen.«

»Ganz schön großer Hafen dort.«

»Es wird in der Nähe der Geschäfte und Restaurants sein.«

»Wie viele wird er umbringen?« fragte Osterman.

»Ich bin nicht sicher.«

Sie fror. An der Kälte, die sie spürte, war nicht allein der Wind und der kalifornische Wintertag schuld. Es war ihr kalt in der Magengrube, kalt im Herzen. Sie trug nur einen dünn gefütterten Kalbsledermantel und wünschte, sie hätte statt dessen ihren schwersten Pelz mitgenommen.

»Vielleicht kann ich ihn aufhalten, bevor er noch jemand ermordet«, sagte sie.

»Fühlen Sie eine Verantwortung, ihn aufzuhalten?« fragte Osterman.

»Ich werde keinen Frieden finden, bis ich es tue.«

»Ihre hellseherische Gabe möchte ich nicht haben.«

»Ich habe sie mir nicht ausgesucht«, sagte Mary.

Ein Lastwagen ratterte die Straße hinunter. Osterman wartete ab, bis wieder Ruhe war. »King's Point gehörte früher zu meinem Dienstbereich«, sagte er. »Vor zwei Jahren schworen sie dann ihre eigene Polizeitruppe ein. Kann mich nicht mehr einmischen, außer sie bitten mich darum. Oder wenn ein Fall bei denen seine Anfänge in meinem Bezirk hat.«

»Ich wünschte, ich könnte mit Ihnen arbeiten«, sagte Mary.

»Sie werden mit einem Arschloch arbeiten müssen«, sagte Osterman.

»Wie bitte?«

»Mit dem Polizeichef von King's Point. Heißt Patmore. John Patmore. Ein Arschloch. Wenn er Ihnen Schwierigkeiten macht, sagen Sie ihm, er soll mich anrufen. Er hat einen gewissen Respekt vor mir, aber er ist trotzdem ein Arschloch.«

»Wir werden Ihren Namen erwähnen, wenn es nötig sein sollte«, sagte Mary, »aber wir sind auch nicht ganz ohne Einfluß dort unten. Wir kennen den Eigentümer der *King's Point Press*.«

Osterman lächelte. »Lou Pasternak?«

»Kennen Sie ihn?«

»Verdammt guter Journalist.«

»Ja, das ist er.«

»Komischer Typ.«

»Ein bißchen«, gab sie zu.

Der Sheriff reichte erst Mary, dann Max die Hand. »Hoffe, Sie beide können mir diesmal den Job abnehmen«, sagte er.

»Danke für Ihre Hilfe«, sagte Max.

»Zögern Sie nicht, mich um Hilfe zu bitten, falls Sie sie brauchen. Es war mir ein Vergnügen.«

Als Mary in den Mercedes stieg, pfiff ein Windstoß durch die Stromleitung genau über ihrem Kopf.

Sie erreichten King's Point um zwei Uhr dreißig nachmittags. Der erste Blick auf den Ort bot sich ihnen von einer Anhöhe hoch über dem Hafen.

Der Himmel hing niedrig. Dicke graue Wolken fegten über die Küste aufs Festland zu. Eine Meile vom Hafen hing dichter Dunst über dem Wasser. Näher zum Strand zu tanzte ein halbes Dutzend Surfer in Scuba-Schutzanzügen auf den respektgebietenden Wellen, die über den Strand schäumten und an den steinernen Wellenbrechern zu beiden Seiten der Hafeneinfahrt zerbarsten.

Die Stadt King's Point lag am Pacific Highway – der Schnellstraße an der pazifischen Küste –, wenige Kilometer südlich von Laguna Beach in einer Gegend, wo Sonnenschein und Geld vorherrschten. Heute hatte sich die Sonne einmal versteckt, aber das Geld war nirgends zu übersehen. Die Häuser an den grünen Hängen kosteten zwischen 75000 und 500000 Dollar, waren von dekorativen und sorgfältig manikürten Gartenanlagen umgeben und boten Ausblick aufs Meer. Im Hafengebiet waren die Häuser mit eigenem Anlegesteg nicht ganz so teuer wie in Newport Beach, doch zeigten Grundstücksmakler wenig Interesse für potentielle Käufer, die vor einem Grundpreis von einer Viertelmillion Dollar zurückschreckten. Auf dem flachen Land zwischen dem Hafen und den Bergen waren die Preise nicht ganz so hoch – es gab sogar eine Anzahl Mietwohnungen –, aber auch hier war das Wohnen verhältnismäßig teuer.

Die Reisebroschüren bezeichneten King's Point als ›bezaubernd‹, ›reizend‹ und ›malerisch‹ und hatten damit zufällig einmal die Wahrheit gesagt. Die Rasenflächen waren von üppigem Grün, die zahlreichen Parkanlagen voller Zierpalmen verschiedener Art, Oleander, Magnolienbüsche, Olivenbäume und Blumen. Die sorgfältig gepflegten Häuser wurden jedes Jahr frisch gestrichen zum Schutz gegen die ätzende Seeluft. Geschäftsleute waren angehalten, auf allzu auffällige Neonreklamen zu verzichten, und durften nach dem Gesetz ihre Läden nur in dezenten, unauffälligen Farben streichen.

Die Einwohner von King's Point schienen entschlossen zu sein, alles von sich fernzuhalten, was geschmacklos, billig und anstößig war.

Aber sie können nicht alles ausschließen, was ihnen nicht paßt, dachte Mary. Ein Killer ist von außen eingedrungen. Er bewegt sich in diesem Moment in ihrer Mitte. Man kann den Tod nicht durch Bestimmungen und Verordnungen fernhalten.

Vom Frühjahr bis zum frühen Herbst war die Einwohnerzahl von King's Point sechzig Prozent höher als im Winter. Während der Urlaubsmonate waren die Motels schon Wochen im voraus ausgebucht. Gaststätten erhöhten ihre Preise – außer für Stammkunden, die Geschäfte stellten Hilfskräfte ein, und die schneeweißen Strände waren überfüllt. Jetzt, zwei Tage vor Weihnachten, war alles in der Stadt ruhig. Als Max von der Schnellstraße in die Innenstadt einbog, herrschte wenig Verkehr.

Die Polizeiwache von King's Point war ein einstöckiger Ziegelbau ohne jegliche architektonische Schönheit, Stil oder Charme. Sie sah aus wie ein übergroßer Lagerschuppen mit Fenstern. Sogar hier, drei Häuserblocks vom Hafen, auf der flachen Strecke außerhalb der eleganten Viertel am Hang und am Ufer, konnte das Polizeigebäude mit seiner äußeren Erscheinung keine Ehre einlegen.

Die Inneneinrichtung war gleichermaßen bedrückend: Der Fußboden war mit braunen Fliesen ausgelegt, Wände und Decke ein verwaschenes Grün, das Mobiliar streng funktionell. Hier waren keine Steuergelder sinnlos verschwendet worden. Es gab drei Schreibtische, einen Aktenschrank mit sechs Schubladen, IBM-Schreibmaschinen, eine Kopiermaschine, einen kleinen Kühlschrank, eine Fahne der Vereinigten Staaten, einen Waffenschrank mit Glastür, in dem Schrotgewehre und Revolver verwahrt wurden, und in der Ecke ein Funkgerät. Die einzige Person im Raum war eine Zivilsekretärin um die Fünfzig mit weißgelocktem Haar und enormem Busen. Sie hatte grellrot geschminkte Lippen, eine blasse Hautfarbe, und das Namensschild auf ihrem Schreibtisch wies sie als Mrs. Vidette Yancy aus.

»Ich möchte gern Polizeichef Patmore sprechen«, sagte Mary.

Mrs. Yandy ließ sich Zeit, ein Wort zu verbessern, das sie gerade getippt hatte. »Den?« sagte sie schließlich. »Der ist nicht da.«

»Wann kommt er denn zurück?«

»Der Chef? Morgen früh.«

»Könnten Sie uns seine Privatadresse geben?« fragte Max.

»Seine Privatadresse? Ja, sicher. Die kann ich Ihnen geben. Aber er ist nicht zu Hause.«

»Wo ist er denn?« fragte Mary ungeduldig.

»Wo er ist? Na, der ist doch nach Santa Barbara gefahren. Kommt morgen gegen zehn zurück.«

Mary wandte sich an Max. »Vielleicht sollten wir mit seinem Vertreter sprechen.«

»Vertreter?« sagte Mrs. Yancy. »Dem Chef unterstehen fünf Beamte. Zur Zeit sind natürlich nur zwei von ihnen im Dienst.«

»Wenn der Kerl so ist, wie man ihn uns beschrieben hat«, sagte Max, »hat es wohl wenig Zweck, mit einem seiner Leute zu sprechen. Er wird die Sache persönlich behandeln wollen.«

»Aber die Zeit läuft uns davon.«

»Haben wir nicht bis morgen abend um sieben Zeit?« fragte Max.

»Wenn meine Vision sich als richtig erweist.«

»Dann können wir Patmore morgen früh sprechen. Das ist immer noch zeitig genug.«

»Die Beamten, die Dienst haben, sind gerade auf Streife«, sagte Mrs. Yancy. »Wollten Sie eine Strafanzeige machen?«

»Nicht genau das«, sagte Mary.

»Nicht genau das? Ich habe die Formulare hier, wissen Sie.« Sie zog ihre Schublade auf und begann darin herumzukramen. »Ich kann Ihre Meldung entgegennehmen, und einer der Beamten wird später mit Ihnen in Verbindung treten.«

»Lassen Sie nur«, sagte Max. »Wir kommen morgen um zehn.«

In der Bucht vor dem Hafen waren die Grundstücke am Ufer kommerziell voll ausgenutzt. Dort lagen Jachtklubs, Verkaufsbüros für Jachten und Boote, Trockendocks, Gaststätten und Läden verschiedener Art. Alle waren gleichermaßen sauber und gepflegt wie die eleganten Villen an beiden Ufern des Kanals, der die Einfahrt zum Hafen bildete.

Der ›Laughing Dolphin‹ war eine Gaststätte und Cocktail-Bar direkt am Hafen. Im Obergeschoß war ein Freiluftdeck, das übers Wasser hinausragte. Hier konnten die Gäste bei schönem Wetter in der Sonne sitzen und sich einen antrinken. Heute jedoch war das Deck unbesetzt. Max und Mary hatten es für sich allein.

Mary hielt einen Becher Kaffee mit Brandy in der Hand und lehnte sich an das hölzerne Geländer.

Wenn man nicht direkt im Wind stand, war das Wetter lediglich kühl. Aber hier draußen in der scharfen Seebrise war es richtig kalt. Die Meeresluft hatte Marys Gesicht eine gesunde Farbe verliehen.

Rechts oben konnte sie das Hotel ›Spanish Court‹ sehen, wo sie und Max ein Zimmer reserviert hatten. Es stand auf dem nördlichen Hügel hoch über dem Hafen. Mit seinem weißen Putz, naturfarbenen Holzbalken und rotem Schieferdach bot es ein majestätisches Bild. Eine Gruppe von acht kleinen Booten segelte im geschlossenen Verband vor ihnen auf dem stillen, schiefergrauen Wasser. Vor dem Hintergrund von zwanzig, dreißig und vierzig Meter langen Segel- und Motorjachten war es ein hübscher Anblick. Sogar bei dem heutigen Wetter ohne einen Sonnenstrahl blitzten die Segel in makellosem Weiß. Ein Bild von heiterer Sorglosigkeit und zufriedenem Wohlstand.

»Sieh dir alles genau an«, sagte Max. »Die Boote, die Häuser, den ganzen Hafen. Vielleicht löst irgend etwas eine Vision aus.«

»Ich glaube kaum«, erwiderte sie. »Die Erscheinung ist für immer erloschen, seit ich aufwachte und man auf mich schoß.«

»Du mußt es versuchen.«
»Muß ich das?«
»Bist du nicht deshalb hergekommen?«
»Wenn ich diesen Killer nicht weiter verfolge, wird er am Ende mir nachstellen.«
Ein plötzlicher Windstoß schlang Mary ihren Ledermantel um die Beine. Die Fensterscheiben der Cocktail Lounge hinter ihnen klirrten.
Mary trank ihren Kaffee. Der Dampf stieg aus der Tasse, umrahmte ihr Gesicht und zerstob in der Winterluft.
Max sagte: »Vielleicht hilft es, wenn du mir noch mal erzählst, was sich abspielen wird.« Sie gab keine Antwort, und er drang weiter in sie: »Morgen abend um sieben. Nicht weit von der Stelle, wo wir jetzt stehen.«
»Höchstens ein paar Häuserblocks von hier«, sagte sie.
»Du sagtest, er kommt mit einem Fleischermesser.«
»Mit Lingards Messer.«
»Jedenfalls irgendein Messer.«
»Lingards Messer«, versicherte sie ihm.
»Du sagtest, er wird auf zwei Menschen einstechen.«
»Ja, zwei.«
»Wird er sie töten?«
»Vielleicht einen von ihnen.«
»Aber nicht den anderen.«
»Wenigstens einer bleibt am Leben. Vielleicht auch beide.«
»Wer sind diese Leute, die er mit dem Messer angreifen wird?«
»Ich weiß die Namen nicht.«
»Wie sehen sie aus?«
»Die Gesichter konnte ich auch nicht sehen.«
»Junge Frauen, wie in Anaheim?«
»Ich weiß es wirklich nicht.«
»Und was ist mit dem Gewehr?«
»Das habe ich gesehen.«
»Also hat er ein Fleischermesser und ein Gewehr?«
»Nachdem er diese zwei Leute mit dem Messer erstochen hat, nimmt er das Gewehr und steigt auf einen Turm. Er hat die Absicht, alle zu erschießen.«
»Alle?«
»So viele er kann.«
Vom Meer her flog ein Dutzend Möwen über das Hafenbecken

auf sie zu. Ihre weißen Federn hoben sich scharf von dem dunklen, stürmischen Himmel ab. Sie schwebten hoch über dem Wasser und ließen sich vom Wind treiben.

»Wie viele wird er umbringen?« fragte Max.

»Die Vision verschwand, bevor ich es erkennen konnte.«

»Auf welchen Turm steigt er?«

»Ich weiß es nicht.«

»Sieh dich mal um«, sagte Max. »Sieh dir einen Turm nach dem anderen an. Versuche zu fühlen, welcher es sein wird.«

Zu ihrer Rechten, dreihundert Meter hinter der Biegung des Hafenbeckens und etwa fünfhundert Meter vom ›Laughing Dolphin‹ entfernt, lag die römisch-katholische Kirche der Heiligen Dreieinigkeit. Ein finsteres gotisches Bauwerk aus grauem, vom Wetter zerfressenen Granit mit hübschen Buntglasfenstern, das wie eine Burg aussah. Der dreißig Meter hohe Kirchturm war der höchste Punkt im Umkreis von mehreren Häuserblöcken. Unmittelbar unter dem zugespitzten Dach befand sich eine Aussichtsplattform mit einer niedrigen Balustrade.

Das Kreischen der Möwen lenkte Mary einen Moment lang ab. Sie flogen über die Segelboote hinweg landeinwärts und stießen aufgeregte Schreie aus. Es hörte sich an wie Fingernägel auf einer Schiefertafel.

Mary versuchte, die Vögel nicht zu beachten und sich auf den Kirchturm zu konzentrieren. Nichts. Keine Erscheinung. Keine spiritistischen Schwingungen. Nicht die leiseste Andeutung, daß der Killer von der Dreieinigkeitskirche aus zuschlagen würde.

Zwischen Mary und der Dreieinigkeitskirche lag die lutherische Kirche von St. Luke. Sie befand sich zweihundert Meter nördlich und einen halben Häuserblock vom Hafen entfernt. Die Kirche war im spanischen Stil erbaut, mit massiven, geschnitzten Eichentüren. Der Kirchturm von St. Luke war nur etwa halb so hoch wie der der Dreieinigkeitskirche.

Auch von dort empfing sie nichts.

Nur gespenstischer Wind und die Schreie der Möwen.

Der dritte Turm lag zweihundert Meter zu ihrer Linken direkt am Ufer. Er war nur vier Stockwerke hoch und Teil eines Spielpavillons, ›Kimball's Games and Snacks‹. In der Sommersaison pflegten die Touristen mit ihren Kameras auf die Turmspitze zu klettern und Fotos vom Hafen zu machen. Im Winter war das Lokal geschlossen und verriegelt und stand still und leer da.

»Ist es der Kimball-Turm?« fragte Max.
»Ich weiß nicht«, sagte sie. »Es könnte jeder von ihnen sein.«
»Du mußt dich mehr anstrengen«, sagte er.
Sie schloß die Augen und versuchte sich zu konzentrieren.
Mit ärgerlichem Kreischen stießen plötzlich die Möwen aus der Luft herunter, nur wenige Zentimeter an ihren Köpfen vorbei.
Mary fuhr erschrocken zurück und ließ ihren Kaffeebecher fallen.
»Ist dir was passiert?« fragte Max besorgt.
»Nein, es war nur der Schreck.«
»Haben sie dich berührt?«
»Nein.«
»Die schießen eigentlich nie so nahe an einem vorbei, wenn man nicht an ihre Nistplätze herankommt. Aber hier können sie nirgends ihre Eier legen. Außerdem ist es nicht die Jahreszeit.«
Die zehn oder zwölf Möwen kreisten über ihren Köpfen. Sie ließen sich nicht vom Wind treiben, wie Möwen es gewöhnlich tun. Ihr Flug hatte nichts Gelassenes und Anmutiges an sich. Statt dessen flatterten sie aufgeregt durcheinander, schossen in die Höhe und wieder hinab – alles in einem eng gezogenen Kreis. Sie machten einen gequälten Eindruck, und es schien erstaunlich, daß sie nicht aneinanderprallten. Sich gegenseitig ankreischend, vollführten sie einen unnatürlichen und hysterischen Tanz in der Luft.
»Was hat sie nur so verstört?« wunderte sich Max.
»Ich«, sagte Mary.
»Du? Was hast du ihnen denn getan?«
Sie begann, heftig zu zittern. »Ich habe versucht, eine Vision herbeizuführen, um zu sehen, welchen Turm der Killer benutzen wird.«
»Na und?«
»Die Möwen sind gekommen, es zu verhindern.«
»Aber Mary, das ergibt doch keinen Sinn«, sagte er verblüfft. »Abgerichtete Möwen?«
»Nicht abgerichtet. Gelenkt.«
»Von wem? Wer lenkt sie?«
Sie starrte die Vögel an.
»Wer lenkt sie?« wiederholte er seine Frage. »Lingards Geist?«
»Vielleicht.«
Er faßte sie an der Schulter. »Mary...«
»Du hast doch den Poltergeist selbst gesehen, der mich verfolgte, verdammt noch mal!«

In dem Sei-doch-vernünftig-Ton, der sie immer so aufbrachte, sagte er: »Ein Poltergeist kann vielleicht tote Gegenstände bewegen und umherwerfen, aber keine lebenden Tiere.«

»Hör mal, du weißt ja auch nicht alles«, sagte sie. »Du weißt nicht...« Sie wandte sich ab und blickte nach oben.

»Was ist denn?« fragte er.

»Die Vögel.«

Die Möwen flatterten immer noch wie verrückt herum, waren jetzt aber still. Keine gab einen Laut von sich.

»Eigenartig«, sagte Max.

»Ich gehe hinein«, sagte Mary.

Sie hatte fast den Eingang zur Cocktail Lounge erreicht, als eine der Möwen sie von hinten angriff und ihr einen harten Stoß zwischen die Schulterblätter versetzte, wie einen Hammerschlag. Mary stolperte und verdeckte instinktiv ihr Gesicht mit den Händen. Flügel schlugen ihr auf den Nacken, auf den Hinterkopf. Donnerten ihr um die Ohren. Nicht die gleichen Flügel wie bei Berton Mitchell, die sich ledern und membranartig anfühlten. Diese hier waren gefiedert. Aber das machte die Möwe nicht weniger gefährlich und furchteinflößend.

Sie dachte an den scharfen, gebogenen Schnabel des Vogels und stellte sich vor, wie er ihr die Augen aushackte. Sie schrie laut auf.

Max rief ihr etwas zu, was sie nicht verstand.

Sie griff nach der Möwe, fürchtete aber, sie würde ihr die Finger zerreißen, und zog ihre Hand wieder zurück.

Max schlug den Vogel zur Seite. Er fiel halb benommen zu Boden.

Dann riß Max die Tür auf und stieß Mary hinein. Er folgte ihr und schloß die Tür hinter sich.

Der Bartender hatte den Angriff beobachtet und eilte herbei, sich die Hände an einem Handtuch abwischend.

Ein stämmiger, rothaariger Mann an der Bar drehte sich auf dem Barhocker herum, um zu sehen, was los war.

In einer der mit schwarzem Kunststoff verkleideten Nischen am Fenster blickten ein hübsches blondes Mädchen und ein dunkelhaariger junger Mann von ihren Drinks auf.

Bevor der Bartender noch drei Schritte getan hatte, prallte eine Möwe mit voller Kraft gegen einer der kleinen Glasscheiben in der Tür. Die Scheibe zerbarst nach innen. Die Scherben klirrten auf dem Boden.

Die Serviererin ließ ihr Tablett fallen und rannte zur Treppe, die ins Restaurant führte.

Mit einem Knall wie von einem Gewehrschuß schlug eine andere Möwe gegen das zwei Meter hohe Fenster, von wo aus man den Hafen überblickte. Die Glasscheibe splitterte, zerbrach aber nicht. Der verletzte Vogel fiel draußen aufs Sonnendeck und hinterließ einen schwärzlich-roten Blutfleck auf der Scheibe.

»Sie bringen mich um!«

»Nein«, tröstete sie Max.

»Das wollen sie aber.«

Er hielt schützend den Arm um sie. Zum ersten Mal, seit sie ihn kannte, schienen seine Arme nicht lang genug, seine Brust nicht breit genug, sein Körper nicht stark genug, um ihr Sicherheit zu bieten.

Eine Möwe prallte von dem Fenster neben dem jungen Paar ab. Das Glas wies einen gezackten Riß auf, wie ein einschlagender Blitz. Die hübsche Blonde schrie laut auf und stolperte aus der Nische.

Einen Augenblick nachdem ihr Begleiter ihrem Beispiel gefolgt war, rammte eine andere Möwe dasselbe Fenster und zerbrach es. Das Glas fiel in großen Scherben auf den Tisch. Tausend kleinere Splitter übersäten die Kunststoffsitze, auf denen das junge Paar eben noch gesessen hatte.

Der kopflose Rumpf der Möwe landete mitten auf dem Tisch. Der abgetrennte Kopf kippte in das Martini-Glas des jungen Mädchens. Zwei weitere Möwen kamen durch das zerbrochene Fenster geflogen.

»Laßt sie nicht rein!« schrie Mary hysterisch. »Laßt sie nicht, laßt sie nicht, *bitte* nicht!«

Das junge Paar ging in die Knie und suchte hinter und halb unter dem Tisch Deckung.

Max schob Mary in die nächste Ecke und deckte sie so gut er konnte mit seinem Körper. Eine der Möwen flog direkt auf ihn zu. Er wehrte sie mit dem Arm ab. Der Vogel kreischte wütend und flatterte durch den Raum.

Ein anderer landete auf einem Tisch in der Mitte der Cocktail Lounge und streifte mit dem Flügel einen kupfernen Kerzenhalter mit brennender Kerze. Eine Kerze fiel um und setzte das Tischtuch in Brand.

Der Bartender erstickte die Flamme mit einem feuchten Handtuch.

Die Möwe hob vom Tisch ab und flog die Flaschenregale hinter der Bar an. Zwei, drei, vier, acht Flaschen krachten zu Boden. Der rothaarige Mann auf dem Barhocker war zu verblüfft, um Angst zu verspüren. Fasziniert sah er zu, wie die Möwe eine Flasche nach der anderen vom Regal stieß. Der Geruch von Whisky verbreitete sich im Raum.

Die erste Möwe flog wieder Max an. Sie kam von oben, flatterte wild in der Ecke und stieß dann mit unheimlicher Schläue auf Marys Kopf hinunter.

Ihre Füße verkrallten sich in Marys Haar.

»Mein Gott, *Nein! Nein!*«

Sie griff nach dem Vogel ohne Rücksicht auf Schnabelhiebe. Er war unrein. Sie mußte ihn loswerden. Max griff ebenfalls nach der Möwe. Sie entkam ihm und begann wieder im Zimmer zu kreisen. Gleich darauf schoß sie wieder auf Mary zu und schlug an die Wand dicht neben ihrem Kopf. Dann fiel sie vor Marys Füßen zu Boden, wo sie zuckend liegenblieb.

Nach Atem ringend, die Hand mit gespreizten Fingern vor dem Gesicht haltend, trat Mary zurück.

»Die ist außer Gefecht«, sagte Max.

»Mach sie tot!« Sie erkannte ihre eigene Stimme nicht, die von Furcht und Haß verzerrt war.

Max zögerte. »Ich glaube nicht, daß die uns noch gefährlich werden kann.«

»Töte sie, bevor sie wieder hochfliegt!«

Er schob die Möwe mit dem Fuß in die Ecke und zertrat ihr mit sichtlichem Widerwillen den Kopf.

Mary wandte sich ab. Ihr wurde übel.

Die andere Möwe hob von der Bar ab und flog durch das zerbrochene Fenster ins Freie.

Alles war wieder ruhig. Es war totenstill im Raum.

Schließlich erhob sich der dunkelhaarige Mann vom Fußboden und half der Blonden auf die Füße.

Der rothaarige, kräftige Mann an der Bar trank seinen Whisky in einem Zug aus.

»So eine Scheiße«, sagte der Bartender. »Was ist denn passiert? Hat man jemals gesehen, daß sich Möwen so verhalten?«

Max berührte Marys Wange. »Alles okay?«

Sie lehnte sich an ihn und brach in Tränen aus.

11

6.30 Uhr abends.

Die Lichter auf den Hügeln von King's Point funkelten wie tausend orangefarbene Sterne in der Dunkelheit. Im Westen schmolzen Himmel und Meer zu einer schwarzen Wand zusammen.

Max parkte am Rinnstein und schaltete die Scheinwerfer aus. Er beugte sich zu Mary hinüber und küßte sie. »Du siehst bezaubernd aus heute abend.«

Sie lächelte. Trotz allem, was heute geschehen war, fühlte sie sich angeregt, munter und feminin. »Das ist jetzt das sechste Mal, daß du mir das sagst.«

»Und sieben ist eine Glückszahl. Also: Du siehst bezaubernd aus heute abend.« Er küßte sie nochmals. »Geht es dir jetzt besser? Bist du entspannt?«

»Der Mann, der das Valium erfunden hat, sollte heiliggesprochen werden.«

»*Du* solltest heiliggesprochen werden«, sagte er. »Steige noch nicht aus. Ich möchte den Kavalier spielen. Ich komme rum und öffne dir den Schlag.«

Der Meereswind blies nicht stärker als am Nachmittag, doch war es kälter geworden, und das Pfeifen des Windes erschien lauter. Er schüttelte die schlecht befestigten Fensterläden, daß sie klapperten, und brachte die lose eingehängten Garagentüren zum Kreischen. Äste scheuerten sich an der Hauswand, die gefiederten Spitzen von Palmenblättern hißten im Chor wie gereizte Klapperschlangen, leere Müllkästen kippten auf die Seite, und ein paar weggeworfene Cola-Büchsen rollten über die Straße.

Das kleine, einstöckige Haus in der Ocean Hill Lane 440, durch eine dicke Hecke, Kiefernbäume und Dattelpalmen vom Winde geschützt, wirkte anheimelnd und gemütlich. Sanftes Licht schien durch die Fenster. Neben der Eingangstür hing eine Stallaterne.

Lou Pasternak – Eigentümer, Verleger und Redakteur der zweimal wöchentlich erscheinenden Zeitung *King's Point Press* – öffnete ihnen die Haustür und hieß sie willkommen. Während sie sich gegenseitig versicherten, wie gut sie aussahen und wie froh sie waren, wieder einmal zusammenzukommen, küßte Pasternak Mary auf die Wange, schüttelte Max die Hand und hängte die Mäntel seiner Gäste in den Schrank.

Wie immer, wenn sie sich trafen, wirkte Lous Gegenwart auf

Mary wie ein Beruhigungsmittel. Mit Ausnahme von Max und ihrem Bruder mochte sie Lou mehr als jeden Mann, der ihr je begegnet war. Er war äußerst intelligent, gutherzig und übermäßig großzügig. Nebenbei war er der größte Zyniker, den sie kannte, doch wußte er seinen Zynismus durch seine bescheidene Art und einen ausgeprägten Sinn für Humor zu mildern.

Was Mary Sorgen machte, war die Tatsache, daß er zuviel trank. Er war sich dessen bewußt und imstande, gelassen darüber zu sprechen. Er behauptete, daß er den Alkohol als eine Art Krücke benötigte, um sich in einer Welt zu bewegen, die ein Paradies sein könnte, wenn es nicht so viele Arschlöcher gäbe. Manche Menschen, sagte er, gebrauchten Geld oder Drogen oder hundert andere Dinge als Stütze, um nicht auszuflippen. Seine eigene Stütze war der Scotch oder ein verdammt guter Bourbon.

»Meine Mutter«, warf Mary manchmal ein, »war Alkoholikerin und führte ein recht elendes Leben.«

»Deine Mutter«, erwiderte Lou stets, »gehörte wahrscheinlich zu denen, die nicht wissen, wieviel sie vertragen können. Es gibt nichts Schlimmeres als einen schlampigen Säufer oder einen, der sich selbst bemitleidet.«

Sein Trinken schien ihn nicht daran zu hindern, ein ausgefülltes Leben zu führen. Er hatte sich einen äußerst erfolgreichen Zeitungsverlag aufgebaut, den er allein leitete. Seine Reportagen und Leitartikel waren mehrmals mit Literaturpreisen ausgezeichnet worden. Obgleich er immer noch Junggeselle war, hatte er mehr Freundinnen gehabt als jeder andere Mann, den Mary kannte. Zur Zeit lebte er allein, aber das würde wohl nicht lange andauern.

Trotz seines ungeheuren Alkoholkonsums hatte sie ihn noch nie betrunken gesehen. Weder kam er jemals ins Wanken, noch wurde er rührselig, laut oder unangenehm. Er vertrug nicht nur viel Alkohol, sondern blühte auf, wenn er trank.

»Ich trinke nicht, um mich meiner Verantwortung zu entziehen«, hatte er ihr einmal erklärt, »ich trinke, um den Konsequenzen zu entgehen, die sich daraus ergeben, daß andere Leute nicht fähig sind, *ihre* Verantwortung wahrzunehmen.«

»Der Alkohol hat meine Mutter umgebracht«, hatte Mary ihn gewarnt. »Ich möchte nicht, daß du auch daran zugrunde gehst.«

»Wir müssen alle mal sterben, meine Liebe. Eine kaputte Leber als Todesursache ist nicht schlimmer als ein Schlaganfall oder Krebs. Wahrscheinlich weniger schlimm.«

Sie liebte ihn so sehr wie Max, wenn auch auf andere Art.

Er war untersetzt – volle dreißig Zentimeter kleiner als Max mit seinen eins-zweiundneunzig – und sogar etwas kleiner als Mary. Trotzdem war er gut proportioniert, mit muskulösen Armen, breiten Schultern und einem mächtigen Brustkorb. Er trug ein weißes Hemd mit aufgekrempelten Ärmeln. Seine Unterarme waren dicht behaart.

Nur sein Gesicht stand im krassen Gegensatz zu seiner Figur. Er besaß die feinen Gesichtszüge des hochgezüchteten Aristokraten. Sein braunes Haar war glatt zurückgekämmt, seine Stirn hoch und prominent, die lebhaften braunen Augen zeugten von Intelligenz und Sensitivität. Die schmale Nase war fein gemeißelt. Der Mund wirkte fast spröde. Mit seiner Nickelbrille sah er aus wie ein Schulmeister.

»Bourbon mit Eiswürfeln«, sagte er und nahm sein Glas von dem Marmortisch in der Diele. »Der dritte, seit ich aus dem Büro kam. Falls der Wind die Stromleitung umhaut, gedenke ich mich mit diesem Zeug selbst zum Leuchten zu bringen, damit ich nachher im Bett noch lesen kann.«

Obwohl das Wohnzimmer mehrere Lehnstühle und ein bequemes Sofa enthielt, bestand die Einrichtung hauptsächlich aus Büchern, Zeitschriften, Schallplattenalben und Gemälden. Stapel von Büchern standen neben der Couch und dahinter. Der Hohlraum unter dem Kaffeetisch war ebenfalls mit Büchern vollgestopft. Ein Regal an der Wand war mit den neuesten Ausgaben Hunderter von Zeitschriften überladen. An der einzigen Wand, die nicht mit Büchern und Schallplatten bedeckt war, hingen Öle, Pastelle und Aquarelle einheimischer Maler. Dutzende von Gemälden verschiedener Kunstrichtungen waren so dicht beieinander aufgehängt, daß sie kaum zur Geltung kamen. Dennoch hatte Lou bei der Auswahl einen so guten Geschmack bewiesen, daß die einzelnen Bilder im Laufe des Abends immer wieder die Blicke der Gäste auf sich zogen. Einer der Armsessel, weit mehr zerschlissen und zersessen als die übrigen, war Lous Stammplatz. Dort pflegte er des Abends zu sitzen, wöchentlich ein halbes Dutzend Bücher zu lesen und Opernarien, Benny Goodman und Bach zu hören.

Es war einer der freundlichsten und gemütlichsten Räume, die Mary je gesehen hatte.

Lou brachte ihnen Drinks. Dann legte er eine Platte von Bach auf, interpretiert von Eugene Ormandy, und stellte das Stereogerät leise. »So, jetzt erzählt mir mal die ganze Geschichte. Seit deinem Anruf heute früh habe ich mir das Hirn zermartert, worum es sich handeln könnte. Es klang so geheimnisvoll.«

Mary erzählte ihm alles, wobei Lou sie des öfteren unterbrach und mit ihr über die Existenz von Poltergeistern diskutierte. Sie begann mit der Verfolgung von Richard Lingard und beendete ihre Erzählung mit dem Angriff der Möwen im ›Laughing Dolphin‹.

Als sie geendet hatte, trat eine ungewöhnliche Stille ein. Aus dem Eßzimmer war das monotone Ticken der alten Standuhr aus Großvaters Zeiten zu hören.

Nachdenklich schenkte sich Lou einen doppelten Bourbon ein. Dann setzte er sich wieder auf seinen Platz und sagte: »Also morgen abend um sieben wird der Killer zwei Menschen sein Fleischermesser in den Leib rennen und einen von ihnen vielleicht töten. Dann steigt er auf einen Turm und fängt an zu schießen.«

»Glaubst du mir das?« fragte Mary.

»Natürlich. Ich habe doch deine Arbeit seit Jahren verfolgt.«

»Und du glaubst an Lingards Geist?«

»Wenn du es sagst, warum nicht?«

Mary warf Max einen Blick zu.

»Wird morgen abend überhaupt jemand dort sein, auf den er schießen kann?« fragte Max. »Werden nicht alle am Weihnachtsabend zu Hause bei ihren Familien sein?«

»Oh, unten am Hafen findet er genügend Opfer«, meinte Lou. »Auf vielen Booten feiert man Weihnachtspartys. Da sind immer Leute an Deck oder im Hafen – überall.«

»Ich glaube nicht, daß wir ihn davon abhalten können, jemand zu erstechen«, sagte Mary. »Aber vielleicht können wir ihn am Schießen hindern. Man könnte auf allen drei Türmen Polizisten postieren.«

»Nur ein Problem«, sagte Lou.

»Welches?«

»John Patmore.«

»Euer Polizeichef?«

»Leider ist er das. Es wird nicht leicht sein, ihn davon zu überzeugen, deine Visionen ernst zu nehmen.«

»Aber wenn auch nur eine kleine Chance besteht, daß ich recht habe«, warf Mary ein, »warum sollte er seine Mitarbeit verweigern? Schließlich ist es seine Aufgabe, die Einwohner von King's Point zu schützen.«

Lou grinste verschmitzt. »Du solltest längst begriffen haben, meine Liebe, daß viele Bullen ihren Job anders sehen, als es die Steuerzahler tun. Nicht wenige Bullen glauben, ihre Aufgabe bestehe nur darin, schmucke Faschistenuniformen zu tragen, in auf Hochglanz polierten Streifenwagen durch die Gegend zu fahren, Umschläge mit Bestechungsgeldern in Empfang zu nehmen und sich nach zwanzig oder dreißig Jahren auf Kosten der Allgemeinheit pensionieren zu lassen.«

»Du bist wieder mal zynisch«, sagte Mary.

»Percy Osterman hat angedeutet, daß Patmore etwas schwierig ist«, sagte Max.

»Schwierig? Er ist strohdumm«, sagte Lou. »So blöde, daß es jeder Beschreibung spottet. Der einzige Grund, warum ich ihn nicht als hirnverbrannt bezeichne, ist die Tatsache, daß er niemals ein Hirn besaß. Ich bin sicher, er hat noch nie im Leben das Wort Hellseher gehört. Und sollte es uns gelingen, ihm beizubringen, was es bedeutet, wird er es nicht glauben. Für ihn existiert nichts, was nicht im Bereich seiner eigenen Erfahrung liegt. Er würde die Existenz von Europa bestreiten, ganz einfach, weil er noch nie dort gewesen ist.«

»Ich könnte ein paar Polizeichefs anrufen, mit denen ich schon gearbeitet habe«, sagte Mary. »Die werden ihm meine Echtheit bestätigen.«

»Wenn er sie nicht persönlich kennt, glaubt er ihnen kein Wort. Ich sage dir ja, Mary, wenn Unwissenheit ein Segen ist, müßte er der glücklichste Mensch auf der Welt sein.«

»Sheriff Osterman meinte, wir sollten Patmore dazu bewegen, ihn anzurufen«, sagte Max. »Er wird ihm dann Bescheid sagen.«

Lou lachte. »Das könnte klappen. Patmore hat viel Respekt vor Osterman. Ich begleite euch, wenn ihr wollt. Aber ich warne euch, daß das wahrscheinlich nicht viel helfen wird. Patmore haßt mich wie die Pest.«

»Ich kann mir nicht vorstellen, warum«, sagte Max. »Aber wahrscheinlich sagst du ihm ins Gesicht, was du von ihm hältst.«

Lou grinste breit. »Ich konnte meine Gefühle noch nie verbergen, das ist Tatsache. Habt ihr schon die Bekanntschaft von Mrs. Yancy gemacht, seinem Faktotum?«

»Sie war heute nachmittag die einzige auf der Polizeiwache«, sagte Max.

»Ein Juwel.«

»Ist sie das?«

»Eine Wundertäterin«, erklärte Lou. »Es ist ein Wunder, wenn sie mal etwas tut.«

»Na ja, einen allzu tüchtigen Eindruck machte sie nicht gerade«, sagte Mary.

»Eine beständige Arbeitskraft«, sagte Lou. »Wenn sie noch etwas beständiger wird, erstarrt sie zur Salzsäule.«

Mary lachte und nippte an ihrem Sherry.

»Um auf die Möwen zurückzukommen«, sagte Lou, »bist du ...«

»Nichts mehr über Möwen«, protestierte Mary. »Gar nichts. Morgen ist früh genug. Heute will ich nichts mehr von Hellseherei hören und mich über ein anderes Thema unterhalten. Jedes andere Thema.«

Das Abendessen bestand aus Filet Mignon, Kopfsalat, Kartoffeln in der Folie und kalten Spargelspitzen.

Als Max eine Flasche Rotwein entkorkte, die er als Geschenk mitgebracht hatte, bemerkte Lou seinen Verband. »Was hast du an deinem Finger gemacht, Max?«

»Oh ... aufgeschnitten beim Reifenwechseln.«

»Genäht?«

»Nein, so schlimm war es nicht.«

»Er hätte zum Arzt gehen sollen«, sagte Mary. »Aber nicht einmal ich durfte den Schnitt sehen. Er hat derartig geblutet – sein ganzes Hemd war verschmiert.«

»Ich dachte, du hättest mal wieder gerauft«, sagte Lou.

»Ich gehe in keine Kneipen mehr«, sagte Max. »Und ich raufe auch nicht mehr.«

Lou blickte Mary an und zog erstaunt die Augenbrauen hoch.

»Das stimmt«, bestätigte sie.

»Du hast zwei Jahre bei mir gearbeitet«, sagte Lou. »Und während der ganzen Zeit verging kein Monat oder keine sechs Wochen, ohne daß du in eine wüste Schlägerei verwickelt warst. Die schlimmsten Lokale hast du aufgesucht – Rockerkneipen und noch schlimmere –, überall, wo sich Unheil zusammenbraute. Manchmal kam es mir vor, als ob du weniger wegen der Getränke saufen gingst, als wegen der Schlägereien.«

»Vielleicht stimmt das sogar«, sagte Max nachdenklich. »Ich hatte Probleme. Was ich brauchte, war jemand, der mich brauchte. Jetzt habe ich Mary und brauche mich nicht mehr zu prügeln.«

Obgleich er versprochen hatte, heute nicht mehr über Hellseherei zu sprechen, kam Lou beim Abendessen doch wieder darauf zurück. »Glaubst du, der Killer weiß, daß du in der Stadt bist?« fragte er Mary.

»Keine Ahnung«, erwiderte sie.

»Wenn er von einem Geist besessen ist und derselbe Geist die Möwen besessen hat, müßte er es doch wissen.«

»Wahrscheinlich.«

»Wird er sich dann nicht verstecken, bis du wieder weg bist?«

»Vielleicht, aber ich bezweifle es.«

»Meinst du, er will erwischt werden?«

»Oder er will mich erwischen.«

»Was soll das heißen?«

»Ich weiß auch nicht.«

»Aber wenn...?«

»Können wir bitte das Thema wechseln?«

Nachdem sie mit dem Abendessen fertig waren, entschuldigte sich Mary und ging ins Badezimmer.

Als er mit Max allein war, fragte Lou: »Was hältst du von dieser Geschichte?«

»Von Lingards Auferstehung?«

»Glaubst du daran?«

»Du bist doch derjenige, der Okkultismus studiert hat. Du hast Hunderte von Büchern über dieses Thema gelesen. Außerdem kennst du Mary länger als ich. Du hast sie mir vorgestellt. Was glaubst *du?*«

»Ich bin unvoreingenommen«, sagte Lou. »Du offenbar nicht.«

»Ihr Psychiater behauptet, *sie* hätte die Glashunde geworfen.«

»Unbewußte Telekinesis?« fragte Lou.

»Richtig.«

»Hat sie jemals zuvor telekinetische Fähigkeiten an den Tag gelegt?«

»Nein, noch nie.«

»Und wie war das mit dem Revolver?«

»Ich glaube, den hat sie auch gelenkt.«

»Um auf sich selbst zu schießen?«

»Ja«, sagte Max.

»Und sie hat auch die Möwen gelenkt?«

»Ja.«

»Aber mit lebendigen Tieren... das ist doch keine Telekinesis.«

»Es muß eine Art Telepathie sein«, meinte Max.

Lou füllte sein Glas. »So was ist selten.«

»Es muß Telepathie sein. Ich kann mir nicht vorstellen, daß diese Möwen vom Geist eines Toten gelenkt wurden.«

»Aber warum sollte sie sich umbringen wollen?«

»Sie will es gar nicht.«

»Aber wenn *sie* der Poltergeist ist, der hinter diesen Erscheinungen steckt, wenn *sie* den Revolver auf sich selbst gerichtet hat, dann sieht es doch ganz so aus, als wolle sie sich umbringen.«

»Wenn sie selbstmörderische Absichten gehegt hätte, hätte sie wohl ihr Ziel nicht verfehlt. Aber sie *hat* es verfehlt. Bei den Glashunden, mit dem Revolver und auch mit den Möwen.«

»Also wozu das Ganze?« fragte Lou. »Warum spielt sie Poltergeist?«

Max runzelte die Stirn. »Ich habe da eine Theorie. Es gibt in diesem Fall einen ungewöhnlichen Faktor. Sie hat etwas vorausgesehen und weigert sich, es zu akzeptieren. Etwas Entsetzliches. Etwas, was sie völlig aus der Bahn werfen würde, wenn sie länger darüber nachdächte. Also verdrängt sie es. Natürlich kann sie es nur aus ihrem *Bewußtsein* verdrängen. Das *Unterbewußtsein* vergißt nicht. Und jedesmal, wenn sie jetzt versucht, einer Vision nachzugehen, die damit zusammenhängt, aktiviert ihr Unterbewußtsein den Poltergeist, um sie abzulenken.«

»Weil ihr Unterbewußtsein weiß, daß es gefährlich für sie wäre, diesen Mann zu verfolgen.«

»Stimmt.«

Lou Pasternak lief es kalt den Rücken herunter. »Was könnte sie wohl vorhergesehen haben?«

»Vielleicht wird dieser Psychopath sie umbringen.«

Der Gedanke, daß Mary sterben könnte, versetzte Lou in Schrekken. Er kannte sie seit zehn Jahren und hatte sie vom ersten Moment an gern gehabt. Im Laufe der Zeit mochte er sie immer mehr. Mochte sie? Nur das? Nein, er liebte sie auch. Auf väterliche Art. Sie war so sanft und gutmütig. So verletzbar. Bis zu diesem Augenblick war er sich nicht klar darüber gewesen, wie sehr er sie liebte. Mary tot? Der Gedanke machte ihn krank.

Max betrachtete ihn mit seinen stahlgrauen Augen, die keines seiner Gefühle verrieten. Die mögliche Ermordung seiner Frau schien ihn unberührt zu lassen.

Er hat mehr Zeit gehabt, darüber nachzudenken, dachte Lou. Er hatte Zeit, sich mit dem Gedanken an Marys Tod vertraut zu machen. Es geht ihm so nahe wie mir, aber er hat seine Gefühle von der Oberfläche ins Innere verdrängt und zeigt sie nicht offen.

»Vielleicht will der Killer *mich* umlegen«, sagte Max.

»Ihr solltet beide diesen Fall aufgeben«, sagte Lou. »Fahrt sofort nach Hause. Haltet euch raus.«

»Aber wenn sie das alles vorausgesehen hat«, sagte Max, »wird es dann nicht in jedem Fall geschehen – was immer wir tun?«

»Ich glaube nicht an Vorherbestimmung«, sagte Lou.

»Ich auch nicht. Trotzdem... bis jetzt ist immer alles eingetroffen, was sie vorausgesagt hat. Wenn wir also den Killer nicht weiter verfolgen, wird er uns dann nicht jagen?«

»Zum Teufel mit dir«, sagte Lou. »Du hast mich wieder stocknüchtern gemacht mit deinem Gerede.« Er trank seinen Wein aus und schenkte sich nach.

»Da ist noch etwas«, sagte Max. »Als sie sechs Jahre alt war, hat ein Mann sie sexuell mißbraucht.«

»Berton Mitchell«, sagte Lou.

»Wieviel hat sie dir davon erzählt?«

»Nicht viel. Nur in großen Zügen. An das meiste kann sie sich wohl nicht mehr erinnern.«

»Hat sie dir erzählt, was mit Mitchell geschehen ist?«

»Er wurde verurteilt und hat sich in seiner Zelle erhängt, nicht wahr?«

»Bist du ganz sicher?«

»Sie hat es mir erzählt.«

»Aber ist das eine unumstößliche Tatsache?«

Lou sah Max verwundert an. »Warum sollte sie lügen?«

»Ich behaupte ja nicht, daß sie gelogen hat. Aber vielleicht hat man ihr nicht die Wahrheit gesagt.«

»Ich verstehe nicht, was du meinst.«

»Angenommen«, sagte Max, »daß Berton Mitchell nie zu einer Gefängnisstrafe verurteilt wurde. Angenommen, er hatte einen gewieften Anwalt, der seinen Freispruch erwirkte, obgleich er schuldig war. Wenn du der Vater eines sechsjährigen Mädchens wärest, das entsetzlich mißhandelt wurde und ein schweres Trauma davontrug, würdest du dann dem Kind erzählen, daß man den Verbrecher einfach freiließ, ohne ihn zu bestrafen? Würdest du nicht befürchten, das Kind könnte noch schwerere psychologische Schäden erleiden durch den Gedanken, daß das Ungeheuer, das es gefoltert hat, frei auf der Straße herumlief und es jederzeit wieder aufgreifen konnte? Falls Berton Mitchell freigesprochen wurde, kann Marys Vater es für besser gehalten haben, ihr zu erzählen, er sei tot.«

»Aber dann hätte sie doch sicher die Wahrheit erfahren, als sie älter wurde«, meinte Lou.

»Nicht unbedingt. Nicht, wenn sie es gar nicht erfahren *wollte.*«

»Alan hätte es ihr gesagt.«

»Vielleicht wußte er auch nichts«, sagte Max. »Er war ja damals auch erst neun. Der Vater könnte beiden die Unwahrheit gesagt haben. Und wenn...«

Lou unterbrach ihn mit einer Handbewegung. »Angenommen, du hast recht. Angenommen, Berton Mitchell wurde freigesprochen. Was hat das mit diesem Fall zu tun?«

Max hob seine Gabel auf und stocherte damit in den Kartoffelschalen auf seinem Teller herum. »Wie ich dir schon sagte – ich glaube, Mary hat eine Vision gehabt, die sie in Panik versetzt.«

»Daß sie ermordet wird? Oder du?«

»Das ist möglich. Aber vielleicht hat sie auch gesehen, daß der Killer, den wir jagen... Berton Mitchell ist.«

»Der müßte ja heute sechzig Jahre alt sein, wenn er noch lebte!«

»Wer sagt denn, daß alle psychopathischen Killer jung sein müssen?«

Im Badezimmer wusch sich Mary die Hände, trocknete sie am Handtuch ab und blickte in den Spiegel über dem Waschbecken. Das Gesicht, das ihr aus dem Spiegel entgegenstarrte, war nicht ihr eigenes. Es war das Gesicht einer Fremden – einer aschblonden, blassen jungen Frau mit blauen Augen, und es war vor Todesangst und Entsetzen verzerrt.

Der Spiegel reflektierte keinen der Gegenstände im Badezimmer. Er war zu einem Fenster geworden, durch das Mary in eine andere Dimension blickte. Der Kopf der blonden Frau besaß keinen Körper und schwebte in einem schattenhaften Dunst. Dahinter und etwas weiter oben war ein goldenes Kruzifix zu sehen. Sonst nur dunstige Leere hinter dem Spiegelglas.

Erschrocken ließ Mary das Handtuch fallen und zog sich vom Waschbecken zurück, bis sie mit dem Rücken an die Wand stieß. Im Spiegel erschien eine Hand – eine Hand ohne Körper im Vordergrund der gespenstischen Erscheinungen. Die Hand hielt ein Fleischermesser.

Nie zuvor hatte Mary eine Vision in dieser Form gehabt. Sie wußte nicht, was sie zu erwarten hatte. Sie hatte Angst, eine Bewegung zu machen, und fürchtete sich gleichermaßen davor, still stehenzubleiben.

Die körperlose Hand hob das Messer. Sich überkugelnd wie ein Ball, verschwand der Kopf der blonden Frau im Hintergrund. Die Hand mit dem Messer nahm die Verfolgung auf und jagte ihm nach ins Endlose.

Konzentriere dich, sagte sich Mary. Laß um Gottes willen die Vision nicht wieder verschwinden. Halte sie fest um jeden Preis. Halte sie fest und erweitere sie. So lange, bis du den Mann mit dem Messer identifizieren kannst.

Das Kruzifix wurde immer größer, bis es schließlich den ganzen Spiegel ausfüllte. Dann – ohne einen Laut – zersprang es in ein Dutzend Stücke und war verschwunden.

Konzentriere dich...

Das Gesicht der Frau erschien wieder im Spiegel. Die Hand hielt das Messer über ihr gezückt. Die Klinge strahlte einen gleißenden Schein aus, wie der einer Neonlampe.

»Wer bist du?« fragte Mary mit lauter Stimme. »Du mit dem Messer. Wer zum Teufel bist du?«

Mit einmal war die Hand nicht mehr körperlos. Das Gesicht der Frau verschwand, und Schulter und Hinterkopf eines Mannes erschienen schattenhaft auf der Spiegelfläche. Der Killer begann, sich ganz langsam zu ihr umzudrehen. In einem Wechsel von Licht und Schatten wandte er sich um, als wüßte er, daß Mary hinter ihm stand und er ihrem Befehl folgen mußte.

Mary befürchtete, daß ihr die Vision wieder entgleiten würde, so wie es am Tag zuvor in Dr. Cauvels Sprechzimmer geschehen war, und sagte: »Wer bist du? Wer? Ich verlange es zu wissen.«

Rechts, zwei Meter neben ihr, schnappte das Fensterschloß mit lautem Klicken auf.

Erschrocken wandte Mary den Blick vom Spiegel ab.

Das Fenster schob sich in die Höhe.

Mit gespenstischem Pfeifen blies der Wind die dünnen schwarzbraunen Vorhänge auseinander.

Draußen vor dem Fenster war es stockdunkel. Die Nacht war so schwarz, wie sie es noch nie gesehen hatte.

Das Heulen des Windes wurde von einem anderen Geräusch noch übertönt: *Wicka-Wicka-Wicka!*

Die Flügel. Die ledernen Flügel. Direkt hinter dem Fenster.

Wicka-Wicka-Wicka!

Vielleicht kam es ihr nur so vor. Vielleicht war es eine klappernde Gardinenstange? Ein Ast oder ein Zweig, der im Wind raschelte oder sich an der Hauswand rieb?

Was immer die Ursache, sie war sicher, daß es diesmal keine Einbildung war. Noch war es ein Bestandteil ihrer Vision. Es war ein Wesen in ihrer unmittelbaren Nähe hinter dem offenen Fenster. Ein unvorstellbares, bizarres Wesen mit Flügeln.

Nein. Wahnsinn.

Geh, befahl sie sich, und sieh nach. Sieh nach, wem diese Flügel gehören. Ob überhaupt etwas da ist. Bereite dieser Erscheinung ein für allemal ein Ende.

Sie war nicht imstande, sich zu bewegen.

Wicka-Wicka-Wicka!

Max, hilf mir. Ihre Lippen bewegten sich, ohne daß sie einen Laut herausbrachte.

Zu ihrer Linken, neben dem Waschbecken, wurde die Tür der Hausapotheke von unsichtbarer Hand aufgerissen. Dann wieder zugeklappt. Aufgerissen. Zugeklappt. Beim nächstenmal blieb die Tür offen. Der gesamte Inhalt der Hausapotheke flog heraus und fiel auf den Fußboden: Fläschchen mit Anacin, Aspirin, Erkältungstabletten, Jod, Hustensirup, Abführmitteln. Tuben mit Zahnpasta, Hautcreme, Shampoo. Schachteln mit Hustentabletten und Verbandszeug.

Der Duschvorhang wurde von unsichtbarer Hand zur Seite gezogen, und das Rohr bog sich, wie unter einer schweren Last. Dann wurde es aus der Wand gerissen und fiel in die Wanne.

Der Toilettensitz fing an, auf und nieder zu schlagen. Immer schneller und mit schrecklichem Lärm.

Mary ging einen Schritt auf die Tür zu.

Die Tür ging auf, wie um sie herauszulassen. Eine Sekunde später fiel sie zu wie ein Donnerschlag. Wiederholt ging die Tür auf und zu, fast im Takt mit dem Toilettendeckel.

Mary lehnte sich mit dem Rücken an die Wand. Sie hatte Angst, eine Bewegung zu machen.

»Mary!«

Max und Lou standen vor der Tür und waren einen Moment lang

zu sehen, als die Tür wieder aufschwang. Sie starrten verblüfft auf das Bild, das sich ihnen bot.

Die Tür schlug mit noch größerer Wucht zu – ging wieder auf, knallte wieder zu. Max versuchte hineinzugehen, als sie wieder aufging, aber die Tür schlug ihm ins Gesicht. Beim nächstenmal packte er die Klinke und drängte sich gewaltsam ins Badezimmer.

Die Tür hörte auf sich zu bewegen.

Der Wind vom Fenster mäßigte sich zu einer leichten Brise.

Keine Flügel schlugen mehr.

Ruhe.

Stille.

Mary blickte in den Spiegel über dem Waschbecken. Die Erscheinungen hatten gewechselt, aber es war immer noch kein gewöhnlicher Spiegel, der das Geschehen im Raum vor ihm wiedergab. Die blonde Frau, das Kruzifix und der Mann mit dem Fleischermesser waren verschwunden. Der Spiegel war schwarz, außer an seiner unteren Kante, wo Blut durch das Glas quoll und von dort herabtropfte. Das Blut bespritzte die Wasserhähne unter dem Spiegel und das weiße Porzellanbecken.

»Was, zum Teufel, hat das zu bedeuten?« fragte Max verwirrt. »Was geschieht hier?« Er wandte den Blick vom Spiegel weg und sah Mary an. »Bist du verletzt? Hast du dich geschnitten?«

»Nein«, sagte sie. Erst dann fiel ihr auf, daß auch *er* das Blut sehen konnte.

Max berührte den unteren Rand des Spiegels. Es war unmöglich und unglaublich, aber das Blut färbte seine Finger rot.

Lou drängte sich ebenfalls in das enge Badezimmer, um besser sehen zu können.

Ganz langsam und allmählich begann sich das Blut an dem Spiegel, den Wasserhähnen, dem Waschbecken und an Max' Händen zu verflüchtigen. Das dunkle Rot wurde immer heller, immer weniger klebrig, bis es schließlich völlig verschwunden war, als sei es nie dagewesen.

Mary saß auf dem Sofa im Wohnzimmer und nahm dankbar ein Glas Brandy von Lou an. Sie strich sich die Haare aus der Stirn. Ihr Haar fühlte sich kalt und klamm an. Alle Farbe war aus ihrem Gesicht gewichen. Ihre Handflächen waren feucht. Der Brandy brannte sie in der Kehle und durchstrahlte sie mit angenehmer Wärme.

Max stand vor ihr. »Was du da im Spiegel gesehen hast, bevor wir kamen«, sagte er, »bedeutet das, daß heute jemand sterben wird?«

»Ja«, erwiderte Mary. »Die Frau, die mir erschienen ist. Die stirbt. Sie wird erstochen, noch bevor es Morgen wird.«

»Wie heißt sie?«

»Das habe ich nicht bekommen.«

»Wo wohnt sie?«

»Hier im King's Point. Aber die Adresse konnte ich auch nicht sehen.«

»Wohnt sie oben auf den Hügeln oder im Flachland oder am Hafen?«

»Es könnte überall sein«, sagte Mary.

»Wie sieht sie aus?«

»Sie hat sehr helles blondes Haar, fast weiß. Krauses Haar, und lang. Blasser Teint. Große blaue Augen. Sie ist jung – um die Zwanzig, recht hübsch. Empfindlich. Nein – ich würde eher sagen ätherisch.«

Max wandte sich Lou zu, der eben einen doppelten Wild Turkey austrank. So, wie er den Drink heruntergoß, hätte er ebensogut Milch oder Zyankali trinken können. »Es ist deine Stadt, Lou«, sagte Max. »Kennst du jemand, auf den diese Beschreibung paßt?«

»Wir haben hier zehntausend Einwohner«, sagte Lou. »Die kenne ich nicht alle. Ich will auch nicht alle kennen. Neun Zehntel von ihnen sind stinklangweilige blöde Arschlöcher. Da gibt es eine Menge Blondinen von überall, die es an die südkalifornischen Strände zieht. Sonne, Sand, See, Sex und Syphilis. In dieser Stadt gibt es meiner Schätzung nach mindestens zweihundert zarte und, ach, so ätherische Blondinen, von denen jede diejenige sein könnte, die Mary gesehen hat.«

Unwillkürlich hatte Max eine Zeitschrift zur Hand genommen und sie fest zusammengerollt. Er klatschte sich damit auf die Handfläche.

»Wenn wir das Mädchen nicht finden, wird es heute nacht noch ermordet.«

Marys Angst war in Depressionen umgeschlagen. Dahinter jedoch brodelte die nackte Wut. Sie war nicht wütend auf Max oder Lou oder auf sich selbst, sondern auf das Schicksal, obgleich sie wußte, daß das sinn- und zwecklos war und nichts bringen würde. In sein Schicksal mußte man sich ergeben.

»Du hast anscheinend vergessen, was es bedeutet, wenn ich etwas voraussehe«, sagte sie zu Max. »Auch wenn wir die Frau finden und sie warnen, ändert das nichts. Gar nichts. Sie stirbt auf jeden Fall. *Ich habe es gesehen!* Die Nummern der Pferde, die morgen im Rennen gewinnen, kann ich *nicht* sehen. Und ich kann auch nicht voraussagen, welche Aktien nächste Woche an der Börse steigen und welche fallen. Alles, was ich jemals sehe, sind sterbende Menschen.« Sie stand auf. »Mein Gott, dieses Leben macht mich krank. Es macht mich krank, Morde und Gewalttaten vorauszusehen und sie nicht verhindern zu können. Es macht mich krank, unschuldige Menschen leiden zu sehen, ohne die Möglichkeit, ihnen zu helfen. Ich habe dieses Leben satt. Nur Leichen und erstochene, vergewaltigte Frauen und erschlagene Kinder und Blut und Messer und Revolver.«

»Ich weiß«, sagte Max in sanftem Ton. »Ich weiß.«

Sie ging an die Bar und riß den Korken von der Brandyflasche. »Ich will keine Leitung zum Elend anderer Menschen mehr sein. Ich will das Mittel zum Ausmerzen dieses Elends sein, zum Lindern des Elends, zum Verhindern des Elends!« Sie goß sich ein Glas Brandy ein. »Wenn ich schon das Auge eines allsehenden Gottes habe, dann – verdammt noch mal – will ich auch die Macht eines Gottes. Ich sollte die Macht haben, jetzt hier in dieser Minute die Hand auszustrecken und den Mann zu packen, den wir suchen. Sein Herz in Stücke zu reißen. Aber ich bin kein Gott. Ich bin nicht einmal ein voll funktionierender Apparat. Ich bin wie ein halbes Funkgerät. Ich kann empfangen, aber nicht senden. Ich bin beeinflußt, kann aber selbst keinen Einfluß nehmen.« Sie goß ihren Brandy ebenso schnell und gekonnt herunter, wie Lou es zu tun pflegte. »Ich hasse es! Hasse es. Warum muß gerade *ich* diese Kräfte besitzen? Warum *ich?*«

Als sie sich später an der Tür verabschiedeten, sagte Lou: »Ich wünschte, ihr würdet heute hier übernachten.«

»Wir haben dein Gästezimmer schon begutachtet«, sagte Max. »Lauter Zeitschriften und Bücher, aber keine Möbel. Wir wissen deinen Intellekt und den Umfang deiner Bibliothek zu schätzen, aber wir schlafen trotzdem nicht gern auf einem Stapel alter Zeitschriften und Taschenbücher.«

»Ich könnte ja heute nacht auf dem Sofa im Wohnzimmer schlafen«, sagte Lou, »und ihr könntet mein Schlafzimmer haben.«

Mary küßte ihn auf die Wange. »Du bist ein Schatz. Aber wir werden schon über die Runden kommen. Wirklich. Wenigstens bis morgen nacht.«

12

MITTWOCH, 23. DEZEMBER.

Es war ein Uhr morgens, und der Regen peitschte von der offenen See her landeinwärts. Er verwandelte den trockenen Boden in glitschigen Schlamm, drückte das lange Gras auf die nasse Erde und prallte in großen Tropfen von der Fahrbahn ab.

Er parkte den Mercedes am Ende der asphaltierten Seitenstraße und schaltete den Motor ab. Dunkelheit umhüllte den Wagen. Es war so dunkel, daß er seine eigenen Hände am Lenkrad nicht sehen konnte. Das einzige Geräusch war das pausenlose Trommeln des Regens auf der Motorhaube und auf dem Dach. Er beschloß zu warten, bis der Sturm sich gelegt hatte. Es war die Regenzeit in Südkalifornien, aber Wolkenbrüche in dieser Stärke dauerten nie lange an.

Das Fleischermesser lag neben ihm auf dem Sitz. Er griff danach und hob es auf. Zwar konnte er es in der Dunkelheit kaum sehen, doch bereitete es ihm Genugtuung, es zu betasten. Er drückte mit dem Finger auf die haarscharf geschliffene Klinge. Nicht stark genug, um sich zu verletzen, aber genug, um die Macht des Todes zu spüren, der still, aber stets bereit, in der Stahlklinge ruhte.

Um ein Uhr zehn ließ der Regen nach. Fünf Minuten später hörte er ganz auf. Er öffnete die Wagentür und stieg aus.

Die Luft war frisch und rein. Der Wind hatte aufgehört.

Links unter ihm blinkten die Lichter des Hafenbeckens wie eine Weihnachtsdekoration.

Das einzige Licht in unmittelbarer Nähe kam aus einem von drei kleinen Häusern westlich von ihm. Die drei Häuser standen auf einer Klippe mit der Vorderseite zur See und der Hintertür zu der asphaltierten Sackgasse. Das nördlichste von ihnen gehörte Erika Larsson. Es stand etwa siebzig Meter vom Nachbarhaus entfernt und war von einer Baumgruppe umgeben. Aus mehreren Fenstern schien Licht.

Wie er erwartet hatte, war Erika noch wach. Wahrscheinlich arbeitete sie an einem ihrer düsteren Aquarelle. Oder an einem ihrer freudlosen Ölgemälde voll finsterer Gesichter in Schattierungen von blau und dunkelgrün. Meistens malte sie in der Ruhe der frühen Morgenstunden und ging im Morgengrauen zu Bett.

Er ging um den Mercedes herum und klappte den Kofferraum auf. Er war vollgepackt mit Feuerwaffen: Eine italienische Schrotflinte, zwei Gewehre, sieben Pistolen und Kästen voll Munition. Er wählte einen 45 Colt Automatic aus, eine Spezialanfertigung. In die Metallteile des kostbaren Sammlerstückes waren von der Mündung zum Griff hin fliehende Tiere eingraviert. Die Pistole war bereits geladen. Alle seine Waffen waren geladen. Er schob den Colt in die Jackentasche und schloß den Kofferraum.

Mit dem Messer in der Hand ging er den Pfad hinunter auf das beleuchtete Haus zu. Es war so dunkel, daß er unterwegs gelegentlich über Radspuren stolperte. Seine Schuhe versanken zur Hälfte im Schlamm.

Mary murmelte im Schlaf vor sich hin.

Im Traum war sie bei ihrem Vater. Er sah genauso aus wie damals, als sie neun Jahre alt war. Sie war wieder ein Kind. Sie saßen auf einem samtweichen grünen Rasen. Die Sonne stand hoch am Himmel, direkt über ihren Köpfen, und warf keinen Schatten.

»Wenn ich den Leuten mit meinen Visionen helfen kann, vielleicht lieben sie mich dann. Ich möchte, daß mich die Leute lieben, Papi.«

»Ich liebe dich doch, meine Süße.«

»Aber du wirst mich doch verlassen.«

»Mein kleines Mädchen verlassen? Unsinn!«

»Du stirbst in einem Auto. Stirbst und verläßt mich.«

»Du darfst so etwas nicht sagen.«

»Aber...«

»Falls ich sterben sollte, hast du immer noch deine Mutter.«

»Die hat mich doch schon verlassen. Sie mag den Whisky mehr als mich.«

»Nein, nein. Deine Mutter liebt dich noch immer.«

»Sie liebt den Whisky. Und sie vergißt immer meinen Namen.«

»Dein Bruder liebt dich auch.«

»Nein, das tut er nicht.«

»Mary, es ist doch schrecklich, so etwas zu sagen.«

»Ich nehme es ihm auch nicht übel, wenn er mich nicht liebt. Alle seine Tiere sterben meinetwegen.«

»Es ist doch nicht deine Schuld.«

»Doch, und das weißt du. Und sogar, wenn mich Alan liebt, wird er mich auch eines Tages verlassen. Dann bin ich allein.«

»Eines Tages wirst du einen Mann kennenlernen, der dich liebt und dich heiratet.«

»Vielleicht für kurze Zeit. Und dann geht er auch weg, nicht wahr? So wie alle. Ich brauche Schutz gegen das Alleinsein. Ich habe Angst vor dem Alleinsein. Ich brauche eine Menge Leute, die mich lieben! Wenn mich wahnsinnig viele Leute lieben, dann können doch nicht alle gleichzeitig fortgehen.«

»Mein Gott, wie spät es schon ist! Ich muß weg.«

»Papi, du darfst nicht weggehen.«

»Ich muß aber.«

»Ich habe Elmo heute morgen gefunden.«

»Alans Katze?«

»Er war ganz blutig.«

»Wo hast du ihn gefunden?«

»Im Spielhäuschen unten.«

»Schon wieder ein totes Tier?«

»Jemand hat ihn zerschnitten.«

»Weiß Alan das?«

»Noch nicht. Dann weint er wieder, Papi.«

»Mein Gott, der arme Junge.«

»Er wird wahnsinnig wütend auf mich sein.«

»Mary... du hast doch nicht etwa...«

»Nein! Ich würde doch so was nicht tun, Papi.«

»Aber vorige Woche...«

»Das war ich nicht! Das war ich nicht!«

»Dann war es wieder der Junge von Mitchell!«

»Ich wünschte, Mrs. Mitchell würde wegziehen von hier.«

»Alan wird mit dir nicht böse sein. Berton Mitchells Sohn hat Elmo zerschnitten.«

»Der ist wütend auf mich, weil ich seinen Papi ins Gefängnis gebracht habe, und jetzt kommt er und tötet Alans Tiere.«

»Alan versteht das. Er macht dich nicht dafür verantwortlich.«

»Alan ist noch wütend, weil ich vorige Woche seine Schildkröten in die Bucht geworfen habe.«

»Du hast mir noch nicht erklärt, warum du das getan hast.«

»Etwas hat mich dazu gezwungen.«

»Wer?«

»Etwas. Etwas.«

»Mary, manchmal bis du ein seltsames Kind.«

»Wenn du hierbleibst, bin ich brav.«

»Ich muß gehen.«

»Dann bin ich allein.«

»Ich muß aber gehen.«

»Dann bin ich allein mit den Flügeln.«

»Auf Wiedersehen.«

»Papi, die Flügel!«

Wimmernd, benommen von dem Schlafmittel, das sie genommen hatte, wälzte sich Mary von einer Seite zur anderen. Sie merkte nicht, daß sie allein im Bett war.

Er schob das unverriegelte Schlafzimmerfenster hoch, ohne ein Geräusch zu verursachen, und schlüpfte hinein.

Irgendwo vorne im Haus war auf dem Stereo eines der sentimentalsten Lieder von Joan Baez zu hören.

Er ging durchs Schlafzimmer und von dort den langen, schmalen Gang hinunter ins Wohnzimmer.

Erika Larssen saß mit dem Rücken zu ihm auf einem hohen Hokker. Vor ihr stand eine große Staffelei. Sie malte in Ölfarben.

Ihre schwarze Katze, Samantha, lag zusammengerollt auf einem Sessel. Sie hob den Kopf und sah ihn aus gelben Augen an, als er ins Zimmer trat.

Ein angenehmer Geruch hing in der Luft. Erika hatte sich vorher Puffreis gebraten.

Er war bis auf drei Meter herangekommen, als sie etwas merkte und sich umdrehte. »*Du*«, sagte sie.

Sie war noch ebenso schön, wie er sie in Erinnerung hatte. Dichtes, gekräuseltes blondes Haar. Bleiche, fast durchsichtige Haut. Enorm große blaue Augen. Sie trug Jeans und ein T-Shirt, und ihre dunklen Brustwarzen zeichneten sich durch den dünnen Stoff deutlich ab.

Sie kletterte vom Hocker herunter. »Was machst du hier?«

Er gab keine Antwort.

Die schwarze Katze spürte, das hier etwas durchaus nicht stimmte. Sie sprang vom Sessel und rannte in die Küche.

Er ging noch einen Schritt auf Erika zu.

Sie stellte sich hinter die Staffelei. »Mach, daß du rauskommst.«

Er warf die Staffelei um.

»Was willst du?« fragte sie ihn.

Er hielt das Messer hoch.
»Nein! Oh – nein!«
Sie zog sich zurück bis ans Fenster mit dem Ausblick auf den pazifischen Ozean.
Sie hielt die Hände vor sich ausgestreckt, als wolle sie ihn abwehren, wenn er ihr zu nahe kam.
»Mary wird Bescheid wissen«, sagte Erika.
Er gab keine Antwort.
»Mary wird sehen, wer es getan hat«, sagte sie.
Er griff nach ihr.
»Sie wird es wissen. Sie hetzt dir die Bullen auf den Hals.«

Kurz vor Sonnenaufgang.
Samantha, die schwarze Katze, kam aus dem Küchenschrank, wo sie sich versteckt hatte und eingeschlafen war. Sie gähnte und streckte sich. Dann stand sie eine Minute lang mit erhobenem Kopf und lauschte.
Es war ruhig im Haus. Der Wind strich leise übers Dach.
Schließlich trottete Samantha ins Wohnzimmer. Der Weihnachtsbaum war umgeworfen. Der Baumschmuck lag auf dem Fußboden verstreut und war zum Teil zertreten und zerstampft worden. Samantha schnupperte an einem zerbrochenen Glasengel und stieß ihn mit der Pfote an. Sie kostete von einem zerkrümelten Keks und spielte ein Weilchen mit einem zerbrochenen Kruzifix, das früher an der Wand über dem Durchgang zur Diele gehangen hatte. Dann untersuchte sie ein Paar herumliegende Jeans und ein zerknülltes weißes T-Shirt.
Zum Schluß ging sie mißtrauisch um die Leiche von Erika Larssen herum und kostete von dem Blut, so wie sie von dem Keks gekostet hatte.

13

Alpträume hatten Mary die ganze Nacht geplagt. Sie riefen die schlimmsten Erlebnisse ihrer Kindheit wieder ins Leben. Lange nach dem Erwachen blieben die Erinnerungen noch an ihr hängen wie schmutzige Kleider und machten sie nervös und unruhig.
Für gewöhnlich pflegte sie nach dem Duschen ihr Haar halb zu

trocknen, noch bevor sie sich ankleidete, und es mit einhundert abgezählten Bürstenstrichen energisch zu bearbeiten. Heute empfand sie ihre Nacktheit als störend und hörte nach achtundzwanzig Bürstenstrichen auf. Sie konnte einfach nicht noch weitere zweiundsiebzig bewältigen, ohne sich vorher anzukleiden.

Im allgemeinen tat es ihr wohl, dieses und andere morgendliche Rituale nackt vorzunehmen. Sie gab offen zu, eine Exhibitionistin zu sein. (Schau mich an, meine herrlichen Brüste, meinen Po, meine Beine, wie schön und fehlerlos, ich will dir gefallen, liebe mich, liebe mich.) Aber sie war von mehr als reinem Exhibitionismus motiviert. Wenn sie ihren Tag unbekleidet begann, hatte sie bis in den Nachmittag hinein ein Gefühl der Freiheit und Unbeschwertheit. Dr. Cauvel meinte, sie wolle sich durch ihre Nacktheit selbst beweisen, daß ihre nächtlichen Träume keine Spuren hinterlassen hatten, daß Berton Mitchell keine Spuren an ihr hinterlassen hatte. Sie hatte jedoch die Logik dieser Analyse nicht eingesehen.

Manchmal saß Max ganz still dabei, während sie ihr Haar bürstete und nackt herumlief. Häufig brachte er sie zum Erröten, indem er seine Voyeur-Tätigkeit als ›Das Lesen schöner Poesie‹ beschrieb.

Aber jetzt war Max unter der Dusche. Es war niemand da, der ihre Poesie las. Trotzdem hatte sie das Gefühl, als ob jemand sie anstarrte.

Mit einem Schauder streifte sie BH und Slip über.

Als sie den Schrank aufmachte, um sich eine Bluse und ein Paar Slacks auszusuchen, sah sie Max' verschmutzte Schuhe und seine schlammbespritzte und blutbefleckte Jacke. Während sie noch die rostbraunen Blutflecke betrachtete, kam Max aus dem Badezimmer herein. Er trocknete sich das Haar mit einem Handtuch. Ein zweites Handtuch hatte er um die Hüfte geschlungen.

»Hast du dich verletzt?« fragte sie.

»Ich habe mich lediglich geduscht.«

Ohne zu lächeln hielt sie ihm seine verschmutzte Jacke hin.

»Oh – das«, sagte er. »Die Wunde an meinem Finger hat angefangen zu bluten.«

»Wie ist dir das passiert?«

»Ich bin gestolpert und hingefallen, und dabei ist der Verband abgerissen.«

»Du bist gefallen? Wann war denn das?«

»Gestern nacht«, sagte er. »Nachdem du dein Beruhigungsmittel eingenommen hattest, bist du gleich eingeschlafen. Ich konnte die Augen nicht geschlossen halten und machte noch einen Spaziergang. Drei Häuserblocks hinter dem Hotel fing es an zu gießen. Ein regelrechter Wolkenbruch. Ich nahm eine Abkürzung über das offene Feld nebenan, stolperte über einen Stein und fiel hin. Dabei ging der Verband ab, und der Schnitt fing wieder an zu bluten.«

Sie zuckte schaudernd zusammen. »Da hast du aber sehr stark geblutet.«

»Wie ein abgestochenes Schwein.« Er hielt die Hand hoch. Der verletzte Finger war sauber bandagiert. »Es tut immer noch weh.«

Er warf das Handtuch, mit dem er sich die Haare getrocknet hatte, aufs Bett, nahm ihr die Jacke ab und betrachtete sie von allen Seiten. »Ich glaube kaum, daß die Reinigung das schafft«, meinte er. Er knüllte die Jacke zusammen und warf sie in den Papierkorb.

»Du hättest mich wecken sollen, als du kamst«, sagte Mary.

»Du warst im Tiefschlaf.«

»Trotzdem hättest du es versuchen sollen.«

»Wozu? Es war doch nichts Ernstes. Ich legte fünfzehn Minuten lang einen Druckverband an, bis die Blutung gestillt war. Danach bandagierte ich das Ganze von neuem und fertig. Kein Anlaß, dir Sorgen zu machen.«

»Du solltest zum Arzt gehen.«

Er schüttelte den Kopf. »Nicht nötig.«

»Aber anscheinend heilt es doch nicht.«

»Das braucht Zeit. Der Schnitt hatte gerade angefangen zu heilen, als ich hinfiel und ihn mir wieder aufriß«, sagte er. »Ich werde in Zukunft vorsichtiger sein.«

»Nächstes Mal, wenn du den Verband wechselst, will ich mir den Schnitt ansehen. Wenn er nicht richtig verheilt, gehst du zum Arzt, auch wenn ich dich mit Gewalt hinschleppen muß.«

Er trat auf sie zu und legte seine Hände auf ihre schlanken Schultern. »Ja, Mutti.« Er hatte ein gewinnendes Lächeln, das er fast ausschließlich für sie reservierte.

Seufzend lehnte sie sich an seine Brust, wo sie seinen ruhigen, langsamen Herzschlag hören konnte. »Ich mache mir Sorgen um dich.«

»Ich weiß«, sagte er.

»Weil ich dich liebe.«

»Ich weiß.«

»Weil ich sterben würde, wenn ich dich verliere.«

Er machte ihren Halter auf.
»Aber wir haben doch keine Zeit«, protestierte sie.
»Dann lassen wir eben das Frühstück aus.«
Sie begann seinen Körper zu streicheln. Wie massiv und kräftig er war. Seine Größe und Stärke hatten eine gewaltige Wirkung auf sie. Sie fühlte sich gleichzeitig benommen und erregt. Die Augen wurden ihr schwer, die Knie schwach. In den Brüsten und im Unterleib spürte sie heute eine außergewöhnliche Wärme und Spannung. Der Geruch seiner Haut und seine stahlharten Muskeln magnetisierten sie förmlich.
Er zog sie nackt aus und nahm das Handtuch, das er um seine Hüften geschlungen hatte, ab. Er küßte ihren Hals. Mary hatte ein Gefühl der Schwerelosigkeit. Seine Hände strichen über ihren Rükken und umfaßten ihr Gesäß. »Es würde dir leicht fallen, mich so fest zu drücken, daß mir die Luft ausgeht«, sagte sie. »Du bist so stark, daß du mir das Genick brechen könntest.«
»Ich will dir aber nicht das Genick brechen«, murmelte er.
»Aber du könntest es. Ganz leicht.«
Er knabberte an ihrem Ohrläppchen.
»Wenn du... mir das Genick brichst... würde es... mir auch nichts ausmachen.«
Er legte seine Hand zwischen ihre Schenkel und berührte ihre feuchte Mitte.
»Du würdest das so zart machen«, sagte sie träumerisch. »Sogar beim Genickbrechen würdest du zart mit mir umgehen. Ich würde keinen Schmerz verspüren. Das würdest du nicht erlauben.«
Als er in sie eindrang, wie mit einem mächtigen Kolben, dachte sie immer noch daran, in seinen Armen zu Tode gedrückt zu werden. Seltsamerweise bereitete ihr der Gedanke nicht die geringste Angst. Im Gegenteil. Es war fast wie ein Wunsch, ein melancholisches Verlangen, eine angenehme Erwartung. Kein Todeswunsch – eher ein freudiger Verzicht. Dr. Cauvel hätte wahrscheinlich gesagt, es sei ein Symptom ihrer Krankheit, ihre endgültige Verantwortung abzulegen – die fundamentale Verantwortung für ihr eigenes Leben und die Entscheidung, ob sie es überhaupt wert war zu leben. Und er würde sagen, sie müsse sich mehr auf sich selbst verlassen und sich weniger an Max anlehnen. Aber Cauvels Ansichten waren ihr gleichgültig. Sie fühlte nur die Stärke in sich. Max' Stärke. Sie rief seinen Namen, krallte ihre Nägel in seine unnachgiebigen Muskeln und gab sich ihm willig hin.

»Roger Fullet am Apparat.«

»Fullet der Schaumschläger?«

»Bist du das, Lou? Lou Pasternak?«

»Ich habe angerufen und den Reporter Roger Fullet zu sprechen verlangt. Da sagte man mir, es handle sich jetzt um den Redakteur Roger Fullet.«

»Ja, das ist erst vor einem Monat passiert.«

»Die *Los Angeles Times* scheint vor die Hunde zu gehen.«

»Endlich hat man meine Talente erkannt.«

»Also doch. Hat man dich gleich nach deiner Beförderung gefeuert und deinen Job jemand anderem gegeben?«

»Wahnsinnig komisch.«

»Danke für das Kompliment.«

»Du bist überhaupt recht komisch.«

»Danke nochmals.«

»Eine Schönheitsoperation würde vielleicht gut tun.«

»Nimm dich in acht, Fullet. Mit mir solltest du dich nicht anlegen.«

»Entschuldige. Ich muß den Kopf verloren haben.«

»Es wäre nicht das erste Mal.«

»Mensch, Lou, du solltest mein neues Büro sehen. Das ist größer als dein ganzer Laden.«

»Na klar. Da schließen sie dich ein, damit du keine Dummheiten machst.«

»Und ich speise mit der Geschäftsführung.«

»Die wollen nur aufpassen, daß du keine silbernen Löffel klaust.«

»Mann, es ist aber nett, mal wieder deine freche Schnauze zu hören.«

»Wie geht es Peggy und den Kindern?«

»Prima. Wunderbar. Alle gesund.«

»Dann grüß sie mal schön von mir, und frohe Weihnachten.«

»Mache ich. Wann kommst du denn mal wieder übers Wochenende? Wir haben uns schon sechs Monate nicht mehr gesehen. Dabei ist es nur eine Stunde Fahrt, Lou, warum kommen wir nicht öfter zusammen?«

»Vielleicht hassen wir uns im Unterbewußtsein.«

»Keiner haßt mich. Meine Tochter sagt, ich sei ein großer Lutschbonbon.«

»Also, Mr. Lutschbonbon, möchtest du mir einen Gefallen tun?«

»Alles, was du willst, Lou.«
»Könntest du mal die Archive der *Times* durchstöbern und mir alles Material über ein bestimmtes Verbrechen heraussuchen, das mich interessiert?«
»Was für ein Verbrechen?«
»Ein Sexualverbrechen an einem Kind.«
»Häßliches Thema.«
»Und auch versuchter Mord.«
»Wo ist das passiert?«
»Irgendwo in West-Los Angeles. Gute Gegend. Das Mädchen wohnte auf einem Zwanzig-Hektar-Besitz, der inzwischen wahrscheinlich längst aufgeteilt ist.«
»Wann war denn das?«
»Vor vierundzwanzig oder fünfundzwanzig Jahren.«
»Und wer war das Opfer?«
»Jetzt wird es peinlich.«
»Wieso das?«
»Rogr, wir sind sehr gut befreundet.«
»Verstehe.«
»Sie gehört gewissermaßen zur Prominenz und steht im Licht der Öffentlichkeit.«
»Da bin ich aber gespannt.«
»Ich habe nicht die Absicht, über den Fall zu schreiben. Und ich möchte auch nicht, daß andere es tun.«
»Mensch, der Fall ist fünfundzwanzig Jahre alt. Für eine Zeitung ist er tot und begraben.«
»Das weiß ich. Aber jemand könnte das Material in einer Zeitschrift verwenden. Es würde ihr sehr schaden, wenn man das alles wieder ans Licht zieht.«
»Wenn du nicht schreiben willst, wozu brauchst du dann die Einzelheiten?«
»Sie ist in Schwierigkeiten. Ernsten Schwierigkeiten. Ich will ihr helfen.«
»Warum kannst du dann die Einzelheiten nicht von ihr erfahren?«
»Sie war erst sechs, als es passierte.«
»Großer Gott!«
»Sie kann sich unmöglich an alles erinnern, oder sich richtig erinnern.«
»Und was damals passierte, hat etwas mit den Schwierigkeiten zu tun, in denen sie sich jetzt befindet?«

»Ich glaube schon.«

»Okay. Ich gehe selbst runter ins Archiv. Wenn ich jemand schicke, wird gleich darüber gequatscht. Ich sehe mal die Akten durch.«

»Danke, Roger.«

»Und ich tue es als Freund, nicht als Reporter.«

»Deine Zusicherung genügt mir.«

»Wie war der Name des Opfers?«

»Mary Bergen. Nein, Moment mal... damals hieß sie Mary Tanner.«

»Die Hellseherin?«

»Richtig.«

»Die schreibt doch für uns.«

»Für mich auch.«

»Wer war der Täter?«

»Berton Mitchell. B-E-R-T-O-N M-I-T-C-H-E-L-L. Er war Hausmeister auf dem Tanner-Besitz.«

»Ich werde das Material schon ausgraben. Ist da etwas, was dich besonders interessiert?«

»Ich möchte wissen, ob es jemals zum Prozeß kam. Wenn ja, ob Mitchell verurteilt oder freigesprochen wurde.«

»Du sagtest doch, er sei der Täter gewesen.«

»Das heißt noch lange nicht, daß er schuldig gesprochen wurde. Du weißt doch selbst, was ein guter Anwalt manchmal erreichen kann.«

»Noch etwas?«

»Vor allem, ob Mitchell schuldig gesprochen wurde. Und dann möchte ich wissen, ob er Selbstmord beging.«

»Hat man dir das gesagt?«

»Ja. Aber ich weiß nicht, ob es stimmt.«

»Lou, wenn er noch leben sollte und nicht im Gefängnis ist, bezweifle ich sehr, ob wir ihn durch unser Archiv finden können.«

»Ich will gar nicht, daß du ihn findest. Falls Mitchell noch lebt, glaube ich zu wissen, wo er ist.«

»Ich rufe dich heute nachmittag zurück.«

»Ich bin im Büro.«

Nachdem Lou sein Gespräch mit Roger Fullet beendet hatte, meldete er ein Ferngespräch mit Dr. Oliver Railsbeck an, einem alten Freund an der Stanford-Universität. Sie sprachen fünfzehn Minuten lang.

Um neun Uhr dreißig, nachdem Ollie Railsbeck ihm alles berichtet hatte, was er wußte, ging Lou über die Diele ins Gästebad. Er hatte inzwischen alles saubergemacht und die Spuren der nächtlichen Ereignisse beseitigt. Von den Glasscherben und dem vergossenen Hustensirup war nichts mehr zu sehen. Er stellte sich in die Mitte des schmalen Raumes und blickte in den Spiegel über dem Waschbecken. Alles, was er sah, war sein Spiegelbild.

Nacheinander berührte er das Wasserglas, den Spiegelrahmen, die Wasserhähne und das Porzellanbecken. In der Nacht zuvor war alles mit Blut bespritzt gewesen, welches Mary mit ihren spiritistischen Kräften herbeibeschworen und eine Zeitlang festgehalten hatte. Das dicke, klebrige Blut war echt gewesen... und doch *nicht* echt – nicht von dieser Welt.

Er fragte sich, wessen Leiden und Schmerz es verkörpert hatte. Rein symbolisch könnte es der blonden Frau gehören, deren Tod Mary vorausgesagt hatte. Oder vielleicht war es auch Marys Blut gewesen, das an den Fingern von Max gehaftet hatte.

War es ein Vorzeichen ihres Todes?

»Gott beschütze sie«, sagte Lou zu sich selbst.

14

Mary saß auf einem unbequemen Metallstuhl, die Handtasche auf dem Schoß, die Hände auf der Handtasche.

Auf dem Stuhl links neben ihr saß Max. Er wußte, daß sie lange Diskussionen mit Polizeibeamten nicht mochte und daß ihr die kalte, totalitäre Atmosphäre von Polizeiwachen auf die Nerven ging. Von Zeit zu Zeit streckte er die Hand aus und berührte sie leicht. Nicht zufällig. Ein kurzes Streicheln, ein kleiner Druck als beruhigendes Zeichen, daß er bei ihr war. Wie immer, entspannte sie seine Anwesenheit.

Zu ihrer Rechten saß Lou rittlings auf einem umgedrehten Stuhl und hatte die Arme über die Lehne verkreuzt.

Der Raum stank nach schalem Zigarrenrauch. Die Deckenbeleuchtung war zu grell. Der einzige Wandschmuck bestand aus einem gerahmten Foto von J. Edgar Hoover – Patmores Idol – und einem Militärkalender, auf dem verschiedene Kampfszenen abgebildet waren. Eine für jeden Monat.

John Patmore, Polizeichef von King's Point, saß über seinen unaufgeräumten Schreibtisch gebeugt und telefonierte ernsten Gesichtes mit Percy Osterman. Anscheinend schmeichelte der Sheriff ihm gehörig, um Patmore zur Zusammenarbeit mit Mary zu bewegen. Ein selbstgefälliges Grinsen spielte um Patmores dünne Lippen.

Vom Aussehen her war der Polizeichef eine unbeeindruckende Erscheinung. Ende Vierzig. Rundes Gesicht. Ein fast kahler Kopf. Braune Augen. Ein unauffälliges Gesicht. Mittlere Größe, mittleres Körpergewicht.

Mary befürchtete, daß sie ihr Anliegen nicht überzeugend und nachdrücklich genug vorgetragen hatte. Lou hatte ihr geraten, die bizarrsten Aspekte des Falles nicht zur Sprache zu bringen. Sie hatte weder fliegende Glashunde noch mörderische Möwen oder blutende Badezimmerspiegel erwähnt. Lou war überzeugt, daß solche Einzelheiten Patmore lediglich verwirren würden. Nachdem Lou dem Polizeichef die Bedeutung von Marys spiritistischen Kräften erklärt hatte, äußerte sie nur ihre Überzeugung, daß die Massenmorde der letzten Tage von ein und demselben Mann begangen worden waren, und daß dieser erst gestern nacht wieder eine junge Frau in King's Point ermordet hatte. (Die Leiche war noch nicht gefunden.) Heute abend um sieben würde der Killer von einem der drei Türme aus, die den Hafen überblickten, Gewehrfeuer eröffnen.

Endlich verabschiedete sich Patmore von Percy Osterman und legte den Hörer auf. Er lehnte sich in seinem Stuhl zurück und starrte eine volle Minute lang ins Leere. Dabei lächelte er.

»Laßt euch durch den Chef nicht irritieren«, sagte Lou zu Max und Mary. »Er ist nicht absichtlich so manierlos. Es ist nur, daß er manchmal aufhört zu denken und dann vergißt, seinen Gedankengang wieder aufzunehmen.«

Patmore schenkte ihm keine Beachtung und wandte sich Mary zu. »Das paßt mir gar nicht – ein geistesgestörter Killer in meiner Stadt.«

Mary sagte: »Wenn wir...«

Patmore fischte eine Zigarre aus der Schublade seines Schreibtisches und unterbrach sie. »Das gefällt mir überhaupt nicht. Als Polizeichef dieser Stadt sorge ich stets für Ordnung und Disziplin.«

»Wir können...«

»Auf jedem dieser Türme«, sagte Patmore, »weil Percy Osterman für Sie gebürgt hat... obgleich ich immer noch meine Zweifel über diesen spiritistischen Quatsch habe... also um sechs... eine Stunde vorher, wenn Sie recht haben, werde ich meine Männer postieren.«

Mary war nicht sicher, Patmores verwickelte Erklärung richtig verstanden zu haben, und fragte: »Dann werden Sie also Ihre Leute heute abend auf den Türmen postieren?«

Patmore blinkte mit den Augen. Er hatte eben begonnen, das Ende seiner Zigarre anzufeuchten, und nahm sie wieder aus dem Mund. »Habe ich das nicht gerade gesagt?«

»Ihr müßt den Chef entschuldigen«, sagte Lou. »Er glaubt, daß Syntax soviel bedeutet wie ›Sündtaxe‹, eine Abgabe, mit der die Kirche ihre Sünder belegt.«

Zu Marys großer Erleichterung ignorierte der Polizeimensch Lous Bemerkung. Er sagte: »Berichten Sie mir noch mal alle Einzelheiten. Ihre ganze Vision von Anfang bis zum Ende.«

Sie seufzte auf und entspannte sich ein wenig.

Sie dachte: Wenigstens geht auch die Scheußlichkeit ihrem Ende zu. Dann: Oder vielleicht auch nicht? Ist es etwa erst der Anfang?

»Fühlst du dich wohl?« fragte Max.

»Ja«, log sie.

Draußen auf dem Gehsteig vor der Polizeiwache sagte Max zu Lou: »Das ging ja viel leichter, als du befürchtet hattest.«

Lou zuckte mit den Schultern. »Ich bin selbst überrascht. Normalerweise erfordert es einen chirurgischen Eingriff, ihm eine neue Idee einzupflanzen.«

»Offensichtlich hat Percy Osterman mehr Einfluß auf ihn, als du gedacht hattest«, sagte Mary.

»Gewiß«, sagte Lou. »Teilweise. Aber meines Erachtens ist es auch sein Selbsterhaltungstrieb. Wenn er dich einen Scharlatan nennt und dich rausschmeißt, und dann der Killer *wirklich* von einem dieser Türme in die Gegend schießt, weiß er ganz genau, was ihm passiert. Dann fordere ich nämlich zweimal die Woche auf der Titelseite meiner Zeitung seinen Rücktritt, und zwar so lange, bis er seinen Job los ist.«

Max schlug vor, sie sollten ihre Autos stehenlassen und zu Fuß die kurze Strecke zum Hafen hinuntergehen. »Wir können im ›Sea Locker‹ ein paar Drinks nehmen und zu Mittag essen und dabei die Boote anschauen.«

Mary ging zwischen Max und Lou, und allmählich besserte sich ihre Stimmung. Die frische Brise blies ihr den Geruch von Patmores Zigarre aus der Nase; ebenso einen Teil ihrer Spannung und Furcht.

Das Wetter hatte sich gebessert. Obgleich es noch bewölkt war und der Wetterdienst für morgen Regen angesagt hatte, war es einer jener südkalifornischen Wintertage, wie sie die Reisebroschüren beschreiben. Die Temperatur war auf fast zwanzig Grad gestiegen, die Luft rein und frisch. An solchen Tagen waren ehemalige Bewohner der Ostküste froh darüber, nach Kalifornien gezogen zu sein.

Kurz vor dem Hafen kamen sie an einer Zoohandlung vorbei, wo zwei Spaniel-Welpen im Fenster ausgestellt waren.

»Oh – sind sie nicht süß«, rief Mary. Sie ließ Max und Lou stehen und lief ans Schaufenster.

Die Welpen stemmten die Vorderpfoten gegen die Glasscheibe und versuchten Marys dargebotene Hand zu beschnuppern und wedelten dabei begeistert mit den Schwänzen.

»Ich hatte noch nie viel für Hunde übrig«, sagte Lou. »Sie sind zu abhängig.«

»Sie sind süß«, sagte Mary.

»Katzen mag ich auch nicht.«

»Warum nicht?« fragte Max.

»Die sind zu unabhängig.«

»Bemühe dich nicht zu sehr, originell zu sein«, sagte Max.

Lou grinste. »In manchen Kreisen bin ich als verbitterter Sonderling bekannt. Ich muß doch meinem Ruf gerecht werden, meinst du nicht?«

Mary sprach durch die Glasscheibe zu den Hunden, die freudig wedelten und bellten.

»Ich weiß, wie sehr du Tiere liebst«, sagte Max. »Ich hatte schon daran gedacht, dir zu Weihnachten einen Hund zu schenken. Vielleicht hätte ich es tun sollen.«

»O nein«, sagte sie, immer noch mit den Welpen spielend. »Er wäre gestorben.«

Lou sah sie verwundert von der Seite an. »Was für eine seltsame Bemerkung«, sagte er.

Erinnerungen an zerstückelte Hunde, Katzen, Kaninchen und andere kleine Tiere zogen in ekelerregenden Farben an ihr vorbei.

Sie wandte sich von den Spaniels ab. »Alan hatte als Kind eine

Menge Haustiere. Ich hatte auch einige. Alle von ihnen wurden gequält und getötet.«

»Gequält und getötet?« sagte Lou. »Was, um Gottes willen, soll das heißen?«

»Der Junge von Berton Mitchell hat es getan«, erklärte Mary. »Er glaubte, ich hätte seinen Vater fälschlich beschuldigt. Darauf schlich er sich immer auf unser Grundstück und schlachtete unsere Haustiere ab. Eines nach dem anderen. Die ganzen Jahre hindurch, bis wir uns schließlich keine Tiere mehr hielten.«

Mit einem Verständnis, das sie tief berührte, sagte Max: »Also nahmen die Alpträume immer noch kein Ende, als sich Mitchell in seiner Gefängniszelle erhängte.«

Seine grauen Augen, oft so hart und ausdruckslos, waren voller Mitleid und Liebe.

»Ich wußte nicht, daß Berton Mitchell Familie hatte«, sagte Lou.

Mary nickte. »Eine Frau und einen Sohn. Die sind natürlich von uns weggezogen nach ... nachdem das passiert war. Aber die Stadt haben sie nicht verlassen. Sie wohnten immer irgendwo in der Nähe.« Sie sah zu den Spaniels hinüber, doch gefielen sie ihr nicht mehr. Jedesmal, wenn sie sie anblickte, sah sie Alans Hunde vor sich: Tote Hunde mit gebrochenen Beinen und Dutzenden von Stichwunden, aufgeschlitzte Hunde, geköpfte Hunde, Hunde mit ausgerissenen Augen ...

Lou sagte: »Dieser Mitchell-Junge ...«

»Ich möchte nicht mehr darüber sprechen«, sagte sie mit zitternder Stimme. »Gehen wir zum ›Sea Locker‹. Ich habe einen Drink nötig.«

Die Herrentoilette des Restaurants roch nach einem Desinfektionsmittel mit Tannennadelduft.

Als sie sich an den zwei Waschbecken die Hände wuschen, wobei sich Max vorsah, seinen Verband nicht naß zu machen, sagte Lou: »Habe ich dir gegenüber schon mal meinen Freund Ollie Railsbeck erwähnt?«

»Nicht, daß ich wüßte«, erwiderte Max.

»Er leitet ein relativ neues Forschungsprojekt an der Stanford-Universität. Sie erforschen dort paranormale Erscheinungen – Hellsehen, Vorausahnungen, Psychometrie, Telepathie, Telekinesis, astrale Ausstrahlung, einfach *alles*.«

»Ja, ich glaube, ich kann mich doch an den Namen erinnern«,

sagte Max. Er drehte den Wasserhahn ab und riß ein Papierhandtuch von der Rolle. »Ich glaube, die haben Mary mal um ihre Mitarbeit bei verschiedenen Versuchen gebeten, aber sie hat noch nicht die Zeit gefunden.«

Lou nahm sich ebenfalls ein Handtuch und sagte: »Seitdem wir herausgefunden haben, daß die Russen jährlich fast eine Milliarde Dollar dafür ausgeben, spiritistische Erscheinungen für militärische Zwecke zu erforschen, hat sich das Pentagon herabgelassen, ein paar Dollar für Studien auf diesem Gebiet zur Verfügung zu stellen. Ollies Abteilung und noch eine andere, die Dr. Rhine vor Jahren an der Duke-Universität aufbaute, sind die besten ihrer Art in den Staaten.«

»Mary hat mal in Duke gearbeitet.«

»Ich habe heute früh Ollie Railsbeck angerufen und ihn um seine Meinung befragt über das, was gestern passiert ist. über das Blut, das aus dem Spiegel quoll.«

»Und was sagt er?«

»Er nennt es ›Ektoplasmus‹.«

»Den Ausdruck kenne ich«, sagte Max. Er warf sein Papierhandtuch weg und wandte sich zur Tür.

»Warte noch«, sagte Lou. »Ich wollte vor Mary dieses Thema nicht anschneiden.«

Max lehnte sich an die Wand. »Na, dann erzähl mal.«

»Nach allem, was Ollie sagt, sind solche Erscheinungen gar nicht so außergewöhnlich, wie ich geglaubt hatte. Sie sollen bei Seáncen in ähnlicher Form vorkommen.«

Max zog verwundert die Augenbrauen hoch. »Willst du damit sagen, daß dein Freund unsere Steuergelder dazu verwendet, spiritistische Sitzungen zu beobachten? Diesen Schwindel, den die Zigeuner aufführen in verdunkelten Zimmern bei Kerzenlicht, wo man die Naivlinge, die mit ihren verstorbenen Verwandten sprechen wollen, um ihr Geld bringt?«

»Es gibt auch hochangesehene Medien, die ihre Arbeit ernst nehmen und weder aufs Geld aus sind, noch auf Reklame. Die machen die tollsten, gruseligsten Seáncen.«

»Willst du sagen, daß sie mit Geistern sprechen?«

»Möglich. Sie glauben daran. Jedenfalls haben sie *irgendeinen* Gesprächspartner, der ihnen auch antwortet. Ollie sagt, daß hin und wieder ein Geist oder ein Gegenstand über dem Tisch oder dem Kopf des Mediums auftaucht, während es sich in Trance befindet.«

»Wahrscheinlich machen sie das mit Projektoren oder anderen technischen Hilfsmitteln.«

»Nein. Diese Versuche wurden im Labor und unter strenger Aufsicht von Wissenschaftlern ausgeführt«, sagte Lou. »Manchmal tropft Blut aus der leeren Luft. Oder Tränen. Was immer diese Erscheinungen hervorruft – sie haben Substanz und wirken wie echt.«

»Aber nur auf ganz kurze Zeit. Das Blut, das gestern nacht aus dem Spiegel kam, verschwand auch gleich wieder.«

»Richtig. Gewöhnlich dauert es nur Sekunden. Manchmal eine volle Minute. Ollie kennt einen Fall, wo das Gesicht eines Kindes zwanzig Minuten lang über dem Kopf des Mediums schwebte. Aber dergleichen kommt sehr selten vor. Man sagt, daß Erscheinungen wie diese aus Ektoplasmus bestehen, einer übernatürlichen Masse, die sich – wie die Medien behaupten – in der Dimension zwischen Leben und Tod bewegen kann.«

»Glaubt dein Freund an Geister?« fragte Max.

»Nein. Er sagt, daß die wirklich talentierten Medien hochentwickelte spiritistische Fähigkeiten besitzen. Auch bei telepathischen Versuchen mit Spielkarten erzielen sie gute Resultate. Die meisten von ihnen haben erwiesene und sorgfältig dokumentierte Erfolge bei der Vorhersage zukünftiger Ereignisse zu verzeichnen. Ollie glaubt, daß sie mit Hilfe einer spiritistischen Fähigkeit, die wir nicht begreifen können, unbewußt Ektoplasmus erzeugen.«

»Und er glaubt auch nicht, daß dieses Zeug aus einer anderen Welt kommt?«

»Nein. Auch nicht aus einem Leben nach dem Tode.«

Max dachte einen Augenblick nach. Dann sagte er: »Also nach Railsbecks Ansicht ist Ektoplasmus ein Stoff, der sich aus dem Unterbewußtsein eines Spiritisten materialisiert hat.«

»Genau«, sagte Lou.

»Also bestätigt Railsbeck das, was ich gesagt habe.«

»Darum wollte ich eben allein mit dir darüber sprechen«, sagte Lou. »Ich wollte Mary nicht unnötig aufregen.«

»Hier ist doch keine übernatürliche, dämonische Macht am Werk.«

Lou schüttelte seufzend mit dem Kopf. »Davon bin ich noch nicht hundertprozentig überzeugt. Aber *du* bist es und hast noch dazu Ollie auf deiner Seite – also halte ich lieber den Mund.«

Max schlug sich mit der Faust auf die Handfläche der anderen

Hand. Es gab ein laut klatschendes Geräusch, das von den gekachelten Wänden widerhallte und Lou auffahren ließ. »Also hat *Mary* das Blut aus dem Spiegel fließen lassen und hat auch den sogenannten Poltergeist erscheinen lassen, nur weiß sie es nicht und weigert sich, es anzuerkennen. Sie muß eine entsetzliche Vision gehabt haben, Lou. Um sich dem nicht auszuliefern, hat sie unbewußt spiritistische Kräfte ins Spiel gebracht, von denen sie überhaupt nicht wußte, daß sie sie besaß, und damit den Anschein erweckt, es seien ›übernatürliche‹ Mächte am Werk – um sich selbst zu täuschen. Sie hat etwas gesehen, was sie um jeden Preis aus ihrer Erinnerung verdrängen mußte. Etwas, das seit langem in ihrem Unterbewußtsein schlummerte. Darum gebraucht sie den Poltergeist und anderen übernatürlichen Unsinn, um sich von dem abzulenken, was sie am meisten fürchtet.«

»Und wir können ihr nicht helfen«, sagte Lou niedergeschlagen, »weil wir nicht wissen, wovor sie sich versteckt.«

Max machte ein finsteres Gesicht. »Um sieben Uhr heute abend werden wir es wissen.« Er blickte auf die Uhr. »In ungefähr sieben Stunden.«

Das Meer sah kalt und ölig aus. Die Wellen rollten gegen die Kaimauer, und die vertäuten Boote zerschnitten mit dem Bug das Wasser wie dunkle Gelatine.

Im ›Sea Locker‹ hatten sie einen Tisch am Fenster. Zu Anfang, während Max und Lou sich über Politik unterhielten, saß Mary schweigend dabei und suchte den Himmel nach Möwen ab. Es waren keine da, und allmählich richtete sich ihre Aufmerksamkeit auf das Treiben im Hafen und das Gespräch am Tisch.

Obgleich heute keine Möwen erschienen und sie beunruhigten, war sie nicht imstande, sich zu entspannen. Sie aß viel zu wenig und trank zuviel. Man scherzte darüber, daß sie anscheinend Lou unter den Tisch trinken wollte. Aber auch der Whisky beruhigte sie nicht.

Nachdem Lou um zwei Uhr ins Büro gegangen war, kehrten Max und Mary in ihr Motel zurück. Sie legte sich aufs Bett und versuchte einzuschlafen. Zur Jagd auf den Mörder am Abend wollte sie ausgeruht sein und alle Sinne beisammen haben.

Auf der Seite liegend schloß sie die Augen und versuchte, ihre Gedanken auszuschalten. Der Wein und der Whisky, den sie zum Mittagessen getrunken hatte, halfen, sie einzuschläfern. Es kam ihr vor, als kreiste sie in einem Gummiboot auf dem Wasser. Sie begann mit einer leichten Meditation, wobei sie das Wort ›Eins‹ so lange vor sich hin flüsterte, bis sie es ausfüllte und jeden anderen Gedanken verdrängte.

Im Einschlafen begriffen, hörte sie plötzlich die herbeirauschenden Flügel: *Wicka-Wicka-Wicka!*

Sie schlug die Augen auf.

Nichts.

Einbildung.

Max saß hinter ihr in einem Armsessel und las die *King's Point Press*. Wenn er ein ungewöhnliches Geräusch gehört hätte, hätte er etwas gesagt.

Sie schloß die Augen wieder und konzentrierte sich auf das Wort ›Eins‹.

Wicka-Wicka-Wicka!

Sie riß die Augen auf. Nichts.

Sie war überzeugt, daß die Flügel etwas mit Berton Mitchell zu tun hatten. Und sie mußten auch zu dem Mordfall gehören, an dem sie arbeitete. Der Killer, der sie verfolgte, stand irgendwie im Zusammenhang mit Berton Mitchell. Unmöglich! Undenkbar. Aber trotzdem...

Sie fühlte sich gefoltert. Alles, was sie wollte, war ein wenig Ruhe. Alleingelassen zu werden. Alles, was sie wollte, war – *Diesen Fall hinter sich zu bringen!*

Sie kniff die Augen ganz fest zu, um die Tränen aufzuhalten. Aber die Tränen liefen ihr über die Wangen.

Sie hatte Angst. Sie wollte Max. Er sollte aufstehen und zu ihr kommen. Sie drehte sich auf die andere Seite und war im Begriff, ihn zu rufen, aber dann dachte sie: *Nein, einmal mußt du stark sein.*

Früher oder später mußte sie lernen, wenigstens mit einigen ihrer Probleme selbst fertig zu werden. Immer mehr empfand sie ihre eigene Schwäche und Zerbrechlichkeit. Wie Eisstückchen, die ihr durch die Finger glitten, empfand sie nicht nur ihre eigene Sterblichkeit, sondern auch die von Max und Lou und Alan. Eines Tages würde Max nicht mehr da sein, und wie konnte sie überleben, wenn sie nicht selbst mit dem Schicksal fertig wurde?

Sie mußte dem, was vor vierundzwanzig Jahren geschehen war, ins Auge sehen. Sie mußte sich unbedingt dazu zwingen, nachzudenken und sich an die Bedeutung dieser Flügel zu erinnern. Sonst würde sie niemals eine Verbindung zwischen Berton Mitchell und den Flügeln herstellen können und allem, was damals in dem Hausmeisterhäuschen vorgefallen war.

Sie wartete ab, bis ihre Tränen getrocknet waren, und erhob sich vom Bett.

»Ist dir was?« fragte Max.

»Ich kann nicht schlafen.«

»Möchtest du dich lieber mit mir unterhalten?«

»Lies du nur deine Zeitung. Ich möchte nachdenken.«

Sie nahm ihr Notizbuch und ihren Kugelschreiber vom Nachttisch und setzte sich an den kleinen Schreibtisch vor dem Fenster.

Wie immer, wenn sie Probleme hatte, die keiner für sie lösen konnte, schickte sie sich an, sie niederzuschreiben. Ein Dutzend Fragen in Abständen von sechs oder sieben Zeilen und in den Zwischenräumen die Antworten dazu, falls sie sie fand. Diese Prozedur beruhigte sie im allgemeinen. Natürlich wollte sie mehr als nur Beruhigung. Sie wollte Lösungen. Manchmal fand sie sie.

Trotzdem gab sie sich nach all diesen Jahren keiner Selbsttäuschung hin. Eine Lösung zu finden und danach zu handeln waren zwei verschiedene Dinge. Sie besaß den Verstand, aber nicht die Kraft zu handeln. Obgleich sie das Ritual mit dem Notizbuch schon hunderte Male vollzogen hatte, waren die Resultate niemals das gewesen, was sie am meisten erhofft hatte: Noch immer war sie weder imstande eigene Beschlüsse zu fassen, noch schwierige Probleme ohne fremde Hilfe zu bewältigen.

Diesmal würde es anders sein. *Mußte* anders sein. Wenn sie die erforderliche Kraft nicht in sich selbst fand, würde sie nicht lange überleben, fühlte sie.

Sie schlug das Notizbuch auf, das sie erst am Tag zuvor gekauft hatte, und sah, was auf der ersten Seite geschrieben stand:

Mary! Renne um dein Leben!

Der Satz war mit einem Kugelschreiber hastig hingekritzelt. Obgleich es zweifellos ihre Handschrift war, erinnerte sie sich nicht, ihn geschrieben zu haben.

Roger Fullet rief um vier Uhr zurück und gab Lou ein ausführliches Exposé der Berton-Mitchell-Geschichte, wie sie seinerzeit in der *Los Angeles Times* erschienen war. »... und nach einer Beratung von nur zwanzig Minuten sprachen ihn die Geschworenen in allen Punkten der Anklage schuldig. Zwar legte sein Verteidiger sofort Berufung ein, die lediglich auf technischen Einwänden beruhte, doch muß es

Mitchell klar gewesen sein, daß keine Chance für ihn bestand. Er war zu Zuchthausstrafen von insgesamt fünfundzwanzig Jahren verurteilt worden.«

»Und hat er sich wirklich erhängt?« fragte Lou.

»Genau das. Am Tag nach dem Urteilsspruch, noch bevor er vom Untersuchungsgefängnis ins Zuchthaus überführt werden sollte.«

»Und die Familie?«

»Die Frau und ein Sohn.«

»Ja. Wie hieß der Sohn?«

»Barry. Barry Mitchell.«

»Und wie alt war er, als es passierte?«

»Ich habe es mir nicht notiert, aber ich erinnere mich, daß er an die Sechzehn war.«

»Steht noch etwas über ihn in den Akten?«

»Daß er seinen Vater täglich im Gefängnis besuchte. Er war überzeugt, daß der Vater so unschuldig war, wie er beteuerte.«

»Sonst noch was?«

»Weißt du, heutzutage würde die Presse der Frau und dem Sohn gewaltig auf die Pelle rücken. Amerika wird immer rücksichtsloser und sensationssüchtiger. Die Leser wollen heute einen tieferen Einblick in persönliche Tragödien und Schicksale anderer Leute bekommen als früher. Aber vor fünfundzwanzig Jahren hatten die Amerikaner mehr Sinn für Anstand und respektierten das Privatleben anderer. Man hat die Frau und den Sohn weitgehend in Ruhe gelassen. Jedenfalls steht nichts weiteres in unseren Akten.«

Lou trommelte mit seinem Bleistift auf der Tischplatte. »Ich hätte gerne gewußt, was mit dem Sohn geschehen ist.«

»Da kann ich dir leider nicht weiterhelfen, fürchte ich.«

»Du hast schon mehr als genug getan. Danke, Roger.«

Nachdem sie nochmals Weihnachtsgrüße ausgetauscht hatten, legte Lou auf.

Als er den Hörer auf die Gabel legte, kam seine Sekretärin ins Zimmer, um sich zu verabschieden und ihm ein frohes Weihnachtsfest zu wünschen. Als sie gegangen war, wurde es sehr ruhig im Büro.

Er hatte kein Licht angemacht, als er vom Mittagessen zurückgekommen war. Jetzt schlich sich die Dämmerung allmählich ins Zimmer. Lou starrte vor sich hin und dachte nach.

Was war es, wovor Mary solche Angst hatte?

Was war so Besonderes an diesem Fall?

Seine Lieblingstheorie war durch das, was ihm Roger Fullet berichtet hatte, vernichtet worden. Der psychopathische Killer, der in King's Point los war, konnte unmöglich Berton Mitchell sein.

Und der Sohn? Barry Mitchell? Der müßte jetzt vierzig sein. Im Alter von Max. Nicht viel älter, als sein Vater gewesen war zu dem Zeitpunkt, wo er sich an Mary vergangen hatte. Irrsinn war manchmal erblich. Konnte sich leicht vom Vater auf den Sohn vererben. Vielleicht war wirklich Barry Mitchell der Mann, der heute abend um sieben auf den Turm steigen würde.

Als das trübe Dämmerlicht den Nachmittag ablöste, wurde es merklich kühl im Büro. Lou stand auf und goß sich einen doppelten Bourbon ein, um sich warmzuhalten.

Fest entschlossen, mit der schriftlichen Warnung in ihrem Notizbuch nicht zu Max zu laufen, schrieb Mary vierundfünfzig Fragen und halb so viele Antworten nieder, auf der Suche nach Lösungen und Verständnis. Was das Verbrechen betraf, das man vor vierundzwanzig Jahren an ihr begangen hatte, die Folter, die Qualen, die sie damals erlitten hatte, war ihr nichts Neues eingefallen. Nicht der kleinste Hinweis auf die Bedeutung der Flügel. Aber sie war nicht bereit aufzugeben.

Obgleich es ihren Gedankengang unterbrach und sie nervös machte, schlug sie immer wieder die erste Seite auf und las die fünf Worte, die dort standen: *Mary! Renne um dein Leben!* Sie versuchte sich selbst einzureden, daß sich ein Fremder ins Zimmer geschlichen und die Warnung in ihr Notizbuch geschrieben hatte, während sie und Max ausgegangen waren. Vielleicht hatte der Mörder es geschrieben. Aber sie wußte, daß das nicht stimmte. Es ergab keinen Sinn. Außerdem war es ihre Handschrift. Sie mußte selbst mitten in der Nacht aufgestanden sein, ohne Max zu wecken, und im Schlafwandel die Worte geschrieben haben. Im Schlaf hatte sie eine große Gefahr erkannt. Aber was hatte sie im Schlaf gesehen, das sich ihr jetzt entzog?

Max erhob sich von seinem Sessel und fragte sie: »Willst du dich etwas frisch machen?«

Sie drehte sich zu ihm um. »Wie bitte?«

»Es ist halb sechs. Um sechs treffen wir uns mit Lou. Ich dachte, du würdest dich vielleicht frisch machen wollen.«

»Ja, gewiß.« Sie klappte ihr Notizbuch zu und stand auf.

»Ist dir was?« fragte er.

»Nein, nichts.«
Er blickte sie besorgt an.
»Doch«, sagte sie. »Mir ist was.«
Er trat an sie heran und küßte sie auf die Wange.
»Ich habe Angst«, sagte sie.
»Ich auch«, gab er zu.
»Was wird nur mit mir geschehen?«
»Nichts Schlimmes«, versicherte er ihr.
»Ich weiß nicht.«
»Aber *ich* weiß es«, sagte er. »Du hältst dich heute ganz dicht neben mir, bis wir diesen Hurensohn erwischen.«
»Und wenn sie ihn nicht erwischen?«
»Du sagtest doch, sie würden es tun.«
»Nein. Ich sagte nur, daß er sich in einem der Türme aufhalten würde.«
»Wenn sie dort auf ihn warten, schnappen sie ihn auch.«
»Vielleicht.«

15

Sechs Uhr abends.

Wachtmeister Lyle Winterman stellte seinen Streifenwagen außer Sicht in einer schmalen Gasse ab und ging zu Fuß die zwei Häuserblocks bis zur St.-Luke's-Kirche hinunter. Trotz der Straßenbeleuchtung – alle hundert Meter – war es in der Harbour Avenue recht dunkel.

Winterman hielt seine rechte Hand auf der Revolvertasche an seiner Hüfte. Der Verschluß war aufgeklappt. Seine Handfläche ruhte auf dem Revolvergriff. Er erwartete jeden Moment, daß ihn jemand anspringen würde. Nach der Einsatzbesprechung mit Patmore auf der Wache war der Beamte reichlich nervös.

Pastor Richard Erdman erwartete ihn im Kirchenschiff. Sie schüttelten sich die Hand und gingen an die Tür, die in den Turm führte.

»Worum handelt es sich eigentlich?« fragte Erdman.

»Wir haben einen Hinweis bekommen«, sagte Winterman.

»Einen Hinweis worauf?«

»Polizeichef Patmore möchte nicht, daß darüber gesprochen wird.«

»Wird es zu Gewaltanwendung kommen?«

»Möglich.«

»Ich will keine Gewalttätigkeit in meiner Kirche.«

»Ich auch nicht, Hochwürden.«

»Dies ist ein Gotteshaus. Es soll eine Stätte des Friedens bleiben.«

»Ich hoffe es. Trotzdem sollten Sie sich ins Pfarrhaus zurückziehen und die Türen abschließen.«

»Aber ich muß doch den Weihnachtsgottesdienst vorbereiten.«

»Der fängt doch erst später an, oder?«

»Um elf«, sagte Erdman. »Aber ich muß um zehn mit den Vorbereitungen beginnen.«

»Bis dahin bin ich längst wieder weg«, sagte Winterman.

Der Wachtmeister zog die Taschenlampe aus seinem Gürtel und schaltete sie an. Er richtete den Lichtstrahl auf die Stiegen der Turmtreppe, zögerte eine Sekunde und begann hinaufzusteigen.

Erdman schloß die Tür hinter ihm.

Sechs Uhr fünf, abends.

Wachtmeister Rudy Holtzman hätte eigentlich am Weihnachtsabend dienstfrei haben sollen. Den ganzen Weg bis hinauf zur Turmspitze verfluchte er John Patmore.

Spiritisten, Voraussagungen, Wahrsager, Hellseher – das war doch alles pure Scheiße. Der Chef ließ sich einfach zum Narren halten. Das war natürlich nichts Neues. Aber eine Hellseherin? Das ging doch zu weit.

Holtzman erreichte die oberste Plattform des Turmes von ›Kimball's Games and Snacks‹. In dem leeren Gebäude unter ihm herrschte absolute Stille.

Er schaltete seine Taschenlampe aus und warf einen kurzen Blick auf den Hafen. Auf mehreren Jachten und Booten waren bereits Partys im Gange.

»Verdammt«, knurrte Holtzman.

Er setzte sich auf den Boden und lehnte sich mit dem Rücken gegen die hüfthohe Balustrade, die um den Aussichtsturm herumführte. Seinen Revolver legte er neben sich.

Er gab sich halb der Hoffnung hin, daß so ein Arschloch mit einem Gewehr *tatsächlich* die Stiegen heraufkommen würde. In seiner jetzigen Stimmung wäre es direkt eine Erleichterung gewesen, auf jemand schießen zu können.

Sechs Uhr zehn abends.

Eine hell beleuchtete Fünfundzwanzig-Meter-Jacht kreuzte durchs Hafenbecken und nahm Kurs auf die offene See. Ihre Heckwellen schwappten rhythmisch gegen die Kaimauer.

Dem Wind, der vom Meer landeinwärts wehte, haftete ein unbestimmter Verwesungsgeruch an.

John Patmore und sein Assistent – ein junger, übergewichtiger Polizeibeamter namens Rollins – hatten auf dem Parkplatz vor dem Laughing-Dolphin-Restaurant ihren Befehlsstand aufgeschlagen. Von hier aus konnten sie alle drei Türme im Auge behalten.

Der Mercedes war neben dem Streifenwagen geparkt. Mary stand an den Wagen gelehnt, flankiert von Max und Lou.

Sie hoffte auf eine weitere Vision. Noch war es Zeit vorauszusehen, welchen der drei Türme der Killer ersteigen würde, Zeit, die Polizei bei ihren Dispositionen zu beraten, vielleicht sogar genügend Zeit, Mord zu verhindern. Bis zu diesem Augenblick hatte sie jedoch keinerlei Visionen empfangen.

Das unkontrollierte Zittern, das sie erfaßt hatte, war nicht der kühlen Abendluft zuzuschreiben.

Um sechs Uhr fünfzehn meldete Wachtmeister Teagarten, der in der römisch-katholischen Kirche der Heiligen Dreieinigkeit stationiert war, seinem Chef über Sprechfunk, daß dort ein Gottesdienst stattfand. Außerdem hielt der Verein der ›Ritter von Kolumbus‹ im Keller eine Weihnachtsfeier ab, die bis zur Beichte – kurz vor der Mitternachtsmette – andauern würde. Teagarten war der Ansicht, daß kein Killer – nicht einmal ein Psychopath – es wagen würde, vor so vielen Zeugen den Turm der Dreieinigkeitskirche zu besteigen. Teagarten wollte nach Hause gehen.

»Bis Sie andere Weisung erhalten«, knurrte Patmore ins Walkie-Talkie, »bleiben Sie, zum Teufel, da, wo Sie sind.«

Wachtmeister Rollins teilte seine Aufmerksamkeit zwischen den drei Türmen, die er durch einen Feldstecher beobachtete.

Patmore ignorierte Mary vollkommen. Er hatte sie bei ihrer Ankunft nicht gegrüßt und würdigte sie immer noch keines Blickes.

»Wenn das heute nicht klappt«, sagte Lou, »schwört der Polizeichef jeden Eid, daß er dich noch nie gesehen hat.«

Sechs Uhr dreißig abends.

Auf gut einem halben Dutzend der Boote im Hafen waren bereits Partys im Gange. Es wurden immer mehr. Lautes Gelächter, das gelegentliche Aufkreischen weiblicher Stimmen und Stereomusik schallten über das Wasser.

Vom kleinsten Segelboot bis zur größten Jacht waren alle Schiffe festlich geschmückt. Über den Decks und an den Luken hingen Reihen bunter Glühbirnen. Einige der größten Jachten, die eigene Generatoren besaßen, waren von Lichtketten umschlungen, wie von leuchtenden hawaiischen Leis. Manche Boote hatten ihre Masten wie Weihnachtsbäume geschmückt, andere strahlten die Masten mit goldfarbenem Licht an, um sie wie riesenhafte Kreuze erscheinen zu lassen. Wieder andere trugen Pappfiguren von Weihnachtsmännern oder von Rentierschlitten auf dem Kabinendach. Tannenzweige aus Kunststoff, Papierchrysanthemen und frische Blumen schmückten die Decks. Die Schiffe hoben sich strahlend gegen den dunklen Nachthimmel ab.

Auf seine Art war Lou Pasternak stolz auf King's Point. Zwar konnte er in stundenlangen Monologen auf die zahlreichen Mißstände hindeuten, doch betonte er immer, daß es trotz allem die entzückendste Stadt in Kalifornien war.

Heute jedoch vermochte ihn auch der reizvollste Anblick des Hafens nicht lange abzulenken. Er wandte sich Mary zu und sagte: »Können wir uns mal über Barry Mitchell unterhalten?«

Sie fuhr zusammen, als hätte er sie gekniffen.

»Mary?« sagte er.

»Du hast mich erschreckt.«

»Tut mir leid.«

»Was ist denn mit Barry Mitchell?«

»Er war... wie alt? Zehn Jahre älter als du?«

»So ungefähr.«

»Erinnerst du dich, wie er aussah?«

»Ein großer, kräftiger Junge.«

»Was für eine Haarfarbe?«

»Dunkel«, erwiderte sie. »Braun, glaube ich.«

»Augen?«

»Weiß ich nicht mehr.«

»Du sagtest, er hat Alans Haustiere getötet.«

»Auch meine.«

»Hat man ihn dabei erwischt?«

»Alan hat gesehen, wie er ein Eichhörnchen, das uns gehörte, umbrachte.«

»Hat er ihn festgehalten, als er das sah?«

»Nein. Er war viel größer und stärker als Alan.«
»Habt ihr ihn verklagt?«
»Wir hatten keine Beweise«, sagte sie.
»Alans Aussage.«
»Das Wort eines Jungen gegen das eines anderen Jungen.«
»Und dann habt ihr euch kein Tier mehr gehalten«, sagte Lou.
»Ja.«
Max legte den Arm um Marys Schulter.
»Und man ist nicht gegen Barry Mitchell vorgegangen?« fragte Lou.
»Der Anwalt meines Vaters hat mit Barrys Mutter gesprochen.«
»Und was kam dabei heraus?«
»Nichts. Barry hat alles geleugnet.«
Max unterbrach sie: »Wozu diese Fragen, Lou?«
Lou zögerte mit der Antwort, sah dann aber keinen Grund, seinen Verdacht zu verschweigen. »Mary, du sagtest, es sei etwas sehr Ungewöhnliches an diesem Killer, den wir heute verfolgen. Auch Max sagte das. Nur seid ihr euch uneinig darüber, worin das Ungewöhnliche besteht. Ich meine... vielleicht ist der Mann, den wir suchen, Berton Mitchells Sohn?«
Mary schüttelte den Kopf. »Nein.«
»Warum nicht?« fragte Lou.
»Er ist tot«, erwiderte Mary.
Lou blickte sie überrascht an.
»Du meinst, Barry Mitchell ist tot?« fragte Max.
»Seine Mutter auch«, sagte Mary.
»Was?«
»Seine Mutter starb auch. In derselben Nacht.«
»Wann ist das passiert?« fragte Lou.
»Ich war damals elf Jahre alt.«
»Also vor neunzehn Jahren.«
»Ungefähr.«
»Sie starben gemeinsam?«
»Ja.«
»Wie denn?«
»Sie wurden von einem Eindringling ermordet.«
»Einem Einbrecher?« fragte Lou.
»Wahrscheinlich. Ich erinnere mich nicht mehr.«
»Kennst du den Namen des Mörders?«
»Ist das wichtig?«

»Hat man jemand festgenommen?«
»Ich weiß nicht«, sagte sie.
»Wer hat dir das alles erzählt?« fragte Lou.
»Alan.«
»Bist du sicher, daß er Bescheid wußte und nicht nur so dahergeredet hat?«
»O doch«, sagte sie. »Soweit ich mich erinnere, hat er mir einen Zeitungsbericht gezeigt.«
Enttäuscht ließ sich Lou auf den Kühler des Mercedes sinken. Wieder war eine seiner Theorien flötengegangen.
Aber wenn die Frau und der Sohn fünf Jahre nach dem Selbstmord von Berton Mitchell ermordet worden waren, warum hatte dann Roger Fullet nichts darüber in den Archiven der *Los Angeles Times* entdeckt?
Das Ganze kam ihm recht seltsam vor. Lou neigte keineswegs zur Melodramatik, doch hätte er schwören können, daß etwas *Böses* in der Luft lag.
Das schrille Lachen einer Frau schallte über das Wasser.

Sieben Uhr abends.
Mary drückte Max' Hand und wartete gespannt. Jeden Augenblick mußte von einem der Außenposten eine Funkmeldung kommen. Jede Sekunde mußte sie die Nachricht erreichen, daß sich ein Mann die Stufen zu einem der Türme hinaufschlich. Dann würde die Hetzjagd in vollem Ernst beginnen.
Sieben Uhr drei abends.
Im Schein der Standlichter des Polizeiwagens blickte Mary wiederholt auf die Uhr. Voll Nervosität trat sie von einem Fuß auf den anderen.
Sieben Uhr vier.
Zum erstenmal seit über einer Stunde sah Polizeichef Patmore zu ihr hinüber. Ihre Blicke trafen sich. Er machte keinen frohen Eindruck.
Sieben Uhr sechs.
Sie hatte das Gefühl, hereingelegt und hintergangen worden zu sein. Zum erstenmal in ihrer Karriere war sie auf einen Gegner gestoßen, der ihr ebenbürtig war. Sie hatte es mit einem Mann zu tun, dem sie mit ihren spiritistischen Kräften nicht überlegen war.
Sieben Uhr neun.
»Da stimmt etwas nicht«, sagte sie, vor Angst benommen.

»Was ist denn?« fragte Max.
»Er kommt nicht.«
»Aber du hast es doch *gesehen*«, sagte Lou.
»Und was du voraussiehst, trifft immer ein«, sagte Max.
»Diesmal nicht«, sagte Mary. »Diesmal ist es anders. Er weiß, daß ich hinter ihm her bin. Er weiß, daß die Polizei die Türme bewacht.«
Lou sagte: »Wenn sich Patmores Leute weniger auffällig verhalten hätten ...«
»Nein«, sagte sie. »Der Killer ist mir einen Schachzug voraus. Er kommt nicht.«
»Sage das lieber nicht Patmore«, sagte Lou. »Wir müssen noch abwarten. Wir dürfen nicht aufgeben.«
Als um sieben Uhr dreißig noch nichts von dem Verdächtigen zu sehen war und keiner der Turmposten etwas gemeldet hatte, begann John Patmore stirnrunzelnd vor dem Streifenwagen hin und her zu stampfen. Je später es wurde, um so heftiger stampfte er.
Um sieben Uhr fünfundvierzig nahm er sein Sprechgerät von der Kühlerhaube und sprach fünfzehn Minuten lang ununterbrochen mit Winterman, Holtzman und Teagarten. Zweimal verlor er dabei die Beherrschung und brüllte seine Leute an.
Schließlich legte er das Gerät weg und kam auf Mary zu.
»Der Mann kommt nicht«, sagte sie.
»Haben Sie ihn wirklich jemals erwartet?« fragte Patmore.
»Ja, natürlich.« Ihr war ganz elend zumute. Sie hatte Lou im Stich gelassen. Er hatte seinen Einfluß geltend gemacht, und dann hatte sie ihr Versprechen nicht gehalten.
»Warum hat er es sich denn plötzlich anders überlegt?« fragte Patmore.
»Er weiß, daß wir ihm auflauern«, sagte Max.
»Woher denn? Wer hat es ihm denn gesagt?«
»Niemand«, sagte Mary. »Er fühlt es.«
»Er fühlt es? Wie denn?«
»Er muß... wahrscheinlich...«
»Ja?«
Mary gab einen Seufzer von sich. »Ich weiß nicht.«
»Heute früh in meinem Büro wußten Sie aber eine Menge«, sagte Patmore wütend. »Da wußten Sie alles. Jetzt, verdammt noch mal, wissen Sie auf einmal gar nichts mehr. Offenbar wissen Sie auch nicht, daß ich verflucht unangenehm werden kann, wenn jemand mit einer Falschmeldung zu mir kommt. Mit einer Falschmeldung

über ein Verbrechen, nur um meine Zeit und die Zeit meiner Leute zu verschwenden und uns an der Nase herumzuführen. Ganz einfach ein Schabernack.«

»Kriegen Sie bloß keinen Schlaganfall«, sagte Lou. »Und versuchen Sie auch Mary keinen zu verursachen.«

Patmore wandte sich von ihr ab und baute sich vor Lou auf. »Wenn ich das weiterleite, sind Sie auch dran.«

»Da gibt es gar nichts weiterzuleiten«, erklärte ihm Lou geduldig. »Sie wissen ganz genau, daß wir kein Verbrechen gemeldet haben. Von einer Falschmeldung kann erst recht nicht die Rede sein. Wir haben Ihnen lediglich gesagt, wir hätten guten Grund zu der Annahme, daß jemand im Begriff sei, ein Verbrechen zu begehen.«

»Sie haben mich absichtlich hereingelegt.«

»John, das ist lächerlich.«

»Und Percy Osterman hat mitgemacht. Warum denn wohl? Nein, das brauchen Sie mir nicht zu sagen. Das weiß ich selbst. Als die Stadt ihre eigene Polizei bekam – und Percy war schon immer dagegen gewesen –, hat ihn das aufgeregt. Er mag mich nicht besonders, nicht wahr? Er hat das nie offen gezeigt, aber ich bin sicher, daß es so ist.«

»Sie liegen vollkommen falsch. Seien Sie doch vernünftig, John. Es gibt keine Verschwörung gegen Sie. Mary handelt in gutem Glauben, Percy auch. Wir alle. Wir...«

»Ihr wollt mich als Idioten hinstellen!« Patmore hielt Lou drohend den Zeigefinger vor dic Nase. »Unterstehen Sie sich, etwas davon in Ihre Zeitung zu setzen – daß ich auf diesen spiritistischen Scheiß reingefallen bin –, sonst verklage ich Sie wegen übler Nachrede. Das kostet Sie ein Vermögen.« Seine Augen – normalerweise matt und träge – funkelten mit ungewohntem Feuer.

Mary nahm Lou am Arm. »Ich bin ganz erschöpft, Lou. Ich will auch weder dich noch mich in Schwierigkeiten bringen.«

»Ja«, sagte Max. »Geben wir es auf. Gehen wir.«

Verärgert sagte Lou zu Patmore: »Ich werde nichts über Sie schreiben, John. Ich habe nicht das geringste Interesse daran, Sie in der Zeitung als Narren hinzustellen. Sie müssen sich nur darüber klar werden, daß ein psychopathischer Killer frei in der Stadt...«

Immer noch vor Wut kochend sagte Patmore: »Sie haben auch früher schon über mich geschrieben.«

Jetzt ging auch Lou der Hut hoch. »Wann immer wir verschiedener Meinung waren, habe ich als ›loyaler Oppositionär‹ ein paar zahme Artikelchen geschrieben. ich war nie unfair Ihnen gegenüber. Ganz im Gegenteil. Ich war verdammt tolerant, glaube ich. Ich hätte Sie zur Schnecke machen können, aber das ist nicht mein Stil. Wenn ich die Absicht gehabt hätte, Sie als Idioten hinzustellen, hätte ich es ohne weiteres tun können.«

Mary drückte Lous Arm und versuchte ihn wegzuziehen.

»Sie sind ein schäbiger kleiner Hintertreppenreporter mit einem billigen Radaublatt und noch dazu ein stadtbekannter Säufer!« schrie Patmore.

Einen Moment lang sah es so aus, als ob Lou ihm eine runterhauen würde. Aber er sagte nur: »Ein Säufer kann eine Entziehungskur machen und wieder nüchtern werden. Aber ein Dummkopf mit dem IQ eines Regenwurms muß für immer und ewig damit leben.«

»Scheiße«, sagte Patmore. Er ging zum Streifenwagen zurück, schaltete den Sprechfunk ein und schickte Winterman, Holtzman und Teagarten nach Hause.

»Es tut mir leid«, sagte Mary zu Lou. »Es tut mir schrecklich leid.«

»Es ist doch nicht deine Schuld, daß der Kerl ein Idiot ist.«

Max öffnete die Wagentür. »Los, fahren wir ab.«

Als sie wieder in Lou Pasternaks mit Büchern überstreutem Wohnzimmer saßen, fragte Max: »Was nun?«

»Wir müssen warten«, sagte Mary.

»Worauf?« fragte Lou.

»Darauf, daß er wieder anfängt, Menschen umzubringen«, erwiderte sie mit müder Stimme.

16

FREITAG, 25. DEZEMBER.

Das Hotelzimmer lag im Dunklen.

Mary lag auf der Seite. Dann drehte sie sich auf den Rücken.

Sie wurde von einer Art Platzangst erfaßt, als ob die Zimmerdecke auf sie herabzufallen drohte.

»Kannst du deine Gedanken nicht ausschalten?« fragte Max.

»Ich dachte, du schläfst.«

»Ich wollte erst abwarten, bis du einschläfst.«

»Du warst so still.«
»Ich wollte dich nicht stören.«
»Wie spät ist es?«
»Drei Uhr.«
»Schlafe du nur, Schatz. Mir fehlt nichts.«
»Ich kann nicht schlafen, wenn du dir Sorgen machst.«
»Ich habe die ganze Zeit den Eindruck, als wäre jemand an der Tür.«
»Keiner war an der Tür. Ich hätte es gehört.«
»Und am Fenster auch.«
»Da ist niemand. Es sind nur deine Nerven.«
»Ich habe wieder mal das große Zittern.«
»Vielleicht solltest du ein Beruhigungsmittel nehmen?«
»Ich habe vor zwei Stunden zwei Schlaftabletten genommen.«
»Dann nimm doch noch eine.«
»Was kann er nur sein, Max?«
»Wer?«
»Der Killer.«
»Ein Mensch wie jeder andere.«
»Nein.«
»Doch, Mary. Doch. Nur ein Mensch.«
Die Dunkelheit um sie herum pulsierte förmlich.
»Er ist mehr als ein Mensch«, sagte sie.
»Nimm noch eine Schlaftablette.«
»Vielleicht sollte ich wirklich. Aber ich bemühe mich, diese ewige Tablettenschluckerei einzuschränken. Ich will nicht zu abhängig davon werden.«
»Wenn dieser Fall abgeschlossen ist, gewöhnen wir es dir wieder ab. Momentan betrachte ich es nicht als Schwäche. Du brauchst die Dinger.«
»Holst du mir eine?«
Er holte ein Glas Wasser und die Tablette und wartete ab, bis sie das Schlafmittel eingenommen hatte. Dann machte er das Licht aus und legte sich wieder ins Bett.
»Komm ganz dicht an mich heran«, sagte sie.
Sie schmiegte ihren Rücken an seine Brust. Ihr Gesäß war an seinen Unterleib gedrückt. Sie lagen wie zwei Löffel in der Schublade. Ein paar Minuten lagen sie still beieinander.
Schließlich sagte Mary: »Jetzt werde ich schläfrig.«
»Gut so.« Er strich ihr übers Haar.

Nach einer Weile: »Max?«

»Hmmmmmm.«

»Vielleicht bin ich wirklich schlecht und kann nichts dafür, daß ich Schlechtes tue. Vielleicht bin ich schon als schlechter Mensch geboren. Vielleicht ist das Böse nicht immer anerzogen. Vielleicht ist es nicht immer die Schuld der Eltern und der Umgebung, wenn ein Kind böse ist. So etwas kann auch vererbt sein.«

»Bist du jetzt endlich ruhig?«

»Max, ich werde sterben.«

»Irgendwann müssen wir alle mal sterben.«

»Aber bald? Muß ich bald sterben?«

»Nicht bald. Ich bin ja hier.«

»Halte mich ganz fest.«

»Ich halte dich ja.«

»Ich will stark sein.«

»Du bist ja stark.«

»Bin ich das?«

»Ja. Du bist dir nur nicht klar darüber.«

Zehn Minuten später war sie eingeschlafen.

Er fuhr fort, ihr übers Haar zu streicheln.

Er lauschte ihrem Atem.

Er wollte nicht, daß sie starb. Er hoffte, sie würde nicht sterben *müssen*. Er wünschte von ganzem Herzen, sie würde diesen Fall aufgeben. Sollte der Mord ruhig stattfinden. Es war nicht ihre Verantwortung. Wenn das Töten auch weiterging. Fühlte sich die Gesellschaft dafür verantwortlich? Nein. Fühlte sich die Polizei verantwortlich? Sie tat ihre Arbeit, mehr oder weniger, aber im Grunde behandelte sie die Mordopfer mit der gleichen Verachtung wie ihre Mörder. Ein Mord mehr oder weniger bereitete ihnen keine schlaflosen Nächte. Also konnte das Töten ruhig weitergehen. Vergiß es, Mary. Vielleicht hielt sie sich für etwas Besonderes? War das der Grund? Vielleicht glaubte sie im Unterbewußtsein, daß ihre spiritistischen Kräfte ihr Unsterblichkeit verliehen. Aber sie war genauso sterblich wie alle anderen. Wie alle die hübschen, zarten jungen Dinger, die geglaubt hatten, sie würden ewig leben. Sie würde dem Messer ebenso hilflos ausgeliefert sein, wie die anderen es gewesen waren. Also sollte sie aufhören. Wegfahren. Wenn sie weitermachte, sich weiter mit dem Fall beschäftigte, würde sie vielleicht sterben müssen. Sie stand einem Ungeheuer gegenüber, stemmte sich gegen eine Macht, die sie nicht kannte und die ihre

Überlegenheit aus einem Erlebnis schöpfte, das vierundzwanzig Jahre zurücklag.

Er hielt sie fest in den Armen und weinte bei dem Gedanken an ein Leben ohne sie.

Obgleich es bereits kurz vor Sonnenaufgang war, war der Strahl seiner Taschenlampe der einzige Lichtschein in der Stockfinsternis, seine Schritte das einzige Geräusch in der leeren Arkade. Er durchquerte die große Halle im Erdgeschoß. Während der Sommersaison waren dort Spielautomaten aufgestellt. Jetzt stand alles leer. Er betrat das Treppenhaus, über dessen Eingang ein Schild angebracht war: *Zum Aussichtsturm.*

Die Wendeltreppe im Inneren des Turmes von ›Kimball's Games and Snacks‹ war schmal, kalt und verdreckt. Man hatte das Treppenhaus noch nicht für die Sommersaison gestrichen. Der Strahl der Taschenlampe warf ein mattes Licht auf die gelblich-weißen Wände, die zahlreiche Flecken von verschütteten Getränken aufwiesen sowie Handabdrücke von Kindern und hingekritzelte Namen.

Die hölzernen Stiegen knarrten.

Als er die Aussichtsplattform am Ende der Wendeltreppe erreicht hatte, schaltete er die Taschenlampe aus. Zwar war kaum anzunehmen, daß jemand zu dieser Stunde den Turm beobachten würde, aber er wollte sichergehen, keine Aufmerksamkeit zu erregen.

Die Morgendämmerung war eine dünne, glänzende, purpurrote Linie am östlichen Horizont – wie mit einem Rasiermesser ins Dunkel geritzt.

Er starrte auf den Hafen hinunter.

Er wartete.

Nach ein paar Minuten konnte er aus dem Augenwinkel eine Bewegung in der Luft erkennen. Flügelgeflatter war zu hören.

Irgendein Wesen nistete in den Holzbalken unter dem spitzen Dach. Es raschelte und war dann still.

Er blickte auf zu den Schatten über ihm und bebte vor freudiger Erregung.

Heute nacht. Heute nacht würde wieder Blut fließen.

Der Tod lag wie eine zähe, greifbare Masse in der Luft.

Im Osten erweiterte sich die blutrote Wunde am Horizont und ließ den Morgen allmählich durchsickern.

Er gähnte und wischte sich mit dem Handrücken über den Mund. Er mußte bald ins Hotel zurück, sich etwas ausruhen. Seit Tagen hatte er kaum geschlafen.

Dreimal in den nächsten zehn Minuten war das Flattern von Flügeln zu hören. Jedesmal entstand Unruhe im Gebälk unter dem Dach, doch trat bald wieder völlige Ruhe ein.

Anämisches Tageslicht drang schließlich durch die geballten Sturmwolken und erhellte den Hafen und die umliegenden Hügel.

Ein Gefühl der Verlorenheit erfüllte ihn. Das Tageslicht brachte Depressionen mit sich. Am besten übte er seine Funktion in tiefster Dunkelheit aus. So war es immer gewesen. Aber in letzter Zeit noch mehr als gewöhnlich. Nur im Dunkel der Nacht fühlte er sich wohl.

Die Dachbalken über ihm blieben in Schatten gehüllt. Die Turmspitze hatte die Form eines umgestülpten Trichters von drei Metern Höhe. Der obere Teil lag auch mittags im Dunklen.

Der Tag – wenn auch trübe – war angebrochen. Jetzt würde niemand seine Taschenlampe bemerken. Er schaltete sie ein und richtete den Strahl hinauf in die hohle Turmspitze.

Diesen Anblick zu genießen, war er hergekommen: Fledermäuse. Ein Dutzend von ihnen oder mehr hingen im Gebälk, die Flügel eng um sich geschlungen. Einige hielten die Augen geschlossen, andere hatten sie geöffnet, und der Lichtschein der Taschenlampe spiegelte sich in ihnen wider.

Der Anblick begeisterte ihn.

Heute nacht – wieder Blut.

Um neun Uhr früh rief Lou bei Roger Fullet an. »Es tut mir leid, dich heute am Feiertag stören zu müssen.«

»Du störst mich nie. Außerdem hast du mich gerade vor einer langweiligen Aufgabe gerettet. Die elektrische Eisenbahn meines Sohnes ist aus den Schienen gesprungen, und sämtliche Waggons sind im Zimmer verstreut. Während ich jetzt mit dir telefoniere, wird der Junior schon wieder alles in Ordnung bringen.«

»Ich habe etwas sehr Interessantes im Zusammenhang mit dem Fall Berton Mitchell erfahren.«

»Was denn?«

»Mitchells Frau und Sohn sind anscheinend ermordet worden.«

»Mein Gott, wann denn?«

»Fünf Jahre nach der Sache mit Mary.«

»Da mußt du dich irren.«

»Hast du im Archiv nachgesehen, ob für die Frau und den Sohn separate Akten angelegt sind?«

»Nein. Aber auch wenn es so wäre, müßten sich Kopien aller wichtigen Dokumente in der Berton-Mitchell-Akte befinden.«

»Und kommen bei der *Times* niemals Fehler vor?«

»So ungern wir es zugeben – manchmal schon. Wer hat denn die Mitchells ermordet?«

»Mary weiß es nicht.«

»Vor neunzehn Jahren?«

»So sagt sie.«

»Ist das hier in Los Angeles passiert?«

»Ich nehme es an. Willst du mir einen Gefallen tun?«

»Ich bin heute nicht im Büro, Lou.«

»Aber die *Times* hat doch auch an Feiertagen Leute im Dienst. Könntest du nicht mal anrufen und jemand beauftragen, die Akten durchzusehen?«

»Ist dir das so wichtig?«

»Eine Frage von Leben und Tod.«

»Also genau was möchtest du wissen?«

»Alles über diese zwei Morde . . . und ob es überhaupt wahr ist.«

»Ich rufe dich zurück.«

Roger meldete sich anderthalb Stunden später. »Ja, wir haben eine separate Akte von dem Mord an der Frau und dem Sohn. In der Berton-Mitchell-Akte gab es keinen Vermerk darüber, wie es hätte sein sollen.«

»Es tut einem wohl, daß ihr Großstadt-Großmäuler auch mal einen Fehler macht.«

»Das ist eine echt miese Geschichte, Lou.«

»Erzähle mal.«

»Nachdem Berton Mitchell Selbstmord begangen hatte, bezogen Virginia Mitchell und ihr Sohn, Barry Francis Mitchell, ein kleines Haus im Westen von Los Angeles. Nach der Adresse zu urteilen, war es nur etwa anderthalb Kilometer von dem Tanner-Besitz entfernt. Vor neunzehn Jahren, genau am Allerheiligenfest am einunddreißigsten Oktober, goß dort jemand Benzin aus und legte Feuer. Das Haus brannte bis zum Erdboden ab, während Mutter und Sohn drinnen waren.«

»Oh – Feuer. Das ist die Todesart, die ich am meisten fürchte.«

»Die Sache hat mir den Appetit auf mein Weihnachtsessen gründlich verdorben.«

»Tut mir leid, Roger. Ich mußte Gewißheit haben.«

»Das ist noch lange nicht alles. Obgleich die Leichen weitgehend verbrannt waren, ergab später die pathologische Untersuchung, daß Mutter und Sohn noch vor Ausbruch des Feuers im Schlaf erstochen worden waren.«

»Erstochen...?«

»Virginia hatte so viele Stichwunden im Hals, daß der Kopf praktisch abgetrennt war.«

»Mein Gott!«

»Der Sohn, Barry... hatte Stichwunden am Hals und in der Brust, und dann...«

»Dann was?«

»Dann hat man ihm die Genitalien abgeschnitten.«

»Damit fällt auch mein Weihnachtsessen aus.«

»Vor dem Brand muß das Haus ausgesehen haben wie ein Schlachthof. Welcher Mensch ist zu so etwas fähig, Lou? Was für ein Irrer kann so Scheußliches mit derartiger Gründlichkeit begehen?«

»Wurde der Fall jemals aufgeklärt?«

»Man hat niemanden festgenommen.«

»Wurde wenigstens jemand verdächtigt?«

»Drei Leute.«

»Wie hießen die?«

»Das habe ich mir nicht aufgeschrieben. Alle drei hatten felsenfeste Alibis.«

»Also könnte der Killer immer noch in Freiheit und am Leben sein. War die Polizei ganz sicher – wegen der Leichen?«

»Ganz sicher in welchem Sinne?«

»Ihre Identität.«

»Ich nehme an, sie waren nicht bis zur Unkenntlichkeit verbrannt. Außerdem war ja das Haus von Virginia und ihrem Sohn bewohnt.«

»Na ja, die weibliche Leiche war wahrscheinlich Virginia. Aber wäre es nicht denkbar, daß die männliche Leiche ihr Liebhaber war und nicht ihr Sohn?«

»Sie waren in getrennten Schlafzimmern, als sie ermordet wurden. Ein Liebhaber hätte bei ihr geschlafen. Und wenn Barry noch am Leben wäre, hätte er sich gemeldet.«

»Nicht, wenn er der Mörder wäre.«

»Was?«

»Unmöglich ist das nicht.«

»Nichts ist unmöglich, aber...«

»Barry muß einundzwanzig gewesen sein, als das Haus abbrannte. Fast zweiundzwanzig. Ist ein junger Mann in diesem Alter nicht schon zu erwachsen, um noch bei seiner Mutter zu wohnen?«

»Unsinn, Lou. Wir sind doch nicht alle mit sechzehn von zu Hause weggerannt, so wie du. Du konntest es nicht erwarten. Ich, zum Beispiel, habe noch mit dreiundzwanzig bei meinen Eltern gewohnt. Warum möchtest du unbedingt daran glauben, daß Barry noch lebt?«

»Dann wäre vieles leichter verständlich.«

»Mann, du bist doch ein zu guter Journalist, um die Tatsachen einer Theorie anzupassen.«

»Ja. Da hast du recht. Also bin ich wieder mal gegen eine Mauer gerannt.«

»Was ist denn nun mit Mary Bergen. Worauf habt ihr euch da eingelassen?«

»Eine scheußliche Angelegenheit. Ich möchte vorläufig nicht darüber sprechen.«

»Und vielleicht will ich es auch gar nicht hören.«

»Geh und spiele mit deiner elektrischen Eisenbahn.«

»Mir ist die Lust zum Spielen vergangen. Mach's gut, Lou. Und sei vorsichtig. Verdammt vorsichtig. Und... frohe Weihnachten.«

17

Sie saßen zu dritt in Lous Wohnzimmer herum, hörten Musik und warteten darauf, daß etwas geschehen würde. Mary hätte sich kein trostloseres Weihnachtsfest vorstellen können. Sie und Max hatten sich nicht einmal beschenkt. Die Geschenke, die er für sie besorgt hatte, waren immer noch nicht abgeholt, weil sie vorher weihnachtlich verpackt werden sollten, und sie war mit dem Mordfall zu beschäftigt gewesen, um Einkäufe zu machen.

Ihre Stimmung besserte sich etwas, als Alan gegen drei Uhr anrief und sagte, er sei bei seiner Bekannten in San Francisco. Er hatte Mary in Bel Air angerufen, wo die Haushälterin ihm ausgerichtet hatte, er könne sie bei Lou erreichen. Alan sorgte sich um sie, sagte er, aber sie verschwieg ihm den Ernst ihrer Lage und suchte ihn zu beruhigen. Es hatte doch keinen Sinn, ihm auch *sein* Weihnachtsfest zu verderben. Als Alan schließlich aufgelegt hatte, versank sie wieder in traurige Stimmung. Sie vermißte ihn sehr.

Da keiner zum Frühstück oder zu Mittag etwas gegessen hatte, servierte Lou um fünf Uhr ein opulentes Abendessen. Es gab Brathähnchen à la Kiev auf Reis, gegrillte Zucchini mit Spinatfüllung und Tomaten gefüllt mit Schmelzkäse, Semmelbröseln und Peperoni. Zum Nachtisch gab es Bratäpfel.

Keiner von ihnen schien Hunger zu haben. Lustlos stocherten sie auf ihren Tellern herum. Mary trank nicht einmal einen Schluck Wein. Bereits um sechs waren sie mit dem Essen fertig.

Beim Kaffee sagte Mary: »Lou, besitzt du ein Ouija-Brett?«

Lou stellte seine Tasse ab. »Ja, irgendwo liegt hier so ein Brettspiel herum. Es ist seit Jahren nicht mehr benutzt worden.«

»Weißt du, wo es ist?«

»Im Gästezimmer, glaube ich. Im Schrank.«

»Würdest du es bitte holen, während Max und ich den Tisch abräumen?«

»Gewiß. Aber was willst du damit anfangen?«

»Ich habe es langsam satt, darauf zu warten, daß der Killer etwas unternimmt«, sagte sie. »Ich werde ihn herausfordern.«

»Gute Idee. Aber wie?«

Max sagte: »Manchmal benutzt Mary ein Ouija-Brett, um ihre Erinnerung aufzufrischen, wenn ihr bestimmte Einzelheiten einer Vision entfallen sind. Es sind natürlich keine Geister, die ihr antworten. Sie will sich ganz einfach Dinge ins Gedächtnis zurückrufen, die sie vergessen hat. Die in ihrem Unterbewußtsein schlummern. Das funktioniert nicht immer, aber der Versuch lohnt sich. Über das Ouija-Brett stellt sie eine Verbindung mit ihrem Unterbewußtsein her.«

Lou nickte verständnisvoll. »Die Antworten, die ihr das Ouija-Brett gibt, kommen also in Wirklichkeit von Mary selbst?«

»Richtig«, sagte Max.

»Ich lenke den Anzeiger aber nicht bewußt«, sagte Mary. »Er rutscht über das Brett, wohin er will.«

»Wohin dein Unterbewußtsein es will«, sagte Max. »Natürlich schiebst du das hölzerne Dreieck auf bestimmte Buchstaben zu, aber du tust es unbewußt.«

»Wahrscheinlich«, sagte sie.

Lou goß sich etwas mehr Sahne in den Kaffee und sagte: »Das

Ouija-Brett funktioniert also gewissermaßen wie eine Linse, durch die du schaust.«

»Genau«, erwiderte sie. »Es verschärft meine Aufmerksamkeit, mein Erinnerungsvermögen und meine spiritistischen Kräfte.«

Lou trank seinen Kaffee in drei großen Schlucken aus und stand auf. »Klingt ganz interessant. Wenigstens ist es besser, als hier herumzusitzen und darauf zu warten, daß die Axt fällt. Ich bin gleich zurück.« Er eilte hinaus und lief den Korridor hinunter zum Gästezimmer.

Max und Mary räumten ab und trugen das Geschirr in die Küche. Lou kam zurück, als Mary gerade den polierten Eichentisch abwischte.

»Ein Ouija-Brett, wie befohlen«, meldete er.

Mary ging hinüber ins Wohnzimmer, ihr Notizbuch zu holen, das neben ihrer Handtasche auf dem Sofa lag.

»Ich muß endlich mal diesen Schrank im Gästezimmer ausräumen«, sagte Lou. »Das Ouija-Brett war buchstäblich unter einem Haufen Dreck begraben.«

»Buchstäblich?« fragte Max amüsiert.

»Ja. Unter mindestens hundert Ausgaben des *New York Review of Books*.«

»Autsch«, sagte Max. »Der Hieb saß.«

Lou holte sich Notizblock und Bleistift aus der Küche und setzte sich an den Tisch. Er bereitete sich darauf vor, jeden Buchstaben, den das Ouija-Brett vermittelte, niederzuschreiben.

Mary klappte das Ouija-Brett an der Tischecke auf und setzte das mit Filz unterlegte Dreieck darauf.

Max setzte sich, faltete die Finger ineinander und knackte mit den Knöcheln.

Mary schlug ihr Notizbuch auf einer vollgeschriebenen Seite auf.

»Was ist das?« fragte Lou.

»Die Fragen, die ich stellen will«, erwiderte sie.

Sie zog sich einen Stuhl heran und stellte ihn in einem Winkel von neunzig Grad zu dem von Max. Dann legte sie ihre Fingerspitzen auf die Kante des Dreiecks. Max tat das gleiche an seiner Seite. Seine Hände waren fast zu groß für das kleine Dreieck.

»Mach langsam zu Anfang«, sagte Max.

Mary war äußerst angespannt, und das war nicht gut. Das Dreieck würde sich nicht bewegen, wenn der Druck zu stark war. Sie atmete ein paarmal tief durch und versuchte, ihre Armmuskeln aufzulockern. Ihre Finger mußten völlig unabhängig sein – lose und weich wie Stoffetzen.

Max war nicht annähernd so nervös wie sie. Er schien keinerlei Vorbereitungen zu benötigen.

Endlich hatte sich Mary körperlich und seelisch so weit entspannt, daß sie – den Blick starr auf das Ouija-Brett gerichtet – ihre erste Frage stellte: »Bist du bereit, uns zu antworten?«

Das Dreieck rührte sich nicht.

»Bist du bereit, uns zu antworten?«

Wieder nichts.

»Bist du bereit, uns zu antworten?«

Als ob ihre Finger plötzlich ein Eigenleben bekommen hätten, rutschte das Dreieck quer über das Brett auf die Stelle, die mit dem Wort JA markiert war.

»Gut«, sagte sie. »Wir verfolgen einen Mann, der in den letzten Tagen mindestens acht Menschen ermordet hat. Befindet er sich noch in King's Point?«

Das Dreieck beschrieb einen Kreis und kehrte zu JA zurück.

Sie fragte: »Ist King's Point die Heimatstadt dieses Mannes?«

NEIN.

»Wo kommt er her?«

ALLE GESTRIGEN TAGE.

»Versteht das jemand?« fragte Lou.

Mary formulierte ihre Frage genauer: »Wo wohnt der Killer?«

Das Dreieck zeigte einen Buchstaben nach dem anderen an: SCHÖN.

»Schön«, sagte Lou. »Soll das eine Antwort auf deine Frage sein, Mary?«

»Ist ›Schön‹ der Name der Stadt?« fragte Mary.

Das Dreieck bewegte sich nicht.

»Wo wohnt der Killer?« frgte sie nochmals.

Das Dreieck wanderte nacheinander über fünfzehn Buchstaben.

Lou schrieb mit und, als das Dreieck aufgehört hatte sich zu bewegen, las er ab: *Die Luft ist schön.* Was soll das heißen?«

Die Luft hinter Marys Rücken schien plötzlich kälter zu werden, als ob ein eisiger Atem ihr in den Nacken blies. Die Antworten des Ouija-Bretts waren rätselhafter und weniger direkt als gewöhnlich. Aber die Antworten kamen doch von ihr – aus ihrem Unterbewußtsein. Gewöhnlich war es so. Aber nicht heute. Heute fühlte sie die Gegenwart eines anderen – ungesehen und drohend.

»Wir werden abgelenkt«, sagte Max ungeduldig. Er blickte das Dreieck an und fragte: »Wo hält sich der Killer in King's Point auf?«

Das Dreieck bewegte sich unschlüssig und zeigte dann die einzelnen Buchstaben an.

Lou schrieb sie gewissenhaft mit, doch war das Wort so einfach, daß sie ihn nicht zu fragen brauchte: HOTEL.

»Welches Hotel?« fragte Max.

Wieder nur ein Wort: HOTEL.

»Versuche mal etwas anderes«, sagte Lou.

Mary stellte eine andere Frage: »Der Mann, den wir suchen, hat Frauen mit einem Messer erstochen. Woher hat er das Messer?«

»Das ist doch unwichtig«, meinte Max.

Aber das Dreieck bewegte sich: LINGARD.

»Das hast du absichtlich gemacht«, sagte Max.

»Ich glaube nicht.«

»Warum hast du dann diese Frage gestellt? Wir müssen doch nicht unbedingt wissen, wo das Messer herkommt.«

»Ich wollte aber die Antwort wissen.«

Max fixierte sie mit einem stählernen Blick aus seinen grauen Augen.

Sie wich seinem Blick aus und konsultierte ihr Notizbuch.

»Hast du jemals ein Mädchen namens Beverly Pulchski gekannt?«

SIE IST TOT.

»Hast du sie gekannt?«

SIE IST TOT.

»Kanntest du ein Mädchen namens Susan Haven?«

SIE IST TOT.

Wieder der eiskalte Atem auf ihrem Nacken.

Sie schauderte.

»Kanntest du Linda Proctor?«

SIE IST TOT.

»Kanntest du Marie Sanzini?«

SIE IST TOT.

Mary gab einen tiefen Seufzer von sich. Ihre Arm- und Schultermuskeln spannten sich unwillkürlich. Es war anstrengend, genügend entspannt zu bleiben, damit der Ouija-Anzeiger funktionieren konnte. Sie war bereits erschöpft.

Lou fragte: »Wer sind diese Frauen?«

»Die Krankenschwestern, die in Anaheim ermordet wurden«,

sagte sie. »Als ich zum erstenmal ihren Tod voraussah, hatte ich den Eindruck, ich würde wenigstens eine von ihnen kennen. Aber wenn das zutrifft, kann ich mich nicht erinnern.«

»Weil du dich wahrscheinlich nicht erinnern *willst*«, sagte Max.

»Warum sollte ich es nicht wollen?«

»Weil du dann vielleicht wissen würdest, wer der Killer ist. Und vielleicht willst du das gar nicht wissen.«

»Das ist doch absurd, Max. Ich will es unbedingt wissen.«

»Auch wenn der Killer etwas mit Berton Mitchell und den Flügeln zu tun hat? Auch wenn du dadurch gezwungen wärst, dich an etwas zu erinnern, was du dein ganzes Leben lang zu vergessen suchst?«

Mary befeuchtete ihre Lippen mit der Zunge. »Ich fühle etwas, was ich glaubte, niemals fühlen zu müssen.«

»Was denn?«

»Ich fürchte mich vor dir, Max.«

Totenstille trat ein. Sie saßen da, als sei ihnen jeder Zeitbegriff verlorengegangen.

Schließlich raffte sich Max zum Sprechen auf. Obgleich er leise sprach, erfüllte seine Stimme den Raum. »Du fürchtest dich vor mir, weil du glaubst, daß ich dich zwingen werde, dich dem zu stellen, was vor vierundzwanzig Jahren geschah.«

»Ist das der einzige Grund?«

»Was sonst?«

»Ich weiß es nicht«, sagte sie.

Max stellte dem Ouija-Brett eine weitere Frage, ohne jedoch seine wintrig-grauen Augen von ihr abzuwenden. »Hat Mary Rochelle Drake gekannt?«

SIE IST TOT.

»Das weiß ich«, sagte Max gereizt. Er hielt den Blick unnachgiebig auf Mary geheftet, als wolle er eine Antwort erzwingen. »Hat Mary sie gekannt?«

TOT.

»Wer ist Rochelle Drake?« fragte Lou.

Mary benutzte die Gelegenheit, die Augen von Max abzuwenden. Ihr Mund war wie ausgetrocknet. Ihr Herz schlug viel zu schnell.

Max sagte zu Lou: »Rochelle Drake war das Mädchen, das vor einigen Tagen in Santa Ana ermordet wurde. Ich könnte schwören, daß ich den Namen schon mal gehört habe. Du nicht?«

»Nicht, daß ich wüßte«, sagte Lou.

»Also ich bin ganz sicher, daß ich den Namen gehört hatte, noch bevor Percy Osterman ihn uns im Leichenschauhaus nannte. Ich glaube nicht, daß ich ihr je begegnet bin, aber der Name war mir geläufig. Ich kann nicht sagen woher.«

»Also *ich* erinnere mich nicht an sie. Sonst hätte ich sie im Leichenschauhaus doch erkannt.«

Unvermittelt begann das Dreieck unter ihren Händen zu kreisen.

»Was, zum Teufel, hat das zu bedeuten?« fragte Max überrascht.

»Keiner hat eine Frage gestellt«, sagte Lou.

Mary folgte mit den Händen dem dahingleitenden Dreieck, das sich jetzt zielbewußt von einem Buchstaben zum anderen bewegte. Sie war momentan zu verwirrt und verängstigt, um den Text der Nachricht zu entziffern. Schließlich kam das Dreieck zum Stehen. Mary ließ es sofort los. Ihre Hände schmerzten von der Anstrengung der erzwungenen Entspannung.

»Es ist ein Name«, sagte Lou. Er zeigte ihnen das Blatt, auf dem er mitgeschrieben hatte:

P-A-T-R-I-C-I-A-S-P-O-O-N-E-R.

Patricia Spooner? dachte Mary. Sie starrte ungläubig auf den Namen. Es war ihr, als läge ihr ein Eisklumpen in der Brust.

»Wer ist Patricia Spooner?« fragte Max.

»Mir sagt der Name nichts«, meinte Lou.

»Ich... habe sie gekannt«, sagte Mary steif.

»Wann?« fragte Max.

»Vor zehn oder elf Jahren.«

»Du hast sie aber noch nie erwähnt.«

»Sie war eine gute Freundin von mir an der Uni.«

»Eine Studienkollegin?«

»Ja. Ein sehr hübsches Mädchen.«

»Warum taucht jetzt ihr Name plötzlich auf?«

»Keine Ahnung.«

»Er kam aus deinem Unterbewußtsein.«

»Nein. Ich habe das Dreieck nicht geführt.«

»Quatsch«, sagte Max.

»Jemand... etwas... befindet sich hier im Zimmer mit uns.«

»Vielleicht hat uns das Brett den Namen des nächsten Mordopfers übermittelt«, sagte Lou – bemüht, einem Streit vorzubeugen.

»Hast du noch Verbindung mit dieser Patricia Spooner? Wir könnten sie anrufen und fragen, ob bei ihr alles in Ordnung ist.«

Max sagte: »Sollen wir Patricia Spooner anrufen? Mary?«
»Sie ist tot«, sagte Mary.
»Mein Gott«, sagte Lou. »Dann hat also der Mann, den wir suchen, sie auch schon umgebracht.«
Mary fiel das Sprechen schwer. »Patty... Patty ist schon seit... elf Jahren tot.«
Obgleich es im Zimmer nicht übermäßig warm war, war Lou ins Schwitzen gekommen. Er wischte sich mit seiner grobknochigen Hand übers Gesicht. Er war ebenso blaß wie Mary. »Wie ist das passiert? Mary, wie ist Patty Spooner gestorben?«
Mary erschauderte und schloß die Augen. Gleich darauf schlug sie sie wieder auf, weil die Erinnerungen, die sie bestürmten, zu gräßlich waren. »Sie wurde... ermordet.«
Die Toten, dachte sich Mary, bleiben nicht tot. Nicht für immer und ewig. Nicht einmal lange. Sie steigen aus ihren Gräbern hervor. Die Erde kann sie nicht festhalten. Reue kann sie nicht festhalten, auch nicht Kummer oder Ergebenheit oder Furcht oder Vergessen. Nichts hält sie. Sie kommen wieder. Berton Mitchell. Barry Mitchell. Virginia Mitchell. Meine Mutter. Mein Vater. Und jetzt Patty Spooner. O Gott, laß sie doch nicht wiederkommen. Mein ganzes Leben lang sind mir Geister erschienen. Ich habe es satt!
»Ermordet«, sagte Lou ganz leise, wie im Schock.
»Da war eine Kirche«, berichtete Mary. »Patty und ich gingen manchmal gemeinsam zur Messe. Ich war damals noch praktizierende Katholikin. Es war eine reizende Kirche mit einem ganz großen geschnitzten Altar, den man zu Anfang des neunzehnten Jahrhunderts aus Polen gebracht hatte. Die Kirche stand immer offen, Tag und Nacht. Patty saß gern allein in einem der Kirchenstühle, wenn niemand dort war. Manchmal spät nachts. Ihre Mutter war ein paar Jahre früher an einer Herzkrankheit gestorben. Sie zündete immer Kerzen für ihre Mutter an. Patty war sehr religiös. Und dort... dort starb sie.«
»In der Kirche?« fragte Lou.
Max beobachtete sie scharf. Er legte ihr die Hand auf die Schulter und verspürte Schwingungen, die mehr seelisch als physisch zu sein schienen. Die Ausstrahlung war weder gut noch schlecht, aber ungemein stark.
»Wer hat sie ermordet?« fragte Max.
»Man hat ihn nie gefunden.«
Lou lehnte sich über den Tisch. Seine Augenbrauen waren dicht

zusammengezogen, sein Gesicht verkniffen. »Sie war doch eine gute Freundin von dir. Hast du nicht deine spiritistischen Kräfte eingesetzt, um das Gesicht des Killers zu erkennen oder seinen Namen zu erfahren?«

»Ich habe es versucht«, sagte Mary schwach. »Ich sah auch einiges. Aber nur Fragmente einer Vision. Es war einer der Fälle, wo meine Kräfte nicht viel nützten. Sie war mit der weißen Seidenstola eines Priesters erwürgt worden. Ich empfing entsetzliche Ausstrahlungen. Gemeine und böse Schwingungen. Keine klaren Bilder. Nur formlose Erscheinungen. Die Kirche war voll davon. So wie... unsichtbare Ausdünstungen des Bösen. Der Killer hatte auch den Altar beschädigt und... darauf uriniert.«

Lou stand so plötzlich auf, daß sein Stuhl umfiel. Aber er schien es nicht einmal zu bemerken. Er stand – eine Hand an die Stirn gepreßt –, als wolle er einen wahnwitzigen Gedanken zurückhalten. »Das ist doch Irrsinn. *Womit haben wir es hier zu tun?* Besteht denn die Möglichkeit, daß der Mann, den wir hier in King's Point suchen, mit dem Mörder deiner Freundin identisch ist?«

»Jedenfalls der gleiche Stil«, sagte Max.

»So verdammt grausam«, meinte Lou. »Und wieder dieser religiöse Tick. Die Motive für die jetzigen Morde liegen unter Umständen elf Jahre zurück. Vielleicht noch viel länger.«

Mary begriff, was er meinte, und wunderte sich selbst, daß sie noch nie darauf gekommen war, es könnte eine Verbindung zwischen Pattys Tod und den anderen Morden bestehen.

Max sah, wie Lous Worte sie berührt hatten, und drückte ihr beruhigend auf die Schulter. Gelegentlich vergaß er, welche Kraft er besaß. Sein Griff tat ihr weh.

Aufgeregt, wie Mary ihn noch nie gesehen hatte, lief Lou in die Küche und holte ein Literglas aus der Kommode neben dem Kühlschrank. Dann nahm er eine Flasche Wild Turkey vom Regal und schenkte sich das Glas halb voll. Mit dem Glas in der Hand lehnte er sich an den Türbogen zum Eßzimmer. »Die Sache wird immer komplizierter. Wie viele Leute hat dieser Kerl noch umgebracht, von denen wir nichts wissen? Für wie viele unaufgeklärte Morde im Laufe der Jahre ist er verantwortlich?« Lou nahm einen Schluck Bourbon. »Diese Kreatur – wer immer und was immer es sein mag –, und ich stelle ihn mir nur noch als *Ding* vor, schleicht seit wenigstens elf Jahren umher und mordet und vergewaltigt völlig ungestört. Da kann man schon das Fürchten lernen.«

Ein Donnerschlag unterstrich seine letzten Worte. Die Fensterscheiben erbebten. Der für Weihnachten angekündigte Gewittersturm hatte sie erreicht.

Max warf einen Blick auf das Ouija-Brett. »Fragen wir doch mal, wie viele Menschen diesem Mann zum Opfer gefallen sind.«

Fast hätte Mary sich geweigert. Fast hätte sie gesagt: Die Arme tun mir weh. Ich bin zu müde, um weiterzumachen. Zu erschöpft. Ausgelaugt.

Aber sie wußte, daß der eigentliche Grund ihre Angst war. Sie fürchtete sich davor, was das Ouija-Brett ihnen mitteilen mochte.

Wenn sie ihrer Furcht so leicht nachgab, würde sie niemals ihr Selbstvertrauen zurückgewinnen. Ein immer stärker werdendes Gefühl der Unruhe bemächtigte sich ihrer, daß sie bald noch größeren Gefahren ausgesetzt sein würde, vor denen Max sie nicht schützen konnte – oder wollte.

Sie legte die Hände wieder auf das Dreieck. Max ebenfalls.

Lou stellte seinen umgefallenen Stuhl wieder auf. Er setzte sich und nahm den Bleistift zur Hand.

Mary stellte dem Ouija-Brett die erste Frage: »Bist du bereit, uns zu antworten?«

JA.

Der Donner grollte am Himmel über King's Point. Die Glühbirnen in der Lampe über dem Tisch flackerten und gingen fast aus. Gleich darauf strahlten sie wieder hell.

»Der Mann, der Rochelle Drake tötete, hat noch mehr Menschen ermordet. Wie viele hat er umgebracht?«

35.

»Mein Gott«, sagte Lou. »Ein regelrechter ›Jack the Ripper‹.«

»So viele hat Jack the Ripper nicht umgebracht«, sagte Max. »Das Ouija-Brett irrt sich. Es muß sich irren. Stelle die Frage noch mal, Mary.«

Mit zitternder Stimme wiederholte Mary ihre Frage.

35.

Die Hängelampe über dem Tisch flackerte erneut und ging aus.

»Stromausfall«, sagte Lou.

Mary sagte: »Ich möchte aber nicht im Dunkeln sitzen.«

»Wenn es länger als eine Minute dauert, hole ich ein paar Kerzen aus dem Schrank«, sagte Lou.

In schneller Folge leuchtete eine Reihe von Blitzen vor dem Fenster auf. In dem blau-weißen Licht der Blitze erschienen die Bewegungen von Lou und Max abgehackt und bizarr. Lou schien ein paar unzusammenhängende Bewegungen zu vollführen, um sein Glas zur Hand zu nehmen. Max wirkte wie auf einem Filmstreifen, der im Vorführapparat hängengeblieben war.

Dann hörte es auf zu blitzen. Es herrschte tiefste Dunkelheit.

Der Donner war nur noch ein fernes Grollen. Jetzt hätte der Regen einsetzen müssen, aber er tat es nicht. Der Himmel hielt die Flut noch zurück.

Nach weniger als einer Minute begannen die Glühbirnen zu flakkern, und das Licht ging gleich darauf wieder an.

Mary seufzte erleichtert auf.

Max hatte es eilig, weitere Fragen zu stellen. »Frage mal, wann der Mörder wieder zuschlägt.«

Mary wiederholte die Frage.

HEUTE ABEND.

»Wann heute abend?«

7:30.

»In knapp einer Stunde«, sagte Lou.

»Wo wird er zuschlagen?« fragte Mary das Ouija-Brett.

BEI DER PROZESSION IM HAFEN.

»Das kennst du doch«, sagte Lou. Sein Gesicht hatte einen grimmigen Ausdruck. »Seit dreißig Jahren«, erklärte er Mary, »veranstaltet man hier eine Weihnachtsprozession im Hafen, an der alle Boote in vollem Lichterschmuck teilnehmen. Hast du noch nie davon gehört?«

»Ja, jetzt erinnere ich mich.«

»Alle diese geschmückten Boote, die du gestern gesehen hast, sind dabei, sowie auch solche aus anderen Heimathäfen. Alles zusammen etwa hundertfünfzig oder noch mehr.«

»Solche Prozessionen gab es doch auch in Long Beach und in Newport in der Weihnachtswoche«, sagte Max zu Mary. »Aber hier in King's Point ist das Schauspiel viel grandioser.«

»Für das bestgeschmückte Boot ist ein verdammt hoher Geldpreis angesetzt«, sagte Lou. »Von der Stiftung eines unserer reicheren Jachtbesitzer, der sich für die Prozession begeistert. Es ist schon ein beeindruckender Anblick. Die meisten Gaststätten sind heute geöffnet. Kein großes Menü, aber alle Tische sind schon ein, zwei Wochen im vorhinein reserviert.«

Mary blickte auf das Ouija-Brett und fragte: »Ist der Mörder hinter einer bestimmten Person her?«

JA.

»Wer ist das?«

ER HAT EIN GEWEHR.

»Wen will er erschießen?«

ER WILL DIE KÖNIGIN TÖTEN.

»Die Königin?« fragte Mary verständnislos.

»Die Königin der Prozession«, erklärte ihr Lou. »Ein leichtes Ziel. Sie steht auf dem hinteren Deck der größten Jacht, für gewöhnlich in der Mitte der Prozession. Voll im Rampenlicht. Buchstäblich.«

»Außerdem«, fügte Max hinzu, »fahren die Boote zwei volle Runden im Hafenbecken. Wenn er sie also beim ersten Mal nicht genau ins Fadenkreuz bekommt, wartet er eben die nächste Runde ab.«

Ohne daß eine weitere Frage gestellt worden war, bewegte sich das Dreieck unter Marys Händen auf eine neue Serie von Buchstaben zu.

KIMBALL'S GAMES AND SNACKS.

»Wird er dort auf den Turm steigen?«

JA. KIMBALLS TURM.

»Es bleibt uns noch eine Stunde, ihn zu finden«, sagte Max.

Lou stand auf. »Ich rufe die Polizei an.«

»Patmore?« fragte Mary geringschätzig.

»Er übt hier die Amtsgewalt aus.«

»Aber wird er dich überhaupt anhören nach dem falschen Alarm von gestern?«

»Er *hat* mich anzuhören.«

Wieder ein Donnerschlag. Und Wind.

Mary nahm die Hände vom Brett und schlang sich die Arme um Brust und Schultern. Sie fror noch immer. »Aber was geschieht, wenn Patmore *wirklich* einen Mann auf dem Turm postiert?«

»Das wollen wir ja gerade, oder?«

»Verstehst du denn nicht?« sagte sie. »Dann wird sich doch nur das Fiasko von gestern nacht wiederholen. Gestern wußte der Killer, daß wir ihn erwarteten. Glaubst du, er wird es heute nicht wissen?«

Lou zögerte. Die Frage hatte ihn überrascht. Er wirkte besorgt und unentschlossen. Schließlich griff er nach seinem Glas und trank es aus. »Vielleicht wird er uns zuvorkommen. Möglicherweise haben wir überhaupt keine Chance gegen ihn. Wenn dieses Ouija-Brett die Wahrheit sagt und er wirklich schon fünfunddreißig

Menschen getötet hat und nie erwischt wurde, ist er ein verdammt schlauer Hund. Vielleicht zu schlau für uns. Aber wir müssen doch etwas tun, oder? Wir können doch nicht hier herumsitzen und uns über das Wetter und die neuesten Bücher und die letzten Pariser Modelle unterhalten, während er weitermordet.«

»Du hast recht«, sagte Max.

Lou stellte sein leeres Glas ab und ging zum Telefon in der Diele.

Mary machte Lockerungsübungen mit ihren verkrampften Händen. Sie schloß sie zu Fäusten, öffnete sie wieder – schloß sie, öffnete sie.

»Du siehst erschöpft aus«, sagte Max.

»Das bin ich auch!«

»Wir gehen früh zu Bett.«

»Falls wir überhaupt zu Bett gehen.«

»Bestimmt. Es wird uns nichts passieren.«

»Ich habe ein schreckliches Gefühl.«

»Eine Vision?«

»Nein. Nur ein Gefühl.«

»Dann vergiß es.«

»Diese Nacht wird blutig werden.«

»Mach' dir doch keine Sorgen«, versuchte er sie zu beruhigen.

Sie dachte an Patty Spooner.

An Rochelle Drake im Leichenschauhaus.

Und da war wieder dieses Gefühl. Der eiskalte Atem auf ihrem Nacken.

»Ich will nicht sterben«, sagte sie.

»Das wirst du auch nicht«, sagte Max. »Nicht heute.«

»Du sagst das, als wenn du deiner Sache ganz sicher wärest.«

»Das bin ich auch. Ich lasse dich nicht sterben.«

»Bist du stark genug, den Tod aufzuhalten, Max? Bist du stärker als das Schicksal?«

Wieder zerriß ein Blitz die Dunkelheit. Im Widerschein erstrahlten Max' Augen einen Moment lang wie Eispartikel.

»Polizeiwache King's Point.«

»Die Abteilung für Vermißtenanzeigen bitte.«

»Kann ich Ihnen helfen, Sir?«

»Nein. Ich möchte mit jemand von der Abteilung für vermißte Personen sprechen. Haben Sie mich nicht verstanden?«

»Wir haben keine Spezialabteilung für Vermißtenanzeigen.«

»Sie haben keine?«

»Wir sind nur eine kleine Polizeieinheit. Kann ich Ihnen nicht helfen?«

»Mit wem spreche ich?«

»Miß Newhart.«

»Ich heiße Ralph Larssen. Ich möchte mit einem Polizeibeamten sprechen.«

»Heute nacht sind nur zwei im Dienst.«

»Einer genügt mir.«

»Sie sind beide auf Streife.«

»Verdammt noch mal, meine Tochter ist verschwunden.«

»Wie alt ist Ihre Tochter, Sir?«

»Sechsundzwanzig. Sie war...«

»Wie lange wird sie schon vermißt?«

»Hören Sie mal zu, Miß Newhart, ich bin in San Francisco. Ich wohne in San Francisco, und meine Tochter wohnt in King's Point. Ich habe erst vor einer Woche mit ihr telefoniert. Da war alles in Ordnung. Aber jetzt befürchte ich, daß nicht mehr alles in Ordnung ist. Ich kann mich nicht einfach ins Auto setzen und mehrere hundert Kilometer weit fahren, nur um mal nachzusehen. Es könnte sich um einen Unglücksfall handeln. Sie wollte mich am Weihnachtsabend anrufen, hat es aber nicht getan.«

»Vielleicht ist sie auf eine Party gegangen oder so was.«

»Ich war ganz sicher, daß sie mich heute anruft, aber das hat sie nicht getan. Als ich daraufhin bei ihr anrief, meldete sich niemand. So etwas sieht ihr überhaupt nicht ähnlich. Es ist nicht ihre Art, zu Weihnachten ihre Familie zu vergessen.«

»Rufen Sie doch mal ihre Freunde an. Vielleicht wissen die etwas.«

»Ich kenne Erikas Freunde nicht.«

»Vielleicht die Nachbarn...«

»Sie hat keine Nachbarn. Sie...«

»Jeder hat Nachbarn.«

»Sie wohnt in einem der drei Häuser auf dem South Bluff, wo die Asphaltstraße aufhört. Sie ist die einzige Person, die sich dort das ganze Jahr über aufhält.«

»Wissen Sie was? Ich bin überzeugt, Ihre Tochter versucht jetzt gerade Sie anzurufen. Legen Sie doch auf und warten Sie ab. Wenn Sie sich bis morgen abend nicht gemeldet hat, rufen Sie uns zurück.«

»Ist das Ihr Ernst?«

»Na ja, wir können sowieso nichts tun.«

»Was soll das heißen?«

»Nach den Bestimmungen nehmen wir keine Vermißtenmeldungen an, wenn es sich um einen Erwachsenen handelt, der seit weniger als achtundvierzig Stunden vermißt wird.«

»Soll das heißen, daß Sie sich erst darum kümmern, wenn sie länger als zwei Tage verschwunden ist?«

»Das sind die Bestimmungen.«

»Woher wollen Sie wissen, daß meine Tochter nicht schon einen Tag, nachdem sie mich anrief, verschwunden ist. Also vor sechs Tagen?«

»Sie sagten, sie hätte gestern anrufen sollen.«

»Das hat sie aber nicht getan.«

»Also wird sie offiziell erst seit gestern abend vermißt.«

»Allmächtiger Gott!«

»Tut mir leid. Das sind die Bestimmungen.«

»Wenn meine Tochter zehn Jahre alt wäre, statt sechsundzwanzig...«

»Das ist etwas anderes. Bei Kindern ist es anders. Aber Ihre Tochter ist ja kein Kind mehr.«

»Also können Ihre Beamten bis morgen abend nichts unternehmen?«

»Das ist richtig. Aber, Sir, ich bin sicher, Ihre Tochter wird sich bis dahin längst gemeldet haben.«

»Miß Newhart, mein Name ist Ralph Larsson. Das habe ich Ihnen bereits gesagt, aber ich möchte, daß Sie sich diesen Namen gut merken. Ralph Larsson. Ich bin Anwalt. Ein sehr erfolgreicher Anwalt. Der heutige Gouverneur von Kalifornien war mein Zimmernachbar auf der Universität. Jetzt hören Sie gut zu, Miß Newhart: Falls Ihre Beamten nicht sofort zu meiner Tochter fahren und sich vergewissern, daß alles in Ordnung ist – jetzt – innerhalb der nächsten halben Stunde – und es sollte sich später herausstellen, daß ihr zwischen diesem Moment und morgen abend etwas passiert ist, komme ich persönlich nach King's Point und übergebe den Fall einem Anwaltskollegen. Ich werde, wenn es sein muß, Jahre darauf verwenden, Sie und Ihre idiotischen Vorgesetzten zu ruinieren. Ich verklage Ihr verdammtes, beschissenes Polizeirevier und den Polizeichef persönlich wegen der saudummen Bestimmungen, die er erläßt. Und, bei Gott, Miß Newhart, Sie verklage ich auch auf Schadenersatz in einer Höhe, die alles übertrifft, was Sie besitzen oder jemals verdienen werden. Und auch wenn ich den Prozeß nicht gewinne, Miß Newhart, werden allein die Anwaltsgebühren Sie finanziell ruinieren. Habe ich mich klar ausgedrückt?«

Lou Pasternak war wütend. Fuchsteufelswild. *Zweimal* hatte der Polizeichef einfach abgehängt. Beim drittenmal hatte sich seine Frau gemeldet und gesagt, er sei nicht zu Hause.

»Ein Mokkatäßchen würde sich auf Patmores Kopf wie ein Sombrero ausnehmen!«

»Ich darf wohl annehmen«, sagte Max, »daß er nicht bereit ist, einen Bullen am Kimball-Turm zu stationieren.«

Lou griff sich sein leeres Glas vom Tisch, lief in die Küche und langte nach der Flasche Wild Turkey. »Wenn dieser Bastard etwas mehr Verstand hätte, wäre er ein Halbidiot.«

»Sollten wir nicht lieber den Sheriff anrufen?« rief Mary.

»Percy Osterman darf sich nicht in die polizeidienstlichen Angelegenheiten von King's Point einschalten, wenn ihn Patmore nicht dazu auffordert.«

»Aber macht man da nicht eine Ausnahme, wenn einer überall im Landkreis Menschen ermordet? Nennt man das nicht ›Verfolgung auf frischer Tat‹?«

»Wenn ein Mann irgendwo im Landkreis eine Bank ausraubt«, erklärte ihr Lou, »dann in ein Auto springt und in die nächste Stadt flieht, die ihre eigene Polizei hat, dürfen die Beamten des Sheriffs ihn verfolgen und festnehmen. *Das* ist Verfolgung auf frischer Tat. In unserem Fall ist das Gesetz nicht anwendbar.«

»Vielleicht könnte Osterman noch mal mit Patmore reden und ihn zur Mitarbeit bewegen«, sagte Max.

»Keine Chance. Nicht nach dem Fiasko von gestern.« Lou kehrte mit einem frischen Glas Bourbon zum Tisch zurück.

»Also wie soll es weitergehen?« fragte Max.

»Wir müssen es selbst in die Hand nehmen«, sagte Mary. »Wir müssen runter zum Turm.«

Lou starrte sie ungläubig an. »Ist das dein Ernst?«

»Kommt überhaupt nicht in Frage«, sagte Max.

»Hast du eine bessere Idee?« fragte Mary. »Wir können doch nicht einfach hier herumsitzen und uns über das Wetter und die neuesten Bücher und die letzten Pariser Modelle unterhalten, während er weitermordet.«

Lou erkannte seine eigenen Worte wieder und hatte ihnen nichts entgegenzusetzen.

»Wenn wir tatenlos hier herumsitzen«, sagte sie, »erschießt er die Königin der Bootprozession und wahrscheinlich noch eine Menge Leute.«

»Vielleicht wird der Regen sie vom offenen Deck vertreiben«, sagte Max. »Sie und ihren ›Hofstaat‹. Dann wären sie keine Zielscheiben mehr.«

»Aber es regnet doch nicht«, wandte Mary ein.

»Es fängt bald an.«

»Würdest du aufgrund dieser Vermutung Menschenleben riskieren?« fragte sie. »Lou, wir müssen diesen Mann von seinem Vorhaben abhalten. Wir haben keine andere Wahl.«

»Ich will natürlich nicht, daß er wieder jemanden ermordet«, sagte Max, »aber es ist nicht unsere Verantwortung.«

»Wenn nicht unsere, wessen Verantwortung ist es?« fragte sie.

Lou sah die Entschlossenheit in ihrem hübschen Gesicht, in ihren blauen Augen. Weder er noch Max würde sie von ihrem Entschluß abbringen können. Dessen war er sicher. Aber er hatte Angst um sie. Als ihr Freund mußte er wenigstens den Versuch machen, sie dazu zu bewegen, ihre Absicht zu ändern. »Mary, wir sind diesem Mann nicht gewachsen.«

»Warum nicht? Drei gegen einen.«

»Er ist ein Killer«, sagte Max.

»Und wir sind es nicht«, sagte sie.

»Genau.«

»Nach allem, was dir über ihn bekannt ist«, sagte sie, »und du weißt auch, was er dir tun würde, wenn er die Gelegenheit hätte – würdest du auf ihn schießen, wenn er dich mit einer Waffe angreift?«

»Natürlich. Das wäre Notwehr«, sagte Max.

»Und das hier ist auch nichts anderes«, sagte sie. »Notwehr.«

»Aber dieser Psychopath ist bewaffnet«, sagte Lou. »Er hat ein Gewehr und wahrscheinlich auch ein Messer. Was haben wir denn? Nur unsere leeren Hände.«

»Im Handschuhfach des Mercedes liegt eine Pistole«, sagte Mary. »Max besitzt einen Waffenschein dafür.«

Lou sah Max an und zog erstaunt die Augenbrauen hoch. »Du hast Erlaubnis, eine verborgene Handfeuerwaffe zu tragen?«

»Ja.« Max stand auf und ging zur Küchentür.

»Wie hast du denn das gedreht? Waffenscheine bekommen doch im allgemeinen nur Juweliere oder Geschäftsleute, die große Summen Bargeld bei sich tragen müssen.«

In der Küche goß sich Max einen doppelten Wild Turkey ein. »Wir haben in Los Angeles in einigen Fällen mit dem Sheriff des Landkreises zusammengearbeitet. Er sah ein, daß Mary und ich uns manchmal in einer gefährlichen Lage befinden. Er wußte auch, daß ich Waffen sammle und ein guter Schütze bin und wohl kaum der Typ, der den Kopf verliert und versehentlich jemanden über den Haufen schießt.« Max trank den puren Bourbon in einem Zug aus – eine nervöse Geste, welche die Spannung verriet, die sich unter seiner äußeren Ruhe verbarg. »Also besorgte mir der Sheriff einen Waffenschein.« Er spülte sein Glas unter dem Wasserhahn in der Küche, kam ins Eßzimmer zurück und baute sich vor Mary auf. »Aber ich habe nicht die Absicht, meine Waffe jetzt zu laden und auf Menschenjagd zu gehen.«

»Du würdest doch nicht irgend jemand jagen«, sagte sie, »sondern einen Mann, der...«

»Vergiß es«, sagte Max. »Ich mache das nicht.«

»Laß uns doch darüber sprechen«, sagte sie.

»Keinen Zweck. Mein Beschluß steht fest.«

Lou sah den Ärger in ihren Augen aufflackern. Widerstand würde sie nur in ihrem Vorhaben bestärken.

»Du kannst ja hierbleiben, Max«, sagte sie. »Ich nehme die Pistole und gehe allein.«

»Um Gottes willen, Mary, du weißt doch nicht einmal, wie man eine Pistole bedient.«

Sie blickte ihm seelenruhig ins Gesicht und sagte: »Man entsichert sie, zieht durch, zielt, drückt auf den Abzug – und schon kippt der Dreckskerl um.«

Lou wußte, wie störrisch Max manchmal sein konnte. Er sah, wie seine Kinnmuskeln hervortraten und seine Schultern sich strafften. Max war es gewöhnt, den väterlichen Liebhaber zu spielen und zu bestimmen, was getan und nicht getan wurde. Aber Mary war heute nicht die sanfte, gefügige Frau, die sie beide kannten. Die Veränderung, die sich an ihr vollzog, war verblüffend. Ihr Gesicht spiegelte die verschiedensten Gefühle wieder, aber der Ausdruck der Entschlossenheit überwog. Sie würde ihre eigenen Entschlüsse fassen und sich von niemand bevormunden lassen. Sie wirkte aufregend und besonders anziehend in ihrer Entschlossenheit. Am liebsten hätte er Max davor gewarnt, seine Autorität geltend zu machen, unterließ es aber.

»Das ist Blödsinn«, sagte Max. »Ich gebe dir die Pistole nicht.«

»Dann gehe ich eben ohne.«

Er sah sie wütend an. »Du gehst nicht aus dem Haus.«

Sie erhob sich und blickte ihm ins Gesicht. Sie sah ihm tief in die Augen und sprach mit ruhiger Bestimmtheit in einem Ton, bei dem es Lou kalt über den Rücken lief. »Was auf mich zukommt, ist so ungeheuerlich und so böse, daß ich seine Dimensionen nur ahnen kann, wie ein blindes Kind, das einen Elefantenfuß abtastet. Die letzten Tage waren die reine Hölle für mich, Max.«

»Das weiß ich. Und...«

»Du kannst es nicht wissen. Niemand kann es begreifen.«

»Wenn du...«

»Unterbrich mich nicht«, sagte sie. »Ich möchte, daß du mich verstehst. Darum mußt du mir zuhören. Max, ich habe Angst, abends einzuschlafen, und ich habe Angst, morgens aufzuwachen. Ich habe Angst vor jeder Tür, an die ich komme, Angst, mich umzusehen. Angst vor der Dunkelheit. Angst vor allem, was passieren oder nicht passieren könnte. Verdammt noch mal, ich habe sogar Angst, allein aufs Klo zu gehen. So kann ich nicht weiterleben. Ich weigere mich, so weiterzuleben. Dieser Fall ist verschieden von allen anderen. Etwas frißt sich in mich hinein wie eine Säure. Dieser Fall hat etwas mit mir persönlich zu tun wie keiner zuvor, aber ich weiß nicht, warum. Max, ich fühle, ich spüre, ich *weiß*, wenn ich diesen Mann nicht zur Strecke bringe, verfolgt er mich für immer.«

Lou war der einzige, der bemerkte, daß sich das Dreieck auf dem Ouija-Brett plötzlich zu bewegen begann. Es glitt auf die Stelle zu, die mit JA markiert war, als wolle es Marys Worte bestätigen.

»Wenn ich nicht die Initiative ergreife«, sagte Mary, »verliere ich den kleinen Vorsprung, den ich vielleicht schon habe. Ich darf jetzt nicht davonlaufen. Wenn ich es tue, komme ich nicht weit. Dann sterbe ich.«

»Und wenn du den Mann weiter verfolgst«, sagte Max, »wenn du darauf bestehst, heute in den Turm zu gehen, stirbst du wahrscheinlich noch früher.«

»Vielleicht«, sagte sie. »Aber dann trage ich wenigstens die Verantwortung für mein Leben oder meinen Tod. Mein ganzes Leben lang habe ich mich gefürchtet, und andere mußten mir die Gespenster verscheuchen. Ich mache das nicht länger mit. Denn diesmal *kann* mir keiner helfen. Die Antwort liegt tief in mir verborgen, und wenn ich sie nicht bald finde, bin ich erledigt. Ich kann mich nicht länger hinter starken Männern verstecken. Ich muß selbst das Wagnis auf mich nehmen. Wenn ich ein Risiko eingehe und es schlägt fehl, muß ich die Konsequenzen ziehen wie jeder andere. Wenn ich auf immer und ewig ein verwöhntes, verhätscheltes und behütetes Kind bleibe, haben alle Erfolge, die ich erzielen mag, keinen Sinn. Ich habe mich entschlossen, daß mich niemand davon abhalten wird, ein normales, ausgefülltes Leben zu führen. Weder Alan, noch du, Max, und am allerwenigsten mein anderes *Ich*, das immer noch ein sechsjähriges Mädchen ist.«

Eine Zeitlang sagte keiner ein Wort.

Die alte Standuhr schlug die Viertelstunde an.

»Noch fünfundvierzig Minuten – dann schießt er auf die Bootkönigin«, sagte Lou.

»Also, Max?« sagte Mary.

Max nickte. »Gehen wir.«

Blut. Getrocknetes Blut klebte streifenweise an ihrem Haar. Blut auf ihren zerstochenen Brüsten, an ihren Händen, ihren Armen, an Bauch und Schenkeln. Blut auf dem Sofa und auf dem Stuhl. Die kleinen blutigen Fußstapfen der Katze auf dem hellbraunen Teppichboden.

Wachtmeister Rudy Holtzman beherrschte nur mühsam seinen Drang, sich zu übergeben. Er ging um die zerfleischte Leiche von Erika Larsson herum in die dunkle Küche und machte das Licht an. Er hob den Hörer vom Wandtelefon und rief seine Dienststelle an.

Die Nachtsekretärin, Wendy Newhart, meldete sich.

Holtzman sagte: »Ich bin hier draußen in dem Larssen-Haus.« Seine Stimme klang heiser und gestreßt. Er räusperte sich. »Das Licht war an, als ich herkam. Niemand beachtete mein Läuten, aber die Haustür war offen. Sie ist tot.«

»O mein *Gott!* Was sage ich nur ihrem Vater. Ich sage ihm gar nichts. Kommt nicht in Frage. Jemand anders soll ihm das mitteilen.«

»Am besten schickst du Charlie mit dem anderen Streifenwagen hierher«, sagte Holtzman. »Und rufe sofort den Polizeiarzt an. Und natürlich Patmore. Sage Charlie, er soll seinen dicken Arsch in Bewegung setzen. Ich will hier nicht so lange allein sein.«

»Wann ist sie ermordet worden?« fragte Wendy Newhart.

»Woher soll ich das wissen? Der Polizeiarzt wird es feststellen.«

»Ich meine – ist es kurz bevor du hinkamst passiert? In der letzten halben Stunde?«

»Was soll die Frage?«

»Rudy, sag es mir doch! Ist es eben erst passiert?«

»Das Blut ist schon trocken und verkrustet. Den genauen Zeitpunkt, wann sie getötet wurde, kann ich nicht feststellen, aber es muß schon mehrere Stunden her sein.«

»Danket Gott für kleine Wunder.«

»Was?«

Sie hatte schon aufgehängt.

Holtzman legte ebenfalls den Hörer auf die Gabel. Als er sich umdrehte, sah er eine schwarze Katze, die im Durchgang zwischen Küche und Wohnzimmer stand und ihn neugierig anschaute. Auf ihrem weißen Maul waren rotbraune Blutflecken. Holtzman tat einen Schritt vorwärts, trat nach ihr und verfehlte sie.

Sie kreischte auf und rannte davon.

Sie erreichten den Hafen fünf Minuten nach sieben.

Max stellte den Mercedes auf dem Parkplatz ab, der während der Sommersaison den Gästen des Restaurants ›Italian Villa‹ und den Besuchern von ›Kimball's Arcade‹ zur Verfügung stand. Heute war nur die Seite neben dem Restaurant belegt. Die andere war fast leer.

Alle drei stiegen aus.

Lou schlug den Mantelkragen hoch. Der Sturmwind brauste kalt vom Meer herüber, und die Temperatur war seit Mittag auf wenige Grad über Null gesunken. Der schneidende Wind ließ die Luft noch kälter erscheinen.

Lou sagte: »Ich sollte vielleicht mit Max mitgehen, und du bleibst am besten hier, wo du in Sicherheit bist.«

»Ich bin nirgends in Sicherheit«, erwiderte Mary.

»Aber wenn du dich wenigstens ins Auto setzen würdest...«

Mary unterbrach ihn mit einer ungeduldigen Handbewegung. »Wir besitzen zwei Waffen, die wir gegen den Mann anwenden können: Eine ist Max mit seiner Pistole, die andere ist meine spiritistische Kraft. Wir sollten uns keinesfalls trennen.«

Der Wind wehte ihr langes Haar in die Höhe, daß es wie ein Banner flatterte.

Max legte Lou die Hand auf die Schulter. »Ich bin auch nicht begeistert davon, daß Mary mitkommen will, aber vielleicht hat sie wirklich recht. Außerdem können weder du noch ich sie davon abhalten.«

»Ich komme mir so nutzlos vor«, sagte Lou.

»Wir brauchen jemand hier im Auto«, sagte Max. »Zur Vorwarnung.«

»Wir verschwenden Zeit«, sagte Mary ungeduldig.

Lou nickte grimmig. Er küßte sie auf die Wange und ermahnte Max, auf sie aufzupassen.

Sie stemmten sich gegen den Wind und eilten über den Parkplatz auf das große Gebäude zu, das im Sommer unter dem Namen ›Kimball's Games and Snacks‹ eine Anzahl von Verkaufsständen, Souvenirläden, Spielautomaten und Kiosken beherbergte.

Lou setzte sich hinter das Lenkrad des Mercedes und schloß die Tür. Durch die Windschutzscheibe konnte er gerade noch Max und Mary erkennen, die sich immer weiter von ihm entfernten und schließlich in der Dunkelheit um den Pavillon verschwanden.

Sturmböen rüttelten am Auto. Ein Blitz nach dem anderen zuckte über den Himmel, aber es regnete noch immer nicht.

Lou lehnte sich in seinem Sitz zurück und ergab sich in seine Rolle als Wachtposten. Wenn der Killer Marys Anwesenheit heute nicht wieder voraussah, würde er wahrscheinlich ganz offen und frech auf das Kimball-Gebäude zugehen. Sobald Lou jemanden bemerkte, der sich in diese Richtung bewegte, würde er den Motor anlassen und zweimal kurz hupen, um Max aufmerksam zu machen. Der Pavillon und der Turm waren nur etwa sechzig Meter entfernt und durch einen hölzernen Gehsteig mit anderen Geschäften verbunden. Max würde das Warnsignal hören, doch war kaum anzunehmen, daß der Killer es als solches erkennen würde. Auch wenn Mary die genaue Zeit und die Richtung, aus der der Mann kam, voraussagte, würde das Hupsignal eine willkommene Bestätigung ihrer Vision darstellen.

Natürlich bestand die Möglichkeit, daß der Irre ihnen wieder einmal zuvorgekommen war und sich bereits im Inneren des Gebäudes befand.

Lou rutschte nervös auf seinem Sitz herum.

Er dachte an Patty Spooner, die mit einer Priesterstola erwürgt worden war. Und an Barry Mitchells verstümmelte Leiche.

Lou sah sich nach beiden Seiten um und blickte in den Rückspiegel. Es war niemand zu sehen. Er starrte in die Dunkelheit, die den Pavillon umgab. Es herrschte absolute Stille.

Die schwarze Katze hockte auf dem zwei Meter hohen Bücherregal, fünfundzwanzig oder dreißig Zentimeter unter der Wohnzimmerdecke. Ihre Vorderpfoten ragten über die Kante des Regals hinaus. Sie saß regungslos da und beäugte Rudy Holtzman mit Argwohn und Verachtung.

Dreckiges Vieh! Er haßte Katzen. Hatte sie schon immer gehaßt. Ihm wurde übel bei dem Gedanken, wie diese hier das Blut der ermordeten Frau gierig aufgeschleckt hatte.

Hier wollte er nicht länger herumsitzen, allein mit der Katze und der Leiche. Nicht einmal die wenigen Minuten, bis Charlie mit dem anderen Streifenwagen eintreffen würde. Er stand auf und ging durch die Diele, sich den übrigen Teil des Hauses anzusehen.

Im Schlafzimmer stand das Fenster offen. Der Wind hatte die dünnen Gardinen halb abgerissen, wie auch die Jalousie aus Kunststoff, die nur zur Hälfte heruntergelassen war. Das Unwetter hatte den Teppichboden durchnäßt und stark verschmutzt.

Als er sich genauer umsah, geriet Holtzman plötzlich in Erregung. Durch dieses Fenster war nicht nur der Regen eingedrungen, sondern auch der Mörder. Und als sein Blick auf den Fußboden fiel, wollte er seinen Augen kaum glauben. Es war einer jener glücklichen Zufälle, wie sie bei polizeilichen Nachforschungen nicht oft vorkommen. Offenbar war dem Killer die Pistole unbemerkt aus der Tasche gefallen, als er durchs Fenster kletterte.

Holtzman kniete sich auf den feuchten Teppichboden, um sich die Waffe genauer anzusehen, wobei er darauf achtete, keine Fingerabdrücke zu verwischen. Falls der Killer derselbe Mann war, der die Krankenschwestern und die Leute im Friseursalon umgebracht hatte – und die Methode schien die gleiche zu sein –, besaß die Polizei in Anaheim und in Santa Ana bereits mehr als genügend klare Abdrücke. Holtzman, der sich für einen besseren Profi hielt als jeder seiner Kollegen in King's Point, faßte die Pistole nicht an. Er zog einen Kugelschreiber aus der Hemdtasche, steckte ihn durch den Abzugsbügel und hob die Waffe auf. Er hielt sie in Augenhöhe und betrachtete sie genau. Es war ein ungewöhnliches Exemplar – ein .45 automatischer Colt. Aber keine Massenanfertigung. Etwas Besonderes. Ein Sammlerstück. Auf den Metallteilen waren feingegliederte Weinreben und Blätter eingraviert. Auch verschiedene Wildtiere – Hasen, Rehe, Fasane, Füchse –, alle auf der Flucht, von der Mündung der Pistole zum Griff hin. Die Gravierung war mit unglaublicher Präzision ausgeführt.

Er bemerkte auch eine Inschrift an der Stelle, wo das Stahlgehäuse an den hölzernen Griff anschloß. Das Licht im Schlafzimmer war zu schwach, um Genaueres zu erkennen. Es waren winzige, verschnörkelte Buchstaben, wenige Millimeter hoch.

Holtzman stand auf, hielt den Colt unter das Licht einer Stehlampe und las die Inschrift:

W. Thorben
Seattle 1975

Ein Sammlerstück dieser Art ging oft durch die Hände vieler Eigentümer, die es bei Waffenausstellungen kauften und weiterverkauften, ohne es bei den Behörden anzumelden. Trotzdem müßte festzustellen sein, wer die Pistole bei Thorben in Auftrag gegeben hatte. Dann konnte man auch die späteren Eigentümer ausfindig machen, es sei denn, die Waffe war aus einer Sammlung gestohlen.

Vorsichtig drehte Holtzman mit dem Kugelschreiber die Pistole um und besah sich die andere Seite. An der gleichen Stelle, wo der Holzgriff im Stahl eingelassen war, befand sich ebenfalls eine gravierte Inschrift. Andere Worte. Holtzman hielt sie sich dicht an die Augen und blinzelte. Dann las er es noch mal. »Verdammt! Ist das die Möglichkeit!«

In der Ferne heulte eine Sirene und kam immer näher.

Holtzman ging vor die Haustür, die er bei seiner Ankunft offen gefunden hatte.

Ein Streifenwagen mit rotem Blinklicht kam die steile Straße von der Stadt heraufgerast. Patmores Kombi war dicht hinter ihm.

Im Licht des Hausflurs entzifferte Holtzman noch einmal die Inschrift auf der Pistole:

Im Auftrag von
Max Bergen

18

Die Dunkelheit, die wie eine schwarze Samtdecke über dem Pavillon lag, bot eine Vielfalt von Verstecken.

Mary schirmte ihre Taschenlampe mit einer Hand ab. Jedesmal, wenn sie glaubte etwas gesehen zu haben und eine jähe Bewegung machte, tanzten Schatten um sie herum.

Sie hielt sich dicht bei Max, während sie um das Gebäude herumgingen auf der Suche nach einer Öffnung, durch die der Killer eingedrungen sein konnte. Gestern abend hatte der Eigentümer der Polizei einen Hausschlüssel zur Verfügung gestellt. Diese Bequemlichkeit war ihnen und dem Mann, den sie jagten, versagt. Der Killer würde etwas aufbrechen müssen, um in den Turm zu gelangen, und damit eine Spur hinterlassen.

Mary war ungeduldig. Zweimal trieb sie Max an, schneller zu gehen.

Die Prozession der hell erleuchteten Boote hatte bereits begonnen und fuhr von ihrem Sammelplatz auf offener See ins Hafenbekken ein. Die Schiffe waren noch ziemlich weit entfernt, kamen aber schnell näher. Das Boot mit der Königin würde etwa um sieben Uhr dreißig bei der ersten Runde am Turm vorbeiziehen.

An der Westseite des Pavillons, die zum Hafen hinausging, entdeckten sie auf dem eingezäunten hölzernen Gehsteig eine zerbrochene Glasscheibe. Daneben war das Fenster eines Kaffee-Kiosks aufgebrochen.

»War das der Killer?« fragte Max.

Mary leuchtete mit ihrer Taschenlampe den Boden ab und betrachtete die Glasscherben. Dann tastete sie mit der linken Hand den Fensterrahmen ab. Der Abend war kühl, aber plötzlich schien die Luft um sie noch kälter zu werden, als sie die spiritistische Ausstrahlung des Fensterrahmens auf sich wirken ließ.

Wicka – Wicka – Wicka!

Erschaudernd umklammerte sie die Taschenlampe so fest sie konnte und biß die Zähne zusammen, um sich nicht von ihrer Panik überwältigen zu lassen.

»Empfängst du etwas?« fragte Max.

»Ja. Er hat das Fenster zerbrochen.«

»Ist er jetzt drinnen?«

»Nein. Er war hier... gestern, spät nachts... als die Polizei weg war... ja, ich sehe ihn... viele Stunden nachdem die Polizei ihren Mann zurückzog... im Morgengrauen... oben im Turm.«

Sie nahm die Hand vom Fensterrahmen, und die Vision brach ab. »Heute ist er noch nicht gekommen.«

»Bist du ganz sicher?«

»Absolut.«

»Aber er muß jeden Moment kommen?«

»Ja. Mach schnell.«

Wicka – Wicka – Wicka!

Nicht beachten, sagte sie sich. Es ist nicht wirklich. Max hört es ja auch nicht. Nur du hörst es. Psychische Eindrücke. In Wirklichkeit ist da oben nichts. Keine Flügel. Keine Gefahr. Keine Spur von Flügeln.

»Wir wollen nicht mehr auffallen als unbedingt nötig«, sagte Max. »Von einigen der Hafengaststätten aus kann man uns ziemlich gut sehen. Mach lieber die Taschenlampe aus.«

Sie tat wie geheißen.

Dunkle Nacht umgab sie.

Max steckte die Hand durch das zerbrochene Fenster und öffnete von innen den Riegel. »Bist du dir klar darüber, daß wir einen Einbruch begehen?«

»So nennt man das wohl.«

»Macht dir das nichts aus?«

»Max, bitte, *beeile* dich!«

Er öffnete beide Fensterhälften, ohne ein Geräusch zu verursachen.

Mary kletterte aufs Fensterbrett, das weniger als ein Meter über dem Gehsteig lag, und stieg in den Kiosk ein. Sie sah sich um, konnte aber nichts erkennen.

Max hielt Ausschau nach beiden Seiten. Dann stieg er ihr nach und schloß das Fenster.

»Hier ist es sogar noch dunkler als draußen«, sagte sie. »Wenn ich kein Licht mache, stolpern wir bei jedem Schritt über etwas.«

»Sieh dich nur vor, daß du nicht die Fenster anleuchtest«, sagte er. »Du mußt das Licht abschirmen.«

Sie schaltete die Taschenlampe ein und hielt sie mit der linken Hand halb verdeckt.

Der Raum enthielt mehrere Tische, die mit Bolzen am Fußboden befestigt waren. Die dazugehörigen Stühle, die vermutlich nicht anschraubbar waren, hatte man entfernt.

Der einzige Eingang vom Pavillon her war eine zweiteilige Tür. Der Killer hatte das Schloß aufgebrochen. Max stieß die Tür auf, wobei die ungeölten Scharniere laut knarrten.

Er blieb einen Augenblick bewegungslos stehen und lauschte. Dann sagte er: »Bist du sicher, daß er nicht schon hier ist?«

»Ganz sicher.«

Obgleich Marys Visionen oftmals nicht vollständig waren, hatten sie sich noch nie getäuscht. Sie konnte nur hoffen, daß ihre spiritistischen Kräfte sie auch diesmal nicht im Stich lassen würden. Falls der Killer schon hier war und auf sie wartete, war sie so gut wie tot.

Sie betraten einen Gang, der in zwei Richtungen verlief. Zu beiden Seiten des Ganges lagen Verkaufsbuden wie ›Silly T-Shirts‹, ›The Ceramic Factory‹, ›The House of Glass Miniatures‹ und ein Dutzend mehr – alles dunkel und leer.

Mary und Max wandten sich nach links und entdeckten bald, daß der Gang im Halbkreis verlief und an beiden Enden in die Haupthalle mündete. Zur Zeit war die riesige Halle vollkommen leer. Zu Beginn der Saison würde man sie wieder voll ausstatten: Spielautomaten, Kegelbahnen, Schießstände, elektronische Spiele und Karnevalbuden, wo ein Junge sehr rasch zehn Dollar in Münzen verspielen konnte, um eine Drei-Dollar-Puppe für seine Freundin zu gewinnen.

Max und Mary gingen auf die Mitte der Halle zu. Ihre Schritte klangen hohl von den Wänden und der hohen Dachkuppel wider.

Mary hielt an und richtete den Strahl ihrer Taschenlampe auf die Stelle, die Max ihr angab. Am Ende der Halle sah sie einen Türbogen, hinter dem Stufen nach oben führten. Darüber ein Schild: *Zur Aussichtsplattform.*

Schreie, flatternde Flügel, ein menschlicher Körper, der auf den unteren Stufen aufschlug und durch den Türbogen flog, wieder Flügel, ein Mensch wälzte sich in Schmerzen auf dem hölzernen Fußboden, noch mal Flügel, erstickte Hilfeschreie...

Mary schwankte unter der Wirkung der Vision.

»Was ist dir?« fragte Max.

»Ich sehe...« Sie versuchte, die Vision festzuhalten, doch sie entschwand ihr so plötzlich, wie sie erschienen war, und kehrte nicht mehr zurück. »Jemand stirbt heute nacht am Fuße dieser Treppe.«

»Einer von uns beiden?«

»Ich weiß es nicht.«

»Der Killer?«

»Hoffentlich.«

»Es wird der Killer sein«, sagte Max. »Nicht wir. Wir bleiben am Leben. Wir müssen am Leben bleiben. Ich weiß es.«

Sie war keineswegs so sicher wie er. Sie wollte nicht einmal daran denken aus Angst, ihr Mut würde sie verlassen. »Wo wollen wir auf ihn warten?« fragte sie.

»Ich warte hier unten an der Treppe. Du gehst auf den Turm.«

»Auf den... nein!«

»O ja.«

»Ich bleibe hier bei dir«, sagte sie.

»Hör mal, wenn Lou uns mit der Hupe das Warnsignal gibt, werden wir es hier kaum hören. Aber oben auf dem Turm hörst du es ganz bestimmt.«

»Vergiß es.«

»Oben, auf der offenen Plattform.«

»Max, ich bleibe hier.«

»Nein, verdammt noch mal!«

Sie trat einen Schritt zurück und sah ihn an.

Sein Gesicht war wutverzerrt. »*Ich* bin derjenige, der etwas von Waffen versteht. Wenn es zu einer Schießerei kommt, bist du mir nur im Wege. Wenn ich schnell handeln muß, will ich nicht aufgehalten werden und mir Gedanken machen, ob du nicht genau in der Schußlinie stehst.«

»Ich bin doch keine Idiotin«, sagte sie. »Ich kann dir aus dem Weg gehen.«

Er starrte sie wütend an und schwieg.

Sie sagte: »Und wenn ich dort oben auf dem Turm plötzlich eine Vision habe – etwas Wichtiges. Wie kann ich dir mitteilen, was passieren wird?«

»Ich bin doch hier unten an der Treppe – keine zwanzig Meter von dir entfernt. Wenn nötig, kannst du mich sehr schnell erreichen.«

»Ich weiß nicht...«

»Dann will ich mich klarer ausdrücken«, sagte Max. »Entweder tust du genau, was ich dir sage und gehst hinauf auf die Aussichtsplattform, oder – so wahr mir Gott helfe – ich schlage dich k. o. So leicht ich kann, aber hart genug, daß du eine Weile weg bist. Dann trage ich dich zum Auto und mache Feierabend.«

»So etwas würdest du nicht tun!«

»Bist du sicher?«

Sie wußte, es war keine leere Drohung.

»Ich würde es tun, weil ich dich liebe«, sagte er. »Ich will nicht, daß man dich umbringt.«

»Und ich will nicht, daß man *dich* umbringt.«

»Dann mußt du auf mich hören. Wir haben beide eine bessere Überlebenschance, wenn du bei einer möglichen Schießerei nicht dabei bist und mich ablenkst.«

Sie kämpfte um einen Entschluß. »Wirst du ihn töten?«

»Wenn er mich dazu zwingt, ja.«

»Du mußt ihn töten ohne zu zögern«, sagte sie. »Gib ihm keine Chance. Er ist zu gerissen. Erschieße ihn, sobald du ihn siehst.«

»Dagegen hätte die Polizei wahrscheinlich etwas einzuwenden.«

»Zum Teufel mit der Polizei.«

»Mary, *gehst* du jetzt endlich hinauf? Wir haben nicht viel Zeit. Bleiben wir nun hier oder muß ich dich wegtragen? Es ist allein deine Entscheidung, aber du mußt sie sofort treffen.«

»Also gut«, sagte sie. Sie gab nach, weil ihr seine Argumente zum Teil einleuchteten. Hauptsächlich aber, weil ihr keine andere Wahl blieb.

Mit schnellen Schritten eilten sie zum Turmeingang. Am Fuß der Treppe angelangt, legte er ihr die Hände auf die Schultern. Mary sah zu ihm auf, und sie küßten sich. »Wenn du oben bist«, sagte er, »stehe nicht herum wie ein Tourist und schaue dir die Gegend an. Auch nachts kann man dich von unten sehen. Wenn der Killer dich bemerkt, zieht er sich vielleicht zurück. Du sagst selbst, daß wir ihm früher oder später entgegentreten müssen. Also sollten wir alles tun, die Angelegenheit heute zum Abschluß zu bringen.«

»Wer nimmt die Taschenlampe?« fragte sie.

»Behalte du sie.«

Mary war sichtlich erleichtert, sagte jedoch: »Dann bist du hier unten allein im Dunkeln... mit ihm.«

»Wenn ich Licht mache, sobald ich ihn kommen höre«, sagte Max, »biete ich ihm nur ein gutes Ziel. Dagegen wird er – wenn er nicht ahnt, daß ich auf ihn warte – kaum ohne Taschenlampe in einem stockdunkeln Gebäude herumtapsen. Dann sehe ich ihn in seinem eigenen Licht.«

Sie küßte ihn noch mal, wandte sich ab und stieg allein die Treppen hinauf.

Oben angelangt, schaltete sie die Taschenlampe aus. Sie stand in dem beißenden Wind und blickte einen Moment lang auf die Prozession der bunt beleuchteten Boote hinunter. Dann folgte sie Max' Rat und setzte sich auf den Boden, mit dem Rücken an die hüfthohe Balustrade, welche die Plattform umgab.

Dunkelheit. Ein wenig Licht. Nicht viel.

Jetzt war sie allein. Ganz allein.

Allein? Sie verwarf den Gedanken, Max war ja in der Nähe.

Der Wind fegte durch den Glockenstuhl wie das Wimmern einer menschlichen Stimme.

Sie kuschelte sich in ihren Ledermantel und wünschte, sie hätte einen Pullover mitgenommen.

Bald würde es regnen. Es lag in der Luft.

Sie drückte auf den Knopf an ihrer Digitaluhr. Das Zifferblatt leuchtete rot auf.

Die Augen. Mit einmal kam ihr die Erinnerung an ein Paar leuchtende, rötliche Augen in Berton Mitchells Haus. Das dazugehörige Gesicht konnte sie nicht sehen. Nur die Augen... und die flatternden Flügel... die Flügel, die sie überall berührten... und die ganze Zeit die Augen, wild, unmenschlich.

Dann erinnerte sie sich an noch etwas: Mit plötzlichem Schock vernahm sie eine Stimme, leise flüsternd – eindringlich: *»Ich bin ein Dämon – ein Vampir. Ich trinke Blut.«*

Jemand hatte vor vierundzwanzig Jahren in Mitchells Haus diese Worte gesprochen.

Aber wer? Berton Mitchell selbst? Wer sonst konnte es gewesen sein?

So sehr sie sich auch bemühte, gelang es ihr nicht, die verschwommene Erinnerung aufzufrischen und eine klare Vision zu erhalten. Das geheimnisvolle Gesicht des Wesens, das diese Worte gesprochen hatte, blieb unerkennbar im Schatten.

Doch die innere Stimme wurde immer lauter. Sie schwoll an und donnerte ihr in den Ohren, obgleich sie weiter im Flüsterton sprach. Die gemeinen Worte kamen schneller und immer schneller und erschütterten sie: *»Ich bin ein Dämon und ein Vampir. Das Blut schmeckt mir! Ich bin ein Dämon und ein Vampir! Das Blut schmeckt mir. Ich bin ein Dämon und ein Vampir...«*

»Hör auf«, rief sie.

Sie hielt sich die Ohren zu und versuchte mit aller Willenskraft die Stimme auszuschließen. Allmählich wurde sie leiser und verschwand dann ganz. Benommen sackte Mary zusammen.

»Es wird alles gut«, wisperte sie vor sich hin. »Mir wird nichts passieren. Keiner wird sterben. Heute nimmt alles ein Ende. Dann ist alles wieder gut.«

Langsam kehrte sie in die Wirklichkeit zurück: Wind, Kälte, Dunkelheit.

Abgelenkt durch die schrecklichen Augen, hatte sie beim vorigen Mal, als sie auf die Uhr schaute, die Zeit nicht beachtet. Jetzt drückte sie noch mal den Knopf und blickte auf das aufleuchtende Zifferblatt.

Sieben Uhr vierundzwanzig.

Noch sechs Minuten.

Schwarze Gewitterwolken, die an den ausgefransten Rändern silbrig phosphoreszierten, segelten lautlos ostwärts. Der Himmel war minutenlang still gewesen, doch jetzt donnerte und blitzte es wieder.

Der Wind fegte ein Stück Papier vom Gehsteig, heftete es für mehrere Sekunden an die Windschutzscheibe des Mercedes und riß es wieder ab.

Lou rutschte unruhig auf seinem Sitz herum, lehnte sich über das Lenkrad und versuchte, in der Dunkelheit, die den Pavillon umgab, etwas zu erkennen. Je länger er in die Nacht starrte, um so mehr tanzende Schatten glaubte er zu sehen. Seine Fantasie täuschte ihm hundert Dinge vor, die es nicht gab. Er war nicht zum Wachtposten geschaffen. Dazu fehlte ihm die Geduld. Er blickte auf die Uhr.

Sieben Uhr neunundzwanzig.

Jemand klopfte dreimal laut an die Fensterscheibe. Wenige Zentimeter von seinem Kopf.

Er fuhr herum.

Ein wohlbekanntes Gesicht lächelte ihn an.

Verwirrt und etwas peinlich berührt, weil ihm die Angst anzusehen war, sagte Lou: »Du hast mich erschreckt.« Er machte die Tür auf und stieg aus dem Wagen. »Was tust du denn hier?«

Als er das Fleischermesser sah, war es zu spät.

In Ocean Hill Lane 440 waren die meisten Fenster im Erdgeschoß erleuchtet, doch niemand kam auf Rudy Holtzmans mehrfaches Läuten hin an die Haustür.

Patmore drückte auf die Klinke und fand die Tür unverschlossen. Er stieß sie auf. Der Wind fegte einen Stapel ungeöffneter Post vom Tisch in der Diele.

Weder dort noch im Wohnzimmer dahinter war jemand zu sehen. Patmore steckte den Kopf durch die Tür und brüllte: »Pasternak! Sind Sie da?«

Keine Antwort.

»Vielleicht ist er tot«, sagte Holtzman.

Da Patmore Zivil trug, nahm er seine silberne Polizeimarke aus der Manteltasche und heftete sie sich an den Aufschlag. Aus der anderen Tasche zog er seinen Dienstrevolver, richtete ihn gegen die Decke und trat ins Haus.

Holtzman, hinter ihm, räusperte sich und sagte: »Wir haben keinen Durchsuchungsbefehl.«

Patmore blickte über die Schulter zu ihm hin und sagte: »Rudy, setzen Sie gefälligst Ihren Arsch in Bewegung und kommen Sie rein.«

Dunkelheit, stickig wie Sirup. Der Geruch von Metall. Stacheldrähte, die sein Inneres zerrissen.

Seine Zunge schmerzte. Er hatte sie sich aufgebissen. Ein metallischer Geschmack.

Er lag auf dem Bauch. Auf dem Asphalt. Neben dem Mercedes. Die Arme von sich gestreckt. Den Kopf auf der Seite. Ein Ohr am Boden, als lausche er.

Er öffnete die Augen – aber nur ein wenig. Vor ihm stand ein Paar Schuhe. Ganz nahe. Gucci Loafers. Die Schuhe drehten sich um und gingen davon. Auf den Pavillon zu. Nach wenigen Sekunden waren sie nicht mehr zu sehen, aber die Schritte waren noch zu hören.

Er versuchte den Kopf zu heben. Es ging nicht.

Er konnte sich nicht erinnern, wie oft man ihm das Messer in den Leib gestochen hatte. Drei- oder viermal. Es hätte schlimmer kommen können. Aber auch so war es schlimm genug. Er lag im Sterben. Keine Kraft mehr. Er verblutete langsam.

Ich bin doch so ein Idiot, dachte er bitter. Wie konnte ich nur so nachlässig sein? Verdammter Narr.

Ich hätte wissen müssen, wer der Killer ist. Von dem Moment an, wo das Ouija-Brett anzeigte, daß die Bootskönigin das nächste Opfer sein würde, hätte ich es wissen müssen. Sie war eine seiner ehemaligen Freundinnen. Er konnte es immer nur ein paar Monate bei einer Frau aushalten. Und jetzt will er eine seiner Verflossenen umbringen. Wahrscheinlich hat er noch andere ermordet. Warum wohl? Spielt doch keine Rolle, warum. Ich hätte es wissen müssen.

Es war, als krochen Tausende von Insekten stechend und beißend in seinem Inneren herum.

Er schloß die Augen und dachte: Ich will nicht sterben. Und ich *werde* nicht sterben.

Dann: Du Narr. Hast du denn die Wahl?

Ein metallischer Geruch. Dunkelheit, stickig wie Sirup.

Sah gar nicht so schlecht aus. Einladend sogar.

Er gab sich der einladenden Dunkelheit hin. Er sank tiefer und tiefer. Weg von dem Schmerz. Weg von allem.

John Patmore blätterte neugierig in dem Notizbuch, das aufgeschlagen neben dem Ouija-Brett auf dem Eßtisch lag. Die linierten Seiten waren in sauberer weiblicher Handschrift ausgefüllt, die, wie er annahm, Mary Bergens Schrift war.

In der Hauptsache hatte sie Fragen und Antworten aufgeschrieben, welche sich auf den Fall bezogen, den sie zu bearbeiten behauptete. Irgendwo in der Mitte war eine Seite, auf die nur fünf Worte gekritzelt waren: *Mary! Renne um dein Leben!*

Die gleiche Beschriftung fand er auf der nächsten Seite und auf der übernächsten. Unter der dritten Warnung waren noch mehr Fragen und Antworten aufgezeichnet:

Wann habe ich diese Warnungen geschrieben?

Ich weiß nicht.

Welchen Sinn ergeben sie?

Ich weiß nicht.

Wovor habe ich solche Angst?

Weiß nicht, weiß nicht, weiß nicht.

Verliere ich den Verstand?

Vielleicht.

Wohin kann ich fliehen?

Nirgendwohin.

Eigenartig.

Das Ganze machte ihn irgendwie nervös.

Auf der anderen Seite des Ouija-Bretts lag ein Schreibblock. Patmore blätterte ihn durch.

A-l-l-e-g-e-s-t-r-i-g-e-n-t-a-g-e

Alle gestrigen Tage.

S-c-h-ö-n

Schön.

D-i-e-l-u-f-t-i-s-t-s-c-h-ö-n.

Die Luft ist schön.

Er blickte auf das Ouija-Brett, dann auf das Dreieck, dann wieder auf den Schreibblock. Er hatte als Kind dieses Spiel mit seiner Mutter gespielt, entsann er sich. Er las sich sämtliche Notizen aufmerksam durch.

Als er fertig war, war ihm klar, daß Erika Larssen genau auf die

Beschreibung der Frau paßte, deren Tod Mary Bergen vorausgesagt hatte. Vielleicht war diese Hellseherei doch kein Schwindel, mußte er widerstrebend zugeben. »Holtzman!«

Rudy Holtzman kam aus einem der Hinterzimmer. »Niemand hier.«

»Max Bergen will die Bootskönigin erschießen.«

Holtzman gaffte ihn erstaunt an. »*Was?* Jenny Canning?«

»Offenbar weiß Mary Bergen gar nicht, daß ihr eigener Mann derjenige ist, den sie verfolgt.« Patmore sah auf die Uhr. »Vielleicht kommen wir schon zu spät.« Er rannte durchs Wohnzimmer und aus der Haustür.

Marie Sanzini.

Der Name fiel Mary unvermittelt ein.

Marie Sanzini.

Marie Sanzini war der Name einer der ermordeten Krankenschwestern in Anaheim – und plötzlich kam er Mary bekannt vor. Sie erinnerte sich an den Namen, wußte aber nicht, wo sie ihn schon mal gehört hatte. Marie Sanzini. Der Name ließ sie nicht mehr los.

Sie schloß die Augen und versuchte, Maries Gesicht zu sehen. Es kam nicht.

Sie drückte auf den Knopf ihrer Digitaluhr.

Sieben Uhr dreiunddreißig.

Noch immer kein Warnzeichen von Lou.

Sollte sich das Fiasko von gestern wiederholen?

In der Stockfinsternis kam sich Max vor wie eingesargt. Dann plötzlich vernahm er, wie die Tür zum Kaffee-Kiosk in ihren rostigen Scharnieren knarrte. Die Pistole in der rechten Hand, schlich er sich vom Turmeingang in die Halle.

Dreißig Meter vor ihm trat ein Mann mit einer Taschenlampe aus dem Gang, wo sich die Verkaufsstände und das Restaurant befanden. Er hatte den Strahl der Taschenlampe vor sich auf den Boden gerichtet und war selbst im Dunkeln.

Er kann nicht über den Parkplatz gekommen sein, dachte Max. Lou hatte kein Hupzeichen gegeben. Wahrscheinlich hatte er sich zwischen den Häusern am Hafen durchgeschlichen und war dann den Gehsteig hinunter gekommen.

Max beschloß abzuwarten, bevor er ihn anrief. Fünfzehn Meter würden ihm genügend Sicherheit und Bewegungsfreiheit geben. Und wenn er auf der anderen Seite ebenfalls fünfzehn Meter vom Gang entfernt ist, dachte sich Max, habe ich genügend Zeit, ein paar Schüsse auf ihn abzugeben, bevor der Dreckskerl in Deckung geht.

Fünfundzwanzig Meter.

Zwanzig.

Fünfzehn.

Der Killer sprach als erster. Ein heiseres Flüstern: *»Max?«* Erschrocken darüber, beim Namen genannt zu werden, trat Max einen Schritt vor. »Wer ist da?«

Der Mann kam vorwärts, immer noch hinter dem Lichtstrahl verborgen.

Dreizehn Meter.

»Wer ist da?« verlangte Max zu wissen.

Wieder das heisere Flüstern: *»Ich bin es. Lou.«*

Zehn Meter.

Max senkte die Waffe. »Lou? Um Gottes willen, es ist doch erst ein paar Minuten nach halb acht. Wir können noch nicht aufgeben.«

Immer noch flüsternd sagte Lou: *»Panne.«*

Sieben Meter.

»Was für eine Panne?« fragte Max. »Was meinst du damit?«

Drei Meter.

Dann erkannte Max, daß es nicht Lou Pasternak war.

Der Killer riß seine Taschenlampe hoch, leuchtete Max ins Gesicht und blendete ihn.

Obgleich Max einen Moment lang nichts sehen konnte, hob er seine Waffe und feuerte. Einmal. Zweimal. Die Schüsse hallten wie Geschützfeuer in dem riesigen leeren Raum mit der hohen Kuppel.

Gleichzeitig mit dem Knall – vielleicht eine Millisekunde davor – flog die Taschenlampe wirbelnd durch die Luft nach rechts.

Ich habe ihn erwischt, dachte Max triumphierend.

Bevor er noch einen weiteren Gedanken fassen konnte, rammte man ihm in der Dunkelheit das Messer in den Leib. Ein Riesenmesser, die Klinge so lang wie ein Spaten. Ein Schmerz, wie er ihn noch nie gespürt hatte, durchzuckte ihn. Er ließ die Pistole fallen. Jetzt wurde ihm klar, daß er den Killer gar nicht getroffen hatte, und daß dieser seine Taschenlampe zur Ablenkung von sich geworfen hatte. Der Killer zog das Messer heraus und stieß wieder zu – tief in den Magen. Max dachte an Mary und an seine Liebe für sie und daran, daß er sie im Stich gelassen hatte. Er griff nach dem Kopf des Killers und bekam ein paar kurze Haare zu fassen. Dabei löste sich der Verband an seiner Hand, und die Wunde platzte auf. Er verfluchte die scharfe Kante seines Wagenhebers, und schon rammte man ihm zum drittenmal das Messer in den Leib. Es tat wahnsinnig weh, und er stolperte rückwärts. Der Killer ließ nicht von ihm ab, hing an ihm und versetzte ihm einen weiteren Stich – diesmal hoch in der Brust. Max sah, daß seine einzige Überlebenschance darin bestand, sich tot zu stellen, und ließ sich zu Boden fallen. Er fiel hart. Der Mann hob seine Taschenlampe auf und leuchtete ihn an. Max lag ganz still. Der Mann stand über ihm und trat ihm in die Rippen. Max wollte aufschreien, beherrschte sich aber. Er hielt den Atem an und machte keine Bewegung. Der Mann wandte sich von ihm ab und ging auf den Turmeingang zu. Max hörte seine Schritte auf der Treppe und kam sich elend und nutzlos vor. Er wußte, daß er nicht imstande war, seine Pistole aufzuheben und Mary zu Hilfe zu kommen. Das gab es nur im Kino. Er lag blutend da wie eine ausgequetschte Frucht. Er sagte sich, daß er Mary um jeden Preis helfen mußte, daß er nicht sterben würde, obgleich es ganz so aussah, als ob er dem Tod nicht entgehen würde.

Mary stand auf, als sie die Schüsse hörte. Sie ging an die Treppe und hörte, wie jemand heraufkam.

»Max?«

Keine Antwort.

»Max?«

Nur Schritte.

Sie ging rückwärts, bis sie mit dem Gesäß an die Balustrade anstieß

Wicka-Wicka-Wicka!

Marie Sanzini.

Sie sah Maries Gesicht vor sich und erkannte es.

Rochelle Drake. Sie kannte auch Rochelle.

Erika Larsson. So hieß die kraushaarige Blondine, die zarte, ätherische Frau, die ihr bei Lou im Badezimmerspiegel erschienen war.

Mary hatte es die ganze Zeit über gewußt, aber das Wissen im Unterbewußtsein vergraben. Wenn sie noch mehr wissen wollte, lag die Antwort vor ihr. Hier und jetzt. Aber sie wollte sich der Wahrheit immer noch nicht erschließen. Sie *konnte* es nicht.

Jemand kam langsam die Treppe hinauf.

»Nein«, rief sie verzweifelt. Sie preßte sich an die Balustrade, die Augen starr auf den Ausgang des Treppenhauses gerichtet. »Ich will es nicht wissen!« Ihre Stimme klang schrill und überschlug sich. »O Gott! Nein! Bitte!«

Ein Blitz zerschlitzte den Himmel. Donner rollte. Endlich brach der Sturm los. Vereinzelte Regentropfen fühlten vor, dann kam der Wolkenbruch vom Meer herein und ergoß sich in voller Stärke.

Der Wind peitschte den Regen unter das Vordach des Glockenstuhls. In dicken Tropfen trommelte der Regen auf Marys Ledermantel und durchnäßte ihr langes schwarzes Haar. Es machte ihr nichts aus, naß zu werden. Das einzige, was sie beschäftigte, war die ferne Vergangenheit, die gegen ihren Willen auf sie zukam:

Das Wohnzimmer in Berton Mitchells Haus. Die Fenster fast bis zum Sims verhängt. Spitzengardinen. Das graue Licht eines bewölkten Nachmittags. Schattige Winkel. Mattgelbe Wände. Ein dunkelbraunes Sofa mit zwei dick gepolsterten Armsesseln. Holzfußboden, Fleckerlteppiche.

Ein sechsjähriges Mädchen liegt auf dem Fußboden. Langes schwarzes Haar, Zöpfchen, Schleife. Beigefarbenes Kleid mit grünem Besatz und Knöpfen. Das kleine Mädchen bin ich. Auf dem Rücken liegend. Benommen, verwirrt. Eine Seite von meinem Gesicht tut sehr weh. Mein Hinterkopf auch. Warum hat er das mit mir gemacht? Meine Beine kann ich nicht bewegen. Jedes meiner Fußgelenke ist an ein anderes Sesselbein gebunden. Meine Arme hinter mir ausgestreckt. Meine Handgelenke sind ebenfalls an ein Sesselbein gebunden. Kann mich nicht bewegen. Ich versuche den Kopf zu heben und mich umzusehen. Geht nicht.

Vielleicht kommt Mrs. Mitchell und bindet mich los. Nein. Sie ist weggefahren. Mat Barry. Verwandte besuchen. Mr. Mitchell ist die Hecken trimmen gegangen.

Angst. Große Angst.

Schritte... Nur er. Nichts zu befürchten. Nur er. Aber was will er? Was macht er da?

Er kniet sich neben mich hin. In den Händen hält er ein Kissen... Ein großes Federkissen... Er stößt es... mir ins Gesicht... Drückt ganz fest. Das ist kein schönes Spiel... Überhaupt nicht. Das ist schlimm... Da bekommt man Angst. Kein Licht... Keine Luft... Ich schreie... Aber das Kissen erstickt meine Stimme. Kann nicht atmen... Bekomme nur Stoff in den Mund. Ich versuche mich loszureißen. Papi, hilf mir doch. Und dann zieht er das Kissen weg. Er kichert. Ich schnappe nach Luft und weine. Da stopft er mir das Kissen wieder ins Gesicht. Ich weine und schreie und beiße. Er kichert, während er mich quält. Ich ersticke fast. Endlich hat er genug von diesem Spiel und wirft das Kissen weg.

Aber das schlimmste kommt erst noch.

Er nimmt meinen Kopf in beide Hände... Finger wie eiserne Krallen. Der Schmerz in meinem Hinterkopf wird unerträglich. Er drückt meinen Kopf zur Seite... legt sich auf mich... zischt wie eine Schlange... sein Mund ist auf meinem Hals... er nimmt ein Stück Haut zwischen die Zähne, beißt hart zu... beißt es ab... schluckt. Ich schreie vor Schmerz auf... wehre mich... aber die Fesseln halten. Er legt den Mund auf die kleine Wunde an meinem Hals... lutscht... saugt das Blut! Als er endlich von mir abläßt, sehe ich wie er grinst. Sein Mund und seine Zähne sind blutverschmiert.

Er ist erst neun Jahre alt, drei Jahre älter als ich... Aber sein Gesicht ist haßverzerrt, wie das eines Erwachsenen.

Schluchzend frage ich: »Was tust du?«

Er beugt sich ganz dicht über mich. Sein Atem stinkt.

»Ich bin ein Dämon und ein Vampir«, sagt Alan mit kindlichem Ernst. »Mir schmeckt das Blut.«

»Ahhhhh«, entfuhr es Mary, wie nach einer enormen Anstrengung.

Der Strahl einer Taschenlampe am Ende der Turmtreppe schwang suchend hin und her.

Alan trat auf die Plattform hinaus.

Er leuchtete sie an, aber nicht in die Augen.

Sie starrten einander an.

Dann grinste er und sagte: »Na, Schwesterchen?«

Ich liege immer noch gefesselt am Boden.

Alan kommt zurück... Er trägt Handschuhe... und eine Schachtel mit einem Drahtgitter. Er faßt hinein und zieht ein kleines Tier heraus, dessen Kopf aus seiner Faust herausragt... mit glänzenden Augen... eine Fledermaus... eine kleine braune Fledermaus... eine von denen, die zu Hunderten im Dachstuhl des Herrenhauses sitzen... Sie scheint keine Angst vor Alan zu haben... erscheint fast zahm.

Er darf sich keine Fledermäuse als Haustiere halten. Sie sind schmutzig, hat Papa gesagt. Er hat es ihm verboten.

Er wechselt seinen Griff... faßt die Fledermaus mit beiden Händen um den Leib und läßt die Flügel frei. Sie flattert. Wicka-Wicka-Wicka! Er hält sie ein paar Zentimeter über meinen Kopf... Dann ganz dicht heran, daß sie mir direkt in die Augen starrt... Ich flehe ihn an, mich loszubinden... die Fledermaus wegzunehmen... sie wieder in die Schachtel zu stecken. Die flatternden Flügel schlagen mir ins Gesicht. Wicka-Wicka-Wicka!

Es donnerte heftig. Vergangenheit und Gegenwart flossen ineinander, als die Erinnerungen über sie herfielen. Sie hatte nicht die Kraft, Alan anzusprechen – Worte zu formulieren.

Alan legte die Taschenlampe auf den Fußboden dicht an der Wand, wo der Regen nicht hinkam, ohne sie auszuschalten. Er hatte ein Gewehr über die Schulter geschlungen. Jetzt streifte er den Trageriemen ab und stellte das Gewehr ebenfalls auf den Boden. Das Fleischermesser hielt er in der Hand. Er hob die Taschenlampe auf und richtete den Lichtstrahl nach oben unter das spitze Dach des Glockenstuhls. »Schau mal, Mary. Schau nach oben. Na los, mach schon. Das solltest du sehen. Schau hin!«

Sie blickte auf und fuhr zurück. Nicht weit. Sie hatte die Balustrade im Rücken und konnte nicht davonlaufen.

»Zur Zeit sind sie nicht alle hier«, sagte Alan. »Viele sind auf der Jagd. Aber die meisten sind heute hiergeblieben – wegen des Regens. Siehst du sie, Mary? Siehst du die Fledermäuse?«

Ich bin erst sechs Jahre alt und liege mit gespreizten Beinen am Boden. Alan hält die Fledermaus in beiden Händen. Er steckt sie mir unters Kleid zwischen die Beine. Sie kreischt auf. Ich schluchze und flehe ihn an. Er schwitzt. Er ist ganz blaß. Seine Lippen zittern. Er sieht nicht aus wie ein neunjähriger Junge – sondern richtig dämonisch.

Die Flügelspitzen der Fledermaus kitzeln meine nackten Schenkel.

Erst kitzelt es... dann kratzt es schmerzhaft.

Ich weine und schreie und spucke, und die Fledermaus kreischt, und Alan hat größte Mühe, sie festzuhalten.

Die Erinnerungen bereiteten ihr sowohl seelische als auch physische Qualen. Vierundzwanzig Jahre hatte sie sie gewaltsam von sich gestoßen, bis sie jetzt eine unheimliche Macht über sie besaßen. Es war wie ein Faustschlag. Ihr ganzer Körper schmerzte. Sie versuchte verzweifelt, ihren Brechreiz zu beherrschen. Die Knie wurden ihr weich. Sie weinte vor sich hin.

Alan legte die Taschenlampe wieder auf den Boden und nahm das Messer von der linken in die rechte Hand.

Richard Lingards Messer.

Max hatte recht gehabt. Es war kein Geist, der es aufgehoben hatte. Sie hatte sich geweigert, die Wahrheit zu akzeptieren. Sie wäre nicht damit fertig geworden. Darum hatte sie sich eingeredet, daß das Verschwinden des Messers das Werk übernatürlicher Kräfte war.

»Ich habe Max erstochen«, sagte Alan.

Sie glaubte ihm, wollte aber jetzt nicht daran denken. Die Tränen, die Trauer mußte sie auf später verschieben – falls sie dann noch am Leben sein sollte.

Die Aussichtsplattform war drei Meter breit. Weniger als drei Meter nasser Holzfußboden lagen zwischen ihnen.

Er sprach leise. Nicht viel lauter, als das Rauschen des Regens. »Ich bin froh, daß ich gekommen bin. Es ist an der Zeit, das zu Ende zu führen, was ich vor vierundzwanzig Jahren begonnen habe.«

Das Ouija-Brett hatte auf die Frage, wo der Killer wohnte, geantwortet: *Die Luft ist schön.* Damit war ›Bel Air‹ gemeint, was soviel wie ›Schöne Luft‹ bedeutete.

Warum hatte ich das nicht gleich begriffen?

Weil sie es nicht begreifen wollte.

Die feuchte Wand reflektierte das Licht von Alans Taschenlampe und warf einen fahlen Schein auf sein Gesicht, auf dem Nase, Kinn und Backenknochen schattenhaft hervortraten. Er war nicht mehr der gutaussehende junge Mann. Sein Gesicht erinnerte an die bemalte Fratze eines afrikanischen Medizinmannes. Er hielt das Messer vor sich ausgestreckt, kam aber nicht näher.

»Ich *wußte,* du würdest heute kommen. Wir stehen uns so nahe, Mary. So nahe, wie zwei Menschen nur sein können. Was uns bindet, ist nicht nur das gleiche Blut, sondern auch gemeinsame Schmerzen. Ich habe sie dir zugefügt, und du hast sie erlitten. Der Schmerz verbindet uns. Er ist ein stärkeres Bindemittel als Liebe. Liebe ist ein abstrakter Begriff, sinnlos und unwirklich. Aber Schmerz ist Wirklichkeit. Wir standen uns so nahe, daß ich auch von weitem mit dir Verbindung aufnehmen konnte, ohne gesprochene Worte. So habe ich dich gezwungen herzukommen und mich zu verfolgen. Seit vorigen Montag habe ich jeden Tag meditiert und mich in eine leichte Trance versetzt. Dabei habe ich dir meine Gedanken übertragen – Gedanken an die Morde, die ich begehen wollte. Damit wollte ich dir hellseherische Visionen vermitteln. Es hat ganz gut funktioniert, meinst du nicht?«

Kein Zweifel – er war auf gefährliche Weise geistesgestört, und doch war sein Verhalten ruhig und kühl, seine Worte gemessen und klar.

»Hat es nicht gut funktioniert, Mary?«

»Ja.«

Er schien sich zu freuen. »Ich habe Lous Haus beobachtet, und als du dort ankamst, wußte ich, daß du hinter mir her warst.«

Ein besonders starker Windstoß machte sie schwanken und ließ den Regen mit voller Wucht aufs Dach prasseln.

Er tat einen Schritt auf sie zu.

»Bleib da, wo du bist«, rief sie entsetzt.

Er gehorchte. Nicht, weil er plötzlich Mitleid mit ihr hatte. Natürlich hatte er auch keine Angst vor ihr. Er hielt an, weil er sich an ihrem Schrecken weiden wollte. Dann würde er sie ganz langsam umbringen.

Wenn sie auf ihn einging, konnte sie Minuten gewinnen, vielleicht sogar Gelegenheit zur Flucht finden. »Wenn du mich ermorden wolltest, hättest du es doch Montagabend im Hotel tun können, bevor Max zurückkam.«

»Das war mir zu einfach. Es machte mir mehr Spaß, dir nachzustellen.«

»Spaß? Macht Töten Spaß?«

»Es ist herrlich.«

»Du bist wahnsinnig.«

»Nein«, sagte er gelassen. »Ich bin ein Jäger. Und alle anderen sind Wildbret für mich. Ich bin zum Töten geboren. Es ist mein Lebenszweck. Daran besteht kein Zweifel. Ich habe immer schon getötet – mein ganzes Leben. Mit Insekten hat es angefangen.«

Jetzt erinnerte sie sich: Sie war ungefähr vier Jahre alt gewesen und Alan sieben. Er hatte eine Gottesanbeterin in ein Einmachglas getan, sie mit Spiritus übergossen und angezündet. Jahrelang hatte er Insekten gefangen, nur um sie mit Chemikalien, Rasiermessern, Nadeln und Feuer zu Tode zu foltern.

»Also warst *du* derjenige, der unsere Hunde und Katzen getötet hat«, sagte sie.

»Und die anderen Tiere auch.«

»Und Barry Mitchell hatte nichts damit zu tun?«

Er zuckte mit den Schultern. »Ich hatte die Insekten satt.«

Er tat einen Schritt vorwärts.

»Stop!«

Grinsend hielt er an.

Erst heute früh hatte sie Max ihre Theorie erklärt, daß das Böse im Menschen nicht immer angenommen und durch das Beispiel anderer erlernt war. Fast alle gebildeten Menschen waren fest davon überzeugt, daß die Gewaltakte antisozialer Typen ausnahmslos auf äußere Einflüsse zurückzuführen waren: Armut, zerstörte Ehen, Kindheitstraumen, elterliche Vernachlässigung oder falsche Erziehung. Soziologen vertraten den Standpunkt, daß es in erster Linie eine fehlerhafte und ungerechte Gesellschaftsordnung war, die Verbrecher gebar. Die meisten Psychologen glaubten fest an die Unfehlbarkeit von Freud oder Jung, deren Theorien auf jeden Fall von Neurose oder Psychose anzuwenden waren. Aber war es nicht möglich, daß manche Menschen von Geburt an böse waren? Noch bevor äußere Einflüsse sie korrumpierten? War das eine mittelalterliche, reaktionäre Idee? Sie hatte viel über den sogenannten XYY-Mann gelesen, den genetisch vorprogrammierten kriminellen Typ, der in den letzten Jahren die Forschung beschäftigt hatte. Vielleicht waren manche Menschen von Geburt an weniger zivilisiert als andere. Aus genetischen oder anderen Gründen, die noch nicht erforscht waren.

Es war eine gefährliche Theorie, die sehr leicht falsch interpretiert werden konnte. Dann würden Rassisten jeder von ihnen gehaßten ethnischen Minorität genetische Minderwertigkeit bescheinigen. Wenn es wirklich Menschen gab, die mit einem natürlichen Hang zum Bösen geboren waren, so waren sie gleichmäßig unter allen Rassen, Religionen und Nationalitäten verteilt.

Zum Bösen geboren.

Eine böse Saat.

Sie blickte Alan an und erkannte was er war: Ein besonderes Wesen. Gleichzeitig übermenschlich und unmenschlich.

Eine Fledermaus kam aus dem Regen unter das schützende Dach geflogen. Das Geflatter der lederartigen Flügel ließ Mary erschaudern.

Wicka-Wicka-Wicka!

»Ich wollte dich hier bei Kimball treffen«, sagte Alan, »weil es in den anderen Türmen keine Fledermäuse gibt. Damit du dich daran erinnerst, was vor vierundzwanzig Jahren war.«

Alan holte die Fledermaus zwischen ihren Beinen hervor. Sie ist tot, ihr Genick gebrochen. Alan wirft die Fledermaus in die Schachtel zurück und wendet sich von ihr ab. Sie hat keine Kraft mehr zu schreien, und er fängt an, sie mit Fäusten zu schlagen. Auf den Bauch, auf die Brust, in den Nakken, ins Gesicht ... Dann Dunkelheit. Als sie wieder zu sich kommt, steht er über ihr mit einem Messer aus Mitchells Küche und sticht sie in den Arm und in die Seite. Das Messer, o Gott, das Messer.

Saubere Stiche. Rein und wieder raus. Sauber und schnell. Nichts aufgerissen. Keine langen, häßlichen Schnitte.

Max tastete seine blutenden Wunden mit den Fingern ab. Es gab kein größeres Loch, durch das die Gedärme herausrutschen konnten.

Dafür wenigstens sollte er dankbar sein.

Er verlor viel Blut. Seine Kleidung und seine Hände waren blutverschmiert, und auf dem Fußboden unter ihm formte sich eine warme, klebrige Lache. Aber in der Dunkelheit sah es wahrscheinlich schlimmer aus, als es war. Es fühlte sich an, als hätte er literweise Blut vergossen.

Nachdem die Schritte auf der Treppe verklungen waren, wartete er ein paar Minuten ab und richtete sich dann auf Hände und Knie auf. Der Schmerz war lähmend, als wenn in jeder seiner Wunden noch ein Messer steckte.

Nur das Atmen bereitete ihm keine übermäßigen Beschwerden. Ein Zeichen, daß die Lunge nicht verletzt war.

Auch dafür mußte er dankbar sein.

Mühsam und heftig blutend kroch er erst nach links, dann nach rechts, auf der Suche nach seiner verlorenen Pistole. Er hatte Glück und fand sie nach wenigen Minuten.

Er kroch weiter bis zur nächsten Wand, stützte sich mit der Hand ab und kam, trotz der Schmerzen, die ihn bei jeder Bewegung wie elektrische Schläge durchzuckten, auf die Füße zu stehen.

Aber die Treppe konnte er unmöglich ersteigen. Er war kaum imstande, sich auf ebenem Boden vorwärts zu bewegen. Die Treppe würde ihn umbringen. Und falls er wie durch ein Wunder doch hinaufkäme, würde er dabei soviel Lärm machen, daß der Killer aufmerksam werden und ihn in aller Ruhe über den Haufen schießen würde.

Alles, was er tun konnte, war Hilfe herbeirufen. Er mußte zurück zum Parkplatz. Zum Auto. Auf schnellstem Wege. Lou Bescheid sagen.

In dem Bewußtsein, daß jede weitere Minute Mary das Leben kosten konnte, arbeitete er sich in der Dunkelheit vorwärts so schnell er konnte. Trotz seiner Benommenheit fand er instinktiv den Gang zum Kiosk. Jeder Schritt war eine Qual. Es kam ihm vor, als hätte er schon Kilometer zurückgelegt. Vielleicht ging er überhaupt im Kreis herum.

Er war schon fast im Begriff aufzugeben, als er auf einen Gang kam, der etwas weniger dunkel war als das Innere der Halle. Ein kaum vorhandener grauer Schimmer von den Lichtern der Prozession im Hafen drang durch die Fenster der Cafeteria und ließ ihn Umrisse erkennen.

Die Hand an den Leib gepreßt, wie um seine Wunden geschlossen zu halten, schlurfte er den Gang hinunter. Vor dem Fenster, durch das er mit Mary eingestiegen war, sank er in die Knie. Das Fenster war zu. Er hatte es selbst geschlossen. Es fehlte ihm die Kraft, es zu öffnen.

Die Liebe zu Mary muß die Kraft geben, sagte er sich. Was wärest du oder hättest du ohne sie? Nichts.

Draußen fuhren die Blitze vom Himmel und ließen die Regentropfen, die an der Scheibe herunterliefen, wie Eispartikel erscheinen.

Polizeichef John Patmore beugte sich im strömenden Regen über Lou Pasternak und drehte ihn auf den Rücken. Im Licht seiner Taschenlampe betrachtete er sein Gesicht und seine blutdurchtränkte Kleidung. »Bergen hat ihn erwischt. Hat ihn erstochen.«

»Ist er tot?« fragte Holtzman.

Der Chef nahm Lous kaltes, schlaffes Handgelenk und fühlte nach dem Puls. »Sieht so aus. Bestelle aber auf jeden Fall den Notarztwagen. Vielleicht finden wir noch ein paar.«

Holtzman rannte zum Streifenwagen.

Jetzt trennte sie nur noch gute zwei Meter von Alan. Sie mußte ihn am Reden halten. Sobald er das Interesse an der Unterhaltung verlor, würde er mit dem Fleischermesser auf sie losgehen. Und auch wenn sie sterben mußte, wollte sie vorher noch einiges in Erfahrung bringen.

»Also hat mich Berton Mitchell nie berührt«, sagte sie.

»Kein einziges Mal.«

»Und ich habe einen unschuldigen Menschen ins Gefängnis geschickt.«

Alan nickte lächelnd, als habe sie ihm ein Kompliment gemacht.

»Und ich bin an seinem Selbstmord schuld.«

»Schade, daß ich nicht zusehen konnte, wie er baumelte.«

»Und ich habe Schande über seine Familie gebracht.«

Alan lachte.

»Aber warum habe ich das getan?« fragte sie. »Warum habe ich *ihn* angeklagt, wo *du* es doch warst.«

»Du warst vier Tage auf der Intensivstation im Krankenhaus«, sagte Alan. »Als du außer Gefecht warst und nicht mehr an die Apparate angeschlossen, legte man dich auf ein Einzelzimmer.«

»Ja, ich erinnere mich.«

»Vater und ich wohnten praktisch dort. Sogar Mutter kroch alle zwei Tage oder so aus ihrer Flasche heraus, um dich zu besuchen. Und ich spielte den o-so-besorgten großen Bruder. Es war rührend, wie sich der Neunjährige um sein Schwesterchen kümmerte.«

»Ja, die Krankenschwestern hielten dich alle für sehr nett.«

»Aber ich war sehr oft allein mit dir. Manchmal nur ein paar Minuten, manchmal fast eine Stunde.«

Noch eine Fledermaus flüchtete vor dem Sturm in den Schutz des Gebälks.

Alan sagte: »Deine Lippen und dein Gaumen waren so geschwollen und voll mit Klammern und Nähten, daß du acht Tage lang nicht sprechen konntest. Aber du konntest zuhören. Du warst fast die ganze Zeit bei Bewußtsein. Und wenn ich mit dir allein war, habe ich dir immer wieder eingeprägt, was ich mit dir anstellen würde, wenn du mich verpetzt. Daß ich dich von Fledermäusen zerreißen lassen würde.« Er grinste hämisch. »Ich habe dir gesagt, ich würde dich zwingen, die Viecher lebend aufzuessen, ihnen die Köpfe abzubeißen und sie herunterzuschlucken, wenn du auch nur ein Sterbenswörtchen verlauten ließest. Und ich sagte dir, du müßtest Berton Mitchell alles in die Schuhe schieben, sonst würde es dir schlimm ergehen.«

Mary zitterte am ganzen Körper. Sie mußte sich beherrschen, sagte sie sich, und eine Gelegenheit zur Flucht finden. Aber das Zittern wollte nicht aufhören, so sehr sie sich auch bemühte.

»Dann passierte etwas ganz Komisches«, sagte Alan. »Du hattest nicht nur allen erzählt, daß es Mitchell war, der dir das angetan hatte, aber du *glaubtest es selbst*. Die Sache war noch besser gelaufen, als ich gedacht hatte. Ich kam mir vor wie ein Zauberer. Du glaubtest tatsächlich, es sei *wirklich* Berton Mitchell gewesen. Du konntest die Wahrheit nicht akzeptieren, weil du sonst nicht imstande gewesen wärest, mit mir unter einem Dach zu wohnen nach allem, was geschehen war. Darum hast du dir selbst suggeriert, daß ich dir nichts getan hatte, daß ich dein Freund war und der wahre Übeltäter Berton Mitchell hieß.«

»Aber warum?« fragte sie mit zitternder Stimme. »Warum hast du mir wehgetan?«

»Eigentlich wollte ich dich töten. Ich dachte, du wärest schon tot, als ich aus dem Haus ging.«

»Warum wolltest du mich denn töten?«

»Aus Spaß.«

»Ist das alles? Nur aus Spaß?«

»Ich haßte dich«, sagte er.

»Was hatte ich dir denn getan?«

»Nichts.«

»Warum hast du mich dann gehaßt?«

»Ich hasse alle.«

Ein Blitz.

Ein Windstoß.

»Hast du Mitchells Familie umgebracht?«

»War doch eine gute Idee, die ganze Familie hoppsgehen zu lassen.«

»Warum nur? Hat dir das auch ›Spaß‹ gemacht?«

»Du hättest mal sehen sollen, wie das Haus abbrannte.«

»Mein Gott, du warst doch damals erst vierzehn.«

»Alt genug zum Töten«, sagte er. »Dich hatte ich ja schon fünf Jahre früher zu töten versucht. Und als ich glaubte, du wärest schon tot...«

Er trat noch näher an sie heran.

Seine Schuhe machten ein quatschendes Geräusch auf dem nassen Fußboden.

Verzweifelt versuchte sie, ihn wieder zum Sprechen zu bringen. »Du hast Patty Spooner doch auch umgebracht. Nicht wahr, Alan?«

»Das war ein Miststück.«

»Nein. Ein reizendes Mädchen.«

»Ein verdammtes Miststück.«

»Warum hast du den Altar geschändet?«

Die Frage schien ihn zu interessieren. »Ja... in dieser Kirche... das war mal was anderes. Etwas Besonderes. In dieser Nacht wurde mir klar, daß ich wirklich ein Dämon und ein Vampir war. Ich war dazu berufen, alles Gute und alles Heilige zu zerstören.«

»Du hast Marie Sanzini umgebracht.«

»Und auch ihre drei Zimmernachbarinnen.«

»Aber du hast Marie doch einmal geliebt.«

»Nein. Ich bin nur mit ihr ausgegangen.«

»Aber warum mußtest du sie ermorden?«

»Warum nicht?«

»Und Rochelle Drake hast du auch ermordet.«

»Erzähle mir nur nicht, daß ich die auch liebte.«

»Das hast du einmal gesagt.«

»Es war eine Lüge. Ich liebe keine.«

»Warum hast du den Friseur und seine Frau umgebracht?«

»Sie waren mir im Weg.«

Eine Schiffssirene heulte auf dem Wasser.

»Dann hast du Erika Larssen ermordet... und jetzt willst du die Bootskönigin erschießen.«

Er blickte zu den erleuchteten Booten hinüber, die langsam durch die verregnete Bucht zogen. »Der Sturm wird alle vom Deck vertrieben haben. Um die muß ich mich ein andermal kümmern.«

»Aber was bedeutet sie dir?«

»Weißt du nicht, wer sie ist? Jenny Canning.«

»Oh, nein! Nicht die. Sie ist so ein liebes Ding. Sie darf nicht sterben.«

»Nur eines meiner letzten Betthäschen. Wildbret, so wie die anderen.« Er hatte genug von der Unterhaltung. Er blickte auf die Klinge in seiner Hand und leckte sich die Lippen.

»Deine Frauen verlassen dich immer«, sagte Mary.

»Oder ich verlasse sie.«

»Warum kannst du keine von ihnen halten?«

»Sex«, sagte er. »Alle wollen sie Zärtlichkeit. Länger als ein paar Wochen oder Monate kann ich nicht zärtlich sein.«

»Was meinst du damit?«

»Ich mag rauhen Sex«, sagte er fast knurrend. »Je rauher, um so besser. Nach einer Weile, wenn ein neuer Körper... ein neues Mädchen... seine Anziehungskraft verliert, kann ich nur zum Höhepunkt kommen, wenn ich ihnen Schmerzen bereite. Und das stößt sie ab. Das... und die anderen Dinge.«

»Was für andere Dinge?« fragte sie.

»Sie wollen mich nicht ihr Blut trinken lassen.«

Entsetzt starrte sie ihn an.

»Ab und zu brauche ich Sex... und dann will ich ihr Blut trinken.«

Erschüttert schloß sie die Augen.

Sie hörte seine Bewegung und riß die Augen auf.

Er trat zwei Schritte vorwärts und war weniger als eine Messerlänge von ihr entfernt.

Max ließ sich von dem meterhohen Fenstersims auf den Gehsteig fallen. Es erschien ihm wie ein tiefer Fall, bei dem er sich immer wieder überschlug. Der Schmerz wallte in ihm auf, und einen Augenblick lang kam er in Versuchung, sich der lockenden Bewußtlosigkeit hinzugeben. Dann dachte er an Mary und seine Liebe für sie, die er jetzt in physische Kraft umsetzen mußte. Irgendwie bemeisterte er seine Schmerzen und kam auf die Beine.

Er hielt die Pistole immer noch in der linken Hand. Sie fühlte sich wahnsinnig schwer an. Er wollte sie fallen lassen, bekam aber die Hand nicht auf. Seine verkrampften Finger umklammerten den Griff und waren unbeweglich. Schwankend blickte er auf die Prozession der geschmückten Boote und dachte, wie hübsch sie doch aussahen. Dann erinnerte er sich, daß er nicht hier war, um die Prozession anzusehen. Still vor sich hin fluchend, schlurfte er den Gehsteig hinunter. Jeder seiner unsicheren Schritte war ein Abenteuer, jeder zurückgelegte Meter ein Triumph.

An der Ecke des Pavillons bemerkte er in einer Entfernung von etwa hundert Metern zwei Männer, mit Taschenlampen, die auf ihn zu kamen.

Lou und wer noch?

Er versuchte zu schreien.

Seine Stimme versagte.

Alans Augen schienen ein inneres Licht zu besitzen. Er hatte blaue Augen, wie sie, aber es war ein eigenartiges, durchdringendes Blau. Augen wie die Klinge des Messers in seiner Hand – scharf, kalt und tödlich.

»Wie viele Menschen hast du schon umgebracht?«

Er gab keine Antwort.

Er hob die linke Hand, berührte mit eisigen Fingerspitzen ihre Schläfe und fühlte den pochenden Puls. Er ließ seine Finger über ihr Kinn gleiten und berührte dann ihre Lippen.

Zitternd sagte sie: »Du hast mehr als fünfunddreißig Menschen ermordet, nicht wahr?«

»Woher willst du das wissen?«

»Wenn du im Laufe der Jahre so viele Menschen umgebracht hast, wie kommt es, daß ich dir nicht schon früher nachgestellt habe?«

»Man hat dich mehrmals ersucht, Morde aufzudecken, die ich begangen hatte«, sagte Alan. »Aber du hast dich geweigert, weil ich dir davon abriet und du auf mich hörtest. Wahrscheinlich hast du schon die Wahrheit vermutet, wolltest sie aber nicht erkennen.«

»Du hast versucht mich zu töten, als ich sechs Jahre alt war. Warum hast du bis zum nächsten Versuch vierundzwanzig Jahre gewartet?«

»Na ja, ursprünglich wollte ich dich ein paar Monate, nachdem du aus dem Krankenhaus kamst, umbringen. Wenigstens so lange mußte ich warten, um keinen Verdacht zu erwecken. Danach beabsichtigte ich, einen tödlichen Unfall vorzutäuschen.«

Er strich ihr zärtlich über die Augenbrauen.

»Erst wollte ich dich eine hohe Treppe hinunterstoßen und sagen, du wärest gestolpert und gefallen. Aber dann beschloß ich, dich im Schwimmbecken zu ertränken.«

»Warum hast du es nicht getan?«

»Als es soweit war, hattest du begonnen, spiritistische Kräfte zu entwickeln. Das faszinierte mich. Ich wollte unbedingt sehen, was weiter geschehen würde.«

Sie sagte: »Wenn Max tot ist, werde ich bei meinen Visionen wieder deine Hilfe brauchen.«

Er lachte. »Schätzchen, für wie naiv hältst du mich?«

»Glaubst du etwa, ich würde dich der Polizei ausliefern? Ich habe es vierundzwanzig Jahre lang nicht getan. Warum sollte ich jetzt?«

»Damals wußtest du es nicht«, sagte er. »Jetzt weißt du es.«

Er legte die Hand auf ihre Brust.

Sie zuckte zurück.

»Meine süße kleine Schwester«, sagte er.

»Bitte nicht.«

Die Taschenlampe in der linken Hand, den Dienstrevolver in der rechten, begleitete Rudy Holtzman den Chef auf seinem Rundgang um den Pavillon. Er zog die Schultern hoch, um seinen Nacken vor dem kalten Regen zu schützen.

Plötzlich blieb Patmore stehen.

»Was ist los?« fragte Holtzman nervös.

»Da vorne ist ein Mann.«

Holtzman hob die Taschenlampe.

Aus einer Entfernung von fünzehn Metern kam ein Mann auf sie zu.

»Das ist Bergen«, sagte Patmore.

Bergen wankte wie ein Betrunkener.

»Er hat eine Pistole«, sagte Patmore.

Holtzman dachte an Erika Larssons verstümmelte Leiche, an das Blut überall im Haus, an Lou Pasternak, tot auf dem Parkplatz. Er richtete den Revolver auf Bergen und feuerte.

Der Schuß warf Max Bergen auf den Rücken.

Alan drückte sich an sie. Mit der linken Hand umklammerte er ihren Hals.

Jetzt mußte sie sich endlich wehren, sagte sie sich. Stark sein. Ein schwächerer Mensch hätte sich schon vor vierundzwanzig Jahren in den Irrsinn geflüchtet. Aber sie war stark. Nur dadurch, daß sie spiritistische Kräfte entwickelt hatte, war sie die ganzen Jahre über geistig gesund und am Leben geblieben. Sie mußte jetzt den Willen zur Gegenwehr aufbringen.

Er drückte ihr die Messerklinge an die Wange wie ein Brenneisen, die Spitze unter ihrem linken Auge.

»Es würde mich interessieren«, sagte er, »ob du immer noch deine hellseherischen Visionen empfangen könntest, wenn du blind wärest.«

Das gab den Ausschlag. Wut und Haß, wie sie sie nie gekannt hatte, verdrängten ihre Angst. Der schwelende, versteckte Haß, der sich vierundzwanzig Jahre in ihrem Unterbewußtsein gespeichert hatte, brach aus wie ein Vulkan. Sie haßte ihn. Verachtete ihn. Er war es nicht wert zu leben. War es nie gewesen. Würde es nie sein. Nur weh tun wollte sie ihm, so wie er ihr weh getan hatte. Ob sie am Leben blieb oder starb war ihr gleichgültig. Sie wollte ihn am Boden haben, ihn fesseln, ihn foltern, ihn quälen, schlagen, würgen, ihn weinen sehen. Mehr als alles wollte sie ihm die Fledermäuse ins Gesicht setzen, ihn zu beißen und zu zerkratzen und sie ihm lebend in den Mund stopfen...

Über ihnen begannen die Fledermäuse im schrillen Chor zu kreischen.

Alan blickte erschrocken nach oben.

Eine einzelne Fledermaus stieß auf ihn herab, krallte ihre Klauen in seinen Mantelkragen und flatterte wild auf seinem Nacken herum.

Mary konnte selbst nicht glauben, daß sie es fertig gebracht hatte.

Alan ließ sie los, griff nach der Fledermaus, die sich heftig zur Wehr setzte, riß sie sich schließlich vom Nacken und schleuderte sie von sich.

Seine Hand blutete.

Bei jeder Vision, die Mary in den letzten Tagen gehabt hatte, und bei der sie Alan als Mörder identifizierte, hatte sie die Wahrheit damit verdrängt, daß sie einen Poltergeist heraufbeschwor. Die fliegenden Glashunde in Dr. Cauvels Sprechzimmer waren ihr Werk gewesen. Ebenso die schwebende Pistole, die Möwen im ›Laughing Dolphin‹ und der Spuk in Lous Badezimmer. Max hatte recht gehabt. Jetzt würde sie die Fledermäuse auf ihn hetzen.

Noch eine kam angeflogen und klammerte sich an Alans Gesicht fest.

Er schrie auf. Riß sie von sich weg. Ließ das Messer fallen.

Blut floß ihm von der Stirn in die Augen.

Drei weitere Fledermäuse stürzten sich kreischend und flatternd auf ihn. Eine setzte sich in seinem Haar fest. Die anderen zwei an seinem Hals.

»Tötet ihn«, sagte Mary.

Wild um sich schlagend wandte sich Alan von ihr ab und versuchte wankend ins Treppenhaus zu entkommen.

Jetzt stießen sämtliche Fledermäuse gemeinsam auf ihn nieder. Als er zu schreien begann, kroch ihm eine in den Mund.

In wilder Panik stolperte Alan die Turmtreppe hinunter.

Mary hob die Taschenlampe auf und ging ihm nach.

Die Fledermäuse ließen nicht von ihm ab. Ihr Gekreisch wurde immer lauter und wütender.

Nach fünf Stiegen fiel er hin und rollte hinunter bis zum nächsten Treppenabsatz. Er raffte sich auf, riß sich eine Fledermaus von der Nase, versuchte sein Gesicht mit den Armen abzudecken und stürzte wieder zu Boden. Als er wieder zu schreien begann, kroch ihm noch eine Fledermaus vom Kinn her in den Mund. Er zerbiß sie, spuckte den hinteren Teil aus, verschluckte den Kopf und drohte zu ersticken. Schließlich sprang er vom letzten Treppenabsatz ins Dunkel und brach zusammen.

Mary trat aus dem Eingang des Treppenhauses und blickte auf ihn herab.

Er lag still und leblos auf dem Boden.

Eine nach der anderen erhoben sich die Fledermäuse von der Leiche, kreisten ein paarmal um sie herum und flogen durchs Treppenhaus zurück ins Gebälk des Glockenstuhls.

Nachher

Es war Mittag. Die Dezembersonne stand hoch über dem Friedhof und warf kaum einen Schatten. Die Kühle in der Luft kam nicht vom Meer. Sie schien von den Grabsteinen und den stummen Trauergästen auszustrahlen und hauptsächlich von dem einfachen schwarzen Sarg über dem ausgehobenen Grab.

Die automatische Winde begann zu surren, und der Sarg senkte sich langsam in die Gruft, bis er nicht mehr zu sehen war. Mary wandte sich ab. Sie ging zwischen den marmornen Grabsteinen hindurch auf das offene, schmiedeeiserne Tor zu. Sie ging allein und unbegleitet. Sie wollte es so.

Eine Zeitlang blieb sie still hinter dem Steuer des Mercedes sitzen und sah den Berg hinunter aufs Meer. Sie wartete, bis ihre Hände zu zittern aufhörten.

Gestern hatte sie Alan begraben. Trotz allem hatte sie um ihn getrauert. Ihre heutige Trauer war viel tiefer. Es war, als hätte man ihr ein Stück ihres eigenen Fleisches ausgerissen.

Sie hatte das Bedürfnis zu weinen und ihren Schmerz aus sich herauszuspülen, aber sie erstickte ihre Tränen. Bevor sie sich ihrer Trauer hingeben konnte, hatte sie noch eine Aufgabe zu erfüllen.

Sie ließ den Motor an und fuhr vom Friedhof weg.

Sonnenlicht strömte durch die halb geöffneten Rollos und tauchte das Krankenzimmer in helle und dunkle Streifen.

Max saß aufrecht im Bett, die eine Schulter dick bandagiert, den Arm in der Schlinge. Er sah blaß und hager aus, und seine Augen lagen tief in den Höhlen. Doch begrüßte er Mary mit einem warmen Lächeln.

Sie küßte ihn und setzte sich zu ihm ans Bett. Etwa eine Minute lang hielten sie sich stumm die Hand. Dann erzählte sie ihm von

Lous Beerdigung. Als sie nichts mehr zu sagen hatte, lehnte sie sich vor, legte die Stirn auf die Bettkante und begann zu weinen. Max strich ihr übers Haar und murmelte beruhigende Worte. Schließlich brach sie völlig zusammen und weinte laut. Nicht nur um Lou – auch um sich selbst. Sein Tod hatte eine große Lücke in ihrem Leben hinterlassen. Nachdem sie sich eine Weile ihrer Verzweiflung hingegeben hatte, versiegten ihre Tränen allmählich.

Ohne zu sprechen lauschten sie der klassischen Musik aus dem Radio.

Später, als man ihnen das Abendessen auf dem Zimmer serviert hatte, wurden ihr die Augen schwer, und sie konnte ein Gähnen nicht unterdrücken. »Entschuldige. Ich bin nicht viel zum Schlafen gekommen.«

»Alpträume?« fragte Max besorgt.

»Nein, im Gegenteil. Ich hatte herrliche Träume. Die ersten schönen Träume in meinem ganzen Leben. Um halb fünf wachte ich auf – frisch und voller Energie. Ich habe sogar einen langen Spaziergang gemacht.«

»Du? Spazieren? Allein im Dunkeln?«

Sie lächelte ihn an. »Das Alleinsein macht mir nichts mehr aus«, sagte sie. »Nicht wie früher. Und ich habe keine Angst mehr im Dunkeln.«

ROBERT BLOCH
Psycho II

1

Norman Bates starrte aus dem Fenster der Bibliothek, er gab sich große Mühe, das Gitter zu übersehen.

Der Trick bestand darin, es einfach nicht zu beachten. Unwissenheit ist ein Glück. Aber es gab kein Glück, und hinter den Gittern der staatlichen Heilanstalt blieben alle Tricks ohne Wirkung. Es war einmal die staatliche Heilanstalt für geisteskranke Verbrecher gewesen; jetzt leben wir in einer aufgeklärteren Zeit, da nennt man sie nicht mehr so. Aber es gab noch immer Gitter vor den Fenstern, und er befand sich noch immer drinnen und blickte hinaus.

Nicht steinerne Mauern machen ein Gefängnis aus, so wenig wie Eisengitter einen Käfig. Das schrieb der Dichter Richard Lovelace im Siebzehnten Jahrhundert, vor langer Zeit. Und Norman saß schon lange hier – nicht dreihundert Jahre, doch es kam ihm vor, als wären es Jahrhunderte.

Wenn er aber schon dort sitzen mußte, war die Bibliothek der beste Ort, und die Arbeit als Bibliothekar war leicht. Die wenigsten Patienten befaßten sich mit Büchern, und er hatte daher reichlich Zeit, selbst zu lesen. So hatte er mit Richard Lovelace und all den anderen Dichtern Bekanntschaft gemacht: er saß Tag für Tag ungestört im kühlen Halbdunkel der Bibliothek. Man hatte ihm sogar einen eigenen Schreibtisch zugewiesen, um zu zeigen, daß man ihm vertraute und ihn für zuverlässig hielt.

Dafür war Norman dankbar. Aber wenn die Sonne schien und die Vögel auf den Straßen vor dem Fenster zwitscherten, war ihm klar, daß Lovelace ein Lügner war. Die Vögel waren frei, aber Norman saß in einem Käfig.

Er hatte es Dr. Claiborne nie gesagt, denn er wollte ihn nicht ärgern, aber er konnte es nicht ändern, er empfand es eben so. Es war so ungerecht, so unfair.

Ganz gleich, weshalb man ihn hierhergebracht hatte – man hatte ihm erzählt, was vorgefallen war, wenn es wahr war – so war es vor langer Zeit geschehen. Vor langer Zeit in einem anderen Land, und das Mädchen war tot. Er wußte jetzt, daß er Norman Bates war, und nicht seine Mutter. Er war nicht mehr verrückt.

Natürlich galt heutzutage niemand als verrückt. Niemand, was immer er auch getan hatte, war wahnsinnig, nur geistesgestört. Aber man mußte ja verwirrt werden, wenn man mit einem Haufen von Irrsinnigen in einen Käfig eingesperrt war. Claiborne nannte sie nicht so, aber Norman erkannte einen Wahnsinnigen sofort, wenn er ihm gegenüberstand, und er hatte im Laufe der Jahre viele Verrückte gesehen. Spinner nannte man sie. Aber jetzt hatte das Fernsehen das letzte Wort – Querköpfe, Fixer, Ausgeflippte, die übergeschnappt waren. Was erzählten die Komiker in den Talk-Shows? Daß jemand nicht alle Tassen im Schrank hatte?

Also, seine Tassen standen im Schrank, auch wenn die Umstände sich gegen ihn verschworen hatten. Und er nahm ihnen diese komischen Umschreibungen für eine ernste Erkrankung nicht ab. Merkwürdig, wie jeder die Wahrheit mit Unsinn zu verschleiern suchte. Wie die Slangausdrücke für Tod: abgekratzt, ausradiert, um die Ecke gebracht, ins Jenseits befördert. Das Herunterspielen, um die damit verbundene Angst zu vertreiben.

Was bedeutet ein Name? *Stöcke und Steine brechen meine Beine, aber Namen tun mir nicht weh.* Wieder ein Zitat, aber nicht von Richard Lovelace. Das pflegte Normans Mutter zu sagen, als er noch ein kleiner Junge war. Aber Mutter war jetzt tot, und er lebte noch. Lebte in einem Käfig. Daß er das wußte, der Wahrheit ins Auge sah, bewies, daß er normal war.

Wenn er ihnen das nur klarmachen könnte, dann würden sie ihn wegen Mordes anklagen und zu einer Gefängnisstrafe verurteilen. Dann wäre er in ein paar Jahren, höchstens sieben oder acht, wieder frei. Statt dessen behaupteten sie, er sei psychisch gestört, aber das war er nicht, *sie* waren die Verrückten, die einen kranken Menschen lebenslang einsperrten und die Mörder frei herumlaufen ließen.

Norman stand auf und trat ans Fenster. Wenn er sich dicht daran drückte, war sein Blickfeld nicht mehr durch das Gitter eingeschränkt. Jetzt konnte er das Gelände überblicken, das im strahlenden Frühlingssonnenschein eines Sonntagnachmittags lag. Der Gesang der Vögel war jetzt klarer, beruhigender, melodiöser. Sonne, Vögel und Gesang vereinten sich zu harmonischen Sphärenklängen.

Als er hierher gekommen war, hatte es keinen Sonnenschein und keinen Gesang gegeben – nur Dunkel und Geschrei. Das Dunkel war in ihm, und er konnte sich darin vor der Wirklichkeit verstekken, und die Schreie waren die Stimmen der Dämonen, die ihn suchten, um ihn zu bedrohen und anzuklagen. Aber Dr. Claiborne hatte einen Weg zu ihm ins Dunkel gefunden und die Dämonen verbannt. Seine Stimme – die Stimme der Vernunft – hatte die Schreie zum Schweigen gebracht. Es hatte lange gedauert, bis sich Norman aus dem Versteck gewagt und auf die Stimme der Vernunft gehört hatte, die Stimme, die ihm erklärte, daß er nicht seine eigene Mutter war, daß er – wie drückten sie es aus? – eine Person für sich war. Eine Person, die anderen Schaden zugefügt hatte, aber nicht bewußt. Es konnte also keine Rede von Schuld sein, ihn traf keine Verantwortung. Sobald er dies begriff, war er geheilt, es zu akzeptieren, war das Heilmittel.

Und er war geheilt. Keine Zwangsjacke, keine Gummizelle, kein Beruhigungsmittel. Als Bibliothekar hatte er Zugang zu den Büchern, die er immer geliebt hatte, und das Fernsehen öffnete ein weiteres Fenster in die Welt, ein Fenster ohne Gitter. Hier war das Leben angenehm. Und er war daran gewöhnt, allein zu sein.

Doch an Tagen wie diesem fehlte ihm der Kontakt mit anderen Menschen. Wirkliche Menschen aus Fleisch und Blut, nicht Romanfiguren oder Flimmerbilder aus einer Elektronenröhre. Von Claiborne abgesehen, waren Ärzte, Schwestern und Pfleger Durchgangspersonal. Und nachdem Dr. Claiborne seine Aufgabe erfüllt hatte, verbrachte er einen Großteil seiner Zeit mit anderen Patienten. Das konnte Norman nicht. Jetzt, da er wieder er selbst war, ertrug er die Verrückten nicht. Ihr Gemurmel, ihre Grimassen, ihre Unruhe störten ihn, und er war lieber allein als in ihrer Gesellschaft. Das war das einzige, was Claiborne nicht ändern konnte, obwohl er sich sicherlich große Mühe gegeben hatte. Dr. Claiborne hatte Norman gedrängt, sich an der Laienspielgruppe zu beteiligen, und eine Zeitlang war es eine interessante Aufgabe gewesen. Er hatte sich zumindest auf der Bühne, wo ihn die Rampenlichter vom Publikum trennten, sicher gefühlt. Dort oben hatte er Macht über sie, brachte sie zum Lachen oder Weinen. Der größte Nervenkitzel war, als er die Hauptrolle in ›Charleys Tante‹ übernahm – er spielte die Rolle so gut, daß sie jubelten und applaudierten – doch er wußte die ganze Zeit, daß es nur ein Spiel, Verstellungskunst, eben Schauspielerei war.

Das hatte ihm Dr. Claiborne nachher erklärt, und erst da war es Norman klar geworden, daß das Ganze geplant gewesen war, ein Test für seine Funktionsfähigkeit. *Sie können stolz auf sich sein*, hatte ihn Claiborne gelobt.

Aber etwas erkannte Claiborne nicht, etwas, das Norman ihm nicht verriet. Der Augenblick der Angst, kurz bevor die Verkleidung der Hauptperson aufgedeckt wurde. Der Augenblick, da Norman mit geziertem Lächeln, kleiderraschelnd, mit flatternden Locken in seiner Rolle aufging. Der Moment, als er wirklich Charleys Tante war – nur war der Fächer in seiner Hand kein Fächer mehr, sondern ein Messer. Und Charleys Tante wurde zu einer wirklichen, lebenden Frau, einer älteren Frau wie Mutter.

Der Augenblick der Angst – oder der Wahrheit?

Norman wußte es nicht. Er wollte es nicht wissen. Er wollte nur das Amateur-Theater für immer aufgeben.

Nun starrte er aus dem Fenster und bemerkte, daß die strahlende Sonne rasch von Wolken zugedeckt wurde; Gewitterwolken zogen am Horizont auf, und die Bäume um den Parkplatz zitterten in dem aufkommenden kalten Wind. Das Vogelgezwitscher wich flatternden Flügeln, als die Vögel sich von den schwankenden Zweigen erhoben, hinabstießen und sich unter dem sich verdunkelnden Himmel zerstreuten.

Sie wurden nicht von den aufziehenden Wolken verscheucht. Sie flogen davon, weil die Autobusse eintrafen und auf dem Parkplatz abgestellt wurden. Ihre Insassen stiegen aus und gingen zum Eingang des Krankenhauses, wie jeden Sonntagnachmittag zur Besuchszeit.

»Ach, Mami, schau dir doch den komischen Mann an!«

»So etwas darfst du nicht sagen, mein Sohn! Denk daran, was ich dir erklärt habe – du sollst die Verrückten nicht reizen.«

Norman schüttelte den Kopf. So eine Denkweise war nicht recht. Diese Besucher waren Freunde, Verwandte, die hierherkamen, weil ihnen an jemand lag.

Aber nicht an ihm.

Vor einigen Jahren waren Reporter gekommen, aber Dr. Claiborne hatte sie nicht zu ihm gelassen, auch nicht, als es ihm besser ging. Und nun kam niemand mehr.

Die meisten Leute, die er gekannt hatte, waren tot. Mutter, die kleine Crane und dieser Detektiv, Arbogast. Er war jetzt allein, und es blieb ihm nichts anderes übrig als zuzusehen, wie die Besucher eintrafen. Ein paar Männer, einige Kinder, aber zumeist Frauen. Ehefrauen, Geliebte, Schwestern, Mütter, die Geschenke und Liebe brachten.

Norman musterte sie finster. Diese Leute bedeuteten ihm nichts, brachten ihm nichts. Sie verjagten nur die Vögel. Und das war grausam, denn er hatte immer gern Vögel um sich gehabt, sogar diejenigen, die er vor Jahren ausgestopft und auf Brettchen befestigt hatte, als er sich für das Präparieren interessierte. Für ihn war es nicht nur ein Hobby gewesen, er hatte wirklich etwas für sie empfunden. Wie der heilige Franziskus von Assisi.

Seltsam. Was veranlaßte ihn, daran zu denken?

Er starrte wieder nach unten, da fiel ihm die Antwort ein. Die großen Vögel, die aus dem Autobus auf dem Parkplatz stiegen. Er kniff die Augen zusammen und konnte sogar die Aufschrift an der Seitenfläche des Busses lesen: *Der Heilige Orden der Kleinen Schwestern der Barmherzigkeit.*

Nun befanden sich die Vögel fast unmittelbar unter ihm. Zwei große schwarzweiße Pinguine watschelten den Weg zum Eingang entlang. Vielleicht hatten sie die weite Reise vom Südpol hierher nur gemacht, um ihn zu sehen?

Aber das war eine verrückte Idee.

Und Norman war nicht mehr verrückt.

2

Die Pinguine betraten das Krankenhaus und wandten sich zum Empfangspult in der Vorhalle. Der kleine mit Brille, der vorausging, war Schwester Cupertine, und der große, jüngere war Schwester Barbara.

Schwester Barbara hielt sich nicht für einen Pinguin. Ihre Gedanken beschäftigten sich mit den Menschen hier, diesen armen, unglücklichen Menschen.

Sie durfte nicht vergessen, daß sie nicht Insassen waren, sondern im Grunde Menschen wie du und ich. Das war eines der Dinge, auf die man im Psychologie-Unterricht besonderen Wert gelegt hatte, und es war sicherlich einer der Grundgedanken ihrer religiösen Erziehung. *Ohne die Gnade Gottes wäre auch ich hier.* Und wenn die Gnade Gottes sie hierher geführt hatte, mußte sie ihnen Sein Wort und Seinen Trost bringen. Aber Schwester Barbara mußte zugeben, daß sie sich im Augenblick nicht ganz wohl fühlte. Schließlich war sie neu im Orden und noch nie auf einer Mission der Nächstenliebe gewesen, schon gar nicht in einer Irrenanstalt.

Schwester Cupertine hatte ihr vorgeschlagen, sie auf der Reise zu begleiten, und zwar aus einem naheliegenden Grund: Sie brauchte jemanden, der den Wagen lenkte. Schwester Cupertine war jahrelang einmal im Monat mit Schwester Loretta hierhergekommen, die aber jetzt an Influenza erkrankt war. So eine kleine Frau und so zart – möge Gott ihr baldige Genesung gewähren.

Schwester Barbara spielte mit ihrem Rosenkranz und war für ihre Widerstandskraft dankbar. Ein großes, gesundes Mädchen wie du, hatte ihre Mama immer gesagt. *Ein großes, gesundes Mädchen wie du sollte keine Schwierigkeiten haben, einen anständigen Mann zu finden, wenn ich nicht mehr bin.* Aber Mama war zu freundlich gewesen. Das große, gesunde Mädchen war ein Klotz, es fehlten ihr Schönheit, Gestalt und die wesentliche Weiblichkeit, um einen Mann anzuziehen, ob seine Absichten nun ehrbar waren oder nicht. So blieb sie also nach Mamas Tod allein, bis die Berufung sie erreichte. Dann plötzlich stand ihr der Weg offen; sie folgte der Berufung, absolvierte das Noviziat und fand ihre Erfüllung Gott sei Dank dafür.

Und Gott sei auch Dank für Schwester Cupertine, die die kleine Empfangsdame am Pult so selbstsicher begrüßte und sie vorstellte, während sie darauf warteten, daß der Anstaltsleiter aus seinem Büro am Ende des Korridors kam. Nun erblickte sie ihn, er trat in einem leichten Mantel aus dem Zimmer und trug einen Handkoffer in der linken Hand.

Dr. Steiner war ein kleiner kahlköpfiger Mann, der als Ausgleich für seinen kahlen Schädel buschige Koteletten trug und sich einen Schmerbauch zugelegt hatte, um von seiner geringen Körpergröße abzulenken. Aber wie konnte Schwester Barbara ein Urteil über ihn oder seine Motive fällen? Sie war nicht mehr Psychologiestudentin; als Mama gestorben war, war sie in ihrem letzten Semester von der Hochschule abgegangen, und nun mußte sie all diese Gedankenspielereien für immer aufgeben.

Dr. Steiner erwies sich als ein recht angenehmer Mensch. Und als geschulter Psychologe hatte er ihre Schüchternheit erkannt und tat sein Bestes, um ihr die Befangenheit zu nehmen.

Das gelang jedoch erst dem anderen Arzt, der Steiner aus seinem Büro gefolgt war. Sobald Schwester Barbara ihn sah, entspannte sie sich bewußt.

»Sie kennen doch Dr. Claiborne, nicht wahr?« fragte Steiner Schwester Cupertine, die zustimmend nickte.

»Und das ist Schwester Barbara.« Steiner wandte sich ihr zu und wies auf den hochgewachsenen jüngeren Mann mit dem Kraushaar. »Ich möchte Ihnen Dr. Claiborne vorstellen, Schwester, meinen Kollegen.« Der große Mann streckte die Hand aus. Sie war warm, ebenso wie sein Lächeln.

Steiner fuhr fort: »Dr. Claiborne ist eine Rarität: ein echter Psychiater, der kein Jude ist.«

Claiborne grinste. »Sie vergessen Jung.«

»Ich vergesse vieles.« Steiner warf einen Blick auf die Wanduhr hinter dem Empfangspult, sein Gesichtsausdruck wurde ernst. »Ich sollte schon auf halbem Weg zum Flugplatz sein.«

Er wandte sich um und wechselte den Handkoffer in die rechte Hand. »Sie müssen mich entschuldigen. Ich habe morgen früh einen Termin bei der staatlichen Aufsichtsbehörde, und der Flug um halb fünf ist der einzige, der vor morgen mittag von hier abgeht. Wenn Sie also gestatten, überlasse ich Sie Dr. Claiborne. Von jetzt an trägt er die Verantwortung.«

»Natürlich.« Schwester Cupertine nickte. »Fahren Sie nur los.«

Steiner warf dem jüngeren Mann einen Blick zu und begab sich zum Ausgang. Dr. Claiborne begleitete ihn, und die beiden blieben einen Augenblick vor der Tür stehen. Steiner flüsterte seinem Kollegen rasch ein paar Worte zu, dann nickte er und ging hinaus.

Dr. Claiborne wandte sich um und kehrte zu den Schwestern zurück. »Verzeihen Sie, daß ich Sie warten ließ.«

»Entschuldigen Sie sich nicht.« Schwester Cupertines Stimme klang herzlich, aber Schwester Barbara bemerkte die Falten auf ihrer Stirn hinter der Einfassung ihrer dicken Brille. »Vielleicht sollten wir unseren Besuch auf ein anderes Mal verschieben. Sie haben auch ohne uns genug zu tun.«

»Kein Problem.« Dr. Claiborne nahm einen kleinen Notizblock aus der Jackentasche. »Hier ist die Liste der Patienten, nach denen Sie sich telefonisch erkundigt haben.« Er riß das oberste Blatt ab und reichte es der älteren Schwester.

Die Falten verschwanden, während sie die auf das weiße Rechteck gekritzelten Namen las. »Tucker, Hoffman und Shaw kenne ich. Aber wer ist Zander?«

»Ein Neuankömmling. Arbeitsdiagnose, Involutionsmelancholie.«

»Was immer das heißt.« Schwester Cupertines Stimme klang ein wenig scharf, ihre Falten erschienen wieder, und bevor sie sich dessen bewußt war, hörte sie Schwester Barbara sprechen.

»Schwere Depression. Schuldgefühle, Angst, somatische Bedrücktheit...«

Sie bemerkte, daß Dr. Claiborne sie plötzlich anstarrte, und unterbrach sich. Ihre Gefährtin lächelte ihm entschuldigend zu. »Schwester Barbara hat im College Psychologie studiert.«

»Und mit Erfolg, würde ich sagen.«

Schwester Barbara wurde rot. »Eigentlich nicht – ich habe mich nur immer dafür interessiert, was Menschen zustößt – ihre zahlreichen Probleme...«

»Aber so wenige Lösungen.« Claiborne nickte. »Deshalb bin ich hier.«

Schwester Cupertine preßte die Lippen zusammen, und die Jüngere bedauerte, daß sie nicht den Mund gehalten hatte. Es spielte keine Rolle, denn Schwester Cupertine sprach nun.

»Und deshalb bin ich hier. Vielleicht verstehe ich nicht viel von Psychologie, aber manchmal glaube ich, daß ein paar freundliche Worte mehr Gutes tun können, als das hochgestochene Gerede.«

»Ganz richtig.« Dr. Claibornes Lächeln glättete ihre gefurchte Stirn wieder. »Ich bin dafür dankbar, und unsere Patienten wissen es noch mehr zu schätzen. Manchmal kann ein Besucher von außerhalb in wenigen Stunden mehr für ihre seelische Verfassung tun als wir in monatelanger Analyse. Deshalb möchte ich, daß Sie nach Ihren üblichen Patienten Mr. Zander besuchen. Soweit uns bekannt ist, besitzt er keine lebenden Verwandten. Wenn Sie wollen, gebe ich Ihnen eine Kopie seiner Krankengeschichte.«

»Das ist nicht notwendig.« Schwester Cupertine lächelte wieder, wie immer bereit, die Initiative zu ergreifen. »Wir werden einfach miteinander reden, und er kann mir selber alles erzählen. Wo finde ich ihn?«

»Vier-achtzehn, gegenüber von Tuckers Zimmer. Sagen Sie nur der Etagenschwester, sie soll Sie einlassen.«

»Danke.« Der Kopf mit der Haube wandte sich um. »Kommen Sie, Schwester.«

Schwester Barbara zögerte. Sie wußte, was sie sagen wollte; sie hatte es sich im Geist während der Fahrt wiederholt. Aber sollte sie riskieren, Schwester Cupertine wieder vor den Kopf zu stoßen?

Nun denn, jetzt oder nie.

»Hätten Sie etwas dagegen, wenn ich bei Dr. Claiborne bleibe? Ich möchte ihn einiges über das neue Therapieprogramm fragen...«

Die warnende Falte erschien wieder. Schwester Cupertine unterbrach sie rasch. »Wir dürfen uns wirklich nicht aufdrängen. Vielleicht später, wenn er nicht allzu beschäftigt ist.«

»Bitte.« Dr. Claiborne schüttelte den Kopf. »Wir halten uns während der Besuchszeiten immer frei. Mit Ihrer Erlaubnis werde ich die Fragen der Schwester gern beantworten.«

»Das ist sehr freundlich von Ihnen«, antwortete Schwester Cupertine. »Aber sind Sie sicher...«

»Es ist mir ein Vergnügen«, erklärte Dr. Claiborne. »Machen Sie sich keine Sorgen. Wenn sie Sie oben nicht findet, können Sie sie um fünf wieder hier im Vestibül treffen.«

»Also gut.« Schwester Cupertine drehte sich um, aber nicht ohne zuvor ihrer Gefährtin durch die starken Gläser einen beredten Blick zugeworfen zu haben: *Dem Treffen um fünf Uhr wird eine Strafpredigt über Pflicht und Gehorsam Vorgesetzten gegenüber folgen.*

Schwester Barbaras Entschluß geriet für einen Moment ins Wanken, dann gab Dr. Claibornes Stimme den Ausschlag.

»In Ordnung, Schwester. Soll ich Sie eine Weile herumführen? Oder würden Sie lieber gleich zur Sache kommen?«

»Sache?«

»Sie verstoßen gegen die Spielregeln.« Dr. Claiborne grinste. »Nur ein Psychiater darf eine Frage mit einer Gegenfrage beantworten.«

»Tut mir leid.« Barbara sah zu, wie die Ältere am Ende des Korridors in einen Fahrstuhl stieg, dann wandte sie sich ihm mit erleichtertem Lächeln zu.

»Macht nichts. Fragen Sie nur, was Sie mich die ganze Zeit fragen wollten.«

»Woher wissen Sie das?«

»Nur eine Vermutung.« Sein Lächeln wurde breiter. »Wieder ein Vorrecht, das wir Psychiater genießen. Also los.«

Wieder zögerte sie einen Augenblick. Sollte sie? Konnte sie? Schwester Barbara holte tief Atem.

»Haben Sie einen Patienten namens Norman Bates hier?«

»Sie wissen von ihm?« Das Lächeln war wie weggewischt. »Ihn kennen die wenigsten. Glücklicherweise.«

»Glücklicherweise?«

»Eine Redensart.« Dr. Claiborne zog die Schultern hoch. »Nein, um es ehrlich zu sagen, Norman ist ein Spezialfall in meinem Buch. Und das ist keine Redensart.«

»Sie haben ein Buch über ihn geschrieben?«

»Ich habe es vor. Ich habe Material gesammelt, seit ich seine Behandlung von Dr. Steiner übernahm.«

Sie hatten die Vorhalle verlassen, und Dr. Claiborne führte sie im Gespräch durch den Korridor nach rechts. Als sie an der Glaswand zu einem Besuchsraum vorbeikamen, sah sie eine komplette Familie – Mutter, Vater und einen Teenager, vermutlich ein Bruder –, die sich um ein blondes junges Mädchen in einem Rollstuhl drängten. Das Mädchen bewegte sich nicht, ihr blasses Gesicht lächelte zu den Besuchern empor, während sie plauderten, man hätte es für eine rekonvaleszente Patientin in einem normalen Krankenhaus halten können. Aber das war kein normales Krankenhaus, erinnerte sich Schwester Barbara sofort, und hinter dem blassen, lächelnden Gesicht lauerte ein dunkles, ernstes Geheimnis.

Während sie weitergingen, wandte sie sich aufmerksam Dr. Claiborne zu. »Welche Art von Behandlung – Elektrokonvulsionsbehandlung?«

Dr. Claiborne schüttelte den Kopf. »Das war Steiners Empfehlung, als ich den Fall übernahm. Ich war anderer Meinung. Was sollte es nützen, wenn der Patient beinahe katatonisch passiv ist? Das Problem bestand darin, Norman aus dem amnestischen Dämmerzustand herauszubringen, nicht sein In-sich-Zurückziehen zu verstärken.«

»Dann haben Sie also andere Methoden gefunden, um ihn zu heilen.«

»Norman ist nicht geheilt. Nicht im klinischen oder auch nur im juristischen Sinn. Aber wir haben die Symptome beseitigt. Gute, altmodische hypnotisch-regressive Methoden, ohne Narkosynthese oder abgekürzte Verfahren. Einfache lässige Fragen und Antworten. Wir haben natürlich in den letzten Jahren viel über multiple Persönlichkeiten und Assoziationsstörungen dazugelernt.«

»Damit wollen Sie sagen, daß Norman nicht mehr glaubt, er sei seine Mutter.«

»Norman ist Norman. Und ich glaube, er akzeptiert sich als das. Wenn Sie sich erinnern, beging er Morde als Transvestit, sobald die Mutterpersönlichkeit die Leitung übernahm. Das weiß er jetzt, obwohl er sich an diese Vorfälle nicht bewußt erinnert. Das Material tauchte in der Hypnose auf, und wir besprachen es nach den Sitzungen, aber er wird sich nie wirklich erinnern. Er leugnet nur die Wirklichkeit nicht mehr. Er hat eine Katharsis durchgemacht.«

»Aber ohne Abreaktion.«

»Genau.« Dr. Claiborne sah sie scharf an. »Sie haben Ihre Lehrbücher gründlich studiert, nicht wahr?«

Schwester Barbara nickte. »Wie lautet die Prognose?«

»Das habe ich Ihnen schon gesagt. Wir haben die intensive Analyse beendet – wesentliche Durchbrüche sind nicht mehr zu erwarten. Aber er lebt jetzt ohne Einschränkungen oder Beruhigungsmittel. Natürlich riskieren wir nicht, ihn im Anstaltsbereich herumgehen zu lassen. Ich habe ihm die Bibliothek anvertraut; auf diese Weise hat er zumindest ein gewisses Maß an Freiheit, verbunden mit Verantwortung. Er verbringt seine Zeit zumeist mit Lesen.«

»Das klingt nach einem einsamen Leben.«

»Ja, dessen bin ich mir bewußt. Aber viel mehr können wir nicht für ihn tun. Er hat keine Verwandten, keine persönlichen Freunde. Und ich konnte ihn in der letzten Zeit infolge unserer Überbelastung nur gelegentlich kurz besuchen.«

Schwester Barbara griff nach ihrem Rosenkranz und holte wieder tief Atem. »Könnte ich ihn besuchen?«

Dr. Claiborne starrte sie an.

»Warum?«

Sie zwang sich, seinem Blick zu begegnen. »Sie sagen, er ist einsam. Ist das nicht Grund genug?«

Er schüttelte den Kopf. »Glauben Sie mir, ich kann Ihr Mitgefühl verstehen...«

»Es ist mehr als das. Es ist unsere Berufung, der Grund, weshalb Schwester Cupertine und ich hier sind. Um den Hilflosen zu helfen, die Einsamen zu trösten.«

»Und sie vielleicht zu Ihrem Glauben zu bekehren?«

»Haben Sie etwas gegen unsere Religion?«

Dr. Claiborne zog die Schultern hoch. »Mein Glaube spielt dabei keine Rolle, aber ich kann nicht zulassen, daß meine Patienten aus dem Gleichgewicht gebracht werden.«

»Patienten?« Die Worte kamen ohne Überlegung. »Wenn Sie selbst etwas Mitgefühl besäßen, würden Sie Norman Bates nicht als Patienten betrachten! Er ist ein Mensch – ein armer, einsamer, verwirrter Mensch, der nicht versteht, warum er hier eingesperrt ist. Er weiß nur, daß sich niemand um ihn kümmert.«

»Ich kümmere mich um ihn.«

»Wirklich? Dann geben Sie ihm die Möglichkeit zu erkennen, daß auch andere Menschen sich um ihn kümmern.«

Dr. Claiborne seufzte leise. »Also gut. Ich werde Sie zu ihm führen.«

»Danke.« Während er sie durch die Halle in einen Korridor führte, wurde ihre Stimme leiser, »Doktor...«

»Ja?«

»Es tut mir leid, daß ich so heftig war.«

»Das macht nichts.« Dr. Claibornes Stimme klang auch gedämpft, und er sah im Dämmerlicht des Korridors plötzlich müde und erschöpft aus. »Manchmal hilft es, wenn man ein wenig angegriffen wird. Das bringt das Adrenalin wieder in Fluß.«

Er lächelte und blieb vor der Doppeltür am Ende des Korridors stehen. »Da sind wir. Die Bibliothek.«

Schwester Barbara atmete zum dritten Mal tief ein oder versuchte es. Die Luft war feucht, schwül, vollkommen unbewegt, und doch war irgendwo Bewegung ein klopfender, pulsierender Rhythmus, so intensiv, daß sie einen Augenblick lang fast schwindlig wurde. Unwillkürlich suchte ihre Hand die Rosenkranzperlen, und erst da entdeckte sie die Ursache ihres Zustandes. Ihr Herz schlug heftig.

»Ist Ihnen nicht gut?« Dr. Claiborne warf ihr einen Blick zu.

»Es ist alles in Ordnung.«

Innerlich war Schwester Barbara sich nicht allzu sicher. Warum hatte sie darauf bestanden? War es wirklich Mitgefühl, das sie bewegte, oder nur dummer Hochmut – Hochmut, der vor dem Fall kommt?

»Keine Sorge«, sagte Dr. Claiborne. »Ich begleite Sie.«

Das Herzklopfen ließ nach.

Dr. Claiborne drehte sich um, und die Tür ging auf.

Und dann standen sie in dem Netz.

Das war es nämlich, sagte sie sich – die von der Mitte des Raumes ausgehenden Regale waren wie die Fäden eines Spinnennetzes.

Sie gingen eine der im Dunkel liegenden Reihen entlang, die zu beiden Seiten von Regalen eingesäumt waren, und traten in den freien Raum dahinter. Dort befand sich im schwachen Licht einer auf dem Schreibtisch stehenden Lampe das Zentrum des Netzes.

Und von dem Tisch erhob sich die Spinne.

Wieder klopfte ihr Herz wild. Sie hörte kaum Dr. Claibornes Stimme.

»Schwester Barbara – das ist Norman Bates.«

3

Als Norman den Pinguin ins Zimmer treten sah, dachte er einen Augenblick, daß er *doch* verrückt sei.

Aber das ging vorüber. Schwester Barbara war kein Vogel, und Dr. Claiborne wollte nicht mit ihm darüber streiten, ob sein Geist gesund war oder nicht. Es war ein rein gesellschaftlicher Besuch.

Gesellschaftlicher Besuch. Wie spielt man in einem Irrenhaus den Gastgeber?

»Nehmen Sie bitte Platz.«

Das war naheliegend. Aber sobald sie sich an den Tisch gesetzt hatten, entstand verlegenes Schweigen. Plötzlich bemerkte Norman überrascht, daß seine Besucher verlegen waren; sie wußten ebensowenig wie er, wie sie ein Gespräch beginnen sollten.

Es gab ja immer noch das Wetter.

Norman blickte zum Fenster. »Was ist mit dem Sonnenschein geschehen? Man hat das Gefühl, daß Regen in der Luft liegt.«

»Ein typischer Frühlingstag – Sie wissen ja, wie das ist«, bestätigte Dr. Claiborne. Und die Nonne schwieg.

Ende des Wetterberichts. Vielleicht ist sie doch ein Pinguin. Was sagt man zu seinen netten gefiederten Freunden?

Schwester Barbara blickte auf das geöffnete Buch, das vor ihm lag. »Ich hoffe, wir haben Sie nicht beim Lesen gestört.«

»Keineswegs. Ich habe mir nur die Zeit vertrieben.« Norman klappte das Buch zu und schob es zur Seite.

»Darf ich fragen, was Sie lesen?«

»Eine Biographie von Moreno.«

»Dem rumänischen Psychologen?« Schwester Barbaras Frage veranlaßte Norman, schnell aufzublicken.

»Sie kennen ihn?«

»Ja. Ist das nicht der Mann, der die Psychodrama-Technik erfunden hat?«

Dann ist sie also wirklich kein Pinguin. Er lächelte ihr zu und nickte. »Stimmt. Das ist natürlich heute ein alter Hut.«

»Norman hat recht«, warf Dr. Claiborne rasch ein. »Wir haben diese Methode bei der Gruppentherapie mehr oder minder aufgegeben. Aber wir sind noch immer dafür, daß man seine Fantasien auf verbaler Ebene darstellt.«

»Das geht sogar so weit, daß man Patienten auf die Bühne schickt, wo sie sich zum Narren machen«, sagte Norman.

»Das ist auch ein alter Hut.« Dr. Claiborne lächelte, aber Norman merkte, daß er besorgt war. »Ich glaube immer noch, daß Sie Hervorragendes geleistet haben, und ich wünschte, Sie wären bei der Theatergruppe geblieben.«

Schwester Barbara sah verdutzt aus. »Leider kann ich Ihnen nicht folgen.«

»Wir sprechen über das Programm für Laiendarsteller«, erklärte Norman. »Ich vermute, daß Dr. Claiborne Morenos Theorien weiterentwickelt hat. Jedenfalls hat er mich dazu überredet, eine Rolle zu übernehmen, und das klappte nicht.« Er beugte sich vor. »Wie hat...«

»Entschuldigen Sie.«

Die Unterbrechung kam unvermutet, und Norman runzelte die Stirn. Ein Pfleger – Otis, der neue aus dem dritten Stockwerk – war eingetreten. Er ging zu Dr. Claiborne, der aufblickte.

»Ja, Otis?«

»Ein Ferngespräch für Dr. Steiner.«

»Doktor Steiner ist nicht in der Stadt. Er kommt erst Dienstagmorgen zurück.«

»Das habe ich ihnen gesagt. Aber der Mann will mit Ihnen sprechen. Er behauptet, es sei wichtig.«

»Das sagen alle.« Dr. Claiborne seufzte. »Hat er seinen Namen genannt?«

»Ein Mr. Driscoll.«

»Nie gehört.«

»Er behauptet, er ist Produzent und hat ein Studio in Hollywood. Er ruft von dort aus an.«

Dr. Claiborne schob seinen Stuhl zurück. »Also gut, ich nehme das Gespräch an.« Er erhob sich und lächelte Schwester Barbara zu. »Vielleicht will er, daß wir ein Psychodrama für ihn spielen.« Er trat zu dem Stuhl der Nonne, um ihr beim Aufstehen zu helfen. »Leider muß ich das Gespräch unterbrechen.«

»Müssen Sie?« fragte Schwester Barbara. »Warum kann ich nicht hier warten, bis Sie zurückkommen?«

Norman spürte, wie sein Spannungszustand wiederkehrte. Etwas riet ihm, er solle nicht sprechen, aber er konzentrierte sich auf den Gedanken. *Laß sie hierbleiben. Ich will mit ihr sprechen.*

»Wenn Sie wollen.«

Dr. Claiborne folgte Otis durch die Regale zur Tür. Dort blieb er stehen und blickte zurück. »Ich bin bald wieder da.«

Schwester Barbara lächelte, und Norman beobachtete die beiden Männer aus dem Augenwinkel. Dr. Claiborne flüsterte Otis etwas zu, der nickte und folgte ihm in die Vorhalle. Norman sah einen Augenblick ihre Schatten auf der Wand des Korridors; dann bewegte sich ein Schatten, während der andere zurückblieb. Otis hielt vor der Tür Wache.

Ein leises Klicken erregte Normans Aufmerksamkeit. Die Nonne spielte mit ihren Rosenkranzperlen. *Schmusedecke,* sagte er sich. *Aber sie wollte bleiben. Warum?*

Er beugte sich vor. »Wieso wissen Sie etwas über Psychodramen, Schwester?«

»Aus einem Collegekurs.« Ihre Stimme übertönte sanft das Klikken der Perlen.

»Ach so.« Auch Norman sprach leise. »Und haben Sie dort von mir erfahren?«

Das Klicken hörte auf. Er hatte ihre ganze Aufmerksamkeit erregt, das Gespräch an sich gerissen. Zum erstenmal seit Jahren beherrschte, kontrollierte er die Situation. Was für ein herrliches Gefühl, sich zurückzulehnen und zur Abwechslung zuzusehen, wie jemand anderer sich wand! Eine große, grobknochige, linkische Frau, die sich hinter ihrer Verkleidung als Pinguin versteckte.

Unvermutet fragte er sich, was unterhalb des Habits verborgen war, was für einen Körper sie versteckte. Warmes, pulsierendes Fleisch. Im Geist zeichnete er ihre Formen nach, wanderte von den hohen, einladenden Brüsten zu dem gerundeten Bauch und dem Dreieck darunter. Nonnen rasierten sich den Kopf – aber was geschah mit ihrem Schamhaar? War es auch abrasiert?

»Ja«, sagte Schwester Barbara.

Norman blinzelte. Konnte sie seine Gedanken lesen? Dann wurde ihm klar, daß sie nur die von ihm gestellte Frage beantwortet hatte.

»Was hat man über mich gesprochen?«

Schwester Barbara rutschte unbehaglich auf dem Stuhl herum. »Es war eigentlich eine Fußnote, nur ein paar Zeilen in einem unserer Lehrbücher.«

»Ich bin also ein Fall für ein Lehrbuch, nicht wahr?«

»Bitte, ich wollte Sie nicht in Verlegenheit bringen –«

»Was haben Sie denn gemeint?« *Seltsam, zu beobachten, wie jemand versucht, sich aus einer Verlegenheit herauszuwinden. So viele Jahre war er derjenige gewesen, der sich wand, und er war noch immer nicht draußen, würde es nie sein. Raus aus dem verdammten Gefängnis!* Norman verbarg seine Gedanken hinter einem Lächeln. »Warum sind Sie hierhergekommen? Ist der Zoo sonntags geschlossen?«

Sie klickte wieder mit diesen verdammten Perlen. Verdammte Perlen, verdammte Stelle. War sie an der verdammten Stelle wirklich rasiert?

Schwester Barbara blickte auf. »Ich dachte, wir könnten uns miteinander unterhalten. Sehen Sie, nachdem ich Ihren Namen in diesem Buch gelesen hatte, habe ich alte Zeitungen studiert. Was ich dort las, interessierte mich...«

»Es interessierte Sie?« Normans Stimme paßte nicht zu seinem Lächeln. »Sie waren schockiert, nicht wahr? Schockiert, entsetzt, von Abscheu erfüllt – was war es?«

Schwester Barbaras Stimme war kaum mehr als ein Flüstern. »Damals all das. Ich hielt Sie für ein Ungeheuer, eine Art Jack the Ripper, der im Dunkel mit einem Messer herumschleicht. Monatelang konnte ich Sie nicht aus meinen Gedanken, aus meinen Träumen vertreiben. Aber jetzt hat sich alles geändert.«

»Wieso?«

»Das ist schwer zu erklären. Aber als ich den Schleier nahm, ging etwas mit mir vor sich. Das Noviziat – die Meditation – die Erforschung meiner geheimen Gedanken, meiner geheimen Sünden. In gewisser Weise ist es wie eine Analyse.«

»Die Psychiatrie kennt den Begriff Sünde nicht.«

»Aber sie glaubt an die Verantwortung. Ebenso wie mein Glaube. Allmählich gelang es mir, die Wahrheit zu erkennen. Ihnen war nicht bewußt, was Sie taten, wie also konnte man Sie dafür verantwortlich machen? Ich hatte gesündigt, indem ich ein Urteil fällte, ohne zu versuchen, Sie zu verstehen. Und als ich erfuhr, daß wir heute hierherkommen würden, wußte ich, daß ich Sie aufsuchen mußte, und wenn es nur ein Akt der Buße wäre.«

»Sie verlangen von mir, daß ich Ihnen verzeihe?« Norman schüttelte den Kopf. »Seien Sie ehrlich. Neugierde brachte Sie hierher. Sie kamen, um das Ungeheuer zu sehen, oder? Also, schauen Sie mich an und sagen Sie mir, was ich bin.«

Schwester Barbara hob den Blick und blickte ihn im Licht der Leuchtstoffröhre lange an. »Ich sehe ergrauendes Haar, Falten auf der Stirn, die Spuren von Leid. Nicht das Leid, das Sie anderen bereiteten, sondern das, was Sie über sich selbst gebracht haben. Sie sind kein Ungeheuer, nur ein Mann.«

»Das ist sehr schmeichelhaft.«

»Was meinen Sie damit?«

»Mir hat noch nie jemand gesagt, ich sei ein Mann. Nicht einmal meine eigene Mutter. Sie hielt mich für schwach, verweichlicht. Und alle Jungs nannten mich einen Weichling – beim Baseball...« Er verstummte.

»Baseball?« Schwester Barbara sah ihn wieder an. »Bitte erzählen Sie es mir, ich will es wissen.«

Norman fand seine Stimme wieder. »Ich war ein kränkliches Kind. Ich trug beim Lesen bis vor wenigen Jahren eine Brille. Und beim Sport taugte ich nie etwas. Nach der Schule spielten wir auf dem Spielplatz Baseball. Die ältesten Jungen waren die Kapitäne. Sie wählten abwechselnd die Jungen für ihre Mannschaften. Ich wurde immer als letzter genommen...« Er brach ab. »Aber das würden Sie nicht verstehen.«

Schwester Barbara wandte den Blick nicht von seinem Gesicht, aber sie starrte ihn jetzt nicht mehr an. Sie nickte, ihr Gesichtsausdruck wurde gelöster.

»Mir ging es genauso.«

»Ihnen?«

»Ja.« Ihre linke Hand wanderte zu den Rosenkranzperlen, und nun blickte sie lächelnd auf. »Sehen Sie? Ich bin ein Musterbeispiel für eine Linkshänderin. Mädchen spielen auch Baseball, wissen Sie. Ich war eine gute Werferin. Sie wählten mich immer als erste.«

»Aber das ist doch das Gegenteil von dem, was mir passierte.«

»Das Gegenteil, aber doch das gleiche.« Schwester Barbara seufzte. »Sie wurden als Weichling behandelt. Ich wurde als Range behandelt. Daß ich die erste war, verletzte mich ebenso wie es Sie verletzte, der letzte zu sein.«

Die Luft war dumpf, stickig; Schatten krochen durch das Fenster, lösten sich vom Dunkel draußen und drängten sich um den Lichtkreis der Lampe.

»Vielleicht gehörte das zu meinem Problem«, meinte Norman. »Sie wissen ja, was mit mir geschah – ich wurde Transvestit. Sie hatten Glück. Zumindest verloren Sie nicht Ihre Identität, nicht ihr Geschlecht.«

»Meinen Sie?« Schwester Barbara ließ den Rosenkranz los. »Eine Nonne ist ein Neutrum. Sie ist geschlechtslos. Und sie besitzt keine Identität. Man nimmt ihr sogar ihren Namen.« Sie lächelte. »Das bedaure ich nicht. Aber wenn Sie es sich recht überlegen, sind Sie und ich im Grunde einander sehr ähnlich. Wir sind verwandte Geister.«

Einen Augenblick lang glaubte ihr Norman beinahe. Er wollte ihr glauben, wollte ihre Ähnlichkeit akzeptieren. Aber in dem Lichtkreis auf dem Fußboden sah er den trennenden Schatten – den Schatten des Gitters am Fenster.

»Mit einem Unterschied. Sie kamen hierher, weil Sie es wollten. Und wenn Sie es wünschen, werden Sie aus Ihrem eigenen, freien Willen wieder gehen.«

»Es gibt keinen freien Willen.« Schwester Barbara schüttelte den Kopf. »Nur den Willen Gottes. Er hat mich hierhergeschickt. Ich komme und gehe nur, wie er es will. Und Sie bleiben nur, um dem gleichen göttlichen Zweck zu dienen.« Sie hielt inne, als bläuliches Licht durch den Raum zuckte. Norman suchte die Ursache der plötzlichen Dunkelheit jenseits des Fensters.

Dann grollte der Donner. »Sieht aus, als bekämen wir ein Gewitter.« Norman runzelte die Stirn und blickte Schwester Barbara an. »Was ist mit Ihnen los?«

Die Antwort auf seine Frage lag auf der Hand. Das Gesicht der Nonne wirkte im Lampenlicht totenbleich, ihre Augen waren geschlossen, und sie umklammerte den Rosenkranz. Es war keine Spur von seelischer Sicherheit vorhanden, nicht einmal eine Spur von rangenhafter Angeberei. Durch die harten, beinahe männlichen Züge konnte man die Angst erkennen.

Norman erhob sich rasch und ging zum Fenster. Er sah hinaus zu dem finsteren Himmel über dem Anstaltsgelände. Nun zuckte ein zweiter Blitzstrahl über den Parkplatz, einen Augenblick schimmerte er über den Autos und dem Kastenwagen der Nonnen. Er zog die Gardinen vor, um den grünlichen Lichtschein auszuschließen, dann wandte er sich ab, während der Donner wieder drohend grollte.

»Ist es so besser?« fragte er.

»Danke.« Schwester Barbara ließ den Rosenkranz los.

Etwas klickte. *Die Perlen.* Er starrte sie an.

Der ganze Hokuspokus über psychologisches Verständnis, der ganze Unsinn über Gottes Wille war mit dem Donnerschlag verschwunden. Sie war nur eine verängstigte Frau, die sich vor ihrem eigenen Schatten fürchtete.

Jetzt waren sie rings von Schatten umgeben. Sie hockten in den Ecken, hockten zwischen den undeutlich sichtbaren Bücherregalen herum, die sich bis zu der fernen Tür hinzogen. Norman blickte dorthin und stellte fest, daß der Korridor dahinter leer war; der Schatten war verschwunden. Er kannte natürlich den Grund. Immer wenn ein Gewitter ausbrach, gab es Schwierigkeiten mit den Verrückten. Gott mußte Otis weggeschickt haben, um seine Schützlinge im oberen Stockwerk zu beruhigen.

Norman wandte sich Schwester Barbara zu, als das Klicken wieder ertönte. »Sind Sie sicher, daß Sie in Ordnung sind?« fragte er.

»Natürlich.« Aber die Perlen klickten zwischen ihren Fingern und ihre Stimme zitterte. Sie fürchtete sich vor Blitz und Donner; schließlich war sie doch nur eine schutzlose Frau.

Plötzlich, überraschend spürte Norman ein heißes Gefühl in seinen Lenden. Er wehrte sich auf die einzige ihm bekannte Weise dagegen, mit Worten, die auf seiner Zunge bitter schmeckten.

»Denken Sie nur daran, was Sie mir gesagt haben. Wenn Gott Sie hierher gesandt hat, dann hat Er auch das Gewitter geschickt.«

Schwester Barbara blickte auf, der Rosenkranz baumelte, klirrte. »So etwas dürfen Sie nicht sagen. Glauben Sie nicht an Gottes Willen?«

Wieder grollte der Donner außerhalb der Mauern, er hämmerte gegen Normans Schädel, pochte an sein Gehirn. Dann flammte der Blitz hinter den Vorhängen auf, erleuchtete alles. Gottes Wille. *Er hatte gebetet, und seine Gebete waren erhört worden.*

»Ja«, sagte Norman, »ich glaube daran.«

Die Nonne stand auf. »Ich muß jetzt gehen. Schwester Cupertine macht sich sicher schon Sorgen.«

»Kein Grund zur Besorgnis«, sagte Norman. Aber er sprach zu sich selbst. *Es hatte in jener Nacht vor langer Zeit geregnet, als alles begann. Und nun fiel er wieder. Regen vom Himmel. Gottes Wille geschehe.*

Der Donner grollte, dann trommelte der strömende Regen an die Außenmauer des düsteren Raumes. Aber Norman hörte ihn nicht.

ER hörte nur das Klirren von Schwester Barbaras Perlen, während er ihr in das Dunkel zwischen den Regalen folgte.

4

Schwester Cupertine hatte keine Gelegenheit mehr, den neuen Patienten auf 418 zu besuchen. Sie befand sich noch in Tuckers Zimmer, als das Gewitter losbrach, und als sie ihn verließ, trommelte der Regen schon an die Scheiben.

Sie drängte sich so schnell wie möglich durch das Durcheinander im Korridor, wurde von den aufgeregten Patienten gestoßen, die von Freunden und Verwandten begleitet in die offenen Stationen zurückkehrten. Pfleger und Etagenschwestern eilten vorbei, von den aus den geschlossenen Räumen am Ende der Halle ertönenden Schreien alarmiert. Als sie die Fahrstuhltür im vierten Stock erreichte, wartete bereits eine unruhige, ungeduldige Menge davor.

Dann kam der Fahrstuhl, und die Besucher drängten sich hinein, so daß die Kabine schon überfüllt war, als Schwester Cupertine bei ihr anlangte. Die Tür ging zu, und sie blieb mit einem halben Dutzend weiterer Nachzügler zurück.

Man hatte gar nicht erst den Versuch gemacht, ihr in der Fahrstuhlkabine Platz zu machen, und keiner der Zurückgebliebenen schenkte Schwester Cupertine auch nur die geringste Aufmerksamkeit. *Es gibt keinen Respekt mehr, keine Spur davon. Heilige Maria, vergib ihnen – was ist nur aus dieser Welt geworden?*

Schwester Cupertine verzog den Mund, während sie die Litanei von Kränkungen hersagte, die sie hier erlitten hatte. Der alte Mr. Tucker war in einer seiner übelsten Launen gewesen, hatte ihr Anerbieten, mit ihm zu beten, abgelehnt. Natürlich war das von jemandem in seinem Zustand zu erwarten. Aber für das Benehmen von Schwester Barbara gab es keine Entschuldigung; ihre Weigerung, sich ihr anzuschließen, war glatte Gehorsamsverweigerung. Vielleicht war es notwendig, mit der Schwester Oberin ein paar Worte über ihr Verhalten zu sprechen, sobald sie ins Kloster zurückkehrten.

Es donnerte, als der Fahrstuhl zurückkam. Diesmal befand sich Schwester Cupertine unter den ersten, die ihn betraten. Aber dadurch kam sie nicht schneller weiter; die Abwärtsfahrt wurde im dritten Stock unterbrochen und im zweiten noch einmal, als sich weitere Fahrgäste in die Kabine drängten.

Die kleine Schwester Cupertine wurde unangenehm an die Metallwand in der linken hinteren Ecke der Kabine gedrängt. Und als die Tür im Erdgeschoß aufglitt, mußte sie warten, bis die anderen

Insassen ausgestiegen waren. Sie spürte, wie unter der Ordenstracht Schweiß tropfte und kitzelte; ihre Brille war infolge der Körperhitze in der überfüllten Kabine beschlagen.

Sie nahm sie ab, wischte die Gläser an ihrem Ärmel trocken und wurde von einem Paar, das zum Ausgang drängte, beinahe umgestoßen. Sie schob die Brille wieder unter die Haube und über die Ohren und sah sich in der Halle um, in der sich nur noch wenige Leute befanden, aber Schwester Barbara war nirgends zu sehen.

Schwester Cupertine blickte auf die Wanduhr hinter dem Empfangspult. *Fünf Uhr zehn.* Draußen war es schon stockfinster und es goß in Strömen. *Heilige Mutter Gottes, sie würden auf dem Weg zum Wagen bis auf die Haut naß werden. Wo blieb aber das Mädchen?*

Sie trat ans Pult, und die Empfangsdame blickte auf.

Schwester Cupertine gelang ein Lächeln. »Ich suche meine...«

Ein Donnerschlag krachte und übertönte ihre Frage und einen Teil der Antwort der kleinen Empfangsdame.

»...sah sie vor einer Minute hinausgehen.«

»Sie ist weggegangen? Sind Sie sicher?«

»Ja, Schwester.« Das Mädchen schien besorgt. »Ist etwas nicht in Ordnung?«

»Nein, danke.«

Schwester Cupertine drehte sich um und wandte sich zum Ausgang. *Peccavi.* Eine Notlüge, sicherlich; es ging das Mädchen nichts an, und es hätte keinen Sinn, sie zu beunruhigen. Aber etwas war gar nicht in Ordnung, wenn es zu einem solchen Ungehorsam kam. Sie würde die Mutter Oberin bestimmt noch diesen Abend über die ganze Angelegenheit informieren.

Wenn er nur schon vorbei wäre! Jetzt kam noch die Qual der langen Heimfahrt in diesem schrecklichen Gewitter. Schwester Cupertine blieb einen Moment stehen und starrte durch die Glastür auf den heftigen, windgepeitschten Platzregen draußen. Unruhige Scheinwerferstrahlen durchschnitten das Dunkel, während die abfahrenden Wagen in der Nacht verschwanden. Nun beleuchtete ein Blitz einen Moment die Umrisse des Kastenwagens, der noch immer bei der Einfahrt zum Parkplatz stand. *Dem Himmel sei Dank für kleine Gnaden!* Und Dank auch, daß er ihr Habit beschützte.

Sie öffnete die Tür und ging hinaus, während Wasser gegen ihre schweren Schuhe schwappte und der Regen auf ihre Haube niederprasselte. Auf halbem Weg zum Wagen trübten die schweren Tropfen ihre Gläser und nahmen ihr beinahe ganz die Sicht.

Während sie die Brille abnahm, um sie abzuwischen, verdrehte sie den Fuß und empfand heftigen Schmerz. Sie stolperte, schrie auf und gewann ihr Gleichgewicht wieder, während der Schmerz barmherzig nachließ. Erst dann wurde ihr klar, daß ihr die Brille aus der Hand gefallen war.

Schwester Cupertine blickte hilflos zu Boden und versuchte, sie auf dem schwarzen, von Wasser bedeckten Boden zu entdecken. Zwecklos – sie war verschwunden.

Sie besaß, Gott sei Dank, im Kloster eine Ersatzbrille. Am besten, sie ärgerte sich nicht länger und sah zu, ins Trockene zu kommen.

Als sie blindlings weiterging, erhob sich der Sturm zu einem Heulen, zerrte an ihren durchnäßten Ärmeln und den wehenden Röcken.

Plötzlich durchbrach ein Lichtschein die Dunkelheit, und das Geräusch eines startenden Motors übertönte das Heulen des Windes.

Sie sah, daß sich der Kastenwagen in Bewegung setzte. *Was in aller Welt* – wollte Schwester Barbara ohne sie wegfahren?

»Warten Sie!« Sie stolperte auf die Lichtquelle zu. »Warten Sie auf mich!«

Schwester Cupertine erreichte keuchend die Seitentür des Wagens und tastete nach dem Griff, während der Wagen langsam ausrollte. Die Tür ging auf, und sie kletterte auf den Beifahrersitz.

Der Motor heulte auf, und der Wagen fuhr zur Einfahrt. Noch bevor er auf die Straße bog, hatte Schwester Cupertine schon eine Standpauke begonnen, von der sie wußte, daß sie sie später bedauern würde.

»Wo waren Sie, Schwester? Warum haben Sie nicht in der Halle gewartet? Nehmen Sie denn keinerlei Rücksicht auf andere? Wenn Sie schon allein vorausgehen mußten, so hätten Sie doch zumindest zum Eingang fahren und mich dort einsteigen lassen können.«

»Es tut mir leid...«

Die Antwort ihrer Gefährtin wurde durch den grollenden Donner unterbrochen. Das machte aber nichts aus, denn Schwester Cupertine war noch nicht zu Ende.

»Sehen Sie mich doch an – ich bin durch und durch naß! Und ich habe meine Brille auf dem Parkplatz verloren. Wirklich, es ist – ach, geben Sie doch acht!«

Der Wagen schlitterte quer über die Straße auf einen gähnenden Graben zu, und Schwester Barbara schlug das Lenkrad gerade noch rechtzeitig ein, um eine Katastrophe zu verhindern.

»Bitte, geben Sie doch acht, wohin Sie fahren!«

Schwester Cupertine unterbrach ihren Redefluß, denn es wurde ihr plötzlich klar, daß es nicht der richtige Augenblick war, sich weiter zu beschweren. In diesem Regenguß konnte jede Ablenkung des Fahrers gefährlich werden.

Sie verstummte und blickte hinaus, während die Wischer rhythmisch über die Windschutzscheibe glitten und man die undeutlich erkennbare Straße vor ihnen sehen konnte. Schwester Barbara warf ihr einen Blick zu, sagte aber nichts; es war unmöglich, ihre Reaktion im Dunkel zu erkennen. Einen Augenblick später wandte sie sich ab und konzentrierte sich darauf, den Wagen sicher auf der glatten Fahrbahn zu halten. Der Regen prasselte auf das Dach.

Schwester Cupertine starrte geradeaus und erkannte undeutlich eine Baumgruppe, deren Äste sich im Wind bogen. Unmittelbar dahinter führte eine Seitenstraße durch den Wald. Nun verlangsamte der Wagen seine Fahrt und bog nach links in die tiefere Finsternis ab.

»Das ist der falsche Weg!« Ihre Stimme übertönte den Sturm, aber Schwester Barbara fuhr unbeirrt weiter, und der Wagen durchquerte eine Art Tunnel aus ineinander verschlungenen Bäumen. Schwester Cupertine zupfte sie am Ärmel. »Haben Sie mich nicht gehört? Sie haben die falsche Abzweigung genommen!«

Diesmal nickte Schwester Barbara und stieg auf die Bremse; sie blieben am Rand der schmalen Straße stehen, und sie schaltete mit der rechten Hand die Zündung ab. Dann beugte sie sich vor und griff mit der linken Hand auf den Boden des Wagens, zwischen ihre Füße.

Einen Augenblick lang schien es Schwester Cupertine, daß die verschwommene, gebückte Gestalt neben ihr einem Vogel ähnlich sah – einem Raubvogel. Aber nur einen Augenblick lang.

Dann richtete sich die Gestalt auf und wandte sich ihr zu, gerade während es blitzte.

In dem grellen Licht sah Schwester Cupertine das verzerrte Gesicht unter der Haube und die zum Schlag ausholende Hand mit dem glitzernden Wagenheber.

Den einsetzenden Donner hörte sie nicht mehr.

5

Auf und nieder. Auf und nieder. Platz war genug hinten in dem Kasten. Platz, um die verhüllende Kutte zu entfernen, um die leblosen Beine zu spreizen. Vielleicht hatte die andere – Schwester Barbara – die Stelle rasiert, aber die hier war unrasiert. Eigentlich hatte er die andere haben wollen, von dem Moment an, als er ihr zwischen die Regale gefolgt war, nur hatte er keine Zeit dazu gehabt. Nicht einmal Zeit genug, um nachzuschauen; alles mußte so schnell geschehen. Die hier war alt, aber jetzt hatte er Zeit, und wenn er die Augen schloß, konnte er das Gesicht nicht sehen.

Auf das Gefühl kam es an. *Auf und nieder, auf und nieder. Leben in die Tote pumpen. Die Stellung der Mutter Oberin.*

Mutter?

Das war Blutschande. Aber er wußte, daß Schwester Cupertine nicht seine Mutter war. *Oder war sie es?* Weil er die Augen schloß, konnte er das Gesicht nicht erkennen. *Auf und nieder.* Heftiger, schneller. *Mutter, o Gott, Gott, Gott!*

Norman rollte auf die Seite, setzte sich auf. Verschwitzt, noch keuchend, aber jetzt war es vorbei, Gott sei Dank. Gott hatte die Nonnen gesandt, um ihn vom Bösen zu erlösen. *Die Braut Christi war jetzt seine Braut. Oder war es gewesen. Das alles war Vergangenheit – die normannische Eroberung.*

Er kicherte leise im Dunkel, während er das ungewohnte Ordenskleid zurechtzog. Eine perfekte Verkleidung. Er hatte Schwester Cupertine getäuscht, hatte sie alle getäuscht, als er so hinausging. Aber er hatte ja auch Erfahrung in dieser Rolle. *Die ganze Welt ist Bühne... sein Leben lang spielt einer manche Rollen.* Er hatte die Frau gespielt, und nun spielte er den Mann. Mutter hatte ihn immer einen Weichling genannt; vielleicht glaubte sie, er könne ihn nicht hochkriegen. Nun, jetzt wußte sie es besser, nicht wahr, Mutter? *Mutter Gottes.*

Sein Kichern ging im Donnergrollen unter, brachte ihn dazu, sich des Augenblicks voll bewußt zu werden. Und als der Blitz wieder aufflackerte, konnte Norman nicht dem Anblick der grotesk gespreizten Gestalt neben sich entgehen. Er wandte den Blick ab und zog rasch den schwarzen Rock über die obszön nackten Schenkel und Beine.

Er brauchte es jetzt nicht mehr. Er mußte es nur so bald wie möglich loswerden. Aber wie?

Er starrte über den Sitz nach vorn auf die Windschutzscheibe, an der der Regen in Streifen nach unten rann. Zwischen der Straße und den Bäumen verlief ein schmaler Graben. Dort konnte er die Leiche verstecken, unter einem Haufen Zweige, aber nicht für lange. Jemand würde vorbeikommen und sie bemerken. Es sei denn, er konnte ein Grab schaufeln.

Norman drehte sich um und wartete, bis er bei einem neuerlichen Blitz einen Blick auf die Dinge werfen konnte, die hinten im Wagen lagen. Dort hatte er den Wagenheber gefunden. Aber er sah keine Schaufel; wie hatte er auch annehmen können, daß sie eine mitführen würden. Und er konnte auf keinen Fall mit bloßen Händen in diesem Dreck herumwühlen.

Erschrocken merkte Norman, daß er zitterte, und nicht nur wegen der Kälte. *Es mußte eine andere Möglichkeit geben; o Gott, es mußte doch...*

Er kroch nach vorn zum Fahrersitz des Wagens, und dabei klapperte etwas neben ihm. Er langte nach unten und ertastete einen Metallbehälter. Sein Inhalt schwappte hin und her, als er die schwere Kanne hochhob und die Aufschrift las. Aber schon vorher verriet ihm sein Geruchssinn, was er wissen wollte.

Benzin. Eine Gallone, für Notfälle.

Das würde das Problem lösen. Die Leiche verbrennen und den Wagen auch. Alle Spuren verwischen.

Die ideale Lösung. Normans Hand glitt über die Bodenplanken und suchte eine Streichholzschachtel.

Plötzlich zitterte er wieder. Warum sollte es denn hier welche geben? Unter normalen Umständen waren Streichhölzer ebenso unnötig wie eine Schaufel. Außer sie verwahrten welche im Handschuhfach.

Er kletterte wieder auf den Fahrersitz und zog den kleinen, rechteckigen Deckel aus dem Armaturenbrett heraus. Er fiel nach vorn und gab den Inhalt des dahinterliegenden Fachs frei. Norman ertastete das Inventar: eine leere Schachtel Kleenex, eine Straßenkarte, ein kleiner Schraubenzieher, der in einer Plastikhülle steckende Zulassungsschein, eine phallusförmige Taschenlampe. Aber keine Streichhölzer.

Norman lauschte wie betäubt den Stimmen, die stammelten, schrien, jammerten. Die stammelnde Stimme war seine eigene. *Helft mir – bitte, jemand soll mir helfen!*

Die schreiende war ein Echo von Dr. Clabornes Stimme. *Ent-*

spanne dich. Vergiß nicht, ich kann nicht alles für dich tun. Auf die Dauer mußt du lernen, dir selbst zu helfen.

Die jammernde Stimme war gar keine Stimme, nur das Geräusch des Regens auf dem Dach des Wagens.

Und Dr. Claiborne hatte recht. Auf die Dauer mußte er sich selbst helfen. Aber er konnte nicht weit laufen, nicht bei diesem Gewitter. Er mußte im Wagen bleiben. Er konnte sich nur selbst helfen, indem er aufhörte zu zittern. Was er zu tun hatte, würde ruhige Nerven, ruhige Hände erfordern.

Er erinnerte sich, daß er hinten eine Decke gesehen hatte, die in der rechten Ecke auf dem Ersatzreifen lag. Norman zwang sich, in den dunklen Wald zu kriechen, vorbei an dem Ding, das dort lag – das Mutterding, das Schwesterding –, das stumm aus dem Dunkel nach oben starrte. Merkwürdig, wie er plötzlich den Gedanken nicht ertragen konnte, es zu berühren oder es auch nur wieder anzusehen.

Doch einen Moment lang sah er das, als der Blitz aufflammte und einen Heiligenschein um den schrecklichen Kopf bildete.

Heilige Mutter!

Er schloß die Augen, griff nach der Decke, zog sie heraus und breitete sie mit fieberhafter Hast aus. Als er die Augen wieder öffnete, war das regungslose Bündel bedeckt. Er schlug sorgfältig die Seiten der Decke ein, dann musterte er das Ergebnis seiner Bemühungen. Man konnte jetzt nicht erraten, was darunter lag; niemand konnte es erraten. Und wenn es jemand doch versuchte?

Normans Hand fand den Wagenheber, wo er ihn hingeworfen hatte, unmittelbar hinter dem Sitz. Er nahm ihn mit, als er zum Fahrersitz zurückkroch, und legte das schwere Metallstück zwischen seine Füße. Das gab ihm wenigstens die Möglichkeit, sich im Notfall zu wehren.

Aber der Notfall würde nicht eintreten, wenn er vorsichtig war. Seine Hände zitterten jetzt nicht mehr, und er konnte fahren. Das mußte er jetzt tun. Fahren, von hier wegkommen.

Er drehte den Schlüssel im Zündschloß, und der Motor sprang an. Vorsichtig lenkte er den Wagen zurück auf die Straße, zwischen die Bäume hindurch, dann zu dem freien Gelände dahinter. Das Autofahren an sich war eine Beruhigung. Daß er den Wagen in der Hand hatte, bedeutete, daß er sich selbst in der Hand hatte. Und wer sich selbst in der Hand hat, hat auch seine Zukunft in der Hand. Er mußte nur noch vorausplanen.

Irgendwo würde er zu einem Laden oder zu einer Tankstelle kommen. Dort würde er Streichhölzer kaufen.

Aber auf dieser Nebenstraße bestand keine große Aussicht, ein Geschäft zu finden. Die größten Chancen bestanden auf der Autobahn. Norman machte kehrt und fuhr zur Abzweigung zurück.

Auf der breiteren Straße entspannte er sich. Bessere Straße bedeutete bessere Möglichkeiten. So dachte er jedenfalls, bis der flatternde Ärmel des Habits am Lenkrad streifte. Mit gefurchter Stirn blickte er auf das Ordenskleid hinunter.

Vorhin im Krankenhaus war es seine Rettung gewesen. Niemand hatte ihm in dem kurzen Moment, als er durch das Gewühl in der Halle hinaus ins Dunkel geeilt war, Beachtung geschenkt.

Aber nun war die Tracht sein Verderben. Er konnte nicht hoffen, einen Laden auf dem Land zu betreten, ohne Aufsehen zu erregen. Dort würde sogar Schwester Barbara Neugierde erwecken. Und bei einer Tankstelle vorzufahren, war ebenso gefährlich.

Rasch stellte er sich in seinen Gedanken ein Bild vor. Ein regnerischer Sonntagabend, kein Verkehr, kein Geschäft – im Büro saß ein Junge mit seinem alten Herrn, las Comics und hörte Radio, dann verzog er ärgerlich das Gesicht, weil ihn eine Hupe in den Regen hinausrief! *Jesus Christus, eine Nonne! Und sie will kein Benzin – sie verlangt Streichhölzer. Zum Teufel, wozu braucht eine Nonne Streichhölzer? Da stimmt etwas nicht. Hallo, Pa, du solltest dir lieber ansehen, was da los ist.*

Das Bild verschwand, und er starrte wieder auf den Ärmel. Nur mit der Ruhe. Jetzt denk weiter nach und fahr weiter. Aber wohin? Wohin kann er in dieser Aufmachung fahren?

Geh in ein Kloster!

Das sagte Hamlet.

Aber Hamlet war verrückt.

Er hat mich tollgemacht. Welcher Weg stand ihm offen? Das Ordenskleid auszuziehen war keine Lösung; mit der blauen Krankenhaustracht würde er überall auffallen, wo er sich zeigte. Er hatte die Wahl: entweder als Flüchtling aus einer Nervenheilanstalt oder als Mann in Ordenskleidung gefaßt zu werden. Er brauchte Streichhölzer und er brauchte noch dringender gewöhnliche Kleidung. *Kleider machen Leute.*

Der Donner grollte, erschreckte, verspottete ihn. Gottes Stimme. Aber Gott würde ihn nicht verspotten, nicht jetzt, nicht nachdem er ihn wohlbehalten durch all die Gefahren geführt hatte. *Der Herr wird für dich sorgen.* Gott wird ein Zeichen senden.

Dann fuhr der Blitz hernieder. Nur einen Augenblick lang, jedoch lang genug, damit Norman die Gestalt sehen konnte, die unter einem einsamen Baum an der Landstraße kauerte und einen viereckigen Karton hielt, auf den das Wort in ungelenken Großbuchstaben gekritzelt war.

Gott hatte ihm ein Zeichen gesandt, und es hieß *FAIRVALE*.

6

Dr. Adam Claiborne merkte erst, wie müde er war, als er in Steiners Büro kam und sich in den Stuhl hinter dem Schreibtisch sinken ließ. Es war ein Stuhl für einen leitenden Angestellten; Arm- und Rükkenlehnen waren mit Leder bezogen und das prall gefüllte, große Sitzkissen war für pralle große Gesäße berechnet. Die Fauteuils der Mächtigen.

Vorübergehend überwog der Ärger seine Erschöpfung, wenn er diesen Gipfel an Bequemlichkeit mit den harten, spartanischen, billigen Möbeln aus Plastik und Sperrholz in seinem eigenen kleinen Büro am anderen Ende der Halle verglich. Kein Wunder, daß er erschöpft war, wenn er in Doppelschichten arbeitete, während Steiner von seinem Polsterstuhl aus Befehle erteilte oder auf sein gut gepolstertes Spesenkonto zu Tagungen fuhr.

Claiborne seufzte und griff nach dem auf der Schreibtischplatte liegenden Telefonhörer, der auf ihn wartete.

»Hallo, hier spricht Dr. Claiborne. Tut mir leid, daß Sie warten mußten.«

»Schon gut.« Die Stimme am anderen Ende der Leitung war tief und dröhnte laut genug, um die Stereomusik im Hintergrund zu übertönen. »Hier Marty Driscoll. *Enterprise Productions*. Ich rufe wegen des Films an.«

»Wegen des Films?«

»Ja. Hat Ihnen Steiner nichts davon gesagt?«

»Leider nicht.«

»Komisch. Ich habe Donnerstag mit ihm gesprochen und ihm das ganze Exposé auseinandergesetzt. Ist das Paket angekommen?«

»Welches Paket?«

»Ich habe es Freitagmorgen eingeschrieben, durch Eilboten abgeschickt.« Ein leises Klicken unterbrach Driscolls Satz, und die Stereomusik im Hintergrund verstummte. »Er müßte es schon erhalten haben.«

Claiborne nickte, dann riß er sich zusammen. Warum nickten die Leute, wenn sie mit jemandem telefonierten? Das war ein Verhalten, das man eher von einem Patienten erwartete. Vielleicht war Psychose ansteckend. *Man muß nicht verrückt sein, um hier zu arbeiten, aber es hilft einem.*

»Ich weiß nichts von einem Paket«, bedauerte er. »Doch, warten Sie einen Augenblick.«

Während er sprach, hatte er den großen braunen Briefumschlag im Drahtkörbchen auf dem Schreibtisch bemerkt. Jetzt zog er ihn heraus und las die Absenderadresse an der linken oberen Ecke. »Ihr Paket ist angekommen. Es liegt hier auf dem Schreibtisch.«

»Hat er es geöffnet?«

Claiborne untersuchte den aufgeschnittenen Umschlag. »Ja.«

»Warum dann die Verzögerung? Er versprach, mich anzurufen, sobald er das Drehbuch gelesen hat.«

Der Donner übertönte zeitweise das Gespräch, und Claiborne war nicht ganz sicher, ob er richtig verstanden hatte. »Würden Sie das bitte wiederholen? Wir haben hier ein Gewitter.«

»Das Drehbuch.« Driscolls Stimme dröhnte noch lauter, als deutliches Zeichen seiner Ungeduld. »Es muß dort sein. Sehen Sie doch bitte nach.«

Claiborne leerte den Umschlag aus, der Inhalt ergoß sich auf die Schreibtischplatte: drei Hochglanzfotos acht mal zehn Zoll sowie ein umfangreiches Manuskript in einer Kunstledermappe. Er warf einen Blick auf den maschinengeschriebenen Titel in der Mitte des Deckblattes.

»*Verrückte Lady*«, las er.

»Das ist es. Gefällt Ihnen der Titel?«

»Nicht sonderlich.«

»Steiner auch nicht.« In Driscolls Tonfall klang Belustigung und Nachsicht mit. »Keine Sorge, wir sind nicht mit ihm verheiratet. Vielleicht können Sie und Ames zusammenkommen und etwas Besseres ausknobeln.«

»Ames?«

»Roy Ames. Mein Autor. Ich möchte ihn für ein paar Tage zu Ihnen schicken. Damit er sich ein bißchen in die Atmosphäre einfühlt, falls er gewisse technische Details nicht getroffen hat. Ich weiß, Bates ist noch immer ein heißer Fall, aber vielleicht, wenn er mit ihm spricht...«

»Ich kann Ihnen nicht folgen. Sprechen Sie von Norman Bates?«

»Ja. Von dem Verrückten.«

»Aber was hat er mit...«

»Immer mit der Ruhe, Doktor.« Driscoll kicherte. »Ich vergesse dauernd, daß Sie das Manuskript nicht gelesen haben. Wir drehen einen Film über den Fall Bates.«

Claiborne ließ die Kunstledermappe auf die Tischplatte fallen. *Verrückte Lady.* Er starrte wie betäubt darauf. Was hatte er über Psychodramen zu Schwester Barbara gesagt? *Man muß verrückt sein, um hier zu arbeiten, aber es hilft einem.*

»Doc, sind Sie noch am Apparat.«

»Ja.«

»Dann sagen Sie etwas. Was halten Sie davon?«

»Sie wollen meine Ansicht als Fachmann hören?«

»Ja, genau das.«

»Dann hören Sie gut zu. Als praktizierender Psychiater bin ich der Ansicht, daß Sie übergeschnappt sind.«

Driscolls Lachen dröhnte lauter als seine Stimme, bis Claiborne ihn unterbrach. »Ich meine es ernst. Sie können keinen Film über Norman Bates machen.«

»Keine Sorge, die juristische Abteilung hat die Rechtslage geprüft. Der ganze Quatsch ist der Öffentlichkeit zugänglich wie der Würger von Boston und Charlie Manson...«

»Das hier ist etwas anderes.«

Aber Driscoll hörte nicht zu. »Verlassen Sie sich auf mich. Alles wird aus dem Häuschen sein: Wir haben die Uraufführung für den Spätherbst geplant, es wird ein Bombenerfolg.«

»Was Sie vorhaben, ist billigste Sensationsmache.«

»Billig, verdammt noch mal! Das ist ein Riesenprojekt. Unser Budget beträgt mindestens elfeinhalb.«

»Ich spreche nicht von der finanziellen Seite.«

»Stimmt. Dafür bin ich zuständig.«

»Und ich für das Wohlergehen meines Patienten.«

»Machen Sie sich deshalb keine Sorgen. Wir wollen so wenig wie Sie einen billigen Dreck. Deshalb habe ich Ihnen ja das Manuskript geschickt – um den Fachleuten die Möglichkeit zu geben, eventuelle Fehler aufzudecken.«

»Wenn Sie mich fragen, ist das ganze Projekt ein Fehler.«

»Aber hören Sie, Doc, Sie haben das Drehbuch ja noch gar nicht gelesen!« Die Stimme dröhnte aus dem Hörer. »Warum sehen Sie es sich nicht an, machen uns beiden den Gefallen? Vergessen Sie nicht, wenn Sie Änderungen wollen, müssen wir sie bis spätestens Montag in einer Woche durchführen, um ein paar Tage Zeit für Streichungen und Proben zu haben. Ich brauche von Ihnen nur ein wenig Kooperationsbereitschaft. Und wenn Sie meinen, Ames sollte für ein paar Tage zu Ihnen kommen, brauchen Sie es nur zu sagen.«

»War Dr. Steiner damit einverstanden?«

»Er wollte mich zurückrufen, sobald er das Manuskript gelesen hat. Wenn Sie ihn also ersuchen würden, mich anzurufen, sobald er zurückkommt...«

»Das werde ich tun.«

»Danke.« Nun setzte wieder die Stereomusik ein zum Zeichen, daß das Gespräch zu Ende ging. »Es war nett, sich mit Ihnen zu unterhalten«, sagte Driscoll. »Ich wünsche Ihnen noch einen schönen Tag.«

Claiborne legte auf und lehnte sich zurück. *Einen schönen Tag.* Einen Moment stellte er sich den schönen Tag vor, den Martin Driscoll verbrachte, wahrscheinlich rief er vom Telefon an seinem Swimmingpool in Bel-Air an, das bei Diskomusik im Technicolor-Sonnenschien lag.

Hier gab es keinen Sonnenschein, nur Sturm und Finsternis; kein Geräusch außer Donner und Regen.

Er dachte an Steiner, der bequem und selbstgefällig in der Ersten Klasse im Flugzeug saß. Warum hatte er das Manuskript nicht erwähnt? War ihm nicht klar, was damit zusammenhing? Wie konnte er daran denken, ein solches Projekt zu unterstützen, das die Würde seines Berufsstandes verletzte, seine Patienten demütigte? Aber Steiner machte sich keine Sorgen um Normans Gefühle; Steiner dachte nur an den großen Kongreß in St. Louis. Was sich hier zu Hause abspielte, war zweitrangig. So war es eben im Show-Geschäft; der Star nimmt allein den ganzen Beifall entgegen, und seine Kollegen verrichten die eigentliche Arbeit.

Claiborne schüttelte den Kopf. Vorurteile. *Du bist verdammt zu müde, um logisch zu denken. Du weißt ja wirklich nicht, wie Steiner darüber denkt. Und du hast das Manuskript nicht gelesen.*

Er schob die Kunstledermappe zur Seite und sah sich die Fotos darunter an. Das erste war ein Hochglanz-Brustbild von einem strahlenden Mann mit einem strahlenden Lächeln, den er sofort erkannte. Paul Morgan, einer der zur Zeit beliebtesten Stars, deren Filme – wie nannte man es? – sichere Hits waren. Den wollten sie doch nicht Normans Rolle spielen lassen?

Aber das war das einzige Foto von einem Mann; die beiden anderen waren Porträts von einem Mädchen, das Claiborne nicht kannte. Oder doch? Unter dem lächelnden Gesicht mit den großen Augen stand kein Name, und es wirkte dennoch irgendwie vertraut.

Plötzlich fiel ihm ein, wo er dieses Gesicht gesehen hatte – auf Fotokopien von allen Zeitungsausschnitten, die zur Krankengeschichte von Norman Bates gehörten.

Sie war Mary Crane!

Unmöglich. Mary Crane war Normans Opfer gewesen, das er unter der Dusche getötet hatte.

Sie hatten ein Double gefunden.

Claiborne betrachtete das Mädchen auf den Fotos und hatte ein Gefühl, das er sonst nur in Träumen erlebte – Träume, in denen ihn etwas Schreckliches, das er weder sehen noch identifizieren konnte, bedrohte und verfolgte. Aber er wußte, daß es hinter ihm herkam, also lief er weiter, bis er nicht mehr weiter konnte, obwohl es kein Entrinnen gab. Und dann, wenn es ganz nahe war, erwachte er.

Jetzt träumte er nicht, doch die Bedrohung hing in der Luft. *Etwas...*

»Dr. Claiborne!«

Otis stand schwer atmend im Türrahmen.

Claiborne blickte auf und ließ die Fotos auf die Tischplatte fallen. »Ja?«

»Bitte kommen Sie rasch – die Bibliothek – es ist etwas passiert...«

Etwas.

Er rannte wie in seinen Träumen, doch diesmal lief er nicht vor der Gefahr davon. Er rannte zu dem Unheimlichen hin. Er folgte Otis die Treppe nach unten, ohne auf den Fahrstuhl zu warten.

Unterwegs rief er ihm zu: »Was ist geschehen?«

»Ich weiß nicht – ich war nicht dort...«

»Sie wollen sagen, daß Sie sie allein gelassen haben?«

»Das Gewitter – ich mußte in die Station C, um die Patienten in ihre Zimmer zurückzubringen – außer mir hatte dort niemand

Dienst.« Otis keuchte, und das Echo im Stiegenhaus verstärkte sein stoßweises Atmen. »Als ich wegging, sprachen sie gerade miteinander. Ich blieb nicht mehr als fünf Minuten weg, aber als ich zurückkam, war er fort.«

»Norman?«

Otis erreichte das erste Stockwerk, stieß die Tür auf, und Claiborne folgte ihm in den Korridor.

»Ich habe das Empfangspult angewiesen, alle Stockwerke zu alarmieren. Allan hat Bereitschaftsdienst, er durchsucht das Gelände.«

Nun keuchte auch Claiborne, während sie zur Bibliothek liefen. Seine Tritte hallten in der Vorhalle, und eine Stimme hämmerte in seinem Kopf. *Norman ist fort. Er ist weggelaufen. Und jetzt läufst du. Läufst auf etwas zu.*

Er lief. Durch die Tür in den dunklen Raum, zu den dunklen Regalen, wo etwas wartete.

Claiborne blieb stehen, starrte zu Boden.

»Schwester Barbara...«

Aber es war nicht Schwester Barbara, nicht mehr. Es war nur ein lebloses Ding. Ein nacktes Ding, das kalt und still dalag, ihn blicklos aus hervortretenden, hervorquellenden Augen anstarrte und eine Maske trug.

Es mußte eine Maske sein, denn ihr Körper war kalkweiß, das Gesicht dagegen schrecklich purpurrot. *Eine Maske,* dachte Claiborne. Was denn sonst konnte es sein?

Dann beugte er sich vor und erkannte die Ursache: in verschwollenem Fleisch sah er den straff um Schwester Barbaras Hals geschlungenen Rosenkranz.

7

Bo Keeler stand seit mindestens einer halben Stunde in dem eisigen Regen.

In der ganzen Zeit waren nur zwei Wagen vorbeigekommen, und die beiden Scheißkerle hatten ihn stehenlassen. Entweder waren sie zu sehr in Eile oder hatten zuviel Angst, um anzuhalten.

Also gut, vielleicht hatte sie sein langes Haar, der Bart und der breitkrempige Hut abgeschreckt. Vielleicht hielten sie ihn für einen Ausgeflippten, vielleicht hatte sie die Jacke irritiert, und sie dachten, er gehöre zu einer Rockerbande. Verdammte Scheiße, wenn er dabei wäre, würde er nicht ohne fahrbaren Untersatz im Regen stehen! Und er hätte sogar einmal dazugehören können. Vor zwei Jahren hatte er drüben in Tulsa zu den Angels gehen können, aber er besaß keine eigene Maschine. Schade, Junge, nichts zu machen.

Also immer mit der Ruhe, er setzte den Einbruch auf den ersten Mai fest, nachdem er den Geschäftsraum des Hondahändlers ausgekundschaftet hatte; über das Wochenende war kein Mensch da, eine Bombensache. Das Schloß an der Hintertür war ein Kinderspiel, und drinnen hatte er die verdammt schwerste Maschine ins Auge gefaßt. Super, ein Zweitausend-Dollar-Feuerstuhl, alle Extras drauf, geschmiert und fahrbereit. Woher zum Teufel hätte er ahnen können, daß dort ein Alarmsystem ohne Sirenen eingebaut war. Aber sie stürmten herein und zogen ihre Show ab, schrien ›Keine Bewegung‹, und er bewegte sich nicht. Die verdammten Arschlöcher lochten ihn ein, wegen Einbruchs, zweite Straftat, zwei Jahre Knast, ohne Bewährung. Bo fröstelte; er trat unter den Baum und versuchte, den Karton trocken zu halten. Aussichtslos bei diesem Unwetter. Wenn er nur eine Spur Grütze hätte, wäre er mit dem Bus gefahren. Als sie ihn gestern entließen, hatten sie ihm die Fahrkarte abgelöst.

Es war ein großer Fehler gewesen, sie zu verkloppen, aber er konnte sich mit dem Geld besorgen, was er dringend brauchte: sechs Joints und einen Fick mit dem trampenden Betthäschen, das er sich bei der Busstation angelacht hatte. Als sie sich heute trennten, sah er aus, als würde es leicht sein, per Anhalter weiterzukommen. Er hatte gleich Glück mit dem Tankwagen – der Fahrer sagte, seine Route ginge durch Fairvale, er könne ihn genau vor Jacks Bude absetzen. Aber dann zog das eisige Gewitter auf, und der Bursche zog feig zurück. *Tut mir leid, Kumpel, kann nicht riskieren, weiterzufahren, ich bleibe hier in Rock Center, bis es aufklart.*

So war es also damit vorbei. Raus auf die Autobahn, mit dem verdammten Kartonschild auf dem Stock; ebensogut hätte er ohne Paddel einen Fuß hinauffahren können.

Aber er mußte noch heute abend nach Fairvale, bevor sein alter Kumpel Jack zur Küste abhaute, wie er ihm vorigen Monat geschrieben hatte. Jack war ihm einiges schuldig, vielleicht würde er ihn mitnehmen. Das war seine einzige Chance, bei Gott, denn es gab sonst niemanden, der sich verdammt darum scherte, was mit ihm geschah, er hatte keine andere Möglichkeit. Jedenfalls nicht mit seinem halben Päckchen Zigaretten und siebenunddreißig Cents Kleingeld.

Der Wind wehte jetzt so stark, daß der Regen beinahe horizontal daherkam und der Baum nützte ihm daher wenig. Bo hielt sich zitternd die Tafel wie ein Schild vors Gesicht. Hier draußen konnte man ohne weiteres mitten in der Einöde ersaufen. Was er brauchte, war ein Regenschirm.

Nichts zu machen. Was er brauchte, war Dusel. Mach dir nichts vor. Fairvale war im Eimer, und sein alter Kumpel Jack genauso. Aber wenn er Dusel hatte, nur genug Dusel, um ordentlich Zaster zu kriegen und einen Feuerstuhl.

Rechts von ihm flimmerte etwas. Es war kein Blitz, dafür leuchtete es zu gleichmäßig. Ein Wagen kam die Straße entlang.

Bo trat vor den Baum und hielt seine Tafel hoch. Als die Scheinwerfer näher kamen, erkannte er mit zusammengekniffenen Augen den Umriß eines Lieferwagens.

Stop, bleib stehen, du Arschloch.

Er stoppte, und Bo trat an die Tür.

Der Fahrer schaute von der anderen Seite der dunklen Fahrerkabine hinunter auf ihn.

»Soll ich dich mitnehmen?«

Was zum Teufel glaubst du, wozu ich hier stehe, du Blödmann? Aber das würde er nicht sagen. *Nur ganz cool.*

»Fahren Sie nach Fairvale?«

»Richtig.«

Bo warf die Kartontafel in den Graben, stieg ein und schlug die Tür zu, während der Wagen losfuhr. Angenehm war es da drinnen, die Heizung war eingeschaltet, es war warm und trocken. Er lehnte sich zurück und sah den Fahrer an.

Einen Moment dachte er, er sei ausgeflippt. Wer zum Teufel trägt denn einen großen schwarzen Umhang, wie man sie in den Draculafilmen sieht, wenn er einen Lieferwagen fährt?

Dann ging ihm ein Licht auf – er sah die Haube, oder wie man das nennt – und wußte Bescheid: Der Fahrer war eine Nonne.

Bo war keiner von den wiedergeborenen Jesus-Fixern, für so einen Unsinn hatte er nichts übrig, aber es sah so aus, als hätte jemand seine Gebete erhört. *Eine Nonne fuhr den Lieferwagen. Seine eigenen vier Räder.* Sofort drehten sich andere Räder in seinem Kopf.

Wenn er sich nur zurechtlegen konnte, wie er es inszenieren sollte. *Nur ganz ruhig bleiben. Und mit dem Strom schwimmen.*

Der Wagen fuhr weiter. Die Gestalt mit der Haube warf ihm einen Blick zu, aber nur für einen Moment, nicht lang genug, um in der Dunkelheit einen Eindruck von ihrem Gesicht zu bekommen. Er lächelte ihr zu, nur für den Fall, daß sein Aussehen sie irritierte.

Zumeist achtete sie auf die Straße, aber er wußte, daß sie auch ihn beobachtete, aus dem Augenwinkel. Plötzlich begann sie mit einer seltsam heiseren Stimme zu sprechen, als wäre sie erkältet?

»Wohnst du in Fairvale?«

»Nein, Schwester.« *Ganz ruhig.* »Bin nur auf der Durchreise. Ich habe dort Freunde.«

»Dann kennst du die Stadt?«

»Ein wenig. Sind Sie von dort?«

Sie nickte. »Ich bin dort in der Nähe aufgewachsen. Aber ich war seit Jahren nicht mehr dort.«

»Wenn Sie in einem Kloster leben, läßt man Sie wahrscheinlich nicht mehr viel herumkommen.«

Sie kicherte – komisches Geräusch von einer Nonne. »Das stimmt.«

»Viel haben Sie ja nicht versäumt. Ich wette, Fairvale ist noch genauso wie damals als Sie von dort wegzogen.«

Es regnete jetzt heftig, und sie wandte den Blick nicht von der Straße. »Du hast Freunde in der Stadt?«

»Ja.«

»Kennst du zufällig einen Mr. Loomis? Sam Loomis?«

»Den Namen habe ich schon einmal gehört. Hat er nicht das Eisenwarengeschäft?«

»Dann lebt er also noch dort?«

Bo nickte. »Es ist so, wie ich Ihnen sagte. Dort ändert sich nicht viel.«

Aber hier und jetzt hatte sich eine Menge geändert. Während sie sprachen, hatte er darüber nachgedacht, wie er es anfangen sollte. Und dann, als die alte Ziege die letzte Frage stellte, fiel ihm die Lösung ein.

Sam Loomis. Natürlich hatte er von ihm gehört. Er war der Gimpel, der vor Jahren in den schweren Mordfall verwickelt gewesen war, als sie einen Irren geschnappt hatten, der draußen in dem alten Motel Leute umgebracht hatte. Das Bates Motel, drüben an der Landesstraße A. Das Haus war abgebrannt, aber die Straße gab es noch. Kaum jemand benützte sie, weil jetzt die Autobahn durchging, und es war verdammt sicher, daß sie heute abend keiner benützen würde.

Wie lange fuhren sie schon? Wenn er sich recht erinnerte, mußten sie bald zur Abzweigung kommen. Bo blinzelte durch die Windschutzscheibe, doch es goß in Strömen, so daß die Wischer nicht nachkommen konnten und alles im Dunkel lag. Er hörte Donner, und dann beleuchtete der Blitz das Straßenstück vor ihnen gerade lang genug, daß er erkennen konnte, was er suchte. *Nur ruhig jetzt.*

»Schwester...«

»Ja?«

»Sehen Sie die Abzweigung dort vorn? Wenn Sie nach rechts abbiegen, ist es eine Abkürzung in die Stadt.«

»Besten Dank.«

Kam es ihm nur so vor oder kicherte sie wieder? Nein, es klang eher wie Husten.

»Haben Sie sich erkältet?«

Sie schüttelte den Kopf. »Mir geht es gut.«

Das war verständlich. Sie war eher kräftig gebaut, fast so groß wie er, aber er wußte, daß er sie schaffen konnte. Ein guter Schlag, gerade genug, um sie aus dem Verkehr zu ziehen und auf die Straße zu werfen. Dann ans Steuer und aus Fairvale verduften, hinüber nach Ravenswood und über die Staatsgrenze.

Sie rumpelten jetzt über die Nebenstraße mit den großen Schlaglöchern. Einen Moment dachte er, sie würde ihm deshalb Vorwürfe machen, aber sie sagte keinen Ton. Und das Gewitter ließ auch ein wenig nach; vielleicht würde es bald aufhören zu regnen.

Jetzt kam es darauf an, sie zum Anhalten zu bringen. Vorn standen Bäume, es war schön dunkel, super. Zeit, zu handeln.

Als er den Mund öffnete, klang seine Stimme, als wäre er erkältet. Seine Kehle war ganz trocken und rauh, und er verkrampfte sich innerlich.

Er griff in die Jackentasche und nahm eine Zigarette aus dem Päckchen. »Stört es Sie, wenn ich rauche?«

Sie drehte ihm den Kopf mit einem Ruck zu, als ob er eine anzügliche Bemerkung gemacht hatte, aber das Licht reichte gerade, daß er ihr Lächeln sehen konnte.

»Hast du Streichhölzer?« fragte sie.

Mein Gott, was für eine blöde Frage! Statt einer Antwort fischte er sie heraus, damit sie sie sah. Dann nickte er.

»Wenn Sie vielleicht für einen Moment anhalten könnten, damit ich sie anzünden kann...«

»Natürlich.«

Sie fuhr an den Straßenrand und blieb bei den Bäumen stehen. Wunderbar!

Er wartete eine Sekunde, ging noch einmal alles durch, was er vorhatte. Zuerst den Stummel anzünden, ihn ihr dann schnell ins Gesicht werfen. Sie würde zurückzucken, die Hände heben, und da würde er es ihr geben, wummm, in den Bauch. Wenn sie dann die Hände fallenließ, würde er ihr noch einen genauen Kinnhaken verpassen. *Erledigt.*

Bo steckte den Stummel in den Mund, zündete ein Streichholz an und nahm es in die hohlen Hände. Als es aufflammte, blendete es ihn, aber nur einen Moment lang.

Gerade lang genug, damit sie sich vorbeugen und etwas aufheben konnte, das zwischen ihren Füßen lag...

8

Claiborne hatte jedes Zeitgefühl verloren.

Es schien eine Ewigkeit zu dauern, bis die Polizeistreife eintraf, und als sie endlich auf dem Parkplatz des Krankenhauses hielt, hatte es aufgehört zu regnen.

In dem Wagen saßen drei Männer. Der Fahrer blieb am Steuer sitzen, während die beiden anderen ausstiegen und zum Eingang gingen, wo Claiborne sie erwartete.

Man stellte sich kurz vor. Der große, grauhaarige Mann mit dem Stiernacken war Captain Banning, und der magere ein Polizist namens Novotny. Claiborne wunderte sich darüber. Warum sind die Mittelgroßen immer die Häuptlinge und die Leptosomen immer das Fußvolk?

Nicht daß Banning nicht tüchtig ausgesehen hätte. Noch bevor sie in die Halle traten, überschüttete er Claiborne mit Fragen und befahl Novotny, dort zu bleiben und in der Rezeption Claras Aussage entgegenzunehmen.

Banning und Claiborne gingen direkt zum Fahrstuhl. »Entschuldigen Sie die Verspätung«, sagte Banning, während sie nach oben fuhren. »Haben Sie von dem Unfall gehört?«

»Welcher Unfall?«

»Ein Greyhound-Bus krachte außerhalb von Montrose frontal gegen einen großen Sattelschlepper und stürzte um. Bis jetzt sieben Tote und etwa zwanzig Verletzte. Fast alle Einheiten aus dem Bezirk sind im Augenblick dort versammelt – der Sheriff, Krankenwagen und unsere Leute. Dazu haben wir noch das Problem mit dem Stromausfall durch das Gewitter. Sie hatten Glück, uns überhaupt telefonisch zu erreichen. Ein verdammtes Durcheinander.«

Claiborne hörte zu, nickte in entsprechenden Abständen, aber irgendwie gingen die Bemerkungen des Captains an ihm vorbei. Was für ihn von Bedeutung war, befand sich hier, in der Bibliothek.

Dann setzten die Fragen wieder ein.

Otis hatte auf Claibornes Anordnung hin ein Laken über die Leiche gebreitet, aber sonst war nichts berührt worden. Jetzt verhörte Banning sie beide und notierte ihre Antworten auf einem Notizblock. Während des Verhörs schickte er Otis zu Allen, und als der Wärter erschien, begann eine weitere Runde von Fragen.

Ja, das Gelände war durchsucht worden – alles, einschließlich Lagerschuppen und den Wohnungen der Angestellten. Auf Claibornes Weisung war das Krankenhaus unauffällig, aber gründlich durchsucht worden: Patientenzimmer, Waschräume, Küche, Wäscherei, sogar die Besenkammern.

»Zeitvergeudung.« Banning klappte den Block zu. »Ihr Mann hat die Kleidung des Opfers angezogen und ist durch die Vordertür abgehauen. Wahrscheinlich direkt zu dem Lieferwagen, in dem die Schwestern gekommen sind.«

»Aber Schwester Cupertine ist auch weggegangen«, erinnerte sich Claiborne. »Hätte sie ihn nicht erkannt?«

»Captain...«

Banning wandte sich um, während ein anderer Uniformierter zur Tür hereinkam. Es war der Polizist, der im Streifenwagen geblieben war, und Banning ging zu dem wartenden Fahrer. »Was ist los?« fragte er.

Die Antwort des Polizisten klang gedämpft. Aber als Banning sprach, waren seine Worte deutlich vernehmbar.

»Du heiliger Strohsack!« rief er.

Claiborne trat zu ihm. »Was ist los?«

»Der Lieferwagen.« Banning runzelte die Stirn. »Ein Vertreter hat ihn soeben entdeckt, als er über die Landesstraße A fuhr. Er hatte ein Autotelefon und rief sofort die Feuerwehr an.«

»Die Feuerwehr? Was ist geschehen?«

Banning steckte den Notizblock ein. »Sobald ich Genaueres weiß, werde ich Sie informieren.«

Feuerwehr. Claiborne fühlte sich wieder wie in seinem Alptraum, wie in dem Augenblick, als ihn Otis in die Bibliothek gerufen hatte; das lähmende Gefühl, daß ihn etwas erwartete. Es hatte keinen Sinn, jetzt davonzulaufen; früher oder später mußte man sich ihm stellen. Erst dann konnte man aufwachen.

»Kann ich Sie begleiten?« fragte Claiborne. »Mein Wagen steht draußen.«

»Okay, wenn Sie hinter mir herfahren.« Banning ging zur Tür. »Falls Sie mich verlieren sollten, es ist die Landesstraße A.«

»Keine Sorge, ich werde Sie nicht verlieren.«

Aber er verlor ihn doch.

Als er Otis endlich die Leitung übergeben und ihm eingeschärft hatte, das Personal sollte den Mund über die Vorfälle halten, fuhr Bannings Streifenwagen schon vom Parkplatz.

Die beiden Polizisten waren dort geblieben, um weitere Vernehmungen durchzuführen und einen Krankenwagen zum Abtransport von Schwester Barbaras Leiche zu rufen. Aber Banning brauchte keinen Fahrer; seine Schlußlichter blinkten schon in der Ferne, bevor Claiborne auf die Straße einschwenkte.

Er stieg aufs Gas und sah, wie die Tachonadel hundertzehn überschritt. Sinnlos, der Wagen vorne mußte gut hundertfünfzig oder mehr draufhaben, und er konnte auf der nassen Fahrbahn nicht so schnell fahren.

Bald darauf nahm der Streifenwagen eine Kurve und verschwand ganz. Claiborne drosselte sein Tempo auf hundert, doch sogar dann brauchte er seine volle Konzentration, um nicht ins Schleudern zu geraten. Infolgedessen fuhr er über die Abzweigung hinaus und mußte umkehren, als er seinen Fehler bemerkte. Nachdem er dann auf die Landestraße A abgebogen war, brauchte er keinen weiteren Hinweis.

Auf der Autobahn war die vom Regen gereinigte Nachtluft kühl und frisch gewesen. Hier mischte sich ein scharfer Geruch mit einem unangenehmen, süßlichen Gestank, und in dem Licht vor ihm erkannte Claiborne die Ursache.

Er hatte erwartet, Feuerwehrwagen zu sehen, aber es parkten nur zwei Wagen am Straßenbankett, deren Scheinwerfer auf ein drittes Fahrzeug gerichtet waren.

Claiborne erkannte den Lieferwagen oder vielmehr, was von ihm übrig war. Die Windschutzscheibe war zersprungen, und in dem verkohlten Wagendach klaffte ein gähnendes Loch; die offenen Türen hingen in geschmolzenen Scharnieren. Das Heck war durch die Explosion vollkommen zerstört, und die Kühlerhaube stand offen; sie enthüllte ein Gewirr von geschmolzenem Metall, aus dem Rauchfahnen stiegen und sich mit dem Gestank von verbranntem Benzin vermischten. Unter den kochenden Reifen lagen zerbrochenes Glas und unkenntliche Trümmer.

Der Vertreter lehnte an seinem Wagen und erbrach geräuschvoll in den Straßengraben. Der Streifenwagen auf der anderen Seite war leer, aber als Claiborne stehenblieb und ausstieg, sah er Banning, der sich von der Fahrerkabine des Lieferwagens abwandte. Er blickte auf, sein Gesicht wirkte in dieser Beleuchtung aschfahl.

»Benzintank explodiert«, konstatierte er.

»Unfall?«

»Kann ich nicht sagen. Könnte Brandstiftung sein. Die Feuerwehr müßte es feststellen, falls sie jemals hierherkommt.« Banning starrte mit gefurchter Stirn die Straße entlang.

Die Luft war voller Giftgase; es drehte Claiborne den Magen um. »Wie lautet Ihre Theorie?«

»Etwas stimmt ganz und gar nicht. Der Wagen war geparkt, als es passierte, die Handbremse ist noch angezogen. Und das Feuer brach anscheinend vorn aus. Sie hatten genügend Zeit, um rauszukommen, bevor der Tank explodierte.«

Claiborne erstarrte. »Sie?«

Er ging zu der offenen Kabine, aber Banning legte ihm die Hand auf die Schulter. »Hat keinen Sinn, sich das anzusehen.« Er wies auf den würgenden Vertreter auf der anderen Straßenseite. »Wetten, daß er es lieber nicht getan hätte?«

»Ich muß es wissen.«

»Okay, Doc.« Banning senkte den Kopf und trat zurück. »Sagen Sie aber nicht, ich hätte Sie nicht gewarnt.«

Claiborne beugte sich vor und sah in die Kabine. Das Leder auf den Sitzen war verbrannt, und das Plastik auf dem Armaturenbrett war geschmolzen. Hier war der süßliche Gestank stärker, beinahe unerträglich. Nun sah er die Ursache.

Quer über dem Boden lag ein kohlschwarzer Klumpen mit zwei Stummeln auf beiden Seiten. Die stinkende Masse war nur vage als menschlicher Torso erkennbar, und der runde Auswuchs an seinem oberen Ende war nur ein verkohlter Ball, von dem jede Spur von Gesichtszügen weggebrannt war. Keine Augen, keine Nase, keine Spur von Haut oder Haar war mehr übrig, und was ein Mund gewesen war, war nun eine gähnende, zungenlose Öffnung, zu einem stummen Schrei verzerrt.

Er wandte sich ab, der Geruch und der Anblick nahmen ihm den Atem, und er blickte ins Innere des Wagens hinter die Sitze.

Dort lag ein zweiter Klumpen im Dunkel, dessen gliederlose Masse knusprig wie ein gegrilltes Steak war. Es gab keinen Kopf; die Explosion der Benzintanks hatte anscheinend den Schädel zerrissen. Nur ein anatomisches Detail identifizierte die Überreste als weiblich: die verkohlte Höhlung der Vagina. Dort war ein Stück Haut aufgeplatzt und hatte rosiges Fleisch darunter enthüllt.

Claiborne trat zurück und holte tief Luft. Er fühlte Bannings prüfenden Blick und bemühte sich, seine Züge und seine Stimme in die Gewalt zu bekommen.

»Sie haben recht, es ist nutzlos. Sie werden eine vollständige Autopsie brauchen.«

»Das wird einige Zeit in Anspruch nehmen«, meinte Banning. »Nach dem Autobuszusammenstoß drüben in Montrose wird der Leichenbeschauer alle Hände voll zu tun haben. Aber ich kann mir schon ungefähr vorstellen, was hier passiert ist.« Er fuhr sich mit zwei Fingern durch die grauen Stoppeln auf seinem Kinn. »Ich nehme an, daß Schwester Cupertine entweder bewußtlos geschlagen oder getötet und hinten im Laderaum des Wagens vor neugierigen Blicken verborgen wurde. Als nächstes mußte er einen Ort abseits der Hauptstraße finden und…«

»Augenblick mal.« Claiborne zog die Stirn kraus. »Zuerst wissen Sie nicht, ob es ein Unfall war oder nicht, und nun behaupten Sie, es war Mord.«

»In dieser Beziehung gab es nie einen Zweifel«, erklärte Banning. »Das kann man aus dem Leichnam hinten schließen. Wenn sie nicht tot oder zumindest bewußtlos gewesen wäre, hätte Schwester Cupertine zweifellos versucht, vorn aus dem Wagen zu springen, als das Feuer ausbrach.«

»Wir wissen aber immer noch nicht, was die Explosion des Lieferwagens verursacht hat.«

Der Handelsvertreter trat schweigend und erschüttert zu ihnen, während Banning ins Dunkel zu seinen Füßen langte und einen geschwärzten zylindrischen Metallbehälter aufhob.

»Hier ist die Antwort. Diesen Benzintank fand ich hier auf der Straße, während Sie sich im Wagen umsahen. Es war tatsächlich Brandstiftung. Er wollte die Leiche und den Wagen damit übergießen, und das Feuer sollte alle Spuren beseitigen. Aber irgend etwas ging schief, und er war in der Fahrerkabine gefangen.«

»Er?«

»Ihr Patient. Norman Bates.«

Gefangen. Das verkohlte Ding vorne im Wagen war Norman. Natürlich, er mußte es sein!

»Nein!«

»Was meinen Sie?«

Claiborne starrte Banning an, ohne zu antworten. Denn es gab keine Antwort, nur seine feste Überzeugung als Folge jahrelanger Erfahrung, jahrelanger Arbeit mit seinem Patienten.

Der Handelsvertreter sah ihn verdutzt an, und Banning schüttelte den Kopf. »Ist durchaus plausibel, Doc. Wir wissen, daß Bates in dem Lieferwagen flüchtete, und Schwester Cupertine muß mit ihm gefahren sein. Überlegen Sie einmal. Sie erkennt ihn in der Nonnenkleidung zuerst nicht, und als sie es bemerkt, ist es zu spät – er schlägt sie bewußtlos und kommt hierher, wie ich sagte. Als er dann das Benzin anzündet, wumm! Was sonst kann passiert sein?«

»Ich weiß es nicht.«

»Verlassen Sie sich darauf. Bates ist tot...«

Was er noch sagte, ging in einem Heulton unter.

Die drei Männer blickten auf und sahen die rotierenden Blinkanlagen auf der Straße. Kreischende Bremsen kündigten das geräuschvolle Eintreffen des Feuerwehrwagens an. Er blieb stehen und beleuchtete den Schauplatz.

Banning ging hinüber, der Handelsvertreter folgte ihm. Claiborne zögerte und sah zu, wie die Uniformierten ausstiegen und zu dem ausgebrannten Autowrack gingen. Ein barhäuptiger Feuerwehrmann stand neben dem Wagen und begann mit Banning und dem Vertreter zu sprechen. Von da an wurde viel geredet, endlos geredet, weil man nichts anderes tun konnte. Ein Krankenwagen kam, um die verkohlten Klumpen abzutransportieren, doch man redete weiter – nutzloses, sinnloses Gequassel. Alles war jetzt sinnlos, und es hatte keinen Zweck, daß Claiborne es sich nochmals anhörte. Er hatte seine Aussage gemacht, seine Anwesenheit war also nicht mehr erforderlich. *Überlaß dem Leichenbeschauer die Autopsie. Du bist nur ein ahnungsloser Zuschauer.*

Er kehrte zu seinem Wagen zurück und setzte sich ans Steuer. Niemand bemerkte es und niemand versuchte ihn aufzuhalten, als er zurück zur Hauptstraße fuhr.

Allmählich verschwanden der Geruch und der Lärm, zumindest äußerlich. Aber der Anblick verließ ihn nicht, er hatte ihn deutlicher vor Augen als die Straße, die vor ihm lag – der Anblick der geschwärzten, verkrümmten Körper, der verkohlten Geschöpfe auf dem Schauplatz des Verbrechens.

Keine Autopsien. Ahnungsloser Zuschauer.

Aber irgendwo tief in seinem Inneren führte er weiter eine Autopsie durch und hörte allmählich auf, seine Unschuld zu beteuern.

Denn Norman war tot.

Norman war tot und Claiborne war schuldig. Schuldig der falschen Beurteilung, weil er zugelassen hatte, daß Norman und Schwester Barbara zusammentrafen. Schuldig der Fahrlässigkeit, weil er die beiden allein gelassen hatte. Außerdem war er indirekt auch für Schwester Cupertines Tod verantwortlich. Aber vor allem war er schuldig, Norman im Stich gelassen zu haben. Die wahren Verbrechen waren seine falsche Diagnose und Prognose als Fachmann.

Claiborne erreichte die Überlandstraße und bog fast automatisch auf sie ein. Die frische Luft half ihm, seine Lunge zu reinigen und einen klaren Kopf zu bekommen.

Nun konnte er den Tatsachen ins Auge sehen. Nun konnte er verstehen, warum er die Realität von Normans Tod nicht akzeptieren wollte. Denn in gewisser Weise war nicht Norman in dem brennenden Lieferwagen gestorben, sondern Claiborne selbst. Das Bild, das er sich von sich selbst machte, war bis zur völligen Unkenntlichkeit verbrannt; alle seine Pläne, seine Hoffnungen, seine Träume waren dahin, sein Leben hatte sich in Rauch aufgelöst.

Es würde nun kein Buch geben, keinen gelehrten, die eigene Leistung herausstreichenden Bericht darüber, wie er die Psyche eines scheinbar unheilbaren Psychopathen ohne Elektroschocks, Psychochirurgie oder Ataraktik geheilt hatte. Es war die ganze Zeit über sein Ziel gewesen, das Buch zu schreiben, sich einen Namen und einen Ruf zu schaffen, aus Steiners Schatten zu treten, aus dieser Stellung ohne Aufstiegsmöglichkeiten heraus und zu einem gehobeneren Posten zu gelangen. Er war in dem Krankenhaus ebenso ein Gefangener gewesen wie Norman, und wenn die Dinge richtig gelaufen wären, hätten sie beide die Freiheit erlangt.

Und er war seinem Ziel schon ganz nahe gewesen, so nahe. Er war dem Erfolg, Normans Wesen, nahegekommen. Er hatte solange mit Norman zusammengearbeitet, er kannte den Menschen oder glaubte ihn zu kennen, wie hatte er einen so folgenschweren Irrtum begehen können?

Hybris. Selbstüberheblichkeit.

Stolz, der Glaube an die Allmacht der Wissenschaft, an die Allwissenheit des Intellekts. Das war der verhängnisvolle Irrtum gewesen. Manchmal war es besser, dem inneren Gefühl zu vertrauen, wie in dem Augenblick, als er beinahe damit herausgeplatzt war, daß Norman nicht tot war. Erschrocken stellte er fest, daß dieses Gefühl noch immer vorhanden war.

Angenommen, es stimmte?

Es ergab natürlich keinen Sinn, aber das galt auch dafür, was sich in dem Lieferwagen abgespielt haben sollte. Banning zog voreilige Schlüsse, auch er versuchte zu einer raschen Lösung zu kommen. Warum aber sollte Norman Benzin ausgießen und es anzünden, ohne vorher den Wagen zu verlassen? Gleichgültig, wie es sonst um ihn stehen mochte, Norman war weder ein Selbstmörder noch dumm.

Es mußte eine andere Erklärung geben. Wenn vielleicht noch eine dritte Person daran beteiligt war?

Aber wer?

Auch das ergab keinen Sinn. Nichts ergab einen Sinn, außer dem bohrenden Gefühl. Es sei denn, es war reines Wunschdenken, das sich immer wieder bemerkbar machte. *Norman lebt, lebt, lebt –*

Claiborne blinzelte, er zwang sich dazu, der Straße vor ihm seine volle Aufmerksamkeit zu widmen. Und genau in diesem Augenblick sah er etwas links von der Straße im Graben liegen. Er sah es, bremste und blieb stehen.

Er stieg aus und ging hinüber, um es sich genauer anzusehen. Vielleicht hatten ihm seine Augen einen Streich gespielt.

Aber als er den durchweichten Karton aufhob, der notdürftig an der Stange befestigt war, wußte er, daß es kein Irrtum war. Die Buchstaben waren noch deutlich sichtbar.

Fairvale.

Claiborne starrte die Tafel an, und plötzlich paßte alles zusammen. Er sah sich das Straßenbankett daneben an.

Der Lieferwagen konnte hier angehalten und einen Autostopper mitgenommen haben.

Wenn das der Fall war, mußte es Radspuren im Schlamm geben. Er sah sich genauer um, fand aber nur eine Wasserlache. Natürlich, der Regen mußte die Spuren weggewaschen haben. Aber es spielte keine Rolle, nichts spielte eine Rolle, nur die Wahrheit. *Vertraue deinem Instinkt. Es gab also doch eine dritte Person.*

Und wenn es sie gab, war alles möglich. Der Autostopper konnte zu der Stelle gebracht worden sein, wo der Lieferwagen dann zerstört wurde, hatte dort einen Schlag auf den Kopf erhalten und war den Flammen überlassen worden, nachdem man ihn entkleidet hatte. Während Norman...

Claiborne hob den Karton auf und trug ihn zu seinem Wagen. Dort legte er ihn vorsichtig auf den Rücksitz. Dann startete er den Motor. Seine Gedanken kamen zugleich mit ihm auf Touren.

Der Wagen machte kehrt. Fairvale lag in der entgegengesetzten Richtung an der Überlandstraße, jenseits der Abzweigung. Und dorthin würde Norman gegangen sein, nachdem er den brennenden Wagen verlassen hatte. Ein Mann, der imstande war, in seinem Wahnsinn unschuldige Fremde ums Leben zu bringen, würde sicherlich ihm bekannte Feinde bedenkenlos töten.

Sam Loomis und seine Frau Lila wohnten in Fairvale.

Die Abzweigung lag vor ihm. Einen Moment lang überlegte Claiborne, ob er abbiegen und Banning alarmieren sollte? Aber das bedeutete endlose Debatten, und er wußte schon, wie Banning reagieren würde, wenn er ihm sagte, was er befürchtete.

Okay, aber wo sind Ihre Beweise? Sie haben nichts als einen Karton, den Sie im Straßengraben gefunden haben. Sie erwarten doch nicht, daß ich deshalb die Geschichte glauben soll, daß Norman einen Autostopper umgebracht und seine Leiche im Lieferwagen versteckt hat? Und selbst wenn er es getan hat, wieso wissen Sie, daß er es auf die Loomis abgesehen hat? Sie sind zwar Psychiater, aber deshalb können Sie noch lange nicht Gedanken lesen. Hören Sie, Doc, Sie sind übermüdet. Warum fahren Sie nicht ins Krankenhaus zurück, ruhen sich aus und überlassen uns die Aufklärung des Falls?

Bannings Stimme. Die Stimme der Selbstgefälligkeit.

Claiborne schüttelte den Kopf. Er fühlte sich müde, ausgelaugt, das stimmte. Und er war kein Gedankenleser. Wie sollte er Banning davon überzeugen, daß er wußte, mit absoluter Sicherheit wußte, woran Norman dachte.

Unmöglich. Und er hatte keine Zeit.

Der Wagen fuhr an der Abzweigung vorbei und wurde schneller, als Claiborne plötzlich entschlossen auf das Gaspedal trat.

Er kam zum Wegweiser und las die Aufschrift, ohne das Tempo zu drosseln. *Fairvale – 12 Meilen.*

Der Wagen raste weiter.

Nun war das Gefühl stärker denn je – das Gefühl, daß er in einem Traum zu einer schrecklichen Begegnung unterwegs war.

Aber das war kein Traum.

Und er hatte keine Zeit.

9

Norman ging die Straße entlang, und sie war tot.

Das Gewitter hatte sie getötet, das Gewitter und der Sonntagabend. Jede kleine Stadt hat ihre Hauptstraße, und wenn der Sonnenuntergang am Sonntag kommt, kommt der Tod. Die Läden sind geschlossen, die Parkplätze stehen leer, und wenn noch Leben existiert, zieht es sich in die Wohnhäuser zurück, versteckt sich hinter heruntergezogenen Jalousien.

Dort würden Sam und Lila zu finden sein – in einem der Häuser. Sam, der das Eisengeschäft führte, und Lila, seine Frau. Sie war Mary Cranes Schwester und hatte Mary gesucht, nachdem sie verschwunden war. Sie war zu Sam gegangen, denn sie wußte, daß er und ihre Schwester ein Verhältnis hatten.

Niemand hätte erfahren, was geschehen war, wenn sie sich nicht eingemischt hätten. Mary Crane und der Detektiv, der versucht hatte, sie zu finden, waren beide tot, und Sam und Lila hätten auch unter der Erde liegen sollen. Aber sie waren in das Bates Motel gekommen und hatten Norman entdeckt, deshalb wurde er begraben – all diese Jahre war er in der Irrenanstalt lebendig begraben gewesen.

Daß man ihn dort einsperrte, war eine schlimmere Strafe als der Tod – eine Strafe für Verbrechen, die er nie begangen hatte. Mutter hatte sie verübt, sie hatte sich seines Geistes und seines Körpers bedient und so die Morde begangen. Er war nicht dafür verantwortlich, das gaben alle zu. Sonst hätte man ihm den Prozeß gemacht.

Aber es gab keinen Prozeß, es gab nur die langen Jahre der Strafe, während Sam und Lila frei ausgingen. *Und so heirateten sie und lebten glücklich und zufrieden.*

Bis jetzt.

Heute abend würde es ein Ende haben. Nicht weil er verrückt war, er war wieder gesund, und er, nicht Mutter, würde der Rächer sein. Gott sei Dank.

Nein, nicht Gott. Dr. Claiborne sei Dank. Er war sein Retter, der ihn vor dem Irrsinn gerettet hatte. Gäbe es Dr. Claiborne nicht, würde sich Norman nicht hier befinden.

Vielleicht sollte er gar nicht hier sein, denn Dr. Claiborne wäre nicht damit einverstanden. All diese Jahre, in denen sie miteinander sprachen, hatten ihm geholfen, sich selbst wiederzufinden, Mutter loszuwerden, die Angst und den Haß loszuwerden – ein wunderbarer Mann, freundlich und fürsorglich, soviel Einfühlungsvermögen. Wäre Normans Leben anders verlaufen, wäre er vielleicht selbst Arzt geworden.

Aber sein Leben war nicht anders verlaufen. Und es konnte erst in Ordnung kommen, wenn Gerechtigkeit geübt worden war. Gerechtigkeit, nicht Rache. Das würde Dr. Claiborne sicherlich begreifen.

Es konnte keine Gerechtigkeit geben, solange Sam und Lila lebten. Sie hatten ihn mit ihrer Zeugenaussage gebrandmarkt und verurteilt – aber wer waren sie, daß sie den Stab über ihn brechen konnten? Lila, die mit ihrem warmen Körper die Wollust des Geliebten ihrer toten Schwester befriedigte? Und Sam, der vom Blut unschuldiger Wesen lebte, der Gewehre und Messer in seinem Laden verkaufte – Jagdgewehre, um hilflose Tiere zu erschießen, und Messer, um sie auszuweiden. Er war der Mörder, der Schlächter, der mit dem Tod handelte – warum konnte das denn niemand erkennen?

Dr. Claiborne würde es nie verstehen, aber Norman verstand es. Jene, die vom Schwert leben, müssen durch das Schwert umkommen. Heute nacht.

Aber die Hauptstraße war tot, und die Fenster der Häuser in den Nebenstraßen waren dunkel. Sam und Lila versteckten sich vor ihm, versteckten sich hinter Fensterläden. Wo – in welchem Haus? Er konnte doch nicht herumgehen und an die Türen klopfen. Wie sollte er sie finden?

Norman blieb an der Ecke stehen und runzelte die Stirn. Niemand sah ihn unter der Straßenlaterne stehen, aber er würde nicht immer unbemerkt bleiben. Er war auf der Flucht, man würde ihn suchen. Wenn er handeln wollte, mußte es jetzt geschehen. Er hatte keine Zeit.

Dann bemerkte er die Telefonzelle neben der unbeleuchteten Benzinstation. Natürlich, das war die Lösung. Er mußte nur einen Blick ins Telefonbuch werfen.

Er ging an den Zapfsäulen vorbei und betrat die verglaste Kabine. Dann betrachtete er ungläubig die rostige Kette, die neben dem Telefon herabhing.

Das Telefonbuch war nicht da. Er mußte die Telefonauskunft um die Information ersuchen.

Norman griff nach dem Hörer, dann zog er die Hand zurück. Er konnte nicht anrufen. Kein Mensch fragt nach einer Adresse; auch wenn die Telefonistin sie ihm gab, würde sie sich an den Anruf erinnern. In einem Ort wie diesem interessierten sich alle für einen Fremden. Kaum hatte er aufgelegt, würde sie wahrscheinlich Sam und Lila anrufen und ihnen erzählen, daß jemand nach ihnen gefragt hatte. Damit wäre er todsicher verraten und verkauft.

Tot. Er war nicht tot und würde nicht so rasch sterben, wenn er nur achtgab. Aber er mußte schnell handeln. Keine Zeit!

Norman verließ die Telefonzelle und ging zur Ecke, wobei er an der Kneipe vorbeikam. Ihre Fenster waren dunkel, dank der Vorschriften über die Sonntagssperre. Alle Fenster auf der Straße waren dunkel, bis auf eines.

Eine Fensterfront weiter oben war beleuchtet. Er konnte es erst deutlich sehen, als er hinging und über die Straße auf das Schild starrte.

Loomis Eisenwaren.

Das Fenster war beleuchtet, aber es war nur eine Schaufensterdekoration. Worauf es ankam, war das andere Licht – das weiter oben, das schwach aus dem Hintergrund des Ladens drang.

Es war jemand im Geschäft.

Norman überquerte die Straße, dann ging er langsamer.

Jetzt mußte er vorsichtig sein, er blieb stehen und dachte nach. Vorsichtig sein. Er mußte weitergehen, bis zur Ecke, und dann auf der Straßenseite, an der der Laden lag, zurückkommen, falls jemand auf die Straße blickte. Sich im Schatten halten. *Aus den Augen, aus dem Sinn.*

Norman nickte, dann ging er leise weiter. Erst als er sich im Dunkel des schmalen Wegs zwischen dem Laden und dem Gebäude nebenan befand, begann er leise zu kichern. Als er zur Hintertür schlich und an dem Schloß herumhantierte, war er außer Sicht.

10

Lila Loomis war zu Hause, als es passierte, sie saß in dem dunklen Wohnzimmer und sah bei einem primitiven Quiz im Fernsehen zu. Sie hatte sich das Programm nicht aussuchen können; der Empfang war wegen des Gewitters schlecht, und Kanal 5 zeigte als einziger ein deutliches Bild. Die Show bewirkte zumindest, daß ihre Aufmerksamkeit von dem Vorhaben auf der Straße abgelenkt wurde.

Zum hundertstenmal wunderte sie sich über das Programm, das Spiel war albern, und die den Kandidaten gestellten Fragen waren womöglich noch alberner. *Jetzt kommen wir zu dem Hauptgewinn! Zehntausend Dollar in bar, ein funkelnagelneuer Ford Galaxie und eine fröhliche Urlaubswoche für zwei Personen, sämtliche Nebenspesen inbegriffen, in dem schönen Hiltonhotel in Acapulco... Wie lautete Jackie Onassis' Mädchenname?*

»Minnie Schwartz«, murmelte Lila. Dann ertappte sie sich dabei und lächelte über ihre eigene Dummheit. Es war völlig unsinnig, dem Bildschirm zu antworten, aber sie hatte es sich in letzter Zeit angewöhnt. Sie war nicht die einzige; auch andere Leute schienen Quizmastern, Talk-Show-Moderatoren und den anonymen Idioten zu antworten, die vor dem Background eines unsichtbaren Engelschores einen Flüssigdünger anpriesen. Noch ein paar Jahre, dann würden alle Selbstgespräche führen.

Lila wollte gerade aufstehen und in die Küche gehen, als die Abendnachrichten begannen. Sie lehnte sich zurück und hörte dankbar zu. Die gedämpfte Stimme und die ruhigen Züge des Sprechers boten eine willkommene Abwechslung nach der künstlichen Betriebsamkeit des Moderators des Quiz und den herausgeschrienen Antworten der grinsenden Kandidaten.

Die meisten Berichte befaßten sich mit dem Gewitter und die Sensationsnachricht war das schreckliche Autobusunglück in Montrose. Zum Glück für Lilas zartbesaitete Seele gab es keine Live-Aufnahmen vom Schauplatz, aber der Sprecher stellte Aufzeichnungen für elf Uhr in Aussicht. Sie nahm sich vor, nicht einzuschalten; vielleicht war es kindlich von ihr, aber sie konnte den Anblick von Tod oder Leiden einfach nicht ertragen.

Lila schüttelte den Kopf und verwarf die selbstkritischen Gedanken. Es war mehr als eine kindische Reaktion; nach allem, was geschehen war, hatte gerade sie das Recht auf dieses Gefühl. Natürlich lag es schon Jahre zurück, eine alte Geschichte, und sie war nicht dabei gewesen, als ihre Schwester und der Detektiv von dem Wahnsinnigen ermordet wurden. Aber Lila hatte Norman Bates mit dem Messer in der Hand auf sich losgehen sehen, und die Angst davor war geblieben. Manchmal kam dieses Bild in ihren Träumen wieder; sie zitterte und schrie, bis Sam sie in die Arme nahm und sie tröstete. *Liebling, es ist alles in Ordnung.* Dann machte er die Nachttischlampe an. *Siehst du? Niemand ist hier. Du hattest einen Alptraum.*

Auch jetzt wünschte sich Lila, daß Sam da wäre. Es war sieben vorbei, und er steckte noch immer im Geschäft und arbeitete an der Buchhaltung. Das mußte natürlich erledigt werden, die vierteljährliche Steuerzahlung stand bevor, und Sonntag nachmittag war die beste Zeit dafür. Aber damit fielen alle Pläne für ein exquisites Abendessen ins Wasser; sie konnte nicht einmal daran denken, später am Abend noch auszugehen.

Das wollte sie auch gar nicht, nach dem Gewitter. Es war zwar, Gott sei Dank, vorbei, und die Berichte über lokale Schäden und Stromausfälle in der Umgebung beunruhigten sie eigentlich nicht. Lila hörte nur mit halbem Ohr zu, als der Sprecher über den Großeinsatz der Polizei wegen eines Patienten sprach, der am selben Nachmittag aus dem staatlichen Krankenhaus entflohen war, nachdem er eine Besucherin ermordet hatte.

»Die Behörde glaubt, daß er in dem Lieferwagen des Opfers geflüchtet ist, einer Angehörigen des Ordens der Kleinen Schwester der Barmherzigkeit. Der Patient, Norman Bates, befindet sich noch auf freiem Fuß.«

Norman Bates.

Lila erstarrte.

Gemordet. Entflohen. Noch auf freiem Fuß.

Sie konnte sich nicht bewegen, nicht sehen, nicht hören. Alles war erstarrt, wie in ihren Alpträumen. Aber sie war hellwach. Und Norman...

Irgendwie gelang es ihr, ihre Sinne in die Gewalt zu bekommen; sie hörte genau zu, als der Kommentator eine weitere Nachricht verlas. »Am Spätnachmittag wurde das Gewächshaus der Weiland Baumschule in Rock Center vom Blitzschlag getroffen, wobei der Schaden auf...«

War das alles? Sie hatte den Rest des Berichtes über Norman übertönt, als sie in Panik geriet. Aber verdammt noch mal, es war normal, daß sie in Panik geriet, vollkommen normal. Und wenn der

Trottel, der die Nachrichten herunterleierte, nur eine Spur von Grütze hatte, würde auch er in Panik geraten. *Das ist nicht irgendeine Nachricht. Norman ist frei!*

Wieder sprach sie zum Bildschirm, sprach zu sich selbst. Während sie doch mit Sam sprechen sollte.

Lila stand auf, ging zum Fernsehapparat und schaltete ihn ab. Dann durchquerte sie den dunklen Raum und wollte schon die Lampen anmachen, doch sie hielt noch rechtzeitig inne.

Kein Licht. Vielleicht stand er draußen.

Doch das war kaum möglich. Selbst falls Norman herausbekam, wo sie wohnte, gab es keinen triftigen Grund für die Annahme, daß er hierherkommen würde. Außer, daß Menschen wie Norman sich nicht von vernünftigen oder wirklichkeitsbezogenen Gründen leiten ließen.

Lila stand noch neben der Lampe, als sie das Geräusch hörte. Sie war plötzlich hellwach, bemühte sich zu lauschen, aber jetzt war es still. *Nur die Nerven. Sie bildete sich alles Mögliche ein.*

Dann zuckte sie zusammen, als sie es wieder hörte – ein gedämpftes Scharren.

Schritte?

Sie konnte das Geräusch nicht identifizieren, nur die Richtung, aus der es kam, nämlich von draußen.

Nun herrschte wieder Stille. Stille und Finsternis. Ohne zu hören, ohne zu sehen, ging Lila zum Vorderfenster. Ihre Hand zitterte, während sie die Jalousie zur Seite schob. Langsam, nur einen Zoll, um hinauszusehen. Nichts.

Der Gehsteig, der Rasen, die Straße dahinter lagen wie ausgestorben in der Nacht.

Das Geräusch kam wieder, als der Baum vor dem Haus im Wind schwankte und seine oberen Äste an die Dachrinne streiften.

Norman war nicht da.

Lila merkte erst, daß sie den Atem angehalten hatte, als sie plötzlich erleichtert ausatmete. *Siehst du, es war nur deine überreizte Fantasie. Warum sollte Norman dir ein Leid zufügen wollen? Du bist nicht seine Feindin. Er würde nicht hierherkommen.*

Dann, während sie die Jalousie wieder zurückgleiten ließ, verwandelte sich die Erleichterung in eine Erkenntnis.

Als Lila den Tisch erreichte und das Telefon fand, zitterte sie wieder. Sie tastete herum und zwang sich zur Konzentration, um im Dunkel die Nummer des Geschäftes zu wählen.

Dann wartete sie auf das Klingeln, aber es kam nicht; sie hörte nur ein Summen. Das Besetztzeichen? Nein, das war ein anderer Ton. Was hatten sie in den Nachrichten über einen Stromausfall gesagt?

Als sie auflegte, war wieder das scharrende Geräusch von draußen zu hören. Obwohl sie nun die Ursache kannte, hielt sie erneut den Atem an. Vielleicht konnte sie diesmal ein anderes Geräusch hören, das Geräusch eines Automotors. Sams Wagen kam die Straße herunter, er bog in die Einfahrt ein. Stille.

Wenn Sam im Geschäft Radio gehört hatte, mußte er etwas von den Nachrichten mitbekommen haben und zu ihr nach Hause kommen. Aber es kam kein Auto, also hatte er nicht zugehört und wußte von nichts.

Sie warf einen Blick auf ihre Uhr; die phosphoreszierenden Zeiger standen auf acht Uhr.

Acht Uhr. Sogar wenn er nichts gehört hatte, müßte er schon zu Hause sein. Aber...

Sie mußte den Gedanken nicht weiterspinnen. Sie mußte durch das Zimmer in die Küche stolpern, ihre Handtasche vom Tisch nehmen und mit ihr zur Hintertür gehen. Dann durch die Glastür zum Weg hinausschauen und sich vergewissern, daß dort niemand stand.

Der Weg war leer. Langsam öffnete sie die Küchentür und trat hinaus. Der Nachtwind fächelte ihr Gesicht, während sie sich umdrehte und auf den Hinterhof, den Rasen und das Stück Weg blickte, das zur Straße führte. Alles wie leergefegt.

Sie nahm ihre Handtasche, schloß die Tür ab und ging über den Weg, wobei sie einen Blick auf die dunkle Masse des Hauses nebenan warf. Vielleicht sollte sie mit den Dempsters reden und sich von Ted ins Geschäft fahren lassen. Dann fiel ihr ein, daß ihre Nachbarn nicht zu Hause waren; sie hatten erwähnt, daß sie über das Wochenende ihre verheiratete Tochter in Ravenswood besuchen würden. Und die Leute gegenüber waren am Morgen auf Urlaub an den See gefahren.

Lila trat auf die Straße und ging langsam auf dem Gehsteig nach rechts. Dort rührte sich nichts als die Schatten unter den Bäumen. Doch in den Schatten...

Keine Panik. Halte nur die Augen offen, laß dir Zeit, du mußt nur drei Häuserblocks weit gehen.

Sie sagte es sich immer wieder vor, doch trotz allem beeilte sie sich. Die Schatten waren nur Schatten, und die Nacht war still, bis auf das Säuseln des Windes und das immer rascher werdende Klappern ihrer Absätze auf dem nassen Zement des Gehsteigs.

Dann bog sie in die Hauptstraße ein und sah die Scheinwerfer eines Wagen, der von links kam.

Sam?

Sie blieb stehen, um zu winken, aber es war nicht ihr Kombi, der vorbeifuhr, und sie kannte das Gesicht des Fahrers nicht. Vielleicht hätte sie dennoch winken sollen, doch nun war es zu spät, denn der Wagen bog um die Ecke nach rechts ab. Die Hauptstraße war wieder leer.

Lila ging weiter. Noch ein Block. Sie näherte sich jetzt dem Geschäft und wollte durch das beleuchtete Fenster schauen.

Aber das Licht brannte nicht.

Sie ging langsamer und starrte durch das Glas in den dunklen Laden dahinter.

Keine Panik. Vielleicht hat er eben abgeschlossen, ist durch die Hintertür zum Wagen gegangen.

Lila ging langsam und vorsichtig am Haus entlang. Nach einigen Metern sah sie den Kombi, der hinten neben der Ausfahrt geparkt war. Seine Türen waren geschlossen, und der Fahrersitz war leer. Sam war nicht weggegangen.

Warum brannte dann kein Licht im Geschäft?

Vielleicht war er eingeschlafen. Oder...

Jetzt kam ihr ein anderer Gedanke in den Sinn, den sie zu verdrängen versucht hatte. Sams Besuch bei Dr. Rowan im vergangenen Monat und der ärztliche Befund – das Elektrokardiogramm. *Nichts Ernstes, nur ein leises Flattern, machen Sie sich deshalb keine Sorgen.* Aber Ärzte waren nicht allwissend, und die Hälfte ihrer Berichte war falsch. Angenommen, Sam hatte einen Herzanfall erlitten? *Keine Panik.*

Vorsichtig ging Lila den Weg hinunter. Sie bewegte sich lautlos, und nur Stille empfing sie, als sie um die Ecke zum Hintereingang kam. Die Jalousien der Fenster zu beiden Seiten waren hinuntergelassen, und die Tür war geschlossen. Sie berührte den Türknauf und stellte fest, daß sie abgeschlossen war.

Sie hatte einen Schlüssel in der Handtasche, holte ihn aber nicht heraus. Das war eine Lektion, die sie aus dem schrecklichen Erlebnis vor Jahren gelernt hatte. Auf Nummer Sicher gehen, jedes Risiko vermeiden, wenn du allein bist. Und wenn Sam wirklich etwas zugestoßen war, konnte sie sowieso nichts unternehmen, sondern mußte Hilfe herbeiholen. *Keine Panik.*

Lila wandte sich um und ging an dem leeren Kombi vorbei zu dem Weg dahinter, um in beide Richtungen Ausschau zu halten. Es war kein Laut zu hören, keine Bewegung in der Nacht wahrzunehmen.

Beruhigt ging sie den Weg entlang nach rechts und gelangte am anderen Ende auf die Nebenstraße. Gegenüber auf dem Platz stand das Gerichtsgebäude. Sie ging hinüber, vorbei an den nassen, leeren Bänken und dem Granitobelisk des Kriegsdenkmals. Das Gebäude dahinter war dunkel, aber im Nebengebäude war die Tür unverschlossen, und im Korridor dahinter brannte Licht.

Lila stieg die Treppe hoch und ging durch den Vorraum. Und dabei hatte sie dieses Gefühl – wie hieß es, *déjà vu*, so ähnlich, wenn man glaubt, daß man das schon einmal erlebt hat. Dann korrigierte sie sich. Es handelte sich um eine Erinnerung, nicht um ein Gefühl. Das war schon vor Jahren passiert, als sie und Sam den Mörder ihrer Schwester gesucht hatten. Sie waren am Sonntagmorgen hierhergekommen, um Sheriff Chambers aufzusuchen, und der Kanzlist – wie hieß er noch? – Peterson, der alte Peterson, sagte ihnen, er sei in der Kirche. Peterson und Chambers waren jetzt beide tot, und sie war hier allein, aber die Ähnlichkeit zwischen dem jetzigen Besuch und dem damaligen zerrte an ihren Nerven. Lila ging schneller, als sie am Ende des Korridors in das Büro trat.

Die kleine alte Irene Grovesmith saß an ihrem Schreibtisch und las eine Illustrierte. Sie legte sie zur Seite, starrte die Besucherin wie eine Eule über ihre Lesebrille hinweg an, dann erkannte sie sie und nickte.

»Lila...«

»Abend, Irene. Ist Sheriff Engstrom beschäftigt?«

»Wie können Sie nur so etwas fragen.« Irene kniff die Augen in ärgerlicher Mißbilligung zusammen. »Vor drei Stunden ist er von hier weggefahren. Nach Montrose wegen des Unfalls mit diesem Bus, haben Sie nicht davon gehört? Er versprach mir, er würde spätestens um sieben zurück sein, und jetzt ist es halb neun vorbei. Das Funkgerät ist tot, und die Telefone funktionieren auch nicht. Angeblich bringen sie jetzt die Leitungen in Ordnung.«

»Es gibt also keine Möglichkeit, den Sheriff zu erreichen?«

»Ich sagte Ihnen doch eben...« Irene riß sich zusammen, nahm die Brille ab und räusperte sich verlegen. »Tut mir leid. Was ist los?«

Höchste Zeit, daß du fragst, du alte Eule. Lila verbarg den Gedanken, indem sie lächelte und den Kopf schüttelte. »Ich mache mir ein wenig Sorgen wegen Sam. Er war den ganzen Nachmittag unten im Geschäft und ist nicht zum Abendessen nach Hause gekommen. Ich war eben dort, und der Wagen steht noch draußen, aber die Tür ist abgeschlossen und das Licht ist aus.«

»Haben Sie keinen Schlüssel?«

»Doch. Aber ich möchte nicht allein hineingehen.« Lila zögerte, sie fragte sich, wieviel sie ihr verraten konnte. Ein Wort zu Irene, und morgen früh wußte es die ganze Stadt. Aber das spielte keine Rolle; worauf es jetzt ankam, war Sam. Wenn ihm etwas zugestoßen war...

»In den Nachrichten brachten sie einen Bericht«, sagte sie. »Es war die Rede von einem Patienten, der am Nachmittag aus dem staatlichen Krankenhaus entflohen ist.«

»Norman Bates?«

Lila hielt den Atem an. »Sie haben auch davon gehört?«

Irene nickte. »Chuck Merwin kam vor einer halben Stunde auf der Suche nach dem Sheriff hier vorbei. Er ist bei der Feuerwehr, wissen Sie, Dave Merwins Junge? Groß gewachsen, dunkler Teint und schlechte Zähne...«

»Ja, ich kenne ihn. Was ist geschehen?«

»Also, der Feuerwehrwagen kam von dort, und sie wollten es dem Sheriff mitteilen, bevor er wieder nach Montrose fährt. Sie konnten ihn mit dem Funkgerät nicht erreichen.«

»Woher kam er?«

»Ich habe es notiert.« Irene fischte unter der Illustrierten einen Block hervor. »Da steht es.« Sie setzte die Brille auf und las. »Chuck sagt, sie haben den Lieferwagen gefunden, in dem der Verrückte entflohen ist. Drüben auf der Landstraße A, gleich außerhalb der Stadt. Sah aus, als hätte es eine Benzinexplosion gegeben – zwei Leichen im Inneren. Eine war eine Frau, eine Nonne, die im Krankenhaus zu Besuch war, zumindest glauben sie das. Die andere war dieser Norman Bates.«

»Er ist tot?«

»Völlig verbrannt. Chuck sagte, er habe in den fünf Jahren, die er bei der Feuerwehr ist, noch nie etwas so Schreckliches gesehen.«

»Gott sei Dank!«

Irene sah rasch auf. »Was hat das alles mit Sam zu tun?«

»Nichts.« Lila schüttelte den Kopf. »Hören Sie, ich gehe jetzt ins

Geschäft hinüber. Aber wenn der Sheriff zurückkommt, bitten Sie ihn, doch vorbeizukommen, ja? Wenn der Kombi nicht dort ist, heißt das, daß wir nach Hause gefahren sind und alles in Ordnung ist. Bitten Sie ihn nur, einen Blick hinüber zu werfen.«

»Natürlich. Ich werde es notieren.«

Irene kritzelte auf dem Notizblock, während Lila wegging. Diesmal mußte sie nicht langsam gehen; die Straße war noch immer leer, aber die Nacht hatte ihren Schrecken verloren.

Das einzige, weswegen sie sich jetzt Sorgen machte, war Sam selbst. Das verdammte Elektrokardiogramm.

Keine Panik. Er ist vielleicht nur eingeschlafen.

Trotz dieser Überlegung beeilte sich Lila, als sie wieder in den Durchgang einbog. Sie hoffte, der Kombi würde fort sein, aber als sie ihn noch immer vor dem Hintereingang des Geschäfts geparkt sah, beschleunigte sie den Schritt.

Sie hatte schon den Schlüssel in der Hand, als sie zu dem dunklen Eingang kam, zwang sich zur Ruhe und steckte ihn in das undeutlich sichtbare Schloß. Metall traf auf Metall, und der Griff drehte sich.

Lila trat ein, dann blieb sie stehen und versuchte, sich daran zu erinnern, wo der Lichtschalter sich befand. Welche Wand war es – die linke oder die rechte? Komisch, sie konnte sich nicht an etwas so Einfaches erinnern.

Ihre Hand tastete über die Wand rechts, fand den Kippschalter und legte ihn um, aber es blieb dunkel. War die Birne ausgebrannt? *Verbrannt, Norman ist verbrannt,* sagte sie sich wieder. *Keine Panik.*

Vielleicht war der Stromausfall die Erklärung dafür, daß hier und vorne kein Licht brannte. Lila zwang sich zu warten, während ihre Augen sich an die Dunkelheit gewöhnten. Dabei machte sie im Geist eine Bestandsaufnahme des Raumes. An der Hinterwand standen Aktenschränke, an beiden Seiten Regale und in der Mitte vor ihr ein Schreibtisch und Karteikarten, aber der Stuhl war leer. Sam würde keine Unordnung zurücklassen, er mußte also in den Laden gegangen sein.

Nun ging sie an dem Schreibtisch vorbei zur Tür, die ins Geschäft führte. Dort war es noch dunkler, sie blieb auf der Schwelle stehen und versuchte etwas im Dunkel zu erkennen.

»Sam?«

Die Schatten schwiegen.

»Sam!«

Ach du mein Gott – es ist etwas passiert – sein Herz!

Sie ging weiter, um die Ecke des hinteren Ladentisches, und dort fand sie ihn. Er lag mit dem Gesicht nach oben auf dem Boden und starrte sie an.

Lila starrte zurück. Sie hatte recht gehabt, es war sein Herz.

Dort war das Messer eingedrungen und hatte ein klaffendes, blutendes Loch in seiner Brust zurückgelassen.

Einen Augenblick lang dachte sie, er sei nicht tot. Er konnte nicht tot sein, denn sie hörte Atemgeräusche.

Dann, während sich der Schatten vom Ladentisch hinter ihr löste, drehte sich Lila um, und das Messer stach zu.

Und stach zu.

Und stach zu.

11

Als Claiborne bei dem Eisenwarengeschäft vorfuhr, war der Wagen des Sheriffs schon davor geparkt.

Dieser Anblick veranlaßte ihn, auf die Bremse zu steigen. Er stieg aus und ging auf den beleuchteten, offenen Eingang zu.

»Einen Augenblick, bitte.«

Claiborne blieb stehen, während der kleine Mann aus der Tür trat, um ihn aufzuhalten.

Fast automatisch schätzte er den Fremden fachmännisch ein: das magere, fahle Gesicht, das spärliche, braune Haar, das zur Farbe der Augen paßte, der sorgfältig gestutzte Schnurrbart. Er trug einen dunklen Straßenanzug, ein weißes Hemd und einen mattgrauen Schlips. Es war die typische Sonntagskleidung des typischen Kleinstadtkaufmanns, und als Claiborne dies erkannte, lächelte er plötzlich erleichtert.

»Sam Loomis?« fragte er.

Der kleine Mann schüttelte den Kopf. »Milt Engstrom«, stellte er sich vor. »Bezirkssheriff.«

Claibornes Erleichterung verflog, und er senkte den Blick. Jetzt erst bemerkte er, was er zuerst übersehen hatte, die glänzenden, spitzen, schwarzen Stiefel unterhalb der konservativ umgeschlagenen Hose. Soviel über den psychologischen Scharfblick. Und auch über erneute Hoffnung.

Claiborne begegnete dem Blick des Sheriffs; er wußte, was er fragen mußte, und fürchtete sich vor der Antwort.

»Wo ist Mr. Loomis? Ist ihm etwas zugestoßen?«

Die ausdruckslosen Augen bohrten sich in die seinen. »Wenn es Ihnen nichts ausmacht, stelle ich die Fragen. Vielleicht sagen Sie mir zur Einführung, wer Sie sind und was Sie hier suchen.«

Claiborne bekam einen Muskelkrampf in den Beinen, während er das Gewicht verlegte, um das lastende Gefühl der Ermüdung gleichmäßig zu verteilen. Wie lange war es her, seit er Gelegenheit gehabt hatte, sich auszuruhen? Als er die Autobahn verlassen hatte und in die Stadt gefahren war, war er beinahe am Lenkrad eingeschlafen; das Übermaß an Spannung hatte seinen Tribut gefordert. Er sehnte sich im Augenblick nur danach, sich hinsetzen und entspannen zu können.

»Das ist eine lange Geschichte«, begann er. »Können wir nicht hineingehen, und…«

Der Sheriff runzelte die Stirn. »Fangen Sie schon an. Ich habe nicht die ganze Nacht Zeit.«

Als Claiborne sich endlich ausgewiesen und Engstrom erzählt hatte, was im Krankenhaus und auf der Straße vorgefallen war, war er zum Umfallen müde. Im Gegensatz zu Banning schrieb der Sheriff nichts auf, aber es gab keinen Zweifel, daß er alles sorgfältig in seinem Gedächtnis registrierte. Schließlich nickte er zum Zeichen, daß er die Eintragungen in sein geistiges Notizbuch beendet hatte.

»Vielleicht sollten Sie jetzt besser hineinkommen. Es hat einen Unfall gegeben.«

Der Sheriff wandte sich rasch um und ging ins Geschäft, ohne Claiborne Zeit für eine Antwort zu lassen. Während dieser Engstrom folgte, benützte er die Gelegenheit für eine Frage.

»Ist Loomis tot?«

Der Sheriff blieb vor dem hinteren Ladentisch stehen und wies auf den Fußboden zu seiner Linken.

»Sie sind Arzt. Vielleicht erklären Sie es mir.«

Claiborne trat vor, sein Blick folgte der weitausholenden Handbewegung.

Er blieb stumm stehen und fühlte, wie sich Engstroms kalte, prüfende Augen in seinen Rücken bohrten. *Dieser kleine Sadist – er genießt es! Erwartet er, daß ich erbreche wie der Handelsvertreter bei dem Lieferwagen? Ich bin Arzt, ich habe mit gewaltsamem Tod schon Bekanntschaft gemacht.*

Und er hatte auch Sam Loomis schon gesehen. Es verwirrte ihn, daß er die verzerrten Züge der Leiche kannte. Dann wurde es ihm klar: In der Akte gab es Zeitungsausschnitte mit dem Foto der Leute, die in Normans Fall verwickelt gewesen waren.

Normans Fall. Claiborne zwang sich, hochzublicken und Engstroms starrem Blick zu begegnen. Er konnte es mit dieser unpersönlichen Kälte nicht aufnehmen, tat aber sein Bestes, um seine Stimme zu beherrschen.

»Die Stichwunde ist ziemlich groß. Sie stammt wohl von einem Messer mit besonders breiter Klinge. Nach dem Ausmaß der Blutung würde ich annehmen, daß die Aorta durchbohrt, wahrscheinlich zerschnitten wurde. Soll ich eine Untersuchung vornehmen?«

Der Sheriff schüttelte den Kopf. »Mein Gerichtsmediziner ist auf dem Weg hierher – oder wird es sein, wenn er von dem Schlamassel in Montrose zurückkommt. Ich habe heute abend zu wenig Einsatzkräfte zur Verfügung, kann nicht einmal einen zusätzlichen Hilfssheriff auftreiben.« Engstrom trat hinter den Ladentisch. »Während wir hier warten, möchten Sie sich vielleicht auch das hier ansehen?«

Claiborne ging am anderen Ende um die Ecke, blickte dann zu Boden.

Der Sheriff hatte unrecht. Er wollte es nicht ansehen – nicht diese entsetzlich zugerichtete Leiche, die mit dem Gesicht nach oben unter dem Ladentisch, im Blut aus einem Dutzend Wunden lag, die wie rote Münder auf dem weißen Fleisch klafften.

Der Körper, den er vor sich hatte, war unkenntlich, doch er wußte, was Engstrom sagen würde.

»Lila Loomis«, erklärte der Sheriff. »Sams Frau.«

Claiborne wandte sich, von Übelkeit erfaßt, ab, wie ein Student im ersten Semester, der zum erstenmal seziert. Als er die Sprache wiederfand, konnte er nur murmeln.

»Dann hat er sie alle beide getötet.«

»Er?«

»Norman Bates. Der Patient, von dem ich ihnen erzählte.«

»Schon möglich.«

»Das steht zweifelsfrei fest. Ich hatte recht – er kam direkt hierher. Wissen Sie noch, was ich über den Autostopper sagte, den er auf der Straße aufgelesen haben muß?«

»Haben muß? Mir scheint, Sie ziehen voreilig recht schwerwiegende Schlüsse.«

»Ich habe seinen Karton in meinem Wagen.« Claiborne wandte sich um. »Kommen Sie mit, ich zeige ihn Ihnen...«

»Später.« Der Sheriff ging ans Ende des Ladentisches. »Ich will Ihnen zuerst etwas zeigen.«

Als Claiborne ihm folgte, wies der Sheriff auf die offene Lade der Registrierkasse auf dem Ladentisch. »Leer. Neunhundertdreiundachtzig Dollar waren heute nachmittag hier drin, und alles ist weg.«

»Woher kennen Sie den Betrag?«

»Ich fand das hier auf dem Boden.« Engstrom zog ein Stück Papier aus der Jackentasche. »Ein vollständig ausgefüllter Einzahlungsbeleg, mit dem das Geld morgen früh zur Bank gebracht werden sollte.«

»Dann hat Norman das Geld genommen.«

»Jemand hat es genommen, das steht fest.« Der Sheriff drehte sich um. »Kommen Sie, es gibt noch mehr zu sehen.«

Er langte unter die Glasplatte des Ladentisches und nahm einen Schaukasten heraus. In den Vertiefungen der Oberfläche befand sich ein Dutzend Tranchiermesser verschiedener Größe mit beinernen Griffen, deren Stahlklingen im Licht schimmerten. Nein, nicht ein Dutzend – Claiborne zählte sie schnell nach und verbesserte sich. Es waren elf Messer und eine leere Vertiefung am Ende.

Engstrom, der ihn beobachtet hatte, nickte. »Eines fehlt«, bestätigte er. »Die Mordwaffe.« Er ging ins Hinterzimmer und zeigte auf die Deckenlampe, als Claiborne ihm nachkam.

»Als ich hierher kam und Mrs. Loomis suchte, war die Hintertür unversperrt und die Lampe ließ sich nicht einschalten. Zuerst dachte ich, sie sei ausgebrannt, doch dann sah ich die Glühbirne auf dem Tisch. Ich schraubte sie wieder ein, und wie Sie sehen, ist sie vollkommen okay.«

»Natürlich.« Claiborne deutete auf den Schreibtisch und den Stuhl. »Norman schlich sich in den Laden und tötete Loomis, der am Schreibtisch arbeitete. Er schleppte die Leiche nach vorn in den Laden, wo sie außer Sicht war – sehen Sie, hier ist Blut auf dem Boden. Dann kehrte er hierher zurück, schraubte die Birne heraus und wartete im Laden auf Mrs. Loomis...«

»Wieso wußte er, daß sie kommen würde?«

»Er muß erwartet haben, daß sie ihren Mann hier suchen würde. Verstehen Sie nicht? Deshalb war er hier – er wollte beide umbringen.«

Engstrom zog die Schulter hoch. »Versuchen wir es einmal auf meine Art. Nehmen wir einen Dieb, einen gewöhnlichen Dieb. Es könnte jemand sein, der in der Umgebung wohnt, oder auch dieser Anhalter, von dem Sie behaupten, er sei in dem Wagen verbrannt. Aber wer immer er ist, er will ein Geschäft ausrauben. Vielleicht versucht er es zuerst bei ein paar anderen, es gelingt ihm aber nicht, hineinzukommen. Dann sieht er hier Licht. Er versucht es bei der Hintertür, und sie ist nicht versperrt. Ich nehme Ihnen ab, daß er sich unbemerkt eingeschlichen hat. Aber das ist auch alles.«

»Und der Rest? Was stimmt daran nicht?«

»Daß Sie kein gelernter Detektiv sind.« Engstrom blickte auf den Fußboden. »Sicherlich, da sind Blutspuren, aber nur wenige Tropfen. Ich würde sagen, die stammen von dem Messer, als der Dieb es mitnahm. Sam wurde nicht an seinem Schreibtisch erstochen; die Wunde befindet sich in der Brust, nicht im Rücken. Der Dieb hatte nämlich kein Messer, als er hereinkam; er nahm es sich im Geschäft.«

Claiborne zog die Stirn in Falten. »Ich glaube noch immer...«

»Schon gut, lassen Sie mich zu Ende kommen.« Engstrom zeigte zum Eingang. »Ich nehme an, daß Sam vorn im Geschäft war und das Licht ausmachte, als der Dieb hereinkam. Er wollte Geld, nicht morden, und wollte nur unbemerkt bleiben, bis Sam fortging. Hinten konnte er sich nirgends verstecken, deshalb ging er in den Laden, um im Dunkel hinter dem Ladentisch zu verschwinden. Aber etwas ging schief. Sam sah ihn oder hörte ihn. Daraufhin ergreift der Dieb ein Messer und ersticht ihn.

Der Dieb nimmt das Geld aus der Registrierkasse. Er ist im Begriff, durch die Hintertür wegzulaufen, als Lila im Durchgang hinten auftaucht. Er versperrt die Tür und nimmt an, daß sie daran rütteln und dann wieder weggehen wird.

Aber zu seiner Überraschung hat sie einen Schlüssel bei sich. Er hat gerade noch Zeit, die Birne oben auszuschrauben, so daß sie nicht Licht machen kann. Und als sie hereinkommt, wartet er vorn im Dunkel mit dem Messer.«

Claiborne runzelte die Stirn. »Sie haben ihre Leiche gesehen. Vielleicht würde jemand, der in einem Anfall von Panik einen Mord begangen hat, noch einmal zustechen, um eine Entdeckung zu vermeiden. Aber nicht so. Sie wurde nicht ermordet, sie wurde abgeschlachtet und zerfetzt, so wie Norman ihre Schwester in der Dusche zerfetzt hat...«

»Keine Sorge«, beruhigte ihn Engstrom. »Wenn Bates wirklich am Leben ist, kann er nicht weit kommen.«

»Aber er hat jetzt Geld.«

»Und wir kennen seine Identität, haben Fotos, seine ganze Vergangenheit ist aktenkundig. Lang kann er sich nicht verstecken; wohin soll er schon gehen?«

Claiborne antwortete nicht. Es gab darauf keine Antwort.

Dann warf er einen Blick auf die Hauptbücher und Aktenmappen auf dem Schreibtisch und sah die am Rand liegende Zeitung. Sie war teilweise zusammengefaltet, als hätte man sie wegwerfen wollen, aber die Schlagzeile des zweispaltigen Artikels auf der zuoberst liegenden Seite war deutlich lesbar.

Hollywood-Produzent plant Film über den Fall Bates.

Nun wußte er, wohin Norman sich wenden würde.

12

Jan Harper prüfte ihr Make-up im Badezimmerspiegel und gelangte zu dem Schluß, daß es in Ordnung war. Dann steckte sie ihrem Spiegelbild die Zunge heraus.

Okay, Kleine. Mach dich auf den Weg.

Sie nahm ihre Handtasche vom Tisch und schlich auf Zehenspitzen hinaus. Die Vorsicht war eigentlich unnötig; in dem zweiten Schlafzimmer auf der anderen Seite des Badezimmers schnarchte Connie ruhig weiter. Jans Zimmergenossin würde wahrscheinlich bis Mittag für die Welt gestorben sein und sich wünschen, tot zu sein, wenn sie schließlich mit einem Katzenjammer und Gewissensbissen wegen des Spaßes und der Spielchen gestern abend erwachte.

Aber während Jan durch den Vorraum zum Vordereingang ging, empfand sie leisen Neid. Connie mußte sich nicht vor einem Spiegel plagen; eine kalte Dusche und rasches Durchkämmen genügten, wenn sie aufstand. Es hatte keinen Sinn, daß sie sich um ein tadelloses Make-up bemühte, dazu waren ihre Nase zu groß und ihre Titten zu klein. Wenn man im Showgeschäft Erfolg haben wollte, brauchte man eine kleine Nase und große Titten, und damit war Connie aus dem Rennen.

Plötzlich schämte sich Jan. Connie konnte nichts für ihr Äußeres; sie war wenigstens ehrlich und versuchte nicht mit einer Nasenoperation und Styroporschaumbrüsten etwas vorzutäuschen. Sie machte das Beste aus dem Körper, den Mutter Natur ihr mitgegeben hatte, und das verdiente Lob, nicht Mißachtung.

Jan zog die Schultern hoch, ging hinaus und schloß die Tür hinter sich ab. Connie würde schon ihren Weg machen; im Augenblick war es wichtiger, sich um ihre eigene Zukunft zu kümmern. Deshalb hatte sie eine Stunde auf ihr Make-up verwendet, deshalb erwartete sie der schmucke kleine Toyota auf dem Parkplatz. Sie schauderte jedesmal, wenn sie an die monatlichen Ratenzahlungen dachte, aber als sie die Tür öffnete und den wunderbaren Geruch eines funkelnagelneuen Wagens wahrnahm, strahlte sie wieder.

Der Toyota war kein Luxus; er gehörte zu ihrer Aufmachung, zu ihrem Image. Und der Geruch nach neuem Leder war ebenso wirksam wie das Chanelparfüm nach einer Dusche, wenn auch das Benzin allmählich mehr kostete als Parfum.

Wenn man in die Spitze vorstoßen will, darf man nicht im Bus fahren. Sie startete den Motor, reversierte vorsichtig aus dem Parkplatz, fuhr dann die Straße hinauf und bog nach Osten auf den Mulholland Drive ein. An der kurvenreichen Straße standen in Abständen Gruppen von Häusern, aber der größte Teil der Strecke ging an Felsen und Gestrüpp vorbei. Im Montagmorgennebel konnte man noch flüchtig Schildkröten, Coyoten, Jogger und andere ›Wildarten‹ erkennen.

Ohne sie zu beachten, starrte Jan nach links unten ins San Fernando Valley. Aus dem gelblichen Smog im Talkessel ragten die Coronet Studios zwischen dem CBS Studio Center und dem schwarzen Turm der Universal empor.

Nun bog der Toyota wieder links ab und fuhr bergab. Jan holte tief Luft, wie immer, bevor sie über die kurvenreiche Straße in den Smog hinabrollte. Das verdammte Zeug zerfraß den Chrom des Toyota; Gott allein wußte, was er in den menschlichen Lungen anrichtete. Aber auf dem Weg zur Spitze muß man gelegentlich auch in die Niederungen hinabsteigen.

Sie überquerte den Ventura Boulevard und fuhr nach Norden zur Einfahrt der Studios zu ihrer Rechten. Vor ihr glitt ein glänzender Rolls dahin, der am Wächterhäuschen anhielt, aber nur für einen Moment. Der gestreifte Querbalken, der die Einfahrt versperrte, ging schnell in die Höhe, während der Uniformierte an der Sperre grinste und den Fahrer durchwinkte. Der Rolls fuhr weiter.

Als Jan das Häuschen erreichte, ging der Querbalken wieder nach unten. Der Wächter starrte sie an.

Sie lächelte ihm zu. »Jan Harper«, flötete sie.

Sein Gesicht veränderte sich nicht – es blieb ausdruckslos. »Wen wollen Sie sprechen?«

»Ich arbeite im Studio. In Driscolls Team.«

»Einen Augenblick, bitte.«

Der Wächter ging in das Häuschen und sah in den auf einem Regal neben dem Eingang liegenden Listen nach. Dann warf er einen Blick heraus und nickte.

»Okay. Sagen Sie ihnen, sie sollen Ihnen einen Klebezettel geben.«

»Danke, das werde ich tun.«

Der Balken ging hoch, Jan fuhr weiter und hoffte, daß ihr Lächeln nicht eingefroren war. Der Idiot in dem Rolls wurde freundlich begrüßt, aber nach all den Wochen erinnerte sich der Wächter nicht einmal an ihren Namen.

Nur ruhig, Kind. Eines Tages werden sie, wenn du durch diese Sperre fährst, bis zu Driscolls Büro den roten Teppich für dich ausrollen.

Jan fuhr rechts an diesem Büro im Verwaltungsgebäude vorbei, blieb aber nicht stehen. Alle Parkplätze waren mit ordentlich beschrifteten Tafeln gekennzeichnet, die mit dem Namen der parkberechtigten leitenden Angestellten versehen waren. So funktionierte das System: Leitende Angestellte bekamen die Plätze zunächst den Büros; Stars, die gerade drehten, und Regisseure erhielten Plätze in der Nähe der Tonstudios; Spitzenkräfte in der Produktion hatten ihre Parkplätze vor ihrer Zentrale.

Aber die Beschriftung der Tafeln kann ausradiert und auf einen neuen Namen ausgestellt werden. Und bei der augenblicklichen Lage in der Filmindustrie hatten die Schildermaler die einzig sichere Arbeit in der Stadt.

Jan zog die Schultern hoch und fuhr zu dem Parkplatz auf der Hinterseite des Studios, vorbei an Postboten auf Fahrrädern, ältlichen Produzenten in Sportautos, Lieferwagen und Lastern voller Requisiten und Filmmaterial. Der Toyota schob sich durch schmale Durchlässe zwischen fahrbaren Garderoben und Wohnungen, dann hielt er vor einem Studio, weil sich ein rotes Blinklicht drehte, das verhindern sollte, daß die Szene, die gerade gedreht wurde, durch Verkehrsgeräusche gestört wurde.

Die Industrie produzierte ihr Erzeugnis.

Früher einmal waren die Studiostraßen von einem märchenhaften Treiben erfüllt gewesen: Kleindarsteller in orientalischen Gewändern, die aus einem arabischen Alptraum stammten, Piratenkostümierungen, französische Empire-Ballkleider, Uniformen der konföderierten Kavallerie. Edelkomparsen waren in Zylinder und Frack umhergeschlendert, Tänzerinnen dahergeschwebt wie wandelnde Regenbogen. Unter Indianerhäuptlinge in voller Kriegsbemalung und Cowboystars in weißen Anzügen und dazu passenden Stetsonhüten hatten sich Hauptdarstellerinnen gemischt, die in Kreationen glänzten, die Edith Head in ihrem anspruchsvollen Salon entworfen hatte.

Aber der Kostümfilm war in den roten Zahlen untergegangen. Heute wäre Valentinos Scheich ein untersetzter kleiner Ölschieber im Straßenanzug mit Sonnenbrille und einer schmutzigen Keffieh. Die Seeräuberschiffe waren gesunken, an die Stelle der Ballsäle waren Diskos getreten, die konföderierte Armee war vom Winde verweht worden, Fred und Ginger hatten ihre Tanzschuhe für immer an den Nagel gehängt, Indianer trugen Aktenmappen unter dem Arm, wenn sie sich auf dem Kriegspfad zu Senatssitzungen begaben, Cowboys sahen aus wie alle bärtigen Universitätsstudenten, und die meisten Hauptdarstellerinnen spielten in Schlafzimmerszenen völlig textilfrei. Wenn man jetzt ein Studio aufsucht, darf man nicht nach zauberhaftem Glanz Ausschau halten, sondern nach einem Parkplatz.

Jan fuhr auf das hintere Parkgelände und blickte auf ihre Uhr. Ein Viertel vor zehn; sie hatte noch fünfzehn Minuten Zeit. Aber der Parkplatz war schon beinahe voll.

Nach einigem Suchen fand sie eine Parklücke am anderen Ende und begann einzuparken, dann bremste sie abrupt, als die Tür eines Wagens rechts vor ihr aufging und eine Gestalt ihr vor die Räder trat.

Sie hupte. »Geben Sie doch acht...«

Die Gestalt drehte sich um, und Jan erkannte Roy Ames. Er winkte und wich nach links aus, während sie einparkte. »Verzeih, ich habe dich nicht gesehen.« Er öffnete ihr die Tür und ergriff ihren Arm, während sie ausstieg. Jan glättete ihre Stirn, aber ihre Gedanken arbeiteten weiter. Was war mit diesem Mann los? Nicht einmal nach all den Wochen der Zusammenarbeit konnte sie sich an sein automatenhaftes Darf-ich-Ihnen-helfen gewöhnen. Höflichkeit war heutzutage relativ selten; die meisten Männer ließen ein Mädchen aus einem Wagen steigen, ohne ihr dabei zu helfen, und ein ziemlich großer Prozentsatz kniff sie dabei in den Po.

Roy Ames war eine Ausnahme. Er sah nicht einmal so aus wie die meisten Drehbuchautoren, die sie kannte. Erstens war er gepflegt – er sah zwar nicht überwältigend aus, war aber weit von den dicht behaarten Typen mit Hornbrillen entfernt. Er hatte keine Jeans in seiner Garderobe und konnte offensichtlich wirklich Schreibmaschine schreiben. Sie hatte ihn nie betrunken oder high gesehen, und wenn er andere Laster hatte, verbarg er sie jedenfalls mit Erfolg.

Verbarg. Diese betont anständigen Typen hatten für gewöhnlich etwas zu verbergen. Woher kam er also mit seinen altmodischen Manieren und dem offenen Lächeln?

Und woher kommst du? Jan ertappte sich bei der Frage, ob bei ihr alles stimmte. Warum verdächtigte sie einen Mann wie Roy automatisch, statt ihn zu respektieren? Sie hatte keinen Grund dazu; wahrscheinlich war er ebenso in Ordnung wie sie.

Sie überquerten den Parkplatz und gingen die Straße entlang, wichen Agenten und den von ihnen gemanagten Schauspielern auf dem Weg zur Montagmorgenbesprechung aus, Tischlern, die zu Dekorationen hasteten, Botenjungen, die Memos austrugen – das übliche organisierte Chaos.

»Ich habe dich vorhin angerufen«, erklärte Roy. »Connie sagte mir, daß du bereits weggegangen warst.«

»Wie hat sie geklungen?«

»Unangenehm. Wahrscheinlich habe ich sie aufgeweckt.«

»Mach dir nichts draus, sie wird den Schock überleben. So wie ich.«

Roy warf ihr einen Blick zu. »Dann weißt du es.«

»Was weiß ich?«

»Hast du die Nachrichten nicht gehört? Norman Bates ist ausgebrochen.«

»O mein Gott.«

»Laut Rundfunknachrichten hat er wieder eine Reihe von Morden begangen. Fünf Opfer. Sie sind nicht sicher, aber er könnte noch auf freiem Fuß sein.«

Jan blieb stehen. »Also deshalb wollte Driscoll, daß wir hierherkommen! Meinst du, sie werden den Film auf Eis legen?«

»Möglich.«

»Aber sie können doch nicht...« Jan legte Roy die Hand auf den Arm. »Das müssen wir verhindern. Bitte versprich mir, daß du mir helfen wirst.«

Er starrte sie an. Warum sagte er nichts?

Jan holte tief Atem und spielte ihren besten Trumpf aus. »Ich mache mir nicht nur wegen meiner Rolle Sorgen. Auch du brauchst diesen Film, der Ruhm, den du mit diesem Film einheimst, sichert deine Zukunft. Laß ihn nicht platzen.«

Roys Blick war eisig. Plötzlich verzerrte sich sein Gesicht, und seine Stimme wurde lauter: »Was zum Teufel ist mit dir los? Ein Wahnsinniger bricht aus und ermordet fünf unschuldige Menschen, und deine einzige Sorge ist, daß so ein gottverdammter Film platzen könnte.«

Er riß sich so rasch von ihr los, daß Jan einen Moment dachte, er wolle sie schlagen. Doch er drehte sich um und ging weg, während sie bestürzt und erschüttert zurückblieb.

Sie hatte also doch richtig getippt. Hinter dem guten Benehmen und dem freundlichen Lächeln verbarg sich etwas, und nun wußte sie, was es war.

Gewalttätigkeit.

Seltsamerweise empfand sie keine Angst vor ihm. Aber nachdem der erste Schock abgeklungen war, überraschte sie das Gefühl, das in ihr zurückblieb. Es war Enttäuschung.

Verdammt noch mal, Roy mußte sie doch stärker beeindruckt haben, als sie angenommen hatte. Auch jetzt vermochte sie nicht, ihm böse zu sein, vielleicht war sie nicht so abgebrüht, wie sie sich gab, weil sein Image als netter Kerl eine Saite in ihr zum Klingen gebracht hatte.

Vielleicht war sein Zorn gerechtfertigt; sein Mitgefühl für diese Mordopfer war vermutlich echt. Und wenn es das war...

Jan schüttelte den Kopf. Was er dachte, war seine Angelegenheit, aber sie konnte seinen Gedanken nicht folgen. Sie hatte zu lange und zu hart gearbeitet, um diese Chance fahren zu lassen.

Ihr Leben lang, seit sie ein kleines Mädchen gewesen war, das sein von Akne bedecktes Gesicht im Spiegel betrachtete und sich fragte, ob es jemals erwachsen werden und jemanden finden würde, der es hübsch fand, jemanden, der es liebte, hatte sie gearbeitet – gearbeitet, um eine Persönlichkeit zu werden, die Aufmerksamkeit beanspruchen konnte, eine Persönlichkeit, wie sie sie in den Filmen und im Fernsehen sah.

Und nun war sie erwachsen, war im Fernsehen aufgetreten, würde in Filmen mitwirken und allen gefallen – nicht nur einem einzigen Menschen, sondern allen. Sie würde es schaffen. Nicht nur für sich selbst; sie schuldete es dem Mädchen mit den Pickeln im Gesicht, dem kleinen Mädchen mit dem großen Traum.

Jan beobachtete Roy, der ins Verwaltungsgebäude trat, und ging dann mit neu erwachter Entschlossenheit weiter. Keine Gewalttätigkeit in der Welt konnte ihr jetzt einen Schuldkomplex anzüchten. Wenn ihr die Opfer leid taten, wer immer sie waren, würde es ihnen auch nicht helfen. Sie waren tot, und sie lebte, und der ›gottverdammte Film‹ war ihr Durchbruch, für den sie gearbeitet und auf den sie gewartet hatte. Sie und das kleine Mädchen.

Was auch geschah, Jan würde verhindern, daß der Film platzte.

13

Anita Kedzie war ein äußerst tüchtiger Mensch.

Sie saß in Driscolls Vorzimmer, auf ihrem Schreibtisch häuften sich Exemplare von *Variety* und *Hollywood Reporter*, sie blätterte die Seiten gleichzeitig um, suchte Artikel, die ihren Arbeitgeber interessieren konnten, und zog mit ihrem Filzstift einen roten Kreis um sie.

Jan hatte dieses Zeremoniell schon früher beobachtet, sich aber nie vorstellen können, wie Miß Kedzie es schaffte, beide Fachzeitungen zugleich zu lesen. Man durfte aber nicht vergessen, daß die Frau ein bißchen merkwürdig war; jede Frau, die einen Sekretärinnenposten bei einem Produzenten übernahm, mußte merkwürdig sein. Vielleicht war sie teilweise ein Insekt. Gab es nicht gewisse Insekten, deren Augen unabhängig voneinander waren, so daß sie in zwei Richtungen zugleich sehen konnten?

Korrektur: in drei Richtungen. Denn Miß Kedzie sagte, ohne den Blick von den vor ihr liegenden Seiten zu lösen, »Bitte, gehen Sie nur hinein. Mr. Driscoll wird gleich kommen. Er hat heute morgen ein wenig Verspätung.«

Jan nickte, ging an dem Schreibtisch vorbei und durch die dahinterliegende Tür.

Er hat heute morgen ein wenig Verspätung.

Was gab es also sonst Neues? Wenn man das Sekretärinnen glauben konnte, hatten Produzenten immer ein bißchen Verspätung, wie billige Uhren. Wirklich ein passender Vergleich, denn man mußte ihre Zeiger im Auge behalten, und manche von ihnen sagten einem nie, wieviel es geschlagen hatte.

Es gab natürlich Ausnahmen von der Regel, Männer, denen man Talent und guten Geschmack nicht absprechen konnte. Ohne sie konnte die Filmindustrie einpacken.

Aber heutzutage konnte sich jeder Produzent schimpfen. Er mußte nur ein paar Notizen in den Fachblättern erscheinen lassen, in denen er mitteilte, daß er die Rechte für einige Filme erworben hatte, Büros mieten, seinen Namen auf die Tür setzen und darauf warten, daß die Bienen angetanzt kamen und sich hinlegten.

Marty Driscoll schien Gott sei Dank nicht zu dieser Kategorie zu gehören. Er hatte nie Annäherungsversuche gemacht und verfügte jedenfalls über eine beeindruckende Aufmachung.

Als Jan das Privatbüro betrat, sah sie sich die Daumierstiche an den Wänden, die übergroßen, senkrecht zueinander stehenden Couches vor dem großen Glastisch, den massiven Teakholzschreibtisch mit der Gegensprechanlage und die silbergerahmten Porträtfotos seiner derzeitigen Frau und zweier lächelnder Kinder an.

Das war sicherlich eindrucksvoll, aber nicht ganz überzeugend. Etwas an dem Büro störte sie.

Soweit sie Driscoll kannte, konnte er eine französische Radierung nicht von einer französischen Postkarte unterscheiden. Die moderne Ausstattung war zwar kunstvoll und kostspielig, wies jedoch keinen besonderen Stil außer Frühes Weißes Haus auf – natürlich mit etwas Verspätung. Und die Familienporträts in den kostspieligen Rahmen gehörten zur Standardeinrichtung; das Ganze konnte direkt aus der Requisitenkammer des Studios stammen, soeben geliefert und über Nacht aufgestellt worden sein. Das hieß, daß es ebenso schnell abgeholt werden konnte, wenn Driscoll seinen Parkplatz verlor. Und das störte sie. Die Ausstattung war nur ein Bluff auf Zeit.

Jan schob den Gedanken rasch von sich. Driscoll war kein Schwindler; er konnte auf eine lange Berufserfahrung als Produzent von Spitzenfilmen zurückblicken. Er hatte zumindest den Ruhm dafür in Anspruch genommen, und das allein zählte. Er kannte sich im Metier aus, wußte, wo das Geld zu holen war, und wußte auch, wo die Leichen begraben lagen.

Leichen. Fünf Opfer, hatte Roy gesagt. *Denk nicht daran.*

Sie ließ den Blick durch den Raum schweifen und sah Roy, der mit dem Rücken zur Tür in der Ecke saß. Er hatte ihr lautloses Eintreten nicht bemerkt, beugte sich vor und sprach mit Paul Morgan, ihrem Co-Star in dem Film.

Mach dir nichts vor, sagte sie sich. Du bist kein Co-Star, er bekommt die Reklame.

Und warum nicht? Paul Morgan war fast sein eigenes Denkmal. Sein Profil zeichnete sich im Gegenlicht vor dem Fenster wie ein Miniaturmodell seines übergroßen Leinwandbildes ab. Es wunderte sie noch immer, daß er eine so ausgefallene Rolle wie die von Norman Bates übernommen hatte.

Aber er war wohl ebenso erstaunt, sie statt eines bekannten Stars als Partnerin zu haben. Vielleicht übersah er sie deshalb; wenn sie es sich recht überlegte, hatte Paul Morgan seit dem Tag, an dem sie die Rolle erhalten hatte, kein Dutzend Worte an sie gerichtet.

Was immer der Grund dafür war, so sollte sie doch etwas dagegen unternehmen, und zwar schnell. Mit ihm sprechen, ihm schmeicheln, ihm klarmachen, daß es sein ganz persönlicher Film und sie nur eine Nebenfigur war.

Jan ging auf die beiden Männer zu, dann legte sich ihr eine Hand um die Taille, und sie blieb stehen.

Es war gut, daß sie schon ihr Lächeln für das Zusammentreffen mit Morgan aufgesetzt hatte; nun konnte sie es gleich für Santo Vizzini verwenden. Er hatte es zwar um seiner selbst willen verdient; schließlich hatte sie es ihm zu verdanken, daß sie die Rolle bekommen hatte. Aber es war nicht leicht, beim Anblick des Mannes mit dem Raupenschnurrbart angenehme Gefühle zu empfinden. Die Parfumwolke um ihn war betäubend, und seine Finger, die sich nach unten zu ihrem Oberschenkel vortasteten, verursachten Jan eine Gänsehaut.

Sie drehte sich schnell um und behielt ihr Lächeln bei in der Hoffnung, ihn dadurch davon abzulenken, daß sie seiner Berührung ausgewichen war. »Mr. Vizzini...«

»Santo.« Die Raupe bewegte sich, als sich die dicken Lippen unter ihr öffneten. »Bitte, Sie müssen nicht so feierlich herumstehen.«

Jan nickte. *Botschaft verstanden, Angeber. Du willst nicht, daß ich stehe – nur gleich hinlegen.*

Aber sie sagte nichts. Zum Glück mußte sie nicht reagieren, denn nun brachen alle Gespräche ab, weil Marty Driscolls Stimme aus dem Vorzimmer ertönte.

»Ab sofort keine Anrufe für mich«, ordnete er an.

Das gehörte zum Ritual, die klassische Beschwörungsformel, die anzeigte, daß die Konkurrenz, das Treffen, die Zeremonie gleich beginnen würde.

Die nächste Szene gehörte ganz Marty Driscoll, als er ins Zimmer trat. Der dicke Produzent mit der beginnenden Glatze hatte einen hochgewachsenen, mageren Schatten; er glitt hinter ihm herein und schloß die Tür, während Driscoll sein Gesäß in den dick gepolsterten Stuhl hinter dem großen Schreibtisch fallen ließ. Der Schatten hieß George Ward, sein Haar und Gesicht waren in den langen Jahren als Driscolls graue Eminenz ebenfalls ergraut. Jetzt kam der Schatten am Ende des Schreibtisches zum Stillstand und wartete auf ein Zeichen.

Es erfolgte, als Marty Driscoll sich vorneigte; seine breiten Schultern waren unter dem Gewicht des Stiernackens und des massiven Kopfes gebeugt. »Setzt euch alle«, befahl er.

Roy Ames und Paul Morgan wählten das Sofa gegenüber dem Schreibtisch. Vizzini ließ sich rechts in einem Klubsessel nieder, neben George Ward, während Jan sich links auf einen Stuhl setzte.

Nun wartete sie darauf, daß Driscoll die zeremonielle Eröffnung vornahm: ›Will jemand Kaffee?‹ Doch er schwieg, ein Buddha mit Tonsur, und starrte mit schweren Lidern auf die Schreibtischplatte nieder. Vielleicht meditierte er über das Wesen der Unendlichkeit oder betrachtete seinen Nabel, aber das bezweifelte Jan. Soweit sie Driscoll kannte, war er weder ein Mystiker noch ein Nabelbeschauer. Er machte sie nur nervös, und vielleicht war das auch seine Absicht. Ein rascher Blick auf die übrigen vor dem Schreibtisch Versammelten sagte ihr, daß sie sich ebenso unbehaglich fühlten, während sie darauf warteten, daß er sein Schweigen brach.

Dann plötzlich hob er den Kopf, und seine Augen weiteten sich. »Ihr wißt alle, was gestern geschehen ist«, leitete Driscoll die Besprechung ein. »Seither habe ich über den Film nachgedacht.«

Nachgedacht. Der Satz klang, und Jan verkrampfte sich innerlich. *Er wird ihn platzen lassen. Roy hatte recht.*

Jetzt sprach Roy: »Sie sind nicht der einzige. Ich habe Paul soeben das gleiche gesagt. Wir sitzen in der Klemme.«

»Ich sehe es nicht so«, warf Paul Morgan rasch ein. »Norman Bates' Ausbruch hat mit unserer Story nichts zu tun. Solange sich das Drehbuch an die Tatsachen hält...«

Roy schüttelte den Kopf. »Die Tatsachen haben sich jetzt geändert.«

»Dann können wir auch das Drehbuch ändern«, schlug Vizzini schnell vor. »Vielleicht eine kleine Anpassung, ein paar Seiten. Wir haben ja noch eine Woche Spielraum. Und da ich alle Szenen mit den Loomis der Reihe nach herunterkurble, werden wir Stove Hill und das Gordonmädchen erst nächsten Monat brauchen, wenn sie aus New York kommen.«

»Halten wir hier eine Konferenz über die Story ab?« Roy machte eine ungeduldige Handbewegung. »Vergeßt das Drehbuch! Solange Bates im Irrenhaus saß, war alles unproblematisch. Unser Drehbuch war nur eine Art Märchen, etwas, das vor langer Zeit passiert ist. Das Publikum hätte sich kein bißchen darum geschert, ob es ein Tatsachenbericht oder freie Erfindung ist. Aber jetzt haben wir es mit der Realität zu tun.«

»Stimmt.«

Driscoll nickte, und Jan spürte, wie sich ein Klumpen in ihrer Magengrube bildete. Er bekam Angst. Das bedeutete, daß der Film erledigt war, daß sie erledigt war und daß ihr Gerede darüber, daß sie es nicht zulassen würde, auch erledigt war.

»Das könnt ihr nicht tun!« Sie wurde lauter und stand gleichzeitig auf, ohne sich um die anderen zu kümmern, die sie plötzlich anstarrten, nur ihrem inneren Drang folgend. »Ihr könnt jetzt nicht aufgeben.«

»Bitte, Jan...« Roy kam beunruhigt auf sie zu und streckte die Hand aus, um sie am Arm zu fassen. »Es ist nicht der richtige Augenblick für Hysterie...«

»Dann seid nicht hysterisch!« Sie machte sich frei, beachtete ihn nicht, sondern konzentrierte sich auf den Glatzkopf hinter dem Schreibtisch. »Was ist mit euch los? Ihr benehmt euch wie ein Haufen alter Weiber! Es wäre Wahnsinn aufzugeben. Seht ihr denn nicht, welche Chance wir hier haben? Ihr sitzt auf einer Goldmine und habt Angst davor, sie auszugraben!«

Jan zögerte, als Driscoll die Hände von der Schreibtischplatte hob und die Handflächen sich zueinander bewegten. Einen Augenblick dachte sie, er wolle beten; als dann das Geräusch kam, begriff sie, daß er klatschte.

»Bravo!« sagte er. »Schnitt und kopieren.«

»Das ist nicht komisch, verdammt noch mal!« Jan spürte, wie ihr Gesicht vor Ärger rot wurde. »Ich gebe hier keine Vorstellung, ich sage Ihnen die Wahrheit. Wenn Sie nur einen Augenblick lang überlegen, müssen Sie begreifen, welche Reklame...«

Driscoll stoppte sie mit einer Handbewegung. »Ruhe. Geben Sie mir Gelegenheit zu sagen, was ich mir überlegt habe.« Er zeigte mit seinem dicken Finger auf George Ward. »Sagen Sie es ihr.«

Die Graue Eminenz nickte. »Wie Mr. Driscoll Ihnen schon sagte, hat er bezüglich der Produktion nachgedacht. Zuerst waren wir über die Berichte bestürzt; wie Mr. Ames fragten wir uns, was für Probleme sich für uns daraus ergeben. Dann kamen wir auf Ihren Einwand zu sprechen: den Nachrichtenwert, die Reklame. Und wir gelangten zu der gleichen Ansicht. Norman Bates' Ausbruch könnte die beste Reklame sein, die *Crazy Lady* bekommen konnte. Es bringt uns direkt in die Schlagzeilen der Titelseiten, den Vorrang bei jeder Nachrichtensendung im Fernsehen und Radio im ganzen Land. Sicherlich, Bates ist tot, aber die Story wird lebendig bleiben; man wird noch monatelang Ermittlungen über diese Morde anstellen. Ein solches Medienereignis kann man nicht mit Geld kaufen. Jede Erwähnung des Falles ist eine kostenlose Werbung für unseren Film.«

Der Klumpen in Jans Magen begann sich aufzulösen. »Soll das heißen, daß Sie weiterdrehen?«

»Mit Hochdruck«, bestätigte Driscoll. »Rasch fertig machen, verteilen und lachend kassieren.«

Jan spürte, wie der Klumpen verschwand.

»Großartig!« Paul Morgan grinste Roy zu. »Ich sagte Ihnen, es ist vollkommen unnötig, sich deswegen Sorgen zu machen.«

»Das stimmt ja nicht, zum Teufel!« Roy stand auf, ohne sich um Morgan zu kümmern, und trat vor den Schreibtisch, Driscoll gegenüber. »Sie vergessen das Drehbuch. Das gestrige Ereignis macht unseren Schluß unmöglich.«

»Ich vergesse es nicht.« Driscolls Zeigefinger stach in die Luft. »Wie Santo sagt, haben Sie eine Woche Zeit, um Änderungen vorzunehmen. Wenn Sie bis nächsten Montag nicht fertig sind, bleiben Sie auch nach Drehbeginn hier. Wir behalten den Produktionsplan bei und drehen die neuen Szenen zuletzt.«

»Einen Augenblick. Ich bin keine Verpflichtung eingegangen...«

»Ihr Agent hat es getan. Ich habe ihn heute morgen angerufen und alles abgemacht.«

Jan hörte lachend zu. Der Klumpen in ihrem Magen war verschwunden.

»Keine Sorge.« Santo Vizzini trat zu Roy. »Es sind nur ein paar Seiten. Ich habe schon einige Ideen. Denken Sie an das Material, das wir jetzt benützen können – die neuen Morde und Normans Tod.«

Roy zog die Stirn in Falten, aber als er sprach, klang seine Stimme sanft. »Nur eines noch. Wieso sind Sie so felsenfest davon überzeugt, daß Norman tot ist?«

14

»Natürlich ist er tot.«

Dr. Steiner drückte seine Zigarette im Aschenbecher auf Claibornes Schreibtisch aus. »Hören Sie, Adam, ich verstehe ihre Gefühle...«

»Wirklich?«

»Hören Sie doch um Himmels willen auf, gleich in Abwehrstellung zu gehen. Niemand macht Sie für das Geschehene verantwortlich. Warum also geben Sie sich dafür die Schuld?«

Claiborne zog die Schultern hoch. »Es handelt sich nicht um Schuld, sondern um Verantwortung.«

»Das sind Wortklaubereien.« Steiner nahm eine neue Zigarette. »Schuld, Verantwortung, wo liegt da der Unterschied? Wenn Sie genau sein wollen, so trägt Otis die Verantwortung, weil er Bates mit der Nonne alleingelassen hat. Und was ist mit Clara? Sie saß in der Rezeption, als Bates an ihr vorbeischlich. Wenn man jemanden für seinen Ausbruch verantwortlich macht, so die beiden.«

»Aber ich hatte die Leitung der Anstalt.«

»Und ich hatte sie Ihnen übertragen.« Steiner kramte die Streichhölzer aus seiner Tasche. »Wenn Sie die Hauptverantwortung suchen, so liegt sie bei mir.« Er zündete die Zigarette an, warf das Streichholz in den Aschenbecher und blies eine Rauchspirale zur Decke. »Wenn ich sage, daß ich Ihre Gefühle verstehe, so ist das nicht nur eine Redensart. Warum, glauben Sie, habe ich mein Treffen abgebrochen und das nächste Flugzeug genommen, als ich davon erfuhr? Ich habe ebenso reagiert wie Sie – zuerst mit einem Schock, dann mit Schuldgefühlen. Gott sei Dank hatte ich während des Fluges ein wenig Zeit, die Lage zu überdenken. Ich gebe zu, ich bin noch immer durch diese Vorfälle traumatisiert, das sind wir alle, und das ist unter den gegebenen Umständen nur natürlich. Aber das Schuldgefühl ist vergangen.«

»Bei mir nicht.«

Dr. Steiner winkte mit der Zigarette ab. »Schauen Sie, niemand ist vollkommen. Wir alle begehen Fehler. Erzählen wir, Sie und ich, das nicht unseren Patienten bei der Analyse? Wir können uns nicht unser Leben lang die Schuld für in gutem Glauben begangene Fehler anlasten. Gestern hat sich eine Komödie der Irrungen abgespielt – eine Tragödie, wenn Ihnen das lieber ist. Aber keiner von uns – Otis, Clara, Sie oder ich – konnte voraussehen, was geschehen würde. Das einzige, was man uns, einzeln oder im Kollektiv, vorwerfen kann, ist mangelnde Unfehlbarkeit.«

»Jetzt betreiben Sie Wortklauberei«, replizierte Claiborne. »Ob ich unfehlbar bin oder nicht, ist unerheblich. Ich hatte eine Aufgabe zu erfüllen und habe versagt.«

»Versagt.« Steiner paffte nachdenklich. »Sie haben versagt und die Vase kaputtgemacht, und was wird Daddy sagen, wenn er heimkommt? Hören Sie auf, Adam, Sie sind kein Kind mehr! Und ich bin nicht Ihr Vater.«

»Du meine Güte, Nick, wenn Sie mit mir Doktor spielen...«

»Lassen Sie mich zu Ende kommen.« Steiner beugte sich vor und starrte durch einen grauen Rauchring. »Also gut, Sie sind schuldig. Aber wessen haben Sie sich schuldig gemacht? Sie haben Otis beauftragt, die Bibliothek zu bewachen, während Sie einen Telefonanruf entgegennahmen. Das ist alles.

Sie konnten nicht wissen, daß Otis weggehen würde, konnten nicht wissen, daß Norman einen Ausbruch plante. Und von da an haben wir es mit harten Tatsachen zu tun. Es war Norman, der Schwester Barbara tötete und sich den Lieferwagen aneignete. Er war in dem Wagen, als er explodierte, seine Handlungen führten zu Schwester Cupertines Tod und zu seinem eigenen...«

»Das ist es ja eben.« Claiborne stand auf. »Norman starb nicht im Wagen. Sie nahmen einen Autostopper mit. Ich weiß es, weil ich den Karton mit dem Fahrtziel auf der anderen Straße fand. Norman entledigte sich seiner und Schwester Cupertines, setzte den Wagen in Brand und ging dann nach Fairvale, wo er Sam und Lila Loomis ermordete. Hat Ihnen Engstrom das nicht erzählt?«

Steiner nickte. »Ja, ich habe alles über Ihre Theorie gehört, als ich heute morgen mit ihm sprach. Aber halten wir uns an die Tatsachen. Er ist davon überzeugt, daß die Loomis von jemand anderem getötet wurden – einem Einschleichdieb, vielleicht sogar von dem Autostopper, von dem Sie sprechen...«

»Überzeugt? Wodurch? Wo sind seine Fakten? Er hat nur eine andere Theorie. Eine nette, praktische Theorie, die alles erklärt. Das heißt, wenn man bereit ist, den Tod des Ehepaares Loomis als bloßen Zufall zu akzeptieren.

Dazu bin ich aber nicht bereit. Ich glaube, sie wurden vorsätzlich von dem einzigen Mann auf der Welt ermordet, der ein Motiv dazu besaß.« Er ging in dem schmalen Raum zwischen der Wand und seinem Schreibtisch auf und ab. »Wenn Sie nach unumstößlichen Beweisen suchen, bedenken Sie folgendes: Sam und Lila Loomis wurden nicht einfach niedergestreckt. Sie wurden abgeschlachtet. Setzen Sie Motiv und Tathergang in Beziehung zueinander, dann bekommen Sie ein klares Bild von Norman Bates in seiner Rolle als Rächer.«

Dr. Steiner drückte die zweite Zigarette aus. »Man kann sich erst ein klares Bild machen, wenn der vollständige Autopsiebericht vorliegt. Engstrom hat im Büro das Untersuchungsrichters mit Rigsby gesprochen. Er nimmt an, daß er uns seine Entscheidung bis Ende der Woche vorlegen...«

»Ende der Woche?« Claiborne blieb stehen und wandte sich mit gerunzelter Stirn um. »Was ist mit diesen Leuten los? Nick, ich verstehe verdammt nichts von Gerichtsmedizin, ich habe sogar seit meinen Studienjahren an keiner Autopsie mehr teilgenommen, aber geben Sie mir drei Stunden Zeit zur Untersuchung dieser Leiche, und ich wette, ich erstelle Ihnen einen eindeutigen Bericht.«

»Das wird auch Rigsby tun, sobald er Zeit dazu findet. Aber Engstrom behauptet, daß es dort wie in einem Irrenhaus zugeht.« Er lächelte gequält. »Wenn Sie mir diesen Freudschen Lapsus verzeihen.«

»Sie meinen, wegen des Autobusunglücks?«

Steiner seufzte. »Gestern sieben Tote. Zwei von den Verletzten starben heute nacht. Das macht neun. Im ganzen vierzehn, wenn Sie die fünf Toten hinzuzählen, an denen wir interessiert sind.«

»Mich interessiert nur ein einziger.« Claiborne ließ nicht locker. »Könnte Engstrom nicht bei Rigsby erreichen, daß er unseren Fall vorzieht?«

»Er hat es versucht. Aber vergessen Sie nicht, der Untersuchungsrichter wird in sein Amt gewählt.«

»Was bedeutet das?«

»Daß Engstrom allein den Familien der Opfer gegenübersteht, die mehrere Dutzend Menschen zählen. Auch sie setzen Druck ein, und alle sind Wähler. Das erklärt Rigsbys Prioritäten.« Dr. Steiner steckte sich noch eine Zigarette an. »Ich möchte gerade jetzt nicht an seiner Stelle sein. Er wird Tag und Nacht arbeiten, und bis er unseren Fall vornimmt, müssen wir eben warten.«

»Weil Politik wichtiger ist als die Aufklärung eines Mordes?« Claiborne schüttelte den Kopf. »Vielleicht nehmen Engstrom und Rigsby das an, aber ich nicht. Und ich hätte auch nie gedacht, daß Sie sich damit abfinden.«

»Ganz und gar nicht.« Dr. Steiner hob die Hand. »Sehen Sie das – die dritte in fünfzehn Minuten.« Er zog eine klägliche Grimasse und warf die unangezündete Zigarette in den Aschenbecher, dann lehnte er sich zurück. »Glauben Sie mir, ich bin ebenso beunruhigt wie Sie. Aber wir haben keine andere Möglichkeit. Wir müssen uns dazu zwingen, Geduld zu haben, bis wir Bescheid bekommen.«

»Während Norman frei herumläuft?«

Dr. Steiner zog die Schultern hoch. »Also gut. Ich bin von Ihrer Theorie noch immer nicht überzeugt, aber nehmen wir an, daß er noch am Leben ist. Engstrom hat mir mitgeteilt, daß seine Abteilung mit Captain Banning zusammenarbeitet. Sie haben alle Polizeistationen benachrichtigt, sie erlassen Aufrufe, es mögen sich Zeugen melden, sie werten das verfügbare Beweismaterial aus. Aber solange sie nichts Konkretes in Händen halten, kann man sie nicht daran hindern, sich ihre eigene Meinung zu bilden, genau wie man diese Leute drüben in Hollywood nicht daran hindern kann, ihren Film zu drehen...«

Claiborne blickte fragend zu Dr. Steiner auf, und dieser nickte.

»Ich vergaß, es zu erwähnen. Ich bekam einen Anruf von dem Produzenten, mit dem Sie gestern gesprochen haben.«

»Marty Driscoll?«

»Er rief heute morgen an, unmittelbar nachdem ich zurückgekommen war. Er sagte, er habe die Nachricht gehört und wollte mehr Einzelheiten über die gestrigen Vorfälle.«

»Sie haben sie ihm doch nicht gegeben?«

»Natürlich nicht.« Steiner verzog das Gesicht. »Ich habe nicht die Absicht, sein Projekt zu unterstützen, hatte sie nie. Ich habe sein Drehbuch nicht gelesen und will nicht mit seinem Autor sprechen. Angesichts der derzeitigen Lage mußte ich ihm raten, den Film abzublasen.«

»War er damit einverstanden?«

»Er sagte mir sinngemäß, ich solle zum Teufel gehen. Er findet, das Ganze sei eine großartige Reklame. Nächsten Montag beginnen sie mit den Dreharbeiten.«

»Das können sie doch nicht tun!« Claiborne schüttelte den Kopf. »Nick, wir müssen etwas unternehmen.«

»Natürlich.« Dr. Steiner schob seinen Stuhl zurück und stand auf. »Ich werde an die Arbeit gehen. Und Sie werden sich einige Tage freinehmen und sich ausruhen.«

»Ich will nicht…«

»Es geht nicht darum, was Sie wollen, es geht darum, was Sie brauchen. Ich werde diese Woche Ihre Fälle übernehmen. Sie sind übermüdet und reagieren daher zu heftig.«

»Ich reagiere zu heftig?«

»Die Sache mit dem Film. Wenn Sie es sich recht überlegen, was macht es schon aus, ob sie weitermachen oder nicht? Wir können sie nicht daran hindern.«

»Vielleicht nicht. Aber wenn wir es nicht tun, wird Norman es tun.«

15

Es war ein Fehler gewesen, Steiner überhaupt etwas zu sagen.

Claiborne hätte es sofort begreifen müssen, als Nick damit begann, daß er zu heftig reagierte. Aber er hatte damals den Zusammenhang nicht erfaßt; er hatte weiter von dem Zeitungsartikel in dem Eisenwarenladen erzählt, daß Norman ihn gelesen haben mußte, wohin Norman seiner Meinung nach gehen und was er tun würde. Es hätte ihm klar sein müssen, daß Steiner das nicht verstehen würde, aber nun war es zu spät.

Jetzt hatten sie ihn im Krankenhaus festgenagelt.

Wie die Diagnose lautete, wußte Gott allein – sie wollten es ihm nicht sagen und würden es ihm auch nicht sagen. Die Schwestern und Pfleger vergaßen nie, ihn ›Doktor‹ zu titulieren, wenn sie mit ihm sprachen; sie waren alle sehr höflich, aber sie waren auch sehr entschieden.

Claiborne sah die Notwendigkeit für diese entschiedene Haltung. Sie war eine notwendige Maßnahme, ein fachspezifisches Erfordernis, das er selbst befolgt hatte, das er als Teil seines Aufgabenbereichs akzeptierte. Aber nun stellten sich die anderen in Erfüllung ihrer Aufgabe gegen ihn. Und das konnte er nicht ertragen.

Er konnte sich nicht daran gewöhnen, Patient zu sein, herumkommandiert, wie ein Kind behandelt zu werden. Untersucht, beaufsichtigt, durchsucht zu werden, als wäre er ein Verbrecher. Angewiesen zu werden, dort zu stehen, da zu sitzen, seine Mahlzeiten auf einem Tablett serviert zu bekommen.

Und dann die Geräusche. Zuckersüße, angeblich beruhigende Konservenmusik, unterbrochen von murmelnden Stimmen, die Befehle erteilten. Und immer das Dröhnen, das die Musik nicht übertönen konnte, das in seinem Kopf vibrierte, einen Druck, ein Klingen in seinen Ohren auslöste. Sogar mit geschlossenen Augen konnte Claiborne ihm nicht entgehen; es gab kein Entrinnen.

Weil er festgeschnallt war.

Es traf ihn wie ein Schlag, als er begriff, daß er sich nicht rühren konnte. *Sie hatten ihn in Gewahrsam genommen!*

Claiborne begann zu zittern. Er spannte seine Muskeln an, sein Körper stemmte sich gegen die unnachgiebigen Gurte. Aber sie hielten ihn fest, alle waren fest, kein Entkommen, keine Möglichkeit, sich zu befreien. *Ich muß hier hinaus, hier hinaus.*

Er öffnete die Augen und starrte nach unten.

Auf den Sicherheitsgurt.

Beruhige dich. Du sitzt im Flugzeug.

Er sank zurück, lächelte zugleich erleichtert und beschämt. Steiner hatte recht gehabt; er war übermüdet, und deshalb war er während des Fluges eingeschlafen. Und seine zu heftige Reaktion hatte sich in einem Alptraum niedergeschlagen.

Dessen Elemente lagen auf der Hand. Die ›Schwestern und Pfleger‹ entsprachen dem Flugpersonal. In seinem Traum wurde aus dem Sicherheitscheck auf dem Flughafen eine medizinische Untersuchung. Die Anordnungen – an Bord gehen, sitzenbleiben und den Gurt anlegen – waren ohne Erklärung verständlich. Und natürlich hatte man ihm eine Mahlzeit auf einem Tablett serviert.

Die Konservenmusik und die Durchsagen des Piloten waren über die Gegensprechanlage in der Kanzel gekommen. Jetzt ertönte nur noch das Dröhnen der Motoren, als das Flugzeug zu dem langsamen Landeflug ansetzte. Aber die Vibration war vollkommen real, und er spürte auch den Druck in den Ohren. Er spürte den Druck, Punkt. Aber jetzt war nicht der richtige Augenblick, darüber nachzudenken. Jetzt war es an der Zeit, *bitte bleiben Sie sitzen, bis das Flugzeug zum Stillstand kommt* – obwohl Claiborne bemerkte, daß die Passagiere um ihn ihr Handgepäck aus den Gepäckfächern nahmen und sich im Gang drängten, um als erste auszusteigen.

Es war an der Zeit, seine eigene Aktenmappe zu nehmen und hinauszugehen, vorbei an den mechanischen Lächeln und den automatischen Auf-Wiedersehen der dort stehenden, schwitzenden Stewardessen.

Willkommen im Internationalen Flughafen von Los Angeles.

In der oberen Halle des Flughafens begrüßten Freunde und Angehörige seine Mitpassagiere. Einen Augenblick lang ertappte sich Claiborne dabei, daß er die Gesichter in der Menge überflog, die sich im Halbkreis um die Ankunft- und Abfluggates drängten, dann lächelte er verlegen. Wen zum Teufel suchte er denn? Norman erwartete ihn nicht im Flughafengebäude, um ihn zu begrüßen – falls er überhaupt irgendwo wartete. Angenommen, Steiner hatte recht gehabt, und das alles war vergebliche Mühe?

Es gab nur eine Möglichkeit, es herauszufinden. Claiborne ging weiter, schob sich durch die Menschenmenge und stieg ins untere Stockwerk hinab. Dann trottete er durch den endlosen Tunnel, der zur Eingangshalle führte.

Der Symbolismus dieser Bewegungen kam ihm zum Bewußtsein, es war wie eine Wiederholung der eigenen Geburt. Im Tunnel wurden alle Passagiere ungeduldig, waren bestrebt, möglichst rasch zum Ausgang zu gelangen, in die neue Welt dahinter wiedergeboren zu werden.

Eine Geburt war jedoch ein relativ einfacher Vorgang im Vergleich zu dem, was man hier noch über sich ergehen lassen mußte. Einen Leihwagen mieten, eine Straßenkarte kaufen, sein Gepäck suchen und es vom Förderband schnappen – alles erforderte Zeit, kostete Geduld, vergrößerte die Mißstimmung. Wie lang war es her, daß sich das Reisen aus einem Vergnügen zu einer endlosen Nervenprobe verwandelt hatte? Vielleicht hatte er eine zu niedrige Reizschwelle oder vielleicht war er zu verdammt müde; was immer der Grund war, er ärgerte sich über die Bevormundung und das Zusammenpferchen, über die Gruppen, die an den Gepäckausgabestellen herumschnatterten und -stießen. Auch die einschläfernden Geräusche konnten das Unbehagen nicht vertreiben, ob sie nun aus den Lautsprechern kamen oder in Anlehnung an die Fernsehwerbung die Wonnen des Fliegens besangen.

Flug, Flucht – er wollte nur hinaus. Sogar nachdem er den Leihwagen gefunden, seinen Koffer verstaut, die Karte zu Rate gezogen, sich mit den Anzeigen am Armaturenbrett vertraut gemacht und sich in Bewegung gesetzt hatte, stellte das Verlassen des Fluggeländes immer noch ein Problem dar. Claiborne schlich Stoßstange an Stoßstange weiter, beachtete die über der Fahrbahn hängenden Richtungsanzeigen, wechselte unter Lebensgefahr die Fahrbahnen, erreichte schließlich den Century Boulevard und fuhr im Schneckentempo nach Osten zur San-Diego-Autobahn. Dort fand er, von den Auspuffgasen benommen, die Auffahrt nach Norden und ordnete sich zwischen einem donnernden Sattelschlepper und einem schlingernden Wohnwagen links ein. Das Fahren auf der Schnellspur war sicherlich keine Wonne, aber nun war er wenigstens in die richtige Richtung unterwegs.

Das hoffte er zumindest.

Die mechanische Tätigkeit, in gleichbleibendem Tempo zu fahren, die wiedergewonnene Möglichkeit, verhältnismäßig frei zu handeln, übte eine entspannende Wirkung auf ihn aus. Nun war er ruhig genug, um die Situation objektiv zu betrachten.

Es hatte keinen Sinn, Steiner Vorwürfe zu machen; Nick hatte sich eigentlich als hilfreich erwiesen. In dem Augenblick, da ihm klar war, daß Claiborne entschlossen war, gab er seine Skepsis auf und unterstützte ihn voll. Vielleicht hatte die Reise nicht seine uneingeschränkte Billigung, aber er half bei der Reservierung der Flugkarte, befahl Otis, Claiborne zum Flugplatz zu fahren, versprach, mit ihm in Verbindung zu bleiben und ihm so bald wie möglich den Bericht über die Ergebnisse der Autopsie oder weitere Entwicklungen zu schicken.

Vor allem aber hatte er der billigen Analyse der Motive Einhalt geboten, vielleicht weil Steiner wußte, daß Claiborne die Arbeit für ihn erledigen würde.

Das tat er nun auch.

Der Alptraum im Flugzeug – es war leicht, aber unwichtig gewesen, seine Elemente auseinanderzuklauben. Worauf es ankam, war die Bedeutung dieser Elemente.

Sein Traum vom Eingesperrtwerden war der Ausdruck einer Bestrafung. Niemand hatte ihn dafür bestraft, daß er Norman hatte entfliehen lassen, also bestrafte er sich selbst.

Die Reise an sich war ein weiterer Ausdruck von Schuldgefühlen. Er hatte den Flugweg gewählt, und Flug bedeutete *fugue*, davonlaufen. Aber er konnte vor seiner Verantwortung nicht davonlaufen.

Und da war er anderer Meinung als Steiner. Er *war* verantwortlich. Wenn Norman hierhergekommen war, mußte er ihn finden, und zwar schnell. Vielleicht besaß er keinen stichhaltigen Beweis, um seine Haltung zu rechtfertigen, aber Steiner und Engstrom besaßen auch keinen, um die ihre zu untermauern. Jedenfalls noch nicht. Und bis sich ein Beweis fand, mußte er seinen Instinkten, seiner Überzeugung und seiner Berufserfahrung folgen.

Das betraf seine Reaktion als Psychoanalytiker, aber es war mehr daran als das. Norman war kein x-beliebiger Patient. Wenn man jahrelang täglich mit jemandem zusammen ist, sein Vertrauen genießt, seine tiefsten Geheimnisse kennt, ihm mit Rat und Tat zur Seite steht, ihn in Streßsituationen beruhigt, gibt es nur ein Wort für diese Beziehung: Norman war sein Freund.

Ein Freund in Not. Zum Teufel mit der Reaktion als Arzt. Er war hier, weil Norman Hilfe brauchte.

Claiborne bog nach rechts in die nach Osten führende Auffahrt zur Ventura Autobahn ein. Er richtete sich nach den über der Fahrbahn angebrachten Verkehrszeichen, verließ die Autobahn bei Laurel Canyon, fuhr eine halbe Meile nach Süden und bog links auf den Ventura Boulevard ein.

Zu den Coronet Studios mußte er noch etwa eine Meile geradeaus und dann einen Block weiter nach links fahren. Aber im Augenblick wollte er sie nicht aufsuchen. Zuerst mußte er eine Unterkunft finden.

Er fuhr langsam und bemerkte am Boulevard eine Anzahl von Motels, von denen die meisten auf gleicher Höhe mit dem Gehsteig neben Tierkliniken, Tagesbars und Parkplätzen standen. Was er sah, reizte ihn nicht; alles gut und schön, die geheizten Swimmingpools, die Farbfernseher. Er suchte eine Haus abseits der belebten Durchgangsstraße, weit weg vom Verkehrslärm.

Dann erblickte er es zu seiner Rechten.

Dawn Motel.

Die Tafel war schon verwittert, auch das einfache L-förmige Gebäude dahinter, das aber ein gutes Stück hinter dem Parkplatz lag, der auch als eine Art Patio fungierte. Er sah kein Schwimmbecken, und in der Nähe des Eingangs zur Bar stand ein einziger Wagen – wie er hoffte, ein Hinweis auf Ruhe und Frieden.

Claiborne fuhr hinein, stellte den Motor ab und stieg aus. Seine Beine schmerzten, ein Zeichen von Ermüdung, als er zu der Bürotür stakte; er kniff die Augen zusammen, um sie vor der späten Nachmittagssonne zu schützen. Er öffnete die Tür und trat in die angenehme Kühle des halbdunklen Raumes.

Seine Augen mußten sich erst an das Dunkel gewöhnen, dann überblickt er die Einrichtung des kleinen, behelfsmäßigen Vestibüls. Stühle mit Plastikpolsterung standen hinter einem abgenutzten Kaffeetisch, auf dem ein Metallaschenbecher stand und alte Illustrierte herumlagen. An der rechten Wand standen die drei üblichen Automaten, die dem müden Reisenden kohlensäurehaltiges Wasser mit Zitronensäure, ranzige Schokoladestangen oder Zigaretten zu überhöhten Preisen anboten. Links befand sich das Empfangspult, es war unbesetzt. Dahinter hing, umgeben von einer Unzahl gerahmter, verblaßter Fotos, eine Wanduhr, deren aufdringliches Ticken seine Aufmerksamkeit erregte.

Er starrte das Zifferblatt und die Zeiger an. *Warum müssen wir die Zeit personifizieren? Weil wir Angst davor haben zuzugeben, daß unser Leben von einer abstrakten Macht gemessen wird, die weder unseren Eintritt ins Dasein noch unseren Abgang in den Tod registriert, noch sich darum kümmert? Zeit ist unser mysteriöser Gebieter; indem wir ihr Zifferblatt und Zeiger anstelle von Gesicht und Händen geben, versuchen wir sie uns dienstbar zu machen.*

Claiborne zog die Schultern hoch. Schluß damit, es war nur eine Uhr, und er war einfach müde. Der Stundenzeiger stand auf sechs, obwohl seine Armbanduhr acht zeigte. Er stellte die letztere auf Ortszeit um, aber seine innere Uhr ging noch immer nach der alten Uhrzeit, und er brauchte die Erholung durch eine durchgeschlafene Nacht, als Ausgleich für sein Manko an Schlaf und Übermüdung.

Wo blieb der Besitzer?

Er trat ans Pult, entdeckte die Metallglocke und läutete sie. Dann trat er zurück, wartete, und währenddessen wanderte sein Blick zu den Fotos an der Wand. Die Uhr tickte weiter, aber auf den Fotos rundum war die Zeit stehengeblieben.

Das Sonnenlicht hatte die Hintergründe und die Tinte ausgebleicht, aber die Gesichter in den Rahmen lächelten tapfer und etwas starr aus der Sicherheit einer im Dunkel liegenden fernen Vergangenheit. Posen und Kleidung ließen auf die Zugehörigkeit der Personen zum Showbusiness schließen, obgleich Claiborne nur einen erkannte: das einzige ernste Gesicht, das aus dem Dunkel auf ihn herabstarrte.

Nun ging die zum Patio führende Tür auf, ein Mann kam herein und stellte sich hinter das Pult.

Er war groß, mager, weißhaarig, sein tief gebräuntes Gesicht war von Furchen und Rinnen durchzogen wie ein ausgetrocknetes Flußbett. Aber das Alter hatte sein Lächeln nicht gelöscht, und seine graugrünen Augen blickten flink und wachsam.

Claiborne hatte den Mann automatisch taxiert; er gab es auf und konzentrierte sich darauf, ein Zimmer zu mieten.

Ja, vierzig Dollar pro Nacht gingen in Ordnung, und er würde bis Sonnabend bleiben. Herd und Kühlschrank? In Ordnung, obwohl er nicht vorhatte, viel zu kochen, er würde wahrscheinlich zumeist auswärts essen. Wenn Nummer sechs nach hinten hinausging, war er einverstanden.

Als Claiborne sich ins Gästebuch eintrug, unterdrückte er den Impuls, einen falschen Namen anzugeben; es hatte keinen Sinn, solche Mätzchen anzuwenden; schließlich erwartete er hier Anrufe. Aber er unterließ es, das Dr. med. hinter seinem Namen anzuführen. Als er wieder zu den Fotos an der Wand blickte, erregte das einzige ernste Gesicht noch einmal seine Aufmerksamkeit.

»Ist das nicht Karl Druse?« erkundigte er sich.

Der alte Mann nickte.

»Ich dachte mir gleich, daß er es ist.« Claiborne betrachtete das Porträt. »Ein hervorragender Schauspieler. Nach Lon Chaney senior wahrscheinlich der beste unter den ersten Horrorstars.«

»Stimmt.« Die forschenden Augen leuchteten auf. »Aber das war noch zur Stummfilmzeit. Wieso kennen Sie ihn – haben Sie mit dem Film zu tun?«

Claiborne schüttelte den Kopf. »Nein. Und Sie?«

»Vor langer Zeit.« Der Mann wies mit der Hand auf die vielen Fotos. »Ich kannte sie, als diese Stadt ihnen gehörte. Jetzt hängen sie an der Wand, und ich bin noch immer da. Komisch, wie das Leben so spielt.«

»Sie waren Schauspieler?«

Eine der Rinnen im Flußbett wurde breiter und entwickelte sich zu einem Lächeln. »Wäre ich einer gewesen, könnten Sie darauf wetten, daß mein Bild dort hängen würde, größer als alle anderen.« Er kicherte. »Nein, ich war nie Schauspieler. Nur ein Autor – was man damals so Drehbuchschreiber nannte – weiter unten an der Straße bei den Coronet Studios.«

»Coronet?« Claiborne warf ihm einen raschen Blick zu. »Interessant, Mr....«

»Post. Tom Post.«

»Sie müssen viel vom Filmgeschäft verstehen, Mr. Post.«

»Jetzt nicht mehr. Als der Tonfilm kam, war für mich Schluß. Wurde gefeuert, um die Wahrheit zu sagen.« Tom Post kicherte wieder.

»Sie scheinen gar nicht so unglücklich darüber zu sein, daß Sie sich zur Ruhe gesetzt haben.«

»Wer sagt, daß ich es bin?« Posts Lächeln verblaßte. »Ich verkaufte in Encido Gebrauchtwagen, bevor ich das Motel hier baute. Keine große Sache, aber ich habe wenigstens eine Beschäftigung. Ich werde nie aufhören zu arbeiten. Jetzt noch nicht.« Er hob seinen knochigen Zeigefinger. »Wissen Sie, was der Ruhestand heutzutage ist? Ein alter lungenkranker Mann, der vergiftete Fische in einem verseuchten Fluß angelt.«

Claiborne grinste. »Ich sehe, Sie sind noch immer ein Schriftsteller.«

»Ich bin nur ein alter Scheißer mit einem losen Maul, wenn Sie mir den schiefen Vergleich verzeihen.« Tom Post griff in die Schreibtischschublade und fischte einen an einem hölzernen Paddel befestigten Schlüssel heraus. »Hier bitte. Soll ich Ihnen mit dem Gepäck helfen?«

»Bemühen Sie sich nicht – ich komme schon zurecht.«

»Nummer sechs ist drüben am Ende, neben dem Durchgang.«

Claiborne nickte. »Bevor ich gehe, möchte ich noch ein paar Anrufe erledigen.«

»Sie haben ein Telefon in Ihrem Zimmer.«

»Sehr gut.«

»Wenn Sie sonst etwas brauchen, sagen Sie es mir.«

»Danke.«

Claiborne holte seinen Koffer und die Aktenmappe aus dem Wagen und trug durch den Patio zu Nummer sechs.

Das Zimmer wirkte wie ein übergroßer Mikrowellenherd, aber er fand den Thermostat an der Klimaanlage beim Fenster und stellte ihn auf das Maximum. Als Antwort rasselte das alte Gerät blechern. Er zog die Jacke aus, streckte sich auf dem Doppelbett aus und griff nach dem Telefonhörer.

Es war jetzt halb sieben vorbei, wahrscheinlich zu spät, um noch jemanden im Coronet zu erreichen, aber er riskierte es trotzdem, ließ sich die Nummer des Studios von der Auskunft geben und rief dort an. Das Mädchen in der Zentrale verband ihn mit Driscolls Büro. Zu seiner großen Überraschung hörte er, daß der Hörer abgehoben wurde.

»Ja?« Marty Driscolls tiefe Stimme war leicht zu erkennen.

»Hier spricht Adam Claiborne, Mr. Driscoll.«

»Wer?« Die Antwort ließ eher auf Ärger über die Störung als auf tatsächliches Interesse schließen.

»Dr. Claiborne. Ich sprach am Sonntag mit Ihnen, als Sie das Krankenhaus anriefen.«

»Ja, gewiß, Doc, ich erinnere mich.« Der Ärger verschwand aus Driscolls Stimme. »Freue mich, von Ihnen zu hören. Vielleicht können Sie mir erklären, was los ist.«

»Gern, wenn wir eine Zusammenkunft vereinbaren können.«

»Zusammenkunft?« Eine Pause. »Sind Sie hier in der Stadt?«

»Soeben angekommen. Ich hoffe, wir könnten irgendwann morgen zusammenkommen...«

»Wann immer es Ihnen paßt. Ich bin den ganzen Tag im Büro.«

»Um neun Uhr?«

»Sagen wir halb zehn. Ich lasse an der Einfahrt einen Passierschein hinterlegen.«

»In Ordnung«, stimmte Claiborne zu. »Neun Uhr dreißig.«

»Warten Sie«, unterbrach ihn Driscoll schnell. »Ihr Chef, Dr. Steiner – ich rief ihn gestern an und wurde von ihm glatt abgewimmelt. Was sind die wirklichen Fakten im Fall Norman Bates?«

»Darüber will ich ja mit Ihnen sprechen.« Claiborne ließ den Hörer sinken. »Bis morgen also.«

Er legte auf und ließ Driscoll hängen. Ein billiger Trick, aber wirkungsvoll, so hoffte er zumindest. Er stellte befriedigt fest, daß der Produzent besorgt war. Bisher schien sich niemand anderer darum zu kümmern.

Das Zwielicht lag über dem Zimmer, während die Klimaanlage schwach protestierte. Claiborne überlegte, bevor er die Nachttischlampe anknipste. Eigentlich wollte er sich ausstrecken und die Nacht durchschlafen. Hier war es jetzt sieben Uhr – dem entsprach neun Uhr zu Hause. Er hatte Steiner versprochen, ihn anzurufen, sobald er angekommen war.

Er hob wieder den Hörer ab und wählte die Privatnummer. Ein hohles Klingeln erklang als Antwort. *Wem die Stunde schlägt.* Beim zehnten Klingeln legte er auf. Müde versuchte er es noch einmal, diesmal mit der Vermittlung des Krankenhauses, und Clara meldete sich am Empfangspult.

Steiner war ausgegangen. Ein Abendessen im Rotary-Klub in Fairvale.

Gute Public Relations, das Geschäft geht weiter. Verstehst du nicht, Nick? Deine Stunde hat geschlagen.

Er beherrschte seine Stimme mit Mühe, gab Clara die Adresse und Telefonnummer des Motels und sagte, er würde Dr. Steiner morgen im Laufe des Tages wieder anrufen. Es hatte keinen Sinn zu fragen, was dort vor sich ging; sie wäre die letzte, die es wüßte. Und sehr wahrscheinlich hatte sich auch nichts ereignet, wenn Steiner weggehen und im Rotary Hühnchen essen konnte.

Als er wieder auflegte, war sein Ärger zugleich mit den letzen Sonnenstrahlen verschwunden. Einen Augenblick lang dachte er daran, essen zu gehen, dann verwarf er den Gedanken. Sollte Steiner die Konservenerbsen auf seinem Teller jagen. Im Augenblick war für Claiborne Ruhe wichtiger.

Er zog die Schuhe aus und hängte seine Kleider in den schmalen Schrank. Er öffnete den Koffer, packte aus, legte die Wäsche in die Schubladen, hängte seinen zweiten Anzug über einen Kleiderbügel und trug Rasierapparat und Toilettenartikel ins Badezimmer. Wenn Handelsvertreter jeden Abend diese langweilige Prozedur durchmachen müssen, ist es kein Wunder, daß sie sich betrinken und Nutten aufs Zimmer nehmen.

Er ging auf die Toilette und überlegte, ob er duschen sollte, dann beschloß er, es auf morgen zu verschieben. Nachdem er den Pyjama angezogen hatte, kehrte er ins Schlafzimmer zurück, zog die Jalousien zu, dann nahm er den Bettüberwurf ab.

Dabei bemerkte er seine auf dem Schreibtisch liegende Aktenmappe und erinnerte sich an ihren Inhalt. Er hatte das Drehbuch der *Verrückten Lady* im Flugzeug nicht angerührt. Er konnte es jetzt lesen, aber was für einen Sinn hatte das? Er besuchte Driscoll nicht, um über das Drehbuch zu sprechen; die morgige Zusammenkunft diente einem anderen Zweck.

Claiborne stellte die Klimaanlage ab, legte sich auf das Bett und löschte die Nachttischlampe. *Die morgige Besprechung.* Wie sollte er Marty Driscoll behandeln? Wie konnte er den Fall behandeln?

Ja, natürlich, das war es. Von einer Position der Stärke ausgehen, eine Arzt-Patient-Beziehung herstellen. Dr. Claiborne als Autoritätsfigur. Wenn man die therapeutische Technik von allen lateinischen und griechischen Fachausdrücken entblößte, lief sie darauf hinaus: den Patienten sprechen lassen. Die Reaktionsbildung durchbrechen.

Er mußte Driscoll über den Sensationsgehalt des Filmes, das

Geld, das er einspielen würde, reden lassen, bis er heiser war, ihm so zuhören wie ein Mann, der am Fensterbrett eines hohen Gebäudes steht und hinunterspringen will.

Dann, erst dann würde er ihm seine Einstellung klarlegen. Sicherlich würde der Film sensationell sein und Aufsehen erregen – wie ein Sprung aus dem hohen Fenster. Und wahrscheinlich würde er eine Menge Geld einspielen. Aber wenn der Mann, der aus dem Fenster sprang, versichert war, konnte das auch eine Menge Geld bedeuten. Das Problem war, daß er nicht am Leben sein würde, um es zu genießen.

Also schau, bevor du springst, schau in die Dunkelheit unter dir, und du wirst sehen, was ich sehe. Norman Bates, der dich erwartet. Merk dir meine Worte: Er wartet darauf, daß du in die Sache springst. Ich würde mein Leben darauf verwetten. Und deshalb warne ich dich, nicht das deine zu verwetten.

Mein Leben verwetten.

Der Satz hallte wider. Er sah Norman noch immer als Freund, aber was dachte Norman? Vielleicht war Claiborne für ihn ein Feind.

Und vielleicht war es in einem bestimmten Sinn wahr. In seinem Traum war er hierhergekommen, um sich selbst zu bestrafen. Aber vielleicht war er in Wirklichkeit gekommen, um Norman zu bestrafen, weil er davongelaufen war, seine Pläne zunichte gemacht hatte.

Das Buch, das war es. Das Buch war der Schlüssel zum Ganzen gewesen. Er hatte vorgehabt, es als Aufzeichnung zu schreiben, als Bericht über fünf Jahre erfolgreicher Therapie. Manche hatten sich mit weniger einen Ruf geschaffen.

Zum Teufel mit dem Ruf! Das war jetzt zweitrangig. Jetzt ging es darum, was den unschuldigen Menschen in Fairvale und jenen, die sie überlebten, zugestoßen war.

Claiborne runzelte in der Dunkelheit die Stirn. Es war an der Zeit, sich nicht um die eigene Person Sorgen zu machen, auch nicht darüber, ob Norman gegenwärtig sein Freund, sein Patient, sein Feind war. Das Wichtigste war das Trauma, das Leiden der Angehörigen der Opfer. Sie waren es, die Fürsorge verdienten, die Hilfe brauchten. Und es war seine Pflicht, sie ihnen zu geben. Nicht weil er Psychiater war – zum Teufel auch damit! –, sondern weil er ein anständiger, engagierter Mensch war.

Die Vergangenheit konnte er nicht auslöschen, aber er konnte zumindest versuchen, ihre Qual und Angst in der Zukunft zu mildern, sie vor Vermarktung und Verbitterung zu retten, ihnen die Furcht vor weiteren Bedrohungen zu nehmen. Deshalb mußte er den Abbruch dieses Films erzwingen. Norman finden und ihn zurückbringen, selbst wenn er sein eigenes Leben dadurch in Gefahr brachte.

Das Geräusch war so schwach, daß Claiborne es beinahe überhörte. Nur der Tatsache, daß seine Augen sich an das Dunkel gewöhnt hatten, hatte er es zu verdanken, daß er die Ursache des Geräusches erkannte. Er lag auf der Seite, der Tür zugewandt, und sah, wie sich der Türknopf langsam drehte.

Klick.

Zugleich der dumpfe Aufprall von Claibornes nackten Füßen auf dem Boden, als er aus dem Bett sprang. Es geschah impulsiv, er hatte keine Zeit nachzudenken, bis es zu spät war; er hatte schon die Tür aufgesperrt, sie geöffnet.

Ein Schatten stand im Türrahmen.

»Verzeihen Sie, ich wollte Sie nicht stören«, sagte Tom Post.

»Was fällt Ihnen ein? Sie hätten doch anklopfen können.«

»Ich dachte, Sie schlafen schon.« Er hob sich im Halbprofil vom beleuchteten Patio ab und verzog das lederartige Eidechsengesicht zu einem Grinsen. »Nur eine Sicherheitsmaßnahme. Ich vergewissere mich immer, daß die Türen versperrt sind, bevor ich schlafen gehe.« Post starrte in das dunkle Zimmer. »Alles in Ordnung?«

Claiborne nickte, seine Spannung schwand.

»Dann werde ich Sie nicht länger stören. Schlafen Sie gut.«

»Das habe ich auch vor.« Claiborne machte sich daran, die Tür zu schließen.

Dabei kicherte Post. »Keine Sorge, hier sind Sie sicher. Vergessen Sie nicht, das ist nicht das Bates Motel.«

Die Tür ging zu.

Das Schloß schnappte ein.

Die Schritte entfernten sich.

Und Claiborne stand im Dunkel, er hörte nur, wie das Kichern des alten Mannes in der Nacht widerhallte.

16

Die Raupe war fort.

Jan starrte Santo Vizzini an, der sich hinter seinem Schreibtisch erhob.

»Etwas nicht in Ordnung?« fragte er.

»Ihr Schnurrbart – Sie haben ihn abrasiert.«

Vizzini nickte, während er in einer Duftwolke von Parfum auf sie zukam und sich mit dem dicken Zeigefinger über die glattrasierte Stelle zwischen Nase und Oberlippe strich.

»Sind Sie damit einverstanden?«

»Ich muß mich erst daran gewöhnen. Sie sehen so verändert aus.«

Was natürlich richtig war. Ohne den Schnurrbart entsprach der Regisseur dem Klischeebild, das man sich von einem Angehörigen seiner Nation machte, nicht mehr. Aber er gestikulierte noch immer nervös, roch noch immer, als hätte er in Eau de Cologne gebadet. Und sein Verhalten hatte sich überhaupt nicht verändert.

Es gelang Jan, das Drehbuch fallenzulassen, das sie in der Hand hielt; sie bückte sich und hob es gerade rechtzeitig auf, um zu vermeiden, daß er ihren Arm berührte.

»Ungeschickt«, entschuldigte sie sich und trat zurück.

»Entspannen Sie sich«, sagte Vizzini, »ich werde Sie schon nicht beißen.« Er grinste und entblößte dabei einen bogenförmigen Palisanderzaun aus gelben Schneide- und Backenzähnen, der seine Erklärung Lügen zu strafen schien. *Großmutter, warum hast du so große Zähne?*

Jan strich den zerknitterten Einband des Drehbuches glatt. »Was die Leseprobe betrifft...«

»Leseprobe?« Vizzinis Grinsen wurde zu einem erstaunten Schmollmund. Seine Lippen wirkten ohne die Begrenzung durch den Schnurrbart dicker. Jan nickte. »Dienstag nachmittag, drei Uhr, hier bin ich, auf die Minute pünktlich.«

Vizzini schlug sich mit der flachen Hand auf die Stirn, eine übertrieben theatralische Geste, die er als Regisseur einem Schauspieler nie hätte durchgehen lassen. »Natürlich, diese blöde Kuh Linda – ich habe ihr gesagt, sie soll Sie heute morgen anrufen.«

»Probleme?«

»Paul Morgan. Er kommt zu einer Probe hierher. Ich habe versprochen, die Szene im Salon mit ihm durchzugehen.«

»Aber in dieser Szene bin ich auch beschäftigt. Könnten wir nicht zusammen...«

»Das habe ich vorgeschlagen. Aber er sagt, er will lieber allein proben.«

»Ich verstehe. Die Star-Extratour.«

»Star nicht. Extratour ja. Unter uns gesagt, er fühlt sich sehr unsicher. Er spielt einen Transvestiten und muß gegen sein Image ankämpfen. Es ist wichtig, daß ich ihm dabei helfe.«

»Und was ist mit mir?« Jan bemühte sich, ihren Ärger hinunterzuschlucken. »Ich habe auch einige Fragen bezüglich meiner Rolle.«

»Die werden zeitgerecht geklärt werden, das verspreche ich Ihnen.« Vizzini sandte mit seinen Handbewegungen Parfumwolken in die Umgebung. Wir werden im Lauf der Woche eine weitere Leseprobe ansetzen. Ich lasse von Linda unsere Termine überprüfen und Ihnen dann mitteilen, wann wir es machen. Vielleicht beherrschen Sie bis dahin die Rolle schon besser.« Er führte sie zur Tür, klopfte ihr auf die Schulter, und diesmal entzog sie sich nicht seiner Berührung. »Glauben Sie mir, wenn Sie Ihren Text genau studiert haben, müssen Sie sich keine Sorgen mehr machen. Ich verlasse mich auf meinen Instinkt. Als ich die Rolle mit Ihnen besetzt habe, wußte ich, daß Sie die Richtige sind.«

Nicht für dich, du Makkaroni, dachte Jan. *Laß dich ausstopfen.*

Aber als sie in der feuchten Schwüle des Spätnachmittags den Hügel hinauf zu ihrer Wohnung fuhr, beschloß sie, das Drehbuch noch einmal durchzuackern.

Connie war auf einen Anruf hin weggegangen, um einen Werbespot zu machen, also lenkte sie nichts ab. Sobald sie sich umgezogen und im Hausanzug auf dem Sofa im Wohnzimmer zurechtgekuschelt hatte, schlug Jan die *Verrückte Lady* auf und befaßte sich mit den Dialogstellen, die sie sorgfältig mit hellgrünem Stift angestrichen hatte. Das Problem war, daß sie sich nicht nur auf den eigenen Text beschränken konnte; es dauerte daher nicht lange, und sie las das ganze Drehbuch durch. Wieder wurde sie durch die Eindringlichkeit und tiefere Bedeutung des Stoffes verunsichert. Das war kein gewöhnlicher Krimi, er war nicht wie ein normaler Reißer aufgebaut und er verließ sich nicht auf sogenannte Knalleffekte für seine Höhepunkte. Das Ganze las sich fast wie ein Dokumentarfilm; das Entsetzen war echt. Am meisten verwirrte sie, daß Roy Ames ihn verfaßt hatte.

Wieder erinnerte sie sich an seinen Ausbruch bei der letzten Besprechung. Auch das war irritierend – nicht nur, was er gesagt oder wie er es gesagt hatte, sondern die Erkenntnis, wie vollkommen überrascht sie war. Bis dahin hatte ihr Roy gut gefallen, und es hätte nicht viel gefehlt, um sie auf ihn scharf zu machen. Aber jetzt...

Jetzt klingelte das Telefon.

»Hallo?«

»Eine prima Masche hast du da. Macht es dir etwas aus, wenn ich sie stehle?« fragte Roy Ames.

Wenn man den Teufel nennt...

Aber sie legte nicht auf. Sie hörte sich seine Entschuldigung an und akzeptierte sie. Und als er sie zum Abendessen in das Sportsman's Lodge einlud, nahm sie die Einladung an.

»Nein, hol mich nicht ab – wir treffen uns im Lokal«, sagte sie. »Acht Uhr geht in Ordnung. Wiedersehen.«

Jan legte auf, aber die schweren Zweifel blieben bestehen. Hatte sie sich richtig verhalten? Die Worte eines alten Sprichwortes fielen ihr ein: *Wer mit dem Teufel zu Abend ißt, braucht einen langen Löffel.*

Mag sein. Aber wer immer dieses Sprichwort erfunden hat, meinte Männer, nicht Frauen. Und sie hatte dafür gesorgt, daß der Löffel lang genug war, indem sie ihm nicht gestattete, sie abzuholen.

Außerdem war er nicht der Teufel, sondern nur ein Gegner in dem Streit um den Film. Es war also richtig, daß sie angenommen hatte, daß sie versuchte, ihn auf ihre Seite zu bringen.

Jan stellte das Drehbuch ins Bücherregal. Keine Zeit mehr, es jetzt noch einzustudieren; sie mußte an diesem Abend eine andere Rolle spielen.

Sie kleidete sich sorgfältig und überdachte dabei ihre Rolle. Roy hatte ihr die richtigen Stichworte gegeben. Seine Entschuldigung kam dem Eingeständnis gleich, daß er der Schuldige war, und die Einladung zum Abendessen zeigte, daß er sich bemühte, sie für sein Verhalten zu entschädigen. Sie durfte nur nicht vergessen, die Beleidigte zu spielen, dann hatte sie gewonnen.

Als sie ins Sportsman's Lodge kam, war Jan für ihre Rolle bereit.

Sie traf einige Minuten vor acht im Vestibül ein, aber Roy erwartete sie schon; ein gutes Zeichen. Er trank zwei Martini vor dem Essen, das war auch in Ordnung. Inzwischen plauderte er und erzählte alle möglichen Geschichten, die erkennen ließen, daß die

Drinks ihm die Zunge gelöst hatten, daß er jedoch nicht wirklich entspannt war. Und er erwähnte den Film mit keinem Wort, offenbar hatte er vor, das Thema vollkommen auszuklammern.

Aber es mußte zur Sprache kommen, wenn sie seinen Widerstand brechen wollte. Jan hörte ihm, während sie den Obstcocktail aß, nur mit halbem Ohr zu, und als die Steaks gebracht wurden, hatte sie den Übergang gefunden.

»Ich gebe es ungern zu, aber ich bin froh, daß ich meine andere Verabredung abgesagt habe«, begann sie.

Roy legte die Salatgabel weg und sah sie an. Jan begegnete der Frage in seinen Augen mit einem Lächeln.

»Vizzini wollte mich zum Abendessen einladen und über den Film sprechen.«

»Dieser Widerling.« Roys Reaktion war besser, als sie gehofft hatte. Oder schlechter. »Laß dich nicht mit ihm ein. Ich weiß, es geht mich nichts an, aber...«

»Richtig. Nur mich.« Jan unterbrach ihn lächelnd. »Ich gebe zu, daß er ein Widerling ist, aber er ist zufällig auch mein Regisseur. Und es könnte wichtig sein, ihn auf meiner Seite zu haben.«

»Er wird sich nicht damit begnügen, auf deiner Seite zu stehen, wenn du nicht vorsichtig bist. Du kennst seine Methode. Die Dinge, die sich in seinem Haus in Nicholas Canyon abgespielt haben, die Sache mit den Pferdchen und den Rockern. Sicherlich, das Ganze wurde vertuscht, er steckte mitten in den Dreharbeiten zu dem Zwanzig-Millionen-Dollar-Versager, und die Geldgeber konnten es sich nicht leisten, daß er die Anklagebank drückte. Aber du mußt dich vor solchen Schwierigkeiten hüten. Vor allem bei einem Spinner, der bis über den Kopf in Sadomasochismus und Gewalt steckt.«

Roy säbelte an seinem Steak herum, während er sprach, dann machte er eine Pause, weil Jans Blick dem seinen begegnete.

»Ausgerechnet du sprichst darüber«, meinte sie.

»Tut mir leid.« Seine Bewegungen wurden langsamer, er legte unsicher sein Messer weg und dämpfte seine Stimme. »Vielleicht wirkt es ansteckend.«

»Ich weiß. Ich habe heute ein wenig davon mitbekommen, als ich dein Drehbuch las. Schaurig.«

»Ich nehme an, ich stand noch unter Schock, als ich es schrieb. Aber das würdest du nicht verstehen.«

»Versuch es mal.«

»Also überlege einmal.« Roy schob seinen Teller zurück. »Ich habe schon früher Horrorstories geschrieben, zumeist fürs Fernsehen, und deshalb hat mir Driscoll auch diese Arbeit übertragen. Wenn man über Vampire und Werwölfe schreibt, ist es, als würde man Märchen erzählen. Mir hat es nichts ausgemacht, weil ich wußte, daß die Monster erfunden waren.

Aber diesmal war es etwas anderes. Ich schrieb über ein Ereignis, das sich tatsächlich zugetragen hat, und Norman Bates gab es wirklich.« Roy nickte. »Er hat mich geschafft.«

»Wieso?«

»Du bist Schauspielerin. Du weißt, was notwendig ist, wenn du eine Rolle anlegst, wie du versuchen mußt, die Motivierungen dieser Figur in den Griff zu bekommen?« Roy trank Kaffee. »Ein Autor macht das auch – es ist seine Aufgabe, diesen Ansatzpunkt zu finden. Als ich das Drehbuch schrieb, mußte ich mich irgendwie in Normans Seelenleben versetzen, herausbekommen, was er dachte, was er fühlte, was ihn bewegte, bis er ausflippte.

Es war nicht leicht, aber irgendwie gelang es mir, und es funktionierte. Aber als ich schließlich so weit war, mich in seinen kranken Geist zu versetzen, hatte ich nur noch den Wunsch, davon loszukommen, das Drehbuch zu beenden, damit ich nichts mehr mit Norman zu tun hatte.

Aber ich vergaß, daß Norman noch mit mir zu tun hatte. Während ich die Rolle schrieb, hatte ich ihn unter Kontrolle, ebenso wie der echte Norman in dem Irrenhaus kontrolliert wurde. Aber jetzt...«

Jan legte ihre Gabel hin. »Ich weiß, was du fühlst. Er bringt auch mich aus dem Gleichgewicht. Aber wenn man den Film abbricht, ändert sich nichts daran. Außerdem ist Norman tot. Du hast doch heute früh die Zeitung gelesen, sie sind jetzt fast sicher, daß er bei der Explosion des Lieferwagens den Tod gefunden hat.«

»Fast sicher.« Roy beugte sich vor. »Angenommen, sie haben unrecht?«

»Gestern im Studio hast du das gleiche gesagt. Warum? Weißt du etwas mehr als wir?«

»Es ist sicher so, daß ich mehr weiß.« Roy machte eine Pause, und Jan hatte das Gefühl, daß ihn seine übliche Beredsamkeit im Stich ließ; er wälzte in seinem Kopf Gedanken, die sich nicht in einem Satz ausdrücken ließen. »Ich habe nur einen Instinkt, der mir sagt, daß Norman noch lebt. Lebt und wartet.«

»Worauf?«

»Das weiß ich nicht.« Roy verzog das Gesicht. »Wie kann ich erwarten, daß du es verstehst, wenn ich es selbst nicht verstehen kann?«

Er leidet. Leidet wirklich. Jans Verstimmung verschwand, als ihr das klar wurde. Er war kein Gegner, sondern nur ein zutiefst besorgter Mensch, der von Gedanken gequält wurde, die er weder bannen noch formulieren konnte.

Sie hatte vergessen, daß sie eine Rolle spielen wollte, doch nun mußte sie sich ihrer bedienen, wenn sie ihm zu Hilfe kommen wollte. Vielleicht war es am besten, wenn sie es mit einem Scherz abtat.

Also setzte Jan ihr Jetzt-nehme-ich-dich-auf-den-Arm-Lächeln auf und sagte: »Klingt schlimm. Vielleicht solltest du einen Psychoanalytiker konsultieren.«

Roy nickte. »Das werde ich tun.«

»Was?«

»Wußtest du es nicht?« Roy beugte sich vor. »Driscoll hat mich heute abend angerufen, kurz bevor ich wegging. Er hat für morgen vormittag ein Treffen mit Norman Bates' Psychiater vereinbart.«

17

Jan kam am Mittwochmorgen auf gut Glück zur Einfahrt zum Studio.

Sie kam frühzeitig, ihr Toyota war in einer Wagenkolonne eingezwängt, in der ständig dort Beschäftigte saßen, und als der Portier den neuen Aufkleber auf ihrer Windschutzscheibe sah, winkte er sie durch.

Niemand fragte sie, ob sie einen Termin hatte, und das war ihre Chance, denn sie wurde nicht erwartet.

Natürlich war Anita Kedzie überrascht, als Jan in Driscolls Vorzimmer erschien. Als sie auftauchte, begannen die Insektenaugen hinter den dicken Brillengläsern schnell den linierten Notizblock zu überfliegen, der auf der Schreibtischplatte zwischen Gegensprechanlage und Telefon lag.

»Ich habe Ihren Namen hier nicht notiert«, stellte Miß Kedzie fest. »Für welche Zeit hat Mr. Driscoll Sie bestellt?«

»Gar nicht.« Jan lächelte freundlich. »Ich war nur zufällig auf dem Gelände und wollte auf einen Augenblick vorbeikommen.«

Miß Kedzies gespitzter Mund zeigte deutlich, was sie dachte. *Vorbeikommen? Niemand sucht einen Produzenten auf, ohne mit ihm verabredet zu sein. Genauso konnte man im Vatikan mal überraschend beim Papst vorbeischauen.* »Er ist leider besetzt«, erklärte sie deshalb. »Wenn Sie wollen, teile ich ihm mit, daß Sie hier sind.«

»Bemühen Sie sich nicht«, wehrte Jan ab. »Es ist wirklich nicht wichtig.«

Aber es war wichtig. Sie sah auf ihre Uhr. Neun Uhr fünfundvierzig. Roy hatte keine bestimmte Zeit für die Unterredung angegeben, und sie hatte sich nicht der Gefahr aussetzen wollen, durch eine Frage seinen Argwohn zu erregen. Sie hatte angenommen, daß sie vermutlich für zehn Uhr angesetzt war, und ihre Pläne danach gerichtet. Früh hereinplatzen, Driscoll als Ausrede angeben, sie käme zu Kostümproben ins Studio, und zufällig dabeisein, wenn dieser Dr. Claiborne eintraf.

Sie erwartete nicht, daß man sie auffordern würde zu bleiben, aber sie hatte vielleicht die Möglichkeit, ihn zu begrüßen und einzuschätzen, vielleicht würde sie sogar einen Hinweis darauf erhalten, warum er gekommen war. Roy würde natürlich wütend sein, aber nach dem gestrigen Abend war Jan zu dem Schluß gelangt, daß es sinnlos war zu versuchen, ihn umzustimmen. Im Augenblick wollte sie nur herausfinden, ob Dr. Claiborne auf ihrer Seite stand oder auf der ihrer Gegner.

Dazu war es jetzt zu spät – sie hatte es verpatzt.

Jan drehte sich schon um, als Anita Kedzie ihr nachrief:

»Miß Harper...«

»Ja?«

»Würden Sie mir einen Gefallen tun? Ich möchte nur einen Sprung in den Waschraum machen. Mr. Driscoll sieht es nicht gern, wenn ich das Büro verlasse, außer es ist jemand da, der die Anrufe entgegennimmt.«

»Kein Problem. Ich bleibe hier.«

»Besten Dank.«

Die Sekretärin stand auf, huschte in den Korridor hinaus, und schloß die Tür hinter sich.

Jan lächelte. Sie verstand nichts von Entomologie, aber offensichtlich besaßen auch Insekten eine Harnblase. *Ein Hoch auf Miß Kedzies Nieren.*

Wenn es jetzt eine Möglichkeit gab, die undichte Stelle auszunützen...

Die Gegensprechanlage bot sich als die Patentlösung an. Jan behielt die Tür im Augen, während sie den Schalter des Geräts kippte.

Driscolls Stimme. »Okay, Doc, drücken wir es mal so aus. Ich bin schon gebunden. Die Abkommen sind getroffen, die Verträge unterzeichnet, die Dekorationen werden aufgebaut. Haben Sie eine Ahnung, was für Zinsen für einen einzigen Tag Aufschub auflaufen? Ich spreche jetzt von Fakten und Zahlen. Und Sie haben nichts als die vage Ahnung...«

»Es ist nicht nur eine Ahnung.« *Roy Ames.* »Es ist eine fachliche Beurteilung.«

»Wie steht es mit Dr. Steiner? Er ist nicht Ihrer Ansicht, das hat er mir selbst erklärt. Ebensowenig wie die Polizei.«

»Dieser Mann war Norman Bates' Therapeut. Er ist als einziger in der Lage zu wissen, wie er reagiert. Er kam auf eigene Kosten hierher.«

»Glauben Sie mir, das anerkenne ich. Aber es hat keinen Sinn, jetzt darüber zu debattieren. Hören Sie, Doc, es tut mir leid, daß Sie Ihre Zeit vergeudet haben...«

»Vielleicht ist sie nicht vergeudet.« George Wards sanftes Murmeln. »Haben Sie vergessen, daß Sie Roy nach Fairvale schicken wollten, bevor er dem Drehbuch den letzten Schliff gibt?«

»Nein. Aber Steiner lehnte es ab.«

»Dr. Claiborne ist der Mann, mit dem Roy sprechen sollte. Sie haben ihn jetzt hier. Wenn Sie ihn für ein paar Tage als technischen Berater einstellen...«

»Das läßt sich eher hören!« Driscoll mischte sich ein. »Verfassen Sie eine gute Story...«

»Ich bin nicht daran interessiert, Ihren Film zu fördern.« Die entschieden klingende Stimme mußte Dr. Claiborne gehören. »Ich warne Sie – die einzige Erklärung, die die Presse von mir erhalten wird, ist die Forderung, daß der Film nicht gedreht werden sollte.«

Damit ist die Sache im Eimer. Jan stellte die Gegensprechanlage ab. *Der eingebildete Bastard klingt so, als würde er es ernst meinen. Wenn er sich an die Öffentlichkeit wendet, könnte er genug Staub aufwirbeln, um die Eltern-Lehrer-Vereinigung und alle anderen Interessenverbände auf die Barrikaden zu treiben.*

Jan hörte Schritte, die sich näherten. Wahrscheinlich kam Miß Kedzie zurück.

Jan wartete nicht, bis sie es herausfand. Sie ging zur Tür des Privatbüros und öffnete sie.

Die im Raum Anwesenden starrten sie erstaunt an, als sie eintrat. Vermutlich galt das freundliche Lächeln in ihrem Gesicht allen, aber Jan richtete es auf den hochgewachsenen Mann, der unmittelbar vor Driscolls Schreibtisch stand. Das mußte Dr. Claiborne sein.

»*Hi*«, sagte sie. »Hoffentlich störe ich nicht.«

Driscoll zog die Stirn in Falten. »Was wollen Sie? Wir haben hier eine Besprechung...«

»Das habe ich gehört.«

»Gehört?«

Jan warf ihm einen beruhigenden Blick zu. »Jemand muß zufällig die Gegensprechanlage eingeschaltet gelassen haben.«

»Wo zum Teufel ist Kedzie?«

»Sie mußte für einen Augenblick weg und bat mich, die Stellung zu halten.«

Driscoll langte nach der Anlage auf seinem Schreibtisch, und Jan machte rasch eine abwehrende Bewegung. »Bitte, schimpfen Sie nicht mit ihr. Es ist allein meine Schuld. Ich hätte nicht horchen dürfen.«

Der Produzent machte noch immer ein finsteres Gesicht, zog aber die Hand zurück. »Okay, Sie haben also zugehört. Was wollen Sie?«

Auch Roy und George waren verärgert, aber Jan beachtete sie nicht. Sie beachtete auch Driscoll nicht, sondern wandte sich dem Mann zu, der vor dem Schreibtisch stand. Er war jünger, als sie erwartet hatte – nicht gut aussehend, aber sein kühler, zurückhaltender Ausdruck stand im Gegensatz zu den nervösen Gesichtern der anderen. Er blickte sie ruhig an.

»Dr. Claiborne?« fragte sie. »Ich bin Jan Harper.«

Er nickte, sein harter Blick wurde weicher, während er ihr Lächeln erwiderte. »Ich habe Ihr Foto gesehen.«

»Dann wissen Sie, daß ich im Film Mary Crane spiele.«

»Ja.«

Driscolls Stimme dröhnte. »Was zum Teufel spielen Sie da, *boy meets girl?* Hören Sie, wenn Sie etwas zu sagen haben...«

»Das habe ich.« Jan konzentrierte ihr Lächeln wieder auf Dr. Claibornes Gesicht. »Ich brauche Ihre Hilfe.«

Sein Blick flackerte kurz. »Was für ein Problem haben Sie?«

»Sie.«

»Leider kann ich Ihnen nicht folgen.«

»Ich spreche von dem Film. Ich brauche Ihre Kooperation. Wir alle brauchen sie.«

»Ich habe meinen Standpunkt bereits dargelegt...«

»Ich weiß. Aber Sie könnten es sich überlegen.«

»Aus welchem Grund?«

»Weil dieser Film gedreht werden muß.« Jan kam in Fahrt, und als sein starrer Blick sie herausforderte, begegnete sie seiner Frage mit einer Gegenfrage. »Haben Sie das Drehbuch gelesen?«

»Eigentlich nicht.« Die Stimme klang entschieden und selbstsicher, aber er starrte sie nicht mehr an, und Jan fühlte, wie sie an Selbstvertrauen gewann. Sie hatte ihn überrumpelt, und nun hatte sie ihr Stichwort.

»Dann sollten Sie es tun. Denn es ist ein großartiges Stück.«

Aus dem Augenwinkel sah sie, daß Driscoll und Ward sie beobachteten. Sie würden sie jetzt nicht mehr unterbrechen, sie würden sie am Ball lassen. Auch Roy sah sie nicht mehr mißbilligend an, und das war gut. Aber sie war nicht hier, um Roy zu seinen Streicheleinheiten zu verhelfen, sie wollte Dr. Claiborne ins Spiel bringen.

»Ich spreche nicht von der Ausführung«, fuhr sie fort. »Es ist das gesamte Konzept. Es handelt sich nicht um einen von den üblichen Horrorfilmen, in denen ein verrückter Verbrecher auf der Szene herumtobt. Norman Bates wird als Mensch dargestellt – ein Durchschnittsmensch mit Hoffnungen, Ängsten und Wünschen, wie wir alle, aber er erliegt einer Zwangsvorstellung, mit der er nicht fertig wird. Was er tut, ist entsetzlich, aber wir sehen die Ursache, und am Ende erkennen wir, daß er viel mehr das Opfer ist als alle anderen. Der wirkliche Verbrecher in dem Film ist unsere eigene Gesellschaft.«

Nun lächelte Dr. Claiborne. »Eine schöne Rede. Wie lange haben Sie sie geprobt?«

»Gar nicht.« Jan blickte ihn ernst an. »Wenn ich es getan hätte, würde ich Ihnen erzählen, wie sehr ich meine Rolle brauche, wie viele Menschen ihren Arbeitsplatz verlieren, wenn dieser Film nicht gedreht wird. Aber es steckt mehr dahinter.«

Sie machte eine kurze Pause, dann änderte sich ihre Stimme. Die Worte kamen jetzt beinahe von selbst. »Sie sind Arzt. Sie haben mit Norman Bates gearbeitet, kennen seine Probleme. Haben Sie sich nie gewünscht, den Menschen nur einmal zu zeigen, wie er wirklich ist – sie dazu zu bringen, daß sie ihn verstehen und sein Problem begreifen?

Hier ist Ihre Chance. Unsere Chance. Lesen Sie das Drehbuch. Erklären Sie uns, was richtig und was falsch ist, damit wir es der Welt sagen können. Das sind Sie sich und Ihrem Patienten schuldig.«

Dr. Claiborne zögerte, sein suchender, herausfordernder Blick wurde nachgiebig.

»Sie haben natürlich recht«, sagte er, »soweit es Sie betrifft. Aber so einfach ist es nicht. Ich habe versucht, Mr. Driscoll und den anderen zu erklären, daß Norman Bates vielleicht noch am Leben ist. Wenn das der Fall ist, könnten Sie alle, wenn Sie weitermachen, in eine möglicherweise gefährliche Lage geraten.«

»Das glaube ich auch«, stimmte Roy zu. »Sieh mal, Jan...«

»Auch ich bin dieser Ansicht«, unterbrach ihn Jan, ohne ihr Lächeln aufzugeben. »Aber Mr. Driscoll hat schon beschlossen weiterzumachen. Und das ist um so mehr ein Grund dafür, daß wir Dr. Claiborne brauchen.«

Sie wandte sich wieder dem hochgewachsenen Mann zu. »Jetzt werde ich für mich sprechen. Wenn Sie damit recht haben, daß Norman Bates noch am Leben ist, fühle ich mich viel sicherer, wenn ich weiß, daß Sie hier sind.«

Dr. Claiborne schwieg einen Augenblick. Als er dann sprach, wandte er sich nicht an sie, sondern an George Ward.

»Ich habe bis Sonntag Zeit. Was hat ein technischer Berater eigentlich zu tun, und womit soll ich beginnen?«

18

Claiborne saß Roy Ames am Tisch gegenüber. Die Kantine füllte sich mit der Menschenmenge, die zum Mittagessen kam, und ihre lauten Gespräche im Hintergrund bewirkten, daß er nur schwer verstehen konnte, was Ames sagte.

Im Augenblick interessierte es ihn auch gar nicht. Er lauschte noch einem inneren Dialog, der unmittelbar nach Verlassen von Driscolls Büro begonnen hatte.

Warum hatte er sich breitschlagen lassen? War es nur deshalb, weil man ihn überrumpelt hatte? Es stimmte, das Mädchen hatte die Situation sofort erfaßt, und ihre Argumente waren einleuchtend. Zumindest bagatellisierte sie die Gefahr nicht wie alle anderen, ausgenommen dieser Roy Ames.

Aber das war nicht der wahre Grund, weshalb er sich bereit erklärt hatte zu bleiben. Vielleicht waren es nicht die Argumente, die das Mädchen vorgebracht hatte, der entscheidende Umstand war ihre physische Anwesenheit. Claiborne erinnerte sich an seine Reaktionen, als er erstmals auf ihr Foto gestoßen war, aber die persönliche Konfrontation mit Jan Harper hatte eine Wirkung gezeitigt, auf die er nicht gefaßt gewesen war.

Das erklärte er auch Roy Ames, und der Autor nickte.

»Stimmt. Deshalb hat Vizzini sie ausgesucht. Jan ist Mary Cranes Doppelgängerin.«

»Ich hoffe, daß sie es nicht in jeder Beziehung ist.« Claiborne schwieg, weil die Kellnerin ihnen die Speisekarte brachte.

»Sind Sie wirklich davon überzeugt, daß Bates am Leben ist?«

Claiborne nickte. »Haben Sie nicht auch das Gefühl?«

»Ja. Aber nur das Gefühl. Ich kann nicht erklären, warum. Ich dachte, Sie wüßten vielleicht etwas Genaueres – etwas, das Sie ihnen bei der Besprechung nicht verraten haben.«

»Ich bin im Augenblick nicht bereit, darüber zu sprechen.«

»Soll das heißen, daß Sie auch mir nicht vertrauen?«

»Ich kenne Sie nicht.« Claiborne nahm seinen Worten mit einem Lächeln die Schärfe und wies auf die Tische rundum. »Ich kenne noch niemanden hier.«

»Sie sind das erste Mal in einem Studio?«

»Das stimmt.«

»Okay, ich mache eine Führung mit Ihnen.« Ames folgte Claibornes Blick. »Die Leute dort gehören zur Geschäftsleitung. Lassen Sie sich durch die Jeans nicht täuschen, sie sind Angehörige der obersten Kaste. Wenn man dazugehört, kleidet man sich wie ein Cowboy und tut so, als wäre man nur einer von den vielen arbeitenden Holzköpfen. Aber wenn man das Studio verläßt, sorgt man dafür, daß alle sehen, daß man einen Fünfundzwanzigtausend-Dollar-Wagen fährt.« Er grinste. »Wir leben in einer Auto-erotischen Gesellschaft.«

Claiborne lächelte, er wußte, daß die Reaktion erwartet wurde, spürte jedoch, daß Roy Ames diesen Satz nicht zum erstenmal verwendete. Jetzt nickte er in Richtung auf eine Gruppe, die an einem Fenstertisch saß und deren dunkle Anzüge, weiße Hemden und sorgfältig geknotete Schlipse im Widerspruch zur Behauptung des Autors standen. »Was ist mit diesen Leuten dort drüben?«

Roy Ames folgte seinem Blick. »Besucher. Wahrscheinlich leitende Angestellte von Sendergruppen aus dem Osten. Sie kommen von der Mad Avenue auf der Suche nach neuen Ideen – die sie stehlen. Natürlich begnügen sie sich für gewöhnlich damit, alte Ideen zu stehlen.«

Claiborne erkundigte sich nun nach einer Gruppe von außerordentlich langmähnigen jungen Leuten jenseits des Mittelganges. »Und diese Burschen?«

»Ich nehme an, sie haben mit Kassetten und Langspielplatten zu tun. Dort liegt heutzutage der wahre Schwerpunkt. Eine Platinplatte wiegt eine Tonne Oscars auf.«

Jemand sauste an ihnen vorüber und blieb bei einem Tisch stehen. Seine äußere Erscheinung war beunruhigend zwiespältig: Über dem rundlichen Körper eines Mannes mittleren Alters befand sich ein sonnengebräuntes jugendliches Gesicht. Er sagte etwas zu der sitzenden Gruppe, lachte laut, winkte und ging weiter.

»Ein Tische-Pflücker«, sagte Roy Ames. »Wenn Sie einen Schauspieler sehen, der immerfort lacht, können Sie wetten, daß er arbeitslos ist. Die müde Aussehenden, die kein Wort herausbringen, arbeiten.«

Claiborne nickte und wandte seine Aufmerksamkeit der Speisekarte zu. »Was empfehlen Sie mir?«

»Zum Mittagessen anderswohin zu gehen.« Ames lächelte. »Aber da wir hier bleiben müssen, ist es am sichersten, Sie nehmen ein Sandwich.«

»Das ist merkwürdig. Ich hatte erwartet, das Essen würde hier gut sein.«

»Früher einmal war es auch so, oder zumindest geht die Sage um. Jetzt scheint es niemandem etwas auszumachen.« Ames legte die Speisekarte weg. »Sie kennen das alte Sprichwort, ›Du bist, was du ißt‹? Wenn das stimmt, müssen die meisten Leute hier Dreckfresser sein.«

Claiborne dachte über die Bemerkung nach, als die Kellnerin kam und die Bestellung aufnahm. Wieder hatte er das Gefühl, daß das alles, was er von Roy Ames gehört hatte, nicht einer momentanen Eingebung entsprang. Roy Ames war kein Tische-Pflücker, aber er bemühte sich entschieden, Eindruck zu schinden.

»Den Kaffee gleich«, rief Ames der Kellnerin nach, als sie wegging. Dann sah er sein Gegenüber an. »Kennen Sie noch jemanden von dem Film?«

»Noch nicht. Paul Morgan spielt Norman, nicht wahr?«

»Angeblich. Bis jetzt hat er noch nie jemand anderen als sich selbst gespielt. Mr. *Mucho Macho*.« Ames machte eine Pause, als sein Kaffee kam. »Wenn Sie mich fragen, leidet unsere Kultur an einem Ego-Schock.«

»Wie ist er dann zu der Rolle gekommen?«

»Da müssen Sie Vizzini fragen.« Ames hob seine Kaffeetasse. »Wenn ich es mir recht überlege, lassen Sie's lieber bleiben. Vizzini macht keine Thriller mehr – nur Blutopfer. Das wollen die Halbwüchsigen. Viele Spezialeffekte, massenhaft *punk rock* während der Autounfälle und Mordszenen. Wie in den guten alten Zeiten in Rom – die Musiker spielen lauter, wenn die Löwen die Christen in der Arena auffressen.«

Weitere geistreiche Phrasen, aber keine Antwort auf Clairbornes Frage. Er beugte sich vor. »Wenn das Ihre Ansicht ist, warum haben Sie dann das Drehbuch geschrieben?«

»Geld.« Roy Ames zog die Schultern hoch. »Nein, das stimmt nicht. Oder nur zum Teil. Ich sah etwas darin – eine Chance, das Publikum mit der Wahrheit anzusprechen, statt es mit Mätzchen und Obszönitäten anzulocken.« Er warf Süßstoff in seinen Kaffee. »Vielleicht werden Sie es verstehen, wenn Sie das Drehbuch lesen.«

»Ich will es versuchen.«

Claiborne las es wirklich am Nachmittag im Motel.

Der Tag war schwül geworden, und die Klimaanlage ächzte, als die Sonne auf das Westfenster brannte, doch Claiborne merkte es nicht, denn er befand sich eigentlich nicht im Zimmer.

Er steckte in der Handlung des Drehbuchs, in einer zweitausend Meilen entfernten und zwanzig Jahre zurückliegenden Welt.

Die Arbeit wirkte unausgewogen; entgegen seiner Behauptung hatte Roy Ames die Elemente, die er angeblich verachtete, nicht ganz ausgemerzt. Es gab noch eine Menge Schockszenen, und das Hauptgewicht lag eher auf Mord als auf der Motivation.

Aber es war wirkungsvoll. Das unschuldige junge Mädchen und der hinterlistige Wahnsinnige waren zwar Klischeefiguren, doch sie wirkten irgendwie überzeugend. Vielleicht waren heutzutage die Mädchen nicht ganz so unschuldig, aber die Verrückten waren hinterhältiger denn je. Und zahlreicher. Der Film enthielt nichts, das nicht täglich in den Nachrichtensendungen vorkam. Besonders hier draußen, fand Claiborne, wenn er an den Kneipenviertel-Schlächter, den Hügel-Würger, die Autobahn-Killer und alle anderen Massenmörder dachte, die durch die Fantasiebezeichnungen der Medien verherrlicht worden waren. Aber es gab nichts Herrliches, weder an ihrer Situation noch an ihren Taten – es waren kranke Menschen, die manisch zum Mord getrieben wurden, vom Tod fasziniert waren.

Claiborne seufzte, während ihm diese Sätze einfielen. Er ging ihnen auf den Leim, dachte allmählich so wie ein Drehbuchautor. Man mußte diese Klischees aus dem Dialog ausmerzen, den Kontrast zwischen Wahn und Wirklichkeit für sich selbst sprechen lassen.

Als die Sonne unterging, knipste er die Lampe an, nahm einen Notizblock aus seiner Aktenmappe und begann sich Notizen zu machen.

Nun summte die Klimaanlage im Dunkel, aber die Lampe über dem Tisch zeichnete einen Lichtschein um seinen Kopf, während er eifrig schrieb und sich in die vergessenen Tatsachen einer anderen Zeit, eines anderen Ortes versenkte. In Normans Welt.

Das Klopfen an der Tür rief ihn in die Gegenwart zurück.

»Ja?« Er stand auf, durchquerte das Zimmer. »Wer ist da?«

»Tom Post.«

Claiborne öffnete die Tür, und der alte Mann grinste ihn an. »Diesmal habe ich nicht vergessen zu klopfen. Sind Sie beschäftigt?«

»Nein.« Claiborne schüttelte den Kopf. *Neugieriger alter Bastard – was wollte er?*

»Das Licht fiel mir auf. Dachte bloß, ich komme vorbei und lade Sie auf ein Bier ein.« Post wies auf die Dosen in seiner linken Hand. »Mit den besten Wünschen des Hauses.« Er kicherte.

Claiborne zögerte einen Augenblick, aber dieses Geräusch war ein Signal, das er nicht überhören durfte. Das Kichern, das nervöse Lachen waren kein Hinweis auf Fröhlichkeit, sondern auf Verteidigung – ein Versuch, die wirklichen Gefühle, die dahintersteckten, zu verbergen. Was hatte Tom Post zu verheimlichen?

»Kommen Sie herein.« Claiborne trat zurück. »Ich werde nachsehen, ob es im Badezimmer ein sauberes Glas gibt.«

»Machen Sie sich meinetwegen keine Mühe.« Post ging zu einem Stuhl, stellte die Dosen auf den Tisch und drückte die Deckel mit dem linken Daumen ein. Er reichte Claiborne eine Dose, wartete, bis der jüngere Mann auf dem Bettrand Platz genommen hatte, und hob dann seine Dose. »Prost.«

»Danke.« Claiborne trank.

»Für so ein Wetter ist Bier genau das Richtige.« Wieder kicherte er. Aber die grau-grünen Augen schweiften durch den Raum und blieben schließlich auf der Tischplatte haften.

»Ein Drehbuch?« fragte er. »Ich dachte, Sie arbeiten nicht in der Filmbranche.«

»Tu' ich auch nicht. Ich sehe es nur für einen Freund durch.«

»Ich verstehe.« Post trank wieder einen Schluck. »Was für eine Geschichte ist es? Oder sollte ich nicht danach fragen?«

»Kein Geheimnis.« Während er sprach, beobachtete Claiborne das faltige Gesicht. »Wenn ich es mir recht überlege, könnte es Sie interessieren. Die Hauptperson ist Norman Bates.«

»Verdammt, was Sie nicht sagen!« Diesmal kicherte Tom Post nicht.

Claiborne beugte sich vor. »Ich wollte Sie wegen Ihrer Bemerkung gestern abend etwas fragen. Wie kommt es, daß Sie über das Bates Motel Bescheid wissen?«

»Ich dachte, das tut jeder. Lesen Sie keine Zeitungen oder sehen Sie keine Nachrichten?« Posts Stimme klang eher erklärend als abwehrend. »Eine Meldung besagte, daß Coronet einen Film über den Fall dreht.« Er warf einen Blick auf den Tisch. »Ich nehme an, Ihr Freund hat das Drehbuch geschrieben.«

»Richtig«, bestätigte Claiborne leichthin. »Sie haben doch für Stummfilme geschrieben. Wollen Sie es sich mal ansehen?«

Zu seiner Überraschung schüttelte Tom Post den Kopf. »Zeitvergeudung. Ich verstehe die heutigen Filme nicht. All diese Sexszenen – Leute, die sich ständig im Bett herumwälzen. Versuchen Sie mal, es nachzumachen, dann holen Sie sich ein gebrochenes Rückgrat. Und wenn der Zuchthengst fertig ist, kommt er unter der Decke heraus, und hol mich der Teufel, wenn er nicht Boxershorts trägt! Zu meiner Zeit haben wir's verdammt anders gemacht.«

Jetzt kam das Kichern wieder. »Natürlich ändern sich die Zeiten. Zum Beispiel die Zensur. Vielleicht sind unanständige Worte jetzt modern, aber andere Worte sind unmodern. Wenn Sie mir nicht glauben, versuchen Sie mal, in der Öffentlichkeit aufzustehen und die zweite Zeile von ›My Old Kentucky Home‹ zu singen.«

Er schwappte mit der Flüssigkeit auf dem Grund seiner Dose.

»Scheißnahrung, Scheißfilme. Heutzutage haben Autoren zu viel Macht.«

»Das hat mir mein Freund anders geschildert«, widersprach Claiborne.

»Ich meine nicht die Filme.« Post trank sein Bier aus. »Aber überlegen Sie einmal. Ein Politiker steht auf und liest eine Rede vor. Sein Gegner liest eine Entgegnung vor. Dann verliest ein Fernsehsprecher einen Kommentar – in dem erklärt wird, was die beiden Männer gelesen haben. Das alles – die Rede, die Entgegnung, die Erklärung – sind die Arbeit irgendwelcher Geisterschreiber im Hintergrund. Und wir nennen es ›Neuigkeiten‹. Zehn Tage oder zehn Monate oder zehn Jahre später bringt ein anderer Autor ein Buch heraus, in dem er alles, was sie großartig verkündet haben, als Lüge entlarvt. Und das nennt man ›Geschichte‹. Wenn man also das Ganze näher betrachtet, ob sich die Schreiber nun mit Fakten oder Fiktion befassen, sind sie alle berufsmäßige Lügner.«

Er stellte die leere Dose auf die Tischplatte. »Wie wär's mit noch einem Bier?«

»Nein, danke.« Claiborne blickte durch das Fenster hinaus auf den im Dunkel liegenden Patio. »Es ist Zeit, daß ich essen gehe.«

»Ich hätte früher daran denken sollen«, bedauerte Post. »Heute habe ich sehr früh zu Abend gegessen. Hätte Sie dazu einladen sollen. Muß recht langweilig sein, allein zu essen, wenn man von zu Hause fort ist.«

»Das macht mir nichts aus. Ich bin es gewohnt.«

»Sie sind nicht verheiratet?«

»Nein.« Claiborne schnitt weitere Fragen ab, indem er aufstand und zum Schrank ging, um seine Jacke zu holen.

Tom Post schaltete die Lampe aus und folgte ihm zur Tür. »Es gibt hier in der Gegend eine Menge Restaurants«, sagte er. »Aber Sie könnten sich auch ein paar Kleinigkeiten im Supermarkt kaufen und sie hier im Kühlschrank aufbewahren.« Er zeigte auf den Geschirrschrank hinter dem Gerät. »Dort finden Sie Teller und eine Kochplatte. Das kommt gelegen, wenn Sie sich das Frühstück zubereiten wollen.«

»Danke für den Tip.« Claiborne öffnete die Tür und ging hinaus.

Post folgte ihm und nickte zustimmend, als der Jüngere die Tür schloß und absperrte. »So ist es recht«, lobte er. »Ich versuche zwar achtzugeben, falls jemand hier herumschleichen sollte, aber heutzutage kann man nicht vorsichtig genug sein.«

Er ging durch den Patio zum Büro, und Claiborne winkte ihm zu, während er den Duft des im Dunkel im Gebüsch am Wegrand blühenden Jasmins einatmete. Dann ging er zur Straße, wo der Blütenduft von den Abgasen des Verkehrs übertönt wurde. Er atmete den Gestank ein, bis er das kleine Gasthaus betrat, das im nächsten Häuserblock lag. Dort wurde der Verkehrsmief durch den Dunst des Holzkohlengrills, der Zwiebelringe, der Hackfleischklöße und der Frites ersetzt. Aber sogar diese Düfte rochen angenehmer als der Schweiß von den Achselhöhlen des Kellners in der roten Jacke. Post hatte recht; es war besser, wenn er sich einen Imbiß im Motel zubereitete. Man soll sich auf seinen Riecher verlassen.

Also gut, aber was übermittelten ihm seine anderen Sinnesorgane? Posts nervöses Kichern hallte noch in seinen Ohren. Und wenn er die Augen schloß, erschien auf seiner Netzhaut das Erinnerungsbild von Tom Post, der zusah, wie er die Tür des Zimmers abschloß. *Der alte Bastard steckte seine Nase überall hinein.*

Wieder die Nase, aber da war mehr dahinter, etwas anderes lauerte hinter dem Kichern und der Neugierde. Post mußte einen Nachschlüssel besitzen, er konnte sich gerade jetzt im Zimmer befinden und Claibornes Habseligkeiten durchsuchen. Oder das Drehbuch. Er war sehr erpicht darauf gewesen, seinen Inhalt zu erfahren – als er ihn dann erfahren hatte, sogar noch mehr bestrebt, das Thema wieder zu wechseln. Warum?

Schluß damit, sagte sich Claiborne. Natürlich gab es einen Grund. Alte Leute kicherten oft verlegen, um einer möglichen Zurückweisung zuvorzukommen. Es war ein Signal, durch das sie sagen wollten: »Schau, ich bin wirklich keine ernsthafte Bedrohung, nimm es mir nicht übel, wenn ich mit dir spreche.« Viele von ihnen erkundigten sich nach dem Privatleben anderer, weil ihr eigenes Leben unausgefüllt war.

Es muß ein trostloses Leben für einen Menschen sein, der noch im Vollbesitz seiner Fähigkeiten ist, Tag für Tag und Nacht für Nacht in einem heruntergekommenen Motel zu hocken. Da keine weiteren Fahrzeuge auf dem Parkplatz standen, war Claiborne derzeit wohl der einzige Gast. Kein Wunder, wenn Tom Post ihm Bier aufs Zimmer brachte, Fragen stellte, ins Blitzblaue plauderte. Der Mann war einsam.

Entweder einsam oder verdammt verschlagen. Was sollte diese Bemerkung, daß alle Schriftsteller berufsmäßige Lügner wären?

Roy Ames war ebenfalls Schriftsteller. Voller billiger Phrasen.

Claiborne erinnerte sich an seinen unwillkürlichen Verdacht, daß seine glatten Sprüche schon oft benützt worden waren. Wie die Tische-Pflücker hatte er ihm einen Scherz aufgetischt, um Beifall zu ernten.

Aber aus welchem Grund? Er mußte doch sofort erkennen, daß er in Claiborne einen Verbündeten hatte; er war doch seiner Meinung, daß das Drehbuch weniger auf Sensationen aufgebaut werden sollte. Wenn es sich aber so verhielt, warum hatte er nicht schon früher darauf bestanden, die Arbeit selbst zu machen? Er war der Hauptverantwortliche für die darin enthaltene Gewalttätigkeit.

Auch das konnte ein Schutzmechanismus sein. In gewissem Sinn war der Norman des Drehbuchs die Schöpfung von Roy Ames. Er stattete den Charakter mit seinen eigenen Frustrationen, seinen eigenen Wutanfällen aus. Und wenn der Erguß auf dem Papier keine Katharsis, kein Abreagieren war, dann war es vielleicht eine *cathexis*, eine Möglichkeit, die unbewußte Bindung an Normans *persona* zu verstärken. Das konnte gefährlich werden.

Alle Autoren sind berufsmäßige Lügner. Eine von einem Autor aufgestellte Behauptung. Was bedeutete, daß auch diese Behauptung eine Lüge war. Aber alle logen, seine eigenen Patienten inbegriffen, deren Problem darin bestand, daß sie nicht nur ihn, sondern auch sich selbst belogen. In gewissem Sinn waren sie die berufsmäßigsten Lügner. Und er war ein berufsmäßiger Wahrheitsfinder.

Wahrheits-*Sucher*, verbesserte er. Seine Suche war nicht immer erfolgreich. Norman war so ein Beispiel.

Nachdem er gegessen und das Restaurant verlassen hatte, ging Claiborne den Boulevard entlang. Automatisch dachte er an Norman, ertappte sich dabei, wie er sich nach einer Gestalt umsah, die gar nicht vorhanden war.

Autos fuhren vorbei, Lieferwagen und Jeeps sowie gelegentlich ein durch das Verkehrsgewühl ratterndes Motorrad. Jugend auf der Jagd nach Beute.

Aber auf dem Gehsteig war er sicher. Claiborne blickte auf die Uhr; erst neun, und er war der einzige Fußgänger weit und breit.

Trotz Benzinkrise fuhren alle. Es war zu riskant, nachts durch die Stadt zu gehen; sogar die Polizisten machten ihre Runden auf Motorrädern. Die Polizei mißtraute dahinschlendernden Fremden wie ihm.

Während Claiborne an den unbeleuchteten Auslagen vorbeiging, sah er in die dunklen Durchgänge zwischen den Gebäuden hinein, obwohl er wußte, daß seine Besorgnis unsinnig war. Norman würde nicht aus einem der Durchgänge herausplatzen. Norman befand sich nicht hier. Oder doch?

Zum Teufel mit dem Drehbuch! Die Lektüre hatte ihm alles wieder ins Gedächtnis gerufen. Vergeltung war das logische Grundmuster.

Entweder das, oder das Ganze war ein paranoider Irrsinn. Wenn Norman vor ihm hierhergekommen war, hatte er schon den Weg zum Studio gefunden. Zwischen seinen psychotischen Schüben war er sicherlich imstande, Pläne zu machen, Handlungen zu setzen, um seine Rache auszuführen. Alles deutete jedoch auf einen unvermeidlichen Schluß hin: Norman war tot. Nur das Drehbuch erweckte ihn wieder zum Leben.

Dennoch beeilte sich Claiborne, zu dem Einkaufszentrum auf der linken Straßenseite zu kommen. Er bog in den Parkplatz ein, war froh über die Lichter, die Geräusche, die Anwesenheit von Menschen.

Er überquerte das Gelände und analysierte seine Reaktion. Die Anwesenheit von Menschen war keineswegs ein willkommenes Phänomen, wenn er ihre Autos beobachtete. *Du bist, was du ißt,* hatte Roy Ames gesagt. Vielleicht wäre *Du bist, was du fährst,* eine richtigere Feststellung. Man kann Menschen nach ihrer Fahrweise beurteilen.

Er beobachtete das rücksichtslose Manövrieren der Fahrzeuge, die auf den Parkplatz kamen; wie aggressiv sich die Fahrer vordrängten, die Weiterfahrt der hinter ihnen Befindlichen verhinderten, weil sie um freie Abstellplätze in der Nähe des Eingangs kämpften, während andere mit Hupen ihrer Wut Luft machten. Die verbogenen Stoßstangen von bereits geparkten Wagen zeugten von früheren derartigen Situationen, und die grundlegende Mißachtung selbst der primitivsten Anstandsformen trat bei jenen offen zutage, die an der Zone *Absolutes Parkverbot* abgestellt waren.

Im Supermarkt ging es in der gleichen Tonart weiter. Alte Damen mit orange gefärbtem Haar quetschten die gefärbten Orangen am Obststand und verstellten fröhlich die Durchfahrt mit ihren Einkaufswagen. Besoffene barfüßige Strandstromer polterten durch die Gänge und zielten mit ihren Wagen wie mit einer Waffe. Mama-und-Papa-Paare drängten die einzelnen Käufer von den Regalen mit Sonderangeboten weg, wobei in fast allen Fällen die Mama mit dem Boxerkinn die Initiative ergriff, während der kleine, alte, ausgetrocknete Papa schüchtern daneben stand. *Daran verdienen wir nichts, wir bekommen gerade die Frachtkosten herein.*

Claiborne nahm einen Liter Milch aus dem Molkereikühlfach und streifte dabei einen jungen Japaner in einem Netzhemd. Der Junge zischte und schüttelte den Kopf, so daß sein Ohrring wild baumelte.

Am Delikatessenstand stellte er eine bescheidene Auswahl von paketiertem Aufschnitt zusammen. Bei dem in Zellophan verpackten Käse fand er ein kleineres Stück, doch als er danach griff, kam eine Hand von hinten und schnappte ihm die Beute vor der Nase weg. Er wandte sich um und sah ein grinsendes Mädchen vor sich, das ein ausladendes T-Shirt mit dem klassischen Zitat: *Du kannst mich mal* trug. In der nächsten Abteilung blieb er stehen, um sich ein Dutzend Eier zu nehmen, und wartete geduldig, während eine Hausfrau mittleren Alters mit einer Zigarette im Mundwinkel und Lockenwicklern im Haar Kartons öffnete, um deren Inhalt zu inspizieren.

Der Rauch brannte ihm in den Augen, und Claiborne wandte sich ab. Vergiß die Eier, er mußte sie nicht haben. Im Augenblick wollte er nur von hier weg. Es war ein langer Tag gewesen, und er war müde – müde der Menschen, müde des Lärms und Lichts und des Gedränges. Die sentimentalen Weisen aus den Lautsprechern stumpften sein Gehör ab, durch die übertrieben grelle Beleuchtung sah er alles undeutlich.

Als er zu den Backwaren kam, warf er ärgerlich einen Blick zur Decke, er suchte die Quelle des störenden Lärms. Aber die großen runden Scheiben, die in Abständen zwischen Wänden und Decke hingen, waren keine Lautsprecher; ihre glänzende Oberfläche spiegelte die Bewegungen der darunter befindlichen Kunden wider. Es waren Beobachtungsgeräte, um Ladendiebe zu entdecken. Und wenn er nach oben blickte, ergoß sich aus den langen Leuchtröhren gleißendes Licht auf ihn.

Claiborne wandte sich ab. Dabei fiel ihm ein anderer Spiegel auf, der unmittelbar hinter ihm angebracht war. Er stand so, daß er das Bild der Käufer zurückwarf, die sich bei der linken Kasse des Supermarktes anstellten, aber im Augenblick ging nur ein einziger Mann durch die Sperre. Er blickte auf, und Claiborne erkannte sein Gesicht. Es war Norman Bates.

19

Claiborne stieß einen Einkaufswagen zur Seite und rannte durch den Gang zur Vorderseite des Ladens, wich auf halbem Weg entgegenkommenden Käufern aus, die ärgerlich schimpften, als er an ihnen vorbeirannte.

Er bemerkte ihren Ärger kaum; es war Normans Gesicht, das ihn zur Kasse trieb, vor der sich innerhalb von dreißig Sekunden bereits eine Schlange von Einkaufswagen und Käufern gebildet hatte.

Aber Norman war verschwunden.

Claiborne blieb stehen, musterte die fremden Gesichter, dann drängte er sich durch die Schlange zu der Kaugummi kauenden, blonden Kuh an der Kasse durch.

»Wo ist er?«

Die Werkzeuge standen still, und die Blondine blickte auf.

»Ihr letzter Kunde, er war eben noch hier...«

Sie zog die Schultern hoch und blickte automatisch zum nächsten Ausgang. Währenddessen schob er sich an der Kasse vorbei und ging zur Tür.

Der Parkplatz war jetzt beinahe voll; Wagen fuhren herein und hinaus, Kunden gingen über den freien Raum dazwischen. Claiborne überblickte die Fläche, suchte nach einer bekannten Gestalt. Er ging zum Parkplatz und versuchte, Fahrzeuge ausfindig zu machen, die im Begriff waren hinauszufahren.

Es waren drei – nein, vier – und noch einer weiter drüben auf der rechten Seite. Er lief zu ihm hin, während der Wagen hastig in den freien Streifen zwischen den abgestellten Autos reversierte und dann vorwärts fuhr. Im Flutlicht erkannte er das Gesicht einer Frau hinter der Windschutzscheibe und daneben den Umriß eines runden Kinderkopfes.

Er lief zurück in die Mitte des Parkplatzes, dann sprang er auf einen lauten Hupenton unmittelbar hinter ihm zur Seite, gerade noch rechtzeitig, während ein Buggy vorbeirauschte, dessen aufheulender Motor zu dem schnurrbärtigen Fahrer paßte, der die Hand ausstreckte und ihm den Vogel zeigte.

Schwer atmend überblickte Claiborne das Grundstück, er wußte bereits, daß es jetzt verlorene Liebesmüh war. Norman war verschwunden.

Aber wohin?

Wenn er hergekommen war, bedeutete es, daß er irgendwo in

der Nähe untergekrochen war, vielleicht in einem der anderen Motels am Boulevard.

Konnte man sie durchsuchen? Es waren gut ein Dutzend, die großen Hotels nicht mit eingerechnet, und Norman würde sich sicherlich nicht unter seinem eigenen Namen eingetragen haben, wenn er überhaupt in einem Meldebuch eingetragen war. Der Versuch, jeden einzelnen alleinreisenden Mann zu überprüfen, der in den letzten drei Tagen ein Motelzimmer bewohnt hatte, wäre sogar für eine Einsatzgruppe der Polizei eine zu große Aufgabe. Eine Aufgabe, der sie sich nicht ohne weiteres unterziehen würden, wenn ihnen Claiborne keinen handfesteren Beweis liefern konnte als seine Aussage.

Ja, mir ist klar, daß der Mann angeblich tot ist, aber ich habe ihn im Supermarkt gesehen. Nein, gesprochen habe ich nicht mit ihm, er war vorne beim Ausgang, ich war hinten. Nein, nicht direkt, ich sah ihn in einem der an der Decke angebrachten Spiegel, aber ich bin ganz sicher.

Eine aussichtslose Angelegenheit. Claiborne seufzte. Es blieb ihm nichts anderes übrig, als in den Supermarkt zurückzukehren, seinen Einkaufswagen zu holen und bei der Kasse vorbei hinauszugehen.

Er trug seine Tüte mit Lebensmitteln zum Motel, sah sich dabei aufmerksam um, suchte die Licht- und Schattenstreifen auf der Straße ab. Er hatte Norman erkannt – aber hatte Norman ihn gesehen? War ihm Norman zu dem Laden gefolgt, folgte er ihm jetzt?

Nichts bewegte sich im Dunkel.

Trotzdem war er erleichtert, als er sein Zimmer betrat. Die versperrte Tür öffnete sich auf die Umdrehung des Schlüssels hin, und als er das Licht anknipste, bot das Zimmer keinen Hinweis darauf, daß sich ein Fremder hier aufgehalten hatte.

Wenn Norman nicht wußte, wo Claiborne sich befand, war er hier sicher, zumindest im Augenblick. Und es bestand noch immer die Möglichkeit eines subjektiven Irrtums. Lärm, Licht, Ermüdung, Anspannung – das alles konnte leicht zu einer Personenverwechslung führen. Das würde man auf der Polizei sagen; wahrscheinlich würde er selbst so reagieren, wenn ein Patient mit einer ähnlichen Geschichte zu ihm käme.

Unter diesen Umständen hatte es keinen Sinn, mit Driscoll und den anderen darüber zu sprechen. Wenn er ihnen erzählte, was er gesehen oder zu sehen geglaubt hatte, würde es nur seine Stellung schwächen, wenn er keinen schlüssigen Beweis anzubieten hatte.

Er konnte jetzt nur vorsichtig sein, aufpassen und warten, und weiterhin betonen, daß Sicherheitsmaßnahmen erforderlich waren. Wenn Norman hier war, würde man seine Anwesenheit bald genug bemerken.

Wenn Norman hier war.

Claiborne packte die Lebensmittel aus, räumte sie weg, zog sich aus, zog einen Pyjama an und ließ sich aufs Bett fallen. Die Klimaanlage summte.

Norman. Hier. Plant etwas. Wo? Was?

Gott sei Dank, daß er beschlossen hatte zu bleiben. Zumindest konnte er Augen und Ohren offenhalten, als eine Art Schutzengel für die anderen dienen.

Aber schon im Einschlafen bewegte ihn noch eine Frage.

Wer würde ihn beschützen, wenn Norman sich entschloß zu handeln?

Darauf fand er keine Antwort. Er wußte nur, was immer geschah, würde bald geschehen.

20

Roy Ames' und Driscoll hatten ihre Büros im selben Gebäude, aber zwischen den beiden Räumen bestand keinerlei Ähnlichkeit. Das enge Zimmer mit einem Fenster war kleiner als der private Waschraum des Produzenten und keineswegs so luxuriös eingerichtet.

Als Claiborne die Tür öffnete, saß Ames schon hinter seinem Schreibtisch zwischen dem Aktenschrank und dem einzigen Besucherstuhl. Er war anscheinend an diese Enge gewöhnt; falls er irgendwelche Komplexe hatte – Klaustrophobie war nicht darunter.

Claiborne zwinkerte wegen des morgendlichen Sonnenlichts, das durch das offene Fenster fiel, nickte grüßend und legte das Drehbuch auf den Schreibtisch.

Ames blickte ihn erwartungsvoll an. »Nun, was meinen Sie?«

Claiborne zögerte, wieder fragte er sich, ob er das Erlebnis von gestern abend schildern sollte oder nicht. Es hatte keinen Sinn, dieses Risiko einzugehen. Und im Augenblick hatte das Drehbuch Vorrang.

»Ich habe hier einige Notizen gemacht«, begann er. »Wenn Sie sie durchsehen wollen...«

»Ausgezeichnet.«

Claiborne öffnete seine Aktenmappe und zog die gelben Seiten heraus. »Hoffentlich können Sie meine Handschrift lesen.«

Ames schaffte es.

Seine Augen huschten rasch über die vollgekritzelten Seiten, ohne daß sein Gesichtsausdruck etwas verriet. Aber Claiborne konnte mühelos seine Reaktionen erkennen. Er hatte längst gelernt, daß ein Mund oft mehr aussagt, wenn er nicht spricht. Ames' Mund machte da keine Ausnahme. Zuerst wölbten sich seine Lippen zu einem leichten Lächeln; während er dann weiterlas, wurden sie schmal. Und schließlich zog sich die Oberlippe mißbilligend nach oben.

Es war Zeit, sich einzuschalten. »Bitte vergessen Sie eines nicht«, bemerkte Claiborne, »ich will Ihre Arbeit nicht kritisieren. Nur den Inhalt, die Gewalttätigkeit.«

Ames blickte auf. »Wir verwenden jetzt einen anderen Ausdruck. Wie etwa ›Brutto-Kassenerfolg‹.«

»Das weiß ich, aber ich dachte, Sie wollten es vermeiden.«

»Das tat ich auch in meiner ersten Version.« Ames befand sich in der Defensive. »Beinahe alles, was Sie stört, ist Vizzinis Arbeit. Er schrieb es teilweise um, und Driscoll war damit einverstanden.«

»Ich habe den Eindruck, hier nur meine Zeit zu vergeuden. Ich dachte, daß ich als technischer Berater Änderungen vorzuschlagen hätte.«

»Technisch, ja. Vorschlagen, ja. Aber Vizzini hat das letzte Wort – er genehmigt das Drehbuch, legt die Besetzung fest, eben alles. Ich erzählte Ihnen ja, daß er auf Jan bestand, nur weil sie Mary Crane so ähnlich sieht.«

»Das kommt noch dazu«, sagte Claiborne. »Haben Sie meine Bemerkungen zu ihren Szenen gelesen?«

»Ja.« Ames Stimme klang gepreßt, und Claiborne warf rasch ein: »Ich finde nur, daß ihre Rolle etwas zu plakativ wirkt, zu ein-dimensional...«

»Okay, sie wirkt so.« Ames zog die Schultern hoch. »Wenn Sie es wissen wollen, ich legte sie absichtlich so an. Jan ist noch nicht soweit, eine schwierige Rolle zu gestalten, auch wenn sie es glaubt, und ich will sie vor einer Blamage bewahren. Sie kommt sehr gut an, aber wenn Sie sie näher kennenlernen, werden Sie sehen, daß etwas anderes dahintersteckt.«

»Das hoffe ich. Ich habe sie vorhin im Studio getroffen. Sie hat mich für heute zum Abendessen eingeladen.«

Ames blieb die Antwort schuldig, aber seine plötzlich zusammengepreßten Lippen sprachen für sich.

Auch Clairbornes innere Stimme meldete sich. *Apropos blamieren – wozu mußtest du ihm das auf die Nase binden? Es ist klar, daß er an das Mädchen emotional gebunden ist. Du brauchst einen Verbündeten, und jetzt hast du einen eifersüchtigen Rivalen.*

Er lächelte schnell, als wollte er seine Erklärung als unwesentlich abtun. »Aber das ist unwichtig. Wir müssen – wie sagt man doch hier? – das Drehbuch zurechtbiegen. Wenn Sie bereit sind, es in dem Sinne zu ändern, den ich vorgeschlagen habe...«

»Vorgeschlagen?« Nun trat Ames' Widerstand deutlich hervor. »Das ganze Zeug über Verschiebung, latente Befriedigung, Reaktionsbildung – das liest sich wie ein ärztliches Bulletin!«

»Tut mir leid. Ich versuchte nur...«

»Entwerfen Sie keine Schemata. Sie kehren den Arzt hervor, nicht wahr?« Ames schüttelte den Kopf. »Psychiater sind wie Volkswirtschaftler, Meteorologen, Seismologen – nur ein Haufen Wahrsager trotz ihrer Apparate. Eines Tages werdet ihr Psychoanalytiker allesamt durch Computer ersetzt werden.«

»Einverstanden.« Claiborne blieb ruhig. »Das hilft uns jetzt nicht weiter. Ich bin mit der Art, wie Sie Jans Rolle angelegt haben, einverstanden. Mein großes Anliegen besteht darin, etwas von der Gewalt zu eliminieren.«

»Unmöglich. Ich sagte Ihnen, Vizzini will sie drinnen haben.«

Claiborne zog die Schultern hoch. »Dann werden wir den Schwerpunkt verlegen müssen.«

»Was soll das heißen?«

»Das wirkliche Problem bei dieser Art von Film ist nicht die Gewalttätigkeit selbst – es ist die Einstellung zur Gewalttätigkeit. Dort liegt heute die große Gefahr, in der Art, wie asoziales Verhalten als Patentlösung für alles ausgegeben wird. Helden, Anti-Helden oder Verbrecher, alle erreichen ihr Ziel, indem sie das Gesetz selbst in die Hand nehmen. Wir können Normans Verhalten so lassen wie es ist, ohne die Messerschneide stumpf zu machen oder kein Blut zu zeigen. Aber wir dürfen es nicht rechtfertigen.«

Ames hörte nun zu, und Claiborne setzte schnell fort. »Sagen wir doch einmal die Wahrheit. Machen wir allen klar, daß Mord keine Lösung ist; er ist nicht heroisch, und man muß Norman Bates weder beneiden noch nachahmen. Sie werden nicht viel umzuschreiben haben, wenn Sie das im Auge behalten. Es erfordert nur eine leichte Verschiebung des Schwerpunkts, um ihn als den getriebenen, gequälten Menschen zu zeigen, dessen Zwangsverhalten ihm Elend anstatt Befriedigung bringt.«

»Und das ist Ihre Patentlösung?« Roy Ames verzog das Gesicht. »Die Uhr um fünfzig Jahre zurückdrehen und dem Publikum sagen, ›Verbrechen lohnt sich nicht‹?«

»Vielleicht ist es jetzt an der Zeit, genau das zu tun. Vor fünfzig Jahren gab es verdammt weniger Morde, und die es gab, spielten sich hauptsächlich unter Berufsverbrechern ab. Jetzt ist die Nacht der Amateure hereingebrochen – terroristische Studenten, Straßenjungen, alle wollen sich einen Status schaffen, indem sie morden. Weil unsere Filme, unser Fernsehen, unsere Bücher und Theaterstücke ihnen sagen, daß Gewalt sich lohnt.«

»Haben Sie nie von der ›Ich-Generation‹ gehört? Das verkauft sich heute.«

»Nicht ausschließlich. Verdammt noch mal, ich bin nicht religiös, aber ich weiß, daß die Bibel noch immer der größte Bestseller ist. Sie verkündet ihre Botschaft laut und deutlich: ›Der Tod ist der Sünde Lohn‹.«

Ames starrte ihn lange an. Es war nicht mehr der Blick eines eifersüchtigen Liebhabers; seine Besorgnis galt der großen Liebe jedes Autors – dem Buch, an dem er gerade arbeitete. »Ich verstehe. Sie arbeiten nach der gleichen Methode wie der alte Cecil B. de Mille, um die Zensur zu umgehen. Orgien einlegen, aber dafür sorgen, daß die bösen Folgen gezeigt werden. Und bezüglich der Änderungen haben Sie recht. Woran man arbeiten muß, sind die Szenen, die Normans Reaktionen zeigen. Weniger hämischen Triumph, mehr Kummer.« Er legte eine Pause ein. »Sagen Sie mir offen: Waren das wirklich seine Gefühle?«

Claiborne nickte bedächtig: »Während meiner ganzen Laufbahn als Arzt habe ich niemals einen unglücklicheren Menschen gesehen.«

Roy Ames seufzte und nahm das Drehbuch wieder zur Hand. »Dann kann ich mich also an die Arbeit machen. Ich müßte morgen eine Anzahl Seiten fertig haben, außer ich stoße auf irgendwelche Probleme.«

»Wenn das der Fall ist, rufen Sie mich an.« Claiborne ging zur Tür. »Jetzt lasse ich Sie allein.«

Er verließ das Büro und ging durch den Korridor. Zum erstenmal seit dem vorhergehenden Abend fühlte er Hoffnung aufkommen.

Zumindest ein Teil seiner Aufgabe war erledigt; das Drehbuch würde umgearbeitet werden, und es war ihm gelungen, Roy Ames für sich zu gewinnen.

Aber nicht Norman.

Das blieb das Problem. Wenn er sich nur hinsetzen und mit ihm sprechen, ihn zur Vernunft bringen, ihm erklären könnte, daß das Drehbuch geändert wurde, ihm versichern, daß er nichts zu befürchten oder übelzunehmen hatte. Vielleicht – nur vielleicht – konnte es noch gelingen, bevor etwas passierte.

Nur mußte er ihn vorher finden.

Wo?

Die berühmte Nadel im Heuhaufen. Sie zu suchen, war Zeitverschwendung. Am leichtesten konnte man eine Nadel herausziehen, indem man einen Magnet verwendete.

Claiborne ging weiter zur Studiostraße, und dort wurde es ihm klar.

Das war der Magnet. Das Studio selbst – der Magnet, der Norman hierher gezogen hatte.

Es war müßig, sich wegen einer privaten oder öffentlichen Menschenjagd Sorgen zu machen. Norman würde ins Studio kommen. Wenn er noch nicht gehandelt hatte, bedeutete es vielleicht nur, daß er eben erst angekommen war. Aber jetzt war er auf dem Schauplatz erschienen, und wenn er ins Studio kam...

Claiborne blickte die Straße hinunter in Richtung Haupteingang. Der Portier stand daneben und kontrollierte die ankommenden Wagen. Es gab natürlich noch andere Einfahrten; er hatte sie überprüft und wußte, daß alle ebenso bewacht wurden.

Aber das war bedeutungslos. Norman würde nicht versuchen, bei einer Einfahrt hereinzukommen.

Claiborne machte kehrt, ging zur Hinterseite des Parkplatzes und blickte dabei nach links zur Studiomauer. Die Mauer war solid, hoch und dick. Aber die Dicke war unwichtig. Norman würde keinen Tunnel unter der Mauer durchgraben. Auch die Höhe war keine Schutzgarantie. Jeder, der ein Seil oder eine Leiter besaß, konnte in der Dunkelheit unbeobachtet eine dieser Mauern überklettern. Das Gelände wurde zwar auch bei Nacht bewacht, aber wenn man erst auf der Mauer war, mußte man nur warten, bis die Luft rein war, dann konnte man hinunterspringen und in einem Studio untertauchen.

Nun ging Claiborne an einer Reihe von Betonbüros vorbei, den

Schuppen zur Aufbewahrung von Dekorationen, der Studio-Garage, den Garderoben und den Make-up-Räumen. Viele von diesen Gebäuden besaßen Außentreppen, die zu den oben befindlichen Vorführungsräumen und Schneidekabinen führten. An den Seitenwänden der Gebäude waren Laster, Anhänger, Wohnwagen und Sattelschlepper abgestellt; hinter ihnen ragten die riesigen Tonbühnen mit ihrem Gewirr von darüber befindlichen Laufplanken und Scheinwerferbatterien hoch.

Er wandte sich nach rechts zur Hinterseite des Geländes und kam zu einem leeren, unbewachten, verlassenen Areal von stehenden Außendekorationen: eine Westernstraße mit einer Bar, Mietstall, Futterladen, Hotel, Saloon, Bank und Büro des Sheriffs. Dahinter ein Kleinstadtplatz, umgeben von den freundlichen Fassaden weißer Häuser inmitten von Rasenflächen und Gesträuch, einer Kirche mit einem hohen Turm, einem Musikpavillon in einem baumbestandenen Park. Dahinter lag eine Großstadtstraße mit Geschäftslokalen, Theatern und Mietshäusern; dahinter noch ein halbes Dutzend kleinere Enklaven mit ausländischen Gebäuden.

Hier gab es eine Unzahl von Verstecken, und keine Sicherheitsbrigade war imstande, alle vollständig zu kontrollieren. Wenn Norman einmal über die Mauer geklettert war, mußte er nur immer wieder von einem Unterschlupf zum anderen wechseln und außer Sicht bleiben. Das konnte bereits geschehen sein; denn soviel Claiborne wußte, konnte er die Nacht in Andy Hardys Bett verbracht haben. Er konnte sich bereits auf dem Gelände befinden.

Das Studio war nicht nur ein Magnet, sondern auch ein richtiger Heuhaufen, der weit mehr Möglichkeiten zum Verstecken bot als die Welt draußen. Eine Nadel wäre hier in Sicherheit, aber für die anderen noch gefährlicher, Nadeln sind spitz, sie haben Augen...

Die besitze ich auch, sagte sich Claiborne. *Gib acht und warte.* Es war jetzt nicht der Moment, andere in Panik zu versetzen, nicht ohne etwas Handfestes, um seine Annahmen zu untermauern, nicht ehe er sicheren Boden unter den Füßen hatte.

Er wandte sich um, ging zurück und kam zu den Tonbühnen. Nummer sieben, links von ihm, stand offen, die riesigen Schiebetüren steckten in der Wand. Er trat spontan näher und schaute ins Innere. Das Sonnenlicht bildete einen Halbkreis auf dem Betonboden, auf dem Kabelschlingen lagen, aber der weite Raum darüber und dahinter lag in tiefem Schatten.

Claiborne trat durch die Tür und versuchte, seine Augen an die

Dunkelheit im Inneren zu gewöhnen. Er hatte diese Räumlichkeiten nur in Filmen *über* Filme gesehen, und da nur als Hintergrund einer Handlung. Aber hier gab es keine Handlung, nur Einsamkeit und Stille.

Er ging weiter und betrachtete die undeutlich erkennbare Kontur des runden Daches hoch über den Laufplanken. Irgendwie war ihm nicht klar gewesen, wie riesig die Ausmaße dieser Bühne waren; einen Block lang und öde, erinnerte sie an einen Zeppelinhangar alten Stils oder an das Innere einer für einen seltsamen Gott der Finsternis errichteten Kathedrale.

Das Dunkel war nicht vollkommen undurchdringlich. Jenseits der Barrikade von Kulissen aus verputzten Leisten entdeckte er ein schwaches Licht – eine nackte Glühbirne, die von einem Eisenrost herabhing. Die beleuchtete Fläche wurde durch andere Wände abgegrenzt, die auf drei Seiten rechtwinklig aneinanderstießen.

Claiborne ging näher, vorbei an einer Reihe transportabler Ankleideräume zu seiner Rechten. Ihre Türen waren geschlossen, und unter ihnen war keine Spur eines Lichtscheins.

Eine Million Verstecke.

Er ging zu dem nächstgelegenen, dann wurde er vor den Holzstufen langsamer, die zur Tür nach oben führten.

Angenommen, er hatte recht? Angenommen, er würde durch einen verrückten Zufall tatsächlich auf Norman stoßen, der im Dunkel hinter der Tür hockte – hockte und wartete?

Claiborne zögerte, überlegte nochmals. *Worauf wartest du? Verdammt noch mal, deshalb bist du hier, oder? Um ihn zu finden?*

Langsam stieg er die Stufen empor. *Keine Sorge. Wenn er dort drinnen ist, hat er Angst. Genauso wie du.*

Wieder blieb er stehen. *Du hast Angst, gib es zu;* seine verkrampften Muskeln waren ein deutlicher Beweis dafür. Seine Kopfhaut prickelte, unter den Achseln perlte der Schweiß.

Es war eine normale Reaktion auf Angst, damit mußte er sich abfinden. Aber würde Normans Reaktion normal sein? Wenn Normal Angst hatte, schlug er zu. Wenn er eine Waffe bei sich hatte...

Dem Problem hast du schon gegenübergestanden. Berufsrisiko, besonders in deinem Fachgebiet. Nur wird es nicht passieren. Er ist nicht hier, kann nicht hier sein, wenn es eine Million Verstecke zum Aussuchen gibt.

Claiborne streckte die Hand nach der Tür aus.

Und hörte das Geräusch.

Es war ganz schwach; sogar hier, in dem höhlenartigen Schallkörper der Tonbühne hörte man kaum eine Andeutung. Ein Rascheln, gefolgt von einem Knarren.

Aber es kam nicht aus dem Raum hinter der Tür. Der Ursprungsort war die beleuchtete Fläche dahinter.

Er wandte sich ab und stieg die Stufen vor dem Ankleideraum nach unten. Jetzt herrschte Stille, nur unterbrochen von dem leisen Scharren seiner eigenen Schritte auf dem Beton, als er weiterging. Auch das verstummte, als er langsamer, vorsichtiger wurde, Furcht empfand und sich anstrengte, um ein neuerliches Rascheln und Knarren nicht zu überhören. Nichts.

Er gelangte zu der offenen Fläche rechts von dem dreiseitigen Aufbau, in dem die Glühbirne hing. Dort blieb er stehen und starrte nach vorn.

Niemand bewegte sich unter dem Licht. Der Raum war leer.

Langsam ging er an den Wänden vorbei, die ihn auf beiden Seiten umgaben. Als er dann den rechtwinkligen Raum dahinter betrat, änderte sich etwas. Er sah einen Teppich unter seinen Füßen, er war rot und verschossen, wie man ihn nur in alten Häusern findet, in denen alte Leute nicht merken, wie die Zeit vergeht.

Er befand sich nun in einem solchen Haus, stand in einem Raum, in dem die Zeit stillstand.

Claiborne betrachtete die altmodische Frisierkommode und den Toilettentisch, deren Platten mit Erinnerungsstücken aus längst vergangenen Zeiten vollgeräumt waren. Eine vergoldete Uhr, Figurinen aus Dresdner Porzellan, ein Nadelkissen, ein verzierter Handspiegel, Parfümflaschen mit Glasstöpseln. Diese Gegenstände und ein Blick auf die in einem offenen Schrank über einer Stange hängenden Kleidungsstücke zeigten ihm, daß er sich im Schlafzimmer einer Frau befand, noch bevor er das Bett selbst sah.

Das Bett befand sich in der rechten Ecke, hinter dem Schaukelstuhl mit der hohen Rückenlehne, der gegenüber dem Fenster links stand. Er trat vor, musterte die Umrisse des Himmelbetts und bewunderte den handgestickten Bettüberwurf. Doch als er näherkam, bemerkte er, daß der Überwurf unordentlich eingeschlagen worden war, so daß ein Teil des Doppelkissens oben sichtbar war. Er griff spontan hin und zog die Decken weg, wodurch er braungefleckte, vergraute Laken enthüllte. Und die verräterische Vertiefung nach einer kürzlich erfolgten Verwendung – die Vertiefung konnte nur von jemandem verursacht worden sein, der lange hier gelegen hatte.

Jemand. Etwas.

Nun wußte Claiborne, wo er sich befand. Er hatte es nie gesehen, war noch nie dort gewesen, hatte aber genug darüber gelesen und gehört, um zu erkennen, was es sein mußte.

Das Schlafzimmer von Normans Mutter.

Natürlich hatte die mumifizierte, durch Normans primitive Präparierversuche konservierte Leiche von Mrs. Bates all die Jahre unangetastet und ungeahnt in diesem Raum gelegen, während Norman die Illusion aufrechterhielt, daß sie noch lebte – eine verrückte, in ihr Zimmer eingeschlossene Kranke. Aber Norman war selbst verrückt gewesen, er hatte ihre *persona* angenommen, wenn er mordete. Trug ihre Kleider, sprach mit ihrer Stimme, hier in diesem Zimmer.

Nein, nicht in diesem Zimmer. Das ist nur eine Dekoration.

Claiborne überzeugte sich von der Wirklichkeit durch Berührung, indem er den Bettüberwurf wieder nach oben zog, um die eingedrückte Schlafmulde zu verhüllen. Doch dabei kribbelte seine Kopfhaut, und er konnte die Gedanken nicht loswerden.

Was hatte Norman empfunden, als er in dem wirklichen Haus lebte, Nacht für Nacht, in dem wirklichen Schlafzimmer saß, und zu einer Mumie sprach ›*Mumie, Mami?* –

Dann hörte er wieder das Geräusch, das Rascheln und Knarren.

Er wandte sich um, weil sich etwas im Dunkel bewegte.

Das Knarren kam von dem Schaukelstuhl mit der hohen Rückenlehne gegenüber dem Fenster.

Und das Rascheln kam von dem Kleid, als sich die alte Frau aus dem Stuhl erhob und auf ihn zuglitt.

Sie kam aus dem Dunkel, ihr graues Haar glänzte, der Mund war zu einem schauerlichen Grinsen verzerrt. Sie hob die Arme, ihre Hände arbeiteten sich nach oben, die Perücke wurde abgenommen.

Claiborne starrte auf das grinsende Gesicht – ein Gesicht, das er so oft auf der Leinwand gesehen hatte.

Paul Morgans Gesicht.

21

Claiborne saß an der Bartheke im ›Hahnenschwanz‹ und trank noch immer sein Bier, als Morgan schon das zweite Glas bestellte.

Morgan trug hautenge Jeans, der V-Ausschnitt seines Hemdes stand offen und ließ das Goldmedaillon auf seiner behaarten Brust sehen; er hatte keinerlei Ähnlichkeit mit der buckligen alten Dame aus der schaurigen Szene der Tonbühne.

»Es tut mir leid«, sagte er. »Ich hatte nicht die Absicht, Sie so zu erschrecken.«

»Vergessen Sie es. Sie müssen sich nicht immer wieder entschuldigen.« Claiborne schob sich auf dem Barhocker zurecht. »Vor allem hatte ich dort wirklich nichts zu suchen.«

»Ich auch nicht.« Morgan griff nach dem Glas, das der Barmann vor ihn hingestellt hatte. »Es war Vizzinis Idee.«

»Der Regisseur?«

»Ich bin solche Mätzchen nicht gewohnt. Er will, daß diese Szenen dem Publikum direkt unter die Haut gehen. Ich soll nicht bloß Kleid und Perücke tragen – es kommt auch auf den Gang, die Gesten, einfach das Gesamtbild an. Ich dachte, wenn ich es in der Dekoration spiele, würde es mir helfen, das richtige Gefühl dafür zu bekommen, verstehen Sie?«

Claiborne lächelte wehmütig. »Also, mir ist es unter die Haut gegangen.«

Morgan hob sein Glas und trank, sichtlich erfreut über das Urteil.

Claiborne fragte sich, wie erfreut Morgan sein würde, wenn ihm seine unausgesprochenen Vorbehalte bekannt wären. Morgan wirkte in der Verkleidung als alte Frau wirklich überzeugend, aber Norman zu spielen war etwas ganz anderes. Ohne Make-up war er auf seine schauspielerischen Mittel beschränkt, sofort zu identifizieren. Als wollte er den Beweis dafür erbringen, stand ein Mädchen aus einer Dreiergruppe, die in einer der Logen saß, auf, und trat an die Bar. Sie war rundlich und hübsch, hatte glänzendes, kastanienbraunes Haar und braune Augen, die durch ihre Aufmachung betont wurden; sie trug weiße Slacks, und ihre offene Bluse brachte sowohl ihren Babyspeck als auch die rundlichen, knospenden Brüste zur Geltung. Wahrscheinlich war sie eine Touristin und zweifellos keinen Tag älter als sechzehn.

Sie beachtete Claiborne nicht und trat zu seinem Begleiter. »Verzeihen Sie«, entschuldigte sie sich, »sind Sie Paul Morgan?«

Der Schauspieler stellte sein Glas hin und zeigte ihr sein bekanntes Grinsen. »Was meinen Sie?«

Das Mädchen senkte den Blick und hob die Hand, in der sie ein in Kunstleder gebundenes Büchlein und einen Kugelschreiber hielt. Die Hand zitterte fast unmerklich, aber das Zittern in ihrer Stimme war nicht zu überhören. »Wenn es Ihnen nichts ausmacht – könnte ich ein Autogramm von Ihnen haben?«

Morgan musterte die Vorderansicht ihrer Bluse eingehend. »Sie können alles von mir haben, was Sie wollen«, erklärte er. Sie errötete, und sein Grinsen wurde freundlicher. »Aber, Schätzchen, seien Sie doch nicht so nervös.«

Sie entspannte sich, durch seine freundliche Miene beruhigt.

»Woher kommen Sie?« murmelte er.

»Aus Toledo. Meine Freundinnen und ich machen eine Rundreise.« Sie lächelte verlegen und warf einen Blick in die Loge. »Sie haben geglaubt, ich würde mich nicht trauen, zu Ihnen zu kommen. Hoffentlich nehmen Sie es mir nicht übel.«

»Kein Problem.« Er griff nach dem Büchlein, schlug eine freie Seite auf und nahm ihr den Kugelschreiber aus der Hand. »Wie heißen Sie?«

»Jackie. Jackie Sherbourne.«

»Würden Sie es buchstabieren?«

Sie tat es, und er kritzelte mit kühner, schnörkeliger Schrift eine Widmung auf die Seite, dabei zwinkerte er ihr zu. »Das sollte genügen.« Er klappte das Büchlein zu und gab es ihr samt dem Kugelschreiber zurück.

»Danke«, sagte sie.

»War mir ein Vergnügen.«

Das Mädchen entfernte sich, und Morgan griff wieder nach seinem Glas. Claiborne beobachtete, wie das Mädchen und ihre Begleiterinnen zum Ausgang gingen.

Morgan trank aus. »Stimmt was nicht?«

Claiborne zog verneinend die Schultern hoch. Aber die Geste war bedeutungslos, denn er hatte gesehen, was Morgan in das Autogrammbuch geschrieben hatte. *Für Jackie Sherbourne, die viel Spaß macht.*

Ein schäbiger Trick, und Claiborne war einen Moment versucht, ihn deswegen zur Rede zu stellen. Er gelobte sich, es später, zu gegebener Zeit, nachzuholen. Jetzt noch nicht. Jetzt brauchte er Verbündete. Das Drehbuch...

»Ist ein schauerlicher Mist, wenn Sie mich fragen.« Morgan sprach darüber. »Glauben Sie nicht, ich sei beschränkt, um zu wissen, worauf Ames aus ist, wenn er dem Mädchen all diese Szenen schreibt und ihre Rolle ausbaut. Aber sie kann die Chance nicht nützen. Warum, zum Teufel, Driscoll sie engagiert hat, werde ich nie begreifen, er muß verrückt gewesen sein.«

»Ich habe den Eindruck, daß der Regisseur für die Besetzung der Rolle verantwortlich war«, sagte Claiborne. »Schließlich sieht sie wie Mary Crane aus. Er bemüht sich um Wirklichkeitsnähe.«

»Warum muß ich dann einen Schwulen spielen?«

»Keinen Schwulen, einen Transvestiten.«

»Aber Norman glaubt doch, er sei seine eigene Mutter...«

»Sein Dämmerzustand setzt nicht notwendigerweise Homosexualität voraus, es sei denn, in unterbewußter Form.«

»Was denn setzt er, zum Teufel, voraus?« Morgan runzelte die Stirn. »Lassen Sie die Umschreibungen beiseite, sagen Sie mir klipp und klar: Wie war Norman Bates wirklich?«

Claiborne zog die Schultern hoch. »Nicht viel anders als Sie und ich. Wenn man uns unsere Identität nimmt, uns auf eine numerierte Anamnese reduziert, in ein Zimmer sperrt, das in Wirklichkeit eine Zelle ist, uns Befehle erteilt, wir von Krankheit und Irrsinn umgeben sind...«

»Das alles kenne ich«, murmelte Paul Morgan. »Ich habe eine Entziehungskur hinter mir.«

Er bemerkte, daß in Claibornes Augen unwillkürlich Verwunderung aufzuckte, und fuhr dann rasch fort: »Verstehen Sie mich nicht falsch, ich war nicht verrückt. Ich habe mich freiwillig dazu entschlossen, vor zwei Jahren – ich blieb einen Monat, nur um wieder trocken zu werden.« Morgan nahm sein Glas und kippte den in Eiswasser aufgelösten Rest hinunter. »War ohne Erfolg.«

Sein Ton klang bitter, aber es lag keine Spur von Enttäuschung in seinem Gesicht, als er sich vorbeugte. »Und ich habe nicht gearbeitet«, fuhr er fort. »Wenn Sie die Wahrheit wissen wollen, ich habe eineinhalb Jahre lang nicht gearbeitet. Das ist eine verdammt lange Zeit in diesem Beruf, und wenn es einmal bekannt wird, ist man so gut wie abgeschrieben.«

»Aber Vizzini wollte Sie doch für diese Rolle haben.«

»Er wollte nur meinen Namen. Er bekam ihn verdammt billig. Das ist der einzige Grund, weshalb Driscoll damit einverstanden war. Er hat es mir ins Gesicht gesagt, dieser abgefeimte Schweinehund.«

Morgans Hand krampfte sich um das leere Glas. »Der Hurensohn quält mich weiter, er glaubt, er kann mich fertigmachen, aber er wird sich wundern. Wenn er heute morgen an Ihrer Stelle mit mir allein gewesen wäre...«

Der Schauspieler bemerkte, daß Claiborne ihn anstarrte und brach plötzlich in Lachen aus. »Vergessen Sie es. Trinken Sie noch etwas.«

Claiborne glitt vom Barschemel und schüttelte den Kopf. »Ich gehe lieber zurück ins Motel.« Er zögerte. »Fühlen Sie sich wohl?«

Morgan nickte. »Mußte nur Dampf ablassen. Jetzt ist es in Ordnung. Ich weiß verdammt, daß ich die Rolle hinkriege, also gibt es nichts zu befürchten.« Er setzte sein Allerwelts-Grinsen auf. »Vergessen Sie nicht, ich bin Paul Morgan.«

Während Claiborne wegfuhr, dachte er an den beunruhigend echten Anblick des Transvestiten Paul Morgan in der Dekoration – an die gleichgültige Grausamkeit Paul Morgans der Autogrammjägerin gegenüber – an die zornige Bitterkeit Paul Morgans an der Bar. Und erst im Motel stellte er sich die Frage:

Wie ist Paul Morgan wirklich?

22

Es war fast sieben Uhr, als Jan den Backofen öffnete, um nach dem Braten zu sehen.

Sie runzelte die Stirn. *Noch immer nicht gar.* Sie schloß die Tür und stellte das Rohr auf zweihundert Grad. *Ich lasse ihn noch eine Viertelstunde drinnen, während ich den Salat herrichte. Wenn ich etwas Glück habe, wird er zu spät kommen. Er kennt diese hügelige Gegend nicht.*

Aber während sie den Kopfsalat trockenschwenkte, wartete sie gespannt darauf, das Geräusch eines näherkommenden Wagens zu hören. Sie vernahm nur einen Nachtvogel, der unaufhörlich zwei Töne wiederholte, so seinen Anspruch auf sein Gebiet anmeldete. In der Wohnung knallte Connie im Bereich ihres Schlafzimmers mit allem möglichen herum, während sie sich für einen Abend außer Haus fertig machte. *Hoffentlich haut sie ab, bevor er kommt.*

Jan verdrängte den Gedanken und wendete sich ihrer Mischung von Öl und Essig zu. Sie schüttete sie über den Salat, dann war es

Zeit, wieder nach dem Braten zu sehen, das Rohr abzuschalten, ihn ein letztes Mal mit Saft zu übergießen und ihn noch ein wenig bräunen zu lassen.

Auf Häuslichkeit pfeif' ich. Das ist ausschließlich was für Vögel. Plötzlich fiel ihr auf, daß der Vogelruf verstummt war. Sie hatte keinen Wagen ankommen hören, doch nun ertönte die Türklingel, fast unmittelbar gefolgt von Stimmen. *Dieses Miststück hat selbst geöffnet. Ich sagte ihr doch...*

Zu spät. Jan nahm die Schürze ab, warf sie über eine Stuhllehne und glättete sich mit den Händen das Haar. Warum hatte sie hier in der Küche nicht einen Spiegel aufgehängt, nur einen kleinen für Notfälle wie diesen.

Es war nämlich jedesmal ein Notfall, wenn sie in der Küche bei den Dinner-für-zwei-Vorbereitungen steckte.

Hastig riß sie aus der offenen Schachtel auf dem Tisch ein Kleenex heraus und tupfte sich damit Gesicht und Stirn ab. So würde sie wenigstens nicht mit glänzender Nase in Erscheinung treten. Sobald sie die Kerzen auf dem Tisch im Speisezimmer angezündet hatte, würde es nicht mehr viel ausmachen. Bei Kerzenlicht speisen, das stellte gleich einen netten, privaten Kontakt her, bei dem sie langsam bei ein paar Drinks ins Gespräch kommen und erfahren konnte, worüber er sich eigentlich am Morgen mit Roy unterhalten hatte. Verdammt noch mal, das alles war Roys Schuld – er mit seiner sonderbaren Forderung, den Film platzen zu lassen. Wenn er Claiborne zu seiner Ansicht überredet hatte, war es ihre Aufgabe, ihn rasch wieder davon abzubringen. Oder langsam – mit den Kerzen, den Drinks, dem Salat, dem Braten und was immer noch erforderlich war.

Während sie in der Küche umherging, hörte sie, daß das Gespräch verstummte, und als Schlußpunkt das Zuschlagen der Eingangstür. Connie mußte gegangen sein; natürlich, ihre alte Kiste ratterte los, als sie aus dem Parkplatz reversierte.

Jan blieb in der Küchentür stehen, um ihr Haar ein letztes Mal zurechtzuzupfen. *Jetzt bist du dran, Kleine, Hals- und Beinbruch.*

Das Komische am Showbusiness: alle in dem Beruf Tätigen haben Lampenfieber, sogar die größten Stars. Sie dachte an die Geschichten, die sie über Al Jolson am Broadway gehört hatte, wie Jolie vor seinem Auftreten die Wasserhähne in seinem Ankleideraum voll aufdrehte, um den Applaus für die Nummer vor ihm nicht hören zu müssen. Es war gleichgültig, ob man im Theater, Film oder

Fernsehen spielte. Immer kam dieser schreckliche Augenblick, bevor man drankam – die Drüsen produzierten Angstschweiß, der Magen verwandelte sich in ein Netz voller Schmetterlinge. Aber wenn der Vorhang aufging, der Regisseur ›Aufnahme‹! schrie oder der Monitor rot blinkte – da war alles anders. Da veränderst du dich, reißt die Initiative an dich, du spielst. Es gibt nichts, was mit dem Showgeschäft zu vergleichen ist; es ist der großartigste Orgasmus der Welt.

Jan genoß jetzt das Vorspiel, begrüßte ihren Gast, zündete die Kerzen an und schenkte die vorbereiteten Martinis aus dem Krug an der Bar ein.

Sie erinnerte sich, daß sie ihn attraktiv gefunden hatte, und sie hatte immer eine Vorliebe für Männer mit tiefen, männlichen Stimmen gehabt. Aber die meisten Schauspieler, die sie kannte, verfügten über männliche Eigenschaften. Was Claiborne von ihnen unterschied, war die Tatsache, daß er überhaupt nicht selbstgefällig war. Sein gleichmäßiges, beruhigendes Verhalten – wenn er im Bett genauso war, lohnte es sich vielleicht, sich damit näher zu befassen –, und daß er nicht über sich sprach.

Während sie die Drinks schlürften, machte er ihr Komplimente, die sie von ihm nicht erwartet hatte – nicht über ihr Äußeres, sondern über die Wohnung, den geschmackvoll gedeckten Tisch, die Kerzen. Und während des Essens unterhielt er sich mit ihr sogar über Connie.

»Ihre Freundin ist auch Schauspielerin?«

Jan nickte.

»Kaum zu glauben. Sie wirkt so zurückhaltend. Was für Rollen spielt sie – Charakterrollen?«

»Das heißt, daß Sie sie nicht hübsch finden.«

»Das habe ich nicht gesagt.«

»Aber im gewissen Sinn haben Sie recht. Sie ist ein Charakter und spielt Rollen, meist mit Händen und Füßen.«

Claiborne sah sie über das Kerzenlicht hinweg an. »Ich kann Ihnen nicht folgen.«

»Connie arbeitet immer. Sie müssen sie schon hundertmal in Fernseh-Werbespots oder Spielfilmen gesehen haben, können sie aber nicht erkennen, weil sie niemals ihr Gesicht zeigt. Man verwendet sie für Einblendungen – Nahaufnahmen –, in denen sie Stars doubelt, deren Hände oder Füße nicht fotogen sind. Das wird hier allgemein gemacht. Manche Leute synchronisieren nur Gesang, oder immer wiederkehrende Dialoge, aber besonders gesucht sind Körper. Ein Regisseur kann alles, was er für seine Einstellung braucht, in einem Katalog mit Fotos finden – Beine, Hüften, Brüste, einfach alles, was so verlangt wird.«

»Das klingt so, als würde man sich Hühnerteile im Supermarkt aussuchen.« Claiborne lächelte, dann wurde er ernst. »Kein Wunder, daß sie schüchtern ist. Sie muß sich schrecklich unbefriedigt fühlen und es übelnehmen, daß die anderen den Applaus bekommen, während sie zur Anonymität verurteilt ist.«

»Das stimmt.«

»Wenigstens ist das nicht Ihr Problem«, stellte Claiborne fest. »Offensichtlich müssen Sie sich nicht durch ein Double vertreten lassen und sich auch keine Sorgen machen, daß Sie abgelehnt werden.«

»Wie soll ich das auffassen?« Jan lächelte. »Ist es eine Schmeichelei oder nur eine Analyse?«

Er schob seinen Teller zur Seite und griff nach der Kaffeetasse. »Was wäre Ihnen lieber?«

»Ich bekomme in diesem Beruf genügend Streicheleinheiten – das praktizieren alle. Aber man muß unter den Großen sein, wenn man sich eine Analyse leisten will. Oder sie braucht.«

Claiborne lehnte sich zurück. »Schon möglich. Wenn sich aber mehr Leute schon zu Beginn über ihre Motivationen im klaren wären, würden sie vielleicht später keine Psychotherapie brauchen.«

»Sie bieten mir eine Gratisanalyse an?«

»Das wäre kaum möglich. Ich könnte es gar nicht versuchen, bevor ich nicht mehr über Sie weiß.«

»Fragen Sie.«

»Also gut. Vorerst etwas Allgemeines. Mir scheint, daß die meisten Schauspielerinnen aus einem von zwei Milieus stammen. Eines ist die zerrüttete Familie – Vater gestorben, geschieden oder einfach verschwunden, als das Kind noch klein war, und die Mutter übernahm die Herrschaft. Aggressiv, ehrgeizig, verwendet sie ihre Tochter wie eine Marionette, zwingt sie ins Rampenlicht, hält sie aber immer fest an der Kandare. Klingt vertraut?«

»Nur weiter«, murmelte Jan.

»Die zweite Gruppe entwickelt sich aus einer etwas anderen Situation. Wieder kein Vater, aber auch keine Mutter – vielleicht tot oder manchmal psychopathisch. Das Mädchen ist Waise. Weil sie in einer Adoptivfamilie keine Sicherheit findet, heiratet sie oft früh, aber das ist auch keine Lösung. Also sucht sie sich Männer, die über Einfluß verfügen, die sie ausnützen, ebenso wie sie sie zum Aufstieg auf der Karriereleiter benutzt.«

»Wie Marilyn Monroe.« Jan nickte. »Diese Art kenne ich auch.«

»Gut. Aber nun kommen wir zur eigentlichen Frage. Welcher Typ sind Sie?«

»Können Sie es nicht erraten?«

Er erwiderte ihr Lächeln. »Meiner Beobachtung nach gehören Sie zu der zweiten Kategorie.«

»Augenblick! Wenn Sie glauben, daß ich eine von diesen verrückten, konfusen, pillenschluckenden, selbstzerstörerischen ...«

Claiborne schüttelte den Kopf. »Natürlich nicht. Das kommt später. Worauf ich hinaus will: Wenn Sie Ihr Problem verstehen, muß es gar nicht so weit kommen.«

»Wie sind wir nur darauf verfallen?« Jan zwang sich zu lachen, wußte aber, daß das Gespräch durch ihre eigene Schuld diesen Verlauf genommen hatte. Also Schluß mit dem Improvisieren, sie mußte sich strikt an das Drehbuch halten, das sie im Geist vorbereitet hatte. *Das Drehbuch* ...

»Genug von meinen Problemen«, wechselte sie das Thema. »Wie sind Sie heute morgen mit Roy zurechtgekommen?«

»Recht gut, glaube ich. Er scheint mit den meisten Änderungen, die ich ihm vorgeschlagen habe, einverstanden zu sein.«

»Was sind das für Änderungen?«

»Es handelt sich hauptsächlich darum, wie Normans Charakter darzustellen ist. Daran arbeitet er eben jetzt.«

»Was ist mit meinen Szenen?«

»Ich kann mir nicht vorstellen, daß Sie dadurch betroffen sind. Vielleicht werden Sie da und dort ein paar Zeilen verlieren.«

»Warum?«

»Wenn Normans Grundhaltung verändert wird, ändert sich natürlich auch Ihre Reaktion auf ihn. Ein paar Striche im Dialog würden das deutlich machen.«

»Striche im Dialog?« Jan versteifte sich. »Was ist in diesem Geschäft nur los? Keiner sagt einem Produzenten, wie er produzieren oder einem Regisseur, wie er Regie führen soll, aber jeder X-Beliebige glaubt, daß er der geborene Autor ist.«

Etwas in ihr sagte. *Ruhig, das ist nicht deine Aufgabe.* Aber wenn er ihren Part zusammenstrich ...

Und inzwischen saß er mit professionellem Lächeln vor ihr und sagte ihr, sie solle sich keine Sorgen machen. Für wen hielt er sich, daß er glaubte, ihr gute Ratschläge erteilen zu müssen? Sie schleuderte die Worte nur so heraus. »Wie lange halten Sie sich schon hier auf – zwei, drei Tage? In der Zeit sind Sie also schon zu einem Fachmann geworden?«

»Keinesfalls.« *Gott, sah er blasiert aus. Und seine tiefe Stimme, diese aufgesetzte ärztliche Art.* »Es ist nur eine Frage der Logik. Wenn man Normans Grundhaltung verändert, ändert sich Ihre Reaktion auf sein Verhalten.«

»Ich brauche keine ärztliche Diagnose. Was stellen Sie sich unter einer richtigen Reaktion vor – ein Zäpfchen?«

Er begann zu lachen, aber sie war nicht danach aus. Sie spielte, um zu gewinnen. Verdammt noch mal, sie spielte gar nicht mehr, es war zu wichtig. »Ich will Ihnen etwas sagen, Sie Supergenie...«

»Das haben Sie schon getan.« Er lachte nicht mehr. »Ich weiß, was Sie erreichen wollen. Sie verteidigen Ihre Rolle.«

»Es geht nicht nur um meine Rolle, meine ganze Zukunft steht auf dem Spiel, verstehen Sie das nicht?«

»Niemand kann in die Zukunft sehen. Die einzigen Menschen, die es möchten, sind diejenigen, die sich ihrer Vergangenheit nicht stellen können.« Er nickte. »Und in Ihrem Fall, bei dem Background, von dem Sie mir erzählt haben...«

»Ich bin kein Fall, ich bin eine Schauspielerin! Und was, zum Teufel, wissen Sie überhaupt von meinem Background?«

»Ich möchte es gern von Ihnen hören.«

»Natürlich möchten Sie das! Auf diese Weise werdet ihr Psychoanalytiker eure eigenen Komplexe los, oder? Wenn man sich all die Soap-Operas über Teenager aus zerrütteten Familien anhört, die geschlagen und vergewaltigt werden, davonlaufen und mit jedem bumsen, der gerade vorbeikommt, nur um eine Chance zu bekommen.« Sie starrte ihn an und beobachtete seine Reaktion darauf. »Nun, ich werde Ihnen etwas ganz Neues erzählen. Ihre Fantasie-Theorie über Schauspielerinnen stimmt vorn und hinten nicht.

Wollen Sie wissen, woher ich stamme? Aus Nord-Hollywood. Meine Eltern wohnen drüben in Northridge. Sie haben sich nie getrennt, hatten, soviel ich weiß, niemals eine wirkliche Auseinandersetzung, und es war meine eigene Idee, nach dem Abschluß der Van Nuys Mittelschule Schauspielunterricht zu nehmen. Ich stehe seit fünf Jahren auf eigenen Füßen.

Das bedeutet nicht, daß es nicht manchmal hart ist – es ist ein harter Beruf, man muß um alles, was man erreicht, kämpfen, und vielleicht ist es sogar noch härter, wenn man keine ehrgeizige Bühnenmutter oder einen gierigen Agenten oder Produzenten hat, der einem den Weg ebnet. Natürlich habe ich hie und da eine Affäre, aber so läuft das Spiel nun einmal; das bedeutet nicht, daß ich eine Art Prostituierte bin...«

»Hollywood ist die Prostituierte«, warf Claiborne ein.

Jan riß sich zusammen. »Wie meinen Sie das?«

»Verstehen Sie nicht? Es ist das Vergnügungssyndrom. Der Film prostituiert sich für das Publikum. Die Art, wie er wirbt, ist schon Verführung – komm, vergewaltige mich, hol dir deinen Spaß, ich bin hier, um dir zu deinem Vergnügen im Dunkel zu verhelfen, ich lade dich ein, deine wildesten Fantasien von Wollust, Mord, Rache zu erleben. Ich locke dich damit an, daß du dich mit Sadisten, Soziopathen, polymorph Perversen verschiedenster Art identifizieren kannst, verführe dich mit Zerstörungsträumen.« Er lächelte entschuldigend. »Verstehen Sie mich nicht falsch. Ich will die Unterhaltungsbranche nicht herabsetzen. Wir alle brauchen seelische Entspannung, eine zeitweilige Flucht in die Scheinwelt. Das bekommt das Publikum geboten, und wenn die Vorstellung vorbei ist, muß man nur hinausgehen und befindet sich wieder in der Wirklichkeit.

Wenn man aber einer von denen ist, die die Scheinwelt geschaffen haben, bleibt man drinnen und lebt Tag und Nacht mit seinen Fantasien. Darin liegt die Gefahr, denn man hat keine Alternative. Am Ende verliert man den Boden unter den Füßen, verliert man die Fähigkeit, mit der Wirklichkeit fertig zu werden. Und wenn es deinen Lebensnerv berührt, kann es dich vernichten.«

»Was bilden Sie sich eigentlich ein, daß Sie mir erklären wollen, wie ich mein Leben zu führen habe?« Jan stand rasch auf. »Vielleicht ist der Beruf eines Schauspielers nicht das Größte auf der Welt, vielleicht bin ich egoistisch und dumm und werde einmal auf die Nase fallen. Aber ich weiß, was ich tue. Wenn Sie die Alternativen entdecken wollen, reden Sie mit Kay.«

»Kay?«

»Meine kleine Schwester. Bei ihr ging alles glatt – sie ist verdammt viel schlauer als ich und auch viel hübscher, das heißt, das war sie bis zu ihrem sechzehnten Lebensjahr. Damals geriet sie in die Szene des ›wirklichen Lebens‹, von dem Sie so groß daherreden. Wirkliches Leben in ihrem Bauch, in den es ein Deckhengst gepflanzt hat. Mit siebzehn war sie Mutter, mit achtzehn nahm sie Drogen und lebte mit ihrem Freund und dem Baby in einem Wohnwagen. Dann ging der Junge zugrunde, man nahm ihr das Kind weg und steckte es in ein Waisenhaus. Sie verschwand, und Gott allein weiß, wo sie sich jetzt aufhält. Meine Eltern waren außer sich und versuchten, sie um jeden Preis zu finden, aber ohne Erfolg. Vielleicht hat sie Glück und trifft einen Psychoanalytiker, der ihr erklärt, daß sie sich keine Gedanken machen soll, denn was sie getan hat, war besser, als wenn sie ihr Leben für eine Karriere geopfert hätte.«

Claiborne schob seinen Stuhl zurück. »Reden Sie keinen Unsinn. Sie sprechen, als gäbe es nur diese Möglichkeiten. Aber zwischen diesen beiden Extremen liegt ein weites Feld, und den meisten von uns gelingt es, einen Kompromiß zu schließen und dort unser Leben einzurichten.«

Jan wandte sich ihm mit blitzenden Augen zu. »Wie steht es eigentlich mit Ihnen? Haben Sie nicht das gleiche gemacht – jahrelang studiert, geschuftet, auf alles verzichtet, nur um das zu erreichen, was Sie jetzt sind?«

»Genauso ist es«, antwortete Claiborne leise. »Ich kann darüber sprechen, weil ich diesen Weg gegangen und in der Vorhölle gelandet bin. Im Nichts. Kein Heim, keine Familie, kein Privatleben. Ein Arbeitstier zu sein, heißt nicht leben. Jetzt ist es für mich zu spät, mich zu ändern, aber Sie haben noch eine Chance. Werfen Sie sich nicht weg.«

Während Jan zuhörte, verflog ihr Zorn. Vielleicht war er kein Schwindler, vielleicht glaubte er wirklich, was er sagte. Der arme Teufel lebte in einem Krankenhaus und zerbrach sich vierundzwanzig Stunden am Tag den Kopf über die Probleme einer Schar von Verrückten. Plötzlich fiel ihr etwas ein – *ich möchte wissen, wie lange er keine Frau mehr gehabt hat.*

Bei dem Gedanken fühlte sie eine eigentümliche Wärme in sich aufsteigen, die sie sich nicht recht erklären konnte. Es war nicht Sinnlichkeit, auch nicht Sympathie, sondern eher eine Mischung aus beidem, und dadurch wirkte es noch stärker. Ohne es zu merken, rückte sie näher zu ihm, streckte die Hände aus, und dann...

Die Klingel schrillte.

Sie drehte sich ärgerlich um und ging zur Vordertür. *Wer war das jetzt* – Roy Ames.

Und um diese Zeit. Er war also eifersüchtig; wieso gab ihm das das Recht, einfach hereinzuplatzen.

»Was willst du?« fragte sie.

Er ging an ihr vorbei ins Zimmer. »Ich habe versucht anzurufen, aber deine Nummer war immer besetzt.«

Jan sah ihn noch finsterer an. »Der Apparat hat den ganzen Abend kein einziges Mal geläutet.«

Roy warf einen Blick zum Tisch. »Das glaube ich gern.«

Sie folgte seinem Blick. »Connie hat vorhin telefoniert, bevor sie ausging. Sie muß den Hörer neben dem Apparat liegen lassen haben.«

»Stimmt.« Er nickte Claiborne zu. »Ich wollte Sie erreichen. Gehen wir.«

Claiborne stand auf. »Wohin?«

»Nach Coronet. Driscoll rief mich zu Hause an. Kommen Sie, wir nehmen meinen Wagen.«

»Warum so eilig?«

Roy ging zur Tür. »Jemand hat das Studio angezündet.«

23

Roy fuhr schnell, er war nach links gerückt, um Jan und Claiborne auf der Sitzbank neben sich Platz zu lassen.

Während er Kurven schnitt und über den Boulevard raste, horchte er auf Sirenengeheul. Aber es war nichts zu hören, und – als sie durch die Einfahrt fuhren – auch nichts zu sehen. Das Studio dahinter ragte flammenlos in die Nacht empor.

»Falscher Alarm?« murmelte Claiborne.

»Unmöglich«, widersprach Roy. »Driscoll hat mich persönlich gerufen.«

Driscoll stand selbst an der Einfahrt neben einem Wächter.

Sie hielten unmittelbar hinter dem Gittertor, worauf er zu ihnen eilte, Roy finster anblickte und auf seine Mitfahrer zeigte.

»Wo, zum Teufel, kommen die her?«

»Dr. Claiborne war zum Abendessen bei Jan«, erklärte Roy. »Unter diesen Umständen fand ich, daß er erfahren sollte...«

»Zum Teufel mit den Umständen!« Driscoll wandte sich an Roys Begleiter. »Okay, ihr seid nun einmal hier. Aber denkt daran: haltet beide den Mund.« Ohne auf eine Antwort zu warten, marschierte er los. »Kommt mit.«

»Wollen Sie uns nicht erzählen, was geschehen ist?« fragte Claiborne.

Als sie die Studiostraße halb hinter sich hatten, begriff Roy, wohin sie gingen. Eines der Tonateliers links stand offen, und vor dem Eingang parkte ein leuchtend roter Plateauwagen, den Frank Madero, der Chef der Atelier-Feuerwehr, fuhr.

Das Studio war hell erleuchtet. Driscoll führte sie an einer Reihe von Garderobenräumen vorbei zur Szene dahinter.

Roy erkannte sie, als sie eintraten; die Dekoration war sofort zu erkennen. Es war das Schlafzimmer von Normans Mutter, wie er es in seinem Drehbuch beschrieben hatte. Oder beinahe.

Zwei Männer warteten in dem Raum, der gedrungene, schnurrbärtige Madero und der alte Chuck Grossinger, einer von den Nachtwächtern, die sich in der Ecke bei dem Himmelbett miteinander unterhielten. Roy zwinkerte, als er plötzlich in die Helligkeit trat; auf den ersten Blick schien die Szene unverändert zu sein. Aber es lag ein scharfer Geruch in der Luft – nach verbranntem Stoff.

Dann bemerkte er den Bettüberwurf – die verkohlten Enden, die Brandspuren auf den Kissenbezügen, die über den Kopfteil des Bettes hinaus die Wand der Dekoration geschwärzt hatten.

»Gerade noch rechtzeitig erwischt«, erklärte Grossinger. »Die Tür stand nur einen Spaltbreit offen, und ich sah den Lichtschein, eine Art Flackern drinnen. Dann roch ich den Rauch. Ich laufe hinein, und das Bett brennt, also schnappe ich mir das Löschgerät von der Wand...«

»Und wärst dabei, verdammt noch mal, beinahe selbst geröstet worden.« Frank Madero schüttelte den Kopf. »Wenn so etwas passiert, sollst du doch mich rufen.«

»Zum Teufel, das ganze Haus hätte in die Luft gehen können, bevor ihr mit dem Wagen aus der Garage fahrt. Wenn das Benzin explodiert wäre...«

»Benzin?« Driscoll ging mit gerunzelter Stirn zu Madero, der sich auf der anderen Seite des Himmelbettes bückte, so daß Roy ihn nicht sehen konnte.

»Das habe ich soeben unter dem Bett gefunden«, meldete er. Und hielt einen Fünf-Gallonen-Kanister hoch.

Driscoll griff nach dem Kanister und schüttelte ihn. »Er ist nicht einmal geöffnet worden.«

»Der Verschluß ist locker«, erklärte Madero. »Jemand war gerade dabei, das Zeug zu verwenden, wurde aber dabei gestört.«

»Woher wissen Sie das?« Driscoll beugte sich vor und schaute unter das Himmelbett. »Sehen Sie, da sind auch Farbdosen und Pinsel. Die faulen Brüder lassen das Zeug einfach liegen, wenn sie Feierabend machen, statt es in das Magazin zurückzubringen. Vielleicht ist einer von ihnen mit der Zigarette im Mund eingeschlafen. Das Bett beginnt zu brennen, er gerät in Panik und haut ab.«

Madero schüttelte den Kopf. »Glauben Sie mir, das Feuer ist gelegt worden. Wir sollten besser...«

»Warten Sie.« Driscoll wandte sich an den Wächter. »Haben Sie es schon Talbot gemeldet?«

Roy kannte den Namen; Talbot war der Chef des Sicherheitsdienstes im Studio.

Grossinger trat auf Driscolls forschenden Blick verlegen von einem Fuß auf den anderen. »Ich hatte noch keine Möglichkeit dazu. Sie wissen, wo er wohnt, draußen in Thousand Oaks. Ich dachte mir, bis er hierher kommt...«

»Lassen Sie das. Weiß noch jemand von der Nachtschicht davon?«

»Nein. Jimmy ist am Eingang. Fritz und Manhoff bewachen das hintere Gelände.«

Driscoll wandte sich an Madero. »Wie steht es mit Ihren Leuten?«

»Perry und Cozzens haben Dienst, aber sie schliefen oben, als Grossinger anrief. Er sagte mir, es gäbe keinen Grund zur Aufregung, das Feuer wäre aus, und es sähe ohnedies wie ein Unfall aus, also sprang ich in den Wagen und fuhr allein hierher.«

»Außer uns weiß also niemand, was hier passiert ist.«

»Außer dem Kerl, der es gelegt hat.« Frank Madero wies auf den Benzinkanister in Driscolls Hand. »Ich weiß, worauf Sie hinauswollen, aber das ist Brandstiftung...«

Driscoll trat zurück und schüttelte den Kopf. »Das stimmt nicht. Es war ein Unfall.« Madero bekam einen roten Kopf. »Seit wann erteilen Sie hier Befehle?«

»Seit Barney Weingarten nach Europa gefahren ist«, erwiderte Driscoll. »Ruben ist nach New York geflogen, deshalb schmeiße ich jetzt den Laden. Warum, zum Teufel, glauben Sie denn, daß ich noch im Büro war, als Sie anriefen? Ich habe schon genug um die Ohren, ohne daß jemand versucht, mir zu sagen, wie ich meine Arbeit zu machen habe.«

Maderos Stimme wurde lauter. »Möglich. Aber wenn Sie ersuchen, das Ganze zu vertuschen, sitzen wir in der Patsche...«

»Halten Sie den Mund und hören Sie mir zu! Wenn Sie Schwierigkeiten bekommen wollen, dann laufen Sie zu den Bullen. Schreibt eure Berichte, ihr beiden, genau wie ihr es mir erzählt habt. Und wenn Weingarten zurückkommt und erfährt, wie nachlässig die Bewachung heute nacht war – wenn er hört, daß diese Clowns, die Dienst hatten, einen Brand verschlafen haben, der das ganze verdammte Studio hätte einäschern können – dann garantiere ich euch, daß ihr beide im hohen Bogen rausfliegt.«

»Sie werden damit nicht durchkommen.« Maderos Stimme klang nicht mehr schrill; er wollte nur noch eine Rückversicherung.

»Verlassen Sie sich auf mich.« Driscoll wandte sich an Roy, Jan und Claiborne. »Ich verlange von euch nur, daß ihr schweigt. Wenn jemand wissen will, warum ihr heute abend hierher gekommen seid, so war es eine Produktionsbesprechung.«

Grossinger trat vor. »Vergessen Sie nicht etwas? Die Beweisstücke...«

»Welche Beweisstücke?« Driscoll klopfte auf den Benzinkanister. »Den werde ich persönlich verschwinden lassen.« Er warf einen Blick auf das Himmelbett. »Sie und Madero nehmen den Bettüberwurf ab und schaffen ihn weg. Morgen sage ich Hoskins, daß der Überwurf zu lebhaft war, er soll mir etwas in einem anderen Muster besorgen.« Der Produzent wandte sich an Madero: »Besorgen Sie etwas, womit man diese Flecke von der Wand entfernen kann. Schalten Sie die Klimaanlage ein, damit der Brandgeruch verschwindet.«

Madero zog die Schultern hoch. »Okay, aber wenn etwas schiefgeht...«

»Das wird nicht geschehen, wenn Sie sich vorsehen.« Driscoll lächelte. »Tun Sie nur, was ich angeordnet habe, und morgen haben Sie frei.« Er schickte sich an, das Studio zu verlassen. »Das wär's. Morgen früh überprüfe ich alles mit Ihnen.«

Roy folgte seinen Gefährten hinaus auf die unbeleuchtete Studiostraße, die teilweise im silbernen Mondschein lag. Jan und Claiborne hatten kein Wort dazu gesagt, aber er wußte, was sie dachten: *Vertuschen. Begünstigung.*

Er ging schneller, um Jan einzuholen; ihre Augen wirkten fast glasig, und der Mondschein betonte ihre Blässe. Er konnte Claibornes Gesichtsausdruck nicht ergründen, denn dieser hatte bereits Driscoll an der Spitze eingeholt.

»Ich muß mit Ihnen sprechen«, sagte er.

»Nur zu.«

»Unter vier Augen.«

Der Produzent schüttelte den Kopf. »Hören Sie, wir stecken alle drin. Wenn Sie etwas zu sagen haben, heraus damit.«

Während Roy und Jan herankamen, betrachtete Claiborne den Gegenstand, den Driscoll in der Hand hielt.

»Der Benzinkanister«, murmelte er, »ich habe so einen vergangenen Sonntag gesehen, als Norman den Lieferwagen in Brand steckte.«

»Du meine Güte, nicht schon wieder!« Driscolls Stirnglatze legte sich protestierend in Falten. »Sie wollen mir doch nicht einreden, daß Norman dieses Feuer gelegt hat?«

»Ich habe Sie darauf aufmerksam gemacht, daß er etwas unternehmen wird. Wer hätte ein besseres Motiv?« Er wies wieder auf den Kanister. »Was die Methode betrifft...«

»Zufall. Jedesmal, wenn jemand so etwas inszenieren will, denkt er als erstes an Benzin.«

»Dann geben Sie also zu, daß es Brandstiftung war.«

»Verdammt noch mal, nicht das geringste gebe ich zu! Es könnte sich noch immer um einen bloßen Zufall handeln. Geben Sie es lieber auf, mich einzuschüchtern.«

»Das kann ich nicht.« Nun erst fielen Roy die Schweißtropfen auf Claibornes Stirn auf. »Deshalb habe ich den Mund gehalten, weil ich niemanden in Panik versetzen wollte und nicht hundertprozentig sicher war. Aber nach dem heutigen Abend kann es keinen Zweifel mehr geben. Norman ist hier.«

»Zum Teufel mit Ihrer fixen Idee!« Driscoll schwenkte den Benzinkanister. »Das beweist gar nichts.«

»Aber ich habe ihn gesehen.«

»Was?«

»Ich habe ihn gesehen«, wiederholte Claiborne leise. »Gestern abend.«

Niemand sagte ein Wort. Roy beobachtete Claiborne; jetzt beobachteten ihn alle, während das Mondlicht langsam weiterwanderte, und warteten darauf, daß er weitersprach.

Der ideale Rahmen, dachte Roy. *Erzähl uns eine Geschichte, Daddy. Erzähl uns vom schwarzen Mann, der uns im Finstern holt.*

Nur war Claiborne kein märchenerzählender Daddy und er sprach nicht über eine Person, die er flüchtig im Dunkel erblickt hatte. Roy hörte aufmerksam zu, während die Worte und Sätze an seine Ohren drangen. *Der Supermarkt auf der Ventura. Käufermassen. Helle Beleuchtung. Der Spiegel. Sah ihn so deutlich dort stehen, wie ich Sie jetzt sehe. Er lief hinaus – entkam…*

»Wie können Sie dann sicher sein?« fragte Driscoll. »Vielleicht sind Sie einem Irrtum erlegen.«

»Ich habe einen einzigen Fehler begangen, nämlich, daß ich es Ihnen nicht früher erzählt habe. Wenn Sie meinen Rat befolgt und die Produktion eingestellt hätten, wäre das nicht passiert.«

»Nichts ist passiert.« Driscoll nahm den Kanister unter den Arm, und der Inhalt schwappte hin und her. »Nichts wird passieren.«

»Aber er wird wieder versuchen…«

»Keine Sorge. Von nun an werden wir die Sicherheitsmaßnahmen intensivieren. Niemand, der Dienst tut, wird schlafen, niemand wird faulenzen. Ich bin noch immer davon überzeugt, daß Sie unrecht haben, wenn es aber nicht der Fall ist, werden wir bereit sein, den Scheißkerl zu empfangen.«

Roy trat vor. »Warum sollen wir dieses Risiko eingehen? Könnten Sie nicht wenigstens den Drehbeginn verschieben und der Polizei die Möglichkeit geben, ihn aufzustöbern?«

Claiborne nickte und lächelte dankbar für Roys Unterstützung, doch Driscoll erwiderte schnell:

»Zu spät. Madero und Grossinger beseitigen bereits die Beweise. Und wie sollen wir erklären, warum wir nicht sofort angerufen haben, als wir von dem Feuer erfuhren?« Er schüttelte den Kopf. »Keine Polizei.«

»Aber eine Verschiebung…«

»Ich werde es überschlafen.«

Driscoll drehte sich um und ging weg.

»Das heißt, er wird die Arbeit nicht einstellen«, murmelte Roy. Er sah Claiborne an. »Sind Sie sicher, daß Sie Norman gesehen haben?«

»Absolut.«

Jan war besorgt. »Dieser Supermarkt auf der Ventura ist doch, wenn ich nicht irre, nur drei Häuserblocks von hier entfernt.«

»Er wird sich dort nicht mehr zeigen«, beruhigte sie Claiborne. »Nicht, wenn er mich gestern abend erkannt hat. Aber wenn er hier irgendwo einen Unterschlupf gefunden hat…«

Roy war erstaunt, als Jan neben ihn trat und ihre Hand nach der seinen faßte. Als er sie ansah, hatte er das Gesicht einer Schauspielerin vor sich, deren Augen gelassen blickten, deren Mund ruhig und beherrscht wirkte. Aber die Wahrheit verrieten ihre Finger, die seine Hand umklammerten. Sie war ein geängstigtes Mädchen.

Sie suchte Geborgenheit und Schutz bei ihm, aber das konnte er ihr nicht geben. Sie befanden sich jetzt alle in Gefahr.

»Komm«, forderte er sie auf, »verschwinden wir.«

24

Die Messerklinge war fünfzehn Zentimeter lang, zweieinhalb Zentimeter breit, zweischneidig und rasiermesserscharf.

Santo Vizzini stand im Schatten, den Griff fest in der Hand, sein Blick war auf das spitze Ende gerichtet, während er es zum Licht hob.

Erschrocken hielt er in der Bewegung inne, als Claiborne eintrat.

»Mr. Vizzini...«

»Ja?«

»Ich bin Dr. Claiborne. Ihr Büro sagte mir, daß Sie hier sind. Ich hoffe, daß ich nicht störe.«

»Im Gegenteil. Sie kommen gerade richtig.« Vizzini legte das Messer auf die Tischplatte unter die Lampe, dann streckte er die Hand aus. »Es freut mich sehr. Ich hatte mir schon vorgenommen, mit Ihnen zusammenzukommen, seit ich von Ihrem Eintreffen erfahren habe.«

Claiborne nahm den Geruch von After-shave wahr – nein, es war stärker, es mußte Parfum oder Kölnisch-Wasser sein –, der den säuerlichen Geruch nach Schweiß und etwas anderem überdeckte, das er nicht identifizieren konnte. Der Regisseur drehte sich um und sah das Messer an. »Zu schmal«, murmelte er. »Finden Sie nicht auch?« Nun fiel das Licht auf seine Züge, während er nachdenklich die schmale Klinge musterte.

Claiborne sah nicht das Messer, sonder Vizzini an.

»Finden Sie nicht auch?« wiederholte der Regisseur. »Wir brauchen ein Breiteres...«

»Ja.« Claiborne nickte und zwang sich, den Blick auf das Messer zu richten, statt auf das Gesicht vor ihm.

»Diese Requisitenabteilung«, seufzte Vizzini. »Entsetzlich. Ich sage ihnen, was ich brauche, und sie schicken mir Springmesser!« Er verdrehte die Augen. »Ich sage nein, das ist nichts für Norman

Bates, und sie sagen, warum nicht, heutzutage verwenden alle Springmesser.« Er seufzte wieder. »Unglaublich!«

Wieder lächelte er, und wieder mied Claiborne seinen Blick.

»Ich bin froh, daß Sie hier sind«, fuhr Vizzini fort. »Es ist ein gutes Omen. Wir werden gemeinsam das richtige Mordwerkzeug aussuchen.«

Vizzini ging zu dem Regal an der Hinterseite des Raumes. Claiborne folgte ihm in den dunkleren Teil und nahm seine Umgebung zum erstenmal bewußt wahr.

Sie werden das Waffenlager hinten links finden, hatte ihm der Requisiteur gesagt. So war es auch, doch nun wurde ihm klar, daß die Bezeichnung eine Untertreibung darstellte. Dieser Raum war ein Miniatur-Zeughaus. An der rechten Wand stand ein Doppelregal, das altes Kriegsgerät enthielt – Speere, Piken, Hellebarden, Lanzen, Assagais, Keulen, Knüppel, Streitäxte und Streitkolben – jedes Exemplar war mit einem Etikett und mit einer Kennziffer versehen.

An der Wand gegenüber standen reihenweise Gewehrständer mit Arkebusen, Steinschloßgewehren, Winchesters, Mauser, Enfields, Garands und modernen Feuerwaffen. Dahinter befanden sich Behälter mit Langbogen, Armbrüsten, Köchern, mit Pfeilen für primitive Indianerstämme und anspruchsvolle orientalische Bogenschützen. Darüber sah er in Glaskästen Handfeuerwaffen, Duellpistolen, abgesägte Schrotflinten, Colts, Lugers, Dienstrevolver, Polizeimodelle und ätzende Sprays.

Aber was Vizzini anzog und nun auch Claibornes Aufmerksamkeit erregte, war die Rückwand. Dort blinkte es sogar im Dunkel. Halb aus der Scheide gezogene Stahlklingen schimmerten – römische Breitschwerter, aztekische Obsidianklingen, Entermesser, orientalische Krummsäbel, türkische Yatagans, Rapiere, die Langschwerter der Wikinger und die Säbel der napoleonischen Kavallerie.

Vizzini beachtete die Objekte nicht; er untersuchte die vollgestopften Fächer darüber. »Sehen Sie nur, wie sie diese Dinge aufbewahren! Der reinste Wahnsinn.« Er zog die Schultern hoch. »Aber wir werden versuchen, etwas Passendes zu finden.« Er langte nach oben und wühlte vorsichtig in einem Haufen von etikettierten Degen, Dolchen, Dolchmessern und Stiletten, dann legten sich seine Finger um einen dicken Griff, den er herauszog. Jetzt betrachtete er die etwa dreißig Zentimeter lange, einschneidige Klinge, die in einer gekrümmten Spitze endete.

»Was ist das?«

»Sieht aus wie ein Bowiemesser«, sagte Claiborne, »wie man sie in der Pionierzeit an der Grenze verwendete.«

»Aber heute nicht mehr.« Vizzini legte die Waffe sichtlich widerstrebend zurück. »Schade. Das wäre überaus eindrucksvoll.«

Seine Hand suchte in dem Fach herum, dann hielt er inne; wieder zog er ein zwanzig Zentimeter langes, zweischneidiges Messer mit breitem Schaft und einfachem Griff heraus. Er hielt es gegen das Licht, das vom anderen Ende des Raumes kam, und nickte befriedigt über die in der Dunkelheit schimmernde Klinge.

»Ein Fleischermesser. Das wird er verwenden.«

»Wird er...«

»Im Film.« Vizzini lächelte. »Die richtige Größe, die richtige Länge, und es wird sehr fotogen sein. Ich werde einige Duplikate herstellen lassen.«

Während er sich umdrehte, klopfte er auf die Stahlklinge. »Eine großartige Entdeckung. Schließlich ist das Messer der eigentliche Star unseres Films, meinen Sie nicht auch?«

Claiborne wich seinem lächelnden Blick aus. »In gewissem Sinn...«

»Ich will damit nicht sagen, daß das Drehbuch nicht wichtig wäre. Ich habe die überarbeiteten Seiten gelesen, die Ames heute morgen gebracht hat.«

»Danach wollte ich mich erkundigen. Und natürlich Ihre Bekanntschaft machen«, fügte Claiborne hastig hinzu. »Was halten Sie davon?«

»Einiges ist recht gut. Es gefällt mir, wie er Normans Reaktionen schildert; es verleiht der Figur mehr Tiefe. Aber die Striche in den Mordszenen – das ist nicht das Richtige für uns.«

»Dafür übernehme ich die Verantwortung«, stellte Claiborne fest. »Es war meine Anregung, etwas von den zu realistischen Gewaltszenen zu eliminieren.«

»Aus welchem Grund?« Vizzini lächelte nicht mehr. »Schließlich erzähen wir ja nur eine Geschichte.«

»Die Leute neigen dazu, das, was sie sehen, für wirklich zu nehmen.«

»Natürlich! Aber unsere Geschichte handelt von Mord, und das muß ich ihnen zeigen – die sogenannten blutrünstigen Details, damit es echt wirkt.«

»Gewalt ist nicht die einzige Realität.«

»Wirklich nicht?« Vizzini wies auf die Wände. »Sehen Sie sich doch um. Diese Waffen hier – sie stellen eine Geschichte der Menschheit dar. Zuerst die Keule, dann der Bogen, der kalte Stahl, die Feuerwaffen. Es fehlen nur die heutigen Atomwaffen. Der Fortschritt der Zivilisation, nicht wahr?«

»Aber Sie sprechen vom Krieg...«

»Ich habe das Recht dazu.« Vizzini starrte das Messer an. »Als die alliierten Armeen im Zweiten Weltkrieg in Sizilien landeten, war ich noch ein Kind. Aber ich sah alles, die Plünderungen, die Folterungen und die Morde. Seither ist viel Zeit vergangen, aber die Gewalt hat nie aufgehört – in Biafra, Bangladesch, dem Archipel Gulag, den Gefängnissen von Papa Doc, den ›Tigerkäfigen‹ von Vietnam. Wir leben heute in einer Welt von türkischen Gefängnissen, lateinamerikanischen Kerkern, irischen Bombenanschlägen, PLO-Terroristen, iranischen Greueln, kambodschanischem Völkermord. Eine Welt, in der Kinder ihre Eltern ermorden, ihre Lehrerinnen vergewaltigen, Fremde auf den Straßen ermorden, einander bei Rock-Konzerten zu Tode trampeln, sogar ihre eigenen Idole zerstören, wie John Lennon umgebracht wurde. Heute ist Gewalt etwas Normales.«

»Ebenso Güte und Verständnis.«

Vizzini schüttelte den Kopf, und an der Wand hinter ihm glänzten und blitzten die Waffen. »Güte ist ein Luxus, den man sich nur in Zeiten des Wohlstandes leisten kann. Aber die Welt lebt nicht mehr im Wohlstand, und wir werden noch Schlimmeres erleben. Es wird noch mehr Menschen wie diesen Hurensohn Norman Bates geben. Seine Mutter war eine Hure, und er ist ein typisches Kind unserer Zeit.« Der Regisseur packte den Messergriff fest. »Das glaube ich, und das muß mein Film aussagen.«

Wieder schaute Claiborne weg. Er wollte Vizzinis Gesicht nicht sehen, mußte aber sprechen. »Einige von uns halten noch an dem Glauben fest, daß es das Gute in der Welt gibt.«

»Vielleicht ist es so. Aber um an das Gute zu glauben, muß man auch das Böse akzeptieren.« Vizzini ging, immer noch mit dem Messer in der Hand, zur Tür am anderen Ende. »In jedem Menschen steckt ein Stück Teufel. Und ich werde ihn Ihnen zeigen.«

Er verließ den Raum, während Claiborne schweigend dort stehenblieb. *Paranoia. Eine Krankheit, ein Leiden, sehr wahrscheinlich eine Gefahr.* Aber es war nicht die Diagnose, die ihn beunruhigte, schließlich hatte er die Krankheit schon oft erlebt.

Der wahre Schock war der Anblick von Vizzinis Gesicht. Auch das hatte er schon gesehen.

Denn Vizzini sah genauso aus wie Norman Bates.

25

Als Autor bemühte sich Roy, Klischees zu vermeiden. Als aber Claiborne sein Büro betrat, verwendete er eines.

»Was ist los? Sie sehen aus, als hätten Sie einen Geist erblickt.«

Claiborne setzte sich ihm gegenüber an den Schreibtisch. »Ich hatte soeben ein Gespräch mit Vizzini.«

»Und ihm gefallen die Änderungen nicht.« Roy nickte. »Was hat er getan? Ihnen seinen Vortrag über Gewalt gehalten?«

»Ja, aber...«

»Vergessen Sie's. Das erzählt er seit Jahren, jedesmal wenn er in einer Talk-Show oder in einem Filmseminar auftritt. Ich weiß es, denn ein Freund von mir hat ihm den Text geschrieben. Für zweihundert Dollar.« Roy grinste. »Die er nie erhalten hat.«

»Das ist es nicht.« Claiborne wirkte noch immer benommen. »Warum haben Sie es mir nicht erzählt?«

»Was erzählt?«

»Daß Vizzini aussieht wie Norman Bates.«

»Jetzt nehmen Sie mich aber auf den Arm.« Roys Grinsen verging. »Wir haben Fotos...«

»Die Jahre alt sind. Er sieht so aus wie Norman jetzt.«

Roy starrte ihn an und begann zu begreifen. »Dann könnten Sie ihn neulich im Supermarkt gesehen haben?«

»Möglich.« Claiborne machte eine Pause. »Was wissen Sie über ihn?«

»Nur, was ich gelesen habe, Dinge, die ich aufgeschnappt habe. Er begann in Italien, spielte Verbrecher in Italo-Western. Als die Horrorfilme einschlugen, wechselte er in dieses Fach und begann Regie zu führen. Ging nach Frankreich, machte dort ein paar Streifen. Sein erster großer Erfolg war *Loup-garou*, der über den Werwolf. Der Stoff lieferte ihm die Mischung.«

»Mischung?«

»Sex und Gewalt.« Roy zog die Schultern hoch. »Bei den Filmfestivals war man beeindruckt.«

»Sie waren nicht begeistert?«

»Mich hat keiner gefragt. Der Kunstsnobiety gefiel, was sie auf der Leinwand sah, und den Buchhaltern gefielen die Einspielergebnisse, die sie in ihren Büchern sahen. Er kam mit eiem Vertrag für drei Filme hier herüber, und der Rest ist Filmgeschichte.«

»Wissen Sie etwas über seinen privaten Background?«

»Er hat es immer vermieden, allzusehr aufzufallen. Es sind natürlich eine Menge Gerüchte über ihn im Umlauf.«

»Welche Art von Gerüchten?«

»Das übliche. Er war fünfmal verheiratet und ist im Augenblick geschieden, er ist so schwul wie der alte Achilles, er treibt es mit beiden Geschlechtern, er ist drogensüchtig und kriegt ihn überhaupt nicht mehr hoch. Suchen Sie es sich aus.«

»Haben Sie keine eigene Meinung?«

»Nur über seine Arbeit. Ich glaube, er ist wirklich verrückt. Von der Art, die Jack the Ripper auf den neuesten technischen Stand bringen und ihn seine Morde mit einem elektrischen Tranchiermesser ausführen lassen würden.

Vizzini ist fasziniert von Massenmördern. Ich nehme an, Sie wissen, daß er Driscoll dieses Projekt einredete. Das war, bevor man mich engagierte, aber ich habe gehört, daß er ursprünglich selbst Norman spielen wollte.«

»Das wußte ich nicht.« Claiborne schüttelte den Kopf. »Die Ähnlichkeit ist natürlich vorhanden...«

»Driscoll muß ihm das irgendwie ausgeredet, ihm erklärt haben, daß sie einen bekannten Namen brauchen, und hat Paul Morgan engagiert. Aber Vizzini paukt mit ihm persönlich seine Rolle ein. Er hat sogar die Perücken und die Kleider ausgesucht.«

»Und das Messer«, ergänzte Claiborne. »Das tat er gerade, als ich mit ihm sprach. Er scheint genau zu wissen, welche Art von Waffe Norman verwendete.«

Roy holte tief Luft. »Kein Wunder, daß Sie einen Schock bekommen haben. Wenn er sich wirklich mit Norman identifiziert...«

Claiborne stand auf. »Ich glaube, wir sollten uns mit Mr. Driscoll unterhalten.«

Aber Anita Kedzie war anderer Meinung.

Sie schüttelte fast sofort den Kopf, als sie in Driscolls Vorzimmer traten.

»Bedaure, er ist nicht hier«, sagte sie ihnen. »Ich kann nicht sagen, ob er heute nachmittag zurückkommt oder nicht...«

»Braves Mädchen.«

Miß Kedzie blickte auf, als Marty Driscoll die Tür hinter ihr öffnete und seinen Besuchern zunickte. »Gratuliere. Mir gefallen die Seiten.«

Roy warf Claiborne einen Blick zu. »Vizzini nicht.«

»Ich weiß.« Es schien Driscoll nicht weiter zu stören. »Wollen wir darüber sprechen?« Er winkte, sie sollten eintreten.

»Mr. Driscoll.« Anita Kedzie machte sich bemerkbar, als er ihnen folgen wollte. »Wegen Ihres Anrufs nach New York...«

»Macht nichts.« Der Produzent sah auf die Uhr. »Dort ist es jetzt sieben Uhr vorbei, vermutlich ist er zum Essen gegangen. Falls er noch zurückkommt, wird er mich heute abend zu Hause anrufen.«

Er beachtete ihr finsteres Gesicht nicht, schloß die Tür und setzte sich hinter seinen Schreibtisch, Roy und Claiborne gegenüber. »Ich bin froh, daß Sie vorbeigekommen sind. Ich wollte mich sowieso mit Ihnen in Verbindung setzen, nachdem Vizzini mich angerufen hat.« Er lächelte Roy zu. »Hat er Sie geärgert?«

»Er hat nur mit mir gesprochen«, sagte Claiborne. »Anscheinend ist er nicht damit einverstanden, daß die Mordszenen entschärft wurden.«

»Nun, ich bin einverstanden.« Driscolls Lächeln wurde breiter, es galt beiden Gesprächspartnern. »Vergessen Sie eines nicht. Vizzini ist im Augenblick starkem Druck ausgesetzt. So kurz vor Drehbeginn stehen wir alle unter Streß.«

»Darüber wollte ich mich mit Ihnen unterhalten«, hakte Claiborne ein.

»Schießen Sie los.«

Während der Psychiater die Geschichte von seiner Begegnung wiederholte, beobachtete Roy Driscolls Reaktion. Er schien geduldig und bewegungslos hinter dem großen Schreibtisch zuzuhören. Erst als Claiborne auf Vizzinis Ähnlichkeit mit Norman Bates zu sprechen kam, unterbrach er ihn.

»Das habe ich nicht feststellen können.«

»Sie nicht, aber Vizzini. Er wollte sogar die Rolle spielen.«

»Darüber wird Georg Ward begeistert sein.« Driscoll kicherte. »Das ist sein Gag – er hat das Gerücht in der Branche verbreitet.«

»Ich meine es ernst. Dieser Mann ist...«

»Ein Regisseur mit einem klingenden Namen.« Driscoll beugte sich vor. »Ohne seine Mitwirkung erreichen wir gar nichts. Paul Morgan kann vielleicht in der hintersten Provinz die Leute ins Kino locken oder zumindest hoffen wir das, aber er ist keine Sicherstellung. Jan ist eine Anfängerin. Was zieht, ist Vizzini, er ist der Schlüssel zum Erfolg.«

»Auch wenn er geistig labil ist?«

»Alle Regisseure sind ein wenig überdreht. Lassen Sie sich dadurch nicht stören.«

»Aber es stört mich.« Claiborne legte die Stirn in Falten. »Als Sie gestern abend von dem Feuer hörten, haben Sie Roy angerufen. Warum haben Sie nicht versucht, Vizzini zu erreichen?«

»Ich habe es versucht.« Driscoll zögerte. »Ich hinterließ eine Botschaft auf dem Anrufbeantworter.«

»Das heißt, daß er nicht zu Hause war.« Claibornes Blick wurde noch düsterer. »Hat er Ihnen erzählt, wo er war? Hat er überhaupt zurückgerufen?«

»Das schlägt doch dem Faß den Boden aus!« Driscoll schlug mit der Hand auf die Tischplatte. »Sie glauben doch nicht, daß Vizzini den Brand selbst gelegt hat, um seinen eigenen Film zu sabotieren?«

»Jemand hat es getan.«

Driscoll zog die Brauen hoch. »Hören Sie, Doc. Ich habe zwar gestern abend diesen Burschen gesagt, sie sollen niemandem erzählen, was passiert ist – das war Quatsch. Ich wollte nur sicher sein, daß sie den Mund halten. Unter uns gesagt, heute morgen um sieben war Talbot bei mir im Büro.«

»Ihr Sicherheitschef?«

»Genau. Ich erzählte ihm die ganze Sache und gab ihm den Benzinkanister. Er war mit meinen Fingerabdrücken und den Maderos bedeckt, aber als er ihn untersuchte, fand er noch welche von jemand anderem. Wir wissen, wer den Kanister unter das Bett geschoben hat, und das war verdammt sicher nicht Vizzini.«

Roy beugte sich vor. »Wie können Sie sicher sein?«

»Wir haben eine Kartei mit den Fingerabdrücken aller im Studio Beschäftigten. Talbot hat sie verglichen. Es waren die Fingerabdrücke von Lloyd Parsons, einem Bühnenarbeiter. Wir ließen ihn heute nachmittag kommen, und als Talbot sich ihn vornahm, rückte er mit der Sprache heraus.«

»Über das Feuer?«

Driscoll lächelte triumphierend. »Erinnern Sie sich, was ich Ihnen gestern abend sagte? Fast genauso hat es sich abgespielt. Parsons arbeitete gestern nachmittag mit einem Team im Studio sieben

– nicht in der Schlafzimmer-Dekoration, sondern nebenan. Sie bauen das Badezimmer für die Duschszene auf. Sie hatten lange zu tun, und bei Arbeitsschluß blieb er zurück, um die Geräte einzusammeln. Er sagte, der Benzinkanister sollte gar nicht dort sein, sie hatten Schellack für die Wandkacheln angefordert, aber jemand hat das Falsche geliefert.

Als er dann das Zeug wieder ins Lager transportieren wollte, konnte er keinen Handkarren finden. Er hätte einen aus der Montageabteilung holen sollen, war aber entweder zu müde oder zu verdammt faul dazu. Deshalb schob er alles unter das Bett in der benachbarten Dekoration. Dann beschloß er, sich für eine Weile hinzulegen und eine Zigarette zu rauchen – bei der Arbeit dürfen die Leute nicht rauchen.«

»Aber er hätte doch nur hinausgehen müssen«, sagte Claiborne.

»Das hielten wir ihm auch vor, aber er gab uns nur ausweichende Antworten, wie zerschlagen er gewesen sei. Wenn Sie mich fragen, raucht er Marihuana – das tun sie alle, besonders die jüngeren – und wollte dabei nicht auf der Straße ertappt werden. Natürlich hat er das nicht zugegeben, aber es erklärt vollkommen, warum er eingeschlafen ist. Als das Zeug zu brennen begann, wachte er erschrocken auf und rannte davon, wie ich es angenommen habe. Er hatte noch Glück, daß er nicht verbrannt ist.«

»Sie glauben seine Geschichte?« fragte Roy.

»Warum sollte er so etwas erzählen, wenn er weiß, daß wir ihn deshalb belangen können?«

»Werden Sie das tun?«

»Damit ich mich mit der Versicherung herumstreiten kann? Das würde mir gerade noch fehlen?« Driscoll schob seinen Stuhl zurück. »Natürlich habe ich ihm das nicht gesagt. Er bat mich fortwährend, wir sollten ihn nicht vor die Gewerkschaft bringen, und ich sagte Okay, unter einer Bedingung – ich wollte ihn aus dem Studio haben. Ich weiß nicht, welche Ausrede er gebrauchte – Unpäßlichkeit, Todesfall in der Familie –, aber heute nachmittag verschwand er. Keine Sorge, es wird nicht wieder vorkommen.«

Roy erwartete, daß Claiborne widersprechen würde, doch er nickte nur.

Als sie das Büro verließen und in den dunstigen Sonnenschein des Spätnachmittags auf die Studiostraße traten, schwieg er noch immer. Schließlich hielt Roy es nicht mehr aus.

»Was halten Sie davon? Hat er die Wahrheit gesagt?«

»Wenn Sie die Sache mit dem Arbeiter meinen, bin ich überfragt. Aber bei Driscoll bin ich nicht sicher.«

»Gibt es eine Möglichkeit das herauszufinden?«

Claiborne starrte auf die untergehende Sonne. »Es müßte doch verdammt eine geben«, dachte er laut.

26

In der Dämmerung senkte sich der Nebel auf die Hügel.

Er schlich heran wie eine Schlange, hüllte die Zypressengruppen und die Sträucher ein. Lautlos wälzte er sich durch die Straßen, sein grauer Rachen verschlang das Dunkel und die Sterne.

Jan beobachtete ihn durch das Fenster, während sie telefonierte.

»Das verstehe ich nicht! Der Botendienst hat vor einer Stunde die geänderten Seiten hier abgeliefert. Und jetzt sagen Sie mir...«

»Kümmern Sie sich nicht um diese neuen Seiten. Wir werden keine Änderungen im Drehbuch vornehmen«, unterbrach sie Santo Vizzini. »Es handelt sich um einen Irrtum.«

»Irrtum?«

»Es ist unwichtig. Morgen bei der Probe werde ich Ihnen alles erklären.«

»Um welche Zeit?«

»Wahrscheinlich am späten Nachmittag, sobald ich mit Paul Morgan fertig bin. Warten Sie auf meinen Anruf.«

»In Ordnung. Aber sind Sie sicher...«

Jan brach ab, weil die Leitung tot war. Vizzini hatte aufgelegt, und es war nur der Summton zu hören.

Als sie den Hörer auf die Gabel legte, hörte das Summen auf, aber nun war ein anderes Geräusch zu hören – leiser und aus einer anderen Quelle.

Jemand weinte.

Jan trat ans Fenster. Die Nebelschwaden wogten vor der Scheibe, verhüllten den Abhang dahinter. Weder Gestalten noch Schatten waren erkennbar, aber das leise und verzweifelte Weinen hielt an.

Ein im Nebel verirrtes Kind?

Sie öffnete die Eingangstür und blickte hinaus. Die Lampe an der Ecke war kaum zu sehen, und hier war kein Geräusch zu hören, nur frostige Stille.

Zum Teufel mit Vizzini – es war seine Schuld, er hatte sie wegen nichts und wieder nichts durcheinandergebracht. Das hatte er gesagt: Nichts. Warum hatte er dann angerufen? Sie sollte die Änderungen nicht beachten, hatte er ihr mitgeteilt. Aber die Änderungen waren im Studio vervielfältigt worden, und das hieß, daß jemand sie genehmigt hatte, warum hätte man sie ihr sonst durch Eilboten zugeschickt? Es passierte auch immer etwas – diese Sache mit dem Feuer und Claiborne, der Norman Bates gesehen hatte – kein Wunder, daß sie aus dem Häuschen geriet, Geräusche hörte.

Und wenn sie schon dabei war, auch Connie sollte der Teufel holen. Warum konnte sie nicht wenigstens dann und wann abends zu Hause bleiben, statt sie so allein zu lassen? Eben jetzt hatte Jan das Bedürfnis nach Gesellschaft, wer es auch sein mochte. Vielleicht sollte sie Roy anrufen ...

Als sie die Eingangstür schloß und versperrte, hörte sie das Telefon läuten.

Telepathie?

Nein, denn es war nicht Roy. Als sie den Hörer abhob, hörte sie Adam Claibornes Stimme.

»Verzeihen Sie die Störung. Ich wollte mich nur erkundigen, ob Sie die neuen Seiten bekommen haben.«

»Ja.«

»Was halten Sie davon?«

Sie erzählte ihm von Vizzinis Anruf.

»Sie wollen sagen, daß er die Änderungen nicht zur Kenntnis nimmt?« Claibornes Stimme klang beunruhigt und beunruhigte sie auch.

»Was ist los?« fragte sie. »Kann denn niemand vernünftig mit mir sprechen?«

Claiborne antwortete nicht sofort. Dann: »Es ist ziemlich verwirrt ...«

»Das bin ich auch«, gestand Jan. »Vollkommen verwirrt.« Sie starrte in die graue Welt jenseits des Fensters. »Hören Sie, wenn Sie nicht beschäftigt sind, kommen Sie doch auf einen Drink herüber.«

Wieder zögerte er, dann brach Jan das Schweigen. »Bitte. Ich muß es wissen.«

»Ich komme sofort.«

Und das war's.

Aber nicht ganz. Denn als sie auflegte und durch das Vorzimmer in die Küche ging, hörte Jan das Weinen wieder.

Es schien hier lauter zu sein, und während sie weiterging, wurde das Weinen dringender und sie folgte ihm zur Hintertür.

Sie öffnete sie und sah das Kätzchen.

Das winzige Wollknäuel saß auf der Straße und starrte mit Topasaugen zu ihr empor. Sie hob es auf; das Kätzchen hatte fast kein Gewicht, es kuschelte sich in ihren Arm, und das Miauen ging in ein Schnurren des Wohlbefindens über.

»Woher kommst du denn, Kätzchen? Hast du dich verirrt?«

»Rao.«

»Gut, wir wollen sehen, was wir dagegen tun können.«

Jan setzte das Kätzchen auf das Linoleum. Dort blieb es regungslos sitzen, aber die grünen Augen folgten ihren Bewegungen, als sie den Kühlschrank öffnete und Milch herausnahm. Jan nahm eine Untertasse aus der Anrichte, füllte sie und stellte sie neben ihren erwartungsvollen Gast auf den Boden.

Dann traf ihr zweiter Gast ein.

Als er klingelte, lief sie durch die Diele zum Wohnzimmer, doch diesmal schaltete sie das Außenlicht ein und blickte durch das Guckloch, um festzustellen, wer der Besucher war. Dann öffnete sie die Tür weit und ließ Adam Claiborne in einer Welle feuchtkühler Luft ein.

»Sie waren aber schnell hier«, stellte sie fest.

»Das Motel liegt am Fuß des Hügels in Ventura.« Er sah zum Fenster. »Aber ich habe mich beinahe verirrt, ich konnte nicht einmal die Straßenschilder erkennen. Kein Wunder, daß Sie hier oben nicht allein sein wollen.«

»Ich bin nicht allein, ich habe Besuch.«

Sie führte ihn in die Küche, und sie blieben in der Tür stehen. Das Kätzchen kauerte neben der Untertasse, seine winzige rosa Zunge schleckte satt die letzten Tropfen Milch auf.

Claiborne lächelte. »Ein Freund von Ihnen?«

»Ich hoffe. Sie ist vor wenigen Minuten an der Hintertür erschienen.«

»Sie?« Claiborne starrte auf das flaumige Etwas hinunter. »Wieso sind Sie so sicher, welchen Geschlechts es ist?«

»Weibliche Intuition.« Jan nahm das Kätzchen in die Arme. »Also gut, Baby, du hast deinen Drink gehabt. Jetzt sind wir an der Reihe.«

»Rao.«

Es kuschelte sich zufrieden an sie, während sie Claiborne ins

Wohnzimmer führte, und als sie es auf den Boden setzen wollte, hielt es sich mit den Krallen an den Falten ihres Pullovers fest. Jan versuchte sich zu befreien, aber das Kätzchen ließ nicht locker.

»Komm schon, mach mal Pause«, murmelte sie.

»Das macht nichts.« Claiborne ging zur Bar. »Ich werde den Service übernehmen. *Scotch on the rocks?*«

»Super.«

Jan setzte sich auf das Sofa, während er die Drinks mixte, und streichelte das schnurrende Kätzchen. Ihre Finger ertasteten das warme Fleisch unter dem flaumigen Fell, und sie wunderte sich darüber, wie weich seine Haut war. Man konnte tatsächlich unter der dünnen Haut spüren, wie das Schnurren den ganzen Organismus vibrieren ließ. Wie zart das Tierchen war!

Fast instinktiv faßte sie mit der freien Hand an ihre Kehle, um den Pulsschlag zu fühlen. Wieder wunderte sie sich, als er unter ihren Fingerspitzen pochte. *Wir sind ja alle so. So verletzlich. Der Zentimeterbruchteil, der unser Fleisch bedeckt, ist unser einziger Schutz. Und wenn er zerreißt oder zerschnitten wird, hier an der Halsschlagader...*

»Einen Penny.«

Sie blickte auf, als Claiborne ihr das Glas reichte.

»Was?«

»Für Ihre Gedanken.«

»Ach.« Sie nahm ihr Glas und zog die Schultern hoch. »Nichts.«

»Also dann fünf Cents. Ich vergesse immer die Inflation.« Er setzte sich neben sie auf das Sofa. Das Kätzchen blinzelte und löste seine Krallen. Es sprang auf den Teppich und rollte sich vor ihren Füßen zusammen.

Claiborne wandte sich zu Jan. »Woran haben Sie gedacht, als Sie eben diese Bewegung machten?«

»An Mary Crane.«

Sie hatte nicht die Absicht gehabt, es zu sagen, und erst als die Worte ausgesprochen waren, merkte sie, daß es wahr war.

»Was ist mit ihr?«

»Nicht mit ihr. Mit mir.« Jan nickte schüchtern und wich seinem forschenden Blick aus. »Wahrscheinlich hat es mit meinem Beruf zu tun. Wenn man sich in eine Rolle hineinlebt, beginnt man, sich mit dem Charakter zu identifizieren.«

»Tun Sie das nicht.«

Sie begegnete seinem Blick, und er lächelte jetzt nicht. »Ich sollte es aber wirklich tun, wenn ich die Rolle spiele.«

»Tun Sie es nicht.«

Jan hob ihr Glas und trank, aber während der Scotch durch ihre Kehle rann, stieg Ärger in ihr hoch. Verdammt noch mal, er hatte so nett ausgesehen, als er hereinkam, daß sie beinahe seine fixe Idee wegen des Films vergessen hatte. Doch diesmal gelobte sie sich, daß sie die Geduld nicht verlieren würde.

»Bitte.« Sie hielt ihre Stimme und ihren Gesichtsausdruck im Zaum. »Wir haben das Ganze doch schon einmal durchgekaut. Nur weil ich Ihnen sagte, daß Vizzini die Änderungen nicht durchführen wird…«

»Es ist mehr als das. Heute nachmittag ist etwas geschehen.«

Sie lehnte sich zurück und nippte an ihrem Drink, während er zu sprechen begann. Über das Zusammentreffen mit Vizzini und daß er aussah wie Norman Bates. Über das Gespräch mit Roy und den Besuch bei Driscoll, dessen Erklärungen zu dem Brand und über seine eigenen Vorbehalte bezüglich Vizzini.

Jan hörte schweigend zu, bis er zu Ende war. »Ist das alles?« erkundigte sie sich.

Claiborne zog die Brauen hoch. »Genügt das nicht?«

Sie stellte ihr Glas nieder. »Vielleicht ist es zuviel.«

»Hören Sie, wenn Sie mir nicht glauben, fragen Sie doch Roy Ames.«

»Was soll ich eigentlich glauben? Zuerst erzählen Sie mir, daß Norman lebt, und jetzt behaupten Sie, daß er tot ist und Vizzini den Brand gelegt hat.«

»Was Norman betrifft, bin ich nicht sicher, und ich habe keinen unumstößlichen Beweis für Vizzinis Schuld. Aber eines ist sicher. Er identifiziert sich mit Norman Bates, und deshalb warne ich Sie davor, sich mit Mary Crane zu identifizieren.«

Jan langte nach unten, um das Kätzchen zu streicheln, das sich an ihrem Knöchel rieb. »Ich identifiziere mich auch mit diesem Kätzchen. Und mit allen möglichen Leuten, allen möglichen Dingen. Vielleicht weil ich Schauspielerin bin.«

»Die meisten von uns identifizieren sich bis zu einem gewissen Grad.«

»Die meisten von uns?« Jan richtete sich auf. »Aber nicht Psychoanalytiker, nehme ich an. Sie stehen über solchen Schwächen.«

»*Rao.*« Das Kätzchen nickte anscheinend zustimmend.

Doch Claiborne runzelte die Stirn. »Hören Sie auf, mich mit einer Klischeefigur von einem Psychiater gleichzusetzen. Psychoanalytiker stehen weder über noch unter den Dingen. Nur die Erfahrung sagt uns, daß vollkommene Identifizierung mit einem Menschen, sei es nun Jesus Christus oder Hitler, gefährlich ist. Aber wir können uns einfühlen und Beziehungen herstellen…«

Jan sah ihn herausfordernd an. »Und zu wem stellen Sie Beziehungen her?«

»Zu jedem.« Claiborne zog die Schultern hoch. »Zumindest versuche ich es. Natürlich zu Norman – ich teile seine Abneigung gegen Gefangenschaft und Freiheitsbeschränkung. Ich verstehe Marty Driscolls Streben nach Erfolg, denn ich habe ein wenig davon auch in mir. Mir leuchtete Roy Ames' Lage als Autor ein, der die Wirklichkeit nachzuempfinden versucht; ich wollte selbst die Wahrheit über Norman in einem Buch festhalten.«

Während Jan zuhörte, dachte sie an den Abend, den sie hier mit Claiborne verbracht hatte, und an ihre unerwartete Gefühlsbewegung. Als sie ihn jetzt sah, spürte sie, wie die gleiche Reaktion einsetzte; es war nicht das, was er sagte, sondern der Klang seiner Stimme, während er sprach. Das war keine professionelle Vorspiegelung, er wollte wirklich, daß sie es begriff. Sie konnte sich gerade noch soweit beherrschen, daß sie nicht die Hand nach ihm ausstreckte, ihn nicht körperlich berührte.

Sie unterdrückte den Impuls rasch. Worte waren unverfänglich. »Paul Morgan?« fragte sie.

Claiborne nickte. »Mir gefällt nicht, was er tut – die kleinkarierte Grausamkeit, seine Autograffiti. Aber ich kann seine Unsicherheit teilen, die Zweifel am eigenen Image. Und bei Vizzini ist es das gleiche. Vielleicht sogar in noch stärkerem Maß. Ich weiß, was es heißt, eine Waise zu sein.«

»Sie?«

Seine Stimme war leise. »Ja. Ich weiß nicht, wer meine Eltern waren oder wie mein wirklicher Name lautet. Der einzige Unterschied ist, daß ich nicht aus dem Waisenhaus entfloh.« Er machte eine Pause. »Als Sie mir von Ihrer jüngeren Schwester erzählten, berührte es mich sehr. Soviel ich weiß, befand sich meine Mutter in der gleichen Lage, und das Kind Ihrer Schwester und ich sind Zwillinge.«

Claiborne sah sie lächelnd an. »Begreifen Sie allmählich, was ich meine? Man muß sich nicht völlig mit jemandem identifizieren, um eine Beziehung herzustellen; wenn Sie nur tief genug schauen, finden Sie in jedem Menschen ein Stückchen von sich selbst.«

Jan nickte. »Das entspricht genau meinen Gefühlen gegenüber Mary Crane. Nur ist es irgendwie intensiver, weil auch noch physische Ähnlichkeit dazukommt. Manchmal habe ich das Gefühl, wenn ich die Rolle richtig spiele, ist es so, als würde ich sie wieder zum Leben erwecken.«

»Auch dann, wenn Ihr eigenes Leben damit zu Ende wäre?«

Er beugte sich zu ihr, ergriff ihre Hand, seine Stimme klang inniger. »Ich weiß, wieviel Ihnen das alles bedeutet. Aber es ist nur eine Rolle, vergessen Sie das nicht. Mary Crane ist tot, und Sie leben. Jetzt ist nur wichtig, was mit Ihnen geschieht.«

Sie begegnete seinem Blick, und seine Augen sagten ihr mehr als alle Worte. *Er hat mich gern. Wirklich gern.* Sie spürte den warmen Druck seiner Finger, das Klopfen seines Pulses, der mit dem ihren zusammenklang. Er erregte sie, und das war gut, denn es schaltete die Gedanken aus. Obwohl sie kaltes Blut bewahrt hatte, steckte die Angst in ihr, und sie wollte nicht mehr daran denken. Vielleicht hatte er recht und sie unrecht, aber was machte das schon aus? Was hier und jetzt wichtig war, war seine Berührung und das Herzklopfen. Das wollte sie, das brauchte sie, weil es wirklich war.

Jan warf sich ihm mit geschlossenen Augen in die Arme, ihr Mund suchte den seinen, öffnete sich unter seinen Lippen, nun berührten ihre Körper einander, ihre Herzen klopften im gleichen Takt, Fingerspitzen glitten sanft über steife Brustwarzen, ihre Hüften wölbten sich, als Hände ihre Taille umfaßten...

Und sie wegschoben.

Sie öffnete die Augen. »Was ist los?«

»Ja, hör mich an.« Seine Stimme klang sanft. »Ich weiß, was du versuchst, aber es nützt dir nichts. Worauf es ankommt, ist deine Sicherheit, nicht die Bedrohung deiner Karriere. Wenn du mich so rumkriegst, ist es keine Lösung.«

Sie erhob sich rasch. Das Kätzchen sprang erschrocken auf die Füße, sein kurzer Schwanz ringelte sich.

»Dich herumkriegen? Du eingebildeter Scheißkerl...«

»Es tut mir leid.« Er stand ebenfalls auf, verteidigte sich. »Ich habe es nicht so gemeint. Du weißt, daß ich dich begehre. Aber nicht so, unter diesen Bedingungen...«

Ein Schlag ihrer Hand auf seine Wange unterbrach ihn. »Bedingungen? Du bist es, der Bedingungen stellt. Aber nicht mehr. Verschwinde, zum Teufel, raus, raus aus meinem Leben!«

Jan wandte sich um, schritt zur Vordertür und riß sie weit auf.

Das Kätzchen miaute erschrocken irgendwo auf dem Fußboden, aber sie konnte es nicht sehen.

»Sei nicht unvernünftig«, bat Claiborne. »Du mußt dir doch darüber klar sein...«

Der Klang seiner Worte wurde undeutlich, alles wirkte verschwommen, während er durch das Zimmer auf sie zukam. Sie spürte, daß er sie berühren wollte, und wich zurück.

»Nein – hinaus!«

Er ließ die Hand sinken und ging an ihr vorbei. Dann schlug sie die Tür hinter ihm zu und lehnte sich zitternd dagegen. Erst als sie seinen Wagen starten und wegfahren hörte, verschwand das verschwommene Gefühl, sie konnte wieder klar sehen und hören.

Doch nun gab es nichts mehr zu hören, nicht einmal das ängstliche Miauen. Und als sie sich im Wohnzimmer umsah, sah sie nichts.

Das Kätzchen war fort.

27

Zwei Stunden später und nach zwei Glas Scotch lag Jan noch immer hellwach im Bett.

Allein, hol ihn der Teufel!

Sie schüttelte die Kissen auf, dann legte sie sich wieder zurück. *Wenn du schon dabei bist, kannst du dich ebenso gut selbst verfluchen.*

Es war ihre Schuld. Sie war an allem schuld; daß sie wütend geworden war, Claiborne verloren und sogar das Kätzchen erschreckt und in den Nebel hinausgejagt hatte. Selbst die Hölle kennt keinen solchen Zorn wie eine verschmähte Frau.

Nur hatte er sie nicht verschmäht. Er hatte ihr nur die Wahrheit gesagt. Sie begehrte ihn, aber das war nicht der einzige Grund, weshalb sie ihn gereizt hatte; damit hatte sie ihn auch von dem Film ablenken wollen. *Verrückte Lady* – ein guter Titel, um sie selbst zu beschreiben. Sie mußte verrückt gewesen sein, weil sie nicht bemerkt hatte, daß er wirklich bestrebt gewesen war, sie zu beschützen.

Aber wovor? Andeutungen und Mutmaßungen ergaben noch lange keinen Beweis. Gab es mehr, etwas, das er ihr nicht erzählt hatte?

Vielleicht würde Roy es wissen.

Sie knipste die Nachttischlampe an und hob den Telefonhörer ab. Sie wählte Roys Nummer und horchte.

Keine Reaktion. Und keine Antwort auf ihre Frage.

Sie legte den Hörer wieder auf, löschte das Licht und zog sich die Decken wieder über die Schultern. Jetzt war sie seltsamerweise darüber erleichtert, daß ihr Anruf erfolglos gewesen war. Wahrscheinlich hätte ihr Roy nur das gleiche gesagt, versucht, ihr die *Verrückte Lady* auszureden. Vielleicht war sie wirklich verrückt, aber nicht *so* verrückt. Wenn er und Claiborne außer Vermutungen nicht etwas Handgreiflicheres vorbringen konnten, würde sie niemand dazu bringen, auszusteigen. Nicht nach all dem, was hinter ihr lag. *Fünf Jahre. Gib's zu, du wirst nicht jünger. Das ist der entscheidende Trip, also halte dich dran. Du willst doch nicht als Null enden wie Connie. Arme Connie...*

Die arme Connie amüsierte sich aber ganz gut.

Oder amüsierte man sich über sie?

Das spielte wirklich keine Rolle. In beiden Fällen amüsierte sie sich. Oder würde sich amüsieren, sobald dieser Wichtigtuer von Kameramann aufhörte, die Scharfeinstellupe auf ihre Punze immer wieder zu verändern. Wahrscheinlich machte es ihm Spaß, sie anzugucken, aber sie verschmachtete unter den heißen Scheinwerfern.

Sie verschmachtete, aber sie lebte.

Denn diesmal konnte sie keiner übersehen. Es waren noch sieben Menschen in Leos Freizeitraum, und alle konzentrierten sich auf Connie oder einen Körperteil von ihr. Der Komiker mit der Kamera in der Hand war auf die Stelle zwischen ihren Beinen abonniert, das Make-up-Mädchen verrieb rosa Schminke auf ihre Bakken, der Idiot, der mit den Scheinwerfern hantierte, bestrahlte ihr Gesicht, das von dem schwarzen Kissenbezug eingerahmt war. Der Mann mit dem Galgen hängte das Mikrofon über ihren Kopf, der Tonmeister hockte hinter seinen Reglern und befaßte sich mit ihrer Stimmlage, und Leo selbst – der Produzent, Regisseur und Produktionsleiter, der für den Szenenaufbau in seiner eigenen Bude verantwortlich war – beäugte sie beifällig. Die sechste Person, wenn man diesen behaarten, nackten Affen als Person bezeichnen konnte, war auch dabei, sich sexuell aufzubauen. Und wenn die anderen fertig waren, würde er in Aktion treten.

Also gut, vielleicht war das nicht gerade das höchste der Gefühle, in einem Bungalow in Boyle Heights einen Pornofilm im Pfusch zu drehen. Aber wen ging es etwas an.

Es geht mich, Connie, an. Denn diesmal schaut man mich an.

Sie sahen sie jetzt an, und das Publikum würde sie auf der Leinwand ansehen. Nicht nur ihre Hände oder Füße oder Knöchel, sondern ihren ganzen Körper. Was spielte es schon für eine Rolle, wenn das Publikum nur aus einem Haufen geiler alter Männer mit Hüten auf dem Schoß bestand; sie würde wenigstens *gesehen* werden. Und keiner beschwerte sich über die Größe ihrer Titten oder versuchte, ihr Gesicht nicht ins Bild zu bekommen. Denn diese Art Film konnten sie auch mit einer japanischen Sexpuppe oder sogar mit einem Modell von Godzilla drehen, aber Leo hatte sie persönlich ausgewählt, denn er erkannte Begabung auf den ersten Blick.

Connie legte sich zurück. Jetzt würden sie zu drehen beginnen. Der Kameramann nickte Leo zu, er winkte dem Toningenieur, und der Affe machte sich bereit, seine Banane auf das Stichwort hin ins Bild zu bringen.

»Alles bereit?« fragte Leo.

Connie zwinkerte ihm zu. Leo war kein Marty Driscoll, aber das war ohne Bedeutung. Wichtig war, daß sie die Hauptrolle in ihrem ersten Spielfilm verkörperte.

Der Komiker mit den Scheinwerfern trat mit der Filmklappe vor. »Erste Szene, zweite Aufnahme«, rief er.

»Aufnahme!« kommandierte Leo.

Connie lächelte.

»Aktion!«

Connie spreizte die Beine.

Zum Teufel mit Driscoll. Sie war ein Filmstern...

Marty Driscoll konnte keinen einzigen Stern sehen.

Fü gewöhnlich gewährten ihm die großen Glas-Schiebetüren, die auf den Patio hinausführten, einen herrlichen Blick auf das Tal unten und den Himmel über ihm, doch heute abend war draußen nichts zu erblicken als eine graue Wand.

Der Nebel kommt auf leisen Katzenpfoten...

Das gleiche tat das Zitat. Driscoll schnitt eine Grimasse, er fragte sich, welche Wirkung es auslösen würde, wenn er die Zeile vor seinen Mitarbeitern im Studio zitieren würde. Eigentlich war das gar keine Frage; er wußte genau, wie sie reagieren würden.

Bildung macht den Menschen alt. In einer die Jugend anbetenden Zeit machten die meisten Produzenten direkt den Schritt von der Akne zur Selbständigkeit, und die älteren unter ihnen logen über ihr Alter sogar noch mehr als die Schauspieler.

Als sich Marty Driscoll darüber klargeworden war, hatte ihn sein Körper schon verraten. Es war zu spät, um sich die Haare zu färben oder ein Toupet zu tragen, und jeder krampfhafte Versuch, den Lebensstil eines späten Teenagers nachzuahmen, wäre zum Scheitern verurteilt gewesen. Selbst der betäubende Lärm einer Disko konnte sein Schnaufen nicht übertönen, und kein Korsett konnte seinen Bauch verschwinden lassen.

Es blieb nur ein Trick übrig, den er anwandte: der Schlaue zu sein, indem er den Dummen markierte. Den Starken spielen, sich taktlos, laut und vulgär geben, ihnen eine Stereo-Version von einem Klischeebild anbieten – den geschmacklosen, unbegabten Tyrannen. Vergiß deinen akademischen Grad von Princeton; dein Bakkalaureus in Philosophie interessiert keinen Hund, was zählt, ist deine Bilanz. Und wenn du schon dabei bist, vergiß deine ersten Spielfilme mit kleinem Budget, die idealistischen Bemühungen, die aus dem Wunsch nach Vollkommenheit geboren wurden, um dann am geringen Publikumsinteresse einzugehen.

Das Konzept ging auf. Deshalb saß Driscoll jetzt hier in dem gemütlichen Wohnzimmer des großen Hauses auf der Mulholland, wo er – außer an nebligen Abenden wie diesem – auf das Studio hinuntersehen konnte. Er nahm an, daß es für ihn die höchste Befriedigung bedeutet hatte, auf das Studio im wörtlichen Sinn hinunterzublicken. Hinunter auf seine Hoheit, seine Eitelkeit und Erfolgsgeilheit, obwohl er selbst wesentlich daran beteiligt war, *mea culpa.*

Driscoll zog die Schultern hoch, während er über den Erfolg seines Täuschungsmanövers nachdachte. Soweit es die Studio-Leute betraf, konnte er *mea culpa* nicht von Mia Farrow unterscheiden.

Seine eigene Frau war übrigens nicht hinter das Geheimnis gekommen; das war niemandem geglückt. Für Deborah war er nur ein großer, fetter Banause mit einem großen, fetten Bankkonto. Sie war mit den Kindern für eine Woche nach Springs hinunter gefahren, um von dem Banausen wegzukommen, aber sie rief jeden Tag an, um dem Bankkonto weiter ihre Reverenz zu erweisen.

Angenommen, sie fand heraus, daß er kein Bankkonto besaß? Und daß auf diesem Haus und dem in Springs das Gewicht der großen zweiten Hypotheken plus Verzugszinsen für rückständige Zahlungen lasteten?

Müßige Fragen. Sie würde es nicht herausfinden, wenn seine Glückssträhne anhielt. Glück – das war ein Unsicherheitsfaktor.

Er hatte mit den letzten drei Filmen Pech gehabt. Er hätte sie dem Pentagon verkaufen sollen; mit solchen Bomben könnten sie die Sowjetunion vernichten. Nachdem der dritte herausgekommen war, hatte er die Hypotheken aufgenommen.

Dann hatte er wieder Glück gehabt, als ihm Vizzini das Projekt für die *Crazy Lady* gebracht hatte. Und dann war alles glattgegangen bis zu dieser Woche, als die Geldgeber in New York von Norman Bates' Flucht und den Morden hörten.

Sie wollen aussteigen, hatte ihm Ruben erklärt. *Sie glauben, daß durch diese Nachricht Ihre Geschichte zu einem alten Hut wird.* Irgendwie war es ihm gelungen, Ruben die sofortige Stornierung des Vertrages auszureden, indem er George Wards Überzeugung ins Treffen führte, daß die Publicity eher eine Hilfe als ein Handikap sein würde. Aber das Äußerste, was er erreichen konnte, war ein Aufschub, bis Ruben und die Geldleute zum morgigen Treffen kamen. Da mußte die endgültige Entscheidung fallen.

Claiborne bedeutete eine unerwartete Komplikation. Bis jetzt war er imstande gewesen, mit Roy Ames und seinen Gewissensbissen fertig zu werden, aber Claiborne brachte das Boot wirklich zum Schwanken. Tag um Tag untergruben ihre Einwände die Stimmung seiner Mitarbeiter; Tag um Tag stiegen die Zinsen seiner Hypotheken und die Wahrscheinlichkeit, daß er bei Drehbeginn ein saftiges Produzentenhonorar erhalten würde, wurde immer geringer.

Dieser Nachmittag war der bisher schlimmste gewesen. Santo Vizzini als geistig labil zu bezeichnen, war keine große Neuigkeit, aber das bewies noch lange nicht, daß er der Brandstiftung schuldig war. Eines war sicher: er hatte den Brand nicht gelegt.

Driscoll blieb lange genug an seinem Schreibtisch sitzen, um sich eine Zigarre anzuzünden; dann bedauerte er es. Das brennende Streichholz war eine schmerzhafte Mahnung. Als er vor einigen Tagen den Versicherungsvertrag für die Produktion noch einmal gelesen hatte, hatte er die Katastrophenklausel entdeckt. Bei einem nachweisbaren Unfall, dem Tod oder einer ernsthaften Verletzung der vertraglich verpflichteten Hauptdarsteller, der Zerstörung der Anlagen durch Wasser- oder Brandschäden, wurden alle Versicherungsleistungen voll ausbezahlt.

Wieder Glück gehabt. Warum sollte man weitere Probleme riskieren oder darauf spekulieren, daß er New York dazu überreden konnte, den Film weiter zu produzieren? Er konnte sein Geld jetzt sofort bekommen – nicht nur den Vorschuß, sondern die ganze Garantiesumme, mehr als genug, um ihm Luft zu verschaffen. Bei Einwirken von höherer Gewalt konnte ihm niemand einen Vorwurf machen. Er würde ein anderes Projekt in Angriff nehmen, lange bevor ihm das Bargeld ausging.

Alles hatte so einfach ausgesehen, nachdem er die Einzelheiten ausgearbeitet hatte. Das Glück war ihm treu geblieben, als er den Benzinkanister unbemerkt in die Dekoration gebracht hatte. Sein Fehler hatte darin bestanden, daß er den Bettüberwurf anzündete, bevor er das Benzin ausgeschüttet hatte; die flackernde Flamme hatte den Wächter alarmiert, und er hatte gerade noch Zeit gehabt, den Kanister unter das Bett zu schieben und durch die Seitentür zu verschwinden. Zu seinem Glück war er in sein Büro zurückgelangt, ohne entdeckt zu werden, aber zu seinem Pech war das Feuer erstickt worden. Und jetzt konnte er nur noch hoffen, daß ihm Claiborne die Geschichte mit dem Bühnenarbeiter abnahm. In ein oder zwei Tagen würde der Psychiater abreisen, und bis dahin würde die Konferenz mit Ruben und den New Yorkern gelaufen sein. Es würde einige Mühe kosten, sie davon zu überzeugen, daß George Ward mit Publicity, die die *Verrückte Lady* gratis bekommen würde, recht hatte; er würde sich morgen wirklich ins Zeug legen müssen. Aber der ungehobelte, barsche Marty Driscoll, dieser dickköpfige Kerl, würde es schon durchboxen. Es blieb ihm jetzt keine andere Wahl.

Er ging zu den Glastüren und starrte hinaus in die Nacht. Der Nebel ließ die Lichter verschwimmen, aber morgen würden sie wieder hell und klar leuchten. Er beschloß sich lieber auszuruhen, um bei der morgigen Besprechung auch hellwach und klar zu sein.

Noch ein Tag, das war alles, was er brauchte. Noch ein Tag, um das endgültige OK zu erhalten. Und dann zum Teufel mit ihnen allen: dem neurotischen Autor, dem Psychiater mit dem großen Mundwerk, dem dummen Mädchen, dem verrückten Regisseur und seinem Hauptdarsteller auf dem absteigenden Ast.

Mach dir keine Sorgen, sagte er sich vor. *Du kannst mit ihnen fertig werden. Aber es wird kein Vergnügen sein...*

28

»Das ist wirklich ein Vergnügen«, Paul Morgan wies auf die nackten Männer, die sich hinter ihm an dem dreiteiligen Spiegel des Schminktischs drängten. »Ich meine, schau dir all diese Ärsche und Schwänze an!«

Robert Redford kicherte. »Sprich nur für dich, mein Lieber. Wenn ich nackte Körper sehe, erinnere ich mich daran, daß Gott nicht viel von Anatomie verstand.«

»Nur keine Blasphemie.« John Travolta betrachtete aufmerksam sein Spiegelbild und zupfte an seinen Wimpern. »Warum geht ihr immer auf die Religion los?«

»Weil meine Großmutter vom Kirchenchor der Mormonen vergewaltigt wurde.«

»Bist du sicher, daß es nicht dein Großvater war?«

Alle quiekten, außer Clint Eastwood. Er sah von dem Stuhl in der Ecke auf, wo er saß und seine Beine rieb. »Du kannst doch hier nicht mitreden – du und deine Gruppenbefummler!«

Sylvester Stallone bahnte sich den Weg zum Spiegel und spitzte die Lippen, während er Lippenrot auflegte. »Ich persönlich kann Orgien nicht leiden. Es ist so, als würde man ein Dutzend schön verpackte Weihnachtspakete öffnen und sie alle leer finden.«

»Tun wir denn hier nicht genau das?« fragte Robert Redford. »Wir verkaufen Illusionen, nicht die nackten Tatsachen.«

Clint Eastwood stand auf. »Es wird spät. Ihr solltet lieber eure nackten Tatsachen in eure Jeans stopfen und nach unten gehen, bevor Queenie einen Wutanfall bekommt.«

Burt Reynolds warf seine Puderquaste in eine Dose auf dem Schminktisch. »Du meine Güte, ich hab's vergessen. Heute abend kommt die Gruppe von Iranern wieder hierher.«

»Nicht schon wieder!« John Travolta verzog das Gesicht. »Iraner blasen.«

»Tun das nicht alle?« fragte Paul Morgan.

Man johlte, und Clint Eastwood trat neben ihn und nickte zustimmend. »So ist's recht, mein Süßer. Kümmere dich nicht darum, was sie sagen. Ich weiß, daß du zum ersten Mal hier bis, aber es gibt keinen Grund zur Aufregung. Vergiß nicht, Queenie ist hier, um dich zu beschützen.«

Paul nickte, griff nach seinen Jeans und dem durchsichtigen Blouson. Die anderen zogen sich eilig an, stießen einander von den

Spiegeln weg und überprüften ein letztes Mal ihr Aussehen. Er war dankbar dafür, daß sie mit sich selbst beschäftigt waren und ebenso dankbar für Eastwoods Wink.

Denn er war zum erstenmal dort und er war nervös. Er dachte an Queenies blonde Perücke, das perlbestickte Kleid, die künstlichen Brüste und fragte sich, warum er sich nie die Mühe machte, seinen Bart abzurasieren. Jetzt stellte er sich die Szene unten vor – wie der große dicke Queenie in seiner grotesken Aufmachung, umgeben von all den prächtigen Deckhengsten, die Bordellmutter spielte. Kein Wunder, daß sich Kunden aus der ganzen Welt in Queenies Salon trafen, um von so ziemlich jedem männlichen Spitzenstar in der Branche verwöhnt zu werden.

Wie Robert Redford gesagt hatte, verkauften sie Illusionen, und vielleicht war Queenies Bart eine leise Erinnerung daran, daß alles hier nur Täuschung war.

Alle wußten, daß die jungen Männer keine wirklichen Stars waren, sondern nur deren Doppelgänger – schwule Jungs, die den Macho mimten. Doch die meisten von ihnen nahmen ihre Arbeit ernst, indem sie Stimmen, Bewegungen und Eigenheiten nachahmten. Bei den Preisen, die Queenie verlangte, war seine Kundschaft nicht bereit, sich mit ordinären Muskelprotzen zufriedenzugeben.

Nun, manche von ihnen würden heute abend *filet mignon* und mehr als nur eine Illusion bekommen.

Paul saß vor dem Spiegel und tat, als würde er sich mit seinen Augenbrauen beschäftigen, während die anderen hinausdrängten, ihr Geplauder hallte durch den Korridor, während sie zur Treppe gingen. Von ihrer Anwesenheit blieb nichts zurück außer einem eigenartigen Geruchsgemisch aus Puder, Parfum und männlicher Ausdünstung.

Der Teil war Gott sei Dank vorbei! Apropos Illusion – es war ihm gelungen, sie vollkommen zu täuschen. Keiner von ihnen hatte erraten, daß er echt war, nicht einmal Queenie selbst, als er sich für das Interview ausgezogen hatte. Es hatte ihn beinahe geschafft, als er die Worte widerwilliger Anerkennung hörte.

»Du bist ein wenig zu alt, um Morgan zu spielen, aber die Nummer ist nicht schlecht. Und wenn es sich herumspricht, daß du ein Ding hast wie ein Pferd, wirst du Arbeit genug bekommen. Manche meiner Stammkunden sind für Quantität, nicht für Qualität.«

Warum also saß er jetzt hier und war nervös? Queenie hatte ihm versichert, daß es keine Schwierigkeiten geben würde. »Keine Fesseln, weder Sadismus noch Masochismus, keine Lederfetischisten, keine akrobatischen Einlagen. Wir sind ein ganz gewöhnliches schwules Haus.«

Aber ich bin nicht schwul. Das ist das Problem.

Sicherlich, es hatte Ausnahmen gegeben, wie damals in Marokko mit dem kleinen Krauskopf – wie hieß er noch, Abud, Abdul? – und der junge Japaner, sein Gärtner, an dem Nachmittag, als er so blau gewesen war. Aber solche Dinge zählten nicht, und wenn Vizzini nicht gewesen wäre, hätte er sich an solche Bagatellen gar nicht erinnert. Meine Güte, dieser Vizzini war ja wirklich überspannt, wie er ihm die Sache beigebracht, ihm erklärt hatte, er müsse sich psychisch in die Rolle einleben.

»Noch einmal von Anfang an und vergiß diesmal den Quatsch. Ich will nicht Paul Morgan, ich will Norman Bates haben. Verstehst du, was ich meine?«

Paul wußte, was er meinte. Den Schwulen spielen. Daß er Kleid und Perücke getragen hatte, hatte ihm geholfen, aber nicht genug.

Was hatte Queenie gesagt? *Du bist ein wenig zu alt, um Morgan zu spielen,* und das war es, worauf es ankam. Wenn er in der Filmindustrie im Geschäft bleiben wollte, war es Zeit, ins Charakterfach hinüberzuwechseln, wie Newman und Peck, es war Zeit, sich umzustellen.

Umstellen.

Er hob die Hand, um sich das Haar glattzustreichen, und hoffte, daß die Bewegung den Gedanken verscheuchen würde, aber er schwebte in der Luft zwischen seinem Gesicht und dem Spiegel, er trübte sein Bild. Er konnte nur das Zittern der Finger erkennen.

Vielleicht hätte er noch ein paar Gläser kippen sollen, um sich zu beruhigen, bevor er hierher kam. Oder vielleicht hätte er gar nicht kommen sollen. Das Trinken gab ihm ja vor allem die verrückte Idee ein, ließ sie als besonders schlaues Manöver erscheinen. Okay, Claiborne hatte ihm erklärt, daß Norman kein Schwuler, sondern ein Transvestit war. Aber was verstand der blöde Psychiater von der Praxis?

All die Jahre hatte er sich von diesem Affenzirkus, dem Actor's Studio, ferngehalten, aber jetzt brauchte er es, wenn er mit dem Herumexperimentieren aufhören und die Rolle echt gestalten sollte. Er mußte mehr tun, als nur nach Regieanweisungen zu arbeiten, wenn er das richtige Gefühl für die Rolle bekommen wollte.

Sogar wenn es bedeutete, daß in wenigen Minuten irgendein Fremder, womöglich ein nach Knoblauch riechender alter Ölscheich, sich aufgeilen würde, indem er ihn betastete. Vielleicht war es noch nicht zu spät zu verschwinden.

Er zwang sich, wieder in den Spiegel zu starren, und diesmal blieb das Bild klar. Er sah weder Vizzini noch Queenie noch die lausigen Teenager, die glaubten, er sei schon auf dem absteigenden Ast. Er sah nur Paul Morgan.

Also hör auf, an den Gitterstäben zu rütteln; es war seine eigene Idee gewesen, hier hereinzuschneien. Es hatte keinen Sinn, jetzt zu kneifen. Vizzini hatte recht, er mußte realistisch spielen, denn das war seine letzte Chance für einen Durchbruch. Deshalb hatte er...

»Na so was!«

Er schaute auf, als Queenie zur Tür der Garderobe hereinsah, seine bärtigen Lippen waren vorwurfsvoll gespitzt.

»Worauf wartest du, Süßer? Wir sind unten bummvoll, einfach verrückt...«

Paul schob seinen Stuhl zurück und stand auf. »Okay, ich komme.«

»Später.« Queenie kicherte. »Ich habe einigen meiner Stammkunden von dir erzählt, und sie brennen einfach darauf, ein neues Gesicht zu sehen.«

Paul folgte Queenie, diesem watschelnden Fleischberg, durch den Korridor, er hörte, wie das Geplapper vom Treppenhaus heraufklang. Schrille Stimmen, schrilles Lachen. Mein Gott, was war mit ihm los – er hatte im Lauf der Jahre eine Menge Schwule im Filmgeschäft kennengelernt, und die meisten von ihnen waren anständige Kerle. Aber in diesem Männerbordell würde man diese Sorte nicht finden.

Plötzlich begann er wieder zu zittern. Er wollte umkehren und davonlaufen, konnte es aber nicht, weil ihn eine Hand packte. Eine riesige, unsichtbare Hand, die ihn vorwärtsstieß, nach unten schob. Vizzinis Hand...

Es stieg aus dem Nebel auf und kroch ihm in den Mund. Dann senkte es sich, verschwand im Nebel, der um ihn herumwirelte wie dichter Dampf.

Einen Augenblick hatte Vizzini eine Vision von toten, verbrühten Körpern und haut- und fleischlosen Gesichtern, die zwischen den Blasen einer Wanne voll heißen Wasser auftauchten.

Schwachsinniger. Hier ist weit und breit keine Wanne mit heißem Wasser. Was immer *hier* bedeuten mochte. *Hier* war im Nebel verirrt, genau wie er. Nebel, nicht Dampf. Kalt, nicht heiß. Er durchstreifte die Hügel, schwebte drei Meter über dem Boden und wußte, er hätte sauber bleiben, daheim bleiben, die Gedanken unterdrücken sollen, die mit dem Nebel und der Nacht kamen. Aber die Gedanken hatten ihn zu den Pillen getrieben, und die Pillen trieben ihn aus dem Haus.

Nein, keine Gedanken. Erinnerungen, vor ihnen versuchte er wegzulaufen, vor den Erinnerungen an die Toten.

Mama mia –

Ja, *mama mia,* der Tag, an dem die Soldaten ins Dorf kamen, und sie ihn an der Hand nahm und sie zum Hauptplatz liefen, wo sie immer am Sonntag nachmittag an langen gedeckten Tischen saßen, während das Orchester Verdi spielte. Aber heute war der Musikpavillon von Kugeln zersplittert wie eine leere Eierschale, und es gab keine Musik, nur die Schreie und das Stampfen der Stiefel auf dem Kopfsteinpflaster, als die Soldaten kamen und sich auf dem Platz verteilten. Sie hatten den Wein gefunden, und nun würden sie sich die Frauen vorknöpfen, und als Mama sie sah, versuchte sie umzukehren, aber es war dazu schon zu spät, denn sie sahen sie auch. Sie hatte gerade noch Zeit, ihn am Kragen zu fassen und unter einen der Tische zu stoßen, dann packten sie sie; es mußten fünf oder sechs gewesen sein, vielleicht noch mehr oder vielleicht kamen die anderen auch erst später dazu.

Er wußte es nicht genau, denn er kauerte unter dem Tisch, hörte sich selbst weinen und die Soldaten lachen und Mama schreien.

Dann begann das Knarren und ein lauteres Geräusch – *bam, bam bam* – erschütterte den Tisch über seinem Kopf. Der Tisch pochte, und in seinem Kopf pochte es auch. Kein Lachen mehr, kein Schreien, nur das Pochen. Und das Stöhnen. *Mama mia,* sie stöhnten, und die Stiefel scharrten in einer Reihe, die von dem Tisch weg verlief, dann langsam näher kam, ein Paar nach dem anderen trat an die Stelle des vorhergehenden. Die Stiefel waren schmutzig, mit Morast und Schlamm verschmiert, und das fünfte Paar – oder war es das fünfzehnte? – war mit roten Spritzern übersät.

Er wußte, was es war, mußte aber wie durch einen Zwang hinausschauen. Besser die Stiefel anzusehen, als das Stöhnen und Grunzen und Keuchen zu hören, das schlimmer war als das Pochen in seinem Kopf.

Dort saß es für immer fest, dort würde es immer bleiben, die Pillen konnten das Geräusch nicht ersticken, der Nebel konnte es nicht zum Schweigen bringen. *Bam, bam, bam.*

Schließlich hörte es auf, nicht aber das Echo, das immer weiter tönte. Sie lachten wieder, gingen fort, und er kroch unter dem Tisch hervor und erstarrte. Fünf Jahre war er alt, und die erste nackte Frau, die er zu Gesicht bekam, war seine Mutter. Sie hatten ihr das Kleid heruntergerissen, ihre Unterwäsche zerfetzt, und er sah ihren Unterleib, aus dem Blut sickerte, und Blut tropfte aus den Wunden an ihrem Körper, dem Gesicht und aus ihrem Mund, als er sich öffnete und sie flüsterte, »Santo.«

Das Wort war eine große, rosa Blase, die zwischen ihren Lippen zerbarst, und das war sein Vermächtnis, die letzte Erinnerung, die er hatte, bevor er bewußtlos wurde. Vielleicht starb sie in diesem Augenblick oder vielleicht erst später; er erfuhr es nie, denn er wachte erst im Spital in Catania auf. Niemand konnte oder wollte ihm sagen, wie er dorthin kam oder was in Vizzini geschehen war, und er kehrte nie in die Stadt zurück, der er seinen Zunamen verdankte.

Vizzini – so nannten sie ihn im Waisenhaus, weil er seinen wirklichen Familiennamen nicht mehr wußte. Lange Zeit erinnerte er sich an fast nichts, und die guten Schwestern schalten ihn, weil er ein Schwachkopf war und sich seine Aufgaben nicht merkte.

Aber er erinnerte sich immer an die rosa Blase. *Santo.* Warum bestanden die rehäugigen sizilianischen Mütter darauf, ihre Söhne mit der Hypothek eines solchen Namens zu belasten? – Angelo, Salvatore, Santo?

Welche Bedeutung hat ein Name?

Als er mit dreizehn nach Palermo ausriß, nahm ihn Angelo auf und bildete ihn zum Dieb aus. Der Mann war sein erster wirklicher Lehrer, er lehrte ihn das Gesetz der Straße, aber er würde sicherlich niemals für einen Engel gehalten werden.

Später, in Neapel, war es Salvatore, der tatsächlich zu seinem Retter wurde, als die Carabinieri eindrangen und ihre kleine Transaktion unterbrachen. Aber Salvatore hatte ihn nicht davor bewahrt, von den Produkten abhängig zu werden, mit denen er Handel trieb.

Und Santo selbst war kein Heiliger. Welcher Heilige hätte in Rom, Mailand, Marseille überleben können? Welcher Heilige hätte den ersten Rauschgiftfilm zu einer Zeit drehen können, als sogar eine nackte Frau im Film noch ein Skandal war? Vizzini stolperte schwer atmend die steile Steigung nach oben, der Nebel war so dicht, daß er keinen Schimmer von den Straßenlampen oder den Häusern auf dem Hügel sehen, geschweige denn die Straßenschilder lesen konnte. Wo war er jetzt?

Dann plötzlich hatte er festes Pflaster unter den Füßen, und da wußte er es. Er war oben. Auf der Spitze der Welt. Der Aufstieg war geschafft, er war am Ziel angelangt, die Vergangenheit verschwand hinter ihm im Nebel. Er hatte noch eine Kapsel in der Tasche; er schluckte sie trocken hinunter, ohne zu wissen, was es war und ohne sich darum zu kümmern.

Es hatte keinen Sinn, sich zu erinnern. Vergiß, was *Mama mia* ihm auf dem Tisch enthüllt hatte, vergiß die frommen Schwestern, die das gleiche unter ihren Gewändern verborgen hatten; voller schwarzer Haare und auch jeden Monat blutig, wenn *la maledizione* sie heimsuchte. Vergiß die Sau in dem Film über die Kokainschnupfer und was mit ihr geschah, als das Messer in sie eindrang. *Schnitt*, hatte er gesagt, und das Messer gehorchte, aber sie verdiente es, sie war eine *putana* und sie verdiente den Tod.

Wie sie gelacht hatte, bevor das Messer in Aktion trat! Gelacht und gestöhnt und gegurgelt vor Vergnügen. Sie alle hatten sich dabei vergnügt, sogar die guten Schwestern hätten alles dafür gegeben, das *bam, bam, bam* zu spüren. Natürlich hätten sie zuerst geschrien und sich geziert, genau wie Mama mit den Soldaten.

Konnte sie auch ihr Vergnügen dabei gehabt haben?

Was war der Unterschied zwischen einem schmerzlichen und einem lustvollen Stöhnen? Wie konnte es ein fünfjähriger Knabe wissen, wie konnte er selbst *jetzt* sicher sein? Nur eines war sicher: Sie alle hatten so ein Ding, und diese Dinger dachten nicht, sie reagierten nur. Schwarze, haarige, blutige Dinger, verborgene Dinger mit verborgener Begierde nach mehr, mehr, mehr. *Mama mia*, als er empfangen wurde, wälzte sie sich mit einem unbekannten Bauernlümmel in einer Hecke. Und Norman Bates's Mutter...

Vizzini strich mit dem Zeigefinger über die mit Schweißtropfen bedeckte Haut seiner Oberlippe entlang der Kontur seines imaginären Schnurrbartes. Er hätte Norman spielen können, spielen müssen, denn er verstand ihn.

Statt dessen würde ihn Paul Morgan mimen, der nichts kapierte, nicht einmal seine eigene latente Homosexualität. Aber Norman war nicht homosexuell, nichts an den Verbrechen deutete darauf hin. Niemand kannte Norman wirklich, nicht einmal dieser blöde Doktor. Niemand kannte ihn außer ihm, Santo Vizzini.

Sie wußten nicht, daß er den Fall recherchiert hatte, im vergangenen Jahr Fairvale, die Ruinen des Hauses und das Motel besucht, Fotos gemacht hatte. Es war erregend gewesen, dort zu sein, eine Erregung, die er geheimgehalten und bewahrt hatte und im Film festhalten würde, damit alle sie miterleben und teilen konnten.

Verrückte Lady würde ein Triumph werden, denn der Streifen würde die Wirklichkeit zeigen, beinahe so echt wie der Kokain-Film. Es war das Dokumentarische, worauf es ankam.

Driscoll verstand das nicht; das einzige, was ihn interessierte, war Geld. Für ihn war der Bankauszug wichtig, aber für den kreativen Künstler war nur der Film von Bedeutung. Die nackte, ungeschminkte Wahrheit in einer Welt, in der Frauen ihr schmutziges Geheimnis unter den Röcken verbergen. Man mußte ein Mann sein wie er selbst, ein Mann wie Norman, um dieses Geheimnis zu enthüllen, um das Böse zu entlarven und zu bestrafen.

Das hatte Norman mit Mary Crane getan, und das würde er mit Jan tun.

Vizzini blinzelte, tastete sich durch den Nebel. Er hatte die Orientierung verloren. Zu viele Pillen, zu viel Nebel wirbelte in seinem Kopf herum. Er war aus einem bestimmten Grund hier, wenn er sich nur an ihn erinnern könnte. Worüber hatte er nachgedacht?

Jan. Sie sah aus wie Mary Crane, und deshalb hatte er sie trotz aller Einwände ausgewählt. Jetzt mußte er ihr beibringen, wie sie Mary Crane *sein* konnte, diese Diebin, diese *putana*, die sich selbst und ihr Geheimnis vor dem armen Norman zur Schau stellte. Er mußte all die albernen Manierismen aus der Schauspielschule ausmerzen, sie von allen Hüllen befreien bis auf ihr nacktes Fleisch, bis sie Mary Crane war und unter der Dusche stand.

Plötzlich klarte der Nebel auf, und er konnte sie sehen, er konnte Jan nackt sehen, wie sie sich beim Orgasmus wand – dem letzten Orgasmus, dem Tod.

Und plötzlich sah er noch etwas, das Drogen und Nebel all diese Jahre verborgen hatten, etwas, das er vollkommen vergessen hatte. Der kleine fünfjährige Knabe kletterte unter dem Tisch hervor und starrte auf *Mama mias* Geheimnis. Der kleine Junge, der das Bewußtsein verloren hatte, nicht aus Angst, sondern um der Erkenntnis zu entgehen, daß er eine Erektion hatte.

Genau wie jetzt...

Jetzt, nachdem er sein Leben lang geglaubt hatte, er sei impotent, wie Norman Bates. Aber das war nicht wahr. Norman war ein Mann, er mußte bei Mary Crane den Mann gespielt haben. Und er selbst war ein Mann, das war der Beweis, daß er es fertigbringen konnte, die Rolle spielen konnte. Mit Jan...

Sie stöhnte, sie genoß Roys Bewegungen in ihr. Es war gut, so gut, und er war gut. Jetzt sogar noch besser, denn als sie zu ihm aufblickte, veränderte sich sein Gesicht, und plötzlich war Adam Claiborne über ihr, genauso wie sie sich ihn früher gewünscht hatte. Nur verschwammen seine Züge, und dann war es Paul Morgan, der sie bumste. Sie schloß die Augen, sagte ihm, er solle damit aufhören, doch als sie sie wieder öffnete, begriff Jan, daß etwas Schreckliches geschah. Pauls Gesicht war verschwunden, und nun trieb sie es mit Santo Vizzini; er keuchte vor Anstrengung, und aus seinen Achselhöhlen fielen Schweißtropfen. Sie hob die Hände und zerkratzte Vizzini das Gesicht mit ihren Nägeln. Was jetzt auf ihr lag, hatte kein Gesicht, keines, das sie erkennen konnte, nur ein undeutlicher Eindruck. Dennoch wußte sie, etwas in ihr wußte genau, wer es war.

Norman Bates.

Er war es, er hatte es die ganze Zeit mit ihr gemacht, die anderen waren nur Masken gewesen. Aber *sein* Gesicht war echt, und sie wollte es deutlich sehen, *mußte* es deutlich sehen.

Dann kam der Schrei, und sie erwachte, sie riß die Augen wirklich auf und starrte in das dunkle Schlafzimmer.

Wieder ein Schrei und das fieberhafte Klopfen an der Tür.

Jan warf die Decken weg, schaltete die Lampe ein, fuhr mit den Füßen in die Pantoffel neben dem Bett. Sie riß ihren Schlafrock vom Stuhl und lief durch die Diele.

»Laß mich hinein...«

Connies Stimme schrillte hinter der Eingangstür.

Und als die Tür aufging, stand Connie zitternd im Nebel, zitternd und weinend.

»Um Himmels willen, mein Kleines, was ist los?«

»Ich bin eben nach Hause gekommen.« Weinend, das tränenüberströmte Gesicht verzerrt wie das eine Kindes.

Jan nickte. »Wo ist dein Schlüssel?«

»In meiner Handtasche – ich kann ihn nicht finden – er war dort...«

»Er?«

Connie wies auf die vom Nebel eingehüllte Straße. »Jemand – ein Mann – stand unter den Bäumen, als ich aus dem Wagen stieg. Ich dachte, er kommt mir nach...«

Jan blickte an dem zitternden Mädchen vorbei. »Ich kann niemanden sehen.«

»Er muß weggerannt sein, als ich schrie. Aber er war dort – ich sah ihn...«

Jan raffte ihren Schlafrock um die Mitte zusammen und ging über den Gehsteig.

Connie wandte sich schnell um. »Nein – geh nicht!«

Aber Jan war schon bei den Bäumen. Und dort, unter ihnen, bückte sie sich und hob das blonde Kätzchen auf.

Das Kätzchen wehrte sich nicht und rührte sich nicht.

Weil man ihm die Kehle durchgeschnitten hatte.

29

Claiborne hatte verschlafen, fühlte sich aber wie zerschlagen.

Er hatte zu viel um die Ohren, es gab zu viel zu überlegen. Er rasierte sich, zog sich an und versuchte sich Klarheit über die Ereignisse der letzten vierundzwanzig Stunden zu verschaffen. Die Begegnung mit Vizzini, das Treffen mit Driscoll, die Episode mit Jan.

Episode? Es war weit mehr gewesen. Wenn er sich nur durchgesetzt, ihr klargemacht hätte, daß ihm ihre Sicherheit wichtig war, weil sie selbst für ihn wichtig war. Aber er hatte es nicht geschafft, also bestand die Gefahr weiterhin. Und heute war schon Samstag; die Zeit wurde knapp.

Er lief zum Telefon und rief das Krankenhaus an, um mit Steiner zu sprechen.

»Er liegt im Allgemeinen Krankenhaus«, sagte Clara. »Ja, man hat ihn Donnerstagabend dort eingeliefert. Lungenentzündung. Sie wissen ja, es hat die ganze Woche hier so schrecklich geregnet...«

Claiborne stellte Fragen und erhielt Antworten. Nein, Dr. Steiner lag nicht auf der Intensivstation, aber Anrufe und Besuche waren verboten, jedenfalls noch die nächsten paar Tage. Und soweit ihr bekannt war, war noch kein Befund vom Leichenschauhaus gekommen. Sheriff Engstrom war schwer dahinter, er meinte, spätestens Montag würde er den Bericht bekommen. »Und bis dahin sind Sie Gott sei Dank wieder zurück. Wir haben es jetzt nicht leicht...«

Er dankte ihr und legte auf. *Sie hatte es nicht leicht*, meinte sie. Niemand hatte es jetzt leicht.

Aber es hatte keinen Sinn, sich selbst zu bemitleiden oder sich Vorwürfe zu machen. Es genügte, daß er sich eingestand, bisher nichts erreicht zu haben. Steiner hatte recht behalten; er war Arzt, kein Detektiv. Und er war in die bekannteste Falle seines Berufs gegangen; er hatte sich so sehr für die Menschen interessiert, daß er das vordringliche Problem nicht erkannt hatte. Jeder Detektiv wußte, daß man nur dann zu Lösungen gelangt, wenn man sich nur an das Problem hält.

Claiborne saß auf dem Bettrand und überdachte alle Möglichkeiten und Prioritäten. Dann hob er wieder den Hörer ab.

Er tätigte zwei Anrufe.

Nach dem zweiten ging er ins Badezimmer und hielt den Kopf unter das kalte Wasser. Es war die unvernünftige Geste eines Mannes mit einem Katzenjammer, aber der Schock durch das eisige Wasser half ihm, obwohl er daraufhin sein Hemd wechseln und sich noch einmal kämmen mußte.

Nachdem er sich vergewissert hatte, daß er den Schlüssel eingesteckt hatte, verließ er das Zimmer und ging den Patio entlang; er sah auf die Uhr. *Schon zwölf Uhr vorbei.* Er hatte noch nicht gefrühstückt, aber dafür hatte er keine Zeit mehr, nicht nach dem, was er gehört hatte.

»Hallo.«

Tom Post stand mit einem Begrüßungslächeln in der Bürotür. »Möchten Sie eine Tasse Kaffee?«

Claiborne wollte schon den Kopf schütteln, aber die Verlockung wurde durch den Kaffeeduft verstärkt.

»Danke, ich habe nicht viel Zeit, bin verabredet...«

»Kein Problem, er ist fertig.«

Post führte ihn ins Büro und öffnete die hintere Tür. »Da drinnen«, sagte er. »Wenn wir schon dabei sind, können wir es uns ebenso gut gemütlich machen.«

Der Raum hinter der Tür war recht anheimelnd oder war es zumindest einmal gewesen, als die Einrichtung neu gewesen war. Doch nun war der Überzug der Polstermöbel verschossen und die

Vorhänge waren verstaubt; nur die gerahmten Fotos an den Wänden wirkten im Lampenlicht hell und zeitlos.

Während der alte Mann an der Kaffeemaschine herumhantierte, wandte Claiborne seine Aufmerksamkeit den Fotos zu. Es schienen, wie die im Vorzimmer, Studio-Werbeaufnahmen zu sein, von denen jedoch keine bei ihm eine Assoziation auslöste.

Tom Post brachte ihm seine Tasse. »Sahne und Zucker?«

»Ich trinke ihn gern schwarz, besten Dank.«

Er schmeckte ihm. Claiborne war nicht bewußt geworden, wie sehr er etwas Belebendes brauchte: Heißer Kaffee war sogar im Augenblick besser als kaltes Wasser.

»Wieder ein sehr heißer Tag«, leitete Post das Gespräch ein. »Aber der Nebel wird heute abend wieder einfallen. Das tut er für gewöhnlich in dieser Jahreszeit.« Er warf einen Blick auf die Gesichter an der Wand. »Kennen Sie jemanden davon?«

»Leider nicht.«

»Das wundert mich nicht. War vor Ihrer Zeit.« Sein knochiger Finger wies auf einen lächelnden Mann. »Das ist Sol Morris. Er war in den zwanziger Jahren Leiter der Coronet Studios, als sie sich auf der anderen Seite des Hügels befanden.«

Der Jüngere nickte, und Post ging an der Wand entlang wie ein Führer in einem Museum. Es war ja auch ein Museum, dachte Claiborne; die verblaßte Einrichtung und die Staubschicht überall paßten zu einem Ort, an dem alle Uhren seit langem stehengeblieben waren.

»Theodore Harker«, sagte Post mit einem Blick auf das Porträt eines Mannes mit einer Adlernase, der einen schwarzen Anzug trug. »Ein großer Regisseur, wie Dave Griffith zu seiner Zeit. Der neben ihm ist Kurt Lozoff. Mit ihm habe ich auch gearbeitet, manche waren der Ansicht, er wäre sogar noch besser als Von Stroheim. Aber an ihn erinnert sich niemand mehr. Niemand interessiert sich für ihn.«

Er wandte sich ab, und Claiborne dachte einen Augenblick, daß er mit dieser Bewegung seine Rührung verbergen wollte. Doch Post knipste in der dunklen Ecke des Raumes die Lampe über dem Porträt an, das dort in einsamer Pracht hing.

Pracht. Das war das Wort, das einzige Wort für die Faszination dieses Gesichtes – es war kein Foto, sondern ein Abbild. Das Mädchen war jung und sehr schön. Es kam ihm irgendwie vertraut vor, er hatte diese Augen und das Lächeln schon gesehen.

»Dawn Powers.« Der alte Mann lächelte. »Von ihr entlieh ich den Namen für dieses Haus. Dawn Motel.«

»Ich glaube, ich habe Bilder von ihr gesehen«, sagte Claiborne. »War sie Schauspielerin?«

»Ja, aber nur im Stummfilm. Sie hätte weitermachen, sie hätte eine der größten werden können.« Tom Post sank zu einem leisen Murmeln herab, und Claiborne blickte ihn an.

»Sie waren in sie verliebt?«

»Ich bin es noch immer.«

»Was geschah?«

Der alte Mann zog die Schultern hoch. »Sie zog sich zurück. Heiratete, aber keinen aus der Filmbranche. Starb vor Jahren.« Er machte das Licht aus, dann blickte er Claiborne aus der dunklen Ecke an. »Sie sind alle schon tot. Bald werde auch ich an der Reihe sein, und vielleicht ist es besser so.«

»Das hat noch reichlich Zeit. Sie sind ja noch so rüstig.«

»Und wenn es damit vorbei ist?« Post schüttelte den Kopf. »Ich habe die Pflegeanstalten gesehen. Wissen Sie, was das für ein Gefühl ist, wenn man alles, was man auf dieser Welt besitzt, auf einem dreißig Zentimeter langen Regal neben seinem Bett liegen hat? Leute, die ein ganzes Haus voller Besitztümer hatten, sind nun auf einen Plastikkamm, einen gesprungene Spiegel, ein Trinkglas, einen vergilbten Schnappschuß von den Enkelkindern beschränkt, die sie seit drei Jahren nicht mehr besucht haben. Und das ist nicht das Schlimmste. Das Schlimmste ist der Verlust der Würde, der Ruhe, der Selbstachtung. Und der Hoffnung.

Das ist die Zukunft, und wir alle haben Angst vor ihr. Sicherlich, man wird mit Tranquilizern beruhigt – das endgültige Loslösen, indem man den Menschen ihre Gefühlsregungen nimmt. Sagen Sie mir, Doc, was ist besser – ein leeres Lächeln oder beruhigte Tränen?«

»Das ist nicht nur ein medizinisches Problem. Wenn die Welt aus den Fugen gerät, müssen wir unser Gesellschaftsmodell und unsere Wertvorstellungen betrachten, um eine Antwort zu finden.«

»Keine Sorge, wir haben jede Menge von Antworten auf Lager.« Tom Post nickte. »Jedes Jahr taucht eine neue Patentlösung auf. Isometrik. Biologische Ernährung. Zen. Biofeedback. Gruppentherapie. Transzendental-Meditation. Jogging.« Er lächelte. »Aber wo sind all die perfekten Exemplare von Menschen?«

»Wenn ich es nur wüßte.« Claiborne stellte seine leere Tasse auf den Kaffeetisch. »Aber jetzt muß ich wirklich gehen...«

»Tut mir leid. Ich hatte nicht die Absicht, Sie so lang aufzuhalten.«

»Sie müssen sich nicht entschuldigen. Was Sie sagten, war sehr vernünftig. Nein, wirklich, ich meine das im Ernst.«

»Danke.« Post kicherte. »Manche Leute glauben, das einzig Wertvolle, das aus dem Mund eines alten Mannes kommt, sind seine falschen Zähne.«

Claiborne ging zur Tür, sein Gastgeber folgte ihm. »Ich vergaß Sie zu fragen. Dieser Film, für den Sie sich interessieren – *Verrückte Lady*. Wie läuft die Sache?«

»Das ist eine lange Geschichte.«

»Ich würde sie gerne hören.« Post hielt die Tür offen, während Claiborne auf den Patio hinaustrat. »Hören Sie, wenn Sie gegen sechs Zeit haben, kommen Sie doch vorbei und essen Sie mit mir zu Abend. Ich bin zwar nicht der beste Koch von der Welt, aber ich verspreche, Sie nicht zu vergiften.«

»Klingt verlockend«, sagte Claiborne. »Ich sollte am Spätnachmittag wieder zurück sein. Okay, ich melde mich dann bei Ihnen.«

»Ich werde hier sein.« Der weißhaarige Mann kicherte, während Claiborne zu seinem Wagen ging. »Viel Glück!«

Als Claiborne davonfuhr, schien ihn der Klang des nervösen Lachens zu verfolgen, und er dachte wieder über Tom Post nach. War seine Einsamkeit der einzige Grund für seine Gastfreundschaft und seine Neugierde?

Aus den Ansichten, die er geäußert hatte, ging klar hervor, daß der alte Mann verbittert und einsam war. Er brütete im Dunkel Nacht für Nacht vor sich hin, versuchte, die Vergangenheit wiederzufinden, die Toten zum Leben zu erwecken.

Das war doch genau das, was Norman getan hatte. Auch Norman besaß ein Motel.

Claiborne versuchte mit gefurchter Stirn diesen Gedanken zu verscheuchen. Die Parallele war zu weit hergeholt; Post schien nicht auf seine Mutter fixiert zu sein, und er hatte sicherlich nicht ihre Leiche versteckt. Er hatte nur das Porträt eines Mädchens, das er liebte, eines toten Mädchens...

Eines toten Mädchens mit einem gewissen Ausdruck in den Augen und einem Lächeln, das Claiborne wiedererkannte. Nicht aus anderen Bildern von Dawn Powers, sondern aus einem anderen Foto, einem Zeitungsbild. Das Gesicht war anders, aber die Augen und das Lächeln gehörten Mary Crane.

Unsinn. Wie viele Grundtypen von Gesichtern gab es – siebenunddreißig? Es mußte Tausende Mädchen geben, die die gleichen Merkmale aufwiesen. Wie zum Beispiel Jan Harper...

Er schüttelte den Kopf. *Du hättest sie gestern abend haben können. Warum nicht? Du wolltest sie doch.*

Claiborne seufzte. Ja, aber wollte er sie ebenso sehr wie Tom Post seine Dawn begehrte, so sehr, daß er bereit war, sein Leben in der Wirklichkeit oder in der Erinnerung mit ihr zu verbringen? Er wußte darauf wirklich keine Antwort. Vielleicht würde es überhaupt eine Erinnerung bleiben müssen, wenn ihm Jan seine Zurückweisung nicht verzeihen konnte. *Oder wenn ihr etwas zustieße!*

Er dachte an seine Telefongespräche. Zum erstenmal hatte er mehr in der Hand als nur einen Verdacht oder eine begründete Vermutung. Jetzt besaß er die Waffe, die er brauchte, und er beabsichtigte, sie zu benutzen.

Vorausgesetzt, daß er Marty Driscoll finden konnte.

Aber als er auf den Parkplatz kam und zum Verwaltungsgebäude ging, entdeckte er, daß Driscolls Büro geschlossen und versperrt war; nicht einmal Miß Kedzie arbeitete Samstag nachmittags. Er hätte daran denken sollen, auch sie anzurufen. Vielleicht konnte er Roy Ames finden.

Er ging durch den Korridor, an geschlossenen Türen vorbei, dann beschleunigte er den Schritt, als er sich Ames' Zimmerchen näherte, das offenstand.

Offen und leer.

Hieß das, daß Ames sich noch irgendwo auf dem Gelände aufhielt? Schon möglich – zumindest war es einen Versuch wert.

Er kehrte auf die leere Straße zurück und schlug die Richtung zu Studio Sieben ein. Sollte Jan nicht heute mit Vizzini reden? Wenn ja, würde Ames vielleicht dabei sein. Ja wirklich, jemand war dort, denn die große Schiebetür stand offen.

Die Dunkelheit hinter dem Eingang war kühl, er trat dankbar ein und hielt Ausschau nach Anzeichen von Licht und Leben. Aber die Tonbühne war still, und das einzige Licht kam aus einer entfernten Ecke hinter der Schlafzimmerdekoration, in der das Feuer ausgebrochen war.

Dort sah er das Badezimmer und die Dusche von Zimmer Sechs im Bates Motel.

Er war natürlich nie dort gewesen; das Haus war Jahre, bevor Norman sein Patient geworden war, abgebrannt. Aber es war nach

Normans Beschreibung klar zu erkennen. Berichtigung – *deutlich* erkennbar, an den verfliesten Wänden, der Porzellaneinrichtung, den glänzenden Armaturen und dem schweren Duschvorhang.

Der Schauplatz des Verbrechens.

Einen Augenblick lang stellte er sich die Szene vor: die blutbespritzten Wände, das strömende Wasser, das mit rosa Schaum um die nackte Gestalt wirbelte, die schlaff und zerfetzt auf dem Boden der Duschkabine lag. Und die andere Gestalt, die darüber stand...

Aber das Badezimmer war nur eine dreiseitige Filmkulisse und die Gestalt, die dort stand, war Roy Ames.

Ames wandte sich um. »Was machen Sie hier?«

»Ich suche Sie«, antwortete Claiborne. »Ich habe gestern abend bei Ihnen angerufen. Wo waren Sie?«

»Hier.«

Der Autor nickte. »Stimmt. Ich nahm immer an, daß die Sicherheitsmaßnahmen eine Farce sind, aber ich wollte es beweisen. Jedermann kann über die Mauern klettern. Vielleicht half mir auch der Nebel, es unbemerkt zu schaffen, aber jetzt weiß ich, wie leicht das zu bewerkstelligen ist. Gott sei Dank hat Jan ihre heutige Probe abgesagt.«

»Abgesagt?«

»Ich sprach heute morgen mit ihr. Sie ist nach gestern abend noch zu erschüttert.«

In Ames' Stimme lag nicht die leiseste Spur einer Anschuldigung, aber Claiborne wich seinem Blick aus. *Er liebt sie wirklich,* dachte er. *Verdammt noch mal, muß ich immerfort in das Leben anderer hineinplatzen?*

»Wir hatten eine Meinungsverschiedenheit«, verteidigte er sich. »Aber ich dachte nicht, daß ich sie so aus der Fassung gebracht hätte...«

»Das haben Sie auch nicht.« Ames berichtete ihm von dem Kätzchen, und Claiborne hörte mit zusammengekniffenen Augen zu. *Dem Kätzchen die Kehle durchgeschnitten.* Plötzlich erinnerte er sich an Vizzini und die Messer. *Aber warum?*

»Verstehen Sie nun, warum sie so nervös ist?«

»Ja.«

»Was meinen Sie?«

»Lassen Sie mich überlegen.«

»Ist das alles, was Sie dazu zu sagen haben?«

»Nein.« Claiborne schüttelte den Kopf. »Hören Sie mir jetzt zu.«

»Sprechen Sie nur.«

»Ich habe heute nachmittag einige Telefongespräche geführt. Zuerst rief ich den Sicherheitsdienst hier an, um mit dem Verantwortlichen zu sprechen.«

»Sie meinen Talbot?«

»Stimmt. Er war nicht hier, aber man gab mir seine Privatnummer, und ich rief ihn dort an.«

»Hatten Sie einen besonderen Grund dafür?«

»Ich erkundigte mich nach seiner gestrigen Unterredung mit Driscoll, nach dem Brand und nach den Fingerabdrücken, die er auf dem Benzinkanister gefunden hat.«

»Haben Sie etwas Neues erfahren?«

»Einiges.« Claiborne nickte mit unbewegtem Gesicht. »Talbot hat den Kanister nie untersucht. Er war gar nicht im Studio. Er befand sich seit Donnerstag in Vegas und kam erst heute morgen zurück.«

»Was ist dann mit dem Bühnenarbeiter?«

»Lloyd Parsons?« Claiborne sprach betont langsam. »Es gibt niemanden dieses Namens hier im Studio. Soweit Talbot sich erinnern kann, hat es ihn auch niemals gegeben.«

»Also hat Driscoll gelogen.« Ames runzelte die Stirn. »Glauben Sie, daß er Vizzini deckt?«

»Vielleicht.« Ein Bild begann sich abzuzeichnen, die Teile fügten sich zusammen.

»Aber es klingt verrückt.«

»Ebenso wie die Sache mit dem Kätzchen«, sagte Claiborne. »Vielleicht paßt es aber doch dazu. Das blonde Mädchen, ein Kätzchen mit gelbem Fell. Es könnte ein Ersatz für Jan sein. Der Mann im Nebel – angenommen, er hatte es auf Jan abgesehen, aber Connies Eintreffen vertrieb ihn. Also tötete er statt dessen das Kätzchen.«

»Warum?«

»Überlegen Sie einen Moment.« Claiborne senkte seine Stimme. »Das Synonym für ein Kätzchen ist *pussy* (Punze). Deshalb wurde es getötet, denn darauf hatte es der Mörder abgesehen. Er erstach ihre *pussy*.«

»Gütiger Gott! Sie glauben wirklich, daß Vizzini zu so etwas fähig wäre?«

»Ich weiß es nicht.« Claiborne zog die Schultern hoch. »Aber Norman würde es tun.«

»Was wollen Sie unternehmen?«

»Als erstes muß ich mit Driscoll sprechen. Haben Sie seine Privatnummer?«

»Ja, in meinem Büro.«

»Dann werden wir von dort aus anrufen. Diesmal kann er sich nicht herauswinden. Entweder er bricht den Film ab oder wir gehen zur Polizei.«

Im Schatten hinter der Dekoration bewegte sich eine Gestalt.

30

Polizei.

Vizzini spürte, wie der Zorn in ihm hochstieg. Er erfüllte seine Kehle, er spürte ihn auf der Zunge, als er heftig schluckte; er wußte, daß er still sein mußte. Schweigen hatte ihn gerettet, als er auf die Tonbühne gekommen war und Stimmen gehört hatte, und es würde ihn jetzt wieder retten. Er glitt zurück ins Dunkel hinter der Seitenwand der Dekoration, als Ames und Claiborne hinaustraten, zu der offenen Tür am anderen Ende gingen und auf die dahinter liegende Studiostraße traten. Dann folgte er ihnen, blieb hinter der offenen Tür stehen und beobachtete, wie sie zum Verwaltungsgebäude gingen. Als sie darin verschwanden, konnte er ihnen folgen. Die Straße war leer, und als er das Haus betrat, stellte er fest, daß die Korridore leer waren. Das traf sich gut, und das Glück war wieder auf seiner Seite. Die Tür zu Ames' Zimmer am Ende des Korridors stand offen, und das Büro war nicht abgesperrt.

Vizzini öffnete leise die Tür, dann trat er an die Zwischenwand.

Ames telefonierte schon; seine gedämpfte Stimme war zeitweise zu hören. »Nein, nicht am Telefon. Hören Sie, ich will nicht mit Ihnen streiten. Wenn Sie nicht zuhören wollen, werden wir uns an die Polizei wenden.«

Wieder dieses Wort. Jetzt war er zornig und verbittert.

»Sie haben verdammt recht, ich meine es ernst! Es hängt von Ihnen ab – wir geben Ihnen noch eine letzte Chance.«

Auch der Zorn hatte einen Geruch; kein Parfum war stark genug, um ihn zu überdecken.

»Um wieviel Uhr? Sind Sie sicher, daß es Ihnen nicht früher möglich ist? Also gut, wir werden pünktlich da sein.«

Ames legte auf, und einen Augenblick später erklang Clairbornes Stimme hinter der Wand.

»Was hat er gesagt?«

»In einer Stunde hat er eine Konferenz – Ruben, Barney Weingarten und einige Leute aus dem New Yorker Büro. Er erwartet uns heute abend um acht.«

»Sind Sie sicher, daß er die Verabredung einhalten wird?«

»Ich würde es ihm raten. Ich glaube, ich habe ihm genug Angst eingejagt, also wird er keine Tricks versuchen.«

»In Ordnung. Der Mann, der das Motel leitet, in dem ich wohne, hat mich zum Abendessen eingeladen. Wenn Sie mir die Adresse und die ungefähre Richtung angeben, werde ich Sie dort treffen.«

Vizzini drückte sich hinter die Tür, als die beiden Männer aus dem Büro traten. Sie sprachen noch miteinander, während sich ihre Schritte im Korridor entfernten.

»Es ist leicht zu finden. Er wohnt oben auf dem Hügel gegenüber von Ventura. Sie können die Vineland entlangfahren, dann...«

Dann waren sie fort, aber ihre Worte hallten nach.

Verabredung. Acht Uhr. Keine Tricks.

Vizzinis Kinnmuskeln strafften sich. Es hatte schon zu viele Tricks gegeben. Daß Jan die Probe abgesagt hatte. Und nun diese Sache mit Driscoll. Diesmal würden sie es durchsetzen, den Film abbrechen, ihn um alles betrügen. Er konnte sie nicht aufhalten, dazu war es zu spät, er war machtlos, impotent.

Impotent.

Aber nicht bei Jan.

Nicht, wenn er selbst einen Trick ausspielen konnte.

31

»Der Nebel fällt wieder ein.« Connie wandte sich vom Fenster ab. »Fühlst du dich wirklich wieder ganz in Ordnung?«

»Mach dir keine Sorgen.« Jan nahm die Plastikmappe mit dem Drehbuch vom Tisch. »Ich habe dir ja erzählt, was Vizzini gesagt hat. Paul Morgan wird mit mir proben. Und sie haben die Sicherheitsvorkehrungen verstärkt.«

»Ich verstehe dich nicht.« Connie schüttelte den Kopf. »Den ganzen Nachmittag erklärst du, du bist damit fertig, gehst keine Risiken mehr ein, es lohnt sich nicht. Aber kaum ruft er an, bist du Feuer und Flamme und kannst es nicht erwarten, ins Studio zu laufen. Hättest du ihm nicht zumindest vorschlagen können, bis morgen vormittag zu warten?«

»Wir werden auch morgen proben.« Jan nahm ihre Handtasche und ging zur Tür. »Verstehst du denn nicht? Das bedeutet, daß der Drehplan eingehalten wird.«

Connie öffnete ihr die Tür, dann blickte sie in den dichter werdenden Nebel hinaus. »Komm, ich bringe dich zum Wagen.«

»Aber er steht doch hier.« Jan brach lächelnd ab. »Danke, Schatz, lieb von dir.«

»Kümmere dich nicht um mich.« Connie sah zu, wie Jan sich hinter das Lenkrad schob und startete, dann sagte sie laut, um den Motor zu übertönen: »Versprich mir, daß du vorsichtig sein wirst.«

»Du auch.«

Connie nickte. »Keine Sorge, ich halte die Türen verschlossen, bis du zurückkommst. Und wenn etwas passiert...«

»Es wird nichts passieren.« Jan löste die Bremse und reversierte durch die Einfahrt. Sie winkte, während Connie ins Haus zurückging und die Tür hinter sich schloß. Dann legte sie den ersten Gang ein und fuhr den Hügel hinnter.

Der Nebel wurde noch dichter, aber Jan fuhr vorsichtig, und es gab keinen Verkehr, der ihr Vorwärtskommen behinderte. Ein Großteil der Leute, die auf dem Hügel wohnten, schienen diesen Abend zu Hause zu verbringen; Familien hatten Besuch, die Kinder blieben länger auf und sahen die Abendsendungen des Fernsehens. Sie kam an einer offenen Garage vorbei, warf einen Blick in das beleuchtete Innere und sah einen dickbäuchigen Mann in einem T-Shirt, der mit einer elektrischen Säge Holzscheite zurechtschnitt; auf der Bank neben ihm stand eine Bierdose, ein gefleckter Dalmatiner saß daneben und sah zu, wie er arbeitete. Aus einem Fenster nebenan ertönte laute Stereomusik; einigermaßen verwundert erkannte sie die letzten Takte von Richard Strauß' Tondichtung ›Tod und Verklärung‹.

Ich verstehe dich nicht, hatte Connie gesagt.

Was gab es schon zu verstehen? Natürlich hatte sie Angst gehabt – wer hätte sich nicht gefürchtet, wenn ein Irrer herumlief, der Kätzchen umbrachte? Aber das war gestern abend gewesen, und seither war nichts mehr passiert, kein Anzeichen, daß etwas nicht in Ordnung war. Solche Dinge ereigneten sich heutzutage ununterbrochen, es gab genügend Verrückte, ja natürlich, man mußte vorsichtig sein. Man mußte nur zwischen Vorsicht und übertriebener Hysterie unterscheiden; man konnte sein Leben nicht hinter verschlossenen Türen verbringen.

Das schienen Connie und Roy und Adam Claiborne nicht zu begreifen. Sie gehörte nicht zu den Leuten, die am Samstagabend in der Vorstadt hinter verschlossenen Türen saßen. Eine junge Matrone, die für die neu zugezogenen Nachbarn von gegenüber nervös die Gastgeberin spielte; eine geplagte Hausfrau, die die Kinder ermahnte, daß sie Punkt halb zehn das Fernsehen abschalten mußten – *vergeßt nicht, morgen früh geht ihr zur Sonntagsschule;* eine Frau mittleren Alters, die Socken stopfte, während ihr Mann in der Garage mit seinem Elektrowerkzeug herumhantierte; eine grauhaarige Witwe, die allein im Zimmer saß und Stereomusik hörte. *Tod und Verklärung.* Das war keine Art, sein Leben zu verbringen, auf Tod und Verklärung zu warten.

Es gab andere attraktive Rollen, und sie hatte vor, sie zu spielen. Es ging nur darum, daß sie ihre Rolle richtig hinkriegte, und das würde sie jetzt tun. *Eine schlaue Lady sein.*

Vizzini mochte ein geiler Bock sein, aber er war kein Narr; nun, da der Film gedreht wurde, hatte er einen anderen Ton angeschlagen. Er war selbst sehr an diesem Film interessiert und würde seine Chancen nicht verderben, nur um sich an sie heranzumachen. Daß er eine Probe mit Morgan angesetzt hatte, bewies, daß er es ernst meinte.

Und er hatte wegen der Sicherheitsmaßnahmen nicht gelogen. Als Jan zum Studioeingang kam, sah sie nicht einen, sondern zwei Männer an der Schranke. Der jüngere Wächter kontrollierte sorgfältig den Klebezettel, bevor er die Schranke hob und sie durchwinkte. Als sie parkte und über die Straße zu Studio Sieben ging, kam sie an Chuck Grossinger vorbei, der seine Runden machte, und bemerkte, daß er einen Revolver im Schulterhalfter trug.

Das gab ihr ein beruhigendes Gefühl; jetzt würde es keine Schwierigkeiten geben. Heute abend nicht, überhaupt nie. Nützen wir die gute Gelegenheit – sie war jetzt in Form, bereit für alles, was kommen würde.

Durch den Nebel sah sie, daß die großen Schiebetüren der Tonbühne geschlossen waren. In dem kleineren Seiteneingang weiter vorn stand Santo Vizzini und lächelte ihr zu. Während sie näher kam, sah er auf die Uhr.

»Auf die Minute pünktlich«, sagte er. »Das ist ein gutes Omen, finden Sie nicht?«

Jan nickte. Sie hatte sich vorgenommen, freundlich zu sein, aber sie würde auch vorsichtig sein. Vorsichtig und kontrolliert. Es hatte keinen Sinn, sich aufzuführen wie ein verängstigtes Kätzchen...

Vergiß das Kätzchen, mahnte sie sich. *Das ist jetzt vorbei.*

Vizzini trat zur Seite und deutete auf die Bühne.

Dann schloß er die Tür.

32

Claiborne saß wartend in seinem Wagen.

Hier oben auf dem Hügel war der Nebel eine undurchsichtige Wand. Als er über die halbkreisförmige Auffahrt blickte, konnte er kaum die Konturen des weitläufigen Gebäudes dahinter erkennen.

Er warf einen Blick auf die Uhr. *Fünf nach acht.* Wo blieb Roy Ames?

Claiborne kurbelte das Fenster nach unten und horchte auf das Geräusch eines näherkommenden Wagens, aber nichts regte sich unten auf der stillen Straße. Nach einer Weile fröstelte es ihn, und er kurbelte das Fenster wieder hoch.

Die dünne Glasscheibe schützte ihn vor Feuchtigkeit und Dunkelheit, aber sie konnte nicht verhindern, daß er daran dachte, wer sich im Nebel herumtreiben mochte. Und der Gedanke war kälter als der Nebel, dunkler als die Nacht. Der Gedanke an den mit einem Messer herumschleichenden Norman. Er konnte seine Gegenwart fühlen, spürte, daß er dort draußen wartete.

Laß deine Fantasie nicht mit dir durchgehen.

Ein guter Rat, aber auch nicht mehr. Was ist Fantasie, und wie unterscheidet sie sich eigentlich vom logischen Denken? Ist sie nicht ein ebenso gültiger Zugang zur Wirklichkeit wie die Empfindung oder das Gefühl? *Du bist die Autorität, du hast konkrete Antworten zu geben.*

Aber er fand keine Antworten. Nach all diesen Jahren konnte er nicht einmal die Fachausdrücke seiner Disziplin definieren, zwischen Allusion, Illusion und Wahn unterscheiden.

Cogito, ergo sum. Ich denke, daher bin ich – *was?* Ein vernünftiges Wesen? Aber der Mensch ist nicht vernünftig, das hatte ihn die Erfahrung gelehrt. Der Mensch wird von Instinkt und Intuition bestimmt, und er stellt keine Ausnahme dar. Seine Ausbildung hatte ihm nur ein esoterisches Vokabular zur Verfügung gestellt. Er konnte sich nicht selbst heilen, weil er sich nicht kannte. Bewußtsein ist das einzige, was der Mensch besitzt, aber es ist ein vergängliches Phänomen, wir verlieren es im Schlaf, beeinflussen es durch Narkotika, verzerren es durch gefühlsmäßige Reaktionen, verlieren es völlig, wenn stärkere Kräfte in uns die Führung übernehmen. Bewußtsein ist wie eine Glasscheibe – ein schwacher Schutz gegen den Nebel dahinter. Aber der Nebel ist immer da und lauert.

Vergiß die Theorie, vergiß die Logik. Versuche zu erkennen, was im Nebel verborgen liegt. Claiborne seufzte, er stellte sich den düsteren Nebel der vergangenen Nacht vor und die Gestalten, die er verbarg. Das unter den Bäumen kauernde Kätzchen, den Mann mit dem Messer. Norman, dessen Versuch, Jan zu erreichen, vereitelt wurde, und der seine Waffe statt dessen in das Kätzchen stieß. Warum auch nicht? *Bei Nacht sind alle Katzen grau.*

Jemand klopfte gegen das Fenster. Er wandte sich um und sah durch das Glas eine Hand, die sich zurückzog und das Gesicht dahinter freigab.

»He, wachen Sie auf!« rief Roy Ames.

Claiborne öffnete die Tür und stieg aus. »Ich habe nicht geschlafen«, protestierte er. Zugleich dachte er, daß dies seine Ansicht untermauerte. Wie leicht es war, sein Bewußtsein zu verlieren; Ames war vorgefahren, und er hatte ihn nicht kommen hören. Jeder hätte sich im Nebel an ihn heranschleichen können, sogar Norman...

Er verscheuchte den Gedanken und blickte auf die Uhr. »Zehn nach acht«, murmelte er. »Sie haben sich verspätet.«

»Das tut mir leid«, entschuldige sich Ames.

Die Nachtluft war feuchtkalt; Claiborne machte sich auf den Weg zur Eingangstür. »Macht nichts. Gehen wir hinein – er kann uns zumindest etwas zu trinken anbieten.«

Ames folgte ihm und erreichte ihn, als er auf den Klingelknopf drückte; er hörte den silbrigen Klang der Türglocke drinnen.

Sie standen einen Augenblick im Schatten der unbeleuchteten Vorhalle. Ames drückte noch einmal auf den Knopf. Die Klingel erklang gehorsam, aber sonst regte sich nichts.

»Was ist los?« murmelte Ames. »Hat er uns versetzt?«

»Das bezweifle ich.« Claiborne blickte zu den Jalousien am Seitenfenter. »Drinnen brennt das Licht.«

Ames ballte die Faust und trommelte an die Tür. Sie bewegte sich unter dem Schlag und ging auf.

»Unversperrt«, stellte er fest. »Kommen Sie.«

Drinnen führte ein geräumiger, über zwei Stockwerke reichender Vorraum zu einer geschwungenen Treppe mit weißem Geländer an der hinteren Wand. Aus den offenstehenden Türen zu beiden Seiten des Korridors drang das Licht, das in den dahinterliegenden Räumen brannte.

Roy Ames hielt die Hände an den Mund. »Ist jemand zu Hause?«

Keine Antwort. Aber es war nicht vollkommen still; von rechts ertönte aus der Tür leise Musik.

»Hört uns nicht«, stellte Claiborne fest. »Sitzt vermutlich vor dem Fernseher.«

Die beiden Männer gingen zu der Tür und stiegen die teppichbelegten Stufen in den dahinterliegenden Raum hinab. Dieser war jedoch leer; auf dem Schirm an der Wand bewegten sich Gestalten; ein Symphonie-Orchester begann soeben den letzten Satz von Respighis *Pini di Roma.*

»Jemand war hier.« Claiborne zeigte auf die um einen Kaffeetisch in der Mitte des Raumes gruppierten Stühle und auf die auf dem Tisch herumstehenden Gläser und Aschenbecher.

»Jetzt sind sie aber nicht mehr da.« Ames blickte an den beschlagenen Glastüren vorbei zu der kleinen Tür auf der anderen Seite des Raums. »Vielleicht ist er auf der Toilette.«

Doch als sie in den dahinterliegenden Korridor traten, stand das Badezimmer zur Linken offen und war leer. Ebenso das große Schlafzimmer gegenüber.

Ames warf einen Blick hinein und betrachtete die protzige Ausstattung. »Was ist mit diesen Spiegeln? Sieht ja aus wie in einem Bordell.«

Claiborne nickte. Vielleicht war es ein Bordell, aber die aus dem Zimmer ertönende Musik paßte nicht zu dieser Aufmachung. Die Geister der römischen Legionen marschierten über die Via Appia, ihr Schritt war ein ferner Donner in der Nacht.

Er wollte schon umkehren, doch Ames ging in die andere Richtung durch den Korridor, angezogen von einem Lichtschein, der aus einem Raum am anderen Ende fiel. Er blieb stehen, bis Claiborne herankam, und sie starrten gemeinsam in die Küche dahinter.

Sie war, ebenso wie die anderen Räume, überdimensional und

überladen. Ein eigenwilliger Innenarchitekt hatte vom Fußboden bis zu den Deckenbalken überall Eichenholz verwendet. Der eingebaute Herd, die Geschirrschränke, die Vitrinen, die eingebaute Spüle, der Einbau-Kühl- und Tiefkühlschrank waren mit dunkler Eichentäfelung verkleidet, die die schwache Beleuchtung von oben absorbierte. In hartem Gegensatz dazu strahlte die stattliche Reihe von Messern und Eßbestecken, die an dem langen Gestell in der Mitte des Raumes hing, ein blendend intensives Licht aus.

Claiborne blickte blinzelnd auf die glänzenden Klingen, die ihn an die Waffensammlung in der Requisitenkammer des Studios erinnerten. Aber diese Messer waren keine Requisiten, ebenso wenig der massive Eichenblock darunter.

Es war ein altmodischer Schlachtblock, groß genug für ein Rinderviertel, und das senkrecht im hinteren Rand steckende Hackbeil schien mehr als geeignet, jede Schlächterarbeit zu besorgen. Aber die Arbeit war schon besorgt worden.

Die Kugel aus blutigem Fleisch, die auf dem Schlachtblock lag, war Marty Driscolls Kopf.

33

Santo Vizzini führte Jan zu dem Wohnwagen am anderen Ende der Bühne, gleich neben der Badezimmer- und Duschecken-Dekoration. Er stieg die Treppe hinauf und öffnete die Tür, so daß der beleuchtete Innenraum sichtbar wurde.

»Ihre Garderobe«, sagte er.

Jan sah hinein, ihr Gesicht leuchtete beim Anblick des großen Theaterspiegels, des Frisiertisches, der Couch und des Lehnsessels sowie des Teppichbelags auf.

»Sehr hübsch.«

Vizzini nickte. Es war klug gewesen, die Garderobe mit diesen Annehmlichkeiten auszustatten, ihr zu zeigen, daß sie als Star behandelt wurde.

Jans Lächeln verschwand. »Wo ist Morgan?«

»Paul muß jeden Moment kommen. Warum gehen Sie nicht hinein und machen es sich gemütlich? Ich werde nachsehen, ob er schon da ist.«

Jan ging an ihm vorbei in den Wagen, sie trug ihre Handtasche und die Plastikmappe mit dem Drehbuch in der Hand. Als sie eintrat, sah sie die drei Rosen in einer Vase auf dem Frisiertisch.

»Blumen!«

»Gefallen sie Ihnen?« Vizzini zog die Schultern hoch. »Ein Star sollte immer Blumen in seiner Garderobe haben.«

Er ging, ohne ihre Antwort abzuwarten, er wußte, daß sie die Tür geschlossen hatte, und überquerte die dunkle Bühne. Alles klappte. Es würde zwar keinen Film geben, aber darauf kam es nicht mehr an. Worauf es ankam, war, daß sein Traum sich erfüllen würde. Das war es doch, was ein Regisseur vollbrachte. Mit einem Wink seines Zauberstabs die Fantasie in Wirklichkeit verwandeln. Bis jetzt war es nur auf der Leinwand geschehen, weil der Stab für ihn keine Zauberkraft besaß. Erst als sie kam – die Hexe. Die alberne, dumme Hexe mit dem Gesicht eines toten Mädchens und dem Körper einer lebenden Frau. Nicht Mary Crane, nicht Mama, keine, die er je gekannt hatte außer in seinen Träumen, wenn die Zauberkraft in seinen Stab und er in die Hexe eindrang. Und immer erwachte er, bevor es soweit war.

Aber jetzt würde es dazu kommen. Er dachte daran, wie Jan in der Garderobentür gestanden und das Licht die Konturen der jugendlichen Rundung ihrer Hüften unter dem dünnen Rock nachgezeichnet hatte. Der Rock würde hochgehen, der Stab würde sich aufrichten, er richtete sich schon auf. *Mama mia...*

Er öffnete die Seitentür, starrte in den Nebel und vergewisserte sich, daß der Wächter gegangen war, wie er angeordnet hatte. *Wir werden proben – es wäre mir sehr recht, wenn wir nicht gestört werden.* Niemand ahnte etwas, niemand würde dahinterkommen, nicht einmal Mama.

Santo ist immer ein braver Junge, sagte sie. Sie sagte es auch jetzt, er konnte sie hören, konnte ihr Gesicht in dem wirbelnden Nebel erkennen, deshalb schloß er die Tür. Er sperrte sie aus, sperrte sie alle aus, sie durften ihn jetzt nicht sehen, durften seinen Stab nicht sehen. Den Stab der Macht.

Macht, Macht durch die Pillen, die brachten es fertig – ließen einen Dinge hören, Dinge sehen, die nicht da waren. Aber die Macht war wirklich da.

Er hatte an diesem Nachmittag wieder angefangen – das Amytal – und nun konnte er sich nicht mehr erinnern, wie viele er genommen hatte. Er konnte sich an sehr wenig erinnern, außer an seinen Plan. Er hatte Jan angerufen.

Dann spielte sich alles rasend schnell ab, wie bei einer Zeitrafferaufnahme, und nun war er hier. Jetzt ging wieder alles im normalen Tempo, vierundzwanzig Aufnahmen pro Sekunde. Also merkte sie nicht, daß etwas nicht in Ordnung war, er hatte die Szene tadellos hingekriegt. Schauspieler, Regisseur, Produzent, alles vollständig unter Kontrolle. Aber es waren zu viele Pillen in der Kamera. Deshalb hatte er Mamas Gesicht gesehen, ihre Stimme im Nebel gehört, Trickaufnahme, Spezialeffekte.

Nächste Szene. Santo Vizzini dreht sich um, geht über die dunkle Tonbühne zurück. Geht. Gleitet. Schwebt.

Kamera wieder außer Kontrolle. Zuerst zu schnell. Jetzt zu langsam. Zeitlupe. *Alles. In. Zeit. Lupe.*

Objektiv wechseln. Neue Scharfeinstellung. Verzerrtes Bild. Wände krümmen sich, Laufplanke biegt sich nach unten. *Achtung!* Verrückte Kamera. Verrückte Pillen. *Mama mia, ich nicht, ich bin nicht verrückt.*

Nein, er war nicht verrückt, weil er die Macht besaß. Die geheime Macht, die sich in seinen Lenden regte. *Der Zauberstab, die Geheimwaffe, die in das warme, willfährige Fleisch stieß –*

Santo Vizzini war nun bereit, er ging auf die Tür zum Ankleideraum zu.

34

Roy Ames sah zu, wie Claiborne neben der Leiche auf dem Fußboden hinter dem Schlachtblock niederkniete.

Alles hatte sich so schnell abgespielt – zuerst der Anblick des abgehackten Kopfes mit den herausquellenden Augen, dann der Anblick des enthaupteten Leichnams. Claiborne war Arzt, er hatte schon Tote gesehen, und er führte die Untersuchung mit berufsmäßiger Sachlichkeit durch. Das konnte Roy verstehen, nicht aber seine eigene Reaktion. Anstelle von Angst und Abscheu empfand er nur Betäubung. Sogar seine Stimme klang unnatürlich ruhig.

»Es ist nicht viel Blut ausgeflossen«, stellte er fest.

Claiborne blickte auf und nickte. »Keine Zeichen von Einschnitten im Körper.«

Er stand auf, beugte sich über den Block. Als er nach unten langte, wandte sich Roy ab, hörte aber aufmerksam zu.

»Schwere Hinterkopf- und Scheitelbeinverletzungen«, diagnostizierte Claiborne. »Er muß von hinten mit dem flachen Hackbeil niedergeschlagen worden sein. War tot, bevor er auf den Boden auftrat. Dann konnte der Kopf mit einem Minimum an arterieller oder venöser Blutung abgetrennt werden...«

Roy verstand, was er sagte. Sobald das Herz zu pumpen aufhört, strömt kein Blut mehr aus der Wunde. Er hatte gewissenhaft recherchiert, als er das Drehbuch verfaßt hatte, weil es ein wichtiger Bestandteil der Handlung war. Deshalb hatte niemand Norman verdächtigt; es gab keine Blutflecke an seiner Kleidung, er verdächtigte sich nicht einmal selbst. An seinen Händen war natürlich Blut, aber das konnte daher kommen, daß er die Leiche berührt hatte. Und es ließ sich leicht abwaschen. Ohne zu überlegen, trat er zur Spüle und starrte in das weiße Porzellanbecken. Nur war es nicht weiß, sondern rosa, und die nassen Schlieren um den Abfluß waren dunkel und rot. *Das Blut wird es verraten.*

»Was ist los?«

Claiborne stand neben ihm. Roy zeigte auf den Abfluß, Claiborne nickte, er begriff. *Norman lebte, er hatte Driscoll hier umgebracht, und nun...*

Jetzt fand Roy seine Stimme wieder. »Ich kam übrigens deshalb zu spät, weil ich versuchte, Jan in ihrer Wohnung zu erreichen, bevor ich hierher fuhr. Connie sagte mir, sie sei eben weggefahren, um mit Vizzini zu proben.«

»Im Studio?« Claibornes Finger bohrte sich in Roys Arm. »Wie lange ist das her?«

»Eine halbe Stunde. Sie müßte jetzt schon dort sein. Glauben sie, Norman würde...«

»Warum haben Sie mir das nicht früher gesagt?« Claiborne ließ die Hand sinken, wandte sich um und ging durch den Raum. »Rufen Sie die Polizei, sie sollen hierher kommen. Und rufen Sie das Studio an – die Sicherheitsleute sollen sich mit Jan und Vizzini in Verbindung setzen. Ich werde in fünf Minuten dort sein.«

»Warten Sie...«

Aber als Roy durch den Korridor lief, war die Vordertür schon zugefallen, und er hörte das Geräusch des Motors von der Einfahrt vor dem Haus, der den Klang des Symphonieorchesters übertönte.

Er schaltete den Fernsehapparat aus, sah sich um und erblickte das Telefon auf einem Tisch in der Ecke neben der Tür. Er hastete hin. Als er die Hand ausstreckte, klingelte das Telefon.

Roy nahm den Hörer ab.

»Hallo.« Eine Männerstimme, die durch die Nebengeräusche einer schlechten Überlandverbindung gedämpft klang. »Mr. Driscoll?«

»Nein.« Roy sprach schnell. »Geben Sie die Leitung frei. Ein dringender Fall – ich muß die Polizei anrufen...«

»Hier spricht die Polizei.«

»Was?«

»Milt Engstrom, Kreissheriff in Fairvale. Mit wem spreche ich?«

Roy gab seinen Namen an. Dann: »Bitte, ich sagte Ihnen, daß es ein dringender Fall ist. Mr. Driscoll wurde ermordet!«

»Mord? Wie ist das passiert?«

»Ich kann jetzt nicht sprechen!«

»Dann hören Sie besser zu.« Sheriff Engstrom wartete die Antwort nicht ab. »Ich habe den ganzen Abend versucht, Claiborne zu erreichen. Dr. Steiner gab mir Driscolls Nummer und meinte, ich könnte ihn vielleicht dort finden. Aber Sie können ihm die Botschaft ausrichten. Sagen Sie ihm, wir haben Bo Keeler.«

»Wen?«

»Bo Keeler. Er ist der Autostopper, den die Nonne letzten Sonntag in ihrem Lieferwagen mitnahm. Seiner Aussage nach hat sie ihn mit dem Wagenheber angegriffen. Es kam zu einem Handgemenge, er entriß ihn der Nonne und tötete sie in Notwehr. Dann setzte er den Wagen in Brand und rannte davon. Versteckte sich im Haus eines Freundes, bis er es nicht mehr aushielt – er stellte sich gestern abend und legte freiwillig ein Geständnis ab. Der Gedanke, eine Nonne getötet zu haben, setzte ihm mächtig zu. Nur war es keine Nonne.«

»Ich verstehe nicht.«

»Bis heute nachmittag verstanden wir es auch nicht. Der Leichenbeschauer identifizierte die Leiche nach der Kartei eines Zahnarztes. Sagen Sie Claiborne, daß er unrecht hatte. Es war nicht der Autostopper, und es war nicht die Nonne. Es war Norman Bates.«

Roy hatte das Gefühl, daß ihm der Hörer aus den Fingern glitt. Jetzt war alles umgestoßen. *Wenn Norman tot ist, dann muß Vizzini Driscoll ermordet haben.*

Und jetzt war er mit Jan zusammen.

35

Jan klappte das Drehbuch zu, als Vizzini die Tür öffnete.

»Ich bin soweit«, sagte er.

Sie stand auf. »Ist Paul hier?«

»Er ist unterwegs. Wir können ohne ihn anfangen.« Der Regisseur stieg eine Stufe hinauf und trat in den Wohnwagen. »Ich werde Norman spielen.«

Jan reichte ihm das Drehbuch, doch Vizzini schüttelte den Kopf. »Nicht notwendig. Er hat in der Duschszene keinen Text. Sie auch nicht.«

»Wir proben zuerst die Duschszene?«

»Natürlich. Sie ist die Schlüsselszene, finden Sie nicht auch? Wir wollen den Ablauf gemeinsam entwerfen.«

»Was wäre mit ein paar Hinweisen?«

»Ich werde Ihnen sagen, wie ich es haben will. Es ist alles ganz klar.« Er lächelte. »Aber zuerst müssen Sie sich ausziehen ...«

»Jetzt warten Sie mal ...«

»Bitte. Es ist wichtig, daß ich Ihre Bewegungen so vor mir sehe, wie sie in der Kamera erscheinen werden.« Vizzini lächelte noch, während er die Tür hinter sich schloß.

Jan schüttelte den Kopf. »Vergessen Sie das. Ich ziehe mich nicht aus.«

»Keine falsche Scham.« Das Lächeln wirkte starr. »Ich habe schon eine Menge nackte Frauen gesehen. Und es ist nicht das erstemal, daß Sie auf Wunsch eines Mannes die Hüllen fallen lassen.«

»Was hat das damit zu tun?«

»Alles.« Das erstarrte Lächeln war freudlos, und als Vizzini ins Licht trat, sah sie, daß seine Pupillen stecknadelkopfgroß waren. Kleine Katzenaugen wie die des Kätzchens.

Er näherte sich ihr, und sie konnte den Duft seines Parfums riechen, in den sich ein anderer, widerwärtig süßlicher Geruch mischte. *Er nimmt irgendein Rauschgift, ich hätte es wissen müssen.*

»Sie sind eine Frau«, sagte er. »Ich bin ein Mann. Es ist nur natürlich ...«

Einen Moment war sie versucht zu lachen. Eine Stimme in ihr stellte eine spöttische Frage – *Wer schreibt Ihren Dialog?*

Aber er griff nach ihr, drückte sie gegen den Frisiertisch, seine Arme umschlangen sie, die Katzenaugen starrten, der Mund öffnete sich, das Lächeln verschwand, sein stinkender Atem hüllte sie ein. Jan wandte den Kopf ab, um seinen Lippen auszuweichen, dann begriff sie, daß das nicht seine Absicht war. Die Hände an ihrem Rücken zerrten an den Falten iher Bluse.

Sie spürte, wie der Stoff zerriß, wie die Finger an den Haken ihres Büstenhalters herumfummelten, ihn öffneten, so daß der Büstenhalter hinunterfiel.

Jan schrie und versuchte, ihm mit den Nägeln die Augen auszukratzen; er wandte den Kopf ab, faßte ihr Handgelenk und verdrehte es, während er sie gleichzeitig an sich zog.

Plötzlich löste er seinen Griff, und ihr Arm sank gefühllos nach unten. Sie versuchte sich von ihm zu lösen, doch er schlug sie mit der rechten Hand ins Gesicht, während er mit der linken den Vorderteil ihrer Bluse faßte und ihn wegriß, so daß er ihre nackten Brüste spürte. Benommen sah Jan, wie seine Finger nach ihren Brustwarzen tasteten.

Während er ihre Brüste mit den Händen umschloß und drückte, beugte er den Kopf vor; sie griff hinter sich, ihre Finger glitten über die Platte des Frisiertisches, bis sie an die Kristallvase stießen. Sie packte sie, hob sie hoch und schlug sie seitlich gegen Vizzinis Kopf.

Ein Schauer von roten Rosenblättern rieselte zu Boden, und unter seiner Schläfe bildete sich ein roter Fleck. Er schrie auf und taumelte zurück.

Jan lief an ihm vorbei zur Tür und riß an dem Griff. Die Tür flog auf, und sie stürzte hinaus – und nach unten. Sie hatte die Stufe vergessen, aber es war zu spät, sich damit aufzuhalten; jeder klare Gedanke war in dem stechenden Schmerz untergegangen, der von ihrem rechten Fuß in ihren Oberschenkel ausstrahlte.

War ihr Knöchel gebrochen oder nur verstaucht? Es war unwichtig, sie mußte aufstehen. Jan richtete sich schluchzend auf, dann fiel sie nach vorn, als Vizzinis Knie sie ins Kreuz traf.

Diesmal war der Schmerz so unerträglich, daß sie fast die Besinnung verlor. Sie zwang sich, die Augen offenzuhalten und kämpfte gegen die Dunkelheit, die sich über sie senkte, aber gegen seine gierigen Hände konnte sie sich nicht wehren. Starke Hände fetzten ihr den Rock weg, rissen ihr das Unterhöschen herunter. Und dann, während sie ächzte und keuchte, packten seine Finger ihr Haar, rissen ihren Kopf zurück. Sie spürte, wie sie umgedreht wurde und mit dem Gesicht nach oben auf dem kalten, feuchten Boden lag.

Jan starrte in die Höhe und rang nach Luft, als er sich über sie beugte. Blut strömte über seine linke Wange, doch er lächelte wieder; seine Zähne waren gelb, und die Speichelflecken in den Winkeln seines verzerrten Mundes glänzten gelb.

»Aufstehen!« befahl er.

»Ich kann nicht – mein Knöchel...«

Immer noch lächelnd schlug er sie wieder, dann packte er sie an den Schultern und riß sie hoch. Der Schmerz in ihrem Knöchel entriß ihr ein Stöhnen, und dieses Geräusch schien ihn ebenso zu erregen wie ihre Nacktheit.

»*Putana!*« Die Finger seiner Hand bohrten sich in die Gänsehaut ihres Oberarmes. »Vorwärts...«

Jan versuchte sich loszureißen, doch er packte ihre Handgelenke und schob sie vorwärts. Zusammenzuckend stolperte sie aus der Dunkelheit in den vor ihr liegenden beleuchteten Raum. Das Licht der Dekoration – das Badezimmer und die Dusche. Er zog sie zu der Duschkabine mit dem Vorhang. Von seinem blutenden Gesicht fielen kleine rote Tropfen, die ihren Weg über den gefliesten Fußboden markierten.

»Hinein«, befahl er, »ich will dich drinnen haben.«

»Nein«, winselte sie. Und erkannte, daß sie genauso reagierte – winselte wie ein Tier. Nun wußte sie, was er wollte, was er die ganze Zeit über vorgehabt hatte. Er würde sie in der Duschkabine vergewaltigen, sie nehmen wie ein Tier, hilflos und geschlagen.

Nicht hilflos.

Sie holte tief Luft, spannte ihre Armmuskeln an und entwand sich seinen Händen. Als sie freikam, hob sie schnell die Hände, ballte sie zu Fäusten und schmetterte sie an seine blutige Schläfe.

Vizzini stieß einen tiefen Kehllaut aus, stolperte dann rückwärts und griff nach dem Duschvorhang hinter sich, um nicht zu fallen. Keuchend fand er sein Gleichgewicht wieder und blieb einen Moment regungslos stehen, während ihre Blicke einander trafen.

Dann schossen seine Hände unversehens vor.

Jan drehte sich um, aber es war zu spät. Ehe sie flüchten konnte, schlug er seine Nägel in ihre Schultern.

Und ließ sie los.

Sie blickte zurück, dann blieb sie stehen. Vizzini stand noch mit dem Rücken zur Dusche, sein Gesicht war zu einer Grimasse verzerrt.

»*Mama mia...*«

Seine Stimme ging in einem Gurgeln unter, und er stürzte vornüber zu Boden, wobei sein Rücken sichtbar wurde, auf dem sich zwischen den Schulterblättern ein roter Fleck zeigte, der sich rasch ausbreitete. Dann wurde der Duschvorhang zur Seite gerissen und Jan sah, wie ein Mann mit einem Messer in der Hand aus der Kabine stürzte.

Die Klinge zielte genau auf ihre Kehle.

Sie konnte nur noch aufschreien, dann hallte der Schuß, und das Messer klirrte auf den Boden, noch immer von Adam Claibornes Hand umkrampft.

36

Dr. Steiner hatte keine Angst.

Es gab nichts zu befürchten, denn Claiborne war jetzt vollkommen harmlos. Sie hatten die Kugel herausgeholt, und das Handgelenk heilte gut, aber er würde nie wieder ein Messer in der rechten Hand halten.

Er würde sehr wahrscheinlich diesen Raum nie mehr verlassen. Es war ein Kampf gewesen – obwohl es zu keinem Prozeß kam, mußten Auslieferungsverhandlungen geführt und die gerichtlichen Auflagen befolgt werden –, doch schließlich setzte sich Steiner durch und brachte Claiborne heim.

Heim. Steiner seufzte und sah sich in dem Raum um. Das Heim war eine Zelle mit ein paar Einrichtungsgegenständen aus Plastik, einem am Fußboden festgeschraubten Bett, einer Glühlampe hinter einem Drahtgitter. Und einem vergitterten Fenster.

Aber die Umgebung war Claiborne wenigstens vertraut, falls er sie überhaupt bemerkte. Mitunter schien er imstande zu sein, seine Umwelt wahrzunehmen, und obwohl er nie sprach, schien er Steiner zu erkennen und sich über seine Anwesenheit zu freuen.

Claiborne lächelte jetzt, als Steiner eintrat und er vom Bett aufblickte, aber er lächelte ja immer. Das Lächeln war eine Schranke, die er errichtet hatte, um die Welt auszusperren und seine Geheimnisse zu bewahren.

Dr. Steiner nickte ihm zu. »Hallo, Adam«, grüßte er.

Keine Antwort – nur das Lächeln und das Schweigen.

Steiner zog einen Stuhl zum Bett und setzte sich; er wußte, bevor er zu sprechen begann, daß nichts die Schranke beseitigen konnte. Dennoch mußte er es versuchen, so viel war er ihm schuldig.

»Ich glaube, es ist an der Zeit, daß wir darüber sprechen, was geschehen ist«, begann er.

Claibornes Gesichtsausdruck änderte sich nicht, aber seine Augen wirkten klar; vielleicht würde er ihn verstehen.

Dann sprach Steiner, wählte seine Worte sorgfältig, dachte daran, daß ihre Beziehung sich verändert hatte – er sprach nicht mehr von Arzt zu Arzt, sondern von Arzt zu Patient. Dennoch tat er sein Bestes, um bei der Wahrheit zu bleiben.

Aus seiner Sicht bestand die Wahrheit darin, daß Claiborne sich nach all den gemeinsam verbrachten Jahren unbewußt mit Norman Bates identifiziert hatte. Beide hatten keine Mutter, standen allein, jeder war auf seine Weise durch den Aufenthalt in der Anstalt in seiner Freiheit eingeschränkt.

Claiborne lächelte.

»Aber es war mehr als bloße Identifizierung«, fuhr Steiner fort. »Nach einiger Zeit hatten Sie das Gefühl, daß Ihr Schicksal, Ihre gesamte Zukunft an Ihren Patienten gebunden war – indem Sie ihm seine Vernunft wiedergeben, ein Buch über seinen Fall schreiben würden. Die geistige Gesundheit würde ihm die Freiheit wiedergeben, und der Erfolg Ihres Buches würde Ihnen ermöglichen, von hier hinaus und zu einer eigenen Praxis zu kommen. Und als Norman entfloh, bedeutete es, daß Sie versagt, bei ihm und sich selbst versagt hatten. Er war fort und hatte Sie an seiner Statt als Gefangenen zurückgelassen.

Da muß sich bei Ihnen die Überzeugung festgesetzt haben, daß Sie jetzt nur noch dadurch entkommen konnten, indem Sie sich mit Norman identifizieren, den Triumph seiner Freiheit mit ihm teilten. Ja, ich weiß, daß Sie ihn verfolgten, glaube aber, daß Sie insgeheim hofften, er würde für immer entkommen. Als Sie dann die Leiche im Lieferwagen fanden und begriffen, wer es sein mußte, schwand Ihre Hoffnung, Ihr Bewußtsein setzte aus.

Norman konnte seine Mutter nicht sterben lassen, deshalb *wurde* er zu ihr. Sie wieder konnten Norman nicht sterben lassen, deshalb wurden Sie zu ihm. Und zwar genau wie er während amnestischer Episoden, wenn der Stellvertreter die Initiative ergriff.«

Claiborne starrte ihn mit dem Lächeln der Mona Lisa, dem Schweigen der Sphinx an.

»Das geschah, als Sie die Leiche im Lieferwagen entdeckten. Als Norman fuhren Sie weiter nach Fairdale und töteten die Loomis.« Steiner legte eine Pause ein. »Als das Ergebnis der Gerichtsverhandlung zur Feststellung der Todesursache kam, durchsuchte man Ihren Wagen und fand das gestohlene Geld aus der Registrierkasse unter der Bodenmatte. Erinnern Sie sich daran, daß Sie es dorthin gelegt haben?«

Claiborne schwieg, sein Lächeln änderte sich nicht.

»Nachdem Sie das Geld in Ihrem auf der Straße geparkten Wagen versteckt hatten, kamen Sie wieder zu sich und kehrten in das Geschäft zurück. Habe ich recht?«

Keine Antwort, nur das starre Lächeln.

»Der Zeitungsausschnitt, den Sie fanden, veranlaßte Sie dazu, nach Hollywood zu fahren. Als Claiborne hatten Sie vernünftige Gründe dafür, durch Einwände und Überredung eine Einstellung des Films zu erreichen. Aber als Norman waren Sie bereit zu töten, um dies durchzusetzen. In Hollywood hatten Sie sich meist mehr unter Kontrolle – aber auch Norman war anwesend. Er reagierte auf Jans Ähnlichkeit mit Mary Crane, er sah die Dekorationen, die den Schauplatz des Verbrechens neu schufen.

Ich habe mit den Leuten in Hollywood gesprochen – Roy Ames, Jan und dem Mädchen, das mit ihr zusammen wohnt. Etliches, das sie mir sagten, ermöglichte mir eine Rekonstruktion der Ereignisse. Der Rest sind Vermutungen. Zum Beispiel, was das Gesicht betrifft, das Sie im Spiegel des Supermarktes sahen. Es könnte Vizzini gewesen sein, aber ebenso gut auch eine Halluzination. Danach verloren Sie rasch die Kontrolle über sich, und nach Ihrem Streit mit Jan war es Norman, der zurückkam und das Kätzchen tötete. Das war natürlich nur ein Vorspiel.«

Claiborne lächelte unentwegt.

»Norman wurde die Zeit knapp, und damit schwand jeder Rest von vernünftigem Verhalten. Er mußte das Filmprojekt zu Fall bringen, selbst wenn er dazu alle daran Beteiligten vernichten mußte.

Sie haben Ihre Verabredung zum Abendessen mit Tom Post nicht eingehalten, weil Norman die Initiative ergriff. Norman ging zu Driscolls Haus und ermordete ihn. Als Ames eintraf, fand er Sie wartend vor. Aber als Sie von Jan und Vizzini hörten, war es Norman, der zum Studio eilte – nicht, um sie zu warnen, sondern um über die Mauer zu klettern, ein Messer aus der Requisitenabteilung zu holen und sich zu verstecken, zum Eingreifen bereit. Wären Ames und die Polizei nicht rechtzeitig gekommen ...«

Steiner brach ab und blickte Claiborne an, aber er zeigte keinerlei Reaktion, er schwieg und lächelte nur.

Steiner erhob sich seufzend und ging zur Tür. »Wir werden wieder miteinander sprechen«, sagte er.

Noch während er sprach, wurde ihm klar, daß sein Versprechen sinnlos war. Er hatte sein Ziel bei Claiborne nicht erreicht, es war ihm nicht gelungen, auf die Gewalttätigkeit in ihm einzuwirken, die er durch sein Schweigen beschützte und hinter seinem Lächeln verbarg.

Es gab um ihn zu viele Menschen mit diesem Lächeln – nicht nur hier im Irrenhaus, sondern auch draußen auf den Straßen. Ein Lächeln, das nur etwas verbarg, aber die geheime Krankheit nicht heilen konnte. Gewalttätigkeit war ein Virus, eine Krankheit, die überall in der Welt epidemisch wurde und für die es vielleicht keine Heilung gab. Er konnte nichts anderes tun, als es weiter zu versuchen.

»Bis später«, sagte er.

Claiborne lächelte.

37

Claiborne hörte Steiner nicht zu.

Als Steiner ihn verließ, hörte er nur auf sich selbst. Auf Adam Claiborne. Adam, der erste Mensch. Claiborne, der aus Lehm *(clay)* Geborene. Gott hatte ihn erschaffen.

Gott schuf alles, einschließlich Norman Bates; wir alle sind Gottes Kinder.

Bin ich der Hüter meines Bruders?

Ich *war* sein Hüter.

Wir sind alle Brüder. Das sagte Gott. Gott sagte vieles, das wir beachten müssen.

Mein ist die Rache, spricht der Herr. Claiborne mag sterben, aber Norman lebt. Gott wird ihn beschützen, denn er ist Gottes Werkzeug gegen das Böse.

Norman Bates wird niemals sterben…

JOHN SAUL
Im Zeichen Kains

Die Einweihung

Immer tiefer verfiel Peter Balsam in Trance. Seine Sinne schärften sich, und er spürte die sengende Flamme jeder einzelnen Kerze; er hörte sogar, wie der Teufel zu ihm rief. Er fühlte sich von Höllenglut umgeben; Unbehagen stellte sich ein, das ihn mehr und mehr ergriff und schließlich in Angst stürzte... Er wurde nach unten gezogen. Es waren Engelshände, deren Streicheln er jetzt spürte. Gleich wurde er ruhiger, gefaßter, und im stillen begann er, die Worte der *acts of faith and contrition* zu wiederholen, während er immer weiter in Ekstase geriet.

Peter Balsam war zuletzt im Orden des heiligen Peters, des Märtyrers, aufgenommen worden.

Und bereits kurze Zeit später machte er die grausige Entdeckung: Über seinen ganzen Rücken, von den Schultern bis hinunter zur Taille, zogen sich tiefrote Striemen. Es sah böse aus. Sie waren dick geschwollen und voll unheimlicher Schmerzen, die auf der ansonsten blaß-weißen Haut so deutlich zu sehen waren.

»Um Gottes willen, was ist das?« fragte Margo atemlos, während sie dabei den Umhang von seinen Schultern nahm. »Sag, was ist passiert?«

Jetzt wurde auch er vom ganzen Schrecken dieser Unheimlichkeit getroffen. Sein ganzer Körper begann zu zittern, letztlich gepackt vom Schauder. Schluchzend kam es heraus: »Ich weiß nicht. Und das ist das Schlimmste, ich weiß einfach nicht, woher ich es habe.«

Prolog

Vorsichtig streckte er sich nach dem Türgriff hoch. Halb hoffte er, die Tür würde verschlossen sein. Sie ließ sich öffnen. Mit erwartungsvoll offenen Augen ging er vor, langsam, ganz langsam. Wenn man vier Jahre alt ist, weiß man nicht immer genau, was man tun darf und was nicht. Dann macht man es entweder ganz schnell oder ganz langsam, so langsam, wie der Junge es gerade tat.

Er öffnete die Tür zum Schlafzimmer seiner Eltern nur so weit, daß er mit seinem kleinen Körper hineinschlüpfen konnte. Dann machte er die Tür hinter sich zu und sah sich um, obgleich er wußte, daß niemand im Zimmer war. Für einen Vierjährigen gibt es nur wenige Zimmer, die wirklich leer sind.

Auf Zehenspitzen vorangehend, schlich er sich durch das Zimmer, auf den Schrank seiner Mutter zu. Wieder hoffte er halb, daß die Tür verschlossen sein würde. Wieder einmal war es nicht so, und er nahm erneut seinen ganzen Mut zusammen, um die Tür zu öffnen und in den Schrank zu steigen. Da waren sie – die Schuhe seiner Mutter.

Er hatte das Bild einmal in einem Buch gesehen – ein kleiner Junge, der ganz in den Kleidern der Mutter steckte; seine kleinen Füße verloren sich in den viel zu großen und hochhackigen Schuhen, während der Körper in den Falten eines roten Kleides verschwand und das Gesicht unter der Krempe eines weiten Sonnenhutes. Seine Mutter liebte dieses Bild, und fast abgöttisch liebte sie den Jungen darauf.

Er stieg in ein Paar Schuhe seiner Mutter und versuchte erst einmal, die Balance auf den dünnen Absätzen zu gewinnen, was nicht leicht war, aber endlich doch gelang. Dann überlegte er, wie er an die Hutschachtel herankommen könnte, die ganz oben auf einem Regalbrett lag und für ihn fast schon außer Sichtweite war. Plötzlich hörte er etwas.

Es war das Klicken eines Türschlosses, und sogleich wußte er, daß jemand ins Zimmer gekommen war. Rasch drehte er sich um, die Schranktür war fast geschlossen, aber nicht ganz. Wenn er sich absolut still verhielte, dann würde vielleicht niemand, wer immer es auch war, irgend etwas bemerken...

Er kauerte sich am Schrankboden nieder. Er hörte weitere Geräusche, dann Schritte, dann Stimmen, und dann das Schnappen des Türschlosses. Es waren seine Eltern, beide im Schlafzimmer.

»Ich mag jetzt nicht.« Es war seine Mutter. »Es kommt mir so – so unanständig vor.«

»Du meinst, du hast keine Lust, es bei Licht zu machen.« Das war sein Vater, obendrein verärgert. »Deine Zimperlichkeit, Ruth, war schon immer das Problem an dir. Was du brauchst, ist ein bißchen Hauch einer Hure.«

Was war wohl eine ›Hure‹, fragte sich der Junge im Schrank, und was er dann hörte, klang wie eine Rauferei, unterbrochen von der ängstlichen Frage seiner Mutter: »Was ist mit den Kindern?«

»Was soll schon mit ihnen sein?« raunte sein Vater. »Elaine ist in der Schule, und der Kleine ist draußen und macht Gott weiß was.«

Der Kleine versuchte, sich im Schrank besser zu verstecken, denn nun war es noch wichtiger, nicht entdeckt zu werden. Er wußte zwar nicht genau, warum, aber er spürte die Wichtigkeit.

Die Rauferei schien kein Ende zu nehmen, wieder hörte er einige Worte, verstand aber nichts. Langsam fragte er sich, was da draußen tatsächlich vor sich ging. Einen Blick durch den Türspalt zu riskieren, wagte er nicht, zu groß war seine Angst. Seine immense Angst wich erst, als er das Stöhnen seiner Mutter vernahm. Er krabbelte zur Tür und preßte seine Augen gegen den Spalt. Außer einem Bettfuß war nichts zu sehen. Inzwischen war das Stöhnen seiner Mutter noch heftiger geworden. Er mußte es wagen und die Tür etwas weiter öffnen. Und nun sah er sie.

Beide lagen im Bett, der nackte Vater auf der nackten Mutter, die mal weinte, mal stöhnte und mit seinem Vater rang, als würde sie gegen ihn kämpfen. Andererseits hielt sie die Arme um seinen Hals geschlungen, und in den Stöhnpausen stieß sie immer wieder hervor: »Ja – ja... O Gott, ja!«

Je länger er diese eigenartige Szene auf dem Bett beobachtete, desto größer wurde seine Angst. Vielleicht sollte er seiner Mutter helfen, aber die Angst vor dem Vater hielt ihn vor der Ausführung seines Gedankens zurück. Schon einmal hatte ihn sein Vater geschlagen; er wollte nicht wieder Schläge bekommen. Außerdem war er sich nicht sicher, ob seine Mutter überhaupt Hilfe wollte. Inzwischen ging es lauter zu, seine Mutter schrie; allem Anschein nach war es jetzt doch ein richtiger Kampf. Aber immer noch waren ihre Arme um den Körper seines Vaters geschlungen; und sie küßte ihn.

Dann merkte er, wie sich etwas anderes im Zimmer bewegte. Es war die Tür zum Schlafzimmer, die sich langsam öffnete. Er hielt den Atem an und atmete erst wieder aus, als er sah, daß es Elaine war. Sie würde wissen, was zu tun war, dachte er bei sich. Sie war sechzehn und fast erwachsen. Wenn seine Mutter wirklich in Not war, Elaine würde ihr helfen können. Er sah, wie Elaine auf das Bett zuging. Warum sagte sie nichts, warum unternahm sie nichts? Sie stand einfach neben dem Bett und beobachtete wie gebannt diese Vorgänge.

Er wollte sich gerade bemerkbar machen, als er sah, wie seine Schwester die Hände über den Kopf hob.

Und in ihren Händen sah er das Küchenbeil.

Und dann sah er, wie das Beil herunterraste und mit hartem, metallenem Klang durch den Schädel seines Vaters drang.

Er hörte das entsetzliche Schreien seiner Mutter, und verwirrt sah er zu, wie sie sich vom schweren Körper seines Vaters zu befreien versuchte. Warum nur half Elaine ihr nicht? Sie hatte doch den Vater zum Einhalt gebracht.

Er merkte, daß Elaine nicht das Geringste unternahm, um seiner Mutter zu helfen. Wieder hob seine Schwester das Beil. Im nächsten Moment sah er, wie das Gesicht seiner Mutter getroffen wurde. Er war gelähmt vor Schrecken. Er dachte, er hätte seine Mutter schreien hören. Alles geschah so schnell, daß er sich nicht sicher war. Und immer noch sah er, wie seine Schwester immer wieder das Beil hochbrachte und auf beide Körper einschlug, die längst bewegungslos dalagen; schließlich gab es für ihn nur noch Rot und das silberne Blitzen des Metalls.

Voller Angst preßte sich der Kleine tiefer in den Schrank. Hoffentlich würde sie ihn nicht entdecken. Aber sie stand ganz still neben dem Bett und sah sich die Sache an. Dann ließ sie das Beil aufs Bett fallen und kniete am Boden nieder, als ob sie etwas suchen würde, was er jedoch nicht sehen konnte.

Sie stand wieder auf und brachte einen Stuhl in die Mitte des Zimmers, wo an der Decke ein großer Lampenhalter hing. Sie stieg hinauf, um sich irgendwie an der Halterung zu schaffen zu machen. Sie hantierte mit einem Stromkabel, das er schon einmal gesehen hatte, als seine Eltern irgendwelche elektrischen Geräte daran anschlossen, wenn die anderen Kabel zu kurz waren. Ihm war unklar, warum sie das jetzt an der Lampenhalterung festmachen wollte, wo doch jeder wußte, daß es in eine Steckdose gehört.

Er sah, wie sich seine Schwester das lose Ende um den Hals legte. Langsam begann er zu begreifen, was sie vorhatte. Er hatte so etwas schon einmal gesehen. Sie würde sich aufhängen, so wie er es von Bildern her kannte. Was sollte aus ihm werden, wenn sie das tat? Er mußte sie aufhalten.

Der Kleine hatte seine Stimme wieder gefunden. Wie wild schrie er nun drauflos. Seine Schwester drehte sich sofort herum, verlor den Halt, und unter ihren Füßen kippte der Stuhl. Die Schranktür flog auf, und im selben Moment trafen sich beider Blicke: Sie hatte sich das Genick gebrochen. Hilflos sah der kleine Junge seine Schwester hin und her baumeln. Schließlich ging er auf sie zu und berührte sie vorsichtig. Sie fühlte sich seltsam an, so als ob sie nicht länger seine Schwester wäre. Was sollte er jetzt tun?

Später – er wußte nicht, wann – hörte er einen Schrei. Er verhielt sich ruhig und kauerte sich in der hintersten Schrankecke zusammen, die Knie unter das Kinn gezogen, während die Arme sich ganz fest um seine Beine schlangen. Er glaubte, noch andere Geräusche zu hören, ehe er merkte, wie die Schranktür geöffnet wurde, zwei Arme nach ihm griffen und ihn aufhoben. Erst jetzt begann er zu weinen, um dann kaum mehr ein Ende zu finden.

Den ersten Tag nach Entdeckung der grausamen Tat im Schlafzimmer seiner Eltern mußte er im Krankenhaus verbringen. Nonnen nahmen sich seiner an und stellten endlose Fragen, für die er keine Antworten hatte. Er wollte seine Mutter und seinen Vater wiedersehen. Aber sie besuchten ihn nicht.

Am zweiten Tag brachte man ihn ins Klostergebäude. Er hatte keine Ahnung, daß es ein Kloster war; für ihn war es ein großes Gebäude, in dem es viele Nonnen gab, die großes Getue um ihn machten. Aber er sah auch Kinder, die alle da zu leben schienen, und er fragte sich, ob auch er hier leben sollte.

Als er am zweiten Tag schlafen ging, überlegte er, ob seine Eltern ihn wohl besuchen würden. Und Elaine? Was war aus ihr geworden? Bevor er in Schlaf fiel, glaubte er, Elaine zu sehen. Aber irgend etwas stimmte nicht an ihr. Eigenartig, wie ihr Hals in die Länge gezogen und ziemlich verdreht war.

Als der kleine Junge zu schreien begann, kam sofort eine Nonne ins Zimmer geeilt, um ihn fest in die Arme zu schließen, bis er sich beruhigt hatte und wieder eingeschlafen war.

Am dritten Tag ging man mit ihm in die Kirche, und der kleine Junge begriff nun, daß seine Eltern ihn nicht mehr abholen würden. Er wußte, sie waren in den Kisten, die vor der Kirchenfront aufgebahrt waren. Man würde die Kisten fortbringen, und er würde seine Eltern nie wiedersehen.

Ob er seine Eltern noch einmal anschauen dürfte, fragte er, was ihm verboten wurde. Er wußte nicht, warum.

Während der Beerdigungszeremonie blickte sich der kleine Junge neugierig um. Neben ihm war eine Frau, ganz in Schwarz gehüllt, und kurz vor Ende der Feierlichkeit zupfte er an ihrem schwarzen Gewand. Er wußte, sie war eine Nonne, und wahrscheinlich würde sie künftig auf ihn aufpassen. Noch einmal zupfte er an ihrem Umhang, so daß sie sich herabbeugte und ihr Ohr ganz dicht an seine Lippen hielt.

»Wo ist Elaine?« fragte er. »Kommt sie nicht hierher?«

Einen Augenblick lang sah die Nonne den Kleinen wie versteinert an und schüttelte dann den Kopf.

»Sie kann nicht hiersein«, sagte sie. »Es ist besser, du denkst nicht mehr an sie.«

»Warum nicht?« wollte der Kleine wissen.

»Vergiß sie!« ermahnte die Nonne ihn. »Deine Schwester war sehr böse, sie hat gesündigt. Du darfst nicht mehr an sie denken.«

Die Totenmesse war zu Ende; seine Eltern wurden fortgebracht, und er fragte sich, was mit ihnen nur passiert war.

Und was war mit seiner Schwester geschehen?

Warum war er nun ganz allein?

Aber er war nicht ganz allein, sondern in einem Kloster, wo niemand ihm sagte, warum. »Er wird schon darüber hinwegkommen«, hörte er eine der Schwestern sagen. »Er muß es einfach vergessen.«

Der kleine Junge vergaß nichts, weder als er klein war, noch als er älter wurde. Irgend etwas war passiert, das wußte er. Irgend etwas war seinen Eltern und seiner Schwester zugestoßen. Er wußte es, wie er auch wußte, daß seine Schwester Schuld an allem hatte.

Seine Schwester war böse. Seine Schwester hatte gesündigt.

Er wußte, daß Gott allen Sündern vergibt.

Aber wer bestraft die Sünder?

Als er zehn Jahre alt war, hörte er mit den Fragen auf. Es hatte ihm ohnehin nie jemand Antwort gegeben.

1. BUCH

Die Heiligen von Neilsville

1

Peter Balsam war den Hügel zur Kathedrale hinaufgewandert und sah nun zu der bedrohlichen Fassade der Kirche von St. Francis auf. Hier schien die Wüstenhitze noch unerträglicher, und er merkte, wie der Schweiß aus seinen Achselhöhlen drang und in Rinnsalen über seinen Rücken hinunterlief. Er ließ sich auf den Stufen vor der Kirche nieder und betrachtete die Aussicht, die sich ihm von unten bot.

Neilsville hieß diese Stadt. Sie lag in der flimmernden Hitze der Wüste von Eastern Washington wie im Todeskampf, mit jedem Atemzug mehr ringend, außerstande, das qualvolle Leid zu beenden.

Eine seltsame Atmosphäre lag um Neilsville. Peter Balsam hatte diese Aura seit seiner Ankunft hier gespürt, aber keine Erklärung dafür gefunden.

Vor zwei Stunden war er aus dem Zug gestiegen, als er wie von einem Blitz getroffen wurde. Es war ein Wort, an das er plötzlich denken mußte, das er aber genauso schnell wieder verdrängte. Obwohl es sich nicht verdrängen ließ. Es kehrte beharrlich wieder.

Das Böse.

Wie Todesgeruch hatte es sich über der Stadt ausgebreitet. Sein erster Gedanke war, fortzulaufen mit allem, was er bei sich hatte, den nächsten Zug nach Osten zu nehmen und Neilsville so schnell wie möglich zu verlassen.

Doch der nächste Zug ging erst am nächsten Tag. Nur mit Zögern hatte er sich zu der Apartmentwohnung begeben, die man für ihn angemietet hatte. Nicht einmal seine Koffer hatte er ausgepackt, ganz abgesehen von den anderen Dingen, die es zu tun gab. Er schrieb seinen Namen nicht an den Briefkasten, machte nicht die geringsten Anstalten, ein Telefon zu bestellen, und kümmerte sich auch sonst nicht um die Angelegenheiten, die man bei einem Einzug in eine neue Wohnung normalerweise erledigen muß.

Statt dessen hatte er sich einzureden versucht, daß seine unheimlichen Vorausahnungen, daß irgend etwas an dieser Stadt nicht stimmte, nichts weiter als Einbildung waren. So war er losgegangen, um sich den Ort einmal näher anzusehen.

Dann war er den Hügel zur Kathedrale hinaufgestiegen. Er wollte dem Mann gegenübertreten, der ihn nach Neilsville geholt hatte. Peter Balsam trat in die Dunkelheit der Kirche ein, tauchte seine Finger ins Weihwasser und schlug im Niederknien das Zeichen des Kreuzes. Dann sank er auf einer Kirchenbank zu Boden und begann zu beten.

Es waren die Gebete, die er von den Nonnen im Kloster gelernt hatte. Das Gebet hatte ihm immer Frieden gebracht.

Heute aber konnte er diesen Frieden nicht finden. Finger schienen sich nach ihm auszustrecken, suchten ihn zu ergreifen und in einen Sumpf zu ziehen, den er nur fühlen konnte.

Peter Balsam versuchte weiterhin, Ruhe und Konzentration im Gebet zu finden. Immer wieder sprach er die vertrauten Verse vor sich hin, bis sein Angstgefühl von der Rosenkranzleier verdrängt wurde.

»Heilige Maria, Mutter Gottes, sei uns Sündern gnädig...«

Im Arbeitszimmer des Pfarrhauses, ganz in der Nähe der Kirche, ging Monsignore Peter Vernon langsam auf und ab. Er hatte beobachtet, wie Balsam den Hügel heraufgekommen war; nun wartete er auf das leise Klingeln, mit dem sich der Besucher ankündigen würde. Doch dann wurde ihm klar, daß Balsam nach dem langen Aufstieg eine Pause zum Luftholen gemacht haben mußte.

Noch einmal trat der Pater ans Fenster und sah hinaus. Es war der gewohnte Blick über die Dürre von Neilsville. Unter ihm befand sich der Tennisplatz, auf dem fünf Mädchen spielten, vier von ihnen im Doppel, während eine sich die Zeit allein vertrieb. Während er sie in Augenschein nahm, wandte jede von ihnen den Blick hinauf zu ihm, als ob sie seine Mißbilligung empfunden hätten. Ohne sich zu schämen, winkte eine von ihnen, und der Pater beeilte sich, vom Fenster wegzutreten, offensichtlich peinlich betroffen, daß er von ihnen entdeckt worden war. Schließlich ärgerte er sich sogar über seine eigene Betroffenheit.

Er konnte diese Mädchen nicht leiden, insbesondere nicht ihre Art, wenn sie sich in seiner Gegenwart respektvoll gaben, hinter seinem Rücken aber über ihn lachten. Während seiner Kindheit wäre eine solche Ungezogenheit niemals geduldet worden. Die

Nonnen hatten immer Respekt gefordert, den die Jungen im Kloster ohne zu zögern gezollt hatten. Die Zeiten waren anders geworden; außerdem lebten diese Mädchen nicht in St. Francis Xavier, und sie waren auch nicht einer ständigen Überwachung ausgesetzt, so wie er sie noch während seiner Kindheit erlebt hatte. Dieses Jahr, so sagte er sich, sollten sich die Dinge ändern. Mit der Hilfe von Peter Balsam wollte er nun strengere Saiten aufziehen und ihnen Respekt und Demut einflößen. Zu diesem Zweck hatte er Peter Balsam nach Neilsville geholt.

Es war kein leichtes Unterfangen gewesen. Von Anfang an hatte die Gemeindeschule nur Nonnen als Lehrer eingestellt, die gegen die Idee des Monsignore, einen Psychologiekurs unter der Leitung eines Laien einzuführen, starken Widerstand geleistet hatten. Psychologie, so behaupteten sie, sei in St. Francis Xavier fehl am Platze. Und in St. Francis Xavier habe noch nie ein Mann, der obendrein nicht einmal ein Priester sei, gelehrt. Monsignore Vernon erklärte ihnen, daß es unmöglich gewesen sei, jemand anderen zu finden, der sowohl Latein als auch Psychologie geben konnte. Aber auch dies überzeugte nicht, so daß er sich ausschließlich auf seine Autorität als ihr geistliches Oberhaupt berufen mußte. Wie die meisten anderen, so kuschten auch sie schließlich vor der Strenge, die in solchen Momenten in die Augen des Monsignore trat. Erst dann war es ihm möglich gewesen, Peter Balsam nach Neilsville zu bitten.

Monsignore Vernon kannte Peter Balsams Geschichte. Er hielt es deshalb für sehr unwahrscheinlich, daß sein alter Freund die Bitte abschlagen würde. Peter Balsam sagte zu.

Als Peter Balsam aus dem Kirchendunkel wieder in das gleißende Sonnenlicht trat, wurde er von der unerträglichen Hitze fast zurückgeworfen. Noch einmal sagte er sich, daß die Angst, die ihm die Stadt einflößte, lediglich Einbildung sei. Es war eben alles anders hier, als er es von früher her gewohnt war; hier litt alles unter der sengenden Hitze.

Er redete sich zu, in Neilsville zu bleiben und der Stadt eine Chance zum Kennenlernen zu geben. Zu lange schon war Angst ein Bestandteil seines Lebens, dieses Mal mußte er sie überwinden. Als er auf das Pfarrhaus neben der Kirche zuging, versuchte er sich noch mal mit dem Gedanken zu beruhigen, daß sein Unbehagen nur eingebildet sei. Aber so ganz konnte er sich dieses unwohle Gefühl nicht ausreden. Denn während er die Stufen zur Veranda des

Pfarrhauses hinaufging, spürte er, wie irgend etwas nach ihm griff, ihn zu ziehen versuchte, irgend etwas, das nicht in ihm war, sondern dort draußen, irgendwo da draußen in Neilsville.

Er ging über die Veranda und suchte die Klingel. Er wollte gerade an die Tür klopfen, als er die kleine Karte entdeckte, die an der Glasscheibe in der Mitte der Tür klebte. Darauf stand in zierlicher Schrift: ›Bitte kommen Sie herein.‹ Der Bitte folgend, öffnete Balsam die Tür und betrat den Flur des Pfarrhauses. Rechts von ihm stand ein kleiner Tisch, darauf eine silberne Glocke, die Balsam vorsichtig in die Hand nahm. Kurz darauf war ein klares Klingeln im Haus zu vernehmen. Noch war alles still, doch dann hörte er, wie irgendwo in der Halle eine Tür geöffnet wurde und jemand aus dem Zimmer trat. Groß, selbstbewußt und eine Hand zum Gruß ausgestreckt, kam Peter Vernon auf ihn zu.

»Peter Balsam«, hörte er den Pater mit tiefer Stimme sagen. »Wie lange haben wir uns schon nicht mehr gesehen?« Noch bevor er ein Wort zur Begrüßung sagen konnte, sah er sich schon durch die Halle gedrängt, in das Zimmer, aus dem wenige Sekunden zuvor der Pater herausgekommen war.

»Pete...«, begann Balsam zögernd, während Vernon die Zimmertür schloß. Offensichtlich war es sein Arbeitszimmer. Doch dann merkte Balsam, wie nervös er eigentlich war – schlimmer als er gedacht hatte. Irgendwie hatte sich sein alter Freund verändert. Er schien größer und mehr Zuversicht zu verbreiten, während sein Blick etwas Schweres an sich hatte, eine eigenartige Dunkelheit, die Balsam beunruhigte. »Es ist lange her«, schloß er müde, »dreizehn oder vierzehn Jahre, glaube ich.«

»Setz dich«, sagte Vernon und deutete mit einer Handbewegung auf zwei große Stühle am Kamin, wo er noch vor Balsam Platz nahm. Auch Balsam setzte sich und merkte, wie er von Peter Vernon gemustert wurde.

»Ich glaube, ich bin noch ziemlich erledigt«, sagte er mit einem gequälten Lächeln, »irgendwie macht einem der Hügel hier ganz schön zu schaffen.«

»Du wirst dich daran gewöhnen«, sagte Vernon. »Mir ging es ganz ähnlich. Sei also willkommen in Neilsville!«

Der Monsignore bemerkte, wie Balsams Lächeln nachgab und seine Brauen sich leicht zusammenzogen. »Ist etwas nicht in Ordnung? Gefällt dir die Wohnung nicht?«

Balsam verneinte mit einem Kopfschütteln. »Nein, die Wohnung ist sehr schön. Ich weiß nicht, was es ist. Ich kann's mir nicht erklären, aber seit ich aus dem Zug gestiegen bin, begleitet mich so ein sonderbares Gefühl. Ich kann wirklich nicht genau sagen, was es ist. Ich rede mir schon die ganze Zeit ein, daß es nur Einbildung ist. Aber das Gefühl wird immer stärker, daß irgend etwas...« Er mußte sich unterbrechen, um die richtigen Worte zu finden. Er zögerte, das Wort ›böse‹ zu gebrauchen, das ihm wieder in den Sinn gekommen war. »...daß irgend etwas hier nicht richtig ist.«

Er spürte, wie vom Pater eine eisige Kälte ausging. Offensichtlich hatte er sich zu einer falschen Bemerkung hinreißen lassen, denn beinahe fünfzehn Jahre schon war Neilsville das Zuhause des Monsignore, und das erste, was Balsam bei ihrer Begegnung tat, war, den Ort schlechtzumachen. Balsam versuchte, seinen Schnitzer wiedergutzumachen.

»Ich bin sicher, ich werde mich schon anfreunden«, beeilte er sich hinzuzufügen, und im gleichen Augenblick war ihm klar, daß er nun zu bleiben gezwungen war. Auch vom Pater schien die Spannung wieder gewichen zu sein, der freundlich lächelnd fragte:

»Wie geht es deiner Frau? Heißt sie nicht Linda? Will sie nachkommen?«

»Ich fürchte, nein«, sagte Balsam vorsichtig. »Wir haben uns auseinandergelebt. Manchmal klappt es eben nicht.«

»Ich verstehe«, sagte Vernon in einem Tonfall, der Balsam bedeutete, daß er überhaupt nichts verstanden hatte. »Wirklich eine äußerst unangenehme Geschichte.«

Balsam beschloß, die ganze Angelegenheit herunterzuspielen. Erklärungsversuche darüber, was schiefgelaufen war, waren zwecklos. Der Blick des Paters verriet weiterhin eisige Kälte und Verständnislosigkeit. »Das kommt ganz auf den Blickwinkel an. Aus unserer Sicht, Lindas und meiner, war wohl eher die Heirat ein Fehler, nicht die Trennung.« Er versuchte ein Lächeln.

So wie Vernon ihn anstarrte, war ein Lächeln kaum möglich. Er hatte schon wieder einen Fehler begangen: Pete Vernon war Priester; er hätte es besser verschweigen sollen.

»Ich hätte das nicht erwähnen sollen«, bemerkte er schnell. »Natürlich war das alles sehr schmerzlich, und ich fürchte, daran wird sich so schnell nichts ändern.« Es wird noch lange dauern, dachte er bei sich, während der Pater fürs erste beruhigt erschien.

»Natürlich«, erwiderte Vernon mit väterlicher Stimme, die Balsam an ihm noch gar nicht kannte.

»Wenn ich irgend etwas für dich tun kann...« Plötzlich wandte er sich ab, und als er den Satz wieder aufnahm, tat er dies mit einem deutlichen Unterton der Verärgerung.

»Du hättest mir das alles vorher sagen sollen«, fuhr er fort. »In Städten wie Neilsville läßt sich so etwas viel schwieriger verheimlichen als in größeren Gemeinden. Schade, denn das macht es uns allen nicht gerade leichter.«

Mein Gott, dachte Balsam, will er mich etwa entlassen, bevor ich überhaupt eine Chance hatte? Dann sagte er, »ich glaube nicht, daß außer mir mein Eheleben sonst noch jemanden etwas angeht.«

Vernon lächelte verständnisvoll. »Ich glaube, du mußt noch viel über Neilsville lernen. Gerade in solche Geschichten steckt hier jeder die Nase. Aber da läßt sich nichts mehr dagegen machen. Du bist nun also hier, und Linda nicht. So ist es doch, nicht wahr?«

Balsam wünschte, seine Erleichterung würde unbemerkt bleiben. »Pete«, begann er, hielt aber gleich an, als er die zum Schweigen mahnende Hand des Paters sah.

»Da wir nun schon mal bei den unangenehmen Dingen von Neilsville sind, sollten wir gleich noch über ein oder zwei weitere Kleinigkeiten sprechen. Zum einen sind wir ja alte Freunde, und da ist es selbstverständlich, daß du mich Pete nennst. Hier in der Pfarrei aber geht alles etwas traditioneller zu. Jeder hier, und damit meine ich wirklich *jeder*, nennt mich Monsignore. Das mag dir sehr streng vorkommen, aber es hat gute Gründe. Du solltest dich also auch umstellen und mich in richtiger Form anreden.«

Verkrampft lächelte er, als er Balsams erstaunten Gesichtsausdruck bemerkte. »Mir selbst wäre es lieber gewesen, wenn ich dich darauf nicht hinweisen müßte. Spricht es sich aber einmal herum, daß du mich Pete nennst statt Monsignore, dann wird man das als Zeichen der Mißachtung verstehen. Und das soll ja nicht sein.«

»Ich verstehe«, sagte Balsam langsam und hoffte, diese Floskel ebenso erfolgreich zu gebrauchen wie zuvor der Monsignore selbst. »Isoliert dich das denn nicht von allen anderen hier?«

Hilflos zuckte Vernon mit den Achseln. »Was bleibt mir anderes übrig? So hat man es hier schon immer gemacht. Die Menschen hier mögen es so. Außerdem haben wir doch eine Aufgabe an unserer Herde zu erfüllen, findest du nicht auch?«

Bevor Balsam darauf antworten konnte, erhob sich der Pater. »Hättest du nicht Lust auf einen kurzen Rundgang?« schlug er vor. »Dabei kannst du dich auch ein bißchen mit der Landschaft anfreunden.« Dieses Mal strahlte sein Lächeln Wärme aus. Trotzdem begann Peter Balsam sich zu fragen, wieviel daran wohl echt war.

Monsignore Vernon geleitete Peter Balsam über die Tennisplätze zum Schulgebäude. Die vier Mädchen, die gerade ein Doppel spielten, hielten inne, um die beiden Männer zu beobachten. Peter Balsam grinste selbstbewußt zu ihnen hinüber, während der Pater sie geflissentlich übersah.

Das fünfte Mädchen war unterdessen ganz damit beschäftigt, Bälle gegen die Wand des Handballplatzes aufzuschlagen, so daß es die beiden Männer gar nicht wahrzunehmen schien.

»Die haben mich wirklich einer schnellen Prüfung unterzogen«, stellte Balsam fest, als beide das Schulhaus betraten.

»Dabei war ich es, den sie im Auge hatten«, sagte Monsignore Vernon ungehalten. »Sie machen das absichtlich, weil sie glauben, daß mich das aufregt.«

»Tut es das?« fragte Balsam mit sanfter Stimme und war überrascht, als ihn der Pater beim Arm faßte und sich ihm zuwandte.

»Nein!« gab er zurück. »Das tut es nicht!« Peter Balsam spürte den stechenden Blick des Monsignore, der weiter entgegnete: »Wird es dich stören?«

»Warum sollte es das?« antwortete Balsam etwas verwirrt und fragte sich, warum der Pater so heftig reagiert hatte.

Der Monsignore ließ von Balsams Arm wieder ab. »Kein Grund zur Aufregung«, sagte er knapp. »Nicht im geringsten.«

Während sie nun den Rundgang durch das Schulgebäude begannen, war Peter Balsam sicher, daß es doch einen Grund gab, und wenn es nur der gemeinsame Hintergrund ihres Lebens im Kloster war. Keiner von ihnen wußte, wie man mit pubertären Teenagern umgehen sollte, und jetzt, wo sie Mitte Dreißig waren, war es doch wohl zu spät, das noch zu lernen. So fühlte sich jeder von ihnen auf eigene Art unwohl – Balsam, indem er wie ein Narr grinste, und Vernon, indem er den Mädchen keine Beachtung schenkte. Peter Balsam verdrängte den Vorfall, als sie das Gymnasium besichtigten.

Auf dem Tennisplatz hatten die vier Mädchen ihr Spiel unterbrochen und steckten nun ihre Köpfe zusammen. Judy Nelson, die ein paar Monate älter war als die anderen, kicherte:

»Dieses Mal haben wir ihn aber richtig drangekriegt. Immer tut er so, als ob es uns gar nicht gäbe.«

»Allerdings nur im Sommer«, bebte Penny Anderson. »Sonst kommt man ihm ja das ganze Jahr über nicht aus!«

Doch keines der Mädchen antwortete ihr. Noch immer schauten sie den beiden Männern hinterher, die gerade im Schulhaus verschwanden.

»Habt ihr gesehen, was los war, als ich zu ihm hochgewinkt habe?« fragte Karen Morton. »Ich dachte, er klinkt aus. Ich hasse es, wie er mich anstiert.«

»Jeder dreht sich doch nach dir um«, entgegnete Judy und bemühte sich dabei, ihren Neid nicht allzusehr zu verraten. »So wie du dich herausstellst, kannst du das doch niemandem übelnehmen!« Judy sah mit Genugtuung, wie ihre Freundin immer roter wurde.

»Sie kann doch nichts dafür«, begann Janet Connally Karen zu verteidigen. »Nicht jede von uns kann sich eben jede Woche neue Kleider leisten.«

Karen Morten wurde schon wieder rot. Sie wußte nicht, was schlimmer war – ihre überentwickelten Formen oder ihre Armut. Sie hoffte, irgend jemand würde schnell das Thema wechseln. Endlich wurde sie erlöst, als das vierte Mädchen im Bunde sagte:

»Ich glaube, der andre ist der neue Lehrer.« Es war Penny Anderson, die fortfuhr: »Meine Mutter hat ihn heute nachmittag vom Bahnhof abgeholt und zu seinem Apartment gebracht. Sie sagt, er ist verrückt.«

»Dann paßt er ja gut hierher«, scherzte Judy. »Wenn du mich fragst, die ganze Stadt hier ist verrückt.« Ein leichtes Schaudern ergriff sie bei diesem Gedanken, das von den drei anderen Mädchen nicht weiter beachtet wurde: Denn so lange sie sich erinnern konnten, hatte Judy Neilsville schon immer gehaßt.

»Wirst du diesen Kurs belegen?« fragte Penny.

»Ich würde ihn nur ungern versäumen«, war Judys Antwort, wobei ihre Lust an einem gemeinsamen Komplott unüberhörbar war. »Wir sollten alle daran teilnehmen!«

»Ich weiß nicht sicher, ob meine Mutter mich läßt«, sagte Penny voller Zweifel. »Sie sagt, Psychologie ist nichts für die Schule.«

»Das sagt jeder hier, außer dem Monsignore«, warf Janet ein. »Ich wundere mich nur, warum er so darauf beharrt. Ich meine, irgendwie ist das doch wohl das letzte, was er uns beibringen würde.«

»Vielleicht muß er das Fach einrichten«, war Karens Vermutung. »Kann doch sein, daß der Bischof darauf bestand.«

»Ist auch egal«, sagte Judy Nelson ungeduldig. »Wichtig ist doch nur, daß sie uns nicht wieder aufteilen, wenn wir den Kurs besuchen wollen, wie sie es sonst so gerne tun. Endlich mal ein richtiger Lehrer und keine Nonne. Ich sag' euch, das wird toll. Nach einer Woche wird er nicht wissen, wo ihm der Kopf steht.«

»Das macht bestimmt Riesenspaß«, gab auch Penny zu, »aber ich muß erst noch meine Mutter bearbeiten.«

»Wo wir gerade bei den Müttern sind«, schaltete sich Judy ein und schnitt eine Grimasse, »ich treffe mich gleich mit meiner bei Osgood's, um ein neues Kleid zu kaufen. Habt ihr nicht Lust, mitzukommen?« Obwohl die Frage an alle gerichtet war, antwortete nur Karen:

»O ja, gerne. Dann werden wir dir was ganz Scharfes für die Party am Samstag aussuchen.«

»Als ob sie mich so scharfe Sachen überhaupt kaufen ließe«, maulte Judy. »Sie glaubt doch, ich bin immer zwölf.« Beide verließen nun den Tennisplatz, wo Penny und Janet zurückblieben. Einen Augenblick später entdeckte Judy das andere Mädchen, das sich immer noch allein die Zeit vertrieb. Heimlich stupste sie Karen an. Dann drehte sie sich um und rief ihren Freundinnen laut genug zu, damit es auch das einzelne Mädchen hören konnte: »Kommt ihr endlich, oder wollt ihr dem plumpen Elefanten beim Spielen zuschauen?«

Janet Connally war über diese Gemeinheit ihrer Freundin ziemlich überrascht, sagte aber nichts, sondern hakte sich bei Penny ein und ging fort. Judy Nelson aber, am anderen Ende des Platzes, wurde höchstens dadurch erschüttert, daß sie so sehr über ihren eigenen Witz lachen mußte.

Die Person, auf die Judys Witz abzielte, war Marilyn Crane. Am liebsten wäre sie im Erdboden versunken und gestorben. Sie hatte die Beleidigung genau gehört. Sie wußte, wer gemeint war. Es fiel ihr schwer, nicht in Tränen auszubrechen.

Sie konnte doch nichts für ihre Ungeschicktheit. So war es nun mal, und es war immer schon so gewesen. Ihr ganzes Leben lang hatte ihre Mutter die Geschichte vom häßlichen Entlein erzählt, aus dem eines Tages ein anmutiger Schwan wird. Aber es war eben nur ein Märchen, und Marilyn wußte es.

Sie versuchte, ganz gezielt noch einen Ball an die Mauer zu schlagen, was ihr jedoch nicht gelang. Schnell blickte sie um sich, und erleichtert stellte sie fest, daß niemand da war, der sie beobachtet hatte.

Sie sammelte die Bälle ein und verstaute sie in einer Dose. Eigentlich hatte sie schon vor längerer Zeit aufhören wollen, doch dann waren die ›Vierlinge‹ gekommen, und sie wollte auf keinen Fall den Eindruck aufkommen lassen, sie ginge nur, weil die anderen gekommen waren. Daß sie geblieben war, war eigentlich eine noch größere Qual, denn das bißchen Geschicklichkeit, das sie den Sommer über erworben hatte, wurde allein durch die Ankunft der vier Mädchen vollends zunichte gemacht. Aber mit der ihr eigenen verschlossenen Ruhe, die sie sich im Laufe ihres fünfzehnjährigen Lebens zugelegt hatte, stand sie auch diese Situation durch. Jetzt, endlich, konnte sie verschwinden.

Sie entschloß sich, in die Kirche zu gehen. Dort war es sicher kühl, und, was noch viel wichtiger war, in der Kirche konnte sie Trost in ihrem Schmerz finden. Dies war der einzige Ort, wo sie sich aufgehoben fühlte. In dem dämmrigen kalten Gewölbe war niemand, der sie auslachte oder sich niederträchtig über sie lustig machte, wie es so oft geschah und gerade laut genug, daß sie die Abfälligkeiten immer hören konnte.

In der Kirche war sie der Heiligen Jungfrau ganz nahe, und die Heilige Jungfrau spendete ihr immer den ersehnten Frieden.

Wenn sie in der Kirche saß und zu der Statue der Madonna aufblickte, glaubte sie fast, die Heilige Jungfrau wäre lebendig und würde ihre Nähe suchen. Marilyn versuchte ihrerseits, ihr ebenso näherzukommen, ihre Gegenwart zu spüren, sie zu berühren, die ihr den Frieden brachte.

Aber mit jedem Tag gab es für Marilyn Crane eigentlich immer weniger Frieden, und eines Tages würde sie gar keinen Frieden mehr haben. Sie wußte es. An diesem Tag würde sie endlich die Mutter der Leiden berühren können, und ihr eigenes Leid würde von diesem Tag an von der Mutter Gottes getragen werden.

Marilyn betrat die Kirche und betete im stillen um Vergebung ihrer Sünden.

2

Peter Balsams Unbehagen wuchs immer mehr während ihres gemeinsamen Erkundungsganges durch die verschiedenen Räumlichkeiten von St. Francis Xavier. Er hatte schon viele der Kirche angeschlossenen Schulen kennengelernt. In den meisten war immer deutlicher der zeitlose Charakter eingezogen, der auch an den öffentlichen Schulen herrschte. Gleichzeitig war die religiöse Erziehung weiter in den Hintergrund gerückt, während die Unterrichtung weltlicher Fächer an Bedeutung gewann. Anders in Neilsville, wo die Klassenräume spartanisch kahl waren und der einzige Schmuck eine Statue der Heiligen Jungfrau war, die in jedem Zimmer an gleicher Stelle in einer Wandnische stand. Balsams Unruhe wuchs, was im Verlauf ihres Rundgangs dem Monsignore Vernon nicht entging.

»Wie ich dir schon am Anfang sagte, halten wir uns hier eng an die formalen Bestimmungen«, begann er mit einem gefrorenen Lächeln. »Sicher denkst du, wir sind der Zeit um einiges hinterher.«

Noch einmal versuchte Peter, seine wahren Gefühle herunterzuspielen. »Ich überlegte gerade, wie wohl St. Francis Xavier selbst über all das gedacht hätte«, sagte er. »Wenn ich mich recht erinnere, war der alte Knabe doch recht berühmt für seinen Mangel an all dem formalen Kram. Neigte er nicht sogar dazu, sich aus so gut wie allem einen Spaß zu machen?«

Einen Moment lang hielt Monsignore Vernon inne. Seine Hand hielt immer noch die Türklinke gefaßt, die die Tür zum letzten Raum öffnen würde. Er sah Balsam mindestens eine Minute lang an, ehe er erneut zu sprechen begann und es offensichtlich war, daß er seine Worte nun sehr sorgfältig wählte.

»Laß es mich mal so sagen – obgleich St. Francis Xavier Jesuit war, ist dies hier keine Jesuitenschule. Dafür gibt es auch einen sehr einfachen Grund: Die Leute in dieser Gemeinde, mich eingeschlossen, fühlen sich den Dominikanern nämlich näher als den Jesuiten. Ich hoffe, ich habe mich klar genug ausgedrückt.«

Peter Balsam bemühte sich, sein Lächeln so echt wie möglich aussehen zu lassen und in möglichst heiter klingendem Ton zu erwidern: »Ganz klar, obwohl ich zugeben muß, daß ich bei den Dominikanern in erster Linie an die Inquisition denke. Ich werde daher mein Bestes geben, um diesen Aspekt zu vergessen.«

Wieder sah ihn der Monsignore prüfend an, ehe er ein Lächeln auf seine Lippen legte. »Ich hoffe, es wird dir gelingen«, sagte er mit aufmunternder Herzlichkeit und öffnete die Tür zum letzten Klassenraum, den sie noch nicht besichtigt hatten. Er ging zur Seite und hieß Peter mit den Worten eintreten: »Dies wird dein Klassenzimmer sein.«

Balsam sah sich den Raum mit größerer Neugier an, als er es bei den anderen Zimmern getan hatte. Er schien jedoch nicht zu unterscheiden. Quadratisch im Grundriß, die Fenster mit Blick zum Schulhof, an einer Wand die Tafel, jeweils sechs Pulttische in fünf ordentlich aufgestellten Reihen, der Lehrertisch auf einem niedrigen Podest in einer Ecke, so daß jeder Schüler genau im Blickfeld saß. An der Rückwand befand sich wie in allen anderen Klassenräumen die Nische für die Statue der Jungfrau Maria. Doch hier bemerkte er eine ganz andere. Er wandte sich an den Monsignore, dessen ansatzhaftes Lächeln zu einem breiten Grinsen geworden war. Balsam war überrascht.

»Das versteh' ich nicht«, sagte er und ging auf die Statue zu. Beim näheren Hinsehen fragte er: »Wer ist das?«

»Das«, antwortete Monsignore Vernon in der jovialen Art, die Peter Balsam noch aus ihrer gemeinsamen Schulzeit in Erinnerung hatte, »das ist St. Peter der Märtyrer.«

Da Balsam offensichtlich betreten war, fuhr Vernon fort: »Er ist ein Dominikaner. Du mußt dich mit ihm vertraut machen. So berühmt St. Francis Xavier für seine Heiterkeit war, so berühmt ist St. Peter der Märtyrer für seine Wachsamkeit gegen die Ketzerei.«

»Ketzerei?« wiederholte Balsam, der nicht verstand, worauf der Priester hinaus wollte.

Langsam verlor sich das erstarrte Lächeln auf Monsignores Gesicht. »Ein kleiner Scherz meinerseits«, erklärte er. »Da du hier Psychologie unterrichten wirst – und einige der modernen psychologischen Theorien grenzen ja ganz offensichtlich an Ketzerei –, dachte ich, es wäre vielleicht ganz amüsant, St. Peter den Märtyrer aufzustellen. Sozusagen als Aufpasser.«

Balsam schüttelte traurig den Kopf. Der Monsignore war einmal sein Freund gewesen. Er versuchte herauszufinden, ob der Priester das wirklich nur als Scherz auffaßte oder ob er ihm irgend etwas sagen, ihn vielleicht sogar warnen wollte. Er konnte es nicht beurteilen.

»Wie ist es?« durchbrach der Monsignore die peinliche Stille endlich. »Wollen wir uns noch für ein paar Minuten ins Pfarrhaus begeben? Da sind noch ein paar Kleinigkeiten, die wir besprechen sollten. Ich kann dir ein Gläschen exzellenten Sherry anbieten, wenn es nicht zu früh dafür ist.«

»Schön«, stimmte Peter Balsam zu, der irgendwie abwesend schien und die Frage gar nicht richtig gehört hatte.

Schweigend gingen sie zum Pfarrhaus zurück, während sich Balsam immer noch darüber wunderte, wie sehr sich sein Freund in den wenigen Jahren verändert hatte. Seiner Erinnerung nach hatte Vernon das Leben immer genommen, wie es gerade kam, und immer das Beste aus allem gemacht. Jetzt schien er wie ausgewechselt, ein eigenartiger, fast schon linkischer Charakter, den er in den alten Schultagen nie an sich gehabt hatte. Als sie wieder in das Arbeitszimmer traten, sagte Balsam sich, daß es wohl besser gewesen wäre, wenn er seine Erwartung nicht an den alten Zeiten gemessen hätte. Schließlich verändern sich ja alle irgendwie. Und immerhin hatte der Priester große Verantwortung zu tragen. Balsam beschloß, sein Urteil über Pete Vernon zu ändern und den neuen Gegebenheiten anzupassen. Aus dieser neuen Sicht würde ihm sicherlich auch die ungewohnte Anrede des alten Freundes, mit ›Monsignore‹, leichter fallen. Bei diesem Gedanken mußte er sogar in sich hineinlachen.

Der Pater reichte ihm ein Glas Sherry und ging dann zum Schreibtisch hinüber, der in der einen Ecke des Zimmers stand. Von dort holte er eine Mappe und nahm schließlich auf dem Stuhl gegenüber Platz. Einen Augenblick lang herrschte zwischen beiden Männern ein tiefes Schweigen. Zwischendurch nippten sie an ihrem Sherry, ehe der Pater das Gespräch nach einer Weile aufnahm.

»Ich habe hier noch etwas, was mich sehr beunruhigt«, er zeigte auf die Mappe in seiner Hand. Fragend sah Balsam ihn an.

»Der Abriß deiner Doktorarbeit«, fuhr Vernon fort. »Ich bin sie immer wieder durchgegangen. Ich werde den Eindruck nicht los, daß diese Zusammenfassung, wer immer auch dafür verantwortlich ist, eine Menge ausläßt.«

Schlagartig wich Balsams Spannung. Endlich befand er sich auf vertrautem Terrain.

»Das kann ich mir gut vorstellen«, sagte er. »Du kannst dir gar kein Bild davon machen, welche Probleme ich mit dieser Arbeit hatte. Eine Zeitlang dachte ich, man würde mich deshalb aus St. Alban rauswerfen.«

»Ja, das lag wohl sehr nahe«, stimmte Vernon zu, der immer

noch die Mappe hielt und nun laut den Titel der Doktorarbeit vom Einband ablas: »Selbstmord als Sünde: Eine Untersuchung über die Gültigkeit des Dogmas. Es klingt, als hattest du ernsthaft daran gedacht, das Dogma in Frage zu stellen. Stimmt das?« Mit scharfen Blicken begann er Peter zu prüfen.

Balsam zuckte die Schultern. »Kommt ganz darauf an, was du damit meinst, ›ernsthaft in Frage zu stellen‹. Ich habe mich lediglich darum bemüht, einen Blick auf das Dogma der Kirche zu geben, wenn auch unter Berücksichtigung der Aussagen der modernen Psychologie zum Phänomen des Selbstmordes.«

»Und du meinst, dadurch wird die kirchliche Lehre in keiner Weise in Frage gestellt?« Wieder sah ihn der Priester mit streng prüfendem Blick an.

»Nicht in meinen Augen«, erwiderte Balsam. »Aber ich fürchte, in St. Alban haben sie nicht viel Unterschied gemacht zwischen meiner Untersuchung und einer echten Infragestellung.«

»Das kann ich mir auch nicht vorstellen«, entgegnete der Monsignore. »Um ehrlich zu sein, ich selbst kann diesen Unterschied nicht machen.«

»Vielleicht ist es am besten, ich erkläre es am Beispiel eines Gerichtsverfahrens. Alles, was ich meiner Meinung nach getan habe, war die Durchführung einer Art Vorverhör, um zu sehen, ob ein Prozeß überhaupt nötig sein würde.«

»Und war es nötig?«

Balsam hob erneut die Schultern. »Ich weiß es nicht. Jedenfalls stieß ich bei der Gegenüberstellung des kirchlichen Dogmas und der Wissenschaft der Psychologie auf einige Streitpunkte, für deren Lösung kompetentere Leute als ich zuständig sein sollten.«

Bei diesen Worten lehnte sich der Monsignore im Stuhl zurück, um sich offenbar zu entspannen. Zum erstenmal hatte Balsam bemerkt, wie sehr der Pater bei diesem Thema verwirrt war, und glaubte, er schulde ihm deshalb eine Erklärung.

»Mir schien die Lehre der Kirche, was den Selbstmord betrifft, immer ein wenig unmenschlich«, begann er.

Monsignore Vernon lächelte gequält. »Die Lehren der Kirche sind Aussagen Gottes. Was auf den ersten Blick also unmenschlich erscheint, ist noch lange nicht gottlos.«

Balsam zog die Brauen zusammen. Er spricht wie ein echter Inquisitor, dachte er sich, ehe er laut fortfuhr: »Mir scheint, daß wir jemanden, der so zerrüttet ist, daß er sich umbringen will, nicht als vernünftig bezeichnen können. Also verdient er die gleiche Zuwendung, die die Kirche auch denen gibt, die wir als ›Schwachsinnige und Heiden‹ bezeichnen.«

»Dein Vergleich hinkt«, antwortete Vernon unterkühlt. »Natürlich sind diejenigen, die wir als ›Schwachsinnige und Heiden‹ bezeichnen, nicht für sich selbst verantwortlich, aber nicht einfach, weil sie Schwachsinnige und Heiden an sich sind, sondern deshalb, weil sie nicht in der Lage sind, die Dogmen überhaupt zu verstehen.«

Balsam zog es vor, nicht weiter auf diesem Punkt zu beharren. »Wie ich schon sagte, kompetentere Leute als ich sollten darüber entscheiden, ob das Dogma geändert werden sollte oder nicht. Ich habe dazu in meiner Ausarbeitung in keiner Weise Stellung genommen. Wahrscheinlich wurde sie aus diesem Grund letzten Endes angenommen.«

»Und für dich selbst hast du auch keine Lösung gefunden?« fragte der Monsignore nach, um ihn offensichtlich weiter unter Druck zu setzen.

Balsam verneinte mit einem Kopfschütteln. »Soweit es mich betrifft, habe ich lediglich Fragen aufgeworfen. Ich glaube, ich bin weder in der Psychologie noch in der Theologie bewandert genug, um darauf auch die Antworten zu liefern.«

Monsignore Vernon nickte bedächtig mit dem Kopf, als ob er das Gesagte erst einmal verdauen müßte. Als er den Faden wieder aufnahm, konnte Balsam den Zusammenhang anfangs nicht genau erkennen.

»Ich möchte dir sagen, daß es in der Gemeinde ziemliche Aufregung über dein Unterrichtsfach gegeben hat«, begann er. »Ich befürchte, daß es da eine starke Strömung gibt, die der Meinung ist, Psychologie habe an einer kirchlichen Schule nichts zu suchen. Offen gesagt, ich hatte einige Zweifel, ob meine Wahl für diese Aufgabe auf den richtigen Mann gefallen ist.«

»Und?« wollte Balsam weiter wissen.

Monsignore Vernon zeigte sein grimmiges Lachen, als er erklärte: »Laß es mich einfach so sagen – ich fühle mich jetzt ein bißchen wohler. Noch vor ein paar Minuten dachte ich, ich müßte dich ernsthaft davor warnen, unseren Schülern etwas beizubringen, was in irgendeiner Weise im Widerspruch zu den Lehren der Kirche steht.«

Diese Warnung hast du mir ja nun gegeben, dachte Balsam bei

sich. Dann versuchte er, seine Stimme so unbeteiligt wie möglich klingen zu lassen, als er nachsetzte: »Und du glaubst, jetzt ist das nicht mehr nötig?«

»Ich glaube, du wirst deine Sache gut machen«, antwortete Vernon im Aufstehen. »Und vermutlich war es richtig, in deinem Klassenzimmer die Statue des St. Peter des Märtyrers aufzustellen.« Bei diesen letzten Worten glaubte Peter ein Leuchten in den Augen des Paters zu erkennen, ein eigenartiger Eindruck, den er jedoch rasch verwarf.

»Vielleicht sollte ich mich besser mit der Geschichte des heiligen Peters des Märtyrers befassen«, sagte er. »Immerhin werden wir ja Kollegen.«

Vernon gab ihm einen kameradschaftlichen Schlag auf die Schulter, der Balsam das Gefühl gab, zur Tür hinausgedrängt zu werden.

»Vielleicht solltest du das wirklich tun«, betonte der Pater zustimmend. »Er war ein faszinierender Mann. Du kannst mir glauben, er hatte nie Probleme, zu entscheiden, was mit der reinen Lehre der Kirche in Einklang stand und was nicht. Solltest du jemals Zweifel darin haben, etwa beim Unterricht in deiner Klasse, dann frag St. Peter den Märtyrer um Rat. Oder mich. Ich sage das nicht aus Stolz. Du weißt, auch Stolz ist eine Sünde. Aber ich habe fast so einen empfindlichen Sinn für das, was richtig ist, wie St. Peter selbst.«

»Ich werde das beherzigen«, gab Balsam trocken zurück und fragte sich, ob ihn der Pater überhaupt gehört hatte. Sie standen beide an der Eingangstür, während der Pater immer noch ganz in Gedanken verloren schien.

»In diesem Zusammenhang fällt mir ein«, sagte er beim Öffnen der Tür, »ich leite unten in Neilsville einen kleinen Arbeitskreis. Eine völlig zwanglose Sache, mußt du wissen. Vielleicht würde dich das interessieren, speziell, was deinen Wissensdurst über St. Peter den Märtyrer beträfe. Er ist sozusagen unser Lieblingsheiliger. Oder bist du von solchen Dingen ganz abgekommen?« Völlig unvermittelt sah er ihm dabei in die Augen. Für einen Moment begegnete Balsam diesem Blick.

»Nicht ganz«, erklärte er unsicher. »Aber ich glaube, das muß noch warten. Ich habe noch eine Menge für den Unterricht vorzubereiten.«

»Wahrscheinlich mehr, als du dir jetzt träumen läßt«, ergänzte Vernon in einem Ton, der Balsam stutzig machte. Als er Balsams verdatterten Gesichtsausdruck bemerkte, fuhr er sogleich fort: »Wir dachten, daß wir mit der unteren Klasse beginnen sollten, wenn wir den Psychologieunterricht starten. Da sind nämlich vier Mädchen, und ich bin mir sicher, daß sie an deinem Unterricht teilnehmen wollen.«

»Etwa die vier, die vorhin Tennis spielten?« fragte Peter intuitiv.

»Genau die«, bestätigte Vernon. »Aber ich möchte dich vorwarnen. Schon von klein auf waren sie unzertrennlich, und bislang kannten die Schwestern immer nur ein Mittel, um mit ihnen fertig zu werden, indem sie sie einfach voneinander trennten. Sonst hängen sie nämlich immer zusammen. An Unterricht ist dann nicht mehr zu denken, es wäre eine einzige Schwätzerei, und du wärst nur damit beschäftigt, mit deinen Klassenbucheintragungen nachzukommen. Ich habe eine ganze Schreibtischschublade voll mit Eintragungen über die vier. Seit neun oder zehn Jahren sammle ich die schon. Eines Tages werde ich sie alle lesen, allein um zu sehen, was die sich so alles ausdenken. Ich möchte wissen, was in aller Welt so wichtig ist, daß man es sich nicht nach dem Unterricht erzählen kann.«

Balsam merkte, wie wieder dieses Unbehagen in ihm hochkam. Mädchen dieses Alters hatten ihn schon immer verunsichert, so daß die Aussicht, mit einer festen Clique von Teenagern konfrontiert zu werden, ihm angst machte. Er ließ es sich aber nicht anmerken.

»Ich danke für diese Warnung«, fügte er an. »Aber irgendwie sagt mir mein Instinkt, daß es sicher ganz interessant ist, alle vier von ihnen in einer Psychologieklasse zu haben.«

»Folgst du eigentlich immer deinen Instinkten?« wollte Monsignore Vernon wissen.

Unbeirrt sah Balsam ihn an. »Nein«, betonte er mit ruhiger Stimme, »nicht immer.«

»Gut«, entgegnete der Priester, »dann wirst du dich hier ja zurechtfinden.« Und noch bevor Balsam darauf etwas entgegnen konnte, hatte der Priester sich ins Haus zurückbegeben. Balsam stand vor geschlossener Tür und fragte sich, was sein alter Freund mit diesen Worten nur gemeint hatte.

Die steinerne Fassade des Hauses konnte ihm darauf keine Antwort geben, und langsam trat er den Weg hinunter nach Neilsville an. Eigentlich nahm er unterwegs die Stadt gar nicht wahr, da sich in seinem Kopf ein ganz anderes Bild festgesetzt hatte. Es war das

Bild von jener Statue im Klassenzimmer, von St. Peter dem Märtyrer. Ganz deutlich spürte er, daß es eine Warnung war, aber wovor?

Von seinem Fenster im Pfarrhaus aus beobachtete Monsignore Vernon, wie Peter Balsam die Anhöhe hinunterging. Es würde schon alles gut laufen, fand er, obgleich er sich anfangs nicht so sicher gewesen war. Nach dem Gespräch mit Balsam aber wußte er, daß er zufrieden sein konnte. Alles würde wieder in Ordnung kommen, jetzt wo er Peter Balsam in Neilsville hatte.

Auf seinem Weg durch die Hauptstraße überkam Peter Balsam, wie schon bei seiner Ankunft, das Gefühl einer düsteren Vorahnung. Wie sollte er dagegen ankommen, fragte er sich und fühlte, daß es mit seiner Standhaftigkeit nicht weit her war. Eigentlich wollte er Pete – dem Monsignore, verbesserte er sich sogleich – nur einen Besuch abstatten und bei dieser Gelegenheit mitteilen, daß er nicht bleiben wolle. Aber er hatte es nicht fertiggebracht. Statt dessen ließ er den Priester über sich entscheiden, so wie er schon immer über sich hatte bestimmen lassen. Das war schon so, als sie noch kleine Jungen gewesen waren. Es schien, als ob Pete Vernon Macht über Peter Balsam besaß.

Es war, als ob der nur wenig ältere Vernon etwas wußte, was für Balsam nicht erkennbar war.

Tatsächlich hatte Pete Vernon einst eine Bemerkung gemacht, die sich in Balsams Gedächtnis fest verankert hatte. »Unsere Leben sind untrennbar miteinander verbunden. Und so wird es immer bleiben!« hatte er damals gesagt. Balsam hatte dem keine weitere Beachtung mehr geschenkt, weil er dachte, daß der andere ihn nur ein bißchen auf den Arm nehmen wollte. Und jetzt, zwanzig Jahre später, waren sie beide hier in Neilsville und wieder zusammen.

Plötzlich bemerkte er, wie er von den Leuten, die ihm auf dem Gehsteig entgegenkamen, nicht angeschaut, sondern angestarrt wurde. Aber er hielt sich zurück, sie im Gegenzug genauso anzustarren, und konzentrierte sich mehr darauf, die Stadt kennenzulernen.

Ohne die Hitze und die Trockenheit der Wüste hätte Neilsville durchaus ein hübsches Städtchen sein können. Seine Fachwerkhäuser, die sich zwischen den Ahornbäumen des Mittleren Westens gut gemacht hätten, wirkten in der völlig ausgedörrten Umgebung, zwischen Kaskadengebiet und den Rockies, eher öde und leblos. Man hätte den Eindruck bekommen können, als stünden sie da in Erwartung einer mächtigen Naturgewalt, die sie von der Einsamkeit befreien würde. Doch dieses Ereignis war nie eingetreten. Immer noch stand jeder Laden, jedes Haus für sich, und unterwegs hätte Peter Balsam gerne gewußt, ob nur er dieses eigenartige Gefühl empfand. Er fühlte sich von der Stadt wie von einem Menschen zurückgewiesen. Er fing an, die Einwohner von Neilsville verstohlen zu mustern.

Noch nie hatte er an Leuten eine so seltsame Ähnlichkeit bemerkt. Sie alle schienen irgendwie vom gleichen Schlag zu sein, und jeder von ihnen wirkte ein bißchen vorgealtert – kein gesundes Alter, oder gar ein weises. Nein, es war ganz von Verdrossenheit gezeichnet. Oder etwa von Angst? Die gleiche Zurückhaltung, die ihm bereits an den Gebäuden aufgefallen war, ließ sich auch an den Menschen ablesen, die darin wohnten. Auch sie schienen auf etwas zu warten. Und was immer das auch sein mochte, es versprach sicher nichts Erfreuliches.

Manchmal ertappte er jemanden dabei, wie dieser ihn offensichtlich anstarrte, was den anderen jedoch in keiner Weise kümmerte. Niemand wandte sich verschämt ab, wenn er bewußt hinsah. Im Gegenteil, mit verkniffenen Lippen begegnete jeder seinem Blick. Dann erst wandte man sich ab, um in Begleitung des einen oder anderen das Tuscheln anzufangen. Nur allzugerne hätte Balsam gewußt, was sie sagten.

An der nächsten Kreuzung zwang ihn die einzige Ampel in Neilsville, stehenzubleiben. Als er merkte, daß er sich direkt vor dem Büro der Telefongesellschaft befand, ging er kurz entschlossen hinein. Hinter dem Schalter saß eine ältere Frau nachdenklich an einem Schreibtisch, die nun zu ihm aufsah und sagte:

»Sie möchten sicher ein Telefon bestellen.«

Peter nickte überrascht. »Woher wußten Sie das?«

»Hier«, sagte die Frau gedehnt, »hier weiß jeder alles.«

Dann zog sie aus der obersten Schublade ihres Schreibtisches ein Formular und fuhr wie selbstverständlich fort: »Balsam war doch Ihr Name, oder?« Peter nickte erneut, und ohne weitere Fragen zu stellen, begann die Frau mit dem Ausfüllen des Formulars, das sie ihm zu guter Letzt zur Unterschrift vorlegte. Während er die Daten, die sie von weiß Gott woher wußte, nachprüfte, sprach sie ihn plötzlich von neuem an.

»Soviel ich weiß, waren Sie doch mal Priester?«

Erschrocken blickte er auf.

»So direkt kann man das nicht sagen«, antwortete er. »Ich habe zwar mit dem Studium angefangen, es aber nie beendet.«

»Ach, dann gehören Sie also zu diesen Leuten?« murmelte die Frau, um dann, als Peter unterschrieben hatte, fortzufahren: »Mit dem gleichen Zug wie Sie kam wohl auch Margo Henderson, wenn ich das richtig verstanden habe?«

Peter entschied, daß es wohl das beste sei, ihren mißbilligenden Unterton einfach zu übergehen.

»Ja, da haben Sie recht. Sie ist eine angenehme Frau.« Seine Erinnerung sagte ihm allerdings, daß er sie mehr als angenehm empfand. Begehrenswert schön. Aber im selben Augenblick, da er sich mit Freude an Margo Henderson erinnerte, mußte er zu seinem Ärger auch wieder an die Frau denken, die Pete Vernon geschickt hatte, um ihn vom Zug abzuholen. Leona Anderson hieß sie.

»Geschieden«, sagte die Frau hinter dem Schalter, womit sie Peter in die Wirklichkeit zurückholte. Sie sprach also immer noch über Margo.

»Nun«, lächelte Peter, »es gibt bestimmt Schlimmeres.«

»So, finden Sie?« fragte die Frau, ohne sein Lächeln zu erwidern. »Sie sollten wissen, daß wir hier in Neilsville fast alle katholisch sind.«

»Aber eben nicht alle«, entgegnete Peter. »Meines Wissens gibt es hier doch neben St. Francis Xavier auch eine öffentliche Schule. Und außerdem ist mir, als hätte ich auch einige andere Kirchen gesehen.«

Von ihrem Platz hinter dem Schalter aus musterte die Frau Peter von oben bis unten. Peter fühlte förmlich, wie sich ihr Blick in seinem braunen Haar verfing. Es war offensichtlich, daß seine Bemerkung in keiner Weise gutgeheißen wurde. »Hier in Neilsville ist Platz für jeden, solange er sich zu benehmen weiß.« Deutlich verriet ihr Ton, daß sie genau das von Peter nicht erwartete.

»Eigenartig«, sagte er. »Dasselbe hat mir heute schon einmal jemand gesagt. Eine Dame namens Leona Anderson.«

»Leona ist eine sehr kluge Frau.«

»Zweifellos«, bekräftigte Peter trocken. Allerdings hatte er sie auch schon von einer anderen Seite kennengelernt, denn ihm gegenüber hatte sie sich ziemlich bärbeißig gegeben und aus ihrer Abneigung kein Hehl gemacht. Dies war vom ersten Moment an der Fall, als sie ihn abholte, und daran hatte sich auch nichts geändert, als sie ihn schließlich zu seinem Apartment gebracht hatte. »Und wann kann ich mit dem Telefon rechnen?«

»In vier Tagen«, antwortete die Frau, ohne den Terminkalender nachzusehen. »Das ist die normale Bearbeitungszeit.«

Da Peter nicht weiter argumentieren wollte, dankte er der Frau für ihre Bemühungen und verließ das Büro. Sie beobachtete ihn, und sobald er außer Sichtweite war, nahm sie das Telefon auf ihrem Schreibtisch und begann hastig zu wählen.

»Leona, gerade war dieser Balsam hier, von dem du mir erzählt hast, um ein Telefon zu bestellen. Ich glaube, du hast recht, und du solltest besser mit dem Monsignore reden. Ich weiß nicht, irgend etwas an dem jungen Mann gefällt mir nicht. Wenn du mich fragst, dann ist mit diesem Balsam heute eine Menge Ärger in unsere Stadt gekommen.«

3

Nach vier Tagen in Neilsville fühlte sich Peter Balsam ein wenig wohler. Er hatte sich schon eingerichtet: Seine Bücher standen geordnet auf einem Wandregal aus Ziegeln und Brettern, und überall Pflanzen, für die er mehr als ursprünglich beabsichtigt ausgegeben hatte. Und dann war natürlich auch sein Telefon installiert, das er auf seinen Schreibtisch gestellt hatte. Er sah gerade den grünen Apparat an und überlegte, warum er seit heute morgen, als das Telefon angeschlossen wurde, das Gefühl hatte, mit der Außenwelt ›in Verbindung‹ zu sein. Nicht, daß er jemanden angerufen hatte; es war auch nicht wahrscheinlich, daß jemand ihn anrufen würde. Plötzlich überraschte ihn das Klingeln des Telefons. Fassungslos sah er es einen Moment an, nahm dann den Hörer auf und meldete sich. Zögernd sagte er: »Hallo.« Er war sich sicher, daß sein Gegenüber sich verwählt hatte und auflegen würde.

»Peter Balsam?« Es war die Stimme einer Frau. Auch sie klang zurückhaltend, aber irgendwie bekannt.

»Ja«, antwortete Peter. Er überlegte, woher ihm die Stimme bekannt vorkam.

»Hier ist Margo Henderson«, fuhr die Frau fort.

»Die Frau aus dem Zug?« Balsam fühlte sich wie von einer großen Freudenwelle getragen.

»Hallo«, wiederholte er, dieses Mal herzlich.

»Das klingt schon besser«, meinte Margo. »Ich dachte schon, Sie erinnern sich nicht mehr an mich.«

»Stimmt«, gab Peter zu. »In Wahrheit dachte ich, jemand hätte sich verwählt. Ich habe das Telefon ja erst seit heute morgen. Normalerweise dauert es einige Tage, bis die ersten Leute die Nummer wissen.«

»Nicht in Neilsville«, lachte Margo. »Sie sind seit Jahren *das* Ereignis hier.« Einen Augenblick hielt sie inne, was Peter dennoch keine Gelegenheit zu einer Antwort gab. Sie fuhr bereits fort: »Ich war neugierig, wissen Sie. Ich wollte wissen, ob Sie mich heute abend vielleicht zum Essen ausführen würden?«

Einen Moment war Peter echt verlegen, erholte sich aber sofort. »Es wäre mir eine große Freude«, bekannte er. »Aber da gibt es ein Problem – ich habe kein Auto!«

»Oh, das ist doch kein Problem! Zufällig habe ich einen dienstbaren Chevy. Wenn Sie nicht zu stolz sind, von einer Frau abgeholt zu werden, könnte ich um halb acht bei Ihnen sein.«

»Einverstanden«, erklärte Peter, obgleich er sich nicht so sicher war. Aber Spielverderber wollt er auch nicht sein. »Wissen Sie denn, wo ich wohne?«

»Lassen Sie mich raten«, bat Margo. »Da Sie kein Auto haben, müssen Sie die ganze Strecke bis St. Francis Xavier zu Fuß gehen. Also müßten Sie in dem neuen Wohnhaus an der 3. Straße, gleich bei der Hauptstraße, wohnen.«

»Sie sind ein echter Sherlock Holmes«, gab Peter zu verstehen.

Margo lachte. »Nicht ganz. Wir sehen uns um halb acht.«

Balsam wollte noch etwas sagen, merkte aber, daß am anderen Ende aufgelegt wurde. Fragend blickte er den stummen Hörer an. Warum hatte sie so abrupt eingehängt? Wahrscheinlich hatte sie von der Arbeit aus angerufen, und jemand hatte nach ihr gerufen. Schulterzuckend konzentrierte er sich wieder auf anderes.

Eine Stunde später konnte man ihn den Hügel zur Kirche von St. Francis Xavier hinaufgehen sehen. Unterwegs bemerkte er, daß ihm Neilsville, obwohl immer noch öd, nicht mehr so schrecklich erschien wie am ersten Tag. Wie die Dinge einem vertraut werden, dachte er sich und versuchte, sich weiter daran zu gewöhnen. Er sah nicht mehr nur die seltsamen Eigentümlichkeiten, sondern auch die Einzigartigkeit des Ortes. Einige der Häuser waren auf ganz besondere Art reizvoll. Die Höfe waren sauber und gepflegt, gerade so, als ob die Bewohner von Neilsville wußten, daß um sie herum eine ewig unfruchtbare Landschaft herrschte, und sich deshalb anstrengten, mitten in der Wüste grüne Oasen anzulegen. Erst am dritten Tag, als er sich entschlossen hatte, abseits der Hauptstraße zu gehen, war ihm die angenehmere Seite von Neilsville aufgefallen. Zielsicher ging er jetzt seinen Weg. Dabei genoß er den Schatten der Alleebäume ebenso wie die verschlafene Zurückgezogenheit der kleineren Seitenstraßen. Auf der Hauptstraße merkte er ständig, daß die Leute ihm hinterhergafften und über den Fremden in ihrer Mitte offenbar ein Urteil fällten. Unter den Ulmen der kleinen Seitenstraße aber war er so gedankenverloren, daß er von den Blicken, mit denen ihn die Leute von den Fenstern aus verfolgten, gar nichts bemerkte.

Inzwischen hatte er den Hügel erklommen. Nun betrat er die Kühle und Dunkelheit der Kirche, wo er die Finger ins Weihwasser tauchte, niederkniete, den Säulengang entlangging, erneut niederkniete, um endlich auf einer Bank Platz zu nehmen. Hier blieb er eine Weile lang sitzen, offensichtlich, um die Ruhe der Kirche in sich aufzunehmen. Langsam gewöhnten sich seine Augen an das durch die bunten Fenster fallende Licht des Sommertags. Irgendwie bekam er das Gefühl, nicht allein zu sein. Ein paar Reihen vor ihm, nahe dem Alkoven, der der Heiligen Jungfrau geweiht war, saß reglos und mit geneigtem Kopf ein Mädchen. Es war das Mädchen, das neulich allein gegen die Tenniswand gespielt hatte.

Die Perlen eines Rosenkranzes wanderten durch ihre Finger, während sie ein stummes Gebet sprach. Balsam beobachtete sie eine Weile. Als er glaubte, durch seine Blicke die Versunkenheit zu stören, fühlte er sich etwas befangen. Er mußte sich zwingen, nicht weiter an die Gegenwart des Mädchens zu denken, und suchte Vertiefung im eigenen Gebet.

Eine halbe Stunde später trafen sie sich am Portal der Kirche. Er hatte gar nicht bemerkt, daß das Mädchen zur gleichen Zeit aufgestanden war. Eigentlich hatte er seine Anwesenheit bereits vergessen. Als sie nun gemeinsam aus dem Schatten der Kirche in die flimmernde Nachmittagshitze traten und er von der Schläfrigkeit, die ihn in einer Kirche immer wieder befiel, losgelassen wurde, begrüßte er sie mit einem Lächeln. Unsicher blickte sie ihn an und wollte fortlaufen. »Hallo«, sagte er.

Stumm sah Marilyn Crane den Mann an. Sie mußte erst einmal ihre Stimme wiederfinden.

»Du kommst anscheinend genauso oft hierher wie ich«, stellte Balsam weiter fest. »Man kann sich hier ganz gut von der Hitze erholen, nicht wahr?«

Immer noch sah sie ihn mit weit geöffneten Augen an. War es möglich, daß sie ihn gestern und vorgestern, als sie beide still in der Kirche saßen, gar nicht wahrgenommen hatte? überlegte Balsam.

»Ich heiße übrigens Peter Balsam«, sagte er und reichte ihr die Hand. Erstaunt über die Begrüßung, ergriff Marilyn nach kurzer Zeit die Hand und stellte sich ebenfalls vor. Irgendwie fühlte sie sich wie aus einem Traum erwacht.

»Ich bin Marilyn Crane. Sie sind der neue Lehrer, nicht wahr?«

Balsam nickte. »Nimmst du auch an meinem Kurs teil?«

Sie lächelte schüchtern und wackelte verlegen mit dem Kopf, als ob sie sich für ihre Gegenwart entschuldigen wollte. »Latein ja, und auf den Psychologiekurs hoffe ich noch.«

»Du hoffst noch darauf?« wiederholte Peter. »Du brauchst dich nur einzuschreiben!«

»Ich weiß nicht, ob ich das darf«, sagte Marilyn fast flüsternd. »Ich habe meine Eltern gefragt, ob ich mitmachen darf, aber sie wollten erst noch darüber sprechen!«

»Du kannst ihnen mein Ehrenwort geben, daß ich keine wirren Ideen in eure Köpfe pflanzen werde«, sagte Balsam mit einem leichten Grinsen.

Die Spannung, unter der sich das Mädchen befand, schien sich zu lösen, und gemeinsam machten sie sich auf den Weg hinunter zur Stadt.

Als die Hälfte des Wegs hinter ihnen lag, fragte Marilyn unvermittelt: »Woher wußten Sie eigentlich, worüber sich meine Eltern Sorgen machen?«

Balsam zeigte auf seinen Kopf. »Ich bin Psychologe, da weiß ich eben so manches.«

Marilyn musterte ihn genau. Dann aber verstand sie, daß er sie auf den Arm genommen hatte, und mußte lachen. Es klang zögernd, fast hohl, und Balsam erkannte sofort den Grund: Marilyn war ein Kind, das nur selten fröhlich war.

»Du verbringst sehr viel Zeit in der Kirche«, stellte Balsam verständnisvoll fest.

Marilyn nickte. »Ich mag den Ort sehr. Es ist so angenehm kühl und ruhig, und ich kann ganz alleine für mich sein, ohne mich einsam zu fühlen. Können Sie das verstehen?«

»Sehr gut sogar«, antwortete Balsam. »Mir geht es ganz ähnlich.« Fragend blickte Marilyn ihn an. Zum erstenmal in ihrem Leben hatte sie jetzt das Gefühl, daß es auf dieser Welt jemanden gab, der sie verstand.

»Ich bete immer zur Mutter der Leidenden«, erklärte sie. »Ich fühle mich dann immer irgendwie geborgen.«

Da Balsam nicht sofort antwortete, sah sie ihn erneut aufmerksam an, um zu wissen, ob ihre Worte ihn verletzt hatten. Aber offensichtlich dachte er nur über etwas nach. Schweigend ging sie weiter neben ihm her. Es war ein angenehmes Schweigen, dachte sie, so anders als das Schweigen, das sie sonst erlebte, wenn sie sich irgendwo hinzugesellte. Balsam nahm das alles gar nicht wahr. Ihre Worte hatten ihn nachdenklich gemacht, besonders, wie sie über die Heilige Jungfrau gesprochen hatte. Mutter der Leidenden, hatte sie sie genannt. Es lag schon eine ganze Zeit zurück, daß er diese Bezeichnung für die Heilige Mutter Gottes zum letztenmal gehört hatte. Er überlegte, wie dieses Mädchen dazu kam, entschied sich aber, nicht weiter danach zu fragen. Jedenfalls nicht für den Moment. Sie schien nervös und so zappelig wie ein Kaninchen und immer auf der Hut. Balsam spürte, daß er sie nicht verschrekken durfte. Dies war für ihn wie für sie gleich wichtig.

Als sie an der Abzweigung zur 3. Straße angelangt waren, verabschiedete sich Balsam. »Hier trennen sich nun unsere Wege. Ich wohne da unten in dem neuen Wohnhaus.«

Marilyn hob wieder ihren Kopf. In ihrem Gesicht war eine Art Verständnis zu lesen, das Peter sagte, daß sie Angst gehabt hatte, von ihm abgewiesen zu werden.

»Komm mich doch einfach mal besuchen, wenn du möchtest. Ich bin meistens zu Hause. Ich habe auch schon ein Namensschild.«

»Oh«, seufzte Marilyn. »Das – das geht doch nicht.«

Erstaunt sah Balsam sie an. »Warum in aller Welt geht das nicht?«

Jetzt war Marilyn völlig durcheinander. »Ich – ich weiß es nicht«, stotterte sie angestrengt. Plötzlich war es Peter klar. In Marilyns Leben hatte es offenbar noch nie einen Lehrer gegeben, der weder eine Kutte trug noch im Kloster lebte. Sein Vorschlag war außerhalb ihrer Vorstellung, so daß es für sie unfaßbar klingen mußte.

»Gut«, sagte er knapp. »Mach dir deshalb keine Sorgen. Aber denk daran, deinen Eltern mein Ehrenwort auszurichten. Der Psychologiekurs wird bestimmt sehr interessant werden, und ich würde mich freuen, wenn du mitmachst.«

Da Marilyn immer noch sprachlos war, lächelte Peter kurz und bog in die 3. Straße ein. Nach wenigen Metern drehte er sich um und winkte. Und Marilyn winkte zurück.

Sie blieb noch einen Augenblick stehen und sah dem neuen Lehrer nach. Plötzlich erschien die Welt nicht mehr so leer. Sie mochte den neuen Lehrer und beschloß, noch einmal mit ihren Eltern über die Teilnahme an seinem Psychologiekurs zu reden. Dann blieb sie abrupt stehen, um sich mitten auf dem Gehweg neben der Hauptstraße zu bekreuzigen und der Mutter der Leidenden mit einem Gebet zu danken, daß Balsam nach Neilsville gekommen war.

Punkt halb acht klingelte es. Peter Balsam öffnete die Tür, und vor ihm stand Margo Henderson mit einem strahlenden Lächeln, das schon fast zu offen war. Er ließ sie eintreten. Kaum war die Tür hinter ihm ins Schloß gefallen, wich ihr Lächeln einem nervösen Lachen.

»Ich komme mir ein bißchen schamlos vor«, erklärte sie, wobei sie sich von der Jacke freimachte, die nur lose über ihren Schultern lag, und mit raschem Blick die Wohnung ansah. »Haben Sie zufällig einen kleinen Drink anzubieten?«

»Scotch oder Bourbon?« wollte Peter wissen, der sich sofort fragte, ob ein Glas Wein nicht besser gewesen wäre. Außerdem wäre ihm gerne noch eine andere, schlagfertige Antwort eingefallen.

»Scotch mit zehn Spritzern Soda.« Und während Peter zwei gleich dünne Highballs mixte, sah sie sich genauer im Zimmer um.

»Es gefällt mir«, stellte sie fest und nahm ihm eines der Gläser ab. »Bücher und Pflanzen – ich könnte ohne sie nicht leben.« Sie probierte den Drink. »Außerdem sind Sie ein perfekter Barmixer. Vielleicht sollten wir heiraten.«

Peter verschluckte sich fast. Dann aber merkte er, daß sie nur Spaß gemacht hatte. Er wurde rot, und Margo mußte erneut lachen. »Das tut mir leid«, entschuldigte sie sich. »Ich wollte Sie ja nicht gleich umbringen.« Dabei klopfte sie ihm ein paarmal auf den Rücken, bis der Hustenanfall sich legte. Peter sank in die Couch und sah sie an. Als er ihr Zwinkern bemerkte, mußte auch er lachen.

»Ich freue mich so, Sie wiederzusehen«, gestand er. »Sie machen sich gar keine Vorstellung!« Erneut sah er zu ihr hinüber, wobei sein Blick etwas Fragendes an sich hatte. »Was meinten Sie damit, ›ich komme mir ein bißchen schamlos vor‹?«

»Es ist immerhin das erste Mal, daß ich einen Mann um ein Rendezvous gebeten habe. Ich weiß nicht, vielleicht werden Sie ständig von Frauen bestürmt. Für mich ist es jedenfalls eine neue und aufregende Erfahrung. Ich möchte wetten, daß es so etwas in Neilsville noch nicht gab.«

»Ich bin froh, daß Sie angerufen haben«, sagte Peter. »Und wenn ich vorhin ein bißchen angespannt klang, dann einfach deshalb, weil ich zu überrascht war, daß das Telefon überhaupt klingelte. Ich hatte es die ganze Zeit angesehen. Ich hatte das Gefühl, mit der ganzen Welt in Verbindung zu stehen. Dann wurde mir plötzlich klar, daß mich in dieser Stadt wahrscheinlich niemand anrufen würde. Und dann klingelte es doch. Und nun sind Sie hier... Wohin wollen wir zum Essen gehen?«

»Ich bin mir nicht sicher«, sagte Margo. Sie war plötzlich nachdenklich geworden. »Eigentlich wollte ich zu Clyde's. Das Essen dort ist sehr gut und die Musik nicht zu laut. Aber andererseits scheint es mir fast vernünftiger, aus der Stadt rauszufahren.«

»Raus aus der Stadt?« fragte Peter verdutzt.

Margo nickte. »Vielleicht bin ich ein bißchen paranoid, aber wenn ich daran denke... Sie sind neu in der Stadt, geben Unterricht in St. Francis Xavier, ich bin eine geschiedene Frau, und... und... und. Alles in allem glaube ich, es ist besser, wir gehen irgendwohin, wo uns keiner kennt. Falls Sie noch nicht umkommen, vor Hunger meine ich, dann könnten wir zum Moses-See hinausfahren. Es sind vierzig Minuten, und ich kenne dort ein gutes italienisches Restaurant.«

Balsam wollte protestieren. Im gleichen Moment fiel ihm der finstere Blick von Leona Anderson ein, als er mit Margo aus dem Zug gestiegen war. Gleichzeitig erinnerte er sich auch wieder an die Worte von Monsignore Vernon über die zu beachtenden Förmlichkeiten. ›Förmlichkeit‹, dachte er bei sich, war sicher das falsche Wort. Immer mehr bekam er den Eindruck, daß man in Neilsville geradezu engstirnig war.

»Schön«, stimmte er zu und leerte sein Glas. Leicht gestärkt von dieser Erkenntnis, lächelte er Margo an. »Wollen wir uns unten an der Kreuzung treffen, oder können wir es riskieren, von hier aus gemeinsam zum Wagen zu gehen?«

»Sorgen Sie sich nicht darüber«, gab Margo zurück. »Ich habe in der Allee geparkt.«

Das Restaurant wirkte nicht gerade einladend, mitten auf einem asphaltierten Parkplatz, im grellen Licht der Leuchtreklame mit dem Namen des Besitzers – Raffaelo's – und der riesigen Leuchtschrift – Olympia-Bier. Innen waren die Tische mit rot-weiß karierten Tischdecken gedeckt, die nicht den saubersten Eindruck machten. Aber das Essen war hervorragend. Peter lehnte sich in seinem Stuhl zurück, nahm die Tasse mit Cappuccino und blickte zu Margo hinüber. Sie war wirklich bildhübsch.

»Fühlen Sie sich besser?« fragte sie ihn mit einem Blinzeln über den Rand ihres Glases hinweg, als sie zum letzten Schluck Wein ansetzte.

»Wie kommen Sie darauf, daß ich mich vorher nicht wohl gefühlt habe?« hakte Peter nach.

Sie zuckte leicht mit den Schultern und schmunzelte. »Ich weiß nicht, Sie strahlen so etwas aus. Als ob Sie vor etwas Angst hätten. Zunächst dachte ich, es wäre wegen mir, aber jetzt glaube ich, es liegt an Neilsville.«

Balsam nickte schuldbewußt. »Da haben Sie direkt ins Schwarze getroffen«, gab er zu. »Es ist richtig, die ganze Sache hat mich ziemlich nervös gemacht. Zumindest bis gestern. Gestern entschloß ich mich nämlich, nicht mehr über die Hauptstraße zu gehen, sondern die kleinen Seitenstraßen zu benützen und den Spieß umzudrehen. Hinter die Kulissen geschaut, wirkt Neilsville gar nicht so leblos.«

»Ich denke, darin sind alle Städte gleich«, bestätigte Margo seine Feststellung. »Im Zentrum bekommt man nie einen richtigen Eindruck. Man muß schon dahin gehen, wo die Menschen leben. Und das ist nicht immer leicht. Die Kleinstädter sind nicht so freundlich, wie man es ihnen im allgemeinen nachsagt. Es sei denn, Sie gehören dazu. Wenn nicht, schlecht für Sie. Und als Zugereister bleibt man in diesem Status mindestens zwanzig Jahre lang.«

»Ich dachte, das sei nur in Neu-England so«, scherzte Peter. Margo schüttelte den Kopf. »Kleinstädte sind eben Kleinstädte, egal wo. – Wie finden Sie übrigens Ihren Freund, den Monsignore?« wechselte Margo das Thema. Peter glaubte, in ihrer Stimme einen Unterton von Boshaftigkeit herauszuhören.

»Nun, er hat sich sehr verändert«, erwiderte er. »Aber auch ich bin wohl nicht mehr der, an den er sich erinnert.«

»Mmmm«, murmelte Margo und flüchtete vor seinem Blick.

»Ich mag ihn nicht. Und Sie?« fragte Peter völlig unvermittelt.

»Ich weiß es nicht.« Margo dachte eine Weile nach. »Für mich ist der Monsignore wie die Inkarnation der Stadt. Und ich will Ihnen nicht erzählen, wie übel mir die Stadt mitgespielt hat, besonders im katholischen Teil.« Sie sah Peter an. Sie wollte gerne mehr darüber erzählen, befürchtete jedoch, daß sie ihn damit beleidigen würde. Aber irgendwie schien er sich von den anderen Katholiken, die sie kannte, zu unterscheiden. »Sie hat etwas Böses an sich«, begann sie zögernd. »Vielleicht drücke ich mich nicht richtig aus, aber seit meiner Scheidung und Exkommunizierung aus der katholischen Gemeinschaft habe ich einiges bemerkt. Ich kann nicht genau sagen, was es ist, aber ich habe ein sicheres Gespür für solche Dinge. Man wird angestarrt, Tratsch macht die Runde, und man bekommt das Gefühl, ein Aussätziger zu sein. Und der schlimmste von allen ist Ihr Freund, dieser Monsignore Vernon. Jedesmal, wenn ich ihn sehe, spüre ich, wie er mich mit seinen Blicken förmlich durchlöchert. So als ob er mich prüft und für unwürdig befindet. Die anderen sind auch nicht viel besser.« Plötzlich merkte sie, wie sie sich in ihrem Zorn verlor, und als ob sie schon zuviel gesagt hätte, versuchte sie, die Angelegenheit mit freundlicher Miene wieder herunterzuspielen. »Wie dem auch sei, mir geht es trotzdem ganz gut.«

Verwundert schüttelte Balsam den Kopf. »Ich verstehe das alles nicht«, begann er langsam. »Irgendwie kommt mir alles sehr fremd vor, als wären wir mitten im Mittelalter stehengeblieben.«

»Stimmt«, sagte Margo betrübt. Sie versuchte, wieder fröhlich zu klingen, »lassen Sie uns über Erfreuliches reden. Haben Sie schon Ihr Klassenzimmer gesehen?«

»Ich dachte, wir wollten uns über angenehmere Dinge unterhalten«, grinste Balsam lausbübisch.

»Es wird doch wohl etwas Angenehmes geben, worüber wir reden können«, lachte Margo zurück. »So schlimm ist es in Neilsville auch nicht.«

Für einen Moment schien sie gedankenverloren, ehe sich ihr Gesicht wieder aufhellte. »Wir wollen einfach nicht mehr über Neilsville sprechen. Warum erzählen Sie mir nicht etwas von sich?«

Für Sekundenbruchteile zögerte Peter. Aber eigentlich gab es keinen Grund, ihr nicht von seiner Kindheit zu erzählen.

Wenigstens soweit, wie seine Erinnerung reichte, die mit der Aufnahme im Kloster begann.

Er erzählte Margo, wie er im Kloster von Nonnen erzogen wurde und später beschloß, die Priesterlaufbahn einzuschlagen. »Ich glaube, das war der erste Fehler«, sagte er.

»Wie meinen Sie das?«

»Manchmal scheint mir mein Leben eine Folge von Fehlern zu sein. Priester zu werden, war einfach das Naheliegendste. Bald mußte ich aber einsehen, daß das falsch war. Daraufhin verließ ich das Priesterseminar und ging nach St. Albans. Ach ja, erinnern Sie mich daran, Ihnen bei Gelegenheit die Roben vorzuführen!« scherzte Peter mit einem breiten Grinsen.

»Was, die haben Sie noch?«

»Ja, sie hängen in meinem Schrank. Ich glaube, von solchen Dingen trennt man sich nie. Wie dem auch sei, ich machte jedenfalls einen Abschluß in Psychologie und ging anschließend für eine Beraterstelle nach Kalifornien. Aber auch das lief nicht viel besser als meine Zeit als angehender Priester. Also entschloß ich mich, nach St. Albans zurückzukehren und das Lehrerexamen zu machen. Und dann kam auch noch meine Hochzeit.« Da Margo ein etwas verkniffenes Gesicht machte, fuhr er fort: »Habe ich Ihnen das noch gar nicht gesagt? Ich dachte, Sie wüßten es bereits. Aber das macht ohnehin keinen Unterschied. Wir leben getrennt.«

»Weiß der Monsignore davon?«

»Ja. Ich habe es ihm erzählt. Er war natürlich nicht begeistert.«

»Das kann ich mir gut vorstellen«, bekräftigte Margo. »Was passierte? Ich meine, mit Ihrer Ehe.«

»Schwer zu sagen. Zurückschauend möchte ich sagen, Linda und ich hätten nicht so früh heiraten sollen. Aber damals brauchten wir uns. Wir waren ziemlich einsam. Inzwischen hat sie wieder jemanden gefunden, mit dem sie nicht einsam ist.«

Er sagte das mit einer verbitterten Note, so daß Margo von der Sache ablenken wollte. »Wie kamen Sie denn nach Neilsville?«

»Das verdanke ich dem Monsignore, der mir schrieb, er brauche jemanden, der Latein und Psychologie unterrichtet. Da ich frei war, gab er mir die Stellung, und deswegen bin ich nun hier.«

»Und es gefällt Ihnen nicht.« Das war eine Feststellung, keine Frage. Margo sah ihn an.

Unruhig rutschte Peter auf dem Sitz hin und her. »Ich weiß nicht. Aber irgendwie hat die Stadt schlechte Schwingungen, wie man so sagt. Manchmal habe ich das Gefühl, hier geht unterschwellig etwas vor, das jederzeit hervorbrechen kann, aber es nicht tut, um weiter verborgen zu bleiben.«

Margo blickte ihn an. »Genauso ist es. Auch ich habe dieses Gefühl und dachte, ich sei die einzige.«

Peter lächelte. »Jetzt sind es schon zwei.« Dann klärte er die Bezahlung mit einem Scheck, ehe sie gemeinsam aufstanden und das Lokal verließen.

Als sie nach einer Stunde vor seinem Haus angekommen waren, sagte er: »Ich möchte mindestens soviel über Sie wissen wie Sie über mich.« Mit diesen Worten verabschiedete er sich. Dann stieg er aus, schloß die Autotür fest und ging ins Haus. Margo wartete eine Weile, um zu sehen, ob er sich umdrehen und ihr winken würde, was er jedoch nicht tat und was sie enttäuschend fand.

Trotzdem, unterwegs fühlte sie wieder, daß sie Peter mochte. Sie mochte ihn sogar sehr. Beim nächsten Mal wollte sie ihm mehr über sich erzählen. Sie war sich sicher, daß es ein nächstes Mal geben würde, und sei es, daß sie ihn wieder anrufen müßte. Aber das würde nicht nötig sein, wie sie sich sagte. Sie war überzeugt, daß Peter es dieses Mal tun würde.

Als sie sich später zum Schlafengehen fertig machte, fiel ihr ein, daß Peter etwas verschwiegen hatte. Sie wollte ihn sofort anrufen, aber da klingelte es schon. Es war Peter.

»Hoffentlich habe ich Sie nicht geweckt«, entschuldigte er sich.

»Nein, nein, ich bin noch wach und irgendwie froh, daß Sie noch einmal anrufen.«

»Eigentlich weiß ich gar nicht, warum ich das tue.«

»Vielleicht, weil ich mit Ihnen reden wollte.«

»Sie meinen, Sie haben mich dazu gebracht, Sie anzurufen?«

»Ja, vielleicht«, sagte Margo geheimnisvoll.

»Ich glaube nicht an solche Dinge«, lachte Peter verhalten.

»Nein? Vielleicht sollten Sie das tun. – Peter?«

»Ja?«

»Ich mußte noch an etwas denken. Als Sie noch ein kleiner Junge waren – ich meine, warum sind Sie denn überhaupt ins Kloster gekommen?«

Zunächst herrschte Schweigen, ehe Peter mit betretener Stimme erklärte: »Das weiß ich auch nicht. Die Nonnen haben darüber mit mir nie gesprochen.«

Als Margo später einzuschlafen versuchte, mußte sie noch immer an seine Worte denken. Sie fragte sich erneut, was vor dreißig und ein paar Jahren in Peter Balsams Leben passiert war.

4

Daß sich der erste Schultag in St. Francis nicht derselben Beliebtheit erfreute wie der letzte, lag nicht allein daran, daß er den Beginn einer neun Monate dauernden Reglementierung einleitete. In den Augen der Schüler war eines noch viel schlimmer. Fingen doch wieder neun Monate an, in denen sie unaufhörlich zum Vorwurf bekamen, daß sie laufend gegen die von Monsignore Vernon und den Nonnen aufgestellten Maßregeln verstießen. Wieder neun Monate, in denen die Nonnen in der Privatsphäre herumschnüffelten, immer alles ganz genau wissen wollten und selbst die Flüstereien belauschten, Schränke durchsuchten und Tagebücher konfiszierten, nur um ihrer Neugier Befriedigung zu verschaffen. Ständig sah man sich mit mehr oder weniger schwerer Schuld behäuft, was das Leben nicht gerade angenehm machte. Und am ersten Tag war alles besonders schlimm, da man sich gerade erst an die Freiheit der Sommerferien gewöhnt hatte, die wie immer zu kurz waren.

Außerdem gab es ja auch noch den Monsignore, der überall zu finden war, alles beobachtete, immer bereit, loszuschimpfen, aber mit Lob äußerst geizig umging. An diesem Morgen stand er wieder auf den Treppen des Schulhauses und erwartete die Rückkehr seiner Schüler zum neuen Schuljahr. Dort würde er die nächsten neun Monate sein, und wenn nicht auf den Treppen, dann in den Gängen. Für alle sichtbar stand er da, im schwarzen Talar, mit stechendem Blick, der sie fast aufspießte. Immer fand er etwas, das er rügen konnte.

Weder Judy Nelson noch Karen Morton waren an diesem Morgen bester Laune. Sie waren auf dem Weg zu Raum 16, wo sie anschließend vor Judys Schrank stehenblieben. Judy fing an, sich an dem Zahlenschloß zu schaffen zu machen, und wie immer am ersten Schultag brauchte sie drei Versuche, bis die Metalltür endlich aufging. Sie riß sie auf und schleuderte das Geschichtsbuch wütend hinein.

»Glaubst du, Schwester Kathleen meinte das ernst, daß wir den ganzen Schmöker im ersten Semester durchmachen?« fragte sie und blickte verbittert auf die fünf Zentimeter dicke Geschichtswissenschaft, die sich am Schrankboden so verdammt dick ausmachten.

»Wer liest denn das schon«, sagte Karen und warf ihr langes blondes Haar zurück. »Es reicht doch, wenn du dir die Überschriften und Fragen am Ende der einzelnen Kapitel ansiehst. Weiß doch jeder, daß Schwester Kathleen in den letzten vierzig Jahren noch nie einen eigenen Test zusammengekriegt hat.«

»Die macht mich noch mal fertig«, meckerte Judy. »Weißt du, was sie heute morgen gesagt hat? Daß wir uns den ganzen Sommer lang ›der Fleischeslust hingegeben haben‹, wie sie es nannte. Meinte sie damit etwa – Vögeln?«

Karen kicherte, wurde aber trotzdem rot, und Judy fragte sich, ob sie einen wunden Punkt angeschnitten hatte. Aus Spaß daran bohrte sie weiter.

»So wie sie das sagte, glaubt sie wohl, daß wir nichts anderes im Kopf haben, als über Sex zu reden, von Sex zu träumen oder Sex zu bekommen. Da kann man mal sehen, was alles in ihrem Kopf vor sich geht.«

Wieder stellte Judy deutliche Anzeichen nervöser Verlegenheit an Karen fest. Sie war befriedigt. Jetzt, dachte sie, war der geeignete Zeitpunkt zum vernichtenden Schlag gekommen. »Natürlich«, schmunzelte sie und bemühte sich, so zu klingen, als ob sie an niemanden bestimmten dachte, »müssen einige wegen ihrer Sünden ein schlechtes Gewissen haben, meinst du nicht auch?«

»Keine Ahnung«, sagte Karen sarkastisch. »Jedenfalls, wenn ich zu diesem Thema etwas zu sagen hätte, tue ich es in der Beichte und nicht zu Schwester Kathleen. Und schon gar nicht zu dir.« Plötzlich sah sie Marilyn Crane kommen, und noch bevor Judy etwas entgegnen konnte, erklärte sie, »vielleicht ist es gar nicht so schlecht, wenn man wie Marilyn wäre. Bei ihr machen sich die Nonnen nie Sorgen, daß sie ihre Seele an den Teufel verlieren könnte.«

Judy warf die Schranktür zu. jetzt bemerkte auch sie Marilyn Crane am anderen Ende der Halle, die das Zahlenschloß ihres Schrankes zu öffnen versuchte. »Wenn ich sie wäre«, sagte sie böse, »würde ich mir ernsthaft Sorgen machen.« Hintergründig lächelte sie Karen an. »Immerhin ist Selbstmord doch die schwerste Sünde.«

»Judy!« schnaubte Karen, fast erstarrt vor Schreck über die Grausamkeit ihrer Freundin. »Es ist wirklich gemein, so etwas zu sagen. Ich kann sie bestimmt nicht besser leiden als du, aber trotzdem...« Ein schriller Schrei unterbrach sie. Sie drehte sich um und sah, wie Marilyn in ihren Schrank stierte, die Hand auf den Mund gepreßt, um den Schrei zu ersticken. Wäre Karen nicht so plötzlich herumgefahren, hätte sie ein schadenfrohes Lächeln an ihrer Freundin erkennen können.

Einige Meter entfernt starrte Marilyn Crane, immer noch zu Tode erschrocken, in ihren Schrank. Wo vorher ihre Bücher ordentlich aufeinandergelegt waren, lag nun ein Frosch. Wenigstens das, was einmal ein Frosch gewesen war. Nun lag das Tier ausgebreitet auf einem kleinen Brett; die Beine waren mit Nadeln wie bei einer Kreuzigung festgemacht, die Innereien sorgfältig um den Leib gelegt. Dazu stand in Druckbuchstaben: »Jesus liebt dich vielleicht, aber sonst niemand!«

Marilyn fühlte, wie ihr langsam schlecht wurde. Noch fester preßte sie die Hand an den Mund. Wer könnte das gewesen sein, und warum? Es war verrückt und sie nahe daran zu kotzen.

Nein, versuchte sie sich wieder zu fangen, jetzt nur nicht kotzen. Das wollen sie doch gerade. Diese Genugtuung dürfen sie nicht bekommen. Plötzlich hörte sie etwas hinter ihrem Rücken. Sie wandte sich um und sah, wie drei Nonnen herangeeilt kamen. Zuerst wollte sie warten und ihnen die Bescherung zeigen. Doch dann wurde ihr klar, daß das nur großen Ärger erregen würde. Man würde sie zunächst ausfragen und dann vielleicht herausfinden, wer den Frosch in den Schrank gelegt hatte. Alle würden sie dann für eine Petze halten. Sie überlegte schnell, hob das Brett mit dem toten Frosch auf und versteckte beides in ihrer großen Tasche, die ihr sowohl als Hand- als auch als Schultasche diente. Sie betete, daß ihr der Frosch keine allzu große Schweinerei machte, ehe sie ihn in der Toilette endlich los würde. Sie machte die Schranktür zu und drehte sich dann den drei Nonnen zu, die bereits hinter ihr standen.

«Was war denn wieder los?« klang es kalt und anklagend. Sie sah in die kapuzenbedeckten Gesichter der Nonnen und erkannte Schwester Elisabeth, die gerade gesprochen hatte. Hilflos wandte sie sich ab. Dann wandte sie sich an Schwester Marie, die ihr noch am freundlichsten schien.

»Nichts« sagte sie stockend und suchte nach einer plausiblen Ausrede, »ich habe mich bloß eingeklemmt.« Und wie zum Beweis, daß der Schrecken größer war als die Verletzung, hielt sie einen unversehrten Finger hoch.

Skeptisch sah Schwester Elisabeth Marilyn an. Bevor sie aber dazu kam, sie weiter auszufragen, streichelte Schwester Kathleen – eben noch Gesprächsthema von Judy und Karen – das Mädchen.

»Du darfst nicht immer so unbeholfen sein«, besänftigte sie Marilyn.

Zu anderer Zeit wäre Marilyn durch diese Bemerkung verletzt gewesen, aber dieses Mal war sie geradezu dankbar. Zum erstenmal hatte ihr ihre Ungeschicklichkeit geholfen. Freundlich lächelte sie die Nonne an und bat im stillen um Vergebung für die Lüge. Am anderen Ende standen immer noch Judy Nelson und Karen Morton, die langsam das Interesse an ihr verloren.

»Das ist typisch Marilyn«, merkte Karen an. »Bevor die Woche zu Ende ist, wird sie sich noch die Nase einschlagen mit ihrer Schranktür.«

Laut lachend gingen beide Mädchen zum Klassenraum, während sich am anderen Ende des Ganges leise eine Tür schloß und Monsignore Vernon in seinem Büro verschwand.

Im Klassenzimmer wartete Peter Balsam schon nervös auf das Eintreffen seiner Psychologieklasse. Bislang war der Tag erstaunlich gut verlaufen. Latein war eben Latein, was die meisten seiner Schüler kannten. Sie wußten, was auf sie zukam. Mit dem Psychologieunterricht war das anders. Den ganzen Vormittag über hatte er eine gewisse Unruhe an einigen seiner Lateinschüler festgestellt. Er vermutete, daß diese sich auch für den Psychologiekurs eingeschrieben hatten und ihn einzuschätzen versuchten. Es war nur allzu naheliegend, daß sie aus der Art und Weise, wie er seinen Lateinunterricht abhielt, Schlüsse für den Ablauf des Psychologiekurses ziehen wollten.

Dann war da noch Schwester Elisabeth, eine ziemlich ernst dreinschauende Nonne, die zwischen der ersten und zweiten Stunde hereingestürmt war, um ihm ihre Meinung über den Kurs zu sagen, den sie für einen großen Fehler hielt, und die Psychologiestunde bereits störte, bevor sie überhaupt begonnen hatte. Es gäbe schon genügend Probleme mit der Disziplin, erklärte sie, und das alles seinetwegen. Die Schüler sprächen nur noch über ihn und seinen neuen Kurs und zeigten ihr gegenüber keinerlei Aufmerksamkeit mehr. Balsam, der einsah, daß Humor bei Schwester Elisabeth nicht verfing, versprach feierlich, er wolle alles tun, um die Disziplin wiederherzustellen. Schwester Elisabeth sah ihn mit offener Skepsis an und verließ, ohne ein weiteres Wort zu verlieren, das Klassenzimmer. Dann, zwischen der zweiten und dritten Stunde, hatte Schwester Marie kurz hereingeschaut. Im Gegensatz zu Schwester Elisabeth erschien sie aufgeschlossen und lächelte über das ganze Gesicht. Gleich zu Beginn protestierte sie mit einer Handbewegung gegen seine Anrede ›Schwester‹ und bat ihn, sie nur Marie zu nennen, wenigstens solange sie unter sich waren. Aufgeregt flüsterte sie ihm zu, daß es endlich an der Zeit sei, in St. Francis etwas Vernünftiges zu lehren, auch wenn diese Auffassung nicht gern gehört würde. Doch plötzlich schien es, als war es ihr äußerst peinlich. Sich wieder in ihre eigene Gedankenwelt zurückziehend, verschwand sie.

Zu guter Letzt war es Schwester Kathleen gewesen. Energisch hatte sie vor wenigen Augenblicken das Klassenzimmer betreten und sich versichert, daß außer Balsam niemand anwesend war. Erst dann verschloß sie hinter sich die Tür.

»Es ist meine Pflicht, mit Ihnen über ein sehr unangenehmes Thema zu sprechen«, begann sie. Ohne Peter Balsam eine Gelegenheit zur Antwort zu lassen, setzte sie ihre Rede fort.

»Ich gehe davon aus, daß Sie wissen, wie schwer es hier für uns ist, das moralische Klima in ordentlichem Zustand zu halten.« Dabei sah sie ihm streng in die Augen, ließ am Ende aber ihren Blick von ihm abschweifen. Peter Balsam hatte das Gefühl, sie könnte plötzlich die Nerven verlieren. Das weitere wußte er bereits im voraus.

»Diese moderne Welt ist schon lange nicht mehr so, wie ich sie mir vorstelle«, erklärte Schwester Kathleen weiter. »Ich glaube, die Gleichgültigkeit gegenüber den Regeln von Moral und Anstand, die sich überall auf der Welt breitmacht, hat auch vor der Schule von St. Francis Xavier nicht haltgemacht, wenn Sie verstehen, was ich meine.« Finster sah sie Balsam an, der so tat, als ob er ganz und gar nicht verstanden hätte.

»Was ich damit sagen will«, fuhr sie ungehalten fort, da er in ihren Augen offensichtlich etwas begriffsstutzig war, »ist, daß Ihr Psychologiekurs hoffentlich nichts – Fleischliches, ist wohl das richtige Wort – zum Inhalt haben wird.« Psychologie klang aus ihrem Mund wie etwas Unanständiges.

»Schwester, es handelt sich um einen Psychologiekurs«, erinnerte Peter vorsichtig, »nicht um einen Unterricht in Sexualkunde.« Um ein Haar hätte er laut lachen müssen, denn mit tiefrotem Gesicht flüchtete die schwarze Nonne aus dem Klassenzimmer.

Einen Moment später vernahm er den lauten Schrei aus der

Halle. Als er hinaussah, stellte er fest, daß die drei Nonnen, die ihn im Laufe des Vormittags besucht hatten, sich der Situation bereits angenommen hatten. Außerdem war er überzeugt, daß mit Ausnahme von Marie keine es gutheißen würde, wenn er sich da einmischte. So zog er sich wieder in den Klassenraum zurück, um auf das Eintreffen seiner Schüler zu warten. Allmählich kamen die ersten herein. Einige kannte er schon. Dann fiel ihm auf, daß sie direkt auf die Plätze zusteuerten, die sie auch in den anderen Stunden in diesem Raum innehatten. Eine von ihnen, Janet Conally, marschierte auf einen Platz in der dritten Reihe zu. Dort hatte sie zuvor schon gesessen. Als habe sie sich es plötzlich anders überlegt, wechselte sie in die erste Reihe und legte auf dem einen Nachbarstuhl sorgfältig ihre Bücher ab, auf dem anderen einen Pullover. Als sie merkte, daß Peter Balsam sie ansah, lächelte sie, blickte sich dann selbstbewußt um und begrüßte den einen oder anderen in der Klasse mit einem kurzen Nicken.

Kurz darauf kam ein hübsches dunkelhaariges Mädchen herein, schaute sich rasch um und ging sofort auf den Platz zu, wo Janet Conally den Pullover abgelegt hatte. Sie gab ihn an Janet zurück, setzte sich und begann mit ihr zu flüstern. Die beiden Mädchen kicherten auch schon los, und Balsam hätte nur zu gerne gewußt, was sie gerade gesagt hatten. Schwester Elisabeth, das wußte er genau, hätte es sofort herausbekommen. Aber er besaß weder die Strenge noch die Erfahrung für ein solch scharfes Vorgehen. Er tat einfach so, als ob er ihr Gekichere gar nicht gehört hätte. Wenige Minuten später kamen Karen Morton und Judy Nelson in den Raum gefegt, winkten Janet Conally und dem dunkelhaarigen Mädchen zu (Balsam nahm an, daß es Penny Anderson war) und nahmen zwei andere freie Plätze in der ersten Reihe ein. Mit einem Stapel Bücher besetzte Karen Morton den Stuhl neben sich. Balsam war neugierig, für wen sie ihn frei hielt.

Mit dem Klingeln zu Beginn der Stunde kam Jim Mulvey in zerknitterten Klamotten und mit etwas zu langem Haar hereingelatscht. Dann schubste er von dem Stuhl Karen Mortons Bücher zu Boden und lümmelte sich auf den Platz. Verzaubert blickte Karen ihren Freund an, der ziemlich mürrisch zu Balsam hinsah, und hob dann ihre Bücher auf. Wieder strahlte sie, da Jim sich ihr nun zuwandte.

Peter Balsam nahm den Klassenspiegel zur Hand und merkte, daß auf der Liste ein Name mehr stand als Schüler anwesend waren. Obwohl er die Hälfte der Klasse schon kannte, wollte er dennoch die Namen einzeln aufrufen. Aber noch ehe er damit begonnen hatte, wußte er, wer fehlte. Es war Marilyn Crane. Noch einmal sah er auf die Liste. Ja, ihr Name war eingetragen. Und noch einmal sah er sich die neunundzwanzig Gesichter vor ihm an. Nein, Marilyn war nicht dabei. Trotzdem rief er sie jetzt nacheinander auf, wobei er sich halb darauf konzentrierte, Namen und Gesichter zusammenzubringen, und halb fragte, warum Marilyn nicht gekommen war.

Er war die Liste mit den Namen gerade zur Hälfte durchgegangen, als die Tür zum Klassenzimmer knarrend aufgemacht wurde. Hereingeschlichen kam Marilyn Crane und ließ sich auf dem einzigen freien Platz in der hintersten Reihe nieder. Jeder hatte sich aufgrund des eigenartigen Geräusches zur Tür gewandt. Ausgehend von Judy Nelson und Karen Morton breitete sich nun im ganzen Raum ein Geflüstere und Gekichere aus. Marilyn fühlte sich wie von einem Sog erfaßt. Balsam hatte mit dem Ausrufen der Namen innegehalten und beobachtete die Teenager. Er hoffte, sie würden sein plötzliches Schweigen bemerken.

Als endlich Ruhe einkehrte, richtete er seinen Blick auf Karen Morton und Judy Nelson. Beinahe herausfordernd blickte Judy zurück, während Karen Morton rot wurde und nervös in ihrem Heft blätterte, was Balsam mit einiger Genugtuung wahrnahm. Er rief die Namen weiter auf, wobei er aufpaßte, daß sich Marilyn Crane deutlich melden würde. Am Ende legte er den Klassenspiegel auf seinen Pult zurück und sah sich die Klasse noch einmal an.

»So«, begann er. »Ich glaube, dann können wir anfangen. Dieser Kurs ist nicht wie die anderen, und diejenigen, die glauben, sie kennen mich vom Lateinunterricht her, sind auf dem Holzweg.« Das sollte erst einmal genügen, um sie abzuschrecken, dachte er und registrierte mit Freude ihre konsternierten Mienen. Im ganzen Klassenraum ging ein Räuspern um, denn langsam wurde den dreißig Teenagern klar, daß sie ihre Vorstellungen ändern mußten. Auch die vier Mädchen in der ersten Reihe sahen sich mit etwas unverständigen und nervösen Blicken an.

»Wie einige von euch ja bereits wissen«, fuhr Balsam fort, »bin ich es gewohnt, daß die Teilnehmer in meinen Kursen in alphabetischer Reihenfolge sitzen.«

Ein fast unhörbares Gemurre hob an, und einige packten schon ihre Sachen zusammen, um für den Platztausch vorbereitet zu sein.

»Wie dem auch sei«, erklärte er weiter, »in diesem Kurs wird das anders sein. Ihr könnt also sitzen, wo ihr wollt. Ihr müßt auch nicht jeden Tag am gleichen Platz sitzen, wodurch es für mich zwar nicht einfacher wird, mir eure Namen zu merken, aber das ist nicht euer Problem. Wenn ihr euch jetzt noch anders setzen wollt, könnt ihr das gerne tun.«

Fast die halbe Klasse wechselte nun die Plätze. Nur in der ersten Reihe blieb alles beim alten; offensichtlich hatte man sich dort endgültig entschieden. Auch Marilyn Crane verharrte auf ihrem alten Platz, denn niemand legte Wert darauf, sie neben sich zu haben. Doch dann fiel Balsam auf, daß der Junge, der am nächsten zu Marilyn saß, zu ihr hinüberlächelte und mit ihr sprach. Wenn er sich recht erinnerte, dann war das wohl Jeff Bremmer. Während immer noch Plätze getauscht wurden, überlegte Balsam, wie viele seiner Schüler bemerkten, wie sie ihm Dinge über sich erzählten, ohne daß es nur eines Wortes bedurfte. Er war sich ziemlich sicher, daß sie auch in Zukunft immer mehr über sich aussagen würden, je nachdem, wo und bei wem sie ihre Plätze einnahmen. Besonders interessant würde dabei wohl die Formation aus der ersten Reihe sein, jene vier Mädchen, von denen der Monsignore bereits gesprochen hatte. Der Junge war offensichtlich Jim Mulvey und Karen Mortons Freund.

Nach dem Plätzetausch begann Balsam von seinen Hoffnungen und Zielen zu sprechen, die er in diesem Psychologiekurs verwirklichen wollte. Er wolle nicht viel Zeit für die Psychologie des Abnormen aufwenden, auch wenn er hier und da auf einige exotische Formen der Verrücktheit eingehen werde, was ihm herzliches Gelächter einbrachte.

Was ihn am meisten interessiere, seien die Möglichkeiten, sich selbst untereinander besser kennen und verstehen zu lernen, und gleichzeitig kündigte er einen möglichst großen Verzicht auf die in St. Francis üblicherweise praktizierten Lehrmethoden an. Statt dessen, so seine Hoffnung, sollten sie von sich selbst ebensoviel lernen und erfahren wie von ihm. Wenn sie sich selbst lehren könnten, dann würde jeder einzelne eine Menge profitieren und viel Interessantes aus dem Kurs mitnehmen.

Balsam sah auf die Uhr. Eine Viertelstunde blieb ihm noch, um die Klasse mit einer Karte des Heiligen Römischen Reiches zu konfrontieren, die hinter ihm an der Tafel hing.

»Hinter dieser Karte«, wandte er sich zu den Schülern, »befindet sich ein Bild. Ich werde jetzt die Karte eine Sekunde lang hochhalten und wieder herunterlassen. Anschließend wollen wir besprechen, was ihr gesehen habt.«

Rasch hob Balsam die Karte hoch und gab den Blick für eine Sekunde lang frei. Das Bild war ein Schwarzweißdruck mit großen Konturen.

»Nun, wie steht es?« fragte er.

In der ersten Reihe meldete sich Judy.

»Judy?« fragte Balsam noch einmal nach, ehe er ihr mit einem Handzeichen zu verstehen gab, daß sie jetzt nicht aufstehen mußte. »Das ist in diesem Kurs nicht nötig«, lächelte er, »wir können uns diese Freiübungen für die Lateinstunde aufheben.«

Judy war perplex. So etwas hatte es in St. Francis noch nicht gegeben. Sie und die ganze Klasse schien sich zu entspannen.

»Nun?« fragte Balsam erneut.

Judy konnte ihr Kichern nicht verhindern, als sie zu erklären versuchte, »es tut mir leid, aber es ist nicht leicht, Fragen im Sitzen zu beantworten. Das hat noch niemand von uns gelernt.«

Wieder lachte die ganze Klasse. Balsam war zufrieden. Bis jetzt war alles so verlaufen, wie er es geplant hatte.

»Schon in Ordnung«, sagte er mit einiger Lässigkeit. »Du mußt dich eben daran gewöhnen. Aber du wolltest ja eigentlich sagen, was du auf dem Bild gesehen hast.«

»Meiner Meinung nach«, begann Judy langsam, »war es ein Schädel. Ja, für mich sah es wie ein Schädel aus.«

Balsam nickte. »Hat noch jemand einen Schädel erkannt?«

Jeder meldete sich, außer Marilyn Crane, die mit gefalteten Händen in der Bank saß. Ein bißchen schien sie sich zu schämen.

»Wir haben also eine kleine Unstimmigkeit«, stellte Balsam fest, indem er mit einem Lächeln Marilyn verstehen zu geben versuchte, daß es wirklich nichts ausmachte. »Marilyn, sag uns, was du gesehen hast.«

Marilyn sah aus, als würde sie gleich in Tränen ausbrechen. Sie wollte nicht die einzige sein, die etwas anderes gesehen hatte als alle anderen. Aber sie hatte nun mal etwas anderes gesehen und konnte es nicht mehr verbergen.

»Es klingt sicher komisch, aber ich habe eine Frau erkannt, die sich im Spiegel betrachtete.«

Die gesamte Klasse wurde von einem riesigen Gelächter erschüttert. Es war gehässig, nicht menschlich. Noch bevor es abebbte, ließ

Balsam die Geschichtskarte sich aufrollen. Nun war das Blick auf das Bild vollkommen frei, und das Gelächter versiegte immer mehr. Marilyn hatte recht. Es war eine feine Zeichnung von einer Frau, die in einen Spiegel starrte, und ›Eitelkeit‹ war der Titel. Einen Augenblick überließ Balsam sie ihrer eigenen Nachdenklichkeit.

»Wie ihr seht«, begann er dann, »hatte niemand von euch recht; auch hatte keiner unrecht.« Jeder in der Klasse sah ihn verdutzt an. Balsam wußte, daß er ihnen eine vollkommen neue Erfahrung gegeben hatte, eine Situation, in der es richtig oder falsch nicht gab.

»Was ihr gerade gesehen habt«, erklärte er weiter, »war ein kleines Experiment über das ›Reiz-Antwort-Verhalten‹. Nicht jeder reagiert demnach auf einen gegebenen Reiz mit der gleichen Antwort. Wie jemand auf einen Reiz antwortet, hängt im wesentlichen von seiner psychologischen Ausstattung ab.«

Er wollte aber auch noch etwas Lob an Marilyn Crane richten, nachdem ihm wieder eingefallen war, daß sie anders als alle anderen geantwortet hatte. »Die Tatsache, daß außer Marilyn jeder von euch einen Schädel gesehen hat, ist doch einigermaßen interessant. Ich glaube, ihr seid alle eine etwas krankhaft veranlagte Gruppe.« Er zwinkerte ihnen unauffällig zu, damit sie meinten, er mache Spaß. Was er sagen wollte, hatte er gesagt, und niemand drehte sich mehr nach Marilyn um. Statt dessen sah man sich gegenseitig mit Betroffenheit an.

Die Uhr gab Balsam noch fünf Minuten.

»Wißt ihr«, fuhr er fort, »ihr habt mich alle überrascht. Seit fünfzig Minuten steht auf meinem Schreibtisch dieses zugedeckte Ding, und keiner von euch fragt danach.« Wieder waren alle betreten. »Ich hoffe, das ändert sich auch bis zum Ende des Schuljahres. Ein bißchen Neugier mag vielleicht für eine Katze den Tod bedeuten, einem Schüler aber hat sie noch nie geschadet.«

Dann sollten sie alle nach vorne kommen. Jeder drängte sich ans Pult, um zu sehen, was die Neugier hätte wecken sollen. Es war eine kleine Holzschachtel mit einem Glasdeckel, eine sogenannte Skinner-Box. Hinter dem Glas sah man eine weiße Ratte. Während jeder wie gebannt auf die Holzschachtel starrte, betätigte Balsam einen Schalter an der Außenseite des Holzbehälters. Sofort legte die Ratte einen Hebel um, wonach ein kleiner Futterbrocken herabfiel. Diesen Vorgang wiederholte die Ratte mehrere Male, und jedesmal fraß sie den Futterbrocken prompt auf.

»Das ist ein typisches Beispiel für konditioniertes Antworten«, erläuterte er. »Die Ratte hat nämlich gelernt, daß sie nur dann an ihr Futter kommt, wenn das Licht eingeschaltet ist und sie anschließend den Hebel umlegt. Folglich bewegt sie bei Licht jedesmal den Hebel.« Als Balsam das Licht ausschaltete, wurde die Ratte wieder still. Die ganze Klasse war nun heftig am Diskutieren, das mit dem Glockenschlag abrupt zu Ende ging.

Jeder kehrte an seinen Platz zurück, um Bücher und Hefte einzupacken.

»Auch das ist ein typisches konditioniertes Verhalten«, sagte er, laut genug, damit alle es hören konnten, ehe er sich verabschiedete. Einen Augenblick lang sahen sie ihn prüfend an und brachen dann in spontanes Gelächter aus. Balsam war überzeugt, daß die Stunde schon ein Erfolg gewesen war.

Aus der Schreibtischschublade holte er eine braune Tüte, in der sein Pausenbrot eingewickelt war. Langsam begann er zu essen, und da war es wieder, dieses unangenehme Gefühl, diese seltsame Angst, für die er zunächst keinen Grund sah. Allmählich aber wurde es ihm klar, was ihn so beängstigt hatte. Es war das Bild und wie jeder in der Klasse reagiert hatte. Warum hatten, mit nur einer einzigen Ausnahme, alle anderen neunundzwanzig Schüler in dem Bild einen Schädel, den Tod also, gesehen? Warum war es nur Marilyn Crane, die die Frau und den Spiegel erkannt hatte? Das Verhältnis war außerhalb jeder statistischen Wahrheit. Wenigstens die Hälfte der Klasse hätte das Bild richtig erkennen müssen.

5

Inez Nelson hörte das Läuten des Telefons; sie sah zu ihrem Mann, der seinen Blick jedoch nicht vom Fernseher abwandte. Erneut klingelte es. Dieses Mal sah Inez nach oben, offensichtlich in der Erwartung, daß Judy zum oberen Anschluß eilte. Zum drittenmal schellte es. Mit einem Seufzer stand Inez auf und ging in die Küche. Sie hoffte, daß das Klingeln aufhörte, bevor sie den Hörer abnehmen würde.

»Mrs. Nelson?« Es war Karen Morton, die sich jetzt meldete und deren Stimme Inez Nelson sofort erkannte.

»Ist Judy zu Hause?«

»Einen Augenblick«, sagte Inez und legte den Hörer auf dem Küchenbuffet beiseite, um zum Treppenabsatz zu gehen.

»Judy!« rief sie hinauf. »Karen Morton ist am Telefon!«

»Ich komme gleich«, rief Judy zurück, und Inez ging wieder zum Telefon. »Judy kommt gleich«, sagte sie und wartete, bis Judy am oberen Apparat sprach.

»Karen?« meldete sich Judy. »Gerade wollte ich dich anrufen!« Ihre Stimme nahm einen vertrauten Ton an.

»Stell dir vor, wem ich heute begegnet bin! Ich meine, er hat mich angesprochen!«

»Wer?« fragte Karen gelangweilt nach.

»Na, Lyle!« gab Judy zurück, als ob Karen Bescheid wissen mußte. »Lyle Crandall. Sieht er nicht himmlisch aus?«

»Stehst du etwa auf Typen wie ihn?« wollte Karen wissen, ohne zuzugeben, daß sie ihn ebenso zum Verlieben fand.

»Er ist einfach nett«, fuhr Judy fort. »Er sieht ein bißchen wie Nick Nolte aus, nur eben besser... Wird er zu deiner Party kommen?«

»Ich denke doch«, sagte Karen, wieder gelangweilt. »Ich glaube, er kommt zusammen mit Jim Mulvey. Und der kommt bestimmt!«

»Aber nicht mit anderen Mädchen, oder?« bemerkte Karen und fügte nach einer kurzen Pause hinzu: »Jedenfalls zunächst nicht. Aber man weiß ja nie, wie es kommt.«

Judy spürte plötzlich Vorfreude und fragte sich, ob die Party sich wirklich so entwickeln würde, wie Karen sagte. »Was ist mit deiner Mutter?« wollte sie jetzt wissen. »Sie wird doch nicht etwa dabeisein?«

Mit leisem Kichern antwortete Karen: »Samstag abend muß sie leider arbeiten. Zuerst meinte sie, daß ich ohne ihr Dabeisein keine Party veranstalten dürfe. Aber dann erklärte ich ihr, daß ich nur ein paar Mädchen einlade. Sie glaubt, wir albern halt ein wenig herum.«

»Und was ist, wenn sie herausfindet, daß auch Jungen kommen?«

»Sie wird nicht vor Mitternacht zurück sein«, erklärte Karen voller Zuversicht. »Und bis dahin sind alle längst verduftet.« Und flüsterte:

»Hast du deiner Mutter gesagt, daß du schon früher kommst?«

»Aber klar«, sagte Judy, »oder glaubst du etwa, ich warte, bis alle da sind? Schließlich muß ich mich doch noch umziehen!«

Karen mußte wieder kichern. »Das wäre für die anderen aber ein Erlebnis!«

»Für dich vielleicht!« gab Judy hintergründig zurück. »Ich bin da etwas sittlicher!«

»In dem Kleid?« feixte Karen. »Ich hätte nicht gedacht, daß du es gekauft hast, weil es besonders sittlich aussieht. Ich dachte eher, weil es dich so sexy macht.«

»Macht es auch.« Judy war böse. »Glaubst du, Lyle wird es auch so sehen?«

»Bei dem Ausschnitt kann doch nichts schiefgehen, Judy«, sagte Karen bissig. »Du wirst jedem auffallen.« Einen Augenblick überlegte sie. »Was wird deine Mutter eigentlich sagen, wenn sie merkt, daß du dir dieses Kleid gekauft hast?«

»Sie wird es gar nicht merken«, erklärte Judy selbstsicher. »Und selbst wenn – ich kann sie schon überreden, daß ich es behalten darf.« Plötzlich fiel ihr ein, daß ihre Mutter manchmal unten an der Treppe stand und lauschte. Judy sah zum Treppenabsatz hinunter. Es war niemand da. Trotzdem fand sie, daß allmählich genug über das neue Kleid gesprochen wurde.

»Was hältst du von Mr. Balsam?« welchselte sie das Thema.

»Ich glaube, er ist ganz in Ordnung«, antwortete Karen. Sie mochte sich in dieser Sache allerdings noch nicht zu einer eigenen Meinung durchringen, sondern erst den Standpunkt ihrer Freundinnen abwarten. »Zumindest ist er anders als die Nonnen. Aber auch er wird sich wohl anpassen. In einer Woche wird sich sein Kurs wahrscheinlich von den anderen nicht mehr unterscheiden.«

»Ich weiß nicht«, sagte Judy gedankenverloren. »Janet sagt, daß er in Latein ganz anders ist als in seinem Psychologiekurs. Sie sagt, es ist, als ob man zwei verschiedene Lehrer hätte.«

»Wirklich?« Karen war plötzlich neugierig geworden.

»Ich bin mir nicht sicher«, fuhr Judy fort, »ich finde auch, er unterrichtet Latein genauso wie die Nonnen, wenn du bei jeder Antwort aufstehen mußt, du weißt es ja selbst. Janet meint, daß er in Latein nicht so stark ist und deshalb versucht, es auf diese Weise zu vertuschen.«

»Vielleicht ist er nur verrückt und versucht auch das zu vertuschen, indem er Psychologie unterrichtet.« Karen mußte über ihre Bemerkung lachen. »Du weißt doch, was man sich über die Psychologen erzählt! Die meisten von ihnen sollen selbst einen nötig haben!«

Jetzt mußten beide lachen, doch inmitten ihrer Scherzerei glaubte Judy, ein Knacken in der Telefonleitung gehört zu haben, als ob jemand den Hörer in der Küche abgenommen hatte.

»So, ich muß jetzt Schluß machen«, unterbrach sie das Lachen und hoffte, daß Karen ihr Zeichen verstanden hatte. »Ich komme dann am Samstag eine Stunde eher und helfe dir bei den Vorbereitungen. Einverstanden?« Es folgte ein kurzes Schweigen, währenddessen Karen zu sondieren suchte, warum Judy das Gespräch so abrupt abgebrochen hatte. Wie alle Teenager, spürte auch Karen den Grund sofort. »Ja, ich freue mich schon. Vielleicht kann ich auch Penny und Janet noch bewegen, früher zu kommen. Dann können wir gleich zwei Partys hintereinander feiern! Bis morgen dann.« Als sie einhängte, beglückwünschte sie sich selbst, daß sie so schnell geschaltet und Judy geholfen hatte, den Lauscher, wer immer es auch war, zu frustrieren.

Als Judy den Hörer auflegte, streckte sie ihre Zunge heraus, als ob das Telefon Schuld hätte, daß ihre Mutter sie gestört hatte. Sie wußte allerdings nicht, daß das Knacken in der Leitung nicht daher kam, daß ihre Mutter den Hörer aufgenommen hatte; sie hatte ihn nämlich aufgelegt und war anschließend ins Wohnzimmer gegangen. Sie war wütend. Sie sah zu ihrem Mann, aber der starrte immer noch auf die Baseball-Partie. Es war sowieso zwecklos, mit ihm darüber zu sprechen. Sie würde nur angerüffelt werden, daß sie Gespräche belauschte, die sie nichts angingen. Weiter würde er ihr erklären, daß sie nichts von dem Gehörten gegen Judy vorbringen dürfe, weil Abhörmaßnahmen nicht zulässig sind. Das hatte sie davon, mit einem Rechtsanwalt verheiratet zu sein. Zielstrebig schritt sie zur Treppe. Jetzt sah George Nelson auf.

»Du gehst hinauf?« fragte er.

»Ja, ich muß mit Judy reden. Es wird nicht lange dauern.« Sie wußte, wenn sie ihm den Grund sagen würde, würde er sie aufhalten.

»Sag ihr, daß ich sie in einer halben Stunde im Backgammon schlage, wenn sie Lust hat.« George Nelson wandte sich wieder dem Fernseher zu. Inez sah ihrem Mann zu und schüttelte voll Zorn den Kopf. Heute abend würde es keine gemütlichen Spiele zwischen Vater und Tochter geben, nicht, solange sie noch etwas in dem Haus zu sagen hatte. Sie lief die Treppe hinauf, platzte ohne Klopfen in Judys Zimmer und schloß die Tür hinter sich.

Judy lag auf dem Bett und blickte ihre Mutter an. Eigentlich wollte sie sich darüber beschweren, daß ihre Mutter ohne Anklopfen das Zimmer betreten hatte. Aber irgend etwas stimmte nicht. Ihre Mutter sah wütend aus. Judy ahnte Schlimmes. Sie hörte wieder das Knacken in der Telefonleitung. Ihre Mutter hatte den Hörer also nicht abgenommen, sondern aufgelegt! Sie hatte folglich genau den falschen Teil ihres Gespräches mit Karen belauscht.

»Wie ich sehe, weißt du ganz genau, warum ich hier bin«, begann Inez. Judy wog ihre Chancen ab. Was war über das Kleid gesprochen worden? Verzweifelt versuchte sie, sich zu erinnern.

»So, weiß ich das?« entgegnete Judy schnippisch.

»Ich denke doch«, bemerkte Inez und fühlte, wie sie zornig wurde. »Ich habe euch gerade zugehört!«

Trotzig sah Judy ihre Mutter an.

»Du hast dir also dieses Kleid gekauft?« fragte Inez mit herausfordernder Stimme.

»Welches Kleid?« Judy versuchte auszuweichen.

»Nicht auf diese Weise, junge Dame«, herrschte Inez Judy an. »Du weißt ganz genau, welches Kleid ich meine. Ich hatte dir doch gesagt, daß du es nicht bekommst! Du hast es gekauft und bei Karen Morton versteckt! Oder willst du etwas anderes behaupten?«

»Und wenn schon?« gab Judy weiterhin patzig zurück. »In dem Kleid, das du mir kaufen wolltest, sah ich ja aus wie zwölf. Außerdem ist das andere schöner.«

»So schön sogar, daß du damit ins Unglück mit diesem Lyle Crandall stürzen willst! Nein, so geht das nicht! Morgen nachmittag wirst du zu Karen gehen, das Kleid holen und es brav in das Geschäft zurücktragen! Hast du verstanden?«

»Ja!« gab Judy nach, da ihr diese Art der Strafe ziemlich milde erschien.

»Und das mit der Party bei Karen kannst du dir natürlich aus dem Kopf schlagen.«

»Mutter...«, begann Judy, wurde aber unterbrochen.

»Sei still!« Inez hob die Hand. »An deiner Stelle würde ich mehr über deine Sünden nachdenken als darüber, wie ich meine eigene Mutter hintergehen kann!«

Judy sah sie fassungslos an. »Sünden?« fragte sie erstaunt. »Wovon sprichst du überhaupt?«

Inez kniff ihre Augen zusammen. »Möchtest du, daß ich sie dir aufzähle? Dann kann ich ja gleich mit der letzten Lüge beginnen.«

»Das war nicht gelogen«, verteidigte sich Judy. »Du hast mich nie gefragt, ob ich das Kleid gekauft habe oder nicht.« Judy hoffte, ihre Ausrede würde akzeptiert werden.

»Wenn ich dich danach gefragt hätte, hättest du mich sicherlich angelogen«, raunzte Inez. »Du weißt, es gibt ein Gebot, das sagt, daß du Mutter und Vater ehren sollst!«

Judy wurde es zuviel. Sie stand von ihrem Bett auf und sah ihrer Mutter in die Augen. Dann brach sie in Tränen aus.

»Sag das nicht«, flehte sie. »Ich will doch nur erwachsen werden. Das geht doch nicht gegen dich. Es ist etwas, das ich nur für mich tun wollte und nicht, um dich zu kränken. Kannst du das denn nicht verstehen?«

Aber Judy mußte erkennen, daß ihre Worte ohne Wirkung auf ihre Mutter blieben. Endlich flüchtete sie ins Badezimmer und schloß sich ein. Sie fühlte, wie die Wut in ihr kochte. Sie wollte noch mehr weinen. Statt dessen wurde sie noch zorniger. Plötzlich fühlte sie sich gefangen, so gefangen wie jene Ratte im Käfig auf Mr. Balsams Pult. Sie beschloß, einen Weg zu finden, um sich an ihrer Mutter zu rächen, und dann würde es ihr leid tun.

Inez Nelson stand vor der verschlossenen Badezimmertür und lauschte nach irgendeinem Geräusch, das ihr verriet, was hinter der Tür vor sich ging. Aber nichts war zu hören. Sie wußte, Judy schmollte wieder einmal, was in letzter Zeit immer häufiger vorzukommen schien. Dieses Mal wollte Inez nicht nachgeben und bei dieser Gelegenheit auch erreichen, daß Judy ihren Vater nicht wieder auf ihre Seite brachte. Womit sie jedoch nicht gerechnet hatte, war die gleiche feste Entschlossenheit auf seiten ihrer Tochter.

Plötzlich war Peter Balsam die Idee in den Kopf geschossen, Margo Henderson anzurufen und sie auf einen Drink einzuladen. Doch dann war der Anruf aus dem Pfarrhaus gekommen und seine privaten Pläne für den Abend zunichte.

Monsignore Vernon – Balsam hatte immer noch Schwierigkeiten mit der Anrede und den Priester wieder Pete genannt – hatte ihn auf ein ›Schwätzchen‹ zu sich hinaufgebeten. Trotzdem bekam Peter das Gefühl, als sei es mehr eine Aufforderung als eine Einladung. Es war ein Befehl, und so hatte er sich die Anhöhe hinaufgeschleppt, um Punkt neun im Pfarrhaus einzutreffen. Wie zuvor wurde er von Monsignore Vernon bereits erwartet und anschließend durch die Halle in ein Zimmer geführt, das offensichtlich das Privatzimmer des Priesters war. Nachdem der Monsignore die Tür geschlossen hatte, bot er Balsam ein Glas Sherry an. Ein seltsames Ritual, dachte Balsam und überlegte, ob der Monsignore erwartete, daß er es ablehnen würde. Andererseits war das mindeste, das der Priester tun konnte, wenn er schon seinen privaten Abend in Anspruch nahm, ihm einen Drink anzubieten.

Peter nahm das Glas Sherry entgegen und setzte sich, ohne eine Aufforderung abzuwarten, in einen bequemen Sessel am Kamin.

»Schön«, sagte Monsignore Vernon freundlich und ließ sich in einem zweiten Sessel nieder. Er hielt das Glas gegen das Licht und bemerkte irgend etwas über Schönheit. Balsam war sich nicht sicher, ob sich der Priester auf das Sherryglas bezog oder die Dinge im allgemeinen meinte.

»Wie ging es Ihnen denn am ersten Schultag?« fragte der Monsignore plötzlich.

Balsam schluckte. »Ganz so, wie man es erwarten konnte.« Er grinste. »Ich meine, ich lebe noch, und es wurde nicht einmal auf mich geschossen.«

Ein eisiges Lächeln huschte über das Gesicht des Priesters. »Das wird hier auch nicht vorkommen. Derartiges überlassen wir den weltlichen Schulen.«

Balsam nickte zustimmend, wobei er an Schwester Elisabeth denken mußte. Probleme in der Disziplin von St. Francis waren bei ihr gewiß gut aufgehoben.

»Ich denke, Sie sollten mehr zum Thema kommen«, betonte Monsignore Vernon und rückte sich im Sessel zurecht. Es war also eine richtige Vorladung, so wie Balsam es sich gedacht hatte. Ruhig wartete er weiter ab.

»Ich hatte heute nachmittag eine kleine Unterhaltung mit Schwester Elisabeth«, begann der Monsignore von neuem. »Sie erschien mir etwas beunruhigt über dich. Sie glaubt, du hast, wie sie sich ausdrückte, ›Kavaliersallüren‹!«

Balsam mußte über diesen Ausdruck lächeln, wurde aber sofort wieder ernst, als er erkannte, daß der Priester die Sache offensichtlich mit anderen Augen sah.

»Und du glaubst, was sie da sagt?« fragte er vorsichtig.

»Ich bin mir ganz sicher, daß es so ist«, gab der Priester nachdenklich zu verstehen. »Deshalb wollte ich auch heute mit dir darüber reden. Ich habe auch noch einmal über unser neuliches Gespräch nachgedacht. Ich meine deine Doktorarbeit. Ich weiß immer noch nicht, wo du stehst.«

»Wo ich stehe?« wiederholte Balsam und versuchte, die Gedanken des Monsignore auszuloten.

»Ich weiß, daß das alles sehr eigenartig für dich klingt, aber ich muß wirklich genau wissen, wo dein Standpunkt in bezug auf die Lehren unserer Kirche liegt.« Der Priester bemühte sich zu lächeln.

»Nun, ich bin nicht ausgetreten«, entgegnete Balsam.

»Nein, noch nicht.« Der Monsignore spekulierte. »Aber schließlich gibt es ja verschiedene Wege, die Kirche zu verlassen, oder nicht? Und mir scheint deine Doktorarbeit ein gezielter, wenn auch verdeckter Schritt in dieser Richtung zu sein.«

An dieser Stelle erwartete er offenbar eine Antwort. Als nichts dergleichen geschah, fuhr er fort: »Es hat keinen Sinn, lange um den heißen Brei herumzureden.« Sein Ton wurde nun barsch. »Wir sind hier zusammengekommen, um endlich festzustellen, ob du die kirchlichen Dogmen anerkennst oder nicht. Und da du mindestens in einem der Dogmen sehr gute Erfahrung hast, wollen wir gleich mit diesem beginnen.«

Balsam dachte daran, einfach aufzustehen, das Zimmer zu verlassen, die Anhöhe hinunterzulaufen, seine Sachen zu packen und den nächsten Zug aus Neilsville zu schnappen. Dann aber fand er, daß Flucht auch nicht viel Sinn hatte. Wenn das Thema für den Priester derart bedeutend war, wollte er den weiteren Tatsachen ins Auge sehen.

»Nun gut«, sagte er endlich. »Womit wollen wir beginnen?«

»Ich dachte, ich habe mich klar ausgedrückt«, mahnte der Monsignore. »Akzeptierst du das Dogma, daß Selbstmord eine Todsünde und deshalb untilgbar ist?«

»Aber ich habe doch erst neulich gesagt, daß ich mich nicht berufen fühle, darüber zu urteilen.«

»Glaubst du wirklich, was du da sagst?« bohrte der Priester nach.

»Für mich ist das keine Frage des Glaubens«, entgegnete Balsam gefaßt.

»Dann betrachten wir es eben einmal aus intellektueller Sicht.« Völlig unerwartet war der Priester aufgestanden und hatte Balsams Glas ergriffen. »Noch einen kleinen?« fragte er höflich. Balsam nickte überrascht, während der Priester die Gläser füllte und sich anschließend wieder in seinen Sessel setzte.

»Daß es diese Dogmen gibt, hat seine guten Gründe, wie du

selbst weißt«, fuhr der Priester fort, und Balsam bemerkte an seinem Tonfall, daß nun ein kleiner Vortrag auf ihn zukam. Vielleicht half ein bestätigendes Nicken, um ihn wenigstens etwas zu verkürzen. Es war vergeblich.

»Das Dogma gegen den Selbstmord existiert aus verschiedenen Gründen«, begann der Priester. »Der wichtigste ist freilich, daß Selbstmord gegen ein Naturgesetz verstößt, d. h. die natürliche Ordnung zerstört.« Balsam dachte an die Lemminge, die von Zeit zu Zeit in Scharen ins Meer gehen und sterben. Er unterdrückte sein Argument, da der Monsignore ihm sicher sagen würde, daß es einen Unterschied zwischen menschlichem und nichtmenschlichem Selbstmord gibt. Balsam hing immer mehr seinen eigenen Gedanken nach und verlor immer mehr den Faden zu den Darlegungen des Priesters, der inzwischen das Thema gewechselt zu haben schien und nun von der Absolution sprach.

»Wie du auch weißt, liegt eines der größten Probleme bei der Betrachtung des Selbstmords für die Kirche in der Frage der Absolution...«

Ganz zu schweigen von den Problemen, die der Selbstmord nun bei ihm selbst erzeugt, sinnierte Balsam vor sich hin.

»Es ist keine Frage, daß bei erfolgreich durchgeführtem Selbstmord Beichte und Erlösung von der Sünde nicht möglich sind. Der Selbstmörder hat sich fraglos von seiner Mutter, der Kirche, losgesagt, und damit auch von Gott.«

»Extra ecclesiam nulla salus.« Balsam murmelte vor sich hin.

»Wie bitte?« fragte der Priester.

»Kein Heil außerhalb der Kirche«, übersetzte Balsam.

»Danke. Ich beherrsche Latein«, bemerkte Monsignore Vernon trocken. »Ich hatte dich lediglich schlecht gehört.« Dann stockte er und sah Balsam fest an. »Hast du mit diesem Dogma auch ›Probleme‹?«

»Darüber habe ich nicht nachgedacht«, sagte Balsam schulterzuckend. Dann lehnte er sich nach vorn und begann, seine Gedanken zu erläutern.

»Sieh her, ich weiß nicht, was in Neilsville los ist. Aber überall, wenigstens dort, wo ich bislang gewesen bin, stellen sich die Menschen Fragen. Und das sind nicht Menschen, die aus der Kirche ausgetreten sind oder sich mit dem Gedanken daran tragen. Es sind einfache Leute, die sich darüber Sorgen machen, wie die Kirche den Anschluß an das zwanzigste Jahrhundert finden kann.«

»Und das bedeutet, daß man die kirchlichen Dogmen herausfordert?«

Monsignore blickte finster zu Balsam hinüber.

»Nicht unbedingt.« Gab es denn wirklich keinen Weg, diesen Mann zu überzeugen? In der Schule hatte Pete Vernon stets den Eindruck eines vernünftigen Menschen gemacht. Was war passiert? Balsam wagte einen neuen Vorstoß. »Die Frage ist doch nicht, ob man die Dogmen herausfordert, sondern wie man die Kirche und die Bedürfnisse der Menschen näher zusammenbringt.«

»Die Kirche ist der Sache Gottes verbunden«, sagte er Monsignore steif. Es klang so eisig, daß Balsam Angst bekam.

»Einige von uns glauben aber nicht, daß die Belange Gottes von den Belangen der Menschen abgetrennt werden können. Es wäre also begrüßenswert, wenn die Kirche dieser Tatsache Rechnung tragen würde.« Jetzt bemerkte Balsam, daß er seinen Standpunkt offenbart hatte, und der Monsignore zeigte deutlich, wie sehr er diesen Standpunkt mißbilligte.

»Die Dogmen sind unfehlbar«, erklärte der Priester. »Sie müssen nicht angepaßt werden. Oder willst du etwa das Gegenteil sagen und das Dogma der Unfehlbarkeit angreifen?«

Balsam spürte seine Wut. Dieser Mann klang wie ein mittelalterlicher Inquisitor. »Das Dogma der Unfehlbarkeit ist doch gerade einhundert Jahre alt.« Er versuchte, seine Fassung wiederzugewinnen. »Und soweit mir bekannt ist, herrschte bei seinen Verfassern auch nicht gerade Einmütigkeit.«

Mit einem Satz war der Priester auf den Beinen und starrte Balsam an, der sich alles andere als wohl fühlte.

»Peter Balsam«, zischte der Priester wie eine gefährliche Schlange und mit funkelnden Augen, »genau das ist die Sorte von Gedanken, die mir heute abend über dich zugetragen wurde und die die Kirche zersetzen. Und wir werden sie in St. Francis nicht dulden. Ich kenne nicht deine anderen privaten Gedanken, um die ich mich auch nicht kümmern will, wenn ich auch sehe, daß du nahe dabei bist, die göttliche Gnade zu verlieren. Aber ich werde es nicht zulassen, daß du mit deinen Ideen die Kinder dieser Gemeinde verdirbst. Es ist mein Privileg und meine Pflicht, meine Herde vor solchen Vorstellungen, wie du sie eben geäußert hast, zu schützen, und dieser Aufgabe werde ich gewissenhaft nachzukommen wissen. Habe ich mich klar genug ausgedrückt?«

Nun stand auch Balsam auf und sah dem Priester in die Augen.

»Sehr klar«, antwortete er besonnen. »Ich kann dir sogar sagen, daß das, was ich eben gehört habe, für mich wie aus dem dreizehnten Jahrhundert klingt.«

Irgendwie schien sich der Priester zu entspannen. Er entfernte sich ein Stück, und als er sich wieder umdrehte, lag sogar ein leichtes Lächeln auf seinen Lippen. Es hätte fast echt sein können, dachte Peter.

»Wenn du schon einen Blick auf die Geschichte wirfst, solltest du nicht übersehen, daß es in jenem Jahrhundert weit mehr Heilige gab als heute. Vielleicht sollten wir dieser Tatsache einmal mehr Beachtung schenken, ehe wir mit solcher Selbstzufriedenheit über unsere ›modernen Zeiten‹ sprechen.«

»Auf jeden Fall wissen wir heute weit mehr über den Menschen als damals«, warf Peter ein.

»Vielleicht«, begegnete der Priester Peters Einwand. »Auf jeden Fall wußten sie mit Ketzern und Sündern fertig zu werden, was uns heute leider fehlt.« Nach einer kurzen Pause fuhr er, allerdings mehr zu sich selbst als zu Peter sprechend, fort: »Das heißt, einige haben es vergessen, nicht alle.«

Zehn Minuten später befand sich Peter Balsam wieder auf dem Rückweg. Immer noch versuchte er zu ergründen, was aus seinem alten Freund Pete Vernon geworden war. Äußerlich hatte er sich ja nicht sehr verändert, aber sonst gab es zwischen beiden, dem Monsignore Vernon und Pete Vernon, keine Ähnlichkeit mehr.

Beim Aufbruch hatte der Monsignore ihn noch einmal bedrängt, an der Arbeitsgruppe, die er leitete, teilzunehmen. Vielleicht sollte er das wirklich tun, dachte Balsam; vielleicht lag dort der Grund für die so unerklärliche Veränderung und starre Denkweise des alten Freundes. Wie nannte sich dieser Arbeitskreis? War es nicht die Gesellschaft des heiligen Peters des Märtyrers? Derselbe Heilige, der in der Nische im Klassenraum 16 stand und ihn, Peter Balsam, nicht aus den Augen lassen sollte? Er beschloß, am nächsten Treffen teilzunehmen, vorausgesetzt, er hatte Neilsville bis dahin noch nicht verlassen.

Nachdem Balsam gegangen war, hatte der Monsignore die Eingangstür für die Nacht sorgfältig verschlossen. Auch die Tür zu seinem Privatzimmer hatte er mit derselben Sorgfalt verschlossen. Dann zündete er das Kaminfeuer an und begann zu beten, wobei er gar nicht bemerkte, wie die Temperatur immer höher und unerträglicher wurde, bis der Raum dem Inneren eines Backofens glich. Als der Monsignore sein Gebet beendete, war das Feuer längst erloschen. Er hatte lange gebetet. Nun sah er in den Kamin, wo nur noch ein kleiner Haufen Kohle glühte. Ein Häufchen Kohlen, so sinnierte er, das für die Sünder und Ketzer glühte, ehe er zufrieden mit sich zu Bett ging. Er würde friedlich schlafen und morgen erneut mit seiner Arbeit beginnen.

6

Am folgenden Tag hatte eine kaum merkliche Veränderung in der Sitzordnung der Psychologieklasse stattgefunden. Judy Nelson saß nun nicht mehr neben Karen Morton in der ersten Reihe. Sie hatte ganz außen Platz genommen, während Penny und Janet um jeweils einen Platz nach innen gerückt waren. Peter Balsam war dieser Wechsel sofort aufgefallen, und er fragte sich, ob zwischen Judy und Karen etwas vorgefallen war oder ob es nur eine Angewohnheit der vier Mädchen war, bisweilen ihre Plätze zu tauschen. Vielleicht verstanden sie sich so gut, daß sie untereinander alles teilten. Andererseits hielt er diesen Gedanken für ziemlich abwegig, da er wußte, daß Jugendliche in dieser Beziehung zu weit mehr rigorosem Egoismus tendieren als Erwachsene.

Die Skinner-Box stand abgedeckt an ihrem Platz. Balsam hatte sich heute nicht die Mühe gemacht, sie vor den Augen der Schüler zu verbergen. Während er den Unterricht hielt, sah er ab und zu zu dem Tier herab. Die Ratte verhielt sich vollkommen ruhig und sah zu ihm herauf. Als ob sie wüßte, daß ihr Auftritt bevorstand, und nur noch auf das Stichwort wartete. Das Thema, das Balsam für den heutigen Tag gewählt hatte, behandelte Frustrationsgefühle. Bereits mit Beginn der Psychologiestunde hatte er auf die große Bedeutung dieses Themas hingewiesen und versucht, den Begriff ›Frustration‹ zu erklären.

»Frustration«, erklärte er, »läßt sich vielleicht auch mit dem Gefühl beschreiben, das man hat, wenn man hier sitzen und sich eine Psychologiestunde anhören muß, obgleich man alles andere lieber täte.«

In der Klasse ging ein nervöses Glucksen um. Offensichtlich fühlte man sich ertappt und verlegen. Schließlich siegte wieder die Konzentration. Nur Judy Nelson schien ganz in eine eigene Welt versunken, und soweit Balsam an ihrem düsteren Gesichtsausdruck ablesen konnte, war diese Welt nicht gerade eine der schönsten.

Er hatte recht. Judy schmollte immer noch wegen des Theaters, das am vergangenen Abend mit ihrer Mutter stattgefunden hatte. Sie war fast eine ganze Stunde lang im Badezimmer gewesen. Sie hatte auf ein vorsichtiges Klopfen an der Tür gewartet, das ihr gesagt hätte, daß ihre Mutter sich Sorgen machte, daß sie gewonnen und ihre Mutter nachgegeben hätte. Doch vergeblich hatte Judy darauf gewartet und schließlich ihre Stellung im Badezimmer mit Verdruß wieder geräumt. Sie hatte nun den Frontalangriff geplant. Judy ging nach unten, um mit ihrem Vater Backgammon zu spielen. Was sie jedoch erhalten hatte, war die kalte Schulter gewesen. Offenbar hatte er es sich inzwischen anders überlegt. Tränenüberströmt war Judy ins Badezimmer zurückgegangen. Wieder hatte sie auf ein Zeichen gewartet, das nicht kam. Alles, was sie hörte, waren die Schritte ihrer Eltern auf dem Weg ins Schlafzimmer und ihre Gute-Nacht-Wünsche. Danach hatte sie das Schließen der Tür gehört. Einen weiteren Koller zu inszenieren, hatte sie verworfen und statt dessen ihre Wut mit ins Bett genommen. Endlich hatte sie einen Weg gefunden, um die Schuld an ihrem Dilemma auf Karen zu laden.

Es hatte die ganze Reihe von ›Wenn-nur‹-Überlegungen begonnen: Wenn Karen sie nur nicht angerufen hätte. Wenn Karen nur nicht über die Party gesprochen hätte. Wenn Karen nur nicht damit begonnen hätte, über das Kleid zu reden. Dabei war es ganz gleich, daß sie selbst auch über die Party gesprochen und mit dem Kleid geprahlt hatte. Rasch hatte Judy entschieden, daß alles Karens Schuld war. Gleich heute morgen hatte sie sie dann auch angeschnauzt und sich später, am Anfang der Psychologiestunde, vorsichtshalber zwei Plätze von ihr entfernt. Während Balsam monoton vortrug, sah sie zu Karen hinüber, um in Gedanken alles an ihr zu kritisieren: angefangen bei ihrem hellgebleichten Haar, ihren ausgezupften Augenbrauen bis zu ihrem viel zu engen Kleid, das sich über den viel zu groß geratenen Brüsten straffte. Alles war Karens Schuld. Plötzlich sah sie, wie alle anderen in der Klasse nach vorne gingen. Sie konnte sich an kein einziges Wort aus Balsams Unterricht erinnern, während sie langsam aus ihrem Tagtraum erwachte. Anschließend stand sie auf und schloß sich den anderen an, die um die komische Rattenkiste herumstanden.

»Ihr müßt jetzt alle genau hinsehen«, erinnerte Peter Balsam. »Wie ihr seht, habe ich die Box mit einem Labyrinth ausgelegt. Es ist ein ganz einfaches Labyrinth, da es darin nur zwei Möglichkeiten gibt. Es ist also wirklich nicht schwer, den Weg zu finden. Jedenfalls nicht für euch, auch nicht für mich, noch für jeden anderen. Für die Ratte ist es aber anders. Sie hat keinen Überblick über die Situation, und selbst wenn sie ihn hätte, wüßte sie damit nichts anzufangen. Nun paßt auf, was passiert!«

Er legte einen Futterbrocken an das eine Ende des Labyrinths und setzte die Ratte an das andere. Dann schloß er den Glasdeckel wieder. Die Ratte begann, in der Luft zu schnuppern. Offensichtlich hatte sie den Futtergeruch aufgenommen. Dann begann sie ihren Weg durch den Irrgarten, kam an eine Barriere, schnupperte erneut, verfolgte ihre alte Spur zurück und fand einen neuen Weg. Wieder verfehlte sie die richtige Abzweigung und landete erneut in einer Sackgasse. Ohne besonders nervös zu erscheinen, ging sie den Weg zurück, und dieses Mal wurde ihre Mühe belohnt.

»Versuchen wir den Vorgang noch einmal zu wiederholen, um zu sehen, was die Ratte aus der Situation gelernt hat.« Mit diesen Worten öffnete Balsam die Skinner-Box, hob die Ratte heraus und legte einen neuen Futterbrocken aus. Das nächste Mal schaffte die Ratte den Weg zum Futter mit nur einem Fehler, im dritten Versuch gelang es ihr bereits auf Anhieb. Die Ratte hatte den Weg gelernt.

»So weit, so gut. Ich glaube, jeder von euch hat verstanden, was hier passiert ist.« Peter Balsam wandte sich wieder der Klasse zu. »Ich habe die Ratte dazu gebracht, etwas zu lernen, indem ich sie mit einem Futterköder belohnt habe. Jetzt wollen wir aber noch etwas anderes probieren.« Er hielt ein Stück Holz hoch, um es der ganzen Klasse zu zeigen. »Verändern wir die Situation jetzt, indem wir ein neues Element in den Test einfügen.« Sorgfältig baute Balsam eine neue Barriere in dem Labyrinth auf.

»Wenn Sie das dort einbauen, kann die Ratte ja gar nicht mehr an das Futter heran«, warf Janet Conally ein.

»Das ist ganz richtig«, sagte Balsam lächelnd. »Wir wollen ja auch sehen, wie sie darauf reagiert.« Er ließ die Ratte wieder in den Glaskasten zurück. Sofort flitzte sie auf dem richtigen Weg durch das Labyrinth, bis sie völlig unvermittelt auf das neue Hindernis stieß. Sie schnupperte etwas und versuchte, das Hindernis umzustoßen. Als das nicht gelang, wurden ihre Bewegungen schneller. Sie rannte in jede Ecke und suchte wild nach einem Weg, um das Hindernis zu umgehen. Als auch das nicht gelang, sprang sie mit aller Kraft gegen die Wegsperre, streckte sich auf und stieß mit den Klauen gegen den Glasdeckel. Schließlich gab sie auf. Still, aber am ganzen Leib zitternd, saß sie am Ende in der Box.

»Was ist passiert?« fragte jemand vorsichtig.

»Ich habe sie frustriert«, antwortete Balsam. »Sie warf das Handtuch, weil sie aus ihrer Frustration keinen Ausweg fand.«

»Sie meinen, die Ratte hat einfach aufgegeben?« Balsam erkannte Marilyn Cranes Stimme.

»Das ist richtig. Sie hat aufgegeben.« Balsam bemerkte Marilyn Cranes mitleidvollen Ausdruck. »Vielleicht versucht sie es in ein paar Minuten von neuem. Vielleicht lockt sie der Geruch des Futters, das sie ja immer noch riechen kann. Aber selbst dann wird sie bald wieder aufhören. Wenn ich das Hindernis nicht entferne, wird sie vollends aufgeben.«

»Aber ich kann immer noch nicht ganz verstehen, was eigentlich passiert ist.« Penny Anderson sah wirklich verwirrt aus.

Balsam lächelte sie an. »Ich will es noch einmal erklären: Indem die Ratte lernte, daß sie auf einem ganz bestimmten Weg mit einer Belohnung rechnen konnte, habe ich in ihr eine Erwartungshaltung erzeugt, und gerade als sie sich an das Spiel zu gewöhnen begann, habe ich die Regeln geändert. Plötzlich weiß sie nicht mehr, was sie erwarten soll. Sie stellte fest, daß sie keine Kontrolle mehr über die Situation hat. Sie ist frustriert, und baue ich die Frustration nicht ab, wird sie am Ende neurotisch. Wenn ich wollte, könnte ich die Ratte bis zum völligen Wahnsinn bringen. Ich müßte nur die Spielregeln am laufenden Band ändern, sobald sie die neue Regel verinnerlicht hat. In der Hauptsache ist es eine Frage der Inkonsistenz. Solange die Ratte weiß, was sie erwartet, fühlt sie sich gut. Solange das Licht nicht brennt, quält es sie gar nicht, wenn sie kein Futter erhält. Das passiert erst, wenn das Licht angeht. Also wartet sie geduldig, bis das der Fall ist. Dieses Verhalten habe ich ihr bereits vor einiger Zeit antrainiert und seither nie verändert. Der Versuch mit dem Labyrinth dagegen war inkonsistent.«

»Ich glaube, allmählich verstehe ich«, sagte Janet vorsichtig. »Es ist wie mit meinen Eltern. Solange sie tun, was ich von ihnen erwarte, fühle ich mich sicher. Machen sie aber ab und an etwas Unerwartetes, so bringt mich das aus der Ruhe.«

»Genauso ist es«, bekräftigte Balsam Janets Erfahrung. »Alles ist eine Frage der Konsistenz. Mangel an Konsistenz führt zu Frustration, und ab dem Moment geht es nur noch nach unten.«

In diesem Moment ertönte die Glocke, und die ganze Klasse strebte wieder auf ihre Sitze zu. Einige lachten verhalten.

Balsam hörte noch, wie Janet Conally zu Penny Anderson flüsterte: »Konditioniertes Verhalten!« Danach gingen die beiden Mädchen mit dem Rest der Klasse die große Schultreppe hinunter. Judy war noch geblieben und starrte verdutzt in die Box zu der Ratte. Schweigend sah Balsam ihr eine Weile zu. Er fragte sich, ob sie bemerkt hatte, daß die anderen längst gegangen waren. Judy schien sich irgendwo in den verworrenen Läufen des Labyrinths verloren zu haben. Schon während des Unterrichts hatte Balsam ihre seltsame Abwesenheit bemerkt.

»Hat sie sich schon wieder bewegt?« fragte Balsam.

»Nein«, sagte Judy unsicher und überrascht, plötzlich angesprochen zu werden. »Sie sitzt nur da. Es ist sehr schlimm, oder?«

»Wie meinst du das?« wollte Balsam wissen.

»Ich weiß nicht genau. Aber irgendwie glaube ich, daß es für die Ratte sehr schlimm ist, keine Kontrolle mehr über ihre Umwelt zu besitzen. Sicher würde sie gerne etwas dagegen tun, kann es aber nicht.«

Balsam gab ihr recht und sah wieder in die Skinner-Box. Immer noch zitterte die Ratte und sah kläglich zu ihm auf.

»Dies ist auch ein Grund, warum sich Ratten so gut für Experimente eignen. Wenn Ratten ihre Umwelt nicht mehr kontrollieren können, sind die Testergebnisse im allgemeinen sehr zuverlässig.«

Judy fixierte Balsam mit einem deutlichen Ausdruck der Verwirrung.

»Es wäre nicht annähernd so leicht, anstelle einer Ratte einen Menschen an den Punkt der totalen Frustration zu bringen«, versuchte Balsam weiter zu erklären. »Eine Versuchsperson wäre zunächst noch einmal das gesamte Labyrinth abgegangen, um ganz sicher zu sein, keine verkehrten Wege eingeschlagen zu haben. Danach hätte sie das Hindernis sicherlich noch einmal gründlich untersucht. Hätte unsere Versuchsperson immer noch keinen Ausweg gefunden, würde sie wahrscheinlich versuchen, den Glasdekkel zu zerbrechen, um schließlich auf diesem Weg zu entkommen.«

Judy nickte. »Aber wenn auch das nichts bringt?« fragte sie ruhig.

»Das ist dann schwer zu sagen.« Unsicher hob Balsam die Schultern. »Wäre ich anstelle der Ratte, würde ich wahrscheinlich versuchen, den Käfig niederzureißen. Zumindest würde ich den Versuch unternehmen, und wenn es mein Leben kostete.« Er wandte sich erneut der Ratte zu, sah dann wieder zu Judy und glaubte, in ihrem Gesicht einen sonderbaren Ausdruck zu sehen.

»Ist irgend etwas nicht in Ordnung, Judy?«

Mit einem Kopfschütteln verneinte Judy die Frage. »Mir geht es gut, wirklich«, sagte sie knapp und sah auf die Uhr. »Wenn ich mich jetzt nicht beeile, komme ich noch zu spät.« Sie ging an ihren Platz und packte rasch ihre Sachen zusammen. Als sie hinausgehen wollte, hielt Balsam sie an.

»Ist wirklich alles in Ordnung?« fragte er noch einmal.

Wieder nickte Judy und machte sich in Richtung auf die Tür.

»Falls irgend etwas nicht stimmt, möchte ich, daß du es mir sagst.« Balsam versuchte es noch einmal. »Oder vielleicht sprichst du besser mit dem Monsignore darüber.«

Bei der Erwähnung des Priesters drehte sich Judy plötzlich um und starrte ihn an.

»Mit dem Monsignore?« wiederholte sie erstaunt. »Sie machen Scherze!« und im nächsten Augenblick war sie verschwunden.

Während ihre Worte in seinen Ohren nachhallten, sah Balsam ihr nach. Was war das bloß für ein Ausdruck auf Judys Gesicht? Er deutete ihn als eine Mischung aus Groll, Unverständnis und offenkundiger Verachtung. Doch warum war dagegen etwas zu sagen? Balsam dachte einen Augenblick nach. Was hatte ihn zu dem Vorschlag bewogen, sie solle vielleicht mit dem Monsignore über ihr Problem sprechen? Selbst für ihn wäre der Monsignore der letzte, an den er sich mit einem Problem wenden würde. Warum sollten seine Schüler da anders denken? Vielleicht wäre es besser gewesen, eine Nonne vorzuschlagen. Doch welche? Auf keinen Fall Schwester Elisabeth. Wie wäre es mit Schwester Kathleen gewesen? Doch von ihr hätte Judy nur einen langen Monolog zu erwarten, eine pausenlose Mahnung vor dem sündhaften Leben. Wenn Judy jedoch bereits etwas ausgefressen hatte, dann war ein Vortrag von geringer Hilfe.

Dann dachte er an Schwester Marie. Ja, sie war die richtige Person. Mit diesen Gedanken eilte Balsam auf den Gang und sah sich nach rechts und links um. Aber Judy war schon verschwunden. Er ging wieder in den Klassenraum zurück, wo er die Ratte fütterte. Dann holte er sich den eigenen Vesperbeutel aus dem Schreibpult. Aber er fand keine Ruhe. Vielleicht konnte er Schwester Marie dazu bewegen, mit Judy zu sprechen und herauszufinden, was dem Mädchen am Herzen nagte. Er legte das Brot zur Seite. Er war überzeugt, irgend etwas stimmte nicht mit Judy.

Schwester Marie war in der Bibliothek und ganz in eine Ausgabe ›Das Christliche Jahrhundert‹ vertieft, die sie jedoch schnell zuklappte, als sie merkte, daß jemand auf sie zukam. Als sie jedoch Peter Balsam erkannte, lächelte sie und winkte. Während sich Balsam näherte, schlug sie das Magazin wieder auf, und Balsam sah darin ein anderes Magazin versteckt, *Der New Yorker*. Schwester Marie lachte immer noch.

»Bilden Sie sich schon wieder in Religion weiter?« Balsam grinste und deutete auf die aufgeschlagene Theaterseite, während er der Schwester gegenüber Platz nahm.

»Es ist schrecklich. Ich habe deswegen solche Schuldgefühle, aber ich liebe nun mal die Welt des Theaters, und warum sollte ich es leugnen?«

Peter warf noch einmal einen Blick auf die Zeitschrift, die so sorgsam im ›Das Christliche Jahrhundert‹ verborgen war. »Ein etwas unüblicher Lesestoff für St. Francis«, bemerkte er.

Schwester Marie nickte bedeutungsvoll. »Wenn Sie mir versprechen, es keinem – wirklich keinem – zu verraten, weihe ich Sie in ein Geheimnis ein.«

»Wem sollte ich denn etwas verraten?« fragte Balsam.

»Bis heute habe ich niemandem davon erzählt. Ich glaube, Ihnen kann ich es erzählen.«

Bei diesen Worten strahlte Freude aus ihren Augen, und Balsam wußte, daß er die richtige Wahl getroffen hatte. Wenn jemand mit Judy sprechen konnte, dann Schwester Marie, die mit fast verschwörerischer Stimme fortfuhr:

»*Der New Yorker* geht der Bücherei nämlich jedes Jahr als anonyme Spende zu.«

»Von Ihnen?« erkundigte sich Balsam.

»O nein, ich könnte das nicht«, wehrte Schwester Marie ab, erschrocken über diesen Gedanken. »Aber meine Schwester ist dazu in der Lage, und sie macht es auch! Jedes Jahr, wenn der Monsignore von der Verlängerung erfährt, droht er, die Sache zu kündigen. Aber er hat Angst davor, weil er befürchtet, daß der Spender, wer immer es auch ist, auch noch andere Schenkungen an die Kirche gibt und diese dann auch eingestellt würden.«

»Und würde Ihre Schwester das tun?« wollte Balsam weiter wissen.

»Um Himmels willen, nein!« Schwester Marie lachte herzlich. »Das ist ja das beste daran, denn zufälligerweise ist meine Schwester Baptistin. Sie schickt das Abonnement nur, um mir einen Gefallen zu tun. Der Kirche gibt sie keinen Pfennig. Für sie bin ich, wie sie selbst sagt, der einzige Mensch aus der Katholikengesellschaft, den sie überhaupt ertragen kann. Ist das nicht einmalig?« Beide lachten einen Moment lang. Peter fand, daß er Schwester Marie gern mochte.

»Ich wollte Sie um einen Gefallen bitten«, sagte er langsam.

»Gerne will ich Ihnen helfen«, antwortete Schwester Marie, fügte aber hinzu: »Wenn es sich nicht um etwas Unmoralisches handelt. Denn dann müßte ich hinterher beichten. Aber wahrscheinlich würde ich es trotzdem tun.«

»Sie sind unmöglich«, sagte Peter und lächelte.

»Sagen wir, ich bemühe mich darum, es zu sein.« Ernsthafter fragte sie: »Worum geht es denn?«

»Um ehrlich zu sein, ich bin mir nicht ganz sicher. Aber ich dachte, Ihnen könnte es wahrscheinlich gelingen, das herauszufinden. Es geht um eine meiner Schülerinnen, um Judy Nelson.« Mit einem Nicken gab die Schwester zu verstehen, daß sie Judy kannte.

»Irgend etwas scheint sie sehr zu quälen«, erklärte Balsam weiter, »und ich kann sie nicht dazu bewegen, mir zu erzählen, was es ist.« Und in kurzen Zügen berichtete Balsam von dem Vorfall am Ende der letzten Psychologiestunde und von seinem Vorschlag, Judy sollte vielleicht mit dem Monsignore reden. »Natürlich war sie von dieser Idee nicht sehr begeistert.«

»Das kann ich mir gut vorstellen«, bemerkte Schwester Marie knapp, und Peter Balsam hatte das Gefühl, in ihrer Stimme eine

Spur Verbitterung entdeckt zu haben. Er dachte, sie wollte etwas über den Priester sagen. Offensichtlich aber hatte sie sich anders entschieden. Besänftigend blickte sie ihn an.

»Ich will sehen, was ich tun kann«, sagte sie, »aber ich kann Ihnen nichts versprechen. Manchmal, glaube ich, stehen unsere Kutten zwischen uns und den Kindern. Ich glaube, wir machen ihnen angst. Trotzdem, ich werde Judy heute nachmittag finden und sehen, ob es mir gelingt, ihre Sorgen herauszufinden. Einverstanden?«

Balsam fühlte sich jetzt besser. Mit einem Lächeln stand er auf. »Es tut mir leid, daß ich Ihnen das aufbürde«, begann er von neuem, doch Schwester Marie winkte ab.

»Sie brauchen sich keine Sorgen zu machen. Machen Sie das, was Sie für richtig halten, und machen Sie sich keine unnötigen Gedanken über die Folgen. Wenn die Dinge zu weit aus dem Lot geraten, dann kümmert sich Gott darum.«

Balsam wollte antworten, hielt sich dann aber lächelnd zurück. Als er ging, hörte er, wie Schwester Marie ihm nachrief:

»Mr. Balsam?« Er drehte sich um. Wieder glänzten ihre Augen. »Eins sollten Sie noch wissen. Wenn Judy einen Grund findet, dramatisch zu sein, dann tut sie das gerne. Sie können sich darauf verlassen, und sicherlich ist es nichts Ernstes.«

Balsam hatte verstanden und begab sich in das Klassenzimmer zurück. Er aß sein Brot zu Ende, gab auch der Ratte davon ab und bereitete die nächste Unterrichtsstunde vor, die dritte Lateinstufe. Bis die Klasse vollständig eintraf, war er ganz in die Konjugation unregelmäßiger Verben im Plusquamperfekt versunken.

Judy Nelson war vergessen.

Am selben Nachmittag, es war inzwischen dreiviertel vier, rannte Marilyn Crane durch den Gang zu ihrem Schrank. Sie war schon spät dran und mußte auch noch in die Kirche, ehe sie nach Hause ging. Während sie das Zahlenschloß zu öffnen versuchte, hatte sie das undeutliche Gefühl, irgend jemand beobachtete sie, nur wenige Schritte von ihr entfernt. Würde sie es schaffen, das Schloß beim ersten Versuch zu öffnen? Sie traute sich nicht aufzuschauen. Jetzt war sie bei der letzten Ziffer und versuchte die Tür aufzuziehen. Aber nichts rührte sich. Schnell drehte sie noch einmal an den Ziffern, bis sie endlich spürte, daß die richtige Kombination eingestellt war. Dieses Mal klappte es, die Tür ließ sich öffnen. Marilyn begann, ihre Bücher zu verstauen. Plötzlich aber rang sie nach Luft, und erschrocken hielt sie ihre Hand auf den Mund.

Im Inneren ihres Schranks baumelte von einem Kleiderhaken herab ein Kruzifix, mit dem Oberteil nach unten. Das Gesicht des Christus war eingeschlagen. Marilyn wurde fast wahnsinnig. Sie suchte nach irgendeinem Hinweis, nach einer Erklärung, aber sie fand nichts. Mit leerem Blick starrte sie auf das hin und her pendelnde Kruzifix, das auf so obszöne Weise zugerichtet worden war. Sie schlug die Schranktür zu und schloß ihre Augen. Es half nicht, immer noch stand das Bild vor ihren Augen. Sie versuchte zu beten, spürte jetzt aber wieder, daß sie von irgend jemandem beobachtet wurde. Sie sah auf. Es war Judy Nelson, die an der Wand lehnte und zu ihr herübersah. Marilyn wandte sich sofort wieder ab.

Judy Nelson! Hätte Judy so etwas tun können? Sie wußte, daß Judy sie nicht ausstehen konnte. Niemand aus dieser Clique mochte sie. Marilyn mußte an den zerstückelten Frosch denken, den sie gestern in ihrem Schrank gefunden hatte. War Judy in dem Biologiekurs? Immer noch spürte sie, wie Judy sie beobachtete.

Nein, sagte Marilyn zu sich, denke nicht solche Sachen. Judy würde so etwas nie tun. Es muß jemand anders sein, jemand, den ich nicht einmal kenne. Sie redete sich ein, daß nur ein Unbekannter so herzlos sein konnte. Sie drehte sich um und sah Judy an.

Da merkte Marilyn, daß irgend etwas an Judy nicht stimmte. Judy hatte sich nicht von der Stelle bewegt, auch ihr Ausdruck hatte sich nicht verändert. Marilyn fühlte, daß Judy offenbar geistesabwesend war und nicht sie ansah, sondern irgend etwas weit Entferntes. Sollte sie mit Judy sprechen? Besser nicht. Doch sie konnte doch jetzt nicht einfach fortgehen und Judy in dem Zustand stehen lassen.

Warum nicht? Hatte Judy nicht oft Gemeinheiten zu ihr gesagt? Doch das hatten andere auch getan. Und jetzt schien Judy Hilfe zu brauchen.

Wieder schloß Marilyn ihre Augen. Sie betete. Sie bat die Mutter aller Leiden um Kraft, und plötzlich spürte sie, wie diese Kraft ihr zuströmte. Marilyn ging auf Judy zu.

»Judy, ist alles in Ordnung mit dir?«

Judy schien wie aus einem Traum erwacht. Mit kalten Augen blickte sie Marilyn an, als ob sie sie vorher gar nicht bemerkt hätte.

»Mir geht es gut.« Der Tonfall aber sagte Marilyn das Gegenteil.

»Kann ich dir wirklich nicht helfen?« bot sich Marilyn an. Sie war entschlossen, sich von Judys Kälte nicht zurückweisen zu lassen.

Wieder starrte Judy sie an, und Marilyn dachte, Judy würde sie nun wortlos stehen lassen. Doch Judy schien sich zu besinnen; sie sah plötzlich sehr müde aus.

»Mir kann niemand helfen.« Mit diesen Worten wandte sich Judy ab und ging schweigend den Gang hinunter. Marilyn wollte ihr folgen und herausfinden, was mit Judy geschehen war. Sie sah Judy nach, die gerade um die Ecke verschwand, und begab sich mit einem Schulterzucken in die andere Richtung, um das Schulhaus zu verlassen. Sie wollte in die Kirche. Dort betete sie leise zur Heiligen Jungfrau. Plötzlich glaubte sie, Musik im Hintergrund zu hören. Gesänge in der Art gregorianischer Choräle. Was war geschehen? Marilyn spürte, daß diese Klänge aus dem Nichts kamen, aus ihrem Inneren, und nur in ihrem Kopf waren. Sie beendete das Gebet und begab sich auf den Heimweg.

Inez Nelson trocknete ihre Hände an der Schürze ab; sie hörte, wie jemand durch die Haustür trat. »Bist du es, Judy?« rief sie. Sie sollte zum Eingang gehen und auf die Uhr sehen. Sie wollte wissen, wie sehr sich Judy wieder verspätet hatte.

»Ich bin es«, rief George Nelson und stieß fast mit seiner Frau zusammen, die auf dem Weg nach unten war. »Ist Judy denn noch nicht zu Hause?«

»Nein, noch nicht«, sagte Inez und fühlte, wie sie plötzlich besorgt wurde. Wieso hätte sie eigentlich nach Judy rufen sollen, wenn das Mädchen längst zu Hause ist? Dachte er denn gar nicht?

»Vielleicht ist sie bei Janet oder Penny«, vermutete George.

»Dann hätte sie anrufen müssen«, betonte Inez, und im selben Moment klingelte schon das Telefon.

»Siehst du«, sagte George und nahm den Hörer. »Nelson.«

»Mr. Nelson?«

»Ja«, antwortete George etwas verunsichert. Er kannte die Stimme nicht.

»Ich bin Mrs. Williams von der Notaufnahme im Krankenhaus.«

»Krankenhaus?« wiederholte George erstaunt.

»Ja, Krankenhaus Neilsville«, erklärte Mrs. Williams. »Ich muß Sie bitten, sofort herzukommen. Es ist wegen Ihrer Tochter. Sie ist hier.« Da George darauf nichts sagte, fuhr sie fort: »Sie sind doch der Vater von Judy Nelson, nicht wahr?«

»Ja, natürlich«, bestätigte George. Er hatte Fassung und Farbe völlig verloren. »So sagen Sie doch, was ist passiert? Was fehlt ihr?«

Zitternd hörte er zu, ehe er den Hörer auf die Gabel sinken ließ und seine Frau ansah.

»Was ist los, George?«

»Ich weiß es nicht genau«, sagte George langsam. »Die Frau vom Krankenhaus sagt« – er mußte innehalten, platzte dann aber heraus: »Judy hat versucht, sich umzubringen!«

7

Judy hatte sich im Bett aufgestützt und sah der Krankenschwester zu, die ihr die Handgelenke einband. Noch immer lagen ihre Kleider blutbefleckt in einer Ecke des Zimmers. Judy hatte sich dagegen gewehrt, daß man die Kleider wegräumte, und da sie sich offensichtlich nicht beruhigte, beschloß man, daß die Sache mit den Kleidern Zeit hatte.

»Deine Eltern werden gleich dasein«, sagte eine der Krankenschwestern freundlich und strich über Judys Hand. »Wie geht es dir denn jetzt?«

»Ich will sie nicht sehen«, trotzte Judy und zog ihre Hand weg.

»Aber natürlich willst du«, lächelte die Schwester, »wir wollen doch alle unsere Eltern sehen.«

Judy blickte die Schwester an. »Ich nicht«, sagte sie unbeeindruckt. »Warum lassen Sie mich nicht in Ruhe?«

Die Krankenschwester antwortete darauf nicht, sondern setzte sich vom Bett etwas weg, auf einen anderen Stuhl. Sie beachtete Judys leeren Blick in keiner Weise, sondern versenkte sich zum wiederholten Mal in Judys Krankenblatt. Unten, in der Empfangshalle der Notaufnahme, war Mrs. Williams damit beschäftigt, den Eltern von Judy die Situation zu erklären. Während George den Eindruck machte, sorgsam zuzuhören, klopfte Inez nervös mit den Füßen, als ob sie alles als Unsinn betrachtete und das Ende ungeduldig abwartete, um endlich ihre Tochter sehen zu können.

»Wir wissen nicht genau, was passiert ist«, sagte Mrs. Williams. »Oder besser gesagt, wir wissen nicht, warum. Judy will mit niemandem darüber reden, und bevor sie das nicht tut...« Sie verstummte und hob vieldeutig ihre Schultern.

»Können Sie mir nicht endlich sagen, was Sie wissen!« fragte Inez schroff.

Mrs. Williams seufzte auf. Es war schwer; Gott sei Dank passierten derartige Dinge so gut wie nie. Barsch begann sie, den Nelsons die ganze Geschichte zu erzählen.

»Offensichtlich hat Judy die Schule heute nachmittag nicht verlassen. Statt dessen ist sie in den Mädchenumkleideraum in der Turnhalle gegangen, und dort hat sie dann so lange gewartet, bis alle fort waren. Dann nahm sie eine Rasierklinge und schnitt sich die Handgelenke auf.« Nun sah sie, wie Inez immer bleicher wurde, und hastig fuhr sie fort: »Es ist halb so schlimm, wie es klingt. Es ist nämlich so gut wie unmöglich, sich mit einer Rasierklinge tödliche Verletzungen beizubringen, außer unter sehr außergewöhnlichen Umständen. Meistens ist es ein bißchen schmerzhaft und eine große Schweinerei. Jedenfalls bekam es Judy mit der Angst und rief sofort die Polizei, die uns natürlich gleich verständigt hat. Aber als unser Krankenwagen eintraf, war schon fast alles vorbei.«

»Was wollen Sie damit sagen?« fragte George.

»Der Schulhausmeister hatte sie inzwischen gefunden«, erklärte Mrs. Williams. »Zum Glück war er nicht einer von denen, die gleich in Ohnmacht fallen, wenn sie Blut sehen. Er verband ihr die Handgelenke, bevor jemand anderer hinzukam. Es war natürlich nicht der beste Verband, aber auch nicht der schlechteste. Der Arzt hat sie mit ein paar Stichen genäht und neu bandagiert. In ein paar Tagen ist sie wieder wohlauf.« Mrs. Williams versuchte ihr bestes Lächeln, als ob die ganze Angelegenheit nicht schlimmer wäre als ein aufgeschürftes Knie.

»Ich will sie sehen«, sagte Inez plötzlich.

»Ja, natürlich«, begann Mrs. Williams, »aber ich fürchte, Sie müssen vorher mit dem Arzt sprechen.« Man konnte ihr das Unbehagen in diesem Moment deutlich ansehen.

»Den Arzt?« sagte George. »Welchen Arzt?«

»Dr. Shields«, sagte Mrs. Williams nervös.

»Shields?« wiederholte George Nelson. »Das ist doch der Psychiater, nicht wahr?«

»Ja...« Mrs. Williams wollte alles erklären, wurde aber von Inez unterbrochen.

»Ein Psychiater? Nur, um Judy die Handgelenke zu verbinden? Das verstehe ich nicht.« Mrs. Williams war sicher, daß Inez Nelson sehr wohl verstanden hatte, den Tatsachen aber nicht ins Auge sehen wollte.

»Ich bin sicher, Sie werden verstehen.« Seit sie das eigentliche Problem berührt hatten, fühlte sie wieder festeren Boden unter den Füßen. »Bei derartigen Verletzungen, wie Judy sie aufweist, ist es eine reine Routineangelegenheit, einen Psychiater zu rufen.«

»Verletzungen?« Inez gab sich ratlos.

»Ich glaube, sie meint Verletzungen, die man sich selber antut«, erklärte George in Ruhe. Inez behielt ihren verständnislosen Ausdruck. Ein Schockzustand, fand George; sie mußte einen Schock erlitten haben und war daher wohl immun gegen alle Einzelheiten des schrecklichen Vorfalls. Er nahm Mrs. Williams beiseite.

»Ist Dr. Shields in der Nähe?« flüsterte er. »Ich würde mich gern mit ihm unterhalten. Ich glaube, er sollte sich auch um meine Frau kümmern.«

Verstohlen blickte Mrs. Williams zu Inez hinüber und verstand, was George Nelson gemeint hatte. Inez Nelson war weg. Mit einem Blick suchte sie den Gang nach beiden Richtungen ab. Inez schritt zielsicher auf Judys Zimmer zu. »Mrs. Nelson!«

Aber es war schon zu spät.

»Raus hier!« schrie Judy. »Ich habe Ihnen doch gesagt, daß ich sie nicht sehen will!«

Inez hatte die Tür zu Judys Zimmer geöffnet, konnte ihre Tochter aber nicht sehen. Aber sie hatte sie gehört. Schnell drehte sie sich, und nun sah sie Judy aufgestützt im Bett liegen. Sie war kaum zu erkennen. Judy war der lebendige Zorn, und mit aller Wut zerrte sie an ihren Bandagen herum. Inez lief auf Judys Bett zu, doch bevor sie dort war, hatte Judy den Verband schon von ihren Handgelenken abgerissen und von neuem die Nähte aufgetrennt. Wieder lief das Blut herunter.

»Ich hasse dich!« schrie Judy ihre Mutter an. »Hau ab! Laß mich in Ruhe!«

Inez wollte ihre Tochter in die Arme nehmen, aber Judy raufte sich frei. Inez' Bluse war nun voller Blut. Als Inez das bemerkte, erschrak sie und fing ebenfalls an zu schreien. Inez hatte einen hysterischen Anfall; Judy, die mit ihrer Mutter rang, schien genau zu wissen, was sie tat. Und gerade noch rechtzeitig kam Hilfe in Gestalt von Mrs. Williams und George Nelson, gefolgt von anderen Pflegern und Schwestern, die offensichtlich die Notrufglocke und die Schreie der Schwester gehört hatten. Nun drängten alle in Judys Zimmer, und die Verwirrung war perfekt. Drei stämmige Pfleger bemühten sich, die schreiende Inez Nelson vom Bett zu zerren, als Dr. Shields hereinkam und die Situation auf den ersten Blick erfaßte und seine Anordnungen gab. Minuten später hatten beide, Judy und Inez Nelson, ihre Beruhigungsspritze verpaßt bekommen.

»Entschuldigen Sie, Doktor«, sagte Mrs. Williams, als wieder Ordnung herrschte. »Ich habe versucht, sie zurückzuhalten, aber ich schaffte es nicht.«

»Schon gut«, sagte Dr. Shields gelassen. »Wie ich sehe, ist der Schaden nicht allzu groß.«

»Sie wollten sie zurückhalten?« wiederholte George Nelson. »Warum wollten Sie meine Frau zurückhalten?« Verwundert schaute er von Mrs. Williams zum Doktor und wieder zurück zu Mrs. Williams.

»Es war eigentlich mein Fehler«, erklärte Dr. Shields. »Judy sagte, daß sie ihre Mutter jetzt nicht sehen wolle. Ich hätte hier sein sollen, als Sie kamen, um Ihnen alles zu erklären. Es tut mir leid. Die ganze Angelegenheit ist wirklich meine Schuld.«

Etwas hatte George Nelson allerdings nicht verstanden. »Sie wollte ihre Mutter nicht sehen? Warum nicht? Ich verstehe das nicht!«

Dr. Shields sah ihn mitfühlend an. Er verstand die Verwirrung und Hilflosigkeit dieses Mannes. »Können Sie sich noch einen Augenblick gedulden?« fragte er George. Als George stumm nickte, klopfte er ihm freundschaftlich auf die Schulter. »Mrs. Williams wird Ihnen in der Zwischenzeit eine Tasse Kaffee machen. Ich werde dann gleich zurück sein und Ihnen den Vorfall und die weitere Therapie erklären.« Da George offensichtlich einige Befürchtungen hegte, sah er sich gezwungen, ihn zu beruhigen. »Es ist wirklich nicht so schlimm, wie es aussieht.« Und mit einem zuversichtlichen Lächeln verschwand er durch den Gang. George Nelson sank in einen Sessel; er wollte warten, fragte sich aber, wieso er das Gefühl hatte, dies alles war erst der Anfang. Er war überzeugt, daß es so schlimm war, wie es aussah – vielleicht war es sogar noch schlimmer.

Peter Balsam erhielt die Nachricht über Judys Selbstmordversuch von einer äußerst aufgeregten Schwester Marie. Sie hatte ihn sofort angerufen, nachdem sie es von Schwester Elisabeth gehört hatte.

Die hatte es wiederum vom Hausmeister erfahren. Schwester Marie schien die ganze Angelegenheit als ihren Fehler zu betrachten – den ganzen Nachmittag hatte sie vergeblich nach Judy Ausschau gehalten. Und nun war das passiert. Schwester Marie fühlte sich unsäglich schuldig, auch wenn Peter Balsam ihr zu verstehen gab, daß sie keine Schuld hatte und sich deshalb auch nicht selbst zu beschuldigen brauchte. Er unterließ es aber, ihr zu sagen, daß auch er sich für Judy verantwortlich fühlte. Er wollte ihre Sorgen nicht noch mehr verstärken. Wenn er sich doch mehr darum bemüht hätte, mit Judy zu sprechen; wenn er sich doch nur mehr Zeit für sie genommen hätte, vielleicht...

Spontan beschloß Balsam, ins Krankenhaus zu gehen.

Mrs. Williams sah den Mann an, der unsicher vor ihrem Pult stand, und zeigte ihr freundlichstes, standesgemäßes Lächeln.

»Kann ich Ihnen helfen?« fragte sie. Immer noch schien der Mann ziemlich unruhig. »Brauchen Sie einen Arzt?« fragte sie besorgt.

»Ich?« fragte Balsam überrascht. »O nein – nein, ich bin gesund. Ich fragte mich nur gerade, ob ich hier richtig bin.«

»Das hängt ganz davon ab, was Sie für ein Problem haben.« Mrs. Williams lächelte. »Was kann ich für Sie tun?«

»Ich wollte mich nach Judy Nelson erkundigen«, erklärte Balsam. Am Rande bemerkte er zwei Männer, die nur wenige Meter von ihm entfernt zusammensaßen und plötzlich ihre Unterhaltung unterbrochen hatten und ihn ansahen. »Ist sie noch hier?«

Mrs. Williams nickte. »O ja. Aber ich fürchte, sie darf keinen Besuch empfangen.« Sie hielt kurz inne und fragte dann: »Sind Sie ein Freund der Familie?«

Welch eine dumme Frage, tadelte sie sich. Würde er die Familie kennen, hätte er mit Mr. Nelson gesprochen und nicht mit ihr. Der junge Mann verneinte ihre Frage mit einem Kopfschütteln.

»Nicht direkt«, erklärte er weiter. »Ich bin einer ihrer Lehrer. Mein Name ist Peter Balsam. Sagen Sie Judy einfach, daß ich hier war...«

Er wollte wieder gehen, blieb aber einen Moment stehen, da die beiden Männer inzwischen aufgestanden waren und auf ihn zugingen.

»Mr. Balsam?« fragte einer der beiden. »Sind Sie Mr. Balsam, der neue Psychologielehrer?«

Balsam nickte.

»Ich bin George Nelson«, sagte einer der beiden Männer und reichte ihm seine Hand. »Der Vater von Judy. Und das ist Dr. Shields.«

Auch Balsam reichte ihm seine Hand und lächelte den Doktor anerkennend an.

»Guten Tag. Wie geht es ihr denn?«

»Es wird schon wieder«, antwortete der Doktor anstelle von Mr. Nelson. »Wir sprachen gerade über die Situation. Warum setzen Sie sich nicht zu uns?« und deutete auf die Sessel.

Als sie alle drei Platz genommen hatten, fragte Balsam: »Was ist denn genau passiert?« Nelson und Shields sahen sich voller Unbehagen an.

»Das wollen wir gerade herausfinden«, erklärte Shields. »Aber ich fürchte, wir kommen nicht sehr weit.«

»Ich hörte, der Hausmeister hat Judy gefunden, in der Turnhalle – mit aufgeschnittenen Handgelenken.« Beinahe hätte er gesagt, ›mit aufgeschlitzten Handgelenken‹. Aber das schien ihm zu anschaulich.

»Es ist im Umkleideraum der Turnhalle passiert«, korrigierte ihn Dr. Shields. »Glücklicherweise ist es nichts Ernstes. Wir versuchen jetzt, herauszufinden, warum Judy das getan haben könnte.«

»Warum?« Balsam wußte auch nicht, warum er das Wort wiederholte.

»Ja, warum sie sich die Handgelenke aufgeschnitten hat«, erklärte George Nelson noch einmal. »Sie schien mir nie das Mädchen zu sein, die sich so etwas antun würde.«

Peter Balsam kam das Wort ›dramatisch‹ in den Sinn. Schwester Marie hatte heute nachmittag zu ihm gesagt, Judy hätte einen Hang zum Dramatischen. Er fragte sich, ob er sich in dieser Sache mitteilen sollte. Sie schienen darauf zu warten, daß er ihnen etwas sagen könnte.

»Hat Judy schon darüber gesprochen?« erkundigte er sich.

Der Doktor verneinte stumm mit einem Kopfschütteln. »Das einzige, was sie gesagt hat, ist, daß sie ihre Mutter nicht mehr sehen will. Offen gesagt, ich glaube nicht, daß die Lage besonders ernst ist. Nach meiner Erfahrung, die, zugegeben, sehr begrenzt ist, ruft niemand sofort nach dem Versuch die Polizei, wenn er sich umbringen will.«

»Sie hat die Polizei gerufen?« fragte Balsam nach.

George Nelson nickte. »Das stimmt. Die Schnitte sind nicht sehr tief. Trotzdem glauben wir, daß sie einen Grund gehabt haben muß. Ich denke, ein sechzehnjähriges Mädchen tut so etwas nicht aus heiterem Himmel.« Fragend blickte er Balsam und den Doktor an.

»Haben Sie Judy heute gesehen?« fragte Dr. Shields, ohne Nelsons Frage weiter zu beachten.

»Ja, natürlich. Sie war in meinem Psychologiekurs.«

»Schien sie irgendwie bedrückt?« drängte der Doktor.

»Schwer zu sagen.« Balsam fühlte sich etwas unsicher. Er wollte keinen falschen Alarm auslösen. »Ich meine, sie war heute irgendwie anders. Irgend etwas schien ihr auf der Seele zu liegen. Nach dem Unterricht blieb sie noch einige Minuten im Klassenzimmer, aber als ich sie ansprach, wollte sie nicht darüber reden. Darum schlug ich vor, sie solle vielleicht mit dem Monsignore sprechen.«

»Mit dem Monsignore?« fragte der Doktor.

»Ja, mit Monsignore Vernon«, erklärte George Nelson. »Er ist Priester und der Leiter der Schule. Hat sie mit ihm gesprochen?«

»Ich weiß es nicht«, antwortete Balsam. »Ehrlich gesagt, ich hatte die ganze Sache schon vergessen, bis mich Schwester Marie anrief.«

Fragend sah der Doktor ihn an. Peter fühlte sich gezwungen, weiter zu berichten.

»Das war so: Nachdem ich Judy vorgeschlagen hatte, mit dem Monsignore zu sprechen, fiel mir ein, daß sie vielleicht besser mit einer Frau spricht. Ich versuchte noch, sie einzuholen, aber sie war schon fort. Danach suchte ich Schwester Marie auf und bat sie, einen Versuch zu machen und mit Judy zu sprechen.«

»Hat sie das getan?« fragte der Arzt wieder.

»Ich wünschte, sie hätte es.« Balsam schien unglücklich. »Es gelang ihr nicht. Sie sagte, sie habe Judy überall gesucht, aber nicht gefunden.«

»Besonders genau hat sie dann wohl nicht gesucht«, bemerkte George Nelson bitter. »Judy war ja den ganzen Nachmittag in der Schule!«

Peter wollte darauf nicht eingehen und fragte: »Wie geht es denn jetzt weiter?«

Der Doktor zuckte hilflos die Schultern. »Ich werde sie zunächst zur Beobachtung hierbehalten. Ein reiner Routinevorgang. Aber ob sie uns sagen wird, warum sie das gemacht hat, bleibt weiterhin offen. Es ist manchmal schwer, bei Kindern etwas zu erreichen.«

Damit schien irgendwie alles gesagt, und Peter Balsam bekam das Gefühl, daß der Arzt sich sicherlich noch mit dem Vater allein unterhalten wollte. Etwas verunsichert stand er auf und war froh, daß auch die beiden anderen Männer von ihren Sesseln aufstanden. Dieses Mal streckte der Doktor seine Hand aus.

»Es hat mich sehr gefreut, Sie kennenzulernen. Vielleicht sehen wir uns einmal wieder?«

»Hoffentlich unter angenehmeren Umständen«, erwiderte Peter und ergriff die Hand des Arztes. An George Nelson gewandt, fuhr er fort: »Ich kann Ihnen gar nicht sagen, wie leid mir das alles tut.«

Nelson versuchte zu lächeln.

»Danke, daß Sie hergekommen sind. Ich werde Judy sagen, daß Sie hier waren. Oder jemand anderer wird es ihr ausrichten.«

Kurze Zeit später befand sich Peter Balsam auf dem Weg zu seiner Wohnung. Langsam ging er durch die Straßen von Neilsville, als er plötzlich das Gefühl hatte, etwas unterlassen zu haben. Es war, als ob er noch mit jemandem reden müßte. Er blickte auf den Hügel mit der Kathedrale und sah die kurze Turmspitze von St. Francis Xavier. Er sollte mit dem Monsignore reden. Er machte sich auf den Weg, den Hügel hinauf zum Haus des Monsignore.

Balsam hatte sich selbst Eintritt ins Pfarrhaus verschafft und zog nun an der silbernen Glocke. Nichts rührte sich, also läutete er noch einmal. Immer noch meldete sich niemand. Schon war er wieder im Gehen begriffen, als ihm ein Lichtschimmer unter der Tür zum Arbeitszimmer des Monsignore auffiel. Balsam ging den Flur hinunter und stand einen Moment lang still. Er lauschte.

Alles schien ruhig; plötzlich hörte er jemanden beten. Es war ein eigenartiges Gebet: Nicht der stete Rhythmus des Rosenkranzgebetes trug es, sondern es kam stoßweise, in kurzen, abgebrochenen Schüben hervor. Er hörte eine Zeitlang zu. Dann vernahm er ein anderes Geräusch. Er hatte es schon einmal gehört, er erinnerte sich, es war in den Tagen seiner Kindheit im Kloster gewesen. Er starrte auf die Tür und fragte sich, ob er wirklich hörte, was er zu hören glaubte. Dann stellte er fest, daß die Tür nur leicht angelehnt war, und bevor ihm klar wurde, was er tat, hatte er sie auch schon ein wenig geöffnet.

In der Mitte des Zimmers kniete der Monsignore und betete. Er sah nach oben auf, aber aus Balsams Blickwinkel hätte es auch der Leuchter sein können, den Vernon gerade anbetete.

Vernon war bis auf die Hüften entkleidet; er schien leicht zu schwitzen. Balsam wußte nicht, ob das von der Hitze des Feuers kam, das im Kamin loderte, oder vom religiösen Eifer, der den Priester offensichtlich erfaßt hatte. In der einen Hand hielt er den Rosenkranz, in der anderen den Griff einer Peitsche, die er sich im Rhythmus des Gebets auf den nackten Rücken schlug. Es waren aber nicht die leichten, symbolischen Peitschenhiebe, die die Nonnen, bei denen er, Balsam, aufgewachsen war, über sich hatten ergehen lassen; dies waren richtige Strafhiebe, die sich der Monsignore auflud. Balsam konnte mühelos die schweren Striemen sehen, die sich durch die weiß-blasse Haut des Priesters zogen. Etwas verlegen zog Balsam die Tür zu und trat den Rückzug an. Er wünschte sich, dieser eigenartigen Szene nie beigewohnt zu haben.

Dann hörte das Gebet auf. Im Pfarrhaus war es nun unheimlich still. In der Eingangshalle griff Balsam wieder zur Glocke, um noch einmal zu klingeln. Er glaubte, eine Bewegung im Arbeitszimmer gehört zu haben. Trotzdem wandte er sich zum Gehen. Dann aber hörte er den Monsignore mit schwacher Stimme rufen.

»Hallo?«

»Ich bin es«, antwortete Balsam. »Peter. Ich kann später wiederkommen, wenn Sie wollen.«

»Nein, warte, ich bin gleich bei dir. Einen kleinen Moment noch.«

Balsam fragte sich zwischenzeitlich, wie der Priester wohl aussehen werde. Ob sich sein Eifer und die Anstrengungen im Gesicht zeigen würden? Als Vernon endlich kam, machte er einen ganz erholten Eindruck, als ob er gerade ein entspannendes Buch gelesen hätte. Peter wunderte sich. Ob er sich die eigenartige Szene vor ein paar Minuten nur eingebildet hatte?

»Peter!« Monsignore Vernon begrüßte ihn mit einer Heiterkeit, die Balsam seit ihrer gemeinsamen Schulzeit nicht mehr gehört hatte. »Komm rein, komm. Ich habe gerade gebetet und deshalb wohl die Klingel überhört.«

Das Arbeitszimmer war nun hell erleuchtet, auch das Feuer loderte noch heftig, in das der Priester offensichtlich einen neuen Scheit gelegt hatte.

»Ist es nicht ein bißchen warm für diese Jahreszeit?« fragte Balsam.

Der Priester lächelte und gab sich selbstzufrieden. »Das ist richtig, aber ab und zu will ich ein Feuer haben. Es ist mir egal, wie heiß es draußen ist.« Dann wich die kurze Heiterkeit von Monsignore Vernon, und sein Gesicht wurde wieder ernst. »Ich nehme an, du willst mit mir über Judy Nelson reden, nicht wahr?«

Die Frage war in einem Ton an ihn gestellt, der leicht verriet, daß der Priester über diese Angelegenheit nicht diskutieren wollte.

»Ich komme gerade aus dem Krankenhaus«, begann Balsam trotzdem, wenn auch zögernd.

Die Augenbrauen des Priesters krümmten sich. »So?«

»Niemand weiß, was passiert ist. Judy will nicht darüber reden.«

»Das kann ich mir vorstellen«, sagte der Monsignore voller Mißbilligung. »Außerdem kann ich mir vorstellen, daß sie mit mir darüber reden will.«

»Wirklich?« fragte Balsam verwundert, während der Priester kaum merklich, aber bestimmt nickte.

»Das wollte ich dich eigentlich fragen – hast du heute mit ihr gesprochen?« Peter war vorsichtig.

»Ja, aber das Gespräch ist streng vertraulich«, gab der Priester preis. »Ich habe ihr heute nachmittag die Beichte abgenommen.« Dann sah er Balsam scharf an. »Wie kommst du eigentlich darauf, mich zu fragen, ob ich mit ihr gesprochen habe?«

»Weil ich es ihr vorgeschlagen hatte.« Balsam fühlte sich etwas nervös. »Ich meine, ich habe ihr nicht geraten zu beichten, aber ich habe ihr gesagt, sie solle mit dir sprechen. Oder mit jemand anderem.«

»Ich verstehe«, antwortete der Priester und faltete die Hände. »Gab es denn einen besonderen Grund für deinen Vorschlag?«

»Ich – ich dachte, es wäre vielleicht gut für sie, mit jemandem zu reden; und da sie nicht mit mir sprechen wollte, habe ich eben dich vorgeschlagen.«

Peter spürte förmlich, wie der Priester darüber nachdachte.

»Was hat dich denn so beunruhigt?« fragte der Monsignore.

»Es war ihr Verhalten, nichts Konkretes im Grunde.« Balsam versuchte, seine Eindrücke von Judy an diesem Tag noch einmal zusammenzufassen. »Sie blieb noch eine Weile im Klassenzimmer, als der Unterricht schon längst zu Ende war.« Balsam bemühte sich, das Gespräch mit Judy zu wiederholen. Am Ende schien der Priester erneut nachdenklich, ehe er fragte:

»Hast du irgend etwas gesagt, irgendeine unbedeutende Kleinigkeit vielleicht, die das Ganze möglicherweise ausgelöst hat?«

Balsam überlegte. Wieso sollte er etwas Derartiges gesagt haben? Aber plötzlich erinnerte er sich. Es schien so unbedeutend, so unmöglich. Er hatte doch damit nichts Bestimmtes gemeint. Doch je tiefer er jetzt darüber nachzudenken begann, desto mehr zog er nun auch die Umstände in Betracht. Er beschloß, mit dem Monsignore darüber zu sprechen.

»Nun erinnere ich mich. Da war eine Sache«, begann er vorsichtig und versuchte, seinen Worten so wenig Bedeutung wie möglich zu geben. Doch alles klang dadurch für den Monsignore um so wichtiger. »Wir sprachen über ein Experiment, das ich heute im Unterricht vorführte. Es ging um Frustration, und ich zeigte einen Versuch mit einer Ratte in einem Käfig, die wir durch ein Labyrinth schickten. Während des Unterrichts schon fiel mir auf, daß Judy von irgend etwas anderem abgelenkt schien. Als wir dann aber den Versuch beobachteten, war sie wieder ganz bei der Sache. Sie fragte mich sogar, was ich anstelle der Ratte tun würde. Ich sagte, daß ich alles tun würde, um mich von der Frustration zu befreien, selbst wenn ich mich dabei umbrächte oder sterben würde. Welche Worte ich genau gebrauchte, weiß ich nicht mehr, aber so ungefähr hat es sich abgespielt.«

Der Priester starrte ihn mit eisigen Augen an. »Laß mich das noch einmal rekapitulieren«, sagte er. »Soll ich das so verstehen, daß du einem Schüler, von dem du wußtest, daß er ein Problem hat, im Unterricht sagst, daß der Tod eine Lösung des Problems ist?«

Balsam fühlte, wie sich sein Magen zu einem Knoten zusammenzog. In seinem Kopf begannen sich die Ereignisse erneut zu drehen. Nein, sagte er zu sich selbst, nein, so habe ich das doch nicht gesagt. Und wenn, so war es doch nie meine Absicht gewesen.

»Nein, so war es nicht«, sagte er in etwas kräftigerem Ton. Der Priester aber schnitt ihm das Wort ab und sagte:

»Wie war es denn dann? Nicht so, wie du es gesagt hast?«

Balsam dachte angestrengt nach. Plötzlich fielen ihm die Worte wieder ein, als ob sie vor seinen Augen niedergeschrieben standen.

»Jetzt erinnere ich mich wieder, ich sagte: Wenn ich die Ratte wäre, würde ich mich anstrengen, den Käfig niederzureißen, ich würde es zumindest versuchen, und wenn ich mich dabei umbrächte.« Wieder hatten seine Worte einen ominösen Klang.

»Dich umbringen«, sagte der Priester, um es gleich zu wiederholen, »dich umbringen. Nun, ich denke, das sagt uns allen, wie der Vorsatz in Judys Kopf gelangte, oder?« Der Priester schüttelte traurig den Kopf. »Nun gut, was geschehen ist, ist geschehen, wir können es nicht mehr rückgängig machen, nicht wahr? Und wenn man es genau nimmt, dann liegt die letzte Verantwortung ja bei Judy, das ist ganz klar.« Er lächelte Balsam an, aber es lag nicht die geringste Aufrichtigkeit darin. »Du solltest dich wirklich nicht schuldig fühlen, Peter. Sicher hatte sie längst den Entschluß gefaßt. Dennoch war es aber wohl eine unglückliche Redewendung von dir. An deiner Stelle wäre ich in Zukunft etwas vorsichtiger. Kinder sind so leicht zu beeinflussen.«

Der Monsignore erhob sich, und Peter war dankbar für das Zeichen, daß die Unterhaltung beendet war. Nun stand auch er auf.

»Weißt du«, begann der Monsignore noch einmal, als er Balsam zur Eingangstür brachte, »du solltest über ein paar Dinge nachdenken.« Balsam sah ihn fragend an. »Ich meine, du tätest gut daran zu versuchen, in dir selbst ein bißchen mehr Glauben zu finden – Glauben an die Kirche, wohlgemerkt.« Peter schien ziemlich verwirrt, aber unbeirrt setzte der Priester seinen Gedanken fort: »Der Teufel arbeitet auf eigenartigen Wegen, genau wie auch unser Herr. Es ist sicherlich keine Geschichte von besonderer Bedeutung, darüber zu sprechen, wie sich eine Ratte verhält, die eine Chance bekommt und über ein bißchen Grips verfügt. Über Selbstmord zu reden, ist eine andere.«

»Ich habe nicht über Selbstmord geredet«, schnappte Balsam zornig zurück. »Ich habe nur eine Redewendung benutzt.«

»Das haben viele Ketzer auch gesagt«, sagte der Monsignore.

»Ketzer? Von wem sprichst du eigentlich?« Balsam geriet außer Fassung. Er sah seinen ehemaligen Freund an, dessen Augen nichts von dem verrieten, was in den Gedanken des Priesters vorging. »Es tut mir leid, aber ich sehe nicht ganz, wie irgend etwas von dem, was heute passiert ist, als Ketzerei oder auch nur in der Nähe der Ketzerei befindlich ausgelegt werden könnte.«

»Ach nein, wirklich nicht?« fragte der Priester mitleidig. »Bete, Peter. Bitte um Führung. Du mußt versuchen, deine Gebete an St. Peter den Märtyrer zu richten. Ich glaube, er kann dir helfen.« Mit diesen Worten schloß der Priester die Tür des Pfarrhauses, und Peter Balsam stand allein mit seiner Wut und hilflos zurückgelassen auf den Eingangsstufen. Aufgebracht trat er den Heimweg an.

Peter Balsam schloß das Buch langsam und stellte es ins Regal zurück.

Er hatte Monsignore Vernons Rat nicht befolgt und nicht um Führung von St. Peter dem Märtyrer gebeten. Statt dessen hatte er ein bißchen Literatur über den Heiligen studiert, um zu wissen, wen der Monsignore so eifrig empfahl. Einer dieser unter dem Namen St. Peter der Märtyrer bekannten Heiligen gehörte zu den alten Inquisitoren Italiens. St. Peter der Märtyrer war dem Anschein nach einer der Eiferer gewesen, die ihr kurzes Leben im 13. Jahrhundert der Ausmerzung der Sünde und Ketzerei aus der christlichen Welt widmeten. Dieser St. Peter war für die Gefangennahme, Folter und den Tod einiger Hundert von Ketzern verantwortlich, wie Peter beim Lesen herausfand. Dennoch verlor er am Ende: Er wurde von zwei Ketzern ermordet, was ihm den Beinamen ›Der Märtyrer‹ einbrachte.

Balsam saß eine Zeitlang im Stuhl und sah in den Himmel. Er fragte sich, was dem Monsignore an dieser Gestalt so gefiel. Und was machte den Priester überhaupt zu so einem besessenen Mann? Plötzlich hielt das Gedankenkarussell an; vielleicht war der Priester gar nicht besessen. Vielleicht war er, Balsam, nur überempfindlich. Er konnte sich die Frage nicht mehr beantworten, und langsam glaubte er, daß er sie wahrscheinlich nie lösen könnte.

8

Am nächsten Morgen lag Spannung in der Luft der Oberschule von St. Francis Xavier. Es war genau die Art von Spannung, die durch ein besonderes Schockerlebnis verursacht werden kann. Es hatte fast den Anschein, daß Judy Nelson nicht zurückkehren würde; als wäre sie entführt oder ermordet worden oder bei einem Unfall ums Leben gekommen. Vielleicht wäre die Spannung nicht so groß gewesen, wenn Judy Schülerin an einer öffentlichen Schule gewesen wäre. Dort hätte man eine gewisse Zuversicht gehabt, daß sie noch lebte, gemischt mit dem Entsetzen über ihre Tat. Aber hier in St. Francis Xavier schockierte allein der Versuch schon genau wie die vollendete Tat.

Die Schwestern hatten das sofort gespürt und die Angelegenheit auf die einzige Weise behandelt, die sie kannten – sie überspielten sie. Judys Fehlen wurde in den Anwesenheitslisten vermerkt, aber es wurde nicht darüber gesprochen, schon gar nicht in den Klassenzimmern. Schwester Elisabeth hatte die geringsten Probleme von allen Schwestern. Ihre Schüler waren ihre strenge Disziplin gewohnt und unterdrückten ihren Drang, darüber zu reden. Da sie die scharfe Zunge und das nicht weniger gute Gehör von Schwester Elisabeth mehr als sonst fürchteten, sparten sie sich ihr Geflüstere auf für die Pausen zwischen den Stunden. Sie taten ihr Bestes, ihren aufgewühlten Gefühlen nur in den kurzen fünf Minuten Luft zu verschaffen, die sie für den Weg von einem Klassenzimmer ins nächste hatten.

Karen Morton spürte die Spannung an diesem Morgen mehr als alle anderen. Sie und Judy waren in den meisten Kursen zusammen, und obwohl sich Karen oft über die krummen Bemerkungen geärgert hatte, die Judy gewöhnlich über sie und ihren Freund machte, vermißte sie ihre Freundin. Und sie fand auch, daß sie zum Gegenstand der Neugier anderer Schüler wurde, als wäre sie durch ihre enge Freundschaft mit Judy deren Mitwisserin und hätte eine Antwort auf die Fragen, die an diesem Morgen in aller Munde waren: Warum? Warum hatte Judy das getan? Und wie würde es jetzt weitergehen mit ihr?

Karen fühlte sich von jedem beobachtet, wenn sie durch die Gänge ging. Sie senkte ihren Blick und wünschte einmal mehr, daß sie sich nicht so aufreizend angezogen hätte. Plötzlich hatte sie das Gefühl, daß ihre Bluse zu eng war, und sie fand es unangenehm, wie sich ihr Rock in ihre Hüften schnitt. Etwas in ihrem Hinterkopf sagte ihr, daß sie in Trauerkleidung sein sollte. Doch dann fand sie ihre Idee lächerlich – Judy lag im Krankenhaus und nicht in der Leichenhalle. Sie ging um die Ecke in den Gang mit den Schränken. Die vier Mädchen hatten es damals geschafft, ihre Schränke nebeneinander zu bekommen. Mit Erleichterung sah sie, daß Penny Anderson und Janet Conally auf sie warteten. Sie wollte sie anlächeln, aber es gelang ihr nicht.

»Ist alles in Ordnung mit dir, Karen?« sagte Janet, als ihre Freundin näher kam.

Karen nickte stumm und fragte sich eine Minute lang, ob wirklich alles in Ordnung mit ihr war. »Alle starren mich an«, sagte sie, »ich fühle mich wie Marilyn Crane.«

»Obwohl sie dich aus anderen Gründen anstarren«, warf Penny Anderson ein. Dann konnte sie sich nicht länger beherrschen. »Warum, glaubst du, hat sie das getan?« sagte sie. »Ich meine, Judy ist doch die letzte, der man zutraut, daß sie sich umbringen würde.« Sie zuckte ein wenig mit den Schultern. »Es ist zu verrückt.«

»Ich weiß es auch nicht«, sagte Karen, »aber jeder starrt mich an, als wäre es meine Schuld. Und erst Schwester Elisabeth! Wie wild sah sie mich heute früh an! Ich wollte mich am liebsten unter meinem Schreibtisch verkriechen.«

»Typisch Schwester Elisabeth!« tröstete Janet Conally. »Sie schaut jeden so wild an. Du hättest heute früh Schwester Kathleen hören sollen. Sie hat eine halbe Stunde lang nur über die Sünde geredet. Aber mit keiner Silbe Judys Namen erwähnt. Und natürlich ist sie ihre Botschaft losgeworden. So wie sie gesprochen hat, hätte Judy sich auch...«, als ihr klar wurde, was sie um ein Haar gesagt hätte, unterbrach sie sich. »Ich meine«, fuhr sie klagend fort, »Schwester Kathleen hörte nicht auf, davon zu reden, daß der Versuch genauso eine Sünde ist wie die vollendete Tat und solches Zeug. Aber ich kann nicht verstehen, wie das gehen soll.«

Karen Morton entgegnete achselzuckend: »Ich verstehe von allem, was sie uns erzählen, nicht einmal die Hälfte. Manchmal glaube ich, daß sie uns Angst einjagen wollen.«

»Bei Judy ist ihnen das ja gut gelungen«, sagte Penny Anderson. »Meine Mutter sagt, daß sie sie wahrscheinlich gar nicht mehr an die Schule zurückkommen lassen.« Daran hatten die beiden anderen Mädchen überhaupt noch nicht gedacht, und sie sahen Penny in tiefer Bestürzung an.

»Sie lassen sie nicht wieder zurückkommen?« sagte Janet leise. »Warum nicht?«

»Meine Mutter sagt, was Judy getan hat, sei schlimmer noch, als schwanger zu werden«, sagte Penny. »Und ihr wißt ja, was mit Sandy Taylor passierte, letztes Jahr.« Die drei Mädchen sahen einander an. Sandy Taylor war eines Tages einfach nicht mehr in der Schule erschienen. Ihnen allen wurde gesagt, daß Sandy ›krank geworden‹ sei, aber es war ein leichtes gewesen, die Wahrheit herauszufinden, besonders, nachdem ihr Freund einige Tage später ebenfalls die Schule verlassen hatte. Die Möglichkeit, daß man Judy die Rückkehr an die Schule verbieten könnte, erschien ihnen sehr groß.

In diesem Augenblick erschien Marilyn Crane am Ende des Ganges. Janet Conally wollte ihr gerade zuwinken, da hielt ein Knuff von Penny sie davon ab. Sofort fiel ihre Hand wieder an die Rocknaht. Hinter Marilyn zeichnete sich die Gestalt von Monsignore Vernon ab, autoritär und mit finsterer Miene.

Marilyn, die nicht merkte, wer hinter ihr war, ging aufgeregt auf die Gruppe zu. Sie hatte ihnen etwas zu erzählen, was sie sicher interessieren dürfte. Sie platzte förmlich heraus mit ihrer Geschichte, daß sie Judy am vergangenen Nachmittag noch gesehen hatte, unmittelbar bevor sie – Marilyn konnte es nicht aussprechen, nicht einmal im Selbstgespräch. BEVOR SIE TAT, WAS SIE TAT! Sie beschleunigte ihren Schritt, aber unvermittelt gingen die drei Mädchen weg. Der eifernde Ausdruck verschwand aus ihrem Gesicht, und Marilyn blieb stehen. Sie versuchte vorzutäuschen, daß sie sich ihnen gar nicht hatte nähern wollen, sondern eigentlich etwas anderes, sehr Wichtiges in diesem Teil des Schulhauses zu erledigen hätte. Sie drehte sich auf dem Absatz herum und stieß beinahe mit Monsignore Vernon zusammen.

»Oh«, sagte sie völlig überrascht. »Es tut mir leid. Ich – eh, ich wußte nicht, daß Sie hier sind.« Hilflos sah sie den zornig dreinschauenden Priester an und machte sich auf ein Donnerwetter gefaßt, das nun ganz sicher über sie ergehen würde. Aber nichts dergleichen geschah. Der Monsignore schien sie gar nicht zu bemerken. Er ging lediglich um sie herum und weiter den Gang entlang. Ein paar Meter weiter stoben die Mädchen, die eben noch dicht zusammenstanden, auseinander wie die Blätter im Wind. Sie hatte sich solche Hoffnungen gemacht. Jetzt war sie wieder allein. Sie hielt ihre Tränen zurück und entschloß sich, das Mittagessen ausfallen zu lassen. Sie wollte die Zeit in der Kirche verbringen und Trost suchen in der angenehmen Gegenwart der Mutter der Leiden.

Ein paar Minuten später ließ Marilyn Crane sich auf dem einen freien Platz in der letzten Bankreihe von Zimmer 16 nieder. Sie konnte sehen, daß auch in der ersten Reihe ein Stuhl leer war: Der Platz, an dem gestern noch Judy Nelson gesessen hatte. Heute saß niemand dort, und sie hielt es nicht für wahrscheinlich, daß er morgen besetzt sein würde.

Peter Balsam beobachtete die Klasse. In den Köpfen dieser Schüler ging dasselbe vor wie schon in den Köpfen der Schüler der letzten Klasse und der Klasse davor. Aber die Schüler des Psychologiekurses stellten ihr Geflüster beim Betreten des Klassenzimmers nicht ein wie die anderen. Und er mußte sich bei sich selbst bedanken – falls bedanken das richtige Wort war –, denn er hatte wirklich sein Bestes dafür gegeben, damit sie wußten, daß man hier nicht das gleiche Verhalten von ihnen erwartete wie sonst in St. Francis

Xavier. Sie hatten ihm Glauben geschenkt. Sie unterhielten sich über Judy Nelson und machten erst gar nicht den Versuch, das vor ihm zu verheimlichen. Spontan beschloß er, das Thema ganz offen anzugehen.

»Nun, ich glaube«, sagte er, »es ist ein offenes Geheimnis, worüber wir heute reden wollen, oder?«

Seine Worte ließen sie verstummen. Sie starrten ihn an, auf ihren Gesichtern stand ihre Ratlosigkeit, Vorsicht überkam sie, als ob sie nicht sicher wären, was sie zu erwarten hätten.

»Ich weiß, daß ihr alle nur daran denkt«, sagte er ruhig, »und ich glaube nicht, daß ihr in einer anderen Stunde schon Gelegenheit hattet, darüber zu reden. Weil das, was mit Judy passierte, ausgesprochen psychologischer Natur ist, laßt uns darüber sprechen und ganz offen analysieren, dann können wir vielleicht morgen wieder planmäßig weiterarbeiten.«

Daß ihn die Klasse weiterhin nur stumm anstarrte, verblüffte Balsam. Er hatte eine wahre Fragenflut erwartet. Statt dessen geschah gar nichts. Endlich, sehr zögernd, erhob einer seine Hand. Es war Janet Conally.

»Ja, Janet?«

»Hat Ihnen der Monsignore befohlen, mit uns über Judy zu reden?« Ihre Stimme zitterte, und Balsam merkte, daß sie ziemlich erschrocken war über ihre Frage. Mit einem Kopfschütteln verneinte er und lächelte ihnen zu.

»Das ist eine Sache zwischen euch und mir. Tatsächlich habe ich da so eine Ahnung, daß es der Monsignore gar nicht gern sieht, wenn ich dieses Thema überhaupt behandle. Aber dieser Unterricht wird einzig und allein für euch und nicht für den Monsignore gehalten. So, warum machen wir nicht weiter?«

Das Eis war gebrochen. Schlagartig gingen fünf Hände hoch, und Balsam hatte die unangenehme Entscheidung zu treffen, wen er zuerst aufrufen sollte. Er wählte Karen Morton aus, indem er sich einredete, daß ihre Hand eine Idee schneller hochkam als die der anderen. Aber er wußte, daß er sie in Wahrheit wegen ihrer Freundschaft mit Judy als erste aufgerufen hatte. »Karen?«

»Ich – ich weiß gar nicht richtig, was ich fragen will«, begann sie zögernd. »Ich meine, es gibt so viele Fragen, daß ich gar nicht weiß, wo ich anfangen soll.«

»Fang einfach an«, sagte Balsam freundlich.

»Ja, können Sie uns sagen, was genau passiert ist?« fragte Karen.

»Ich – wir haben so viele Gerüchte gehört, daß wir gar nicht wissen, wie schlimm es wirklich ist.«

»Es ist überhaupt nicht schlimm«, sagte Balsam. »Die Schnitte sind nicht tief, und Judy liegt jetzt im Krankenhaus, damit die Ärzte sie im Auge behalten können.«

»Sie meinen, sie haben Angst, sie könnte es noch einmal versuchen?« Es war Penny Anderson, und sie hatte sich nicht erst die Mühe gemacht, ihre Hand zu heben. Sie war einfach mit ihrer Frage herausgeplatzt. Das gefiel Balsam.

»Nein, ich glaube nicht, daß man diese Befürchtung hat. Es ist immer so, wenn jemand sich das Leben zu nehmen versucht, daß man ihn einige Tage lang zur Beobachtung dabehält. Ich glaube sogar, das ist Vorschrift. Tatsächlich ist es nicht so sehr die Furcht davor, daß das Opfer es noch einmal versuchen könnte, sondern mehr aus dem Wunsch heraus, der Person etwas Ruhe zu gönnen und herauszufinden versuchen, was sie zu diesem Schritt veranlaßt hat.«

»Warum hat sie das getan?« fragte diesmal Janet Conally.

»Judy mag das wissen«, sagte Balsam. Balsam fragte sich, ob sie die Aufforderung annehmen würden. Jim Mulvey tat dies zu seiner Überraschung.

»Mag«, sagte Jim, »wie meinen Sie das? Ich denke doch, wenn überhaupt jemand weiß, warum sie es getan hat, dann Judy.«

»Das sollte man annehmen, oder? Aber was Judy getan hat, was jeder tut, der versucht, sich umzubringen, ist nicht besonders vernünftig. Normalerweise handelt es sich dabei um eine impulsive Handlung, und wenn alles vorbei ist, wundert sich derjenige oft darüber, warum er das überhaupt versucht hat. Leider ist es nur allzu häufig zu spät. Judy hat Glück gehabt. Sie wird schon wieder.«

»Aber wie kommt jemand dazu, so etwas zu tun?«

Balsam hörte die Frage, wußte aber nicht, wer sie gestellt hatte.

»Da gibt es viele Möglichkeiten«, sagte er. »Seid ihr noch nie abends zu Bett gegangen und habt euch gedacht, wie schön es doch wäre, am nächsten Morgen einfach nicht mehr aufzuwachen?« Alle rutschten unruhig hin und her. »Nun, manchmal beschließt man, es nicht dem Zufall zu überlassen, sondern sicherzustellen, daß man tatsächlich nicht mehr aufwacht. Aber, was viel häufiger ist, diese Menschen rufen eigentlich dringend nach Hilfe. Sie wollen nicht sterben. Sie wollen nur, daß jemand ihnen beisteht. Und so tun sie alles, um die Aufmerksamkeit auf sich zu lenken.«

»Aber es ist eine Sünde«, kam leise die Stimme von Marilyn Crane vom hinteren Ende des Zimmers. Alle drehten sich um und starrten Marilyn an. Sie bemerkte von alldem nichts. Sie war ganz auf Balsam konzentriert.

Da kam es also: ES IST EINE SÜNDE. Was sollte er darauf antworten? Dann glaubte er, eine Antwort gefunden zu haben. »Da bin ich mir nicht so sicher«, sagte er vorsichtig. »Was ich sagen will«, er durchbrach das Schweigen des Schocks, »was ich sagen will ist, daß ich nicht unbedingt überzeugt bin, daß ein Selbstmord*versuch* als Sünde angesehen werden sollte. Ich meine, wenn die Tat nicht ausgeführt wird, wo ist da die Sünde?«

»Es gibt keinen Unterschied zwischen Sünden, die man sich ausdenkt und plant, und Sünden, die man auch wirklich begeht – oder doch?« meldete sich Marilyn Crane noch einmal.

Es dauerte einen Moment, bevor die Klasse sah, was geschehen war. Langsam ging Monsignore Vernon auf Mr. Balsam zu, sein finsteres Gesicht legte seine Stirn in Falten, seine schwarzen Augen funkelten nur so. Tiefes Schweigen lag über der Klasse. Es bahnte sich etwas an.

Der Priester war an der Stirnseite des Raumes angekommen, drehte sich um und sah die Klasse an. Er machte das Kreuzzeichen und segnete sie. Dann schickte er sie weg. Monsignore Vernon wartete in aller Ruhe ab, bis das Klassenzimmer langsam leer wurde. Dann wandte er sich Balsam zu.

»Wir gehen ins Pfarrhaus«, sagte er.

Inez Nelson lief den Haupteingang zum Krankenhaus von Neilsville hinauf und sah schnell zur Uhr. Sie war pünktlich, genau zwölf Uhr.

Inez folgte den grünen Pfeilen in die psychiatrische Station. Nur drei Räume standen zur Behandlung von Geisteskrankheiten in Neilsville zur Verfügung. Sie sah sich nervös um, in der Hoffnung, nicht auf bekannte Gesichter zu stoßen. Es gab ohnehin schon genug Geschwätz, ohne daß man sie in diese Abteilung der Klinik gehen sah.

Es schien niemand dazusein, also nahm Inez in dem kleinen Wartezimmer Platz. Eine Minute später hörte sie, wie eine Tür geöffnet wurde, und sie sah auf. Margo Henderson stand in der Tür und lächelte sie an.

»Inez«, sagte Margo voll Heiterkeit, »ich freue mich sehr, dich zu sehen.« Als sie den erstaunten Ausdruck im Gesicht von Inez sah, beeilte sie sich fortzufahren. »Natürlich hätte ich mir das unter glücklicheren Umständen gewünscht, aber Dr. Shields sagte mir, daß Judy schon auf dem Weg der Besserung ist.« Sie hielt einen Moment inne und hoffte auf irgendeine Antwort. »Dr. Shields wird jeden Augenblick hiersein. Aber nimm doch bitte Platz«, Margo deutete auf den Stuhl, von dem Inez gerade aufgestanden war, und nahm selbst hinter ihrem Schreibtisch Platz. Nun, Inez wollte nicht mit ihr reden. Margo versuchte, sich nicht darüber zu ärgern. Natürlich stand Inez ziemlich unter Spannung, aber trotzdem... Und dann fiel Margo ein, daß Inez Nelson die beste Freundin von Leona Anderson war. Und Leona war auch die treibende Kraft gewesen, als es um den Ausschluß von Margo Henderson aus der Gemeinde von St. Francis Xavier ging. Leona, zusammen mit Monsignore Vernon. Ach, zum Teufel mit beiden, sagte Margo zu sich selbst. Sie nahm einen Füller zur Hand und schob einige Papiere auf ihrem Schreibtisch herum. Sie fühlte Inez' Augen auf sich ruhen.

»Es war ein Unfall«, sagte Inez plötzlich mitten in die Stille hinein. »Ich will, daß du weißt, daß es ein Unfall war.« Margo sah flüchtig zu Inez auf und bemerkte die Verzweiflung in den Augen der anderen Frau. Wen wollte Inez damit überzeugen? Margo oder sich selbst? »Selbstverständlich«, sagte sie knapp und machte sich wieder an ihre Arbeit. Kurz darauf ertönte der Summer auf ihrem Tisch.

»Dr. Shields erwartet dich jetzt«, sie sagte das in einem gleichmäßigen, geschäftsmäßigen Tonfall. »Hier geradeaus.« Sie zeigte auf die Tür, aus der sie zuvor gekommen war, und sah zu, wie Inez, ihre frühere Freundin, ihrem Blick entschwand. Dann schüttelte Margo traurig den Kopf und widmete sich wieder ihrer Arbeit.

Inez Nelson fühlte sich beim Verlassen von Dr. Shields Büro keinen Deut besser als beim Betreten. Sie wollte immer noch ihre Tochter sehen. Noch immer wurde ihr das nicht erlaubt. Statt dessen wurde sie gezwungen, sich allerlei psychologische Doppelzüngigkeiten anzuhören. Sie war doch Judys Mutter und wußte besser als jeder andere, was Judy brauchte. Aber dennoch fürchtete sie sich und war sich ihrer gar nicht so sicher. Vielleicht hatte der Arzt recht. Als sie eilig die Klinik verließ, klangen noch die Worte von Dr. Shields in ihrem Ohr.

»Judy ist leicht zu beeinflussen«, hatte er gesagt. Und er hatte recht. Aber Inez wußte, daß noch mehr war als das. Dr. Shields selbst mußte wohl so gedacht haben. Warum hätte er wohl sonst abschließend gesagt:

»Man muß immer nach einem Grund suchen! Irgendwo gibt es einen. Er wird nicht besonders schlüssig sein, aber es gibt einen.«

Wovon sprach er? Was hatte das zu bedeuten? Inez fühlte sich ratloser und ängstlicher als je zuvor.

9

Mürrisch saß Peter Balsam im Arbeitszimmer des Pfarrhauses und sehnte sich danach, daß Monsignore Vernon das Fenster aufmachte. Er sah sich um und fand, daß das Arbeitszimmer, welches ihm noch vor kurzem – es war erst zwei Tage her – so gemütlich erschienen war, jetzt geradezu erdrückend und überladen wirkte. Er sah zur Uhr und fragte sich, wie lange ihre Begegnung noch dauern sollte. Er war nun fast eine ganze Stunde hier, und noch hatte der Priester nicht mit ihm gesprochen. Statt dessen hatte der Monsignore abwechselnd gebetet und dann wieder drohend zu Balsam herübergesehen. Einmal war Balsam schon aufgestanden, in der Absicht zu gehen, aber Monsignore Vernon hatte ihm nur barsch bedeutet, sich wieder zu setzen. Balsam hatte sich wieder hingesetzt, erst nur zögernd, dann wütend, und schließlich überwog seine Neugierde.

Dann fing der Priester so unvermittelt an zu sprechen, daß er erschrak.

»Du bist ein eigensinniger Mensch, Peter«, sagte er, »aber das bin ich auch. Nur halte ich mich gern für beharrlich. Beharrlich, was meine Grundsätze betrifft, beharrlich, in meiner Absicht, das zu tun, was ich für richtig halte, und beharrlich in meiner Absicht, mich darum zu kümmern, daß auch die Menschen in meiner Umgebung tun, was recht ist.«

»Ich habe getan, was ich für richtig hielt«, sagte Balsam leise.

»Richtig?« Der Priester schrie beinahe. »*Richtig?* Leugne nicht, was du deinen Schülern gesagt hast; ich habe es gehört. Jedes einzelne Wort der Blasphemie!«

»Mach dich doch nicht lächerlich«, empörte sich Balsam. Gleich darauf bereute er seine Wortwahl. Der Priester lief rot an. »Es tut mir leid«, fuhr er fort, verzweifelt darum bemüht, sich seine Wut nicht an der Stimme anmerken zu lassen, »ich habe das nicht ganz so gemeint, wie es herauskam.«

»Aber du hast es gemeint, oder?« sagte Monsignore Vernon eisig.

»Ich weiß es nicht.« Balsam fühlte sich erschöpft. »Laß es mich mal so sagen: Ich wurde hierher geholt, um Psychologie zu unterrichten und nicht den Katechismus. Und heute war es für meine Schüler wichtig, zu verstehen, was mit Judy passiert ist und warum es geschah. Jemand mußte sie beruhigen. Und was sie nicht brauchten, war eine Belehrung darüber, daß Judys Tat eine Todsünde und ihre Seele verloren sei oder sonst irgendwelchen mittelalterlichen Unsinn!«

Mit einem Mal war der Priester auf den Beinen und baute sich vor Balsam auf. »Laß es uns mal so sagen«, er rang nach Luft, *»du* glaubtest, daß es das war, was sie brauchten. *Ich* behaupte, daß sie etwas ganz anderes brauchten, und aus meiner Position heraus kann ich die Bedürfnisse der Schüler an dieser Schule wesentlich besser als du beurteilen.« Der Wutanfall des Priesters war noch nicht zu Ende, und Peter fühlte sich tiefer und tiefer in seinem Sessel versinken. »Das letzte, was meine Schüler brauchen, ist ein Haufen verwirrendes, widersprüchliches und pseudowissenschaftliches Geschwätz. Mag ja sein, daß diese Schüler eine kleine Dosis von dem, was du Psychologie nennst, gebrauchen könnten, falls sie zur Universität gehen. Aber die meisten von ihnen gehen nirgendwo hin. Sie brauchen das Rüstzeug, um ihr Leben hier, in Neilsville, zu meistern. Und dafür ist die Kirche da. Sie gibt den Leuten Glauben und mit dem Glauben die Erlösung.« Er unterbrach sich, und Peter konnte die Anstrengung des Priesters beobachten, sich zu beruhigen. »Die Welt ist schon komplex genug, auch ohne daß wir unsere Kinder in Verwirrung stürzen und ihren Glauben unterwandern. Genau solche Redensarten wie ich sie von dir vernehmen mußte, sind nämlich schuld am Untergang unserer Gesellschaft. Du nimmst den Menschen ihren Halt und ihren Trost. Ich werde das nicht dulden. Verstehst du mich?«

»Ich glaube, ich verstehe dich sehr gut«, antwortete Peter unterkühlt, »und ich denke, es ist das beste für uns beide, wenn ich meine Stellung hier sofort kündige. So wie es aussieht, gibt es keine Möglichkeit, meine Klasse erfolgreich zu unterrichten.«

Ein Hauch von Furcht huschte über Monsignore Vernons Gesicht, verschwand aber sofort wieder.

»Das ist doch ein törichter Standpunkt«, antwortete der Priester, »und ich glaube, du weißt das auch.« Der Zorn, den er eben noch hatte, war verraucht, und die Freundlichkeit, die er nun zeigte, schien fast genial. Er nahm wieder in dem Sessel gegenüber Peter Platz und lehnte sich nach vorn, die Ellbogen auf die Knie gestützt, sein Kopf ruhte auf den Innenflächen der Hände. »Peter, warum willst du nicht verstehen, daß du es hier nicht mit einer großen Hochschule in einer städtischen Umgebung zu tun hast? Warum willst du nicht verstehen, daß die Bedürfnisse unserer Schüler nicht die gleichen sind, wie die der Schüler in, sagen wir, Philadelphia? Wir haben es hier nicht mit Intellektuellen zu tun. Es ist nicht so sehr meinetwegen und, wie du ja sicher denkst, meiner engstirnigen Weltanschauung wegen. Nein, es geht weit darüber hinaus. Es hat viel mehr mit den Menschen, die hier leben, zu tun, als mit mir.« Er nahm ein verschwörerisches Lächeln an und sprach weiter: »Ich weiß ja nicht, inwieweit dir bekannt ist, daß man großen Druck auf den Bischof ausgeübt hat, mit der Forderung, deinen Kurs gar nicht in den Lehrplan aufzunehmen. Alles, worum ich dich bitte, ist, ein gewisses Maß an Vorsicht walten zu lassen. Es gibt doch sicher genügend Stoff, aus dem du mit etwas Klugheit einiges herauspicken und eine Vorauswahl treffen kannst, oder?«

»Du meinst, ich soll mein Material zensieren?« fragte Balsam vorsichtig. Er spürte, wie seine Entschlossenheit nachließ und ärgerte sich darüber.

Monsignore Vernon seufzte: »Ja, so kannst du es auch ausdrükken.«

»Soviel also zum Thema Gedankenfreiheit«, sagte Balsam.

»Ich habe ja nicht gesagt, daß du zu denken aufhören sollst«, sagte der Monsignore. »Ich habe dir lediglich vorgeschlagen, daß du dir ein paar Einschränkungen dahingehend auferlegst, was du deinen Schülern erzählst.«

»Ist das denn nicht dasselbe? Wie sollen meine Schüler denken lernen, wenn man ihnen nichts zum Nachdenken anbietet?«

»Ist das wirklich so wichtig? Offen gesagt, unsere Schüler brauchen eher etwas mehr Glauben als Stoff zum Nachdenken.«

»Unwissenheit bedeutet Seligkeit«, bemerkte Balsam.

»In manchen Fällen schon«, antwortete der Priester, seine Stimme wurde dabei so sanft, wie Balsam sie noch nicht gehört hatte. »Ich weiß, daß das für dich befremdend klingt, aber es ist schon wahr. Mein Leben hier, in den vergangenen zwölf Jahren, hat mir die Augen ganz schön geöffnet. Es gab Zeiten, da hätte ich dir recht gegeben – da wollte ich über alles die Wahrheit wissen. Aber im Alter habe ich entdeckt, daß die Wahrheit, oder das, was wir uns als die Wahrheit einzureden versuchen, etwas ist, mit dem sich schwer leben läßt. Und ich habe erkannt, daß die *Wahrheit, Gottes Wahrheit*, so wie sie von der Kirche gelehrt wird, viel besser ist. Sie gibt mir Frieden, und sie gibt meiner Herde Frieden. Falls dir das wie eine Einschränkung deiner Freiheit vorkommt, so möchte ich dich daran erinnern, daß Gott all unseren Freiheiten Einschränkungen auferlegt.«

Wie er ihm so zuhörte, hatte Balsam den Eindruck, daß so gesehen alles recht vernünftig klang. Aber der Grundtenor hieß immer noch ›Unterdrückung‹. Unterdrückung von Gedanken, von Ideen.

»Trotzdem«, sagte er und stand dabei wieder auf, »ich glaube dennoch, daß ich für diese Aufgabe nicht der richtige Mann bin. Es tut mir leid, aber am besten siehst du dich schon mal nach Ersatz für mich um. Wenn mir eines immer etwas bedeutet hat, dann Freiheit. Nicht nur meine eigene Freiheit, sondern auch die Freiheit derer, die in meiner Nähe sind. Jeder sollte allen möglichen Vorstellungen ausgesetzt sein und die Freiheit besitzen, daraus zu wählen.«

»Das ist doch Unsinn«, warf der Monsignore ein, »und, ehrlich gesagt, du überraschst mich. Man hat dich zu einem guten Katholiken erzogen, und ich hätte gedacht, daß dein Glaube stärker ist.« Seine Augen blitzten wieder auf, und einmal mehr hatte Peter das Verlangen, sich der Macht von des Priesters Glauben zu entziehen. Aber es gab keinen Ausweg. »Nur das Vertrauen und der Glaube an das Wort des Herrn bringen Seligkeit, und nicht eine selbstherrliche Wissenschaft, die nur dazu dient, Ausreden für die schlimmsten und unmoralischsten Verhaltensweisen zu liefern«, sagte Vernon jetzt, »und was die Kündigung deines Postens hier betrifft, an deiner Stelle würde ich einmal darüber nachdenken und dann noch zweimal.« Er hielt kurz inne, und seiner Stimme war nun der Überdruß anzumerken. »Es war nicht leicht für mich, Peter, dich hierher zu holen, und ein weiterer Fehltritt in deiner Beurteilung wird nicht hilfreich für dich sein. Dein Leben ist eine Geschichte von unvollendeten Tatsachen, und allmählich beginne ich zu verstehen, warum. Du versteckst dich vor der Wirklichkeit. Du weigerst dich, die Dinge so zu sehen, wie sie nun mal sind, statt dessen drehst du sie dir lieber so hin, daß sie deine eigenen Schwächen überdecken. Ich an deiner Stelle würde erst einmal nachdenken und beten, bevor ich mich entschließen würde, Neilsville zu verlassen. Gott hatte eine bestimmte Absicht, als er dich hierher schickte. Du hast kein Recht dazu, dich dieser Absicht und dem Herrn zu widersetzen, bevor du nicht deine Aufgabe, was immer sie ist, zu deren Erledigung er dich hergeschickt hat, erfüllt hast.«

»Ach, der direkte Draht, ja?« sagte Peter, aber Vernon fuhr fort, indem er seinen Sarkasmus gar nicht beachtete. Seine Stimme wurde beim Sprechen langsam lauter.

»Ich glaube, er hat dich geschickt, damit du mir hilfst. Wir leben in einer schweren Zeit, und der Glaube an die Kirche wird aus allen Richtungen erschüttert. Ich glaube, er hat dich nicht zu mir geschickt, damit du auf der Stelle wieder wegrennst, sondern um dir die Macht des Glaubens zu zeigen und dir den Glauben an die Kirche wiederzugeben.« Balsam starrte den Priester an. »Ja, so ist das«, sagte der Monsignore in einem Ton, als ob er der Gegenwart des anderen Mannes nicht mehr gewahr wäre. »Er hat dich zu mir geschickt, damit du mir hilfst, die Arbeit von St. Peter Martyr fortzuführen. Damit du mir hilfst, die Ketzer wieder zur Herde zurückzubringen. Die Sünder zu bestrafen.« Und plötzlich sah er direkt zu Peter Balsam, seine Augen funkelten. »Bete, Peter!« sagte er eindringlich, »bitte um Führung und bleibe hier bei mir. Laß uns gemeinsam zu Ende bringen, was vor so langer Zeit begonnen wurde!«

Monsignore Vernon fiel auf die Knie nieder und begann zu beten. Einen Augenblick lang fragte sich Peter Balsam, ob er von ihm erwartete, daß er an den Gebeten teilnahm. Aber es schien, als wäre der Priester in tiefer Trance versunken, und Balsam vermutete, daß er seine Umgebung gar nicht mehr wahrnahm. Er sah Vernon besorgt an und bekam Mitleid mit ihm. Er wollte beten und versuchen, innere Führung zu finden. Und er wollte nachdenken.

Peter Balsam ging langsam auf den Flur hinaus und verließ das Pfarrhaus. Eine Minute später trat er in die erfrischende Kühle der Kirche ein.

Er saß eine Weile still in der Dämmerung, versuchte seine Gedanken zu sammeln und etwas Sinn in das Durcheinander zu bringen. Wovon hatte der Monsignore geredet, als er ihn bat, zu bleiben und ihm dabei zu helfen, das zu Ende zu bringen, was ›vor so langer Zeit‹ begonnen wurde. Und dann das Gerede von wegen ›die Ketzer zur Herde zurückbringen‹ oder ›die Sünder bestrafen‹. Das roch förmlich nach Inquisition. War aus Pete Vernon irgendwo auf seinem Weg zum Monsignore ein Fanatiker geworden? Es hatte ganz den Anschein. Dennoch, manches von dem, was der Priester gesagt hatte, hatte seine Berechtigung. Peter war vor manchen Dingen davongelaufen und suchte gerne ›Ausflüchte‹ – wie der Priester es genannt hatte – für seine Fehler. Nur daß er sie lieber ›Vereinfachungen‹ nannte, sagte sich Balsam mit gekünstelter Heiterkeit.

Jemand war an Balsam vorbeigegangen. Marilyn Crane. Er sah geschwind in die Richtung, aus der sie gekommen war. Ja, sie hatte zur Heiligen Jungfrau gebetet. Balsam hoffte für das Mädchen, daß ihr die Heilige mehr Trost geben konnte, als er dazu während des Unterrichts imstande gewesen war. Er schaute sich in der Kirche um, ob noch andere die heilige Stätte aufgesucht hatten, um der Sonne und ihren Problemen zu entkommen. Aber die Kirche war jetzt ganz leer. So wandelte Peter Balsam durch die Säulengänge und sah sich die Statuen der verschiedenen Heiligen an.

Er war schon fast bis zum Altar gegangen, da fiel ihm etwas auf. Dann durchschritt er schnell das Kirchenschiff und untersuchte die Heiligen in den gegenüberliegenden Alkoven. Es war genau das gleiche. Mit Ausnahme der obligatorischen Statuen von der Heiligen Jungfrau und St. Francis Xavier, nach denen die Kirche benannt war, waren alle Heiligen, wenigstens die, die ihm bekannt waren, Dominikaner des dreizehnten und vierzehnten Jahrhunderts. Da war zum einen der heilige Dominicus selbst, St. Peter Martyr, und eine Statue des heiligen Franz von Venedig. Dann der Portugiese St. Sanchia, der damals die Dominikaner nach Portugal gebeten hatte. Es gab noch andere, an einige hatte Peter Balsam noch eine schwache Erinnerung. Aber einen gab es, der ihm gänzlich unbekannt war, Sankt Acerinus. Balsam dachte angestrengt nach, aber er konnte sich absolut nicht an diesen Heiligen erinnern. Das war nicht weiter überraschend: Es gab so viele Heilige, und er hatte nie ein besonderes Interesse an ihnen gehabt. Im Gegenteil, er war sehr zufrieden mit sich, daß er überhaupt so viele von ihnen erkannt hatte. Ihn beunruhigte, daß sie alle Dominikaner waren, alle aus der Zeit der Inquisition. Und es waren vor allem die Dominikaner gewesen, die sich mit der Durchsetzung der Inquisition hervortaten. War ihm denn nicht vorhin der Gedankenblitz gekommen, daß die Ausschweifungen des Monsignore ›förmlich nach Inquisition rochen‹? Balsam sah sich noch einmal die Heiligenstatuen an. Plötzlich hatte er den Drang, die Kirche zu verlassen, den geheiligten Visagen zu entkommen, die ihn so bedrohlich, anklagend anzustarren schienen.

Er rannte aus der Kirche, zurück in sein Klassenzimmer. Kurz darauf, genau um ein Uhr, ertönte die Glocke. Der Nachmittag begann. Peter Balsam war überzeugt, daß es ein langer Nachmittag werden würde.

Als es an der Tür klingelte, sah Balsam von dem Buch auf, in dem er gerade las, aber er verließ seinen Sessel nicht. Er schaute auf die Uhr: Margo konnte das doch nicht sein, sie war gerade erst mit der Arbeit fertig. Wieder klingelte es.

»Peter?« Margos Stimme drang durch die Tür, etwas gedämpft zwar, aber eindeutig Margos Stimme. »Bist du da drin?«

Jetzt sprang er aus seinem Sessel auf und öffnete schwungvoll die Tür. »Du kommst früh«, sagte er. Dann faßte er nach der randvollen Tüte, die sie in den Armen hielt, um sie ihr abzunehmen. »Laß mich das mal nehmen.«

Er schielte in die Tüte. »Großer Gott, sollen wir das etwa alles austrinken?«

»Das kommt darauf an«, grinste Margo, »es kommt darauf an, wie ernst dein Problem ist, und wie lange es dauert, es zu lösen. Und wenn dann noch was übrig ist, werde ich an einem anderen Abend eins von meinen Problemen runterspülen.« Sie zwinkerte ihm zu, gab ihrem Zwinkern eine verführerische Note. »Außerdem könnte es ja auch eine lange Nacht werden.«

Sie hatte die Tür zugemacht und zog ihre Jacke aus. Peter sah ihr zu, er beobachtete die Sinnlichkeit an ihren Bewegungen und genoß ihre Art sexy zu wirken, ohne dabei unzüchtig zu sein. Er merkte, wie die Sehnsucht in ihm wuchs. Während Margo ihre Jacke im Schrank aufhängte, ließ er seinen Blick nicht ab von ihr.

»Ich habe ein bißchen früher aufgehört«, hörte er sie sagen. »Was immer es ist, was dich belastet, du hast so ernst geklungen, als du anriefst, daß ich beschloß, Dr. Shields' Berichte warten zu lassen.« Sie blickte umher, als ob sie erwarte, das Problem in irgendeiner Ecke versteckt liegen zu sehen. Dann betrachtete sie Peter sorgsam.

»Nun, das Apartment ist noch ganz, du auch, es kann also nicht ganz so schlimm sein, wie du es am Telefon dargestellt hast. Vielleicht sollte ich schleunigst die Flaschen zurückbringen.«

Auf einmal, seit sie mit ihm in diesem Zimmer war, schien das Problem nicht mehr annähernd so schwer... Tatsächlich, der ganze Nachmittag löste sich in Dunst auf, wie ein halbvergessener Alptraum. Aber es war kein Alptraum, es war alles ganz wirklich. Er mußte eine Entscheidung fällen, und er wollte vorher Margos Stellungnahme hören.

»Ich trage mich mit dem Gedanken, zu kündigen«, bemerkte er. Er ging in die Küche und machte den Wein auf, den sie mitgebracht hatte, während Margo an seiner Ankündigung herumkaute. Als er ins Wohnzimmer zurückkam und ihr ein Glas reichte, sah sie ihn fragend an.

»Na, das macht ja nichts«, sagte sie herzlich, »du bist ja auch gerade erst hier angekommen.« Dann wurde sie ernst. »Ich verstehe nicht, Peter. Was ist heute passiert?«

Er erzählte ihr von seinem Gespräch mit dem Monsignore und über die Unterrichtsstunde, die vorausgegangen war, und als er fertig war, sah sie ihn erstaunt an.

»Ich kann nicht sehen, wo das Problem liegt«, sagte sie.

»Ach, komm, Margo. Du machst mir Spaß. Kannst du das nicht verstehen? Der Mann ist verrückt. Er ist ein Fanatiker.«

Margo dachte über seine Behauptung nach. Und dann schien sie ihre Worte sehr bewußt zu wählen.

»Peter«, eröffnete sie, »ich weiß nicht, ob Monsignore Vernon verrückt ist, oder ein Fanatiker oder was sonst. Aber eins weiß ich, das, was er dir heute nachmittag gesagt hat, mag fanatisch, verrückt oder sonstwie *geklungen* haben, ist es aber nicht. Nicht hier. Nun, ich kann nicht sagen, ob die Stadt ihre Einfälle von Monsignore Vernon bekommt, oder er seine Einfälle von der Stadt. Die Denkart, die hier umgeht, ist wirklich manchmal schaurig. Weißt du, daß es etliche Situationen nach meiner Scheidung gab, wo ich daran dachte, die Stadt zu verlassen? Wirklich, das stimmt. All die Leute, die ich für meine Freunde gehalten habe – Inez Nelson zum Beispiel. Ich sah sie heute, im Krankenhaus. Sie sprach kaum mit mir, auch wenn ich arbeitete. Sie glaubt, ich bin eine Sünderin. Kannst du dir das vorstellen? Heutzutage, in unserem Jahrhundert? Eine Sünderin. Aber so sind die Dinge hier nun einmal.« Dann strahlte sie ihn mit einem Lächeln an. »Vielleicht kannst du mithelfen, das zu verändern.«

Traurig schüttelte Peter den Kopf. »Ich nicht. Entweder passe ich hierher oder ich gehe weg. So ist meine Persönlichkeit eben.«

»Du kannst dich doch ändern.« Margo zuckte die Achseln. »Wenn ich mich ändern kann, kannst du es auch. Und, das laß dir gesagt sein, ich mußte mich sehr ändern, um während der letzten paar Jahre überleben zu können. Jedesmal wenn ich höre, daß Leona Anderson eine dumme Bemerkung macht, gerade so laut, daß ich es noch verstehen kann, drehe ich mich um und zwinkere ihr zu. Aber früher habe ich geheult.« Sie starrte in ihr Glas und ließ die Flüssigkeit darin kreisen. Dann schaute sie zu Peter auf. »Zwinkern ist besser«, sagte sie leise, »es ist nicht so verletzend, wenn man zwinkert. Für mich gab es nur die Alternativen: zwinkern oder wegrennen. Lerne zu zwinkern, Peter.«

»Ich weiß nicht«, sagte Peter, »ich bin nicht sicher, was ich machen soll. Mir gefällt die Handlungsweise des Monsignore nicht, und mir gefällt es nicht, wie sich seine Religionsauffassung auf die Kinder auswirkt. Nur, was kann ich tun? Weißt du, das ist letztlich eine Frage des Gehorsams. Ich habe eben keine Gewerkschaft, bei der ich mich beschweren kann. Alles, was ich habe, ist die Kirche, und ich bin überzeugt, auch du weißt, daß sie es nicht besonders gut meint mit Untergeordneten, die über ihre Vorgesetzten meckern.«

»Aber wenn du recht hast?« fragte Margo. »Was, wenn Monsignore tatsächlich verrückt ist, oder ein Fanatiker? Sollte man da nicht etwas unternehmen?«

»Natürlich, aber wie willst du beweisen, daß jemand, der in totalem Glauben an die Kirche lebt, zuviel Glauben hat? Das widerspricht sich doch selbst.«

Margo dachte darüber nach, war sich aber nicht ganz sicher, ob sie ihn ganz verstanden hatte. So änderte sie das Thema. Sie redeten Small talk, in der Art, wie sich Menschen unterhalten, die um jeden Preis etwas vermeiden wollen. Und sie aßen zu Abend. Erst als sie schon abgespült und die zweite Flasche Wein geöffnet hatten, kam das Thema Kirche wieder zur Sprache.

»Hast du dir schon einmal alle Heiligen in der Kirche angesehen?« sagte er plötzlich. Fragend sah Margo zu ihm und zuckte dann die Schultern.

»Ich könnte einen nicht vom anderen unterscheiden«, sagte sie. »Warum? Stimmt mit ihnen auch etwas nicht?«

Peter überging diese Anspielung einfach und versuchte, seine düsteren Ahnungen zu erklären.

»Sie stammen alle aus dem dreizehnten und vierzehnten Jahrhundert«, sagte er. »Dominikaner. Was ja wohl nicht stimmen kann, wenn man bedenkt, daß die Kirche nach St. Francis Xavier benannt ist, der zufälligerweise einer der ersten Jesuiten war.«

Margo runzelte die Stirn, als ob sie sich angestrengt an etwas zu erinnern versuchte. »Weißt du«, sagte sie schließlich, »mir scheint, daß ich mich noch an eine Zeit erinnere, vielleicht vor fünf Jahren etwa, als mir auffiel, daß wir andere Heilige in der Kirche haben. Als ob die, die ich gewohnt war, plötzlich durch andere ersetzt worden wären. Aber ich habe dem keine große Aufmerksamkeit gewidmet. Damals redete ich mir ein, daß ich sie mir vorher gar nicht so genau angesehen hatte. Aber vielleicht hat er sie ausgetauscht.«

»Sie ausgetauscht? Wer?«

»Monsignore Vernon. Vor fünf Jahren, als er Monsignore wurde. Vielleicht hat er sie ausgetauscht. Hast du mir nicht erzählt, daß er sich gut auskennt mit Dominikanern? Wer sind sie? Die, die jetzt dastehen?«

»Die meisten sind Italiener«, sagte Balsam, »der heilige Dominikus, und der große Favorit von Monsignore, St. Peter Martyr, der auch mein Klassenzimmer schmückt, und noch ein paar andere. Dann noch St. Sanchia, der nicht aus Italien stammte, aber den Dominikanern dabei half, sich in Portugal niederzulassen. Und dann noch einer, von dem ich noch nie gehört habe, St. Acerinus. Ich habe keine Ahnung, wer er war, aber wahrscheinlich paßte er ganz gut zu allen anderen.«

»Das klingt nicht gerade so, als ob du sie besonders achtest«, grinste Margo. »Sagt man den Heiligen nicht nach, daß sie so wundervolle, liebenswerte Menschen waren?«

Balsam kicherte. »Das ist unterschiedlich. Nimm zum Beispiel St. Peter Martyr. Wenn du in *Das Leben der Heiligen* nachliest, scheint er ein ganz toller Kerl gewesen zu sein. Lehrer, Priester; er hat viel Zeit damit verbracht, Ketzer davon zu überzeugen, daß sie wieder zur Herde zurückkehren sollten. Stunden und Stunden hat er damit zugebracht, mit ihnen zu diskutieren und ihnen ihre Irrwege aufzuzeigen.«

»Was ist daran schlecht?« fragte Margo.

»Nichts, außer daß sich herausstellte, daß die Vorstellung von Peter Martyr, mit jemandem zu diskutieren, oft auch Folter, Einkerkerung oder die Verbrennung auf dem Scheiterhaufen beinhaltete.«

»Um Himmels willen!« Margo atmete tief durch. »Das ist ja furchtbar.«

Balsam nickte. »So waren sie alle. Die meisten Heiligen in St. Francis Xavier hatten ihren Anteil an der Inquisition. Ich habe noch nicht viel darüber gelesen, aber es reicht, daß es mir eiskalt den Rücken herunterläuft.«

»Die Inquisition«, sagte Margo mit einem Schaudern, »und ›Ketzer‹, was für ein Wort, es klingt so archaisch.«

»Nicht so, als Monsignore Vernon es heute aussprach«, sagte Peter. »Weißt du«, fuhr er fort, »ich bekomme ein sehr eigenartiges Gefühl, wenn ich mich mit dem Monsignore unterhalte. Ihn scheint die Inquisition nicht im geringsten zu beunruhigen. Im Gegenteil, ich habe den Eindruck, er wünscht, daß diese Zeit niemals zu Ende gegangen wäre.«

»Vielleicht ist sie für ihn noch nicht zu Ende«, sinnierte Margo. Dann wurde sie heiterer. »Der eine Heilige, von dem du noch nie gehört hast. Kannst du nicht mal nachsehen?«

»Das habe ich bereits versucht«, sagte Balsam lächelnd, »aber offensichtlich bin ich nicht der einzige, der noch nie von ihm gehört hat.«

»Wie meinst du das?«

»Siehst du die Bücher dort?« Er zeigte auf vier dicke Bände auf seinem Schreibtisch. Margo sah sie an und nickte. »Das sind die Ausgaben von *Das Leben der Heiligen*. Die Nonnen haben sie uns gewöhnlich an Weihnachten geschenkt. Und soweit ich weiß, haben auch sie niemals von einem St. Acerinus gesprochen.«

»Du scherzt«, sagte Margo.

»Sieh selbst nach. Der Gesamtindex ist im vierten Band.«

Margo nahm das Buch zur Hand und blätterte die Seiten durch. Nachdem sie den Heiligen, den sie suchte, nicht finden konnte und sich überzeugt hatte, daß St. Acerinus auch im Index nicht aufgeführt war, ließ sie ihren Blick einige Spalten auf und ab wandern. Erschrocken hielt sie inne. »Hey!« rief sie aus.

»O Gott«, stöhnte Peter, »du hast ihn gefunden.«

»Du bist ein Heiliger!« rief Margo. »Hier, genau da steht dein Name. Sankt Peter Balsam. Was steht da über dich?«

»Ach der«, sagte Peter, »er ist ein sehr früher Heiliger. Drittes Jahrhundert.« Aber sie hörte ihn nicht mehr. Hektisch nahm sie einen anderen Band und suchte nach dem Eintrag mit der Überschrift ›Peter Balsam‹. Er fiel in Schweigen und sah ihr zu, wie sie die Seite las, die dem Heiligen gewidmet war, dessen Namensvetter er war. Als sie fertig war, klappte sie das Buch zu und grinste ihn an.

»Nun«, sagte sie schadenfroh, »das löst es.«

»Löst was?«

»Dein Problem. Du wirst nirgends hingehen, Peter Balsam. Du wirst schön hier in Neilsville bleiben.« Plötzlich wurde ihre Stimme ernst. »Sankt Peter Balsam hat sich nicht unterkriegen lassen und ist auch nicht davongelaufen. Er ließ sich nicht von seiner Überzeugung abbringen und stand auf, wenn es um das Recht ging.«

Balsam lächelte gequält. »Und schau mal, was mit ihm passiert ist.«

»Natürlich ist er gestorben, aber das ist lange her.«

»So?« sagte Peter. »Wenn ich mich mit Monsignore unterhalte, scheint nichts lange her zu sein.«

Aber er wußte, daß sie recht hatte. Er wollte in Neilsville bleiben, so lange er konnte. Er hatte das Gefühl, daß seine Schüler ihn brauchten. Und dann war da auch noch Margo. Auch sie brauchte ihn. Oder brauchte er sie? Darüber wollte er sich nicht den Kopf zerbrechen. Statt dessen machte er noch eine Flasche Wein auf.

»Auf Sankt Peter Balsam!« sagte er und hob sein Glas.

In dieser Nacht ging Margo nicht nach Hause.

10

Der Rest der Woche verging langsam. Es hatte fast den Anschein, als ob Neilsville auf ein Zeichen wartete, das das Ende der Krise ankündigte. Aber es gab kein Zeichen. Man beschäftigte sich sehr viel mit Judy Nelson.

Bis Samstag waren Judys engste Freundinnen, Penny Anderson, Karen Morton und Janet Conally, bei ihr zu Besuch gewesen, zuerst nur einzeln, dann alle zusammen. Sie hatten sich überzeugen können, daß sie nicht im Sterben lag; ganz im Gegenteil, sie schien prächtig in Form zu sein – so erkundigte sie sich bei ihnen nach dem Unterricht, wollte wissen, was sie an Arbeit versäumte, und ließ sich von ihnen das Versprechen geben, sie über alle Vorgänge der für Samstag angesetzten Party zu informieren, an der sie nun nicht teilnehmen konnte.

Das eigentliche Thema, über das alle ihre Freundinnen mit ihr reden wollten, wurde sorgfältig vermieden. Niemand wollte die erste sein, die es zur Sprache brachte, und von sich aus erwähnte Judy es mit keiner Silbe. Aber die Bandagen an ihren Handgelenken spielten es für alle sichtbar in den Vordergrund.

Seit diesem ersten Tag hatte sich Balsam dazu entschlossen, keine weitere Bemerkung mehr über Judys Selbstmordversuch zu machen. Er sagte sich, daß es fürs erste besser wäre, das Thema ruhen zu lassen. Er war überzeugt, daß er seinen Standpunkt in den wenigen Minuten vor des Monsignore plötzlichem Erscheinen klar gemacht hatte. Balsam behielt die Klasse sorgfältig im Auge, besonders aber Judys Freundinnen. Seine Absicht war es, privat mit ihnen zu reden, falls eine von ihnen durch den Vorfall zu sehr beunruhigt war. Aber sie schienen alle wohlauf. Er sah Margo jetzt jeden Abend, und das half. Vernon hatte ihre stürmische Sitzung zu Wochenbeginn offensichtlich vergessen, denn er behandelte Balsam genau wie schon am Anfang, mit formeller Herzlichkeit, die einen gewissen Respekt schaffte, aber keine Wärme.

Harriet Morton, die Mutter von Karen, hatte überlegt, die Party ihrer Tochter zu streichen, aber nachdem sie sich mit Leona Anderson beraten hatte, beschloß sie, alles wie geplant stattfinden zu lassen. Schließlich kamen ja nur die Mädchen, und sie konnten ein wenig Zerstreuung ganz gut gebrauchen. Sie und Leona fanden, daß man mit einer Absage der Party nur noch mehr Aufmerksamkeit auf eine Angelegenheit lenken würde, die man ohnehin am besten vergaß. Jetzt sah sie ungeduldig zur Uhr.

»Karen?« rief sie nach oben. Sie langte in ihre Handtasche und angelte nach ihren Schlüsseln, dabei behielt sie die Treppe im Auge und wartete darauf, daß ihre Tochter kam. Sie hörte, daß Karen oben herumging und rief noch einmal. »Karen! Ich muß jetzt gehen. Kommst du runter?«

»Ich bin schon unterwegs«, rief Karen und erschien gleich darauf an der Treppe.

»Ist denn schon alles für die Party vorbereitet?« fragte Harriet besorgt.

Karen zuckte die Schultern.

»Noch nicht. Penny kommt früher und will mir helfen. Darf ich das Punschgefäß benutzen?«

Harriet seufzte. »Aber du solltest es vorher noch einmal abspülen.«

Karen machte ein Gesicht, grad so, als ob sie die Vorstellung, das Glas abspülen zu müssen, davor abhielt, es zu verwenden. »Dann wasch es eben *nicht* ab«, sagte Harriet, »ihr werdet alle eine Staubvergiftung kriegen, falls es so etwas gibt.« Die beiden lachten, und

Harriet merkte mit einem Male, wie sehr sie ihre Tochter liebte. Sie drückte Karen schnell, gab ihr einen Kuß und ging zur Tür hinaus. »Vergnügt euch schön«, rief sie über ihre Schulter zurück, »und ich sehe euch alle ja nachher.«

»Bis dahin ist alles schon vorbei«, sagte Karen und winkte. Hoffentlich, dachte sie mit einem Anflug von schlechtem Gewissen. Nicht auszudenken, was passierte, wenn ihre Mutter nach Hause käme und die Jungs hier sehen würde. Sie machte hinter ihrer Mutter die Tür zu und ging nach oben, um weiter an dem Kleid zu arbeiten, das eigentlich Judy an diesem Abend tragen wollte. Nur noch ein paar kleine Änderungen, und es würde Karen perfekt passen.

Eine Stunde später, sie hatte gerade das letzte Ende Faden abgebissen, hörte Karen die Glocke. »Es ist offen«, rief sie nach unten, und einen Augenblick danach hörte sie Pennys Stimme.

»Hallo! Bist du oben?«

»Ja, komm doch rauf! Ich bin gerade mit meinem Kleid für heute abend fertig geworden, und du kannst mir gleich sagen, wie es mir steht.«

Eine Minute später erschien Penny in der Tür. Beim Anblick des schwarzen Kleides, das Karen ihr stolz entgegenhielt, blieb ihr fast die Luft weg.

»Wo hast du es her?« Penny rang nach Luft. »Es ist wunderschön. Aber es muß ein Vermögen gekostet haben.«

»Ehrlich gesagt, es gehört Judy«, erklärte Karen. »Eigentlich durfte sie es nicht kaufen, aber wir haben es hier gebunkert, damit ihre Mutter es nicht rauskriegt. Sie wollte es am Montag zurückbringen, und ich...« Sie zögerte, platzte dann aber mit der Wahrheit heraus. »Ich habe es an den Hüften ein bißchen enger gemacht, nach allem wird sie es ja nun gar nicht mehr tragen. Glaubst du, daß die in dem Geschäft das merken werden?« Sie hielt Penny das Kleid zu einer näheren Prüfung hin. Penny sah sich die Nähte kritisch an. »Wenn sie es nicht zu genau anschauen«, fand sie. »Die neuen Nähte sind perfekt. Natürlich läßt sich noch sehen, wo die alten waren. Aber weshalb sollten die überhaupt nachschauen? Zieh es an.«

Karen schlüpfte in das Kleid und führte es Penny vor.

»Großartig«, sagte Penny. »Wirklich sexy. Ich wünschte, ich hätte eine Figur wie du.«

»Sei froh, daß du sie nicht hast«, sagte Karen. »Nichts paßt mir wirklich, und ich sehe immer aus wie so ein...« Sie würgte den Satz ab, weil sie das Wort ›Tramp‹ nicht aussprechen wollte.

»Aber doch nicht in diesem Kleid!« versicherte ihr Penny. »Und weißt du was? Ich wette, wenn du das Make-up wieder abschminkst und dein Haar offen trägst, wirst du ganz großartig aussehen.«

Zusammen fingen nun die beiden Mädchen an, mit Karens Gesicht und Haar zu experimentieren. Eine halbe Stunde später besahen sie sich das Ergebnis im Spiegel, und Penny kicherte los. »Weißt du was? Du siehst genau so aus, wie Judy schon immer aussehen wollte. Wenn sie dich in dem Kleid sehen könnte, würde sie sterben.« Dann merkte sie, was sie da gesagt hatte, und die zwei Mädchen sahen einander an.

»Was glaubst du, warum sie es getan hat?« fragte Karen. »Hast du sie gefragt?«

Penny schüttelte den Kopf. »Ich glaube, ich will es gar nicht wissen. Wenn du mich fragst, es ist schaurig. Und es muß wie verrückt weh getan haben.«

»Ich weiß nicht«, grübelte Karen, »ich kann mir vorstellen, wenn es dir so schlecht geht, daß du am liebsten sterben möchtest, ist dir das egal.«

Penny schüttelte sich ein wenig. »Ich glaube nicht, daß ich es tun könnte. Ich würde die Schmerzen nicht aushalten.« Dann lächelte sie. »Aber die Behandlung, die Judy jetzt bekommt, könnte ich gut aushalten. Alles, was sie macht, ist im Bett zu liegen, dabei wird sie von vorn bis hinten bedient und sieht den ganzen Tag lang fern.«

»Ja«, sagte Karen leise, »aber stell dir vor, sie wäre gestorben. Was glaubst du, wie das wäre?«

»Denkst du niemals daran?« fragte Penny. »Ich denke immer daran. Manchmal macht es mir Spaß, mir meine eigene Beerdigung vorzustellen.«

Der Gedanke war Karen noch nie gekommen. Jetzt hatte sie ein Bild vor Augen. »Das könnte ganz nett sein«, sagte sie. »Ich denke, ich hätte gern eine kleine Beerdigung. Nur mit dir, Janet, Judy und meiner Mutter. Und mit Jim, natürlich. Es wäre zu schrecklich für ihn, und er würde sich wahrscheinlich auf meinen Sarg stürzen.« Die Vorstellung gefiel ihr – ein am Boden zerstörter Jim Mulvey, sein Leben für immer vertan, durch den viel zu frühen Tod des Mädchens, das er zu heiraten gehofft hatte, hingestreckt auf dem Sarg, hemmungslos über seinen Verlust weinend.

»Meine Beerdigung wäre viel würdiger«, sagte Penny. »Selbstverständlich wären alle da, und es gäbe massenhaft Blumen. Und meine Eltern wären in der ersten Reihe. Ich glaube nicht, daß sie weinen würden. Im Gegenteil, sie würden sich gegenseitig helfen, alles zu überstehen. Du kennst ja meine Mutter; sie würde versuchen, sich an die Devise zu halten, daß das Leben weitergeht, aber innerlich wäre sie natürlich ein Wrack. Und Daddy würde es umbringen, auch wenn er es sich nicht anmerken ließe. Wahrscheinlich wären auch sie innerhalb eines Jahres tot. Für was sollten sie nach alldem auch weiterleben?« Dann, als das Bild ihrer Eltern, die sich in unausgesprochenem Kummer aufzehrten, verschwand, gluckste Penny.

»Kannst du dir Marilyn Cranes Beerdigung vorstellen?« kicherte sie. »Drei welke Rosen, und alle wären da, um sicherzugehen, daß sie auch tot ist.«

»Wen würde das schon kümmern, wenn sie tot wäre?« sagte Karen schnippisch. Sie begann das schwarze Kleid auszuziehen. »Wir fangen besser an, sonst werden wir nie fertig, bis alle da sind.« Sorgfältig hängte sie das Kleid auf und zog ein Paar Jeans an. »Komm«, sagte sie, »du kannst mir beim Abspülen des Punschglases helfen.«

Anderthalb Stunden später war die Party voll im Gange, obwohl bis jetzt noch keiner der Jungen eingetroffen war. Und während Karen und Penny darüber witzelten, das Punschgefäß zerkratzt zu haben (hatten sie nicht), ging die Haustür auf, und Janet Conally kam herein. Zusammen mit Jeff Bremmer.

»Jeff hat mir heute nachmittag bei einer wissenschaftlichen Ausarbeitung geholfen, da habe ich ihn gleich eingeladen, mitzukommen«, erklärte Janet. Jeff sah sich im Raum um und stellte fest, daß er das einzige männliche Wesen war, soweit er das sehen konnte.

»Ich weiß nicht«, sagte er unsicher, »vielleicht hätte ich nicht kommen sollen.«

»Sei nicht kindisch«, sagte Penny, »alle anderen kommen auch. Einer mußte der erste sein. Du darfst aber niemandem sagen, daß du hier warst. Karens Mutter glaubt nämlich, daß dies eine Kükenparty ist.«

Jetzt war Jeff wirklich entnervt. »Ich denke, ich gehe besser«, sagte er. Aber einen Augenblick später fuhr ein Auto vor dem Haus vor, und Jim Mulvey und Lyle Crandall erschienen an der Tür. Plötzlich gefiel Jeff die Party schon besser.

»Hey, hey«, sagte Jim Mulvey und pfiff Karen nach, »das nenn' ich ein Kleid.«

»Gefällt es dir? Es ist das Kleid, das Judy heute abend tragen wollte.«

»Steht dir viel besser«, bestätigte Jim. Dann zwinkerte er ihr zu. »Ich habe hier ein paar Biere. Darf ich sie in den Kühlschrank stellen?« Als Karen unsicher dreinschaute, faßte er nach ihr und kniff sie in die Hüften.

»Komm schon«, sagte er, »es ist doch nur ein kleines Bier. Wir Jungs werden schnell durstig.« Er zog eine Dose ›Olympia‹ hervor und hielt sie in Lyle Crandalls Richtung. »Wie wär's mit einem, Crandall?«

»Gut«, sagte Lyle, »und gib mir auch eins für Jeff.« Jim Mulvey warf ihm noch eine Dose zu, und Lyle öffnete beide. »Probier mal diese Größe, Jeff«, sagte er und reichte ihm die Dose.

Jeff erwog die Möglichkeit, sie zurückzugeben. Dann überlegte er sich's anders. Er hielt die Dose an die Lippen, und die bittere Flüssigkeit schockte ihn. Als die beiden anderen Jungen über ihn lachten, lief er tiefrot an.

»Und was war bis jetzt los?« fragte Jim Mulvey in die Runde und zog dabei den Ringverschluß seiner Bierdose auf.

»Wir haben über Judy Nelson gesprochen«, sagte eine Stimme aus dem Hintergrund, »und über Selbstmord im allgemeinen.«

Eine Lachsalve ging durch den Raum. Judy Nelson war zum Gegenstand geschmackloser Witze geworden.

»Vor Jahren hat sich der Kerl von nebenan umgebracht«, warf Lyle Crandall ein.

»Du scherzt«, sagte Jim, »wer war das?«

»Ich weiß nicht mehr, wie sie hießen. Seine Frau ist gleich, nachdem es passiert war, weggezogen.«

»Wie hat er es gemacht?«

Lyle lachte und begann zu erzählen, aber Janet Conally schnitt ihm das Wort ab.

»Uaah«, sagte sie schaudernd, »das ist ja furchtbar. Laßt uns von etwas anderem reden.«

»Ich finde das interessant«, grinste Jim Mulvey. »Wenn du dich umbringen wolltest, wie würdest du es machen?«

Plötzlich sprachen alle darüber, was die beste Methode sei, um Selbstmord zu begehen. Man beschloß, daß Tabletten am besten geeignet wären, dann folgte Selbstmord durch Gas. Die eher schmerzhaften Methoden wurden als entweder zu grausam oder zu schmutzig verworfen. Als sie das Thema erschöpfend besprochen hatten, wandten sie sich der Frage zu, wer in ihren Klassen zu den wahrscheinlichsten Kandidaten für einen Selbstmord zählte. Niemand erwähnte einen der Anwesenden. Wenn jemand eine derartige Bemerkung fallenließ, ging niemand darauf ein. Als sie damit durch waren, einigten sie sich darauf, daß, wenn überhaupt jemand von St. Francis Xavier sich umbringen sollte, Marilyn Crane diejenige sei. Oder, wie Jim Mulvey es ausdrückte: »Sie sollte sich selbst einen Gefallen erweisen.« Alle lachten, und irgendeiner schlug vor, daß Marilyn sogar eine neue Methode erfinden könnte. – Sie könnte sich zu Tode langweilen. Auch darüber lachten alle, mit Ausnahme von Jeff. Es tat ihm leid um Marilyn, und er fand, daß er einen Fehler gemacht hatte, auf diese Party zu gehen. Er kämpfte mit sich, ob er gehen solle, aber schließlich ging er zum Kühlschrank und genehmigte sich noch ein Bier. Als er es zur Hälfte getrunken hatte, fühlte er sich schon viel besser.

Kurz vor neun Uhr klingelte das Telefon. Karen bat, mit den Armen gestikulierend, um Ruhe, bevor sie den Hörer abnahm. Nachdem sie kurz ins Telefon gesprochen hatte, winkte sie in die Runde. »Es ist alles in Ordnung«, rief sie. »Es ist Judy.« Dann nahm die Party wieder ihren Lauf, und Karen schwatzte mit Judy. Als sie endlich aufhängte, winkte sie erneut, bis sie aller Aufmerksamkeit auf sich gelenkt hatte.

»Judy hat eine wunderbare Idee«, sagte sie. Dann erklärte sie Judys Idee.

Genau um neun Uhr klingelte das Telefon im Hause der Cranes. Geraldine Crane nahm ab und war angenehm überrascht, daß eine Stimme nach Marilyn fragte.

»Für mich?« sagte Marilyn neugierig und kam ins Zimmer. »Wer ist es?«

»Keine Ahnung.« Geraldine hob die Schultern. Sie reichte Marilyn das Telefon und ließ sich wieder in dem Sessel nieder, den sie verlassen hatte, als der Apparat geklingelt hatte. Sie nahm das Buch, in dem sie gelesen hatte, zur Hand, schlug es aber nicht auf. Statt dessen lauschte sie Marilyns Part der Konversation.

»Ich glaube nicht«, sagte Marilyn, »es wird furchtbar spät, und ich bleibe besser zu Hause.« Es entstand ein kurzes Schweigen, dann: »Nein, ehrlich – ich fühle mich nicht wohl. Trotzdem danke.« Sie legte den Hörer wieder auf und wollte aus dem Zimmer gehen.

»Wer war das, Liebes?« fragte ihre Mutter.

»Niemand.«
»Sei nicht albern. Es war jemand. Wer war es?«
»Karen Morton«, sagte Marilyn. Sie unternahm einen neuen Versuch, aus dem Zimmer zu gehen, scheiterte aber wieder an ihrer Mutter.
»Und was wollte sie?«
»Nichts.«
»Marilyn, sie muß doch etwas gewollt haben. Es klang so, als ob sie wollte, daß du irgendwohin kommst. Wohin?«
»In ihr Haus.«
»Wirklich?« Geraldine war freudig erregt. Marilyn wurde selten eingeladen und fast nie von Leuten in ihrem Alter, außer von dem netten Jeff Bremmer. »Wofür?«
»Sie sagt, sie feiern eine Party, eine ›Komm-wie-du-bist‹-Party. Sie wollen, daß ich komme.«
»Also das klingt ja toll«, sagte Geraldine begeistert. Sie erinnerte, sich, daß sie vor Jahren selbst auf solche Partys gegangen war, und es viel Spaß gemacht hatte. Man war in den ulkigsten Aufzügen erschienen.
»Nun, ich gehe nicht hin«, sagte Marilyn ruhig.
Geraldine wollte den Stier bei den Hörnern packen. Es wurde langsam Zeit, daß Marilyn sich mit den anderen Kindern zusammentat, fand sie. »Selbstverständlich gehst du hin«, sagte sie, »warum um alles in der Welt denn nicht?«
»Es ist schon spät«, sagte Marilyn. »Es ist neun Uhr, und ich wollte morgen zur Frühmesse gehen...«
»Du kannst doch auch in eine spätere gehen und dich ausschlafen«, entgegnete Geraldine.
»Aber Mutter, sieh mich an, wie ich aussehe.«
»Das macht die ›Komm-wie-du-bist‹-Partys ja so lustig«, sagte Geraldine, schärfer als sie das eigentlich wollte. »Jetzt zieh dir einen Mantel über, und ich fahre dich schnell zu Karen rüber.«
Marilyn sah sich im Spiegel an. Sie war gerade dabeigewesen, mit einem Buch zu Bett zu gehen. Sie trug ein Flanellnachthemd und einen alten rosa Bademantel, den sie gegen ihren Willen zur Kommunion bekommen hatte. In ihr Haar hatte sie Lockenwickler gedreht, und ihr Gesicht war dick mit Nachtcreme beschmiert.
»Ich will nicht gehen«, beharrte sie. Aber Geraldine war unerbittlich. Sie bügelte Marilyns Einwände nieder und packte sie ins Auto.
Fünf Minuten später wurde Marilyn vor dem Haus der Mortons

abgesetzt, ein Mantel bedeckte den Bademantel, und an den Füßen trug sie Pantoffeln. Ohne ihrer Tochter Zeit für weitere Einwände zu lassen, fuhr Geraldine Crane ab. Sie war sicher, daß ihr Fräulein Tochter, das häßliche Entlein, endlich in die Herde aufgenommen würde. Marilyn, die sicher war, daß die Herde ihr nur eins auswischen wollte, ging langsam den Eingang hinauf. Das Haus erschien dunkel, verdächtig ruhig. Sie streckte ihre Hand aus und drückte zögernd auf die Klingel.

Es war Samstag abend, halb elf. Marriet Morton sah sich in dem Speisesaal um, in dem sie zusammen mit einer weiteren Kellnerin schon den ganzen Abend ohne viel Arbeit zugebracht hatte. Nur zwei Tische waren besetzt, und beide lagen im Bereich des anderen Mädchens. Irgend etwas quälte sie. Sie hatte so ein Gefühl, daß sie besser zu Hause wäre. Sie sah zur Uhr, da hörte sie die Stimme der anderen Kellnerin hinter sich. »Das nenne ich eine Nacht!« sagte Millie. »Du bist schon den ganzen Abend lang so nervös wie eine Katze gewesen, und es sieht nicht so aus, als ob ich das nicht alleine schaffe.« Es war ein verlockendes Angebot, aber Harriet mußte an die Trinkgelder denken, die ihr entgehen könnten. Millie konnte ihre Gedanken lesen. »Ich sag' dir, was ich tun werde. Sobald ich es mir erlauben kann, schmeiß' ich dich raus, und wir werden alle Trinkgelder teilen, die in deiner Abteilung von jetzt an bis zum Schluß anfallen. Wenn wir Glück haben, könnten das zwölfeinhalb Cents für jeden werden. Geh nach Hause, wenn du willst. Ich seh' dir doch an, daß dich irgend etwas bedrückt.«

»Es ist wahrscheinlich albern«, entgegnete Harriet. »Es ist nur, daß Karen heute eine Party gibt, und es ist das erste Mal, daß ich ihr das erlaubt habe, obwohl ich nicht zu Hause bin.«

»Angst, daß eine Orgie daraus wird?« grinste Millie.

»Ach was, laß die Scherze. Mit dem Pöbel komm' ich schon klar.« Sie blickte mürrisch zu den zwei einsamen Gästen hinüber, die gelangweilt in dem Gemisch von Kartoffeln mit Bratensoße, was als ›Gutbürgerliche Küche‹ bezeichnet wurde, herumstocherten.

Fünf Minuten später saß Harriet in ihrem Wagen, und zehn Minuten danach fuhr sie die Auffahrt hoch. Dem äußeren Anschein nach schien die Party vorbei zu sein – das Haus lag im Dunkeln. Aber dann, als sie die Autotür schloß, hörte sie die Musik. Leise Musik, nicht die laute Rockmusik, die sie erwartet hatte.

Die Haustür war nicht verschlossen. Als sie die Lichter anknipste, hörte sie die Geräusche einer Balgerei im Wohnzimmer. Da waren sie also.

Harriet sah sich die Teenager an, die mit schuldbewußten Mienen im Wohnzimmer herumstanden und so zu tun versuchten, als seien sie nicht bei etwas Verbotenem erwischt worden – nur daß ihre Kleidung verrutscht war, und die Schminke der Mädchen sich auf sonderbare Weise auf die Gesichter der Jungens übertragen hatte. Nun, eines Tages mußte das wohl kommen, sagte sich Harriet. Sie *werden* erwachsen. Sie riß sich zusammen, um ihnen die Lektion zu erteilen, die auch ihr Mann ihnen erteilt hätte, würde er noch leben. Von allen Kindern sah ausgerechnet ihre Tochter sie mit dem größten Groll an. Die anderen sahen ziemlich verschämt drein; Karen jedoch war wütend. Harriet war gar nicht klar, daß sich Karens Zorn weniger gegen Harriet richtete, Karen hatte vielmehr Angst davor, was die anderen sagten, daß jetzt alles vorbei war. Karen sah ihre Felle davonschwimmen. Sie hatte immer gesagt, daß ihre Mutter ihr alles erlaubte, was sie wollte. Jetzt kam die Wahrheit ans Licht. Harriet Morton war genauso streng wie alle anderen Mütter in Neilsville.

Karen flüsterte etwas in Jim Mulveys Ohr. »Wir schleichen uns davon, wenn das hier alles vorbei ist«, sagte sie leise, »dann können wir das, was wir gerade angefangen haben, zu Ende bringen.« Jim wurde es plötzlich eng in der Leistengegend. Sollte es wirklich passieren? Mit einem Mal hatte er ein bißchen Angst.

Peter Balsam steuerte Margos Wagen in ihre Einfahrt und hielt an. Er drehte sich zu ihr und lächelte sie an.

»Kommst du noch mit rein auf einen Gute-Nacht-Drink?« fragte Margo. Balsam schüttelte den Kopf. Er wollte die Einladung annehmen, sie in die Arme nehmen, aber irgend etwas hielt ihn zurück.

»Heute abend nicht«, sagte er und wich ihrem gekränkten Blick aus. »Ich muß noch einiges lesen.« Und weiter: »Macht es dir wirklich nichts aus, wenn ich deinen Wagen nehme?« Margo lächelte. »Nicht, wenn du ihn mir morgen früh zurückbringst. Und für mich ist das beste Mittel, dich morgen garantiert zu sehen, dir mein Auto zu leihen. Schließlich halte ich dich ja nicht für einen Autodieb.«

Sie küßte ihn flüchtig und stieg dann aus. »Bis morgen früh also. Soll ich ein kleines Frühstück vorbereiten?«

»Das wäre großartig«, sagte Peter. »Und Margo, danke, daß du mich begleitet hast.«

Sie grinste ihn an. »Ich war nur besorgt um mein Auto. Das nächste Mal, wenn du wieder nach Seattle fährst, kannst du alleine fahren, mir ist der Weg zu lang.« Sie winkte ihm zu und verschwand in ihrem Haus. Gleich darauf hörte sie den Wagen starten und rückwärts aus der Einfahrt fahren. Fünf Minuten später lag Margo Henderson im Bett.

Balsam fuhr langsam durch die Seitenstraßen von Neilsville. Er wollte nicht mit Margos Wagen gesehen werden. Er hatte die Vermutung, daß es bereits eine Menge Klatsch gab, und er wollte nicht noch Öl in dieses Feuer gießen. Er war nur noch fünf Häuserblocks von zu Hause entfernt und fing an, sich von der Reise zu erholen, als er die Gestalt verloren an der Bordsteinkante sitzen sah. Als er etwa auf gleicher Höhe mit der eigenartigen Erscheinung war, sah ein Gesicht zu ihm auf, und er erkannte Marilyn Crane. Er stieg auf die Bremse und brachte den Wagen derartig abrupt zum Stehen, daß die Bücher, die sorgfältig gestapelt auf dem Rücksitz lagen, zu Boden stürzten. Peter Balsam setzte den Wagen zurück und kurbelte das Fenster herunter.

»Marilyn?« rief er. »Bist du es, Marilyn?«

Sie wollte schon weggehen, in der Hoffnung, im Schatten zu verschwinden, als sie seine Stimme erkannte. Verunsichert wandte sie sich um, und Peter konnte sehen, daß sie geweint hatte. Sie besah sich den Wagen, als ob sie sich nicht sicher wäre, ob sie näher kommen oder weglaufen sollte. Peter öffnete die Tür und stieg aus. Er ging um den Wagen herum. »Marilyn? Ich bin es, Balsam. Was fehlt dir? Was ist los, daß du im Bademantel herumrennst?«

»Mir geht es gut«, sagte sie, was aber offensichtlich nicht stimmte. Dann erinnerte sie sich an den Tag, als sie zusammen von der Kirche in die Stadt gegangen waren, und wie Mr. Balsam sie zu verstehen schien. Mit einem Mal begannen ihre Tränen wieder zu fließen. »Nein, es geht mir gar nicht gut. Ich fühle mich schrecklich, wenn Sie es genau wissen wollen. Darf ich in Ihr Auto kommen?«

»Aber selbstverständlich darfst du!« Instinktiv faßte er nach ihrem Arm und half ihr in den Wagen. Bis er die Tür fest hinter ihr zugemacht hatte, schluchzte sie auch schon unkontrolliert los. Er eilte hinüber auf die Fahrerseite. Und parkte dann den Wagen, anstatt loszufahren, näher am Bürgersteig, und stellte den Motor ab. Er wollte das unglückliche Mädchen berühren, und sie griff nach seiner Hand.

»Was ist los, Marilyn?« sagte er leise. »Kannst du es mir nicht sagen?«

»Es – es war schrecklich«, sagte sie. »Sie waren alle so gemein.« Flehend sah sie zu ihm hinüber. »Warum sind sie alle so gemein?«

»Ich weiß es nicht«, sagte Peter freundlich. »Warum fängst du nicht von vorne an?«

Marilyn nickte tapfer und bemühte sich nach Kräften, den plötzlichen Weinkrampf, der sie überwältigt hatte, unter Kontrolle zu bekommen, während sie Peter Balsam erzählte, was ihr an diesem Abend widerfahren war.

»Es war schrecklich, Mr. Balsam«, sagte sie und durchlitt dabei ihre Erfahrungen noch einmal. »Ich stand da und klingelte, und ich wußte, daß es sich um einen ganz üblen Scherz handelte, und ich wartete, aber niemand öffnete die Tür. Und dann, als ich gerade gehen wollte, kam Mutter vorbeigefahren, so blieb mir keine andere Wahl. Ich klingelte also noch mal, und da konnte ich sie drinnen hören. Alle kicherten sie, und ich wußte, daß sie über mich lachten. Schließlich öffnete Karen die Tür und bat mich, hereinzukommen. Ich wollte auf der Stelle abhauen, aber ich hoffte – nun, ich hoffte, daß es vielleicht doch kein Scherz war, sondern nur Karen sich so angezogen hatte, so daß *jeder* so aussah wie ich, und sie die einzige wäre, die gut aussah. Also ging ich hinein. Und sie alle warteten auf mich. Alle – Penny und Janet, und Lyle und Jeff – einfach alle. Da stand ich nun. Und sie lachten mich aus. Ich hatte versucht, Mutter davon zu überzeugen – ich wußte, daß es so kommen würde!« Sie begann wieder zu weinen, und Peter ließ sie weinen, er wußte zu genau, daß nichts, was er sagte, ihr die Demütigung abnehmen konnte. Er ließ sie sie wegweinen. Und als ihr Schluchzen langsam ruhiger wurde, drückte er ihre Hand.

»Möchtest du, daß ich dich nach Hause bringe?« sagte er leise. Marilyn schien erschrocken.

»Nein«, sagte sie, »noch nicht. Ich kann noch nicht nach Hause kommen. Mutter wäre wütend auf mich. Sie würde behaupten, ich sei zu empfindlich und ich hätte einfach auch loslachen sollen, mit allen anderen, um dann zu bleiben und mir einen schönen Abend zu machen.«

»Vielleicht hättest du das tun sollen«, schlug Peter freundlich vor.

»Aber ich konnte das nicht. Verstehen Sie das nicht? Sie haben mich nicht eingeladen, weil sie mich wollten. Sie haben mich nur eingeladen, damit sie etwas zum Lachen haben. Als der Spaß erst mal vorbei war, wollten sie nicht, daß ich dableibe. O Gott, ich wollte sterben. Es war so schrecklich!«

»Ich mach' dir einen Vorschlag«, sagte Balsam. »Laß uns doch irgendwohin gehen und ich spendiere dir eine Cola.«

Voller Hoffnung sah sie ihn an, doch dann fiel ihr Gesicht vor Enttäuschung zusammen. »In dem Aufzug? So wie ich aussehe, kann ich nirgendwo hingehen.«

Balsam konnte nicht anders, er mußte sie angrinsen, und doch war er vorsichtig genug, nicht zu lachen.

»Dir ist es doch immerhin gelungen, in dem Aufzug hierher zu kommen, oder?«

»Das war etwas anderes. Ich mußte einfach weg.«

»Wie lange ist das schon her?«

Gleichgültig zuckte sie mit den Schultern. »Keine Ahnung. Eine halbe Stunde. Vielleicht eine Stunde.«

»Du willst mir doch nicht etwa sagen, daß du schon eine Stunde lang so herumläufst?« Sie nickte. »Und du willst noch nicht nach Hause gehen?« Sie schüttelte den Kopf. »Nun gut, dann laß uns zu einem Drive-in fahren, und während ich uns Coca-Cola besorge, kannst du im Wagen bleiben. Wie klingt das?«

Sie sah ihn dankbar an. »Wäre das möglich?« flehte sie ihn an. »Ich möchte nur nicht, daß Mutter herauskriegt, was passiert ist. Sie würde überhaupt nichts verstehen und nur auf mich losgehen und mir vorwerfen, daß ich alles falsch mache.«

»Ist schon in Ordnung«, versicherte ihr Balsam. Er ließ den Wagen an und fuhr ihn wenige Minuten später in die hinterste Ecke des Parkplatzes bei ›A & W‹. Er ging hinein, und während er zwei Cokes kaufte, fühlte er die neugierigen Blicke. Als er zum Auto zurückkehrte, hatte sich Marilyn spürbar beruhigt.

»Sie wissen nicht, wie das ist«, sagte sie und schlürfte dabei an ihrer Cola.

»Woher willst du das wissen?« sagte Peter. »Du bist nicht die einzige, die je von so etwas verfolgt wurde.« Dann fing er an, eine Geschichte aus seiner eigenen Vergangenheit zu erfinden, in der auch er so lächerlich dastand, wie es Marilyn an diesem Abend passiert war. Er sagte sich, daß es gar nicht darauf ankam, daß die Geschichte nicht wahr war. Es kam vielmehr darauf an, daß Marilyn verstand, daß sie nicht der einzige Mensch war, der jemals öffentlich gedemütigt wurde. Schweigend hörte sie ihm zu. Als er fertig war, zeigte sich in ihren Mundwinkeln der winzige Anflug eines Lächelns.

»Diese Geschichte ist nicht wahr, oder?«

»Nein«, gab Balsam zu. »Sie könnte aber wahr sein, aber die Geschichten, die wahr sind, schmerzen noch zu stark, als daß man darüber reden könnte.« Er dachte an seine Frau, Linda, und den anderen Mann. Den Mann, mit dem er sie erwischt hatte. Das, fand er, war eine Erniedrigung. Aber davon konnte er Marilyn nicht erzählen.

»Wie soll's jetzt weitergehen?« fragte sie ihn unvermittelt. »Ich meine, wie kann ich ihnen am Montag in der Schule gegenübertreten?«

»Mach dir darüber mal keine Sorgen«, sagte Balsam, »verhalt dich einfach so, als ob nichts geschehen wäre, und ich möchte wetten, daß nicht einer den Vorfall überhaupt erwähnt. Und hör gut zu, in meiner Stunde am Montag. Ich glaube, ich werde eine besondere Vorlesung halten – ein kleines Gespräch über Leute, die sich gut fühlen, indem sie anderen Leuten übel mitspielen. Es werden natürlich keine Namen genannt. Und sei nicht überrascht, wenn ich so tue, als ob es dich gar nicht gäbe. Ich möchte nicht, daß irgend jemand glaubt, du und ich hätten etwas im voraus geplant.«

Das half. Jetzt lächelte Marilyn ihn an, und die Tränen waren wie weggewischt.

»Ich danke Ihnen, daß Sie mich heute abend gefunden haben«, sagte sie leise. »Ich glaube, Sie sind der einzige Mensch auf der Welt, den ich heute nacht zum Reden brauchte.« Sie reichte ihm ihren leeren Pappbecher, und Balsam stieg aus dem Auto, um ihn, zusammen mit dem seinen, wegzuwerfen. Dann fuhr er sie nach Hause. Es herrschte friedliches Schweigen.

»Marilyn?« rief ihre Mutter aus dem Wohnzimmer, als diese die Haustür hinter sich zumachte. »Wie war die Party?«

»Schön, Mutter«, antwortete Marilyn. Sie sah keinen Grund, sich durch einen Vortrag ihrer Mutter ihre gute Stimmung kaputtmachen zu lassen.

»Wer hat dich nach Hause gebracht?«

Bevor sie noch überlegen konnte, etwas anderes zu sagen, platzte Marilyn mit der Wahrheit heraus.

»Mr. Balsam?« wiederholte Geraldine Crane. »Wieso in aller Welt Mr. Balsam?«

»Er – er kam gerade vorbeigefahren, und sah mich gehen«, sagte

Marilyn; sie bog die Wahrheit ein bißchen zurecht. »Er bot mir an, mitzufahren, und da ich es albern fand, in meinem Aufzug herumzulaufen, nahm ich an.«

Geraldine Crane dachte einen Augenblick darüber nach. Sie war nicht sicher, ob sie es gutheißen sollte. Immerhin, dieser Mann war ja praktisch ein Fremder. »Also, ich wünschte, du würdest so etwas nicht tun«, sagte sie. »Wenn er dir wieder eine Mitfahrt anbietet, schlag es ihm ab.«

»O Mutter«, sagte Marilyn, »um Himmels willen, er ist einer meiner Lehrer.«

»Aber schließlich kennen wir ihn nicht genau, oder?« sagte Marilyn besorgt. »Bevor man es bereut, ist es besser, auf Nummer Sicher zu gehen.«

Aber Marilyn war schon die Treppen hinaufgeschlichen. Sie hörte nicht, was ihre Mutter gesagt hatte.

Leona Anderson überlegte, ob sie Geraldine Crane noch in dieser Nacht anrufen sollte, oder erst am nächsten Morgen, oder überhaupt. Es war ganz schön schockierend gewesen. Zum Glück hatte ihre Bridge-Partie länger gedauert, und sie war zufällig erst dann ins ›A & W‹ gefahren, sonst hätte sie es gar nicht gesehen. Da waren sie also, frech wie Rotz am Ärmel, Mr. Balsam und Marilyn Crane. Und sie auch noch in ihrem Bademantel! Und im Wagen von Margo Henderson. Das war wirklich zuviel des Guten.

Und dann, nach langer Überlegung, beschloß Leona Anderson, in dieser Nacht niemanden mehr anzurufen. Sie wollte bis zum nächsten Morgen warten und es dann in der Kirche Inez Nelson erzählen. Sie beide, Inez und sie, würden beschließen, was zu tun sei.

Peter Balsam sah zur Uhr, als er seine Wohnung betrat. Es war fast Mitternacht. Die lange Fahrt hatte ihn erschöpft, aber er hatte den weiten Weg bis nach Seattle auf sich genommen, nur um an diese Bücher heranzukommen, und jetzt blickten sie ihn an. Er nahm das außergewöhnlichste zur Hand, Henry Leas *Die Inquisition im Mittelalter*.

Er schlug den Index des Buches auf und fuhr mit den Fingern die Spalten entlang. Dann fing er an, das Buch durchzublättern, las mal hier eine Überschrift, mal da eine Seite, und bemühte dann wieder den Index.

Peter Balsam schlief die ganze Nacht nicht. Bis zum Morgengrauen wußte er wesentlich mehr über die Heiligen, die St. Francis Xavier zierten, als noch um Mitternacht. Was er entdeckt hatte, hätte ihn nicht besonders schlafen lassen, auch wenn er zu Bett gegangen wäre. Als die Sonne über Neilsville aufging und die unerträgliche Hitze der letzten Sommertage die Stadt in einen Backofen verwandelte, las Balsam immer noch. Und ab und zu fröstelte ihn wie im Winter.

11

Karen Morton ging den Kirchberg hinauf, allein. Gewöhnlich wartete sie am Sonntagmorgen am Fuß des Hügels, an der Kreuzung Erste/Hauptstraße, auf Penny Anderson, Janet Conally und Judy Nelson. Aber heute morgen würde Judy nicht kommen. Heute morgen hatte Karen nicht den Wunsch, Penny oder Janet zu sehen. Oder überhaupt jemanden. Sie wollte, sie wäre zu Hause, behaglich eingeschlossen in die Sicherheit ihres Schlafzimmers.

Das war kein leichter Morgen für Karen gewesen, und es versprach auch nicht, besser zu werden.

Sie hatte daran gedacht, im Bett zu bleiben und eine Krankheit vorzutäuschen, aber sie hatte schnell eingesehen, daß es erfolglos wäre. Noch bevor sie ihre Mutter gesehen hatte, fühlte sie, daß ihr heute keine Ausreden abgenommen würden. Es blieb ihr nichts anderes übrig, als aufzustehen, sich dem Zorn ihrer Mutter zu stellen und in die Kirche zu gehen. Sie sollte für ihre Sünden büßen müssen. Das war es, was ihr angst machte, denn Karen wußte, daß sie viel zu beichten hatte. Und so war sie, noch früher als gewöhnlich, aufgestanden, hatte sich angezogen und war hinuntergegangen. Es schien nicht sinnvoll, es auch noch zu verzögern.

Ihre Mutter war in der Küche. Sie hatte nicht mit Karen gesprochen, als diese zum Frühstück herunterkam. Sie hatte sie einfach nur angestarrt und sich dann wieder zum Herd umgedreht, wo sie Spiegeleier briet. Endlich, immer noch Karen den Rücken zugewandt, stellte sie die Frage, die Karen nicht hören wollte.

»Um welche Zeit bist du heute nacht nach Hause gekommen?« fragte sie ruhig.

»Ich bin nicht sicher«, wehrte Karen ab.

»Nun, ich aber«, sagte Harriet schnippisch, »es war nach zwei Uhr. Wo bist du die ganze Zeit gewesen?«

»Jim und ich sind ins ›A & W‹ gefahren«, antwortete Karen. Sofort wußte sie, daß sie einen Fehler gemacht hatte.

»So?« Es war eine Anklage, keine Frage. »Ihr wart also wirklich dort? Es muß ja interessant gewesen sein, dort im Dunkeln herumzusitzen. Das ›A & W‹ schließt nämlich um Mitternacht.«

Karen sank in einen Stuhl am Küchentisch und wartete schweigend den Wutausbruch ihrer Mutter ab. Doch er kam nicht. Statt dessen fuhr Harriet Morton schweigend mit der Vorbereitung des Frühstücks fort, stellte schweigend die Teller auf den Tisch und nahm schweigend Platz. Für Karen war dieses Schweigen viel schlimmer als ein lauter Vortrag.

»Es tut mir leid«, flüsterte sie schließlich. Wieder starrte ihre Mutter sie an. Dann, endlich, begann Harriet Morton zu sprechen.

»Ich weiß nicht, was ich sagen soll«, fing sie an, und Karen fühlte, wie sich ihr Magen zusammenzog. Genau mit diesen Worten wollte sie immer Karens Vater herbeischwören. Sie wartete ab.

»Wenn dein Vater noch am Leben wäre«, war Harriet fortgefahren, »könnte ich all den Ärger ihm überlassen. Aber er lebt nicht mehr, und so muß ich mich damit herumschlagen. Aber letzten Endes, glaube ich, sollte ich dir keine Vorwürfe machen. Ich weiß ja, es kann für dich auch nicht leichter sein ohne deinen Vater, als es für mich ist. Aber ich hatte gehofft, du wärst jetzt alt genug, um dir vertrauen zu können. Da habe ich mich offensichtlich getäuscht. Offensichtlich ist alles, was dein Vater und ich dir beizubringen versuchten, zum einen Ohr hinein- und zum anderen wieder hinausgegangen. Nun, ich kann da jetzt auch nichts mehr ändern. Aber es gibt da ein paar Dinge, die ich für die Zukunft tun kann. Das heißt zum ersten, daß es keine Partys mehr geben wird. Da ich unmöglich die Aufsicht dabei führen kann, wirst du keine mehr veranstalten.«

»Für wie lange?« fragte Karen vorsichtig. Sie hatte mit so etwas gerechnet.

»Für wie lange?« hatte Harriet entgegnet und sie dabei erstaunt angesehen. »Nun, natürlich, bis du achtzehn bist. So lange trage ich für dich die Verantwortung.«

Karen hatte geseufzt. »Aber Mutter…«

»Und selbstverständlich wirst du diesen Jim Mulvey nicht mehr treffen«, fuhr Harriet fort. Sie sah tief in Karens Augen und fügte hinzu: »Es sei denn, daß du heiraten mußt, natürlich. Ich habe die ganze Nacht dafür gebetet, daß das nicht passiert, aber wenn es doch passiert, ist es ein Kreuz, das wir beide werden tragen müssen.«

Karen starrte ihre Mutter voll Bestürzung an, brach dann in Tränen aus und rannte vom Tisch weg. Ihre Mutter fand sie weinend auf ihrem Bett liegend.

»Karen, es ist Zeit für die Kirche«, sagte sie leise.

»Ich gehe nicht«, schluchzte sie in ihr Kissen.

»Natürlich gehst du«, sagte Harriet. »Ist es nicht gerade heute wichtiger denn je zuvor, daß du gehst? Du brauchst die Kirche heute, Karen. So, nun steh auf, zieh dich um und geh los.«

Sie kam allmählich auf dem Hügel der Kathedrale an. Andere Gläubige strebten der St.-Francis-Xavier-Kirche zu. Karen nahm nicht an ihrem Sonntagmorgentratsch teil, und sie war von einer Aura umgeben, die die Leute davon abhielt, sie zu grüßen. Karen Morton war tief in Gedanken versunken.

Sie ging die Treppen hinauf und durch den Eingang. Dann tauchte sie die Finger in das Weihwasserbecken, kniete nieder und ging dann den Säulengang entlang zu der Bank, in der sie und ihre Mutter normalerweise saßen. Hinter ihr flüsterte ihr jemand einen schnellen Gruß zu. Karen erwiderte ihn nicht. Sie sank auf ihre Knie nieder und hob an mit den Gebeten, die sie jeden Sonntagmorgen wiederholte. Dann setzte sie sich auf die Bank und versuchte, sich auf den Gottesdienst zu konzentrieren.

Eine Stunde später, als die Messe zu Ende war, stand sie zögernd auf. Das Schlimmste würde erst noch kommen. Jetzt mußte sie noch zur Beichte gehen. Sie wußte, daß sie nur ablegen wollte, damit sie sich besser fühlte; sie wußte, daß ihre Sünden vergeben würden. Bis zu diesem Morgen *hatte* sie sich nach der Beichte auch besser gefühlt. Aber dieser Morgen war ein besonderer Morgen. An diesem Morgen mußte sie etwas sehr Schweres beichten. Karen riß sich zusammen, verlor beinahe ihre Zweifel, und huschte geschwind in einen der Beichtstühle, die links von der Tür standen. Sie ergriff ihren Rosenkranz, bekreuzigte sich… »Im Namen des Vaters, des Sohnes und des Heiligen Geistes. Amen«, und kniete nieder.

»Segne mich, Vater, denn ich habe gesündigt«, fing Karen an. »Meine letzte Beichte liegt eine Woche zurück.« Dann stockte sie,

sie wußte nicht, wo sie anfangen sollte. »Ich bin schuldig, weil ich mich der Fleischeslust hingegeben habe«, sagte sie leise. Sie hörte, wie auf der anderen Seite des Holzgitters leise eingeatmet wurde und bekam es sofort mit der Angst.

»Mein Kind, was sind deine Sünden?«

Karen kannte diese Stimme.

Sie hatte sie schon zu lange Jahre in den Fluren der Schule gehört, als daß sie sie nicht erkennen würde, selbst wenn sie so gedämpft klang wie bei der Beichte. Es war Monsignore Vernon.

»Ich – ich...« Karen wollte aus dem engen Beichtstuhl fliehen, hinaus aus der Kirche und den Hügel hinunter. Sie versuchte, ihre Fassung zu gewinnen. Von der anderen Seite des Gitters drängte sie die Stimme des Monsignore zu beginnen.

»Aber es ist nicht leicht...«, stammelte Karen.

»Nichts in dieser Welt ist leicht, mein Kind«, sagte der Priester. »Aber wir müssen unsere Sünden beichten. Was hast du getan?«

Sie erzählte es ihm. Sie begann ihm alles zu erzählen, was sich während der vergangenen Woche zugetragen hatte. Sie beichtete, hinterlistig gewesen zu sein, und erzählte ihm zuerst, wie sie Judy bei der Sache mit dem Kleid geholfen hatte. Dann fing sie an, ihm von der Party in der letzten Nacht zu erzählen, und davon, daß sie ihre Mutter getäuscht hatte. Sie erzählte ihm, wie sie Marilyn Crane hereingelegt und sie damit verletzt hatte. Und dann erzählte sie ihm von den letzten Stunden der Nacht, als sie und Jim Mulvey im Schutz der Dunkelheit in seinem Wagen saßen.

»Ich habe es zugelassen, daß er mich berührt, Vater«, flüsterte sie. Noch einmal fühlte sie die Hitze zwischen ihren Schenkeln, so wie sie sie in der vergangenen Nacht gefühlt hatte, und eine Flut von Schuldbewußtsein schlug über sie.

»Du hast zugelassen, daß er dich berührt?« fragte der Monsignore. »Wo hast du dich von ihm anfassen lassen?«

»Ich – ich habe nicht...« Karen kam ins Stottern. Dann platzte es heraus. »Ich ließ ihn mich überall berühren.«

Auf der anderen Seite des Holzgitters herrschte lange Schweigen. Dann sprach der Monsignore wieder.

»Was genau meinst du mit überall?«

Karen wurde in der Dämmrigkeit des Beichtstuhls tiefrot und wünschte sich einen Augenblick lang, sterben zu können.

»Segne mich, Vater, denn ich habe gesündigt«, murmelte sie wieder.

»Ich kann keine Sünden vergeben, die nicht gebeichtet worden sind«, kam die Stimme unerbittlich aus dem Dunkeln. Karen wand sich hin und her vor Verlegenheit.

»Er – ich habe mich von ihm an meiner Brust berühren lassen und zwischen den Beinen«, sagte sie leidend.

»Und hast du ihn berührt?« fuhr der Priester unbarmherzig fort.

»Ja«, die Antwort kam fast unhörbar, und Karen fragte sich, ob sie gehört worden war. Aber sie brachte es nicht fertig, es noch einmal zu wiederholen. Dann begann die Stimme zu ihr zu sprechen.

»Die Lust ist eine sehr schlimme Sünde, mein Kind. Deine Seele ist in großer Gefahr, und du mußt sehr achtgeben, daß sich das Böse nicht deiner bemächtigt.«

»Ich versuche es, Vater«, sagte Karen unglücklich.

»Der Teufel weilt unter uns«, hörte sie den Priester sagen. »Er ist immer bei uns und führt uns vom Pfad der Tugend. Schütze dich gegen ihn und sei wachsam, mein Kind. Er erscheint dir als Freund, aber er führt dich vom rechten Wege ab.«

Dann verstummte die Stimme, und Karen dachte über die Worte nach. Was versuchte der Priester ihr zu sagen? Wollte er sagen, daß Jim Mulvey der Teufel war? Das ergab keinen Sinn. Dann sprach er wieder.

»Gibt es noch etwas?« sagte er.

Karen überlegte angestrengt. Es war fast geschafft. Gleich würde sie von ihren Sünden erlöst werden, und sie wäre wieder frei. Sie versuchte, sich zu erinnern, ob sie noch etwas zu beichten hätte, aber die Anspannung hatte sie ganz durcheinander gebracht.

»Nein, Vater«, sagte sie schließlich.

»Deine Sünden sind zahlreich, mein Kind, und deine Strafe muß schwer sein.«

Karen merkte, wie ihre Zuversicht schwand. Oft schon hatte sie die Leute aus dem Beichtstuhl kommen und dann durch den Säulengang zum Altar gehen gesehen. Dort knieten sie dann nieder und verharrten so für den Rest des Tages. Oft schon hatte sie sich gefragt, welche Gebete sie sprachen. Jetzt war sie davon überzeugt, daß sie es erfahren würde.

»Du wirst auf deinen Knien den Beichtstuhl verlassen und dich zur Heiligen Jungfrau begeben. Für deine Sünden wirst du einhundert Rosenkränze beten und zwischen jedem Rosenkranz wirst du ein Glaubensbekenntnis leisten. Verstehst du deine Strafe?«

»Ja, Vater.« Karen war zum Heulen zumute. Den Beichtstuhl auf ihren Knien verlassen? Sie konnte sich nicht erinnern, daß vor ihr jemand das tun mußte. Die Leute würden sie anstarren. Sie würden wissen, daß sie etwas Böses getan haben mußte. Sie wünschte, sie könnte auf der Stelle sterben. Dann bemerkte sie, wie der Priester die Worte der Absolution sprach. Schnell wiederholte sie...

»O mein Gott«, begann sie, die Worte kamen trotz ihrer Verwirrung ganz automatisch. »Ich fühle tiefe Reue, weil ich ihn beleidigt habe, und ich verabscheue all meine Sünden, weil ich den Verlust des Himmels und die Qualen der Hölle fürchte; aber vor allem, weil ich euch, mein Gott beleidigt habe, der ihr nur Gutes tut und all meine Liebe verdient. Ich gelobe fest, mit der Hilfe eurer Gnade, nie mehr zu sündigen und jede Gelegenheit dazu zu meiden.« Als sie fertig war, empfing sie die Worte der Absolution.

»Ich erlöse dich von deinen Sünden, im Namen des Vaters, des Sohnes und des Heiligen Geistes. Amen. Gehe hin in Frieden, mein Kind.« Die Klappe über dem Holzgitter schloß sich, und Karen Morton war nun allein im Beichtstuhl. Sie saß lange Zeit da und wünschte, sie hätte den Mut, oder besser die Feigheit, die Strafe zu mißachten, den Beichtstuhl zu verlassen und aus der Kirche zu gehen, hinein ins Sonnenlicht. Aber Karen Morton fürchtete den Herrn, darum hielt sie den Rosenkranz ganz fest, stieß die Tür vom Beichstuhl auf, und, noch immer auf den Knien, kroch sie in die Kirche hinein. Mit festem Blick sah sie zur Heiligen Jungfrau auf und wandte ihre Augen nicht von dem friedlichen Gesicht ab, während sie ihren schmerzlichen Weg durch den Säulengang machte. Bis sie an der Statue angekommen war und angefangen hatte, den Rosenkranz zu sprechen, war der Schmerz in ihren Knien fast so schlimm wie die Pein in ihrem Gewissen. Sie legte das Glaubensbekenntnis ab und bewegte dabei stumm ihre Lippen.

Peter Balsam sah in die Morgensonne hinaus und überlegte sich, was er als nächstes tun wollte. Sein erster Gedanke war, Margo Henderson anzurufen, und er war schon ans Telefon gegangen, als ihm klarwurde, was er statt dessen zu tun hatte. Er mußte in die Kirche gehen. Er mußte beten. Er mußte eine Entscheidung für sich treffen. Er wußte, nach allem was er in der vergangenen Nacht gelesen hatte, daß es heute nicht leicht werden würde zu beten, daß es nicht leicht wäre, zwischen den glühenden Gestalten der Heiligen der Inquisition – den Heiligen von Neilsville – zu sitzen und zu einer vernünftigen Entscheidung zu finden.

Aber an diesem Morgen gab es ohnehin wenig, was Peter Balsam vernünftig erschien. Seine nächtliche Lesearbeit hatte ihn bis ins Mark erschüttert. Jetzt galt es für ihn, herauszufinden, ob sein Glaube dieser Erschütterung standgehalten hatte, oder ob er daran zerbröckelt war.

Er verließ seine Wohnung, schloß sorgfältig die Tür und machte sich auf den Weg, den Hügel zur Kathedrale hinauf.

Er betrat die Kirche, gerade als Karen Morton aus dem Beichtstuhl kam, und erschrocken mußte er mit ansehen, wie sie den Weg durch den Säulengang zu dem der Heiligen Jungfrau geweihten Altar zurücklegte. Für den Bruchteil einer Sekunde hatte er den Wunsch, auf sie zuzugehen. Er überlegte es sich aber anders, als er sah, daß alle anderen Gläubigen sie nicht beachteten. Er sah ihr immer noch hinterher, als er hinter sich eine Stimme hörte.

»Ich hatte gehofft, daß du früher hier bist«, flüsterte Monsignore Vernon ihm leise ins Ohr. Erschrocken machte Balsam einen Schritt zurück, wandte sich dann um und schaute den Priester an.

»Was in aller Welt ist denn hier los?« fragte er herausfordernd.

Monsignore Vernon sah ihn ausdruckslos an, als ob er die Frage nicht gehört hätte.

»Warum geht Karen Morton auf Knien den Säulengang hinab?«

Der Priester lächelte ihn gelassen an, mit einem geradezu friedvollen Blick.

»Das ist eine Angelegenheit zwischen ihr und dem Herrn, oder?«

»Es handelt sich also um eine Art Buße?« setzte Balsam nach.

»Das geht dich nichts an«, erwiderte der Priester. Er wandte sich ab, als ob er weggehen wollte, drehte sich aber noch einmal um. »Werde ich dich bei der nächsten Messe sehen?« fragte er Balsam.

Bevor Balsam antwortete, blickte er noch einmal zu Karen Morton hinüber, die jetzt ganz in ihre Gebete versunken war. Dann wandte er sich wieder dem Priester zu und schüttelte den Kopf.

»Ich weiß es nicht«, sagte er. »Aber ich muß mit dir reden.«

»Mit mir?« fragte Monsignore Vernon. »Sehr gut. Sollen wir ins Pfarrhaus gehen?«

»Wenn es dir nichts ausmacht, würde ich lieber woanders hingehen. Wie wäre es mit meinem Klassenzimmer?«

Der Monsignore zuckte gleichgültig mit den Schultern und geleitete Peter Balsam aus der Kirche. Wenige Minuten danach schloß er die Tür zu Zimmer 16 auf und ließ Peter Balsam zuerst eintreten. Dann folgte er dem Lehrer nach und schloß die Tür hinter sich.

»Stimmt etwas nicht?« Die Frage war weniger Frage als Vorwurf. Balsam beschloß, sich keine Vorwürfe gefallen zu lassen. Statt dessen näherte er sich der Statue von St. Peter Martyr und stand einige Minuten lang schweigend davor und sah sie an. Dann drehte er sich geschwind um und sprach.

»Er war ein Bastard erster Klasse, nicht wahr?« Balsam hatte absichtlich schockierende Worte gewählt. Das hatte Erfolg. Der Priester bekreuzigte sich sofort. Dann warf er Balsam zornige Blicke zu.

»Wie war das bitte?«

»Ich habe über ihn gelesen«, sagte Balsam besonnen. »Über ihn und alle anderen Heiligen, die du hier versammelt hast. Fast alle von ihnen kommen unmittelbar aus der Zeit der Inquisition, über die ich ebenfalls gelesen habe.«

Der Priester saß auf der Kante von Peter Balsams Schreibtisch, er hielt die Arme verschränkt, eine Geste übertriebener Geduld.

»Ja, stimmt, ich habe viele Dominikanerheilige hier«, sagte er gedankenvoll. »Und ich glaube, du hast recht – viele von ihnen haben zur Zeit der Inquisition gelebt. Aber ich verstehe nicht, worauf du hinaus willst.«

Balsam merkte, wie sein Mut sank. »Es ist nur«, sagte er, plötzlich verunsichert, »die Heiligen in der Kirche hatten mich neugierig gemacht, und ich entschloß mich, ein bißchen nachzuforschen. Und dann merkte ich, je mehr ich darüber las, daß die Art von Intoleranz, für die alle diese Heiligen standen, sich in fast nichts davon unterscheidet, worüber wir uns kürzlich unterhalten haben. Da hatten wir darüber gesprochen, was ich in meinem Unterricht lehren darf und was nicht.«

Der Priester lächelte trocken. »Du glaubst, die Inquisition wird wieder belebt, hier in Neilsville?«

»Mit einem Wort, ja, das glaube ich.«

»Bevor ich mit dir über dieses Thema überhaupt diskutiere«, sagte Monsignore gelangweilt, »darf ich erfahren, welchem Zweck dieses Treffen hier dient?«

»Sicher«, gab Balsam zurück, »es handelt sich darum, daß ich dir sagen will, daß ich es mir anders überlegt habe. Ich glaube, ich kann nicht in Neilsville bleiben. Ich glaube, daß ich nach allem, was ich letzte Nacht gesehen habe, nicht länger in der Kirche bleiben kann.«

Der Priester wirkte plötzlich betroffen.

»Das meinst du doch nicht ernst«, rief er aus. »Du erwägst doch nicht wirklich, aus der Kirche auszutreten?«

Jetzt, wo er das gesagt hatte, war er sich gar nicht mehr sicher, daß er es so gemeint hatte. Nervös sah er den Monsignore an, dann wieder zu der Figur von St. Peter Martyr.

»Ich weiß nicht«, sagte er unsicher. »Ich kann einfach die Dinge, für die Leute wie er einstanden, nicht ertragen. Und mir scheint, daß die Kirche seit dieser Zeit keine Fortschritte gemacht hat.«

»Natürlich nicht«, hob der Priester an. »Warum sollte sie das auch? Der Glaube ist etwas Absolutes, und auch die Wahrheit des Herrn ist absolut. Im Rahmen des Glaubens gibt es Spielraum für Meinungsverschiedenheiten.«

Als Balsam verständnislos dreinsah, beruhigte sich die Stimme des Monsignore, und er besann sich wieder. Er lächelte. »Peter, ich weiß, daß wir Meinungsverschiedenheiten hatten. Die sind auch noch nicht erledigt. Wir hatten immer unsere Auseinandersetzungen.« Er hielt kurz inne, als ob er die Klugheit dessen, was er darlegen wollte, abwägen wollte, dann fuhr er mit einem Seufzer fort. »Eigentlich wollte ich es dir nicht sagen, aber gerade wegen dieser Auseinandersetzungen habe ich dich für diese Stelle hier ausgewählt.« Er stand vom Schreibtisch auf und schritt durch den Raum und sprach währenddessen weiter. »Ich habe deine Laufbahn immer genau verfolgt, Peter, viel genauer, als du es je wußtest. Und ich habe mir Sorgen um dich gemacht. Von uns allen schienst du mir immer am meisten Probleme zu haben, nicht nur mit der Kirche, sondern auch mit dir selbst. Ich glaube, vieles davon hat mit deiner Kindheit zu tun...«

»Vergiß das«, warf Balsam ein, »das hat doch mit alldem gar nichts zu tun.«

»So, hat es nicht?« sagte der Priester spöttisch. Dann lächelte er wieder. »Nun, vielleicht nicht. Wie dem auch sei, das ist alles eine Frage der Auslegung. Wenn du es wünschst, werde ich deinen Kündigungsgrund prüfen. Ich werde es nicht gerne tun, aber ich werde es tun. Inzwischen möchte ich, daß du mir einen Gefallen tust. Ich wünsche, daß du dein Gewissen prüfst, und ich wünsche mir, daß du dir mehr Mühe gibst, zu verstehen, was die Dominikaner wollten. Ihre Methoden mögen heutzutage etwas rauh erscheinen, aber, vergiß nicht, daß einige Überlieferungen aus dieser Zeit außerordentlich übertrieben sind. Vor allem haben sie den Menschen geholfen, ihren Glauben zu behalten. Und genau da liegt die Wurzel von deinem Problem. Ich glaube, du bist in einer Glaubenskrise.« Er legte seine Hand auf Peters Schulter. »Das kann uns allen passieren«, sagte er freundschaftlich. »Mir ist es passiert, als ich hierherkam. Aber ich habe sie überwunden. Natürlich hat mir die Gemeinschaft von St. Peter Martyr dabei geholfen. Die Gemeinschaft könnte auch dir helfen.«

Balsam sah den Priester fragend an. »Was ist die Gemeinschaft von St. Peter Martyr genau?« fragte er.

Der Priester lächelte geheimnisvoll. »Komm und sieh sie dir an.«

»Wir treffen uns morgen abend.« Da Peter zu zögern schien, fügte er noch hinzu: »Was kann sie noch verschlimmern? Sie könnte dir sogar helfen. Und wenn du uns auch nur besser verstehst. Und wenn du dann immer noch weggehen willst, bin ich mir sicher, daß wir das einrichten können.«

Balsam seufzte tief. Irgendwie hatte er das Gefühl, daß etwas nicht stimmte – daß das Gespräch nicht den Verlauf genommen hatte, den er sich vorgestellt hatte. Er verdrängte dieses Gefühl und lächelte den Monsignore an.

»Gut«, sagte er. »Morgen abend?«

»Um halb acht, im Pfarrhaus.«

Die beiden Männer verließen das Klassenzimmer und gingen gemeinsam aus dem Schulgebäude. »Werde ich dich in der Messe heute abend sehen?« fragte der Priester.

»Ich weiß es nicht«, gab Balsam ehrlich zur Antwort. »Aber ich glaube schon. Wenn ich es nicht schaffe, kann ich immer noch beichten.« Er bereute die freche Bemerkung sofort, aber der Monsignore hatte nicht zugehört.

»Dann sehen wir uns also spätestens morgen abend, wenn nicht schon früher.« Er wandte sich um und verschwand im Pfarrhaus.

Peter Balsam machte sich auf den Weg den Hügel hinab. Dann aber, als ob ihm etwas eingefallen wäre, ging er in die Kirche zurück. Dort lag Karen Morton immer noch auf Knien vor der Heiligen Jungfrau, die Perlen des Rosenkranzes glitten durch ihre Finger, und ihre Lippen bewegten sich zum stillen Gebet. Als Balsam die Kirche wieder verließ und den Hügel herunterging, fragte er sich, wie lange sie wohl da sein würde.

Wenn er gewußt hätte, daß Karen Morton die nächsten acht Stunden in der Kirche verbringen würde, auf Knien betend, er hätte es sich noch einmal anders überlegt und noch an diesem Nachmittag Neilsville verlassen. Aber es war schon zu spät; die Dinge waren schon zu weit fortgeschritten, und Balsam war schon zu stark darin verwickelt. Die Bestrafung begann.

2. BUCH

Die Gemeinschaft von St. Peter Martyr

12

Inez Nelson huschte die Treppen hinauf und durch das Hauptportal der Schule von St. Francis Xavier. Sie war spät dran, und sie wußte, daß es der Monsignore nicht gerne sah, wenn man ihn warten ließ. Sie ging durch das Empfangszimmer und sah nervös auf die Tür, die in Monsignores privates Arbeitszimmer führte, und überlegte, ob sie an die verschlossene Tür klopfen sollte. Gerade als sie sich dagegen entschieden hatte, hörte sie das Klicken des Türschnappers und sah auf. Voller Erleichterung sah sie, daß der Priester sie anlächelte.

»Kommen Sie herein, kommen Sie«, sagte er mitteilsam. »Ein Glück, daß Sie zu spät kommen... Montage sind immer die hektischsten Tage. Über das Wochenende scheint sich die Arbeit aufzutürmen, obwohl gar keine Schule ist. Oder aber ich arbeite nicht hart genug an den Feiertagen.« Er machte hinter Inez die Tür zu und bot ihr einen Platz an. Dann begab er sich hinter seinen Schreibtisch und setzte sich. Sein Lächeln war verschwunden.

»Ich denke, Sie waren in der Klinik?« fragt er.

Inez nickte. »Ich habe beinahe eine Stunde mit diesem Dr. Shields zugebracht.«

»Dem Psychiater?« unterbrach der Monsignore.

»Ja«, Inez hielt kurz inne, sie mußte ein Schluchzen unterdrükken. »Oh, Monsignore, ich bin so durcheinander, und ich war das ganze Wochenende in Sorge. Er sagte, daß es Judy gutgeht. Aber sie will nicht darüber sprechen, warum sie das getan hat. Alles was sie ihm sagt ist, daß es ihr jetzt gutgeht und es nicht wieder vorkommen wird.«

»Und was erzählt sie Ihnen?«

Inez rutschte verlegen hin und her. »Das ist es ja gerade, Monsignore. Deshalb hatte ich das Verlangen, mit Ihnen zu reden. Über so vieles. Aber vor allem über Judy. Sie will mich nicht sehen.«

Monsignore Vernon riß überrascht die Augen auf. »Sie will Sie nicht sehen? Wie meinen Sie das, sie will Sie nicht sehen?«

»So wie ich es sage«, sagte Inez unglücklich. »Sie weigert sich absolut, mich zu sehen.« Sie kämpfte gegen die Tränen. »Und es geht nur um mich«, sie fuhr fort, ihre Stimme fing an zu zittern. »Alle anderen empfängt sie. Ihren Vater. Ihre Freundinnen. Aber mich will sie nicht sehen. Und jeder sagt, es geht ihr gut.«

»Sagen sie das?« Der Unterton in des Priesters Stimme suggerierte Inez, daß er nicht glaubte, daß es Judy wirklich gutging. »Wenn sie Sie nicht sehen will, frage ich mich, wie gut es ihr dann überhaupt gehen kann.«

»Genau das habe ich auch gedacht«, sagte Inez. Sie fühlte sich plötzlich besser. »Aber ich weiß nicht, was ich tun soll. Wenn ich wenigstens mit ihr reden könnte, ich würde bestimmt herausfinden, was der Grund ist.« Der Priester zuckte mit den Schultern. »Offen gesagt, ich sehe das Problem nicht. Judy ist erst sechzehn, und Sie *sind ihre Mutter*. Wenn Sie sie sehen wollen, ich wüßte nicht, wer Sie daran hindern könnte.«

Inez nickte energisch. »Das habe ich auch immer gedacht. Aber niemand gibt mir recht. O nein, nicht daß ich sie nicht sehen könnte, wenn ich das forderte. Jeder sagt, daß ich das tun kann. Aber alle glauben, es wäre unklug. Dr. Shields und George – mein Mann – beide scheinen davon überzeugt, daß ich noch warten soll. Sie sagen, daß sie mich dann vielleicht sehen will, und ich glaube, sie haben recht. Aber in der Zwischenzeit scheint sich auch niemand über meine Gefühle Gedanken zu machen. Ich fühle mich wie ein – ja, wie ein Versager!« Sie sah den Priester schuldbewußt an. »Wissen Sie, was ich getan habe? Jeden Tag bin ich zur Besuchszeit in die Klinik gegangen und habe vollkommen fremde Personen besucht. Nein, natürlich nicht vollkommen Fremde, aber Leute, die ich normalerweise nicht im Krankenhaus besucht hätte. Dann sagte ich ihnen, daß ich gerade Judy besucht hätte und schnell noch auf einen Sprung zu ihnen hereinschauen wollte.« Jetzt flossen ihre Tränen, und Inez blickte den Priester unglücklich an. »Ich weiß wirklich nicht, wie lange ich das noch aushalte, Vater«, sagte sie. »Wenn das je herauskommt, daß Judy sich die ganze Zeit weigert, mich zu sehen – oh, Sie können sich gar nicht vorstellen, was für ein schlimmes Gefühl das ist.«

Monsignore Vernon bot ihr ein Kleenex an und schenkte ihr ein Lächeln. »Es ist schwer, ich weiß«, sagte er leise. »Manchmal glaube ich, in diesen Tagen steht alles kopf, und alle erwarten, daß wir unseren Kindern immer nachgeben.«

»Ich weiß«, sagte Inez und schneuzte sich in das Papiertaschentuch, darum bemüht, wieder Kontrolle über sich zu erlangen. »Aber ich fing schon an zu glauben, ich wäre die einzige, die so denkt.«

»Ganz und gar nicht«, antwortete Vernon. »Obwohl ich manchmal glaube, daß wir nur noch wenige sind, die sich weigern, sich von ihren Kindern manipulieren zu lassen.«

Inez sah den Priester scharf an. *Manipulieren.* Genau das gleiche Wort hatte Dr. Shields gebraucht. »Genau das ist es«, sagte sie, »ich fühle mich von Judy manipuliert. Als ob sie versucht, mich zu bestrafen.«

»Und genau das passiert auch«, sagte Monsignore Vernon bedeutungsvoll. »Sie haben keine Vorstellung, wie das hier sein kann.« Er drehte seinen Stuhl und sah zum Fenster hinaus, während er weitersprach. »Ich muß meine Augen immer überall haben. Die sind ganz schön schlau, wissen Sie? Aufgeweckter, als wir das in unserer Jugend waren. Aber es ist keine gute Art der Aufgewecktheit. Es ist eine durchtriebene Aufgewecktheit. Sie testen mich ständig, schubsen mich herum, um zu sehen, wie weit sie gehen können, bevor ich ihnen ein Donnerwetter bereite. In öffentlichen Schulen muß das noch schlimmer sein. Die haben kaum noch Möglichkeiten zur Kontrolle. Gott sei Dank erkennt die Kirche die Bedeutung von Disziplin in der Erziehung von Kindern. Aber es wird von Jahr zu Jahr schwieriger. Jedes Jahr werden sie überspannter. Jedes Jahr versuchen immer mehr von ihnen, mich einzukreisen. Aber ich habe nicht die Absicht, das hinzunehmen. Dieses Jahr werden die Kinder noch herausfinden, wer in dieser Schule das Sagen hat, und sie werden herausfinden, daß sie es nicht sind.« Er drehte plötzlich wieder seinen Stuhl herum und schien fast überrascht, daß Inez Nelson ihm gegenüber saß. Er hatte beinahe schon vergessen, daß sie in seinem Arbeitszimmer war, und daß sie es war, mit der er sprach. Sie saß jetzt reglos da, entnervt von der Eindringlichkeit, mit der er gesprochen hatte. Er unterbrach den Augenblick mit einem flüchtigen Lächeln. »Es tut mir leid«, sagte er und schluckte kurz. »Manchmal werde ich richtig weggetragen. Worüber hatten wir noch gesprochen?«

»Judy...«, sagte Inez zerstreut. »Wir sprachen von Judy. Das bringt mich auf die andere Geschichte, die ich mit Ihnen besprechen wollte. Dr. Shields sagte mir, daß sie bis zum Wochenende wieder genesen sein wird und heute in einer Woche wieder an die Schule zurück kann. Nächsten Montag.«

»Ich verstehe«, sagte Monsignore Vernon vorsichtig und fuhr sich dabei nervös mit der Zunge über die Lippen. Inez bemerkte die Geste sofort.

»Das geht doch in Ordnung, oder?« sagte sie schnell. »Ich meine, es wird doch keine Probleme geben, oder?«

»Um ehrlich zu sein, ich weiß es nicht«, sagte Monsignore Vernon zögernd. »Soweit ich weiß, waren wir noch nie zuvor mit etwas Derartigem konfrontiert, und mir ist es bis jetzt noch nicht gelungen, herauszufinden, was man in diesem Fall tun kann.«

»Was in so einem Fall zu tun ist?« fragte Inez verwundert. »Was soll es da zu tun geben? Ich verstehe nicht.«

»Nun«, sagte der Priester langsam, »es ist ja nicht so, als ob sie wirklich krank gewesen wäre, oder? Was sie getan hat, kommt einem Sakrileg sehr nahe. Judy wird beichten müssen, und man muß ihr die Absolution erteilen, bevor sie wieder an die Schule zurückkehren kann.«

»Bevor?« fragte Inez. »Weshalb bevor?«

»Wegen der Art ihrer Sünde. Sie müssen sich vor Augen halten, daß Selbstmord eine der schwersten Sünden ist, die ein Katholik überhaupt begehen kann. Nur Gott kann sie vergeben, die Kirche nicht.«

Inez war plötzlich beunruhigt. Sollte Judy etwa exkommuniziert werden? »Aber, sie hat doch nicht...«, begann sie. »Ich meine, tatsächlich hat sie doch gar nichts getan, oder?« fragte sie verzweifelt. »Gut, ich meine, sie hat es wohl versucht, aber Dr. Shields sagt, er glaubt nicht, daß sie sich wirklich töten wollte, und außerdem ist sie ja nicht tot, oder doch?«

Monsignore Vernon schenkte der verzweifelten Frau seinen verständnisvollsten Blick. »Ich fürchte, darum geht es nicht. Der springende Punkt ist, daß sie allen Ernstes absichtlich gesündigt hat. Daß sie keinen Erfolg hatte, war Glückssache, nicht Absicht. Und ich bin davon überzeugt, daß Ihnen bewußt ist, daß eine geplante Sünde im gleichen Maß eine Beleidigung Gottes darstellt, wie eine Sünde, die man auch begeht.«

Inez Nelson starrte ihn hilflos an. »Aber was wird mit ihr geschehen?«

»Ich fürchte, ich bin außerstande, das zu beantworten. Da sind schwerwiegende philosophische und theologische Fragen angeschnitten. Ich habe die Antwort einfach noch nicht gefunden. Aber ich habe vor, die ganze Angelegenheit heute abend vor unseren Arbeitskreis zu bringen, und ich bin sicher, daß wir sechs gemeinsam eine Antwort darauf finden können. Der Herr in Gestalt von St. Peter Martyr möge mich leiten.«

Er stand hinter seinem Schreibtisch auf und geleitete Inez aus dem Arbeitszimmer. Während sie schon wegging, rief er ihr noch einmal nach, und sie wandte sich um; sie war blaß im Gesicht, und ihr Blick flehte ihn an. Er hob die Hand zum Zeichen des Kreuzes. »Der Herr segne und beschütze dich, möge der Herr dir erscheinen und dir Frieden geben.«

Aber als sie aus der Schule heraus und langsam zum Parkplatz ging, wurde Inez Nelson klar, daß es für sie keinen Frieden geben würde. Nicht für sie oder ihre Tochter oder irgend jemand anderen in Neilsville. Als sie in den Wagen einstieg, verdeckte gerade eine Wolke die Sonne. Der Sommer in Neilsville hatte ein abruptes Ende gefunden.

Die Schlußglocke war gerade ertönt, und die Schüler strömten aus den Klassenzimmern in die Gänge hinaus. Alle außer Marilyn Crane. Sie saß alleine im Zimmer, zusammen mit Schwester Elisabeth, die ihren Schreibtisch in Ordnung brachte. Der Tag war nicht leicht gewesen für Marilyn; wenn es nach ihr gegangen wäre, so wäre sie überhaupt nicht in die Schule gegangen. Aber ihre Mutter hatte darauf bestanden, und Marilyn hatte sich den Hügel hinaufgequält. Er war ihr heute steiler als je zuvor erschienen, und als sie endlich angekommen war, mußte sie sich zwingen, hineinzugehen. Den ganzen Tag lang hatte sie das Gekichere und die Flüstereien gehört, während die Geschichte mit ihrer Demütigung in den Gängen die Runde machte. Jeder hatte davon gehört. Plötzlich waren es nicht mehr nur die eigenen Klassenkameraden, die sie schroff abwiesen und sich wegdrehten, wenn sie näher kam. Jetzt zeigten auch die jüngeren Kinder, die sonst wenigstens ein bißchen Respekt hatten, auf sie und steckten kichernd ihre Köpfe zusammen.

Sie versuchte, das alles zu ignorieren und sich so zu verhalten, wie es Mr. Balsam ihr geraten hatte, einfach so zu tun, als ob nichts Besonderes vorgefallen wäre. Den ganzen Tag hatte sie nur auf die Schlußglocke gewartet, und nun hatte sie endlich geläutet. Aber noch immer verließ sie ihr Pult nicht. Statt dessen stierte sie traurig auf das Blatt Papier, das anklagend vor ihr lag. Es war eine Schularbeit, und sie war mit B-minus zensiert.

Die Note war nicht einmal so schlecht. Was ihr am meisten weh tat, war die Bemerkung, die gleich neben der Note stand. Dort stand, mit der runden Schrift von Schwester Elisabeth, die eigentliche Beurteilung. »Das ist äußerst enttäuschend. Ich weiß, daß du es besser kannst.«

Marilyn war zum Heulen zumute. Was wollten sie denn von ihr? Sie gab sich Mühe. Sie wußte, daß sie sich Mühe gab. Aber einmal mehr war sie gescheitert.

Wie sie so auf die Benotung mit der Bemerkung daneben blickte, ballte sich die Wut in ihr zusammen. Sie kämpfte dagegen an. Auf wen sollte sie denn wütend sein, wenn nicht auf sich selbst. Sie war es doch, die die Note bekommen hatte. Sie war es doch, die die Erwartungen von Schwester Elisabeth nicht erfüllte. Ihre Wut wurde zu Frustration. Was *wollten* sie denn überhaupt. Ja, selbst wenn sie das wüßte, warum sollte sie sich nach ihren Erwartungen richten? Warum sollte sie das?

Warum sollte sie überhaupt etwas tun?

Doch als ihr die Größe ihres Gedankens, der ihr so unvermittelt eingefallen war, bewußt wurde, bat sie eilig um Vergebung. Sie beschloß, in die Kirche zu gehen. In der Kirche war alles besser. Die Heilige Jungfrau stellte keine Forderungen an sie.

Marilyn packte ihre Sachen zusammen und verließ den Raum. Dabei blickte Schwester Elisabeth auf und sah sie fragend an. Sie fand, daß irgend etwas mit Marilyn Crane nicht stimmte. Sie faßte den Plan, mit Monsignore Vernon über Marilyn zu sprechen. Monsignore würde schon wissen, was zu tun sei. Schwester Elisabeth ging wieder an ihre Arbeit und dachte nicht weiter an Marilyn.

Pünktlich um halb acht traf Peter Balsam im Pfarrhaus ein. Er öffnete sich selber die Tür, nahm das silberne Glöckchen und klingelte. Nachdem ihm niemand antwortete, ging er den Flur entlang und klopfte leicht gegen die Tür zum Arbeitszimmer. Sofort wurde ihm von einem Mann geöffnet, den er nicht kannte, der jedoch zu wissen schien, wer er war.

»Peter Balsam«, sagte der Mann und öffnete die Tür gerade so weit, daß Peter Balsam durchschlüpfen konnte. Er hielt einen Zeigefinger auf die Lippen. »Monsignore spricht gerade den Segen.«

Das Arbeitszimmer war nur spärlich beleuchtet, und als Balsam sich umsah, stellte er fest, daß er von den sechs Männern, die in dem kleinen Zimmer versammelt waren, lediglich Monsignore Vernon kannte. Alle anderen waren ihm fremd, aber er hatte das bestimmte Gefühl, daß er ihnen kein Unbekannter war. Sie sahen ihn unvermittelt an, und er fühlte sich gemessen – und für gut befunden. Bis er die mögliche Bedeutung ihrer Blicke abgeschätzt hatte, war Monsignore Vernon mit dem Segen fertig und lächelte ihn an.

»Peter«, sagte er überschwenglich, »ich möchte dich der Gemeinschaft vorstellen.« Er nahm ihn am Ellbogen und stellte ihn nacheinander den Mitgliedern der Gemeinschaft von St. Peter Martyr vor. Sie waren alle Priester und stammten alle aus Gemeinden außerhalb von Neilsville. Aber als der Monsignore sie ihm vorstellte, bemerkte er, daß sie zwar alle um einiges älter waren als Vernon, aber doch einige Züge mit ihm gemein hatten. Auf ihren Gesichtern lag so eine Verkniffenheit, besonders bei Pater Bryant, dessen Gesichtsausdruck in Mißbilligung erstarrt schien. Pater Martinelli, der älteste unter ihnen, blickte aus tiefliegenden Augen, die man hinter den buschigen Brauen schon fast nicht mehr sehen konnte. Er knurrte Balsam einen Gruß zu, aber es war ein Ausdruck des Mißfallens darin, als ob er das Gefühl hätte, die Vorstellung hätte besser nicht stattgefunden. Pater Prine, der vom Rheumatismus ganz knorrig geworden war, streckte seine Hand aus, aber bevor Balsam sie schütteln konnte, zog er sie unter Schmerzen wieder zurück. Die beiden anderen, deren Namen Peter nicht verstanden hatte, begrüßten ihn förmlich, aber ohne einen besonderen Gruß.

Als die Vorstellung beendet war, hieß Monsignore Vernon Balsam Platz zu nehmen. Der Stuhl neben dem Kamin, wo er jedesmal gesessen hatte, wenn er sich im Arbeitszimmer aufhielt, war noch frei. Er überlegte kurz, ob das Zufall oder Absicht war, kam dann zu dem Schluß, daß er für diese familiäre Not ganz dankbar war.

»Ich habe schon viel von Ihnen gehört«, sagte er zu der Gruppe. Sie starrten ihn an. Gerade als das Schweigen unangenehm zu werden drohte, fing Pater Prine zu sprechen an.

»Und wir haben viel über Sie gehört.« Irgend etwas in seiner Stimme verriet Peter, daß nicht alles, was sie gehört hatten, positiv gewesen war.

»Sicher nur Schlimmes, vermute ich«, grinste er. Der Humor war bei dem alten Priester fehl am Platze; er wandte sich nur stumm an Monsignore Vernon.

»Du mußt uns verzeihen«, sagte der Monsignore zu Peter. »Wir sind eine geschlossene Gruppe, und wir folgen strengen Regeln, was das Sprechen betrifft. Solange du unter uns bist, wirst auch du dich an diese Regeln halten. Aber du solltest dich nicht als ein Mitglied der Gemeinschaft von St. Peter Martyr betrachten. Jedenfalls noch nicht. Unsere Entscheidung, ob wir dich in unseren Orden aufnehmen oder nicht, hängt von vielen Dingen ab.« Peter hätte sich beinahe über den Gebrauch des Wortes ›Orden‹ durch den Priester empört, aber ihm fielen die Sanktionen gegen Fragen ein. Er merkte, daß er in Rage kam und mußte sich dagegen wehren, nicht spontan zu gehen. Er hielt sich zurück. Es gab ja einen Grund, warum er ins Pfarrhaus gekommen war. Hier hoffte er, herauszufinden, woraus die Wandlung des Monsignore Vernon von einem recht lockeren Studenten, den Balsam vom Priesterseminar in Erinnerung hatte, zu einem hartherzigen Dogmatiker, der er jetzt war, resultierte. Und wenn Balsam eine Einstellung zu St. Francis Xavier finden wollte, mußte er zunächst den Direktor verstehen. So hielt er seinen spontanen Einfall, wieder zu gehen, zurück, und saß ruhig in seinem Sessel am Kamin. Und dann begann die Fragerei.

Die Fragen schienen auf den ersten Blick recht leicht, und Peter bekam bald das Gefühl eines Kindes, das man über dem Katechismus schwitzen läßt. Man bat ihn, das Apostolische Glaubensbekenntnis aufzusagen. Er wurde nach seinem Wissen über die Unbefleckte Empfängnis befragt. Aber je länger das Fragespiel andauerte, wobei jeder der Priester an die Reihe kam, um so deutlicher spürte Balsam, daß sie mehr von ihm wollten als einfach zu prüfen, wie es mit seinem Wissen über die kirchliche Glaubenslehre bestellt war. Sie versuchten auszumachen, ob er Zweifel an seinem Glauben hatte; ob es Gebiete gab, wo er nicht in Einklang stand mit den Dogmen.

»Verstehen Sie die Kirche als die wahre Hüterin vom Wort Gottes?«

»Akzeptieren Sie die Unfehlbarkeit des Papstes?«

»Haben Sie der Priesterschaft abgeschworen, weil Sie an Ihrem Glauben Zweifel hatten oder an Ihrer Berufung?«

Die Fragen klangen ihm in den Ohren, und allmählich fand er, daß er mit allem, was sie ihn fragten, in Einklang stand, so erzählte er ihnen, was sie hören wollten, nicht etwa, um sich bei ihnen einzuschmeicheln, sondern weil die Fragen, je mehr sie sie herunterleierten, ihren Sinn verloren. Er fing an zu glauben, daß sie ihn nicht nach seinen eigenen Antworten fragten, die wegen ihrer Kompliziertheit und ihrer Vielseitigkeit nicht in ihr enges Schema gepaßt hätten. Statt dessen überschwemmten sie ihn mit ihren eigenen Überzeugungen und versicherten sich lediglich, ob er diese Überzeugungen umgekehrt wieder ihnen darlegen konnte.

So verging eine Stunde. Peter merkte, daß er ihre Fragen gar nicht mehr hörte, daß sie ihm nicht mehr vernünftig schienen. Er erhob eine Hand.

»Wäre es da nicht einfacher, wenn nur ich sprechen würde?« fragte er. »Ich weiß, worauf Sie hinauswollen, aber mit diesem Verfahren sitzen wir noch die ganze Nacht hier.«

Pater Martinelli funkelte ihn an. »Sie wissen gar nichts«, bebte der alte Priester. »Beantworten Sie bitte unsere Fragen. Wenn wir Ihren Kommentar brauchen, werden wir Sie darum bitten.«

So ging es weiter.

Und auf einmal war alles vorbei. Als ob sich die Priester ein unsichtbares Zeichen gegeben hätten, hörte die Fragerei schlagartig auf. Peter suchte ihre Gesichter ab, er versuchte, an ihren Mienen ihre Reaktion auf seine Antworten abzulesen.

Die Gesichter waren ausdruckslos.

Dann hörte er Monsignore Vernon sprechen.

»Es ist an der Zeit, in die Diskussion des heutigen Abends einzusteigen«, sagte er leise. »Thema ist, wie sollte es anders sein, Judy Nelson.«

Balsam stutzte. Judy Nelson? Warum wollte man hier über sie diskutieren? Wie weit betraf ihr Fall diese Gruppe? Die Antwort kam schnell. Während der folgenden zehn Minuten – Peter hatte schweigend zugehört – diskutierten die Priester, welche Strafe man Judy auferlegen sollte, wenn sie wieder an die Schule zurückkehrte. Die Frage, ob sie überhaupt wieder zurückkehren dürfe, war recht schnell geklärt; da sie sich die Möglichkeit der Erlösung nicht verbaut hatte, mußte man sie wieder in die Herde eingliedern. Die Frage nach der Bestrafung war allerdings nicht so leicht zu lösen. Schließlich, als die Diskussion fruchtlos zu werden drohte, unterbrach Peter.

»Glauben Sie nicht, daß es gut wäre, mit Judy zu reden, bevor Sie etwas beschließen?« schlug er vor. Pater Martinelli sah ihn mit fassungsloser Verwunderung an.

»Vollkommen ausgeschlossen«, krächzte die alte Stimme. »Was von allem, was sie uns sagt, könnte denn für uns von Belang sein?«

Peter war erstaunt. »Mir scheint, daß es klug ist, herauszufinden, warum sie das getan hat, bevor Sie anfangen, Strafen zu verhängen«, sagte er.

»Unsinn«, schnappte Pater Bryant dazwischen. »Ihre Beweggründe interessieren uns nicht. Sie hat gesündigt, und in den Augen der Kirche ist es die Sünde, die zählt, nicht das Motiv für eine Sünde.«

Die anderen fünf Priester nickten in feierlicher Übereinstimmung. Balsam wollte sich auf den Weg machen. »Dann brauchen Sie mich ja nicht länger, oder? Ich bin Psychologe, nicht Priester und schon gar nicht Richter.«

»Setz dich«, sagte Monsignore Vernon. Peter gehorchte. »Du bist hier aus einem ganz bestimmten Grund. Über die Jahre haben wir festgestellt, daß eine streng durchgeführte Prüfung des eigenen Glaubens oft dazu gedient hat, den Glauben wieder zu bestärken. Das haben wir mit dir praktiziert. Aber du bist auch hier, um ein heikles Problem zu diskutieren, zu dessen Lösung wir uns nicht ganz kompetent fühlen.«

Sechs Augenpaare bohrten sich in Peters Augen. Niemand sprach, ehe Peter das Schweigen brach.

»Was für ein Problem?« fragte er.

Nun war Pater Prine an der Reihe.

»Wir sind um die Sicherheit unserer Kinder besorgt«, sagte er, mit gedämpfter, aber gleichmäßiger Stimme. »Für uns gibt es keinen Grund, der kleinen Judy die Rückkehr an die Schule zu verbieten, trotzdem haben wir das Gefühl, daß wir irgendwie die anderen Kinder vor – was immer – schützen müssen...« Er rang nach dem passenden Wort, fand dann eines, das er aber nur zögernd gebrauchte. »... was immer an Bösem in Judy lauert.«

Balsam wollte dem alten Priester sagen, daß seiner Überzeugung nach nichts ›Böses‹ in Judy lauerte, sondern daß sie einfach das Opfer psychologischer Probleme war. Er wußte, daß es zwecklos war. Das war es nicht, was sie hören wollten. Infolgedessen konzentrierte er sich auf den wirklichen Kern der Frage.

»Ich weiß auch nicht genau, was man tun kann«, sagte er leise. »Ich meine, selbst wenn man Judy nur für kurze Zeit isoliert – man lenkt damit nur die Aufmerksamkeit auf die ganze Situation. Mir scheint das beste zu sein, so zu tun, als ob nichts geschehen wäre und zu hoffen, daß sich die Dinge von selbst regeln.«

Die Priester wogen offensichtlich die Klugheit dieses Vorschlags ab. Schließlich war es Monsignore Vernon, der die Stille unterbrach.

»Ich bin am Überlegen«, begann er, »ich habe da von etwas gehört oder darüber gelesen. Ich glaube, es wurde Entspannungstherapie genannt.«

Peter Balsams Aufmerksamkeit wurde schlagartig von dem Priester gefesselt. Wo hatte er je von der Entspannungstherapie gehört? Aber der Monsignore beachtete die plötzliche Spannung des Lehrers nicht und fuhr fort, sachlich und ruhig.

»Ich habe gerade überlegt, ob man sie möglicherweise in dieser Situation anwenden könnte. Die Schüler waren in der letzten Zeit ziemlich aufgekratzt. Glauben Sie, daß es eine Möglichkeit gibt, die Entspannungstherapie anzuwenden, um sie zu beruhigen? Bevor Judy in der nächsten Woche zurückkommt, meine ich?«

Balsams Gehirn begann zu rasen. Hier war Gefahr im Verzug, aber er konnte sie nicht recht ausmachen. Das einzige was er konnte, war, auf die Unstimmigkeit des Vorschlages des Priesters hinzuweisen. Von allen Anwesenden war Vernon der letzte, von dem Peter erwarten würde, daß er etwas vorschlug, was bestenfalls eine experimentelle Entwicklung war. Sein Instinkt sagte ihm, vorsichtig vorzugehen.

»Ich weiß nicht«, sagte er mit einiger Hochachtung, »ich fürchte, ich verstehe nicht viel davon, und soviel ich darüber gelesen habe, glaube ich nicht, daß sie in unserem Fall zum Erfolg führt.«

»Aber Sie wissen es nicht genau?« drängte Pater Bryant.

»Nein«, antwortete Peter zögernd, »ich weiß es nicht.«

»Also«, meinte Monsignore Vernon, »sie könnte ihnen unter Umständen helfen, oder nicht?«

Peter fühlte sich plötzlich in der Fall. »Möglicherweise, ja«, gab er zu.

»Nun denn«, sagte der Priester umgänglich, »warum lassen wir es dann nicht dabei? Du überschläfst es noch einmal und tust, was du für richtig hältst.«

Er stand auf, und Peter spürte, daß er entlassen wurde. »Ich will dir danken, daß du heute abend hergekommen bist. Ich glaube, es war für uns alle gut.«

Erst als die Tür leise hinter ihm ins Schloß fiel, hatte Peter das sichere Gefühl, daß seine Mitwirkung an diesem Treffen beendet war. Verwirrt stand er einen Moment lang im Flur, dann machte er sich langsam auf den Weg zur Eingangstür des Pfarrhauses. Dabei hörte er, wie die Gesänge anhoben. Zuerst ganz leise, dann wuchsen sie an. Es waren Gregorianische Choräle, aber irgendwie ein bißchen falsch. Beim Verlassen des Hauses vermutete Peter Balsam den Grund für den etwas eigenartigen Klang der Gesänge in der Tatsache, daß die Teilnehmer alt waren und ihre Stimmen mit dem Alter schwächer geworden waren.

Aber auch als er den Hügel hinunterging, behielt er den Klang der Gesänge im Ohr und im Kopf.

Er versuchte abzuklären, was es mit der Gemeinschaft von St. Peter Martyr auf sich hatte. Er war überzeugt, daß sie nicht die harmlose Arbeitsgruppe war, als die Monsignore sie hinstellte. Nein, sie war etwas anderes. Er überlegte angestrengt. ›Orden.‹ Sie hatten sich als Orden bezeichnet. Sicher, in diesen Tagen, in dieser Zeit, versuchten sie nicht, einen neuen Orden zu gründen, einen, der sich dem Gedenken an einen Großinquisitor des dreizehnten Jahrhunderts verbunden fühlte? Das war absurd.

Und noch etwas quälte ihn, etwas, über das er noch lange, nachdem er zu Hause war, nachdachte. Kurz vor dem Einschlafen fiel es ihm ein. Die Gemeinschaft von St. Peter Martyr hatte sich nicht wie andere ›Arbeitsgruppen‹, die er kannte, verhalten. Nein, die Gemeinschaft von St. Peter Martyr hatte sich wie ein Tribunal verhalten.

Peter Balsam fand das alles sehr verwirrend. Als er endlich schlief, waren seine Träume angefüllt mit dem Klang der Gesänge und den unheimlichen, intoleranten Gesichtern der Mitglieder der Gemeinschaft von St. Peter Martyr.

13

Während seine Klasse langsam in Zimmer 16 eintraf, merkte Peter Balsam, daß er schon den ganzen Morgen nur an diese Unterrichtsstunde gedacht hatte. Auf seinen Lateinunterricht hatte er sich noch weniger als sonst konzentriert. Die Lateinschüler hatten seine Abgelenktheit gespürt und sie natürlich ausgenutzt, indem sie die vergangenen drei Stunden damit verbrachten, ihre Aufgaben fehlerhaft zu übersetzen, sich zuzublinzeln, wann immer er es versäumte, ihre absichtlichen Fehler zu entdecken, und von Klasse zu Klasse herumzuerzählen, daß heute ein toller Tag war in Balsams Unterricht – alles war machbar! Inzwischen war die vierte Stunde gekommen, und die Psychologieschüler freuten sich noch mehr als sonst auf ihren etwas ausgefallenen Unterricht, und so betraten sie das Zimmer 16 mit einer gewissen Vorfreude. Es war fast, als ob sie wüßten, daß Balsam in den anderen Stunden etwas lax gewesen war, weil er etwas Besonderes für sie geplant hatte.

Nun, als sich das Klassenzimmer langsam füllte, bekam er es plötzlich mit der Angst, zum ersten Mal, seit er die Entscheidung getroffen hatte. Was er vorhatte war ein Experiment, ein Experiment, mit dem er nicht vertraut war. An diesem Morgen war er früh aufgestanden, reich an Vorsätzen, und sah das wenige Material durch, das er zum Thema Entspannungstechnik finden konnte. Dabei sah er rasch, daß sie sich kaum von einer leichten Form der Hypnose unterschied. Nach einer Periode der herbeigeführten Entspannung, wofür sowohl Musik als auch die menschliche Sprache dient, werden die Subjekte – Balsam haßte dieses Wort – in ein Stadium geführt, das einem leichten Schlaf ähnelt. Aber nur kurz vor einem leichten Schlaf, nicht direkt. Die Musik war wichtig, und er traf aus seiner begrenzten Sammlung von Platten und Tonbändern eine vorsichtige Auswahl. Von seinem Gefühl geleitet, hatte er religiöse Musik gewählt. Es war eine Aufnahme Gregorianischer Choräle, die von ein paar Nonnen in Frankreich gespielt war. Ihm war nicht klar, ob die Gesänge der Gemeinschaft von St. Peter Martyr am vergangenen Abend ihn in dieser Richtung beeinflußt hatten. Er beeilte sich, den Plattenspieler aufzustellen, während die letzten Schüler ins Zimmer gehetzt kamen.

Die letzten, die hereinkamen, waren Karen Morton und Marilyn Crane. Aber obwohl sie das Zimmer zusammen betraten, war für Balsam offensichtlich, daß dies lediglich ein Zufall war. Marilyn schien fast gar nicht zu bemerken, daß alle anderen schon im Zimmer waren. Und Karen Morton ignorierte Marilyn vollkommen, während sie langsam zur ersten Bankreihe vorging. Heute morgen setzte sie sich nicht sofort hin; sie stapelte ihre Bücher auf den Tisch und kam auf Balsam zu, um ihre Mundwinkel ließ sie ein leichtes Lächeln spielen. Balsam hatte das sichere Gefühl, daß sie irgendein Spiel mit ihm spielen wollte und beschloß, dem ein Ende zu bereiten, noch bevor es überhaupt angefangen hatte.

»Setz dich bitte hin, Karen«, sagte er knapp, dabei übersah er den verletzten Ausdruck, der sie wegen dieser Abweisung überkam. »Wir sind schon spät dran, und ich habe heute viel vor.« Dann wandte er seine Aufmerksamkeit wieder der Klasse zu, im besonderen Marilyn Crane, die sich beinahe leblos zu ihrem üblichen Platz am hinteren Ende des Zimmers begeben hatte. Als er fertig war, die Anlage aufzubauen, begann Balsam zu erklären, worum es sich bei der Entspannungstechnik handelte, ohne ihnen dabei zu sagen, was er damit zu erreichen hoffte. Er fürchtete nämlich, daß sie gewarnt wären und nicht mehr auf die Technik ansprechen würden, wenn sie erst einmal wüßten, daß er mehr als ein einfaches Experiment mit ihnen plante. In der ersten Reihe hob sich eine Hand, Janet Conally.

»Janet?«

»Ich weiß nicht, ob ich das richtig verstehe«, sagte Janet langsam. Dann grinste sie hintergründig. »Ich meine, das klingt, als ob ich einschlafen könnte.«

Balsam erwiderte ihr Grinsen. »Das könntest du«, stimmte er ihr zu. »Aber keine Angst. Heute findet ein denkwürdiges Ereignis statt in St. Francis Xavier. Es ist erlaubt, im Unterricht zu schlafen. Ja, wirklich, einige von euch könnten die ganze Geschichte schnarchend erleben, also laßt uns die Schulbänke wegräumen. Am besten, wir stellen sie ringsum an die Wände, dann haben wir genügend Platz, daß sich jeder auf den Fußboden legen kann. Wenn wir uns schon entspannen wollen, dann gleich richtig.«

Die Klasse tauschte Blicke aus, erschrockene, dann begannen sie, die Möbel zur Seite zu räumen. Diese Arbeit war gerade halb getan, als plötzlich die Tür aufging und Monsignore Vernon erschien, der schnell die Vorgänge im Raum erfaßte. Das Treiben hatte aufgehört. Es war beinahe, als ob jemand einen Schalter betätigt hätte und jede Bewegung zu Eis erstarrt wäre. Aber statt zu fragen, was hier vorging, blickte der Priester Balsam nur an, lächelte kurz und verschwand wieder.

Nachdem die Tür wieder gut verschlossen war, ging das Aufräumen der Möbel weiter.

Bis die Schüler sich auf den Boden gelegt hatten, gab es ein großes Kichern und Flüstern, und Balsam unternahm gar nicht erst den Versuch, es zu unterbinden. Er wollte, daß sie sich entspannten, und wenn ihnen Kichern und Flüstern dabei half, so konnte ihm das nur recht sein. »In Ordnung«, sagte er, als jeder seinen endgültigen Platz gefunden hatte.

»Laßt uns anfangen. Ich werde ein wenig Musik auflegen, und ich möchte, daß ihr euch von ihr wegtreiben laßt. Wie ich vorhin schon sagte, habt keine Angst davor einzuschlafen. Es gibt keine bessere Entspannung als den Schlaf, und darum geht es ja schließlich.«

Er setzte den Tonarm auf die Platte, und die Musik begann. Nach den ersten Tönen wogte noch einmal eine Welle von Gekicher über die Klasse, sie ebbte aber bald ab. Ganz langsam, einer nach dem anderen, erlagen seine Schüler dem gleichmäßigen Rhythmus und der Monotonie der Choräle. Balsam ging zwischen ihnen durch und sah, daß sie ihre Augen geschlossen hatten. Bei einem oder zwei sah man das schnelle Flattern der Lider, das sich bei einem leichten Schlaf einstelt. Er fing an, zu ihnen zu sprechen, er erklärte ihnen, daß sie auf ihre Atmung achten und sich vorstellen sollten, daß sie mit jedem Atemzug in den Boden einsanken. Tiefer und tiefer in den Boden. Gleichmäßig atmen. Der Musik lauschen. In den Boden einsinken. Tiefer. Tiefer...

Er ging wieder zur Stirnseite des Zimmers und wollte weitermachen, als noch einmal die Tür aufging und Monsignore Vernon leise hereinkam. Dieses Mal war er nicht alleine. Hinter ihm kam in einer Reihe die Gemeinschaft von St. Peter Martyr in Zimmer 16. Noch bevor Balsam richtig merkte, was vor sich ging, hatten sich die sechs Priester an der Rückwand aufgestellt, als stille Beobachter dessen, was da kommen sollte.

Balsam sah sich kurz seine Klasse an; keiner hatte das Eindringen der alten Kirchenmänner und ihres jungen Anführers bemerkt. Sie atmeten tief und ruhig weiter, ihre Augen blieben geschlossen. Balsam drehte die Lautstärke der Musik herunter, fast bis sie nur noch ein kaum mehr wahrnehmbares Hintergrundgeräusch war. Und dann fing er an zu sprechen, bemüht darum, seine Stimme auf einem gleichmäßigen Niveau zu halten, das den Beinahezustand der Trance, der sich über seine Klasse ausgebreitet hatte, nicht unterbrach.

»Die Entspannungstechnik dient dazu, sich von seelischen Spannungszuständen zu befreien, indem man sich von körperlichen Verspannungen löst. Mit anderen Worten hilft sie in derselben Weise wie der Schlaf. Aber mit der einfachen Entspannung versuchen wir unseren Körper in einen schlafähnlichen Zustand zu versetzen, während wir unsere Gedanken bewußt vorbeiziehen lassen. Dabei erkennen wir unsere Ängste und zerstreuen sie auf unschädliche Weise. Was wir heute tun, ist nichts anderes, als an einem sonnigen Nachmittag in einer Hängematte liegend, Tagträumen nachzuhängen. Tagträume, die wir für müßige Fantasien halten, sind in Wahrheit viel bedeutender. Sie sind eine wichtige Ausgestaltung unserer eigenen Persönlichkeit, oder unsere Kraftspender gegen den täglichen Lebensdruck.« Er ließ seinen Blick kurz über seine Klasse schweifen und stellte fest, daß bis jetzt nichts die Schüler in Unruhe versetzt hatte. Jim Mulvey schnarchte gemütlich vor sich hin. Ein bißchen belustigt fragte sich Balsam, ob ihn überhaupt einer seiner Schüler noch verstand. Er sah zur Rückwand hinüber, wo die Gemeinschaft stand und teilnahmslos zuhörte. Dann machte er mit seinem Vortrag weiter.

»Obwohl wir alle manchmal glauben, daß Tagträume reine Zeitverschwendung sind, wissen die Psychologen schon seit Jahren, daß sie sehr wichtige Hilfen zur Bewältigung von Spannungszuständen darstellen. Es funktioniert wie eine Sicherung. Die menschliche Psyche hat natürlich viele Sicherungen entwickelt. Eine, die ihr alle gut kennt, ist das Träumen. Beim Träumen räumt das Unterbewußtsein in Wirklichkeit die Trümmer auf, die sonst nicht verarbeitet werden können. Tagträume sind ganz ähnlich, mit dem Unterschied, daß sie sich auf der Ebene des Bewußtseins abspielen.«

Die Klasse war noch immer still, aber die Aufmerksamkeit der Gemeinschaft hatte sich anderem zugewandt. Ihr Interesse galt nun der Klasse. Sie schienen sich besonders auf zwei der Mädchen zu konzentrieren: Karen Morton und Marilyn Crane. Da er sich seltsam unwohl fühlte, beschleunigte Balsam seinen Redefluß.

»Manchmal«, fuhr er fort, »versagen die Sicherungen, die die Psyche sich eingebaut hat. Unter diesen Umständen fangen wir an zu sehen, was alles passiert, während unser Verstand versucht, mit seinen Problemen fertig zu werden... Es entwickeln sich Dinge wie nervöse Zuckungen etwa, oder man verliert die Fähigkeit, sich zu konzentrieren. Oder auch irrationales Verhalten kann sich einstellen. Manche Menschen können sich nach einem Versagen ihrer Sicherungen nicht mehr von ihren seelischen Spannungszuständen befreien und fangen dann an, sich völlig unkontrolliert zu kratzen.«

Balsam hörte ein entferntes Rascheln im Zimmer und versuchte auszumachen, woher es kam. Karen Morton schien in ihrer Federmappe herumzufummeln. Doch dann legte sie sich wieder hin. Die Mitglieder der Gemeinschaft von St. Peter Martyr standen weiterhin teilnahmslos an der Rückwand des Zimmers. Falls sie ihm so aufmerksam zuhörten, wie Balsam das vermutete, zeigten sie das mit keinem Zeichen. Er versuchte, wieder an seinen Gedankengang anzuknüpfen. »Manchmal«, so fuhr er mit leiser Stimme fort,

»fallen alle unsere Sicherungen aus. Wenn so etwas geschieht, kann das allerdings sehr ernste Folgen haben. Das Ende kann dann natürlich Selbstzerstörung bedeuten.«

Mit einem Schock wurde Balsam klar, was er gerade gesagt hatte, und er hielt auf der Stelle inne. Sein Blick richtete sich auf die starren Gesichter der Gemeinschaft. Statt ihrer beinahe verdutzten Mienen, die sie vorher aufgesetzt hatten, starrten sie ihn jetzt mit solcher Eindringlichkeit an, die ihm fast Angst machte. Er kam einem Sachverhalt sehr nahe, die die Gemeinschaft als Ketzerei brandmarken würde, und Peter Balsam suchte in Gedanken nach einem Ausweg. Er fand ihn fast schon zu leicht.

»Die Kirche«, fuhr er sanftmütig fort, »hat dies schon vor Jahrhunderten entdeckt, längst bevor die Sozialwissenschaften begannen, die Mechanismen des menschlichen Verstandes zu erforschen. Seit ihren Anfängen hat die Kirche erkannt, wie wichtig es ist, sich von Spannungen und Problemen, die die Funktionen des Verstandes beeinträchtigen können, zu befreien. Mit dem Ritual der Beichte hat die Kirche einen Mechanismus dargeboten, mit dessen Hilfe man sich von Spannungen frei machen kann.« Er sah rasch zu den sechs Priestern hin und stellte mit großer Erleichterung fest, daß sie wieder in ihre Teilnahmslosigkeit verfallen waren. Und während Balsam seinen Vortrag über die Funktion der Beichte auf die seelische Gesundheit derer, die sie regelmäßig ablegen, fortsetzte, lächelte ihm Monsignore Vernon aufmunternd zu und führte die fünf ältlichen Priester aus Zimmer 16. Als sie gegangen waren, fühlte Balsam eine plötzliche Woge der Erleichterung. Er machte weiter in seinem Vortrag, erst jetzt fühlte er sich frei genug, um sich darauf zu konzentrieren, was er für besonders wichtig hielt. Er sprach zu ihnen von Judy Nelson, aber dieses Mal war er sicher, daß seine Ausführungen nicht unterbrochen werden würden.

Er erzählte ihnen, daß das, was mit Judy geschehen war, einfach eine Folge davon war, daß sich zuviel Spannung aufgebaut hatte, ohne abgebaut zu werden. Als es für sie unerträglich viel geworden war, hatte sie sich irrational verhalten – sie war selbstzerstörerisch geworden. Er sagte ihnen, daß man eher Mitleid mit Judy haben sollte als sie anzuklagen, und während er leise weitersprach, drängte er sie, möglichst nett zu ihr zu sein, wenn sie wieder an die Schule zurückkehrte; sie sollten sich um Verständnis bemühen und nicht auf den Einzelheiten ihrer Tat herumhacken.

Er sah zur Uhr und stellte fest, daß die Stunde in zehn Minuten um war. Er ging zum Plattenspieler und legte schnell eine andere Platte auf. Statt leiser Choräle gab es jetzt schrillen Acid-Rock. Langsam drehte er die Lautstärke auf, bis der ganze Raum von den vibrierenden Klängen dieser Musik erfüllt war. Langsam, während die Klasse aus ihrem Beinahezustand der Betäubung erwachte und alle merkten, wo sie waren, kam wieder Leben ins Zimmer.

Nicht alle. Es gab eine Ausnahme.

Marilyn Crane, mit einem eigenartigen Gesichtsausdruck, weit aufgerissenen Augen und einem schlaff herabhängenden Mund, hatte sich hingekniet. Ihre Hände hatte sie vor sich gefaltet, und während die Klasse sie anstarrte, fing sie an zu beten.

Karen Morton bemerkte das Blut an ihren Händen, während sie ihren Schrank aufsperrte. Erst klebte es ja nur ein bißchen, und sie hätte gar nicht darauf geachtet. Aber als sie die Finger von dem Schloß nahm, blieb das glänzende Rot von frischem Blut darauf zurück. In dem Augenblick besah sie sich ihre Handflächen.

Das Merkwürdige dabei war, daß es überhaupt nicht weh tat, und sie nicht wußte, wo ihr das passiert war. Da, mitten in jeder Handfläche, war die Haut offen, und das Fleisch sah so seltsam breiig aus, als ob sie darin herumgequetscht hätte. Sie schaute sich um, ob jemand sie bemerkt hatte, aber es war niemand in der Nähe. Sie nahm ein Kleenex-Tuch aus ihrer Federmappe und wischte hastig die Flecken von dem Schloß ab. Dann rannte sie zur Treppe, sie wollte nach unten in den Ruheraum, bevor jemand sah, daß sie blutete und sie um eine Erklärung bat.

Endlich sicher im Ruheraum, fing Karen an, ihre Wunden genau zu untersuchen. In einer spürte sie einen harten Gegenstand, und sie wusch ihre Hände sorgfältig. Nachdem das Blut weggewaschen war, hielt sie ihre verletzte Hand hoch und fand etwas, das in der Wunde steckte. Sie lockerte es sorgfältig und spülte es raus. Es war die abgebrochene Spitze eines Bleistiftes. Noch einmal wusch sie ihre Hände, trocknete sie ab und suchte in ihrer Federmappe herum. Da, am Grund lag ein blutbeschmierter Bleistift, dessen Spitze abgebrochen war. Irgendwann während der Stunde hatte sie wohl den Stift aus ihrem Mäppchen gefischt und sich damit verstümmelt. Aber sie hatte keine Erinnerung mehr daran, an überhaupt nichts.

Sie wühlte noch weiter in ihrer Federmappe herum und fand ein paar zerknüllte Heftpflaster, die sie schon einige Monate mit sich herumtrug. Sie riß die Schutzstreifen ab und klebte die Pflaster in ihre verletzten Hände. Doch während sie die Heftpflaster festdrückte, begannen die Schmerzen. Zuerst nur ganz leicht, aber schnell zog ein richtiges Brennen ihre Arme hinauf. Bis sie ihren Notverband angelegt hatte, hatte sich Karen auch entschieden. Sie wollte für den Rest des Tages nach Hause gehen. Sie sagte niemandem, wohin sie ging, oder warum. Sie ging einfach aus ihrem Ruheraum hinaus, die Treppe hinauf und verließ das Gebäude. Den übrigen Teil des Nachmittags machte sie sich Sorgen, was mit ihr geschehen war, und im Verlaufe dieser Stunden wuchs ihre Angst.

»Marilyn?« fragte Peter Balsam, als er sah, daß außer ihm und dem Mädchen niemand mehr im Zimmer war. Sie gab keinerlei Zeichen von sich, daß sie ihn gehört hatte. »Marilyn?«

Langsam drehte sie ihren Kopf herum und sah ihn lange Zeit schweigend an. Dann fingen ihre Lippen an, sich zu bewegen, sie formten aber keine Worte.

»Ich sah sie«, flüsterte sie schließlich unter großer Anstrengung. »Ich sah sie.«

»Du sahst sie?« wiederholte Balsam verblüfft. »Wen sahst du?«

Und plötzlich lächelte Marilyn, und ihr Gesicht erhielt dabei einen Glanz, der ihre Hausbackenheit beinahe in Schönheit wandelte.

»Die Jungfrau«, flüsterte sie. »Ich sah die Heilige Jungfrau. Sie kam zu mir!«

»Es ist alles in Ordnung«, sagte Peter besänftigend. Er versuchte, seine Stimme gleichmäßig klingen zu lassen, aber er merkte, wie sich sein Magen verkrampfte. Etwas hatte nicht geklappt; Marilyn war nicht mit dem Rest der Klasse aus der Semi-Trance erwacht, und er kannte niemanden, an den er sich um Hilfe wenden konnte. Er sagte sich vor, jetzt die Ruhe zu bewahren und beschloß, einen Versuch zu unternehmen, sie durch ein Gespräch in die Wirklichkeit zurückzuholen.

»Was hast du gesehen?« fragte er ruhig.

»Sie war schön«, sagte Marilyn verträumt. »Nur daß sie mich nicht anlächelte. Es war, als ob sie etwas schmerzte. Und während sie mich anschaute, zeigte sie mir ihre Hände. Sie bluteten. Es – es war, als ob man sie – als ob man sie . . .«, sie brach ab, nicht mehr in der Lage, noch ein Wort herauszubringen.

»Gekreuzigt hätte?« fragte Peter leise. Marilyn nickte stumm.

»Was bedeutet das?« fragte sie ihn, und zum ersten Mal war sich Balsam sicher, daß sie seine Anwesenheit bemerkte. »Sie wollte mir etwas sagen, das weiß ich genau, aber ich konnte nicht herausfinden was das war. Was versuchte sie mir mitzuteilen?«

Balsam nahm Marilyns Hand und hielt sie fest. »Es ist ja alles in Ordnung«, sagte er sanft. »Jetzt ist ja alles vorbei. Du bist eingeschlafen und hast geträumt. Das ist alles.«

»Nein«, entgegnete Marilyn, und zog ihre Hand aus der seinen. »Ich weiß, daß ich nicht geschlafen habe. Ich habe alles gehört, was Sie gesagt haben. Sie haben über Sicherungen gesprochen und Befreiungen, darüber, was passiert, wenn die Sicherungen nicht funktionieren. Und in dem Moment ist sie mir erschienen. Aber ich habe Sie immer noch gehört. Sie haben weitergesprochen, und die Priester von Sanhedrin waren hier und haben Ihnen zugehört und die Mutter der Erlösten angeschaut, und sind dann wieder gegangen. Und dann haben Sie von Judy Nelson gesprochen, schließlich ist die Jungfrau auch wieder gegangen. Mr. Balsam, ich weiß, daß ich nicht geschlafen habe. Ich *weiß* es.« Marilyn stand auf und fing an, das Zimmer aufzuräumen, und Balsam stellte fest, daß jetzt alles zu Ende war, egal was geschehen war. Aber was war passiert? Zumindest wußte Marilyn von der Anwesenheit der sechs Priester. Er beschloß, das noch ein wenig zu prüfen.

»Du hast die Priester gesehen?« fragte er sie. Marilyn nickte bedeutungsvoll.

»Die Priester von den Sanhedrinen. Die Juden, die unseren Herrn verurteilt haben. Sie sind hier gewesen, sechs waren es, und sie haben die Mutter des Erlösten angesehen. Aber sie hat sie nicht beachtet. Sie wollte mit mir sprechen. Aber ich habe keine Ahnung, warum.«

Balsam überlegte, ob er ihr sagen sollte, daß die Priester, die sie gesehen hatte, äußerst real waren. Nein, das würde das Mädchen wohl noch mehr beunruhigen. Statt dessen beschloß er, sie davon zu überzeugen, daß alles nur ein Traum war.

»Es war niemand hier, Marilyn«, versicherte er ihr. »Alles was geschah, war einfach eine Mischung aus Traum und Wirklichkeit. Das ist nichts Ungewöhnliches. Ein Teil deines Geistes registriert genau, was um dich herum geschieht, aber ein anderer Teil ist weit entfernt. Dann fangen die Dinge an, durcheinanderzugeraten. Die Welt des Realen vermischt sich mit deinem Traum, und dein Traum erscheint dir um so mehr wie die Wirklichkeit.«

»Aber es war kein Traum«, beharrte Marilyn, »ich weiß, daß es kein Traum war. Ich habe die Heilige Jungfrau gesehen, und ihre Hände bluteten!« Aber als sie Peter Balsams ungläubigen Gesichtsausdruck sah, rannte sie aus dem Zimmer, als ob sie durch Flucht vor seiner Skepsis die Echtheit dessen, was sie gesehen hatte, bestätigen könnte.

In Zimmer 16 saß, tief in Gedanken versunken, ein äußerst verwirrter Peter Balsam. Nach einigen Minuten hatte er sich zögernd zu dem Entschluß durchgerungen, den Zwischenfall mit Monsignore Vernon zu diskutieren.

Es überraschte Balsam nicht, die ganze Gemeinschaft von St. Peter Martyr in Vernons Arbeitszimmer versammelt anzutreffen, als ob sie ihn erwartet hätten. Als er das Arbeitszimmer betrat, erhoben sie sich gleichzeitig, um ihn zu begrüßen. Wie gewöhnlich verhielt sich der Monsignore wie ihr Sprecher.

»Nun, Peter«, sagte er und lächelte dabei fast herzlich. »Wir sind sehr zufrieden mit der Art und Weise deines heutigen Umgangs in der Klasse.«

Balsam lächelte gequält. Es war wirklich verrückt, daß er ausgerechnet für die eine Stunde, die total danebengegangen war, Lob erhielt.

»Ich fürchte, ich habe das äußerst unglücklich gehandhabt«, sagte er. Monsignore Vernon sah ihn fragend an, und Balsam berichtete, so gut er konnte, was mit Marilyn Crane geschehen war. Schweigend hörten die Priester zu. Als Balsam fertig war, sahen sie Monsignore Vernon an. Der Priester runzelte beim Gedanken an die weitreichenden Folgen dieses seltsamen Zwischenfalls die Stirn.

»Das würde heißen, daß Marilyn glaubt, daß sie ein religiöses Erlebnis hatte«, sagte er mit Zurückhaltung.

Balsam nickte. »Ich habe versuchte, ihr zu erklären, daß es wahrscheinlich daher kam, weil sie eingeschlafen war, aber sie wollte mir nicht glauben. Und je mehr ich daran denke, um so beunruhigter werde ich.«

»Beunruhigt?«

»Ich habe über Marilyn nachgedacht und auch über ihre gesamte Persönlichkeitsstruktur«, hob Balsam an. Aber noch ehe er seine Gedanken zu Ende führen konnte, wurde er von Monsignore unterbrochen.

»Marilyn war immer eine unserer besten Schülerinnen, und auch eine der religiösesten.«

»Davon bin ich überzeugt«, sagte Balsam trocken, »aber ich frage mich, wieviel davon echt ist.«

»Echt?« wiederholte Vernon. »Ich verstehe nicht ganz, was du meinst.«

»Marilyn scheint kein besonders ausgeglichenes Kind zu sein. Sie hat praktisch keine Freunde, und alle anderen Kinder schneiden sie. Es ist beinahe so, als ob sie eine teuflische Freude daran haben, wenn sie ihr schaden können.« Er erzählte ihnen, was sich auf der Party am vergangenen Samstag abend zugetragen hatte. Sie hörten, wieder in Schweigen gehüllt, zu. »Meiner Meinung nach«, schloß Balsam, »benutzt Marilyn ihren schulischen Fleiß und ihre Religion als Mittel zur Flucht. Da sie von ihren Klassenkameraden nicht sonderlich geschätzt wird, hat sie sich dazu entschlossen, ihre Anerkennung von ihren Lehrern und der Kirche zu erheischen.«

»Ist das so schlimm?« fragte Pater Bryant. »Es gibt schlimmere Wege zur Kompensierung.«

Balsam entgegnete schulterzuckend: »Es gibt alle möglichen Wege zur Kompensierung, und ich will unter keinen Umständen behaupten, daß Marilyn sich auf einen der ungesunden verlegt hat. Aber jede Art der Kompensation, bis ins Extrem gesteigert, ist ungesund.«

»Ich verstehe«, sagte Monsignore Vernon langsam, »du nimmst an, daß Marilyns Glaube in Frage gestellt werden muß. Du nimmst an, daß das, was sie sich heute nachmittag zu sehen einbildete – was? – ihrer Hysterie entsprang?«

»Ich halte das für möglich«, erwiderte Balsam, froh darüber, daß ihn der Priester so gut zu verstehen schien. Aber dann veränderte sich die Miene des Monsignore, und in seinen Augen flackerte dieses kalte Licht, das Balsam schon kannte, dieses kalte Licht seines religiösen Fanatismus.

»Damit bin ich nicht einverstanden«, sagte er matt. »Ich habe so etwas schon mal gesehen. Sie ist schlau, weißt du. Ein äußerst aufgewecktes Kind. Das ist doch nichts weiter als ein Versuch, uns zu manipulieren. Dich, mich, die Schwestern, jeden. Denk an meine Worte, eine Nachforschung darüber wird mir recht geben. Du kannst es von mir aus Hysterie nennen. Für mich ist das nichts anderes als eine besonders durchtriebene Form der Manipulation. Durch Erfahrung aufmerksam geworden, hat sich die Kirche ja ein

Instrumentarium geschaffen, um solchen Phänomenen, wie sie Marilyn Crane erfahren zu haben behauptet, nachzugehen.« Und genauso schnell, wie dieses fanatische Flackern in den Augen des Monsignore erschienen war, war es auch wieder verschwunden. Plötzlich lächelte er heiter einen verschreckten Peter Balsam an.

»Man muß sich darüber wirklich nicht beunruhigen«, sagte er jetzt, in seiner Stimme war nun nicht mehr jene Härte, »solche Dinge passieren immer wieder. Ich kann mir vorstellen, daß Marilyn das alles bis zum Ende des Tages schon wieder vergessen hat. Und wenn nicht, werde ich noch ein Gespräch mit ihr führen.« Dann, als ob ihm ein Gedankenblitz gekommen wäre, hielt er einen Augenblick inne. »Und wir dürfen nicht vergessen«, sagte er leise, »die Möglichkeit, daß die Heilige Jungfrau Marilyn wirklich besucht hat, die besteht immer.«

14

Balsam hörte, daß seine Wohnungstür geöffnet wurde, und rief aus der Küche: »Ich bin hier, werfe alles mögliche zusammen in den Topf und hoffe, daß wir uns daran nicht vergiften werden. Komm doch herein und mach uns ein paar Drinks, ja?«

»Ich bin schon da«, antwortete Margo vom Flur aus. Mit einigem Mißfallen besah sie sich den Anzug, den er anhatte. »In den nächsten Tagen werden wir noch einmal nach Seattle reinfahren, um dir einen neuen Anzug zu besorgen. Warum ziehst du dich nicht um? Allein dein Anblick ist mir unangenehm.«

»Kann ich nicht«, sagte Peter und grinste sie dabei an. Jetzt, wo sie endlich da war, begann er sich etwas wohler zu fühlen. Aber nicht allzu sehr; sein Grinsen verschwand. »Ich muß heute abend noch auf eine Versammlung gehen, und auf der Art von Versammlung kann ich mich nicht in Jeans und T-Shirt blicken lassen.«

»Als ob du in erster Linie solche Sachen trägst«, gab Margo zurück und lockerte dabei den Eiswürfelbehälter aus dem Gefrierfach. »Was ist das denn für eine tolle Versammlung?«

»Sie wird dir nicht zusagen«, sagte Peter. Er kämpfte mit dem Dosenöffner, hielt aber dann hilflos Margo die verbeulte Dose zusammen mit dem Öffner entgegen. »Es ist eine Versammlung der Gemeinschaft von St. Peter Martyr.«

Margo warf ihm einen kurzen Blick zu, dann nahm sie die Konservendose und beendete die Arbeit, die Peter verpfuscht hatte. »Ich dachte, du hättest genug von ihnen«, sagte sie gleichgültig.

»Das habe ich nicht gesagt«, wehrte Peter ab.

»Nein?« Margos Augenbrauen krümmten sich. »Seltsam. Ich hatte aber letzte Nacht genau diesen Eindruck.«

Peter sah sie scharf an. »Letzte Nacht? Ich habe in der letzten Nacht gar nicht mit dir geredet.«

»Aber natürlich hast du das«, sagte Margo. »Gut, es war sehr früh am heutigen Morgen, wenn du Haarspaltereien liebst. Aber für mich ist alles vor Sonnenaufgang ›letzte Nacht‹.«

Als sie Peters Miene sah, runzelte sie die Stirn. »Erinnerst du dich wirklich nicht mehr daran?«

»Da gibt es nichts zu erinnern«, erklärte Peter. »Ich bin von der Versammlung nach Hause und so gegen elf Uhr ins Bett gegangen und habe die ganze Nacht geschlafen. Ich habe noch daran gedacht, dich anzurufen, es aber bleiben lassen; es war schon zu spät.«

Bevor Margo, die inzwischen mit der Dose fertig war, zu sprechen anfing, mixte sie die Drinks für sie beide. Als sie Peter seinen Scotch mit Wasser gab, sah sie ihn vorsichtig an und versuchte zu erkennen, ob er irgendein Spiel mit ihr trieb. Sie fand, daß dem nicht so war.

»Nun denn«, sagte sie und biß ich dabei grüblerisch auf die Unterlippe, »du hast ein paar ziemlich seltsame Gewohnheiten angenommen. Telefonierst du immer im Schlaf? Weil du mich nämlich in der vergangenen Nacht wirklich angerufen hast.«

Peter suchte in seiner Erinnerung, aber er konnte etwas Derartiges aus der letzten Nacht nicht mehr zusammenkriegen. Er merkte einen leichten Kloß der Angst im Magen, aber er kämpfte dagegen an. »Was habe ich gesagt?« fragte er und bemühte sich, seine Stimme so unbekümmert wie möglich klingen zu lassen. »War ich interessant?«

»Nein«, sagte Margo, »absolut nicht. Du hast lediglich gesagt, daß du zu der Versammlung von dieser verrückten Gemeinschaft des Monsignore gegangen bist, und daß du dort nicht mehr hingehen wolltest.«

»Habe ich tatsächlich ›Diese verrückte Gemeinschaft‹ gesagt, oder gibst du deine eigene Meinung wieder?«

Auf Margos Gesicht zeigte sich allmählich wieder ein Lächeln.

»Ist ja schon gut, also ich habe dich nicht genau zitiert. Wenn du es wissen willst, ich weiß deine Worte nicht mehr so genau. Ich meine, es war spät, und ich schlief, und, na, du weißt ja, wie gerädert man mitten in der Nacht sein kann. Egal, ich hatte jedenfalls den festen Eindruck, daß du nicht beeindruckt warst vom Monsignore und seinen witzigen Freunden.«

»Witzige Freunde?« wiederholte Peter. »Ich denke auch nicht, daß dies meine genauen Worte waren, oder?«

»Nein«, sagte Margo erneut, langsam begann sie sich zu ärgern. »Das waren sie nicht. Aber wenn du mich fragst, Freunde des Monsignore müssen ganz einfach witzig sein.«

»Ich wünschte, sie wären es«, gab Peter in einem Tonfall zur Antwort, der Margo mit einem Male in Unruhe versetzte. »Aber ich bin nicht davon überzeugt, daß irgend etwas an ihnen witzig ist.« In wenigen Worten erzählte er ihr von der Versammlung der Gemeinschaft in der vergangenen Nacht, und auch von den Vorgängen an jenem Nachmittag. Margo hörte ihm gut zu und schüttelte, nachdem er fertig war, den Kopf.

»Aber warum willst du dann heute abend schon wieder dahin gehen?« fragte sie ihn. »Ich hatte den Eindruck, daß du dich aus all dem heraushalten wolltest.«

»Ich weiß es nicht«, sagte Peter grüblerisch, als ob er sich selbst und auch ihr seine Gefühle zu erklären versuchte. »Mir ist nicht ganz klar, was sie vorhaben. Aber ich weiß, daß sie etwas vorhaben. Letzte Nacht, kurz bevor ich die Versammlung verließ, eröffnete mir Monsignore Vernon, daß ich aus einem ganz bestimmten Grund eingeladen war – um meinen Glauben wieder bestärken zu lassen. Und er hatte recht. Als ich heute früh aufwachte, hatte ich ein wesentlich besseres Gefühl als in der Nacht zuvor.«

»Ein besseres Gefühl wofür?« fragte Margo.

Peter zuckte die Schultern. »Die Kirche. Bis heute morgen war ich beinahe soweit, daß ich das Handtuch werfen wollte wegen alldem. Aber heute morgen dachte ich anders. Ich merkte, daß mir etwas gefehlt hatte, irgendwo gab es da noch irgend etwas, das mir alles erklären konnte. Und ich glaube, daß dieses Etwas möglicherweise der Gemeinschaft noch eine Chance geben muß.« Er lächelte Margo an, in der Hoffnung, ihren besorgten Gesichtsausdruck, den sie angenommen hatte, wieder verwischen zu können. »Ich sehe nicht, daß sie etwas Schlimmes anrichten kann, aber sie könnte mir viele meiner Fragen beantworten.«

Margo schaute voller Zweifel. Während sie sprach, schlich sich Skepsis in ihre Stimme. »Eine wunderbare Verwandlung, Peter? Irgend etwas ist mit dir in der vergangenen Nacht geschehen, weil du deine Einstellung ganz wesentlich geändert hast.«

»Ein Mann kann seine Meinung ändern«, sagte Peter und versuchte, seine Stimme dabei leger klingen zu lassen.

»Oder er läßt sich ändern«, konterte Margo. Im stillen beschloß sie, auf Peter zu warten, bis er in dieser Nacht nach Hause kam.

Wie schon in der vergangenen Nacht, wurde er von einem der alten Priester – Pater Martinelli, wenn er sich recht erinnerte – in das Arbeitszimmer gebeten, und einmal mehr traf er Monsignore Vernon ins Gebet versunken an. Aber der Raum schien Peter irgendwie verändert, und er bemerkte gleich warum. Heute abend brannte kein Licht. Die Vorhänge waren ganz fest zugezogen. Das einzige Licht kam von einem Feuer, das im Kamin brannte, und einigen großen Kerzen, die im Zimmer verteilt waren. Sieben Stühle waren in einem ordentlichen Halbkreis um das Kaminfeuer herum angeordnet – die beiden äußerst bequemen Sessel und fünf andere. Peter Vernon kniete auf einem der Sessel, er verwendete ihn als provisorischen Gebetsstuhl. Der andere Sessel, gegenüber dem, auf dem Monsignore Vernon kniete, war Peter Balsam vorbehalten. In aller Stille nahm er Platz und bereitete sich auf eine weitere Inquisition vor.

Aber in dieser Nacht war es anders. Bevor das Ritual seinen Weg nahm, gab es keine Diskussion. Statt dessen begannen sofort, nachdem Monsignore Vernon sein stilles Gebet beendet hatte, die Gesänge. Der Monsignore führte sie an, und nach jeder Phrase fiel einer der alten Priester ein, auf diese Weise schwoll der Klang an, bis all diese alten Kirchenmänner die Kadenzen heraussangen.

Zunächst fragte sich Peter Balsam, ob man erwartete, daß er in die Gesänge einstimmte, aber beim Zuhören merkte er, daß er nicht mitmachen konnte: Er kannte die Texte nicht. Während er versuchte, die Worte zu verstehen, entdeckte er, daß es nicht an den dünnen Stimmen lag, daß die Gesänge unverständlich waren; es war die Sprache, eine Art Dialekt, ein bißchen wie Latein, beinahe daß er es verstand, aber so davon abweichend, so verdreht, dachte Peter schaudernd – daß es über sein Fassungsvermögen hinausging.

Während die Kadenzen, die ihn umgaben, in ihn eindrangen,

anstiegen, fühlte Balsam, wie sein Verstand umherzuschweifen begann. Das Feuer, das in dem Kamin loderte, schien in der Entfernung zu verschwinden, die tanzenden Schatten der flackernden Kerzen projizierten eigenartige Bilder an die Wände. Er hatte das Gefühl, als ob er durch die Zeiten zurück in ein anderes Zeitalter transportiert werde, in ein Zeitalter, wo nur der Glaube einen Mann in höchste Verzückung versetzen konnte.

In seinem Kopf tanzten die Bilder. Seine halb geschlossenen Augen wanderten von einem Gesicht zum anderen, aber statt der fünf ältlichen Priester und des jugendlichen Monsignore sah Peter Balsam, daß die Gesichter alter Heiliger plötzlich zum Leben erwachten. Sie lächelten ihn an und winkten ihm zu. Ein Gefühl der Kameraderie überkam ihn, und voll des Glücks übereignete sich Peter Balsam der Gemeinsamkeit der kleinen Gruppe.

Kurz darauf merkte er allmählich, daß die Gesänge aufgehört hatten und die Gemeinschaft in Antwortgebete vertieft war. Entfernt nahm er die Stimme von Monsignore Vernon wahr, die leise durch den Raum hallte, und die dünnen, schnarrenden Stimmen der fünf älteren Priester, die die Antworten gaben. Er versuchte sich auf die Worte zu konzentrieren, aber, wie schon die Gesänge, sprachen sie in einer Latein ähnlichen Sprache, die er nicht übersetzen konnte. Und, wie bei den Gesängen, hielten die Betenden einen festen Rhythmus inne, es war ein Rhythmus, der anstieg und eine geistliche Botschaft barg, die sehr deutlich war: Peter Balsam, schienen die regelmäßigen Anstimmungen zu flüstern, Peter Balsam, du befindest dich in Gegenwart Gottes. Sei demütig, Peter. Und sei getröstet.

Das war er. Als die Rhythmen ihn einmal mehr überkamen, stieß Peter Balsam ein stilles Dankgebet aus, daß er an dieser wundersamen Zeremonie teilnehmen durfte.

Die Zeit stand für ihn fast still, und je mehr er sich dieser religiösen Erfahrung, die um ihn herum vor sich ging, hingab, schwanden ihm seine Gedanken. Seine Sinne wurden schärfer, während er immer tiefer in einen Zustand der Trance sank. Er konnte die sengende Hitze jeder einzelnen Kerze spüren; die Flammenzungen des Feuers im Kamin schienen seine Füße zu lecken. Er konnte in seinem Kopf die Stimme des Teufels nach ihm rufen hören, und versuchte, die verführerischen Flüstereien herauszuhalten. Er fing an, die Hitze der Hölle, die um ihn herum glühte, zu spüren, und sein Unwohlsein wuchs so weit, daß er Angst bekam. Und gerade als er sich nach unten gezogen fühlte, spürte er Engelshände an sich. Plötzlich war er ruhiger, und in seiner Einbildung sah er das Feuer in der Entfernung verschwinden. Während die Engelshände ihn liebkosten, merkte er, wie ihn die Ruhe überkam, und er fing im stillen an, das Glaubensbekenntnis zu wiederholen. Langsam steigerte sich seine Ekstase.

Das Feuer im Kamin brannte noch so hoch wie zu Beginn des Abends. Die Kerzen waren heruntergebrannt, aber er konnte nicht sagen, um wieviel. Um ihn herum waren die sechs Priester versammelt, ruhig saßen sie da in ihren Sesseln, fast abwartend, und beobachteten ihn. Peter Balsam hatte keine Ahnung, wie spät es war, oder wie lange er mit den Priestern in dem Arbeitszimmer eingesperrt war. Zu seiner eigenen Überraschung entdeckte er, daß er überhaupt nicht an die Zeremonie dachte; statt dessen war er fast gänzlich von einem Gefühl der Erfüllung ergriffen, als ob er irgendwie Antworten auf Fragen erhalten hätte, die er jetzt nicht einmal stellen konnte. Und er war müde, so müde, wie jemand, der gerade mehrere Meilen gelaufen ist. Irgendwo in seinem Hinterkopf rüttelte eine Erinnerung, verschwand dann aber.

Er überlegte, ob man von ihm erwartete, daß er etwas sagte. Er sah von einem Gesicht zum anderen, und zum ersten Mal an diesem Abend sah er jeden der Priester genau. Im warmen Schein der Kerzen nahmen die knorrigen alten Gesichter eine Ausstrahlung von Schönheit an, und Balsam bemerkte an ihren Gesichtern einen Ausdruck von Freundlichkeit, der ihm vorher noch nie aufgefallen war. Sie lächelten ihn an, und er erwiderte ihr Lächeln.

»Willkommen«, sagte Pater Martinelli sanft.

»Willkommen«, wiederholte Peter ebenso sanft. Plötzlich war es ein Wort mit vielen und wunderbaren Bedeutungen.

»Wir freuen uns, dich in unserer Mitte zu haben«, murmelte Pater Prine.

Monsignore Vernon nickte zustimmend. »Wieder einmal sind wir sieben. Jetzt kann unsere Arbeit weitergehen.«

Balsam runzelte leicht die Stirn. »Arbeit?« fragte er. »Was für eine Arbeit?«

Monsignore Vernon schüttelte seinen Kopf. »Keine Fragen«, sagte er ruhig, »nicht jetzt.«

Die Versammlung der Gemeinschaft von St. Peter Martyr war vorbei. Peter Balsam war Teil der Gemeinschaft geworden.

Langsam ging er in seine Wohnung zurück, er genoß die Nachtluft und die ersten Gefühle echten Friedens, die er seit langem empfand, zumindest, seit er nach Neilsville gekommen war. Er atmete die warme, trockene Luft tief durch und suchte den Himmel nach Sternen ab, die seiner Meinung nach leuchten mußten. Der Himmel war schwarz bis auf einen blassen, fast geisterhaften Schimmer, dort, wo der Vollmond hoch über den Wolken durch den Dunst schien. Noch ehe Peter zu Hause angekommen war, hatte es zu regnen angefangen.

Im Wohnzimmer brannte noch Licht, es schmerzte seine Augen. Mit einem schnellen Blick trat er ein, wich aber wieder zurück. Auf der Couch lag Margo, sie wirkte schlafend, ein Buch lag offen auf ihrer Brust. Während er sich überlegte, ob er sie wecken sollte, schlug sie ihre Augen auf und sprang von der Couch hoch.

»Was machst du...«, fing sie an.

»Was ich hier mache?« fragte Peter und grinste sie an. »Ich wohne hier, weißt du noch?«

Sie sah ihn mit einem Schäfchenblick an. »Tut mir leid«, sagte sie, »ich wollte hier auf dich warten, ganz toll aufgemacht und herausgeputzt, vor Neugier umkommend, alles zu hören, was sich auf deiner Versammlung zugetragen hat. Und was mach' ich? Ich schlafe ein. Wie spät ist es?«

Plötzlich merkte Peter, daß er nicht die leiseste Ahnung hatte, wie spät es war. Als er auf die Uhr schaute, glaubte er seinen Augen nicht trauen zu können.

»Das kann doch nicht wahr sein«, murmelte er und hielt die Uhr an sein Ohr.

Margo sah ihn fragend an. »Was kann nicht sein?« sagte sie. »Wieviel Uhr ist es?«

Peter sank neben ihr auf die Couch. »Meine Uhr zeigt drei Uhr«, stöhnte er. »Aber das kann nicht sein. Ich war doch nur eine Stunde weg, oder so.«

Margo sah ihn nachdenklich an. »Du warst sieben Stunden weg, Peter«, sagte sie ruhig. »Was ist geschehen?«

»Ich weiß es nicht«, erwiderte er erstaunt. Er bemühte sich, Margo zu erklären, was sich an diesem Abend im Pfarrhaus ereignet hatte, aber während er es erzählte, ergab nichts von alledem einen Sinn. Es klang wie ein Traum, wie die unverbundenen Bruchstücke aus einer religiösen Fantasterei. Margo hörte sich die Geschichte ruhig an.

»Warum schlüpfst du nicht aus diesen Kleidern?« sagte sie, als er zu Ende erzählt hatte. »Die sehen ja aus, als ob du darin geschlafen hättest. Ich werde uns Kaffee machen, und wir fangen noch mal von vorne an.« Sie grinste ihn nicht ohne Schadenfreude an. »Bis jetzt klingt das alles so, wie ich mir das erwartet hatte. Ein ganzer Haufen Verrücktheit.« Aber in ihrem Inneren war sie besorgter als sie es zeigte.

Als sie den Wasserkessel aufsetzte, fragte sie sich, ob sie einen Fehler machte. Vielleicht war Balsam nicht, was er zu sein schien. Vielleicht war Peter gar nicht der nette, einfache, ziemlich offene Mensch, den sie so gern hatte. Sie gab in jeden Becher einen Löffel lösliches Kaffeepulver und versuchte, die letzten Reste des Schlafs abzuschütteln. Inzwischen hatte das Wasser zu kochen begonnen.

Ein paar Minuten später, als sie sich mit den zwei dampfenden Bechern auf den Weg ins Wohnzimmer machte, kam ihr Peter in der Diele entgegen, er war leichenblaß im Gesicht.

»Margo...«, begann er.

Sie stellte schnell die beiden Tassen ab und eilte zu ihm. »Peter, was ist los?«

»Ich weiß es nicht«, seufzte Peter. »Als ich mein Hemd auszog, habe...« Er unterbrach wieder und faßte sich unbewußt an den Gürtel seines Bademantels.

»Was ist los?« sagte Margo, eindringlicher diesmal... Er wand seinen Bademantel fester um seinen Körper und sah sie wie entfesselt an. Peter fürchtete sich. Sehr sogar. Sie ging näher an ihn heran.

»Laß mal sehen, Peter«, sagte sie liebevoll. Er spreizte die Arme zur Seite, und ließ sie den Gürtel um seine Lenden öffnen. Dann machte sie den Bademantel auf und ließ ihn zu Boden fallen.

Auf Peters Rücken, von den Schultern abwärts bis zu den Leisten, waren feuerrote Striemen. Obwohl die Haut nicht offen war, waren die Verletzungen geschwollen und hoben sich schmerzlich von der Blässe seines Rückens ab.

»Mein Gott«, stöhnte Margo. »Was ist passiert?«

Peter schüttelte stumm seinen Kopf. »Ich weiß es nicht«, sagte er. Dann traf ihn der Schrecken in seinem ganzen Ausmaß. Er fing an zu zittern. Und mit dem Zittern begannen die Tränen zu fließen.

»Ich weiß es nicht, Margo«, schluchzte er. »Das ist ja das Schlimmste daran. Ich habe keine Ahnung, wo das herkommt.«

»Sie haben dir etwas angetan«, Margo bestand weiterhin darauf.

»Während du in Trance oder sonstwo warst, haben sie dir etwas angetan.«

Balsam schüttelte verzweifelt den Kopf. »Das konnten sie nicht«, wiederholte er erneut. »Ich würde mich daran erinnern. Ich war nicht bewußtlos. Ich war in einer Art andersartigem Zustand, das weiß ich, aber ich konnte meine Umgebung wahrnehmen.«

»Aber du dachtest doch auch, daß du nur eine, oder höchstens zwei Stunden weg warst, in Wahrheit waren es sieben Stunden. *Sieben Stunden*, Peter! Wenn du dich wirklich an alles erinnern könntest, wie kannst du fünf oder sechs Stunden verlieren?«

»Ich weiß es nicht«, sagte er hilflos. »Ich vermute, daß mit dem Zeitgefühl irgend etwas geschieht, wenn man in Trance gerät. Aber ich weiß, daß ich nicht ohne Bewußtsein war. Ich weiß es.«

Im Morgengrauen gaben sie auf. Sie waren beide viel zu müde, um noch einmal auf das gleiche Thema zu kommen. Peter ging ans Fenster und sah zu, wie die Sonne langsam über Neilsville aufging. Die Wolken waren weg, aber die Luft war derart stickig, daß sie wohl bald wieder kommen würden. Peter wandte sich wieder Margo zu.

»Du gehst jetzt besser«, sagte er. »Es ist schon schrecklich spät.«

Sie nickte dumpf. »Ich weiß.« Ihre Stimme hatte schon keine Kraft mehr. Sie sah in seine müden Augen und wollte ihn umarmen und spüren, daß er sie umarmte. »O Peter«, diese Worte schockten sie ein wenig, »was machen wir bloß?«

Er versuchte, sie anzulächeln, aber der Versuch mißlang. »Ich weiß es nicht«, sagte er. Dann schlich sich eine Spur Ironie in seine Stimme ein. »Ich weiß anscheinend überhaupt nicht viel, oder?«

Jetzt ging sie auf ihn zu und nahm ihn in ihre Arme.

»Doch«, sagte sie sanft. »Für all das gibt es eine vernünftige Erklärung. Und wir werden sie finden. Ganz bestimmt.«

Peter wollte ihr glauben; er redete sich selbst ein, daß er ihr glaubte. Aber innerlich war er nicht davon überzeugt. In seinem Inneren hatte er schreckliche Angst und war entsetzlich allein.

Er schickte Margo nach Hause und setzte sich dann eine Stunde lang hin und kämpfte gegen den Schlaf an, den er plötzlich fürchtete. Um sieben Uhr rief er in der Schule an und sagte, daß er über Nacht krank geworden sei und heute nicht kommen könne. Dann ging er zu Bett und verbrachte den ganzen Tag schlafend und träumend. In seinen Träumen gab es viele Deutungen für die eigenartigen Striemen auf seinem Rücken. Aber wenn er von Zeit zu Zeit aufwachte, gab keine davon einen Sinn. Oder vielleicht doch…

15

»Sie sehen ja furchtbar aus.«

Dr. Shields sah Margo an und drängte sie, Platz zu nehmen.

»Ich fühle mich auch furchtbar«, gestand sie. »Ich war die ganze Nacht auf.«

Der Psychiater legte den Arztbrief, den er gelesen hatte, in die oberste Schublade seines Schreibtisches und lehnte sich in seinem Sessel zurück.

»Peter Balsam?« fragte er.

Margo nickte stumm und fing dann, zögernd, von der Auseinandersetzung mit Peter zu erzählen an, die sie die ganze Nacht nicht zur Ruhe kommen ließ. Zunächst hörte der Psychiater schweigend zu. Dann, als sie mit ihrer Geschichte fortfuhr, unterbrach er sie mit Zwischenfragen. Als sie fertig war, saß er mit gefalteten Händen gedankenverloren da.

»Möchten Sie meinen Rat, oder wollten Sie sich nur aussprechen?« fragte er schließlich.

Margo zuckte hilflos mit den Schultern. »Ich weiß es wirklich nicht. Wenn Sie einen Rat für mich haben, denke ich, würde ich ihn auch gerne hören.«

Der Arzt nickte wortlos und sah Margo dann genau an. »Wieviel bedeutet Ihnen Peter Balsam?«

»Ich weiß es nicht«, sagte Margo dumpf. »Ich dachte, sehr viel. Nach der letzten Nacht bin ich mir da nicht mehr so sicher. Die ganze Geschichte klingt so verrückt, und ich weiß nicht, ob ich damit überhaupt etwas zu tun haben will.«

»Nun, so schlimm ist es auch wieder nicht«, sagte Dr. Shields freundlich. »Schließlich sind Sie noch nicht in seine Probleme verstrickt. Noch nicht.«

»Noch nicht?« wiederholte sie.

»Noch nicht. Ich meine, bis jetzt ist alles, was Balsam widerfahren ist, lediglich ihm widerfahren. Das einzige, was Sie tun müssen, wenn Sie damit zu unglücklich werden, ist einfach. Sie müssen aufhören, ihn zu sehen.«

»Aber ich weiß nicht sicher, ob ich das will. Bevor ich mich dazu entscheide, möchte ich wissen, was geschieht. Klingt das vernünftig?«

Dr. Shields nickte. »Wie kann ich Ihnen also helfen? Was beunruhigt Sie am meisten?«

Sie sah ihn abwägend an. »Die Narben auf seinem Rücken. Striemen. Dr. Shields, Sie machen sich keine Vorstellung, wie das aussieht. Sie sind furchtbar.«

Jetzt beugte er sich nach vorn und sah sie eindringlich an. »Beschreiben Sie sie mir.«

Sie schloß die Augen, und als sich ein Bild von Peters Rücken mit diesen eigenartigen Narben einstellte, gab sie sich die größte Mühe, sie zu beschreiben. Beim Sprechen lief ein kalter Schauer über sie. Kaum fertig, sah sie den Arzt an.

»Und?«

»Sie sind sicher, daß die Haut nicht offen war? Nicht einmal aufgeschürft?«

»Ganz sicher. Und er hatte nicht einmal Schmerzen.«

»Das paßt zusammen. Es klingt mir ganz so, als ob sie hysterischen Ursprungs sind.«

»Hysterisch?«

»Das ist gar kein seltenes Phänomen. Obwohl mir das in diesem Fall eine äußerst bizarre Ausprägung scheint. Tatsächlich ist es das gleiche, wie eine psychosomatische Erkrankung. Der Wunsch wird Wirklichkeit.«

»Das verstehe ich nicht«, sagte Margo. »Wollen Sie mir damit sagen, daß Peter den unterbewußten Wunsch hat, geschlagen zu werden?«

Der Psychiater zuckte vielsagend mit den Schultern, aber als er sah, was für eine Miene Margos Gesicht nach dieser Geste angenommen hatte, versuchte er sie zu beschwichtigen.

»Das muß nicht unbedingt so sein«, sagte er. »Das Unterbewußtsein arbeitet mit allen möglichen seltsamen Methoden. Und vergessen Sie nicht die Umstände dieser Veranstaltung. Wenn das, was Sie sagen, wahr ist – und für mich gibt es keinen Grund, daran zu zweifeln – dann hört sich das für mich so an, als hätte Balsam sich mit einem Haufen ganz schön verrückter Priester eingelassen. Glauben Sie, daß sie auch Auspeitschungen vornehmen?«

»Soweit ich das weiß, praktizieren die Priester so etwas nicht mehr«, sagte Margo und bemühte sich, dabei nicht so abwehrend zu klingen, wie sie sich fühlte. »Außerdem, als sie das noch machten, war es lediglich symbolisch. Sie haben nie solche Gewalt angewendet, die Narben hinterlassen würde wie bei Peter.«

Dr. Shields' Augenbrauen krümmten sich vor Skepsis. »Unter normalen Umständen wenden sie selbstverständlich keine Gewalt an. Aber was geschieht unter anderen Voraussetzungen? Nach allem, was Sie sagen, scheint die Gemeinschaft eine etwas eigenartige Gruppierung zu sein. Und Ihr Peter Balsam könnte da ganz gut hineinpassen. Stimmt es, daß er einst am Priesterseminar studierte?«

»Das ist Jahre her«, sagte Margo heftig. »Und er hat es aufgegeben.«

»Stimmt«, pflichtet Dr. Shields bei. »Er gab es auf, um in die Psychologie einzusteigen. Und Sie wissen ja, was die Leute über uns sagen. Niemand ist so verrückt wie ein Psychologe.«

»Sie eingeschlossen?« fragte Margo.

»Habe ich je behauptet, daß ich normal bin?« antwortete Dr. Shields, dabei glitten die ersten Züge eines Grinsens über seine Mundwinkel. »Ich will Ihnen folgendes vorschlagen«, sagte er, »lassen Sie uns das Ganze für eine Weile vergessen. Nicht wirklich vergessen, aber ich glaube beileibe nicht, daß einer von uns, Ihr Freund Balsam eingeschlossen, genug darüber weiß, was da vor sich geht, um sich ein vernünftiges Urteil zu bilden. Also, lassen Sie uns die Augen offenhalten und sehen, was als nächstes passieren wird. Und sagen Sie Balsam, daß ich bereit bin, falls er den Wunsch hat, mit mir zu reden.« Dann hatte er eine Idee. »Wissen Sie«, sagte er nachdenklich, »es wäre auf jeden Fall hilfreich, wenn wir in Erfahrung bringen könnten, was sich in Wahrheit abspielt auf den Versammlungen dieser – wie nannten Sie sie gleich wieder?«

»Die Gemeinschaft von St. Peter Martyr«, sagte Margo abwesend.

»Ein hübscher Name«, sagte der Psychiater sarkastisch. Er schenkte ihr ein aufmunterndes Lächeln. »Gehen Sie nach Hause und schlafen Sie sich aus. Und, Margo«, fügte er noch hinzu, als sie schon die Tür zum Büroausgang geöffnet hatte. Sie drehte sich noch einmal um. »Seien Sie vorsichtig«, sagte er ernst. »Schließlich wissen Sie nicht sehr viel über Balsam, oder? Er kann ein anderer sein, als der, für den Sie ihn halten. Klar, er scheint ein netter Kerl zu sein. Aber er könnte auch verrückt sein, nicht wahr?« Margo sah ihn wortlos an und schloß dann die Tür hinter sich. Dr. Shields versank wieder in seinen Sessel hinter dem Schreibtisch und starrte gedankenvoll auf die geschlossene Tür. Er mochte Margo und wollte nicht mitansehen, daß man ihr weh tat. Er hoffte, daß er sich täuschte. Aber in seinem Inneren wußte er, daß er recht hatte. Und wenn Peter Balsam wirklich so krank war, wie Dr. Shields vermutete, so konnte das nur Ärger bedeuten.

Dann fiel ihm wieder Judy Nelson ein, die noch immer Patientin im Krankenhaus war. Und wer war in die Klinik gekommen, unmittelbar nachdem sie eingeliefert wurde? Peter Balsam.

Den restlichen Nachmittag über versuchte Dr. Shields sich einzureden, daß Balsams Besuch lediglich der Sorge eines Lehrers wegen einer seiner Schülerinnen entsprungen war, und daß es keine Verbindung gab zwischen Peter Balsam und Judys Versuch, sich das Leben zu nehmen. Aber als er an diesem Nachmittag nach Hause ging, war er noch immer nicht davon überzeugt. Es *gab* eine Verbindung. Er war sich absolut sicher.

Geraldine Crane hörte das Zuknallen der Eingangstür, ließ sich dadurch aber nicht beim Bügeln stören. Einen Augenblick später blickte sie auf und sah, daß ihre Tochter in die Küche kam.

»Du bist früh dran«, meinte sie. Marilyn legte ihre Bücher auf den Tisch und öffnete den Kühlschrank. Sie hörte wie ihre Mutter sagte: »Verdirb dir nicht den Magen.«

Sie suchte im Kühlschrank herum und fand eine Karotte, die ihr als Snack ausreichte. Sie ging zum Waschbecken hinüber und fing an, die Karotte über dem Mülleimer zu schälen.

»Die Vitamine sind alle in der Schale«, sagte Geraldine. »Wenn du sie schälst, brauchst du sie gar nicht mehr zu essen.«

Schweigend schälte Marilyn die Karotte weiter und hoffte, ihre Mutter würde sie allein lassen. Ihr Wunsch wurde nicht erfüllt.

»Ich habe heute dein Zimmer saubergemacht«, sagte Geraldine, ohne ihre Stimme zu erheben. Marilyn fragte sich, ob sie dafür gerügt werden sollte, daß sie es nicht genug in Ordnung hielt, oder ob es auf etwas anderes hinauslief. Es lief auf etwas anderes hinaus.

»Ich habe deine Geschichtsprüfung gefunden«, sagte Geraldine mit anklagendem Unteron. »Du hättest sie mir zeigen sollen.«

»Wollte ich nicht«, sagte Marilyn.

»Ich kann nicht verstehen, warum.« Die Stimme ihrer Mutter verletzte Marilyn.

»Seit wann schreibst du B-Minus-Zensuren?«

Marilyn warf die Karotte in den Mülleimer. Sie wollte sie plötzlich nicht mehr.

»Es ist nur eine Prüfung, und keine besonders wichtige«, sagte sie abwehrend.

»Eine Prüfung?« fragte Geraldine. »Für dich mag das lediglich eine Prüfung sein, für mich heißt das, daß du dir nicht genug Mühe gibst.« Sie stellte das Bügeleisen weg und wandte ihr Gesicht ihrer Tochter zu. »Ich weiß nicht, was ich mit dir machen soll, Marilyn. Egal, was ich für dich tue, es scheint bei dir nicht zu fruchten.«

Marilyn war den Tränen nahe. »Mutter, es ist doch nur eine Prüfung«, flehte sie. »Und die Note ist auch nicht so schlecht. Greta hatte immer noch schlechtere Noten.«

Geraldine nickte. »Deine Schwester ist nicht aufs College gegangen«, sagte sie, »Greta hat geheiratet.«

»Gut, das werde ich vielleicht auch«, platzte Marilyn heraus, bereute ihre Worte aber sofort, nachdem sie gesagt waren. Da war sie in ein weiteres Fettnäpfchen getreten, und das wußte sie.

»Du mußt erst einmal ein Rendezvous ausmachen, bevor du heiratest«, bemerkte Geraldine säuerlich. »Und soweit ich das sehe, bist du auf dem Gebiet auch nicht sonderlich aktiv.«

»In Ordnung«, rief Marilyn aus, »es tut mir leid, Mutter! Es tut mir leid, daß ich nicht wie Greta bin, es tut mir leid, daß ich nicht beliebt bin, es tut mir leid, daß ich eine einzige Enttäuschung für dich bin. Es tut mir leid, es tut mir leid, es tut mir leid.«

Geraldine Crane sank in einen der Stühle um den Küchentisch und stieß Marilyn in einen anderen. Mit einem Mal wünschte sie, sie hätte nicht so scharfe Worte gegen ihre Tochter gebraucht, jetzt versuchte sie das auszugleichen.

»Es gibt nichts, was dir leid zu tun braucht«, sagte sie freundlich. »Ich bin wirklich sehr stolz auf dich. Ich möchte nur, daß du glücklich bist.«

Sie sagte fast eine Minute lang nichts. »Und du verbringst zu viel Zeit in der Kirche«, fuhr sie fort. »Du bist noch viel zu jung, um deine ganze Zeit in der Kirche zu verbringen. Du hast dazu genügend Zeit, wenn du erst mal älter bist.«

»Aber ich gehe gern in die Kirche«, sagte Marilyn trotz des Kloßes, der ihr im Hals steckte. Sie wollte auf keinen Fall weinen; sie hoffte, daß sie nicht damit anfing. »Vielleicht sollte ich in ein Kloster gehen.«

»Spinn mal nicht«, sagte ihre Mutter. »Das ist doch kein Leben für dich. Du solltest dir nur ein paar Freunde schaffen und versuchen, ein bißchen aus dir herauszugehen. Kein Wunder, daß du nicht glücklich bist. Wenn ich soviel Zeit nur mit mir selbst verbrächte wie du, ich wäre auch unglücklich.«

Marilyn konnte ihre Tränen nicht länger unterdrücken, aber sie konnte sich auch nicht vor ihrer Mutter einfach gehen lassen. Sie fühlte sich schrecklich einsam. Bevor ihre Mutter sie aufhalten konnte, war sie vom Küchentisch geflohen. Geraldine saß stumm am Küchentisch und hörte zu, wie ihre Tochter die Treppen hinaufstürmte. Dann zuckte sie hilflos mit den Schultern, obwohl niemand da war, der es hätte sehen können, und machte sich wieder ans Bügeln. Die Erziehung von Greta war so einfach, dachte sie. Warum ist es mit Marilyn so schwierig?

Sie nahm ein weiteres Hemd ihres Mannes und fing an, die Ärmel zu bügeln, doch in Gedanken war sie bei ihrer Tochter. Das Bügeleisen glitt über einer Stelle hin und her. Erst als sie den braunen Brandfleck sah, merkte sie, daß sie träumte. Sofort rief sie ihre Gedanken an die zu erledigenden Hausarbeiten zurück. Es war ihr nicht aufgegangen, daß sie aus derselben Sorge das Hemd ruiniert hatte, die auch ihrer Tochter das B-Minus in der Geschichtsprüfung eingebracht hatte.

Ein paar Minuten später hörte sie ihre Tochter wieder herunterkommen und überlegte sich, ob sie sie in die Küche rufen sollte, um mit ihr ein Gespräch zu versuchen. Aber bevor sie sich entscheiden konnte, erschien Marilyn in der Tür.

»Ich gehe ins Krankenhaus«, sagte Marilyn in einem Ton, der keine Diskussion aufkommen ließ.

»Ins Krankenhaus?« fragte Geraldine. »Und wofür?«

»Ich werde Judy Nelson besuchen«, sgte Marilyn mit fast herausfordernder Stimme. »Wenn du willst, daß ich Freunde habe, dann glaube ich einen guten Anfang zu machen, indem ich Judy besuche.«

»Aber ich dachte, du magst Judy nicht«, sagte ihre Mutter neugierig. »Ich dachte, du magst die ganze Clique nicht.«

»Judy war nicht auf der Party«, sagte Marilyn mürrisch. Dann ging sie völlig unerwartet auf ihre Mutter zu und küßte sie auf die Wange. »Es tut mir leid«, sagte sie. »Ich weiß, daß ich nicht die Tochter bin, die du dir immer gewünscht hast, aber ich werde mich bemühen, es besser zu machen. Ich sollte mich nicht so aufregen lassen.«

Bevor Geraldine überhaupt antworten konnte, war Marilyn weg. Geraldine schaute aus dem Fenster und sah, wie ihre Tochter ihr Fahrrad nahm und davonstrampelte. Sie runzelte ein wenig die Stirn, sie hatte das unbestimmte Gefühl, daß gerade etwas sehr Bedeutendes geschehen war, und daß sie es verpaßt hatte. Dann verdrängte sie die ganze Angelegenheit und ging wieder an ihre Hausarbeit.

Marilyn sah sie, bevor sie sie sahen. Sie stand in der Tür und schaute auf den halbverwilderten Garten hinter dem Krankenhaus hinaus. Penny Anderson und Judy Nelson standen tratschend zusammen, während Karen Morton mit einem der Pfleger flirtete. Marilyns erster Gedanke war, zu verschwinden und das ganze entweder zu vergessen oder ein andermal wiederzukommen. Sie focht den Gedanken nieder und stand in dem Gebäude und beobachtete die Mädchengruppe und den Pfleger. Dann, ein paar Augenblicke später, schlossen sich Judy und Penny Karen an. Marilyn konnte ihre Mundbewegungen sehen, aber nicht ihre Stimmen hören. Sie hätte gern gewußt, worüber sie sich unterhielten.

»Schaut euch jetzt nicht um«, sagte Penny gerade. »Aber ich möchte schwören, daß Marilyn Crane genau hinter dieser Tür steht.« Die anderen Mädchen fingen an sich umzudrehen, aber Penny sagte noch einmal: »Ich sagte, schaut euch jetzt nicht um. Was glaubt ihr wohl, was sie hier macht?«

»Wenn sie uns zusieht, dann ist sie wahrscheinlich gekommen, um mich zu besuchen«, sagte Judy säuerlich.

»Trotz Samstag abend?« fragte Penny. »Ich hätte nicht gedacht, daß sie nach allem, was wir ihr angetan haben, noch eine von uns sehen möchte.« Sie fing an, in sich hineinzukichern, als sie Marilyns Gesicht wieder vor sich hatte, nachdem diese gemerkt hatte, warum sie auf die Party eingeladen worden war.

»Sie weiß nicht, daß ich etwas damit zu tun hatte«, sagte Judy. »Ich war ja hier im Krankenhaus, das wißt ihr.«

»Ich frage mich, was sie will«, meinte Karen. Dann, als sie den Druck vom Bein des Pflegers gegen ihr eigenes spürte, stand sie plötzlich auf. Das ging ihr zu weit.

»Laßt uns hier verschwinden«, sagte Karen nervös. »Marilyn kommt nicht her, solange wir hier sind, und ich will sowieso nicht mit ihr reden. Ihre Pickel könnten sich abreiben.« Sie war befriedigt, als die anderen Mädchen lachten.

»Also gut«, grinste Judy. »Ihr zwei verschwindet jetzt hier, und ich rufe euch, sobald sie abhaut.«

»Das gibt bestimmt was zu lachen«, sagte Penny. Dann gingen sie und Karen weg, dabei gaben sie sich die größte Mühe, nicht zu der Tür zu sehen, hinter der Marilyn noch immer herumlungerte.

Marilyn sah zu wie sie gingen und versuchte zögernd die Tür aufzustoßen. Dann aber sagte ihr etwas, es sein zu lassen und das

Krankenhaus zu verlassen, ohne mit Judy gesprochen zu haben. Zu spät. Judy winkte ihr schon.

»Hallo«, rief Judy. »Was führt dich hierher?« Ihre Stimme klang freundschaftlich, und Marilyn fühlte sich ermutigt. Vielleicht war das doch keine so schlechte Idee gewesen.

»Ich – ich dachte, du magst etwas Gesellschaft«, sagte sie zögernd. Sie hielt Judy einen Stapel mit Fan-Magazinen entgegen, die sie auf ihrem Weg in die Klinik vom Kiosk mitgenommen hatte. »Die habe ich dir mitgebracht.«

Judy sah sich gelangweilt die Titelblätter an. »Danke«, sagte sie lakonisch. Sie starrte Marilyn an und wartete darauf, daß das andere Mädchen zu sprechen begann.

»Wann darfst du nach Hause?« fragte Marilyn schließlich.

»Wer weiß? Was mich betrifft, ich könnte heute nach Hause. Aber die wollen mich hier nicht eher rauslassen, bis ich ihnen sage, warum ich es getan habe – und ich will es ihnen nicht sagen.«

Der Pfleger sah Judy scharf an und schien etwas sagen zu wollen. Judy ließ ihm keine Zeit.

»Warum lassen Sie uns nicht alleine?« sagte sie zu ihm. »Ich meine, wie können wir uns richtig unterhalten, wenn Sie die ganze Zeit danebensitzen und jedes Wort mit anhören?«

»Ich darf dich nicht alleine lassen«, antwortete der Pfleger. »Du weißt das.«

»Oh, ist das aber dumm«, sagte Judy schnippisch. »Können Sie nicht einfach da rüber gehen und sich da alleine hinsetzen? Dann können Sie mich immer noch sehen, aber ich kann mich wenigstens mit Marilyn unterhalten.«

»Also...«, setzte der Pfleger an, er war kurz davor, Judys Bitte zu entsprechen. Judy setzte ihn noch ein wenig unter Druck.

»Also, machen Sie schon«, drängte sie. »Nur für ein paar Minuten.« Sie machte ein niedliches Mädchengesicht, und bevor der Pfleger herausfinden konnte, ob es echt war, hatte er nach dem Köder geschnappt.

»In Ordnung«, sagte er und stand auf. »Aber nur für ein paar Minuten. Du mußt dann wieder auf dein Zimmer.«

Judy schmollte ein bißchen, aber das Schmollen verschwand, sobald der junge Mann ihr den Rücken zudrehte. Verschwörerisch grinste sie Marilyn an. »Den habe ich um den kleinen Finger gewikkelt«, flüsterte sie. Aber Marilyn hörte nicht hin, sie dachte an etwas anderes.

»Wie war es?« fragte sie.

»Was war wie?«

»Was du getan hast«, sagte Marilyn. »Weißt du...« Ihre Stimme erstarb, und sie fürchtete, sie hätte etwas Falsches gesagt. Ein traumverlorener Ausdruck glitt über Marilyns Gesicht.

»Es war verrückt«, sagte Judy. »Und weißt du was? Ich weiß ehrlich nicht, warum ich es gemacht habe. Ich war sauer auf meine Mutter, aber sicherlich nicht so sauer.«

»Du schienst mir gar nicht sauer, als ich dich an dem Tag im Gang traf«, murmelte Marilyn. »Du schienst mir eher – traurig.«

Judy sah sie fragend an. »Du? Ich kann mich nicht daran erinnern, dich gesehen zu haben.«

Judy schüttelte langsam ihren Kopf. »An so etwas kann ich mich überhaupt nicht mehr erinnern«, sagte sie. »Alles was ich von dem Tag noch weiß, ist mein Gespräch mit Balsam. Dann wird alles ganz schön durcheinander. Aber ich erinnere mich daran, daß ich im Schrankraum gewesen bin und daß ich mich aufgeschnitten habe. Es hat überhaupt nicht weh getan. Ich habe mich einfach nur geschnitten, dann kam auch schon das Blut heraus. Und ich fühlte mich so friedvoll. Es war – ja, es war fast so, wie es mir manchmal in der Kirche geht, wenn ich zuhöre, wie Monsignore Vernon eine Messe zelebriert. Ein eigenartiges Gefühl überkommt mich, und ich glaube, daß ich gar nicht mehr in meinem Körper bin. Genauso habe ich mich gefühlt, als ich mich geschnitten habe. Es war, als ob ich einem anderen dabei zuschaue. Und dann merkte ich plötzlich, was ich getan hatte. Ich meine, plötzlich wurde mir klar, daß ich es war, der das geschah. Da bekam ich Angst. Dann habe ich die Polizei gerufen. Anschließend fand Mr. Jenkins mich.« Judy hielt inne und schaute zu dem anderen Mädchen. »Der Rest war furchtbar.«

»Furchtbar? Was meinst du damit?« Marilyn dachte, das Schlimmste wären die Schnitte gewesen.

»Alle wollten sie wissen, was geschehen war. Warum ich es getan habe. Was weiß ich, warum ich es getan habe? In dem Augenblick schien es einfach eine gute Idee. Jetzt haben sie alle Angst, ich könnte es wieder versuchen.«

»Wirst du?« fragte Marilyn mit ernster Stimme. Judy schüttelte bedeutungsvoll den Kopf.

»Auf keinen Fall. Ich glaube, wenn ich mich wirklich umbringen wollte, dann würde ich es wieder versuchen. Aber ich glaube, ich wollte nicht sterben. Ich glaube, ich wollte nur einmal sehen, wie das ist. Aber das ist alles vorbei.« Auf einmal grinste sie. »Ich habe zu viel zu tun. Wer hat schon Zeit zu sterben?«

Dann kam der Pfleger zurück, und Judy stand auf.

»Essenszeit«, sagte Judy mit einem Anflug von Spott in ihrer Stimme. »Die behandeln mich hier wie einen Säugling.«

»Wenn du dich wie ein Säugling verhältst, wirst du so behandelt«, bemerkte der Pfleger. Judy streckte ihm die Zunge raus, aber er beachtete es nicht. Die beiden gingen zum Gebäude hinüber. Plötzlich wandte sich Judy noch einmal um.

»Danke dir, daß du gekommen bist«, sagte sie. Dann, kurz bevor sie in der Klinik verschwand, sagte sie noch etwas. »Sich umzubringen ist wirklich irgendwie toll. Du solltest es auch mal versuchen.« Und dann fing Judy Nelson an zu lachen – ein Gelächter, das noch lange, nachdem Judy im Schatten der Gemäuer verschwunden war, in Marilyns Ohren klang.

Marilyn saß lange Zeit alleine da und starrte ins Nichts und versuchte die Bedeutung von allem, was Judy gesagt hatte, herauszubekommen. Dann, sie wußte nicht, wieviel später, war sie von der Bank weggegangen und zu ihrem Fahrrad zurückgegangen.

Bevor sie auf ihr Rad stieg und vom Krankenhaus wegfuhr, faßte sie noch in den Fahrradkorb. Ihre Hände umfaßten einen winzigen Gegenstand. Sie nahm ihn heraus und schaute ihn an.

Es war ein Päckchen Rasierklingen.

Marilyn konnte sich nicht daran erinnern, sie gekauft zu haben.

Sie konnte sich nicht daran erinnern, sie in den Korb gelegt zu haben.

Und doch waren sie da. Sie starrte sie stumm an, ein Teil ihres Gewissens fragte sich, wo sie herkamen, ein Teil akzeptierte ihre Existenz. Sorgfältig verstaute sie sie in ihrer Handtasche.

Von einem Fenster im zweiten Stock beobachtete Judy Nelson Marilyn. Ein leichtes Lächeln huschte über ihr Gesicht, als Marilyn auf die Stadt zuradelte. Judy sah zu, bis Marilyn verschwand, und ging dann wieder ins Bett. Sie nahm den Hörer vom Telefon, wählte und ließ es klingeln.

»Penny? Marilyn ist gerade weggegangen.«

»Was wollte sie?«

»Wer weiß? Wen kümmert das schon? Aber ich werde dir eines sagen. Irgend etwas wird mit dem Mädchen passieren!«

16

Der Bischof sah noch einmal in den Kalender auf seinem Schreibtisch und merkte sich den Termin um fünf Uhr, der sorgfältig mit Tinte eingetragen war. ›Golf‹, stand da, ›Joe Flynn‹. Er hatte sich eigentlich die ganze Woche darauf gefreut, bis vor einer Stunde. Da war sein Sekretär hereingekommen und hatte in aller Ruhe einen anderen Termin vor das Golftreffen notiert: ›Peter Balsam‹. Seine zusammengekniffenen Augenbrauen hatten nur ein Zucken hervorgerufen und eine Erklärung: »Fellow sagt, daß es dringend sei.« Also sollte er sich jetzt zum Golf verspäten, aber während er wußte, daß Joe Flynn ihm verzeihen würde, war er sich nicht sicher, ob er diesem Peter Balsam verzeihen würde, daß er ihn aufhielt. Golf war schließlich wichtig. Der Bischof sah auf die Uhr an der Wand, in der Hoffnung, dieser Mann würde zu spät kommen, und wenn es sich nur um eine Minute handelte. Mit dieser Minute hätte er eine glaubwürdige Entschuldigung, um schnell durch die Tür hinter seinem Schreibtisch zu verschwinden. Er zählte schon die letzten fünfzehn Sekunden, als der Summer seiner Sprechanlage ertönte.

Er maulte ein wenig in sich hinein und drückte auf den Knopf. »Ja?« bellte er so laut und ungeduldig er konnte, denn er hoffte, damit den ungebetenen Besucher abzuschrecken.

Im Sekretariat winkte Pater Duncan den nervösen Peter Balsam zu sich heran und hielt einen Finger auf seine Lippen. Dann sprach er in das Sprechgerät.

»Mr. Balsam ist hier und will Sie sehen, Euer Eminenz. Soll ich ihn hereinführen?«

»Wie stehen die Chancen, daß er wieder weggeht, wenn ich nein sage?« grummelte die Stimme des Bischofs aus dem Kasten. Balsam merkte, daß er rot anlief und wollte fliehen. Pater Duncan grinste ihn nur an.

»Keine Chance«, sagte der Priester streng. »Ich habe auch schon Joe Flynn angerufen und ihm alles erklärt. Sie brauchen sich wegen Ihrer Verspätung keine Sorgen zu machen.«

»Also gut. Dann bringen Sie ihn herein. Aber ich hätte es gerne, wenn Sie mir die Dinge ebenso erklären würden, wie Sie das für Joe Flynn tun. Immerhin sind Sie *mein* Sekretär.«

Pater Duncan stand auf und bedeutete Peter Balsam, ihm zu folgen. »Am Freitag spielt er immer Golf, seien Sie also nicht überrascht, wenn er ein bißchen brummig ist. Und versuchen Sie, Ihren

Besuch möglichst kurz zu halten. Je später er dran ist, um so brummiger wird er. Aber sein Bellen ist schlimmer als sein Biß.« Und bevor Peter antworten konnte, öffnete er die Tür und trat beiseite, so daß Peter vor ihm in das Büro des Bischofs eintreten konnte.

Als Balsam das Büro betrat, stand Bischof O'Malley nicht auf, was Balsam nur ein wenig überraschte. Er hörte, wie der Sekretär die Vorstellung übernahm und durch den Raum ging, um sich vor dem Bischof niederzuknien. Er aber machte das nicht.

»Können wir?« sagte der Bischof und kam Peter zuvor. »Warum nehmen Sie nicht einfach Platz, damit wir die Sache so schnell wie möglich hinter uns bringen, in Ordnung?«

Ein verlegener Peter Balsam ließ sich in einem der Besucherstühle am kurzen Ende des Schreibtisches nieder, und der Bischof lächelte in sich hinein. Damit habe ich ihn erst einmal eingeschüchtert, ein Punkt für mich. Während sich Balsam von dem Anschlag erholte, überlegte sich der Bischof, welche Vorgehensweise sich als die wirksamste erweisen würde, um diesen jungen Mann aus seinem Büro zu entfernen. Er gab sich ein wirklich strenges Aussehen und sah finster über seinen Schreibtisch.

»Pater Duncan sagte mir, daß Sie dieses Treffen auf eigene Faust eingerichtet haben«, sagte er ungehalten, obwohl ihm der Sekretär nichts in dieser Richtung mitgeteilt hatte. »Normalerweise hätten Sie das Einverständnis von Monsignore Vernon gebraucht, um so weit vorzudringen.« Er sah zu, wie Balsam sich wand, und erhöhte sein Punktekonto auf zwei zu null.

»Es tut mir leid, Euer Eminenz«, sagte Balsam. »Aber ich fürchte, ich konnte das nicht über Monsignore tun...«

»Sie konnten oder wollten nicht?« unterbrach ihn der Bischof. »Das ist ein gewaltiger Unterschied, Sie verstehen?«

»Ich weiß«, sagte Balsam schärfer, als er es gemeint hatte. »Ich bin Psychologe.« Im Geiste radierte der Bischof seine beiden Punkte wieder aus und schrieb einen für Balsam an. Dann entschloß er sich, das Punkten aufzugeben – es war irgendwie nicht sein Tag. Er lächelte Balsam an.

»Entschuldigen Sie«, sagte er, »das hat mir Pater Duncan nicht gesagt.« Balsam akzeptierte diese Feststellung als Zeichen für einen Waffenstillstand, was es auch war. Er entspannte sich wieder.

»Ich konnte nicht über Monsignore Vernon vorgehen, Sir, weil ich sonst ihm hätte erzählen müssen, worüber ich mit Ihnen sprechen will.«

Bischof O'Malley nahm einen Bleistift von der Schreibplatte und lehnte sich in seinem Stuhl zurück. Einen Moment lang klopfte er sich mit dem Bleistift gegen seine Schneidezähne und beobachtete sein Gegenüber. »Daraus schließe ich, daß Sie mit mir über Monsignore Vernon sprechen wollen?« fragte er milde.

Balsam nickte. »Ich weiß nicht, mit wem ich sonst darüber reden könnte, sonst hätte ich Sie nicht belästigt. Und ich bin mir nicht ganz sicher, ob es sich wirklich um Monsignore Vernon handelt, worüber ich sprechen möchte. Es ist seine Gemeinschaft.«

»Seine Gemeinschaft?« wiederholte der Bischof. »Ich verstehe nicht ganz.« Heimlich schaute er zur Uhr. Ja, er würde zu spät kommen.

»Die Gemeinschaft von St. Peter Martyr«, sagte Balsam und fragte sich, ob er dem Bischof die ganze Angelegenheit erklären sollte.

»Ach, der wilde Haufen«, sagte der Bischof gelassen. Mit einem Mal ging es ihm viel besser; das konnte in einigen wenigen Minuten erledigt werden, und er wäre sofort unterwegs zum Country-Club.

»Dann wissen Sie davon?« fragte Balsam wißbegierig.

»Nun, das ist ja keineswegs ein Geheimnis, oder doch? Sieben alte Priester, die sich ab und zu zusammensetzen und dann über die ›guten alten Zeiten‹ sprechen.« Er sah Balsam fragend an. »Sie sind also wirklich den ganzen Weg hierher gekommen, um über die Gemeinschaft von St. Peter Martyr zu reden? Ich glaube, Sie haben Ihre Zeit vergeudet.« Er stand auf, bereit, dieses Treffen zu beenden. Aber Peter Balsam rührte sich nicht.

»Ich glaube, da ist ein bißchen mehr dran«, sagte er leise. Der Bischof starrte ihn einen Augenblick lang an, sank dann wieder in seinen Sessel hinter seinem Schreibtisch. Es war sowieso schon zu spät.

»Mehr dran? Was läßt Sie daran glauben?«

»Waren Sie je auf einer Versammlung der Gemeinschaft?« hielt Balsam entgegen. Nachdem der Bischof dies kopfschüttelnd verneinte, fing Balsam an, von den beiden Versammlungen zu berichten, denen er beigewohnt hatte. Der Bischof hörte ihm schweigend zu, aber während des gesamten Vortrags klopfte er mit dem Bleistift an die Tischkante.

»Ist das alles?« fragte er, als Balsam schließlich nichts mehr sagte.

»Mehr oder weniger«, sagte Balsam zweideutig. Den letzten Teil der Geschichte hatte er weggelassen, weil er sich nicht in der Lage fühlte, dem Bischof von den seltsamen Narben auf seinem Rücken zu erzählen.

»Es klingt nach mehr«, kommentierte der Bischof trocken. »Es klingt, als ob Sie sich nicht allzu gut an die Versammlungen erinnern, und eine Menge in die Gemeinschaft hineingeheimnissen, was gar nicht vorhanden ist. Offen gesagt, für mich ist es nicht im geringsten von Bedeutung, wenn sieben alte Priester, die nicht mehr viel zu tun haben, sich zu entschließen, Unterhaltung in einer selbstgegründeten Diskussionsgruppe zu finden.«

»Sie sagen immer sieben«, warf Balsam ein. »Es sind nur sechs.«

Der Bischof lächelte locker. »Einst waren sie sieben. Aber Pater George Carver verstarb im letzten Jahr. Jetzt sieht es ganz danach aus, daß Sie rekrutiert werden, um die Runde wieder zu vervollständigen. Tragen Sie sich mit dem Gedanken, sich ihnen anzuschließen?«

»Wenn es nach ihnen geht, bin ich schon dabei«, sagte Peter zögernd. Der Bischof bemerkte das Zögern in seiner Stimme, und hakte da noch einmal ein.

»Gibt es da noch etwas, was Sie mir nicht erzählt haben?«

Balsam rutschte ungemütlich in seinem Stuhl herum, und überlegte, ob er dem Bischof von seinen Narben auf dem Rücken erzählen solle. Er entschied sich dagegen.

»Eigentlich bin ich gekommen, um einige Fragen zu stellen, weniger, um Ihnen von der Gemeinschaft zu berichten. Ich hatte gehofft, Sie wüßten mehr darüber als ich.«

»Ich verstehe. Wegen der Vermutung, daß der Bischof die Quelle allen Wissens in der Diözese ist. Nun, ich fürchte, das ist nur ein Mythos. Wenn ich versuchte, mich mit allem aufzuhalten, was meine Priester tun, hätte ich keine Zeit mehr für die wichtigen Dinge.«

Wie Golf? wollte Balsam fragen, ließ es aber.

»Wie Golf«, sagte der Priester, als hätte er seine Gedanken gelesen. »Was die Gemeinschaft von St. Peter Martyr betrifft, fürchte ich, daß ich nur wenig weiß. Soviel ich weiß, waren es einfach sieben alte Priester...«

»Monsignore Vernon ist doch aber nicht alt«, unterbrach Balsam.

Der Bischof peilte ihn über seine Brillengläser an, dieser Balsam zeigte etwas mehr Eifer als ihm lieb war. Auf der anderen Seite fand er es auch wieder erfrischend, auf eine eigenartige Weise.

»An Jahren vielleicht nicht, aber seine Anschauungen sind ein bißchen altmodisch. Und für die übrigen, na ja, da paßt das Alter größtenteils zu ihrem Denken.«

»Was meinen Sie damit?« fragte Balsam. Er dachte, daß er es wüßte, wollte aber, daß es der Bischof für ihn aussprach.

»Wie kann ich das sagen?« stöhnte der Bischof laut. Dann legte er den Bleistift hin und beugte sich in seinem Stuhl vor.

»Die Kirche ist ein ständiger Zustand des Paradoxen«, begann er. »Auf der einen Seite erzählen wir unseren Schäfchen und allen anderen, daß wir den Schlüssel zur absoluten Wahrheit besitzen. Aber auf der anderen Seite sehen wir genau, daß es eine absolute Wahrheit nicht gibt. Die Wahrheit ändert sich im Laufe der Zeiten. Leider finden es allzu viele von uns bequemer, sich an die Traditionen zu hängen, anstatt sich mit den Veränderungen auseinanderzusetzen. Allzu vielen von uns gelingt es nicht, einzusehen, daß es den Glauben nicht zerstört, wenn man mit der Zeit geht. Und das ist, soweit ich weiß, die Grundlage der Gemeinschaft von St. Peter Martyr. In ihrem Denken sind sie altmodisch und erhalten nicht viel Unterstützung durch die Kirche, am wenigsten in meiner Diözese. Sie wollen *glauben*. Sie müssen sich aneinanderklammern um Unterstützung.

Sie sind schrecklich dogmatisch, natürlich, und ganz offen, ich verbringe nicht viel Zeit mit ihnen. Ich meine damit nicht so sehr die Gemeinschaft von St. Peter Martyr; mit der Gemeinschaft verbringe ich überhaupt keine Zeit – ich meine mehr die einzelnen Mitglieder. Ich fürchte, ich kann nicht annähernd so – wie ist das richtige Wort? religiös? – sein, wie sie mich gern hätten. Und obwohl ich das nicht sagen sollte, Monsignore Vernon ist der übelste unter ihnen.«

Der Bischof lächelte etwas gequält, fuhr dann fort. »Junger Mann, jedes Mal, wenn ich mit Vernon rede, danke ich meinen günstigen Sternen, daß ich älter werde. Bis dieser Mann so alt ist wie ich, wird er absolut unmöglich sein. Genau gesagt, ich muß mir immer in Erinnerung rufen, daß er in Ihrem Alter ist, nicht in meinem. Er scheint schon jetzt alt.«

»Ich weiß«, Balsam konnte sich für den Bischof erwärmen. »Ich ging mit ihm zur Schule. Damals war er noch Pete Vernon, und Sie hätten ihn nicht erkannt.«

»Hätte ich nicht? Vergessen Sie nicht, daß ich ihn in Neilsville seit nunmehr zwölf Jahren im Auge habe. Ich kann mich noch an den jungen Mann erinnern, der aus Philadelphia hierher kam. Er hat sich sehr verändert gegen damals. Es liegt wohl an Neilsville. Solche Städte fügen den Menschen etwas zu. Zu klein. Inzucht. Ich glaube, es läßt sich gar nicht vermeiden, daß auch der Klerus darin verwickelt wird. Ich habe mich oft gefragt, ob ich in der Kirche geblieben wäre, wenn man mich an einen Ort wie Neilsville geschickt hätte.« Dann strahlte er ein klein wenig. »Wer weiß? vielleicht wäre ich auch klargekommen in Neilsville, und hätte selber eine Gemeinschaft des St. Peter Martyr gegründet. Ganz unter uns, in Neilsville zu sitzen, ist genau meine Vorstellung eines Martyriums.«

»Ich verstehe, was Sie meinen«, antwortete Balsam. Dann wechselte er das Thema. »Hat Monsignore Vernon die Gemeinschaft des St. Peter Martyr gegründet?«

»Sie meinen, Sie wußten das nicht?«

Balsam schüttelte den Kopf. »Ich weiß, daß er das Oberhaupt ist, aber ich hätte vermutet, daß sie schon seit Jahren existiert.«

»Keineswegs. Vernon hat sie vor etwa fünf Jahren ins Leben gerufen, ungefähr zu der Zeit, als er Monsignore wurde. Ich vermute, dies war seine Art zu beweisen, daß er ›es geschafft‹ hatte.«

»Scheint irgendwie eigenartig«, bemerkte Balsam.

»Eine hübsche Selbstüberschätzung, würde ich sagen«, sagte der Bischof.

»Selbstüberschätzung?«

Der Bischof sah ihn nun fragend an. »Das haben Sie noch nicht herausgekriegt?«

»Sie haben mich schon wieder falsch verstanden«, gab Balsam zu.

»Die Namen, Mann, die Namen«, rief der Bischof aus. »Monsignore Vernon hat die Gemeinschaft nach sich benannt!«

Balsam sah den Bischof verdutzt an. »Nach sich benannt?«

»Was, das haben Sie nicht gewußt?« kicherte der Bischof. »Der Name von St. Peter Martyr war Piero da Verona. Nun, wenn Sie das ins Englische übersetzen sollten, was würde da herauskommen?«

»Peter Vernon«, sagte Balsam langsam. »Oder etwas ganz Ähnliches, was fast keinen Unterschied machen würde. Ist es das, was Sie meinen?«

Der Bischof nickte. »Das erstaunt Sie, nicht wahr?« Und weiter: »Was für ein unangenehmer Mensch das gewesen sein muß.«

»Wer?«

»Piero da Verona. St. Peter Martyr.«

Balsam zog überrascht die Augenbrauen hoch. »Verzeihung, wie bitte?«

»Sie haben doch die Geschichte gelesen, oder? Wie einer der sogenannten Ketzer durch die Verfolgungen von Verona zu weit getrieben wurde und ihn eines Nachts tötete?«

»Sogenannte Ketzer?« Balsam wollte lächeln, tat es aber nicht.

Der Bischof sah ihn strafend an und fragte sich, ob der junge Mann ihn auf den Arm nehmen wollte. »Ach, kommen Sie. Ich denke, wir müssen alle zugeben, daß die Dominikaner während der Inquisition jeden, der nicht mit ihnen übereinstimmte, als Ketzer denunziert haben. Aber sie als Ketzer zu bezeichnen, macht noch keine Ketzer aus ihnen, oder?«

»Nein«, stimmte Balsam zu, »gewiß nicht.« Dann wechselte er erneut das Thema. »Was geschah mit dem Mann, der Verona getötet hatte?«

»Ah«, sagte der Bischof und war wieder einmal aufgestanden. »Nun, das ist ein herrliches Beispiel für die seltsamen Wege des Herrn. Der Mörder ist auch ein Heiliger!«

Balsams Augen wurden vor Erstaunen weit. »Noch einmal bitte?«

»Schon möglich«, Bischof O'Malley lachte. »Ich weiß nicht, was der wahre Grund dafür ist, und ich glaube, niemand kennt ihn, aber die Geschichte berichtet, daß der Mann, der Verona tötete – mir ist sein Name entfallen, sollte ich ihn je gewußt haben –, bereute und selber einem Orden beitrat, und schließlich heilig gesprochen wurde. Natürlich nicht so schnell wie Verona, der, glaube ich, den Rekord hält, was schnelle Heiligsprechung betrifft, aber er schaffte es schließlich.«

»Als welcher Heiliger?«

»Ich habe nicht die leiseste Ahnung. Es gibt so viele Heilige, ich kann mich damit nicht befassen.« Er sah auf die Uhr und war überrascht, als er sah, wie spät es schon war. »Wenn Sie mich jetzt entschuldigen«, sagte er zu Balsam, »ich werde viel zu spät zu meinem Spiel kommen.«

Balsam sprang auf die Füße. »Es tut mir leid, soviel Ihrer Zeit beansprucht zu haben«, entschuldigte er sich. Der Bischof gab ihm einen Klaps auf den Rücken, er fand, daß er den jungen Mann ganz gut leiden mochte.

»Keine Ursache«, sagte er. »Ich stehe Ihnen jederzeit zur Verfügung. Nur, gehen Sie beim nächsten Mal den Dienstweg. Wenn es sein muß, dann lügen Sie Vernon deswegen an. Besser so, als wenn er herausbekommt, daß Sie ihn völlig übergangen haben. Lassen Sie ihn mal davon Wind bekommen, und Sie werden wirklich erfahren, wie die Inquisition war.« Dann hatte er einen Gedankenblitz. »Wissen Sie, junger Mann, das ist es vielleicht, was sie vorhaben. Vielleicht versucht die Gemeinschaft des St. Peter Martyr tatsächlich, die Inquisition wiederzubeleben. Wenn sie das wollen, dann ist Neilsville der richtige Ort, um damit anzufangen. Es kam mir immer schon so vor, als ob es eine der Städte wäre, die eine Inquisition nur zu gerne hätten. Oder eine Hexenverbrennung. Ich schlage Ihnen folgendes vor: Warum treten Sie nicht der Gemeinschaft bei und sehen zu, daß Sie herausfinden, was sie vorhaben. Wer weiß, es könnte sich als recht interessant erweisen.«

Bischof O'Malley öffnete die Tür von seinem Büro und ging mit Balsam aus dem Bischofssitz zum Auto, das sich Balsam von Margo Henderson geliehen hatte. Während Balsam wegfuhr, winkte er ihm nach und fand, daß er diesen Jungen in der Tat sehr mochte. Gut gelaunt, stieg Bischof O'Malley in seinen Wagen und fuhr zu seiner Golfpartie.

Hätte er von Balsams Narben auf dem Rücken gewußt, er hätte nicht annähernd so gute Laune gehabt. Er hätte gewußt, daß in Neilsville etwas vor sich ging.

Statt dessen machte er sich glücklich ans Golfspielen und wurde um drei Schläge von Joe Flynn besiegt. Was so schlimm wieder nicht war; normalerweise bezwang ihn Joe Flynn mit fünf Schlägen.

Peter Balsam betrat seine Wohnung und warf Margo die Wagenschlüssel zu. »Nicht ein Kratzer dran«, sagte er. »Bist du fertig für das Abendessen, das ich dir versprochen habe?«

Margo nickte. Sie war erleichtert, ihn in so scheinbar guter Stimmung zu sehen.

»Soll ich dir erst noch einen Drink machen?« fragte sie.

»Aber klar. Dann erzähle ich dir alles über den Bischof. Ich zieh' mich nur noch eben um.«

Er ging schnell ins Schlafzimmer und zog alles bis auf die Unterhose aus. So wie schon an diesem Morgen sah er in den Spiegel und untersuchte die Striemen auf seinem Rücken. Am Morgen waren sie so feuerrot gewesen wie zuvor. Jetzt waren sie verschwunden.

Er schaute noch einmal und berührte vorsichtig die Haut auf seinem Rücken. Keine Spur. Keine Narben. Keine Zeichen. Sein Rükken war so makellos wie immer.

Als Balsam einige Sekunden später ins Wohnzimmer kam und den von Margo angebotenen Drink nahm, hatte sich seine Stimmung verändert. Die Fröhlichkeit war weg, und an ihre Stelle war eine deutliche Gedankenschwere getreten.

Bis das Abendessen vorüber war, hatte Balsam es sich überlegt. Er würde der Gemeinschaft des St. Peter Martyr beitreten.

Margo war nicht davon überzeugt, daß es klug wäre, aber Peter hatte darauf bestanden. Widerstrebend stimmte Margo zu, und das nur, weil der Bischof seinen Beitritt vorgeschlagen hatte. Trotz ihres Rauswurfs aus der Kirche traute sie dem Bischof instinktiv. Und allmählich fing sie an zu glauben, daß sie Peter Balsam liebte.

Aber sie fand das nicht gut. Sie fand das überhaupt nicht gut.

17

Balsam fand die Notiz am Donnerstag früh in seinem Fach:

Pfarrhaus
Freitag abend
8 Uhr

Keine Unterschrift, keine Initialen, und geschrieben – beinahe gedruckt – war das ganze mit einer fließenden Schrift, die von einem Kiel zu stammen schien. Und trotzdem, obwohl die Notiz keine Einzelheiten aufwies, war Balsam davon überzeugt, daß er wußte, um was es sich handelte: Die Einladung zu seiner endgültigen Aufnahme in die Gemeinschaft des St. Peter Martyr. Er starrte einen Augenblick lang sprachlos darauf und steckte sie dann zwischen die Seiten eines Buches, das er unter dem Arm hatte. Als er sich umdrehte, sah er das lächelnde Gesicht von Schwester Marie, die ihn neugierig beobachtete.

»Stimmt etwas nicht?« fragte die Nonne.

»Nein«, sagte Peter leicht erschrocken. »Nein, es ist alles in Ordnung.« Er wollte schon weggehen, aber die Nonne hielt ihn auf.

»Sind Sie sicher? Sie sehen so blaß aus. Beinahe, als ob Sie gerade einen Geist gesehen hätten.«

Peter zögerte einen Augenblick und zog dann plötzlich die Notiz aus dem Buch. Er reichte sie der Nonne. »Was halten Sie davon?«

Schwester Marie nahm die Notiz aus Balsams ausgestreckter Hand und untersuchte sie sorgfältig. Sie drehte und wendete sie, besah sich die Rückseite und gab sie Balsam wieder zurück.

»Komisch«, sagte sie.

»Erkennen Sie die Handschrift?«

Schwester Marie sah verwirrt drein, als ob sie etwas sagen wollte, aber nicht sicher sei, ob es richtig war. Balsam bedrängte sie. »Sie erkennen sie doch, oder?«

»Ich bin mir nicht sicher«, sagte Schwester Marie langsam. »Es war wie ein *déjà vu*. Als Sie mir die Notiz überreichten, hatte ich das äußerst eigenartige Gefühl, daß das gleiche schon einmal passiert ist. Aber dann, bevor ich mich richtig erinnern konnte, war es weg.«

Balsam fühlte den plötzlichen Schmerz der Enttäuschung. Er hatte gehofft, daß ihm die Nonne sagen könnte, mit wessen Handschrift die Nachricht geschrieben war. Doch dann hellte sich ihre Miene auf, und sie bat, die Notiz noch einmal sehen zu dürfen. Dieses Mal prüfte sie sie mit noch größerer Sorgfalt und hielt sie sogar gegen das Licht. als sie sie ihm schließlich zurückgab, sah sie noch bestürzter drein.

»Ich weiß nicht«, sagte sie, ihre zögernde Art ließ Balsam vermuten, daß sie es doch wußte. »Ich kann Ihnen sagen, woher das Papier stammt«, sagte sie. »Das ist einfach. Monsignore Vernon. Aber das wußten Sie ja bereits, oder?«

»Es schien wahrscheinlich«, grinste Peter.

»Diese Handschrift beschäftigt mich«, sagte Schwester Marie. »Ich weiß, daß es nicht die des Monsignore ist; ich weiß aber auch, daß ich sie irgendwo schon einmal gesehen habe. Aber irgend etwas stimmt da nicht. Irgend etwas in meinem Hinterstübchen sagt mir, daß das nicht ganz in Ordnung ist. Mir ist, als ob ich sie schon mal gesehen habe, aber das war anders, wenn Sie verstehen, was ich meine.«

Das ist typisch Neilsville, dachte sich Balsam. Man hat das alles schon mal gesehen, aber hier stimmte es nicht ganz. Hier ist immer etwas mehr dahinter als man sehen kann. Laut sagte er: »Versuchen Sie sich zu erinnern, bitte.« Beim Klang seiner Stimme änderte sich der Gesichtsausdruck der Nonne von Bestürzung zu Besorgnis.

»Ist es so wichtig?« fragte sie, weil sie nicht verstehen konnte, wie eine einfache Einladung ins Pfarrhaus jemandem so viel bedeuten konnte.

»Ich wäre froh, wenn ich das wüßte«, sagte Peter. »Kann sein, kann aber auch nicht sein. Ich würde zu gern wissen, wer diese Notiz geschrieben hat.«

»Na, machen Sie sich mal nicht zuviel Sorgen«, die Nonne lächelte ihn an. »Wahrscheinlich wird es mir mitten in der Nacht einfallen, und wenn das passiert, werde ich es mir sofort aufschreiben, ehe ich's vergesse.«

»An den Rand des ›NEW YORKER‹?« fragte Balsam ironisch.

»Dahin, oder in noch was Schlimmeres«, gab ihm Schwester Marie zurück. Und bevor er sie weiter ausquetschen konnte, war sie verschwunden.

Mehrere Male zwischen Donnerstag und Freitag sprach Peter Balsam kurz mit dem Monsignore, und jedesmal fragte er sich, ob er die eigenartige Botschaft ansprechen sollte. Aber der Monsignore erwähnte sie nie, und auch Peter fand nie den passenden Moment, um auf das Thema zu sprechen zu kommen. Er war sich nicht ganz sicher, aber er hatte den Eindruck, daß Monsignore Vernon ihn ganz bewußt davon abhielt, irgendwelche Fragen zu stellen.

Am späten Freitagnachmittag machte sich Balsam auf die Suche nach Schwester Marie. Als er sie endlich gefunden hatte, hatte er das bestimmte Gefühl, daß sie nicht sonderlich erfreut war, ihn zu sehen. Ihr gewöhnlich herzliches Lächeln war nirgends zu entdekken, und der Glanz in ihren Augen war verblaßt.

»Schwester Marie?« sagte er, als ob er nicht ganz sicher wäre, daß sie es war. Sie schien ein wenig aufzuspringen, als ob sie ihn nicht gesehen hätte, obwohl er direkt vor ihr stand.

»Mr. Balsam«, sagte sie, und Peter fiel auf, daß sie seinen Nachnamen genannt hatte. Ihr Blick traf den seinen nicht.

»Sie haben sich heute vor mir versteckt«, meinte er. Er bemühte sich, ganz locker zu reden, um nicht durch den Klang seiner Stimme das Gesagte noch zu verstärken.

»Nein, das glaube ich nicht«, sagte die Nonne leise. Ihr Blick huschte von einem Winkel des Raumes zum anderen, ganz so, als ob sie einen Fluchtweg suchte.

»Ich wollte fragen, ob Sie sich daran erinnern können, wo Sie diese Handschrift schon einmal gesehen haben«, sagte Peter so beiläufig wie möglich.

»Handschrift?« wiederholte die Nonne, fast zu plötzlich. »Was für eine Handschrift?«

»Auf dem Notizzettel«, sagte Balsam. Er fing schon an, sich ein bißchen zu ärgern. Die Nonne schaute weiter unwissend drein. »Der Zettel, den ich gestern früh in meinem Fach fand. Sie haben das doch nicht vergessen?«

»Ach das«, sagte Schwester Marie und lachte nervös. »Ich fürchte, das ist mir richtiggehend entfallen.« Sie sah sich wieder in dem Zimmer um, und Peter hatte das sichere Gefühl, daß sie daran dachte, sich irgendwohin davonzumachen. Er hatte recht.

»Ich fürchte, Sie müssen mich entschuldigen«, rief sie aus. »Ich versprach Schwester Elisabeth, ihr heute nachmittag ein bißchen zur Hand zu gehen.«

Als ob auch ihr klar war, daß es eine etwas faule Ausrede war, fügte sie noch schnell hinzu: »Prüfungen. Ich versprach ihr, bei der Benotung von einigen Prüfungen zu helfen.« Und schon war sie weg.

Obwohl sie nicht verabredet hatten, am Freitagabend gemeinsam zu Abend zu essen, war Peter nicht überrascht, als Margo Henderson in seiner Wohnung auftauchte, kurz nachdem er selber nach Hause gekommen war. Es überraschte ihn auch nicht, daß sie ein paar Steaks mitbrachte, die sich an Größe durchaus mit den beiden Steaks messen konnten, die er selbst auf seinem Heimweg gekauft hatte. Was ihn wirklich überraschte, war, daß er Margo sofort, nachdem sie in seiner Wohnung war, in seine Arme schloß und küßte. Sie erwiderte seinen Kuß aufs wärmste und befreite sich dann von ihm.

»Das war mal etwas Neues«, sagte sie. »An eine solche Begrüßung könnte ich mich gewöhnen.«

»Gut«, antwortete Peter. »Da wir zwei Extra-Steaks haben, könntest du ruhig einplanen, morgen abend wieder so begrüßt zu werden. Und morgen können wir den ganzen Abend zusammen verbringen.«

»Ist der Tanzabend abgesagt worden?« fragte Margo. Peter schnippte ungeduldig mit den Fingern.

»Verdammt. Das habe ich ja ganz vergessen.« St. Francis Xavier veranstaltete an diesem Wochenende den ersten Tanzabend des Schuljahres. Er grinste sie an. »Was glaubst du, würde man sagen, wenn ich zusammen mit dir als Anstandsdame dort erscheinen würde?«

»Ich in St. Francis Xavier? Monsignore müßte anschließend den

Ort vom Teufel befreien. Aber ich würde gern mit dir zu Abend essen.« Sie unterbrach kurz und legte ihre Stirn recht attraktiv in Falten.

»Obwohl ich zugeben muß, daß ich mir allmählich wie eine richtige Ehefrau vorkomme – erst esse ich mit dir zu Abend, dann sitze ich alleine da, während du zu Versammlungen und gesellschaftlichen Ereignissen rennst.« Ein verschmitztes Glitzern in ihren Augen verriet Balsam, daß sie einen Scherz machte, aber er wollte das nicht auf die leichte Schulter nehmen. Er nahm ihre Hände in die seinen.

»Ich weiß, das ist nicht fair. Und, Margo, du mußt das nicht tun. Im Gegenteil, ich wünschte, du würdest es lassen.«

Das Lächeln in ihrem Gesicht verschwand, und sie wurde ernst. »Natürlich muß ich das nicht tun, Peter. Und ich finde es reizend, daß du dir deshalb Gedanken machst. Aber ich habe lieber ein gemeinsames Abendessen mit dir und warte den Rest des Abends besorgt auf dich, als daß ich den ganzen Abend mit irgend jemand anderem verbringe. Ich dachte, du wüßtest das.«

»Vielleicht wollte ich das nur hören«, sagte Peter, und seine Mundwinkel umspielte der Hauch eines Grinsens. Margos Gesicht blieb weiter ernst.

»Oder du hast vielleicht nur versucht, mir zu sagen, daß du dir um mich Gedanken machst, auf deine Weise. Nun gut. Ich weiß, daß du für mich da bist, und du weißt, daß ich für dich da bin. Das gibt mir das Recht, ab und zu einen Abend zu verbringen, an dem ich mir Sorgen um dich mache. Heute abend werde ich mir um dich Sorgen machen – außer ich kann mit dir noch einmal darüber reden, daß du es dir anders überlegst.«

Balsam lächelte freundlich. »Warum wartest du nicht auf mich und machst dir deine Sorgen hier? Dann können wir herausfinden, was wirklich dran ist an der Gemeinschaft des St. Peter Martyr, egal wann ich zurückkomme. Heute abend werde ich die ganze Geschichte aufnehmen.« Er hielt einen kleinen Kassettenrecorder in die Höhe. Margo sah schweigend darauf. Plötzlich war sie nicht mehr sicher, daß sie etwas über die Gemeinschaft wissen wollte. Im Gegenteil, sie war sich so gut wie sicher, daß sie *nicht* wissen wollte, was auf ihren Versammlungen vor sich ging. Aber gleichzeitig *mußte* sie es wissen. Sie entschied sich, zu warten, bis Peter in dieser Nacht nach Hause kam. Schweigend begann Margo, das Abendessen vorzubereiten. Darüber gab es ja nicht viel zu reden.

Die Gemeinschaft des St. Peter Martyr wartete schon. Alle sechs waren sie im Foyer. Abwartend standen sie förmlich in einem Halbkreis. Er machte die Eingangstür hinter sich zu und stand da und sah sie an. Es herrschte lange Stille, während die sechs Priester ihn beobachteten. Dann begann Monsignore Vernon zu sprechen.

»Peter Balsam«, sagte er mit sonorer Stimme, »wir sind zusammengekommen, und es ist unser Entschluß, daß du heute abend in unsere Gemeinschaft eingeführt wirst.«

»Ich verstehe«, sagte Balsam leise. Er wagte es, eine Frage zu stellen.

»Obwohl ich kein Priester bin?«

Der Monsignore lächelte matt. »Wir hatten noch nie einen – Laien in der Gemeinschaft, aber wir sind bereit, für dich eine Ausnahme zu machen.« Weiter erklärte er, indem er Peters Frage zuvorkam: »Unsere Gründe werden dir schließlich klarwerden.«

Peter blieb still. Aber er fragte sich, warum der Monsignore bei dem Wort ›Laie‹ gezögert hatte. Was für ein Wort hatte er noch im Sinn gehabt?

Die sechs Priester drehten sich unvermittelt um und fingen an, in einer Reihe hintereinander durch den Flur in das Arbeitszimmer zu gehen. Balsam faßte sich schnell in die Tasche und setzte den Kassettenrecorder in Gang, bevor er hinter ihnen hermarschierte.

Wie beim letzten Mal, war das Arbeitszimmer nur von Kerzen und dem unregelmäßigen Schein des Feuers beleuchtet. Wieder waren die Stühle im Halbkreis vor dem Feuer angeordnet, wobei zwei Stühle gegenüber standen und für Monsignore und Balsam reserviert waren. Nach ein paar Augenblicken saßen die sieben Männer.

Wieder begann der Katechismus. Dabei fragten die Priester Balsam nacheinander über sein Wissen zur Glaubenslehre ab. Es fiel ihm leicht, die Fragen zu beantworten, er gab die richtigen Antworten und achtete peinlich darauf, seine Stimmlage zu halten, um nicht die leiseste Andeutung seiner wahren Gefühle zu machen, wann immer er zu einer der gefragten Doktrinen Stellung nahm. Im Laufe der andauernden Inquisition – und er hatte das bestimmte Gefühl, daß es sich tatsächlich um eine solche handelte – fragte er sich, welchem Zweck das alles diente. Die Fragen waren dieselben, die man ihm schon einmal gestellt hatte, und auch seine Antworten waren dieselben. Das heißt, nein, von Anfang an merkte er, daß seine Antworten *nicht* dieselben waren. Als er das erste Mal in diesem Zimmer gesessen hatte und von den sechs Priestern ausgefragt wurde, hatte er eine Weile gebraucht, bis er einsah, was sie von ihm hören wollten. An diesem Abend war ihm das von Anfang an klar. Und sein Tonfall unterschied sich von dem des ersten Abends. Er unternahm auch keinen Versuch, seine Zweifel über bestimmte Ansichten seines Glaubens zu überspielen. Heute abend spielte Peter Balsam die Rolle des wahren Gläubigen. Und beim Spielen seiner Rolle, wobei er sich durch die Doktrinen leiten ließ und seinen eigenen Antworten besonnen zuhörte, begann er sich zu fragen, ob nicht die Rolle den Schauspieler auffraß, er fing an, sich zu fragen, wieviel von seiner Aufrichtigkeit nur vorgetäuscht und wieviel davon echt war.

Es war vorbei, endlich, obwohl Peter das im ersten Moment gar nicht wahrgenommen hatte. Er schaute sich die finsteren Gesichter an, eines nach dem anderen, und überlegte sich, von wem wohl die nächste Frage kommen würde. Die sechs Kirchenmänner sahen ihn voll Befriedigung an; er hatte ihre Prüfung offensichtlich bestanden. Er fragte sich, wie es wohl weitergehen würde.

Plötzlich standen sie auf und beugten sich über ihn. »Peter Balsam«, fragten sie wie aus einem Mund, »was willst du von uns?«

Die Frage hallte in seinem Geiste wider. *Was willst du von uns?* Sein Verstand suchte nach einer Antwort. Er wußte, daß es eine Antwort *gab*; eine einzige Antwort, auf die sie warteten, und wenn er sie nicht zu geben imstande wäre, gab es keine zweite Gelegenheit mehr. Er bemühte sich immer noch, überlegte, was er sagen könnte, als er seine Stimme hörte.

»Trost in meinem Glauben.«

»Und was bietest du uns an?«

»Meinen Körper und meinen Geist, zum Nutzen eurer heiligen Aufgabe.«

Dann faßten sie nach ihm, nahmen ihn bei jeder Hand und zogen ihn auf seine Füße. Dann boten sie ihm Wein an.

Er hatte bestanden.

Er war einer von ihnen.

Er hatte ihnen gesagt, was sie von ihm hören wollten. Er war froh.

Die Gemeinschaft des St. Peter Martyr, wieder sieben Mann stark, fing an zu beten.

Die selben Gesänge, die er schon zuvor gehört hatte, begannen von neuem, aber dieses Mal merkte Peter, daß er irgendwie daran teilnehmen konnte. Mit Leichtigkeit formulierte er die seltsamen Worte, Lippen und Zunge formten eine Silbe nach der anderen, als ob er diese ungewohnte lateinähnliche Sprache sein Leben lang gesprochen hätte. Während er einstimmig mit den anderen sang, versuchte ein Teil seines Verstands, die Quelle dessen zu ergründen, warum er auf einmal in der Lage war, mit den Priestern Wort für Wort zusammen zu singen. Er sagte sich, daß es einfach daher kam, weil er diesen Gottesdienst schon einmal gehört hatte, und er sich in seinem Gehirn festgesetzt hatte. Aber eine andere innere Stimme sagte ihm, daß mehr dahintersteckte, als das; daß es nicht genügt hätte, wenn er den Gottesdienst nur einmal gehört hätte, daß es ihm anschließend so flüssig über die Lippen ging.

Er zerstreute die verwirrenden Gedanken aus seinem Geist, und konzentrierte sich statt dessen darauf, dem Gottesdienst zu folgen zu versuchen. Es klang zunächst wie die Lobpreisungen auf den Herrn, die in dem Kloster, wo er aufwuchs, gesungen worden waren. Aber, auch hier war es wieder etwas anders. Die Lobpreisungen gab es wohl, aber es gab auch Zwischentöne mit anderem Inhalt. Inhalte, gesungen in diesem eigenartigen Beinahe-Latein, die er fast verstehen konnte, die sich dann aber seinem Verständnis entzogen. Schließlich brach er den Versuch, die Worte zu verstehen, ab, und begann statt dessen sie zu fühlen. Es waren Worte der Ermahnung. Die Gemeinschaft des St. Peter Martyr brachte dem Herrn Lobpreisungen entgegen, ja, aber sie ermahnten *Ihn* auch. Zu welchem Zweck? Schneller und immer schneller, bis er einzelne Worte nicht mehr wahrnahm und nur noch der Rhythmus da war.

Der Rhythmus, beständig und unerbittlich, zog ihn in den Bann von dessen Mystizismus, und trug ihn in einen Zustand religiöser Ekstase, den er schon zuvor einmal in seinem Zimmer erfahren hatte. Er fing an, das Bewußtsein seiner physischen Umwelt zu verlieren und war lediglich der Gegenwart des Lichts, der Wärme und der Spiritualität seiner Gefährten gewahr. Jetzt bewegten sie sich, sie kreisten ihn ein, umstellten ihn, und je intensiver der Gottesdienst wurde, desto stärker bekam Balsam das Gefühl, einer von ihnen zu sein, gemeinsam mit ihnen an einer Erfahrung teilzuhaben, die einem sowohl Angst einjagen, aber auch erheitern konnte. Ganz als ob, zum ersten Male, das Herz seiner Seele von Gott berührt wurde.

Und dann fing die Stimme wieder an.

Erst klang sie sehr entfernt, aber sie wurde beständig lauter, bis ihre pochenden Töne durch den Raum hallten. Der Schein der Kerzen und die Hitze und das Flackern des Feuers hielten ihn noch, aber die Gesänge hatten aufgehört. Nur das pochende Geräusch einer einzigen Stimme erfüllte seine Ohren jetzt. Doch dann hörte auch das auf. Inmitten der plötzlichen Stille faßte Balsam nach dem Priester, der ihm am nächsten stand. In dem eigenartigen Licht schien der Priester so weiß wie ein Engel zu schimmern, und Balsam war sicher, daß er die Hilfe fand, die er suchte. Er versuchte zu sprechen, aber sein Mund wollte sich nicht öffnen. Von irgendwoher hörte er eine weitere Stimme –:

»Er ist mit uns. St. Peter Martyr ist mit uns.«

Und dann füllten wieder die tiefen Töne jener eigenartig körperlosen Stimme den Raum aus, in der seltsamen Sprache, die Balsam nicht ganz verstand. Er konnte hin und wieder die Bedeutung erheischen, aber nur bruchstückweise.

»Du mußt ihn für mich finden...«

»Du muß bestrafen...«

»Sie sind überall...«

»Zelebriert...«

»Bestraft...«

»Sünde...«

»Sünde...«

»Zelebriert... Bestraft... Sünde...«

Und dann war die Stimme weg, und die Gesänge hoben wieder an. Und einmal mehr erfaßte Balsam die fremdartige Trance, und er verlor sein Zeitgefühl, seine örtliche Wahrnehmung, er wußte nicht mehr, was wirklich war und was nicht. Alles war Religion und Religion war alles. Und die Gesänge gingen weiter... und die Feier ging weiter... und irgendwann, während der langen Nacht, bekam Balsam das Gefühl, wegzuträumen, ins Reich der Fantasie zu treiben, wovon er nie den Willen, noch den Wunsch hatte, es zu definieren.

Drei Stunden vor der Dämmerung war alles vorbei. Wie schon beim letzten Mal hatte Balsam keine Vorstellung davon, was geschehen war. Nur vage Eindrücke und ein Gefühl der Erbauung, aber auch der Erschöpfung.

Und natürlich eine bespielte Kassette. Beim Verlassen des Pfarrhauses fühlte er den Minirecorder immer noch in seiner Jackentasche, er lief immer noch. Er schaltete ihn ab, obwohl er wußte, daß die Aufnahme schon vor Stunden zu Ende gewesen sein mußte.

Aber die ersten beiden Stunden der Versammlung waren auf Band. Ein Anfang wäre also gemacht. Aber, ein Anfang wovon? Er beschleunigte seinen Gang, und bis er zu Hause ankam, rannte er beinahe schon.

Margo erwartete ihn, sie hatte einen befremdlichen Gesichtsausdruck.

Sie hörten sich das Band gemeinsam an.

Margo saß am einen Ende des Sofas, Peter am anderen. So wurde Peter aufs äußerste die Distanz zwischen ihnen gewahr. Vom ersten Teil des Tonbandes hörten sie sich nur Teile an; es war der Teil, auf dem der Katechismus aufgenommen war. Zehn Minuten danach begann es dann. Margo kommentierte leise, daß Peter, neben allem, was auf dem Band sonst noch zu hören war, wie ein guter Katholik klang. Erstaunt darüber, was sie mit dieser Bemerkung meinte, sah Balsam sie an, aber ihr Blick wandte sich von ihm ab. Er langte nach unten und ließ das Band vorlaufen, bis zum Schluß der ersten Stunde, der Stelle, an der die Gesänge anfingen.

Margo sprach wieder, als die ersten seltsamen Klänge der beinahe religiösen Musik aus dem kleinen Lautsprecher ertönten.

»Es gab da eine Zeitlang Stille«, sagte sie plötzlich, »was geschah während dieser Stille?«

»Du meinst, als sie mich in die Gemeinschaft aufnahmen?«

Margo nickte.

Peter dachte an diesen Augenblick zurück, dann erinnerte er sich.

»Wein«, sagte er. »Monsignore Vernon ließ einen Kelch mit Wein herumgehen.«

Margos Augenbrauen verfinsterten sich, dann verfiel sie in Schweigen.

Sie hörten sich das Band an und schauten dabei auf den Kassettenrecorder, als ob er auch einen bildlichen Eindruck erzeugen könne, so wie er die eigenartigen Klänge ausbreitete.

»Es klingt beinahe wie Latein«, sagte Margo.

»Ich weiß, ist es aber nicht. Nicht ganz. Es ist ähnlich, aber verschieden genug, um es so gut wie unverständlich klingen zu lassen. Hin und wieder kann ich ein Wort verstehen, aber das meiste klingt wie eine fremde Sprache.«

»Wie Spanisch, irgendwie«, sagte Margo.

»Spanisch?« fragte Peter. Er hörte noch besser hin, und plötzlich ergaben die Rhythmen mehr Sinn. Und dann wurde es ihm klar. Es war keineswegs Spanisch. Es war eine eigenartige Art von Italienisch.

»Das ist es«, sagte er leise.

»Was?« fragte Margo und sah ihn zum ersten Mal voll an.

»Ich hab's!« rief Peter aus. »Es ist nicht Spanisch, Margo, und es ist nicht richtig Latein. Es ist so eine Art Italienisch. Und es ergibt auch einen Sinn. Nicht die Worte. Die kann ich nicht verstehen, aber ich weiß, was wir uns da anhören! Sie gebrauchen eine Sprache, die zwischen Latein und Italienisch liegt.«

Margo schaute verwirrt drein, und er versuchte es ihr zu erklären.

»Die romanischen Sprachen stammen alle aus dem Lateinischen. Französisch. Spanisch. Italienisch. Aber Veränderungen in der Sprache brauchen Zeit. Wie also könnte das frühe Italienisch geklungen haben? Es wäre irgendwo zwischen Latein und dem modernen Italienisch angesiedelt, habe ich recht? Und St. Peter Martyr war ein Italiener aus dem dreizehnten Jahrhundert. Die Gemeinschaft bedient sich der Sprache von St. Peter Martyr! Das mußte es sein. Natürlich können wir nicht alles verstehen, kaum mehr als vom Englisch eines Chaucer.«

»Aber wo hätten sie das lernen sollen?« fragte Margo.

»Wer weiß?« entgegnete Peter. Plötzlich fühlte er sich etwas leichter; die Gesänge hatten eine Menge an Mysteriösem eingebüßt, die sie noch in der flackernden Beleuchtung des Pfarrhauses gehabt hatten.

»Woran von alledem kannst du dich erinnern?« fragte Margo.

»Nicht an vieles«, sagte Peter. »Das alles klingt mir zwar ein wenig bekannt, aber nicht so bekannt, wie es sollte. Ich meine, schließlich ist es doch nur ein paar Stunden her, daß ich an diesen Gesängen teilgenommen habe.«

Margo starrte ihn an. »Sagtest du nicht, daß du die Worte nicht verstehen konntest?«

»Konnte ich auch nicht. Und ich kann es immer noch nicht. Aber bei der Gelegenheit konnte ich durchaus mitsingen, ohne mich großartig darum zu bemühen. Es war gerade so, als ob die Worte aus mir herausströmten...« Seine Stimme brach ab, während er jetzt bemerkte, in seiner Wohnung, daß die Rhythmen, die im Pfarrhaus so einfach gewesen waren, unglaublich kompliziert erschienen.

Und dann vernahm er die Stimme.

Eintönig dröhnte sie aus dem Lautsprecher, resonant und stetig. Er erkannte sie sofort, und fragte sich, warum er sie während des Gottesdienstes nicht erkannte. Es war Monsignore Vernon.

»Was sagt er?« fragte Margo. Auch sie hatte die Stimme des Priesters erkannt.

»Ich bin mir nicht sicher«, sagte Peter langsam und versuchte, die plötzliche Angst, die sich in seinem Magen zusammenballte, zu überspielen. »Ich... Als ich dort war, dachte ich, die Stimme des St. Peter Martyr zu hören. Es kam mir überhaupt nicht in den Sinn, daß das der Monsignore war. Und ich kann fast nichts von dem, was er sagt, verstehen. Es hat mit Sünde zu tun, mit Bestrafung und Zelebration. Ich weiß es nicht. Ich wollte eigentlich Latein verstehen – schließlich unterrichte ich es. Aber es ist eben kein richtiges Latein. Es klingt eher wie Italienisch, und mein Italienisch gibt es nicht.«

Doch dann hatte die dröhnende Stimme aufgehört, und die Gesänge begannen von neuem, sie waren jetzt noch von einem anderen Klang begleitet. Langsam verklangen die Gesänge, und die neuen Klänge wurden lauter. Es fing an mit einer Serie wimmernder Geräusche, aber während das Band weiterlief, wurde aus dem Wimmern ein Stöhnen, vermengt mit den Geräuschen schweren Atmens und anderen Geräuschen, die Peter zwar bekannt schienen, die er aber nicht identifizieren konnte. Gelegentlich durchdrang ein Schrei der Ekstase das stetige Gestöhne.

Peter war klar, was er da hörte, wollte es sich aber nicht eingestehen. Er hörte sich weiter das Band an, er wollte es abschalten, war aber gleichzeitig fasziniert davon. Und allmählich fielen ihm einige der Bilder wieder ein, die ihm im Pfarrhaus erschienen waren.

Die Engel, die im flackernden Licht der Kerzen weiß zu glühen schienen. Die Nähe der Sieben untereinander, die er für spirituelle Nähe gehalten hatte.

Nackte Männer, Priester, die sich ihrer Kutten entledigt hatten, die ganz ausgezogen waren, deren Körper nicht geistig, sondern fleischlich miteinander verbunden waren, die sich liebkosten, und zwar nicht religiös, sondern sexuell.

Er hörte den Geräuschen einer Orgie zu, einer Orgie von der er wußte, daß er wenige Stunden zuvor, zusammen mit sechs Priestern, daran teilgenommen hatte. Und dann hörte er, wie seine eigene Stimme vor lauter Ekstase herausschrie, wie sie nur auf dem sexuellen Höhepunkt klingt. Sein Magen schnürte sich zusammen, und er wußte, daß er sich übergeben mußte. Als er in Richtung Badezimmer stürzte, wirbelte seine rechte Hand herum und riß den kleinen Kassettenrecorder von dem Kaffeetisch. Aber das Ding lief weiter: Die üblen Klänge gingen weiter, während er fluchtartig das Zimmer verließ.

Er blieb lange Zeit im Badezimmer und wartete, daß die Übelkeit verging. Er wollte nicht zurück ins Wohnzimmer, er wollte Margo nicht gegenübertreten. Dann, als er zu hoffen begann, daß sie vielleicht schon gegangen wäre, hörte er sie an die Tür klopfen.

»Peter?« fragte sie, mit ruhiger und freundlicher Stimme. »Peter, bist du in Ordnung?«

In Ordnung? dachte er. In Ordnung? Wie konnte er in Ordnung sein? Mein Gott, was habe ich getan? Er sank auf den Boden des Badezimmers, legte seine Wange auf die kühlen Fliesen. Er hörte am Klicken, daß die Tür aufging und sah, daß Margo hereingekommen war. Dann spürte er, daß sie seine Wangen berührte.

»Es ist alles in Ordnung«, sagte sie leise. »Peter, es ist alles in Ordnung.«

Er sah zu ihr auf, er wollte ihr gerne glauben, aber es würde sicher nie wieder in Ordnung sein.

Dunkelheit umfing ihn.

18

Margos erster Gedanke war, das Krankenhaus anzurufen. Doch bevor sie ans Telefon ging, hatte sie ihre Meinung geändert. Was sollte sie ihnen sagen? Niemand würde ihr glauben. Selbst wenn sie ihnen das Band vorspielte, sie war sicher, daß man ihr nicht glauben würde. Und außerdem, Peter war lediglich ohnmächtig geworden. Sie sagte sich, daß es nichts Ernstes wäre: ihn hatte einfach die Erschöpfung und der emotionale Schock über die Entdekkung, woran er da teilgenommen hatte, übermannt.

Sie ging wieder ins Badezimmer und fing an, den leblosen Körper von Peter Balsam in Richtung Schlafzimmer zu schieben. Sie wollte ihn ins Bett bringen und sich selbst dann auf das Sofa legen und dort warten, bis er aufwachte. Unter diesen Umständen schien gar nichts anderes möglich.

Er rührte sich überhaupt nicht, während sie ihn unter Stoßen und Ziehen in sein Bett schaffte, aber er sah so schlecht aus, daß sie beschloß, ihn auszuziehen.

Das erste, was ihr auffiel, waren die Wundmale. Es waren die gleichen Wundmale, wie sie schon vor ein paar Tagen da waren. Sie waren wieder da, und sie waren genau identisch mit den vorherigen. Blutrot und entzündet hoben sie sich von seinem Körper ab. Sie zog seine Hose aus, dann seine Unterwäsche. Die unterste Schicht seiner Bekleidung schien feucht, und erst dachte sie, daß er einfach am ganzen Körper geschwitzt hätte. Aber da war noch etwas. Von Peter Balsams Körper stieg ein Geruch auf. Der süße Duft von Sperma. Margo Henderson begrub ihr Gesicht in der besudelten Unterwäsche und weinte. Während ihr die Tränen kamen, wurde ihr klar, daß sie bis zuletzt gehofft hatte. Sie hatte sich an die Hoffnung geklammert, daß der Inhalt des Tonbandes nicht wahr wäre, daß das, was sie gehört hatte, sich völlig von dem unterschied, was sie für die Wahrheit hielt. Sie war in eine Katastrophe geschlittert. Und dennoch, sie merkte, daß sie, sogar während sie hier auf dem Bett lag, ganz nahe bei Peter, und leise ins Kissen schluchzte, nicht weggehen würde; sie wollte – und konnte – ihn nicht verlassen.

Es war nicht Peters Fehler, redete sie sich ein und kämpfte die Weinkrämpfe nieder. Er wußte nicht, was er tat. Er wußte nicht, was sie mit ihm anstellten. Du hast doch sein Gesicht gesehen, während er zuhörte, und er war konsterniert. Also bestrafe ihn nicht; hilf ihm.

Margo erhob sich vom Bett, dann zog sie die Bettdecke über Peters nackten Körper. Sie sah zu ihm herab und stellte sich vor, wie verletzbar er gerade jetzt sein mußte. Wenn er aufwachte, mußte sie ganz in seiner Nähe sein. Er durfte auf keinen Fall das Gefühl haben, daß sie ihn verlassen hatte.

Sie ging hinaus ins Wohnzimmer und streckte sich auf dem Sofa aus. Der erste Schein der Dämmerung fing gerade an, den Himmel zu erleuchten, da fiel Margo in einen unruhigen Schlummer, denn Träume raubten ihrem Schlaf den Frieden...

Sie war vor dem Pfarrhaus und wußte, was drinnen vor sich ging. Aber sie konnte es nicht aufhalten. Sie konnte sich nur in die Dunkelheit der Umgebung verkriechen und den Geräuschen lauschen. Zuerst hörte sie die Gesänge, dann das Stöhnen, sie wußte, daß Peter da drinnen war, inmitten der Gruppe dieser sechs seltsamen Priester, und daß sie ihn verführten. Sie berührten ihn mit ihren Händen und küßten ihn mit ihrem Lippen, so wie nur ihre, Margos Hände ihn berühren und nur ihre Lippen ihn küssen sollten.

Dann war sie plötzlich im Pfarrhaus, in diesem spärlich beleuchteten Zimmer, sie sah den nackten Priestern zu, ihre verschlungenen Körper glänzten mit ihren Schweißperlen im Schein der Kerzen, und sie zogen Peter die Kleider aus, begierig, das Spiel ihrer Finger auf seiner Haut, während sie in dieser eigenartigen Sprache herumgluckbsten. Und dann hielten sie ihn am Boden fest, und Monsignore Vernon, der plötzlich groß aufgeschossen wie ein Baum war, stand über Peter und stieß sein monströses Organ gegen Peters weit aufgerissenen Mund. Der Priester neigte sich Peter entgegen, und Margo sah erschrocken zu. Sie wollte schreien, aber sie konnte ihren Lippen keinen Laut entringen. Sie versuchte, sich entgegenzuwerfen, versuchte Peter aus dem Griff der alten Männer zu befreien, aber ihre Füße wollten sich nicht bewegen. Als ob sie in tiefem Schlamm steckten. Gebannt und stumm vor Entsetzen, konnte sie nur zusehen, wie Monsignore Vernon, plötzlich von einem Heiligenschein umgeben, seinen Penis in Balsams Mund trieb. Als die riesige Eichel zwischen seinen Lippen verschwand, schrie sie schließlich los.

Margo wachte durch den Lärm ihres eigenen Schreis auf, und merkte, daß ihr Körper unkontrolliert zitterte. Sie fühlte, daß kalter Schweiß sie bedeckte wie ein feuchtes Tuch. Dann merkte sie, daß eine Hand sie berührte, und sie schlug die Augen auf. Balsam beugte sich über sie. Ohne ein Wort starrte sie ihn ein zwei Sekunden lang an, sie war sich plötzlich nicht mehr sicher, ob sie wachte oder träumte. Dann wurde ihr klar, daß sie wach war, und daß er echt war und sie schlang ihre Arme um ihn.

»O Gott, Peter«, weinte sie in sein Ohr, »ich habe alles gesehen. Ich war dort, dort in ihrem Zimmer, und da waren diese Priester, diese sechs üblen Priester – sie waren nackt und sie machten die ekelerregendsten Sachen mit dir. Und dann Monsignore, Monsignore Vernon – er – er...« Sie konnte nicht mehr, sie war außerstande es auszusprechen.

»Es ist ja alles gut«, sagte Peter leise, und hielt sie fester. »Es war nur ein Traum. Du hast schlecht geträumt.«

Für einen Augenblick lag sie still in seinen Armen, und ihre Aufregung verging. Und dann fiel ihr wieder alles ein. Er sollte im Bett liegen. Sie hatte ihn zu Bett gebracht, sich dann für ein Nickerchen hingelegt, das war nur ein paar Minuten her. Was machte er hier? Wie konnte er schon wieder auf sein? Hin und her schlängelnd befreite sie sich aus seiner Umarmung und setzte sich auf. Die Sonne schien hell durch das vordere Fenster.

»Wie spät ist es?« fragte sie.

»Fast elf«, sagte Peter. »Ich bin vor einer halben Stunde aufgewacht, hielt es aber für besser, dich noch schlafen zu lassen. Das hätte ich wohl besser nicht getan.«

Erneut erschien ihr der Traum, und sie sah ihn an und versuchte, ihn von dem Balsam aus ihrem Traum zu trennen. Aber es gelang ihr nicht ganz, und sie mußte ihm sagen, warum.

»Peter«, sagte sie leise, »da ist etwas, was ich dir letzte Nacht nicht gesagt habe. Ein Teil meines Traums von eben war kein Traum. Sondern eine Erinnerung. Gestern nacht bin ich – nun, beim Warten auf dich wurde ich schließlich so nervös, daß ich noch ein bißchen spazierengehen wollte. Da war ich auch schon unterwegs, den Hügel hinauf. Zum Pfarrhaus.«

»Hast du deshalb so seltsam geschaut, als ich hereinkam?«

Sie nickte bedauernd. »Ich wußte schon lange, bevor ich das Band hörte, was sich im Pfarrhaus abgespielt hatte. Es müssen Stunden gewesen sein, die ich da stand, vor dem Fenster vom Arbeitszimmer des Monsignore und lauschte.« Sie sah ihn flehend an. »Du machst dir ja keine Vorstellung, wie das war. Ich wollte nicht zuhören, aber ich konnte mich auch nicht zum Gehen bewegen. Ich blieb so lange, bis fast alles vorbei war. Ich kam gerade fünfundvierzig Minuten vor dir wieder hierher.«

»Warum bist du geblieben?« fragte Peter ernst. »Ich hätte das, glaube ich, nicht getan.«

»Ich mußte bleiben. Ich mußte dich sehen, ich mußte sehen, ob du weißt, was sich da oben abspielte. Und du hattest keine Ahnung. Das konnte ich an deinem Gesicht ablesen.« Ihre Stimme wurde lauter. »O, Peter, sie tun dir so schreckliche Sachen an.«

Sie hatte ihre Arme um seinen Hals geschlungen und hielt sich an ihm fest. Nur dieses eine Mal nahm er sie und trug sie ins Schlafzimmer. Mit einem Fußtritt schlug er die Tür hinter sich zu.

»Was wirst du tun?«

Es war eine Stunde später, und sie lagen im Bett. Ihr Kopf ruhte auf seinem Bauch.

»Ich weiß es nicht genau«, sagte Peter. »Ich muß das aufhalten. Ich kann nicht zulassen, daß sie damit weitermachen.«

»Aber was kannst du dagegen tun?«

»Ich weiß es nicht. Ich könnte zum Beispiel dem Bischof das Band bringen, aber, ehrlich gesagt, ich glaube nicht, daß er etwas unternehmen würde. Das einzige, was er tun könnte, wäre, mit dem Monsignore und den anderen zu reden. Aber sie würden selbstverständlich abstreiten, daß sie irgend etwas Falsches tun.«

»Aber diese Geräusche...«

»Religiöse Ekstase«, sagte Peter, der versuchte, ein wenig Licht in das ganze Durcheinander zu bringen. »Die Geräusche, die wir vor dreißig Minuten machten, waren nicht viel anders.«

Margo errötete und sprach dann wieder.

»Aber du mußt etwas unternehmen.«

»Ich weiß«, sagte Peter, »und ich werde das allein tun müssen. Niemand wird mir glauben, was auf dem Tonband ist.«

»Ich kann es bestätigen«, sagte Margo leise.

Peter schüttelte heftig seinen Kopf. »Ich muß das ganz alleine tun. Ich werde noch einmal mit dem Bischof reden, aber ich glaube nicht, daß da viel dabei herauskommt. Und, glaube mir, ich werde zu keiner Versammlung der Gemeinschaft des St. Peter Martyr mehr gehen.«

»Was ist mit dem Tanz heute abend?«

»Natürlich werde ich da hingehen. Das fällt doch in den Bereich, daß ich mich so verhalte, als ob nichts passiert wäre. Und trotz allem halte ich es für sehr wichtig, daß ich dasein werde. Wichtig für mich und wichtig für die Kleinen.«

Dann mußte er an Schwester Marie denken, und ihr eigenartig ausweichendes Verhalten gestern morgen.

»Außerdem gibt es da noch jemanden, mit dem ich sprechen muß«, sagte er leise und dachte: Jemand, der weit mehr über all dies wußte, als er mir das gesagt hat.

Er fand, daß er Margo besser nichts von Schwester Marie sagte.

Die Turnhalle der Hochschule von St. Francis Xavier strahlte die leicht heruntergekommene Festlichkeit aus, wie sie die Schüler einer High-School nun mal zaubern, wenn sie sich vergeblich darum bemühen, eine Turnhalle in einen Ballsaal zu verwandeln. Die Kreppapierstreifen machten schon schlapp, kaum daß der Tanz begonnen hatte; ungleich hingen sie zwischen den Lampenhaken und den Basketballkörben, so dienten sie eigentlich mehr dazu, die Ungeeignetheit des Raums noch hervorzuheben als ihm das gewünschte Flair von Ausgelassenheit zu verleihen.

Unglücklich saß Marilyn Crane in einer Ecke der Halle; es war die Ecke, die am weitesten von der Tür weg war, und fragte sich wohl schon zum zehnten Male, warum sie überhaupt hergekommen war. Zum zehnten Male hatte sie sich geantwortet. Sie war hier, um ihre Mutter glücklich zu machen, und weil ihre Schwester Greta immer zu den Tanzabenden in die Turnhalle gekommen war. Der Umstand, daß Greta immer irgendeine Verabredung hatte, war ihrer Mutter als nicht besonders bedeutend vorgekommen. Also saß Marilyn in ihrer Ecke und hoffte zum einen, daß man sie alleine ließe und unbemerkt, zum anderen aber hoffte sie, daß jemand, egal wer, auf sie zuginge und sich mit ihr unterhielte. Es kam niemand.

Allmählich füllte sich die Halle, und Marilyn sah den Schwestern zu, wie sie in ihren schwarzen Kutten zwischen den Schülern herumkreuzten, wie so manch ehrwürdige schwarze Schwäne inmitten einer Schar von herrlich bunten Enten, die heiser sind vor lauter Gequake. Marilyn fragte sich, wie sie das machten; sie fragte sich, ob dieses mystische Selbstvertrauen den Schwestern gleichsam mit ihren Kutten übergestreift wurde. Besonders mochte Marilyn Schwester Marie; bei ihr umrahmte der Schleier ihr hübsches Gesicht so, daß ihre Schönheit eher noch betont wurde, als ihr eine Aura der Unnahbarkeit zu geben.

Schwester Marie stand, ohne die Beobachtung durch Marilyn wahrzunehmen, beim Haupteingang und begrüßte jeden Schüler beim Hereinkommen und bemühte sich zu offensichtlich, ihren rechten Zeh davon abzuhalten, im Takt der Musik mitzuklopfen. Jahrelange Übung vor dem Spiegel hatte sie genau gelehrt, wie viele Bewegungen sie unter den schweren Falten ihrer Kutte machen durfte, ohne dieses verräterische Schwingen des Materials zu verursachen, das sie während ihrer Novizinnenzeit immer verraten hatte. Aber immer noch ließ sie sich gerne mitreißen, besonders seit dem Aufkommen der Rock-Ära. Rockmusik brachte ihren Fuß bis weit über die Toleranzgrenze für ihre Kutte zum Mitklopfen. Sie sah, wie Janet Conally hereinkam und lächelte leicht.

»Ganz alleine heute abend?« grinste sie sie an.

»Ich lerne dann mehr Jungen kennen, wenn ich alleine komme«, sagte Janet. »Außerdem, Judy konnte nicht kommen, Karen ist hier mit Jim, und Penny arbeitet zusammen mit Jeff Bremmer am Erfrischungsstand.«

»Wie geht es Judy?« fragte Schwester Marie, mit ernster Besorgnis in ihrer Stimme.

»Ich glaube, ganz gut«, sagte Janet leise. »Sie wurde gestern nach Hause entlassen, und sie soll eigentlich am Montag wieder in die Schule kommen.«

»Das wäre ja schön«, sagte Schwester Marie bedeutungsvoll, »ich habe sie vermißt.«

»Schwester Marie«, begann Janet. Sie wollte die Nonne fragen, ob sie wüßte, was mit Judy passieren würde, aber plötzlich, ohne recht zu wissen warum, überlegte sie es sich anders.

»Ja?« entgegnete ihr die Nonne.

»Nichts«, sagte Janet. Sie war plötzlich sehr nervös und wünschte sich, woanders zu sein. »Ich glaube, ich sage lieber mal Penny ›Hallo‹.« Sie machte sich schleunigst davon, und ihr Platz wurde von Monsignore Vernon eingenommen, der nur knapp hinter ihr gestanden war.

»Monsignore«, Schwester Marie grüßte bedeutsam, ihr herzliches Lächeln verschwand dabei.

»Schwester Marie«, erwiderte der Priester ihren Gruß, und sah sich besorgt in dem Raum um. »Nun«, er stieß dieses Wort in einem Tonfall aus, der tiefes Mißfallen signalisierte.

»Ich finde, es sieht ganz hübsch aus«, sagte Schwester Marie vorsichtig.

»Ich frage mich, ob wir derartiges auch noch unterstützen sollten.«

Schwester Marie wußte, was nun kommen würde, sie wußte, wie Monsignore über ausgelassene Unternehmungen – sündige Unternehmungen – dachte. Sie wußte Bescheid über St. Peter Martyr und von der Begeisterung des Monsignore für den Heiligen. Oft schon hatte sie sich in der einsamen Abgeschiedenheit ihrer Zelle gefragt, woher diese Begeisterung kam, und wohin sie den Priester führen mochte. Und manchmal machte sie ihr Angst. So wie es ihr Angst gemacht hatte, als sie sich daran erinnerte, wo sie diese seltsame Handschrift auf dem Zettelchen sah, das Balsam ihr vor ein paar Tagen gezeigt hatte.

Jetzt, im sicheren Gespür, daß der Monsignore sich gerade zu einer seiner Tiraden anschickte, schaute sie sich schnell nach einer Ablenkung um.

»Wenn ich recht gesehen habe, dann winkt Penny Anderson nach mir«, sagte sie und entfernte sich von dem Priester. »Ich sehe lieber mal nach, ob sie irgendwie Hilfe braucht.« Bevor der Priester antworten konnte, war die Nonne weg. Sie huschte durch die Menge, lächelte und nickte dabei den Schülern zu, die um sie herumtanzten. Der Priester sah ihr hinterher, und seinem Blick fiel der Kontrast zwischen ihrer dunklen Kutte und den bunten Kleidern seiner Schützlinge auf. Er fühlte, wie der Zorn in ihm aufstieg und wünschte im stillen, er könnte die Uhr noch einmal zurückdrehen, zurück zu den besseren Tagen, als die Mädchen noch bescheiden gekleidet waren und ein Priester geachtet. Monsignore Vernons Miene wurde noch finsterer, als er mit ansehen mußte, wie die Teenager fröhlich Schwester Marie grüßten, die sich ihren Weg durch den Raum bahnte. Nicht einer von ihnen hatte mit ihm gesprochen. Er wandte sich ab und ging wieder zurück den Gang vor der Turnhalle. Er war froh, der gleißenden Beleuchtung und den Krepp-Girlanden entkommen zu sein.

Peter Balsam sah zur Uhr und spurtete die Treppe zur Turnhalle hinauf: Er war schon zehn Minuten zu spät, und eigentlich hatte er um soviel wenigstens zu früh dasein wollen. Er platzte durch die Tür in den Gang vor der Turnhalle, und wäre um ein Haar mit Monsignore Vernon zusammengestoßen. Er merkte, wie sein Herz beim Anblick des Priesters höher schlug und hoffte, daß er mit seiner Stimme nicht seine Gefühle preisgab. Er wollte weg, sich umdrehen und flüchten, aber er zwang sich, nicht zurückzuweichen und mit einem Lächeln zu grüßen.

»Monsignore«, sagte er, »ein hübscher Abend, nicht wahr?«

Der Priester schien erfreut darüber, ihn zu sehen. Peter begann sich zu entspannen. Vielleicht konnte er es trotz allem vergessen.

»Tut mir leid, wegen gestern abend«, sagte Vernon. »Ich fürchte, manchmal verlieren wir jedes Gefühl für die Zeit. Ich hatte eigentlich nicht geplant, daß der Gottesdienst annähernd so lange dauern sollte.«

»Nun, es war Freitag nacht«, sagte Peter, und bemühte sich, seine Stimme möglichst neutral zu halten. »Obwohl ich gestehen muß, daß ich heute morgen ein bißchen verschlafen habe.« Er wartete darauf, daß der Priester antwortete, dann wurde er gewahr, daß ihn der Monsignore schon gar nicht mehr anschaute, sondern mit irgend etwas hinter Peters Rücken beschäftigt schien. Peter drehte sich um und sah Karen Morton und Jim Mulvey gemeinsam durch die Tür kommen. Zum Gruß lächelte er seinen Schülern zu, aber sie eilten vorbei, eifrig darum bemüht, ihn nicht zu erkennen. Erst als sie schon in der Turnhalle verschwunden waren, wurde ihm klar, daß nicht er es war, den sie geschnitten hatten; es handelte sich um den Monsignore. Der Priester starrte mit wildem Blick hinter ihnen her.

»Karen ist doch ein nettes Mädchen«, sagte Peter. Er versuchte, seine Stimme ganz unbeschwert zu halten.

»So, glaubst du?« sagte der Priester eisig. »Dann bist du nicht so aufmerksam, wie ich das von dir erwartete. Entschuldige mich, ich möchte noch gerne ein Wort mit Schwester Elisabeth wechseln.«

Verwirrt ging Peter weiter, durch die Tür in die Turnhalle und ließ erst einmal seinen Blick über die Menge schweifen. Schließlich sah er Monsignore Vernon, wie er sich zu Schwester Elisabeth herunterbeugte, ihr ins Ohr flüsterte und auf eine Stelle deutete, wo Jim Mulvey und Karen Morton tanzten. Einen Moment später schritt Schwester Elisabeth auf das Pärchen zu, in der Hand ein Lineal.

Neugierig sah er zu und fragte sich, wozu das Lineal wohl gut sei. Er sah, wie Schwester Elisabeth das Lineal zwischen Jim und Karen hielt. Sie sah die beiden streng an, nachdem das Lineal nicht ganz dazwischenpaßte und trieb sie mit leichtem Druck auseinander. Als sie einen Fußbreit auseinander standen, und das Lineal zwischen sie paßte, ohne einen der beiden zu berühren, war Schwester Elisabeth zufriedengestellt. Sie sah sich jeden der beiden noch einmal an und ging dann zu einem anderen Pärchen.

Balsam mußte beinahe lachen bei dieser Vorführung. Der Umstand aber, daß Schwester Elisabeth ihre Messungen nicht zum Spaß machte, ließ ihn stutzen. Er sah sich um und stellte fest, daß alle Nonnen Lineale bei sich trugen und in der Halle herumschwirrten und peinlich genau darauf achteten, daß zwischen Jungen und Mädchen immer ein Abstand von einem Fuß gehalten wurde. Alle Schwestern, mit Ausnahme von Schwester Marie, die am Erfrischungsstand lehnte und mit Penny Anderson und Jeff Bremmer plauschte. Peter beschloß, sich ein Glas Punsch zu holen.

Als die Nonne Peter auf sich zukommen sah, war ihr erster Gedanke, wegzulaufen. Aber sie überlegte es sich dann doch anders und brachte sich dazu, ihm zuzulächeln.

»Etwas Punsch, Peter?«

Balsam hob die Augenbrauen. »Nicht mehr Mr. Balsam?« sagte er. Der verletzte Ausdruck ihrer Augen und ein plötzliches Aufblitzen von etwas, das er für Furcht hielt, ließ in ihm den Wunsch aufkommen, er hätte diese Bemerkung besser unterlassen. »Es tut mir leid«, sagte er rasch. »Ich wollte nicht, daß es so sarkastisch klingt. Ich freue mich einfach nur über die Feststellung, daß Sie mich wieder anlächeln.« Er beschloß, das Thema zu wechseln. »Wo ist denn Ihr Lineal?« Er zeigte auf die Nonnen, die noch immer durch den Raum schwirrten und die Lücken zwischen den Schülern ausmaßen.

»Oh, ich habe auch eines«, sagte Schwester Marie, und trieb ihren Sinn für Übermut auf die Spitze. »Aber ich mache einen anderen Gebrauch davon.« Flugs zückte sie das Lineal aus dem Umhang ihrer Kutte und rührte damit ihren Punsch um. Dann sah sie Balsam an, und ihre Miene veränderte sich kaum merklich.

»Könnte ich Sie einen Augenblick sprechen?«

Er folgte ihr in eine ruhige Ecke.

»Was gibt es?« sagte er freundlich. Er hatte den Eindruck, daß ihr Anflug von Furcht, den er vorhin schon gesehen hatte, wieder da war und stärker wurde.

»Es ist wahrscheinlich gar nichts«, sagte Schwester Marie nervös. »Aber ich muß es Ihnen erzählen. Ich möchte mich für mein gestriges Verhalten entschuldigen, als Sie mich nach der Handschrift auf dem Notizzettel fragten. Ich sagte Ihnen, daß ich es total vergessen hätte. Das war gelogen. Ich habe es nicht vergessen; es ist mir wieder eingefallen. Aber als ich mich erinnerte, überkam mich eine seltsame Furcht, ich weiß nicht, warum. Ich hatte ein Gefühl wie – ach, lassen wir das...« Sie stockte. Sie sah nicht ein, warum sie Peter Balsam erzählen sollte, daß ihr danach war, sich zu töten. Außerdem hatte es sich nur um eine spontane Eingebung gehandelt, die beinahe schlagartig wieder vorbei war. Aber es hatte ihr angst gemacht. Es hatte ihr große Angst gemacht.

»Sie haben sich an die Handschrift erinnert?« fragte Balsam, dessen Herz plötzlich zu pochen begann.

»Ja«, sagte Schwester Marie mit einem Nicken. »Aber ich weiß nicht, was sie bedeutet. Es ist äußerst seltsam.«

»Was heißt das?« fragte Balsam ungeduldig. Er mußte es erfahren.

»Es ist schon ein paar Jahre her«, sagte Schwester Marie. »Ich war im Büro des Monsignore, und er eröffnete mir plötzlich, daß er mir etwas zeigen wolle. Eine Reliquie. Eine Reliquie seines Lieblingsheiligen, Peter Martyr.«

»Eine Reliquie?« sagte Balsam, neugierig geworden. »Was für eine Art Reliquie?«

»Es war ein Brief. Nur ein Blatt. Aber er sagte mir, daß er von Peter Martyr geschrieben sei. Und es war dieselbe Handschrift wie auf dem Zettel, den Sie mir am Freitagmorgen zeigten.«

»Was stand da drin?«

»In dem Brief? Ich habe nicht die leiseste Ahnung. Es war eine Sprache, die ich nicht verstand. Ähnlich dem Lateinischen, aber auch eine Art von Italienisch. Ich glaube, mit etwas Zeit hätte ich das entziffern können.«

»Sprechen Sie Italienisch?« Peter konnte sein Glück kaum fassen.

»Und Französisch und Spanisch. Meine Abschlußprüfung am College habe ich in Sprachen abgelegt. So trat ich natürlich dem Orden bei, und wohin schickten die mich? Neilsville, Washington!«

Balsam hörte ihr kaum zu. »Glauben Sie wirklich, daß Sie diese Sprache verstehen hätten können?« fragte er sie wißbegierig.

Die Nonne sah ihn an, sie fragte sich, warum er sich mit solcher Neugier nach der Reliquie erkundigte. »Ich wüßte nicht, was dagegen spräche«, sagte sie nachdenklich. »Mein Latein und mein Italienisch sind hervorragend, und Italienisch stammt ja direkt aus dem Lateinischen, also damit sollte ich keine Schwierigkeiten haben.«

»Auch nicht, wenn Sie die Sprache hörten?« sagte Peter.

»Sie hörte?« Schwester Marie lachte. »Also, das ist nun wieder weniger wahrscheinlich, oder? Ich meine, wer würde heute noch so sprechen?«

»Aber Sie könnten es verstehen?« drängte Peter. Das Lachen in ihrer Stimme erstarb.

»Ich denke doch«, sagte sie vorsichtig. »Ich kann es nicht genau sagen, aber ich kann es versuchen. Ich meine, nur wenn Sie nicht von einer Hypothese ausgehen.«

»Aber nein«, sagte Peter, »glauben Sie mir, nein.«

Zum ersten Mal seit vielen Tagen glaubte Peter Balsam eine Chance zu haben, der Gemeinschaft des St. Peter Martyr auf den Grund zu gehen.

Jim Mulvey zog Karen Morton zu sich und drückte sie an sich. Ein Schauer an Wohlgefühl schoß durch ihren Körper, aber sie versuchte, sich von ihm wegzustemmen.

»Sie werden uns sehen, Jim«, flüsterte sie ihm ins Ohr und zeigte dabei auf die Nonnen. Schwester Elisabeth, die Karen am meisten fürchtete, kehrte dem Pärchen zwar im Augenblick den Rücken zu, aber Karen war sicher, daß es sich nur noch um Sekunden handeln konnte, ehe die Schwester mit der sauren Miene sie so sah, eng aneinandergepreßt. Mit einer schnellen Bewegung löste sie daher die Umarmung.

»Laß sie uns doch sehen«, flüsterte er zurück, seine Stimme war dunkel.

»Die wären doch nur gern an deiner Stelle.« Er zog sie wieder an sich, so nah, daß er seine anschwellende Erektion gegen sie pressen konnte. »Leg deine Hand da unten hin«, flüsterte er.

Sie wollte, aber sie wußte, daß sie nicht durfte. Sie widerstand dem Drang, ihn zu berühren. Statt dessen ging sie wieder auf Abstand.

»Nicht hier«, zischte sie, »jeder kann uns sehen.« Sie blickte sich um, und, natürlich, da hatte Schwester Elisabeth sie auch schon im Visier.

»Zwölf Inches«, sagte Schwester Elisabeth bitter, »ihr kennt die Regel.« Sie schwang das Lineal.

»Ich kenne sie, aber ich kann sie nie ganz einhalten«, sagte Jim unschuldig. »Einigen wir uns auf acht Inches.«

Schwester Elisabeth sah, wie Karen tiefrot anlief, und fragte sich, ob ihr etwas entgangen war. Sie schaute sich Jim an und war überzeugt, daß er sie schon genossen hatte, sie wußte aber nicht, wie er das bewerkstelligt hatte. Sie hastete wieder weg, und hinterließ einen Jim, der Karen triumphierend angrinste.

»Das war schlimm, was du ihr da gesagt hast«, sagte Karen.

»War es das?« sagte Jim mit einem Seitenblick. Dann zwinkerte er ihr zu.

»Hey, ich habe eine Idee. Du kennst doch den kleinen Raum, wo die ganzen Turngeräte aufbewahrt werden?«

Karen nickte, sie stellte sich den Geräteraum vor, der in Wirklichkeit nicht größer als eine Umkleidekabine war. »Was ist damit?«

»Laß uns da reingehen«, sagte Jim. »Da ist es schön dunkel und privat. Keine Schwestern mit Linealen.«

Karen dachte über den Vorschlag nach. Es wäre ja nur für ein paar Minuten, sagte sie sich. Was kann in ein paar Minuten schon passieren?

Jim führte sie beim Tanzen in Richtung Geräteraum.

Marilyn Crane fühlte sich beobachtet. Sie redete sich ein, daß das nur Einbildung sei, daß niemand ihr seine Aufmerksamkeit widmete. Dieser Gedanke war noch schlimmer. Plötzlich wurde ihr ihre Ecke unerträglich, und sie sah sich nach einem Ausweg um. Jeff Bremmer. Von allen war Jeff gewöhnlich am nettesten zu ihr. Sie arbeitete sich vor bis zur Tür, wich den tanzenden Paaren aus, in Richtung Erfrischungsstand. Sie trat zur Seite, um Jim und Karen vorbeizulassen; sie achteten nicht auf sie.

Sie eilte weiter auf den Erfrischungsstand zu, und sprach mit niemandem, bis sie Jeff erreicht hatte. Er lächelte ihr halbherzig zu.

»Heiß hier«, sagte sie zögernd und schenkte sich selbst ein Glas Punsch aus.

»Zu viele Leute?« sagte Penny pointiert, und starrte ihr in die Augen. Marilyn hielt es für das beste, den Angriff nicht zu erwidern, und wandte sich wieder an Jeff.

»Kann ich dir etwas helfen?«

Jeff sah schuldbewußt von ihr weg, er mußte daran denken, daß er auf der Party gewesen war, als sie alle sie zum Narren hielten. Er schaute hilfesuchend zu Penny Anderson herüber.

»Wir kommen gut klar«, sagte Penny. Dann lenkte sie ein. »Wenn du noch etwas Eis möchtest, es ist draußen im Gang.« Marilyns Miene brach in ein Lächeln auf, und sie begab sich in Richtung Haupteingang. Hinter sich hörte sie Pennys Stimme.

»Ist sie nicht rührend?«

Die Worte trafen sie mit physischer Gewalt. Marilyn beeilte sich, zur Tür zu kommen.

Nur, jetzt wußte sie, daß sie nicht zurückkommen würde, weder mit noch ohne Eis. Sie mußte heraus aus der Turnhalle, weg von allen, in die Kirche.

Sie mußte in die Kirche gehen. Sie mußte.

Die Mutter der Erlösten. Sie mußte mit der Mutter der Erlösten reden.

Schon einmal war ihr die Jungfrau erschienen; vielleicht würde sich das wiederholen.

Aber gerade als sie durch die Tür gehen wollte, wurde ihr Weg blockiert. Sie sah auf, in die stechenden Augen des Monsignore Vernon. Er erwiderte ihren Blick und schien etwas sagen zu wollen, als Schwester Elisabeth auftauchte. Ohne Marilyn zu beachten, sprach die Nonne über ihren Kopf hinweg mit dem Priester.

»Monsignore«, sagte sie, ihre Stimme trug schwer an der Last der

Beleidigung. »Es ist passiert. Ich habe es gewußt, als wir diese Sache weiterlaufen ließen, und jetzt ist es soweit.«

»Was ist passiert?« entgegnete der Monsignore, seine Brauen verfinsterten sich plötzlich.

»Jim Mulvey und Karen Morton. Ich habe gerade gesehen, wie sie zusammen in den Geräteraum gingen.«

Marilyn war Zuschauer, als sich das Gesicht des Monsignore von seiner normalen strengen Maske zu einer glühenden Maske der Entrüstung wandelte. Er stieß Marilyn auf die Seite und begann auf die verschlossene Tür des Geräteraums zuzuschreiten. Beim Gehen sprengte er die Tänzer auseinander.

Monsignore Vernon packte die Klinke der Tür zum Geräteraum und öffnete die Tür mit einem Ruck. Der kleine Raum war eng und dunkel. Der Priester tastete nach der Schnur für das Licht, zog daran und im Licht waren zwei erschrockene Gestalten zu sehen. Da, unter der nackten Glühbirne, lagen Jim Mulvey und Karen Morton, Arm in Arm, ihre Körper während eines leidenschaftlichen Kusses eng aneinandergepreßt. Der Priester packte sie, mit jeder Hand einen, und stieß sie aus dem winzigen Zimmer hinaus, in die übervolle Turnhalle. Er langte hinauf und erwischte die Lichtschnur erneut. Die Tür schlug langsam zu, und als er noch an dem Lichtschalter zog, war er ganz in die Dunkelheit gehüllt. Er ging schnell zur Tür, verfing sich aber mit einem Fuß an irgend etwas. Er geriet ins Stolpern.

Monsignore Vernon fiel auf die Knie, und bis er sich wieder gefangen hatte, hat er den schmalen Lichtspalt entdeckt, der durch die leicht geöffnete Tür fiel. Tief in seinem Inneren erwachte eine alte Erinnerung zum Leben.

Monsignore Vernon fror, er starrte durch den Spalt in der Tür. Von hoch droben im Gebälk schimmerten die Lampen der Turnhalle unheilvoll zu ihm herab. Er merkte, wie ihm immer schwindliger wurde. Und dann sah er das Mädchen. Sie ging genau da entlang, wo er etwas sehen konnte. Und sie schien sich zu drehen, sich zu drehen und dabei auf ihn zuzukommen. Sie hatte etwas in der Hand, dieses Mädchen. Etwas, das im Licht silbern schimmerte. Ein Messer. Es sah aus wie ein Messer.

Monsignore Vernon kam auf die Beine und stob aus der Tür.

Janet Conally, die beim Tanzen ihren silbernen Netzschal in die Höhe hielt, hielt mitten im Schritt inne, als der Priester mit wildem Blick die Tür aufstieß.

»Schluß damit«, bellte er los. Janet schauderte. Der Monsignore starrte um sich. Sie waren überall, diese Mädchen, überall um ihn herum, sie sahen alle gleich aus. Sie sahen alle aus wie sie, wie seine Schwester. »Sünder!« schrie er. »Alle seid ihr Sünder!«

Jetzt starrten die Schüler und begannen sich gegen den Ausgang zu verdrücken. Der Monsignore war wütender, als sie ihn je zuvor erlebt hatten.

»Nicht mehr!« schrie der Priester. »Glaubt ihr, ich kenne euch nicht? Glaubt ihr, ich erkenne euch nicht? Glaubt ihr, ich erweise euch Gnade? Ihr verdient keine Gnade. Gebt acht auf eure Seelen, denn ihr habt euch versündigt. Die Bestrafung wird auf euch herabkommen.«

Und dann sah Monsignore Vernon, wie ihn Peter Balsam von der anderen Seite des Raumes her anstarrte. Der Priester erhob seine Hand und wies auf den Lehrer.

»Ketzer! Die Strafe wird über dich kommen«, bellte er. »Die Strafe durch die Hände des Herrn.«

Und plötzlich, so schnell wie sie gekommen war, war die Wut vorbei, die Erinnerung verblaßt. Nervös blickte sich der Monsignore um. Schweigen war über den Raum herabgekommen, und als er wieder sprach, diesmal im Flüsterton, hörte ihn jeder im Raum.

»Der Tanz ist vorbei«, sagte er.

Fünf Minuten später war der Raum leer, bis auf zwei Leute. Sie standen auf den gegenüberliegenden Seiten der Turnhalle. Als ob sie darauf warteten, daß die Schlacht ihren Anfang nehme, starrten Monsignore Vernon und Peter Balsam sich gegenseitig an. Und jetzt, dachte Peter, würde alles seinen Lauf nehmen. Er hatte Angst.

3. BUCH

Auto – da – fé

19

In der Cafeteria summte es nur so vom Lärm der Schüler während des Mittagessens, aber Marilyn Crane hörte nichts. Sie saß alleine da, um sie herum standen nur leere Stühle, und war nur mit ihrem belegten Brötchen beschäftigt. Ein Stück entfernt von ihr, am anderen Ende desselben Tisches, saß Jeff Bremmer, genauso alleine. Alle paar Sekunden blickte er zu Marilyn hinüber und versuchte sich etwas einfallen zu lassen, was er ihr sagen könnte.

Er wußte, daß sie die Bemerkung von Penny Anderson am Samstagabend gehört hatte. Er hatte eigentlich vorgehabt, ihr nachzugehen und sich für Penny zu entschuldigen. Aber dann hatte der Monsignore Karen und Jim im Geräteraum aufgestöbert, und schon war sein Mut dahingewesen. Jeff schüttelte den Kopf, als er an den Priester und seinen Wutausbruch denken mußte.

Er blickte wieder zu Marilyn hinüber und entschied, den Tanzabend als Aufhänger zu nehmen. »O Mann, das war ja was, oder nicht?« sagte er.

Marilyn sah ihn an und fragte sich, ob er mit ihr sprach. Dann sah sie, daß außer ihr niemand am Tisch saß; er *mußte* mit ihr reden.

»Was war?« fragte sie vorsichtig, sie suchte nach der Falle.

»Der Tanzabend«, sagte Jeff. »Ich wußte ja, daß der Monsignore puritanisch ist, aber mit so was hätte ich nie gerechnet.«

»Nun, sie hätten nicht in den Geräuteraum gehen sollen«, sagte Marilyn steif, sie verbündete sich mit dem Priester.

Jeff versuchte es auf einem anderen Weg. »Und dann noch Peter Balsam einen Ketzer zu nennen. Was sollte das denn?«

Marilyn zuckte mit den Schultern. Sie sah keine Möglichkeit, den Priester gegen Peter Balsam zu verteidigen. Er war ja so nett zu ihr gewesen. Aber trotzdem war sie anderer Meinung als Jeff. »Ich weiß nicht«, sagte sie vorsichtig, doch dann lenkte sie ein. »Es war schon ziemlich verrückt, oder?«

»Verrückt halte ich nicht für das richtige Wort«, sagte Jeff. »Es war richtig unverschämt. Ich meine, die Tatsache, daß Mr. Balsam kein Priester ist, macht ihn noch lange nicht zum Ketzer. Jesus, und wer benutzt denn überhaupt noch das Wort ›Ketzer‹? Wenn du mich fragst, das beste, was Mr. Balsam tun kann, ist, diese Müllkippe im Laufe der Jahre in die Luft zu jagen.«

»Mr. Balsam wird wahrscheinlich nicht hierbleiben«, erwähnte Marilyn.

»Warum sollte er auch? Würdest du bleiben?« Ohne auf die Antwort zu warten, redete Jeff in einem Fluß weiter. »Aber ich bin froh, daß er im Moment hier ist. Ich mag seinen Unterricht, durch ihn komme ich dazu, über manche Dinge nachzudenken.«

»Ich weiß«, sagte Marilyn, »aber manchmal bin ich nach seinem Unterricht noch verwirrter als vorher. Ich meine, ich habe immer geglaubt, daß ich die Zusammenhänge ganz gut verstanden hätte. Aber seit ich an seinem Unterricht teilnehme, bin ich mir da gar nicht mehr so sicher. Diese Ratten sind verrückt. Es sieht so aus, als ob er sie dazu bringen könnte, etwas Bestimmtes zu tun.«

»Reine Konditionierung«, sagte Jeff selbstzufrieden. Dann wurde er ernst. »Ich frage mich, ob man Menschen auch so konditionieren kann wie diese Ratten?«

Marilyn zuckte ratlos die Schultern. »Warum fragst du nicht Mr. Balsam?«

Ihre Gedanken kreisten um etwas anderes. »Das ist nicht der Grund, warum mich sein Unterricht nervös macht«, sagte sie. »Es kommt mir so vor, als ob ich immer schlechter von mir denke, je mehr ich über Psychologie weiß.« Als ihr klar wurde, was sie da zugegeben hatte, wurde sie rot. Aber plötzlich lächelte Jeff Bremmer sie an.

»An deiner Stelle würde ich mir da keine Gedanken machen«, sagte er grinsend. »Ich meine, du bist offensichtlich nicht so schlimm dran, wie so manche hier.« Er nickte zur Tür herüber. Marilyn folgte seinem Blick. Judy Nelson kam in die Cafeteria.

In dem Raum wurde es schlagartig still. Alle hatten sie auf diesen Augenblick gewartet, alle hatten sie gewußt, daß Judy seit heute wieder an der Schule war und daß sie den Vormittag im Büro des Monsignore verbracht hatte.

Niemand wußte, was dort vorgegangen war; aber niemand konnte sich vorstellen, daß es besonders erfreulich gewesen war. Jetzt war sie da, schwebte in die Cafeteria, als ob nichts gewesen wäre. Von Marilyns und Jeffs Nachbartisch rief Janet laut: »Hierher, Judy!«

Marilyn und Jeff schauten zu, wie Judy auf einen Stuhl rutschte und sofort von ihren Freunden umlagert war. Jetzt kamen die Fragen.

Judy genoß es. Sie hingen an ihren Lippen, gierig auf jedes Wort, und alle paar Minuten blieb irgend jemand, den sie kaum kannte, stehen, um sie wieder an der Schule von St. Francis Xavier willkommen zu heißen. Alle wollten sie wissen, was mit ihr geschehen war; erst im Krankenhaus, dann zu Hause, und, das war am wichtigsten, was sich heute morgen im Büro des Monsignore abgespielt hatte.

Judy beantwortete die Fragen gelassen, mit sanfter, gehauchter Stimme. Beim Zuhören gewannen ihre Freunde den Eindruck, daß sie sich mit einer neuen Judy Nelson unterhielten, einer Judy, die das Tal des Todes durchschritten hatte und umgewandelt worden war. Und genau diesen Eindruck wollte Judy auch widerspiegeln.

Beim Beobachten der Szene am Nachbartisch begann Marilyn, sich zu fragen, was mit Judy geschehen war, ob der Versuch, sich das Leben zu nehmen, sie wirklich verändert hatte, oder ob sie nur eine Rolle spielte. Sie tadelte sich wegen dieses unfreundlichen Gedankens und wandte sich wieder nach Jeff um. Er war nicht mehr da.

Sie schaute schnell wieder zu dem Tisch herüber, an dem Judy immer noch ihre Freunde beglückte, und sah, daß Jeff Bremmer sich der Gruppe um Judy angeschlossen hatte. Er war gierig nach ihren Schilderungen, wie alle anderen auch. Und dann, sie schaute immer noch zu, kam Peter Balsam in die Cafeteria. Hoffnungsvoll schaute sie auf; immer blieb er stehen, um sie zu grüßen. Aber heute ging er gleich an ihr vorbei, er beabsichtigte irgend etwas anderes... Voller Bedauern mußte Marilyn sehen, daß Balsam sich zu der Gruppe um Judy gesellte. Wenig später stand der Lehrer wieder auf, und Marilyn schöpfte neue Hoffnung. Jetzt würde er sicher an ihrem Tisch verweilen. Aber er tat nichts dergleichen. Bevor Marilyn ihren Mut zusammennehmen konnte, um ihn zu rufen, war er schon weg. Traurig wandte sie ihre Aufmerksamkeit wieder dem Tisch von Judy Nelson zu.

Karen Morton war widerwillig geworden. Sie hatte keine Lust mehr, Judy zuzuhören. Außerdem, interessierte es denn keinen, zu erfahren, was mit ihr bei dem Tanzabend passiert war? Das war nicht fair. Normalerweise wäre ihr Zusammenprall mit dem Monsignore das wichtigste Thema des Tages gewesen, aber Judy hatte ihr die Schau gestohlen. Sie starrte mürrisch auf ihre Hände, dann siegte die Spontaneität.

»Sich umzubringen versuchen, ist so toll nun auch wieder nicht«, sagte sie und platzte damit in Judys Monolog. Sie war befriedigt, als Judy den Mund hielt und sie ansah.

»Hast du es schon versucht?« sagte Judy naseweis. Karen lächelte und hielt ihre Hände in die Höhe.

»Was glaubst du wohl, woher die kommen?« sagte sie und zeigte ihre Handflächen her. Die Verschorfungen waren schon beinahe abgeheilt, aber immer noch deutlich sichtbar.

»Die da?« Penny Anderson lachte. »Ich dachte, du wüßtest nicht, wie du zu denen gekommen bist.«

»Ich wollte es bloß nicht zugeben«, sagte Karen. Sie hatte das Gefühl, daß sie die Kontrolle über das Gespräch verlor.

Judy Nelson bestätigte das Gefühl. »Wenn sie nicht mal so schlimm waren, daß du ins Krankenhaus mußtest, würde ich nicht sagen, daß sie zählen«, sagte sie säuerlich. »Außerdem, warum solltest du versuchen, dich zu töten?«

»Ich weiß es nicht genau«, fing Karen an, aber Penny schnitt ihr das Wort ab.

»Ich werde dir einen Grund nennen«, sagte sie, »weil ich nämlich entschlossen bin, dir Jim Mulvey auszuspannen.«

Karen blieb der Mund offenstehen. Unvermittelt war alles danebengegangen. Alles was sie gewollt hatte, war doch nur ein bißchen Aufmerksamkeit. Jetzt lachten alle über sie, und Penny sagte auch noch, daß sie ihr Jim ausspannen wollte. Das hatte sie sich ganz anders vorgestellt. Sie schaute Penny an.

»Da hast du genauso viele Chancen wie Marilyn Crane«, sagte sie schnippisch. Dann stand sie auf und verließ auf schnellstem Wege die Cafeteria.

Diese Bemerkung traf Marilyn wie ein Schlag ins Gesicht, und plötzlich fiel ihr das Brot, an dem sie kaute, aus der Hand. Sie starrte in ihren Schoß, und ihre Augen füllten sich mit Tränen, da sah sie den dunkelroten Marmeladefleck auf ihrem hellgelben Rock. Jetzt mußte sie den ganzen Tag lang so tun, als ob sie nicht merkte, daß alle auf ihren verschmutzten Rock starrten. Sie stopfte den Rest ihres Mittagessens in die Tüte zurück und machte sich eilig davon.

Sie wollte zu ihrem Schrank, entschied sich aber plötzlich anders. Statt dessen machte sie sich auf den Weg in die Kirche und ließ sich auf der Bank vor der Heiligen Jungfrau nieder. Sie faßte in ihre Handtasche, um nach ihrem Rosenkranz zu suchen. Aber bevor sie ihn fand, umschloß sie etwas anderes mit ihrer Hand.

Es war das Päckchen mit den Rasierklingen.

Ihre Finger umklammerten es ganz fest. Es fühlte sich gut an. Dann bekam sie plötzlich Angst, ließ die Rasierklingen fallen und fand den Rosenkranz. Sie fing an zu beten.

Als sie eine halbe Stunde später aus der Kirche kam, war es Marilyn schon fast gelungen, nicht mehr an den Fleck auf ihrem Rock zu denken. Sie rannte zu ihrem Schrank, stellte schnell die Kombination des Zahlenschlosses ein. Sie hatte vor, den Rest ihres Mittagessens in die Metallschachtel zu geben und ihre Bücher für den Nachmittag zusammenzupacken. Sie zog die Schranktür auf. Marilyn Crane stieß einen Schrei aus. Eine Woge der Übelkeit überkam sie. Ihre Bibel lag geöffnet am Boden des Schranks; obendrauf lag eine weiße Ratte, deren Fell vom Blut und den Nahrungsresten, die aus ihr heraussickerten, befleckt war. Die Kehle war aufgeschlitzt, und die Eingeweide waren herausgenommen worden. Die Übelkeit ging vorbei, und dann kamen die Tränen. Marilyn Crane sank auf den harten Boden und begann hysterisch zu schluchzen. Wenige Augenblicke später erschien Schwester Marie und schloß Marilyn in ihre Arme. Dann führte sie sie langsam weg, zum Büro der Schwestern.

Peter Balsam saß nach Schulschluß noch in seinem Klassenzimmer und hatte drei Bücher aufgeschlagen vor sich liegen. Er las immer nur Absätze in einem Buch, dann wechselte er wieder in ein anderes Buch, abwechselnd las er mal hier, mal da eine Zeile, dann nahm er das dritte Buch zur Hand. Allmählich fügte er die Bruchstücke zusammen. Und auf eine verrückte Art und Weise begann es einen eigenartigen Sinn zu ergeben. Er hörte ein Geräusch an der Tür und sah auf. Karen Morton stand unsicher in der Tür.

»Darf ich reinkommen?« fragte sie zögernd.

»Ich bin etwas beschäftigt«, sagte Balsam und hoffte, daß sie wieder wegginge. Sie blieb standhaft.

»Es dauert bestimmt nicht lange«, Karen kam ins Zimmer. Peter Balsam schob die Bücher auf die Seite und schaute auf seine Uhr. Vielleicht konnte er sie innerhalb dieser Minute abfertigen.

»Worum handelt es sich?«

»Ich weiß nicht genau«, sagte Karen verunsichert. Dann, als sie Peters ungeduldige Miene sah, fuhr sie rasch fort. »Es geht um

Judy, sie scheint...« sie suchte nach dem passenden Wort, »...irgendwie anders.«

Ist das alles? dachte sich Balsam. »Natürlich ist sie das«, sagte er locker, »aber ich glaube nicht, daß sie wirklich anders ist. Oh, mag sein, daß sie das glaubt, aber vergiß nicht: Gerade jetzt steht sie im Mittelpunkt des Interesses. In ein paar Tagen hat sich der Wirbel gelegt, und alles wird wieder wie immer sein.«

Karen wollte etwas sagen, aber Peter schnitt ihr das Wort ab. »Schau, ich habe gerade sehr viel zu tun. Kann das bis morgen warten?« Er nahm eines der Bücher, und war schon dabei, einen weiteren Abschnitt zu lesen. Endlich hatte er den Heiligen gefunden, nach dem er gesucht hatte, und so hatte er Karen unmittelbar vergessen.

Das Mädchen sah ihn einen Augenblick lang an. Sie mußte reden, aber er wollte nicht zuhören. Sie merkte, wie ihre Wut größer wurde, und sah zu, daß sie aus dem Zimmer kam. Und als sie gerade in der Tür stand, drehte sie sich noch einmal um.

»Vielleicht sollte ich versuchen, mich zu töten, so wie Judy!« rief sie. »Vielleicht beachten Sie mich dann.«

Diese Worte rissen Peter aus seiner Lektüre heraus, aber Karen war schon weg. Er konnte das Hämmern ihrer Füße noch hören, wie sie den Gang hinunterlief. Er wollte aufstehen und ihr folgen, aber da erschien wieder jemand in der Tür zu Zimmer 16.

Monsignore Vernon.

Die beiden Männer sahen sich kalt an.

»Das hast du schlimm behandelt«, kommentierte der Priester.

»Du hast keinen Grund, mich zu kritisieren«, sagte Balsam eisig und dachte an den Zwischenfall vom Samstag abend.

Der Monsignore überhörte die Bemerkung. »Was ist vorgefallen?« sagte er, und Peter Balsam wußte, daß er diese Frage als Oberhaupt der Schule gestellt hatte. Er erklärte es mit wenigen Worten.

»Ich glaube, ich hätte ihr mehr Zeit widmen sollen«, schloß er, »aber ich fürchte, ich war zu vertieft in meine Literatur.«

»Oh?« sagte der Priester und ging auf den Tisch zu. »Was gibt es, das dich so fasziniert?«

Peter räumte die Bücher schnell zusammen und schob sie ganz hinten in die Schreibtischschublade.

»So interessant ist es nun wirklich nicht«, sagte er, während er die Schublade fest zumachte. »Es sind nur ein paar alte Texte aus der Psychologie.«

Der Priester schien diese Erklärung zu akzeptieren.

»Heute abend findet eine Versammlung der Gemeinschaft statt«, sagte er, »im Pfarrhaus, um die gewohnte Zeit.«

»Ich werde nicht kommen«, sagte Peter.

Der Priester starrte ihn an.

»Doch«, sagte er, »du wirst kommen. Wir brauchen dich.«

Und dann war er weg. Peter sah ihm nach. In der Stimme des Priesters hatte irgend etwas gelegen, kein kommandierender Unterton, aber irgendwas anderes. Es war der Unterton von einem, der mehr weiß. Als ob er nicht das Gefühl hätte, Peter den Befehl geben zu müssen, daß er heute abend teilnahm; es war, als ob der Priester ein geheimes Wissen hatte, ein Wissen, das ihm sagte, daß irgend etwas Peters Anwesenheit der Gemeinschaft des St. Peter Martyr erzwingen würde.

Balsam holte die Bücher aus der Schublade in seinem Schreibtisch und verließ die Schule.

Zwei Stunden später, er war gerade mit seinem Literaturstudium zu Ende, ergab das alles einen Sinn für ihn. Einen verrückten Sinn zwar, den er kaum akzeptieren konnte, aber immerhin einen Sinn. Der Monsignore hatte recht: Er würde heute abend an der Versammlung teilnehmen. Aber nur so lange, wie er brauchte, um sie mit dem, was sie taten und warum sie es taten, zu konfrontieren.

Und dann würde er verschwinden. Wenn sie ohne ihn weitermachen wollten, gut. Aber Peter glaubte nicht, daß sie dann noch den Wunsch hätten.

Wenn die Schlüsse, die er gezogen hatte, richtig waren, dann brauchten sie ihn. Aber sie würden ihn nie haben.

20

Karen Morton rannte die Treppe vor dem Schulhaus hinunter, den Blick ganz geradeaus gerichtet, als ob die angestauten Tränen sich ihren Weg bahnen würden, weil sie ein empfindliches Gleichgewicht zerstörte, indem sie zur Seite schaute.

Sie wollte nicht weinen. Sie sollte direkt nach Hause gehen und den restlichen Nachmittag ganz alleine verbringen. Wenn niemand mit ihr reden wollte, gut, dann sollte ihr das recht sein, sie wollte niemanden dazu zwingen.

Es war Judys Schuld, sagte sie sich. Und Judy wollte ihre Freundin sein. Schöne Freundin! Als Karen ein Gespräch darüber anregen wollte, was sie sich durch das Zermartern ihrer Hände angetan hatte, hatte Judy nur gelacht. Nun, nicht etwa lauthals, aber innerlich hatte sie gelacht. Und jeder beachtete Judy, sogar Mr. Balsam. Mr. Balsam hätte besser *ihr* zugehört. Judys Probleme waren doch längst erledigt. Konnte er das nicht verstehen? Aber was war mit Karen? Wer würde mit ihr sprechen?

Karen sah, daß vor ihr Marilyn Crane den Hügel hinunterlief. Zum ersten Mal verstand Karen, wie Marilyn Crane sich fühlen mußte. Sie wollte nach ihr rufen, wollte, daß Marilyn auf sie wartete. Aber warum sollte Marilyn warten? War Karen nicht eine aus der Gruppe, die Marilyn schon seit Jahren das Leben zur Qual machte? Vielleicht sollte sie Marilyn um Entschuldigung bitten. Nein, das war auch unmöglich. Es gab zuviel, für das sie sich hätte entschuldigen müssen. Außerdem, sie wollte gar nicht mit Marilyn reden. Sie wollte mit einem Mann reden. Sie wollte mit ihrem Vater reden. Er hätte sie verstanden. Er hätte sie in seine Arme genommen, sie festgehalten, und ihr gesagt, daß alles wieder gut wird. Aber er war tot, und es gab sonst keinen...

Sie hörte, daß ein Wagen neben ihr herfuhr und erkannte das Motorengeräusch sofort. Jim Mulvey. Sie ging weiter; schaute nur geradeaus.

Erst hörte sie die Hupe, dann seine Stimme: »Karen? Hey, Karen?«

Sie blieb stehen und drehte sich langsam um. Er grinste und winkte ihr zu.

»Spring rein«, rief er. Sie schüttelte den Kopf und drehte sich weg, um weiterzugehen.

»Hey«, sagte Jim und stieg aus dem Wagen. »Stimmt was nicht? Ich bin es, Jim.« Er holte sie ein, hielt sie am Arm fest. Sie wollte seine Hand abschütteln, ließ es aber.

Als sie sich umdrehte, um ihm ins Gesicht zu sehen, wurde Jim klar, daß mit Karen wirklich etwas nicht in Ordnung war. Es sah aus, als würde sie jeden Moment zu weinen anfangen. Seine Stimme klang jetzt gar nicht mehr so spöttisch, eher sanft.

»Karen, steig ins Auto«, sagte er. »Ich bring' dich nach Hause.« Karen ließ sich zum Wagen führen, und zum ersten Mal, seit sie ihn kannte, hielt Jim ihr die Tür auf. Sie saß da und starrte geradeaus, während er um das Auto herumging und sich hinter das Steuer zwängte. Die Fahrt verlief schweigend.

»Möchtest du darüber sprechen?« sagte Jim schließlich. Karen schüttelte den Kopf. Etwas später bremste er den Wagen ab und fuhr an den Bordstein. Er wandte sich ihr zu und sah sie an.

»Ich habe gehört, was Penny Anderson heute mittag gesagt hat«, sagte er, »also, wenn du dir deshalb Sorgen machst, nicht nötig.«

»Nein, das ist es nicht«, sagte Karen träge, »warum bringst du mich nicht einfach nach Hause?«

Aber irgend etwas in ihrer Stimme sagte Jim, daß sie eigentlich nicht nach Hause gebracht werden wollte. Er fuhr wieder an, aber statt Karen nach Hause zu fahren, ging es raus aus der Stadt.

»Wo fahren wir hin?« fragte Karen, aber es interessierte sie eigentlich gar nicht.

»Zum See raus.«

»Ich will nach Hause.«

»Nein, willst du nicht«, sagte Jim bestimmt. »Du möchtest reden, also fahren wir zum See, setzen uns dort hin und reden.«

»Ich hasse die Gegend dort«, jammerte Karen. »Es riecht übel und außer Wacholdergestrüpp gibt es nichts.«

»Ist doch besser als gar nichts«, sagte Jim.

Ohne ein weiteres Wort ging die Fahrt nach zehn Minuten zu Ende. Jim fuhr durch das angelegte Picknick-Areal, und parkte am Ende des Feldweges, der zu einem einfachen Bootssteg führte. Der See war menschenleer. Das Schweigen wurde länger, und Jim überlegte, was er sagen sollte. Dann fand er, es sei das beste, wenn er nichts sagte. Dann legte er seinen Arm um Karen und zog sie an sich.

Sie versuchte, seinem Kuß zu widerstehen, aber seine Arme klammerten sich fester um sie, und sein Mund fand ihren Mund. Und dann, je leidenschaftlicher der Kuß wurde, merkte Karen, wie ihr Körper gegen ihren Willen nachgab. Sie sehnte sich danach, gehalten zu werden, sie sehnte sich nach Zärtlichkeiten, sie sehnte sich danach, geliebt zu werden. Ihre Arme schlangen sich um ihn.

»Liebe mich, Jim«, flüsterte sie, »bitte liebe mich.«

Sie hörte sein Stöhnen, als ihre Hand an seinen Hosenschlitz fuhr und ihre Finger seine Erektion umklammerten. Sie drückte sich näher an ihn heran und half ihm dabei, sie auszuziehen.

»Jesus«, sagte Jim eine halbe Stunde später, völlig außer Atem, »so habe ich das noch nie erlebt. Gib mir Bescheid, wenn du wieder jemanden zum Reden brauchst.« Er schielte sie mit einem verliebten

Seitenblick an und zwinkerte. Karen hatte das Gefühl, als ob etwas in ihr zerbrach.

Er hat mich nur benutzt, dachte sie. Er liebt mich nicht. Er wollte mich nur ficken. Mich ficken. Mich ficken.

Sie wiederholte im Geiste die Worte immer und immer wieder, damit sie ihre Bedeutung verlören, wie das der Fall ist, wenn man ein Wort zu oft wiederholt. Es half nichts.

Sie hatte sich danach gesehnt, geliebt zu werden, aber sie war nur umgelegt worden. Sie versuchte sich davon zu überzeugen, daß es da keinen Unterschied gäbe, aber sie wußte, es gab einen Unterschied. Jetzt waren alle Gerüchte, die man über sie verbreitete, Wahrheit geworden.

»Bring mich nach Hause«, sagte sie ruhig.

Jim Mulvey ließ den Wagen an, wendete ihn und begann die Rückfahrt nach Neilsville.

Zwanzig Minuten später hielt er vor dem Haus der Mortons an. Er ließ den Motor im Leerlauf schnurren, stieg aber nicht aus dem Wagen aus.

»Willst du mir nicht die Tür aufhalten?« fragte Karen.

»Das kannst du doch selbst«, sagte Jim. Er wußte nicht warum, aber er war plötzlich wütend auf Karen. Sie hatten doch nur weitergemacht, um Himmels willen. Und sie hatte auf jeden Fall so getan, als ob es ihr gefiele, als es passierte. Aber jetzt, nichts. Gut, wenn sie nicht mit ihm sprechen konnte, so konnte sie verdammt gut selber ihre Tür aufmachen. Er sah sie an.

Karen öffnete die Wagentür, kletterte hinaus und schlug die Tür hinter sich zu. Dann rannte sie, ohne sich noch einmal umzusehen, zum Haus. Nicht daß es einen Unterschied gemacht hätte, wenn sie sich noch einmal umgesehen hätte; die Wagentür war kaum zugeschlagen, da hörte sie, wie Jim mit quietschenden Reifen davonraste.

Karen ging hinein, bereitete sich ein Fernsehabendessen vor und versuchte, sich aufs Fernsehprogramm zu konzentrieren. Es klappte nicht. Sie mußte mit jemandem reden, aber es gab niemanden, mit dem sie sprechen konnte. Sie sah zur Uhr – ihre Mutter würde erst in einigen Stunden nach Hause kommen. Aber Karen mußte mit ihr sprechen, sie mußte jetzt mit ihr sprechen. Sie nahm das Telefon und rief ihre Mutter in der Arbeit an.

»Hallo, Mutti«, sagte sie, sie versuchte, ihre Stimme so hell wie möglich klingen zu lassen.

»Was gibt es?« fragte Harriet Morton. Alle Tische bei ihr waren besetzt; sie hatte wirklich keine Zeit zum Reden. »Geht es dir gut?«

»Mir fehlt nichts. Ich wollte nur fragen, ob du heute abend ein bißchen früher nach Hause kommen könntest.«

»Wenn wir essen wollen, muß ich arbeiten«, schnappte Harriet. Sie warf den Hörer auf die Gabel zurück, nahm die Kaffeekanne in die Hand und machte sich wieder an die Arbeit.

Karen starrte das tote Telefon an und hätte am liebsten wieder losgeheult. Nicht einmal ihre Mutter wollte mit ihr reden. Sie hielt ihre Tränen zurück und wollte einfach nicht mehr daran denken. Sie wollte an überhaupt nichts mehr denken. Sie würde fernsehen, bis ihre Mutter kam, und dann mit allem herausplatzen. Nur noch ein paar Stunden. Sie schaute auf die Uhr.

Kurz vor zehn.

Eine Stunde nur noch.

Dann klingelte das Telefon. Karen nahm es gierig ab. Vielleicht hatte ihre Mutter es sich anders überlegt und wollte nach Hause kommen.

»Hallo?« sagte sie. »Mutter?«

Aber es war keineswegs die Stimme von Harriet Morton. Es war jemand anderes, eine andere Stimme, eine Stimme, die Karen zu erkennen glaubte.

»Du hast gesündigt«, sagte die Stimme. »Du bist das Böse. Du mußt bereuen. Bereue!«

Dann war alles vorbei. Das Telefon verstummte, der Hörer lag noch in Karens Hand. Diesmal ließ sie ihn auf den Boden fallen, sie machte sich nicht einmal die Mühe, ihn auf die Gabel zurückzulegen. Also machte es schon die Runde.

Das Gerede hatte bereits angefangen.

Und ihre Mutter war immer noch nicht zu Hause.

Sie sah zur Uhr. Erst fünf nach zehn.

Die Verzweiflung übermannte Karen Morton, aber noch immer gestattete sie sich nicht zu weinen.

Vielleicht hätte sie weinen sollen.

Wenn sie sich gestattet hätte zu weinen, hätte sie vielleicht die Tat, die sie als nächste ausführte, gelassen.

Vielleicht wäre sie nicht ins Badezimmer hochgegangen, hätte sie nicht die Tür verschlossen, die Wanne mit warmem Wasser gefüllt, und sich die Pulsadern aufgeschnitten. Vielleicht hätte Karen Morton lieber geweint. Aber sie weinte nicht.

Sie saßen da wie sechs Raubvögel. Das Schwarz ihrer kirchlichen Gewänder hob die Blässe ihrer Gesichter noch hervor. Unheilvoll starrten sie Balsam an, aber er ließ sich nicht aus der Ruhe bringen, erwiderte ihr Gestarre und setzte auf die Kälte in ihren Blicken sein eigenes frostiges Verhalten.

Im Innern bebte Balsam.

Ihm war klar, daß sie ihm nicht glaubten. Er war überzeugt, daß sie ihn für verrückt erklärten.

Das Schweigen ging weiter; Peter war entschlossen, nicht derjenige zu sein, der es brechen sollte. Er fragte sich, was in ihren Köpfen vorging. Hatten sie einfach beschlossen, das, was er ihnen gesagt hatte, völlig aus ihrem Gedächtnis zu streichen, oder dachten sie über seine Worte nach?

»Also, was denkst du, wirst du dem Bischof sagen?« sagte Monsignore Vernon schließlich.

Zum ersten Mal wurde Peter unruhig. Warum nur hatte er ihnen gesagt, daß er zum Bischof gehen wollte? Warum hatte er ihnen nicht einfach gesagt, daß er genug hatte von der Gemeinschaft des St. Peter Martyr, und es dabei belassen?

Aber sie hatten darauf bestanden, zu erfahren, warum er die Gemeinschaft verlassen wolle, und er hatte es ihnen erklärt.

Ruhig hatten sie zugehört, als er ihnen von den Gesängen erzählte; davon wußten sie bereits. Es fiel ihm dann ein, daß allen das gleiche passierte, was auch ihm während dieser verrückten Gottesdienste passiert war: Sie wußten, daß etwas geschah, aber nicht was. Er bemühte sich, es ihnen zu erklären. Er wollte ihnen sagen, daß sie alle pervers wären, wollte ihnen in allen Einzelheiten aufzeigen, was sie während ihrer Rituale trieben. Aber er fand, daß er dazu nicht fähig war. Schließlich waren sie trotz allem immer noch Priester. Priester, denen man Respekt schuldete. Die Traditionen, mit denen er aufgewachsen war, nahmen überhand, und er sah sich außerstande, ihnen zu beschreiben, was sich zwischen ihnen abspielte. Er sagte ihnen lediglich, daß er die ganze Angelegenheit unaussprechlich fände.

»Aber du bist in der Lage, sie dem Bischof zu schildern?« hatte der Monsignore am Ende seiner Rede mild gesagt.

»Das muß ich nicht«, sagte Balsam ruhig. »Ich habe eine Aufzeichnung über alle Vorgänge auf der letzten Versammlung.«

»Eine Aufzeichnung?« fragte Pater Prine erstaunt. »Was meinen Sie damit, eine Aufzeichnung?«

Geduldig erklärte Peter auch das.

»Ich wollte genau wissen, was bei den Gottesdiensten vor sich geht«, sagte er, »ich konnte mich nicht daran erinnern; das einzige, was mir noch einfiel war, wie ich in einen Zustand der Trance versank, und daß es viel später war, als ich dachte, als ich wieder aus dieser Trance erwachte.«

»Das ist nichts Ungewöhnliches während der Hingabe«, sagte der Monsignore.

»Das hatte mit Hingabe nichts zu tun«, entgegnete Peter, sein Zorn wurde schlimmer, »ich kann nicht sagen, womit es zu tun hatte, aber ich wollte herausfinden, was sich abspielte. So nahm ich einen Kassettenrecorder mit in die Versammlung und nahm die ganze Geschichte auf. Als ich mir das Band anhörte, wurde mir schlecht, buchstäblich schlecht. Wenn ich euch das Band vorspielen würde, wäre euch allen schlecht.«

»Du übertreibst natürlich«, fing Monsignore an, aber Peter nahm ihm das Wort.

»Ich übertreibe keinesfalls«, sagte er barsch, »die ganze Angelegenheit ist absolut verdorben.«

»Ich glaube, wir haben genug gehört«, sagte der Monsignore im Aufstehen. »Du kannst nicht mehr sagen, außer, daß du eine Sprache gehört hast, von der du glaubst – du *glaubst*, daran möchte ich dich noch einmal erinnern, du weißt es nicht – daß sie eine Mischung aus Latein und Italienisch ist. Und daß wir uns etwas hingegeben haben, was du verdorben nennst. Etwas, das du uns nicht einmal beschreiben willst.«

»Ich sehe keine Notwendigkeit dafür«, sagte Balsam. »Ich glaube, der Bischof wird überzeugt sein, sobald er das Band hört.«

»Überzeugt?« Es war wieder der Monsignore. Er schritt nun durch das Zimmer. »Überzeugt wovon?«

»Nun, zum einen glaube ich, wird er so überzeugt sein, daß er deiner Gemeinschaft ein Ende bereitet.«

Der Monsignore kicherte. »Überzeugt durch die Worte eines Ketzers?« Peter bemerkte das fanatische Leuchten, das in den Augen von Vernon aufzuflackern begann. Er rief sich zur Vorsicht.

»Schon wieder Ketzer«, sagte er leise. »Na, wenigstens weiß ich jetzt, woher das kommt.«

»Hast du es endlich herausbekommen?« Die Stimme des Priesters war so leise wie Peters.

Peter nickte bedeutungsvoll. »Das und noch einige andere Sachen.« Er stand auf. Während er wider sprach, bemühte er sich, das Niveau seiner Stimme nicht zu ändern. »Monsignore, ich habe nicht die Absicht, noch mehr Zeit darauf zu verschwenden, um etwas zu diskutieren. Ich weiß, daß Sie mich für einen Ketzer halten – was immer dieses Wort Ihnen bedeutet. Aber *ich* denke, daß der Bischof sehr wahrscheinlich zu dem Schluß kommt, daß Sie krank sind. Schließlich, was sonst sollte er schließen, wenn er Ihre Stimme hört, mit der Sie vorgeben, St. Peter Martyr zu sein, und mit der Sie den Zorn Gottes herbeirufen gegen Sünder und Ketzer?«

Sollte Peter Balsam einen Wutausbruch erwartet haben, so wurde er enttäuscht. Stille breitete sich plötzlich im Pfarrhaus aus, und die Priester wechselten Blicke. Aber die Atmosphäre im Zimmer hatte sich geändert. Sie war nicht länger von Feindseligkeit gegen Peter Balsam geprägt. Mit einem Mal war da etwas anderes. Ein Gefühl der Erwartung, als ob etwas lang Erwartetes geschehen sollte.

»Kann denn das wahr sein?« konnte Balsam einen von ihnen flüstern hören. Aber bevor er antworten konnte, brüllte ihn die Stimme des Monsignore nieder.

»Was hast du gesagt?«

»Ich fragte, was der Bischof sonst daraus schließen könne«, sagte Peter und versuchte die Wut in der Stimme des Priesters zu ignorieren.

»Über St. Peter Martyr«, donnerte der Monsignore los.

»Während des letzten Gottesdienstes hast du behauptet, St. Peter Martyr zu sein, und hast Gott ermahnt, damit er seine Strafe an Sünder und Ketzer, wie du sie nennst, austeilt.«

»Das ist geschehen«, schnaubte Pater Martinelli.

Peter drehte sich herum und starrte den alten Mann an. Sein Gesichtsausdruck hatte nun etwas Scheues, und er blickte voller Verehrung den Monsignore an.

»Was ist geschehen?« fragte Peter leise, obwohl er die Antwort bereits kannte.

»Endlich ist er zu uns gekommen«, sagte Pater Prine leise. »Nach all der Zeit ist St. Peter Martyr endlich unter uns.«

Peter Balsam ließ sich in seinen Sessel zurücksinken. Es konnte nicht geschehen sein. Und doch, es war geschehen. Sie hatten ihm zugehört, aber was er ihnen zu sagen hatte, konnte ihren Glauben an ihren jungen Anführer nicht erschüttern. Nein, er war noch fester geworden. Peter Balsam mußte an die Worte des Bischofs denken. *Sie wollen glauben. Sie müssen sich gegenseitig stützen.*

Jetzt, wo sie merkten, daß die Person, an die sie sich gelehnt hatten, wankend war, standen sie noch fester zusammen.

Balsams Blick wanderte zum Monsignore. Ein Ausdruck der Verzückung hatte ihn ergriffen, er sah nach oben, die Hände zum Gebet gefaltet, und seine Lippen bewegten sich stumm. Plötzlich sah er Balsam an, und der Lehrer bemerkte den wilden Glanz in den Augen des Priesters.

»Und du glaubst noch immer nicht?« sagte er leise.

»Nein«, sagte Peter. »Ich glaube an nichts von alldem.«

»Aber du *mußt* glauben«, sagte Monsignore Vernon. »Ich habe dir das schon zu erklären versucht, als wir noch zusammen zur Schule gingen. Doch der Zeitpunkt war der falsche. Aber du hättest es wissen müssen. Es liegt an den Namen.«

»Die Namen«, sagte Peter gelangweilt, »du kommst auch immer wieder auf die Namen zurück, oder?«

Fragend sah er den Monsignore an; er war nicht sicher, ob der Priester zuhörte. Aber die anderen hörten zu. Balsam schaute die alten Gesichter nacheinander an. In allen stand die gleiche Verwirrung geschrieben.

»Hat er euch das nicht erzählt?« fragte er sie. Sie starrten auf ihn, in der Erwartung, daß er fortfuhr. Als er damit anfing, wählte er seine Worte mit großer Sorgfalt.

»St. Peter Martyr war ein Mann namens Piero da Verona. Peter Vernon, wenn ihr so wollt. Und er wurde von einem anderen Mann getötet, einem Mann, der sich Piero da Balsama nannte. Alles klar?«

»Peter Balsam«, flüsterte Pater Martinelli, »es wiederholt sich alles. Du bist St. Acerinus.«

»Nein«, zischte Peter, »ich bin nicht St. Acerinus. Ich bin nicht Piero da Balsama. Genausowenig ist Monsignore Vernon St. Peter Martyr. Es ist eine zufällige Übereinstimmung. Nicht mehr!«

Und dann geschah es. Die Stimme des Monsignore war ruhig, füllte aber das ganze kleine Zimmer.

»Ich bin St. Peter Martyr«, sagte er.

Ein wahrer Alptraum, dachte Peter. Das darf doch nicht wahr sein. Auf keinen Fall konnte das wahr sein.

Doch es war so. Um ihn herum knieten fünf Priester und sahen zu Monsignore Vernon auf. Für sie wurde in diesem Augenblick aus Monsignore Peter Vernon St. Peter Martyr. Peter Balsam stand auf, und über die Köpfe der knienden Kirchenmänner hinweg traf sich sein Blick mit dem von Monsignore.

»Ich will nicht«, sagte er leise, »ich will da nicht länger mitmachen. Ich will nicht dein Ketzer sein und ich will dich nicht töten. Wenn du wirklich einen St. Acerinus brauchst, dann such ihn dir woanders.«

Aber der Priester schien ihn nicht zu hören. Er stand stumm da. Sein Gesicht war ruhig, aber sein Blick hatte die Glut des Fanatismus.

Balsam verließ das Arbeitszimmer und das Pfarrhaus. Es hat jetzt ein Ende damit, sagte er sich im stillen. Um ihre Fantasie aufrechtzuerhalten, brauchten sie ihn. Aber er hatte sich zurückgezogen und damit müßte es jetzt zu Ende sein. Und wie er sich auf den Weg den Hügel hinunter machte, hörte er es wieder.

Wieder hatten die Gesänge angefangen.

Es hatte kein Ende gefunden.

Irgendwo in Neilsville schlug eine Glocke die Stunden an. Es war zehn Uhr. Die Gemeinschaft von St. Peter Martyr hielt einen Gottesdienst ab, und Karen Morton bereitete sich auf ihren Tod vor.

Karen lag im warmen Wasser der Badewanne; und sie wunderte sich, daß es nicht weh tat. Judy hatte recht, es schmerzte überhaupt nicht. Nur ein leichter Zustand der Betäubung.

Karen sah zu, wie ihr das Blut aus den Handgelenken strömte, sie sah zu, wie es im Wasser seltsame Muster bildete, dann bewegte sie sich heftig und mischte das Badewasser rosa.

Während aus dem Rosa allmählich ein tiefes Rot wurde, fragte sich Karen, ob sie das Richtige tat. Aber es war zu spät. Zu viel war schon schiefgelaufen, und es gab niemanden, mit dem sie hätte sprechen können. Wenn es nur jemanden gegeben hätte, mit dem sie hätte sprechen können, jemand, der ihr zugehört hätte. Aber da hatte es niemanden gegeben. Und während das Rot in der Badewanne tiefer wurde, merkte Karen, daß es ihr nichts ausmachte. Nicht mehr. Sie fing an zu beten, hielt aber die Augen offen. Sie wollte die Farbe ihres Todes sehen. Ganz als ob sie herausfinden könnte, warum alles schiefgelaufen war, indem sie zusah, wie sich das Wasser mit ihrem Leben färbte.

Sie hatte die Farbe des Todes nie gesehen. Noch lange, nachdem sich ihre Augen geschlossen hatten, färbte sich das Wasser dunkler und dunkler. Als sie starb, war sie nicht verblutet.

Sie war ertrunken.

Um Viertel vor elf war Karens Kopf unter die Oberfläche des karmesinroten Wassers gerutscht.

Um Viertel nach elf schloß Harriet Morton die Haustür auf. »Karen?« rief sie. Als sie keine Antwort hörte, rief sie ein wenig lauter. »Karen?!« Noch immer keine Antwort. Dennoch, das Haus schien nicht leer zu sein: Sie war überzeugt, daß Karen nicht weggegangen war.

Harriet ging nach oben, rief aber nicht mehr nach Karen. Als sie die Badezimmertür sah, fühlte sie eine Woge der Erleichterung. Karen lag in der Badewanne. Natürlich. Darum hatte sie Harriets ersten Ruf auch nicht gehört.

Harriet klopfte an die Tür. »Karen?« rief sie. »Bist du da drinnen?«

Keine Antwort; also versuchte Harriet die Tür zu öffnen. Es war abgesperrt. Und plötzlich traf sie die Angst.

Sie hämmerte gegen die Tür und rief den Namen ihrer Tochter. Das Schweigen schlug ihr entgegen.

Harriet nahm das Telefon im oberen Flur zur Hand. Die Polizei. Sie wollte die Polizei rufen. Aber mit dem Telefon stimmte etwas nicht. Sie bekam kein Freizeichen. Nur ein eigenartiger Summton war zu vernehmen.

Harriet Morton fing an zu schreien. Sie warf sich gegen die Badezimmertür, die nach innen aufflog. Beim Anblick der Badewanne, die mit roter Flüssigkeit gefüllt war, erstickte ihr Schreien. Am Ende der Badewanne war ein Fuß zu sehen, der kaum über die Wasseroberfläche ragte. Die Zehennägel waren grün lackiert. Harriet wußte, daß nur ihre Tochter sich je ihre Zehennägel grün lakkiert hatte.

Die Nachbarn riefen die Polizei, in dem Augenblick, als Harriet Morton in die Nacht hinausschrie; die Polizei rief einen Krankenwagen. Kurz danach wurde die Nacht durch das Geheul der Sirenen erschüttert.

Gegen Mitternacht hatte ein Arzt Harriet Morton ruhiggestellt, und Karen Morton war weggebracht worden. Aber immer noch lungerte die Menge vor dem Haus der Mortons herum, sie diskutierten untereinander, versuchten sich gegenseitig über den Vorfall zu unterrichten und einen Grund für die Tragödie, die ihre Stadt getroffen hatte, zu finden. Jim Mulvey war da. Er fragte sich, ob es sein Fehler gewesen war.

21

Am nächsten Morgen saß Peter Balsam vor dem Büro von Monsignore Vernon und wartete. Er wartete darauf zu kündigen.

Es gab wohl keinen anderen Weg mehr. Er hatte mit Margo bis tief in die vergangene Nacht diskutiert, und heute morgen wieder. Sie waren alles noch einmal durchgegangen, Stück für Stück, sie versuchten, einen Sinn in die ganze Sache zu bringen. Zuerst Judy Nelson. Dann die Gemeinschaft des St. Peter Martyr. Und jetzt Karen Morton. Und Karen war tot.

Da mußte es eine Verbindung geben. Irgendwie lief alles zusammen, was in Neilsville seltsam war. Judy und Karen waren die Opfer. Und Peter war überzeugt, daß die Gemeinschaft des St. Peter Martyr darin verwickelt war.

Aber so war Balsam. Margo hatte versucht, ihm das auszureden, aber im Laufe der langen Nacht war seine Sicherheit noch gewachsen. Er war der Lehrer von Judy Nelson, und sie hatte versucht, sich umzubringen. Er war in die Gemeinschaft des St. Peter Martyr eingetreten, und Karen Morton hatte sich umgebracht. Eine weitere Schülerin von ihm. Es war, als ob eine Gewalt, die in Neilsville umging, noch verstärkt worden war, zum einen durch Peter Balsams Ankunft, zum zweiten durch seine Verstrickung in der Gemeinschaft... Also würde er gehen. Die Gemeinschaft hatte er bereits verlassen (obwohl sie Gutes bewirkt hatte) und jetzt würde er die Schule von St. Francis Xavier und Neilsville verlassen.

Und er würde mit dem Bischof reden.

Aber zuerst wollte er kündigen, und dann wollte er noch zu Schwester Marie gehen, wegen einer genauen Übersetzung des Inhalts auf dem Tonband. Er hörte den schweren Schritt des Monsignore und stand auf.

Monsignore Vernon trat in das Empfangszimmer und nickte Balsam kurz zu. »Ich habe erwartet, daß du heute morgen hier erscheinst. Wie lange wird es dauern?«

»Was?« sagte Balsam, seine Vorsicht wich ein wenig.

»Warum, worüber du auch mit mir sprechen willst, ich denke, es dreht sich um Karen Morton.«

»Unter anderem um sie«, sagte Peter zurückhaltend. Er hatte auf einmal das Gefühl, aus dem Gleichgewicht zu geraten. Als ob er einen Vorteil gehabt, ihn aber wieder verloren hätte.

Sie begaben sich ins Büro des Monsignore, und der Priester

nahm hinter seinem Schreibtisch Platz und wies Balsam den Besucherstuhl an.

»Nein, danke«, sagte Peter. »Es wird nicht lange dauern, und ich stehe lieber.« Er suchte im Geist die passenden Worte, stellte aber fest, daß er sie nicht fand. »Ich gehe«, sagte er.

Der Priester zog seine Brauen auf einen Abstand von ein, zwei Zentimetern zusammen, sagte aber nichts. Er saß einfach nur da in seinem Sessel, starrte den Lehrer an und wartete darauf, daß dieser weiterredete.

»Ich denke, du möchtest wissen warum«, sagte Balsam, als das Schweigen nicht länger zu ertragen war.

»Ich würde sagen, ich habe ein Recht darauf, es zu erfahren, ja«, sagte Monsignore Vernon besonnen. »Ich vermute, es hat mit Karen Morton zu tun.«

»Unter anderem.«

»Sag mir alles.«

Peter Balsam sank, ohne lang darüber nachzudenken, in den Sessel gegenüber dem Priester. »Es ist nicht nur wegen Karen Morton, auch wenn das, was mit ihr geschah, eine äußerste Belastung ist. Ich fühle mich für ihren Tod verantwortlich.«

»Aber das bist du nicht«, sagte der Priester, beinahe schon zu entschieden.

»Nun, die Verantwortung liegt weder hier noch da, oder? Aber ich fühle mich wirklich verantwortlich. Sie wollte gestern mit mir sprechen, und ich habe sie abgewiesen. Das hätte ich nicht tun sollen. Ich hätte wissen müssen, wie wichtig das für sie war. Schließlich bin ich Psychologe. Und offensichtlich bin ich kein besonderer Lehrer, oder bin ich das? Ich meine, sieh nur an, was mit meinen Schülern geschieht.« Der schwache Versuch an schwarzem Humor schlug sogar für ihn selbst fehl.

»Ich habe dir schon früher gesagt, und ich sage es dir jetzt wieder«, warf der Priester ungeduldig dazwischen, »du bist nicht für Judy und Karen verantwortlich. Du bist kein Priester.«

»Aber es geht nicht nur um sie«, sagte Peter zaghaft. »Da ist noch mehr.«

Der Priester hob den Kopf und bohrte seinen Blick in Peters Augen. Peter zögerte noch, aber er zwang sich, das auszusprechen, weshalb er hergekommen war. »Ich werde mit dem Bischof über dich reden«, sagte er, dem Blick des Monsignore ausweichend. »Sobald ich aus meiner Stellung hier entlassen bin, werde ich ihn besuchen, um ihm von der Gemeinschaft des St. Peter Martyr zu berichten. Was du mit diesen Priestern treibst, ist Grund genug für die Exkommunizierung.«

»So?« sagte der Priester ungläubig. »Unsere Gebete mögen etwas entfesselt sein, aber es sind immer noch Gebete.«

Irgend etwas in Peter rastete aus. Er sprang auf die Füße und baute sich vor dem Priester auf.

»Gebete!« tobte er los, »das nennst du ein Gebet? Du weißt doch nicht, wovon du sprichst. Hurerei! Darum geht's doch für dich! Dir und allen anderen von euch.«

»Wie kannst du es wagen!« brüllte der Monsignore. Er stand jetzt, seine Wut war eine fast greifbare Gewalt in dem Raum geworden. »Hast du eine Vorstellung, wovon du sprichst?« Wenn Balsam dadurch eingeschüchtert werden sollte, erwies es sich als ein Fehlschlag. Der Lehrer blieb standhaft und starrte den Priester ebenso wild entschlossen an.

»Schwanzlutscher«, knurrte er. Der Priester wich zurück.

»Was hast du gesagt?« Auf seinem Gesicht lag ein Ausdruck des Entsetzens.

»Die Wahrheit«, sagte Balsam ruhig. »Ich habe dich Schwanzlutscher genannt, und das ist die Wahrheit. Das machst du, alle anderen von euch auch. Erst betäubt ihr euch irgendwie, und dann fangt ihr an. Und das Traurigste daran ist, daß ihr es nicht einmal wißt.«

Der Priester sackte in seinen Sessel und starrte Balsam an. »Das hast du also gemeint, vergangene Nacht?« fragte er leise. »Als du sagtest, wir seien verdorben?« Peter nickte, und der Priester schüttelte freundlich sein Haupt. »Dann ist es schlimmer, als ich annahm. Ich dachte, du wolltest uns sagen, daß wir in einem religiösen Sinne pervers wären. Aber es ist ja schlimmer als das, oder? Es genügt dir also nicht? Jetzt mußt du uns auch noch anklagen wegen – wegen...« er hielt inne, er konnte es nicht aussprechen.

Unheilvoll sah er Balsam an. »Piero da Balsama«, sagte er leise, »einmal schon hast du mich getötet, und nun versuchst du, meine Ehre zu beschmutzen. Aber das wird dir nicht gelingen. Dieses Mal werde ich triumphieren.«

Nun war Balsam an der Reihe und sackte in den Sessel.

Der Mann war geisteskrank. Dafür gab es gar keine andere Bezeichnung. Aber wie sollte er damit umgehen? Er versuchte, sich an seine Bücher zu erinnern. In den Büchern standen die Antworten, aber wie lauteten sie? *Gehen Sie auf die Geisteskrankheit ein!* Das war es.

Ihm fiel die Technik wieder ein. Sie wurde manchmal zur Behandlung von Paranoia angewandt, Balsam war überzeugt davon, daß der Priester paranoid war.

»Warum glaubst du das?« sagte er jetzt. »Wenn ich dich beim letzten Mal besiegt habe, wie kommst du dann dazu, zu glauben, ich würde dich nicht wieder besiegen? Warum sollte es dieses Mal anders sein?«

Der Blick des Priesters raste im Zimmer herum, als ob er nach einer versteckten Waffe suchte.

»Ich weiß es«, sagte er leise. »Ich weiß es einfach.«

»Hat Gott es dir gesagt?« Balsam verhöhnte das Wort ›Gott‹, er versuchte ihm einen verderblichen Klang zu verleihen.

»Du glaubst mir nicht, oder?« sagte Monsignore Vernon. »Aber warum solltest du auch? Beinahe hätte ich's vergessen, du bist ja ein Ketzer, oder nicht?«

»Wenn du das sagst«, sagte Balsam gleichgültig.

Der Priester ließ seinen Blick nicht von ihm ab, aber dann geschah etwas. Es war, als ob ein Schalter angeknipst worden wäre, und plötzlich verschwand das Leuchten, diese Glut aus den Augen des Monsignore. Er schüttelte sich ein wenig, als ob er gerade aus dem Schlaf erwachte.

»Worüber sprachen wir gerade?« sagte er, völlig verwirrt. Balsam schaltete schnell; der paranoide Zustand schien vergangen zu sein, es konnte jedoch eine weitere Form eines solchen sein. Er mußte auf der Hut bleiben.

»Wir sprachen über meine Kündigung«, sagte er. Der Priester schien immer noch verwirrt, aber dann klärten sich seine Gesichtszüge auf.

»Ach ja«, sagte er und räusperte sich dabei. »Natürlich.« Er lächelte milde und beugte sich Peter entgegen. »Nun, ich kann dich selbstverständlich nicht aufhalten, aber ich fürchte, ich muß dich darum bitten, noch ein Weilchen damit zu warten. Oh, nicht allzu lange«, sagte er rasch, als Peter zu protestieren begann. »Nur ein paar Wochen. Weißt du, ich habe heute morgen mit dem Bischof gesprochen.«

»Mit dem Bischof?« fragte Peter verdutzt.

Der Priester nickte. »Er rief mich vorhin an, wegen Karen Morton. Er ist sehr besorgt über die Situation hier, genau wie ich. Er scheint zu glauben, daß hier etwas im Gange ist, daß die Ereignisse, erst das mit Judy, und dann, gestern nacht, das mit Karen Morton, irgendwie zusammenhängen.« Der Tonfall des Priesters ließ vermuten, daß er nicht mit der Einschätzung des Bischofs übereinstimmte. »Auf jeden Fall hält er es für die beste Idee, wenn wir den größtmöglichen Vorteil aus deinen Erfahrungen auf dem Gebiet der Psychologie ziehen. Aus irgendeinem Grund scheint er anzunehmen, daß du von allen hier am besten dafür qualifiziert bist, mit den Vorfällen hier umzugehen.« Beinahe als Nachsatz fügte er noch an: »Nicht, daß es hier etwa Vorfälle gäbe. Dennoch, unter den gegebenen Umständen müssen wir dich darum bitten, noch etwas länger zu bleiben.«

Balsam dachte darüber nach. Der Bischof hatte natürlich recht. Seine Entschlossenheit begann zu wanken.

»Und da ist noch etwas«, sagte der Priester düster. »War dir bekannt, daß Karen einen Abschiedsbrief hinterließ?«

»Ein Abschiedsbrief?« Nein, davon hatte Peter keine Ahnung.

»Ja«, log der Priester. »Ein äußerst wirres Schreiben. Sie sagte etwas über uns – dich und mich –, es lief darauf hinaus, daß sie glaubte, und ich denke, ich kann ihr da nur zustimmen, ›da geht irgend etwas vor zwischen den beiden‹. Das ist natürlich Unsinn, aber, wenn du gerade in diesem Augenblick gingest – nun, ich glaube, du verstehst meine Bedenken. Das gäbe doch sicher ein Gerede, oder nicht?«

Balsam fühlte sich im Sog der Niederlage. Ja, bestätigte er sich, das wäre sicher Grund genug für Gerede. Vor allem, weil es der Wahrheit entsprach. Dieses ›Irgendetwas‹ hatte sich aber lediglich in der Versammlung der Gemeinschaft des St. Peter Martyr zugetragen. Wie könnte Karen das erfahren haben? Hatte sie das überhaupt? Vielleicht hatte sie einfach zufällig den Nerv getroffen. Nicht, daß das etwas ausgemacht hätte. Ganz egal, wie es war, er war gefangen. Karen Morton war tot, und er saß in der Falle. Er sah zu seinem Vorgesetzten auf, er wußte, daß dieser ein Wort von ihm erwartete.

»In Ordnung«, pflichtete er bei, »ich werde bleiben. Aber ich habe weiterhin die Absicht, wegen der Gemeinschaft mit dem Bischof zu sprechen.«

»Das dachte ich mir«, sagte der Monsignore eisig. »Du verschwendest deine Zeit.« Er stand auf. »Gibt es sonst noch etwas?«

»Nein«, sagte Peter, seine Stimme war so eisig wie die des Priesters. Und plötzlich fiel ihm etwas ein. »Ja, es gibt noch etwas«, fügte er hinzu und behielt Vernon vorsichtig im Auge. »Ich wollte wissen, wo ich Schwester Marie finden kann. Ich muß mit ihr über ganz bestimmte Dinge reden.«

Ein eigentümlicher Ausdruck huschte über das Gesicht des Priesters. Peter fühlte sich auf der Woge des Triumphes. Er hatte diesen Mann ins Wanken gebracht. Doch dann hellte sich die Miene des Monsignore auf.

»Ich fürchte, sie wird nicht dasein«, sagte er sanftmütig. »Sie wird eine Zeitlang weg sein.«

»Weg?« fragte Peter bedächtig. »Was meinst du damit, weg?«

»Von Zeit zu Zeit geht Schwester Marie in die Einsamkeit«, er lächelte schwach, »ich fürchte, ihre Berufung ist nicht so stark, wie sie sein sollte, und wir fanden alle beide, daß es ihr hilft, wenn sie ab und zu von hier weggeht. Sie wird wieder zurückkommen.«

»Aber sie sagte mir gar nichts, daß sie weggehen wollte«, protestierte Peter, dessen Hoffnungen mit einem Mal schwanden.

»Natürlich nicht«, sagte der Priester unbeschwert, »warum sollte sie das auch?«

Das Gespräch war vorbei.

»Du solltest die Messe selber zelebrieren«, sagte Pater Martinelli. Er saß mit Monsignore Vernon im Arbeitszimmer des Pfarrhauses.

»Es ist ein Sakrileg«, maulte er.

»Ich verstehe nicht, weshalb«, sagte Pater Martinelli hintergründig, »egal, was die Leute privat denken, die Messe heute abend ist nicht für Karen Morton.«

»Das ist nicht der Punkt«, entgegnete Monsignore Vernon. »Natürlich wissen wir, daß die Messe nicht für Karen Morton ist. Wie auch? Sie hat ihre Gnade verloren, als sie starb. Der Punkt ist, daß die Leute beabsichtigen, sie zu einer Messe für Karen Morton zu *machen*. Die einzige Möglichkeit, dem zuvorzukommen, ist, die Messe ganz abzusagen.«

»Und was erreichen wir damit?« fragte der alte Mann, sichtlich ermüdet. »Dann werden wir nur bei der nächsten Messe vor dem gleichen Problem stehen. Es gibt keinen Weg, unsere Gemeinschaft davon abzuhalten, für Karen Morton zu beten; und ich bin nicht einmal sicher, ob wir das überhaupt versuchen sollten.«

»Aber es ist falsch«, beharrte Monsignore Vernon. »Es gibt keinen anderen Blickwinkel. Wenn das Mädchen sich umgebracht hat, dann hat sie eine Sünde begangen, für die es keine Vergebung gibt. Innerhalb der Kirche hat sie darum keine Rechte mehr.«

Pater Martinelli seufzte, und sein ältlicher Geist versuchte, dem Problem Herr zu werden. Technisch gesehen, hatte der Monsignore recht, und doch, an dem Problem war noch mehr dran. In der Kirche versammelten sich die Gemeindemitglieder, sie wollten eine Messe hören, für sie war es notwendig, eine Messe zu hören. Sollte man nicht ihren Nöten entgegentreten? Er sah zum Fenster des Pfarrhauses hinaus und beobachtete, wie die Menschen den Hügel hinaufströmten.

Es hatte vor einer Stunde begonnen. Gewöhnlich war die Teilnahme an einer Messe mitten in der Woche auch in einer so frommen Gemeinde wie Neilsville gleich Null. Aber heute war das anders. Und das konnte nur einen Grund haben. Die Menschen kamen wegen Karen Morton. Das war schon den ganzen Tag so gewesen. Als die Nachricht von Karens Freitod sich in Neilsville ausgebreitet hatte, kamen die Leute in die Kirche, hielten ein kurzes Gebet und gingen erst, nachdem sie schweigend eine Kerze angezündet hatten.

Und vor einer halben Stunde etwa kamen bereits die ersten zur Abendmesse. Es kamen immer mehr, bis schließlich die Kirche so voll war wie sonst höchstens am Ostersonntag. Es gibt zwei Dinge, die eine Kirche füllen, reflektierte Pater Martinelli – die Hoffnung auf ein ewiges Leben und die Furcht vor einem unerwarteten und unerklärlichen Tod. Er hatte mit Freude den Menschenstrom in die Kirche beobachtet; Pater Martinelli war es eigentlich egal, weshalb die Leute in die Kirche gingen. Ihm lag nur daran, daß sie überhaupt kamen. Bei Monsignore Vernon war das anders.

Für den Monsignore genügte es nicht, daß sie da waren; sie mußten aus den richtigen Gründen erscheinen. Für Karen Morton zu beten, das war in den Augen des Monsignore Vernon, mit seiner strengen Auffassung von Religion, kein geeigneter Grund. Und darum diskutierten sie die Möglichkeit, die Messe ganz abzusagen.

»Ich werde daran nicht teilnehmen«, sagte der Monsignore in einem Tonfall, der Pater Martinelli bedeutete, daß die Diskussion zu Ende war. Aber dann lenkte er ein. »Wenn du sie selber abhalten möchtest, ich will dich nicht zurückhalten. Aber für die Konsequenzen trägst du die Verantwortung.«

Abrupt verließ der Monsignore das Zimmer.

Auf seinem Weg zur Kirche und auch noch am Anfang der Wandlung fragte sich Pater Martinelli, von welchen Konsequenzen der Monsignore gesprochen hatte.

Peter Balsam tauchte seinen Finger in das Weihwasserbecken, bekreuzigte sich und rutschte in eine der hinteren Bänke. Vor sich sah er, wie Leona Anderson sich umwandte und ihn ansah. Er tat so, als ob er sie nicht bemerkte, und nahm sein Gebetbuch zur Hand.

Er blickte in der Kirche herum, manche der Leute erkannte er, und in diesem Augenblick breitete sich von der Empore die Orgelmusik aus, und der Gottesdienst begann.

Die erste Verwirrung ergab sich, als die Menge merkte, daß nicht Monsignore Vernon die Messe abhielt. Während der bucklige Pater Martinelli unsicher den Säulengang entlangkam, murmelten und flüsterten sie miteinander. Peter suchte rasch nach dem Gesicht des Monsignore und war nicht überrascht, es nicht zu entdecken.

Die Messe fing an, aber schon bald war offensichtlich, daß etwas geschehen würde. Heute kamen die Antworten lauthals, wie aus einem Munde aus dem Kirchenschiff, normalerweise werden sie nur von ein paar verstümmelten Murmelstimmen aus der Versammlung gegeben. Pater Martinelli erweckte den Eindruck, als ob ihm nichts Außergewöhnliches auffiel, und seine bebende Stimme dröhnte stetig weiter. Aber Peter versuchte, einen Brennpunkt für dieses Phänomen auszumachen. Er wurde beinahe sofort fündig.

Heute saßen alle Freunde von Karen Morton nicht bei ihren Familien, sondern aneinandergeklammert in der Mitte der Kirche. Alle – Judy Nelson, Janet Conally, Penny Anderson und noch ein paar andere. Getrennt von ihnen, ganz alleine, saß Marilyn Crane.

Marilyn war wie immer alleine zur Abendmesse gegangen und hatte ihren Stammplatz bei der Heiligen Jungfrau eingenommen. Sie war vertieft in ihre Gebete, sie bat die Mutter der Erlösten um Vergebung für die grausamen Gedanken, die sie in der Vergangenheit gegen Karen Morton gehegt hatte, und sie bat die Königin der Engel um Fürsprache für Karen, als sie gewahr wurde, daß die Kirche sich um sie herum angefüllt hatte. Noch saß niemand neben ihr. Plötzlich bekam sie das Gefühl aufzufallen und hatte Schwierigkeiten, sich auf ihre Andacht zu konzentrieren.

Dann fing es an.

Ganz leise zuerst, ein kaum zu vernehmendes Murmeln gegen die vollen Töne der Orgel, aber dann wurde es lauter, und als die letzten Kadenzen der Orgel verstummt waren, war die Kirche von einer ganz anderen Art von Musik erfüllt, es war die Musik menschlicher Stimmen.

Es waren die Mädchen.

Sie saßen alle auf einem Haufen, hielten sich gegenseitig bei den Händen, als ob sie sonst nicht die Gegenwart der anderen spüren konnten. Mit Ausnahme von Judy Nelson weinten sie alle, die Tränen flossen über ihre Gesichter in Strömen herab, die Köpfe hatten sie zur Kirchendecke gestreckt, als wollten sie da oben etwas suchen.

Pater Martinelli bemühte sich, sie zu ignorieren, und erhob seine Stimme über das anwachsende Wehklagen, um die Messe fortzusetzen.

Aber das Geräusch wurde immer lauter, und plötzlich standen die Mädchen, hin und her wiegend, und sie weinten sich aus, mit Stimmen, die sowohl ihrer Verzückung als auch ihrem Kummer Ausdruck verliehen. Pater Martinelli geriet mit seinem Gottesdienst ins Stocken, beendete ihn dann ganz. Er sah sich nach Hilfe um, doch es gab keine. Statt dessen sah er nur besorgte Blicke, die ihn um seine Führung ersuchten. Sofort leitete er zur Benedeiung über, und auch der Organist ging auf sein Stichwort ein.

Als die Ekstase der Mädchen sich noch steigerte, die Kirche anfüllte, dröhnte die Orgel und mischte sich mit den wehklagenden, hellen Stimmen zu einem Chaos, so daß die letzten Worte der Benedeiung unmöglich zu verstehen waren.

Das änderte nichts. Schon begann die Versammlung, sich nervös in Richtung der Türen zu begeben, peinlich davon berührt, dieser so deutlich ausgedrückten Trauer beiwohnen zu müssen, entnervt vom emotionalen Verhalten der Jugendlichen.

Für Peter Balsam war klar, daß die Mädchen von einer hysterischen Reaktion auf den Tod ihrer Freundin ergriffen waren. Er stand auf und ging auf sie zu.

Aber so schnell es begonnen hatte, so plötzlich war es auch wieder vorbei. Es war, als ob die Mädchen aus einer Trance erwachten, und in dem Augenblick, als sie einander wieder wahrzunehmen begannen, sahen sie sich an, kicherten nervös und rannten aus der Kirche hinaus. Hinter ihnen ging langsam Judy Nelson durch den mittleren Säulengang. Als sie an dem Punkt vorbeikam, an dem Balsam stand, drehte sie sich plötzlich nach ihm um und lächelte. Er vermutete, daß es als freundliche Geste gedacht war, aber sie ließ ihn frösteln. Er merkte, wie es ihm kalt den Rücken herunterlief, und sah schnell weg. Bis er sich wieder gefangen hatte und sich nach ihr umdrehte, war sie weg.

Nur eine Person blieb in der Kirche zurück. Marilyn Crane saß zusammengekauert in ihrer Bank, und es schien, als hätte sie die Vorfälle gar nicht bemerkt. – So war es auch. Sie hatte sich auf die Mutter der Erlösten konzentriert, und als das seltsame Wehklagen anhob, dachte sie, es bestünde in ihrem Kopf. Es gab keine andere Erklärung dafür; Klänge wie diese waren in den Kirchen, die Marilyn bisher besucht hatte, nie zu hören gewesen. Und dann, als sie beendet waren, bemerkte sie, daß sie alleine in der Kirche saß. Sie dachte, daß die Heilige Jungfrau etwas von ihr wollte und ihr ein Zeichen schickte. Sie ging näher zu der Statue und zündete eine Kerze an.

Sie wartete auf die Botschaft.

Lange Zeit geschah nichts. Dann fegte der Drang über sie hinweg. Sie wollte ihre Hand in die Flamme halten. Sie bekämpfte den Drang, aber er stieg aus ihrem Inneren auf. Dies war die Botschaft der Mutter der Erlösten; dies war das Zeichen.

Marilyn streckte den Arm aus und hielt ihre Handfläche über die Flamme der geweihten Kerze. Sie senkte ihre Hand, bis sie sehen konnte, wie die Flamme ihre Haut berührte. Sie spürte keinen Schmerz. Die Jungfrau schützte sie vor den Schmerzen. Es war genau, wie Judy Nelson gesagt hatte. Es war schön. Marilyn hielt ihre Hand unbeirrt und zog sie nicht eher aus dem Feuer, bevor sie den unangenehm süßlichen Geruch versengenden Fleisches wahrnahm. Als sie ihre Hand aus der Flamme zog, stand sie einige Augenblicke lang reglos da und starrte, von Ehrfurcht ergriffen, auf ihre Wunde. Ja, sagte sie sich, Judy hatte recht. So etwas wie Schmerz gibt es nicht.

Beim Abwägen der neuen Wahrheit bekreuzigte Marilyn Crane sich, dankte der Heiligen Jungfrau für die Botschaft und ging langsam aus der Kirche.

Peter Balsam war beinahe an der Tür zur Sakristei angekommen, als ihm etwas ins Auge sprang. Er hielt inne. Dann bemerkte er, daß er einen der Heiligen anstarrte.

St. Acerinus.

St. Acerinus, der heiliggesprochene Piero da Balsama.

Der Heilige schien ihn strafend anzublicken, als ob Peter etwas angefangen, aber nicht zu Ende gebracht hätte. Peter Balsam sagte sich, daß er sich lächerlich mache, daß er sich Dinge einbilde. Er riß sich vom gesichtslosen Blick des Heiligen los und verließ die Kirche.

Als er sich umdrehte, stand auf der Kanzel Monsignore Vernon, der ihn, mit einer seltsamen Heiterkeit in seinem Gesicht, beobachtete.

22

Zuvor waren sie alle in der Kirche gewesen, nun standen sie in der Main Street herum. Die Eltern vor dem Drugstore, ihre Kinder auf der anderen Straßenseite. Es gab etwas Neues in Neilsville – eine Discothek –, und die Clique von St. Francis Xavier hatte sich an diesem Abend dort zusammengerottet.

Leona Anderson stocherte verdrießlich in ihrem Bananen-Split herum, ein Teil ihrer Aufmerksamkeit wurde durch die magere Größe des Desserts gefesselt (sie war überzeugt davon, daß es um wenigstens fünfzig Prozent geschrumpft war seit ihrer Teenagerzeit), der Rest ihrer Aufmerksamkeit widmete sich dem stillen Protest gegen den Lärm von der anderen Straßenseite.

Die ›Gottesanbeterin‹ – sie fragte sich, wie man auf so einen komischen Namen kommen konnte – hatte erst vor einem Monat eröffnet, und die schlimmsten Erwartungen von Leona hatten sich sofort bestätigt. Ein paar der Studenten von Neilsville tauchten dort auf, aber es wurde sehr bald offensichtlich, daß aus der Disco so eine Art Hauptquartier der Jungen von St. Francis Xavier wurde. Leona hatte Visionen von Drogenhandel und Schlimmerem. Sie war sicher, daß mit der Eröffnung der ›Gottesanbeterin‹ das Ende des anständigen Lebens in Neilsville eingeläutet wurde.

»Gibt es kein Gesetz, das es verbietet, einen derartigen Lärm zu machen?« klagte Inez Nelson von der anderen Seite der Lasterhöhle. Leona schüttelte grimmig den Kopf.

»Ich habe das natürlich nachgeprüft«, sagte sie. »Es ist für gewerbliche Zwecke ausgewiesen. Die können machen, wozu sie Lust haben.« Ihr Tonfall unterstellte, daß sie davon überzeugt war, daß sie genau das taten und daß ›wozu sie Lust haben‹, weit darüber hinausging, eine Musikbox mit äußerster Lautstärke aufzudrehen. »Ich glaube nicht, daß wir den Mädchen den Besuch dort erlauben sollten«, fuhr Leona fort. Sie sah aus dem Fenster zu dem anstößigen Haus hinüber, als ob sie es allein durch ihren Blick verschwinden lassen könnte.

»Oh, ich weiß nicht«, sagte Inez Nelson zögernd, »die Dinge sind nicht mehr so, wie sie waren, als wir noch Teenager waren. Ich glaube, du mußt dich mit dem Wind krümmen. Die Zeiten ändern sich.«

»So?« fragte Leona verärgert. »Warum sitzen wir dann in demselben Drugstore wie vor zwanzig Jahren? Da steckt mehr dahinter, Inez. Manchmal habe ich das Gefühl, als ob wir die Kontrolle über die Dinge verloren haben.«

Inez rührte schweigend ihren Kaffee um und wünschte sich, sie könnte die Wahrheit dessen, was Leona gesagt hatte, abstreiten. Sollte sie jemals Kontrolle gehabt haben, das war nun endgültig vorbei. Vor allem seit Judy aus dem Krankenhaus nach Hause gekommen war, hatte sie das Gefühl, sich auf Eiern zu bewegen. Sie fühlte sich manipuliert. Sie wußte, daß das nicht stimmte, sie wußte, daß sie mit ihrer Tochter energischer sein müßte, aber sie schaffte es nicht. Sie fürchtete sich zu sehr, daß etwas passieren könnte. Besonders seit der vergangenen Nacht. Inez wußte, daß sie den Gesichtsausdruck von Harriet Morton nie vergessen könnte, als sie sie aus dem Haus geleitete, um sie ins Krankenhaus zu bringen.

Leona hat recht, dachte sie sich. Wir haben die Kontrolle verloren. Sie folgte dem Blick von Leona und fing ebenso an, bizarre Vorstellungen über die Vorgänge in der ›Gottesanbeterin‹ heraufzubeschwören. Wenig später wurde ihnen der Lärm zu schlimm, und die Frauen ergriffen die Flucht.

In Wahrheit geschah eigentlich nichts Besonderes in der Discothek. Die Musikbox heulte, aber in dem großen Raum schien die Musik irgendwie heilig und verzweifelt.

Einige der Teenager tanzten, aber es war ein eher planloses Getanze. Zum größten Teil standen sie in Trauben um die Tische herum, manche saßen, und die Musik dröhnte ihnen entgegen; so versuchten sie zu vergessen, daß Karen Morton nicht mehr unter ihnen weilte.

Die ganze Gruppe, die in der Kirche für Verwirrung gesorgt hatte, war da, mit Ausnahme von Janet Conally, deren Mutter darauf bestanden hatte, daß sie nach dem Gottesdienst nach Hause kam. Aber sie waren auch nicht mehr alle beieinander. Judy Nelson saß alleine da und betrachtete ihre Umgebung mit Mißfallen. Die Disco war schlampig und hastig zusammengewürfelt, es fehlte das

Geld, sie solide auszustatten. An den Wänden hingen Rock-Poster; ein sinnlich schwitzender Mick Jagger, wohl im Zustand des Orgasmus, hielt den Vorsitz über eine Galerie von zweit- und drittklassigen Epigonen.

Eine behelfsmäßige Lichtorgel war an der Musikbox installiert worden, aber anstelle der gewünschten psychedelischen visuellen Symphony schaffte die zusammengeschusterte Kiste nicht mehr als ein gelegentliches Aufblitzen roter und grüner Lichtblitze. Wegen der mageren Qualität der Light-Show mußte noch ein weiteres Beleuchtungssystem angebracht werden, es bestand aus mehreren Lichterketten, wie man sie zu Weihnachten verwendet, die ein unheimliches Licht in den schummrigen Raum warfen. In der Mitte des Raumes drehte sich, von der Decke hängend, langsam das große Insekt aus Pappmaché, nach dem das Lokal benannt war. Hätte Leona Anderson sich den Ort von innen angesehen, ihre Sorgen wären von Abscheu überspielt worden, und sie hätte sich gefragt, warum die Jungen sich vor allem hier aufhalten wollten. Aber für die Schüler von St. Francis Xavier war es die einzige Abwechslung in der Stadt. Und so hingen sie zusammen und versuchten auf ihre Weise so zu tun, als ob alles in Ordnung wäre. Es hätte auch klappen können, wenn da nicht Jim Mulvey allein an einem Tisch gesessen hätte und sie beständig an Karen Mortons Abwesenheit erinnert hätte.

Penny Anderson löste sich aus der Gruppe, bei der sie gestanden hatte, und sah sich um. Sie sah Judy Nelson alleine dasitzen und ging los, quer durch den Raum, um sich zu ihr zu gesellen. Doch bevor sie die ersten Schritte gemacht hatte, bemerkte sie, daß auch Jim Mulvey alleine dasaß. Spontan änderte Penny ihren Kurs und steuerte Jims Tisch an.

»Hallo«, sagte sie. Er sah desinteressiert auf. »Stört es dich, wenn ich mich setze?« Ohne eine Antwort abzuwarten, rutschte sie auf den Stuhl neben Jim. Er sah sie ein weiteres Mal an, ohne zu lächeln, wandte sich dann aber wieder seiner Cola zu.

»Ich wollte mit dir reden«, sagte Penny leise. »Über Karen.« Sie wartete auf seine Reaktion, und als sie keine spürte, sagte sie weiter: »Weißt du, wir werden sie alle vermissen. Ich meine Judy, Janet und ich. Wir waren immer ein unzertrennliches Quartett, schon als wir noch klein waren. Natürlich, im letzten Jahr, da...« Penny hielt plötzlich inne. Es war im vergangenen Jahr gewesen, als Karen begann, sich mit Jim Mulvey zu treffen.

Nun sah Jim sie fragend an. »Was willst du damit sagen?« sagte er bitter. »Willst du damit sagen, daß sich Karen seit dem letzten Jahr – seit sie mit mir geht – verändert hat?« Jim starrte Penny anklagend an.

»Nun, nein«, stammelte Penny, »das wollte ich gar nicht sagen.«

»Wolltest du doch«, sagte Jim knapp, daß gar nicht erst Streit aufkommen konnte. »Glaubst du, ich weiß nicht, was abgelaufen ist? Glaubst du, ich habe das Gerede nicht gehört? Verdammt, ich habe doch einiges davon in die Welt gesetzt.« Er stierte sauer in seine Cola, und als er wieder zu sprechen begann, war sich Penny gar nicht sicher, ob er mit ihr sprach. »Es war mein Fehler«, sagte er so leise, daß Penny ihn kaum verstehen konnte. »Ich habe nie ein Gespräch mit ihr geführt. Ich hätte mit ihr reden sollen. Wenn ich das getan hätte, wäre es nie soweit gekommen.«

Penny nahm seine Hand. Er machte einen so unglücklichen, so verunsicherten Eindruck. Das war nicht der Jim Mulvey, mit dem sie aufgewachsen war. Seine Selbstsicherheit, sein Selbstbewußtsein waren dahin.

»Es war nicht dein Fehler«, sagte sie. Dann fügte sie hinzu, als ob sie sich selbst überzeugen wollte: »Es ist niemandes Fehler.«

Jim ruckte mit dem Kopf, und er merkte, daß er zuviel gesagt hatte. »Halt die Klappe«, sagte er wütend. »Kein Wort mehr über Karen, ist das klar?«

Penny merkte, wie sie rot anlief. Sie wollte weg von dem Tisch. Aber irgend etwas hielt sie fest, irgend etwas sagte ihr, bei Jim zu bleiben. Sie hielt seine Hand noch etwas fester.

»Ich wollte dir nur sagen, wie leid mir das tut«, sagte sie verzweifelt. »Ich weiß, daß du verrückt nach ihr warst, und ich weiß, auch dir wird sie fehlen.«

Jetzt sah Jim sie an und konnte den Schmerz in ihren Augen ablesen.

»Entschuldige«, sagte er. »Ich mag nur nicht über sie reden. Nicht jetzt. Es ist noch zu früh. Vielleicht aber auch nie.« Er sah Penny in die Augen und glaubte, eine Aufforderung gesehen zu haben. »Ich muß sie vergessen.«

»Dann laß uns von was anderem reden«, schlug Penny vor.

»Worüber könnten wir sonst noch reden?« fragte Jim schulterzuckend. »Schau dich um, wie in einer Leichenhalle sieht es hier aus. Alle denken doch nur an Karen.«

»Ich nicht.«

Er sah sie fragend an. »Woran denkst du?«

»An dich«, sagte Penny. »Daß du ganz anders bist, als ich dachte. Du bist wirklich sehr nett.«

Sie merkte, wie Jims Hand der ihren antwortete. Der Druck ging ihr durch und durch, sie erwiderte ihn.

»Ich mag dich auch«, sagte Jim. Er sah sie nachdenklich an. Hatte sie ihm tatsächlich mitgeteilt, was er vermutete? »Warum verschwinden wir nicht von hier?«

Penny wollte erst ablehnen, sah sich dann aber in dem Raum um. Judy Nelson beobachtete sie, und noch ein paar andere von ihren Freunden. Was würden die denken, fragte sich Penny. Was würden die denken, wenn sie sähen, daß ich mit Jim Mulvey verschwinde? Vor allem nach dem, was ich beim Mittagessen gesagt habe – mein Gott, war das wirklich erst gestern? Alle hatten sie gehört. Sie hatten alle gehört, als sie sagte, daß sie Karen Jim ausspannen wolle. Nun, Karen war jetzt weg. Warum also warten? Wenn sie jetzt mit Jim wegginge, würden sie nicht denken, daß Jim sowieso vorgehabt hatte, mit Karen zu brechen? Karen machte das nichts mehr aus. Sie war tot.

»Wohin soll's denn gehen?« fragte Penny; sie wollte noch ein bißchen Zeit schinden. Jim zuckte mit den Schultern. »Keine Ahnung. Nicht in den Drugstore. Es ist wirklich übel dort.« Dann hatte er eine Idee. »Wie wär's mit Bill Enders' Hütte? Ich habe Bill schon eine ganze Zeit nicht gesehen.«

Penny dachte nach. Sie kannte Bill Enders kaum. Bill war einer, über den ihre Mutter besonders gerne herzog. Vor etwa einem Jahr hatte der junge Mann sich eine Hütte gebaut, und weil er lange Haare trug und alleine lebte, hatte Leona Anderson ihn sofort als Hippie tituliert und sofort damit angefangen, in ganz Neilsville gegen ihn zu hetzen. Es stellte sich heraus, daß Enders sein Grundstück bar bezahlt hatte und daß er auf seinem Konto immer ein Guthaben hatte, wenn auch ein bescheidenes. Aber er lebte sehr zurückgezogen, und soweit Penny wußte, war Jim Mulvey der einzige in der Stadt, der ihn gut kannte und öfter bei ihm reinschaute. Diese Aussicht versetzte sie in Aufregung.

»Ist es nicht schon ein bißchen spät?« Ein wenig hoffte sie, Jim würde ihr recht geben.

»Nicht für Bill. Er ist immer auf.« Jim lächelte sie aufmunternd an und fragte sich, wie sie wohl reagieren würde, wenn sie feststellte, daß Bill Enders gar nicht in seiner Hütte war.

Penny hatte sich entschieden und stand auf. »Nun, worauf warten wir noch?«

Beim Hinausgehen sah sie, wie Judy Nelson ihr zuwinkte.

»Du gehst doch nicht etwa mit Jim Mulvey weg, oder?« flüsterte sie.

Penny hatte das Gefühl von einem großen Abenteuer und gab sich größte Mühe, gleichgültig zu wirken. »Wir fahren nur mal eben raus und sagen Bill Enders guten Tag«, sagte sie gerade laut genug, daß man es auch an den umstehenden Tischen hören konnte. Als sich Judy Nelsons Blick argwöhnisch verfinsterte, nahm Penny Jim Mulveys Arm und verließ die Discothek.

Ein paar Minuten später fuhren sie aus der Stadt, und Penny dachte, daß sie etwas gehört hätte – ganz schwach in der Entfernung hörte sie ein Geräusch, an das sie sich gewöhnen würde. Sie verdrängte es und widmete Jim ihre ganze Aufmerksamkeit.

Aber Penny hatte sich nicht getäuscht; sie *hatte* es gehört. Irgendwo durch die Nacht heulte in der Stadt die Sirene der Ambulanz. In der ›Gottesanbeterin‹ hörte die Musik auf, und jeder sah sich an und versuchte auszumachen, wer da war und wer nicht. Als sie merkten, was sie taten, bekamen sie Schuldgefühle, und ein nervöses Durcheinander von Gesprächsfetzen wurde immer lauter, während sich die Sirene entfernte.

Penny sah ein wenig ängstlich zu der unbeleuchteten Hütte, die hinter einer Reihe von Baumwollbüschen verborgen lag.

»Er ist wohl schon zu Bett gegangen«, sagte sie etwas erleichtert. Den ganzen Weg schon hatte sie sich gefragt, ob es nicht doch ein Fehler war, mitzufahren. Jetzt entspannte sie sich. Sie würden umkehren und wieder nach Neilsville zurückfahren. Aber Jim stellte den Motor ab.

»Nichts da«, sagte er. »Zu früh. Er ist sicher für ein Weilchen ausgegangen. Komm, ich weiß, wo der Schlüssel liegt. Wir können reingehen und warten, bis er zurückkommt.«

Penny wollte ihn darum bitten, daß er sie nach Hause brächte, aber dann sagte sie sich, daß es albern wäre. Sie waren nun schon soweit gegangen, jetzt wollte sie sich nicht wie ein Küken benehmen. Außerdem, jeder in der Disco wußte, wohin sie gegangen war und mit wem, wenn sie jetzt Jim dazu überredete, daß er sie nach Hause brachte, mußte er sicher sein, daß sich das herumsprach.

Penny konnte schon Judys ätzende Bemerkungen hören über Leute, die großen Worten keine Taten folgen lassen.

Sie stieg aus dem Wagen aus.

Neugierig sah sie sich in der Hütte um. Sie war überrascht, wie ordentlich und gemütlich es war. Die Hütte war ganz aus Holz, und Bill Enders verstand offensichtlich eine Menge von seinem Handwerk. Sogar die Möbel schienen handgearbeitet.

»Hübsch«, sagte sie. »Ich dachte immer, daß es nur so eine Scheune wäre.«

»Das wollte deine Mutter jedem einreden«, bemerkte Jim. »Mal sehen, ob Bill Bier im Haus hat.« Er ging zum Kühlschrank, wohl wissend, daß er gut gefüllt sein würde. Er war es. Er nahm zwei ›Olys‹ heraus, eine davon gab er Penny.

»Ich habe noch nie Bier getrunken«, sagte sie schüchtern.

»Irgendwann ist immer das erste Mal«, sagte Jim. »Ich werde ein Feuer aufschichten.«

Penny hatte gar nicht gemerkt, wie kalt die Nacht geworden war. Sie fröstelte. Ein Feuer wäre angenehm.

Zehn Minuten später saßen sie und Jim Mulvey mit überkreuzten Beinen auf dem Boden. Im Kamin tanzten die Flammen. Aber das Bier schmeckte bitter.

»Es schmeckt mir nicht«, sagte Penny und stellte die Dose weg.

Jim grinste sie an. »Ich mach' dir etwas anderes.«

Er ging in die Küche und suchte den Schnapsvorrat ab. Er entschied sich für einen kleinen Gin, mit Ginger Ale gemixt. Er nahm den Drink mit ins Wohnzimmer und reichte ihn Penny. »Probier das mal.«

Penny versuchte einen Schluck. »Süß, aber gut. Was ist da drin?« fragte sie.

»Vor allem Ginger Ale, mit einem kleinen Schuß Grenadine«, log Jim. »Man nennt das einen Shirley Temple.«

»War sie nicht Filmschauspielerin?« fragte Penny.

»Ich glaube schon«, sagte Jim, »vor ungefähr hundert Jahren.«

Penny kicherte los und nahm noch einen Schluck. Es schmeckte gut. Sie leerte ihr Glas und hielt es Jim hin. »Kann ich noch einen haben?«

Er mixte den zweiten Drink, und sie saßen vor dem Feuer und genossen die Wärme und die Stille. Penny fühlte sich schon viel besser. Sie schaute Jim an und fand ihn im Schein des Feuers verdammt ansehnlich.

»Du bist hübsch«, platzte es aus ihr heraus. »Ich mag dich sehr.«
Jim wandte sich ihr zu und blickte sie an. »Ich mag dich auch.« Nach einer kurzen Unterbrechung sagte er weiter: »Rauchst du?«

»Rauchen?« wiederholte Penny verdutzt.

»Du weißt schon, Gras.«

»Um Himmels willen, nein!« rief Penny aus.

»Nun, so schlimm ist es auch wieder nicht«, gluckste Jim.

»Schlimm genug«, entgegnete Penny.

»Woher willst du das wissen, wenn du es nie probiert hast?«

Penny dachte darüber nach. Sie fühlte sich entspannt – richtig gut – und die Vorstellung, Gras zu rauchen, schien für sie lange nicht so schockierend wie früher.

»Warum nicht«, kicherte sie. Dann: »Hast du welches?«

»Ich nicht«, sagte Jim und zwinkerte ihr zu, »aber Bill.«

Er stand auf und ging zu einer der Schubladen, die in die Wand neben dem Kamin eingebaut waren. Kurz darauf kam er zurück, in seiner Hand zwei Joints. Penny langte gleich nach einem, aber Jim hielt sie außer ihrer Reichweite.

»Noch nicht«, sagte er mit einem Lachen. »Einen nach dem anderen. Es ist sinnlos, den guten Rauch zu verschwenden. Nur einen Augenblick, ich will noch etwas Musik auflegen.« Er wählte eine Platte von Alice Cooper aus und legte sie auf den Plattenteller, dann legte er sich zu Penny auf den Fußboden und zündete einen der Joints an.

Nach dem ersten Zug mußte sie husten, aber Jim zeigte ihr, wie es ging. Der zweite Zug ging in ihre Lungen, und sie hielt die Luft an. Als sie das Gefühl bekam, daß ihre Lungen weh taten, ließ sie die Luft wieder heraus.

»Ich spüre gar nichts«, sagte sie ein wenig überrascht.

»Das kommt noch«, versprach Jim. »Nimm noch einen Zug.«

Diesmal schien sie endlos zu inhalieren, bis ihre Lungen prall waren, und dann dachte sie, sie könne die Luft für eine Ewigkeit anhalten. Es fühlte sich gut an.

»Ich habe Durst«, sagte sie und streckte sich dabei faul vor dem Feuer aus.

»Ich mach' dir noch einen Drink«, sagte Jim leise. »Rauch den Joint zu Ende, und wenn ich wieder hier bin, zünden wir den anderen an.«

Als er nach ein paar Minuten wieder in den Raum kam, ihren Drink in der Hand, hatte er sein Hemd ausgezogen.

»Mir wird beim Rauchen immer heiß«, sagte er. »Ich hoffe, es stört dich nicht.«

Penny ertappte sich dabei, wie sie auf seinen Brustkorb starrte. Sie fragte sich, wie sich Jims Haut anfühlte. Als ob er ihre Gedanken gelesen hätte, legte sich Jim auf den Fußboden und legte seinen Kopf in ihren Schoß. Ihre Hand fiel zwangsläufig auf seinen Brustkorb, und sie glaubte, seinen Herzschlag zu fühlen. Beinahe, als ob ihre Fingerspitzen in ihm steckten.

Sie rauchten den zweiten Joint, und Penny sah ins Feuer, lauschte der Musik und streichelte Jims Brust.

»Gott, ist mir heiß«, stöhnte Jim. Penny sah ihn an und bemerkte, daß er sie voll Begierde anschaute. Er legte seine Hand hinter ihren Kopf. Dann zog er sie nach vorn und küßte sie.

Es war wie ein elektrischer Schlag. Sie fühlte seine Zunge in ihren Mund stoßen, und dann hatte sie das Gefühl, als ob sie selbst in ihrem Mund wäre, sie spürte den Kuß nicht nur, sie beobachtete ihn, half ihm. Sie saugte gierig an Jims Zunge, sie zog sie tiefer in ihren Mund. Dann legte sie sich auf den Rücken, und er lag auf ihr, sein Körper preßte sie gegen den Boden. Als seine Hand ihre Brust berührte, war sie bereit.

»Berühr mich«, stöhnte sie. »Mein Gott, ist das gut.«

Penny merkte, wie sie an Jim herumfummelte, und war nicht überrascht, daß der Reißverschluß seiner Hose schon offen war. Sie schlüpfte mit der Hand unter seine Unterhose und berührte ihn.

»Bitte«, sagte sie. »Mach es mir, Jim, mach es mir.«

Er warf seine Jeans zur Seite und begann sie auszuziehen. Sie lag auf dem Fußboden, ihr Körper war durch den Alkohol und das Gras völlig hemmungslos geworden. Sie fühlte die Hitze des Feuers und die Hitze von Jims Körper. Sie fühlte, wie er in sie eindrang, wie er sich gegen sie preßte. Und mit einem Mal, völlig schmerzlos, riß das Häutchen, und er stieß in sie hinein. Sie ergab sich der Ekstase und nahm Jims Stimme nur noch entfernt wahr, die neben ihrem Ohr flüsterte: »Karen... Karen... Karen... Karen...«

Sie wußte, daß es bereits Morgen war, bevor sie ihre Augen öffnete. Um sie herum war alles grau, da erkannte sie, daß sie nicht zu Hause war. Sie begann sich zu erinnern.

Trotz der pochenden Kopfschmerzen konnte sie sich an alles erinnern. Der Drink – das konnte nicht vor allem Ginger Ale gewesen sein. Nüchtern hätte sie niemals zugestimmt, Gras zu probieren.

Und dem Rest. Was sie getan hatten. Sie bemühte sich, die Vorstellung aus ihrem Gedächtnis zu zwingen, versuchte sich einzureden, daß es nicht geschehen war, daß ihre Erinnerung ein Traum war. Sie schaute sich um.

Jim Mulvey lag nackt neben ihr auf dem Boden, wie zum Schutz hielt er mit einer Hand seine Leisten. Penny beobachtete ihn einen Augenblick lang, kam dann auf die Beine und wühlte sich in ihre Kleider. Sie wollte ihn aufwecken, zuerst aber noch zudecken. Sie wollte nicht, daß er nackt aufwachte und sie dabei entdeckte, wie sie ihn anstarrte. Sie ging ins Schlafzimmer und nahm eine Decke vom Bett.

Sie nahm sie mit ins Wohnzimmer und warf sie über Jim. Dann begann sie ihn zu rütteln.

»Wach auf«, sagte sie. »Bitte, Jim, wach auf.«

Schließlich rührte er sich und sah sie verschlafen an.

»Wie spät ist es?« Er sprang auf, hielt die Decke fest, bevor sie von seinem Körper abfiel, ergriff seine Kleider und eilte ins Schlafzimmer.

»Es ist alles okay«, sagte er ein paar Minuten später, als er wieder aus dem anderen Zimmer kam. »Es ist erst kurz nach fünf. Wenn wir uns beeilen, bist du zu Hause, bevor jemand aufwacht.«

Penny sagte gar nichts, kein Wort. Stumm folgte sie ihm zum Wagen, stieg ein und kuschelte sich unglücklich in die äußerste Ecke ihres Sitzes, während er sie nach Hause fuhr.

»Halt hier an«, sagte sie plötzlich. Sie waren noch einen Block von ihrem Haus entfernt. »Wenn ich hier aussteige, wird wenigstens niemand sehen, daß du mich heimbringst. Dann kann ich sie vielleicht davon überzeugen, daß ich die ganze Nacht bei Judy war.« Jim ließ sie raus, er wollte sich noch entschuldigen, konnte aber die rechten Worte nicht finden. Er hatte nicht gewollt, daß die Nacht ein solches Ende nahm, aber er war einfach zu stoned gewesen. Er hatte nicht mehr gewußt, was er tat. Tatsächlich hatte er gedacht, daß er mit Karen schliefe. Aber davon erzählte er Penny nichts. So legte er den Gang ein und fuhr weg. Er konnte verstehen, daß sie nicht wollte, wenn ihre Eltern ihn sahen, aber trotzdem nahm er ihr das übel.

Penny rannte die Stufen hinauf und ins Haus. Ihre Mutter starrte sie mit trübem Blick an.

»Wo bist du die ganze Nacht gewesen?« schimpfte Leona Anderson.

»Bei Judy«, sagte Penny. Sie fragte sich, warum ihre Mutter sie so eigenartig ansah; schließlich war es nicht das erste Mal, daß sie über Nacht bei Judy blieb, ohne ihrer Mutter davon zu erzählen. Und wenn ihre Mutter die Nelsons angerufen hätte, hätte Judy sie irgendwie gedeckt. Aber warum war ihre Mutter immer noch angezogen? War sie noch gar nicht im Bett gewesen? Mit einem Mal bekam Penny Angst.

»Es ist etwas passiert, nicht wahr?« fragte sie.

Leona Anderson nickte, ihr Mund war verschlossen.

»Ja, aber was?« rief Penny. »Mutter, was ist los?«

»Ich war die ganze Nacht im Krankenhaus«, sagte Leona. »Genauer gesagt, ich bin selbst gerade nach Hause gekommen. Janet Conally hat sich in der Nacht aufzuhängen versucht.«

Penny starrte ihre Mutter eine Sekunde lang an, dann schrie sie los. Sie schrie und schrie. Irgend etwas in ihr zerbrach, und sie kauerte sich auf den Boden. Leona Anderson starrte ihre Tochter an und begann dann instinktiv die Perlen des Rosenkranzes, den sie schon im Krankenhaus bei sich hatte, durch ihre Finger gleiten zu lassen.

»Heilige Maria, Mutter Gottes, bete für uns Sünder...«

Sie unterbrach sich, sie konnte das Gebet nicht zu Ende sprechen, aber in ihrem Geiste hallten die Worte wider:

›...jetzt und in der Stunde unseres Todes...‹

23

Penny dachte zuerst, daß alles nur ein schlimmer Traum war. Aber sie lag nicht in ihrem Bett; sie war auf dem Sofa im Wohnzimmer, und ihre Mutter sah auf sie hinab.

Es war kein schlimmer Traum. Es war echt. Es war alles geschehen. Penny schloß ihre Augen und versuchte auf diese Weise, die Ereignisse auszusperren, aber es mißlang.

»Janet...«, sagte sie schließlich, »wird Janet wieder gesund?«

»Es wird ihr wieder gutgehen«, warf Leona dazwischen, »obwohl ich nicht verstehe, was in dieser Stadt los ist. Seit dieser Mr. Balsam hier ist...« Sie hielt inne. Es war zwecklos, jetzt darüber zu reden, ermahnte sie sich.

»Hättest du die Güte, mir zu sagen, wo du die ganze Nacht gesteckt hast?«

»Ich war überall und nirgends«, sagte Penny. »Ich bin einfach herumgelaufen.«

»Nein«, sagte Leona entschieden. »Du bist nicht ›einfach herumgelaufen‹. Du bist mit Jim Mulvey unterwegs gewesen, und ich will wissen, wo.«

»Wir waren draußen am See und haben geredet.«

»Die ganze Nacht? Versuch nicht, mich auf den Arm zu nehmen, Penelope Louise!«

»Er war so durcheinander«, antwortete Penny. »Er wollte über Karen reden und bat mich darum, ihn zu begleiten und ein Weilchen mit ihm zu reden.«

»Du erwartest doch nicht, daß ich das glaube?« fragte Leona. »Jim Mulvey hat in seinem Leben noch keine zwanzig Minuten an einem Stück geredet!« Sie sah Penny an, als ob sich die Wahrheit irgendwie aus ihr herausziehen ließe, indem sie sich einfach darauf konzentrierte. Penny sah zu Boden.

Nicht, daß sie ihre Mutter anlügen wollte. Sie wollte ihrer Mutter die Wahrheit sagen. Eigentlich wollte sie sich in die Arme ihrer Mutter werfen und heulen. Aber ihre Mutter hätte das nicht verstanden. Penny war überzeugt davon. Ihre Mutter wäre entsetzt über das, was sie getan hatte, und würde sie ausschimpfen. Penny konnte das nicht zulassen; sie war schon zu durcheinander. Sie wußte, daß sie ihre Fassung total verlieren würde, wenn ihre Mutter anfangen würde, sie auszuschimpfen. Mit zitternden Knien stand sie vom Sofa auf.

»Ich werde ein Bad nehmen und dann ins Bett gehen«, kündigte sie an. »Ich fühle mich schrecklich.«

»Das kann ich mir vorstellen«, stimmte Leona zu. »Ein Bad kannst du gerne nehmen, aber du wirst nicht zu Bett gehen, junges Fräulein. Du wirst zur Schule gehen.«

Penny starrte ihre Mutter an. Schule? In ihrem Zustand? Nein. Sie konnte unmöglich gehen. Sie wollte nicht gehen. Nicht nach der vergangenen Nacht. Sie brauchte einen Tag für sich alleine; einen Tag, um mit den Ereignissen fertig zu werden. Einen Tag zum Vergessen. Aber sie sah ihre Mutter an und wußte, daß es zwecklos war. Sie würde zur Schule gehen.

Müde ging sie die Treppen hinauf. Auf halber Höhe hörte sie noch einmal die Stimme ihrer Mutter.

»Und wenn du dort bist, quäl dich nicht mit den ersten Stunden herum«, sagte Leona finster. »Geh ins Büro des Monsignore. Wenn du mir nicht sagen willst, was sich in der letzten Nacht abgespielt hat, kannst du es ihm sagen.«

Penny erstarrte auf der Treppe zu Eis und hörte sich die Worte an, die sie auf keinen Fall hören wollte. Und sie fielen.

»Monsignore wird deine Beichte abnehmen.«

Auf der Hauptstraße hatte Penny das Gefühl, als ob die Leute sie anstarrten. Sie versuchte sich einzureden, daß sie nicht sie anstarrten, daß sie nicht anders aussah als gestern oder vorgestern oder vorvorgestern. Aber sie fühlte die Blicke, merkte, wie die Leute sich fragten, warum sie so spät zur Schule ging.

In der Tat, sie *beobachteten* sie und stellten sich ihre Fragen. Neilsville wurde unruhig. Eines der Mädchen war tot, und zwei andere hatten versucht, sich das Leben zu nehmen. Und sie waren alle an der katholischen Schule, droben auf dem Hügel. Was ging dort oben vor? So sahen sie zu, wie Penny Anderson schuldbewußt durch die Stadt ging und sich den Hügel zu St. Francis Xavier hinaufbegab.

Ihr fiel die Kühle der Luft an diesem Morgen auf, und sie sah hinauf in den bleiernen Himmel. Der Sommer war nun endgültig vorbei, und die Welt schien nur noch eine einzige graue Kloake zu sein, in der Penny zu ersticken glaubte. Sie lief die Stufen hinauf und betrat die Schule durch das Hauptportal.

Monsignore Vernon hatte sie schon erwartet. Er saß hinter seinem Schreibtisch und hämmerte mit seinen Fingern ungeduldig auf die Tischplatte. Als er Penny im Türrahmen auftauchen sah, kniff er seine Lippen zusammen.

»Deine Mutter hat mich gebeten, dir die Beichte abzunehmen«, sagte er.

»Könnten wir nicht hier reden?« entgegnete Penny. Sie wußte, daß sie im Beichtstuhl dem Priester die Wahrheit sagen mußte. Hier im Büro konnte sie darum herumkommen.

»Wollen wir in die Kirche gehen?« sagte Monsignore Vernon, und Penny hatte verstanden, daß es sich nicht um eine Frage handelte. Schweigend folgte sie dem Priester aus der Schule in die Kirche hinein.

Als sie im Beichtstuhl war, die Tür fest zugemacht, kniete Penny nieder und begann ein Gebet. Sie hörte, wie das Gitter geöffnet wurde. Der Priester erwartete, daß sie begann.

Die Geschichte war schnell erzählt. Aber der Monsignore war beharrlich und drängte sie, jede Einzelheit zog er ihr buchstäblich aus der Nase.

»Wußtest du, daß es passieren würde?« fragte die Stimme des Priesters.

»Nein«, antwortete Penny.

»Weißt du das genau?«

»Als er sein Hemd auszog...«

»Was für ein Gefühl hattest du?«

»Ich – ich weiß es nicht. Ich, äh, ich wollte...«

»Ihn berühren?« fragte die Stimme monoton.

»Ja«, zischte Penny. »Ja, ich wollte ihn berühren.«

»Und du wolltest auch, daß er dich berührte?«

»Ja«, jammerte Penny.

In der anderen Hälfte des Beichtstuhls geriet Monsignore Vernon ins Schwitzen. Es war sündig. Was sie taten, war verabscheuungswürdig und sündig. Er konnte sie sehen, der nackte Körper lag auf ihr, ihre Hände waren auf seinem Rücken, auf seinen Arschbacken, sie griff nach ihm, berührte ihn... Er stellte sich ihre Hände an dem Organ des Jungen vor, seine eigenen Hände fingen an zu arbeiten. Er konnte die Härte des Jungen beinahe spüren...

»Erzähl mir alles«, drängte er sie sanft. »Erzähl es mir ganz genau.«

Noch einmal brachte Penny ihren sündigen Vortrag dar, und der Priester fühlte, wie der Zorn eines auf Rache sinnenden Gottes in ihm aufstieg. Eine Kombination aus Erregung und Abweisung. Und dann war alles vorbei. Monsignore fühlte sich plötzlich erleichtert. Nun mußte er sich noch dem Sünder zuwenden, der schweigend auf der anderen Seite der Leinwand kniete und darauf wartete, daß er sprach.

Er hob ein Gebet der Absolution an, wurde aber mit einem Mal gewahr, daß sich auf Pennys Seite des Beichtstuhls etwas rührte. Er unterbrach sein Gebet.

»Gibt es noch etwas?«

Nach einem kurzen Zögern hörte er Pennys Stimme.

»Die Strafe, Vater. Was ist meine Strafe?«

Im Dämmerlicht des engen Beichtstuhls lächelte Monsignore sanftmütig. »Du wirst erfahren, was deine Strafe ist«, flüsterte er. »Wenn es soweit ist, wirst du wissen, was du zu tun hast.«

Noch während Penny überlegte, was er damit meinte, erteilte ihr der Monsignore die Absolution von all ihren Sünden.

Monsignore Vernon schaute auf eine der Uhren im Gang. »Wir sind zu spät dran«, sagte er und beschleunigte seinen Gang. Penny mußte schon beinahe laufen, um mit ihm Schritt halten zu können.

»Zu spät, wofür?«

»Deine Unterrichtsstunde«, bemerkte der Priester. »Heute werde ich sie halten.«

Penny hielt an, der einzige Lichtblick des Tages war dahin. »Ist Mr. Balsam heute nicht da?« fragte sie. Sie überlegte, ob sie eine Übelkeit vortäuschen und nach Hause gehen könnte, sie hatte sich sehr auf die Psychologiestunde gefreut, ihren einzigen Hoffnungsschimmer: Mr. Balsam wußte anscheinend immer, was in einem Jungen vorging und wie er mit ihnen reden sollte. Ausgerechnet heute war er nicht da.

»Er ist ins Krankenhaus gegangen«, sagte Monsignore Vernon voller Sanftmut. »Janet Conally wollte ihn sprechen, und wir hielten es für das Beste, wenn er geht.«

»Ich verstehe«, sagte Penny halbherzig, obwohl sie überhaupt nicht verstand. Schweigend legten sie das letzte Stück zum Zimmer 16 zurück.

Penny zögerte in der Tür und sah auf die leeren Plätze in der ersten Reihe. Judy Nelson war da, aber alle anderen Plätze waren leer: der von Karen Morton, der von Janet Conally, der von Jim Mulvey. Wo war Jim? fragte sie sich. Zu Hause, im Bett wahrscheinlich, dachte sie verbittert. Sie wollte sich auf einem leeren Stuhl am Ende des Zimmers niederlassen, aber Judy Nelson gab ihr ein Zeichen, deshalb ging sie nach vorne und nahm neben Judy Platz.

»Ich mußte es gestehen«, wisperte Judy aufgeregt. Sie sprach so schnell, daß Penny ihr kaum folgen konnte. »Gleich nachdem du mit Jim weggegangen bist, haben wir das mit Janet gehört. Wir sind alle hingegangen, deine Mutter war auch schon da, und weil du nicht da warst, Jim auch nicht, nun – sie brauchte nur noch eins und eins zusammenzuzählen. Was konnte ich da noch sagen?« Sie schaute Penny wißbegierig an. »Was ist passiert? Hast du...?«

Aber bevor sie ihre Frage ganz gestellt hatte, schlug Monsignore auf das Pult und räusperte sich. Er übersah den Raum, dabei nahm er Notiz von den leeren Stühlen in der ersten Reihe. Lange Zeit starrte er dorthin, lange genug, um der Klasse klarzumachen, was er dachte. Je länger das Schweigen dauerte, desto nervöser begann die Klasse herumzurutschen, und man konnte ihre Fragen an ihren Gesichtern ablesen.

Warum ist er da?

Wo ist Mr. Balsam?

Was hat er vor?

Monsignore Vernon räusperte sich, und die Unruhe legte sich schlagartig. Ohne große Vorrede oder gar eine Erklärung für die Abwesenheit ihres Lehrers begann er zu sprechen. Er machte eine einfache Ankündigung.

»Eure heutige Aufgabe besteht darin, einen Aufsatz zu schreiben.«

Ein Rascheln ging um im Zimmer 16. Vielleicht wurde die Stunde gar nicht so schlimm.

»Einen Aufsatz über den Tod«, sagte Monsignore Vernon. Das Schweigen in dem Raum war fast greifbar. Unsicher, ob sie ihn richtig verstanden hatten, starrten sie ihn an. Sie hatten ihn richtig verstanden.

»Irgend etwas geht in dieser Klasse vor«, fuhr Monsignore Vernon fort, »und ich weiß so gut wie nichts darüber. Also bitte ich euch, jeden von euch, daß er es mir erklärt. Den Rest der Stunde werdet ihr damit zubringen, über den Tod zu schreiben. Im besonderen über euren eigenen Tod.«

Die Schüler hatten den Schrecken im Gesicht. Der Monsignore fuhr fort.

»Ihr sollt in euch hineinhorchen. Ihr sollt herausfinden, ob es bestimmte Umstände gibt, die einen Selbstmord billigen. Wenn ihr solche Umstände findet, sollt ihr die in euren Aufsätzen beschreiben und dann versuchen, wie ihr eure Gefühle in Einklang mit den Lehren der Kirche bringen könnt.« Er blickte einmal in der Klasse herum. »Eure Aufsätze sind streng vertraulich. Niemand außer mir und Mr. Balsam wird sie sehen. Wir werden sie lesen, auswerten und anschließend vernichten. Sie werden nicht benotet und auch nicht aufgehoben. Aber ich glaube, daß wir auf diese Weise wertvolle Informationen erhalten, was mit – mit einigen von euch geschieht.«

Plötzlich sahen alle in der Klasse auf Judy Nelson. Aber Judy saß gelassen an ihrem Platz, völlig unbeeindruckt von der Bitte des Monsignore.

Am hinteren Ende des Zimmers kämpfte Marilyn Crane gegen den Ausbruch ihrer Tränen. Nur daran zu denken, sich umzubringen, war schon eine Todsünde! Aber wenn es eine Sünde war, hätte der Priester sie doch nicht dazu aufgefordert, oder doch?

Dann sah Marilyn, daß der Monsignore ihnen eine Gelegenheit geboten hatte: Wenn sie ehrlich war, mußte sie zugeben, daß auch sie manchmal daran gedacht, sich aber immer wieder beherrscht hatte. Jetzt hatte sie die Gelegenheit, es einmal richtig zu durchdenken, bei klarem Bewußtsein zu durchdenken. Im stillen segnete sie den Priester für die Aufgabe und machte sich an die Arbeit.

Penny Anderson war unfähig, einen klaren Gedanken zu fassen. Reglos saß sie in der ersten Reihe und sah den Monsignore an. Wie konnte er? Karen war tot, und Janet im Krankenhaus, wie konnte er sie da um so etwas bitten?

Ihr Kopf dröhnte immer noch von der letzten Nacht, und sie hatte das Gefühl, seit mindestens einer Woche nicht mehr geschlafen zu haben. Sie gab sich Mühe, Konzentration zu finden. Aber sie konnte nur dasitzen und Monsignore Vernon anstarren.

Da bemerkte sie, daß er sie zu sich winkte. Sie leistete seiner Aufforderung Folge.

»Stimmt etwas nicht?« fragte der Priester, als sie nahe genug am Pult stand.

»Ich – ich glaube, ich kann mich nicht konzentrieren«, stammelte Penny.

Der Priester lächelte sie an. »Vielleicht arbeitest du besser im Ruheraum«, sagte er. »Vielleicht fällt es dir leichter, wenn du alleine bist.«

Aber ich will nicht alleine sein, sagte Penny im Geiste. *Ich möchte mit jemandem reden. Ich möchte mit Mr. Balsam reden!* Laut sagte sie: »Ich will es versuchen.« Sie wiederholte: »Wirklich, ich will es versuchen!« Sie packte ihre Sachen zusammen und eilte aus dem Zimmer.

Auf dem Weg ins Erdgeschoß, wo der Ruheraum lag, hoffte sie, daß sie dort jemanden treffen würde. Es war ihr egal wer, es konnte jeder sein, wenn sie nur ein Weilchen mit jemandem reden konnte, der sie ablenken konnte von den Ereignissen der letzten Nacht, von allem. Aber der Ruheraum war leer, und als Penny die Tür hinter sich zugemacht hatte, ging es ihr noch schlechter als vorher.

Entschlossen legte sie ihre Sachen auf einen der Tische und nahm Bleistift und Papier zur Hand. In die Ecke links oben schrieb sie ordentlich ihren Namen, und in Blockbuchstaben den Titel ihres Aufsatzes.

Weshalb sollte ich mich umbringen?

darunter schrieb sie noch etwas:

Weshalb sollte ich das nicht?

Lange Zeit stierte Penny auf das Blatt Papier, und nach einiger Zeit verwischte das Blatt in ihren Visionen. Sie begann, andere Bilder zu sehen. Sie sah Jim Mulvey, wie sein Brustkorb im Schein des Feuers glänzte und sein Blick sie aufforderte. Sie sah sich selbst kniend vor ihm und an seinen Jeans herumzerren.

Dann verschwand die Vision, und Penny sah Karen Morton. Sie hatte ein weißes Kleid an – es war ihr Konfirmationskleid –, und sie ging Penny entgegen. Aber etwas stimmte nicht. Penny sah genauer hin. Jetzt wußte sie, was nicht stimmte – Karen kam ihr aus dem Grab entgegen! Aber Karen war glücklich; sie lächelte und winkte Penny zu. Wie konnte sie glücklich sein? Sie war doch tot. Tot! Tot! Penny wiederholte das Wort immerzu. Tot. Tot! Tot! Tot – tot – tot – tot – tot! Plötzlich hatte das Wort gar keine Bedeutung mehr für sie. Es war nur noch ein Klang ohne die geringste Bedeutung. Karen war nicht tottottot. Nein. Karen war glücklich. Sie trug ihr Konfirmationskleid, und sie war glücklich. Penny wollte bei ihr sein...

Plötzlich saß Penny aufrecht da und schaute sich um. Wo war sie? Im Ruheraum, selbstverständlich. Sie war im Ruheraum und sollte einen Aufsatz schreiben. Was war geschehen?

Sie sah auf die Uhr: ein paar Minuten nach vier Uhr. Sie mußte kaputt sein. Aber der Sekundenzeiger kreiste beständig.

Sie ließ ihre Sachen im Ruheraum zurück und ging die Treppen zum Hauptgang hinauf. Die Uhr hier zeigte die gleiche Zeit. Sieben Minuten nach vier.

Das war unmöglich. Sie war doch erst ein paar Minuten da unten gewesen. Sie blieb stehen und lauschte. Es war still. Zu still. Nicht die betriebsame Stille eines Gebäudes, in dem Schüler anwesend sind, sondern die unerträgliche, verlassene Stille, die sich an Spätnachmittagen und Wochenenden über eine Schule legt.

Irgendwie war Penny das meiste vom Tag entgangen. Erschüttert stieß sie schnell die Tür zur Mädchentoilette auf. Beim Händewaschen sah sie in den Spiegel. Was sie sah, erschreckte sie.

Ihr ganzes Gesicht schien geschwollen zu sein. Ihre Augen waren herausgetreten.

Sie starrte auf ihr Spiegelbild und bekam ein übles Gefühl im Magen. Plötzlich, als ob sie die Erscheinung auslöschen wollte, hob sie ihre Faust und schlug sie in den Spiegel. Er zerbrach, zackige Glasscherben fielen vor ihren Füßen auf den Boden. Geschockt sah sie sich das Durcheinander um sie herum an, sah sie auf die Schnittwunde, aus der langsam das Blut auf ihr Bein sickerte. Und da ging ihr ein Licht auf.

Die Strafe.

Es war wegen der Strafe.

Du wirst erfahren, was deine Strafe ist. Das hatte er gesagt. *Wenn es soweit ist, wirst du wissen, was du zu tun hast.*

Penny Anderson wußte, was sie zu tun hatte.

Sie bückte sich und hob die schärfste Scherbe auf. Dann ging sie in die Kabine, aus der sie gerade gekommen war, zurück und verriegelte sorgsam die Tür. Sie zog ihre Schuhe und die Strumpfhosen aus. Sie setzte sich auf den Spülkasten der Toilette und setzte beide Füße in die Kloschüssel.

Sie nahm das Bruchstück des Spiegels und beugte sich herunter.

Erst floß das Blut nur langsam, dann schneller. Es strömte an ihren Fußgelenken hinab in die Kloschüssel. Sie stierte in das rote Wasser, dann spülte sie. Gleich darauf war die Schüssel mit frischem Wasser gefüllt, aber auch das wurde recht bald wieder rot.

Von oben bis unten schlitzte sich Penny mit der Glasscherbe, sie zerfleischte ihre Beine derart, daß das Blut wie in Strömen floß. Dann ließ sie das Glas zu Boden fallen.

Sie sah zu, wie das Blut in die Kloschüssel floß, und als alles rot war, spülte sie erneut. Sie konnte zusehen, wie ihr Leben in die Kanalisation gestrudelt wurde, und schaute sich an, wie das saubere Wasser in die Kloschüssel perlte und sich von neuem mit ihrem Blut vermischte.

Als sie die Spülung ein fünftes Mal betätigen wollte, war sie bereits zu schwach dazu. Statt dessen saß sie da, stützte ihr Gewicht mit einer Hand ab und sah zu, wie die rote Flüssigkeit in der Schüssel mehr wurde. Sie bildete sich ein, Musik zu hören, irgendwo im Hintergrund. Es klang wie die Gesänge der Nonnen zur Vesper, aber sie wußte, daß es dafür noch zu früh war. Oder war es schon soweit? Es wurde anscheinend schon dunkel. Sie rutschte von der Toilette auf den Fußboden und überließ sich der Dunkelheit. Sie glaubte einen Tunnel zu sehen. An seinem Ende wartete Karen Morton auf sie, sie hatte immer noch das Konfirmationskleid an und winkte ihr zu. Und im Hintergrund gingen die Gesänge weiter und schickten Penny auf die Reise.

In dem Zimmer neben Zimmer 16 – es war eigentlich gar kein Zimmer, eher eine etwas größere Abstellkammer, die in ein provisorisches Labor umgewandelt war – arbeitete Marilyn geduldig mit der weißen Ratte. Sie baute einen besonders kniffligen Irrgarten auf, mit zwei Lösungswegen – der eine war etwas kürzer, aber komplizierter, der andere war länger, dafür viel leichter. Sie versuchte herauszufinden, ob die Ratte beide Wege entdecken und erkunden würde, um sich dann für einen zu entscheiden. Bis jetzt ließen die Ergebnisse keinen Schluß zu. Die Ratte hatte ihren Weg durch den Irrgarten geschafft, schien aber für beide Wege gleich lang zu brauchen und hatte bis dahin keine Präferenz gezeigt.

Marilyn war an diesem Nachmittag freiwillig im Labor erschienen. Seit zwei Tagen hatte sie Gefallen an der Arbeit mit den Ratten gefunden. Doch jedesmal, wenn sie bei ihnen war, tauchte das Bild der ausgeweideten Kreatur vor ihr auf, und sie mußte sich überwinden, die lebenden Tiere in die Hand zu nehmen. Zimperlich griff sie nach der zappelnden Kreatur.

Ich sollte nach Hause gehen, dachte sie sich. Warum bin ich noch geblieben? Aber sie wußte, warum sie geblieben war. Es war der Aufsatz heute morgen für Monsignore Vernon. Ihre Niederschrift hatte ihr angst gemacht, und sie befürchtete, daß man ihr die Angst ablesen konnte. Sie wollte nicht, daß ihre Mutter sie danach fragte, was an diesem Tag losgewesen sei, darum hatte sie beschlossen, so lange in der Schule zu bleiben, bis sie etwas ruhiger war. Es hatte ihr auch nicht geholfen.

Gerade als sie die Ratte wieder an den Start des Labyrinthes setzen wollte, bemerkte sie es. Warm. Naß. Sofort begriff sie, was geschehen war. Marilyn schrie vor Ekel auf und ließ die Ratte fallen. Sie flog weit neben dem Irrgarten auf den Boden und huschte in eine Ecke davon. Von dort aus schaute sie neugierig zu Marilyn herüber. Aber Marilyn starrte auf die gelbe Flüssigkeit, die ihr über die Hand und auf den Fußboden tropfte. Die Ratte hatte – hatte sie *angepinkelt*!

Zu Tode erschrocken, rannte sie hinaus auf den Gang zur Mädchentoilette.

Schon als sie die Tür öffnete, merkte sie, daß etwas nicht in Ordnung war. Überall am Boden Glas. Sie ignorierte es einfach und ging auf Zehenspitzen vorsichtig darum herum an das andere Waschbecken.

Dann sah sie das Blut. Erst dachte sie, es wäre nur ein Tropfen, dann aber sah sie, daß es eine ganze Blutlache war, die langsam auf den Abfluß in der Mitte am Boden zufloß.

Beinahe gegen ihren Willen folgte ihr Blick der Blutspur bis zu ihrem Ursprung. Es kam aus einer verschlossenen Kabine.

»Ist jemand da?« fragte Marilyn leise, sie wußte, daß sie keine Antwort bekommen würde. Die Stille ließ ihre Angst eher noch größer werden. Sie drückte gegen die Tür. Sie ließ sich nicht bewegen.

Sie kniete sich hin, achtete aber sorgfältig auf die Scherben und das Blut und schaute unter der Tür durch.

Penny Anderson starrte sie mit weit geöffneten Augen und leerem Blick an. Marilyn spürte, wie ihr übel wurde.

Mit seltsamer Ruhe bewegte sie sich zur hintersten Kabine, beugte sich hinunter und übergab sich in die Toilette. Erleichtert fragte sie sich, weshalb sie sich so benahm, und wartete, daß die Übelkeit wieder verging. Sie spülte sich den Mund aus und ging aus der Mädchentoilette hinaus.

Die frische Luft weckte sie wie ein Eimer Wasser, und ihr war klar, was geschehen war. Penny hatte sich umgebracht. Aber warum blieb sie so ruhig? Warum schrie sie nicht. Warum lief sie nicht los und rief Hilfe herbei? Vielleicht war Penny noch am Leben. Vielleicht, wenn sie etwas unternähme, könnte sie Penny retten.

Aber dann wurde ihr bewußt, daß Penny das nicht wünschte. Penny wollte, daß sie die Ruhe bewahrte und den Hügel hinabging. Und sie alleine ließ.

Marilyn ging die Treppe hinunter und verließ die Schule. Plötzlich schien sie alles einzuengen, und sie merkte, wie sich in ihr ein Druck aufstaute, der Druck, gegen den sie so lange angekämpft hatte – der Druck, immer das zu tun, was *man* tun sollte, anstatt einmal das zu tun, was *sie* wollte. Jetzt wollte sie einmal das tun, wozu *sie* Lust hatte. Sie wollte auf die Stimmen hören. Sie würde niemandem erzählen, was sie in der Toilette gesehen hatte. Sie ging am Pfarrhaus vorbei und blickte hinüber. Dann blieb sie stehen und sah etwas genauer hin. Aus dem Kamin kam Rauch. Es kam ihr komisch vor, die Nachmittage waren doch noch warm. Die Abende waren bereits kühl, aber um diese Zeit?

Dann hörte sie die Gesänge. Erst dachte sie, sie kämen vom Kloster. Dann merkte sie, daß dem nicht so war. Sie kamen aus dem Pfarrhaus.

Und sie teilten ihr dasselbe mit wie die Stimmen in ihrem Inneren. Sie lauschte einen Augenblick lang, dann lief sie den Hügel hinunter.

24

Margo sah Peter über den Tisch hinweg argwöhnisch an. Sie wollte ihn einmal beobachten, wenn er keinen Schutzwall um sich herum hatte. Sah er angespannt aus, oder bildete sie sich das nur ein? Er war ganz auf sein Essen konzentriert und achtete nicht auf ihren forschenden Blick.

»Ich werde heute nicht über Nacht hierbleiben«, sagte Margo. Sie brach damit das Schweigen, das am Tisch herrschte, seit sie sich zum Abendessen gesetzt hatten. Peter sah von seinem Steak auf.

»Frag mich nicht nach dem Grund«, fuhr sie fort, indem sie seine Fragen vorwegnahm. »*Ich* könnte ihn dir nicht nennen. Ich habe einfach das Gefühl, daß ich heute noch im Krankenhaus gebraucht werde.«

»Es ist die ganze Atmosphäre, die hier seit kurzem herrscht«, sagte Peter und legte seine Gabel hin. »Mir ging es den ganzen Tag schon so. Seit ich mit Janet Conally sprach.«

»Darfst du mir den Inhalt eurer Unterhaltung verraten, oder ist der vertraulich?« wollte Margo wissen. Sie hatte bereits über Dr. Shields von Peters Besuch bei Janet erfahren, aber sie wollte es noch einmal hören, von Peter. Aus erster Hand. Sollte sich seine Geschichte sehr von der unterscheiden, die Dr. Shields ihr erzählt hatte, würde es ihr leichter fallen, sich ein Bild zu machen.

Peter sah sie verzerrt an. »Da gibt es kein Geheimnis«, sagte er, »im Gegenteil, ich hätte gern deine Meinung darüber gehört. Über den ganzen Tag, nicht nur über den Besuch bei Janet.« Er ließ seine Gedanken kreisen, überlegte, wo er anfangen sollte.

»Kurz vor meiner Psycho-Stunde fand ich in meinem Fach eine Nachricht. Sie stammte vom Monsignore und bedeutete mir, sofort ins Krankenhaus zu gehen, weil Janet mit mir sprechen wolle. Er sagte, er werde meine Stunde übernehmen, und ich solle mich sofort nach Erhalt der Nachricht auf den Weg machen. Ich schaute noch in seinem Büro vorbei, um ihn nach weiteren Einzelheiten zu fragen, aber er war nicht da. Also ging ich los...«

Kurz nach elf betrat er das Krankenhaus und erkundigte sich nach der Zimmernummer von Janet. Die Schwester sah ihn leicht verärgert an, und als er sich ihr vorstellte, wurde diese Verärgerung noch deutlicher.

»Nun, Sie haben sich ja reichlich Zeit gelassen.« Sie schien keine Antwort zu erwarten, deshalb folgte Peter ihr wortlos durch den Flur. Er fühlte sich erleichtert, als sie an dem Zimmer vorbeigingen, in dem Judy gelegen hatte, und das Nachbarzimmer betraten. Janet lag aufrecht in den Kissen und schaute fern. Gleich als sie ihn sah, schaltete sie den Fernsehapparat aus.

»Sie haben sich ja reichlich Zeit gelassen«, wiederholte Janet die Worte der Krankenschwester. »Ich dachte schon, Sie kämen überhaupt nicht mehr.«

Peter ließ sich auf den Stuhl am Fußende ihres Bettes nieder und sah sie voller Verwirrung an. »Die Schwester hat das gleiche gesagt, daß ich mir ›ja reichlich Zeit gelassen habe‹. Ich bin gleich, nachdem ich die Nachricht erhalten habe, gegangen.«

»Dann muß es an der Schule liegen«, beschwerte sich Janet. »Ich habe heute früh um halb acht angerufen und mit dem Monsignore gesprochen. Er hat mir versprochen, Sie sofort nach Ihrem Eintreffen zu benachrichtigen.« Sie lächelte verschmitzt. »Ich habe ihm eine hübsche Komödie vorgespielt, Mr. Balsam. Ich habe so getan, als würde ich im Sterben liegen und daß mir schreckliche Dinge zustoßen würden, wenn Sie nicht schlagartig hier erschienen. Aber schätzungsweise hat er mir das nicht geglaubt.«

Wahrscheinlicher ist, daß er sich gar nicht darauf einlassen wollte, dachte sich Peter. Er sah Janet prüfend an, er bemühte sich, ihrem Gesicht abzulesen, ob es ihr so gut ging, wie es dem Anschein entsprach.

In der vergangenen Nacht hatte dieses Mädchen sich zu erhängen versucht. Heute schien sie so wie immer – fröhlich, herzlich und offensichtlich ohne Probleme. Oder waren die Probleme zu gut getarnt und entzogen sich seinem Blick?

»Ich sehe zu gut aus, nicht wahr?« sagte Janet. Ihr Wahrnehmungsvermögen verunsicherte ihn und machte ihn vorsichtig.

»Ich habe keine Ahnung«, sagte er ausweichend. »Wie fühlst du dich?«

»Nicht anders als sonst«, sagte sie. Als sie merkte, wie doppeldeutig ihre Antwort aufzufassen war, präzisierte sie: »Das heißt, gut. Mir geht es jetzt gut, und mir ging es gestern gut.«

»Weshalb bist du dann hier?« fragte Peter und versuchte, sich dem Thema auf Umwegen zu nähern. Janet schnitt es mit ihrer ehrlichen Art direkt an.

»Weil ich mich aufgehängt habe. Oder es versucht habe. Den ganzen Morgen bin ich schon am Überlegen, ob ein Versuch überhaupt zählt. Ich meine, wo ich doch nicht tot bin oder so was ähnliches, muß ich da sagen, ›ich habe mich aufgehängt‹, oder ›ich habe *versucht*, mich aufzuhängen‹?«

Peter kaute auf seinen Lippen herum, plötzlich war er nervös geworden. Sie schien etwas zu verbergen. Sie *mußte* etwas verbergen. Aber was? Er entschied sich wie sie zu einer Vorwärtstaktik.

»Janet«, sagte er düster, »das ist nicht zum Spaßen. Du hast dich in der vergangenen Nacht aufgehängt – oder – falls du um jeden Preis korrekt sein möchtest, ›du hast dich hingehängt‹. Wäre dein Vater nicht so schnell zur Stelle gewesen, wärest du jetzt unter den Toten. So wie die Dinge liegen, kannst du von Glück sagen, daß du keinen Gehirnschaden erlitten hast.« Das Grinsen in Janets Gesicht verschwand, und sie wand sich im Bett herum. Als sie zu sprechen begann, war ihr der leichte Tonfall vergangen.

»Ich weiß, daß es nicht zum Spaßen ist«, sagte sie. »Aber augenblicklich ist es für mich die einzige Möglichkeit, damit fertig zu werden. Ich mache keine Witze, aber ich glaube, ich drehe allmählich durch. Wahrscheinlich bin ich sowieso schon verrückt.«

Balsam zog die Augenbrauen zusammen, und sie wertete den Ausdruck als Frage.

»Darum habe ich Sie gerufen. Vermutlich sollte ich mit Dr. Shields reden, aber ich kann es einfach nicht. Er ist ja nett, aber ich kenne ihn nicht, und er kennt mich nicht. Sie haben mich in diesem Semester jeden Tag gesehen...«

»Das gerade erst angefangen hat«, warf Peter dazwischen.

»Gut, auch wenn es gerade erst angefangen hat, aber Sie haben mich doch täglich gesehen, und Sie wissen, wie ich bin. Jedenfalls kennen Sie mich besser als Dr. Shields. Er hält mich bestimmt für eine Idiotin. Ich meine, was soll er sonst von mir halten? Jemand, der so etwas tut wie ich, der muß verrückt sein.«

Peter wollte das Spiel spielen. »Nach deinen eigenen Worten bist du also verrückt.«

Einen Augenblick lang starrte sie ihn an, dann nickte sie.

»Ich weiß. Deshalb habe ich Sie gerufen. Entscheiden Sie, ob ich verrückt bin.«

»Ich bin dafür nicht qualifiziert«, protestierte Peter.

»Das ist mir egal«, sagte Janet, »Sie sind der einzige, mit dem ich reden will. Ich habe niemanden, dem ich mich sonst anvertrauen könnte. Können Sie das verstehen? Dr. Shields muß denken, daß ich verrückt bin, warum sollte er das auch nicht? Und jeder andere auch – Sie wissen ja, wie es hier so ist. Besonders in der Schule. Dort sagen sie mir ständig, daß ich ein Sünder bin und erlegen mir Strafen auf. Aber ich bin *kein* Sünder.«

Peter rückte seinen Stuhl näher an das Bett heran und nahm Janets Hand. »Gut«, sagte er schließlich, »was ist geschehen?«

»Erstens habe ich nicht versucht, mich umzubringen.«

»Nein?«

»Nein. Das heißt, ja, ich hab's versucht, aber nicht echt.« Ihr Gesicht verzerrte sich vor Frustration. »Entschuldigen Sie«, fuhr sie fort, sie bemühte sich um Entspannung, »ich weiß, daß das alles keinen Sinn ergibt. Aber hören Sie mich erst an, und urteilen Sie dann, was geschehen ist. Ich hab's versucht, aber ich schaffe das nicht, und ich habe Angst. Bitte, helfen Sie mir?« Zum ersten Mal, seit Balsam hergekommen war, erlebte Peter Balsam das kleine Kind in der Persönlichkeit von Janet Conally. Er wollte sie halten und trösten. »Ich werde dir zuhören«, sagte er sanft, »erzähl mir, was sich zugetragen hat.«

»Ich sag' Ihnen doch«, sagte Janet, »ich weiß nicht, was geschehen ist. Wo soll ich anfangen?« Ohne eine Antwort abzuwarten, redete sie weiter. »Alles war in Ordnung gestern, jedenfalls so gut es eben ging, wegen Karen und dem Drumherum.

Ich weiß gar nicht, wie ich in die Ereignisse in der Kirche verwikkelt wurde. Nein, ich kann mich kaum daran erinnern. Wir müssen wie eine Bande von Holy Rollers geklungen haben. Egal, als es vorbei war, bin ich mit meinen Eltern nach Hause gegangen, und wir haben eine Zeitlang ferngesehen. Dann bin ich nach oben gegangen, um meine Hausaufgaben zu machen.« Sie hörte zu sprechen auf. Peter wartete geduldig auf das Ende der Geschichte. Schließlich drängte er sie.

»Und?«

Sie sah ihn matt an. »Und dann ist es passiert. Ich habe gelernt, und urplötzlich verspürte ich diesen verrückten Drang dazu, mich zu erhängen. Erst redete ich mir ein, daß es albern sei, daß es um nichts in der Welt einen Grund gab, warum ich mich umbringen sollte. Aber ich hatte immer noch das Verlangen danach. Eine

Stunde lang saß ich wohl da und focht mit mir. Aber der Drang verschwand nicht.«

»Aber warum? Es muß doch einen Grund geben, warum du dich umbringen wolltest.«

»Deswegen glaube ich ja, daß ich verrückt sein muß. Es gab keinen Grund. Nur diesen unglaublichen Drang, mich aufzuhängen. Und dann habe ich es getan.«

Balsam nickte bedeutend. »Das klingt irgendwie seltsam, aber kannst du dich daran erinnern, wie es war?«

»Es hatte mit gar nichts Ähnlichkeit. Ich meine einfach, da war ich, ich holte mir einen Stuhl, stellte ihn unter die Lampe in meinem Zimmer, nahm mir ein Verlängerungskabel und band es mir um den Hals. Und die ganze Zeit über fragte ich mich, wieso ich das tat, und versuchte, mich zurückzuhalten. Aber es gelang mir nicht.«

»Es muß schrecklich gewesen sein.«

»Das habe ich auch gedacht. Aber das war es ganz und gar nicht. Da war ständig dieses seltsame Gefühl, daß ich außerstande war, mich zu kontrollieren. Wie eine Marionette. Es war, als ob jemand die Fäden zieht, und ich mußte tun, was man von mir verlangte.« Ihre Stimme bekam mit einem Mal einen verbitterten Unterton. »So stand ich da oben auf dem Stuhl, zog die Schlinge um meinen Hals und stieß den Stuhl weg.« Bei der Erinnerung daran wurde ihr Gesicht blutleer. »Was wäre denn, wenn niemand zu Hause gewesen wäre? Wenn Mama und Papa ausgewesen wären?« Janet Conally schauderte und verstummte.

Peter drehte und wendete im Geiste die Geschichte. Es klang grotesk, und wenn nicht Janet Conally ihm so etwas erzählt hätte, wäre er geneigt gewesen, es nicht zu glauben. Aber bei Janet war das anders. So wie sie sich selbst einschätzte, schätzte auch Balsam sie ein, und die Geschichte trug den Ring der Wahrheit, oder was Janet für die Wahrheit hielt. Dann unterbrach ihre Stimme seine Gedanken.

»Mr. Balsam«, sagte sie beinahe flehend, »bin ich verrückt?«

»Hast du das Gefühl?« entgegnete er.

»Nein.«

»Du siehst auch nicht verrückt aus, und du klingst auch nicht verrückt. Klar, die Geschichte klingt verrückt, aber du nicht.« Etwas lockerer fuhr er fort: »Da du dich nicht fühlst wie eine Ente, nicht aussiehst wie eine Ente oder klingst wie eine Ente, dürfen wir also annehmen, daß du wahrscheinlich keine Ente bist.«

»Wahrscheinlich«, sagte sie und wiederholte das wertende Wort noch einmal.

Peter Balsam zuckte die Schultern. »Würdest du mir glauben, wenn ich ›absolut‹ sagen würde?« Er freute sich, als sie wieder lächelte.

»Nein. Und ›wahrscheinlich‹ ist sogar noch mehr, als man nach meinem Verhalten erwarten könnte.« Sie schwieg, dann sagte sie: »Mr. Balsam, was soll ich tun?« Wieder war dieser kläglich kindliche Eindruck in ihrer Stimme.

Balsam hatte die Frage erwartet. Aber als sie kam, hatte er keine Antwort parat. So konnte er ihr nur ein bißchen Mut machen.

»Mach dir mal keine Sorgen«, sagte er, »entspann dich und hör auf, dir Gedanken zu machen. Ich werde mit Dr. Shields reden und zusehen, ob ich ihn davon überzeugen kann, daß du noch nicht ganz reif für die Klapsmühle bist.« Und noch über ein paar andere Dinge werde ich mit ihm sprechen, fügte er im stillen hinzu. Ein letztes Mal drückte er Janets Hand und stand auf. »Brauchst du irgendwas?«

Janet schüttelte den Kopf. Sie setzte zu sprechen an, hielt inne, und setzte erneut an. »Mr. Balsam? Vielen Dank, daß Sie gekommen sind. Es geht mir schon besser; allein weil ich mit jemandem darüber sprechen kann.«

»Es gibt viele Leute, mit denen du darüber reden kannst«, sagte er.

Janet lächelte schwach: »Das glaube ich, aber nicht hier.« Um einer Antwort vorzubeugen, schaltete sie wieder das Fernsehgerät an. Peter Balsam stand noch ein, zwei Sekunden in der Tür, drehte sich um und verließ das Zimmer. Er ging zum Schwesternzimmer und wartete darauf, daß die Krankenschwester ihre Arbeit an einem Krankenbett beendete. Schließlich sah sie auf und setzte ein geübtes Lächeln auf.

»Können Sie mir bitte sagen, wo das Büro von Dr. Shields ist?«

»Ich glaube, ich zeige es Ihnen besser.« Sie stand auf und führte ihn durch den Gang. »Sie sind doch der Psychologielehrer, nicht?« fragte sie in einem vorsichtigen neutralen Tonfall, und Peter fragte sich, ob die Äußerung als Angriff gedacht war.

»Ja.«

»Und diese Mädchen – die sind doch in Ihrer Klasse, oder?«

»Ich muß gestehen, ja.«

Die Krankenschwester lächelte hintergründig. »Das muß ja ein feiner Unterricht sein«, äußerte sie. Und bevor Peter antworten konnte, wies sie auf eine Tür. »Das Büro von Dr. Shields liegt genau dahinter.« Und weg war sie. Peter sah ihr nach, bis sie um die Ecke gegangen war. Dann ging er in das Vorzimmer, das sie ihm angewiesen hatte, und klopfte an der nächsten Tür, halb hoffte er, Margo würde herauskommen. Statt dessen öffnete Dr. Shields persönlich die Tür. »Entschuldigen Sie«, sagte Peter. »Ich weiß nicht, ob Sie sich noch an mich erinnern. Mein Name ist...«

»Peter Balsam«, sagte Dr. Shields und machte die Tür weit auf. »Ich habe Sie schon erwartet.« Er hielt die Tür so lange, bis Peter eingetreten war, dann machte er sie fest zu. Anstatt hinter seinem Schreibtisch Platz zu nehmen, setzte er sich in einen der Lehnstühle, die um einen kleinen Tisch herumstanden, und bot Peter den anderen an.

»Sie haben mich erwartet?« fragte Balsam.

»Janet Conally. Seit ihrer Einlieferung spricht sie davon, daß Sie der einzige wären, mit dem sie reden wolle. Ich hielt es für einen Akt von – wie soll ich sagen – standesgemäßer Höflichkeit? daß Sie noch bei mir reinschauen, nachdem Sie mit ihr gesprochen haben.«

»Auch ich habe ein paar persönliche Fragen.«

»Ich werde sehen, was ich für Sie tun kann«, sagte Dr. Shields und beobachtete hinter einem Lächeln Balsam.

Balsam berichtete von dem Gespräch, das er mit Janet Conally geführt hatte. Dr. Shields widmete dabei seine ganze Aufmerksamkeit auf das, was das Mädchen gesagt hatte. Als Balsam die Geschichte zu Ende erzählt hatte, war die erste Frage von Dr. Shields: »Wird sie mir die gleiche Geschichte erzählen?«

Balsam nickte. »Ich sagte ihr, daß ich Sie überzeugen wolle, daß sie nicht verrückt ist.«

»Sie glauben nicht, daß sie es ist?«

»Auf keinen Fall.«

»Was ist mit ihrer Geschichte? Glauben Sie sie?«

»Ich weiß nicht«, erwiderte Balsam vorsichtig. »Ich denke schon. Das ist es auch, worüber ich mit Ihnen sprechen wollte. Die Kontroll-Affäre. Es klang, als ob sie sich für das Opfer von einer Art Geisteskontrolle hält.« Peters Miene wurde ernst, und seine Stimme bekam einen dringlichen Unterton. »Ist das möglich? Angenommen, einfach angenommen, daß eine Gruppe von Leuten versucht, ihren Willen anderen aufzuzwingen, ohne daß die anderen erfahren, was da vor sich geht. Wäre das möglich?«

Warum spricht er es nicht aus, fragte sich Dr. Shields. Warum sagte er nicht, daß er an die Gemeinschaft des St. Peter Martyr denkt? Laut sagte er: »Wer weiß? Ich glaube, daß alles möglich ist. Aber ich würde sagen, daß es äußerst unwahrscheinlich ist. Ich glaube nicht, daß etwas Derartiges geschieht.«

»Aber irgend etwas geht da vor«, stellte Balsam fest.

»Natürlich«, stimmte Dr. Shields ihm zu. »Beantworten Sie mir diese Frage: Sind sie alle Freunde? Judy Nelson? Karen Morton? Janet Conally?«

»Gute Freunde. Und da ist noch eine in der Gruppe. Ein Mädchen mit dem Namen Penny Anderson.«

»Nun, dann ist es ja herrlich offensichtlich, was da vor sich geht«, sagte Dr. Shields. »Man nennt das den Selbstmordbazillus.«

Peter Balsam hatte diesen Ausdruck schon einmal gehört, war sich aber nicht sicher, was er bedeutete. »Ein was?«

»Selbstmordbazillus. Mit anderen Worten, der Drang zur Selbstzerstörung wandert von einer Person zur nächsten. An sich nichts Ungewöhnliches, aber das geschieht in den meisten Fällen in institutionellen Einrichtungen. Sprich ›Krankenhaus‹. Und es ist meistens auf Mädchen im Teenageralter beschränkt... Sogar für sie gibt es ein Fachwort – ›Zerfleischer‹. An manchen Orten ist das so schlimm geworden, daß man ganze Mädchenstationen zur Einschränkung der Bewegungsfreiheit einrichten mußte, um die Mädchen davon abzuhalten, sich zu verstümmeln.«

Überrascht sperrte Balsam die Augen auf. »Aber was ist der Grund dafür?«

»Hysterie«, erklärte Dr. Shields. »Soweit ich das beurteilen kann, obwohl es nur in Krankenhäusern geschieht, und die Opfer meist sehr instabile Charaktere sind.« Er überlegte einen Moment. »Aber was sich in St. Francis Xavier abspielt, klingt für mich nach Selbstmordbazillus.«

»Aber könnte da nicht etwas anderes dahinterstecken?« Peter Balsam hatte das Gefühl, sich im Kreis zu drehen. »Sie sagten, daß man sie die ›Zerfleischer‹ nennt. Das trifft ganz sicher auf Judy Nelson und Karen Morton zu. Aber was ist mit Janet? Sie hat sich ja nicht verstümmelt.«

Dr. Shields zuckte vielsagend die Schultern. »Ich weiß es nicht. Bis heute habe ich die Möglichkeit eines Selbstmordbazillus noch nicht einmal erwogen. Jetzt muß ich das. Aber Geisteskontrolle? Daran glaube ich nicht.«

Als Peter Balsam die Praxis des Psychiaters ein paar Minuten später verließ, fühlte er sich noch mehr alleine als je zuvor. Allein und voller Furcht...

»Die ganze Sache klingt zu bizarr, als daß man sie glauben könnte«, sagte Margo.

»Sie ist zu bizarr«, sagte Peter, »aber sie geschehen.«

Margo verstummte und sann nach. Dr. Shields hatte ihr Peters Geschichte bereits erzählt. Aber Dr. Shields war noch weiter gegangen, und Margo fand es an der Zeit, Peter davon zu berichten.

»Du solltest mit Dr. Shields über die Gemeinschaft sprechen«, sagte sie, »zumal er bereits darüber Bescheid weiß.«

»Er weiß davon? Wie ist das möglich?«

Plötzlich fühlte sich Margo schuldig, als ob sie ein Ehrenwort gebrochen hätte. Aber sie hatte nicht mit dem Psychiater gesprochen, um Peter zu hintergehen; sie wollte sich nur ein wenig Klarheit verschaffen.

»Ich habe in letzter Zeit viel mit ihm gesprochen, über dich – über uns.«

»Und über die Gemeinschaft?« Es klang beinahe wie eine Anklage.

»Natürlich auch über die Gemeinschaft. Peter, die Gemeinschaft ist doch eine ziemlich bedeutende Angelegenheit zwischen uns.«

»Wieviel hast du ihm gesagt?« Peter war in einer unangenehmen Lage, als ob ein Stück seines Privatlebens der öffentlichen Neugier preisgegeben worden wäre.

»Nicht viel«, beeilte sich Margo, ihn zu beruhigen. »So wenig wie möglich, ehrlich.« Sie lächelte Peter angestrengt an. »Ich glaube, ich wollte nur nicht, daß er uns beide für verrückt erklärt.«

»Glaubst du das etwa?«

»Du weißt, daß das nicht stimmt.« Da war eine Spur von Verletztheit in Margos Stimme, und Peter tat es sofort leid. Bevor er sich aber entschuldigen konnte, klingelte das Telefon.

»Es ist für dich«, sagte Peter gleich darauf. »Dein Chef. Klingt ziemlich aufgeregt.«

Margo nahm den Hörer und begann eine einseitige Konversation. Obwohl sie nur sehr wenig sagte, wußte Peter, daß etwas nicht in Ordnung war. Ihr Gesicht wurde kreidebleich. Endlich, nach einer Ewigkeit legte sie auf und wandte sich ihm zu.

»Das kann doch nicht wahr sein...«, begann sie.

»Was ist...?«

»Penny Anderson. Man hat sie vor einer halben Stunde gefunden. Peter, sie ist tot.«

»O Jesus«, Peter versank in seinen Sessel und verbarg sein Gesicht in seinen Händen. Dann nahm er sich zusammen und sah wieder zu Margo.

»Wie?«

»Sie hat sich die Adern aufgeschnitten. In der Schule. In der Mädchentoilette.« Margo suchte bereits ihre Sachen zusammen. »Ich muß ins Krankenhaus gehen. Leona ist da – und sie ist sehr schlecht beisammen –, und Dr. Shields sagt auch, daß noch andere Leute da sind. Alle leiden an allen möglichen seltsamen Symptomen. Hysterie ist es, wie er sagt, und sie scheint sich rundum verbreitet zu haben.«

Peter nahm sich zusammen. »Ich werde mit dir kommen.«

»Nein«, sagte Margo scharf, was sie auch sofort bereute. Dr. Shields hatte sie gewarnt. Manche Leute behaupten, das ganze Durcheinander sei Peters Schuld; egal, was sie machte, sie durfte Peter nicht mit ins Krankenhaus bringen. »Ich, äh, ich gehe lieber alleine«, stammelte Margo.

»Ich verstehe«, sagte Peter, mit einem Mal war ihm die ganze Situation klargeworden. »Ja, ich denke, ich sollte besser hierbleiben.« Er sah Margo wortlos an, und sie wollte zu ihm gehen, ihn festhalten, bei ihm bleiben. Statt dessen wandte sie sich ab und rannte aus seiner Wohnung.

Peter wusch ab, dann versuchte er zu lesen. Als nächstes versuchte er es mit fernsehen, dann schaltete er wieder aus und widmete sich erneut seinem Buch. Schließlich ging er zu Bett. Aber bevor er das Licht ausmachte, versicherte er sich, daß die Eingangstür gut verschlossen und verriegelt war. Nachträglich hatte er noch einen Einfall, den er an sich albern fand, und doch rückte er noch einen Sessel vor die Tür. Kurz bevor er die Lichter löschte, fragte er sich, ob er die Vorkehrungen getroffen hatte, damit andere nicht herein konnten, oder um sich selbst einzuschließen. Aber er verdrängte das schnell und legte sich ins Bett.

Am nächsten Morgen erwachte er erschöpfter, als er am Abend zuvor gewesen war. Er fühlte sich ruhelos und verschwitzt, als ob er die ganze Nacht gerannt wäre. Er hatte schlimme Träume gehabt. Träume von der Gemeinschaft des St. Peter Martyr.

In diesen Träumen war er wieder im Pfarrhaus gewesen, bei den Priestern, und sie hatten allerhand mit ihm angestellt. Dinge, an die er nicht denken mochte. Er hatte sich angestrengt, sie zu verhindern, aber sie waren sechs, und er war ganz alleine, und so konnten sie alles machen, was sie wollten. Alles. Und sie machten es auch.

Er lag im Bett und dachte noch über den Traum nach, dann beschloß er, ihn zu vergessen. Er stand auf, zog sich einen Bademantel an und ging ins Wohnzimmer. Der Stuhl war von der Türe weggerückt worden. Die Tür war unverschlossen.

Peter versuchte sich einzureden, daß es nicht wahr war, daß er es selbst getan haben mußte, während einer der ruhelosen Phasen der vergangenen Nacht. Aber er konnte sich an nichts dergleichen erinnern. Nein, etwas anderes war geschehen.

Etwas Unaussprechliches.

Schnell ging er ins Badezimmer und ließ den Bademantel von seinen Schultern fallen.

Sein Rücken war übersät mit den seltsamen roten Striemen.

25

Marilyn Crane hatte die ganze Nacht keinen Schlaf gefunden. Sie verbarg, so gut es eben ging, ihr Gähnen und setzte sich an den Tisch. Ihr Vater sah nicht einmal von seiner Zeitung auf, aber ihre Mutter beobachtete sie kritisch. Marilyn fragte sich, was sie jetzt wieder falsch gemacht hatte.

»Hast du dich für die Schule angezogen?« fragte Geraldine.

Marilyn sah sie fragend an. War heute etwa ein Feiertag? Sie überlegte rasch. »Warum nicht?« Aus irgendeinem Grund fühlte sie sich leicht schuldig.

»Ich verstehe nicht, warum«, sagte Geraldine ein wenig zu scharf. »Du wirst nicht gehen.«

»Selbstverständlich gehe ich in die Schule«, protestierte Marilyn.

Geraldine setzte die Bratpfanne ab, die sie die ganze Zeit gehalten hatte, und sah ihrer Tochter ins Gesicht.

»Heute nicht«, sagte sie. »Nicht nach dem, was gestern passiert ist. Stell dir vor, den ganzen Nachmittag lang hat das arme Kind dagelegen. Es muß fürchterlich gewesen sein.« Sie schnalzte mit der Zunge und schüttelte mitfühlend den Kopf.

Fürchterlich für wen, fragte sich Marilyn. Bestimmt nicht für Penny Anderson. Warum regten sich alle darüber auf, was mit den Leuten geschah, wenn sie bereits tot waren. Es war nicht so, daß Penny Schmerzen erleiden mußte. Wieder erschien ihr Pennys Gesicht vor Augen. Die weit aufgerissenen Augen, die erstarrten Gesichtszüge. Penny hatte beinahe glücklich ausgesehen.

Marilyn behielt ihre Gedanken für sich. Schließlich wußte ja niemand, daß sie Penny noch gesehen hatte.

»Aber ich will in die Schule gehen.«

Ihr Vater senkte die Zeitung und sah sie fragend an.

»Ich würde meinen, daß du so weit wie möglich entfernt davon sein möchtest«, merkte er an. »Es ist aber ohnehin egal, heute ist keine Schule, auf keinen Fall in St. Francis Xavier. Ich weiß nicht, wie man es an der öffentlichen Schule hält.« Er schüttelte seine Zeitung wieder zurecht und wollte das Thema erledigt wissen, aber Marilyn gab keine Ruhe.

»Nur wegen Penny?« Die Zeitung senkte sich wieder, und am Herd erstarrte Geraldine.

»*Nur* wegen Penny?« wiederholte ihr Vater und legte besondere Betonung auf das erste Wort. »Marilyn, sie hat sich umgebracht.«

Zum erstenmal hatte wirklich jemand diese Worte gebraucht, jedenfalls ihr gegenüber, und sie hörte sie noch widerhallen. ›*Sich umgebracht... sich umgebracht... sich umgebracht...*‹ Bis dahin war es nicht so recht wahr gewesen für sie. Jetzt war es das. Penny hatte sich umgebracht. Penny war *tot*. Marilyn sah ihre Eltern an, dann verließ sie ohne ein Wort den Tisch. Gleich darauf hörten sie sie die Treppe hochtrampeln. Geraldine sah zur Decke, als ob ihr Blick Mörtel und Holz durchdringen könnte, um zu entdecken, was im Kopf des Mädchens da oben vor sich ging. Dann richtete sie ihren Blick auf ihren Mann. Sein Interesse galt nur der Zeitung.

»Bill«, sagte sie ruhig, »da stimmt etwas nicht.«

Er sah sie leicht verärgert an. »Da kommst du jetzt erst dahinter?«

Geraldine beachtete seinen sarkastischen Tonfall nicht. »Ich spreche nicht über Karen und Penny«, hob sie an.

»Und Janet Conally und das Nelson-Mädchen«, warf ihr Mann ein.

»Ich spreche von Marilyn«, sagte Geraldine.

»Mit Marilyn ist doch alles in Ordnung«, Bill hatte seine Nase schon wieder in die Zeitung gesteckt. »Es ist nur der Schmerz, der zunimmt...«

»Ich weiß nicht«, protestierte Geraldine, »ich glaube, da steckt mehr dahinter.«

»Wenn irgend etwas sie quält, wird sie es uns sagen. So wie Greta das getan hat. Warum sollte Marilyn anders sein?«

Geraldine schüttelte jetzt den Kopf, als ob sie einen festsitzenden Gedanken, der an ihr nagte, loslösen könnte. »Sie sind nicht gleich. Sie sind wirklich recht verschieden. Und irgend etwas geht in Marilyn vor. Vielleicht sollte ich einmal mit dem Monsignore über sie sprechen.«

Bill Crane blätterte seine Zeitung um. »Eine gute Idee, warum machst du das nicht?«

Niemand hatte ihm gesagt, daß heute die Schule ausfiel. Er war wie immer nach St. Francis Xavier gegangen und mußte feststellen, daß alles verlassen war. Die Schwestern waren nirgends zu finden. Wenn er überhaupt in der Umgebung war, dann war Monsignore Vernon auf keinen Fall in seinem Büro. Peter fing gerade an, seine Post durchzusehen, überlegte es sich plötzlich aber anders. Was wäre, wenn eine Nachrticht für ihn da wäre? Eine Nachricht vom Monsignore? Lieber erst gar nicht nachsehen.

Er lief schnell wieder den Hügel hinunter und bemerkte die eigenartige Stille, die sich über Neilsville gesenkt hatte. Wo er auch hinsah, standen die Leute in Trauben zusammen und unterhielten sich gedämpft, argwöhnisch sahen sie hin und wieder auf, als ob sie mit heimlichen Blicken in der Lage wären, einen Hauch des Bösen unter ihnen zu erheischen.

Peter spürte, wie die Blicke ihn durchdrangen. Sie sahen ihn an und stellten sich ihre Fragen. Bevor er nach Neilsville kam, war hier nicht viel passiert. Aber seit seiner Ankunft hatte sich alles zum Schlimmen gewendet. Wie lange würde es noch dauern, bis die ganze Stadt davon angesteckt war, was schon die Mädchen von St. Francis Xavier angesteckt hatte, was immer es auch sein mochte? Der einzige Hinweis war der Außenseiter, Peter Balsam. Der Fremdling. Man durfte ihm nicht trauen.

Beim Vorbeigehen an den einzelnen Gruppen steigerte sich das Schweigen noch, und er hatte die Empfindung, daß er im Brennpunkt stand. Wenn er vorbeigegangen war, hoben die Gespräche wieder an, die Köpfe steckten sie dann noch enger zusammen, die Lippen ganz nahe an die Ohren des anderen, doch die Blicke, nur die Blicke, sie verfolgten ihn den ganzen Weg die Main Street entlang.

Kaum in seiner Wohnung angekommen, rief er Margo an.

»Peter? Bist du es?« Er hatte noch nichts gesagt, und die Angst in ihrer Stimme schmeichelte ihm. Er versuchte, seine Ängste der vergangenen Nacht zu überspielen.

»Möchtest du einen Ausflug machen? Ich habe einen freien Tag.«

»Ich habe die ganze Nacht nicht geschlafen...«, zögerte Margo.

»Wer schlief schon? Aber die Schule fällt heute aus, und ich dachte mir, ich besuche den Bischof. Ich wollte mir deinen Wagen leihen, aber warum kommst du nicht mit?«

Sie wollte absagen, ihm sagen, daß sie den ganzen Tag im Bett verbringen wollte, ließ es aber.

»Ich hole dich in zwanzig Minuten ab«, sagte sie. Dann, in einem Nachsatz: »Nimmst du das Tonband mit?«

»Ich – ich weiß nicht«, sperrte sich Peter. »Ich habe noch nicht darüber nachgedacht.«

Schweigen, dann Margos äußerst zuversichtliche Stimme.

»Du mußt ihm ja nicht erzählen, daß eine der Stimmen die deine ist«, sagte sie liebevoll und traf den Grund für sein Zögern genau. »Die einzige Stimme, die man erkennen kann, ist die des Monsignore.«

Es stimmte, was sie sagte, aber er zögerte immer noch, er wünschte, daß es eine andere Möglichkeit gäbe. Er wußte, daß es keine gab. Wie konnte er ohne das Tonband erwarten, daß ihm der Bischof Glauben schenkte? Er überlegte angestrengt.

»Ich werde auf dich warten«, sagte er. »Mit dem Tonband.«

Er legte den Hörer auf und öffnete die unterste Schublade seines Schreibtisches. Er faßte tief hinein und grapschte nach der Kassette. Seine Finger konnten sie nicht finden. Er zog die Schublade weiter heraus und suchte erneut. Als Margo zwanzig Minuten später eintraf, war er immer noch am Suchen. Alle Schubladen waren ausgeleert, und er suchte ihren Inhalt systematisch ab, obwohl er wußte, daß es zwecklos war. Sobald Margo sah, was geschehen war, wußte sie Bescheid.

»Sie ist weg, nicht wahr?«

Peter nickte stumm.

»War sie versteckt?«

Wieder nickte er. »Aber niemand hat danach gesucht. Man wußte genau, wo sie war.« Margos Gesicht verfinsterte sich: Verdächtigte er sie?

»Nur ein Mensch wußte, wo die Kassette war«, fuhr Peter fort. Er sah sie mit einer Qual an, die ihr weh tat. Woran immer er dachte, sie hatte er nicht in Verdacht.

»Wer?« Sie war nicht sicher, ob sie eine Antwort haben wollte.

»Ich«, sagte Peter verbittert. »Ich bin der einzige, der wußte, wo das Tonband lag. Also muß ich es mir selbst weggenommen haben.«

Er berichtete ihr von der vergangenen Nacht, wie er sich eingeschlossen und die Tür verkettet hatte. Auch davon, daß er einen Sessel vor die Tür gerückt hatte, um ganz sicherzugehen. Auch von seinen Träumen, dem Traum, als er im Pfarrhaus war, wieder bei der Gemeinschaft.

Heute früh war die Tür unverschlossen, endete er. »Die Kette war los, der Sessel stand wieder hier – und ich war am Ende.«

Margo sank auf dem Sofa nieder. Wie eine Welle spülte die Verzweiflung über sie hinweg.

»Dann hast du ihnen das Tonband gegeben?« sagte sie leise. »Ist es das, was geschehen ist?«

»Was sonst?« antwortete Peter und machte mit seinen Händen eine hilflose Geste. »Das einzige, was ich gegen sie in der Hand hatte, und ich gab es ihnen sogar selbst.«

»Vielleicht auch nicht«, sagte Margo plötzlich und stand auf. »Vielleicht hast du sie irgendwo anders versteckt und vergessen, wo.«

Sie begann das Zimmer abzusuchen, zunächst systematisch, dann, während er zusah, immer rasender. So plötzlich sie damit angefangen hatte, so plötzlich hörte sie auch wieder auf. Sie sah ihn an, und zum ersten Mal sah Peter Furcht in den Tiefen ihrer Augen.

»Das ist nicht gut, oder?« sagte sie finster. »Hier werde ich sie nie finden, stimmt's?«

»Nein«, sagte Peter leise. »Ich glaube nicht.« Er ging zu ihr und nahm sie in seine Arme. Sie sträubte sich erst, ließ es dann geschehen, schlang ihre Arme um ihn und hielt ihn ganz fest.

»O Gott, Peter, werden sie dich auch kriegen?«

Sie glaubt mir, dachte er. Wenigstens glaubt *sie* mir. Aber auf ihre Frage wußte er keine Antwort.

Pater Duncan sah zu ihm auf und lächelte.

»Mr. Balsam«, sagte er. »Was für eine freudige Überraschung.«

Aber irgend etwas in seinem Gesicht verriet Peter, daß sie überhaupt nicht freudig war. Eine Überraschung, ja. Aber keine freudige. Er konnte schon sehen, wie der junge Priester einen Blick auf den Kalender auf seinem Schreibtisch warf in der Hoffnung, keinen Fehler gemacht zu haben und seinen Namen dort nicht zu finden.

»Es ist schon gut«, sagte er besänftigend. »Ich habe keinen Termin.«

Er hatte genau das Richtige gesagt. Pater Duncan entspannte sich in seinem Sessel, und sein Lächeln wurde richtig heiter.

»Nun, das macht es schon leichter. Normalerweise kommen die Leute ohne einen Termin hierher, sie wollen Ihre Eminenz sehen, und dann behaupten sie steif und fest, daß sie bereits vor vierzehn Tagen einen Termin vereinbart haben.«

»Dann kann ich ihn also sehen?«

»Das habe ich nicht gesagt«, der Sekretär grinste. »Aufrichtigkeit sollte jedoch belohnt werden.« Er drückte eine Taste der Sprechanlage. »Mr. Balsam ist hier, wegen seines Termins um zehn Uhr«, sagte er sanft. Er zwinkerte Peter zu und schloß auch Margo in das Zwinkern ein. Erst war eine seltsame Stille in der Sprechanlage, dann knatterte die Stimme des Bischofs.

»Ich kann seinen Namen auf meinem Kalender nicht finden«, bellte er.

»Ach, wirklich?« sagte Pater Duncan sanft. »Mein Fehler, ich muß es vergessen haben. Aber wir können das ja nicht Mr. Balsam zur Last legen, oder?«

»Wem *können* wir es dann zur Last legen?« kam die Stimme des Bischofs zurück.

»Ihrem nächsten Termin«, sagte Pater Duncan. »Es ist Mrs. Chambers. Sie will sich mit Ihnen zusammensetzen wegen der spirituellen Führung ihrer Mädchenpfadfinder.«

»Kleine grüne Trolle«, maulte der Bischof. »Gut, führen Sie Balsam herein.«

Margo ließ sich im Sekretariat nieder, um dort zu warten. Duncan bugsierte Peter in das Innere des Büros. Der Bischof stand da und streckte ihm seine Hand entgegen.

»Schön, Sie wiederzusehen, junger Mann, wenn auch etwas unerwartet.« Er bemühte sich darum, Pater Duncan streng anzusehen, es mißlang ihm. »Haben Sie eine Vorstellung, wie lange Sie Mrs. Chambers abwimmeln können?«

»Sie wird nicht länger als zwanzig Minuten warten«, warnte der Sekretär.

»Dann können wir uns auf ein Schwätzchen von wenigstens einer Stunde einrichten, oder? Nehmen Sie Platz, Mr. Balsam, nehmen Sie Platz.« Der Bischof wartete, bis Pater Duncan draußen war, dann wandte er sich mit freudigem Blick Balsam zu.

»Er ist großartig«, sagte er. »Er versteht es, immer die Leute hereinzulassen, die ich sehen will, und die anderen nicht. Aber bei Mrs. Chambers wird das nicht leicht werden.«

»Es tut mir leid«, entschuldigte sich Peter. »Ich hätte mir einen Termin geben lassen sollen, aber bis vor wenigen Stunden wußte ich nicht, daß ich etwas freie Zeit haben würde.«

»Natürlich hätten Sie das tun sollen, aber das macht nichts. Ich wollte ohnehin, daß Pater Duncan Sie heute anruft.« Der Glanz in seinen Augen verblaßte. »Was geht in Neilsville vor?«

»Deshalb wollte ich mit Ihnen reden.«

Peter brauchte annähernd eine halbe Stunde, um die ganze Geschichte für den Bischof zu rekonstruieren. Er versuchte, die Realitäten der Gemeinschaft des St. Peter Martyr so schmackhaft wie möglich darzustellen, aber der Bischof drängte ihn. »Raus mit der Sprache, junger Mann. Ich bin nicht prüde, auch ich bin herumgekommen.«

Peter erzählte ihm alles, woran er sich erinnern konnte. Und alles, was er und Margo aus dem Tonband zusammensetzen konnten. Der Bischof hörte schweigend zu.

»Und Sie glauben, daß die Gemeinschaft etwas mit den Selbstmorden in Neilsville zu tun hat?«

»In der Tat.«

»Das klingt sehr an den Haaren herbeigezogen.«

»Das weiß ich, aber was sich in der letzten Nacht ereignet hat, ist auch an den Haaren herbeigezogen. Ich bin sicher, daß ich mich in der vergangenen Nacht ins Pfarrhaus begeben habe, und ich weiß, daß ich nicht gehen wollte. Ich kann mich nicht daran erinnern, hingegangen zu sein, ich kann mich nicht an meinen Aufenthalt dort erinnern, und ich kann mich nicht daran erinnern, wie ich wieder nach Hause gekommen bin. Aber ich bin davon überzeugt, daß ich dort war.«

»Und Sie glauben, man hat Sie dort durch eine Art Geisteskontrolle hingeholt?« Der Bischof drehte es hin und her. »Offen gesagt, ich halte das nicht für möglich.«

»Das hätte ich bis vor wenigen Tagen auch nicht. Aber wenn nichts zusammenpaßt, muß man den Tatsachen Glauben schenken. Etwas anderes ergibt überhaupt keinen Sinn, es muß eine

Form der Geisteskontrolle sein, oder Hypnose – oder etwas anderes.«

»Das klingt alles recht finster«, bemerkte der Bischof.

»Das ist es auch. Zwei Mädchen sind tot. Zwei andere beinahe tot. Zuerst hielt ich die Gemeinschaft lediglich für einen üblen Zeitvertreib von ein paar unausgeglichenen Priestern. Aber dem ist nicht so, Eure Eminenz. Es ist etwas völlig anderes. Monsignore Vernon glaubt, daß er Peter Martyr *ist* – seine Reinkarnation. Und mich halten sie für die Reinkarnation von St. Acerinus, einen Mann namens Piero da Balsama, den Mann, der St. Peter Martyr umgebracht hat. Zuerst dachte ich, das alles sei harmlos, aber jetzt denke ich anders. Ich halte sie alle für krank, und ich glaube, sie haben einen Weg entdeckt, wie sie ihre Krankheit auf jeden anderen übertragen können.«

Bischof O'Malley beugte sich ein wenig nach vorn.

»Ich würde Ihnen gern zustimmen«, sagte er bedeutend, »aber ich fürchte, das kann ich nicht. Heute morgen sprach ich mit, eh...« Er sah in einen Block auf seinem Schreibtisch. »...Dr. Shields.«

»Ich kenne ihn.«

»Er sagt, in Neilsville geht der Selbstmordbazillus um.«

»Ich weiß«, sagte Peter knapp.

»Dann sollten Sie auch wissen, daß ich mit ihm einer Meinung bin«, sagte der Bischof. »Es scheint mir offensichtlich, daß die Vorgänge in St. Francis Xavier auf einem Phänomen der Hysterie beruhen. Und das überrascht mich, offen gesagt, nicht. Dr. Shields sagte mir, daß so etwas normalerweise – beinahe ausnahmslos – nur in Nervenkrankenhäusern passiert.« Der Bischof machte eine kurze Denkpause. »Leider können in kleinen Städten die kirchlichen Schulen manchmal sehr ähnlich wie geschlossene Anstalten werden. Ich glaube, wir müssen allmählich damit anfangen, einige radikale Änderungen in der Schulstruktur vorzunehmen.«

»Schließt das die Entlassung von Monsignore Vernon mit ein?« fragte Peter. Er hielt die Frage für etwas rüpelhaft, bestenfalls noch frech, aber es war ihm egal. Er spürte, wie sein Magen sich zusammenzog, als der Bischof den Kopf schüttelte.

»Ich glaube nicht, daß ich soweit gehen kann«, sagte er freundlich. »Wenigstens nicht sofort. Es kann sich als nötig erweisen, falls er sich weigert, bei den Änderungen mitzuziehen, die ich vorhabe. Aber jetzt noch nicht.«

Peter starrte den Bischof an. Als er seine Sprache endlich wiedergefunden hatte, sprudelten die Worte nur so heraus.

»Aber er ist jetzt eine Gefahr! Jetzt spielt er seine Macht aus, was immer es sein mag! Ich hatte es alles auf dem Tonband!«

»Aber Sie haben dieses Tonband nicht mehr, oder?«

Peter konnte nur den Kopf schütteln.

Der Bischof stand auf. »Tut mir leid, Mr. Balsam – Peter. Darf ich Sie Peter nennen?« Peter nickte. »Peter, ich glaube nicht, daß irgend jemand auf der Welt diese Geschichte glauben würde, die Sie mir gerade erzählt haben. *Ich* glaube sie jedenfalls nicht. Ich garantiere Ihnen, daß auch ich nicht viel von der Gemeinschaft des St. Peter Martyr halte, aber alles, was Sie mir anbieten, sind viele Eindrücke, an die Ihnen auch noch die rechte Erinnerung fehlt. Immerhin, Sie könnten sich täuschen.«

Es war vorbei. Erstarrt ging Peter durch das Büro von Pater Duncan, und Margo lief ihm hinterher.

»Es lief nicht gut, oder?« fragte sie, sie konnte es an seinem Gesicht ablesen. »Was wirst du tun?«

Lange Zeit beantwortete er die Frage nicht. Statt dessen sah er während der Rückfahrt auf die ausgetrocknete Landschaft und erinnerte sich daran, wie fremd sie auf ihn gewirkt hatte, als er vor nur ein paar Wochen mit dem Zug hergekommen war. Jetzt schien ihm alles schrecklich vertraut. Jetzt sah die Landschaft um Neilsville herum so leer aus, wie er sich fühlte.

Neben ihm bewahrte Margo das Schweigen. Auch sie schaute sich die vorbeiziehende Wüste an und fragte sich, ob es je etwas anderes für sie gäbe. Sie war der Wüste überdrüssig geworden, sie hatte schon zu lange hier gelebt. Sie hatte gehofft, daß Peter Balsam sie hier wegbringen würde. Statt dessen wurde er von ihr gefangengenommen.

Als sie die Randbezirke von Neilsville erreichten, nahm er plötzlich ihre Hand. »Ich weiß, was ich tun werde«, sagte er leise, daß sie beinahe nicht verstand, was er gesagt hatte. Dann sah sie ihn fragend an.

»Ich werde meine Rolle spielen«, sagte Peter ruhig. »Ich werde St. Acerinus sein.«

4. BUCH

St. Acerinus

26

Leona Anderson saß in ihrem Wohnzimmer. Mit leeren Augen starrte sie vor sich hin und versuchte zu verstehen. Den ganzen Tag saß sie so da, wortlos, und hörte die Beileidsbekundungen ihrer Freunde nicht.

Heute morgen hat sie Monsignore Vernon zugehört, warum ihre Tochter nicht in der geweihten Erde bestattet werden konnte. Sie hatte das schon gewußt, natürlich, aber sie hatte es nicht glauben wollen, ehe der Priester es ihr gesagt hatte.

»Es ist dieser Lehrer«, sagte sie verbittert und durchbrach das Schweigen, das sich über das Zimmer gelegt hatte.

Eine der Frauen sah zu Leona, aber sofort wandte sie den Blick wieder ab.

»Genau«, beharrte Leona ruhig, »alle waren sie in seinem Unterricht, alle. Judy und Karen und Janet und – und...«, sie hielt inne. Sie wußte, daß sie ihre Beherrschung verlieren würde, wenn sie den Namen ihrer Tochter nannte. Sie durfte nicht weinen. Nicht jetzt. Erst mußte sie diesen Peter Balsam zerstören.

»Schon als ich ihn zum erstenmal traf, wußte ich, daß mit ihm etwas nicht in Ordnung war. Seht her, was uns widerfahren ist.« Völlig am Ende, sah sie einer nach der anderen ins Gesicht.

»Leona, wir wissen nicht, was passiert ist«, sagte eine der Frauen beschwichtigend. Leona Anderson wandte sich nach der Frau, die eben gesprochen hatte um, ihr Blick wurde stählern.

»Etwa nicht, Marie?« Dann, als ihr wieder bewußt wurde, daß erst vor wenigen Tagen Marie Conally beinahe dasselbe durchmachen mußte, sprach sie wesentlich sanfter: »Aber was wäre, wenn Janet gestorben wäre? Wie würdest du dann denken?«

Marie Conally lächelte. »Aber sie ist nicht gestorben, und sie hat das auch nicht vor. Sie ist zu Hause, und es geht ihr gut! Und das ist in erster Linie der Verdienst von Balsam. Tut mir leid, Marie, aber wenn du Mr. Balsam schon angreifen willst, dann nicht in meiner Gegenwart.«

»Glaub, was du willst«, sagte Leona eisig. »Aber merk dir meine Worte: Es ist noch nicht vorbei. Solange dieser Balsam in der Stadt ist, wird es nicht vorbei sein.«

Das Opfer der Verbitterung Leonas trat aus der Kirche in die Dunkelheit der Nacht. Er machte sich auf den Weg den Hügel hinab nach Hause.

Unten waren die verteilten Lichtpunkte von Neilsville zu sehen, die die Nacht spärlich erleuchteten. Es kam ihm in den Sinn, daß die Lichter so schwach waren wie sein Glauben. Auf der Suche nach Führung und Trost hatte er zwei Stunden in der Kirche zugebracht. Er konnte beides nicht finden. Statt dessen hatte er sich selbst gefunden.

Ein paar Minuten später war er auf der Main Street. Aber das war eine andere Main Street als die, die er vor zwei Stunden in der anderen Richtung langgegangen war. Oder aber er war ein anderer.

Jetzt begegnete er den Blicken der Fremden und lächelte sie an. Peinlich berührt wandten sie sich ab. Einmal hörte er, wie eine Stimme ihm aus einer Einfahrt nachrief: »Verschwinde, Lehrer«, schrie eine Frau, »laß uns in Frieden!«

Peter drehte sich um, er wollte der Quelle des Schreies gegenübertreten, aber die Frau war verschwunden, in den Schutzmantel der Nacht. Mitten in der Stadt hämmerte Musik aus der ›Gottesanbeterin‹, und Peter fühlte sich angezogen. An der Tür blieb er kurz stehen, dann gab er sich einen Ruck. Er zog die Tür auf und betrat die schäbige Discothek.

Im flackernden Licht erschienen die Gesichter hager und hohl, und hinter der dröhnenden Musik steckte tiefes Schweigen. Es dauerte einen Augenblick, bis Peter feststellte, daß gar keine Mädchen in dem Raum waren: Die Mädchen schienen wie vom Erdboden verschwunden. Er wußte warum. Keiner von ihnen war es an diesem Abend erlaubt, auszugehen. Sie waren alle zu Hause, wo ihre Eltern ein waches Auge auf sie hatten.

Jemand winkte Peter zu, und er ging quer über die Tanzfläche.

An einem Tisch saßen Jim Mulvey, Lyle Crandall und Jeff Bremmer zusammen. Ohne auf eine Einladung zu warten, nahm Balsam auf dem vierten Stuhl an ihrem Tisch Platz. Die drei Jungen sahen ihn an. In ihren Augen konnte er die Angst sehen.

»Es ist nicht ganz so schlimm«, sagte er leise, »es ist jetzt fast vorbei.«

»Was ist?« fragend sah Lyle Crandall den Lehrer an und dachte, daß der Mann verändert aussah. Es war sein Blick. Irgendwie hatte sich der Blick von Mr. Balsam verändert.

»Das Sterben«, sagte Peter Balsam. »Es dauert nicht mehr lange. Es darf nicht.«

Jeff Bremmer starrte ihn an. »Mr. Balsam, was geschieht hier?«

»Ich wünschte, ich könnte es dir sagen, Jeff.« Peter Balsam lächelte den Jungen an, es war ein warmes Lächeln.

»Aber Sie wissen es, oder?« sagte Jeff, eher als Feststellung denn als Frage.

Balsam zuckte die Schultern. »Nicht mehr als alle anderen, würde ich sagen.«

»Es ist meine Schuld«, sagte Jim Mulvey. Peter rückte seinen Stuhl, um den Jungen offener anzusehen.

»Glaube das nicht«, sagte er. »Glaub das auf keinen Fall. Wer immer der Schuldige ist, du bist es nicht. Es ist keiner von euch. Kinder machen das, was hier getan wurde, nicht.«

»Sie machen es doch«, sagte Jeff Bremmer leise. »Mein Vater sagt, daß man es Selbstmordbazillus nennt und daß es oft passiert.«

»In Nervenkliniken«, sagte Balsam, »das passiert nur in Nervenkliniken.«

»Was ist es dann?« fragte Lyle. Alle drei starrten Balsam an.

»Es ist ein Spiel«, sagte Peter, mehr zu sich selber als zu den Jungen. Ratlos sahen sie einander an.

»Ein Spiel?« Es war Jim Mulvey, und jetzt sah auch er, daß der Lehrer irgendwie verändert war. »Was für ein Spiel?«

»Ein religiöses Spiel, könnte man wohl sagen.« Er wollte noch etwas sagen, aber er wurde unterbrochen.

Der Klang schnitt wie ein Messer durch den Raum, zerschnitt die Musik, die wenigen Gespräche und jeden, der es gehört hatte.

Es war die Sirene, die durch Neilsville heulte.

»O Jesus, nicht schon wieder!«

Niemand wußte, wer da gesprochen hatte, und niemand kümmerte sich darum. Sie alle hatten den gleichen Gedanken, und sie wußten, daß es zu spät war. Irgendwo in Neilsville war es ›wieder‹ geschehen. Wie auf Befehl gingen alle Leute aus der ›Gottesanbeterin‹ auf die Straße, wo sie von der Gruppe geschluckt wurden, die sich wie aus dem Nichts geformt hatte, als Reaktion auf den schrillen Schrei der rasenden Ambulanz.

Peter Balsam sprach mit keinem. Und niemand sprach mit ihm.

Schnell bahnte er sich einen Weg durch die Menge und ging wieder den Hügel hinauf, immer schneller, je weiter es nach oben ging; als er oben ankam, rannte er beinahe. Er hielt nicht an, bevor er am Pfarrhaus war.

Er sah auf.

Rauch kräuselte sich aus dem Kamin. Der Klang der Gesänge hallte durch die Nacht.

Marie Conally trieb ihren Mann auf ihrem Nachhauseweg von den Andersons zur Eile an.

»Kannst du nicht etwas schneller gehen?« fragte Marie und beschleunigte ihren Schritt. Der Arm von Dick Conally hielt sie fester. »Es ist alles in Ordnung, kein Grund zur Hetze«, sagte er mit einer Überzeugung, die er nicht empfand.

»Aber sie ist erst seit einem Tag aus dem Krankenhaus. Mir gefällt einfach die Vorstellung nicht, sie allein zu lassen.«

»Sie ist ja nicht alleine«, erinnerte Dick sie. »Deine Mutter ist bei ihr.«

»Nun, es gefällt mir einfach nicht. Janet sollte uns haben...«

Sie unterbrach, als sie die Sirene gerade hören konnte. Sie blieben am Bürgersteig stehen und starrten einander an und lauschten. Als dann die Sirene immer lauter wurde, fingen sie an zu rennen.

Aus ihrem Haus schien Licht.

In der Auffahrt parkte die Ambulanz, noch immer flackerte das Blaulicht.

»Gehen Sie nicht hinein«, rief ihnen jemand zu. »Bleiben Sie hier.«

Sie ignorierte die Warnung.

Die Mutter von Marie Conally stand wie versteinert an der Treppe, ihr Gesicht war blaß, und sie zitterte am ganzen Körper.

Leer starrte sie ihre Tochter und ihren Schwiegersohn an, dann streckte sie eine Hand aus und faßte nach ihnen.

»Ich bin eingeschlafen«, murmelte sie. »Ich habe ferngesehen und bin dabei eingeschlafen.« Niemand hörte ihr zu. Dick und Marie waren die Treppe schon fast oben.

Und so sahen sie sie wieder. Es war wie ein wiederkehrender Alptraum. Sie sah genauso aus. Ihr weicher Körper hing von dem Haken an der Decke herab, um ihren Hals war ein Verlängerungskabel geknotet.

Nur dieses Mal war es zu spät. Ihre Haut war bläulich, und ihre

Augen waren herausgetreten. Ihr Gesicht, das ehemals so schön war, war nicht wiederzuerkennen.

Von ihren Handgelenken tropfte noch Blut auf den Fußboden.

Marie Conally fing zu schreien an. Ihr Mann legte die Arme um sie und versuchte, sie aus dem Zimmer zu ziehen. Aber es war zwecklos. Sie blieb wie angewurzelt stehen, starrte Janet an und schluchzte.

So blieb sie beinahe fünf Minuten lang stehen, bis einer der Sanitäter eine Spritze vorbereitet hatte und sie ihr verabreichte.

Der Schuß konnte ihr zwar das Heulen austreiben, nicht aber die Bilder. Den Rest ihres Lebens würde Marie Conally mit der Vision ihrer tot an einem Stromkabel hängenden Tochter fertig werden müssen.

Kurz bevor Marie Conally unter den betäubenden Einfluß des Sedativums geriet, befand sie, daß Leona Anderson doch recht hatte.

Es war Peter Balsam. Es konnte nur er sein. Eine andere Antwort gab es da nicht. In dieser Nacht schlief niemand in Neilsville.

27

Über dem Auditorium lastete eine unerträgliche Stille. Es hatte den Anschein, als ob man alle betäubt hätte und sie nun auf ein Stimulans warteten, das sie wieder aufwecken sollte. Als Monsignore Vernon an das Rednerpult trat, sahen sie ihn voller Erwartung an; seit Jahren waren sie darauf trainiert, bei ihren oberen Religionsfürsten um Führung zu suchen. Jetzt raschelten die lehrenden Schwestern von St. Francis Xavier mit ihren Kutten. Im ganzen Raum wurden schlagartig die Perlen der Rosenkränze aus ihrer festen Umklammerung entlassen.

Monsignore Vernon sah nacheinander in ihre Gesichter, er versuchte die Stimmung der Schwestern auszuloten. Mit wenigen Ausnahmen machten sie einen bestürzten Eindruck. Betroffen und bestürzt. Schwester Elisabeth jedoch schaute wütend drein, ebenso Schwester Kathleen. Und Schwester Marie, aus der Einsamkeit zurückgekehrt, schien völlig entrückt, ihr Gesicht war ausdruckslos, in ihren Augen hatte sie einen Schimmer, der nichts davon verriet, was hinter ihnen vorging.

»Ich wünschte, ich könnte einen guten Morgen sagen«, begann

der Monsignore bedeutsam, »aber an diesem Morgen ist nicht viel Gutes.«

»Monsignore...« Die zögernde Stimme kam aus dem hinteren Ende des Raumes, und der Priester lächelte die ältliche Nonne an, deren Gesicht besonders gezeichnet schien. Seit beinahe vierzig Jahren unterrichtete sie in St. Francis Xavier, und die Eltern der meisten Schüler waren ihre Schüler gewesen. Ja, Leona Anderson hatte sogar ihre Tochter nach der Nonne benannt.

»Ja, Schwester – Penelope?«

»Ich – ich...«, stotterte die alte Schwester, sie kämpfte gegen die Tränen. »Es ist alles so schrecklich. Was geschieht mit uns?«

»Wir wissen es nicht«, sagte der Monsignore besonnen. »Deshalb habe ich euch heute früh hier zusammengerufen. Ich will versuchen, euch das wenige, was wir wissen, mitzuteilen, damit wir uns klarwerden, was wir unternehmen wollen.«

»Penny«, sagte Schwester Penelope, »ich muß wissen, was mit Penny geschah. Sie war mein Liebling – immer.«

Eine der anderen Schwestern tätschelte die Hand von Schwester Penelope und flüsterte ihr etwas ins Ohr.

»Ich wäre froh, euch mitteilen zu können, was geschehen ist«, sagte der Monsignore betroffen. »Alles, was wir wissen, ist, daß sie im Ruheraum ein paar Sachen zurückgelassen hat.«

»Was ist mit Janet?«

Jetzt zuckte Monsignore Vernon leicht zusammen. »Auch hier wissen wir nicht genau, was los ist. Aber Janet hat einen Abschiedsbrief hinterlassen.«

Durch den Raum ging ein Geraschel, die Schwestern sahen einander und und murmelten sich etwas zu. Das war wenigstens etwas.

»Sie schrieb, daß sie nicht genau wüßte, warum sie es tat – was sie tat. Sie sagte, daß sie in letzter Zeit seltsame Empfindungen gehabt hätte, Empfindungen, die sie nicht verstand. Es war beinahe, als ob – ich zitiere sie jetzt – ›jemand von außen mir den Willen aufzwingt, mich umzubringen‹.«

Die Nonnen schauten sich an. Das ergab alles keinen Sinn. Sie wandten ihre Aufmerksamkeit wieder dem Monsignore zu.

»Sie sagte weiter, daß sie sich immer hoffnungsloser fühlte und daß sie gezwungen wurde, sich umzubringen, obwohl sie es wirklich nicht wollte. Sie bat dafür um Vergebung.«

»Vergebung?« fragte Schwester Elisabeth eisig. »Von wem?«

Monsignore Vernons Blick traf sich mit dem der Nonne, und ein Ausdruck des Verstehens wechselte zwischen ihnen. Die Kirche ist ein Fels und darf nicht gebrochen werden. »Ich weiß es nicht«, sagte der Priester leise. »Vielleicht vergaß sie, daß sie nicht im Zustand der Gnade sterben würde.« Eine weitere Welle an Gemurmel surrte durch den Raum, als die Nonnen über den Zustand von Janets Seele nachsannen. Monsignore ließ sie einen Augenblick lang gewähren, dann erlangte er ihre Aufmerksamkeit mit einem Räuspern zurück.

»Natürlich wissen wir nicht, was hier geschehen ist. Ich gestehe, daß ich genauso erstaunt bin wie jede von euch. Und ich bin auch der Meinung, daß ich mich aus der Kirche begeben muß, um zu helfen.«

»Außerhalb der Kirche?« fragte Schwester Kathleen in einer Art, die ihre Meinung klarmachte: Außerhalb der Kirche ist keinerlei Hilfe möglich.

»Ich – wir befinden uns in einer heiklen Situation«, sagte der Priester sorgenvoll. »Mein Glauben ruht selbstverständlich in der Kirche, und die Kirche erlegt dem, der Selbstmord begeht, die volle Verantwortung auf. Und trotzdem sind wir mit einer besonderen Lage konfrontiert. Drei unserer Mädchen sind gestorben, und eine vierte hat versucht, sich umzubringen. Kann es möglich sein, daß jede von ihnen unabhängig voneinander zu demselben Entschluß kam?« Obwohl er die Frage rhetorisch gestellt hatte, fand Schwester Elisabeth eine Antwort.

»Sie waren Freunde«, sagte sie betont. »Enge Freunde. Schon von klein auf. Was eines der Mädchen auch tat, die anderen machten es auch. Darum haben wir uns immer bemüht, sie auseinanderzuhalten.«

»Ich weiß das sehr gut, Schwester Elisabeth«, sagte Monsignore Vernon. »Ich befürchte, daß dieses enge Verhältnis ein Teil des Problems ist. Dr. Shields...«

»Wer?« Es war wieder Schwester Penelope.

»Dr. Shields«, der Priester wiederholte den Namen. »Er ist Psychiater am Krankenhaus. Und er sagte mir, daß es ein Phänomen gibt, das man Selbstmordbazillus nennt, trotz der Lehre der Kirche.«

Plötzlich erstarrten die Nonnen und sahen sich an, während Monsignore Vernon ihnen den Ausdruck erklärte.

»Aber was kann man dagegen tun?« fragte Schwester Elisabeth fordernd.

»Keine Ahnung. Wenn es in einer Nervenheilanstalt vorkommt, ist die Lösung leicht. Man fixiert die Mädchen einfach so lange, bis die Hysterie, die das Syndrom verursacht, sich gelegt hat. Das ist in unserer Lage natürlich unmöglich. Es ist schlicht und einfach nicht machbar, die Mädchen an unserer Schule zu fixieren. Obwohl es Zeiten gegeben hat«, fügte er an, »in denen ich mir genau das gewünscht hätte.«

Ein anerkennendes Glucksen erfüllte den Raum, und die Spannung schien sich ein wenig zu legen. Dann meldete sich Schwester Kathleen.

»Monsignore?«

»Ja, Schwester?«

»Sie haben nur die Mädchen erwähnt. Was ist mit den Jungen?«

»Nach Dr. Shields Aussage betrifft diese Art Hysterie nur heranwachsende Mädchen. Unsere Jungen sind ziemlich in Sicherheit.«

»Aber was wollen wir unternehmen?« fragte eine der Schwestern.

Monsignore Vernon zuckte die Schultern. »Augenblicklich können wir gar nichts machen. Aber«, warnte er, »wir müssen die Ruhe bewahren. Wir müssen so weitermachen wie immer. Morgen wird wieder Unterricht stattfinden, und die Eltern der Kinder, die nicht kommen, werden angesprochen und dringend darum ersucht, ihre Kinder zur Schule zu schicken.«

»Sind Sie sicher, daß das klug ist?« Das war Schwester Marie, und sie ergriff zum erstenmal an diesem Morgen das Wort.

»Es ist das einzige, was wir tun können«, sagte Monsignore Vernon. »Wenn die Kinder hier sind, können wir sie im Auge behalten. Wenn nicht...« Die Stimme des Monsignore Vernon verstummte an dieser Stelle, so als ob die anzusprechenden Konsequenzen zu schrecklich wären, als daß man sie in den Mund nähme. »Wir müssen sie im Auge behalten«, wiederholte er. »Wir müssen die Mädchen im Auge behalten.« Er hielt kurz inne, fügte dann aber forsch an: »Wenn euch etwas Außergewöhnliches auffällt, wünsche ich, daß ihr es mir umgehend berichtet.«

Die Schwestern schluckten das und fragten sich, was man für ›außergewöhnlich‹ halten sollte. Letzten Endes hatte alles den Anschein bekommen, ›außergewöhnlich‹ zu sein.

»Monsignore«, fragte Schwester Marie plötzlich, »warum ist Peter Balsam nicht hier?«

»Ich habe ihn darum gebeten, heute zu Hause zu bleiben, ebenso morgen. Die ganze Geschichte ist für ihn eine große Belastung gewesen, und ich hielt es für das beste, ihm ein bißchen Ruhe zu gönnen.«

Es war, als ob ein Blitz in den Raum eingeschlagen hätte. Die Schwestern unterhielten sich plötzlich aufgeregt, ab und zu sahen sie den Monsignore an, um sich dann wieder etwas zuzuflüstern. Nur Schwester Marie blieb aus dem Gesumme ausgeschlossen. Sie saß beinahe isoliert in dem Tumult, ihren Blick hatte sie starr auf den Monsignore gerichtet. Sie hatte noch immer diesen leicht glasigen, unergründlichen Ausdruck. Und so rasch sie angehoben hatten, so rasch ebbten die Gespräche der Nonnen auch wieder ab. Schwester Elisabeth war aufgestanden. Offensichtlich war sie zur Sprecherin bestimmt.

»Monsignore«, sagte sie, »wir haben da einige Fragen, die Mr. Balsam betreffen. Ich weiß nicht, wo ich anfangen soll«, fing sie an, aber es war offensichtlich, daß sie sehr wohl wußte, wo sie anfangen sollte. »Ich fürchte, Ihnen sagen zu müssen, daß wir alle an eine Verbindung zwischen Mr. Balsam und dem, was unseren Mädchen zustößt, glauben. Besonders im Lichte dessen, was Penny in ihrem Abschiedsbrief geschrieben hat. Von wegen, daß ihr jemand Gedanken in ihren Kopf steckt. Wer sonst könnte das sein, wenn nicht Mr. Balsam? Wir hatten doch nie Probleme wie diese, bevor er herkam. Und bevor er kam, waren diese vier Mädchen niemals in einer Klasse zusammen. Aber jetzt ist er da, und die vier Mädchen waren alle in seiner Klasse, und uns ist sonnenklar, was für eine Art Unterricht er gibt...« Sie unterbrach, als Andeutung, daß der Schluß auf der Hand lag: Der Psychologieunterricht war in irgendeiner Hinsicht für den Tod der Mädchen verantwortlich. »...und der einfachste Weg, mit alldem Schluß zu machen, scheint uns... dieser Unsinn mit Balsam und seinem Psychologieunterricht muß sofort eingestellt werden.«

Sie setzte sich wieder, und ihre Miene bedeutete aller Welt, daß dem aus ihrer Sicht nichts mehr hinzuzufügen sei. Sie und die übrigen Schwestern hatten Balsam in den Mittelpunkt des Grauens um sie herum gestellt, jetzt war Monsignore Vernon an der Reihe, den Sünder aus ihrer Mitte zu vertreiben.

»Ich kann eure Sorgen verstehen«, sagte er rücksichtsvoll, dabei versuchte er, die Stimmung der Schwestern so genau wie möglich zu beobachten. Er würde ganz locker bleiben müssen. »Ja, ich teile sogar einige davon. Es erscheint wirklich seltsam, daß das alles

Mädchen aus seiner Klasse widerfährt, besonders einer Psychologieklasse. Aber wir dürfen nicht vorschnell urteilen – keine eiligen Entschlüsse treffen, die mehr auf dem Gefühl als auf Tatsachen beruhen. Sicher, mir ist klar, daß es euch seltsam vorkommt, jemanden wie Balsam und mit seinem Hintergrund darum zu bitten, heranwachsende Mädchen im Fach Psychologie zu unterrichten...«

»Sein Hintergrund?« Schwester Elisabeth war wieder auf den Beinen. »Was ist mit seinem Hintergrund?«

»Nun, wenn ich es mir recht überlege, ist es schon recht sonderbar, daß Peter Balsam in den Selbstmord so vieler Mädchen verwikkelt sein sollte. In Anbetracht seiner Geschichte, meine ich.«

»Was ist das für eine Geschichte?« forderte Schwester Elisabeth. »Und was ist mit seinem Hintergrund? Monsignore, wovon sprechen Sie?«

Der Priester starrte sie an. »Wollt ihr damit sagen, ihr habt das nicht gewußt?« fragte er, als ob er wirklich durcheinander wäre. »Aber ich dachte, das hätte ich euch vor langer Zeit bereits erzählt?«

»Was haben Sie uns erzählt?« Monsignore Vernon sah deutlich den Schwung der Kutte von Schwester Elisabeth aufgrund ihres ungeduldigen Klopfens mit dem Fuß unter ihren schweren Rökken.

»Das tut mir leid«, sagte er reuig. »Ich dachte, ihr wäret alle mit Balsams Hintergrund vertraut. Aber ich kann nicht verstehen, warum ihr das nicht seid.« Als ob er überlegte, ob er weiterreden konnte, sah er ihnen in die Gesichter, in eines nach dem anderen. Er traf seinen Entschluß: »Weil ihr das aber nicht wißt, halte ich es für äußerst unangebracht, wenn ich ausgerechnet jetzt über ihn sprechen würde. Äußerst unangebracht.« Er drehte sich um und verließ gleich darauf den Raum. Die Nonnen, sich selbst überlassen, strömten zusammen und versuchten herauszufinden, wovon der Priester gesprochen hatte.

Alle, außer Schwester Marie. Schwester Marie blieb sitzen, ihr Blick ruhte auf der Tür, durch die der Monsignore gegangen war.

Peter Balsam hatte fast den ganzen Tag alleine in seiner Wohnung verbracht. Am Vormittag war er in die Stadt gegangen, nur weil ihm die Decke auf den Kopf zu fallen drohte. In der Stadt war es noch schlimmer. Dort erschlug ihn Neilsville.

Jetzt gaffte man ihm unverhüllt nach. Man schwieg nicht mehr, wenn er vorbeiging. Jetzt hoben sie ihre Stimmen noch an, damit er sie ganz sicher hören mußte. Das meiste des Geredes bezog sich auf Janet Conally:

»Warum hat man sie aus dem Krankenhaus entlassen?«

»Sie dachten, sie wäre gesund. *Er* sagte, sie sei gesund!« (Ein nicht sonderlich verhohlener Blick galt Peter Balsam.)

»*Er* hat sie besucht, wißt ihr.«

»Und das hat man erlaubt? Mir nicht!«

»Der Herr weiß, was er ihr erzählt hat, aber dem Abschiedsbrief nach...«

Das wenige Geschwätz, das nicht über Janet Conally ging, bezog sich auf ihn.

»Kommt aus Philadelphia...«

»Hat sich zum Priesteramt beworben, aber man warf ihn raus...«

»Wißt ihr, daß er sich mit Margo Henderson trifft?«

»Aber sie ist *geschieden*...«

»Seit er nach Neilsville kam...«

So waren die meisten Stimmen. Wo er auch hinging, hatte Peter Balsam das Gefühl, daß ihn das niederrang. »Seit er nach Neilsville kam...« Dieser Satz wurde nie zu Ende gesprochen, er blieb immer offen, damit ihn der Zuhörer vollenden konnte. Mittags war er wieder in seiner Wohnung zurück, verschloß die Tür und ließ die Jalousien herunter. Er fühlte sich wie ein eingesperrtes Tier. Und er war sicher, daß er sie draußen spüren konnte; Kleinstadtmenschen, die an seinem Haus vorbeigingen und zu der verschlossenen Wohnung blickten, sich fragten, was er drinnen machte, was er in der Finsternis plante.

Er war nicht angeklagt worden. Er hatte keinen Prozeß bekommen.

Er war nicht verurteilt und für schuldig befunden worden.

Peter Balsam wollte Neilsville verlassen, seine Sachen packen und fliehen. Es wäre leicht. Er könnte einfach noch einmal durch die Stadt gehen, zum Bahnhof. Um sechs Uhr gab es einen Zug. Auf einmal war er soweit, daß er seine Koffer von der Schrankdecke holte und sie offen aufs Bett legte.

Aber er konnte es nicht tun. Diesmal nicht. Er war schon vorher weggelaufen. Vor der Priesterschaft, dann vor seiner Ehe. Außerdem galt es diesmal, an mehr zu denken als nur an sich selbst. Da waren noch die Kinder. Wenn er ginge, würde es nicht aufhören, nie und nimmer, niemand würde wissen, wie man es beenden könnte.

Niemand würde es überhaupt begreifen. Und wie sollten sie das auch? Es war einfach zu bizarr.

Zu bizarr. Das Wort setzte sich in seinem Kopf fest. Es *war* zu bizarr. Da mußte noch mehr dahinterstecken. Etwas, was er übersehen hatte. In der Mitte des Nachmittags machte er sich wieder über seine Bücher her.

Zuerst die Geschichte der Heiligen. Er sah alles noch einmal durch, so wenig es auch war.

Er las noch einmal kurz den Abschnitt über Piere da Verona durch, den fanatischen Dominikanerpriester, der in den Jahren der Inquisition in Italien gewütet hatte, Ketzer und Sünder im Namen des wahren Glaubens und der Mutter Kirche verfolgt hatte.

Dann stieß er auf jenen Mann, dessen Namen so eine Ähnlichkeit mit dem seinen hatte – Piero da Balsama, der Ketzer, der am Ende zu weit getrieben wurde und eines Nachts in einem Hinterhalt auf Verona lauerte und mit einem Stein Veronas Schädel einschlug.

Doch dieser Mord hatte nichts erreicht. Die mittelalterliche Kirche hatte ihren ermordeten Inquisitor in den Stand eines Heiligen versetzt, ihn St. Peter Martyr genannt und sein Märtyrertum dazu benutzt, die Inquisition fortzusetzen. Und offensichtlich hatte es auch ganz gut geklappt, denn der Mörder, der arme Piero da Balsama, bereute und schloß sich einem Orden an. Schließlich folgte er seinem Inquisitor in den Heiligenstand nach. Aus Piero da Balsama wurde St. Acerinus.

Sollte sich wirklich alles noch einmal wiederholen? fragte sich Balsam. War sein alter Freund Pete Vernon wirklich zu der Überzeugung gelangt, daß sie beide die Reinkarnation der alten Heiligen seien?

In Gedanken ging er ihre Geschichte noch einmal durch. Sicher, neben der Übereinstimmung in den Namen gab es noch weitere Parallelen. Seit seiner Ernennung zum Monsignore hatte sich Pete Vernon mit Fanatismus der Aufgabe gewidmet, der Kirche den Stempel der dominikanischen Inquisatoren aufzudrücken.

Und Peter Balsam hatte mit Sicherheit einige tiefe Zweifel an seinem Glauben aufkommen lassen, die ihn vor langer Zeit zum Ketzer gebrandmarkt hätten. Aber diese Zeiten waren längst vorbei. In der modernen Kirche waren Fragen wie seine durchaus üblich. Balsam war bekannt, daß viele katholische Theologen viel radikalere Ideen geäußert hatten, als er das je tat. Aber nicht in Neilsville. Mit einem Schaudern, das seinen Körper zu Eis erstarren ließ, dachte

Balsam an die massive, schwarzgekleidete Gestalt des Monsignore, wie er in der Turnhalle stand und auf ihn zeigte. Ihm fiel die Glut in seinem Blick wieder ein und das Wort, das er gebraucht hatte: *Ketzer*.

Ihm fielen die vielen Momente ein, in denen er versucht hatte, den Priester zu stellen, und die vielen Momente, in denen ihn der hypnotische Zorn im Gesicht des Priesters zurückschrecken ließ.

Hypnotisch.

Es war wie ein Licht, das man anknipste und die Dunkelheit vertrieb. Das Wort ging in Balsams Geist um, und Bilder fingen an, sich darin zu drehen.

Das Flackern des Kerzenlichtes.

Der stete Rhythmus der Gesänge.

Die Gedächtnislücken, wenn die Zeit verkürzt wurde und die Stunden zu Minuten komprimiert wurden.

Die Dinge, von denen Janet ihm erzählt hatte. »Man hat mich gezwungen, Dinge zu tun, die ich gar nicht tun wollte. Es ist, als ob jemand die Kontrolle über mich hätte und mich zu Taten veranlaßt.«

Es mußte eine Form der Hypnose sein, aber eine Form, die über das Normale hinausging.

Fiebernd ging Balsam seine Bücher durch. Nicht die Texte, sondern die alten Bände, die er seit Jahren schon sammelte, die Wrackteile und das Treibgut der Parapsychologie, der psychischen Phänomene und der Spekulationen. Er griff mal hier, mal da ein Stück heraus. Es war wie das Zusammenfügen von Teilen verschiedener Mosaike, um daraus ein neues zu bilden. Als er damit fertig war, ergab sich ein gewisser Zusammenhang. Monsignore Vernon hatte einen Weg gefunden, um den Verstand zu kontrollieren.

In seinem Fanatismus hatte er sich zu einer Methode verstiegen, die kombinierte Konzentration verschiedener Charaktere zu benutzen, um damit anderen seinen Willen aufzuzwingen. Und es funktionierte. Die Mädchen starben.

Aber warum? Peter Balsam verbrachte den restlichen Nachmittag damit, über dieses Problem zu grübeln, es immer wieder zu durchdenken, im Versuch, die Motivation des Priesters zu ergründen.

Er wußte, daß es mit den Mädchen zu tun hatte. Aber bis jetzt waren nur diese vier Mädchen zu Opfern geworden, oder sollten andere ihnen folgen?

Und dann war da noch das Problem seiner eigenen Rolle. Er versuchte herauszufinden, wie er sich in dieses Schema einfügte.

Er war sicher, daß er reinpaßte. Zu oft hatte der Monsignore bekräftigt, daß er für die Gemeinschaft des St. Peter Martyr lebenswichtig war, obwohl er ihre fanatischen Ansichten keinesfalls teilte. Es war etwas anderes. Es mußte etwas anderes sein.

Plötzlich fiel der Groschen. Es war etwas aus seiner Vergangenheit, aber sehr weit in seiner Vergangenheit, als er zum erstenmal in das Kloster kam. Mit einem der Jungen war etwas, worüber keiner der anderen zu sprechen wagte. Konnte es mit Pete Vernon zu tun gehabt haben? Seine Gedanken wurden durch das Telefon gestört.

Margos Stimme holte ihn aus seiner Trance, und er sah auf die Uhr. Der Tag war vorbei.

»Möchtest du, daß ich etwas zum Abendessen mitbringe?«

»Ja, und ich möchte, daß du über Nacht bleibst.«

Schweigen. Margo glaubte, etwas Neues an Peters Stimme entdeckt zu haben, eine Sicherheit, die sie nie zuvor gehört hatte.

»Bist du in Ordnung?« fragte sie.

»Mir geht es gut«, antwortete Peter. »Endlich habe ich alles zusammen, Margo. Ich weiß, was hier gespielt wird.«

»Bist du sicher?«

»Ich denke schon. Das einzige, was ich nicht weiß, ist, warum es passiert, aber ich werde auch das noch herausbekommen. Und dann werde ich der ganzen Affäre ein Ende bereiten.«

Die Zuversicht in seiner Stimme machte ihr die Entscheidung leicht. Zum erstenmal klang Balsam so, wie sie es von ihm erhofft hatte.

»Ich bringe ein paar Steaks mit. Und meine Zahnbürste.«

Während Peter Balsam und Margo Henderson an diesem Abend zusammen aßen, sich liebten und eine glückliche Zeit miteinander verbrachten, fand sich Marilyn Crane in größter Unruhe wieder. Sie versuchte es mit Lesen, dann mit Fernsehen. Dann ging sie nach oben in ihr Zimmer und versuchte zu lernen. Sie konnte sich nicht konzentrieren.

In ihrem Geist hörte sie etwas. Sie hörte seltsame Gesänge und Stimmen, die nach ihr riefen. Sie stellte sich vor, daß die Stimmen Engel wären und daß sie wollten, daß sie zu ihnen komme.

Sie wußte, daß sie das nicht konnte. Wenn die Engel sie haben wollten, mußten sie kommen und sie holen. Sie wünschte sich nichts sehnlicher als das. Sie lauschte, wie die Engel sie riefen.

Sie wollte antworten, wollte ihren Ruf befolgen.

Aber es war sündig, und Marilyn wollte sich nicht versündigen. Die Mutter der Erlösten haßte die Sünde.

Marilyn zwang sich, nicht auf die Stimmen zu hören.

Aus dem Kamin auf dem Dach des Pfarrhauses kräuselte sich ganz sacht der Rauch in den Himmel hinauf.

Niemand in Neilsville achtete darauf. Alle waren zu Hause, machten sich Sorgen um ihre Kinder und ließen sie nicht aus den Augen.

28

Über der Stadt lag eine tiefe Schläfrigkeit, die sich um den Kirchhügel konzentrierte, wo die Gebäude der Kirche, der Schule und des Klosters einen festungsartigen Charakter angenommen hatten. Die Menschen bewegten sich langsam durch die Geschicke des Tages, als ob sie durch die Vortäuschung der Normalität dieselbe erreichen könnten.

Alle sahen einander an. In jeder Klasse kam der Unterricht abrupt zu einem Ende, wenn die Lehrer sich die Gesichter der Schüler besahen, um vielleicht ein Zeichen zu sehen, wer von ihnen der nächste sei.

Auch die Schüler beobachteten einander und tratschten während der Zwischenstunden. Aber eine Art Vorahnung herrschte unter ihnen, eine Aufgeregtheit, als ob sie Zuschauer in einem makabren Zirkus wären. Mit der Zuversicht der Jugend war sich jeder einzelne von ihnen sicher, daß die Gewalt, was immer sie auch darstellen mochte, unvermeidlich einen anderen treffen würde. Wen?

Die Übereinstimmung blieb unausgesprochen.

Während sie durch den Tag ging, konnte Marilyn es spüren. Seit sie denken konnte, hatte sie gemerkt, daß die Leute sie beobachteten, über sie redeten, sie im stillen nachäfften. Jetzt hatte sie das sichere Gefühl, daß man sich darauf geeinigt hatte, daß sie nun an der Reihe wäre, und sie fühlte sich mehr denn je von ihnen beobachtet.

Egal, wo sie hinging, sie konnte die neugierigen Blicke auf sich deutlich spüren, die sie wie ein exotisches Insekt prüften. Und es waren nicht nur ihre Klassenkameraden, sondern auch die Schwestern. Sie hörte das Rascheln ihrer Kutten, die Nonnen hatten angefangen, sie zu bewachen. Wann immer sie sich umdrehte, stand eine von ihnen in der Nähe: eine schwarze Gestalt, die hinter einer Ecke verschwand oder vorgab, mit etwas anderem beschäftigt zu sein oder sich nahe zu einer weiteren schwarzen Gestalt herunterbeugte und etwas in ein unsichtbares Ohr flüsterte.

Die Tage vergingen, und die Unruhe wurde größer. Sie wußten, daß ihr Gefühlsleben immer chaotischer und ihre Gedanken immer wirrer wurden. Sie wußten es und warteten. Sie begann, mehr Zeit in der Kirche zu verbringen. Sie aß nicht mehr zu Mittag, sondern zog es vor, diese Stunde im Heiligtum zu verbringen, sich in der Madonna zu verlieren, und die heitere Figur leise um Hilfe anzuflehen.

Sie war selten alleine in der Kirche; zwischen den Bänken saßen immer noch zwei oder drei andere Personen, die in ihre eigene Andacht versunken waren. Oftmals waren es Familienangehörige der Mädchen, die bereits gestorben waren, die Trost für den erlittenen Verlust suchten und um Verständnis beteten.

Peter Balsam war aus eigenem Entschluß schon am Tag nach seiner eintägigen Abwesenheit wieder an die Schule zurückgekehrt. Aber er hatte sich verändert, und jedem war die Veränderung aufgefallen. Man beobachtete ihn so genau, wie man Marilyn Crane beobachtete, und ihm war klar, warum. So wie man glaubte, das nächste Opfer wäre Marilyn Crane, so glaubte man auch, daß er dafür verantwortlich sei. Leona Anderson hatte ihre Arbeit getan.

Wo er auch hinging, die Blicke, das feindliche Starren der Menschen in Neilsville erschreckte ihn. Auch die Nonnen hatten sich verändert, sie waren ihm gegenüber härter geworden. Er hatte versucht, herauszufinden, woran das lag, aber keine der Nonnen wollte es ihm sagen. Sie glotzten ihn einfach nur an, als ob sie damit sagen wollten, ›du weißt es besser als wir‹.

Außer Schwester Marie. Sie kam zu ihm, an dem Tag, als sie wieder in St. Francis Xavier zurück war. Sie bot ihm Hilfe an.

»Hilfe?« fragte er verdutzt. »Hilfe wobei?«

»Bevor ich ging, wollten Sie, daß ich etwas für Sie übersetze. Wenigstens sollte ich es versuchen.«

Peter erinnerte sich. Das Tonband. »Es tut mir leid«, sagte er. »Zu spät.« Darauf: »Schwester Marie, warum sind Sie fortgegangen?«

Sie zog ihre Brauen ein wenig zusammen. »Ich weiß es wirklich nicht«, sagte sie. »Einfach einer von Monsignores komischen Scherzen, denke ich.«

»Monsignore?«

»Er gab mir die Weisung, mich zurückzuziehen.« Das ansteckende Grinsen von Schwester Marie erhellte ihr Gesicht. »Ich glaube, er mag mich nicht. Ich fürchte, ich nehme manches nicht ernst genug, nach seinen Maßstäben. Immer wenn ich über die Stränge schlage – mit meinen Worten, nicht seinen –, schickt er mich für ein paar Tage in die Einsamkeit. Glauben Sie mir, wenn Sie je über drei Tage lang schweigen mußten, kehren Sie mit wesentlich ernsteren Ansichten über alles zurück.«

Peter Balsam versuchte sich genau daran zu erinnern, was ihm der Monsignore wegen der Abwesenheit von Schwester Marie gesagt hatte. Nein, zwischen dem, was der Priester ihm gesagt hatte, und dem, was ihm die Nonne jetzt erklärt hatte, war kein Widerspruch.

»Es tut mir leid, daß ich gerade in dem Augenblick gehen mußte«, hörte er die Nonne sagen. »War es so wichtig, was ich da übersetzen sollte?«

Peter schüttelte kurz den Kopf und bemühte sich zu lächeln. »Ich glaube nicht«, sagte er. »Erst dachte ich ja, aber jetzt bin ich nicht mehr davon überzeugt. Außerdem ist es sowieso zu spät.«

»Peter«, sagte Schwester Marie langsam, als ob ihr die Entscheidung zu sprechen sehr schwergefallen wäre. »Was ich da übersetzen sollte – hatte es etwas mit – mit den Ereignissen zu tun? Mit den Mädchen?«

»Das dachte ich, aber ich bin mir jetzt nicht mehr sicher.«

»Haben Sie eine Ahnung, was hier vorgeht?« fragte Schwester Marie unverblümt.

»Ich denke schon«, sagte Peter unsicher, er überlegte, ob er sie in sein Vertrauen ziehen sollte.

Schwester Marie biß auf ihrer Oberlippe herum. Als sie ihn wieder ansah, war nicht die leiseste Spur der gewohnten Heiterkeit mehr in ihren Augen.

»Viele Leute hier glauben...«, verlegen unterbrach sie sich.

»Daß ich dafür verantwortlich bin, was den Mädchen zugestoßen ist?«

Sie nickte.

»Was glauben Sie denn?« sagte Peter leise.

Sie starrte ihn an, und Peter sah, daß ihre Augen mit Tränen gefüllt waren.

»Ich – ich weiß nicht, was ich glauben soll«, platzte es schließlich aus ihr heraus. Dann drehte sie sich um und rannte davon.

Seitdem hatte Schwester Marie nicht mehr mit ihm geredet, und Peter hatte sich auch nicht darum bemüht.

Von Tag zu Tag wurde er erschöpfter. Nur während der Nächte, in denen Margo bei ihm blieb, ließ er den Schlaf zu, und es hatte erst zwei solcher Nächte gegeben. Wenn sie nicht bei ihm blieb, blieb er auf, hielt sich mit Kaffee wach, weil er sich fürchtete, alleine zu schlafen. An seinem Blick konnte man die Erschöpfung gut sehen, und ihm war klar, daß das in Neilsville nicht unbemerkt bleiben würde.

Er wußte, daß Leona Anderson zum Monsignore gegangen war, um seine sofortige Entlassung zu verlangen; er wußte, daß der Priester dem nicht stattgegeben hatte, aber er wußte nicht, warum. Die Kälte zwischen den beiden Männern war nun bis zu dem Punkt gestiegen, daß sie kaum noch miteinander sprachen. Und die offensichtliche Spannung zwischen ihnen gab nur noch neuen Gesprächsstoff für das Getuschel in der Stadt ab.

Gelegentlich fragte sich Balsam, warum er noch blieb, aber an jedem Tag redete er sich ein, daß er an diesem Tag eine Möglichkeit finden würde, alleine im Pfarrhaus zu sein, um dort im Arbeitszimmer nach dem letzten Stück in seinem Puzzle zu suchen. Wenn es ein solches Stück gab, dachte er, dann würde er es in dem Arbeitszimmer finden, denn es war das Arbeitszimmer, in dem das Grauen stattfand. Denn wenn er erst einmal wüßte, warum das Grauen inszeniert wurde, wüßte er auch, wie man es verhindern konnte.

Sein einziger Trost war Margo Henderson. Allmählich verbrachten sie jeden Abend zusammen, jeden Abend legte Peter von neuem seine Theorie für Margo dar, und Margo hörte geduldig zu.

Aber nichts geschah. Neilsville blieb ruhig. Die Tage nahmen wieder ihre gewöhnliche Stumpfheit an, was Margo als Erlösung betrachtete. Die Stadt war immer noch ruhelos, immer noch redeten die Leute, aber die Spannung legte sich.

Nur Peter erzählte ihr Abend für Abend von neuem, daß es sich nur um einen Aufschub handelte, daß der Schrecken wieder beginnen würde.

»Aber warum bist du davon so überzeugt?« fragte sie ihn eines

Nachts. »Ich meine, warum geschieht es nicht, wenn etwas geschehen soll?«

»Ich weiß es nicht«, sagte Peter verbissen. »Aber ich weiß, daß es noch nicht vorbei ist. Ich werde es nicht beenden können, bevor ich das Motiv nicht kenne.«

Margo besah sich seine fahle Haut und seinen abgehärmten Blick. Es hatte von ihm Besitz ergriffen. Ihre gemeinsamen Abende waren kein Spaß mehr; er war zu sehr in ein Problem verstrickt, das für Margo schon lange nicht mehr existierte. »Selbst wenn du es herauskriegst, was macht dich denn so sicher, daß du etwas dagegen tun kannst?« Sie versuchte, ihre Stimmlage zu halten, aber ihre wachsenden Zweifel an Peter kamen durch.

»Du glaubst mir nicht, oder?« fragte Peter.

Margo sah keinen Grund, es abzustreiten. Ihre Zweifel waren in den letzten Tagen gewachsen.

»Ich weiß nicht«, schloß sie einen Kompromiß. »Peter, ich *will* dir glauben. Aber es klingt alles so...« Sie suchte nach dem richtigen Wort. »...so weit hergeholt. Peter, es klingt einfach nicht rational.«

»Das habe ich nie behauptet«, entgegnete Peter.

»Allerdings nicht«, beklagte sich Margo, »vielleicht hättest du dir Mühe geben sollen, damit die ganze Geschichte etwas glaubwürdiger klingt, das hätte vieles leichter gemacht. Aber im Gegenteil, du bestehst einfach darauf, daß ich dir glaube. Weißt du, zwischen dir und dem Monsignore besteht eigentlich gar kein Unterschied.«

Das saß, und Peter fuhr zusammen. »Es tut mir leid, daß du so denkst«, sagte er steif.

»Mir auch«, sagte Margo kühl. »Aber so empfinde ich nun einmal, daran kann ich auch nichts ändern.«

Peter stand von seinem Stuhl auf und ging in die Küche, um sich einen Drink zu machen. Während er die Eiswürfel lockerte und den Schnaps abmaß, reflektierte er über die Zerbrechlichkeit der Grundzüge des Glaubens. Sein Glaube an die Kirche war zerbrochen, und er wandte sich sich selbst zu. Jetzt waren auch die sorgsam gepflegten Grundzüge zwischen ihm und Margo zerrissen. An wen könnte er sich nun wenden?

Er ging ins Wohnzimmer zurück.

Margo war gegangen.

Balsam war alleine.

Es geschah an einem Dienstag, als Peter Balsam Marilyn Crane belauschte. Er saß in Zimmer 16 hinter seinem Schreibtisch und versuchte, die Lateinarbeiten zu benoten. In der kleinen Kammer neben Zimmer 16 arbeiteten Marilyn Crane und Jeff Bremmer an den Ratten. Peter wurde in der Entfernung ihrer Unterhaltung bei der Arbeit gewahr, aber erst als Marilyn über die Ratten zu sprechen begann, gab Balsam es auf, sich auf seine Arbeit zu konzentrieren, und hörte den beiden Jugendlichen im Nebenzimmer zu.

»Sie sind nicht mehr gut«, sagte Marilyn plötzlich.

Jeff Bremmer sah sie an und bemerkte zunächst, daß er angewiesen worden sei, mit Marilyn an diesem Experiment zu arbeiten, und daß sie ausgerechnet jetzt darauf bestand zu reden, anstatt einfach weiterzumachen.

»Was soll das denn heißen?«

Marilyn überging den beabsichtigten Vorwurf.

»Schau sie dir an. Sie versuchen es gar nicht mehr. Egal, was du machst, sie streifen einfach im Labyrinth herum, um irgendwie durchzukommen. Vor wenigen Tagen noch konnte man sie alle auseinanderhalten. Nun nicht mehr. Jetzt sind sie alle gleich. Als ob ihre Persönlichkeit weg wäre.«

»Sie haben nie eine Persönlichkeit gehabt«, sagte Jeff, dessen Verwirrung größer wurde. »Es sind doch nur Ratten, verdammt noch mal!«

Marilyn warf ihm einen Blick zu. »So sollst du nicht sprechen.«

»Wie?«

»Du sollst nicht fluchen.«

»O Jesus«, sagte Jeff absichtlich.

Diesmal hörte Marilyn ihn nicht; sie hatte ihre Aufmerksamkeit wieder den Ratten zugewandt.

»Warum machen sie das?« grübelte sie. »Warum setzten sie sich einfach in eine Ecke und warten, bis es vorbei ist? Alles, was sie dafür bekommen, wenn sie den Weg durch das Labyrinth finden, ist ein Stück Futter, und das bekommen sie sowieso.«

»Das wissen sie nicht«, sagte Jeff, der Angst hatte, wieder arbeiten zu müssen. »Denn alles, was sie wissen, ist, daß sie verhungern, wenn sie sich hinsetzen und gar nichts machen.«

Marilyn schien ihn nicht zu hören. »Manchmal geht es mir so wie ihnen«, sagte sie. Ihre Stimme klang verträumt, und Jeff wußte nicht mehr, ob sie mit ihm oder eher mit sich selber sprach. »Manchmal habe ich das Gefühl, mein Leben ist ein Labyrinth, und jedesmal, wenn ich herausfinde, was man von mir erwartet, ändert jemand die Regeln, und ich muß wieder ganz von vorne anfangen.«

Nebenan, in Zimmer 16, legte Peter Balsam die Prüfungsarbeit beiseite, die er gerade in Arbeit hatte, und konzentrierte sich ganz auf Marilyn.

»Warum kümmere ich mich überhaupt darum«, sagte sie. »Warum schmeiße ich den ganzen Kram nicht einfach hin? Ich meine, was kann mir schon passieren? Ich bin wie diese Ratten.« Ihre Stimme wurde verbittert. »Sie machen weiter, und ich mache weiter, und sie fangen an, sich zu ähneln, und ich fange an, so wie die übrigen von ihnen zu werden. Für sie muß es das gleiche gewesen sein. Es muß ihnen gegangen sein wie mir. Als ob jemand anderer ihr Leben führte. Aber sie haben alle aufgegeben und tun, was man von ihnen erwartet. Außer Judy. Aber sie macht nie, was man von ihr erwartet.«

Jeff Bremmer hatte zu arbeiten aufgehört und gaffte Marilyn an. Sie schien seine Gegenwart nicht mehr zu bemerken, auch nicht mehr, wo sie sich befand. Obwohl sie weiterhin in das Labyrinth schaute, hatte ihr Blick etwas Endloses, und Jeff war sich nicht sicher, ob sie wenigstens die Ratten noch sah. Ihre Stimme dröhnte weiter durch die plötzliche Stille, die sich über die beiden Räume gesenkt hatte.

»Auch Janet hat versucht, dagegen anzugehen; sie war nicht ganz so stark wie Judy. Aber sie war stärker als ich. Wenn sie sich nicht gegen ihn durchsetzen konnte, wie kann ich es dann? Und warum sollte ich? Es wäre wesentlich leichter, ihm einfach nachzugeben und das Ganze zu beenden.«

Jeff nahm das Stichwort auf. ›Ihm?‹ Sie hatte ›ihm‹ gesagt. Er faßte Marilyn am Arm.

»Wem?« sagte er. »Wem nachgeben?«

Marilyn gab erst keine Antwort, dann aber richtete sie ihren Blick auf Jeff, und ihr Körper erstarrte. Sie hatte gar nicht gemerkt, daß sie laut redete. Sie hatte nur gedacht. Nur gedacht. Aber Jeff hatte sie gehört.

Sie änderte ihre Blickrichtung und sah durch die offene Tür in Zimmer 16. Auch Mr. Balsam starrte sie an. Alles, was sie gedacht – nein, gesagt – hatte, sie hatten es gehört. Jetzt würden sie sie für verrückt halten. Sie mußte heraus. Raus aus dem Zimmer. Raus aus der Schule.

Sie befreite ihren Arm aus Jeffs Griff und stolperte auf die Tür zu.

Im Vorbeigehen an Zimmer 16 begannen ihre Tränen zu fließen, und sie kämpfte verzweifelt gegen das Schluchzen an, das ihr im Hals steckte. Sie fing an zu laufen, raus aus dem Zimmer, den Gang entlang.

Raus.

Sie mußte einfach raus. Bis der quälende Weinkrampf ihrer Kehle entronnen war, war sie schon zur Hälfte den Hügel hinuntergerannt. Nicht einmal der Rauch vom Dach des Pfarrhauses war ihr aufgefallen. Sie achtete nur auf ihr Schluchzen und den Lärm in ihrem Kopf. Diese Klänge, diese üblen, nötigenden Geräusche.

Bis Peter reagieren konnte, war sie schon weg. Er lief zur Zimmertür, aber sie war um die Ecke verschwunden; er konnte nur noch das Trampeln ihrer Füße hören. Langsam ging er in Zimmer 16 zurück. Dort wartete Jeff Bremmer auf ihn.

»Was hat sie damit gemeint?« fragte Jeff. »Es klang wie...«

»Egal, wie es geklungen hat«, schnappte Balsam. Sofort bereute er seinen Tonfall; er hatte nicht gedacht, während er sprach. Er versuchte, den Schmerz, der sich in Jeffs Gesicht niedergeschlagen hatte, zu lindern.

»Tut mir leid«, sagte er. »Ich habe mir Sorgen wegen Marilyn gemacht.«

»Es wird schlimmer mit ihr«, bemerkte Jeff.

»Schlimmer? Was meinst du damit, schlimmer?«

Jeff zappelte nervös herum. Vielleicht hätte er das nicht sagen sollen. »Sie war ja schon immer ein bißchen, Sie wissen schon, schrullig. Aber in letzter Zeit ist es wirklich schlimm geworden. Ich meine, die meisten von uns glauben...«, er hielt inne, er wollte keinen Mitschüler vor einem Erwachsenen ausrichten, auch wenn der Mitschüler Marilyn Crane hieß.

»Glauben was?« fragte Peter. Dann: »Egal, ich weiß, was sie glauben.«

Jeff Bremmer sah seinen Lehrer fragend an, ihm fiel wieder das Wort ein, das Janet benutzt hatte. ›Ihm.‹ Und als sie merkte, daß Balsam sie ansah, war sie weggelaufen.

»Sie«, sagte Jeff plötzlich. »Sie hat über Sie gesprochen, oder?«

»Über mich?« sagte Balsam erstaunt.

»Als sie davon sprach, nachzugeben. Sie sagte etwas wie ›ihm‹ nachzugeben. Sie sprach doch über Sie, oder nicht?«

»Nein«, sagte Peter entschieden, »sie sprach nicht über mich.«

Aber irgendwas an seinem Blick, an seinem Gesichtsausdruck, ließ Jeff das bezweifeln. Als er das Zimmer verließ, war Jeff Bremmer überzeugt, daß, was auch immer geschehen war mit all den Mädchen – was nun auch mit Marilyn Crane geschah –, es allein Balsams Schuld war.

Peter Balsam saß einige Minuten lang alleine im Zimmer und überlegte, was er tun sollte. Egal, was er tat, er mußte es alleine tun. Es gab niemanden mehr, an den er sich hätte wenden können.

Er hatte sich entschieden. Er wollte Marilyns Mutter anrufen. Er wollte sie warnen, ihr sagen, daß sie auf Marilyn aufpassen, mit ihr reden sollte.

Peter packte seine Sachen zusammen, schloß die noch nicht korrigierten Fragebögen in seinem Schreibtisch ein und ging aus dem Zimmer. Er war so damit beschäftigt, sich zu überlegen, was er Mrs. Crane sagen wollte, daß er am Pfarrhaus vorbeiging, ohne überhaupt hinzusehen.

Bis etwa neun Uhr nahm bei den Cranes niemand das Telefon ab, und je später es wurde, desto unruhiger wurde Peter. Vielleicht kam er schon zu spät. Vielleicht war Marilyn schon etwas zugestoßen. Aber als endlich jemand ans Telefon ging, klang die Stimme, die an sein Ohr tönte, völlig normal. »Ja?«

»Mrs. Crane?«

»Ja. Wer spricht denn bitte?«

»Wir kennen uns noch nicht, Mrs. Crane. Ich bin einer der Lehrer von Marilyn.«

Geraldine Crane wollte spontan auflegen. Wie konnte er es wagen, sie anzurufen? Wußte er nicht, was jeder über ihn sagte?

»Mrs. Crane, sind Sie noch dran?«

»Was wollen Sie?« fragte Geraldine frostig.

»Ich rufe wegen Marilyn an. Ist sie zu Hause?«

»Natürlich ist sie da, wo sollte sie sonst sein?«

»Mrs. Crane, ich mache mir große Sorgen wegen Marilyn. Ich glaube, sie schwebt in Gefahr, und ich weiß nicht, was ich tun soll.«

»Gefahr?« Geraldine Crane hielt den Hörer weg von ihrem Ohr und starrte ihn an. Wovon sprach dieser Mann?

»Heute nachmittag arbeitete sie im Labor, und ich, nun, ich weiß nicht, wie ich es genau ausdrücken soll…«

»Ich würde vorschlagen, Sie drücken es so aus, wie es sich zugetragen hat, was immer es gewesen sein mag.«

»Nun, sie führte eine Art Selbstgespräch.«

»Marilyn? Seien Sie nicht albern.« Mit jeder Minute empfand Geraldine den Mann lästiger.

»Tut mir leid, vielleicht habe ich mich unglücklich ausgedrückt.« Er erzählte ihr, was er belauscht hatte und was danach passiert war, als Marilyn merkte, daß sie zu laut gesprochen hatte.

»Ich versuchte noch, ihr nachzugehen«, endete Peter, »aber bis ich auf den Gang trat, war sie schon weg.«

»Ich kann Sie beruhigen, sie ist jetzt ganz in Ordnung«, sagte Mrs. Crane eisig. »Sie kam am Nachmittag nach Hause, und wir sind zum Abendessen ausgegangen. Im Moment ist sie oben und macht ihre Hausaufgaben.«

»Mrs. Crane, es mag wie eine etwas seltsame Bitte klingen, aber ich denke, Sie sollten etwas Zeit mit Marilyn verbringen. Mit ihr reden. Versuchen Sie aus ihr herauszubringen, was sie bedrückt.«

Geraldine Crane verlor ihre Geduld. »Mr. Balsam, offensichtlich wissen Sie nicht, mit wem Sie sprechen. Zufällig bin ich ihre Mutter. Ich rede jeden Tag mit Marilyn. Sie verbringen vielleicht täglich eine Stunde mit ihr, und jetzt schlagen Sie mir vor, wie ich mich meiner Tochter gegenüber verhalten soll. Ich weiß, daß Sie von sich behaupten, ein Psychologe zu sein, aber ich muß Ihnen mitteilen, daß ich an so was keinen Glauben habe. Habe ich nie gehabt, und nach allem, was in Neilsville seit Ihrer Ankunft passiert ist, habe ich ihn noch weniger. Was mich betrifft, so halte ich es für jeden von uns für das beste, wenn Sie erheblich weniger Zeit dafür aufbringen würden, sich in die Angelegenheiten ihrer Schüler zu mischen, sondern sich ausschließlich um Ihren Unterricht kümmern würden.«

»Mrs. Crane...«

»Mr. Balsam, ich fände es nett, wenn Sie mich nicht unterbrechen würden. Marilyn ist nicht wie die anderen Kinder in Neilsville. Schon als sie noch ein Baby war, war sie ein wenig anders. Ich weiß nicht, weshalb, aber so war es immer. Sie sehen also«, fuhr sie mit Sarkasmus fort, »Ihre wunderbaren Wahrnehmungen sind keine Neuigkeiten für mich. Ich bin mir bewußt, daß Marilyn in letzter Zeit ein wenig durcheinander war, aber warum sollte sie das nicht sein? Mein Gott, Mr. Balsam, sie hat drei ihrer besten Freundinnen verloren. Ich weiß nicht, ob Sie sich dessen bewußt sind, aber Marilyn war mit diesen Mädchen sehr eng befreundet. Sie besuchte Judy Nelson im Krankenhaus, und Karen Morton lud Marilyn auf ihre Party ein. Natürlich ist sie da durcheinander. Sie ist ein ganz normaler Teenager, Mr. Balsam. Und ich möchte glauben, daß Sie das verstehen.« Ohne auf Antwort zu warten, warf Geraldine den Hörer fest auf die Gabel.

Peter Balsam starrte auf den toten Hörer in seiner Hand. Er fragte sich, was er tun sollte. Aber da schien es nichts zu geben. Er setzte Kaffeewasser auf und nahm eine der Pillen, die ihm beim Wachbleiben halfen. Es würde eine lange Nacht werden.

Vor Wut kochend, saß Geraldine Crane eine Weile da, nachdem sie Balsam abgehängt hatte und sich dazu gratulierte, wie toll sie mit diesem unverschämten Lehrer umgesprungen war. Als ihr Zorn sich legte, fiel ihr wieder ein, was er gesagt hatte. Könnte er recht haben? Gab es da etwas, was Marilyn quälte?

Marilyn lag auf dem Bett, ein Buch aufgeschlagen vor sich. Als ihre Mutter ins Zimmer kam, sah sie auf, klappte das Buch aber nicht zu.

»Marilyn?« Geraldine war zögernd, als ob sie nicht so recht wüßte, wie sie sich ihrer Tochter nähern sollte.

»Ich lerne, Mutter.« In Marilyns Stimme war Leblosigkeit.

»Ich dachte mir gerade, daß du dich vielleicht ein Weilchen unterhalten möchtest.«

»Nein. Ich rede sowieso zuviel. Kannst du mich nicht einfach alleine lassen?« Marilyn widmete wieder ihre ganze Aufmerksamkeit dem Buch.

Hilflos stand Geraldine an der Tür, sie fragte sich, was sie machen sollte. Sie ging den Weg des geringsten Widerstandes und wollte das Zimmer verlassen.

»Marilyn, wenn du dich aussprechen möchtest, ich bin für dich da.«

»Ich weiß, Mutter.« Aber dies war eine Absage, und Geraldine wußte das. Sie ließ ihre Tochter alleine und ging nach unten.

Marilyn stand auf und machte die Tür zum Zimmer zu. Warum konnte man sie nicht alleine lassen? Alle? Das war Mr. Balsam am Telefon gewesen, sie war sich dessen sicher. Wenn er es nicht war, wer sonst hätte angerufen und ihre Mutter veranlaßt, mit ihr zu reden. Sie konnte nicht mit ihnen reden. Über was sollten sie sprechen? Über die seltsamen Sachen, die sie sich antun wollte? Sie würden nichts verstehen. Sie verstand es ja selbst nicht einmal, wie sollten die anderen es da können?

Vielleicht wollten sie, daß sie durcheinander war. Vielleicht war das alles Mr. Balsams Werk, oder wenigstens teilweise, was immer es war. Aber er? Das war doch nicht möglich? Oder?

Sie wollte beten. Sie wollte um Führung beten, und die Heilige Jungfrau würde ihr sagen, was sie zu tun hätte.

Sie begann zu beten. Sie betete die ganze Nacht lang. Und während der ganzen Nacht heulten in ihrem Inneren die Stimmen, riefen nach ihr, sangen für sie.

Die Nacht war lang, aber für sie war sie beinahe nicht lang genug.

29

Peter Balsam beobachtete den Sonnenaufgang, beobachtete, wie der schwarze Horizont zuerst perlgrau wurde, dann blaßrosa, als die ersten Strahlen über die Hügel gekrochen kamen. Die lange Nacht war vorbei.

Er hatte stundenlang dagesessen und seine schwachen Energien auf den Widerstand gegen die seltsamen Gedanken in ihm konzentriert. Stunde um Stunde hörte er die Gesänge durch seinen Kopf hallen, wie unsichtbare Finger nach ihm fassend, an ihm zerrend, ihn auffordernd, seine Wohnung zu verlassen und zu gehen – wohin?

Er wußte es nur zu genau. Ganz sicher heischte die Gemeinschaft des St. Peter Martyr nach ihm und versuchte, ihn ins Pfarrhaus zu bewegen und all das Böse ein weiteres Mal über ihn zu bringen. Mehrere Male während der Nacht hatte das Telefon geklingelt, das schrille Klingeln durchbrach seine intensive Konzentration und sandte Wellen der Angst durch ihn hindurch. Er wollte nicht abheben, wollte den Sessel, in dem er klebte, nicht verlassen. Jedesmal, wenn es klingelte, schien es lauter als das letztemal und länger. Der letzte Anruf war kurz vor der Dämmerung gewesen, das Klingeln hatte sich endlos hingezogen, der stete Rhythmus der Glocke brach auf ihn herein, trampelte auf seinen Nerven herum, schüttelte ihn. Jetzt, wo die Sonne sich über Neilsville erhob, schleppte sich Peter Balsam in sein kleines Badezimmer. Er schaute sich im Spiegel an und fragte sich, ob das Bild, das er sah, wirklich er selber war oder ob jemand anders von dort reflektiert wurde.

Aus Schlafmangel hatten seine Augen rote Ränder, und in den

Augenwinkeln begannen sich Krähenfüße gegen seine blasse Haut abzuzeichnen. Sein ganzes Gesicht schien unter der Müdigkeit, die er spürte, zusammenzusacken. Er fragte sich, wie lange er das noch aushalten würde.

Heute, entschied er. Heute mußte er irgendeine Möglichkeit finden, ins Pfarrhaus eindringen zu können, um das Arbeitszimmer zu durchsuchen. Was immer er dort zu finden hoffte, es mußte da sein. Wenn nicht, hatte er keine Hoffnung mehr.

Im Kampf gegen die Müdigkeit begann er sich anzuziehen. In ihm entstand eine irrationale Idee, und er langte in das oberste Schrankfach und zog aus seinen Tiefen eine große Schachtel hervor. Er legte sie auf das Bett und öffnete sie. Darin lag seine Mönchsrobe, Relikte einer sicheren Vergangenheit. Er legte die ungewohnten Kleidungsstücke an. Eines nach dem anderen.

Er wußte, daß die Erschöpfung ihn überkam, wußte, daß er das nicht tun sollte. Er versuchte, sich zu überreden, die Verkleidung auszuziehen und seine gewöhnlichen Sachen anzuziehen. Aber sein Verstand wollte nicht gehorchen, und wieder hörte er die Gesänge, wie sie nach seiner Seele trachteten. Nur, jetzt hatte er keine Reserven mehr. Sein Kampf war aus. Stumpfsinnig gehorchte sein Körper den ungesprochenen Kommandos, die in seinen Verstand fluteten.

In einer schwarzen Robe, mit einem Kruzifix, das um seinen Hüften baumelte, verließ Peter Balsam seine Wohnung und ging in Richtung Main Street.

Auch Marilyn hatte die ganze lange Nacht hindurch gegen die Stimmen angekämpft; ihren Rosenkranz fest in ihrer Hand umklammert, zählte sie eine Dekade nach der anderen ab und betete für ihre Seele. Während die Sonne den Himmel erklomm, legte Marilyn den Rosenkranz beiseite und sah ihre Finger an. Sie waren in der Nacht rot geworden und angeschwollen. Blasen zeigten an, wo sie die Perlen gedrückt hatte, als ob sie allein durch Druck Stärke finden könnte. Ihre Beine schmerzten, und zuerst konnte sie sich kaum rühren. Sie saß an der Bettkante, beugte zuerst ein Knie, dann das andere. Sie versuchte, das Chaos, das immer noch in ihrem Geist tobte, zu vertreiben und konzentrierte sich statt dessen auf die Geräusche, die ihre Familie während des Morgenrituals machte.

Sie hörte, wie ihre Mutter sie rief, und zwang sich, vom Bett aufzustehen, durch die Tür ihres Zimmers zu gehen und dann die Treppen hinunter. Ihre Mutter starrte sie in der Küche an.

»Du bist nicht angezogen«, rügte die Stimme. Noch eine anklagende Stimme. Ein weiteres Fragment der Mißbilligung, das sich noch zur Verwirrung gesellt.

»Ich bleibe heute zu Hause«, ihre Stimme war flach, ausgelaugt von den langen Stunden des geflüsterten Gebets.

»Sei nicht kindisch.« Geraldine sah ihre Tochter scharf an. »Bist du krank?«

»Nein. Nur müde.«

»Nun, tut mir leid. Du hättest nicht bis tief in die Nacht lernen sollen. Aber das ist deine Schuld, und nur deine. Du gehst mir in die Schule.«

Die Worte drangen in Marilyns Verstand, während sie sich langsam die Treppen hochmühte. ›Deine Schuld. Deine Schuld. Deine Schuld.‹ Alles war ihre Schuld. Alles, was danebenging, war ihre Schuld. Das Chaos in ihrem Kopf wurde schlimmer, und Marilyn hörte zu denken auf.

Sie zog sich langsam an, beinahe im Traum, und als sie fertig war, schaute sie in den Spiegel hinein.

Ich bin hübsch, dachte sie. Ich bin wirklich sehr hübsch.

Sie ging nach unten und präsentierte sich ihrer Mutter. Kritisch beäugte Geraldine ihre Tochter.

»Weiß?« fragte sie. »Für die Schule? Das ist ein Sonntagskleid.«

»Aber ich will es heute tragen.«

Warum eigentlich nicht, fragte sich Geraldine. Sie sieht so müde aus, und wenn sie sich darin wohler fühlt, warum nicht. Sie gab ihrer Tochter einen Kuß auf die Wange, und Marilyn ging aus dem Haus. Sie ging langsam, beinahe ohne ihre Umgebung wahrzunehmen. Plötzlich fühlte sie sich in Frieden, und die Stimmen in ihrem Kopf riefen jetzt nicht mehr kreischend nach ihr. Jetzt sangen sie ihr etwas vor, besänftigten sie ihr Gemüt.

Sie kam an die Main Street, aber anstatt sich auf den Weg zu dem langgestreckten Hügel zu machen, bog sie nach der anderen Seite ab und ging nach Neilsville hinein, ihr weißes Kleid wogte um sie herum, und die Sonne badete ihr Gesicht.

Weit entfernt, wie am Ende eines Tunnels, sah sie einen Umriß, der auf sie zuging. Sie konzentrierte sich auf diesen Brennpunkt und stellte ihren Brennpunkt so genau ein, daß sie außerdem nichts mehr wahrnahm: nur noch die langsam näher kommende Gestalt.

Marilyn klammerte mit einer Hand ihre Tasche vor den Unterleib und begann mit der anderen schon wieder die Dekaden des Rosenkranzes zu zählen.

Peter Balsam schleppte sich langsam die Main Street entlang, er merkte kaum, daß ihm die Leute nachstarrten. Er wußte, daß er in seiner Robe ein komisches Spektakel abgeben mußte. Außerdem war er unrasiert, und seine Augen waren rot und angeschwollen. Er wollte zurückgehen, nach Hause, und sich wieder einschließen. Aber es war zu spät. Jetzt hatten ihn die Gesänge fest im Griff, und er konnte nur weitergehen, mit stetem Schritt, vorsichtig einen Fuß vor den anderen setzend.

Dann sah er in weiter Ferne eine Person auf sich zukommen. Er merkte, wie er seinen Schritt beschleunigte, und er fragte sich, warum. Die weiße Gestalt vor ihm winkte, aber dann merkte er, daß nicht sie winkte, sondern er selbst. Er stützte sich einen Moment lang ab, er brauchte eine Pause, um sein Gleichgewicht wiederzuerlangen. Die Figur in Weiß schien auch stehenzubleiben.

Peter strengte seine Augen an, er wollte wissen, wer das war. Dann wußte er es.

Es war Marilyn Crane.

Sie sollte eigentlich den gleichen Weg gehen wie er, den Hügel hinauf. Statt dessen kam sie ihm entgegen.

Da stimmte doch etwas nicht. Er zwang seinen erschöpften Verstand, wieder zu funktionieren. Marilyn kam ihm entgegen, und irgend etwas stimmte nicht. Jetzt versuchte er, bewußt zu laufen; seine Füße verweigerten den Gehorsam. Aber er mußte zu ihr.

Er erhob seinen von der schwarzen Robe umhüllten Arm und winkte.

Marilyn sah, wie die dunkle Gestalt näher kam. Und dann sah sie den erhobenen Arm. Er winkte ihr zu. Er winkte ihr zu, so wie die Stimmen in ihrem Kopf ihr zugewunken hatten.

Mit einem Mal wußte sie, wer die Gestalt war.

Ganz in schwarzen Kleidern kam der Tod, um sie zu holen.

Sie wollte rennen, sich dem Gespenst in die Arme werfen und von ihm davontragen lassen.

Aber vorher mußte sie etwas anderes tun. Sie mußte noch eine Handlung begehen, eine symbolische Geste war nötig, damit die Gestalt wußte, daß sie bereit war, ihn zu akzeptieren.

Ihre rechte Hand warf den Rosenkranz davon, und das Kruzifix schlug klappernd auf den Gehsteig. Marilyn kniete sich hin, langte in ihre Tasche, den Blick fest auf die Gestalt vor ihr gerichtet. Ihre Finger umschlossen das kleine Päckchen. Die Rasierklingen, die sie schon seit langem bei sich hatte. Sie fühlte sie.

Peter blieb schlagartig stehen, als er merkte, daß Marilyn nicht mehr auf ihn zukam. Er sah, wie das Kruzifix und der Rosenkranz auf den Bürgersteig fielen, und seine Hände faßten an die Hüften, seine Finger umklammerten seinen eigenen Rosenkranz.

Jetzt kniete sie und hatte ihre Tasche neben dem Rosenkranz hingelegt. Und dann begann es rot aus ihren Handgelenken zu fließen. Peter wußte sofort, was los war. Er begann zu rennen.

Marilyn sah zu, wie ihr das Blut aus dem linken Handgelenk spritzte, und wechselte die Rasierklinge rasch in die andere Hand. Unbeholfen hackte sie auf ihren Arterien der rechten ein. Plötzlich setzte die Klinge ihre Wunde; Haut und Fleisch wichen auseinander. Für Bruchteile einer Sekunde starrte sie auf die pulsende Arterie, dann trieb sie die Rasierklinge tiefer hinein. Eine samtrote Fontäne ergoß sich, spritzte gegen das Weiß ihres Kleides und tröpfelte langsam auf das Pflaster neben ihr.

Sie schaute auf, weg von dem Blut. Sie hatte recht gehabt. Jetzt kam der Tod zu ihr, rannte ihr entgegen, und sie mußte losgehen, um ihm zu begegnen. Sie fing an zu rennen, ihre Arme streckte sie dem herannahenden Tod entgegen, das Blut schoß aus ihren Handgelenken.

Aus der First Street fuhr der Lastwagen auf die Main Street zu. Ausnahmsweise war die Ampel – Neilsvilles einzige – grün. Der Fahrer trat aufs Gas, und der Motor heulte auf. Er wollte die Ampel noch passieren.

Es geschah alles so schnell, daß der Fahrer keine Zeit zu reagieren fand.

Von links rannte eine Figur vor den Lastwagen, ein Schatten, rot und blendend weiß. Er stieg auf die Bremse, aber noch bevor der Lastwagen langsamer wurde, hörte er den dumpfen Aufprall und den Schrei.

Er brachte den Lastwagen zum Stehen und sprang aus dem Führerhaus. Er warf sich auf das Pflaster.

Ihr Kopf war unter dem linken Vorderrad eingeklemmt, das Genick gebrochen. Marilyn Crane lag in einem samtroten Haufen. Nur das Blut, das immer noch aus ihren Handgelenken gepumpt wurde, zeigte an, daß sie noch am Leben war. Peter Balsam hatte es kommen sehen. Er sah, wie Marilyn über die Straße auf ihn zulief, nur auf ihn gerichtet, und deshalb sah sie nicht, daß die Ampel rot war und der Lastwagen ankam. Falls sie ihn sah, bevor er sie erfaßte, so zeigte sie keine Reaktion. Sie versuchte nicht, auszuweichen, sie versuchte nicht, stehenzubleiben.

Einmal schrie sie auf, aber das war ein Reflex.

Er wußte nicht, ob er stand oder die Szene im Laufen mitbekam. Aber plötzlich war er neben ihr, kniend. Das schwere Tuch seiner Robe saugte sich mit ihrem Blut voll.

Mit rasendem Verstand stimmte Balsam ein Gebet für den verletzten und sterbenden Körper von Marilyn Crane an.

Aus seiner Vergangenheit, aus seiner Erinnerung heraus, verabreichte Peter Marilyn die Letzte Ölung.

Langsam strömte die Menge zusammen, bis schließlich eine ziemlich große Menschengruppe Peter umstellte, während er für die Seele von Marilyn betete. Die Menge war geschockt, aber endlich löste sich einer von ihnen und suchte nach einem Telefon.

Wenige Augenblicke danach heulte die Ambulanz durch Neilsville.

Im Pfarrhaus starrte Monsignore Vernon in die letzten glühenden Kohlen des erlöschenden Feuers. Eine tiefe Selbstbefriedigung erfüllte ihn, und er stand auf. Er ging ans Fenster und öffnete den Vorhang, um die Sonne hereinzulassen. Gleichzeitig mit dem Sonnenschein ertönte das Heulen der Sirene.

Der Priester lächelte leicht. Endlich war die lange Nacht vorbei. Er begann, sich für den kommenden Tag vorzubereiten.

30

Die Geschichte fegte durch Neilsville, noch bevor die Ambulanz Marilyn Crane und Peter Balsam ins Krankenhaus eingeliefert hatte.

Neilsville hörte auf zu funktionieren. Zum ersten Male fühlte sich jeder persönlich betroffen, als er von der Geschichte hörte. Bis zu diesem Tag hatten alle nur über die Mädchen, die gestorben waren, geredet oder geflüstert. Aber an diesem Tage hatten sie es mit angesehen, hatten vom Bürgersteig oder aus ihren Fenstern beobachtet, wie das Böse unter ihnen sich auf die Straße ergoß. Bis zum Mittag hatte jeder in der Stadt die Geschichte gehört, sie erzählt und von neuem gehört. Für jeden von ihnen schien es, als hätten sie es selbst gesehen; bis zum Mittag glaubten alle, es gesehen zu haben.

An diesem Tag fiel die Schule aus, noch ehe sie begonnen hatte. Die Schwestern zogen sich in ihre private Kapelle zurück, um den Tag im Gebet zu verbringen. Die Kinder gingen nach Hause, aber auf ihrem Heimweg redeten sie, und bis sie schließlich zu Hause ankamen, waren sie sich sicher, Marilyn Crane sterben gesehen zu haben.

Sie war bereits tot, als der Krankenwagen in der Klinik ankam, aber immer noch bemühte man sich, wie es für Krankenhäuser typisch ist, so zu tun, als ob sie noch lebte. Beinahe eine Stunde arbeitete man an ihr herum, und die ganze Zeit über saß Peter Balsam stumpf da und schaute vor sich hin. Er wußte, daß sie nicht Marilyn behandelten, sondern eigentlich mehr sich selber, indem sie durch ihre Aktivität die Wahrheit verdrängten. Die Wahrheit darüber, was geschehen war und was sich noch ereignen sollte.

Forsch ging Margo Henderson ins Nothilfezimmer, aber als sie sah, weshalb man sie gerufen hatte, blieb sie auf der Stelle stehen. Sie starrte das Gespenst, das vor ihr stand, an. Sie traute ihren Augen nicht. Aber dann brach die Berufsroutine von vielen Jahren Krankenhaus durch, und sie nahm sich zusammen. Sie näherte sich Peter Balsam.

»Peter?« Er gab keine Antwort, und sie merkte, daß er unter Schock stand. Sie wiederholte seinen Namen: »Peter?«

»Ich muß es zu Ende bringen«, murmelte er. »Ich muß es zu Ende bringen!« Er wiederholte diesen Satz mehrere Male, während Margo ihn durch die Gänge führte.

Dr. Shields hatte ihm eine Beruhigungsspritze verpaßt, und langsam erwachte er daraus. Zuerst blickte er Margo an, dann den Arzt. »Sie ist tot«, sagte er.

»Was ist geschehen?« fragte Dr. Shields freundlich. »Können Sie darüber sprechen?«

»Da gibt es nicht viel zu reden«, sagte Peter heiser. »Ich muß es beenden, das ist alles.«

»Peter, da ist nichts, was du tun kannst«, sagte Margo. Mit einem Mal hatte sie ein Bild vor Augen, das Bild jenes attraktiven jungen Mannes, den sie erst vor kurzem im Zug kennengelernt hatte. Konnte dieses hagere Wesen, dem eine blutige Robe wie ein Lumpen von den gebeugten Schultern hing, noch derselbe Mann sein?

Nein, sagte sie sich, auf keinen Fall. Sie biß sich auf die Lippen, um ihre Tränen zurückzuhalten, dann rannte sie aus dem Zimmer. Peter sah, wie sie ging, und ihm war klar, daß sie dieses Mal für immer ging. Es machte nichts aus. Das einzige, was zählte, war, daß er das Grauen beenden mußte. Er versuchte, sich auf den Arzt zu konzentrieren.

»Ich muß schlafen«, sagte er. »Können Sie mir etwas geben, damit ich schlafe? Wenn ich schlafe, wird es mir schon wieder besser gehen.«

Dr. Shields nickte. »Ich möchte Sie im Krankenhaus behalten.«

»Wird man mich beobachten?« fragte Peter.

»Sie beobachten?«

»Während ich schlafe. Wird man mich beobachten, während ich schlafe?«

Dr. Shields nickte.

»Wenn man mich beobachten wird«, sagte Peter unklar, »ich kann nicht alleine schlafen, verstehen Sie?«

Dr. Shields nickte verständnisvoll, obwohl er nicht die leiseste Vorstellung hatte, wovon der junge Mann sprach.

»Ich werde es veranlassen«, versprach er.

Dreißig Minuten später lag Peter Balsam tief schlafend im Neilsville Memorial Krankenhaus. An seinem Bett saß eine Krankenschwester. Etwa eine Stunde lang beobachtete sie ihn, überprüfte seine Atmung und seinen Pulsschlag. Dann fand sie, daß alles soweit gut stand mit ihm, und verließ das Zimmer auf Zehenspitzen, um ihren anderen Pflichten nachzukommen.

Der Klang der schlagenden Kirchenglocken ließ ihn erwachen, und er wußte, was das bedeutete.

In ganz Neilsville hielten die Kirchen Sondergottesdienste ab. Die Menschen hatten danach verlangt, sie brauchten etwas, das sie vom Grauen des Tages befreite, sie brauchten die Zuversicht, daß eines Tages alles wieder gut sein würde unter ihnen.

Peter lag in seinem Krankenhausbett und fand es sonderbar. Die Glocken läuteten für Marilyn, alle, mit Ausnahme derer von St. Francis Xavier. Die Glocken von St. Francis Xavier klangen wie gewöhnlich, sie riefen die Gläubigen zur Abendmesse. Für gewöhnlich würde an einem Wochentag der Besuch mager ausfallen. Aber nicht heute abend, da war er sicher. Heute abend würden sie alle kommen, schuldbewußt für die Seele von Marilyn Crane beten, in dem Bewußtsein, daß sie das eigentlich nicht tun sollten, daß Marilyn ihre Gebete nicht mehr verdiente, aber trotzdem beteten sie für sie.

Er sah auf die Uhr. Noch dreißig Minuten, dachte er, dann sind sie alle in der Kirche. Alle von uns, außer denen, die hier sind oder unter der Erde.

Alle von uns. Peter wiederholte die Worte im Geiste. Alle von uns.

Peter Balsam saß aufrecht im Bett, die letzten Spuren des Schlafes fielen von ihm ab, und sein Verstand erwachte auf einmal. Jetzt war es an der Zeit. Wenn es je einen günstigen Zeitpunkt gab, dann jetzt.

Er stand von seinem Bett auf und schleppte sich in das kleine Badezimmer, das aus Platzgründen zwischen seinem Zimmer und dem danebenliegenden untergebracht war. Er spritzte sich kaltes Wasser ins Gesicht und schaute in den Spiegel.

Seine Augen sahen besser aus, die Krähenfüße waren verschwunden. Er hatte eine Rasur nötig, aber es war ihm egal. Es sah ihn sowieso niemand.

Im Schrank fand er die blutbefleckte Robe. Obwohl ihn davor ekelte, zog er sie an. Dann setzte er sich hin und wartete.

Er wartete, bis die Glocken verstummten und Ruhe sich über Neilsville legte. Dann verließ er sein Zimmer. Ohne mit jemandem zu sprechen, ging Peter Balsam aus dem Krankenhaus.

Niemand versuchte ihn aufzuhalten. Vielleicht wegen der eigenartigen Figur, die er abgab, barfuß, die blutbefleckte Robe am Boden nachschleifend, sein Kruzifix fest in der Hand haltend. Die Pfleger sahen die Schwestern an, die Schwestern sahen den diensthabenden Arzt an, aber keiner sagte etwas. Dr. Shields hatte ihn eingewiesen, hatte aber nichts davon gesagt, ihn dazubehalten. »Achten Sie darauf, daß er schläft.« Das hatte der Arzt verordnet, und das hatten sie auch getan. Peter Balsam hatte geschlafen, und jetzt ging er nach Hause.

Aber er ging nicht nach Hause. Er ging langsam den Hügel hinauf und lauschte dabei den Klängen der Chöre, die ihre Stimmen in ganz Neilsville zu Gott erhoben. Niemand war zu sehen, aber er konnte sie spüren, wie sie still in den Kirchen beteten.

Er erklomm die Stufen zum Pfarrhaus und trat in die Eingangstür. Er nahm die silberne Glocke in die Hand und läutete, er läutete noch einmal. Das Klingeln hallte durch das spärlich erleuchtete Haus, und Peter wußte, daß er alleine war. Schnell lief er durch den Flur zur Tür des Arbeitszimmers.

Dort blieb er stehen. Mit einem Male bekam er es mit der Angst. Er mußte sich in Erinnerung rufen, daß das Zimmer hinter der Tür leer war, daß keine eigenartigen Rituale zelebriert wurden und daß an diesem Abend niemand versuchen würde, ihn in dieses Zimmer zu locken. Heute kam er aus freien Stücken.

Er öffnete die Tür und trat in den kleinen Raum ein. Er fand den Lichtschalter, und der Raum wurde von einem gelblichen Glanz erfüllt. Der ganze Raum schien sich zu verändern, als die Düsternis weggeschwemmt wurde.

Im Schreibtisch fing er zu suchen an, rasch öffnete und schloß er die Schubladen. Er wußte nicht genau, wonach er suchte. Er würde es erkennen, wenn er es sah.

Im Schreibtisch war nichts. Er ging zu einem kleinen Aktenschrank, der in eine der Wände eingelassen war. Er öffnete die oberste Schublade und begann, die Akten durchzugehen. Nichts.

In der zweiten Schublade ebenfalls nichts.

In der dritten fand er, wonach er suchte.

Es war ein großer, versiegelter Umschlag, der hinter den letzten Ordner geklemmt war. Peter zog den Umschlag aus seinem Versteck hervor und riß ihn auf. Ein Sammelalbum. Ein Sammelalbum und ein Schnellhefter. Er schlug den Schnellhefter auf.

Obenauf lag ein einzelnes Blatt Papier; darauf war eine Namensliste geschrieben. Fünf Namen waren durchgestrichen.

JUDY NELSON

KAREN MORTON

PENNY ANDERSON

JANET CONALLY

MARILYN CRANE

Am Ende der Liste tauchte der Name von Judy Nelson noch einmal auf, diesmal nicht durchgestrichen.

Peter Balsam hatte gefunden, was er suchte.

Er steckte den Schnellhefter in den Umschlag zurück und schloß die Schublade des Aktenschrankes. Bevor er das Arbeitszimmer verließ, knipste er das Licht aus. Dann trat er mit dem Umschlag aus dem Pfarrhaus in die beginnende Abenddämmerung.

Zum ersten Mal seit vielen Tagen wurde Peter in der Dämmerung nicht bange. In dieser Nacht wollte er sein Mosaik beenden. Diese Nacht sollte den Terror für ihn und für Neilsville beenden. Als er den Hügel hinunterlief, schlugen wieder die Glocken von St. Francis Xavier. Die Messe war vorbei.

Zurück in seiner Wohnung, fing Balsam an, das Sammelalbum durchzusehen. Rasch blätterte er die Seiten um. Sie waren mehr oder weniger gleichen Inhalts: beklebt mit vergilbten Zeitungsausschnitten, jeder Ausschnitt mit einer Schlagzeile in Riesenlettern

Mädchen schlachtet Eltern, Selbstmord
Die moderne Lizzy Borden wird ihren Prozeß nicht erleben
Kind sieht zu, wie Eltern sterben

Es waren annähernd fünfzig Ausschnitte in dem Sammelalbum, kurze, einspaltige Artikel und mehrseitige Titelgeschichten. Alle handelten sie vom selben Verbrechen, alle stammten aus derselben Zeit. Peter Balsam überflog sie schnell. Er mußte drei oder vier Jahre alt gewesen sein, als das Verbrechen stattfand.

Er schlug wieder die erste Seite des Sammelalbums auf und begann, die Artikel sorgfältig durchzulesen.

Die meisten gaben lediglich die nackten Tatsachen wieder:

Ein Mann und seine Frau waren in ihrem Bett ermordet aufgefunden worden. Im selben Zimmer hatte man die Tochter entdeckt, an einem Lampenhaken erhängt. Als man den Raum sorgfältig absuchte, fand man den kleinen Sohn des Paares im Schlafzimmerschrank versteckt, er stand unter Schock.

Die Illustrierten hatten die Geschichte auf vielen Seiten aufgeblasen, und aus diesen Artikeln bezog Peter Balsam Einzelheiten des bizarren Verbrechens.

Das Paar war beim Liebesakt ermordet worden. Ihre Tochter war zu ihnen hereingekommen und hatte sie mit einem Fleischbeil erschlagen. Die Art der Waffe wies auf Vorsatz hin. Das Motiv war unklar. Es gab einige Spekulationen darüber, daß das Mädchen nicht mit ihrem eigenen Schicksal fertig wurde – eine Autopsie hatte ergeben, daß sie schwanger war.

Was die Illustrierten jedoch am meisten herausstellten, war der Junge – der kleine Junge, von dem man glaubte, daß er aus dem Schrank alles mit angesehen hatte, von dem Augenblick an, als seine Eltern ins Schlafzimmer kamen, um sich zu lieben – ohne daß sie von seiner Anwesenheit wußten –, bis zu dem Augenblick, als seine Schwester das Fleischbeil ins Zimmer brachte, ihre Eltern erschlug und sich dann selbst am Lampenhaken erhängte.

Als man ihn fand, stand er unter Schock, und man brachte ihn ins Krankenhaus. Dort stellte man fest, daß das Kind keine lebenden Angehörigen mehr hatte. Schließlich brachte man ihn anonym in ein Kloster.

Das Kloster blieb ungenannt, aber Balsam wußte Bescheid, welches es war. Was er gerade gelesen hatte, war die Geschichte, die man sich zuflüsterte, als er ein Kind war. Keines der Kinder im Kloster hatte die Tatsachen gekannt. Jetzt kannte Peter sie alle.

Er suchte die Zeitungen durch.

Der Name. Wo war der Name der Familie?

Der Name wurde nicht genannt. Nirgends. In jeder Geschichte waren die Namen aller an dem Verbrechen Beteiligten sorgfältig ausgelöscht worden, als ob der, der das Sammelalbum zusammengestellt hatte, zwar wollte, daß man die Geschichte erfuhr, aber Identitäten geheimhalten wollte. Auch die Zeitungen an sich waren nicht zu identifizieren. Zu sorgfältig waren die Artikel aus den Seiten herausgeschnitten worden.

Nur in einem Abschnitt gab es einen Hinweis. In einer Geschichte war das übersehen worden. Der Name des Kindes war Peter.

Mit einem Mal war alles klar. Er war nie über den Schock weggekommen. Die ganze Zeit über, während er aufgewachsen war, hatte es in ihm gegärt, die ganze Zeit über, während der er sich auf seine Priesterschaft vorbereitet hatte. Und dann, vor nicht allzu langer Zeit, hatte der Schock ihn eingeholt.

Er hatte begonnen, heranwachsende Mädchen zu hassen. Hatte er denn keinen Grund dazu? Hatte nicht eine von ihnen ihm die Eltern weggenommen? Ihm sein Heim weggenommen? Ihn mit nichts zurückgelassen? Wenn eine zu so etwas fähig war, warum nicht alle? Sein Haß war größer geworden und hatte sich in Besessenheit verwandelt.

Und Peter Vernon – heute Monsignore Vernon – hatte seine Besessenheit eingesetzt. Er hatte sich diese Kräfte zunutze gemacht und angefangen zurückzuschlagen, seine verletzte Seele wollte sich für den Verlust der Eltern an den Kindern rächen.

Balsam blätterte das Album weiter durch. Nun konnte er, zum ersten Male, eine gewisse Sympathie für den Priester empfinden.

Er fragte sich, was er mit der Mappe tun sollte. Sollte er es der Polizei geben? Aber was würden sie tun? Gut, der Monsignore bewahrte ein Sammelalbum über ein Verbrechen, das mehr als dreißig Jahre zurücklag, auf. Na und? Wenn es in ihrer Familie passiert wäre, hätte sie nicht auch ein Sammelalbum? Diese Mädchen haben sich umgebracht, mein Herr, und die Tatsache, daß die ältere Schwester des Priesters vor dreißig Jahren das gleiche tat, ist nur eine dieser Übereinstimmungen.

Der Bischof. Er könnte es dem Bischof bringen. Auch wenn der Bischof nicht glaubte, daß Monsignore etwas mit den Selbstmorden zu tun hatte, würde das Album wenigstens beweisen können, daß während der Kindheit des Monsignore etwas schiefgelaufen war und daß man den Priester wenigstens sorgfältig im Auge behalten sollte. Der Bischof könnte anordnen, daß sich der Monsignore einer Beobachtung unterzog. Dann könnten die Psychiater den Fall übernehmen. Alles würde herauskommen.

Plötzlich ging die Tür auf.

Der Monsignore stand im Türrahmen, um seine Mundwinkel spielte ein kleines Lächeln; ein Lächeln, das von dem in seinen Augen lodernden Feuer Lügen gestraft wurde.

»Ich wollte dich im Krankenhaus besuchen«, sagte er, »aber du warst schon weg.«

»Ja«, sagte Peter verdutzt, in seinem Kopf drehte sich alles.

»Darf ich reinkommen?« Die glühenden Blicke drangen in Peter ein, und ohne die Antwort abzuwarten, trat der Priester ein und machte die Tür hinter sich zu. »Du hast mein Sammelalbum gefunden«, sagte er leise. Sein Blick peilte durch den Raum und legte sich schließlich auf die geöffnete Mappe auf dem Tisch.

»Das warst du damals, über den wir immer geredet haben, stimmt's? Als wir noch klein waren?«

»Ja, ich war es«, sagte der Priester. »Aber bis vor fünf Jahren wußte ich das nicht.«

»Vor fünf Jahren?«

»Irgend jemand schickte mir das Sammelalbum. Ich weiß nicht wer, und ich weiß auch nicht warum. Aber es hat mir viel erklärt. Es ließ mich erkennen, was ich zu tun hatte.«

»Zu tun?« Peter Balsam spürte, wie sein Herz schneller schlug.
»Ich mußte sie bestrafen. Alle.«
»Du meinst die Mädchen?«
»Sie sind böse«, sagte der Priester. »Sie sind böse, mit ihrem Verstand und mit ihrem Körper. Der Herr will, daß ich sie bestrafe.«
»Ich dachte, es sei St. Peter Martyr«, sagte Balsam leise.
»Natürlich, das mußtest du auch. Ich wollte, daß du das glaubst. Ich wollte auch, daß die Mitglieder der Gemeinschaft das glaubten. So ist es wesentlich einfacher.«
»Ich verstehe«, sagte Peter. »Die Gemeinschaft hatte nie etwas mit Religion zu tun, oder?«
»Was ist Religion? Es hat mit meiner Religion zu tun und mit der von St. Peter Martyr. Aber nicht mit der Religion der Kirche. Die Kirche hat keine Religion mehr. Sie ist schwach geworden. Sie toleriert zuviel.«
»Und du nicht.«
»Das habe ich nicht nötig«, sagte der Priester. Die Glut in seinem Blick flackerte heftig auf, und plötzlich bekam Peter Balsam Angst. Aber er mußte es wissen.
»Und ich«, sagte er, »warum brauchtest du mich?«
Jetzt lächelte Monsignore Vernon.
»Du glaubst, ich bin verrückt, nicht wahr?« fragte er.
»Bist du's?«
»Wenn ich es wäre, dann hätte ich nicht so gehandelt.«
Wieder brach die Angst auf Balsam herein. »So gehandelt? Was meinst du damit?«
»Alles andere hast du herausbekommen«, sagte der Priester einfach, »aber nicht deine Rolle dabei, oder?«
»Ich soll St. Acerinus darstellen«, sagte Peter. »Ich soll dich töten und anschließend bereuen. Aber das werde ich nicht tun.«
»Nein«, erwiderte der Monsignore. »Du hast alles andere hervorragend gemacht, aber ich erwarte nicht von dir, daß du mich tötest. Das war nie Teil meines Planes. So ist es beim ersten Mal gewesen. Dieses Mal nimmt St. Peter seine Rache.«
»Ich glaube, ich verstehe nicht«, sagte Balsam. Glaubte der Priester tatsächlich, die Reinkarnation von St. Peter zu sein? Dann überwältigte ihn die Wahrheit. Natürlich glaubte er das. Er mußte das, sonst wäre die Schuld für ihn zu groß gewesen. Wenn er nicht Peter Vernon war, sondern St. Peter Martyr, dann war alles anders. Er bestrafte Sünder und Ketzer, führte die Arbeit des Herrn durch

und schützte die Mutter Kirche. Er war nicht länger einfach Peter Vernon, der wie ein Verrückter den Tod seiner Eltern rächte.

»Ich werde dich töten«, sagte Monsignore Vernon mitten in die Stille hinein.

Balsam starrte ihn an. »Das kannst du nicht«, protestierte er.

»Kann ich nicht?« Der Blick des Priesters war kühl. »Was wird passieren, wenn ich es tue? Man wird es für Selbstmord halten.« Während er dies sagte, spielte er mit einem Brieföffner, den er von Balsams Schreibtisch genommen hatte, zwischen seinen Händen herum. »Was wird man finden, wenn man dich findet? Einen jungen Mann, Psychologen, Lehrer, der eine blutbefleckte Mönchsrobe trägt.«

Der Brieföffner blitzte auf. Als die Lichtblitze in seine Augen trafen, mußte Balsam blinzeln.

»Und wer ist dieser junge Mann? Sein Name ist Peter. Aufgewachsen in einem Kloster, wegen einer Tragödie in seiner Kindheit.« Mit der Spitze des Brieföffners deutete der Priester auf das Sammelalbum. »Und er hat fast überall versagt.«

Der Brieföffner blitzte wieder auf. Peter Balsam sah es, aber er war außerstande, seinen Blick von der Klinge zu wenden.

»Seine Schüler starben der Reihe nach«, fuhr der Monsignore mit unerbittlicher Stimme fort. »Aber hat er versucht, ihnen zu helfen? Nein. Statt dessen hat er sich damit beschäftigt, widersinniges Geschwätz über eine religiöse Arbeitsgruppe zu verbreiten. Und er hat sich sonderbar verhalten.«

Der Lichtstrahl schien direkt von der Klinge in Balsams Gehirn zu treffen.

Er merkte, wie die Schläfrigkeit ihn übermannte, er spürte, wie seine Glieder schwer wurden, und er wußte, daß dies die ersten Anzeichen einer Hypnose waren.

Er versuchte, dagegen anzukämpfen, versuchte, sich mit letzter Kraft wachzuhalten, von dem gleißenden Licht wegzusehen und die Stimme des Priesters abzublocken. Aber er konnte seinen Blick nicht von der Klinge trennen; die Stimme war unbarmherzig.

»Natürlich wird man das Album finden, und man wird über das Schicksal des kleinen Jungen lesen – des kleinen Peter –, der aufwuchs und ein Psychologe wurde und dessen Schüler damit begonnen hatten, sich umzubringen. Man wird sich ein genaues Bild machen, Peter. Deinen Tod wird man für einen Selbstmord halten. Deine Arbeit ist getan, Peter. Die meine fängt erst an.«

Peter sah, wie der Priester auf ihn zukam. Den Brieföffner hielt er beinahe achtlos in der rechten Hand. Noch immer blendete ihn das Licht in den Augen. Er befahl seinem Körper, etwas zu tun, sich zu bewegen, zu reagieren, aber es war unmöglich. Sein Gehirn schrie in seiner Müdigkeit geradezu heraus, aber sein Körper wollte nicht antworten.

»Möchtest du dir beim Sterben zusehen, Peter? Es wird nicht weh tun, das verspreche ich. Du wirst keine Schmerzen haben, Peter. Überhaupt keine Schmerzen. Die Klinge wird ganz leicht in dich hineingleiten, und dann ist es zu Ende.«

Die Spitze des Brieföffners saß ihm jetzt auf der Brust, drückte sich in die Falten seiner Robe. Und immer noch sah er zu, fasziniert wurde sein Blick auf die Klinge gelenkt.

Ist das das Ende, fragte er sich und starrte auf die polierte Klinge. Ist das das Gefühl, daß Karen und Penny und Janet und Marilyn hatten? Haben sie gesehen, wie das glänzende Metall ihnen den Tod brachte? Er versuchte, aus der schrecklichen Erstarrung zu erwachen, die von ihm Besitz ergriffen hatte.

Es war bereits zu spät.

Er fühlte einen leichten Druck, aber Monsignore Vernon hatte recht gehabt. Er hatte tatsächlich keine Schmerzen. Was er die letzten Tage empfunden hatte, das waren Schmerzen gewesen. Das hier war eine Erlösung.

Er gab sich hin und betete still um Vergebung.

Peter Balsam sah, wie die Klinge in seine Brust drang, aber er spürte nichts. Nur eine Art Vorahnung, und eine innere Fröhlichkeit. Das Grauen war für ihn endlich vorbei.

Zehn Minuten später verließ Monsignore Vernon Peter Balsams Wohnung. Zu Fuß ging er ins Pfarrhaus zurück. Er ging durch die Seitenstraßen. Niemand sah ihn, wie er andächtig durch Neilsville ging. Nicht, daß es etwas ausgemacht hätte, wenn man ihn gesehen hätte; die große, Autorität ausstrahlende Gestalt des Monsignore war ein vertrauter Anblick in Neilsville. Man glaubte an ihn. Man suchte Halt bei ihm.

31

Eine Woche später begrub man Peter Balsam in einem Grab, das nicht gekennzeichnet wurde. Sie versuchten, seine Frau zu erreichen, aber sie war verschwunden. Man wußte auch nicht, ob sie seinen Sarg überhaupt wollte, falls man sie fand. Nicht, wenn sie erfuhr, was man ihr zu sagen hatte.

Wie es für Kleinstädte typisch ist, wußte jeder in Neilsville, wo das Grab lag. Und man besucht es; die Katholiken heimlich, die anderen offen. Man bedeckte es mit Dreck, als ob man die Erinnerung an ihn dadurch auslöschen könnte, daß man sein Grab entweihte. Täglich wurde der Schmutz beseitigt, doch über Nacht war er wieder da.

Es dauerte fast ein Jahr, schließlich vergaß oder begrub man seine Erinnerungen in den hintersten Winkeln des Gedächtnisses. Peters Grab lag sauber, unbesucht und unbeachtet da. Eine Zeitlang.

Für Judy Nelson war dieses Jahr das schwierigste in ihrem Leben. Sie hatte immer das Gefühl gehabt, außerhalb der Gemeinschaft zu stehen, aber während dieses Jahres war es noch schlimmer geworden. Ihre Freunde waren weg, und sie konnte sich keine neuen schaffen. Es war, als ob sie eine ansteckende Krankheit hätte; als ob das, was ihr widerfahren war und dann ihre Freunde erwischt hatte, noch immer in Neilsville steckte und jederzeit wieder zuschlagen könnte.

Judy wurde von der Erinnerung an Marilyn Crane heimgesucht. In der letzten Nacht, als sie eigentlich längst schlafen sollte, erinnerte sie sich. Sie hatte nicht gewollt, daß die Streiche so weit gingen. Sie hatte Marilyn nur ein bißchen geneckt. Sie wollte nicht, daß Marilyn starb. Aber Marilyn war gestorben, und Judy wußte, daß es bei Marilyn anders gewesen war, egal, wie es mit den anderen Mädchen passiert war. Sie, Judy, hatte Marilyn in den Tod getrieben. Ihr Verstand würde sie das niemals vergessen lassen.

Am ersten Jahrestag von Peter Balsams Tod war Judys Erinnerung an Marilyn Crane bedeutender als je zuvor. Sie erwachte aus einem Schlaf, in dem sie Geräusche gehört hatte. Marilyn sang ihr zu, rief sie. Sie ging aus dem Bett und begab sich zum Schrank. Vom obersten Fach holte sie eine Schachtel herunter, in der ihr Konfirmationskleid lag. Sie öffnete die Schachtel und schüttelte das Kleid heraus.

Sie zog es an.

Leise schlich sie aus dem Haus und ging durch die Straße von Neilsville. Sie betrat den Friedhof und ging an die Stelle, wo Marilyn begraben lag. Lange stand sie da, starrte auf das Grab hinab und betete. Als das erste Morgengrauen sich am östlichen Himmel abzeichnete, ging Judy an das Grab von Peter Balsam. Auch dort stand sie sehr lange und betete noch einmal. Beim Beten schwoll in ihren Ohren die Musik an – eine Art von Gesängen.

Sie suchte in dem Schutt um das Grab herum, bis sie eine Glasscherbe fand.

Mit dieser Scherbe begann sie, sich aufzuschlitzen.

Man fand sie später am selben Morgen. Sie lag mit dem Gesicht nach unten und weit ausgebreiteten Armen auf dem Grab von Peter Balsam, so als ob sie die verfaulenden Reste, die darunter lagen, umarmen wollte. Lachen von Blut sickerten in die Erde um ihre Handfläche, und ihr Rosenkranz war zerrissen und lag im Schlamm; etwa an der Stelle, wo der Grabstein hingehörte, lagen weit verstreut die Perlen im Schlamm.

Man exhumierte Peters Skelett und verbrannte es.

Aber es geschah immer und immer wieder.

Die Menschen in Neilsville wunderten sich und waren in Furcht.

Ihre Erwartung wuchs, und jedes Jahr um dieselbe Zeit beobachteten sie ihre Töchter und suchten nach irgendwelchen Anzeichen. Aber es gab nie ein Anzeichen, nie einen Hinweis. Doch in jedem Jahr, irgendwann im Herbst, wurde eines der Kinder zu Hause vermißt. Man fand es immer an der gleichen Stelle, mit ausgebreiteten Armen, als ob es das leere Grab umarmen wolle.

Und jedes Jahr um dieselbe Zeit traf sich im Pfarrhaus der Kirche von St. Francis Xavier die Gemeinschaft des St. Peter Martyr.

Sechs Priester, die sich im Schein des Feuers versammelten, um zu ihrem Namensheiligen zu beten.

In jeder dieser Nächte fingen die Flammen zu später Stunde in einem langsamen Rhythmus zu tanzen an, und eine Stimme sprach zu ihnen.

»Lobet den Herren, meine Diener. Erschlagt die Ketzer und bestraft die Sünder.«

Jedes Jahr wurde der Wille von St. Peter Martyr ausgeführt, und die Sünden der Gläubigen wurden bestraft.